清朝的皇帝

壹 开国雄主

高阳 著

海南出版社
·海口·

本著作中文简体字版经北京时代墨客文化传媒有限公司代理，由风云时代出版股份有限公司授权海南出版社有限公司在中国大陆独家出版、发行。

版权合同登记号：图字：30-2022-014 号

图书在版编目 (CIP) 数据

清朝的皇帝. 壹, 开国雄主 / 高阳著 . —— 海口：
海南出版社, 2023.1
ISBN 978-7-5730-0837-4

Ⅰ. ①清… Ⅱ. ①高… Ⅲ. ①长篇历史小说 – 中国 –
当代 Ⅳ . ① I247.5

中国版本图书馆 CIP 数据核字 (2022) 第 207219 号

清朝的皇帝　壹 . 开国雄主

QINGCHAO DE HUANGDI　YI. KAIGUO XIONGZHU

作　　者：高　阳
出 品 人：王景霞
责任编辑：张　雪
特约编辑：刘长娥
责任印制：杨　程
印刷装订：北京兰星球彩色印刷有限公司
读者服务：唐雪飞
出版发行：海南出版社
总社地址：海口市金盘开发区建设三横路 2 号 邮编：570216
北京地址：北京市朝阳区黄厂路 3 号院 7 号楼 101 室
电　　话：0898-66812392　010-87336670
电子邮箱：hnbook@263.net
经　　销：全国新华书店经销
版　　次：2023 年 1 月第 1 版
印　　次：2023 年 1 月第 1 次印刷
开　　本：880 mm × 1 230 mm　1/32
印　　张：53.875
字　　数：1 034 千
书　　号：ISBN 978-7-5730-0837-4
定　　价：300.00 元（全伍册）

自　序

　　从事历史小说写作以来，二十余年心血所积，得书若干，计字又若干，说实话连我自己都不甚了了。约略而计，出书总在六十部以上；计字则平均日写三千，年得百万，保守估计，至少亦有两千五百万字。所谓"著作等身"，自觉无忝。

　　上下五千年，史实浩如烟海，所以我的小说题材，永远发掘不尽；更堪自慰的是，世界华人社会，到处都有我的读者。有些读者奖饰之殷，期勉之切，在我只有用"惭感交并"四个字来形容心境。

　　行年六十有五，或许得力于凡事看得开；更应庆幸于生活在自由自在、不虞匮乏的大环境中，所以心理与生理两方面，可说并未老化；与笔续盟，廿载可期……

　　　　　　　　　　　　　　　　　　　一九八六年九月杪

目　录

第一章　皇帝的种种

第四章　世祖——顺治皇帝

第一章

皇帝的种种

皇子的出生及命名

清朝自康熙年间发生夺嫡的纠纷以后，不建储位成为定制，从而又建立了立贤不立长的制度。因此，每一个皇子，都可能是未来的皇帝；也因此，皇帝的种种，须从其出生写起。

关于妃嫔召幸，有好些有趣而不经的传说：既属不经，虽然有趣，我亦不便介绍。不过，皇后及有位号的妃嫔，各有固定的住所。皇帝某日宿于某处，或召某妃嫔至某处共度良宵，作为太监最高办事机构的"敬事房"必然"记档"，因而当妃嫔发觉怀孕时，可以查得其受孕的日期。

妃嫔一经证实怀了孕，自有太医院的御医定期"请喜脉"，服安胎药；到得将次足月时，内务府就要"传妇差"了。首先是选"奶口"，其次是找稳婆，都从"上三旗包衣"的妻子中选取。

出生以后，由敬事房通知内务府记入"玉牒"。所谓"玉牒"者，即皇室的家谱。爱新觉罗氏将之分别为两类：凡是太祖的子孙称"家室"，太祖兄弟的子孙称"觉罗"。腰带分黄、红两种，所以俗称家室为"黄带子"，称觉罗为"红带子"。玉牒的封面，亦如其色，家室是黄色封面，觉罗是红色封面，不妨称之为黄簿、红簿。

皇子皇女当然记入黄簿，主要内容是性别、生母名氏、位号、第几胎，出生年月日时，还有收生稳婆的姓氏，以便出纠纷时可以追查。

然后是命名，时间早晚不一，有些出生未几即行夭折，既无名氏，亦未收入玉牒叙排行，这在康熙年间是常有之事。命名之制，至康熙皇长子胤禔出生，始有明文规定：上一字用"胤"，下一字用"示"字旁，由内阁选定偏僻之字，奏请朱笔圈定。需用偏僻字者，因为此皇子将来可能成为皇帝，便于臣民避讳。自康熙朝以后，命名字派如下：

一、雍正：上"胤"，下"示字旁"（礻）。

二、乾隆：上"弘"，下"日字旁"。

三、嘉庆：上"颙"，下"玉字旁"。

四、道光：上"绵"，下"竖心旁"（忄）。

五、咸丰：上"奕"，下"言字旁"（讠）。

六、同治：上"载"，下"三点水旁"（氵）。

七、光绪：同上。

八、宣统：上"溥"，下"人字旁"（亻）。

至道光以后，有一不成文的规定，非帝系命名下一字，不用特定的偏旁。由此可知，庆王奕劻之子载振与同治、光绪为兄弟，但不同祖；溥儒与溥仪为兄弟，且皆为道光的曾孙——我请读者注意皇室的制度，就因为其在细节上亦能显示若干信息，自有助于对清朝皇帝的深入了解。

皇子的教育

皇子一到六岁，便开始上学。读书之处名为"上书房"，在乾清门右侧。书房很大，除皇子外，近支亲郡王之子，亦在此上学。上书房设"总师傅"一人，特简翰林出身的大学士或尚书充任；"师傅"若干人，亦非翰林不得任此差。入学时，皇子向师傅一揖，师傅立受。

除读汉文以外，皇子尚须学习"清书"，又称"国语"，即满洲语文。教清书及骑射的都是满员，称为"谙达"或"俺答"，皆为满洲话的音译。满洲人管西席叫"教书匠"，所以对谙达的礼数远不及对师傅。教骑射特简一二品满员为"压马大臣"，等于谙达的首脑，主要的职司是负责皇子习骑射时的安全措施。

清朝对皇子教育颇为看重，除特派近支亲贵"稽查上书房"以外，皇帝万机之暇，亦常至上书房巡视，或出题考课，有奖有罚。所以清朝的皇子，一旦接奉大统，都能亲裁奏折。而尽心启迪的师傅，遇到得意门生而为天子，不但一世尊荣，而且会荫及子孙。因为皇帝为报答师门，对授业师傅的子孙，每每特加青眼。

由此可知，在上书房当师傅，必然希望自己的学生是皇位的继承者，甚至会为学生设计，取得皇位。如杜受田之于咸丰，就是一个很有名的故事。

道光末年，杜受田入值上书房。皇子受学者为文宗行四，惇王行五，恭王行六，醇王行七。文宗居长，且为孝全成皇后所出，大位有归，自不待言；但文宗兄弟中，资质以皇六子奕䜣为最佳，亦最得宣宗钟爱。因而宣宗不断在考虑，是否应该改变初衷，传位于奕䜣？

这种意向渐渐外露，文宗颇以为忧。有一年四月间，宣宗携诸皇子行围——打猎。驾出前夕，杜受田问文宗："四阿哥明天扈从行围，应有所自见？"

文宗答说："是的。所以我最近勤练火器。"火器就是洋枪。

"四阿哥错了！只该立马静观，端枪不动。"

"请问师傅，这有说法吗？"

"自然。"

杜受田秘密教导了一番，文宗心领神会，欣然称谢。及至到了围场，他如师傅之教，只静静看诸弟追奔逐北，将一管枪平放在马鞍上，始终不动。

"你怎么不下手？"宣宗奇怪地问。

"回阿玛的话，时值初夏，百兽蕃育，獐兔怀孕的很多，打死了有伤天和。而且，儿子亦不愿跟弟弟们在这上头争一日之短长。"

宣宗一听这话，认为他有人君之度，立即打消了"易储"的念头，大为夸奖，说他是"仁人之心"，又说他"友爱"。凡此反应，都是杜受田预期一定会发生的效果。

文宗对杜受田的恩礼，亦可谓至矣尽矣。他于道光三十年（1850）正月即位之初，即有上谕，杜受田赏加太子太保衔；杜父杜堮原任礼部侍郎，年逾八旬，赏头品顶戴、太子太保衔。杜受田三月由左都御史兼署吏部尚书，五月调刑部尚书，七月加二级，咸丰元年（1851）五月升协办大学士，管理礼部事务。

于此，我要顺便介绍"入阁拜相"的制度。清朝的内阁，至嘉道以后，形成定制，四大学士两协办，大致满汉各半。由尚书一升协办，即为"入阁拜相"，称谓与大学士相同，名为"中堂"。但协办升大学士容易，而尚书升协办较难，道理很简单：大学士缺多，协办缺少。通常在尚书这个阶段，回翔盘旋，总须十年八年之久，到得调任吏部尚书，方取得升协办大学士的资格。杜受田于道光二十四年（1844）由户部侍郎升左都，同年十二月升工部尚书，其间因故"夺俸二年"，不计年资；至咸丰元年五月升协办，实际年资不足五年，且由刑尚晋升，皆非寻常。

咸丰二年（1852）四月，杜受田奉命偕恭王的老丈人、福州将军桂良处理江苏、山东水灾以后的河工、漕运等事宜，殁于清江浦。文宗震悼，朱批遗疏云："忆昔在书斋，日承请诲，铭切五中。自前岁春，懔承大宝，方冀赞襄帷幄，谠论常闻。讵料永无晤对之期，十七年情怀付于逝水。呜呼！卿之不幸，实朕之不幸也！"遣词用字，别具深情。至于恤典之优隆，远轶常规。以协办照大学士例赐恤，自不足为奇；入祀贤良祠，亦不算例外；赠太师、谥文正，则非同等闲。更有一事，在汉大臣可谓异数，即灵柩准入京城治丧。

杜受田是山东滨州人，其时因洪杨之乱，迎养老父，住在京师，所以杜受田灵柩须移京治丧。过去遇有此种情况，都是在城外找寺院停灵开吊，从无灵柩入京城之例。至于谥文正，上谕谓援嘉庆年间大学士朱珪之例——朱珪亦为帝师，当和珅用事时，仁宗亦颇受威胁，朱珪多方卫护，情事与杜受田相类。但经朱、杜二人创下例子，以后凡为帝师，皆有谥文正的可能，李鸿藻以为同治启蒙，得谥文正，犹有可说；至孙家鼐亦谥文正，则末世名器必滥，不足为贵。

当杜受田病殁时，杜翮年近九旬，犹住京邸；文宗为这位"太老师"设想，亦无微不至。当时杜受田长子杜翰，方任湖北学政，应该由在京的次子杜堮至清江浦迎灵，顾念杜堮须在京侍奉祖父，特命杜翰扶柩回京。对杜堮则赏加礼部尚书衔，以为慰藉；其后更赏食全俸。杜受田的三个孙子，均钦赐举人，准予一体会试。杜翰在道光二十九年（1849）以检讨放湖北学政，本是宣宗对杜受田的酬庸；及至丁忧服阕、补官升官的经历，在有清一朝，可谓前无古人，后无来者。

首先，以检讨放学政，便是异数。学政为"差使"，三年差满，回京复命，应该仍回本职。杜翰道光二十九年放湖北学政，当咸丰二年七月丁忧，亦正是差满之时。但丁忧守制，照例二十七个月方为"服阕"，而杜翰只守了一年的制，是由于其时匪氛方炽，以"墨绖从戎"之例，如曾国藩便依此例"夺情"，奉旨领团练赴湘北剿贼。杜翰于咸丰三年（1853）十一月补右春坊右庶子，这是早在杜受田病殁时，恩诏中便许下的诺言。自从七品的翰林院检讨，一跃而为正五品詹事府的庶子，不止连升三级，是连升五级。

照正常的升迁程序，就算一帆风顺，毫无顿挫，自检讨至庶子，至少要越过从六品赞善、正六品中允、从五品洗马这三个阶段。而这三个阶段，起码要十年的工夫。

翰林为清贵之职，如果始终为文学侍从之臣，则自庶吉士"留馆"，二甲授职编修，三甲授职检讨，至正二品的内阁学士，内转侍郎，外放巡抚，可决其必将大用。但在翰林院的官职上，除状元特授"修撰"为正六品以外，编检皆为七品，再上面便是从四品的"侍读""侍讲"，七品何能一升便到四品？是故编检至相当年资，一定要出翰林院，其出路有三：一是外放知府；二是转"科道"成为言官；三仍是翰林，但必须转至詹事府。

詹事府为东宫官属，清朝自康熙以后，既不立储，詹事府便成赘疣；而所以保存者，即是为了翰林升迁必须有此人事上的管道之故。

詹事府下设左右春坊，其职属有左右赞善，再上左右中允，再上左右庶子，庶子之上，便是詹事府的"堂官"，称为正詹事、少詹事，简称正詹、少詹。

赞善、中允都是六品，正合编检升任，因此编检出翰林院，而仍任清秘之职，称为"开坊"。当翰林"留馆""开坊"是两大关；但开坊以后，升至从五品的詹事府司经局洗马，又是一大关，因为洗马应升的官职为五品左右庶子、通政使参议、光禄寺少卿等，照吏部的则例，竞争者极多，而洗马往往落空。故有"一洗凡马万古空"之号。而翰林一旦当到庶子，则出路甚宽，熬到这一地步，亦有一句成语形容，名为"九转丹成"。转者，吏部授官"六班"中的"转班"之"转"。翰林开坊，由右转左，升一级再由右转左，如此转来转去，转够了年资，自然脱颖而出，故名为"九转丹成"。

京官一到五品，便具有"京堂"资格。"堂"者"堂官"，现在的说法便是"首长"。京中各部院的官员，通归为两类：一类是"堂官"，包括正副首长在内，如各部满汉尚书、左右侍郎共六人，即称为"满汉六堂"；以下郎中、员外、主事等，通称为"司官"。因六部皆分司之故。

"京堂"虽可作"京官中的堂官"解释；但仅限于三品至五品，亦即"六部九卿"的"九卿"，如大理寺、太常寺、太仆寺、光禄寺、鸿胪寺、通政使、詹事府、国子监等衙门的堂官。至于二品、三品的京官，又特成一个阶级，称为"卿贰"，"卿"是指大理寺正卿等三品京堂，"贰"是侍郎。位至卿贰，即意味着即将进入政治上的领导阶层了。

杜翰只当了一个月的右春坊右庶子，官符如火，又升迁了，而且这一升比由检讨升右庶子更为惊人——一跃而为卿贰，是升为内阁学士兼礼部侍郎衔，同时被派了三个差使：

一是"办理巡防事宜",二是"稽察中书科事务",三是"文渊阁直阁"。第三个差使,使他成为内阁的实际负责人,因为协办大学士必在部,或在军机,不到内阁;大学士多在家颐养,无事不到内阁;内阁日常事务,多由"直阁"的内阁学士处理。

又不久,杜翰被正式补为工部侍郎,同时在"军机大臣上行走",际遇之隆,升迁之速,无与伦比。文宗之报答师恩,真可令人感动,但亦害了杜翰:他被牵涉在辛酉政变中,差点送掉性命。

辛酉政变的主角,一方面是慈禧、恭王及军机章京曹毓瑛等,一方面是肃顺、端华、载垣等所谓"三凶"及军机大臣。结果"三凶"被逮赐死,军机大臣穆荫、杜翰、焦佑瀛被罪,穆、焦二人充军,杜翰的罪名,本与穆、焦相同,"发往新疆致力赎罪",亦因看在"杜师傅"的分上,"特谕革职,免其发遣"。

皇子当差、封爵分府

皇子在学期间,到了十六七岁便可"当差"了,通常是派"御前行走",学习政事。及至成年封爵,在结婚时自立门户,称为"分府"。

清朝除"三藩"以外,异姓不王,所以凡封王必为皇子、皇孙。其爵四等：亲王、郡王、贝勒、贝子。唯一的例外是"国戚"，大多为蒙古科尔沁旗的博尔济吉特氏。这自然是有怀柔的作用在内的。

所谓"国戚"，是指公主夫家及太后、皇后的父亲及同胞兄弟，此外只算"椒房贵戚"而非"国戚"。因此，乾隆孝贤皇后的内侄、大学士傅恒之子福康安封贝子，乃成异数。福康安"身被十三异数"，别有缘故，以后谈高宗时会提到，此处不赘。

亲王、郡王又分两种：一种是"世袭罔替"，一人封王，子子孙孙皆王，俗称"铁帽子王"；一种是"降封"，父为亲王，子为郡王，孙为贝勒，一代不如一代，直到"奉国将军"为止。

同是皇子，何人该封亲王，何人该封郡王，何人该封贝勒、贝子，大致取决于下列四个条件：

一、出身。所谓出身指其生母而言。世宗动辄谓皇八子胤禩"出身微贱"，同胞手足，何有此语？即因胤禩的生母良妃卫氏，来自"辛者库"。这个名词是满洲话的音译，实即明朝的"洗衣局"，专门收容旗籍重犯的眷属，操持打扫灌园等贱役。因为如此，胤禩在康熙时只封贝子；反而是雍正夺位之初，封此"出身微贱"的弟弟为廉亲王。

按：清朝的宫闱之制，皇后以下，有皇贵妃、贵妃、嫔、贵人，等等；大致生母为妃，而非由宫女逐渐晋升者，生子皆有封王的希望。

出身是主要条件，此外才干、爱憎、年龄是三个附带条件，配合是否得宜，决定了封爵的高低。

成年的皇子一旦封爵，即须"分府"。分府先须"赐第"，或则旧府改用，或则新建。王府除"世袭罔替"者外，一旦降封，必须缴回，由宗人府咨商工部另拨适当官屋，以供迁住；原来的王府，即指拨为新封的亲、郡王府。其规制皆有一定，不得逾越。

除府第以外，分府时总要置办家具、陈设，需要一大笔款子，因此在分府时，须特赐一笔"钱程"。在康熙时定例是二十三万两银子。怡亲王胤祥在康熙朝未领过这笔款，因此，我判断胤祥根本未曾受封，亦未曾分府——圣祖崩逝时，胤祥方圈禁在宗人府，怡亲王乃雍正所封。

皇子年长学成，为朝廷办事，大致可分为两种性质、四大类别。会典规定，可派皇子充任的职差为一种性质，非定制而出于特命为又一种性质。前者除少数特例外，一般而言，无足重轻；后者则可看出皇帝的意向，并大致可以测定其前途。

四大类别是：

一、恭代祭祀。中国的传统讲究礼治，一年到头，祀典不断。祀典分大祀、中祀、小祀。自明世宗更定后，相沿勿替，只有小幅度的修正。大祀应该皇帝亲祀，但以种种缘故，不克躬行，照会典规定，可特命亲郡王恭代。此是例行故事，无甚意义可言。但冬至南郊祭天，自雍正以后，格外重视，奉派恭代的皇子，被视为大命有归的暗示。

二、临时差遣。遇到某种情况，必须表示重视其事，或形式上应由皇帝亲裁时，临时差遣皇子办理，如赐祭大臣，常派皇子带领侍卫前往奠酒，即为一例。派出皇子的身份，常视被赐祭的对象而定，如杜受田灵柩到京，特派恭亲王带领侍卫十员前往奠酒，足以显示对杜受田的恩礼特隆。

三、分担政务。康熙以前，原则上不使亲贵干政；皇八子胤禩曾一度奉派为总管内务府大臣，则以胤禩特具事务长才，而内务府大臣只是管皇室的"家务"，与参国家机要者不同。

雍正得位，信任怡亲王胤祥、庄亲王胤禄，则以兄弟阋墙，非在骨肉中结党不足以残骨肉。及至乾隆即位，起初正如雍正之作风，但深知重用亲贵，一则有尾大不掉之危，再则有徇庇纵容之害，所以约束王子，不使与闻政事。嘉道亦大致如此。及至咸丰即位，因洪杨势炽，且恭王确有才具，一度使之掌军机，由此成例。而亲贵执政，弊多于利，已成定论，清朝之亡，未始不由此。

四、寄以专阃。清初亲贵从征，立功大小决定爵位高低，亲属关系的远近只与领兵多少有关系；兵多将众而不能克敌致果，只会受罚，不会被奖。因此，派出大将军寄以专阃，就理论而言是予以一个立功的机会，亦可说是一种考验。既能通过考验，又立了功劳，则选此人继承皇位，为理所当然之事。康熙在夺嫡纠纷以后，绝对禁止皇子结党争立，而晚年任皇十四子为大将军，用意在此。

嗣皇帝即位

谈到皇子成为皇帝，不能不先谈"大行皇帝"。皇帝驾崩，在未有尊谥、庙号以前，为别于"今上"，概称"大行皇帝"，皇太后、皇后亦然。中国的皇帝，暴崩的很多，或者由"不豫"至"大渐"，亦即起病至临危，往往只有两三天的工夫。夷考其故，皇帝玉食万方，营养过剩，加以起居及医药上的照料，至少是十分周到，所以诸如肺结核等慢性病极少发生，而高血压、心脏病则为恒见，这两种病夺命皆速。所谓"暴崩"不是脑充血，便是心肌梗死，清朝有好几个皇帝即死于这两种病。

世宗可能顾虑到这种情况：仓促之间，口噤不能言，无由下达"末命"，岂非又起骨肉萧墙之祸？因此他发明了一个皇位继承问题的特殊处理办法：亲自书写继承人之名，藏于乾清宫最高之处，即世祖御书"正大光明"匾额后面；另有一小银盒，内中亦书同样的朱谕，出巡时由贴身太监随身携带，以备变生不测时，仍能确知大位谁属。

一般而言，至大渐时，皇帝会召继位皇子及顾命大臣至御榻前，口宣末命。皇帝驾崩后，继位的皇子既未登基，更无年号，而且天下臣民还不知道宫中"出大事"，但根据"国不可一日无君"的法则，既有遗命，不必柩前即位，即已自动成为嗣皇帝。顾命大臣、其他皇子，以及宫眷、太监等，应行大礼、改称呼，作为事实上承认皇帝的表示。

嗣皇帝第一件要做的事，是处理大行皇帝的遗体。清朝皇帝经常"住园"，夏天则至热河"避暑山庄"避暑。即便在宫内，自雍正以后亦住养心殿，不住乾清宫。主要的原因是，以满洲"祭于寝"的习俗，皇后所住的坤宁宫经过改建，地下埋了两口大铁锅，每天后半夜煮两头猪祭神，中宫变成"砂锅居"，何能再住？

所以除大婚合卺之夕，一住坤宁宫东暖阁，以应故事之外，皇后从不住坤宁宫；这一来，皇帝亦就不住乾清宫了。

但乾清宫毕竟是皇帝的正寝，所以即便康熙崩于畅春园，雍正崩于圆明园，乾隆崩于养心殿，嘉庆、咸丰崩于避暑山庄，道光崩于圆明园慎德堂，同治崩于养心殿，光绪崩于瀛台，皆奉遗体于乾清宫，在此大殓或行正式祭礼。

第二件要做的事，是遵奉遗命尊嫡母及生母为皇太后，再以奉太后懿旨的名义，以嫡福晋亦即所谓"元妃"为皇后。在此期间，处分重大事件，对外辄用"奉遗命"的字样，有关宫闱则用"奉懿旨"的字样。

接下来是颁遗诏，又称"哀诏"。然后钦天监择日在太和殿行即位礼，礼毕颁"恩诏"，布告天下，新皇帝已经正式产生。

称为"恩诏"者，因为嗣君即位，与民更始，大赦天下，"非常赦所不原者咸赦除之"。所谓"常赦不原"即"十恶不赦"。此外耆龄百姓及孤苦无依者，赐帛赐米，亦有规定，总之加恩中外，所以称为"恩诏"。

新君年号的确定

恩诏中还有最重要的一件事必须说明，即定年号。新君的年号，照例由第二年起算，而且非正式即位以后，不能颁年号。文宗崩于热河，穆宗未奉梓宫回京行即位礼，即有用新年号的"祺祥通宝"的"样钱"出现，为此，李莼客颇致讥评；殊不知，此为有经济上的理由之从权措施，以后会谈到，此处不赘。

年号起于汉武帝，但历代帝皇似乎全未考虑到历史记载的方便，动辄改元，甚至一年之中，一改再改。直到明朝，始划一为一帝一年号而仍有例外：一是英宗，年号先为"正统"，复辟后改为"天顺"；二是光宗，万历四十八年秋即位，一月即崩，熹宗接位定第二年年号为"天启"，如是，则光宗竟无年号，因定即位之日起至年底为止，为"泰昌元年"。一年三帝两年号，在正统的王朝为一罕见的现象。但清朝的年号，自入关开始，一帝一号始终正常。

年号关乎"正朔"，等于御名的别称，自应较常人命名格外慎重，或出亲裁，或由军机大臣及南书房翰林拟呈圈定，皆几经斟酌，绝不会不通不妥，闹出宋太祖用伪号"干德"

的笑话。其原则大致如下：

首先，避免使用前朝末代年号的字眼，如"崇"与"祯"。

其次，声音响亮，绝无拗口之弊。

最后，也是最重要的是，要有一种深入浅出，令天下臣民共晓的含义。

自顺治以后，年号的含义如下：

1. 顺治——入关之初，天下未定，愿将顺民意，以求大治。此一年号显然有抚慰的用意在内。

2. 康熙——天下既定，与民休息，希望安居乐业。

3. 雍正——雍为雍亲王，正为正位。特选此两字，正见得其得位不正；世宗喜自作聪明，类此弄巧成拙之事甚多。

4. 乾隆——乾卦在五伦中象征为男、父、君，用于年号自是指君。乾隆者"乾运兴隆"，可见高宗得位的基础是很薄弱的。此年号配合其他各种迹象，透露了许多秘密。

5. 嘉庆——此年号为高宗内禅时所定，嘉是对嗣皇帝的嘉许，嘉勉，庆者高宗自祝。

6. 道光——光大道统之意。在清朝诸帝年号中，"道光"的含义属于比较空泛。

7. 咸丰——道光年间，积极整顿盐务、漕运、河道，但鸦片战争的结果，显示财用不足，国势中衰；文宗即位，以求富足为第一要义，因称咸丰。

8. 同治——穆宗年号，本定"祺祥"，辛酉政变，"三凶"被逮，两宫垂帘，恭王执政，同治的含义非常明显：太后临朝听制，并不专断，愿与亲贵大臣共同治国。

9. 光绪——绪有二义，一为统绪，二为次绪。张衡《东京赋》："故宗绪中圮。"注曰："绪，统也。"所以年号用此绪字，既以表示德宗为外藩迎立，亦以表示兄终弟及的先后次序，于德宗的身份异常贴切。同光之际，词臣最盛，故能选用此精当深刻的字眼。光自是光大之意。

10. 宣统——迎立溥仪的懿旨，明白宣告，溥仪入继为穆宗之子，兼祧德宗。此是根据慈禧的意旨，明白宣告统绪，用意亦在防止醇王一系，或者会引明世宗的故事，以皇帝"本生父"的身份，在宗法上引起争议。

御名如何避讳

在年号之外，御名应如何避讳，亦是在即位之初即须明白规定的一件大事，否则民间无所遵循，会发生触犯"大不敬"严重罪名的可能。

清太祖名努尔哈赤，太宗名皇太极，世祖名福临，都是满洲语的译音，既未以汉文命名，自不发生避讳的问题。又自文宗开始，上一字不必避讳；而至德宗以后，对避讳亦不视为严重的问题，所以此处所说重点，在康、雍、乾、嘉、道、咸、同七朝皇帝御名避讳的规定。

圣祖名"玄烨"。上一字改用"元"字但如"天地玄黄"

之"玄"、昭烈帝刘备字玄德之"玄",都不能改用"元"字,则在书写时缺末笔作"玄"。其他字中有"玄"者,如"弦"等,亦准此书写。唯一的例外是"畜生"之"畜",不必缺笔,否则反成大不敬了。下一字"烨",以"煜"字代替。

世宗名"胤禛"。"胤"改用"允",他的兄弟均因此而改名,只有怡亲王,特旨仍用原名胤祥。至于《胤征》(《尚书》篇名)等,则用原字。下一字"禛",以"祯"字代替,而"胤禛"原是他的同母弟皇十四子的原名,雍正既夺其位,复攘其名。这是中国历史上骨肉伦常之变的惨剧中最复杂的一重公案,正文中会细叙,此处不赘。

高宗名"弘历"[1]。上一字"弘"改为"宏",不过他的兄弟不必改名。此外如必须书原字为"弘"者,缺末笔。下一字"历","日"改为"止",作"歷"。"历本"改称"时宪书"。

仁宗名"颙琰"。上一字之半,"禺"改为"禹";下一字"琰"改为"瑗"。

宣宗名"绵宁"。仁宗遗诏改名"旻宁"。"旻"字冷僻罕用,如必须用到时,"日"下之"文"缺一点,作"旻"。

文宗名"奕詝"。上一字不必避讳,永以为例;下一字缺末笔作"詝",凡字中有"宁"者均准此书写。

穆宗名"载淳"。"淳"中之"子"改为"曰",作"湻"。

至于德宗名"载湉",下一字已成死字,毫无用处,故

---

[1] "暦""歷"的对应简体为"历"。

不避自避。"溥仪"之仪为常用字，但民间不避，当时清室衰微，犯讳亦无所谓；唯少数忠于清室的遗老，书"仪"字仍有缺笔。

避讳是件很讨厌的事，倘或犯讳，重则有杀身之祸，轻亦不免影响前程，譬如乡会试写作俱佳，而一字犯讳，蓝榜贴出，这一科就算完了。

但对后世史学研究者，特别是在考据方面，避讳的规定常是极好的线索，甚至是有力的证据。尤其是作为反证，例如鉴定书画版本的真伪，样样看来都真，唯独应避讳而未避，即可决其为伪。

再举个具体的例子，《红楼梦》中很重要的一个本子——"己卯本"，我的朋友赵冈兄确定它出于怡亲王府，证据是抄本中遇"晓"字皆缺末笔，而其时——乾隆二十四年（1759），怡亲王为胤祥的幼子弘晓，为避家讳，"晓"字缺笔，其说明确，毫无疑义。

清朝诸帝，对避讳最注重的是世宗。避字讳以外，又避音讳，如"禛"字应念为"正"，即平声念作去声。皇十四子本名"胤祯"，极可能由于与御名胤禛字异而声同，以音讳为名，勒令改为"胤禵"，然后攘"禛"为己有。唐人特重避讳，但亦没有如许花样。西谚："人是政治的动物"，这句话用在清世宗身上，百分之百正确。

皇帝如何处理政事

下面要谈清朝皇帝的日常生活，分为公私两部分，先谈公的部分。

皇帝这部分的生活，最重要的莫过于处理国政，主要的两项工作是：披阅章奏与召见臣工。

明朝的章奏，统于通政使；清朝则以内奏事处为章奏出纳之地。除紧要奏折随到随递外，一般性的奏章，每日在宫门下钥，约莫下午五点钟，以黄匣贮送御前，皇帝在灯下披阅。皇帝看过后，以指甲在奏折上画出不同的刻痕，由随侍太监依照刻痕，用朱笔代批。不同的刻痕所代表的意义是：

1. "知道了"。用于备案性质的奏章。

2. "议奏"。性质较为复杂，须由主管部院筹议办法请旨定夺。

3. "该部知道"。所谓"该部"指主管部院，譬如某省学政奏报到差日期，则批"该部知道"，自是指礼部而言。

以上三种是例行的处理办法。倘为重要而须请旨办理事项，在乾隆以前，大致为亲裁指授，洋洋千言的批文不足为奇；嘉庆以后，则交军机处先作研究。凡前一日夜间所过目的奏折，次日五鼓时分，由内奏事处在乾清宫前发交各部院司官及各省提塘官，军机处亦由值班章京去"接早事"；俟军机大臣黎明到达，立即呈上阅看，交换意见，大致决定了处理原则，约在辰时（上午七点到九点），便要"见面"了。

所谓"见面"便是晋见皇帝，地点总在养心殿东暖阁。皇帝一天召见的臣工，多寡不一，但第一批必是军机大臣，逐案请旨，决定后立刻由军机大臣转告"达拉密"（军机章京领班），写上谕呈御前，裁可封发，称为"寄信上谕"，简称"廷寄"。特别重要或机密者，由军机大臣亲自执笔。此为由"承旨"而"述旨"。军国大事，大致即在上午八时至十时这段时间内，君臣相商而定夺。

军机退下后，方召见其他臣工。其顺序为：

1. 特旨召见人员，包括亲贵、各部院大臣、督抚等。

2. 外放封疆大吏"请训"及辞行，称为"陛辞"。

3. 道员、知府单独"引见"。

4. 州县官集体"引见"。

这一顺序当然不是一成不变的，例如内务府大臣常在最后召见，因为所谈之事涉于琐碎，费时较多，不如在该召见的人都召见过了，看辰光可以从容垂询。

此外，亦有大臣请求召见，当面有所陈述。事先请求召见，名为"递牌子"，等候通知晋见。遇紧急事故，则不限时间，随时可以提出要求，名为"请起"——君臣相见，称为"一起"，所以传召晋见，名为"叫起"；集体"引见"，名为"大起"。

所谓"引见"，所谓"牌子"，都有说法。凡召见必有引导之人，称为"带班"。引导者的身份，视被召见者的身份而定。譬如亲贵、督抚晋见，由领侍卫内大臣或御前大臣带班；道员以下召见，则由吏部堂官带班；新进士引见则由礼部堂官带班。唯一的例外是，每天军机例见，不必带班。事实上，军机大臣的首席即为带班者，故称"领班军机大臣"。

"牌子"的正式名称叫做"绿头签"[1]，长约四五寸，宽约寸许，上绿下白，写明被引见者的姓名、职称，以及籍贯、出身等，以备皇帝参考。

我以前曾说到，凡是一个正统皇朝，必能警惕于前朝的覆亡之由，有所改进，改得愈彻底、愈完善，则享国愈长。清惩明失，共有三件大事：勤政，裁抑外戚及宦官，皇子教育。这三件大事，裁抑外戚及宦官，不算彻底；皇子教育直至雍正以后始重视；唯有勤政一事，始终如一，自元旦至除夕，皇帝无一日不与大臣相见。视明朝嘉靖、万历数十年不朝，阁臣身处纶扉，竟有终其任不识天颜者，两相比较，贤愚自见。

清朝的衙门有"封印"之制，自腊月下旬至次年正月中旬，为时约一月；但宫中的新年假期，约只十日。定制，凡年内须了结的案件，截至十二月廿五日止，必须奏请裁决；所以这一天须皇帝批示的奏章常达两三百件之多。鲁迅的祖父周福清，因经手贿买乡试关节，刑部批罪充军，而德宗批

---

[1]　因上端为绿色如意云状，故称绿头签。通常长约 17.5 厘米、宽约 3.5 厘米。

示斩监候，一反拟罪较重，俟朱笔轻减，以示恩出自上的惯例，一时刑名老吏亦为之错愕不解。我曾为文考证其事，原因之一，即在此案结于十二月廿五日，待批奏折过多，影响情绪，故而有此近乎迁怒的处置。

事实上，所谓宫中约有十日假期，是指停止处理寻常国事而言，遇有军国大计，必须立取进止；尤其是有军事行动时，仍旧不论时间，随到随办。如乾隆十四年（1749）正月征金川时，元旦即有一谕：

> 元旦天气清朗，旭日融和，群情欣豫，定卜今岁如愿。经略大学士傅恒已抵军营；除夕申刻接奏折，唯时朕已封笔，此皇祖、皇考成宪，经岁唯此片刻之间。所奏拣员办理粮运，即自行酌定，朔于夜分封笔后，亦未尝稍闲也。（缩）

初二复有三道上谕，指授用兵方略。最后一道指出以前张广泗、讷亲错在何处，再次申明约束，即至四月间如尚未奏功，即应班师，令岳钟琪坐镇云云，都是经过深入研究所做的慎重决定。是则所谓"勤政"，非徒具形式，确确实实连岁时令节都在操劳。

此外祭祀、巡幸、较武、衡文，等等，偷一次懒，就可能发生不良的影响。身为天子，如果要想做好，实在辛苦。因此，皇帝只有在私生活上调剂。

皇帝的衣食住行

宫闱事秘，皇帝的私生活，外间了解者不多，因此，有种种离奇的传说。但可断言者，清朝如穆宗不免荒嬉外，其他皇帝绝无如前朝任性而行、近于荒淫的恶德，即如穆宗的荒嬉，亦不过微行一事，较之明熹宗毫无心肝、根本连皇帝的责任是什么都不知道，还算高明多多。

皇帝的生活，照衣食住行的区分，我介绍溥仪自述的情况。这是最可靠的第一手数据——当然，他的衣食住行跟他的祖先已有或多或少的不同了。

为皇帝管理衣着的太监，名为"四执事"，四者，冠、袍、带、履。贮放上用冠袍带履，名为"四执事库"，实即乾清宫东廊的端凝殿，取"端冕凝旒"之义。

据溥仪说，他"一年到头都在做衣服，做了些什么，我也不知道，反正总是穿新的"。又引用一份资料，统计出某年十月份做了皮袄十一件、皮袍褂六件、皮紧身二件、棉衣裤和紧身三十件。照此看来，棉衣裤和紧身，每天都可以穿新。又说："单单一项平常穿的袍褂，一年要照单子更换二十八种，从正月十九的青白嵌皮袍褂，换到十一月初一的貂皮褂。"

按：二十八种袍褂，载明会典，固然不错，但亦非一成不变、到时候非换不可。溥仪为冲人，身不由己；内务府及内监，唯有靡费，始能中饱，故有如此大量制备衣服的情形。在此以前，殊不尽然，宣宗尤为节俭。

上用的衣料，不必外求，在洪杨以前，江宁、苏州、杭州三织造衙门负责制办上用四季衣料；其他如皮统子则由边疆西北各省进贡。所需购自市上者，不过"贴边、兜布、子母扣和线这些小零碎"，但据溥仪记载，光是制作前述的皮棉衣服，这些"小零碎"就开支了银圆两千一百余。

在穿的方面，我必须指出一个错误的流行观念，即如电视连续剧上所表现的，皇帝一出场必是龙袍在身，或者明黄袍褂，事实上大谬不然。除了仪典所定，必须照制或服御以外，皇帝便殿燕居，乃至接见大臣，亦着便服。不过那时的便服，即现在的中式礼服，包括长袍与现在称为马褂的"卧龙袋"，以及瓜皮帽等。

关于食，溥仪有一段很生动的描写：

> 关于皇帝吃饭，另有一套术语，是绝对不准别人说错的。饭不叫饭，而叫"膳"，吃饭叫"进膳"，开饭叫"传膳"，厨房叫"御膳房"。到了吃饭时间——并无固定时间，完全由皇帝自己决定。
>
> 按：由于溥仪住在养心殿，无人管束，故可任意而为。在溥仪以前，宫中传膳的时间，我在前面已经谈过。宫中规矩甚严，不容随便破坏。溥仪的情形是特例，非常规。

我吩咐一声"传膳",跟前的御前小太监,便照样向守在养心殿的明殿上的殿上太监说一声:"传膳!"殿上太监又把这话传给鹄立在养心门外的太监,他再传给候在西长街的御膳房太监……这样一直传进了御膳房里面。

按:乾清门内,东西各一门,东曰"日精",西曰"月华"。月华门内,北起漱芳斋,经过储秀宫、翊坤宫、永寿宫、养心殿之东而达内右门,名为"西一长街"。溥仪所说的"西长街"即指此。一进内右门,西首即是御膳房,位置与养心殿遥遥相对,御膳房南面墙外,便是军机处。

不等回声消失,一个犹如运嫁妆的行列,已经走出了御膳房。这是由几十名穿戴整齐的太监组成的队伍,抬着大小七张膳桌,捧着几十个绘有金龙的朱漆盒,浩浩荡荡地直奔养心殿而来。进到明殿里,由套上白袖头的小太监接过,在东暖阁摆好。平日菜肴两桌,冬天另设一桌火锅,此外有各种点心、米膳、粥品三桌,咸菜一小桌。盒具是绘着龙纹和写着"万寿无疆"字样的明黄色瓷器;冬天则是银器,下托以盛有热水的瓷罐。

每个菜碟或菜碗,都有一个银牌,这是为了戒备下毒而设的,并且为了同样的原因,菜送来之前,都要经过一个太监尝过,叫做"尝膳"。在这些东西摆好之后,我入座之前,一个小太监叫了一声"打碗盖",其余四五个小太监便动手把每个菜上的银盖取下,放到一个大盒子里拿去。于是我就开始"用膳"了。

所谓"食前方丈",所谓"玉食万方",在一般人想象中,天厨珍供,纵非民间传说的龙肝凤髓,亦必是在材料上水陆杂陈,无所不有;在烹调上,煎炒烹煮,花式繁多。事实上大谬不然。

先说材料,平淡无奇,以猪肉、羊肉、鸡、鸭为主,海味极少,鲜鱼罕用;素菜配料,亦不过口蘑、白菜、菠菜、山药、慈姑、萝卜、豆腐、豆芽之类。不但比不上河员、盐商的饮食,就是一般富家,亦比"上方玉食"来得讲究。

谈到烹调方法,更是简陋粗糙,大部分都是预先炖好,盛于黄砂碗中,移置铁板之上,下燃炽炭,碗上再盖铁板,复燃炽炭,因此黄砂碗中始终保持沸滚的状态。一声"传膳",膳夫们迅速移去铁板,将黄砂碗中的菜,倾覆于御用瓷器中,扣上银盖,即可进奉。

这种菜好吃吗?当然不好吃;究其实际,根本不吃。那么吃什么呢?溥仪说:

> 我每餐实际吃的是太后送的菜肴,太后死后由四位太妃接着送,因为太后或太妃们都有各自的膳房,而且用的都是高级厨师,做的菜肴,美味可口,每餐总有二十来样。这是放在我面前的菜,御膳房做的都远远摆在一边,不过做个样子而已。

自康熙时代开始，便盛行小厨房制度，至慈禧听政以后，变本加厉，御膳房已如赘疣，但从无人敢言废除。内府务相传的心法是：无例不可兴，有例不可灭。何况御膳房是应有的制度，更何况御膳房是内务府一大利薮。

谈到住，帝后妃嫔，各有所主。照理论上说，皇帝住乾清宫，皇后住坤宁宫，太后住养心殿之西的慈宁宫，太上皇则住"东六宫"之东的宁寿宫，妃嫔则住坤宁宫左右的"东西六宫"，即所谓"掖庭"。但实际情形未必如此。

先说帝后。坤宁宫之所以不能住人，已如前述；乾清宫自世宗以后，除了穆宗因为负气曾在此独宿，其他诸帝只有崩没，遗体才移此"正寝"，生前多不宿此。那么他们住在哪里呢？住在养心殿。

养心殿在乾清宫右前方，自雍正初年开始，成为皇帝的寝宫及治事之处，嘉庆七年（1802）曾重加修葺。养心殿除东西暖阁，后面还有两进房子，有名的"三希堂"，即与西暖阁相连，此外有随安室、无倦斋、梅坞、能见室、攸芋斋等轩馆，皇后即住随安室，与东面皇帝的寝宫相对。

东西六宫，妃嫔所居，此为喜读宫闱者所艳称之处。大致东六宫保留着明朝的遗制，变化不大，西六宫则颇有更张。

先谈东六宫。东六宫分成两排，每排三座：第一排由南往北为景仁宫、承乾宫、钟粹宫，此三宫之东，由南往北为延禧宫、永和宫、景阳宫。其中最有名的是永和宫，明末为田贵妃所住。吴梅村的《永和宫词》在哀感顽艳之中，不尽兴亡之感。而无独有偶的是，清朝最后的皇后隆裕，亦住在永和宫。隆裕崩后，端康太妃入居永和宫，端康即光绪瑾妃。

在隆裕以前，穆宗嫡母慈安太后住在钟粹宫，此为称"东太后"的由来。

西六宫的规制，本与东六宫相同，但从明朝开始即一再改作，第一排本为永寿宫、翊坤宫、储秀宫，第二排本为启祥宫、长春宫、咸福宫。永寿、咸福两宫如旧，翊坤与储秀，启祥与长春则双双合并，名称亦有更改。

翊坤宫为慈禧太后封妃时所住，穆宗即诞生于此。与储秀宫合并时，拆除储秀门，就原址改建为体和殿；殿后储秀宫，后为宣统皇后秋鸿所住。两宫东西前后，皆有厢房，其中翊坤宫东面后厢房名为"平康室"，不知哪位皇帝所题，竟不讳"平康"二字，亦是怪事。

第二排启祥宫与长春宫合并后，启祥宫改称太极殿；又拆除长春门，改建体元殿。启祥宫本名未央宫，明世宗本生父兴献王诞生于此，因而更名为启祥宫，清末为穆宗瑜妃所住。

长春宫为慈禧回銮以后所住，后来宣统的妃子文绣居此。长春宫的特色为走廊四周画了《红楼梦》图，西厢名承禧殿，设有至圣先师神位，为文绣读书之处。

文绣写有一篇短文，名为《京苑鹿》，说"野畜不畜于家"，苑鹿失去自由，"犹狱内之犯人，非遇赦不得而出"。结论是："庄子云：宁其生而曳尾于涂中，不论其死为骨为贵也。"到了民国二十年，溥仪还在天津时，文绣提出离婚的要求，成为轰动一时的社会新闻，结果如愿以偿。而她有个哥哥，在天津《商报》上发表了一封给文绣的公开信，说："漫云逊帝对汝并无虐待之事，即果然虐待，在汝亦应耐死忍受。"又说："纵中宫待汝稍严，不肯假以辞色，然抱衾与裯，自是小星本分。"此等妙文亦曾传诵一时。

长春宫后面的重华宫，自乾隆开始，亦为皇帝生活中一个重要的所在。雍正在位时，皇子并未分府，高宗封宝亲王，婚后住重华宫。高宗即位后，重华宫即成"潜邸"，大加装修。重华宫内有崇敬殿，殿额题作"乐善堂"；高宗为皇子时所印的诗集，即名《乐善堂集》。重华宫的故事，可记者有二，《国朝宫史》：

> 每岁十二月初一日，懋勤殿首领太监陈龙笺、大笔、墨海于重华宫祗候。皇帝以"赐福苍生"笔书"福"字十余幅贴各宫。自是将军、督抚奏函至，并御书缄赐之。十五、六等日，召御前大臣、侍卫至重华宫；二十六、七日召诸王大臣、内廷翰林等至乾清宫，赐"福"字。

按：召近臣面赐福字时，有一仪节：皇帝面南，立书福字；受赐者北面而跪，当御笔初下时，即开始磕头。等写完，两太监移福字自受赐者身上移过，置于地上候墨干，名为

"一身是福"。

又《啸亭杂录》：

> 乾隆中，于元旦后三日，钦点王大臣之能诗者，曲宴于重华宫，演剧赐茶，仿柏梁制，皆命联句，以纪其盛。复当席御制工章，命诸臣和之。后遂以为常礼。

重华宫的戏台在东面，台前五楹敞厅，名为漱芳斋。辛酉政变后，两宫垂帘，以漱芳斋为"公所"，退朝后在此治事进膳，每月朔望有戏。当时两宫和谐，外倚恭王，内抚幼帝，虽是孤儿寡妇，却是一片兴旺气象。所谓"同光中兴"，实在也就只是两宫在漱芳斋的那几年而已。

此外，东六宫之东为宁寿宫，本为太后所住，乾隆三十七年重修，备为归政后颐养之所，乾隆六十年（1795）永定为太上皇燕憩之地。慈禧晚年亦住宁寿宫，主要的原因是：宁寿宫有一座三层的大戏台，名为"畅音阁"，便于慈禧"传戏"。

与宁寿宫相对的是西六宫之西的慈宁宫、慈宁宫之西的寿康宫、寿康宫之后的寿安宫。《国朝宫史》载：

> 皇帝尊圣祖母为太皇太后，尊圣母为皇太后，居慈宁、寿康、宁寿等宫，奉太妃、太嫔等位随居。

寿康、寿安等宫，为先朝妃嫔及有"常在""答应"等称号的宫眷所住。在宫中，这些人属于被遗忘的群体，所以称寿康、寿安为冷宫，亦与事实相去不远。

谈到行，皇帝出警入跸，都是坐轿子，从六十四人所抬的"玉辂"，到宫中两名太监手抬的软轿，种类极多。皇帝出宫的机会毕竟不多，无须细叙。皇帝在宫中"行"的情形，颇可一谈。如溥仪所记，即为历来相沿的规制——皇帝不论行至何处，都有数十人前呼后拥：

> 最前面是一名敬事房的太监，他起的作用，犹如汽车喇叭，嘴里不时发出"吃——吃——"的响声，警告人们早早回避。在他后面二三十步远是两名总管太监，靠路两侧，鸭行鹅步地行进；再后十步左右，即行列的中心（我或太后）。如果是坐轿，两边各有一名御前小太监扶着轿杆随行，以便随时照料呼应；如果是步行，就由他们搀扶而行。在这后面还有一名太监举着一把大罗伞，伞后几步，是一大群拿着各样物件和徒手的太监：有捧马扎以便随时休息的，有捧衣服以便随时换用的，有拿着雨伞、旱伞的。
>
> 在这些御前太监后面，是御茶房太监，捧着装着各样点心茶食的若干食盒。当然还有热水壶、茶具，等等，更后面是御药房的太监，挑着担子，内装各类常备小药和急救药，不可少的是灯芯水、菊花水、芦根水、竹叶水、竹茹水、夏天必有藿香正气丸、六合定中丸、

金衣祛暑丹、万应锭、痧药、辟瘟散，不分四季都要有消食的三仙饮，等等。

在最后面，是带大小便器的太监。如果没坐轿，轿子就在最后面跟随。轿子按季节有暖轿、凉轿之分。

清朝的太监

皇帝的饮食起居、公私生活，离不开太监。清朝的太监，虽不如明朝的宦官那样能够左右朝政，但无形中产生的影响也不小。所以在"皇帝的种种"之中，不能不稍稍多费篇幅，谈一谈此辈。

清朝太监势力的消长，可以分做"顺治""康熙""乾隆"以后及"同光"等四个阶段。顺治入关，接收大内，宫中犹是明朝四司六局的编制；顺治十年（1653）设"内十三衙门"，悉本明制，此是宦官制度的复活，为之主持者，是一个名叫吴良辅的太监。

这时从龙入关的上三旗包衣，本是天子家臣，照道理说，宫中的管家应该是他们，而非太监。太监既然得势，势必与上三旗包衣发生权利冲突，因此，双方斗得很厉害。顺治十五年（1658），吴良辅以"交通内外官员，作弊纳贿"被逮问，但以世祖的宠信，吴良辅竟得无事；十八年（1661）正月初二，世祖且亲莅法源寺，观吴良辅祝发，归后即不豫，以天花崩于正月初七。吴良辅之祝发为僧，是因罪遁入空门以求免，还是代帝出家，今已无考。

世祖一崩，上三旗包衣全力反攻，尤以正白旗最为出力。所谓上三旗指正黄旗、镶黄旗、正白旗。两黄旗本为太宗所领，奴以主贵，自当别于下五旗；正白旗旗主本为多尔衮，其死后无子，正白旗包衣被收，遂成上三旗，但与两黄旗亦有区分。正白旗包衣在名义上是为太后服役，所以选奶口以及织造等差，都出自正白旗。上三旗之向太监夺权，即由正白旗直接诉请孝庄太后主持，复得亲贵支持，乃能大获全胜；其方式是用遗诏罪己的口气，大加改革，裁撤"内十三衙门"即为其中之一。

顺治遗诏，为清朝开国最重要的文献。清祚能久，此诏关系重大。相传顺治遗诏系大学士王熙承孝庄太后之命所改写，与跪受世祖之末命大不相同。其中有一款云：

> 祖宗创业，未尝任用中官，且明朝亡国，亦因委用宦寺。朕明知其弊，不以为戒，设立内十三衙门，委用任使，与明无异，以致营私作弊，更逾往时，是朕之罪一也。

顺治十八年二月十五，圣祖即位后一月，上谕正式革去"内十三衙门"，提到吴良辅处斩；又提到一"满洲佟义"，与吴良辅朋比为奸。此佟义不详何许人，但既能深入宫禁，必为勋臣。按：佟氏为汉人而与爱新觉罗早结姻娅，圣祖生母即出佟家。当时佟姓族人，居高官不知凡几，故有"佟半朝"之称。

在康熙朝，太监虽不如顺治时得势，但仍多皇帝的亲信，口衔天宪，一语之出入甚大。康熙最信任的太监名梁九功，雍正即位后，不知缘何畏罪，自绝于煤山。如京剧《连环套》以及《红楼梦》中的描写，都还可以看出康熙、雍正两朝，太监在宫中跋扈者颇有其人，直至乾隆朝，方大加裁抑。

高宗极恨太监，我猜想这是因为他"出身微贱"，从小养于宫中时，常受太监轻侮所致。高宗裁抑太监的方法颇为巧妙：他将太监改成秦、赵、高三姓，合之则为"秦赵高"三字，以为警惕。又内奏事处的太监，一律改姓王，因为王是最大的一姓，若有人到内奏事处去打听机密，问到"王公公"，不知是哪个王太监，只好废然而返。

还有一个有名的故事：一年高宗巡幸热河时，有一太监横行不法，为县令高层云所痛责。一时皆为高层云危，而高宗不但不罪，反而嘉许。此尤可见高宗对于太监的痛恨。

嘉道两朝，一承乾隆家法，太监无敢为非。至咸丰末年，溺于声色，太监得以夤缘（yín yuán）为利。及至慈禧发动辛酉政变，安德海因密传书信之功，渐次跋扈不法，后为丁宝桢诛于济南，此为清末宫闱一大公案。自此约有十年清静，至李莲英得宠用事，见微知著，清祚将终，已可看出端倪。

太监在明朝，最多时有数万人之多。康熙晚年曾为大臣谈早年的见闻，据说明朝太监人数太多，每日送饭，不能遍给，被派遣在冷僻之处的太监，倘或因病不能起床，即有活活饿死的可能。清朝的太监虽有编制上的限制，但最多时仍有三千名左右。

这三千名太监，大部分来自京东及河北南部。明朝的太监有福建人，清朝则极其少有。太监亦有品级，最高的是三品，至李莲英，由慈禧特旨赏戴二品顶戴，是唯一戴红顶子的太监。

太监的首脑称为"都领侍""领侍"，但一般都用"总管""首领"来区分；总管又有大总管、二总管的说法。大致太后、皇帝、皇后宫中的太监首脑为总管，妃宫就只有首领了。自总管至太监，称其所侍候的后妃为"主子"，管皇帝叫"万岁爷"，先帝则在"爷"字前加年号，如世祖则为"顺治爷"，圣祖则为"康熙爷"。至于称慈禧太后为"老佛爷"，那是特例。

大内共分九个区域，如乾清宫、养心殿、宁寿宫等，每一个区下，有多寡不同的"处"，如乾清宫的"内奏事处"等，总计四十八处。每区设总管一员，被辖于"都领侍"之下，称为"九堂总管"，为太监部门的最高权力组织，有何大事，由"都领侍"召集九堂总管会议决定。九堂总管的品级，自三品至五品不等。

四十八处设四十八个首领太监，品级自四品至九品不等。当然，最多的是"未入流"的太监，被分派在各处服役。

最低级、也是最苦的是打扫处的太监。犯了过失的太监，常被派到此处来服劳役，作为惩罚。

太监的苦乐不同，劳役不均，贫富不等，其距离恐怕超过任何阶层、任何行业。在表面上看，太监的待遇相差不大：最高的是月给银八两、米八斤、制钱一千三百文；最低的是月给银二两、米一斤半、制钱六百文。但是富庶的太监，其阔绰之处，说来有如神话。《溥仪自传》中说：

> 我用的一个二总管阮进寿，每入冬季，一天换一件皮袍，都属貂领眼、貂爪仁、貂脖子，没有穿过重样儿的。仅就新年那天他穿的一件反毛的全海龙皮褂，就够一个小京官吃上一辈子的。

貂皮今称"明克"，西方贵妇人，以拥有一件明克大衣视为财富与地位的象征，而阮进寿有数十件貂皮袍，其豪富为何如？

这些人的钱是哪里来的呢？第一是与内务府勾结，凡有大工、大庆典，如兴修宫殿、修陵寝、大婚等，都要先讲条件。

如溥仪的二总管、后来升为大总管的阮进寿，在溥仪"大婚"时曾勒索"内务府"。据溥仪自述：

> 我事先规定了婚费数目，不得超过三十六万元，内务府按照这个数目在分配了实用额之后，可以分赠太监

的数目不多，因此在大总管这里没通过。事情僵住了。堂郎中钟凯为此亲自到阮进寿住的地方，左一个"阮老爷"，右一个"阮老爷"，央求了半天，阮进寿也没答应，最后还是按阮进寿开价办事，才算过了关。

按：溥仪所说的这段话，需要说明或补充者有三：第一，大婚只用三十六万元，是因为溥仪毕竟只是"关起门来做皇帝"。同光两朝大婚，正式预算及各省督抚报效，总数在四五百万两银子左右。第二，内务府大臣皆为兼领，不常到衙门；事务工作，有"堂郎中"为其首脑。"堂"有堂官的意味在内。第三，清朝官场称谓，官至三品始可称"大人"，阮进寿既为大总管，自是三品都领侍，郎中五品，称之为"大人"，亦不为谄谀；但对太监的尊称，只有"公公"，并无"大人"，而又有些太监不喜"公公"的称呼，所以称之为"老爷"。

太监的另一项经常收入为犒赏。内廷行走人员，逢年过节，或者奉召参加庆典，如"入座听戏"等，对太监皆须有所馈赠。倘遇颁赏，则视"恩典"大小而定红包大小，宁丰勿薄，尤其是出自特恩，打发更须注意，倘不满其意，其回宫复命时，加上一两句闲话，便成有力的谗言，恩遇方隆，旋即失宠，便是因小失大了。

还有一种犒赏，实在是花钱消灾。对大臣、言官的处分中，有一种叫做"传旨申饬"，派出来的太监都是利嘴，倘或好好招待，红包丰厚，则念一遍传旨申饬的上谕，便即了事；如果不懂这个诀窍，一无表示，"申饬"便变成痛诟，狗血喷头，祖宗十八代都可以骂到。

太监弄钱的花样很多，但不管什么花样，性质上总脱不了"敲诈勒索"四字，举几个例子如下：

一、左宗棠内召入军机，自兰州入觐——召见时免冠磕头，大帽子置于正前方，如果曾赏戴花翎，则帽子倒置，即以翎尾对御案——奏对既毕，"跪安"退出时，左宗棠忘了取回帽子。太监将帽子送回贤良寺行馆，索酬两万银子，否则泄其事于言官，纠弹失机，何等没趣？左宗棠无奈，只好接受其勒索。

二、慈禧万寿，某疆臣进献珍玩，外加红木底座玻璃罩。凡此进贡，照例应有丰厚的"门包"，但此疆臣所派的差官不甚内行，打点得不够，太监便使坏了：等贡品抬入宫内，差官退入殿外，复又被唤了进去，指出玻璃上有裂痕，随时会破，不便进呈。差官急得不知如何是好，太监便以同情的态度表示，可以为他换一个玻璃罩，但须两千银子。此差官迫不得已，打电报回去汇了银子来了结此事。其实所谓裂痕，只是太监在玻璃罩里面沾了一根头发而已。

三、世续的父亲崇纶，久任禁军统领，在庚子以前是慈禧面前的红人之一。他在兼内务府大臣时，得罪了一名有头有脸的太监，一次奉召进宫，经过一处殿廷时，屋子里泼出一盆洗脸水，淋得他袍褂尽湿，那太监赶紧出来请罪。崇纶懂得他们的花样，知道这不是发脾气的时候，只问："太后在等着，一身皆湿，如何入见？"太监拿出一套袍褂来，又诉苦说好话。崇纶花了好大一笔钱，才能换上干净袍褂去见慈禧。

类此故事，不胜枚举。若问：如果不受勒索，又将如何？则有张荫桓的故事，可以说明一切。甲午以前，张荫桓奉派为英国维多利亚女皇加冕庆贺专使，归途道经巴黎，购得祖母绿及红宝石戒指各一枚，进献两宫；前者的价值远过于后，特以孝敬慈禧。哪知李莲英那里没有打点到，为他一句话说得慈禧对张荫桓痛恨不已，与他后来之得杀身之祸不无关系。

据说李莲英是说了这么一句话："难为他记得那么清楚！莫非咱们真的就不配使红的？"慈禧当时色变——原来她自以为一生的恨事，是未能正位中宫。当两宫垂帘听政时，公评是东宫有德，西宫有才。军机奏请裁断时，慈禧所做的决定，明明是铁定不移的事，但还得问一声慈安才能算数。这一点对慈禧是极大的刺激，因而任何有嫡庶之分的事物，皆为绝大的忌讳。

其实，满洲旧俗对嫡庶之分并不视之为如何严重之事，因为基本上身份都是差不多的。选秀女时，何人"指婚"皇子，何人成为王府的"格格"，全凭运气。清宫后妃，姐妹甚多，妹妹身份高于姐姐，亦是常事。甚至如穆宗皇后阿特鲁氏的姑姑，亦即崇绮的幼妹，被选为妃嫔，对胞侄女须行朝中宫之礼，此在汉人为不可思议之事，而在清宫无足为奇。

但以满清末年，汉化的程度已很深，所以慈禧的嫡庶观念是汉人的，不是旗人的。汉人的嫡庶，不仅有身份的差异，更有出身的贵贱之别。论出身，慈安的父亲做过广西右江道，而慈禧的父亲惠征是安徽宁池太广道，出身完全相同；论才识，则慈安不及慈禧；且又生子，慈禧得使帝系血胤不绝——从哪方面来说，皇后都应该是她而非慈安，事实却偏偏倒了过来，此所以慈禧引为莫大的屈辱、无可弥补的恨事。

李莲英用这个忌讳来中伤张荫桓，是极狠的一着。因为张荫桓一直同情德宗，且与翁同龢接近，是公认的"帝党"。甲午以后，李鸿章失势，翁同龢与张荫桓如水乳交融，财政、洋务两大要政为翁、张紧紧抓住手里，朝野侧目，而张荫桓的"帝党"色彩亦更浓厚，"后党"视之如眼中钉。偏偏张荫桓毫不在乎。戊戌政变以前，德国太子亨利亲王访华，一切接待、觐见的仪节，由张荫桓一手包办，几乎连翁同龢都无置喙的余地。其中如德宗降御座与亨利握手、便殿赐坐等，已为保守分子视作大逆不道；及至国宴用他私人的厨子制西餐，这简直要掘内务府的根了！于是内务府通过李莲英的关系谗于慈禧，说张荫桓"教坏了皇上"。慈禧以今视昔，认为当初进献首饰，不用民间唯正室方可着红裙的红色，而用象征妾侍的绿色，是有意轻视。于是在戊戌政变中，将张荫桓亦列为祸首。

关于太监的生理问题，中医名医陈存仁博士是专家，他不但研究有素，而且搜集的资料、图片相当丰富。陈博士谈太监的文章，曾连载于《大成》杂志，读者有兴趣不妨参阅。在这里，我要谈一谈太监由不正常的生理而引起的不正常心理。

太监不正常的心理，大致由三种情感所构成：第一种是自卑感，形成的原因，由身体上的缺陷而来，不难理解；第二种是不足之心，因为"人之大欲"永远无法满足，所以恒在忽忽若有所失的心理状态之中，对于物质上的贪得无厌，以及精神上的幸灾乐祸、夸大，等等，都是此不足之心的反应；第三种只能用一个"阴"字来概括，阴柔、阴损、阴险皆是，这由生理上的女性荷尔蒙加上太监身份的卑微而形成。

太监之"阴"，如李莲英之中伤张荫桓，即为一例。所谓"明枪易躲，暗箭难防"，太监用到这个"阴"字诀，极其可怕。溥仪就常吃太监的暗亏，我不妨把它指出来，他在自传中说：

> 有一次我一连吃了六个春饼，被一个领班太监知道了，他怕我被春饼撑着，竟异想天开地发明了一个消食的办法：叫两个太监左右提起我的双臂，像砸夯似的在砖地上蹾了我一阵。过后他们很满意，说是我没叫春饼撑着，都亏那个治疗方法。

这是出于愚昧还是故意，不容易下断语。但下面这个例子，明明是有意"整人"：

这或许被人认为是不通情理的事情，不过还有比这更不通的哩。我在八九岁以前，每逢心情急躁，发脾气折磨人的时候，我的总管太监张谦和或者阮进寿，就会做出这样的诊断和治疗："万岁爷心里有火，唱一唱，败败火吧！"说着，就把我推进一间小屋里，然后倒插上门。我被单独禁闭在里面，无论怎么叫骂、踢门、央求、哭喊，也没有人理我。直到我哭喊够了，用他们的话说是"唱"完了、"败了火"，才把我释放出来。

对一个孩子来说，这是一种极残酷的惩罚，但在为了"败火"，当作一种治疗方法来看，太监可以将其施之于"万岁爷"，请看"阴"得可怕不？

第二章

爱新觉罗的祖先

由唐至明，女真人的兴衰

清为女真族，世居渤海之东，吉林松花江一带。唐朝曾建渤海国，由开元十七年（729）至后唐同光三年（925），始为辽所灭。但九十年后，即宋徽宗政和三年（1113），完颜（姓）阿骨打（名）起兵叛辽，自立为女真主；政和五年（1115）破辽，建国号曰金，定都会宁，在今宁古塔附近。姓名亦改为完颜旻，是为金太祖。

金太祖的第四子，即是旧时妇孺皆知的金兀术，金在汉化以后，原来有音无字的名字，改为汉名，叫做完颜宗弼，官拜"太师都元帅"，谥忠烈。

完颜宗弼功劳虽大，却未能接位为帝。太祖在位九年，传弟吴乞买，改名完颜晟，是为金太宗；金太宗在位十二年，传太祖之孙完颜亶，是为金熙宗。金熙宗在位十四年，为其同祖的堂弟完颜亮所弑。

完颜亮夺位时，为宋高宗绍兴十九年（1149）。完颜亮在位十二年，以荒淫无道被废，贬为海陵王。叶德辉校勘的京本通俗小说有《金虏海陵王荒淫》一卷，记录其淫乱事迹，与南齐废帝海陵王萧昭文可以媲"丑"。相传，宋与金媾和后，金又兴兵伐宋，即因完颜亮读了柳永的一首咏西湖的词，兴起"立马吴山第一峰"的壮志豪情。

代完颜亮而立者，为金世宗完颜雍，在位二十九年，年号大定。世宗治国不愧其年号，在这二十九年之中，全力汉化、尊礼汉人。有赋元遗山遗集诗云："明昌大定三生梦"，其令后人向往如此。

熙宗传废帝，废帝传世宗，皆为兄弟相袭。自世宗开始，帝系方始一贯。世宗在位时，本立次子允恭为太子，不及得位而殁。完颜允恭所娶的妃子，其母为宋徽宗在五国城所生的幼女，这位宋朝公主之女，生子名完颜璟，继其祖世宗为帝，即是金章宗。

金章宗由于有汉人的血统，而且是高贵的血统，所以汉化的程度较之世宗更进一步。其在位时更定官制，修明刑法，又设置弘文院，提倡文学艺术。前引诗中所谓"明昌"，即为金章宗的年号。《癸辛杂识》载：

> （金）章宗之母乃（宋）徽宗某公主之女也。故章宗凡嗜好书劄（同"书札"），悉效宣和，字画尤为逼真。
>
> 金国之典章文物，惟明昌为盛。

是则金章宗之令人爱慕，尤过于金世宗，无怪乎陈寅恪挽王国维，有"回思寒夜话明昌"之句。

宋理宗端平元年（1234），宋与蒙古联合灭金，为金章宗既崩之第二十六年。不久，宋亦亡于蒙古，元朝代兴。

但元能灭金，不能灭女真族，只能驱逐其回女真故地，并设"五万户"，赋予自治权，其地称为建州。按：国史称建州者，不下五地之多；此建州为渤海国的旧地，清朝的始祖为女真族的酋长，居鄂多理，即今吉林敦化，为当时建州最大的一个城。

到了明朝，对女真仍采羁縻政策，设置建州卫。不久，增设建州左卫，卫指挥猛哥帖木儿有个堂姊妹入明宫为妃嫔，有宠于成祖，因而猛哥帖木耳得升为都督，清史中称之为"都督孟特穆"。清朝建国后，尊之为"肇祖"，肇者，肇始之意。

努尔哈赤之父、祖同时遇难

肇祖的玄孙名觉昌安，为太祖努尔哈赤的祖父，追尊景祖；景祖之子塔克世，就是太祖之父，追尊显祖，生有四子：努尔哈赤、穆尔哈齐、舒尔哈齐、雅尔哈齐，除穆尔哈齐庶出外，其余都为显祖嫡妻喜塔腊氏所出。

太祖居长，生于明朝嘉靖三十八年（1559）。到万历十年（1582），太祖二十四岁时，祖、父同时遇难。事起于有个塔克世的旧部尼堪外兰，与建州卫都左指挥王杲之子、古勒城城主阿太章京不睦，私下引导辽东总兵宁远伯李成梁攻古勒城。阿太章京的妻子是觉昌安的孙女儿，也就是塔克世的侄女。觉昌安最钟爱这个孙女儿，闻讯大惊，星夜驰救。由于尼堪外兰曾是塔克世的旧部，所以在他们六弟兄中，公推行四的塔克世护持老父，赴援古勒。

古勒的城很坚固，李成梁的部队久围不下，尼堪外兰便派人进城活动，阿太章京的部将杀主出降。哪知尼堪外兰杀降屠城，觉昌安、塔克世父子双双被害。

噩耗传来，努尔哈赤悲愤不已，向明朝派在辽东的地方官大办交涉。奏闻朝廷，为了安抚努尔哈赤，于万历十一年（1583）二月，遣派使者将觉昌安父子的遗体送回，封努尔哈赤为"龙虎将军"，任命其为建州左卫都督，给予敕书三十道，马三十匹。努尔哈赤向使者要求逮捕尼堪外兰交给他处置，使者拒绝了。

于是努尔哈赤在这年五月间，以他父亲所遗留的十三副盔甲，起兵攻尼堪外兰于图伦城，尼堪外兰逃至热河承德附近的甲版城。努尔哈赤在图伦部署略定，复攻甲版，尼堪外兰便又逃至抚顺，要求"入边"。

边者，"柳条边"，据《辞海》解释：

> 清初屡有蒙古寇警，乃在今辽吉两省，插柳结绳，以定内外，谓之柳条边，亦称柳墙。南起辽宁凤城县，北至开原县，折而西南下，至山海关接边墙，周一千一百二十余公里。又自开原县威远堡迤东，历吉林省北界，至发特哈，长三百九十余公里……共有门凡

二十，清时每门设章京、笔帖式、官兵，分界管辖，稽查出入。

这是清朝的情况。明朝的柳条边，从西面看，南起山海关、迤逦往北偏东，即热河[1]、辽宁两省的边界，至开原威远堡，迤东抵达松花江（明清时称为混同江），为明朝在东北的疆界。至于自开原往南，以达凤城的柳条边，为保护清朝龙兴之地的兴京（今新宾）而设，当努尔哈赤初起时，固无此柳条边，即明朝的柳墙，后亦由开原后缩至抚顺。尼堪外兰要求"入边"，亦即要求进入明朝疆界，获得庇护。边吏怕引起纠纷，拒而不纳，尼堪外兰只好一直往北，逃至齐齐哈尔西南的鹅尔浑（今名昂昂溪），筑城以避。

努尔哈赤平定"海西四部"

自此而始，努尔哈赤展开拓土开疆的事业，首先是以兴京为根据地，统一建州三卫；自万历十九年（1591）开始，他的矛头指向"扈伦四部"。扈伦也是金人后裔所建的一国，共分四个部落：乌喇在北，哈达在西，叶赫在东，辉发在南。

---

[1] 热河，民国十七年（1928）9 月，改制为省。1955 年 7 月 30 日热河省被撤销。其辖区分布在今内蒙古自治区、河北省、辽宁省境内。

明灭元后，以扈伦改设为海西卫，因此扈伦四部亦称"海西四部"，其地当辽河以东、松花江以西。

海西四部后来构成"八旗"的主要部分，其酋长亦成亲贵。四部设治之地如下：

乌喇，今吉林省永吉县北，松花江东，清名其城为打牲乌喇。

哈达，本与乌喇同族，故城有二，一在开原县东，一在宁古塔西南。

叶赫，其先本蒙古人，姓土默特，灭那拉据有其地，因冒姓那拉，后迁叶赫河，改称叶赫部，设治今吉林省伊通县。慈禧太后即出于此族。

辉发，其族来自黑龙江，姓伊克哩，以后改姓那拉。数迁至辉发河边呼尔奇山，因称辉发部。故城在今辽宁省辉南县附近。按：海西四部中那拉氏有二，故正确的称呼，应为叶赫那拉和辉发那拉。

努尔哈赤的事业，奠定于三十五岁时，这年是万历二十一年（1593）。秋九月，叶赫纠合哈达、辉发、乌喇及长白山、蒙古科尔沁等部落，组成"九国联军"，围攻满洲，陈兵抚顺以东的浑河北岸。努尔哈赤料敌不过乌合之众，据险列阵，发百骑挑战，擒叶赫西城城主布寨，联军大溃，努尔哈赤纵兵掩袭，斩级四千，获马三千匹，铠甲千副，并俘虏乌喇贝勒之弟布占泰，自此军威大振。

于是万历二十七年（1593）灭哈达，三十五年（1607）

灭辉发，四十一年（1616）灭乌喇，海西四部已亡其三，只剩下叶赫未下。其时努尔哈赤五十五岁了，垂垂老矣。

清末有个传说，叶赫与清朝势不两立，叶赫那拉氏的秀女不得选为后妃。此说无稽。太祖高皇后即出于叶赫那拉氏。不过叶赫在海西四部中，与努尔哈赤的纠纷极多，始终不屈，则为事实。

努尔哈赤告天"七大恨"伐明

万历四十六年（1618），亦即努尔哈赤称帝的第三年，他发兵攻明，临行以"七大恨"告天誓师，这是做作。努尔哈赤世受明恩，起兵叛明，若无此所谓"七大恨"，则师出无名。"七大恨"当然是过甚其词，但其中三恨皆由明助叶赫：

> 明不守盟约，逞兵越界，卫助叶赫，恨二也；
> 明越境以兵助叶赫，致我已聘之女改适蒙古，恨四也；
> 叶赫渝盟召衅，而明乃偏信其言，遣使诟訾，肆行凌侮，恨六也。

告恨侵明的第二年，即万历四十七年（1619）正月，努尔哈赤亲征叶赫。辽东经略杨镐集兵沈阳，分四路攻满洲，每路兵六万，相约会师兴京，复有叶赫相助。结果左翼中路及北路、右翼南路，三路兵败，仅剩李成梁之子李如柏所领的右翼中路，遁回沈阳。叶赫本遣兵来会，中途得报，明军大败，急急引兵而归。

是年八月，努尔哈赤征叶赫。叶赫分东西两城：东城兵溃，城主金台吉被执，不屈而死；西城城主布扬吉献城投降。叶赫至此始亡。

第三章

太祖努尔哈赤、太宗皇太极

八旗共主制度

　　史家重正统。构成正统的唯一条件是：国中无国，亦即统一。但一个正统王朝而能享祚绵长，以我的看法，必须经过两代的经营。所谓"两代"，当然不能死看，以为必是父死子继，或者兄终弟及，紧接着的两代；其间或有波折顿挫。总之"马上得天下，不能马上治天下"，力战经营之"得"，与偃武修文之"治"，必须继承有人，方能厚植根基，长治久安。如隋之代北周而有天下，亡梁灭陈，统一南北，而库藏丰盈，开国条件之佳，无与伦比，但历三世，凡三十七年而禅于唐，即第二代炀帝为败家子之故。

　　从正面看，隋之前如汉，继高祖之创业而有文帝之文治，乃有汉家四百年天下；隋之后如唐有高祖、太宗父子两代；如宋有太祖、太宗兄弟，亦为两代；如明，则应视太祖、成祖为两代。至于清朝，入关以前，太祖、太宗的事业是一贯的，有因袭而无因革，虽独尊非太祖"共主"之本意，但自夏禹以来，非家天下不足以传国，基本上应视之为一个政权的由草创而成熟。因此，我以太祖努尔哈赤、太宗皇太极合并写为一章。

　　清朝自太祖至宣统凡十二帝，但辄云清宫十三朝者，因太宗有天聪、崇德两年号；细考不然，清朝建元应自崇德始，天命、天聪为皇帝之称号而非年号。孟森先生（字莼孙，号心史）《清代史》云：

> 太祖之建号天命，本自称为金国汗，而亦用中国名号，自尊为天命皇帝。其实并非年号，并未以天命二字为其国内臣民纪年之用。特帝业由太祖开创，在清史自当尊为开国之帝，入关后相沿以天命为太祖之年号，则亦不足深辩。至太宗改称天聪，亦是自尊为天聪皇帝，非以纪年。观太宗修《太祖实录》，屡称天聪皇帝，为不可分离之名词，可以见之。《太祖实录》成于天聪九年，时虽尚无帝制之心，而已有为国存史之意，亦见志量之不同其他夷酋。《实录》既成，明年又实行建国，去旧国号之金而定为清，观其以夷称君为满住，后即就改为满洲，以名其国。则清之为清，亦就金之口音而变写汉字，谓为清国耳。而清之一朝，实定名于是。故天聪十年，有大举动，改元崇德，则真用为年号……

这个看法非常精当，太祖虽借"七大恨"伐明，实际上只希望在关外立国，而能获得明朝的承认，初无问鼎中原之心。此只看太祖所定的立国制度为共主而非独裁，即是心目中有一并无任何子侄可以称帝的观念在，自更谈不到代明而兴、成一朝正统的大志。

何谓共主？即是八旗旗主各置官属，各有人民，并立而不相上下；遇有大事，则由八旗主会议决定。《武皇帝（太祖）实录》载：

> 天命六年正月十二日，帝与带善、阿敏、蒙古儿泰、皇太极、得格垒、迹儿哈朗、阿吉格、姚托诸王等，对天焚香祝曰："蒙天地父母垂佑，吾与强敌争衡，将辉发、兀喇、哈达、夜黑同一语音者，俱为我有。征仇国大明，得其抚顺、清河、开原、铁岭等城，又破其四路大兵；皆天地之默助也。今祷上下神祇，吾子孙中纵有不善者，天可灭之，勿刑伤，以开杀戮之端。如有残忍之人，不待天诛，长兴操戈之念，天地岂不知之？若此者，亦当夺其算。昆弟中若有作乱者，明知之而不加害，俱怀理义之心，以化导其愚顽。似此者，天地佑之，俾子孙百世延长。

这是清朝开国文献中很重要的一篇，可以看出太祖最看重的一事就是团结，而团结必出于公平与忍让。他自称"天命皇帝"，而不欲有子继承帝位，即是怕引起骨肉间的大冲突。至于以后太宗称帝，乃种种因素自然而然推移演变而来，因非太祖本意所在，亦非太祖始料所及。

前引告天文中八人，即为八旗旗主，即当时的四大贝勒、四小贝勒。带善即代善，蒙古儿泰即莽古尔泰，得格垒即德格类，迹儿哈朗即济尔哈朗，阿吉格即阿济格，姚托即岳托。除阿敏、济尔哈朗为太祖之侄，岳托为代善之子以外，其余皆为太祖之子。

四大四小八贝勒，大致皆为旗主。但有一贝勒主两旗，如四贝勒皇太极之有两黄旗；亦有两贝勒主一旗，如镶蓝旗之先归阿敏，后归济尔哈朗。八旗成长演变的过程，即为清朝开国的历史，而太祖一生的事业、理想，甚至感情，亦可在八旗的成长演变的过程中充分反映。因此，谈太祖、太宗父子，最切实际的办法，便是谈八旗制度。

太祖以十三副遗甲起事，即是只有十三名能作战的甲士，加上必需的从属人员，大致不会超过五十人。征尼堪外兰时，得兵百人，甲三十副；以后归附日众，必须加以部勒。最原始的组织是十个人一小队，其中之一为首领。编队时，每人出箭一枝，束为一束，由首领保管，这一束箭便是权威的象征。所以这个小队称为"牛录"，即汉语"大箭"之意，牛录的首领称为"牛录额真"，额真即"主"。

以后牛录的编制逐渐扩大，最后于万历二十九年（1601）定制，每牛录三百人。其时只有四个牛录，合计一千二百人。四牛录无论行军、打猎都在一起，以旗色为号。旗分黄、白、红、蓝四色。于此可知，八旗最初只有正黄、正白、正红、正蓝四旗。

及至努尔哈赤万历三十五年（1607）灭辉发、四十一年（1613）灭乌喇，实力大增，计有四百个牛录，总计十二万人，十四年间增加到一百倍。这四百个牛录，分为满洲、蒙古混合编组三百零八个，纯蒙古七十六个，汉军十六个。于是在万历四十六年（1618），增编四旗，黄、白、蓝旗镶红边，红旗镶白边，称为镶黄、镶白、镶蓝、镶红旗。

八旗的旗主，先要从早先的四旗谈起，孟森先生在《八旗制度考实》中考出：

正黄，旗主四贝勒皇太极。

正红，旗主大贝勒代善。

正蓝，旗主三贝勒莽古尔泰，后归德格类。

此三旗之外的正白旗，后由多尔衮所领，但那是太祖既崩以后的事，最初必另有旗主。孟先生下笔极谨慎，因无资料，故付阙如。但我为孟先生做一补充，正白旗的旗主，必是太祖的长子、广略贝勒褚英。

所谓"四大贝勒"，是太祖称帝后所封，并其弟舒尔哈齐第二子阿敏与其亲生之子，叙齿以定次序。代善年最长，称大贝勒；其次为阿敏，称二贝勒；以下为莽古尔泰及皇太极。其实代善为太祖次子，最初的大贝勒应该是褚英，二贝勒方为代善。第五子莽古尔泰为三贝勒，第八子皇太极为四贝勒，分领白、红、蓝、黄四旗。

何以见得正白旗为褚英所领？此可由情理推知：太祖的基本武力只有四旗，自然由年长的四子分掌。褚英与代善为一母所生，初期的征伐，褚英亦常受命领兵，则代善既有一旗，褚英更当有一旗，即为唯一最初旗主无考的正白旗。及至褚英获罪为太祖所诛，正白旗必然收归自将，因为小一辈中，褚英居长，他人的资望自不足以驾驭此旗，而且可以料想的是，正白旗是兵额、装备皆优的一旗，太祖亦不能轻易托付他人。

至于阿敏，原不主旗，后来由四旗扩编为八旗，始得领镶蓝旗；皇太极以才具冠于兄弟，多领镶黄一旗。镶红、镶白两旗主名无考，我很疑心此两旗本属于阿敏之父舒尔哈齐。黄道周《建夷考》中载：

> 初酋（按：指努尔哈赤）一兄一弟，皆以骁勇雄部落中。兄弟始登垅而议，既则建台，策定而下，无一人闻者。兄死，弟私三都督喇，酋疑弟二心，佯营壮第一区，落成置酒，招弟饮会，入于寝室，银铛之，注铁键其户，仅容二穴，通饮食，出便溺。弟有二名裨，以勇闻，酋恨其佐弟，假弟令召入宅，腰斩之。长子数谏酋勿杀弟，且勿负中国，奴亦困之。其凶逆乃天性也。

据孟心史考证，所谓"有一兄"，乃误记，太祖居长，不得有兄。"长子"即褚英，而"二名裨"为常书、纳奇布。我疑心镶红、镶白为舒尔哈齐居旗主之名，而由此"二名裨"分别带领。舒尔哈齐及此二将被杀，两旗亦归太祖自将，连正白旗共保留三旗的兵力，临终时分授三幼子。其详见后，先谈舒尔哈齐的死因。

按：上引文中的"三都督"，指乌喇贝勒布占泰。九国联军之役，布占泰原已被俘，太祖为怀柔起见，放他回国，且结姻亲，亲结得很奇特，在只知儒家礼法的人看来，闻所未闻。

乌喇贝勒名满泰，其女名阿巴亥。该女于万历二十九年嫔太祖为妃，后立为后，即多尔衮之母；多尔衮死后获罪，"祸延先妣"，阿巴亥改称为大妃。

大妃有叔即布占泰，继满泰而为乌喇贝勒。在九国联军之役中，布占泰被擒，而太祖释之回乌喇。布占泰本为太祖的叔岳，此时呼叔岳为"恩父"。因乌喇后求婚满洲，太祖以弟舒尔哈齐之女相许；二次又求婚，复以舒尔哈齐之女许配；三次再求，则太祖以第四女许婚。于是太祖与布占泰由叔岳而又一变为翁婿。

扈伦四部皆由"叶赫老女"而亡

翁婿之反目，在万历四十年（1612），起因是布占泰想娶太祖的一个"未婚妻"。这话似乎太离谱了，但一说明白，读者就会觉得我用"未婚妻"一词，不为过分。

太祖的这个"未婚妻"，《明史》称为"叶赫老女"。孟心史有一篇《清太祖所聘叶赫老女事详考》，扈伦四部皆由"叶赫老女"而亡，倾城倾国尤物，真是祸水。兹先言太祖与叶赫的关系。

太祖死后，由于太宗由四贝勒共治而定于一尊，所以他的生母成了"太祖孝慈高皇后",她的闺名叫孟古姐,为叶赫东城贝勒杨机奴之女。杨机奴胞兄名卿家奴,为西城贝勒,其子名卜寨,其女即所谓"叶赫老女"。

九国联军之役的盟主为高皇后的胞兄纳林布禄,所以此役为大舅子反妹夫。卜寨亦倾兵与战,奋勇当先,不料坐骑触木而踣,为太祖部下所斩。战事结束,叶赫要求归还卜寨遗体,太祖剖其半与之,遂成不解之仇。

万历二十五年(1597),叶赫媾和,以十五岁的叶赫老女许婚太祖,而以纳林布禄胞弟金台吉之女许婚代善,皆正式下过聘礼。不久,叶赫悔婚,金台吉之女嫁于蒙古,留叶赫老女不遣。

原来,纳林布禄要拿叶赫老女作为"奖品",谁能打败满洲,即以叶赫老女相许。于是万历二十七年叶赫诱哈达贝勒猛骨孛罗,有云:"尔若执满洲来援二将,赎所质三子,尽歼其兵二千人,我妻汝以所求之女。"太祖得知其情,一举灭了哈达。

万历三十五年,辉发贝勒拜音达里原来聘了太祖之女为妻,却久不迎娶,原来他亦看上了"老丈人"的"未婚妻"叶赫老女,因而为太祖所灭。

万历四十年,叶赫老女已经三十岁,但对布占泰而言,仍有极大的魅力,布占泰竟因此以"骲[1]箭"射太祖侄女,亦

---

[1] 骲(bào),指骨制的箭头。

即其妻娥恩姐。太祖兴师问罪，布占泰谢过："或者人以谗言，令吾父子不睦。若果射汝女，欲娶汝婚，上有天在。"太祖要求他以"汝子并大臣之子为质，方见其真"。延及一年，布占泰竟将他的儿女及十七臣之子送叶赫为质，太祖因而亲征乌喇，布占泰仅以身免，投往叶赫。结果国亡而香梦未圆，布占泰并没有娶到叶赫老女。

太祖与舒尔哈齐同母兄弟，由生嫌隙不和，而至于幽禁致死，并先杀舒尔哈齐两子，其起因有二：一为对乌喇及布占泰的态度不同。布占泰为舒尔哈齐两女之婿，其愿念亲情，并不视之为敌，万历三十五年曾有作战时公然祖护的事实，太祖因而夺弟兵权。舒尔哈齐的反应，据《清史稿》本传云：

居恒郁郁，语其第一子阿尔通阿、第三子札萨克图曰："吾岂以衣食受羁于人哉？"移居黑扯木。上怒，诛其二子，舒尔哈齐乃复还。岁辛亥八月薨。顺治十年追封谥。子九，有爵者五。

第二个原因是我的判断。太祖诸弟中，唯舒尔哈齐得与其并称，《明实录》于太祖兄弟的朝贡，并称为都督；《朝鲜实录》亦并称之为"老哈赤""小哈赤"。于此可知两人地位相埒[1]，而舒尔哈齐与明朝边将另有一重特殊关系，其女为李

[1] 埒（liè），同等，（相）等。

成梁之子、辽东总兵李如柏之妾，生一子。当时有"奴酋女婿作镇守，未知辽东落谁手"之谣，即指李如柏。舒尔哈齐既有兵权，复有奥援，其在对乌喇的政策上发生重大歧异，自然为太祖所忌，遂致演出骨肉相残的惨剧。

太祖既灭乌喇，扈伦四部只剩下一个叶赫，于是以索布占泰为名，攻破叶赫兀苏等城十九处。叶赫两贝勒金台吉、布扬古叔侄告急于明，明遣游击马时楠、周大岐带枪炮手一千，保护叶赫东西两城。其时满洲兵还不敢与明对抗，主要的原因是明军有"红衣大将军"——大炮。因此，太祖修书向明朝解释其兴兵叶赫的原因：由于叶赫"悔婚""匿婿"，不得不然。

当时明朝的威信未坠，犹足以使四夷有所顾忌，所以太祖还不能不貌为恭顺，而另出以狡计，愚弄边吏。因此，明朝虽支持叶赫，却并无发兵助叶赫攻满的打算；而太祖亦不敢大举侵叶赫，避免对明朝的过分刺激。

这样大致僵持的形势，到了万历四十三年（1615）夏天，发生了变化。叶赫急于复仇，以"老女"许婚蒙古喀尔喀部的莽古尔代，五月下聘，七月成婚。太祖部将都以为是可忍孰不可忍，主张进兵叶赫，而太祖不以为然，《武皇帝实录》载万历四十三年六月事云：

初，夜黑（按：即叶赫）布羊姑以妹许太祖（按：布羊姑即布杨古，卜寨之子、"老女"之兄），受其聘礼，又欲与蒙古胯儿胯（按：即喀尔喀）部翀孤儿太（按：即莽古尔代）台吉（按："台吉"一词由汉语"太子"转变而来，各部落酋长之子皆称"台吉"，意同王子），诸王臣曰："闻夜黑将汗聘之女欲与蒙古，所可恨者莫过于是。当此未与之先，可速起兵。若已与之，乘未嫁时，攻其城而夺之。况此女汗所聘者，非诸王可比，既闻之，安得坐视他适？"皆力谏兴兵不已。

太祖曰："或有大事，可加兵于彼；以违婚之事兴兵，则不可。盖天生此女，非无意也，因而坏哈达、辉发、乌喇，使各国不睦，干戈扰攘至此。大明助夜黑，令其女不与我而与蒙古，是坏夜黑，酿大变，欲以此事激我愤怒，故如是也。今尽力征之，虽得其女，谅不久而亡，反成灾患。无论与何人，亦不能久。启衅坏国已极，死期将至矣。"

诸王臣反复谏之，必欲兴兵。太祖曰："吾以怒而兴师，汝等犹当谏之，况吾所聘老女为他人娶，岂有不恨之理？予尚弃其忿恨，置身局外以罢兵；汝等反苦为仇雠，令吾怨怒，何也？聘女者不恨，汝等深恨何为？岂因忿遂从汝等之言乎？汝等且止。"言毕，令调到人马皆回。

诸王臣奏曰："此女迄今三十三岁，已受聘二十年矣。被大明遣兵为夜黑防御，夜黑遂倚其势，转嫁与蒙古，今可侵大明。"

太祖不允……

按：如上实录，太祖所谓"大明助夜黑，令其女不与我而与蒙古"一语，当系后来修实录时所加，太祖当时必不致作此语，当时御史翟凤翀巡按辽东时，主张根本不管他们的"家务"，疏称："以天朝作外夷撮合，名污而体亵。"可以反证明朝绝无令叶赫以"老女"予蒙古之事。天聪修实录所以加此语，无非以此与"告天七大恨"相呼应，以见其"造反有理"而已。

太祖之不欲兴问罪之师，乃老谋深算，因为叶赫之结蒙古，一方面恃以为援，另一方面亦是故意激怒太祖，希望满洲兴兵，则不但叶赫与蒙古组联军，足以相敌，而且明朝亦会从清河、抚顺发兵，东向夹击，危亡立见。

同样地，太祖不欲伐明，亦是怕叶赫与蒙古拊其背。其决定"固疆宇、修边关、务农事、裕积储"，自是持重的做法。

应当注意的是此后事态的发展：第一，三个月以后的闰八月，长子褚英因罪为太祖所杀，所得何罪，迄今不明，只有就官书中现存记载去猜测。《东华录》顺治五年（1648）三月"幽系肃亲王豪格"一条下记：

> 诸王贝勒贝子大臣会议豪格应拟死。得旨："如此处分，诚为不忍，不准行。"诸王大臣复屡奏言："太祖长子，亦曾似此悖乱，置于国法。"乃从众议，免肃亲王死，幽系之，夺其所属人员。

是则褚英的罪名与豪格相似。按：豪格为太宗长子，顺治异母兄。入关后平四川，斩张献忠于阵，但与其叔摄政王多尔衮不和，削爵系狱，其妻且为多尔衮所夺。《清史列传·宗室王公卷二》记：

> （顺治）五年二月凯旋，上御太和殿宴劳。三月，睿亲王（多尔衮）以豪格徇隐随征护军参领希尔根冒功事，又欲擢用罪人扬善之弟吉赛，议罪削爵，系之，卒于狱。八年正月，上亲政，念其枉，复封和硕肃亲王，立碑表之。
>
> 十三年九月追谥武，再立碑以纪其功。

据此，则豪格之获罪，别有缘故，后当详考，大致亦为不得皇位之故。当时以豪格之罪名比拟褚英，则褚英当亦有反太祖之事实，而与太祖不愿兴兵征叶赫及反明有关。

明朝人的记载，如《从信录》等，记褚英之为父所诛，是由于反对太祖叛明之故，此可能与事实恰恰相反。因为就现有的资料来看，太祖主张采取稳健的步骤，而"诸王大臣"主张兴兵，此"诸王大臣"当然包括褚英在内。此后不久，太祖正式称帝，亦是由于"诸王大臣"纷纷劝进，过拂部下之意，势必影响士气，不得不然。

太祖建国在万历四十四年（1616）正月，年五十八岁，称号为"天命皇帝"，后世误以为建元天命。其实，太祖此时不但无代明而有天下的雄心壮志，甚至根本不想维持传统的帝制，谆谆以共治为嘱。据满洲老档《武皇帝实录》载天命七年（明天启二年，1622年）三月初三日事：

> 皇子八人进见问曰："我等何人可嗣父皇，以登天赐之大位，俾永天禄？"帝曰："继我而为君者，毋令强势之人为之。此等人一为国君，恐倚强恃势，获罪于天也。且一人之识见，能及众人之智虑耶？尔八人可为八固山之王，如是同心干国可无失矣。"

这是太祖制定的国体，孟心史称之为"联旗制度"。但此制度要维持不坠，实在很难。八固山中的四大贝勒都想继承帝业，最后由皇太极继位，尚出于代善父子的拥立，否则相互砍杀，绝不能成一统之业。

袁崇焕镇守辽东

明亡清兴，实有天意，有清太祖、太宗及代善，并有明熹宗、思宗。明朝并非无人，袁崇焕、孙承宗、熊廷弼无不可以制满洲，但其遭遇，真是令志士丧气。当然，误国的疆臣边帅亦不是没有。先谈袁崇焕，张岱《石匮书后集》卷十一本传：

袁崇焕广西藤县籍，东莞人，万历己未进士，为邵武县令。天启壬戌，升兵部职方司主事。时广宁失陷，王化贞与熊廷弼逃归，画山海关为守。

按：广宁失守在天启二年。熊廷弼为经略，王化贞为巡抚，两人不和，而内阁及兵部皆袒护王化贞，因此熊廷弼虽有大举的计划，却无由实现。

天启元年（1621），原为抚顺游击而投清的李永芳勾结了王化贞部下的一个游击孙得功，由孙得功向王化贞献议，说李永芳有心反正，只要一发兵，里应外合，足以大破清军。王化贞大喜，以为立功有秘计，益发轻视熊廷弼。见此光景，熊廷弼便上奏乞休，朝廷亦已许了他。不道熊廷弼尚未能离任，太祖已在天启二年正月对辽河发动攻击，孙得功想绑架王化贞投清，幸有别将相救，得免被俘。

熊廷弼痛恨王化贞偾事，同时深知敌人还不敢渡辽河而西，因而随王化贞入关，打算让朝廷知道他的才具，既然王化贞失败，自然就会想到他，那时再来经营，亦还不迟。

《袁崇焕传》又说：

京师各官，言及辽事，皆缩朒不敢任，袁崇焕独攘臂请行，与阎鸣泰同出监军山海关。巡抚刘策议于山海关外掘壕堑，筑备城关……崇焕言守关当于关外守之，筑城与掘壕俱不便，请罢。阁部孙承宗自请至关，相度形势，是崇焕言。掘壕议遂寝，朝议遂以孙承宗为经略。

按：此记殊有未谛。山海关外另筑重关，议出两王——蓟辽总督王象乾，及代熊廷弼经略辽东军务的王在晋。当时大僚多不愿到辽东是事实，而王在晋功名心切，首辅叶向高因许以"关门一年无事，即予封拜"，因毅然以兵部尚书出镇辽东。

但实际上王在晋不但未到辽东，连辽西都未到，只在山海关内坐镇。关外已经弃守，但非满洲所占，而是蒙古喀尔喀、土默特等部在盘桓。其时的情势非常特殊，满洲与明朝都在争取蒙古，满洲希望蒙古进攻明朝，所以让出关前之地；而明朝则以为蒙古为我"守边"，所以经常有巨款犒赏，名为"行款"，蒙古兵则称为"西部"。王象乾的长技，即在结纳"西部"，以"行款"买得个无事，待老解职，挟丰盈的宦囊回老家去求田问舍，做权绅鱼肉乡里。

王在晋到镇，就照王象乾的办法，打算干满一年便可入阁拜相。不道忽然动了功名之念，计划利用西部收复广宁。王象乾极力劝阻说："收复广宁而不能守，朝廷不念收复之功，只问失地之罪，岂非自取之咎？为今之计，不如在关外设关，守住山海关，即是保卫京师。"

他说这话是有私心的。原来他的辖区虽为蓟、辽，但辽事有经略、有巡抚，所以实际上只是管蓟州。蓟州不失，即无罪过，如果关外设关，关内的蓟州又多一重保障，更可高枕无忧，所谓"守住山海关，即是保卫京师"，这"京师"二字应改为"蓟州"才符实际。

王在晋的本意亦只在守山海关，欣然纳议，请巨款在关门外八里铺筑关城。宁远道、袁崇焕及王在晋的好些幕僚都不赞成，而王在晋不顾。

奏疏到京，首辅叶向高以为仅凭书面上的说明无法判断，次辅孙承宗自请"身往决之"。到关一看，认为王在晋的想法根本不通。据《明史·孙承宗传》，当时有这样一段对话：

孙："新城成，即移旧城四万人以守乎？"

王："否。当更设兵。"

孙："如此，则八里内守兵八万矣。'一片石'西北不当设兵乎？且筑关在八里内，新城背即旧城址，旧城之品坑（按：掘壕成品字形谓之品坑）地雷为敌人设，抑为新兵设乎？新城可守，安用旧城？如不可设，则四万新兵倒戈旧城下，将开关延入乎？抑闭关以委敌乎？"

王："关外有'三道关'，可入也。"

孙："若此，则敌至而兵逃如故也，安用重关？"

王："将建三寨于山，以待溃卒。"

孙："兵未溃而筑寨以待之，是教之溃也。且溃兵可入，敌亦可尾之入。今不为恢复计，画关而守，将尽撤藩篱，日哄堂奥，畿东其有宁乎？"

按：以上一问一答，如不明山海关的地形，便不知王在晋的荒谬。山海关的正面，亦即由南面的海边，往北抵山，约计四十里。北面转折往西之处即"一片石关"，俗称"九门口"，为山海关的要隘，故当设兵防守。由一片石往南凡历五关到海，其中有一个关就叫"三道关"，北距一片石、南距山海关各为二十里。王在晋的意思，新城如不守，四万新兵可由"三道关"入关。所谓"旧关"，则指原来的山海关。及至孙承宗诘以"兵逃如故，安用重关？"自觉失言，因谓另筑三塞以待溃卒。真是越说越不成话了。

论理语穷，于是孙承宗就地召集军事会议，议守关外。关外又守何处呢？袁崇焕主守锦州西南的宁远；阎应泰主守宁远以南十二里海中的觉华岛，此处为后来明军屯粮之地；王在晋则主守"中前所城"，此城在宁远之西一百六十五里，而宁远距山海关一百九十里，换句话说，中前所城在山海关外二十五里之处。很显然，王在晋是怕关外守不住，为了逃起来方便，所以主守中前所城。

孙承宗支持守宁远之议，但希望由王在晋提出建议，谁知花了七昼夜的工夫，都未能说服王在晋。迫不得已，孙承宗还朝以后，据实上奏。

孙承宗的奏疏中说：

> 与其以百万金钱浪掷于无用之版筑，曷若筑宁远要害；以守八里铺之四万人当宁远冲，与觉华相犄角。敌窥城，令岛上卒旁出三岔，断浮桥，绕其后而横击之，

即无事，亦且收二百里疆土。总之，敌之帐幕必不可近关门，杏山之难民必不可置膜外。

不尽破庸人之论，辽事不可为也。

按：宁远即今兴城，乃恢复辽金的旧名。兴城以东为杏山及松山，当小凌河西岸；渡河为今锦州，明朝称为广宁中屯、左屯卫；过大凌河在今沟帮子、镇安一带，始为明朝的广宁卫。

觉华岛今称菊花岛，在兴城以南十二里海中，上有海云、龙宫两寺。明朝通海运时，东南粮秣接济山海关，即囤觉华，虽离海十二里，实为沙滩，水浅时涉足可过，不烦舟楫。所谓"三岔"，当指小凌河自海而北，过杏山后，分出女儿河、汤河两支流，遂成三岔而言。当敌窥宁远城时，必须过杏山、松山，渡双树铺河，方到城下；此时觉华岛的守卒，由东面在小凌河西岸登陆，预备烧断敌军在双树铺河所搭浮桥，拦腰袭击，则敌无归路，必当速退，可解宁远之危。

奏疏以外，孙承宗复在熹宗御经筵时，面奏王在晋不足任，于是调为南京兵部尚书，并斥责逃入关内、附和筑城之议的监司邢慎言等。辽东经略一时不得其人，孙承宗奋然请行，诏"以原官督山海关及蓟、辽、天津、登莱诸处军务"，并以阎应泰为辽东巡抚。《石匮书》卷八《孙承宗传》：

天子御门临送，诏书郑重，以汉诸葛亮、唐裴度为比。出镇之初，关门三十里外，斥堠不设；经营四年，辟地四百里，徙幕逾七百里，楼船降骑，东巡至医无闾。

医无闾山在今北镇附近，已及广宁；易言之，王化贞所弃的广宁，几已收复。至天启五年（1625）八月，孙承宗为阉党所攻去职，兵部尚书高第代为经略。孙承宗前后在关四年，修复大城九、堡四十五，练兵十一万，造甲胄器械等攻守之具数百万，拓地四百里，开屯五千顷。而满洲始终不敢犯。孙承宗不去职，岂有后来清兵入关之事？

明末清初与山海关有关者，有两高第：一为山海关总兵，其本人即为榆林籍，后降于清，随多铎征河南，《清史列传》列于"贰臣"。一即此处要谈的辽东经略，他是关内滦州人，字登之，两榜出身，在孙承宗出镇辽东时，为兵部尚书，亦主撤兵守关，孙承宗驳而不行。明朝的兵部尚书，既掌军政，亦主军令，犹如现代集国防部长与参谋总长于一身，称为"本兵"，威权极重，孙承宗驳了他的政策，认为大损其威望，因而不睦。既代孙承宗为辽东经略，自然一反孙承宗所为，撤关外之兵。袁崇焕时为宁前道，不奉命，他的理由是："我是地方官，守土有责，情愿死在宁远，不撤。"高第无以相难，只好不闻不问。

在孙承宗守辽的四年，满洲只零星骚扰，不敢大举入侵，因为太祖极见机，知道孙承宗不好惹。现在换了与王在晋一丘之貉的高第，自然不客气了。高第头一年十月到关，太祖第二年（天启六年，天命十一年，1626 年）正月便率诸贝勒大臣西征，统兵号称四十万。一路势如破竹，高第坐视不救。

袁崇焕与总兵满桂，只数千兵，固守宁远；太祖旨在攻关，关门一下，宁远不溃即降，无足为忧，因而绕城而西，横截山海关大路，同时分兵取觉华岛。不道袁崇焕在城上发炮，太祖不敌而退。《石匮书》袁传记其事云：

> 丙寅（天启六年）北骑四十万逼宁远城，城中戍守数千人，兵势单弱，城外有红（衣）炮数门，无敢发者；崇焕事急，勒唐通判亲自发炮。凡放红（衣）大炮者，必于数百步外掘一土堑，火着线，即翻身下堑，可以免死。唐通判不晓其法，竟被震死。炮过处，打死北骑无算，并及黄龙幕，伤一裨王。北骑谓出兵不利，以皮革裹尸，号哭奔去……辽东人谣曰："苦了唐通判，好了袁崇焕。"

此真齐东野语！袁崇焕复以崇祯中清太宗的反间计而被杀，传首九边；天下皆以为袁崇焕通敌倾国，虽正人君子亦然，毫无例外，此所以张岱贤者，能有如此笔墨。

捷报到京，本为阉党的兵部尚书王永光，一反支持高第的态度，上疏请重用袁崇焕：

> 辽左发难，各城望风奔溃。八年来贼始一挫，乃知中国有人矣！盖缘道臣袁崇焕平日之恩威有以慑之，维

之也。不然，何宁远独无夺门之叛民、内应之奸细乎？本官智勇兼全，宜优其职级，一切关外事权，悉以委之，而该道员缺，则听崇焕自择以代。

"悉以委之"则竟是以袁崇焕为实质上的经略；所升的官职则是"都察院右佥都御史巡抚辽东"。既有奖，自有罚，论高第不救宁远之故，他说关兵只得五万，若救宁远，万一关门有失，危及京师。于是阉党打算趁此机会整孙承宗。其时孙承宗已罢官回原籍畿南高阳，得到信息，派人跟户部去说："我交给高尚书的兵是十一万七千；上年十一、十二月，高尚书领的饷亦是十一万七千人。他说五万，你们给他五万人的饷，看他怎么办。我现在先不辩。高尚书应该自悔失言，有所补正。我如果一上奏疏，说明实情，传到四夷，让他们耻笑中国有数目都搞不清楚的经略大臣，岂非有伤国格？"这是孙承宗忠厚，让高第具疏自陈："前止据见在兵五万，会核有某兵、某兵，合十一万有奇。"因得从轻发落，免官而已。

太祖崩，太宗矫诏逼大妃殉葬

现在回头来说清太祖努尔哈赤，《清实录》：

上至沈阳谕诸贝勒曰："朕自二十五岁征伐以来，

战无不胜，攻无不克，何独宁远一城不能不耶？”不怿累日。

据明人记载，谓太祖受创而回，愤懑疽发背卒。朝鲜人记载，更谓太祖攻宁远受伤而卒。要之，太祖自此不履战场，延至是年八月十一日未时卒于离沈阳四十里的瑷鸡堡：事先不豫，至清河温泉休养，大渐回京，崩于途次，寿六十八。

此时随侍太祖的就是年方三十七岁的大妃，《清实录》言大妃：

> 饶丰姿，然心怀嫉妒，每致帝不悦。虽有机变，终为帝之明所制，留之恐为国乱，颁遗言于诸王曰："俟吾终，必令殉之。"诸王以帝遗言告后，后支吾不从。

此非当时真相：真相是太宗等矫诏逼大妃殉葬。因为她既饶丰姿，又当狼虎之年，必不能安于室；若有外遇，贻先帝之羞，犹是小事，问题最严重的是，她所生三子，太祖生前"分给全旗"，除阿济格甫成年，多尔衮、多铎一为十五、一为十三，如果大妃的情夫是野心分子，通过大妃而控制三旗人马，将肇大乱。因而假造先帝遗言，逼大妃上吊，以绝后患。

当太祖崩于瑷鸡堡，匆匆成敛，群臣轮班抬"梓宫"回沈阳，初更入宫，开始谈判，整整谈了一夜，大妃无奈，终于在第二天辰刻自尽。《清实录》——天聪九年（1635）所修的《武皇帝实录》，比乾隆朝改篆的《高皇帝实录》，保存了较多的真相。

《高皇帝实录》中接"后支吾不从"句下云：

> 诸王曰："先帝有命，虽欲不从，不可得也！"后遂服礼求，尽以珠宝饰之，哀谓诸王曰："吾自十二岁事先帝，丰衣美食，已二十六年，吾不忍离，故相从于地下。吾二子多儿哄、多躲，当恩养之。"诸王泣而对曰："二幼弟，吾等若不恩养，是忘父也！岂有不恩养之理？"
>
> 于是后于十二日辰时自尽，寿三十七。乃与帝同枢，巳时出宫，安厝于沈阳城内西北角。

多尔衮、多铎后由太宗抚养，其时孝庄皇后亦为其姑孝端皇后育于宫中，小多尔衮一岁。我一直怀疑世祖为多尔衮与孝庄所生之子，后面会谈到，此不赘。

太祖既崩，遗命八固山共治；九月太宗即位，乃出于代善父子之拥立。《东华录》：

> 太祖初未尝有必成帝业之心，亦未尝定建储继位之议……太祖高皇帝宾天，大贝勒代善长子岳托、第三子萨哈廉告代善曰："国不可一日无君，宜早定大计。四贝勒才德冠世，深契先帝圣心，众皆悦服，当速继大

位。"代善曰："此吾素志也。天人允协，其谁不从？"次日，代善书其议，以示诸贝勒。皆曰："善。"遂合词请上即位。上辞曰："皇考无立我为君之命，若舍兄而嗣立，既惧弗克善承先志，又惧不能上契天心，且统率群臣，抚绥万姓，其事綦难。"辞之再三，自卯至申，众坚请不已，然后从之。

孟心史《八旗制度考实》就此析论云：当时论实力，太宗手握两黄旗，已倍于其他贝勒，又四小王皆幼稚，易受代善指挥，唯余有两大贝勒：阿敏非太祖所生，自不在争位之列；莽古尔泰以嫡庶相衡，亦难与代善、太宗相抗。故有代善力任拥戴，事势极顺。

代善之所以尽力，由两子之怂恿。观于清开国八王，世所谓铁帽子王，其中太祖子三人，太宗子二人，太祖所幼育宫中之胞侄一人，其余二人，乃皆代善之后，以始封者非皇子，故以郡王世袭。而此两郡王，一为克勤郡王，即岳托；一为顺承郡王，即萨哈廉之子勒克德浑。清之所以报酬者如此，盖代善实为清之吴泰伯。

按：所谓"铁帽子王"，即"世袭罔替"的亲王或郡王。据上文刊封号姓名如下：

太祖子三人：礼亲王代善，睿亲王多尔衮，豫亲王多铎。太宗子二人：肃亲王豪格，承泽亲王硕塞（顺治十二年改号庄亲王）。太祖所幼育宫中之胞侄一人：郑亲王济尔哈朗。代善之后二人：克勤郡王岳托（初封成亲王，后因事降贝勒，殁后诏封克勤郡王。其子孙初改封号为衍禧郡王，又改平郡王，乾隆年间复号克勤郡王），顺承郡王勒克德浑。

皇太极攻辽西，袁崇焕杀毛文龙

太宗武功不逊于父，在位十七年，征服东海诸部及索伦部，今吉林、黑龙江两省尽归统属，平定内蒙古；尤以击败察哈尔林丹汗，获得"传国玺"，为正式建号"大清"及建元"崇德"的由来。至于侵明之役，前后六次，第二次用反间计杀袁崇焕。由后世来看，明思宗绝非清太宗的对手，清代明兴，已露端倪。

六次伐明之役如此：

第一次：太宗与袁崇焕议和不成，于天启七年（1627），亦即太宗即位的第二年五月，大举攻辽西。辽河以西的大川叫大凌河，北起义州，南流入海，为锦州的屏障。其时大凌河正在筑城，城工未竣，总兵赵率教守锦州，坚守不失，于是太宗渡小凌河，经连山（今锦西）进围宁远。

宁远为袁崇焕亲自镇守。他的战术很特别，环城掘壕，士兵守壕不守城，壕前摆满大车，作为防御工事，而车后有火器埋伏。太宗佯退诱敌，袁崇焕不为所动；太宗乃又回师进击，不道枪炮齐发，清军死伤无算，是为锦州大捷。太宗出师不利，毁大小凌河而退。

隔了两个月，魏忠贤对袁崇焕看不顺眼，买通御史参他不救锦州，袁崇焕罢官，以王之臣代为巡抚。

又过了一个月，熹宗崩，无子，皇五弟信王入承大统，即是年号崇祯的思宗。十一月，魏忠贤伏诛；崇祯元年（1628）四月，袁崇焕复起。

袁崇焕复起，杀毛文龙，以及太宗用反间计假手崇祯杀袁崇焕，过程皆富于戏剧性。我曾检《明史》《石匮书》及其他野史参校，《石匮书》所记杀毛文龙事最为得实——记"复起"则足以反映当时舆论对袁崇焕的强烈不满，此真千古冤狱！此处介绍《石匮书》所叙，并做必要的注解。读过《陶庵梦忆》的读者，都知道张岱是个很有趣的人，他记崇祯召见袁崇焕的情形，充满了"戏文"的趣味：

崇祯践祚，起兵部尚书，加太子太保，令地方官敦趋就道，遂于元年七月十四日至邸。上御平台，特宣崇焕，并辅臣、尚书、九卿等召对。（按："平台"在西苑，为明武宗开"内操"时所建以阅兵者，明末出师命将，皆召见于此；入清改名"紫光阁"。）

上语崇焕曰："女直跳梁十载，封疆沦陷，辽民涂炭，卿万里赴召，有何方闻，据实奏闻。"（按：女直即女真；辽兴宗名耶律宗真，为避讳因改真为直。）

崇焕对曰："臣受皇上特达之知，注臣于万里之外，倘皇上假臣便宜，五年而东患可平，全辽可复，以报皇上。"（按："便宜"者，"便宜行事"之谓。袁崇焕知敌不足畏；所患者层层掣肘，不能放手办事。故袁崇焕首以此为言，此后所有要求，皆不脱"便宜行事"的范围。）

上曰："五年灭寇，便是方略，朕不吝封侯之赏，卿其努力，以解天下倒悬。"辅臣韩爌、刘鸿训、李标、钱龙锡等奏曰："崇焕肝胆识力，种种不凡，真奇男子也。"

崇焕奏曰："臣在外调度，所有奏闻，一凭阁臣处分，阁臣不可不着力主持。"

上顾谕阁臣，阁臣奏曰："敢不承命！"

崇焕又奏曰："边事四十年，蓄聚此局，原不易结，但皇上宵旰[1]于上，正臣子枕戈待旦之秋。臣尽心竭力，约略五年。但五年之中，须事事核实，第一钱粮，第二器械，户工两部，俱要悉心措置，以应臣手。"

上顾谕两部尚书王家桢、张维枢，奏曰："敢不承命。"

崇焕又奏曰："臣承命在外，止以灭寇为事，五年之中，事变不一，还要吏兵二部，俱应臣手，所当用之人，选与臣用，所不当用之人，即予罢斥。"

上顾谕两部尚书王永光、王在晋，曰："敢不承命。"

崇焕又奏曰："圣明在上，各部公忠，毫无不应臣手，但臣之力制东事而有余，调众口而不足，一出君

---

[1] 旰（gàn），晚。

门，便成万里，忌功妒能，岂遂无人？即凛于皇上之
法度，不致以权掣臣之肘，亦能以意乱臣之心。"

上曰："朕自主持，不必以浮言介意。"

崇焕又奏曰："有皇上主持，臣不孤立……"

张岱行文，所要强调的是，袁崇焕要挟需索，得寸进
尺，最后竟想钳制言官。但既皆许诺，则袁崇焕杀毛文龙，
亦为便宜行事，无足为罪。至于"一出君门，便成万里"，确
为当时实情，崇祯既许以"朕自主持，不必以浮言介意"，而
到头来毕竟听信浮言，陷袁崇焕于孤立，且以杀身，则是君
负臣，非臣负君。

至于毛文龙，自有取死之道，此人为杭州无赖，浪迹辽
东，因缘时会，得领师干，捏造战报战功，得升为左都督，
据辽东半岛、鸭绿江口的皮岛，以筹饷为名，大做走私的生
意，满洲所需物资，多从皮岛而来，核其行为，"资敌"无
疑；但"日以参貂交结当道"。既见杀，当道不复再能得贿，
因而怨及袁崇焕，先造蜚语，说袁崇焕通敌；而清太宗提出
要求，以毛文龙的首级为信物。这话由"当道"（包括言官）
以至宦官，日言于崇祯，信之不疑，所以后来一闻浮言，即
以为袁崇焕果然通敌。是则杀袁崇焕，亦不尽由于崇祯庸暗。
总之，万历一朝四十余年，冤气、戾气凝集不散，遂有天启
东林之祸，阉党横行，崇祯初虽有"逆案"，但君子道消、小
人道长之势未改，几无正人君子容身之地。此是明朝气数已

尽，崇祯既昧于天命，不能返躬修省；更不能善尽人事，唯果于杀戮，足令志士丧气，不亡又安可得？

《石匮书》记毛文龙被诛事，颇为细致，足当实录。本传云：

> （崇焕）至双岛（高阳按：指琼岛及皮岛），文龙往宁远，迟之两日，见江上战船将士，皆傲视不顾，谕以"督师亲至地方，尔辈何不晋谒？"对曰："未奉将令，不敢晋谒。"

按：此足见毛文龙眼中根本无袁崇焕。但绝不能谓为袁崇焕以其无礼，杀之以为报复。袁崇焕的想法是：有此心目中无主帅之将，则缓急之间，不但不可恃，且紧要关头，反足以助敌，亦未可知。袁崇焕所以有五年复全辽的把握，端在能保有完全彻底的指挥权。今有此将，安可不除？且知毛文龙交结当道，如果循正当之途径去毛，必不能如愿，因而采取断然行动。本传续载：

> 崇焕愕塞，不发一言。但日与幕客数人，沿江闲步，拾沙际文石，攫夺为戏，或呼酒席地，小饮成狂。兵船侦探见者，皆曰："督台轻狂若是。"皆不以为意。

平心而论，袁崇焕此时虽已有必去毛文龙之意，但亦非不可挽回，只要毛文龙能示诚受节制，袁崇焕亦乐于有此一支海上呼应支援之兵。只是从根本上毛文龙便轻视袁崇焕，那就不能不决裂了。

当时等毛文龙回来以后，袁崇焕并未动手，相与燕饮，每至夜分；席上谈公事，袁崇焕主张变更营制，并设监司理民政，毛文龙怫然不悦，话就谈不下去了。

于是袁崇焕讽示毛文龙离官回乡。毛文龙说："我一向有此意思，但唯有我知道'东事'；等'东事'告竣，朝鲜衰弱，一举可以占领。"所谓"东事"即指对满洲的军事而言。毛文龙大言不惭，已使得袁崇焕大感不快，而居然还存着占朝鲜的妄想，则他的兵即令能打，亦必保存实力，对袁崇焕五年复辽的计划完全没有帮助。到此，袁崇焕才决定采取行动。

于是以邀"观射"为由，将毛文龙诱至袁崇焕设在山上的行帐，将随行士兵摒拒在外。其过程在张岱的笔下极其生动。

《石匮书》记袁、毛打交道，尚有他语；又袁崇焕所带亲兵无几，而双岛毛军数千，袁崇焕何能从容执法？则袁之机智，自别有过人之处，仍须看《石匮书》方知其中曲折奥妙：

> （崇焕）索其兵将名册，以给犒赏；文龙不肯进册，漫应曰："本镇所带亲丁，现在双岛者，三千五百余人耳。明日领犒。"

按：毛文龙不肯进册者，因袁崇焕一直要查核他的饷项支出，恐一进册则据名册核饷，情弊立见。乃约次日犒军，登岸较射。

乃传令中军，带亲丁四面摆围，崇焕坐帐房犒赏军士。文龙来谢，坐语良久。崇焕曰："明日不能踵别，国家海外重寄，合受焕一拜。"拜已，相约从减，山上亲丁仍于山上摆围。文龙从官百二十人，俱绕围兵，内丁千名截营外，崇焕乃命各从官过见，慰劳之曰："各将官海外劳苦，粮多不敷，使汝等空乏，情实可悯。汝等亦受我一拜。"拜已，众皆感泣。

按：向毛一拜，以宽其意；向众从官一拜，是一种试探。"众皆感泣"则知可以感化，可以理折，可以气夺，然后可以杀毛文龙。

遂问将官姓名，有言毛可公、毛可侯、毛可将、毛可相，百二十人俱姓毛。

按：此似近乎儿戏，其言夸诞，实则不然。当时投身行伍，有不知其姓者，主事者乃任意制一姓名予之，如王得标、王得胜之类。有轻率者，则故意制一恶姓怪名以相戏，湘军中不乏其例。然亦有喜舞文弄墨，特为制一与其人不称之嘉名相赠，如鲍超目不识丁，贵后始识其姓，而字"春霆"，即其一例。彼时通文墨者，每以屈事武夫为耻，遇有机会，每加戏侮。如鲍超曾得部下献董香光屏条四幅，相传系李闯部下得自明宫，鲍超谓幕友："何无上款？"此幕友答谓："好办！"援笔在下款之上加一上款："春霆军门大人雅正"。文士狎侮武夫，类皆如是。所谓"毛可公"、"毛可侯"的题名，亦是一时相戏，未必有何深意，而毛文龙不说真话，遂成口实。

崇焕曰："汝等岂可都姓毛？"文龙应曰："皆是小孙。"崇焕作色对文龙曰："此便欺我！此辈皆异姓之人，今皆姓毛！吾闻天子方可赐姓，汝今擅改人姓，欺君罔上，罪莫大焉。"顾官曰："汝等还该复还本姓，为朝廷出力，自立功名，何得为此欺罔之事。"因大声问文龙曰："我到此数日，披肝沥胆，望尔听我训诫。岂意汝狼子野心，总是一片虚词。目中已无天子国法，岂容宽假？"语毕，西向叩头，请皇命，褫文龙冠带。

按：清制有"皇命旗牌"，而无"尚方剑"，皇命即等于尚方。明制有皇命，有尚方剑，两者权威有差减。凡出镇，必赐皇命旗牌，而尚方剑则系特赐。一请尚方，其人必死。袁崇焕先请皇命，后请尚方，步骤不乱，自见其智珠在握。

数之曰："女（汝）有应斩十二大罪：兵马钱粮，不经查核，夜郎自据，横行一方，专制孰甚，当斩一；说谎欺君，杀降诛顺，全无征战，却占首功，欺诳孰甚，当斩二；刚愎撒泼，无人臣礼，牧马登莱，问鼎白下，大臣无道，当斩三；每岁侵饷银数十万，每月给米三斗五升，克减军粮，当斩四；私开马市，潜通岛裔（夷），当斩五；命姓赐氏，不出朝廷，走使舆台，监（滥）给劄付，犯上无等，当斩六；劫掠商人，夺船杀命，积岁所为，劫赃无算，身为盗贼，当斩七；部将之女，收为姬妾，民间之妇，没入为奴，好色海淫，当斩八；逃难辽民，不容渡海，日给碗饭，令往掘参，畏不肯往，饿死岛中，草菅民命，当斩九；拜魏忠贤为父，迎冕旒像于岛中，至今陈汝明一伙，盘踞京师，交结近侍，当斩十；女真攻破铁山，惨杀辽人无数，逃窜皮岛，掩败为功，当斩十一；开镇八年，不复守土，观望养寇，当斩十二。”

又谕各官曰：“毛文龙十二罪，汝等说当与不当？若杀之不当，汝等上来先杀了我。”延颈就戮，众官皆相视失色，叩头乞哀。

毛文龙为之气夺，只叩头求免。袁崇焕问毛可公、毛可侯那班人："文龙当斩否？"都唯唯称是。中有人以为毛文龙虽无功劳，亦有苦劳，但为袁崇焕作色一喝，亦即住口。

此时，袁崇焕方始请尚方剑，斩毛于帐下，随即宣布，只诛文龙，余俱无罪。乃重新部署，将毛文龙的兵分为四协，以其子毛承祚及副将陈继盛分别率领。同时大犒将士，传檄各岛，将毛文龙的各种苛政尽皆革除。恩威并用，贴然绥服。

回到宁远，上奏具言其事，最后自陈："文龙大将，非臣得擅诛，谨席藁待罪。"崇祯看袁崇焕如此作为，心里不免害怕，这就种下了袁崇焕不得善终的基因。亡国之君之所以为亡国之君，就在这些地方！从古至今，只有英主才能用英雄。或谓庸主亦可用英雄，如刘阿斗百事不问，唯倚武侯。此亦不然，刘阿斗是个特例：武侯为顾命之臣，刘阿斗倚恃如父，论其实际，并非信任。若如官文，自可谓之庸，但能重用胡林翼，此识人的眼光及用人不疑的襟度，亦就不庸了。

话虽如此，崇祯自亦不能不优诏相答。于是袁崇焕又上言："文龙一匹夫，不法至此，以海外易为乱也。其众合老稚四万七千，妄称十万，且民多，兵不能二万，妄设将领千，今不宜更置师，即以副将陈继盛摄之。"又请增饷至十八万。报准奏。

平心而论，袁崇焕的处置，确有些欠考虑。当毛文龙叩头求免，从官畏服，则权威已经建立，只逮捕毛文龙置于左右，其子承祚及部将为求保毛之命，必然听命，一样可达到整顿的目的。以前方大将，除非有反叛犯上的逆迹，不能不断然处置以外，绝无请尚方剑立斩的必要。那就无怪乎有人造作蜚言说袁崇焕通敌，而以毛文龙的首级为信物了。

是年十月，清太宗率兵破边墙，自遵化侵北京。《东华录》载：

天聪三年即明崇祯二年，十二月辛丑，大兵逼北京。上（按：指清太宗，此时尚自称"金国汗"）营于城北土城关之东，两翼兵营于东北，侦知满桂、侯世禄等集德胜门。上率右翼诸贝勒前进。又闻瞭见东南隅有宁远巡抚袁崇焕、锦州总兵祖大寿以兵来援，传令左翼诸贝勒迎击。

癸卯（按：中隔一日），遣归顺王太监赍和书致明主。上率诸贝勒环阅北京城。

乙巳（按：又隔一日），屯南海子。

丁未（按：又隔一日），进兵距关厢二里。

戊申，闻袁崇焕、祖大寿营于城东南隅，竖立栅木，令我兵逼之而营。上率轻骑往视进攻之处，谕曰："路隘且险，若伤我军士，虽胜不足多也。"遂回营。

如上所引，自辛丑至戊申，历时凡七日，太宗只在城外盘旋，并未能攻城，原因是京城高大坚固，且无攻城之具，所以虽兵临城下，并不危急。只看袁崇焕、祖大寿援兵到后，并不急于接战，而在广渠门外构筑工事，有断其归路之意。按：清兵此次由喜峰口破边墙入关，陷遵化，蓟州巡抚王元雅自经死，驻关门的总兵赵率教赴援阵亡，清兵遂趋蓟州，越三河，略顺义，而至京城之北。及至袁、祖入援，屯营东南即广渠门外，则通州及三河在控制之下，俟各路勤王师集，清兵不复能由三河、蓟州、遵化而出喜峰口、南天门，则只有自顺义北走，经密云出古北口，袁崇焕自必早有伏兵，而屯德胜门外的总兵满桂，率师追击，三面夹攻，清军危乎殆哉。太宗本怯袁崇焕，所以此次进关绕道蒙古、热河，不敢正面攻守锦州的祖大寿及坐镇宁远的袁崇焕，勘阵以后，复有"路隘且险，若伤我军士，虽胜不足多"之语，自度已难力敌，因用智取。

崇祯中反间计，枉杀袁崇焕

说起来似乎齐东野语，而确为实情，赵普半部《论语》治天下，清太宗一部《三国》败明朝。这部《三国》还不是陈寿的《三国志》，而是罗贯中的《三国演义》。

满洲之有文字，始自万历二十七年（1599），系蒙古文的改良。最早译成满文的少数汉文书籍，其中就有一部《三国演义》。太宗熟读此书，且颇以自矜；他的用兵，自战略至战术，往往取法于《三国演义》中的故事。计杀袁崇焕，则脱胎于"蒋干盗书"。兹接前续引《东华录》如下：

> 先是获明太监工人，付与副将高鸿中、参将鲍承先、宁完我、榜式达海监收。至是回兵。高鸿中、鲍承先遵上所授密计，坐近工人太监，故作耳语云："今日袁巡抚有密约，此事可立就矣。"时杨太监佯卧窃听，

悉记其言。

　　庚戌，纵杨太监归。杨太监将高鸿中、鲍承先之言详奏明帝，遂执袁崇焕下狱。祖大寿大惊，率所部奔锦州，毁山海关而出。

　　《东华录》据清朝官文书所记如此，再看明朝方面的记载如何。仍引《石匮书》袁传以见当时的情事及舆论：

　　崇焕奏："臣守宁远，寇被臣创，决不敢侵犯臣界。只有遵化一路，守戍单弱，宜于彼处设一团练总兵。"遂以王威为请。兵部以王威新奉部劾，不肯即予，留难移时，北骑果于遵化入口。

　　按：张岱此传可取，即在叙事公正，并不因为其时对袁崇焕皆曰"可杀"而一笔抹杀。袁崇焕料敌如神，既已提出遵化单弱的警告，兵部即应事先防范；而留难不予王威，全然不符当日平台召见，事事应手的许诺，则追究北骑入口的责任，全在"本兵"。应斩者实为王在晋，而非袁崇焕。

　　崇焕与祖大寿率蒙古壮丁万余骑，进援蓟镇。北骑至蓟镇，与崇焕兵遇，不战，离城数里扎营。次早直趋京师，崇焕尾其后，亦至京师城下，即上疏，请入城养病，俟病稍痊出战。上不许，召崇焕陛见，劳

以裘帽，即命归营。是日北骑绕城北，山海总兵满桂
方到，兵未成列，北骑袭之，大败，全军覆没。满桂
侲杀入阵，救出满桂。满桂创重，伏马上驰出城，至
城下，请入陛见，遂言崇焕于女直主狙，差喇嘛僧往
彼议和，杀毛文龙以为信物，今勾引入犯，以城下之
盟，了五年灭寇之局。上犹未信，有二内官被掳，囚
营中逃归，言亲见崇焕差官往来，语言甚密者；又言
城上瞭望，有见敌兵与我兵嬉笑偶语、往来游戏者；
又言满桂战不利，差人往崇焕营，速其放炮，及放炮，
皆无钱粮（弹药）者。

以上所记，得诸传闻，颇有失实之处，如谓袁崇焕奏请
"入城养病"云云，已涉于离奇；以下所记，亦复如此：

上大怒，即遣中使二人，召崇焕面议军事。崇焕欲
无往而难于辞，乃以军中见疑，请以二中使为质。上即
以二中使留质军中。崇焕陛见，上命满桂与之面质，满
桂见崇焕御前赐坐，拉之下跪，尽发其通敌奸状，并言
其接济寇粮，凿凿有据。崇焕见满桂，色变，遂不能
辩，免冠请死。上命锦衣卫堂上官拿送镇抚司，即令满
桂往统其军。

谓袁崇焕不敢陛见，以及见满桂色变，皆为必无之事。

满桂并未"全军覆没",创亦不甚重,否则,崇祯不致"即令满桂往统其军"。

事实上是袁崇焕与祖大寿同时奉召陛见,事先毫无迹象显示此去有何危险,因此召对时骤缚袁崇焕,使得祖大寿股栗无人色。既退,闻山海关、宁远将卒不肯受满桂节制,祖大寿乃引所部兵出山海关。如关宁将卒愿受节制,以祖大寿的本性而言,还是会跟满桂合作,共御北骑的。及至祖大寿既奔,满桂营于永定门外,为清兵所破,满桂战死。

其时已复起孙承宗督师,驻通州收容溃卒。当务之急自然是安抚祖大寿,孙承宗与袁崇焕皆于祖大寿有恩,因而孙承宗请袁崇焕在狱中作书,召祖大寿听命于孙承宗,仍遣出关守锦州,关外局势暂时可以稳住了。

关内则永平沦陷,由阿敏领重兵驻守,其余清兵于崇祯三年(1630)二月退回奉天。五月,孙承宗督师攻复滦州,阿敏怯敌不敢赴援,屠永平官民,偕迁安、遵化守将弃城而遁,孙承宗部将张春追击,斩获甚众,永平、遵化、迁安、滦州四城皆复。阿敏则因此被罚,免死幽禁,他与他的儿子洪可泰自关内所夺得的人口、奴仆、牲畜,俱给阿敏的胞弟济尔哈朗,镶蓝旗从此易主。时为天聪四年(1630),即崇祯三年六月。

八月间,袁崇焕被难。阉党本拟借此翻案,目标还不止于袁崇焕,而是借袁案株连钱龙锡。孟心史《明本兵梁廷栋请斩袁崇焕原疏附跋》云:

时阁臣钱龙锡持正，不悦于阉党。阉党王永光复用为吏部尚书，引同党御史高捷、史望，为龙锡所扼，遂以龙锡与崇焕屡通书，讦议和，杀文龙为龙锡主使，并罢龙锡。时起用孙承宗，御建州兵，兵退。遂于三年八月磔崇焕。九月逮龙锡，十二月下龙锡狱。

阉党借议和、诛毛，指崇焕为逆首，龙锡等为逆党，谋更立一逆案，与前案相抵。（按：崇祯即位，整肃阉党，此案名为"逆案"。所谓"前案"即指此。）内阁温体仁、吏部王永光主其事，欲发自兵部，而兵部尚书梁廷栋不敢任而止。仅议："龙锡大辟，决不待时。"帝不信龙锡逆谋，龙锡亦悉封上崇焕原书及所答书，帝令长系。明年，中允黄道周申救谪外，而帝亦诏所司再谳，减龙锡死，戍定海卫，在戍十二年，两赦不原，其子请输粟赎罪，周延儒当国，尼不行。南渡后始复官归里卒。崇祯宰相五十人，龙锡尚为贤者，崇祯初与刘鸿训协心辅政，朝政稍清，两人皆得罪去。崇焕则以边事为己任，既被磔，兄弟、妻子流三千里，籍其家，无余赀，天下冤之。

按：崇祯即位之初，诛魏忠贤，定逆案，撤九边监军太监，罢苏杭织造，用钱龙锡、刘鸿训、来宗道等入阁办事，来宗道虽有"清客宰相"之称，钱、刘则皆为不附魏忠贤而于天启朝见斥者。崇祯初政，确有一番清明气象；所惜除恶不尽，且乏知人之明，于是温体仁值经筵，周延儒为礼侍，而刘鸿训不旋踵罢去，逆阉流毒复起，可为扼腕。

袁崇焕死得很惨，《石匮书》本传：

> 于镇抚司绑发西市，寸寸脔割之。割肉一块，京师百姓从刽子手争取生啖之。刽子手乱扑，百姓以钱争买其肉，顷刻立尽。开膛出其肠胃，百姓群起抢之，得其一节者，和烧酒生啮，血流齿颊间，犹唾地唾骂不已。拾得其骨者，以刀斧碎磔之。骨肉俱尽，止剩一首，传视九边。

此段记载，似有言过其实处，但必有其事，则毫无可疑。其家属在辽者，流贵州；在籍者，流福建。史书皆谓其"胤绝"。乾隆四十八年（1783），高宗手诏查问袁崇焕后裔下落，广东巡抚尚安查奏："袁崇焕无嗣，系伊嫡堂弟文焜之子入继为嗣，见有五世孙袁炳，并未出仕。"后蒙恩得授峡江县丞。

民初东莞人张江裁作《东莞袁督师后裔考》，据云：袁下狱定罪后，其妾生一子，先匿民间，后依祖大寿，其子名文弼，以军功编为宁古塔正白旗汉军，后居黑龙江瑷珲。传七世而有弟兄三人，其季名世福，即富明阿，咸丰六年（1856）官至副都统，从钦差大臣德兴阿辗战江南，为满洲名将，光绪八年（1882）卒，年七十六，官至吉林将军。富明阿多子，长子寿山、六子永山皆显达，但惜隶于旗籍。袁崇焕地下有知，不悉其为欣慰，抑为遗憾。

收买祖大寿

袁崇焕一死，最大的影响是，不复再能用祖大寿。《清史列传·贰臣传》记祖大寿云：

> （崇祯）三年正月，大兵（按：指清军）克永平，下迁安、滦州，各留师镇守。（孙）承宗檄大寿率兵入关规复……四月，大寿同总兵马世龙、杨肇，副将祖大乐、祖可法、张弘谟、刘天禄等袭滦州，以巨炮击毁城楼。我兵在城中及永平、遵化、迁安者，皆不能守，弃城出关而归。大寿仍镇锦州。

能"以巨炮击毁城楼"，则城何可守？阿敏弃四城而遁，事非得已，于此可知。太宗命阿敏守蓟州四城，实为借刀杀人之计。欲除阿敏的动机，早肇于太祖新丧之际。《东华录》崇德八年（1643）八月，召责阿敏旗下大将傅尔丹时，追述往事云：

> 太祖皇帝晏驾哭临时，镶蓝旗贝勒阿敏遣傅尔丹谓朕曰："我与诸贝勒议，立尔为主；尔即位后，使我出居外藩可也。"朕召……等至，谕以阿敏（云云），若令其出

居外藩，则两红、两白、正蓝等旗，亦宜出藩于外，朕已无国，将谁为主乎？若从此言，是自坏其国也……复召郑亲王问曰："尔兄遣人来与朕言，尔知之乎？"郑亲王对曰："彼曾以此言告我，我谓必无是理，力劝止之。彼反责我懦弱，我由是不复与闻。"

阿敏请率本旗出藩，即有不愿臣服之心，迟早必成肘腋之患。济尔哈朗幼育于太祖宫中，小于太宗七岁，情谊如同胞，故太宗思夺镶蓝旗予济尔哈朗，为理所必至之事。蓟州四城本由济尔哈朗占守，两个月后，命阿敏接防，以其时祖大寿由孙承宗慰抚，将领兵入援，事先遣谍潜入永平侦察，为清军所获斩于市，乃知锦州明军将入关。祖大寿威名素著，因以阿敏代济尔哈朗，藉攫其锋：胜则损其实力，败则以此为罪。其为借刀杀人，情势显然。

收复蓟州四城后，孙承宗逐渐整顿防务，由关内扩及关外，崇祯四年（1631）七月，命祖大寿筑大凌河城。大凌河在锦州以东，在此筑城，即为向前推进，是采取攻势的明证。太宗自不容此城之成，自率主力渡辽河，出广宁大道，而以德格类等率偏师出锦州以北的义州，遥为呼应。八月，师至城下，城内军民工役三万余人，粮食是一大问题，太宗因定长围之筑，兵分十二路，南北东西每一面三路，大将在前，诸贝勒、台吉在后，佟养性率包衣跨锦州大道而营。其时清军已有红衣大炮，命名"天佑助威大将军"，即由佟养性督造，亦由佟养性为炮兵指挥。围城的工事，规模浩大，据《清史稿·祖大寿传》：

> 周城为壕，深广各丈许；壕外为墙，高丈许，施睥睨……营外又各为壕，深广皆五尺。

因此，松山、锦州两路援军，都未能到达大凌河城。九月，辽东巡抚邱禾嘉、总兵吴襄（吴三桂之父，祖大寿的姊夫。吴三桂为祖大寿的外甥），合军七千人赴援，亦为太宗亲自领兵击退。

太宗长围的目的，不在得地在得人。一则曰："（明）善射精兵，尽在此城。"二则曰："我非不能攻取、不能久驻，但思山海关以东智勇之士尽在此城，若杀尔等，于我何益？"（俱见《清史列传·祖大寿》）尤以生致祖大寿为志在必得，所以设围之初，即再次致书招降，第二通中有这样的话：

> 倘得倾心从我，战争之事，我自任之，运筹决胜，惟望将军指示。

这不仅是请祖大寿当他的"军师"，直是请祖大寿发号施令。这当然是从《三国演义》中"三顾茅庐"得来的灵感；而此后之善视祖大寿，则参用曹瞒之于关云长的故智。

当大凌城中"粮尽薪绝，杀人为食，析骸而炊"，亦即到了以人骨作薪煮人肉的地步时，祖大寿终于投降，事在崇祯四年（1631）十月。

祖大寿初降，太宗与之行"抱见礼"，亲以金卮酌酒慰劳，赠以黑狐帽、貂裘，明日用祖大寿策，奇袭锦州，《清史列传》本传载其事云：

> 命贝勒等率八旗诸将及兵四千人，俱作汉装；大寿率所属兵三百五十人，以二更起行，趋锦州，炮声不绝，为大凌河城中人突围奔还状。会大雾，人觌面不相识，军皆失队伍，为收兵而还。

如果没有这场大雾，我很怀疑，一入锦州，此作汉装的四千清兵，恐将不复再得回辽东。祖大寿始终无降清之心，此非我好做翻案文章，证以此后情况，事实确是如此。

或谓："然则先降之三千余人，包括其嗣子泽润、亲子泽洪、养子可法在内，又将如何？"我的答复是：祖大寿知道太宗不会因他的归明而杀此三千余人；果真屠杀，亦符大寿之愿，其部下终不为清所用。

《清史列传》本传又载：

> 十一月庚午朔……上与诸贝勒曰："朕思与其留大寿于我国，不如纵入锦州，令其献城，为我效力。即彼

叛而不来，亦非我等意料不及而误遣也。彼一身耳，叛亦听之。若不纵之使往，倘明国（朝）别令人据守锦州宁远，则事难图矣。今纵还大寿一人，而先携其子侄及其诸将士以归，厚加恩养，再图进取，庶几有济也。"

此真是看得透、做得出。太宗与崇祯在位同为十七年，何以此胜彼败？最大的原因，即在太宗真能知己知彼；而崇祯则既不知彼，亦昧于自知。本传续记：

乃遣人传谕，询大寿曰："今令尔至锦州，以何计入城？既入城，又以何策成事？"大寿对曰："我但云昨夜溃出，逃避入山，今徒步而来。锦州军民，俱我所属，未有不信者。如闻炮则知我已入城，再闻炮，则事已成，上可以兵来矣。"遂以其从子泽远及厮养卒二十余自随。既渡小凌河，舍骑徒行，遇锦州探卒，偕入城。越三日遣人至大凌河语其所属诸将曰："锦州兵甚众，将从密图之。尔诸将家属，已潜使人赡养，后会有期。倘有衷言，即遣人来，无妨也。"于是上将旋师，赐敕大寿，令毋忘前约。大寿复遣人赍奏至，言："期约之事，常识于心，因众意怀疑，难以骤举。望皇上矜恤归顺士卒，善加抚养。众心既服，大事易成。至我子侄，尤望垂盼。"上命毁大凌河城，携大寿从子泽洪等及诸将以还，优赉田宅服物器用。降兵万余，咸分隶安业。

祖大寿初回锦州时，只言突围而出，但副将参将等高级将官投清，这件事是瞒不过的，辽东巡抚邱禾嘉密疏上闻。崇祯当然要杀祖大寿，却不敢明正典刑，一面命邱禾嘉加以羁縻，一面如清太宗之于阿敏，行一条借刀杀人之计。《清史列传》本传：

> 惟以蒙古将桑噶尔寨等赴援不力，战败先遁，密令大寿歼之。事泄，桑噶尔寨率蒙古，环甲三昼夜，欲执大寿来归本（清）朝。大寿慰之曰："我视尔如兄弟，尔安得若此？"桑噶尔寨曰："闻欲尽杀我等，图自救耳。"大寿曰："杀我自必及尔，杀尔自必及我。"共之盟誓而定。

按：在辽东明军，杂有甚多蒙古部队，此即王象乾所优为的"行款"，而在兵部夸张为"以虏制夷"的战略。观上引之文，情形是很明显的：祖大寿只带"从子泽远及厮卒二十余"回锦州，何能歼灭桑噶尔寨所率的"众蒙古"？又"事泄"者，当然是邱禾嘉依照指示，故意"放风"。祖大寿谓桑，"杀尔自必及我"，则是已知为借刀杀人之计，为桑揭穿底蕴，自然相安无事。此一段记叙中有隐笔。

一计不成，又生二计。本传又记：

> 敕使自京师召之者三，大寿语锦州将士曰："我虽

竭力为国，其如不信我何？"终弗往。

有袁崇焕平台被缚前车之鉴，祖大寿何能上当？但从此数语中，可以推知祖大寿当时的心迹：第一，力竭投降，并非本心，仍旧希望能为明守边，甚至牺牲在满洲的亲属亦所不惜；第二，由"其如不信我何"这句牢骚，可知其寒心，素志固犹未改，但可知其已无殉国之心。

此后三年，清太宗致书不报；多铎征锦州，则力拒。于是到了崇德元年，明清之间又另是一个局面了。

获传国玉玺，立中原之志

我以前谈过，所谓"天命""天聪"，只是一个不伦不类的汉文称号，究其实际，在天聪八年（1634）以前，国号为"后金"，自称"金国汗"。至崇祯八年（1635），始定国号为"清"，并建正式年号"崇德"。也可以说，在此以前，希望以山海关为界，划疆而守；在此以后，始决心进窥中原。而促成太宗此一决心的最大原因是：在察哈尔获得了一方"传国玺"。

走笔至此，先作一篇《传国玺考略》。（按："皇帝"一词，起于秦始皇；以故作为"恭膺天命"之凭证的玺，亦起于秦始皇。）《太平御览》云：

传国玺是秦始皇所刻，其玉出蓝田山，是丞相李斯所书，其文曰："受命于天，既寿永昌。"

秦始皇打算者，天下万世一系，传之无穷，因名之为"传国玺"，但仅及二世；刘邦先入咸阳，子婴降于道左，此玺遂为汉得。明人刘定之作《玺辩》，述其源流甚详：

汉诸帝常佩之，故霍光废昌邑王贺，持其手解脱其玺组。王莽篡位，元后初不肯与，后乃出投诸地，螭角微玷（按：玺为螭钮）。董卓之乱，帝辩出走失玺。

孙坚得于城南甄官井中。袁术拘坚妻，得以称帝。术死，玺仍归汉传魏，隶刻肩际曰："大魏受汉传国之玺。"

魏传晋，晋怀帝失位，玺归刘聪，聪死传曜，石勒杀曜取玺。冉闵篡石氏，置玺于邺；闵死国乱，其子求救于晋谢尚，尚遣兵入邺助守，因绐得玺，怀以归，尚送还晋。方其未还也，刘、石二虏以玺不在晋，谓晋帝为白板天子。晋益耻之。［按：时为东晋穆帝永和八年（352）。］

谢尚到底是否骗回这方秦玺，大成疑问；但自南北朝开始，"其间得丧存毁真赝之故，难尽究诘"，直谓之秦玺已亡，亦非过言。

自唐朝开始，"传国玺"改称"传国宝"，为太宗所制，文曰："皇天景命，有德者昌。"贞观四年（603），隋炀帝萧后，自突厥奉玺归，亦非秦玺，而是很可能为永和年间所制的晋玺。至后唐庄宗遇害，明宗嗣立，再传废帝，因石氏篡立自焚，则晋玺亦亡。

"儿皇帝"石敬瑭入洛，又制一玺，后世称为"石氏玺"。契丹灭晋，明知此"传国宝"的来历，但对外不道破真相，辽兴宗耶律宗真试进士，且以"有传国宝者为正统"命题。"石氏玺"后为天祚帝耶律延禧失落于桑干河。

至此所谓"传国玺（宝）"者，共得三玺：

一、秦玺，文曰："受命于天，既寿永昌。"亡于南北朝。

二、晋玺，文曰："受命于天，皇帝寿昌。"毁于后唐废帝。

三、石氏玺，文曰："受天明命，惟德允昌。"辽末失落于桑干河。

在此以前，宋哲宗时忽有咸阳平民段义，献一青玉玺，谓即"传国玺"，曾巩曾上表称贺，且改元为"元符"。事实上是"元佑正人"被排斥后，继承真宗朝奸臣丁谓的另一班奸臣蛊惑庸主的花样。朱子曾有《书玺》一短文：

> 臣熹，恭维我太祖皇帝，受天明命，以有九有之师时，盖未得此玺也。绍圣、元符之后，事变有不可胜言者矣！臣熹敬书。

"绍圣"即哲宗于宣仁太后既薨，排斥正人后所改的年号。绍圣四年（1097）改明年为元符，又三年而崩。徽宗即位而北宋亡。朱子所谓"绍圣、元符之后，事变有不可胜言者"，真是史笔。

金兵入汴梁，得玺凡十四，其中即有此段义所献之玺。至金哀宗完颜守绪死于蔡州，则连宋玺的下落亦不明了。

元至元三十一年（1294），御史中丞崔或由故官拾得之妻处购得一青绿玉，四寸方、三寸厚，经监察御史杨桓鉴识篆文为"受命于天，既寿永昌"，以为即秦玺而进献。其实此即宋哲宗朝奸臣假造的"传国玺"。此伪秦玺至元亡，顺帝挟之走沙漠，犹自夸"我有传国宝"。其后不知所终。

至于清太宗所获自察哈尔一玺，非元顺帝挟以北走的伪秦玺，而是另一唐朝以后所制，为元顺帝走沙漠时所失落的玉玺。《清史列传·多尔衮传》：

> 有元玉玺，交龙纽，镌汉篆曰："制诰之宝。"顺帝失之沙漠。越二百余年，有牧山麓者，见羊不食草，以蹄攅地，发之乃玺，归于元裔博硕克图汗，后为林丹汗所得。至是多尔衮令额哲献于上。

据此可知，由察哈尔发现的玉玺，非宋玺，非石氏玺，非晋玺，更非秦玺，清史铁记太宗得"传国玺"者皆妄。但此玺为唐以后所造，而来自元宫，则确凿无疑。

征服察哈尔，皇太极建立大清

　　至于太宗征服察哈尔，则为得以亡明的一大关键。当时满洲三面受敌，西面的明军；东面的朝鲜；西北的察哈尔，明朝称之为"插汉"，为内蒙七大部之一。其中尤强者三部：一为科尔沁，居内蒙东部，当辽东之北、黑龙江之南，与满洲密迩；二为鄂尔多斯，居内蒙西部，河套之中；三为察哈尔，居内蒙中部，包括今热河、察哈尔、绥远等地。在此三部中，察哈尔更为强中之强。

　　科尔沁酋长姓博尔济吉特，亦为元裔，曾参加"九国联军"之役，其后化敌为友，和亲降附。太宗孝端后，孝端之侄、世祖生母孝庄后，以及多尔衮、多铎的福晋，皆出此族，与清朝世为国戚，其后裔中最有名的就是科尔沁博德勒噶台亲王僧格林沁。

　　察哈尔为元顺帝嫡系子孙，所以酋长称"汗"。其时的林丹汗雄桀为内蒙七部酋长之冠，一向轻视满洲，且倚仗兵马强盛，侵凌同族，与科尔沁更是极不相能。而明朝"行款"笼络"西虏"以制"东夷"的"西虏"，即指林丹汗而言，自是满洲的大敌。

　　天聪四年（1630）大凌河之役以后，太宗静待祖大寿举锦州来降，暂无举动，因而用其兵攻察哈尔，林丹汗率师西遁，降其部众数万，收兵而返，并未彻底解决。至天聪七年（1633）六月，太宗向臣下征询："征明及朝鲜、察哈尔，何者当先？"都以为应先征明，但太宗一则不愿与祖大寿交锋，再则打算着相机攻林丹汗，所以沿长城西行，由龙门关入口，纵掠宣府一带，兵围大同，死伤甚众而无功。

闰八月将班师时，有一意外喜事，《清鉴纲目》卷首《平定内蒙古》载：

> （林丹汗）徙其人畜十余万众，由归化城渡河西奔，沿途离散，仅存十之二三。及至青海大草滩，林丹汗忽病痘死；其子额哲，拥众万余，居河套外。

额哲未降，但林丹汗同族的有力分子，以及林丹汗的妻子窦土门福金却投降了。

林丹汗死后，妻子数人为太宗父子兄弟所分占，《天聪实录》载：

> 八年闰八月辛亥，察哈尔国林丹汗……窦土门福金携其国人来降……众和硕贝勒等公议奏云："天特赐皇上察哈尔汗窦土门福金，可即纳之。"上固辞曰："此福金朕不宜纳，贝勒中有妻不和睦者，当以与之。"代善等复力劝上纳……曰："此福金乃天所特赐，上若不纳，得毋拂于天耶？上非好色多纳妃嫔者比；若上如古之庸

主，悖于义而荒于色，臣等岂特不劝之纳，有不于上前力谏者乎？今此福金，皇上纳则臣心欣悦，不纳则激切滋甚矣。"……上因思行师时驻营纳里特河，曾有雌雉入御幄之祥，揆此不纳，恐违天意，于是纳福金之意始定……护送福金多尼库鲁克喜曰："我等此行乃送福金，非私来也。皇上纳之，则新附诸国与我等皆不胜踊跃欲庆之至矣。"

代善等力劝太宗纳窦土门福金，即因一开其例，诸贝勒便可"人财两得"；护送者亦认太宗能纳，则以此为和解的表示，降附事完，方能心安。而太宗恐额哲以此为仇，故不能不踌躇。下一年，太宗命多尔衮意招抚额哲所部。《清史列传·多尔衮传》记载：

> 九年二月，上命多尔衮同贝勒岳托、萨哈璘、豪格统兵一万招之。四月至锡喇珠尔格，降其台吉索诺木及所属千五百户，进逼托里图，恐其众惊溃，按兵不动。额哲母业赫，贝勒锦台计女孙也；其弟南楚暨族叔祖阿什达尔汉，皆为我大臣，遣宣谕慰抚，额哲遂奉其母，率宰桑、台吉等众迎降。

按：锦台计即金台吉。前面谈过，他是太祖的内兄，亦为代善的岳父。金台吉有一子名德尔赫尔，其女归林丹汗，生额哲。阿什达尔汉为金台吉同族兄弟，早已降清，著有战功，太宗时"典外藩蒙古事"，等于后来的"理藩院尚书"。南楚又名南褚，其姐即额哲生母。

除了窦土门福金及额哲之母，林丹汗还有三个妻子：一个叫囊囊，一个叫伯奇，一个叫俄尔哲图，此时从额哲的身份而言，称为"太后"。囊囊太后先到，太祖劝代善纳此妇，代善不愿，《天聪实录》九年七月载：

> 上纳察哈尔汗大福金囊囊太后。先是……囊囊太后至，上遣人谓大贝勒代善曰："此人乃察哈尔汗有名大福金，宜娶之。"言数次，代善对曰："人虽名为大福金，但无财帛牲畜，吾何能养之？闻察哈尔汗尚有大福金苏泰太后，待其至，我将娶之。"

此"苏泰太后"即额哲之母，《蒙古源流》称之为"苏台太后"。而囊囊太后"多罗大福金"，满语"多罗"译成汉文为"理"，此"理"字有多种解释，在此作"正式"之意。满蒙部落酋长多妻，辄称之为"福金"，即汉语"夫人"，而称"多罗大福金"，表示林丹汗生前经过仪式正式迎娶的妻子，纵非元配，亦为继配，所以太宗谓之"有名"。但既为元配或继配，年龄与林丹汗相差不远，老丑而又无赀，故代善不欲。而苏泰太后，则太宗以济尔哈朗爱妻已亡，早以苏泰太后相许，他说：

"先既许弟（按：济尔哈朗为太宗堂弟），后复与兄，是无信也。朕言既出，岂有更易之理？此福金可娶之。"往谕数次，代善不从。时阿巴泰贝勒（等）闻之，奏上言："此福金因无财畜，故大贝勒不娶。臣等若早闻许大贝勒之说，亦必劝上。此人乃察哈尔汗多罗大福金，皇上宜自纳之，不可与他人也。"

按：所奏之言，文义稍有未协。意谓代善不欲娶囊囊太后，不妨听之；如早闻太宗有此意，亦必劝阻。此下有一段没有说出来，而太宗自能意会：囊囊太后虽老丑而无财畜，但她的名号在察哈尔有相当的号召力，如有异心，可利用为工具。因劝"皇上宜自纳之，不可与他人"，即为防微杜渐，预遏乱源之计。

于此，我又别有看法：代善之不欲囊囊太后，既非嫌其无财富，亦非嫌其老丑，只是避嫌疑、表心迹，小心谨慎而已。只看他推辞的理由，是因"无财帛牲畜，吾何能养之"，便知是托词。以后，代善娶了林丹汗的妹妹泰松公主；而察哈尔的三太后——伯奇、俄尔哲图、苏泰，由豪格、阿巴泰、济尔哈朗分娶。元玺即由苏泰太后带来，为额哲换得一个亲王的封号。

察哈尔既平，朝鲜则于天聪元年（1627）曾为二贝勒阿敏所败，订盟约为兄弟，力所能制，亦无后顾之忧，而又适得元玺，遂有中原之志。天聪十年（崇祯九年，1636年）四月朔，祭告天地，受宽温仁圣皇帝尊号，建国号大清，改元崇德，即以天聪十年为崇德元年。

清军入关，贰臣立功

既即帝位，当然要获得邻国的承认，遣使征聘于朝鲜，朝鲜国王李倧不肯推戴。（按：朝鲜之于明朝，始终不贰，至清初犹然。此中有个特殊的原因：明成祖生母硕氏[1]李朝各王，向来事明犹父；而明朝之于朝鲜，保护亦不遗余力。由于有此深厚渊源，所以不愿事清，因而引起战争。《清鉴纲目》崇德元年（1628）十一月：

> （太宗）亲率大军，再伐朝鲜，渡汉江，克其都城。（朝鲜王李）倧奔南汉山城，告急于明。明舟师出海，守风不敢渡；而太宗围南汉山城急，破朝鲜诸道援兵，获倧妻子于江华岛。倧惧，始遣使乞降，弃兵械、服朝服、献明室所给封册，而躬自来朝。太宗见之于汉江东岸之三田渡，自是朝鲜世为臣仆者二百四十余年。朝鲜既服，皮岛势孤，太宗遣兵与朝鲜夹攻取之。

---

[1] 硕（gōng）。硕氏，籍隶三韩，所以他是朝鲜的外甥。

其时明朝方苦于流寇，自顾不暇，实在无力庇护藩属；而朝鲜总以为天朝大国，不管满洲，还是流寇，无非跳梁小丑，只要出兵，无不克取，寄望甚深，因而态度强硬。及至登莱总兵陈洪范出师阻风，清朝又大破其诸道援兵，李倧方知明不可恃，投降得颇为彻底。太宗先虏了李王及其大臣的家属多人，和约既成，仍留朝鲜两王子为质子。至于征朝鲜得济，则由于孔有德之降清，为袁崇焕操切从事杀毛文龙的后遗症之一。

孔有德、耿仲明、尚可喜、吴三桂为清朝所封的四异姓王。顺治九年（1652），孔有德殁于桂林，有一子为桂王部将李定国所杀，嗣绝、爵除，是故康熙年间，止称"三藩"。

孔、耿皆为毛文龙部下。袁崇焕杀毛文龙，以陈继盛代领部众，孔有德认为不足与共事，偕耿仲明渡海至山东，为登州巡抚孙元化用为参将。大凌河之役，孔有德奉命率骑兵八百赴援，途中乏食，纪律无法维持，而孔有德犹以军法从事，军心更为不稳。行至德州以北的吴桥，为部下劫持，终于造反，于是回军自西而东，一路大肆掳掠，王师变成土匪。到得登州，约耿仲明为内应，破城得三千余人，都是他的辽东同乡。登州对岸的旅顺，以及旅顺口外的广鹿岛，驻有副将两员，亦举兵反明，山东半岛与辽东半岛的两支叛军合流，声势甚壮，孔有德自称"都元帅"，登坛拜将，耿仲明等四人皆为"总兵"，四出攻掠。明朝调动保定、天津、昌平三镇兵会剿，历时一年，劳而无功。

因此，兵部定以辽制辽之策，将祖大寿在宁远的部队调进关，以祖大寿的一弟一姐夫：祖大弼、吴襄两总兵率领，包围登州。孔有德看守不住了，决定投清，一面派人联络，一面调集战舰突围，过旅顺口时为总兵黄龙所袭，至鸭绿江又为朝鲜兵所攻。与孔、耿同时起事者共六人：四总兵，一副帅、一副将为父子，亦为创议造反之人，经此三番接击，不是阵亡，就是被擒。其中是否有借刀杀人的情事不可知，不过只有孔有德、耿仲明未死，达成了投清的目的，说是巧合，亦未免太巧了些。

《清史列传》中，由乾隆定名的《贰臣传》，以为清效命、被难祠祭者居前，孔有德列于第三，当其天聪七年（1633）投清时，本传记其所受"恩遇"如下：

> 四月，命诸贝勒总兵驻岸受降……有德偕仲明携人众辎重来归，给田宅于辽阳。六月，召赴盛京，上帅诸贝勒出德盛门十里至浑河岸，行抱见礼，亲酌金卮劳之，赐敕印，授都元帅。寻随贝勒岳托征明旅顺，破其城，黄龙自刎死，有德收辽人数百自属。及还，有德坠马伤手留辽阳，诏慰之曰："都元帅远道从戎，良亦劳苦，行间一切事宜，实获朕心，至于赞襄招抚，尤大有裨益。不谓劳顿之身，又遭衔蹶之失，适闻痊可，大慰朕怀。"

按：上引孔传，有两点需要解释：第一，大凌河有警，何

以须隔海的登州巡抚，自陆路迂道赴援？第二，孔有德自登州
夺围出海，向鸭绿江西岸的清军投降，取四十五度角，直指东
北即可，何以北驶经旅顺口，致为黄龙所邀击？

　　要研究这个问题，首须了解，辽东在明朝，西起山海
关，东至鸭绿江与朝鲜交界，在疆域上都属于山东。入清以
后，习惯上辽东改称关东，山东大汉自芝罘海北上入辽，称
为"下关东"；用一"下"字，即有关东仍隶山东之意。所以
然者，顾祖禹在《读史方舆纪要》卷六十七"山东，辽东都
指挥使，金州卫"下说得好：

　　　　卫（金州卫）控临海岛，限隔中外……旧置运道，
　　由登州新河海口，至金州铁山旅顺口，通计五百五十里，
　　自旅顺口至海州梁房口三岔河，亦五百五十里。海中岛屿
　　相望，皆可湾船避风。运道由此而达，可直抵辽阳沈岭，
　　以迄开元城西之老米湾。河东十四卫，俱可无不给之虞。
　　　　自正德以后，旧制浸废；嘉靖中虽尝举行，而议者
　　旋以奸民伏匿为言，复罢。
　　　　夫创法之初，以辽隶山东者，正以旅顺海口，片
　　帆可达登莱耳。乃修举无术，坐视辽左之匮乏，而莫
　　之恤欤？

　　这是痛惜海运之废。当初的运道，自江苏海州至登州，
登州至旅顺，总计一千一百里。山东半岛与辽东半岛南北对

崎，中间以一连串的大小岛屿，如链之联，并以区分为黄海与渤海。所谓"限隔中外"者，意指此"链"之西的渤海为内海，而之东的黄海为外海。是故外舰一入渤海，即成内犯。清末李鸿章经营旅顺港，在国防的观点上，绝对正确，无奈亦是"修举无术"。

如上所述，解答了第一个问题，大凌河失守，则金州卫不保，旅顺落入敌手，直接威胁"片帆可达"的登州，所以孙元化不但在行政区分上有赴援的义务，在守土责任上亦有预防的必要。

至于第二个问题，亦可从"岛屿相望，皆可湾船避风"一语中去体会；大海茫茫，不循运道，自取航向，不说当时船舶设备之简陋，就是现代的战舰，亦不能贸然从事。

自旅顺口至海州梁房口三岔河，亦五百五十里。

此海州为辽东都指挥使司属下二十五卫之一的海州卫，即今辽宁海城。《读史方舆纪要》记海州卫所属"梁房口关"云："卫西南七十里，又东南九十里，即盖州也。海运之舟由旅顺口达者，于此入于辽河。"然则为今之营口无疑。又记辽河云："在卫西南五十五里，自辽阳界流入，又南注于海，谓之三岔河。"是则三岔河即自辽阳入海的最后一段辽河。凡大川，上下游异名者，无足为奇；辽水自塞外迤逦南来，经铁岭、沈阳而至辽阳西南牛家庄驿（今牛庄）附近，纳太子河、浑河，南注入海，形似三叉戟，为三岔河得名的由来。

> 运道由此而达，可直抵辽阳沈岭，以迄开元城西之
> 老米湾，河东十四卫俱可无不给之虞。

沈岭指抚顺关口的薄刀山而言。开元即开源。河东者，
辽河以东之谓。辽东二十五卫，其中十一卫在辽河以西，即
广宁及中左右共四卫、又前后中左右五屯卫，加义州、宁远
两卫；十四卫在河东，即定辽前后中左右五卫，加东宁、海
州、盖州、复州、金州、沈阳、铁岭、安东、三万等九卫。
定辽五卫及东宁卫，均在辽阳附近，大致南满铁路自开源
（安东卫）以下两侧之地皆是。当时精华所在，则为金、复、
海、盖四卫，"并称沃饶，为之根本"。至于"三万卫"，顾
祖禹赞之谓"居全辽之上游，为东陲之险塞"，又记其四至谓
"南至铁岭卫百二十里"，又谓安东卫在"三万卫治西南"，安
东卫治开源，是则三万卫应在开源东北，而南距铁岭百二十
里，夷考其家，应是今之金家屯；更北郑家屯，今为辽源，
应为三万卫治北界，亦为辽东都指挥使司辖地北境之限，因
为东北即科尔沁左翼中旗，在当时是蒙古地方了。

按：辽河以西十一卫军食，除屯垦自给以外，不足之数
可由关内补给，或由海道运粮至觉华岛屯储。辽河以东十四
卫，则以辽河两岸泥淖三百余里，称为"辽泽"，水势涨落不
定，大规模的船运极其困难，隋炀帝、唐太宗伐高丽，皆搭

浮桥或以车为桥梁。因此河东乏食，难望河西接济。明朝嘉靖三十七年（1558），辽东大水。辽督王忬（王世贞之父）请开海禁，以苏辽困；四十年（1561），山东巡抚朱衡以海禁一开，登州防守不免吃重，因以"奸民伏匿，不便"，奏请复禁。此所以顾祖禹有"修举无术，坐视辽左之匮乏而莫之恤"之叹。如河东十四卫得因足食而不撤，则建州三卫，岂得猖狂？此亦清兴明衰之一大关键。

现在回头再谈孔有德。他与耿仲明降清为天聪七年（1633）四月，六月召赴盛京见太宗，已见前引孔传。就在这个月，太宗遍谘大臣，征明、朝鲜、察哈尔，何者当先？何以早不问，迟不问，问在此时？即因从孔有德处获得两大助力，太宗始有决定战略的可能；在此以前，根本谈不到征朝鲜。

这两大助力，第一是八旗皆以骑射称雄，并无水师。天聪元年（1627）阿敏与岳托、济尔哈朗征朝鲜，其王李倧请和，阿敏不肯，而岳托与济尔哈朗密议，以和为宜，阿敏终被说服，原因即在清军无战舰，亦不习水师。如皮岛明军与朝鲜水陆夹击，断其归路，清军岂能幸免？现在有孔有德带来的战舰，情况就不同了。因此，孔有德一军，旗帜虽以白镶皂，为镶白旗汉军，而号为"天佑军"，明白表示天助其成之意。

另一助力是由孔有德而获知旅顺的虚实。在此以前，清军最多只攻到牛庄，不敢再深入。因此，孔有德降清奉召赴盛京后，未几即随岳托征旅顺，大获全胜，因而导致尚可喜来降，《清史列传》本传载：

> 尚可喜，辽东人，父学礼，明东江游击，战殁于楼子山。崇祯初，可喜为广鹿岛副将，值皮岛兵乱，总兵黄龙不能制，可喜率兵入皮岛斩乱者，龙镇岛如故。及龙以旅顺之战死，沈世魁代，部校王庭瑞、袁安邦等构可喜，诬以罪。世魁檄可喜赴皮岛。舟发广鹿，风大作，不克进；世魁檄愈急，可喜心疑，侦得其情，叹曰："吾家世捐躯报国，媚嫉者反欲挤之死地耶？"遂还据广鹿，遣部校卢可用、金玉魁赴我朝纳款，时天聪七年十二月也。上遣使赍 [1] 貂皮赉 [2] 之。
>
> 八年正月，可喜举兵略定长山、石城二邑，擒明副将二，合众数千户，携军器辎重，航海来归。命安辑于海城，赡给糇粮牲畜，并以我兵征旅顺时所获可喜亲党二十七人与之。四月诏至盛京，赐敕印，授总兵，军营纛 [3] 旗以皂镶白，号"天助兵"。

尚可喜及孔有德、耿仲明皆从征朝鲜，朝鲜既降，转攻皮岛，《清史列传·英亲王阿济格传》载：

---

[1]　赍（jī），把东西送给别人。

[2]　赉（lài），赏赐。

[3]　纛（dào），古代军队或仪仗的大旗。

（崇德元年）十二月上征朝鲜，令驻守牛庄。二年三月以贝子硕托等攻皮岛，久未下，命引兵千往助，四月至军，令都统萨穆什哈率护军前进，都统阿山等率锐卒，乘小舟，疾攻西北隅，兵部承政车尔格督八旗及汉军、朝鲜等兵，乘巨舰逼其城，都统石廷柱、户部承政马福塔从北隅督战。敌不能支，遂克皮岛，斩总兵沈世魁，败诸路来援之兵，俘户三千有奇，船七十，货畜无算。

此所谓"汉军"，即指天佑、天助两军。尚可喜因与沈世魁积怨，尤为卖力。其时孔、耿、尚均已封王：孔为恭顺王、耿为怀顺王、尚为智顺王。

皮岛既克，清朝在关外已无敌人，可以全力攻明。太宗善用降将，而最重者为祖大寿，打算着到与明朝全力周旋时才用他，此时便是时候了。《贰臣传》本传：

崇德元年，上授大凌河降将世职、泽润（以侄而嗣为大寿长子）三等子，泽洪（大寿第三子）、可法（大寿养子）一等男，皆任参政。二年以蒙古输诚，朝鲜底定，廓清皮岛诸捷音敕示大寿，使密陈征明之策。大寿又不报。

祖大寿不但不理，而且在崇德三年（崇祯十一年，1638年）清兵大举伐明时，在关外力御清兵。崇德三年之出师，为六次侵明中的第五次，但实际上为正式征明的第一次，《清鉴纲》载：

> 崇德三年八月，清师再举，太宗自率大兵向山海关，而令睿亲王多尔衮，由密云县北，毁墙子岭而入，会于涿州，分兵八道，由卢沟桥进趋良乡，下四十八县。

又《贰臣传·祖大寿传》：

> （崇德）三年移驻中后所，邀阻征山海关大兵，互有杀伤。上亲临以敕谕之曰："数载相别，朕谓将军犹在锦州，欲一晤而旋。不意将军乃驻此地！出城一见，是所愿也，至去留之意，惟将军是听，朕终不相强。若囊则来而释之，今乃诱而留之，何以取信于天下乎？将军虽屡与我军相角，为将之道，固所宜然，朕绝不以此介意，毋因此而见疑。"寻命移师攻其兵之列营城外者，至祖大寿已收兵入城矣。

由于祖大寿挡住山海关一路，太宗又不欲力战，因而这一次侵明，复又变为"饥来趋附，饱则远飏"式的大掳掠。细考纪传，太宗的战略是，以多尔衮为奉命大将军领重兵破边墙为先锋，而太宗则由祖大寿为助，公然入关，与多尔衮分道完成对北京的包围后，会师涿州，大举进攻。及至山海关被阻，此役即成了多尔衮的重头戏，而他唱得有声有色，《清史列传》本传载：

> （崇德三年）八月，授奉命大将军，统左翼兵征明，自董家口东登山，毁边墙入，掩其无备，取青山营，遣人约右翼兵会通州河西，越北京至涿州，分兵八道，右傍西山麓，左沿运河，长驱并进。自北京西，千里内，明将卒皆溃遁，略地至山西界而还。复东趋临清，渡运河，攻济南，破之，还略天津、迁安，由太平寨出青山关，凡二十余战皆捷，克城四十余，降者六，俘户口二十五万有奇。四年四月凯旋。

按："河西"者，即通州张家湾以南的"河西务"。所谓"右翼兵"，当是太宗长子豪格所率领。《清史列传》本传载：

> 三年九月征明，自董家口毁边墙入，败明兵于丰润县，遂下山东，降高唐州，略地至曹州，明兵毁桥拒，我师列阵诱敌，潜渡绕其后，败之。还，下东光县，又遣骑二千败郭太监兵于滹沱河，破献县。四年四月凯旋。

多尔衮、豪格两传并看，战况如见。多传所谓"左沿运河"即指豪格所领的一路，沿运河即沿今津浦路至德州，直下高唐、聊城、阳谷，经寿张至曹州，由原路北归时，破东光，遣别军西攻溽沱河（即子牙河）口的献县，然后与左翼会合而还，历时凡七个月。

多尔衮以天聪三年（1629）八月破董家口入关，较豪格早一个月，而战功远较豪格为多。董家口疑为潘家口之误。潘家口关在迁安西北一百八十里，喜峰口西；喜峰口之东为青山口关，其南即青山营。如由潘家口破边墙入关，往东奇袭青山营，始可谓之"掩其无备"。既破青山营，其进取路线，当是由遵化而西，破蓟州、三河，南折至河西务会右翼兵，至涿州后，复分左右两翼，而豪格为左翼向东经固安，沿运河南下；多尔衮为右翼，所谓"右傍西山麓"即循太行山麓南行，大致今之平汉路线，自涿州至邢台，路东路西各大城蹂躏殆遍。孙承宗籍隶高阳，即于是役中阖门殉难。

至邢台折而往东，经平乡、威县即至临清，渡运河破济南后，沿海边北上，略天津、迁安后，由青山关口出关。这一个大圈子兜下来，只花了八个月的工夫，当时清兵之强悍，可想而知。所俘"户口二十五万有奇"，自然编入"包衣"。这一役的战果丰硕，对于清军实力之增强，有极大之关系。

其时明朝正苦于流寇，大学士杨嗣昌主与清议和，以期外患稍纾解，全力办贼，而廷议争持不决。主战最力者，为前宣大总督卢象昇，此人江苏宜县人，天启二年（1622）进士，慷慨有智略，作战奋不顾身，外号"卢舍命"。自大凌河之役以后，山海关一路有祖大寿，宣化、大同一带有卢象昇，足御清军。崇祯三年（1630）五月，卢象昇奔丧回里，八月间，遂有多尔衮破边墙入关，蓟辽总督吴阿衡战死，朝廷急召三边总督洪承畴入援，起卢象昇于墨缞[1]之中，加兵部尚书赐尚方剑，总督天下援兵。《石匮书》卢传：

（崇祯十一年）九月，北骑由墙岭入，蓟督吴阿衡，椒香戚宠，侈兼何孟，厨设银铛百灶，客至，百肴咄嗟立办。以豪勇闻，仓猝出师，歼焉！国人汹汹，仍命象昇督诸援师，晋大司马。陛见，陈三可忧："山陵，国脉也；通德二仓，国储也；腹地空虚，国腑脏也。臣枕戈待战，唯中枢勿掣臣肘耳。"

按：昌平州有陵寝，通州、德州为水路大码头，南漕北运，皆贮此二仓，而此诸处，皆为北骑所经。此外，腹地空虚，一遭侵入，如入无人之境，故觉可忧。

所谓"中枢勿掣臣之肘"，即指杨嗣昌，因此，嫌隙益深。而山海关监军太监高起潜，为杨嗣昌一党，"掣肘"不必在"中枢"，就地可办。《石匮书》卢传又记：

监臣高起潜扼象昇，宣云一旅不盈万，兵力遂单；北骑挟二马或至三马，日行百里不税。由易州走平山为一道，由新城入河间为一道，其自涿鹿走定兴者号最

---

[1] 缞（cuī），古代用粗麻布制成的丧服。

众……象昇战庆都，斩馘百余，顾默念敌深入锋锐，我兵自战其地，如内顾易溃，须厚集其阵，伺敌饥饱，疾力战可以得志。奉旨切责，象昇遂分兵援平山，率众至保定决战。

此言高起潜勒兵不发，卢象昇所部只得宣化、云中（大同）兵不满万。相反的，清兵不但数量上占优势，而且每人有两匹或三匹马，疲则换乘。"税"者"税驾"，解鞍休息之谓；"不税"即换马不换人，故能日行百里，锐利非凡。至"庆都"当系望都之误，因为古今地名，并无庆都其名。

按：卢象昇的战略是正确的。敌军势锐，而备多力分，徒然牺牲，不如撤退集中，保全实力，等到敌军深入，择适当时机打一场歼灭战。以弱敌强，不得不然。但有处处掣肘的杨嗣昌，必以怯敌畏战为责，于是卢象昇乃由望都北上，在保定决战。

可是，行军所至，遭遇的情况如何？且看张岱所记：

定抚（保定巡抚）闭关，不设刍粮，从女墙缒[1]饷千金。时商贾道断，村民兽骇，持金无可籴[2]买，进军藁城，象昇语监军词臣杨廷麟曰："三日不食，何以遇

---

[1] 缒（zhuì），用绳子拴住人或东西从上往下送。

[2] 籴（dí），买进粮食。

戎？君往恒，商战守计。"

按：兵至保定，张其平拒而不纳，只从城头上缒下一千两银子助饷。回师至石家庄之西的藁城，一以觅食，一以邀击趋齐之敌。"恒"者恒郡，汉置，以避汉文帝刘恒之讳，改名"常山郡"，当今石家庄以南元氏县、赞皇一带之地，此地有驻军者，故嘱杨廷麟往商战守之计。

卢象昇自藁城南行，在贾庄遇敌，手斩百余人，获小胜。第二天"北骑数万麇[1]至"，力战而死，年三十九。壮烈殉国，而有"要人欲诬象昇不死，获尸群哗"。《石匮书》卢传：

> （杨）嗣昌遣帐下督三人往验，信；驳杖，裂肤断筋，其二人模棱。有俞姓者，原业贩貂，人呼之"俞貂鼠"，仰首言曰："卢公实死行间，气英英不腐，必为神。我没其节，则受鬼诛，宁人诛。"卒杖毙。按臣仍驳验。顺德守于颖曰："日者守臣在定州城门外洗泥土，抱其尸，左颐后胸，刀痕深寸许，身中四箭，凝血犹渍麻衣上。设祭哭，军民雨泣。容谁欺乎？"事乃雪……赠太子太保，赐谥忠烈。

按：此"要人"自为杨嗣昌。既诬以不死，而忽然发现

---

[1] 麇（qún），成群。

尸首，自然大哗。杨嗣昌命巡按御史遣人往验，确为卢尸；而巡按以为所验不实，用刑逼供，三人中两人改口，独"俞貂鼠"不肯没卢之大节。既已杖毙俞貂鼠，犹欲复验，得顺德县令于颖上言而止。

据于颖所言，卢象昇死于定州城外。定州在明清为直隶州，即今河北曲阳、深泽两县，在正定之北。当是转战败退，至定州力竭阵亡。

洪承畴功罪是非

此时蓟辽总督已调洪承畴接充。此人在"贰臣"中，故事特多。清兵入关后，亲贵分道典兵，所向有功，实得力于洪承畴的策划。洪承畴久在西北、西南剿流寇，磐磐大才，竟为清所用；但亦以为清所用，乃得剿灭流寇，成其平生未竟之业。此中功罪是非，实在难说得很。

《贰臣传·洪承畴传》：

> 十二年授蓟辽总督。是年冬，我朝兵征明锦州及宁远，总兵金国凤拒战于宁远城北山冈，偕其二子，俱殁于阵。承畴疏言："国凤前守松山，兵不满三千，卒保孤城，以事权专、号令一，而人心肃也。迨擢任大将，兵近万人，反致殒命，非其才力短，由营伍纷纭，人心

不一也。自今设连营节制之法，凡遇警，守城及出战，惟总兵官号令是听。庶心齐军肃矣。"

这是先稳住阵脚，大举决战，则尚有待。自天命三年（万历四十六年，1618年）太祖以"七大恨告天"侵明以来，真正的会战，只有崇德六年（崇祯十四年，1641年）的松山之役。《贰臣传·洪承畴传》载：

（崇祯）十三年，总兵祖大寿以锦州围困告急，承畴出山海关驻宁远，疏请调宣府、大同诸镇兵，俟俱集，合关内外兵十五万，又必刍粮足支一岁，乃可战可守。十四年三月，宣府总兵杨国柱、大同总兵王朴、密云总兵唐通各率兵至，与玉田总兵曹变蛟、蓟州总兵白广恩、前屯卫总兵王廷臣、山海总兵马科、宁远总兵吴三桂，凡八大将，合兵十三万，马四万。朝议以兵多饷难，令职方郎中张若麒趣战，乃进次松山。

按：前屯卫，今名前卫，即北宁路出山海关第一个大站；下一大站为绥中，即中后所；又一大站兴城，即宁远。由山海关至锦州，宁远适当途程之半。宁远、锦州间有两城，一名杏山，杏山之北为松山，由此渡小凌河即为锦州。此外要隘有连山、塔山、高桥，都在北宁线上。连山即今锦西，高桥东北即塔山。洪承畴的八大将、十三万兵，即分布在这一带，而以小凌河南的松山为指挥所。《清史纪事本末》卷三载：

> （崇祯）十四年三月，清兵围锦州，城中蒙古兵内应，破其外城。夏五月，蓟辽总督洪承畴等，帅八总兵、师十三万赴援，屯宁远、锦州间。城守祖大寿遣卒自城中逸出传语，以车营逼敌，毋轻战。承畴持重不发，而朝旨趣战，遂进兵，阵于松山之北。

按：洪承畴疏请调兵十五万，积粮一足岁，乃可战可守，此为与祖大寿商定的战略。自孙承宗、袁崇焕以来，都是这一战略，即以大凌河为界限，巩固锦州至山海关的阵地，稳扎稳打。因为清兵人众马多，粮草补给颇成问题，利于速战，故须以静制动，以拙限速，以重压轻。至清兵师老马疲，锐气渐消，开始撤退时，即为大举反攻的时机。与清军相争而定胜负者，在稳、在久、在耐得住。至于战术方面，清兵人各二马或三马；明军十三万，马只四万匹，利于守而不利于攻。防守之道，针对骑兵而用车营，即营地以大车为防御工事，限制马足，车后伏弓箭手，敌骑迫近时，发矢射人射马。车营可以移动，逐渐推进，步步为营，既守亦攻，故曰："以车营逼敌。"

松山之战，在清朝实际上是被迫应战。其时清军围锦州，系更番轮代。崇德六年（1641）八月，由多尔衮代济尔哈朗，而明军八总兵所属部队都已到齐。太宗患"鼻衄"，本不宜行军，但强敌当前，既有坚忍不拔的祖大寿，又有在西北剿匪、威名素著的洪承畴，此战关乎兴废，乃抱病起程渡辽河。据《实录》载："鼻衄不止，承以碗，行三日方止。"将至锦州时，先令多尔衮在高桥安营，以便进驻。多尔衮恐有失，请太宗驻驾松山、杏山间，实已绕出敌后。观乎《实录》中记载太宗之言，一则曰："不来，切勿轻动。"再则曰："近则迎击之，倘敌兵尚远，先往迎战，贻累于众，即与败无异。"可知完全是采取守势。如果不是朝臣奉旨促战，相持之下，吃亏的应该是清军。

洪承畴布阵的情况，据《太宗实录》载：

> 是时敌人于松山城北乳峰山冈结寨，其步兵于乳峰山、松山城之间，掘壕立七营。其骑兵列于松山东、西、北三面，合步骑共号十三万。其领兵总督洪承畴、巡抚邱民仰、大同总兵王朴、宣府总兵李辅明、密云总兵唐通、蓟州总兵白广恩、玉田总兵曹变蛟、山海总兵马科、前屯卫总兵王廷臣、宁远总兵吴三桂，及副参游守以下共二百余员。癸亥，明总兵八员，率兵犯我前锋汛地，我前锋军击败之，又合镶蓝旗护军追击至塔山，获笔架山积粟十二堆。

据《全辽志》，乳峰山在锦州西南七十里，中峰如盖，东

西十二麓，拱城（按：指松山城）北向，凭山拒守，复以骑
兵列阵于松山东、西、北三面，则当面之敌，不过南面高桥
的清军，众寡之势判然，但运动不便，亦以固守为宜；不意
出战失利，失去积聚。所谓笔架山，实在是两个岛：笔架山
有大小两座，对峙海中，潮退有石如桥，一广八丈，长四里
许，一广三丈，长三里许。这跟觉华岛是一样的情形，由海
道运粮至此，卸载两岛。其地在高桥与锦西之间的塔山之南，
以地形、位置而言，当即今之葫芦岛。

第二天又复接战，《实录》载：

> 甲子，敌犯我镶红旗汛地，我军击却，旋复来战。
> 太宗文皇帝张黄盖，指挥将士布阵，敌望见悉退。太宗
> 文皇帝谕诸将曰："今夜敌必遁，我左翼四旗护军，可
> 至右翼汛地排列。右翼四旗护军，及骑兵蒙古兵前锋
> 兵，俱比翼排列，直抵海边，各固守汛地。敌兵之遁
> 者，有百人则以百人追之，有千人则以千人追之。如敌
> 兵众多，则蹑后追击，直抵塔山。是夜初更，明兵沿海
> 潜遁，我诸将各遵上命，由沿地邀截，奋击穷追，杀死
> 及赴海死者不可胜计。

按：洪承畴所率八总兵，最得力者为玉田总兵曹变蛟，
屯乳峰山七营就是曹变蛟的队伍；其次为前屯卫总兵王廷
臣；可寄以厚望者，宁远总兵吴三桂、宣府总兵杨国柱。松

山之败，始自杨国柱之中伏。杨为义州卫人，其侄杨振为本卫指挥，崇祯十二年（1639），清太宗利用孔有德携来的大炮首攻松山，巡抚方一藻议遣将救松山时，只有副总兵杨振自告奋勇，行至锦县以南十里吕洪山中伏，全军皆没，杨振被擒，令往松山说守将副总兵金国凤来降。到得离松山一里许，杨振南向而坐，告诉他的随从李禄说："你到城里告诉金副总兵，务必坚守，援军马上就到了。"李禄到了城下，如言转达，金国凤防守益坚，清兵无功而还。杨振、李禄则皆被杀。

杨国柱阵亡之处，即杨振殉职之地。《明史》四卷二百七十二《杨国柱传》载：

> 国柱，崇祯九年为宣府总兵官，十一年冬，入卫畿辅，从总督卢象昇战贾庄，象昇败殁，国柱当坐罪。大学士刘宇亮、侍郎孙传庭皆言其身入重围，非临敌退却者比，乃充为事官，戴罪图功。十四年，大寿被困锦州，总督洪承畴率八大将往救，国柱先至松山，陷伏中。大清兵四面呼降，国柱太息语其下曰："此吾兄子（按：指杨振）昔年殉难处也。吾独为降将军乎？"突围中矢，坠马卒。

据此可知《清太宗实录》所谓"明总兵八员，率兵犯我前锋汛地，我前锋军击败之"云云，不免夸张。事实上是救锦州时，杨国柱的兵先到，与其侄一样，在吕洪山中伏。独怪杨国柱既为锦州以北的义州卫人，对这一带的地形，应该熟悉，且复有其侄的前车之鉴，而竟漫不经心，蹈其覆辙，此中真有天意在。

杨国柱之败，不独出师不利，大损士气；而笔架山积聚之失，军食堪虞，尤足以动摇军心。清太宗至此，乃改变战略：原来是见机行事，可战则战，不可战则退；由于旗开得胜，因而决心改采攻势。如前所引，将左翼（东面）四旗调至右翼，并自北而南比翼排列，直抵海边，目的是在断明军的归路。

《明史》卷二百七十二《曹变蛟传》载：

（崇祯）十四年三月，（洪承畴）偕变蛟、（马）科、（白）广恩先后出关，合三桂、廷臣……驻宁远。承畴主持重，而朝议以兵多饷艰，职方郎张若麒趣战。承畴念祖大寿被围久，乃议急救锦州……国柱战殁，以山西总兵李辅明代之。承畴命变蛟营松山之北、乳峰山之西，两山间列七营，环以长壕。俄闻我太宗文皇帝（按：《明史》为清人所修，故曰"我太宗文皇帝"，以明非明成祖）亲临督阵，诸将大惧。及出战连败，饷道又绝，（王）朴先夜遁，通、科、三桂、广恩、辅明相继走，自杏山迤南沿海，东至塔山，为大清兵邀击，溺海死者无算。变蛟、廷臣闻败，驰至松山，与承畴固守。三桂、朴奔据杏山，越数日欲走还宁远，至高桥遇伏，大败，仅以身免。先后丧士卒凡五万三千七百余人。

我所引用的《明史》，系据乾隆四年殿本影印。上引文中，有一字之误，而关系甚大，即"东至塔山"之东，应为"西"字。叙战史最要紧的是，地理方位必须清楚。如王朴等夜遁，"东"至塔山，则为自投罗网。山海关在西面，想遁回关内，自然应该投西，往东就不可解了。

我在前面曾叙过锦州、松山等地的关系位置，这里需要再重叙一遍，以清眉目。按：自山海关至锦州，乃由西南往东北；由东北往西南，则锦州之南为松山，松山之南为杏山，杏山西南为高桥，高桥之南为塔山，塔山之南为连山（锦西），连山之南为宁远（兴城），即为吴三桂的防区。

当杨国柱败殁于锦县之南的吕洪山时，其他各军亦已到达松山附近；在王朴夜遁、吴三桂等相继逃走时，是由松山、杏山附近向西过高桥，至塔山附近为清军所拦截，此即清太宗绝其归路之计。王朴、吴三桂遇阻而退，还据杏山。及至第二次再逃，目的地是宁远，自然仍旧往西；而清军则已自塔山进至高桥设伏。

检讨此一役的因果关系，以杨国柱吕洪山中伏大败为战局变化的关键。而所以出现此一关键，则由于张若麒的促战。张若麒亦《贰臣传》中人，籍隶山东胶州，两榜出身，以为杨嗣昌收买劾黄道周，得由刑部主事调兵部职方司。明朝兵部权重，四司中武选掌除授，职方掌军政，其职尤要。

《贰臣传》本传：

（崇祯）十四年，我太宗文皇帝围锦州，总督洪承畴集诸镇兵来援，未敢决战。兵部尚书陈新甲遣若麒往商于承畴，欲分四路夹攻。承畴虑兵分力弱，议主持重。若麒以围可立解入告，新甲益趣承畴进兵。若麒屡报捷，洊加光禄寺卿。既而诸军自松山出战，我师击败之，歼殪[1]各半。若麒自海道遁还，新甲庇之，复令出关监军。

《明史》卷二百五十七《陈新甲传》载：

时锦州被围久，声援断绝，有卒逸出，传祖大寿语，请以车营逼，毋轻战。总督洪承畴集兵数万援之，亦未敢决战。帝召新甲问策，新甲请与阁臣及侍郎吴甡议之，因陈"十可忧，十可议"，而遣职方郎张若麒面商于承畴。若麒未返，新甲请分四道夹攻，承畴以兵分力弱，意主持重以待，帝以为然。而新甲坚执前议。若麒素狂躁，见诸军稍有斩获，谓围可立解，密奏上闻。新甲复贻书趣承畴，承畴激新甲言，又奉密敕，遂不敢主前议。若麒益趣诸将进兵。

---

[1] 殪（yì），杀。

其时张若麒在前方的身份为监军，故得促诸将出战，后来御史劾张若麒有"督臣洪承畴派军远出，若麒任意指挥，视封疆如儿戏，虚报大捷，躐光禄卿，冒功罔上"之语，此为明朝军事指挥制度上积渐而成的一种不合理现象。但洪承畴既膺专阃[1]之寄，则"将在外君命有所不受"，虽不必明言，实际上可以一方面敷衍张若麒，一方面独行其是。两百年后曾国藩、胡林翼平洪杨，即本此原则以行，视官文如张若麒，刻意交欢，推功归之，"我打仗，你升官"，但求勿掣肘、勿乱出主意，卒成大功。我曾说过，同光之能中兴，实由君臣皆熟读《明史》，能惩其失。恭王当政，一本肃顺重用汉人的原则，授权曾国藩节制五省，"不为遥制"，而曾国藩遂能以明末将帅为鉴，惩其失，师其长，如剿捻之布长围、设老营，无非杨嗣昌"四镇六隅，十面三网"的变化。今以洪承畴与张若麒、曾胡与官文之情况相比较，可为我的看法之另一佐证。

松山被围至崇祯十五年（1642）二月，以副将夏成德献城投降，清军得生擒洪承畴、巡抚邱民仰、总兵曹变蛟、王廷臣，除洪承畴外，邱民仰、曹变蛟、王廷臣皆被杀。留洪承畴是为招降吴三桂等边帅，而杀邱、曹、王则是警告祖大寿。

据《贰臣传》记载，夏成德献城，先有期约，并以子为质，临事极其秘密，以故统帅以下的军民长官皆一鼓成

---

[1] 阃（kǔn）。专阃，专主京城以外的权事。

擒。往日读史至此，辄感困惑：且不说洪承畴谨慎持重，深谙韬略，即如邱民仰起家乙科，素有能名；曹变蛟与其叔文诏，为明季有数良将，流寇闻"大小曹将军"之号，望风而逃，然则对夏成德从容通敌，岂竟漫无察觉？此为事理之不可解者。

近读陈寅恪《高鸿中明清和议条陈残本跋》，始恍然大悟。按：杨嗣昌、陈新甲主和，凡研明史者无不知，《明史》卷二百五十七《陈新甲传》：

> 初，新甲以南北交困，遣使与大清议和，私言于傅宗龙。宗龙出都日，以语大学士谢陛。陛后见疆事大坏，述宗龙之言于帝。帝召新甲诘责，新甲叩头谢罪。陛进曰："倘肯议和，和亦可恃。"帝默然。寻谕新甲密图之，而外廷不知也。已，言官谒陛，陛言："上意主和，诸君幸勿多言。"言官诚愕，交章劾陛，陛遂斥去。

按：起傅宗龙于狱，命为三边总督讨李自成，事在崇祯十四年（1641）五月，正锦州被围之时，则知陈新甲始倡和议，即在此时。谢陛罢相，在崇祯十五年（1642）四月，为松山已破以后。但崇祯之斥谢陛，并不表示放弃议和之意，须至这年八月陈新甲被逮下狱，始为不谈和的表示。就此过程来看，陈新甲遣使议和，在于何时，尚待探索。接前引《陈新甲传》：

帝既以和议委新甲，手诏往返者数十，皆戒以勿泄。外廷渐知之，故屡疏争，然不得左验。一日所遣职方郎中马绍愉以密语报，新甲视之，置几上。其家童误以为塘报也，付之抄传。于是言路哗然，给事中方士亮首论之。帝愠甚，留疏不下。已，降严旨，切责新甲，令自陈。新甲不引罪，反自诩其功，帝益怒。至七月，给事中马嘉植复劾之，遂下狱。新甲从狱中上疏乞宥，不许。

据此可知，陈新甲所遣议和专使为职方郎中马绍愉。马于何时与清接触？据《清史稿·太宗本纪》："崇德七年三月乙酉阿济格等奏：明遣职方郎中马绍愉来乞和。"此已在松山城破以后，事实上大概在正月下旬，至迟二月上旬，马绍愉即已到达盛京，提出议和的条件；证据即在高鸿中"条陈残本"有两行附识，一曰"二月十一日到"，一曰"三月十三日奏了"。这年明朝遣使议和时，清太宗命诸臣各陈意见。高鸿中既于二月十一日即有条陈，则马绍愉之到达盛京，必在此以前。另一附识"三月十三日奏了"，乃指阿济格于"三月乙酉"，将整个条陈意见作一汇报。而在二月十一至三月十三之间，有一大事，即夏成德于二月二十左右献松山，生擒洪承畴。

明既遣使，清以礼待，但马绍愉于二月初到盛京，阿济格等直至四十天后始出奏，何疏慢如此？而且既已"乞和"，则当一缓松山之围，即令欲造成既成事实，以为争取优厚条件的张本，亦不应于破城之后杀一巡抚、两总兵。观清之所为，不友好到了极处，根本无和可议。而清官书记载，却非如此。接前引《清史稿·太宗本纪》云：

上曰："明之笔札多不实，且词意夸大，非有欲和之诚。然彼真伪不可知，而和好固朕夙愿。尔等其以朕意示之。"

五月己巳朔，济尔哈朗等奏，明遣马绍愉来议和，遣使迓之。

壬午，明使马绍愉等始至。六月辛丑，都察院参政祖可法、张存仁言："明寇盗日起，兵力竭而仓廪虚，征调不前，势如瓦解。守辽将帅丧失八九，今不得已乞和，计必南迁，宜要其纳贡称臣，以黄河为界。"上不纳，以书报明帝曰："自兹以往，尽释宿怨，尊卑之分，又奚较焉？使者往来，期以面见；吉凶大事，交相忧吊。岁各以地所产，互为馈遗；两国逃亡，亦互归之。以宁远双树堡为贵国界，塔山为我国界，而互予于连山适中之地。其自海中往来者，则以黄城岛之东西为界，越者各罪其下。贵国如用此言，两君或亲誓天地，或遣大臣莅盟，惟命之从。否则后勿复使矣。"遂厚赉明使及从者遣之。

按：照此条件，以当时明清对垒的形势来看，可谓相当宽大合理，无怪乎陈新甲"不引罪，反自诩其功"。而马绍愉的"密语"，为陈家童仆误为寻常战报的"塘报"者，正是报告此事。如清太宗果有如此和好的诚意，则与二、三月间所表现的不友好态度为一极大的矛盾。其又何解？

唯一的解释是：谈和根本是个骗局。二月初明使至，三月十三始以"明帝敕兵部尚书陈新甲书"奏太宗"为验"，在此一个多月中，清朝利用明朝求和的行动，暗中勾结夏成德献城，其言必是："明主已求和，诸将苦守殉难，白死而已。何不献城自效？明主先有求和之心，则献城之举，未为不忠，而富贵可以立致。"观夫夏成德敢以子为质，不虞有任何变卦，致召不测之祸，即因马绍愉秘密东来，能坚其信：和局早晚必成，以子为质，绝无危险。

松山既破，败报到京，说洪承畴、邱民仰并皆殉难，举朝大震。崇祯惊悼不已，设坛赐祭：洪承畴十六坛，邱民仰六坛。照明朝的体制，一品官赐祭九坛，公侯掌武职方赐祭十六坛，为最高的荣典。哪知祭到第九坛时，传来消息：洪承畴投降了。当时并曾有旨，在北京外城建祠，以邱民仰与洪承畴并祀，祠成将亲临致祭，得到这个消息，废然而止，连带邱民仰亦失去了血食千秋的机会。

洪承畴的投降与明朝之失天下无甚关系，但对清朝之得天下，关系甚重。《清史稿》本传：

崇德七年二月壬戌，上命杀民仰、变蛟、廷臣，而送承畴盛京。上欲收承畴为用，命范文程谕降。承畴方科跣谩骂，文程徐与语，泛及今古事。梁间尘偶落，着承畴衣，承畴拂去之，文程遽归告上曰："承畴必不死，惜其衣，况其身乎？"上自临视，解所御貂裘衣之曰："先生得无寒乎？"承畴瞠视久，叹曰："真命世之主也！"乃叩头请降。上大悦，即日赏赉无算，置酒陈百戏，诸将或不悦曰："上何待承畴之重也！"上进诸将曰："吾曹栉风沐雨数十年，将欲何为？"诸将曰："欲得中原耳！"上笑曰："譬诸行道，吾等皆瞽[1]，今获一导者，吾安得不乐？"居月余，都察院参政张存仁上言："承畴欢然幸生，宜令薙[2]发，备任使。"五月，上御崇政殿，召承畴及诸降将、祖大寿等入见。

此事经孟心史先生考证，时地皆不确，为好事者附会之词。历史上类此故事亦甚多，如曹彬下江南，容李后主宫内收拾行装、"辞庙"、"别宫娥"。他的部下担心李后主倘或自杀，回汴京无法交代，曹彬说李后主绝不会死，因为他上船请降时，走一条跳板都不免恐惧，胆小如此，绝不会自杀。此即所谓观人于微。大致清初遗民对洪承畴痛恨特甚，所以有许多讽刺的传说。

---

[1] 瞽（gǔ），本意为瞎眼，这里指愚昧。

[2] 薙（tì），同"剃"。

至于清太宗必欲用洪承畴，眼光超卓，倍不可及。孟心史有一段议论说：

> 考承畴用事时代，实为当时不可少之人物，且舍承畴更无合用之人。承畴以万历四十四年登第，是年即清太祖天命元年，在故明文臣中，已称老辈，可以为招徕遗老，树立风声，破坏义师，改其视听。自崇祯初以知兵名于世，清初汉人为将领者多出麾下，声势最张之平西王吴三桂，即其督蓟辽时旧部八总兵之一。发纵指示，足孚众望，而又读书知政体，所到能胜察吏安民之任，与武夫狼藉扰累者不同。假以事权，执挺为降臣长，用人之妙。无过于此。东南西南天下大定于承畴手，而以文人督师，不似旧日镇将，各拥死士，有其羽翼。用则加诸膝，退则坠诸渊，了无留恋抵抗之患。以故以督部之尊，为招抚，为经略，所向成大功。(《洪承畴章奏文册汇编跋》)

当松山城破时，祖大寿的三个弟弟都在洪承畴军中：祖大乐为总兵，祖大名和祖大成为游击。被俘后，太宗命释祖大成，放他回锦州传话。到此地步，祖大寿自然非降不可了。《清史稿》本传：

> 大寿使诣军言，得见大乐，当降。既令相见，大寿

再使请盟。济尔哈朗怒曰："城旦夕可下，安用盟为？趣攻之。"大寿乃遣泽远及其中军葛勋诣我师引罪。翌日，大寿率将吏出降。即日，诸固山额真率兵入城，实崇德七年三月初八日也。上闻捷，使济尔哈朗、多尔衮慰谕大寿，并令招杏山、塔山二城降，济尔哈朗、多尔衮帅师驻焉。阿济格、阿达礼等，以大寿等还；上御崇政殿，召见大寿，谢死罪。上曰："尔背我，为尔主、为尔妻子宗族耳。朕尝语内院诸臣，谓祖大寿必不能死，后且复降。然朕决不加诛，往事已毕，自后能竭力事朕，则善矣。"又谕泽远曰："尔不复来归，视大寿耳。曩朕莅视杏山，尔明知为朕，而特举炮，岂非背恩？尔举炮能伤几人耶？朕见人过，即为明言，不复省念。大寿且无责，尔复何诛。尔年方少壮，努力战阵可已。"泽远感激泣下。

清太宗驾驭降将的手段，确是高人一等，而实从《三国演义》中揣摩曹操的权术而得。接前引《祖大寿传》：

六月，乌真超哈分设八旗，以泽润为正黄旗固山额真；可法、泽洪、国珍、泽远，为正黄、正红、镶蓝、镶白诸旗梅勒额真。大凌河诸降将，初但领部院，至是始以典军，大寿隶正黄旗，命仍为总兵。上遇之厚，赐赉优渥。存仁上言，大寿悔盟负约，势穷来归，即欲生之，待以不杀足矣，勿宜复任使。降将顾用极且谓其反复，虑蹈大凌河故辙。上方欲宠大寿，讽明诸边将，使大寿书招明宁远总兵吴三桂。三桂，大寿甥也，答书不从。大寿因疏请发兵取中后所，收三桂家族。

于此可知，在祖大寿未降以前，其部属始终为清所猜忌，不以典兵。事实上祖大寿令子侄投降，或许亦有布置内应的打算在内；果然典兵，极可能受祖大寿的指挥而反正。"乌真超哈""固山额真""梅勒额真"皆满洲语，即汉军、都统、副都统。"额真"后改"章京"，此一满洲官称与"戈什哈"（护卫）至清末未改，亦为汉人得以任职的仅有的两个满洲语官名。

至于"收吴三桂家族于中后所"，已在清太宗既崩以后，《清史稿》所记稍有未谛，《贰臣传·祖大寿传》于大寿奉命招降吴三桂不从下接叙：

> 是时贝勒阿巴泰等征明，以明兵固守山海关外五城，别由黄崖口入蓟州，越京师，略山东郡邑。

> 八年正月，大寿奏言："臣先执谬，自辱其身，深愧归降之晚。伏睹皇上宽仁神武，一统之业，朝夕可定。以臣目击机会，先取山海关五城，最为上策。明文武官之能否，城之虚实，兵之强弱，臣所洞悉，宜乘此时攻取中后所，收吴三桂家属，彼必为之心动。其余中右所、中前所、前屯卫一鼓可平也。破山海更易于破宁

远：山海军士皆四方乌合之众，不谙阵战，绝其咽喉，撤其藩篱，海运不通，长城不守，彼京师难保，三桂安能守宁远也？"

崇德八年（1643）即崇祯十六年。此为祖大寿降清后唯一所建之策。以意逆推，祖大寿经数月观察，已知明欲灭清，大非易事；而明则内困流寇，复有清兵不断破边墙而入，长驱南下，大肆掳掠，河北、中原的百姓，实在太苦了。而明朝终必在此双重艰困之下失去天下。如流寇亡明，则与清兵相持，兵连祸结，更苦百姓。因此，祖大寿特建此策，固为清谋，但亦为明朝及关内百姓筹一条生路。祖大寿坚毅深沉，受孙承宗、袁崇焕知遇，自崇祯四年降清，犹复孤军坚守锦州达十一年之久，其心系明室，意向甚明。但中国的武德标准定得太高，作战非胜即死，遁走亦且为辱，遑论投降？然而，祖大寿采取比较实际的观点，前面引述过在他初次被迫投降时，曾邀副将石建柱告以心腹语："人生岂有不死之理？但为国、为家、为身三者并重。今既不能尽忠报国，唯惜身命耳。"话虽如此，能为国还是要为国，他孤城困守，析骸为炊，此种非人生活过了十一年之久，为古今中外绝无仅有之事。设非松山之败，他应还可以在锦州守下去。平心而论，祖大寿实在很对得起明朝。既在既降以后，为清建策，仍有卫护明朝及国内百姓之深意在内。

如其策见用，明朝及关内百姓可得如下的利益：

第一，清朝既已尽得山海关五城（合锦州、松山、杏山为"关外八城"），则明清正式形成双垒之势，清兵不必再由墙子岭、黄崖口破边墙而入，肆行海盗式的掳掠。尤其重要的是，有可能以山海关为界，而以关西至滦河为缓冲地带，达成和议，救明于不亡。

第二，此时守关以宁远总兵吴三桂为帅，集兵达五十万之众；移入关内，以剿流寇。吴三桂、左良玉力足以办贼。

第三，明季财政受困之大病为饷重，而自神宗末年增赋五百二十万两，崇祯三年增赋一百六十五万两，皆为"辽饷"。此外所谓"练饷"（团练）、"剿饷"，亦与备辽有关，前后总计增赋一千六百七十万两以上。吴三桂移兵入关，不必再有转输困难的辽饷，财政上的压力自可减轻。

但以其时阿巴泰所领明兵征山东者，尚未班师，故其言不用。未几太宗崩，至是年十月，始由济尔哈朗攻中后所、前屯卫、中前所，唯旋即退出，并未照祖大寿的计划，迫使吴三桂撤回关内，是必有高人看破机关，乐见清兵能吸住吴三桂的五十万大军之故。

清太宗崩，多尔衮摄政

清太宗崩于崇德八年（1643）八月初九，至廿六始由太宗第九子福临嗣位，是为世祖，年号顺治，时方六岁。在此十七天之中，多尔衮曾与太宗长子肃亲王豪格有过激烈的争夺，但官书已灭其迹，只能从残余的记载中窥知一二。试为钩稽如次。

孟心史《清代史》第一章第三节：

> 清入关创业，为多尔衮一手所为。世祖冲龄，政由摄政王出。当顺治七年以前，事皆摄政专断，其不为帝者，摄政自守臣节耳。屡饬廷臣致敬于帝，且自云："太宗深信诸子弟之成立，惟予能成立之。"以翼戴冲人自任，其功高而不干帝位，为自古史册所仅见。

谓多尔衮"不为帝者，自守臣节"，实与当时真相稍有不符。太宗既崩，从任何角度来看，都应由豪格继位。但太祖既有共主的遗命，而太宗继位时，亦系四大贝勒共坐议政，则以多尔衮之功之才，谓欲入关与明争天下，完父兄未竟之业，非正大位俾获全权不可，亦是可以说得过去的一件事。因此，当时便有两派，一派主立豪格，一派拥戴多尔衮。

《清史列传·多尔衮传》：

> （顺治二年）十二月，集诸王贝勒、贝子、公、大臣等，遣人传语以尊崇皇上，戒诣媚己，且曰："太祖、太宗所贻之业，予必力图保护，俟皇上春秋鼎盛，即行归政。"又曰："前所以不立肃亲王者，非予一人意，因

诸王大臣皆曰:'若立肃亲王,我等皆无生理,是以不立。'"传语毕,惟豫亲王不答。使者还报,复遣传语曰:"昔太宗宾天时,予在朝门幄中坐,尔与英王跽请即尊位,谓两旗大臣属望我者多,诸亲戚皆来言,予时以死自誓乃已。此言岂乌有耶?"豫亲王语塞。

据此可知,第一,若立豪格,第一个反对的就是多尔衮;第二,多尔衮一兄阿济格、一弟多铎为首先拥戴多尔衮之人。但要其解释不立豪格之故,而多铎不答,可知多铎知其言为违心之论。多尔衮对于尊位,非不欲也,乃不可也。

太宗崩后,皇位既经十七日之争议始能定夺,而在世祖即位之第二天,几又翻覆,为《多尔衮传》所载:

> 八年八月,世祖章皇帝即位,礼亲王集诸王贝勒大臣议,以郑亲王与王辅政,王自誓曰:"如不秉公辅理,妄自尊大,天地谴之。"越日,郡王阿达礼潜语王曰:"王正大位,我当从王。"贝子硕托亦言:"内大臣及侍卫皆从我谋,王可自立。"王遂与礼亲王发其谋,阿达礼、硕托并伏诛。

心史先生谓多尔衮"功高而不干帝位","自守臣节",即以有此"发其谋"一事。但如细考,即不能无疑。须知硕托乃礼亲王代善第二子,阿达礼则为代善第三子颖亲王萨哈璘长子。萨哈璘颇有战功,殁于崇德元年(1636),得年三十三,阿达礼袭封为多罗郡王。今按：阿达礼与硕托，即有劝多尔衮自立，形成谋反大逆的罪名，但毕竟只是一句话而无行动，依律为"未遂"，罪名应减一等，再衡以"议亲""议贵"的原则，万无死理，而竟骈诛！何故？

其次，代善这年正好六十岁，以花甲老翁而忍令一子一孙伏法，竟不一救，已大出情理之外；而以代善之年辈，为皇族之家长，其诸弟诸侄以"三朝"老臣，竟不代为乞情，以慰此尊亲，更非常情所有。此又何故？

于此可知，必致硕托、阿达礼于死，实有不得已之苦衷，此即所谓"借人头"——倘非如此，则豪格必反。

今据《清史列传》诸王传，推断当时事实并举证如下：

第一，当太宗崩后，颇有人支持豪格，郑亲王济尔哈朗即其一。济尔哈朗与多尔衮并得太宗重用，势力相颉颃，并以两黄旗大臣推太宗之恩及于幼主，所以多尔衮虽欲自立而不可得。

《清史列传·何洛会传》：

> 何洛会初隶肃亲王豪格下，颇见任使。世祖章皇帝顺治元年，睿亲王摄政，与肃亲王不相能，何洛会因讦肃亲王与两黄旗大臣杨善、俄莫克图、伊成格、罗硕诋诽睿亲王，且将谋乱，下法司鞫[1]实，削肃亲王爵，杨

---

[1]　鞫（jū），审问。

善等四人并弃市。

此为豪格与多尔衮争位，而为何洛会所出卖。在此以前，两黄旗即有拥立豪格，而济尔哈朗亦曾与闻的事实，《清史列传》本传载：

> （顺治）四年二月以造第逾制……罢辅政。五年三月贝子屯齐等讦王在盛京时，不举发两黄旗大臣谋立肃亲王私议……降多罗郡王。

"不举发"自为支持豪格的明证。

第二，为夺皇位。多尔衮与豪格双方，旗鼓相当，争持不下，势必演变为自相火并；大概除代善的正红旗以外，其余七旗均将卷入漩涡，则外有拥重兵的吴三桂，内有犹未倾服的祖大寿，乘机而起，危亡立见，故由代善以家长的资格出面调停，既不立豪格，亦不立多尔衮，皇位仍归于太宗之子。但多尔衮辅政，则豪格不能再辅政，否则又成两虎相争之局，故以较疏远的济尔哈朗与多尔衮并为"辅政叔王"，代表豪格的利益。

这是勉强达成的协议，豪格应得皇位而未得，属于失败的一方；多尔衮虽未得皇位，但实际上掌握了政权，自是胜利的一方。因此，只要多尔衮稍有逾越，即足以造成豪格举兵的口实。所以代善的责任极重，他必须表现出百分之百的大公无私，绝对维持协议，才能约束豪格。哪知世祖即位第二天，便有硕托、阿达礼之事，其中真相，心史先生并未发现。

真相之披露在顺治十二年（1655），据《多尔衮传》：

> （顺治）十二年，诏内外大小官直言时政，吏科副理事官彭长庚，一等子许尔安各上疏颂睿亲王元功，请复爵号，修其墓，下王大臣议。郑亲王济尔哈朗、贝勒尚善等奏，长庚言……又言："遇奸人煽惑离间骨肉，如郡王阿达礼、贝子硕托私谋拥戴，乃执大义，立置典刑。"查阿达礼、硕托之伏法，由谋于礼亲王代善。礼亲王遣谕多尔衮，言词迫切，多尔衮惧罪及己，始行举首。

观此一段，则我前面所举的两个疑问皆可解释。事实很明显，硕托叔侄谋于父祖之先，已跟多尔衮谈过；见多尔衮有默许之意，方再谋于父祖。但代善识得厉害，多尔衮知情不举，其心即不可问；退一步言，就算本心无他，不过徇私庇隐，亦自背其前一日"秉公辅理"的誓词。只看"言词迫切"四字，可知情况严重。也许豪格的问罪之师都已经预备好了，是故代善不能不牺牲一子一孙，以避免同室操戈、两败俱伤的结果。

孝庄薨，康熙三十年不葬祖母的隐痛

至于选立六岁的福临继承皇位，自然是由于孝庄太后之故。孝庄与多尔衮的关系，为清初之几大疑案之一。疑云之起，由于张煌言（号苍水）的两首七绝，题为《建夷宫词》，收入《奇云草》。"建夷"者，建州之夷，为遗民对新朝的称呼。诗云：

> 上寿觞为合卺尊，慈宁宫里烂盈门。
> 春宫昨进新仪注，大礼恭逢太后婚。
> 掖庭犹说册阏氏，妙选娥闺作母仪。
> 椒寝梦回云雨散，错将虾子作龙儿。

此诗系年庚寅，为顺治七年（1650）。天下哄传，太后下嫁摄政王。孟心史先生曾作考证，力辟其非实。相传孝庄后下嫁，曾有"誊黄"的恩诏，但孟心史遍检旧籍而无有；又欲得"不下嫁之坚证"，最后读《朝鲜李朝实录》，方有确证，其言如此：

> 私念清初果以太后下嫁之故，尊摄政王为"皇父"，必有颁诏告谕之文。在国内或为后世列帝所隐灭，朝鲜

乃属国，朝贡庆贺之使，岁必数来，颁诏之使，中朝并无一次不与国内降敕时同遣。不得于中国官书者，必得于彼之《实录》中。着意翻检，设使无此诏，当可信为无此事。既遍检顺治初年《李朝实录》，固无清太后下嫁之诏，而更有确证其无此事者，急录之以为定断，世间浮言可息矣。

《朝鲜仁祖李倧实录》：二十七年己丑，即清世祖顺治六年，二月壬寅，上曰："清国咨文中，有'皇父'摄政王之语，此何举措？"金自点曰："臣问于来使，则答曰：'今则去叔字。朝贺之事，与皇帝一体云。'"郑太和曰："敕中虽无此语，似是已为太上矣。"上曰："然则二帝矣。"以此知朝鲜并无太后下嫁之说。使臣向朝鲜说明"皇父"字义，亦无太后下嫁之言。是当时无是事也。

但以我的看法，虽无太后下嫁摄政王的事实，但极可能有孝庄与多尔衮相恋的事实。

清朝创业两帝，皆得力于政治婚姻。太宗孝端、孝庄两后母家博尔济吉特氏，为国戚第一家，累世结姻，关系尤重，不可不做一介绍。

博尔济吉特氏为元朝皇室之后，属于内蒙古哲里木盟，共四部十旗，计科尔沁六旗、札赉特一旗、杜尔伯特一旗、郭尔罗斯二旗，当今辽宁北部、黑龙江南部，以洮南为中心，东至伯都纳，西至热河、察哈尔交界，北至索伦，南至铁岭，皆其牧地。博尔济吉特氏即为科尔沁部，向来以右翼中旗为盟长，称号为札萨克汗。

孝端皇后之父名莽古斯，为科尔沁六旗中一旗之长。此族早已附清，太祖一妃，即康熙接位册封为"皇曾祖寿康太妃"者，为科尔沁贝勒孔果尔之女。孔果尔后封札萨克多罗冰图郡王，成为科尔沁六旗的盟长。

清朝与博尔济吉特氏始通婚姻，在万历四十二年（1614）甲寅，即莽古斯以女归太宗。天聪七年（1633），莽古斯已殁，其妻称为科尔沁大妃，携子塞桑、塞桑长子吴克善，以及吴克善的妹夫满珠礼等来会亲，进一步大结婚姻。但行辈错乱，如太祖之于叶赫一族，亲戚关系变得极其复杂，《清列朝后妃传稿·太宗孝端文皇后传》载：

> 天聪间后母科尔沁大妃……数来朝，帝迎劳锡赉之甚厚。贝勒多铎聘大妃女，为皇弟多尔衮娶其妹，吴克善子亦尚公主。

大妃之女即孝端之妹，多铎为太宗之弟，昆季而为联襟，自无足异；为多尔衮娶"其妹"者，大妃之妹，亦即孝端的姨母，多尔衮成为其嫂之姨丈，凭空长了一辈。吴克善为孝端的内侄，其子为内侄孙，尚主则成为女婿，此亦是凭空长了一辈。

与此同时，塞桑之女、吴克善之妹，亦即孝端的侄女，为太宗纳为妃，即孝庄后。崇德元年（1636），建五宫，孝端称"清宁中宫后"，孝庄为"永福宫庄妃"，而孝庄另有一姊，则早于天命十年即归于太宗，封为"关雎宫宸妃"。宸妃有孕，崇德二年（1637）七月生皇八子，以其为正式建元后所生第一子，因而以诞生太子之例举行大赦，但旋即夭殇；半年后，亦即崇德三年（1638）正月，孝庄生皇九子，即为世祖福临。宸妃之子不殇，自应为皇位之继承人，但我以为不尽然，即因多尔衮与孝庄有特殊感情之故。

孝庄后崩于康熙二十六年（1688），年七十五，则是生于万历四十一年（1613）癸丑。《清史稿》说她"于天命十年二月来归"，计年不过十三，度当时情事，不过依姑而居，"待年"择配，本不必于此时即定为太宗姜媵。至多尔衮殁于顺治七年，年三十九，则应生于万历四十年（1612）壬子，长孝庄一岁。当太祖崩于瑷鸡堡，四大贝勒逼迫大妃身殉，两幼子多尔衮、多铎由太宗抚养，其时多尔衮十五岁、孝庄十四岁，年岁相当，滋生情愫，是极可能的事。我甚至怀疑，多尔衮与孝庄的这段恋情，至死未已。孟心史《太后下嫁考实》云：

> 蒋《录》（按：蒋氏《东华录》的简称；下称王录亦即王氏《东华录》的简略）于议摄政王罪状之文，有王《录》所无之语云："自称皇父摄政王"，又亲到皇宫内院。又云：凡批票本章，概用"皇父摄政王"之旨，

不用皇上之旨，又悖理入生母于太庙。其末又云：罢追封、撤庙享，停其恩赦。此为后《实录》削除隆礼，不见字样之一贯方法。但"亲到皇宫内院"一句最可疑，然虽可疑只可疑其曾渎乱宫廷，决非如世传之太后大婚，且有大婚典礼之文，布告天下等说也。夫渎乱之事，何必即为太后事？

心史先生的考证，推理谨严，但上引最后一句，不免强词夺理，如反问一句："安知必非太后之事？"恐心史先生亦将语塞。事实上如我前文所指出的年岁相当，以及同养于宫中、朝夕相共的情况来说，多尔衮"亲到皇宫内院"，为了孝庄的可能性大于其他任何人。此外如心史先生所指出的自称"皇父摄政王"，以及孝庄后崩后愿别葬，似皆非无故。关于"皇父"之说，胡适之先生于读《太后下嫁考实》后有一函致心史先生云：

> 读后不免一个感想，即是终未能完全解释"皇父"之称之理由。《朝鲜实录》所记，但云"臣问于来使"，来使当然不能不作模棱之语，所云"今则去叔字"，似亦是所答非所问。单凭此一条问答，似仍未能证明无下嫁之事，只能证明在诏敕官书与使节辞令中，无太后下嫁之文而已。鄙意绝非轻信传说，终嫌"皇父"之称，但不能视为与"尚父、仲父"一例。

心史先生复函，词锋犀利，以为：

夫以国无明文之暧昧，吾辈今日固无从曲为辨证。但中菁之言，本所不道，辨者为多事，传者亦太不阙疑。此为别一事，不入鄙作考实之内。惟因摄政王既未婚于太后，设有暧昧，必不称皇父以自暴其恶。故知公然称皇父，既未下嫁，即亦并无暧昧也。

如心史先生所言，我谈此段即是"多事"，但"不做无益之事，何以遣有涯之生"，世事真相，常由多事而来。心史先生对多尔衮颇有好感，故确信其有完美的人格；而我的看法不然，如考证多尔衮与豪格争权的真相，结论是多尔衮对皇位非不欲也，乃不能也，非如心史先生所说，多尔衮能"自守臣节"。至谓多尔衮与孝庄若有暧昧，"必不称皇父以自暴其恶"，此是以"君子"之心度"小人"之腹：多尔衮没有读多少汉文，于名教礼义，并无多大了解，何尝以为与太后有暧昧即为恶行？倘非如此，何至于杀胞侄而又霸占侄媳？彭长庚比多尔衮为周公，济尔哈朗驳之云："多尔衮图肃亲王元妃，又以一妃与英亲王，周公曾有此行乎？"如此悍然无忌的乱伦，难道不是"自暴其恶"？

复次，关于孝庄别葬昭西陵一事，尤出情理之外。《太后下嫁考实》云：

孝庄崩后，不合葬昭陵，别营陵于关内，不得葬奉天，是为昭西陵（按：太宗葬盛京西北十里隆叶山，名昭陵；孝庄葬关内，在盛京之西，故名昭西陵）。世以此指为因下嫁之故，不自安于太宗陵地，乃别葬也。《孝庄后传》："后自于大渐之日，命圣祖以太宗奉安久，不可为我轻动。况心恋汝父子（按：指顺治、康熙），当于孝陵（按：顺治孝陵，在遵化昌瑞山，后总称东陵）近地安厝。"此说姑作为官文书藻饰之辞，不足恃以折服横议。但太宗昭陵，已有孝端合葬；第二后之不合葬者，累代有之……不能定为下嫁之证。

这话不错，但心史先生不言孝庄葬于何时，似不免有意闪避。我之所谓"尤出情理之外"者，即康熙年间始终未葬孝庄。

自此而始，到康熙上宾，孝庄梓宫始终浮厝于世祖孝陵之南。直至雍正三年（1725）二月十二日，世宗服父丧二十七个月，"裕祭太庙，释服即吉"时，才动工修昭西陵。《雍正实录》载祭告文曰：

> 钦惟孝庄文皇后，躬备圣德，贻庆垂庥[1]，隆两朝之孝养，开万世之鸿基，及大渐之际，面谕皇考，以昭陵奉

---

[1] 庥（xiū），遮盖。

安年久，不宜轻动，建造兆域，必近孝陵。丁宁再三，我皇考恭奉慈旨。二十七年四月己酉，上启銮奉大行太皇太后梓宫诣山陵，辛酉奉安大行太皇太后梓宫于享殿。甲子，上诣暂安奉殿内恭视大行太皇太后梓宫。封掩毕，奠酒恸哭，良久始出。

为什么三十八年不葬孝庄？且先看《康熙实录》在孝庄崩后不久的一道上谕：

> 伏思慈宁宫之东，新建宫五间，太皇太后在日，屡曾向朕称善，乃未及久居，遽尔退升。今于孝陵近地，择吉修建暂安奉殿，即将此宫拆运所择吉处，毋致缺损。着拣选部院贤能官员前往敬谨料理。天气甚寒，务期基址坚固，工程完备。尔等即传谕行。

按：慈宁宫在养心殿之西，乾隆十六年（1751）曾经重修，所以原来“新建宫五间”的遗址，已无迹可寻。又《雍正实录》：

> 择地于孝陵之南，为暂安奉殿，历三十余年。我皇考历数绵长，子孙蕃衍；且海宇升平，兆人康阜，胤禛祇绍丕绪，夙夜思维，古合葬之礼，原无定制，神灵所通，不问远近；因时制宜，惟义所在。即暂安奉殿，建

为昭西陵，以定万年之宅兆。

据此可知，昭西陵之名，是到了雍正三年（1725）才有的。在康熙年间，并未为孝庄修陵。中国传统的丧礼为"入土为安"，康熙三十多年不葬祖母，这一层道理，始终说不过去，然则其有迫不得已的隐衷，灼然可见。

康熙之孝顺祖母，不独自有帝皇以来所未有，即平常百姓家亦罕见，但细参实录，辄有微觉不近人情之感，如：孝庄崩后，必欲于宫中独行三年之丧；以及康熙二十八年岁暮，去孝庄之崩将近两年，三年之丧以二十七个月计算，亦将届满，而赵执信、洪昇竟因"非时演剧"被斥逐（详见拙作《柏台故事》关于黄六鸿部分），处分过苛，与康熙的个性不符；等等。予人的感觉是，纯孝之外，似乎康熙对祖母怀有一份非常浓重的咎歉，渴思有所弥补。

这份咎歉，实即康熙不可告人的隐痛。然则他的隐痛是什么？是孝庄绝不可与太宗合葬。而所以造成不可合葬的原因，在于安太宗之遗孤、存太宗之血食。孝庄不独无负于太宗，且当为太宗谅解及感激于泉下；但格于世俗礼法，竟不得与太宗同穴，自为莫大之委屈，且此委屈又不得有片言只字的申诉，则在孝庄实负不白之奇冤。康熙知其故而不能言。他贵为天子，富有四海、权力，可以决定任何人的生死贵贱，独独对祖母的奇冤，无法昭雪，因而康熙隐痛之十百倍于常人，亦可想而知。

说来说去，到底是怎么回事呢？走笔至此，有欲罢不能之势，只好来个"外一章"，但亦不算离题太远，多尔衮固曾祔庙上谥，称"成宗义皇帝"。他生前虽无称帝之名，而有为帝之实，应亦可算作"清朝的皇帝"之一。

蒋氏《东华录》顺治七年（1650）八月载：

> 上孝烈武皇后尊谥曰："孝烈恭敏献哲仁和赞天俪圣武皇后"，祔享太庙，颁诏大赦。内阁旧档："奉天承运皇帝诏曰：徽音端范，饬内治于当年；坤则贻麻，协鸣名于万禩，典章具在，孝享宜崇。钦惟皇祖妣皇后，先赞太祖，成开辟之丰功；默佑先皇，扩继承之大业。笃生皇父摄政王，性成圣哲，扶翊眇躬，临御万方，溯重闱之厚德；敉[1]宁兆姓，遵京室之遗谋。庆泽洪被于后昆，礼制必隆于庙祀。仰成先志，俯顺舆情，于顺治七年七月二十六日，祇告天地……"

此孝烈皇后即太祖的大妃、多尔衮的生母，以逼殉之故，谥之曰"烈"。

按："孝烈皇后"祔享太庙，颁诏大赦，既称"皇祖妣皇后"，又称"笃生皇父摄政王"，则是世祖竟视多尔衮为父，为太上皇。此为传说"太后下嫁"的由来。我不信有此说的

---

[1]　敉（mǐ），平定。

原因是：第一，以情理而论，孝庄绝不会主动表示要嫁多尔衮；若有此事，必是多尔衮逼嫁。然则多尔衮逼嫁孝庄的目的何在？倘因情之故，自当体谅孝庄的处境，绝不可出此令天下后世讥笑的怪事。若以为太后下嫁，多尔衮便成皇帝的继父，而获"皇父"之称，则何不索性自立，既立而纳孝庄，岂不比逼嫁更为省事？

其次，倘谓太后下嫁而有恩诏，则"眚黄"必遍及于穷乡僻壤，遗民的诗文中一定会有记载，必不至于只有张苍水那两首诗的"孤证"。

然则"皇父"之称又何自来？多尔衮为什么要用这种奇特的方式？我的推论是，世祖可能为多尔衮的私生子。而当太宗既崩，多尔衮大权在握，尤其是"一片石"大败李自成，首先入关，占领北京，清朝天下可说是多尔衮打下来的，如心史先生所说，"清入关创业，为多尔衮一手所为"，能为帝而不为，"以翼戴冲人自任"者，我有一个解释：由此而确立父死子继的皇位继承制度。

此话怎讲？我们不妨先回溯太祖崩后的情况，太祖遗命，国事"共主"；太宗初期亦确是如此。后以代善父子拥立而定于一尊，基本上是违反太祖遗命的。如果多尔衮废世祖而自立，那就形成了兄终弟及的局面，将来谁能取得皇位，视其功劳地位而定。同时他亦无子可传。但如"翼戴冲人"，则父死子继的制度可以确立不移；他本人虽未称帝，不过由于世祖实际上是他所生，那么，子子孙孙皆为清朝的皇帝了。

这就跟明朝的帝系，由孝宗转入兴献帝的情况一样。照中国传统的传说，子孙上祭，冥冥中只有生父可享，所以多尔衮不做皇帝，反能血食千秋。

多尔衮的身后事

这一论说，我现在自己推翻了。经过多年的反复研究，我才发现孝庄的苦心：主要的是，多尔衮与太宗有多重的关系，一方面有杀母之仇，一方面有养育之恩。恩怨纠结，以致行事多不可解。

细察多尔衮死前的心境，近乎昏瞀[1]狂乱。《清史列传》本传载：

> （顺治六年）十二月王妃博尔济吉特氏薨，以玉册宝，追封为敬孝忠恭正宫元妃。
>
> 七年正月，纳肃亲王妃博尔济吉特氏，并遣官选女子于朝鲜。二月，令部不须题奏者，付亲王满达海，及端重亲王、敬谨亲王料理。五月，率诸王贝勒猎山海关，令亲王多尼、顺承郡王勒克德浑、贝子务达海、锡翰，镇国公汉岱并议政。

---

[1]　瞀（mào），愚昧。

是月，朝鲜送女至，王亲迎之于连山，即日成婚……

七月，王欲于边外筑城清暑，令户部计额征地亩人丁数，加派直隶、山西、浙江、山东、江南、河南、湖广、江西、陕西九省银二百四十九万两有奇，输工用。

王寻以悼妃故，有疾。锡翰与内大臣席讷布库等诣第，王怨曰："顷予罹此莫上之忧，体复不快，上虽人主，念此大故，亦宜循家人礼，一为临幸。若谓上方幼冲，尔等皆亲近大臣也。"又曰："尔等毋以予言请驾临。"锡翰等出，王遣人追止之不及，于是上幸王第。王责锡翰等罪，降罚有差……

十一月，王以疾率诸王贝勒猎边外，十二月薨于喀喇河屯。

豪格年岁与多尔衮相当，其福晋当亦在三十以外，非少艾之比；杀豪格或为夺权，而必欲纳其妻，则不能不谓之有报复意义在。至如得病后，既怨世祖不临视，既临视又责传言之人。又，为兴土木，加派九省地丁至二百四十九万两，亦与其入关之初，务蠲[1]前朝弊政的作风不同。凡此近乎悖乱的感情状态，以我的看法，是内心有一极大的冲突不能解决，相激相荡而产生的反常行为。此一冲突即郑亲王既遭贬斥，豪格亦已被诛，自己手握重兵，党羽密布，已无任何阻力可使他不能称

---

[1] 蠲（juān），积存。

帝；其唯一所顾虑者，即孝庄太后。

如前所引，议政王满达海为代善第七子，端重亲王博洛为太祖第七子阿巴泰第六子，敬谨亲王尼堪则褚英第三子。满达海之袭爵，固由多尔衮的支持；博洛及尼堪在太宗朝皆为贝勒，并不见重，受多尔衮提携，始得封王，此时并皆议政，自然唯命是从。

至于八旗兵力的分配，其情况如下：

两黄旗，名义上归世祖，实际上由多尔衮以摄政王的身份指挥。

正白旗，为多尔衮的嫡系武力。

镶白旗，本由多尔衮胞弟豫亲王多铎为旗主，此时亦归多尔衮。

正蓝旗，旗主本为四大贝勒之一的莽古尔泰所有；莽古尔泰获罪，收归太宗自将；顺治初又归多尔衮，而名义上的旗主为豫王之子多尼。

镶蓝旗，完全属于郑亲王济尔哈朗。

正红旗，此旗为代善所有，旗主为满达海，顺承郡王勒克德浑亦持有一部分。

镶红旗，旗主为克勤郡王岳托，英亲王阿济格亦持有一部分。

如上所述，多尔衮握有两黄、两白、正蓝，对两红旗亦有影响力，唯一的敌对势力为郑亲王的镶蓝旗。在这样的压倒性优势之下，何事不可为？

然则多尔衮由未入关以前想夺皇位而不能，到此时能夺皇位而不夺，原因真是为了如他自己所说的"太宗深信诸子弟之成立，唯予能成立之"，故以"翼戴冲人自任"吗？不是的！因为多尔衮如推太宗养育之恩，"成立"诸子弟，则不当杀太宗长子豪格，复夺其妇，这是非常明白的一件事。多尔衮自己所说的那段话，不过后世词臣藻饰之辞，不足为信。

　　可信的是：孝庄太后以幼时爱侣的身份，出以万缕柔情，约束多尔衮的"最后行动"。其间绸缪委曲、调护化解，不知费了孝庄多少苦心。最危险的时刻，是多尔衮尊大妃为孝烈皇后祔庙之时，母以子贵的"太后"已经出现，事实上已等于诏告天下，他——多尔衮就是皇帝。天下臣民有忠于太宗欲起而申讨者，此时必当有所行动；若无行动，即是承认多尔衮得自立为帝。此时所欠缺者，不过一道即位诏书而已；而此一道诏书终于未发，即是孝庄对得起太宗的地方。

　　分析至此，我可下一断语，孝庄下嫁多尔衮，绝无其事，失身则必不免。孝庄不欲与太宗合葬，即以白璧有玷之身，愧与太宗同穴。她的辱身以存太宗天下的苦心，康熙完全了解，所以孝养无微不至。及至孝庄既崩，不可与太宗合葬，则不独康熙了然，臣下亦了然，徐乾学特撰《古不合葬考》，即非承帝之旨，亦必有迎合之意。但在康熙虽不能葬孝庄于昭陵，而亦终不忍别葬，以致浮厝数十年；乃臣下无言此事者，即以深知此事如佛所云："不可说，不可说！"能说者，为后世我辈。

多尔衮既薨，势力犹在，归灵至京时，世祖亲率亲贵大臣，缟服迎奠东直门外；其时已尊之为"懋德修道广业定功安民立政诚敬义皇帝"，庙号"成宗"，故以太子奉迎梓宫之礼接灵。至顺治八年（1615）正月，犹追尊摄政王妃为成宗义皇后。"成"者，论其功绩；"义"者，美者谦让。凡此皆足以证明朝政犹操之多尔衮亲信之手，而未几即遭清算，则因英亲王阿济格思夺多尔衮的两白旗继之为摄政王，为多尔衮的亲信举发，变成兄弟自相残杀，郑亲王济尔哈朗得以尽反朝局。其事始末，大致如《东华录》所载：

> 顺治八年正月甲寅，议和硕英亲王阿济格罪。先是，摄政王薨之夕，英王阿济格赴丧次，旋即归帐。是夕，诸王五次哭临，王独不至。

按：英王独不至者，隐然表示其身份在诸王之上，而与摄政王平；亦即表示多尔衮既死，应由其摄政。

> 翌日，诸王劝请方至。英王于途遇摄政王马群厮卒，鞭令引避，而使己之马群厮卒前行。第三日遣星讷、都沙问吴拜、苏拜、博尔惠、罗什曰："劳亲王系我阿哥，当以何时来？"

按："劳亲王"者，郡王劳亲。劳亲王为阿济格第五子，此时奉父命，领兵自京师赶来。

　　众对曰："意者与诸王偕来，或即来即返，或隔一宿之程来迎，自彼至此，路途甚远，年幼之人，何事先来？"盖因其来问之辞不当，故漫应以遣之。吴拜、苏拜、博尔惠、罗什等私相谓曰："彼称劳亲王为我等阿哥，是以劳亲王属于我等，欲令附彼。彼既得我辈，必思夺政。"于是觉其状，增兵固守。

　　按：吴拜即武拜，与苏拜皆多尔衮麾下大将，武功卓著。劳亲王已先为多尔衮取入正白旗，表面似为喜此胞侄，实际上有以劳亲王为质子之意。多尔衮对同母兄阿济格之防范甚严，见下引。

　　又英王遣穆哈达召阿尔津、僧格。阿尔津自本王薨后，三年不诣英王所矣，今不可遽往，应与摄政王下诸大臣商之。于是令穆哈达回，遂往告额克亲及吴拜、苏拜、博尔惠、罗什，额克亲谓阿尔津曰："尔勿怒且往，我等试观其意何如？"

　　按：阿尔津、僧格皆隶镶白旗，所谓"本王"即指豫亲王多铎。多铎薨后，镶白旗归多尔衮，恐阿济格染指，故不准阿尔津等在英王门下行走。

英王复趣召阿尔津、僧格乃往。英王问曰："不令
多尼阿哥诣我家，摄政王曾有定议否？"阿尔津等对
曰："有之。将阿哥所属人员置之一所，恐反生嫌，故分
隶两旗，正欲令相和协也。摄政王在时既不令之来，今
我辈可私来乎？此来亦曾告之诸大臣者。"英王问曰：
"诸大臣为谁？"阿尔津、僧格对曰："我等之上有两固
山额真、两议政大臣、两护军统领。一切事务或启摄政
王裁决，或即与伊等议行。"

按：多铎多子，第二子多尼名义上为镶白旗旗主，但一
部分已改隶正白旗，而正白旗亦必有一部分改隶镶白旗，此
即所谓"正欲令相协"，实际上为多尔衮兼并的一种手法。多
尼亦为阿济格胞侄，但多尔衮禁止多尼至阿济格处，防范之
严可知。

又所谓"固山额真"即都统，为一旗最高的行政长官，
但其时亦须听命于旗主；"议政大臣"由崇德元年（1636）设
"十六理事大臣"而来，每旗两人，便于天子干预各旗事务，
以及各旗配合中央要求，有所协力；"护军统领"则为实际带
兵作战的大将，一旗分为左右两翼，所以有两护军统领。阿
尔津等曾任议政大臣，亦曾为护军统领，此时正好解任，阿
济格以为阿尔津等正在失意，有机可乘，打算说服他们，将
多尼拉过来。不意此二人有备而来，公然拒绝；阿济格鲁莽
从事，异谋尽露。于是：

额克亲、吴拜、苏拜、博尔惠、罗什、阿尔津议曰：
"彼得多尼王，即欲得我两旗；既得我两旗，必强勒诸王从
彼；诸王既从，必思夺政；诸王得毋误谓我等，以英王为
摄政王亲兄，因而向彼耶？夫摄政王拥立之君，今固在也。
我等当抱王幼子，依皇上以为生。"遂急以此意告诸王。

　　**按：多尔衮无子，以多铎之子多尔博为嗣；所谓"抱王
幼子"即指多尔博。**

　　郑亲王及亲王满达海曰："尔两旗向不属英王；英
王岂非误国之人？尔等系定国辅主之大臣，岂可向彼？
今我等既觉其如此情形，即当固结谨密而行。彼既居心
若此，且又将生事变矣。"

　　**按：所谓"诸王"中，实力派只济尔哈朗及满达海。后
者为代善第七子，袭封和硕亲王，此时尚无称号，至顺治八
年二月始加号为"巽亲王"。**

　　迨薄暮设奠时，吴拜、苏拜、博尔惠、罗什欲共议
摄政王祭奠事，英王以多尼王不至，随于摄政王帐前系
马处，乘马策鞭而去。端重王独留，即以此事白之端重
王，端重王曰："尔等防之，回家后再议。"又摄政王丧
之次日，英王曾谓郑亲王曰："前征喀尔喀时，狂风两

日，军士及厮养逃者甚多；福金薨逝时，每祭必遇恶风，守皇城栅栏门役，竟不着下衣。"又言摄政王曾向伊言："抚养多尔博，予甚悔之。且取劳亲入正白旗，王知之乎？"郑亲王答曰："不知。"又言："两旗大臣甚称劳亲之贤。"此言乃郑亲王告之额克亲、吴拜、苏拜、博尔惠、罗什者。又谓端重王曰："原令尔等三人理事，今何不议一摄政之人？"又遣穆哈达至端重王处言："曾遣人至亲王满达海所，王已从我言，今尔应为国政，可速议之。"此言乃端重王告之吴拜、苏拜、博尔惠、罗什者。

按：此段叙英王阿济格夺权的计划，情事如见。其原拟俟多尼至后，挟多尼以号令两白旗；多尼不至，遂即离去，根本无意祭奠多尔衮事。至于对济尔哈朗的话，意谓多尔衮生前悔以多尔博为子，而取劳亲入正白旗。此真是俗语所说的自说自话了。

"端重王"者端重亲王博洛，为太祖第七子阿巴泰第三子，以附多尔衮得封王，与敬谨亲王尼堪及代善之子满达海并为多尔衮所亲信，于顺治七年（1650）二月由多尔衮授权，处理日常政务。阿济格思利用博洛的手段，实在幼稚之至。

至石门之日，郑亲王见英王佩有小刀，谓吴拜、苏拜、博尔惠、罗什等曰："英王有佩刀，上来迎丧，似此举动叵测，不可不防。"是日，劳亲王率人役约四百名，将至，英王在后见之，重张旗纛，分为两队，前并丧车而行。及摄政王丧车既停，劳亲王居右坐，英王居左坐，其举动甚悖乱。于是额克亲、吴拜、苏拜、博尔惠、罗什、阿尔津，集四旗大臣尽发其事。诸王遂拨派兵役，监英王至京。

据孟心史注，此"四旗"当是两白、两蓝，其说后详。

阿济格被逮至京，原可不死，然而"自作孽"则"不可活"。《清史列传》：

> 至京，鞫实，议削爵幽禁，降劳亲贝子。闰二月以初议罪尚轻，下诸王大臣再议，移系别室，籍其家，子劳亲等皆黜宗室。三月，阿济格于狱中私藏兵器，事觉，诸王大臣复议：阿济格前犯重罪，皇上从宽免死，复加恩养，给三百妇女役使，及童仆、牲畜、金银、什物，乃仍起乱心，藏刀四口，欲暗掘地道，与其子及心腹人，约期出狱，罪何可贷？应裁减一切，止给妇女十口，及随身服用，余均追出，取入官。十月，监者复告阿济格谋于狱中举火。于是论死，赐自尽，爵除。

按：劳亲，《清史稿》写作楼亲，亦赐自尽。未几，多尔衮近侍苏克萨哈、詹岱卖主求荣，出首告多尔衮"逆谋"，皆郑亲王济尔哈朗所主持。阿济格原可有所作为，而鲁莽灭裂，自速其败，心史先生在《八旗制度考实》中，有一段论评，极其精辟，录如下：

> 阿济格与多尔衮相较，明昧之相距太远。清初以多尔衮入关，即是天佑。至天下稍定，八固山之不能集权中央，又不无因摄政之故。冲主与强藩，形成离立，若英王亦有睿王意识，当睿王之丧，奔赴急难，扶植两白旗，为两旗之人所倚赖，则席摄政之威、挟三旗（两白、正蓝）之力，中立之两红旗不致立异（按：正红满达海，镶红罗洛浑为岳托之子），怀怨之镶蓝旗不敢寻仇（按：指济尔哈朗为多尔衮排挤成仇），世祖虽欲收权，尚恐大费周折。乃又英王自效驱除，郑王乘机报复，先散四旗之互助，再挟天子以临之，英王既除，睿豫二王仅有藐孤，登时得祸。一举而空四旗，大权悉归皇室。此所谓天相之矣！

多尔衮自追尊为"义宗成皇帝"至"追诏其罪"，不过一个月的辰光。他所得的罪过是"削爵""黜宗室籍""财产入官""其嗣子多尔博给信亲王多尼"。所谓"黜宗室籍"，即由"黄带子"变为"红带子"，若非后来复封，则官文书上的记载，应为"觉罗多尔衮"；嗣子多尔博本为多铎幼子，"给信亲王多尼"亦即归宗，由其胞兄抚养，后来恩封多罗贝勒，则为推其生父之恩，与多尔衮无关。

细考史籍，顺康之间对多尔衮的处置，比见诸上谕者要严厉得多；即以上述四款处分而言，最重的是令多尔博归宗，乃绝多尔衮之后。据乾隆三十八年（1773）二月上谕："今其后嗣废绝，而茔域之在东直门外者，岁久益就榛芜，亦堪悯恻，着交内务府派员往视缮葺，仍为量植松楸，并准其近支王公等，以时祭扫。"可知自顺治八年（1651）至乾隆三十七年（1772），这一百二十年间，多尔衮的近支亲属去扫他的墓都是不被允许的。康熙仁厚，每不念旧恶而喜与人为善，独于多尔衮深恶痛绝，略无矜恤之意，可知其隐痛所在。

走笔至此，回头再说"太后下嫁"。据《清列朝后妃传稿》，在世祖即位后，对孝端的记载是：

> 顺治六年四月后崩……帝率诸王文武俱成礼，典仪遵定制，与文皇帝同。

此表示多尔衮视孝端为太宗的皇后。但对孝庄的记载是：

> 世祖践祚，尊为皇太后。

可知在多尔衮未死以前，孝庄并无称号。及至多尔衮获罪，世祖亲政，方上尊号为"昭圣慈寿皇太后"，并有正式尊封的册文。于此我们不妨做一假定：孝庄虽无下嫁多尔衮之实，而多尔衮似有称帝以后以孝庄为后的打算。他之如何称帝，是件很值得研究的事。照我的看法，他不至于废世祖而代之，最可能的途径是由"皇父"变为"太上皇帝"，而以孝庄为"太上皇后"。果然如此，则为历史上空前亦可能是绝后的创例。

推论至此，张苍水的那两首《建夷宫词》，未可视之为丑诋敌国的谰言，其中自有若干事实存在。如结句："椒寝梦回云雨散，错将虾子作龙儿。"前一句则"身到皇宫内院"，多尔衮秽乱宫闱，原为当时朝廷所自承；后一句乃指以多铎之子多尔博为嗣，满洲话称侍卫为"虾"；广义而言，御前行走的"领侍卫内大臣"亦为"虾"，此指多铎而言，意谓多尔衮若娶孝庄，则顺治子随母嫁，自为"龙儿"，不必以多尔博为子。

第四章

世祖——顺治皇帝

顺治废后缘由

世祖名福临，崇德三年（1638）正月三十生于盛京，生母即孝庄太后（当时的称号为永福宫庄妃），太宗第九子。

太宗以博尔济吉特氏为皇后，即后来的孝端太后，崇德元年（1636）册立，称清宁中宫，同时以崇德元年以后出生的儿子为真正的皇子。孝端两侄，即孝庄与其姊，皆封妃；孝庄之姊封号为关雎宫宸妃，有殊宠。前一年七月，宸妃生子，行八，太宗为之行大赦。但就在世祖诞生前不久，皇八子夭折。否则，皇位将很难由世祖继承。

世祖即位时方六岁，顺治八年（1651）亲政，方十四岁。当时的满人，生理、心理皆早熟，这年八月行大婚礼。皇后是他嫡亲的表姊，为吴克善之女，长得很美，亦很聪明，但未几即被废，原因有二：奢侈，善妒。

这是世祖的欲加之罪。天子富有四海，一为皇后，极人间所无的富贵，是故皇后节俭为至德，以其本来就应该是奢侈的，此又何足为罪？

其次，善妒为妇女的天性，皇后自亦不会例外。皇后善妒，疏远即可，绝不成为废立的理由。民间的"七出"之条，第六虽为"妒忌"，但亦很少听闻因妒忌而被休大归者。

然则顺治皇后因何被废？基本的原因是世祖对多尔衮的

强烈不满。《清史纪事本末》卷七载：

> （顺治）十年，秋八月废后博尔济吉特氏，降为静
> 妃，改居侧宫。以后乃多尔衮于帝幼冲时，因亲订婚，
> 未经选择故也。

所谓"未经选择"，是后世的饰词，事实上立吴克善之女为
后，当然是孝庄太后所同意的。父母之命，不得谓之未经选择。

《吴梅村诗集》中，有《古意》六首，孟心史以为即
"为世祖废后而作"，录其诗并释孟说如下：

> 争传娶女嫁天孙，才过银河拭泪痕。
> 但得大家千万岁，此生哪得恨长门？

孟注："第一首言为立后不久即废，而世祖亦不永年。
措辞忠厚，是诗人之笔。"按：宋朝"亲近侍从官称天子为大
家"。末句用汉武陈皇后"长门赋"典故。谓为世祖废后而
作，信然。

> 豆蔻梢头二月红，十三初入万年宫。
> 可怜目望西陵哭，不在分香卖履中。

孟注："第二首言最早作配帝主，玉帝崩时，尚幽居

别宫，退称妃号，而不预送终之事。"按：废后于顺治十年（1653）八月"降为静妃，改居侧宫"。此即俗语之所谓"打入冷宫"，殁于何年，档案无考。

从猎陈仓怯马蹄，玉鞍扶上却东西。
一经辇道生秋草，说着长杨路总迷。

孟注："第三首言初亦承恩，不堪回首；后本慧丽，以嗜奢而妒失宠，则其始当非一见生憎也。"按：陈仓山在宝鸡之南，秦文公游猎于陈仓，遇鸡鸣神，归而以为宝，建祠以祀，故曰陈宝，见《水经·渭水注》。"长杨"本秦旧宫，多禽兽，为汉武游猎之地，此必指南苑而言，南苑明朝名之为"飞放泊"，亦多禽兽。玩味诗意，似废后不愿从幸南苑，强之亦不可，所以说"玉鞍扶上却东西"；而不愿从幸之故，或以有某一废后所妒的妃嫔在行幄，因而赌气不从，此言被废的导火线。

玉颜憔悴几经秋，薄命无言只泪流。
手把定情金合子，九原相见尚低头。

孟注："第四首言被废多年，世祖至死不同意。"按：提及废后身后，可知此六绝实为废后挽词。

银海居然妒女津，南山仍锢慎夫人。

君王自有他生约，此去唯应礼玉真。

孟注："第一句言生不同室，第二句言死不同穴。慎夫人以况端敬，端敬死后，永承恩念；废后一无他室。"按：心史此注，似有未谛。"银海"指陵寝，典出《汉书·楚元王传》，用于此处，自是指顺治孝陵。"妒女津"之典极费解；《酉阳杂俎》记刘伯玉妻段明光性妒，以伯玉常于妓前诵《洛神赋》，谓"娶妇得如此，吾无憾矣"，明光因自沉于江，冀为水神而为伯玉"无憾"之妻。

"南山"只指陵寝，典出《汉书·张释之传》，记释之：

> 从行至霸陵，居北临厕。是时慎夫人从，上指示慎夫人新丰道曰："此走邯郸道也。"使慎夫人鼓瑟，上自倚瑟而歌，意凄怆悲怀，顾谓群臣曰："嗟乎以北山石为椁……岂可动哉？"左右皆曰："善。"释之前进曰："使其中有可欲者，虽锢南山犹有隙；使其中亡可欲，虽亡石椁，又何戚焉？"

此为汉文帝偶动无常之感，思及身后，愿葬于北山，可久安窀穸[1]，不虞盗墓。而张释之的见解，据颜师古注："有可欲，谓多藏金玉而厚葬之，人皆欲发取之，是有间隙也。

---

[1] 窀穸（zhūnxī），墓穴。

锢谓铸塞也。云锢南山者，取其深大，假为喻也。"原文的意思是，劝文帝薄葬，以免海盗。但就吴梅村此诗而言，南山也罢，慎夫人也罢，均与张释之的原意不相干，心史谓此句言废后与世祖"死不同穴"，诚然；慎夫人指端敬，亦是。然则"端敬"何指人？

"端敬"即是误传为董小宛的"孝献皇后"董鄂氏，端敬为其谥号中最后二字。这段疑案，留待后文再谈；此处可以确定的是，废后的"情敌"即是端敬。《康熙实录》：

> 三年六月壬寅，葬世祖章皇帝于孝陵，以孝康皇后、端敬皇后祔。

孝康为圣祖生母佟佳氏，圣祖践阼，尊为慈和皇太后，康熙二年（1663）二月崩，自然祔葬孝陵。而端敬与世祖合葬，即所谓"南山仍锢慎夫人"；从其中"仍"字，可知有争之者，争而不得，胜利终归端敬，故曰"仍"。而此争之者，自然是废后。得此了解，末句"玉真"之典，方有着落。《唐书·后妃传》：

> 玉真公主字持盈，天宝三载，请去公主号，罢邑司，帝许之。

明此出处，通首可解。废后虽不在分香卖履之中，但世祖既崩，旋即身殉；其用心与刘伯玉妻段明光无异，以为既然殉帝，位号可复，以元后身份，自然合葬，故云"银海居然妒女津"，银海指孝陵。

岂意祔葬者仍为端敬。"君王自有他生约"，说明端敬得以祔葬的原因，此或出于世祖的遗命，必与端敬同穴。末句设为规劝之词，言废后应学玉真公主，谦退不妒，勿争位号，或者反可邀得世祖见许于泉下。

以上所解，自信可发三百年之覆。由是可知，废后退居侧宫，死于何年，葬于何处，"档案无考"之故何在。

　　珍珠十斛买琵琶，金谷堂深护绛纱。

　　掌上珊瑚怜不得，却教移作上阳花。

孟注："第六首则可疑，若非董小宛与世祖年不相当，几令人谓冒氏爱宠，为或有之事矣。余意此可有二说：（一）或废后非卓礼克图亲王之亲女，当摄政王为世祖聘定之时，由侍女作亲女入选，以故世祖恶摄政王而并及此事，决意废之。（二）或端敬实出废后家，由侍媵入宫……"

心史此两说，第一说绝不可能，因皇室与博尔济吉特氏已三世为婿，中表至亲，岂能以侍女假冒？而况作配天子为嫡后，吴克善又何肯以侍女作亲女？第二说则端敬如为废后侍媵，则早当见幸，不应迟至"十八岁入侍"。

按：《古意》六首，末首与前五首不相连贯，此为最可疑之点。玩味诗意,绝非咏废后,邓石如《清诗纪事初编》叙吴梅村,说"《古意》六首"云:"一废后;二三四五宫人失宠者;六季开生谏买扬州女子。"季开生为季沧苇之兄(其事迹详见拙著《柏台故事》),以谏买扬州女子几遭大辟,减死流尚阳堡,死于戍所。此事固亦为顺治年间压制汉人的一大公案,但以体例而论,不应阑入此处,且语意不及于极谏,邓说难信。

我以为第六首当是言端敬的出身。此诗主要用石崇的典故,即第三句"掌上珊瑚",亦借用石崇与王恺斗富的故事。"绛纱"有两解,一出《后汉书·马融传》,指女乐;一出《晋书·胡贵嫔传》:晋武帝多简良家子女充内职,自择其美者,以绛纱系臂,乃指为天子所选中的女子。但细释诗语,仍以指女乐为是。

就诗论诗,照字面看,并不难解:有豪家量珠聘得名妓,颇自珍秘,轻易不为宾客所见,结果竟成宫眷。但其中隐藏的内幕如何,却费猜疑。

如说世祖对此名妓一见倾心,以权势压迫豪家献美,则疑问有二:

第一,豪家是谁?是否端敬之父鄂硕,抑其伯父,即多尔衮的亲信罗硕(或作罗什)?

第二,端敬出身既为名妓,何以又一变而为鄂硕之女?

据传教士的记载,端敬原为世祖胞弟襄亲王博穆博果尔妃。黎东方博士信此说,以为博穆博果尔无功无德而得封亲王，即为慰其夺妻之恨。按：太宗十一子，除第九子世祖及早殇者外，得封王者四子，一为长子豪格，封肃亲王；一为五子硕塞，封承泽亲王，后改号为庄亲王；一为八子，不知名而封为荣亲王，即太宗所宠的宸妃所出；一即博穆博果尔，其生母亦出于博尔济吉特氏。硕塞封王以战功及多尔衮的提拔；荣亲王则是子以母贵；唯独博穆博果尔，遽封亲王，确有疑问。

今以《古意》第六首而言，如世祖曾夺弟所爱，亦为侍姬，而非嫡室。但博穆博果尔于顺治十二年（1655）封王，十三年（1656）即薨，得年十六岁；而端敬以十八岁入侍世祖，年长于博穆博果尔，似亦不伦。

走笔至此，不能不谈吴梅村的《清凉山赞佛诗》。向来谈董小宛入宫，及世祖出家，无不重视此诗；尤以一、二首，本事大致可考。程穆衡注未见；若孟心史在《世祖出家考实》一文中，所言固不谬，但实可更详，此当与《古意》六首及《读史有感》八首合看，则情事弥出。

《清凉山赞佛诗》为五古四首。其一起头描写五台山，共有六句之多：

> 西北有高山，云是文殊台。
> 台上明月池，千叶金莲开。
> 花花相映发，叶叶同根栽。

有山出台、由台出池、由池出莲，而重点在"花花相映发，叶叶同根栽"。此谓清室与博尔济吉特氏世为婚姻；而一帝娶姑侄姐妹，或兄弟即为连襟，婚姻既密切亦复杂，则如世祖夺弟或其他亲族所爱，亦为可恕而不足为奇之事。是诚诗人温柔敦厚之笔。

> 王母携双成，绿盖云中来。
> 汉主坐法宫，一见光徘徊。
> 结以同心合，授以九子钗。

此言世祖邂逅端敬，一见倾心，收入后宫，且为孝庄太后所同意。"王母"指孝庄；而"双成"切"董"，确凿无疑；"汉主"指世祖。梅村作此类诗，皆用汉朝故事，因为当时最大的忌讳，在夷夏之辨，谈宫闱犹在其次，梅村必用汉朝故事者，即恐万一兴文字狱，犹有可辩的余地。

起首六句，描写道场，下接"王母携双成，绿盖云中来。汉主坐法宫，一见光徘徊"，乃孝庄携端敬来拈香，世祖因而初识端敬，一见恰如汉元帝之初识昭君："顾景徘徊，竦动左右，帝见大惊。"（《后汉书·南匈奴传》）

昭君已许婚匈奴，汉元帝欲留不可；此则不然："结以同心合，授以九子钗。""同心合"典出《隋书·后妃传》：炀帝烝（zhēng）父妾宣华夫人，先以小金盒贮同心结示意。梅村用此典，可知端敬为亲藩侍姬，深得孝庄欢心，故行止相携；又用"九子钗"一典，可知世祖纳端敬，为孝庄所同意。

《飞燕外传》："后持昭仪手，抽紫玉九雏钗，为昭仪簪髻"。此"后"在端敬，当然是太后，而非皇后。

> 翠装雕玉辇，丹髹（xiū）沉香斋。
> 护置琉璃屏，立在文石阶。
> 长恐乘风起，舍我归蓬莱。

前四句既写端敬得宠，亦写端敬纤弱，因而常忧其不永年，于是而有以下一段较"七月七日长生殿，夜半无人私语时"更为缠绵的描写：

> 从猎往上林，小队城南隈。
> 雪鹰异凡羽，果马殊群材。
> 言过乐游苑，进及长杨街。
> 张宴奏丝桐，新月穿宫槐。
> 携手忽太息，乐极生微哀。
> 千秋终寂寞，此日谁追陪？
> 陛下寿万年，妾命如尘埃。
> 愿共南山椁，长奉西宫杯。

按："上林"指南苑，"小队"句指方位明甚。"果马"一典最好，说明了许多事实。"果马"者，可于果树下乘骑的小马，自然是为端敬所预备。可以想象得到，端敬娇小纤弱，而且不会骑马，故骑果马，虽倾跌无大碍，从而又可以证明端敬来自江南。倘真为鄂硕亲女，从龙入关，如何不能骑马？若废后则蒙古人，从小习于怒马，但"从猎陈仓"偏以"怯马蹄"为言，而"玉鞍扶上却东西"，偏与御马背道而驰，其为妒端敬而赌气，情事显然。

"乐游苑"与"上林"为两地，自指西苑而言，下句"西宫杯"虽用王昌龄《长信秋词》"火照西宫指夜饮"典，与"新月"句相应，但只点出"西"字。西苑在明武宗时曾开内操，又有"平台"（即"紫光阁"）为召见武臣之地，固可视作"长杨街"。

此言南苑猎罢驾至西苑，张乐夜宴，由"新月""白露"知其时为八月初。手头无《顺治实录》，不能细考。

"太息"者世祖，生前之乐至矣尽矣，但愁身后寂寞。于是端敬由"谁追陪"而自陈"愿共南山椁，长奉西宫杯"。生生死死相共，较之"在天愿为比翼鸟，在地愿为连理枝"更见情深。

于此可证《古意》第五首，"南山仍锢慎夫人"，确指端敬祔葬。

按：其时世祖年不满二十，已虑及身后，自为不祥之语，故有最后一段：

披香淖博士，侧听私惊猜。

今日乐方乐，斯语胡为哉？

待诏东方生，执戟前诙谐。

熏炉拂蘸（fǔ）帐，白露零苍苔。

君王慎玉体，对酒毋伤怀。

"披香"典出《飞燕外传》："宣帝时披香（殿）博士淖方成，白发教授宫中，号淖夫人。"按：世祖亲政后，征博学翰林如方玄成等侍从，极其亲密，称方玄成别号楼冈而不名。此处"淖博士""东方生"皆有其人。

由"伤怀"领起第二章，写端敬之死，及世祖逾情逾礼：

伤怀惊凉风，深宫鸣蟋蟀。

严霜被琼树，芙蓉凋素质。

可怜千里草，萎落无颜色。

端敬殁于八月十七日，首四句写时写景亦写情。"千里草"切董字，与"双成"遥相呼应。

孔雀蒲桃锦，亲自红女织。

殊方初云献，知破万家室。

瑟瑟大秦珠，珊瑚高八尺。

割之施精蓝，千佛庄严饰。

持来付一炬，泉路谁能识？

"孔雀蒲桃"为"锦"的花样，是最名贵的纺织品；"红"读如工，红女即女工，破万家而织一锦，名贵可知。"瑟瑟"以下四句，言凡此珍饰，本当供佛，而"持来付一炬"，为满洲丧俗，衣饰服御焚之以供冥中之用，称为"丢纸"，并有"大丢纸""小丢纸"诸名目。紧接"泉路谁能识"，深慨于暴殄天物。

> 红颜尚焦土，百万无容惜。
> 小臣助长号，赐衣或一袭。
> 只愁许史辈，急泪难时得。

此一段纯为刺笔。"助泣"而哭临，例赐素衣一袭。"许史"典出《汉书·盖宽饶传》注："许伯，宣帝皇后之父；史高，宣帝外家也。"自是指鄂硕、罗什家人。我以为此一句亦有言外之意，倘端敬果为亲生之女，何得无泪？急泪难得，不妨视作端敬与鄂硕无血统关系的暗示。

> 从官进哀诔（lěi），黄纸抄名入。
> 流涕卢郎才，咨嗟谢生笔。

按：世祖极好文墨，端敬之丧，既务极铺张，则词臣广进哀诔，亦可想之事，故以下接连用北齐卢思道挽文宣帝及南朝谢庄两典。谢庄一典，尤为贴切，《南史·后妃传》：

宋孝武宣贵妃薨，谢庄作哀策文奏之，帝卧览读，起坐流涕曰："不谓当世复有此才。"

当时与谢庄后先媲美者，内阁中书张宸，《上海县志》有其传：

张宸，字青雕，博学，工诗文，由诸生入太学，选中书舍人。时词舍拟撰端敬后祭文，三奏草未称旨，最后以属宸，有云："渺落五夜之箴，永巷之闻何日？去我十臣之佐，邑姜之后谁人？"章皇帝读之，泣然称善。

又张宸《青雕集》自叙其事云：

端敬皇后丧，中堂命余辈撰拟祭文，山阴学士曰："吾辈凡再呈稿矣！再不允。须尽才情，极哀悼之致。"予具稿，中堂极欲赏。末联有……等语；上阅之，亦为堕泪。

据心史先生考证，"山阴学士"指胡兆龙。"再呈稿，再不允"，独赏张宸一文；世祖在文学上的修养，实为清朝诸帝第一。

尚方列珍膳，天厨供玉粒。

官家未解菜，对案不能食。

此言世祖哀思过甚，眠食俱废。"解菜"一典出《南史》：东昏侯悼女，废食积句，左右进珍馐，云"为天子解菜"。征典及诸东昏，亦是刺笔。

黑衣召志公，白马驮罗什。
焚香内道场，广坐楞伽译。
资彼象教恩，轻我人王力。
微闻金鸡诏，亦由玉妃出。

此亦纪实。"黑衣"谓南朝僧慧琳，善谈论，宋文帝令参机要，有"黑衣宰相"之称。志公、罗什皆高僧，以喻世祖所尊的玉林、木陈两禅师，玉林且为本师。

"焚香内道场"，谓在宫中大作佛事，玉林弟子行峰，随师入京，作《侍香纪略》一书，言端敬之丧，玉林另一弟子茆溪"于宫中奉旨开堂"。以下"广坐"之句，描写内道场；下接"微闻金鸡诏，亦由玉妃出"，亦复信而有征。"金鸡诏"大赦令，典出《唐书·百官志》。顺治十七年（1660）秋决停勾，从端敬之志。《顺治实录》载：

十七年十一月壬子朔，谕刑部："朕览朝审招册，待决之囚甚众，虽各犯自罹法网，国宪难宽，但朕思人命至重，概行正法，于心不忍。明年岁次辛丑，值皇太后本命年，普天同庆；又念端敬皇后弥留时，谆谆以矜恤秋决为言，朕是以体上天好生之德，特沛解网之仁，见在监候各犯，概从减等……尔部即会同法司，将各犯比照减等例，定拟罪名……其中或有应秋决者，今年俱行停刑。"

孝庄生于万历四十一年癸丑，逢丑年为本命年；但从来行赦，未闻有以逢太后本命年作理由者，若是则每逢丑年必赦，作奸犯科得逞侥幸之心，岂有此理？于此可知，本命年之说为门面话，实际上是从端敬遗志。

> 高原营寝庙，近野开陵邑。
> 南望仓舒坟，掩面添凄恻。
> 戒言秣我马，遨游凌八极。

以上为第二首最后六句，心史先生所释极是，大致谓营庙事所必有。"开陵"即世祖后葬之孝陵。"仓舒坟"者，以魏武帝子邓哀王曹冲，字仓舒，比端敬子荣亲王，生于顺治十四年十月，至十五年（1658）正月夭折，尚未命名，本不应有王封，而以端敬故，追封"和硕荣亲王"，并有墓园。末联"秣马遨游"，将往五台山礼佛。

第三首的起句是"八极何茫茫，曰往清凉山"，以下描写有关清凉山的传说。此山即山西代州的五台山，佛家目之为文殊菩萨的道场，由于"能蓄万古雪"，所以名之为清凉山。

于此我要指出，第一首的清凉山与这一首的清凉山不同。我前面说过，"西北有高山，云是文殊台"，实际上写的是北京西山。兹检《嘉庆重修一统志》卷二《京师山川》中"西山"条：

> 在京西三十里，太行山支阜也。巍峨秀拔，为京师左臂。众山连接，山名甚多，总名曰西山。

《金图经》："西山亦名小清凉。"

此可确证世祖与端敬邂逅于西山某佛寺。至于山西清凉山，世祖本定顺治十八年（1661）巡幸，先派内廷供奉的高僧前往筹备，此即"名山初宣幸，衔命释道安；预从最高顶，洒扫七佛坛"云云的由来。以下设为预言，言"道安"遇"天人"，乃"寄语汉皇帝，何苦留人间？"其下"烟岚倏灭没，流水空潺湲"两语，明其为幻境；紧接"回首长安城，缟素惨不欢，房星竟未动，天降白玉棺"，则世祖已崩。"房星"为天驷，主车驾，"竟未动"谓车驾未发；"白玉棺"用王乔的故事，与"天人"相应，谓世祖仙去。

第四首多用"穆天子"及汉武的典故，中段云：

> 汉皇好神仙，妻子思脱屣（xǐ）。
> 东巡并西幸，离宫宿罗绮。

宠夺长门陈，恩盛倾城李。

秾华即修夜，痛入哀蝉诔。

苦无不死方，得令昭阳起。

晚抱甘泉病，遽下轮台悔。

此则世祖好佛，好巡幸；废后降封，端敬得宠；因悼端敬过哀而致疾，以及遗诏自责诸本事，皆包含在内。值得注意的是特用"李夫人"典。又《读史有感》八首之三：

昭阳甲帐影婵娟，惭愧深恩未敢前。

催道汉皇天上好，从容恐杀李延年。

心史谓此咏贞妃殉葬事，而用李延年典，凡此皆可说明端敬出身应如《古意》第六首所描写，原来是一名妓。

第四首最后一段是议论，借佛法讽示为帝王之道。综括四首诗意，实为对世祖的讥刺：既好佛而溺于尘缘，为情所累；以汉武作比，好色、好巡游，不恤物力；求长生反促其寿。

董小宛入宫为妃考证

至于董小宛之谜，我以前读心史先生的著作，深以为是，但近年的想法已有改变。这桩公案的疑点，实在很多。

心史谓董鄂氏绝非董小宛，主要的论证是董小宛的年龄，其言如此：

> 当小宛艳帜高张之日，正世祖呱呱坠地之年；小宛死于顺治辛卯，辟疆《同人集》中，海内名流以诗词相吊者无数，时世祖尚只十四岁，小宛则二十八岁，所谓年长以倍者也。

按：董小宛于崇祯十五年（1642）壬午归冒辟疆，前后凡九年。又张明弼作《冒姬董小宛传》谓死时"年仅二十七岁"，则应死于顺治七年（1650）庚寅，非八年辛卯。

年龄自是一个问题。但首须了解者，董小宛不一定于顺治七年入宫；如我前面所谈，明明显示，有一名妓，先入豪家，于顺治十三年（1656）为世祖所夺。此一名妓如为董小宛，则应为三十三岁，就常情而言，已至所谓"色衰"之时；但天生尤物，不可以常情衡度。《过墟志》所记刘三秀，确有其事，入王府时，其女亦已适人生子，而犹复艳绝人寰。以彼例此，董小宛三十三岁得承恩眷，不是一件不可能的事。

至于《同人集》中"以诗词相吊者无数"，并不能证明董小宛必已去世，因为不能明言已入豪门。相反的，吴梅村的诗、龚芝麓的词，都暗示董小宛与冒辟疆是生离而非死别。先谈龚词，题为《影梅庵忆语》的一首《贺新郎》，后半阕有句：

碧海青天何限事，难倩附书黄犬。藉棋日酒年宽免。搔首凉宵风露下，羡烟宵破镜犹堪展。双凤带，再生鼐。

李义山诗："嫦娥应悔偷灵药，碧海青天夜夜心。"此言董小宛不但未死，且高高在上，故"难倩附书黄犬"。黄犬即"黄耳"，用陆机入洛，遣快犬"黄耳"赍书归吴的故事；若谓已死，不能遣犬入泉台。"羡烟宵、破镜犹堪典"，尤为明白；"烟宵"即元宵，用徐德言与乐昌公主生离相约，元宵"卖半照"，破镜重圆的故事，谓冒辟疆自叹不如徐德言。凡此皆足以证明董小宛犹在人间，但绝不能通音问，更遑论重圆鸳梦，则唯有寄望于来生复为夫妇了。

最强烈的证据，还是在梅村诗集中，《题冒辟疆名姬董白小像》八绝的最后一句"墓门深更阻侯门"，早有人指出可疑，如罗瘿（yīng）公《宾退随笔》：

小宛真病殁，则侯门作何解耶？岂有人家姬人之墓，谓其深阻侯门者乎？

这是提出疑问，罗瘿公如果注意到此八绝句前"四六小引"中的一联，对这句诗更可得一正解。

这一联是："名留琬琰，迹寄丹青。"下句谓小宛画像，上句何解？"琬琰"者《琬琰集》，宋杜大珪撰；又明朝徐纮有《明名臣琬琰录》，辑录宋明两朝大臣碑传。试问董小宛的出身及身份，何得"名留琬琰"？但是端敬却有御制的行状、词臣的诔文，岂非"名留琬琰"？我这个看法曾质诸周弃子先生，亦以为然。

于此可知，董小宛画像是在端敬薨后所制，冒辟疆供奉于密室追悼所用。所谓"墓门深更阻侯门"，言冒辟疆"欲吊"墓门亦不可得，因为陵寝重地，寻常百姓所不能到。这是"阻侯门"三字的正解。

此外还有许多证据，指出端敬就是董小宛。这些证据，可分消极与积极两方面来考证。所谓消极的证据是，要证明董小宛未死；积极的证据是，董小宛不但未死，且已入宫承宠。兹再如举一证，先言消极的证据，仍以释"墓门"之谜为主。

陈其年《妇人集》记董小宛，有冒辟疆晚辈作注，下引之文，括号内即为注释：

> 秦淮董姬（字小宛），才色擅一时，后归如皋冒推官（名襄），明秀温惠，与推官雅相称。居艳月楼，集古今闺帏轶事荟为一书，名曰《奁（lián）艳》。王吏部撰《朱鸟逸史》，往往津逮之。（姬后夭，葬影梅庵旁，张明弼揭阳为传，吴绮兵曹为诔，详载《影梅庵忆语》中。）

这段文与注释，骤看了无异处，但既知端敬即董小宛，便知作者与注者，下笔之际，皆别有机杼。

先说原文：第一，不着董小宛及冒辟疆的名字；第二，特意用冒辟疆在清朝征辟而未就的"推官"一官衔；第三，不言"水绘"，不言"影梅"，而用"艳月楼"，凡此皆有所讳。易言之，即不愿读者知此文的董与冒，即为董小宛、冒辟疆。

此外，注者欲明本事，自非注出名字不可；但又恐被祸，因而加上一句"姬后夭，葬影梅庵旁"。二十七岁而殁，不得谓夭；端敬三十四岁而殁，更不得谓之夭，特用一"夭"字者，希望导致读者产生一错误的印象："董姬"不过一雏姬而已。

说"葬影梅庵旁"更为欲盖弥彰，用意在抵消吴梅村的"墓门深更阻侯门"，而同时暗示董小宛根本非葬于影梅庵。一义双训，原是中国文字运用的最高技巧，对浅薄者深恐其辗转传闻，随意附会，致肇巨祸，故以简单一句话，表明葬于孝陵的端敬非董小宛；对智者而言，既葬于影梅庵，别置庐墓亦可，何致有"墓门深更阻侯门"之叹？但既知其隐衷，必知其轻重，轻则无事，重则有门户之祸，自然心有丘壑，不致信口雌黄。

庚申除夕，读冒辟疆《同人集》至破晓，既喜且惑。喜则从吴梅村、龚芝麓两人致冒书札，获得董小宛即端敬的确证；惑者心史先生作《董小宛考》，广征博引，《同人集》尤为主要凭借，何以对若干关键性的资料，竟然忽略，以致有明显的疑问存在，其中尤以"小宛之年"，误二十七为二十八，为导致其错误结论的由来。在此有作进一步澄清的必要。心史于《董小宛考》，在分年考证其行谊之前，有一概括的说明：

> 小宛之年，各家言止二十七岁，既见于张明弼所作小传，又余淡心《板桥杂记》云："小宛事辟疆九年，年二十七，以劳瘵死，辟疆作《影梅庵忆语》二千四百言哭之。"张、余皆记小宛之年，淡心尤记其死因，由于劳瘵，盖亦从《影梅庵忆语》中之词旨也。然据《忆语》，则当得年二十有八。

按：得年二十七，抑或二十八，应以董小宛在冒家多少年而定。董小宛于崇祯十五年（1642）壬午归冒，时年十九，前后历九年，至顺治七年（1650）庚寅，为二十七岁。余淡心所记甚是，即在冒门九年，始为二十七岁；易言之，若为二十八岁，则在冒门应为十年。张明弼所作小传，与余淡心所记相同："前后凡九年，年仅二十七岁。"又张明弼亦记其死因，谓"以劳病瘵"。但又紧系二语："其致病之由，与久病之状，并隐征难悉。"心史独著"淡心尤记其死因，为由于劳瘵"，莫非未读张明弼所作小传？抑或由于"其致病之由"云云两语，强烈暗示小宛之死，大有问题，以故作英雄欺人之谈，略而不考，则非所知。

如上所言，"九年"与"二十七"岁，有绝对的关系。"忆语"中不言小宛年纪，但九年的字样凡两见，一则曰："越九年，与荆人无一言枘凿[1]。"再则曰："余一生清福，九年占尽，九年折尽矣！"这是再确实不过的：董小宛"长逝"时，为二十七岁。然则冒辟疆又何以言其"长逝"之日为辛卯正月初二？一言以蔽之，有所讳而已。

董小宛是在顺治七年（1650）庚寅被北兵所掠，其时冒辟疆方客扬州，家人亲朋不敢以此相告，直待三月底冒辟疆回如皋，方始发觉。

其经过亦见《忆语》末段所叙：

> 三月之杪，余复移寓友沂友云轩。久客卧雨，怀家正剧，晚霁，龚奉常偕于皇、园次过慰留饮。因限韵各作诗四首，不知何故，诗中咸有商音。三鼓别去，余甫着枕，便梦还家，举室皆见，独不见姬。急询荆人，不答。复遍觅之，但见荆人背余下泪。余梦中大呼曰："岂死耶？"一恸而醒。

此为纪实，而托言梦境。友沂名赵而忭，籍隶湖南湘潭而寄居扬州，其父即清初名御史赵开心。奉常为龚芝麓；于皇即评注《影梅庵忆语》的杜茶村；园次为吴绮，吴梅村的

---

[1] 枘凿（ruìzáo），比喻两不相容。

本家。《同人集》卷五《友云轩倡和》，限韵亭、多、条、花，各赋七律上首，龚芝麓制题：

> 庚寅暮春，雨后过辟疆友云轩寓园，听奚童管弦度曲。时辟疆顿发归思，兼以是园为友沂旧馆，故并怀之，限韵即席同赋。

冒辟疆是主人，所以他的诗题不同：

> 尔后，同社过我寓斋，听小奚管弦度曲，顿发归思，兼怀友沂，即席限韵。

诗题与冒辟疆所记情事，完全相符；而龚芝麓诗题，明明道出"庚寅暮春"，是顺治七年（1650）之事。若为八年（1651）辛卯，则龚芝麓在北京做官，不得在扬州作诗。又赵友沂有"庚寅秋浔江舟中简和辟疆"诗，亦为亭、多、条、花四首七律。确证事在庚寅。

时在暮春，所咏自为落花啼鸟，故"咸有商音"。但细玩龚、杜、吴三人的诗句，似乎已知道董小宛出了事，只不敢说破而已。龚芝麓句："鸟啼芳树非无泪，燕聚空梁亦有家"；"千秋顾曲推名士，铜雀轻风起绛纱"，末句似在暗示铜雀台已锁不住二乔了。

然则冒辟疆何以误庚寅为辛卯？一言以蔽之，有所讳而已。

关于吴梅村《题冒辟疆名姬董白小像》，我曾指出为顺治十七年（1660）端敬殁后所作，刻已考出题于康熙三年（1664）甲辰。《同人集》卷四收吴梅村致冒辟疆书札七通，甲辰两书即言其事：

> 题董如嫂遗像短章，自谓不负尊委。

这"不负尊委"四字，所透露的消息太重要了！于此可知，冒辟疆对于失去董小宛，耿耿于怀，亘十余年而莫释，但自己不便说，希冀借重诗名满天下的吴梅村，留真相于天壤间。吴梅村亦真不负所托，以"短章"（绝句）而制一骈四俪六句的引子。

据周弃子先生说："这种头重脚轻的例子，在昔人诗集中极少见。"其中"名留琬琰"及"墓门深更阻侯门"两语，画龙点睛，真相尽出。我今发此心史先生所不能想象的三百年之覆，自谓亦当是冒辟疆、吴梅村的知己。

甲辰又有一函，作于新秋，其重要亦不亚于"不负尊委"四字：

> 深闺妙箑（shà），摩娑屡日……又题二绝句，自谓"半折秋风还入袖，任他明月自团圆"，于情事颇合。

按："深闺妙箑"即指董小宛所画之扇。此用班婕好

《怨歌行》诗意，言冒辟疆之于董小宛，不同秋扇之捐，恩情虽然未绝，但亦只好随她在宫中为妃。活用班诗"团圆似明月"原句，实寄"碧海青天夜夜心"的怅惘，此即所谓"于情事颇合"。

谈到龚芝麓的那首《贺新郎》，更足以证明董小宛入宫一事，为当时所深讳。龚芝麓小于冒辟疆四岁，交情极深，《同人集》所收友朋书札，数量仅次于王渔洋，计十六通之多。辛卯一札云：

> 诔词二千余言，宛转凄迷，玉笛九回，元猿三下矣！欲附数言于芳华之末，为沅澧招魂。弟妇尤写恨沾巾。

所谓"诔词"即指《影梅庵忆语》；"弟妇"则指顾眉生，与董小宛同出秦淮旧院，而为龚芝麓明媒正娶，称"顾太太"，所以龚对冒称之为"弟妇"。

龚芝麓虽自告奋勇，欲题"忆语"，但这笔文债，十年未还。顺治十八年（1661）辛丑一书云：

> 向少双成盟嫂悼亡诗，真是生平一债。

观此函，可为吴梅村诗中"双成"确指董小宛，而非董鄂氏的旁证。龚芝麓文采过人，何致欠此一诗？说穿了不足为奇，难以着笔之故。他不比吴梅村是在野之身，做官必有政敌，下笔不能不慎。直至康熙九年（1670）庚戌冬天，自顾来日无多，方始了此一笔文债。冒辟疆挽龚芝麓诗引中说：

> 庚戌冬……远索亡姬《影梅庵忆语》，调"扁"字韵"贺新凉"，重践廿[1]余年之约。

"碧海青天何限事""难倩附书黄犬""羡烟宵、破镜犹堪典"诸语，若非有"干冒宸严"之祸，龚芝麓何必踌躇二十余年方始下笔？

现在要谈"积极的证据"，最简单、最切实的办法是：请读者自己判断端敬是否即为董小宛。世祖有御制端敬行状，而冒辟疆所作《影梅庵忆语》，事实上就是董小宛的"行状"，两者参看，是一是二，答案应该是很明确的。《影梅庵忆语》中描写董小宛的"德性举止，均非常人"，而恪守侍妾的本分，"服劳承旨，较婢妇有加无已。烹茗剥果必手进；开眉解意，爬背喻痒，当大寒暑，折胶铄金时，必拱立座隅，强之坐饮食，旋坐旋饮食，旋起执役，拱立如初"。不但与大妇在九年之中"无一言枘凿"，而且"视众御下，慈让不遑，咸感其惠"。至于生活上的趣味，品香烹茶，制膏渍果，靡不精绝，冒辟疆自谓"一生清福，九年占尽，九年折尽"。

再看世祖御制端敬皇后行状，说她"事皇太后奉养甚

---

[1] 廿（niàn），意为二十。

至，伺颜色如子女，左右趋走，无异女侍，皇太后非后在侧不乐"，又能"宽仁下逮，曾乏纤芥忌嫉意，善则奏称之，有过则隐之不以闻。于朕所悦，后亦抚恤如子，虽饮食之微，有甘毳（cuì）者，必使均尝之，意乃适。宫闱眷属，小大无异，长者媪呼之，少者姐视之，不以非礼加入，亦不少有谇诟，故凡见者，靡不欢悦"。至于照料世祖的起居，"晨夕候兴居，视饮食服御，曲体罔不悉"，此即所谓"开眉解意，爬背喻痒"。

除此以外，董小宛"不私铢两，不爱积蓄，不制一宝粟钗钿"；端敬"性至节俭，衣饰绝去华采，惟以骨角者充饰"。董小宛"阅诗无所不解，而又出慧解以解之"，且"酷爱临摹，书法先学钟繇，后突曹全碑"；端敬则诵"四书及《易》，已卒业；习书未久，天资敏慧，遂精书法"。殊不知其书法原有根基。

《影梅庵忆语》中，冒辟疆写董小宛侍疾，艰苦之状，真足以泣鬼神；而世祖言端敬侍皇后疾："今后宫中侍御，尚得乘间少休，后（按："今后"指第二后博尔济吉特氏；此一"后"指端敬）则五昼夜目不交睫，且时为诵书史，或常读以解之。"又："今年春，永寿宫妃有疾，后亦躬视扶持，三昼夜忘寝兴。"按：《顺治实录》载"五年，诏许满汉通婚，汉官之女欲婚满洲者，会报部。"因此，户部侍郎石申之女竟得入选进宫，赐居永寿宫。而端敬为皇贵妃，位在石妃之上，能躬亲照料其疾，尤见德性过人，所以世祖特加以表扬。

如上引证，董小宛也罢，端敬也罢，旧时代的德言容工如此，有一已觉罕见，何得有二？若谓不但有二，且生当并时，那就太不可思议了。

总之，心史先生的考证，疏忽殊甚，他所恃董小宛不可能入宫的主要论据，无非年龄不称，但此并非绝对的理由。他在《董小宛考》中说：

> 顺治八年辛卯，正月二日，小宛死。是年小宛为二十八岁，巢民为四十一岁，而清太祖则犹十四岁之童子，董小宛之年长以倍，谓有入宫邀宠之理乎？

这一诘问，似乎言之有理；但要知道，并非董小宛一离冒家即入宫中，中间曾先入"金谷堂"，至顺治十三年（1656）始立为妃，其时世祖十九岁，他生于正月，亦不妨视作二十岁。清初开国诸君，无论生理、心理皆早熟，世祖亲政五年，已有三子，热恋三十三岁成熟的妇人，就蔼理斯的学说来看，是极正常的事。如以年长十余岁为嫌，而有此念头长亘于胸中，反倒显得世祖幼稚了。而况世间畸恋之事，所在多有；如以为董小宛之"邀宠"于世祖为绝不可能，则明朝万贵妃之于宪宗，复又何说？

心史先生的第二个论据是：

> 当是时，江南军事久平，亦无由再有乱离掠夺之

事。小宛葬影梅庵旁，坟墓俱在。越数年，陈其年偕巢
民往吊，有诗。

此外，又引数家诗赋，"明证其有墓存焉者也"。殊不
知影梅庵畔小宛墓，不过遮人耳目的衣冠冢，且辟疆有心丧
自埋之意在内（容后详）。陈其年作此诗绝非"越数年"，而
为初到水绘园时，其尚未获悉其中隐微，故有吊墓之语。大
约端敬薨后，其始尽知其事，于是有《读史有感》第二首及
《水绘园杂诗》第一首，道破真相。后者乃尤为详确的证据，
其重要性更过于梅村十绝、芝麓一词。

以上为驳心史先生《董小宛考》，以下解答我自己提出
来的问题：

第一，豪家为谁？是否端敬之父鄂硕，抑其伯父，即多尔
衮的亲信罗硕？

第二，端敬出身既为名妓，何以又一变而为鄂硕之女？

对于这两个问题，我可以明确解答：豪家即多尔衮。以
董小宛为鄂硕之女，乃讳其出身。鄂硕既为御前行走的内大
臣，而又姓董鄂，因被选来顶名为小宛之父。且不说满洲从
龙之臣，入关之初，本身尚多不谙汉语，何能教养出一完全
汉化的女儿如端敬也者；即就姓氏而言，顺治十三年（1656）
十二月初六，册封皇贵妃之文，称之为"内大臣鄂硕之女董
氏"，以及御制端敬行状，开头即言："后董氏，满洲人也。"
均不称"董鄂氏"，此又何说？

我在细读《同人集》后，对于董小宛被夺的经过，以及冒辟疆的心情、顾忌，与料理董小宛"后事"的经过及用心，大致都有了解。董小宛的下落，冒辟疆可为知者道，故如龚芝麓、吴梅村、杜茶村、张公亮等人，无不深悉。陈其年为陈定生之子。定生既殁，家中落，次子为侯方域之婿，往依岳家；长子其年往依冒辟疆，以顺治十五年（1657）至如皋，居水绘园数载，冒辟疆视之如子。关系如此，则数载之间，绝无不知其事之理；而以其年之才，如湖如海，又何得不以此事为题材，而寄诸吟咏？

　　由于坚信陈其年必有诗咏其事，因细心搜检，在《同人集》中得一诗，即《水绘园杂诗》第一首，为五言古风，共二十句，乃端敬薨后所作。兹分段录诗，并加笺释如下：

　　　　南国有佳人，容华若飞燕。
　　　　绮态何姢娟，令颜工婉娈。

　　"姢"[1]读如"便"之平声；姢娟，回曲貌，即所谓耐细看。《后汉书·朱祐传赞》注："婉娈，犹亲爱也。"故"工婉娈"者，言善于令人亲爱。此为小宛最大的魅力。

　　　　红罗为床帷，白玉为钗钿。

---

[1]　姢（pián）。

出驾六萌车，入障九华扇。

倾城畴不知，秉礼人所羡。

　　用"九华扇"一典，更见得"飞燕"非漫拟。赵飞燕初为婕妤，汉成帝废许后，立飞燕，赐以九华扇。红罗、白玉在汉朝皆非平民所能用。前四句指出董小宛入宫，明确之至。

　　"秉礼"亦为写实。当世祖嫡亲表妹博尔济吉特氏因妒、奢两失德被废时，不能不顾虑"政治婚姻"所带来的危机。其时南方未大定，顺治六年（1649），永历帝所任命的湖南巡抚何腾蛟，集结左良玉、李自成旧部，进十三镇——十三名总兵，声势浩大，虽后为济尔哈朗所平定，但亦有卷土重来的可能。因此，清朝须取得蒙古土默特部的全力支持，方可免后顾之忧。为了表示仍旧尊重博尔济吉特一族，因立废后的侄女为后，即世祖御制端敬行状中的"今后"。

　　"今后"虽立，并未得宠，顺治十五年（1658）因其事太后不谨，"停其笺奏"。中宫与皇帝敌体，有所主张，可用书面表达，谓之"笺奏"；停其笺奏，即是冻结中宫的职权。以后虽以太后之命恢复，但"今后"始终不得朝太后；则势必以皇贵妃统摄六宫，代尽子妇之职，所谓"秉礼"者指此。

如何盛年时，君子隔江甸？

金炉不复薰，红妆一朝变。

"君子"指冒辟疆，其时他避祸扬州，未回如皋过年，以致顺治七年（1650）正月初二，红妆生变。"盛年"指出年份。这年冒辟疆四十岁，三月十五生日那天，友好为他称觞，各赠诗文，期以远大，实在是对他的一种慰藉。他在扬州的朋友，大概都知道正月初二之变，但都瞒着他不肯说破。

> 客从远方来，长城罢征战。
> 君子有还期，贱妾无娇面。
> 妾年三十余，恩爱何由擅？

此言董小宛为人所劫。远方之客来劫小宛，彰彰明甚；但此客又为谁所遣？这就要看长城的战事了。

顺治六年（1649）秋，睿亲王多尔衮统帅亲征大同，十月罢兵班师；十二月王妃薨；七年正月纳肃亲王豪格福晋为王妃，复遣官赴朝鲜选女子。可想而知的，必然亦会遣人至江南访求佳丽，此即"珍珠十斛买琵琶"。当然，访美的专使可以虚报以重金购得名姬，但冒家绝不会出卖董小宛。由吴梅村八绝句小引中，"苟君家免乎，勿复相顾；宁吾身死耳，遑恤其劳"两语去参详，董小宛可能以她的自由，换取了冒辟疆的自由。

冒辟疆于顺治七年（1650）新春是否在如皋，由于他在诗文中回忆往事，对庚寅、辛卯两年间事，往往故意略去，因而找不到正面的证据，但反面的证据很多。《影梅庵忆语》

中说："丁亥谗口铄金，太行千盘，横起人面。"极言有中伤的谣言，以及他人的歧视冷遇。而所谓"谗口铄金"，究作何语不可知。韩菼（tǎn）作《冒辟疆传》有语："生平好施与，与有倦，而求者无厌，隐多不满，常搆（gòu）祸；坐更频，更患难。"由此推测，乃由所求不遂而生怨怼。又康熙五年（1666）丙午，冒辟疆有五言古风四章寄龚芝麓，第一首云："谗言畏高张，烈士伤情抱。皎见谁见明，澜唇泰山倒。我生婴众逆，述之吻为噪。赵竟仇杵婴，羊乃以鸮告。不闻郭元振，助丧逢客暴。拨置勿复言，聊一为公道。"第二首云："昌黎与眉山，磨蝎坐身命。我生胡最酷，七尺独兼并。倾人一片心，报之以陷阱。破家割千金，见少恒深病。更苦多泛爱，推解出于性。彼方起杀机，我正崇爱激。日处侪人中，所遇皆枭獍。极念如我公，读此安忍竟？"此中皆有本事，以赵氏孤儿竟仇公孙杵臼、程婴，则是恩将仇报；细考其事，乃其至戚成仇。

冒辟疆族孙冒广生编《冒巢民先生年谱》康熙七年条："适李氏姐六十岁，为诗祝。"《巢民诗集》"寿姐六十诗"注："姐长余二岁，长斋绣佛已十年矣。"嵩少公墓志："女一，适封吏部主事李公伯龙孙，文学之才，子吾鼎，邑庠生。"祭苏孺人文："……崩圮后，姐之夫家，覆巢几无完卵。余抵死相救，破家数千金，又割宅同居，数年中形影相依，利害与共。"

此即寄龚诗的"破家割千金"。冒辟疆祭妻苏孺人原文为："吾姐长二岁，齿相亚也。妻爱事如尊嫜，溢恒情矣。崩坼后，姐之夫家，覆巢几无完卵，余抵死相救，破家数千金。妻不惜罄己奁、两媳奁，倾倒相助。妻媳死，含殓无具人共睹闻。又割宅同居，数年中形影相依，利害与共。幸生全，仇视婴杵，极不可言，每午夜相对，泪下不可解。"

此中骨肉之惨，本人既不忍言，他人亦无可考。但当顺治七年（1650）三月十五，冒辟疆的至好为他在扬州做四十岁生日时，各方赠诗甚多，其中无锡黄传祖的一首七言古风，对冒辟疆频年行踪却有概略的透露："一朝散去风烟变，死生难考金兰传。颇闻冒子困他乡，江北江南罕谋面。"一江之隔，知好罕得谋面，其为避人追踪，可想而知。

于此我另有一个疑问，即顺治七年秋天至八年二月，这几个月的冒辟疆，行踪不明。《同人集》中倡和诗，虽以地分，而实按时序，顺治六年（1649）冬至七年春，为《三十二芙蓉斋倡和》，这是在龚芝麓家作文酒之会。然后冒辟疆移寓赵而忭家，即有《友云轩倡和》，最后一题为"友沂盟兄将返湘泽，寄诗留别，即次原韵奉答"，时在顺治七年秋天。以下便是《深翠山房倡和》，第一首为黄冈杜凯的《辟疆盟兄评点李长吉集歌》，不著年月；第二首为李长科所作，题为"辟疆招集深翠山房，即席和尊公先生原韵"，为和冒起宗的一首七律，首二句云："市隐翛然山水音，草堂秋色翠深深"，知为秋天；又一题为顾大善所作，题为"辛卯嘉平月夜宿深翠山房"，点出年份。

辛卯为顺治八年（1651）。年谱载是年事云："春，董小宛卒。《朴巢文选·亡妾董氏哀辞》：'余与子形影交俪者九年，今辛卯献岁二日长逝，谨卜闰二月之望日，妥香灵于南阡影梅庵。'"按：既称九年，则当殁在庚寅，而言辛卯长逝，为有所讳，已见前考。不言卜葬，而言"妥香灵"，亦即设灵，已暗示为一衣冠冢。而卜于"闰二月之望日"尤有深意。

当董小宛被劫而讳言为死时，冒辟疆说过一句话："小宛死，等于我死。"双亲在堂，此为失言，所以他此后再也没有说过任何消极的话；但"小宛死，等于我死"这句话，却有具体的自悼的事实。巧的是，是年适恰好闰二月；如非闰年，闰二月就是三月；"闰二月之望日"，便是三月十五，为冒辟疆的生日。选在这天为董小宛设灵于影梅庵，寓有心丧自葬的深意在内。

自顺治七年（1650）庚寅初冬至八年（1651）辛卯初春，约有四个月的时间，冒辟疆的行踪成谜，在他自己追忆往事的诗文中，既绝口不谈；同人投赠之作，亦无线索可寻。这一段时间，他到哪里去了？

我有一个假设，在提出以前，必须先介绍方家父子。方家父子者，桐城方拱乾与他的长子方玄成。桐城之方有两家，与冒辟疆齐名的方以智是一家，方拱乾父子又是一家。方拱乾晚境坎坷，但行事别有苦心。当福王在南京即位后，忽然来了一个"朱三太子"，使得福王的地位很尴尬。这个所谓"太子"，实在是假冒的。事实上，拥立福王的刘正宗之流，已决定假的也好，真的也好，一律当作假冒来办。但是，要证明其为假太子，却不容易，只有一个人具此资格，就是方拱乾，因为他曾官詹事府少詹事，为东宫官属，见过崇祯的所有皇子。

于是请了方拱乾来认人，一看是假冒的，方拱乾却不作声，意思便是当真的看。其时为此案已闹得天翻地覆，雄踞上游的左良玉扬言将举兵清君侧，因此方拱乾的态度非常重要，只要他能具体指证为假冒，事态立即可以澄清，但方拱乾吝于一言；这自然不是唯恐天下不乱，而是：第一，福王不似人君；第二，此"太子"虽假，尚有两"太子"在北方下落不明，亦可能会到南京，神器有归；第三，为百姓留着"吾君有子未死"的希望，可以号召仁人义士，反清复明。

这个想法是不是切合实际，可以不论。但当时只要他肯说一句"假的！"富贵可以立致，否则必为刘正宗等人恨之入骨，而方拱乾宁取后者，其为人可想。

到后来果然，顺治十四年（1657）丁酉科场案，方家被祸最惨，父母兄弟妻子并流徙宁古塔。至康熙即位，赦回，曾作《宁古塔志》，篇首慨乎言之："宁古何地？无往理亦无还理，老夫既往而复还，岂非天哉！"

方冒两家，关系至深；方拱乾与冒起宗，乡榜会榜皆为同年，不特通家之好，两家直如一家。方拱乾为子起名，原则是"文头武尾"，即第一字为一点一横开始，第二字末笔为一捺，如玄成、膏茂、亨咸、章铖等皆是；冒起宗为子起名，亦复如此，虽为单名，亦是"文头武尾"，故冒辟疆名襄，其弟无誉名褒。

两家且共患难，冒辟疆以康熙五年（1666）丙午作方拱乾祭文，记其事云：

> 乙酉先大夫督漕上江，襄辞捧台州之檄，率母避难盐官。时年伯与伯母，俱自北都被贼难，颠沛奔走，率诸兄亦来盐官。未几，大兵南下，连天烽火，再见崩坼；两家咫尺不相顾，荒村漠野，窜逐东西，备历杜老彭衙之惨，卒各罹杀掠。幸府仰俱亡恙，蓬跣再入城，伯母亲为襄剪发。旅馆逼侧，襄与三兄寝檐隙，以一毡并以裹而坐，遂致寒症，寝疾百日，死一夜复生。年伯、伯母与先大夫、老母及诸兄，皆执襄手，悲伤惨痛。作一日襄有"长夜不眠如度岁，此时若死竟无棺"之句，年伯与盐官诸君含泪和之。

盐官即浙江海盐，甲申、乙西避难情事，影梅庵述之綦详；易言之，董小宛与方家父子亦曾共患难。及至方拱乾遇赦而归，与冒家过从甚密。祭文中又记：

> 年伯母一鱼一菜必手制相贻，而年伯又继之以诗。至于扬扢风雅，商订笔墨，倡和宣炉，无一聚不尽欢，无一字不溢赞；手札频寄，亦无不淋漓尽致。一日两儿

称诸兄，一如襄之称年伯；年伯愀然曰："尔父齿长，当以诸叔称；且系以吾家行次，方见两家世谊。"其古道如此。（按：这是说冒辟疆两子称方玄成等为"老伯"，而方拱乾以为应照行次称几叔，方如一家。）

两家是如此深的交情，而令人大惑不解的是，曾在"盐官"一起共过患难，且亦必蒙方拱乾夫人怜爱的董小宛"病殁"，以及冒辟疆以《影梅庵忆语》分送友好，题赠不知凡几时，方家兄弟始终无一诗一词之吊。这在情理上是万万说不过去的。

按：自甲申、乙酉以后，方拱乾父子复成新贵，方拱乾仍入詹事府；长子方玄成顺治六年（1649）成进士，入翰林，后且为世祖选入"南书房行走"，凡行幸必扈从，是最得宠的文学侍从之臣。当董小宛出事时，方玄成在翰林院当庶吉士。他的诗才极富，《钝斋诗集》动辄数十的排律，果真董小宛香消玉殒，而与冒辟疆九年共患难、享清福，又是如此缠绵悱恻，遇到这样的好题目，岂能无诗？

合理的推测，诗是一定有的，而且也应该有安慰的书信，但却不能发表。因为他们的关系太深了，相共的秘密太多了。关系既深，则连遮人耳目的诗文亦不必有；秘密太多，则述及之事，唯有"付诸丙丁"，不留一字。

我相信董小宛入宫以后的情形，由于方玄成还在"南书房行走"，且亦尚未被祸，耳目所及，见闻较真，由他透露出来的真相，一定不少。至于董小宛刚刚被掠至北时，冒辟疆及他的家人，自然要打听行踪，而在北方唯一可托之人，就是方家父子。相信顺治七年（1650）由初夏至秋深，方家父子一定有几封信给冒辟疆报告调查的结果；而在顺治七年、八年庚辛之际，冒辟疆有约一百天的行踪不明，我的推断是秘密北行，跟方家父子当面商量有无珠还合浦的可能。

这个假设如果不说，则冒辟疆是亲身经历了睿亲王多尔衮身后沧桑的人；多尔衮死后抄家是在顺治八年（1651）二月，当时朝臣承郑亲王济尔哈朗之指，群起而攻，冒辟疆如果据实陈词，自必列为多尔衮的罪状之一，而董小宛亦很可能"遣还"。但终于没有。吴梅村题董小宛书扇两绝，"半折秋风还入袖，任他明月自团圆"，上句自是形同秋扇，而实未捐，下句即指放弃破镜重圆之想。至于放弃的原因，已无可究诘，或者以为没入掖庭，不易放出；或者以为可能因此贾祸，多一事不如少一事。总而言之，董小宛被掠之事，到此才算尘埃落定，冒辟疆决定了处理的原则，视作"亡姬"；而言辛卯"献岁二日长逝"，虽有讳去真相的作用，实亦不得已而云然。因为前一年始终未发董小宛"病殁"的讣闻，对至好亦只说她久病，所以龚芝麓在顺治七年（1650）腊月给冒辟疆写信时，还曾问到董小宛的病情。

我曾细检《同人集》，发现冒辟疆为董小宛设灵影梅庵，事先并无至好参加，而以《影梅庵忆语》代替讣闻，因此吊董小宛的诗，在江南者为这年秋天；在北方闻讣较迟，那就到冬天了。如龚芝麓是由赵开心回京，带去了"忆语"及冒辟疆的信，方知此事——当然，真相是心照不宣的，表面上不得不有吊唁之函。

关于董小宛入宫，方孝标深知始末，且必曾助冒辟疆寻访。今于《同人集》中获一消息，《巢民诗集》卷五有一题云："方楼冈去闽，相别三年，深秋过邗，言怀二首。"诗为七律。此诗应作于康熙七年戊申，其时冒辟疆自苏州至扬州，《同人集》中有"虹桥谦集"诗；中秋与方孝标父子同泛舟虹桥，作一七律，题为"广陵中秋客随园，携具同方楼冈世五、令子长文、誉子；姜绮季、徐石霞、孙孟白及儿丹书，泛舟虹桥。夜归，楼冈重开清谦赏月，即席刻烛限韵，各成二首。"第一首云："露华浓上桂花枝，明月扬州此会奇。老去快逢良友集，兴来仍共晚舟移。青天碧海心谁见，白发沧江梦自知。多少楼台人已散，偕归密坐更衔卮。"结句"偕归密坐"，则知赏月之宴只方孝标两子长文、誉子及冒辟疆子丹书在座，其余姜、徐、孙三客不与。"密坐"者密谈；而由"青天碧海心谁见"句，可知所谈者必为董小宛。

至于顺治七年（1650）秋，冒辟疆曾经北上，《容斋千首诗》中，似亦有迹象可参。

《容斋千首诗》为康熙朝武英殿大学士李天馥的诗集，邓石如说他"安徽桐城籍"，而诗集标明"合肥李天馥"者。他是顺治十五年（1658）的进士，端敬（董小宛）薨，世祖崩，正在当翰林；以后由检讨历官至大学士，始终不曾外放，因而对京中时事，见闻真切，非远地耳食者可比。邓石如在《清诗纪事初编》中，介绍他的诗说："其诗体格清俊，自注时事，足为参考之资"。诗集为其门下士毛奇龄所选；"别有古宫词百首，盖为董鄂妃作"，后来"因有避忌，遂未入集"。我所见的本子，果无此百首宫词，不知邓石如又从何得见？或者他所见的是初刻本，以后因有避忌，遂即删去。其他因避忌而有删除之迹，迄今可见。如《随驾恭谒孝陵恭纪二律》"渔阳东下晓春宜，正是巡陵击"以下空白九字，即第二句少二字，第三句全删，然后接第一联对句"到来桓表出华蕤"。此九字之讳，无疑地，由于"南山仍锢慎夫人"之故。

　　这百首"古宫词"的内容，邓石如曾略有介绍：为端敬即董小宛的另一坚强证据，且是正面的，更觉可贵。

　　诗前有序，邓之所引数语，真字字来历："昭阳殿里，八百无双；长信宫中，三千第一。愁地茫茫，情天漠漠；泪珠事业，梦蝶生涯。在昔同伤，于今共悼。"我曾推断，董小宛自睿邸没入掖庭，先曾为孝庄女侍，今由"长信宫中"一语证实。"愁地""情天"自是咏冒、董两地相思；"泪珠事业"虽为泛写，但亦有李后主入宋，"日夕以泪洗面"之意在内；"梦蝶生涯"，加上下面"在昔同伤，于今共悼"，则连邓石如都无法解释，因为他亦只知道"董鄂妃先入庄邸"，而不知董鄂妃即董小宛。"在昔同伤"者，《影梅庵忆语》中的"亡姬"；"于今共悼"者，世祖御制文中的端敬。玉溪诗："庄生晓梦迷蝴蝶，望帝春心托杜鹃"，如移用为描写董小宛入宫后冒辟疆的心境，亦未尝不可。

邓石如又说："词中'日高睡足犹慵起，薄命曾嫌富贵家'，明言董鄂妃先入庄邸。"其实此是明言董鄂妃非鄂硕之女——若为鄂硕之女，则原出于富贵之家，何嫌之有？而八旗女子，生为贵妃，殁为皇后，又何得谓之薄命？又说："云'桃花满地春牢落，万片香魂不可招'，明言悼亡。"其实，此是明言董小宛的出身，与"薄命"呼应；但"轻薄桃花"，殊非美词。在冒辟疆则拟董小宛为梅花，别当有说，此不赘。

现在再掉回笔来，谈冒辟疆可能北行的蛛丝马迹。容斋七言古中，有"行路难八首存三"；周弃子先生说："凡以'行路难'为题者，意思是所求难达；必有本事在内，故每多不可解。"诚然，如李诗"其五"有句："夫何一旦成遐弃？今日之真昔日伪。"如不知董小宛曾"死"过一回，即不知此作何语。按："遐弃"即"不是恐君子二三其德而弃我，恐在外有疾病，或罹王法死亡，皆是。"见《诗·会笺》。这两句诗译成白话文便是："怎么一下子会死了呢？如果此刻是真的死掉了，那么以前说她'长逝'，自然是假的啰？"

因此，这"八首存三"的《行路难》，可信其为冒辟疆所作。第一首云：

> 月明开樽花满堂，蛾眉迭进容仪光。
>
> 安歌飞饮欢未剧，揽衣独起思仿佛。
>
> 潇湘渺渺秋水长，维山迢递不可望。

我所思兮渺天末，欲往从之限河梁。

行路难，行路难，悲蛇盘，愁鸟道。

丈夫会应抟扶摇，安能踯躅长林草？

按：上引者为第一首，起句在《同人集》中亦有印证。庚寅年春天，先有集会龚芝麓寓所的《三十二芙蓉斋倡和》；继有冒辟疆借寓《友云轩倡和》，乡思忽动，归后乃知"金炉不复薰，红妆一朝变"；此后有赵而忭将回湖南寄别及冒辟疆和韵七律一首；接着便是《深翠山房倡和》。

此一部分一共六首诗，第一首为杜凯所作《辟疆盟兄评点李长吉集歌》，结尾一段云："君有如花女校书，琉璃砚匣随身俱，海壖僻静少人至，更种梅花香绕庐；曷当著述传千秋，此卷珍重为前茅。东野玉溪不足道，还与贺也唤起谪仙才。我今作歌宁妄赞，渔舟偶过桃源岸。"此是谆劝冒辟疆，忘却一时相思之苦，致力名山事业，孟东野、李玉溪不足道，由李贺鬼才上追太白仙才，慰勉其至。但观最后两语，全篇显然未完，以下必因有碍语而删去。第二首为李长科所作，题为"辟疆招集深翠山房，即席和尊公先生原韵"，而冒起宗的原唱及其他和作一概不见，独存李长科一首者，是因为唯此一首并未泄密。

第三、四、五共七律三首为一组，作者为吴绮、范汝受、李长科。吴绮制题云："月夜集辟疆社长深翠山房，喜范汝受至自崇川，即席限韵。"所限之韵为十三元，范汝受和吴绮原韵，李长科就元韵另作，而和冒辟疆的和作。

第六首为顾大善所作，已在辛卯，只以题作《辛卯嘉平月夜宿深翠山房同伯紫赋》，因归刊于此，与前一年秋天的倡和无关。

所谓"月明开樽花满堂"，即指"月夜集辟疆社长深翠山房"。首四句写满座皆欢，唯有冒辟疆触景生情，益病相思，情事如见。"潇湘渺渺"则所思者为洛神；"缑氏"用王子晋仙去之典，皆指董小宛。按：此诗为李天馥于端敬薨后所作，所拟董小宛为洛神、为王子晋；而在当时，行踪固尚不尽明了，"我所思兮渺天末"，用一"渺"字可知。最后亦是劝勉之意，应出山做一番事业，不必隐居自伤。

《行路难》的第二首，标明"其五"；料想其二、三、四等四首，为描写北上及与方孝标聚晤的情形；以及董小宛被掠，多尔衮被抄家，董小宛入"长信宫"——太后所居的慈宁宫的经过。其五的原句是："桃李花，东风飘泊徒咨嗟。忆昔新婚时，婀娜盛年华。尔时自分鲜更，不谓举动皆言嘉。夫何一旦成遐弃？今日之真昔日伪。辞接颇不殊，眉宇之间不相似。还我幼时明月珠，毋令后人增嫌忌。"

自"桃李花"起六句，当是根据《影梅庵忆语》描写董小宛在冒家的情况。起两句指董小宛为宿疴所苦，与自西湖远游黄山诸事。三、四两句，点出在冒家时为盛年；五、六两句，即冒辟疆所描写董小宛的种种长处，而亦兼指御制端敬行状，皮里阳秋，有"情人眼里出西施"之意。

"夫何一旦成遐弃？今日之真昔日伪。"以下四句颇费推敲，"辞接颇不殊，眉宇之间不相似"，明明是写会面的光景，觉得董小宛说话时的声音语气与过去没有什么两样，但容貌神情不大相像。这是怎么回事？莫非冒辟疆北上后，竟得与董小宛相见？倘或如此，又以何因缘得有此会？凡此都是极不可解，也可说极不可能之事。

再四玩味，总觉得这不是冒辟疆眼中的董小宛。昔日爱侣，魂牵梦萦，真所谓"烧了灰都认得"，绝不会有"眉宇之间不相似"的感觉。及至读《容斋千首诗》中另一首题目叫做《月》的古风，方始恍然大悟：方孝标跟董小宛见过面。

这首诗的全文是："蕊珠仙子宵行部，七宝流辉闲玉斧。蟾蜍自蚀兔自杵，影散清虚大千普。无端人间桥自举，直犯纤和御顿阻。叶家小儿甚鲁莽，为怜三郎行良苦。少示周旋启玉宇，晕华深处召佚女。桂道香开来妩妩，太阴别自有律吕。不事箜篌与羯鼓，广陵散阙霓裳舞。"毛奇龄在"叶家小儿"两句及最后三句密密加圈，"叶家小儿"句旁并有评："使旧事如创获，笔端另有炉锤。"又诗末总评："奇材秘料，奔赴毫端。思入云霄，如坐蕊珠深处。"

这首诗有个假设的故事：假设蕊珠仙子出巡，仙轪（dài）到处，光满大千。"纤和"即指仙轪，刘伯温送张道士诗："电掣纤和轪"。"无端人间桥自举"，与"叶家小儿"合看，是活用了有关唐玄宗的三个典故。开宝年间，方士最多，"叶家小儿"指叶法善，新旧《唐书》皆有传，相传元宵夜曾携玄宗至西凉府看花灯，亦曾于中秋携玄宗游月宫，得闻《紫云曲》，玄宗默记其音，归传曲谱，易名《霓裳羽衣曲》。至于上天的方法，只言"闭目距跃，已在霄汉"；掷杖化为银桥，是罗公远的故事；而"上穷碧落下黄泉"，带玄宗去访杨贵妃魂魄的是"临邛道士鸿都客"。李天馥将罗公远、鸿都客的神通，移在叶法善一个人身上，而又渺视为"小儿"，则刺其此举，咸嫌轻率。"三郎"本指玄宗，在此则指冒辟疆，"叶家小儿"必为方孝标。而由"佚女"句，可知"蕊珠仙子"指孝庄太后。

既得人名，可解本事，大致是董小宛为孝庄女侍时，随驾至离宫；而方孝标扈从世祖，亦在此处，乘间请见太后陈情，贸然为冒辟疆请命，乞归小宛。外臣见太后，在后世为不可能，而在顺治及康熙之初，不足为异，因为孝庄奉天主教，由汤若望为其教父，而世祖又最崇敬汤若望，尊称其为"玛法"，即"师父"之意，过从甚密。据德国教士魏特所著《汤若望传》说，1657年（顺治十四年）3月15日，即阴历正月三十，世祖要求在汤若望寓所过生日，筵开十三席。同时，汤若望由于孝庄母子的关系，得以在京城设立了十四处专供妇女望弥撒的"小教堂"，大多设在一般教堂的左右。因此，方孝标通过汤若望的关系，在教堂内谒见孝庄，亦是极可能的事。

以下"少示周旋启玉宇，晕华深处召佚女，桂道香开来妖妖"之句作一段。孝庄已知其来意，而且决定拒绝他的请求，但不能不稍作敷衍，延见以后，一定表示："你问她自己的意思"。于是"晕华深处召佚女"，"佚女"即美女，见《离骚》注，自是指董小宛。

总之，不论是南苑还是天主教堂，方孝标求见孝庄，因而得与董小宛见面，事在别无反证以前，已可信有其事。地点则教堂的可能性大于南苑。

方、董会面作何语？这就又要拿《月》与《行路难》之五合看了。首先是方孝标的感觉，此即"其五"中的"辞接颇不殊，眉宇之间不相似"。"辞接"者交谈，"不殊"者包括口音、语气、称呼在内。"颇不殊"则是与以前几乎没有两样，但"眉宇之间不相似"，容貌似乎不一样了。

这是不难理解的。申酉之际，冒、方两家一起逃难在海盐，乱中无复内外之别，方孝标跟董小宛极熟。但即使是通家之好，又共患难，方孝标与董小宛有所交谈时，亦不便作刘桢之平视，所以他对董小宛的容貌，远不及声音来得熟悉。而在此时见面，更当谨守礼节，即或不是隔帘相语，亦必俯首应答，只能找机会偷觑一两眼，要想正确印证以前的印象，本有困难；加以董小宛此时必为"内家装"，男子式的旗袍与"两截穿衣"已大异其趣，发髻的变化更大。梅村十绝第五首："青丝濯濯额黄悬，巧样新妆恰自然。入手三盘几梳掠，便携明镜出花前。"又道："乱梳云髻下高楼。"凡此蝉动鸦飞之美，与旗下女子梳头务求平整、贴伏，大不相同。因此，"眉宇之间不相似"，是无怪其然的。倘或容貌未变，辞接已殊，那在董小宛的本心，就有问题了。

所见如此，所闻又如何？或者问会面的结果如何？则在《月》中借"李三郎"在月宫得闻仙乐的典故作隐喻："太阴别自有律吕，不事箜篌与羯鼓。"宫中有宫中的规矩，旗人有旗人的想法，破镜虽在，重圆不可，强致或反招祸。结句"广陵散阙霓裳舞"，"佚女"不复落人间了，一唱之叹，耐人深思；参以梅村自谓"半折秋风还入袖，任他明月自团圆"句，颇合当时情事之说，似乎强致亦未尝不可。但对冒辟疆、董小宛来说，这些都不是聪明的办法，冒辟疆因而决定罢手，又因而乃有宣布董小宛"长逝"之举。至于《行路难》之五结句"还我幼时明月珠，毋令后人增嫌忌"，用罗敷的典故，当是方孝标向孝庄谏请之语。

此外，值得注意的是，毛奇龄对《月》的评语，"叶家小儿"两句加圈有夹批："使旧事如创获，笔端另有炉锤。"所谓"另有炉锤"，即熔铸叶法善、罗公远、鸿都客三典而为一。又诗末总评："奇材秘料，奔赴毫端。思入云霄，如坐蕊珠深处。"此"奇材秘料"四字，可确证有此仿佛不可思议的方、董相晤一事。

"行路难八首存三"的第三首，即原来的最后一首："峨峨箕山高，孤踪邈奕世。句曲既金笼，弄云谈何易？远志徒来小草讥，东山漫为苍生计。我闻蓬岛多奇峰，金花瑶草纷茸茸。琼楼朱户郁相望，陆离矫拂凌清风。仍留刀圭赠灵液，圣石姹沙唯所逢。又闻弱水三千里，蜃楼海市参差起。圆海方诸须飞行，安得云车供驱使？辟谷老翁尚鸣珂，导引身轻徒尔尔。计穷决策卜林丘，豹嗥虎啸难淹留。更有人兮披薜荔，空山窈窕来相求。不如且尽杯中酒，醉后颓然偏十洲。"

这是讥刺冒辟疆之作，笔端微伤忠厚。箕山为许由隐居之处。起两句言从古至今，真正不慕荣华富贵者，只许由一人。次两句言既受羁勒，则欲如天马行空又岂可得。"远志"双关，有"小草"服之能益智强志，故名"远志"，见《本草》。"东山"则兼讥冒起宗了。

"我闻蓬岛"以下，谓冒辟疆想过神仙生活。当时水绘园中，胜流如云，歌儿捧砚，红袖添香；冒辟疆又是有名的美男子，望之真如神仙中人，因而诗中有此仙境的描写，而归于"安得云车供驱使？"为言终不过幻想而已。

"辟谷老人尚鸣珂"，这是冒辟疆颇务声气，人品不无可议之处。"计穷决策卜林丘"谓神仙做不成，只好卜居长林，贪图丰草了。此语已嫌刻薄。下句"豹嗥虎啸难淹留"，言冒辟疆家居连番遭难，语气微觉幸灾乐祸，更欠忠厚。"更有人兮"两句，谓荐举博学鸿词。冒辟疆没有做过明朝的官，如应试入仕，本无所嫌，但他什么朝代的官都可做，就是不能做清朝的官，因为对清帝有夺爱之恨，做清朝的官即等于腼颜事敌，安得复厕于清流高士之列？

末二句言其家居多难，入仕不能，则唯有寄苦闷于杯酒，历仙境于梦中。

今按：末首既言及博学鸿词，则为康熙十八年（1679）

后所作；而第五首应为顺治八年（1651）二月，董小宛初为孝庄女侍时事，前后相隔三十几年，则知《行路难》八首，非一时所作。

以上释陈其年《水绘园杂诗》第一首十八句，暂告一段落；结尾尚有两句，关系特重！恕我卖个关子，先加一段插曲。

接周弃子先生二月廿四日书：

近读报端连载大作，谈董小宛入宫事，援据浩博，论断成理，不胜赏佩。今（廿四）日引邓之诚《清诗纪事》，邓字文如，报载作石如，恐忙中笔误也。此事自孟心史考析后，世人多认为入宫不实，已成定论。孟老清史专家，宜为世重，然其"丛刊"各篇，亦非毫无疵类者，如有关"皇父摄政王"之解释，即十分勉强。小宛事，孟所持两大基本理由，即：①清世祖（顺治）与小宛年龄悬殊；②小宛葬影梅庵，且有坟墓。关于①，兄已提出"畸恋"一解，弟则以为"徐娘风味胜雏年"，小宛秦淮名妓，迷阳城，惑下蔡，以其"浑身解数"，对付草野开基之"东夷"幼主，使之"爱你入骨"，斯亦情理之可通者也。至于②，兄已提出"坟墓"之可能为"疑冢"。弟只指出吴梅村诗一句："墓门深更阻侯门。"如小宛真葬影梅庵中，友朋随时可以凭吊，有何"深""阻"？"侯门"又作如何说法？梅村号称"诗史"，非等闲"凑韵"之辈，孟老何以视而不见耶？兹更就兄今日所引邓文如介绍李天馥诗集云："别有古宫词百首，盖为董鄂妃作"；"后来因有避忌，遂未入集"。此数语尤堪注意。鄙意倘此宫"词"主题果属"真董鄂"，则必不能作出百首之多。且既作矣，亦必不敢妄触"真董鄂"之忌讳，而"真董鄂"亦必无如许之多之忌讳。于此只有一种解释："董鄂妃即董小宛。"其人其事，"一代红妆照汗青"，尽堪描画，百首亦不为多。而其中有"忌"须"避"，自亦必所不免，以此删不入集欤。"邓文如从何得见？"今固暂难质究。唯邓博涉多闻，其他著作如《骨董琐记》等，皆极详密，当信其言之必有所本。窃意孟老博极群书，于兄所征引，未必不曾览及。况如《同人集》等，与兄援用，本是一物，而结论乃若背驰。盖自来作者，论事引书，每多就对其主张有利者立言，心之所蔽，名贤亦难悉免。孟老"丛刊"主旨，意在为逊清洗冤雪谤，于自序固明言之。而"诗无达诂"，本亦"横看成岭侧成峰"者。故凡兄之持以驳孟者，虽不遽谓字字铁案，而条贯分明，确能成立。即此时起孟老于九原，正亦不易为驳后之驳。学如积薪，后来居上，孟老地下，其掀髯一笑乎。

所论警辟而持平，极为心折。如谓容斋百首宫词果为"真董鄂"而咏，则必不能作出百首之多；而"真董鄂"亦必无如许之多之忌讳，尤为鞭辟入里的看法。台北一天不知要发生多少件斗殴凶杀案，但事主为王羽，便成满版大新闻，道理是一样的。

现在有鲜明的迹象显示，李天馥为对此一重公案所知内幕最多的一个。他久在翰苑，且一生为京官，于方孝标的关系为小同乡，为翰林后辈，所闻秘辛必多。李与冒辟疆气味不投，似无往还；但王渔洋与李同年至好，而与冒踪迹极密，所以闻自水绘园的秘密，亦必不在少。此未入集的百首宫词，将是细考此案最珍贵的材料。

邓文如（笔误为石如，承弃子先生指出，附笔致谢，并向读者致歉）收"顺康人集部"，先后所得过七百种，绝无仅有者五十六种；可遇而不可求者三百余种。自谓采诗"但取其事，不限各家，率皆取自全集"，然则所收李天馥的《容斋千首诗》集，必为未删的初刻本，只不知为"绝无仅有"者，抑或为"可遇而不可求者"。读者先生中，如藏有此集，赐假一观，馨香祷祝；或知何处有此藏本，请以见示，亦所铭感。

插曲既过，归入正文，陈其年《水绘园杂诗》第一首最后两句是：

妾年三十余，恩爱何由擅？

为了一清眉目，兹将全首分段录引如下：

南国有佳人，容华若飞燕。

绮态何娓娟，令颜工婉娈。

红罗为床帷，白玉为钗钿。
出驾六萌车，入障九华扇。
倾城畴不知，秉礼人所羡。

如何盛年时，君子隔江甸？
金炉不复薰，红妆一朝变。

客从远方来，长城罢征战。

君子有还期，贱妾无娇面。

妾年三十余，恩爱何由擅？

以上共分六段，第一段写董小宛的仪容，以赵飞燕相拟。第二段写入宫封皇贵妃，摄行后职。第三段写冒辟疆流连扬州，而家已生变。第四段说明劫掠者为睿亲王多尔衮所遣。第五段写冒辟疆归来，已不能复见小宛。第六段自然就是写董小宛真正之死了。

"妾年三十余"为对心史先生辟董小宛非董鄂妃"两大基本理由之一"的年龄问题的最有力的答复。董小宛封妃时已三十三岁，色衰则爱弛，早就有此顾虑；就当时她的处境而言，生子而殇实为一致命的打击。结句"恩爱何由擅"，有太多的不尽之意。

我前面就吴梅村《古意》前五首分析，世祖嫡后之被废，为妒忌董小宛之故；继后亦几于被废，御制端敬皇后行状曾记其事。顺治十四年（1657）冬，孝庄违和，继后无一语询及，亦未遣使问候，世祖以为孝道有亏，有废立之意，董小宛长跪不起，表示"若遽废皇后，妾必不敢生"，因而得以不废。

由此可以想象得到，董小宛必已成为亲贵国戚的众矢之的，她所恃者孝庄母子之宠。顺治十四年（1657）十月诞皇四子，生四月而殇，尚未命名，而竟封和硕荣亲王，并建墓园，为自古以来绝无仅有之事。由此推断，世祖必以此子为太子；东宫一立，不论贤愚，废即不易。因为废太子不比废皇后，后者可谓之为家务，大臣争而不得，无可如何；前者则动摇国本，为大臣所必争，观乎前之万历欲易储而不能，后之康熙废太子引起弥天风波，可知其余。是故董小宛虽忧太后不能长相庇护，世祖必因其色衰而爱弛，但生子为东宫，犹有可恃。退一步而言，她跟世祖的感情，有子即有联系，无子则爱弛曾不一顾，彼时博尔济吉特氏联络亲贵，群起而攻，以其出身种族而言，欲加之罪，岂患无词？下场之悲惨，恐有不可胜言者。

因此，生子一殇，旋即憔悴得疾。大学士金之俊奉敕撰传："后患病阅三岁，癯瘁已甚。"董小宛殁于顺治十七年（1660）八月，其子殇于十五年（1658）正月，"阅三岁"乃前后通算，故知子殇未几即病。

又世祖御制行状："当后生王时，免身甚艰，朕因念夫妇之谊，即同老友，何必接夕，乃称好合？且朕凤耽清静，每喜独处小室，自兹遂异床席。"在世祖彼时，可信其出于体恤；但董小宛的出身是以色事人，于此事自必敏感，以此为失宠之始。憔悴加上忧惧，岂得复有生理？

至于御制行状中所谓"朕凤耽清静，每喜独处小室"，则是装点门面的话。世祖自少嬉游好色，示多尔衮以无多大志，为忠于太宗的大臣们所设计的一种自晦的方式。《汤若望传》中，数数提到世祖"易为色欲所燃烧"，第九章第六节记："1658 年，皇帝遭遇一酷烈打击，第三位皇后所生之子，原定为皇位继承者的，于生产后不久，即行去世……顺治自这个时期起，愈久愈陷入太监之影响中……这些人使那些喇嘛僧徒，复行恢复他们旧日的权势。还要恶劣的，是他们引诱性欲本来就很强烈的皇帝，过一种放纵淫逸生活。"

按：1658 年即顺治十五年，荣亲王夭折于此年正月。于此可知，世祖不但不是独宿，而且相反地更为放纵，这对董小宛来说，是她色衰的充分反映，独擅专房之宠的局面，一去不返了。冒辟疆说她"善病"，加上这些刺激，以致痼疾缠绵，终于不治。如仍在冒家，则夫婿体贴，上下和睦，而最主要的是，在冒家得疾，必为全家关怀的中心，不让她操劳忧烦，得以早占勿药。而在宫中，体制所关，就不能有这种调养的机会。此为"薄命曾嫌富贵家"的另一解。

陈其年《读史杂感》第二首，咏另一董鄂妃，即殉世祖的贞妃，名义上为董小宛的从妹。诗是七律，为之笺释如下：

董承娇女拜充华，别殿沈沈斗钿车。
一自恩波沾戚里，遂令颜色擅官家。
骊山戏马人如玉，虎圈当熊脸似霞。
玉柙珠襦连岁事，茂陵应长并头花。

"充华"为九嫔之一；董承为汉献帝之舅，受密诏诛曹操，事机不密，为曹操所杀，夷三族。其女为贵人，方有妊，竟亦不免。用此典故来咏宫闱，不谈内容，就这一句便足以加上诅咒的罪名，杀身有余。陈其年是大才，亦是捷才，但下笔不免有粗率之处；而用此不祥之典，其重点完全在一"董"字，是一望而知的。

第二句颇费解，累我半日之思，方知应自元微之诗中求得答案。元诗《闻幕中诸公征乐会饮》："钿车迎妓乐，银翰屈朋侪。"此言世祖在别殿张宴，召教坊伺候，钿车争相奔赴。别殿非南苑即西苑，自九城应召，非车不可。

三、四句"一自恩波沾戚里，遂令颜色擅官家"，可注意者为"一自""遂令"。宋人称天子为官家；"擅"为并擅的略语，言姐妹并皆得宠；但并擅在鄂硕因小宛封皇贵妃以后，始得由一等子晋封三等伯。此类似无功受禄，心所不安，因更进从女，借报雨露；用"一自"字样所以明其由来。

第二联皆言殉葬，"骊山戏马"四字，类似八股文的截搭题，原为渺不相关的两典故，"骊山"即秦始皇葬处，"戏马"则隋朝宫人葬处。"戏马"为戏马台的略称，《扬州府志》："戏马台其下有路，号玉钩斜，为隋葬宫女处。"下一句"虎圈当熊"为汉元帝冯婕妤故事。此典双关：一谓妃嫔从猎；一谓冯婕妤后遭傅太后诬陷自杀，影射贞妃自裁殉葬。"人如玉""脸似霞"并言殉葬宫人皆在妙年；然既"如玉"，不必再言"似霞"，可知殉葬者不止一人。世祖所尊玉林国师弟子行峰曾作《侍香纪略》一书，谓"端敬皇后崩"，玉林另一弟子"于宫中奉旨开堂，且劝朝廷免殉葬多人之死"，可知彼时原有殉葬的制度。

结句"玉柙珠襦连岁事，茂陵应长并头花"。玉柙即玉匣。《西京杂记》："汉时送葬者，皆珠襦玉匣，形似铠甲，连以金缕，匣上皆缕如蛟龙。""连岁事"明言先丧端敬，继崩世祖。汉武茂陵，即指世祖孝陵；"并头花"即姐妹花，端敬祔葬，她的名义上的从妹贞妃又殉葬，故云。

按："贞妃"为殉后追封，原来的位号不明；追封明诏颁于顺治十八年（1658）二月壬辰，是年元旦为辛亥，则壬辰为二月十一或十二，但当随梓宫移景山寿皇殿时，已知有贞妃从死之事；唯会典谓贞妃薨于正月初七，则必有所讳而更改日期。因为世祖之崩，已在正月初七深夜；贞妃即令愿殉，亦当先有遗嘱，而后自裁，事在初八以后了。

从这些日期上的不尽符合事实，参以其他史料，我认为贞妃殉葬一事中，隐藏着一场绝大风波。心史先生在《世祖出家事考实》一文中，谈吴梅村《读史有感》八首，为咏贞妃，其说甚精；谓"第三首言，不殉且有门户之忧"，我的看法与其相同；但何以有门户之忧，心史未言缘故，试为进一解。

原诗为：

> 昭阳甲帐影婵娟，惭愧恩深未敢前。
> 催道汉皇天上好，从容恐杀李延年。

此用汉武李夫人的典故。李夫人既死，李延年亦失宠被诛。第二句谓"贞妃"不愿死，"惭愧恩深未敢前"，诗人忠厚之笔。三、四句颇为明白，不速殉将有大祸；换一句话说：以贞妃之殉，换取董鄂一家无事。然则何以如此严重呢？即废后乞殉之故。

在笺释"银海居然妒妇津，南山仍锢慎夫人"一诗时，我因废后下落不明，推断为殉帝以求恢复位号，得以合葬孝陵。废后之殉，出于己意抑或出于家族的授意，固不可知；但既殉而"南山仍锢慎夫人"，则后家之不平，可想而知。此时太皇太后、太后皆为博尔济吉特氏，是故废后父吴克善欲为女争名分，满朝亲贵，无奈其何。此事势必仍须由孝庄解决。孝庄本人极喜董小宛，又因"君王自有他生约"，世祖必有使端敬祔葬的遗言，孝庄不忍令爱子抱憾于泉下；而复废后位号，则必葬孝陵，又绝非爱子所愿。生前争宠已闹得天翻地覆，如"银海"真成"妒妇津"，死亦不得安宁，岂亲人所能不顾？因此虽吴克善为胞兄，孝庄仍不能不断然拒绝。这样，吴克善必迁怒于董鄂家，则唯有亦死一女，以平废后家之愤。由"从容恐杀李延年"句，可以想见争执之烈；若非速殉，吴克善擅自采取报复行动，亦非不可能之事。

论证至此，我不知读者先生对于董小宛即封妃晋后的董鄂氏这一个事实，尚有疑义否？倘有怀疑，欢迎指教，当作切实负责的公开答复。

不过，董小宛由"长信宫中，三千第一"，变为"昭阳殿里，八百无双"，即由孝庄太后的侍女而封为皇贵妃，中间还有一层曲折。《汤若望传》第九章第六节，在"第三位皇后"（按：指端敬）生子夭折以后，接叙世祖的一段恋情，实即指董小宛，唯本末倒置，时间上有绝大的错误，此为原作者对于汤若望所遗留的材料考证未确所致；但所叙事实，自为汤若望在日记或函牍中的记载，因此可靠性是相当高的。

兹摘引如下：

> 顺治皇帝对于一位满籍军人之夫人，起了一种火热爱恋。当这一位军人因此申斥他的夫人时，他竟被对于他这申斥有所闻知的"天子"，亲手打了一个极怪异的耳掴。这位军人于是乃因怨愤致死，或许竟是自杀而死。皇帝遂即将这位军人的未亡人收入宫中，封为贵妃。这位贵妃于1660年产生一子，是皇帝要规定他

为将来的皇太子的，但是数星期之后，这位皇子竟而去世，而其母于其后不久，亦然薨逝。皇帝陛为哀痛所攻，竟致寻死觅活，不顾一切。人们不得不昼夜看守着他，使他不得自杀。太监与宫中女官一共三十名，悉行赐死，免得皇妃在其他世界中缺乏服侍者。

这位"皇妃"显然就是作者在前面所说的"第三位皇后"；变一事为二，则时间之错误，自所不免。问题是这位"满籍军人"是谁？

显然的，这也是一大错误。彼时虽有命妇更番入侍后妃的制度，但皇帝驾临时，必然回避；即令有其事，"这一位军人"又岂敢"因此申斥他的夫人"？何况，明清以来，明武宗也许亲自动手打过臣下以外，从未闻皇帝会掌掴大臣。所以"满籍军人"四字，必为中德爵位制度不同而误解。

黎东方博士在《细说清朝》中提及此事，他根据各种外文资料，指出被掌掴的是世祖的胞弟博果尔；又说，为了抚慰博果尔，因此无功而封襄亲王。此说是相当可信的。

襄亲王的封号，后来改为庄亲王。"董鄂妃"出于庄邸，为深于清史者所公认。但是，依据各种迹象显示，世祖夺弟之爱，确为事实；唯此"爱"字，另有解释。

这话要从他的身份说起。太宗先称天聪皇帝，以后正式建元崇德，在盛京立五宫，一后四妃，皆为博尔济吉特氏，只是部落不同。后即孝端，称为"清宁中宫"；四妃中最得宠的是"关雎宫宸妃"，即孝端之侄、孝庄之姊。孝庄的封号，是"永福宫庄妃"。

另外两个博尔济吉特氏，她们的部落名阿霸垓，游牧于杭爱山之北，亦属科尔沁旗，但冠以"阿鲁"二字，以别于孝端、孝庄姑侄母家这一族。

阿霸垓的两个博尔济古特氏，一个封为"麟趾宫贵妃"，在四妃中地位最高；另一位是"衍庆宫淑妃"。麟趾宫贵妃，即为襄亲王博果尔的生母；博果尔，生于崇德六年（1641）十二月，为太宗最小的儿子。

清宫的制度，妃嫔母以子贵，皇子则子以母贵。中宫嫡子在昆季中的地位当然最高，其他皇子就要看其母亲的身份了。孝端有女无子；最得宠的宸妃生皇八子，为太宗正式建元以后所生的长子，因而曾行大赦，预备立为东宫，但亦早殇。因此，当太宗上宾时，皇子中应以麟趾宫贵妃所生的三岁的博果尔的身份最贵重。但结果是六岁的皇九子福临得膺大宝，这完全是由于多尔衮与孝庄有特殊感情之故。

由此可见，博果尔是受了委屈的，况且又是太宗的幼子，他之必然获得孝庄太后的恩遇，以及自幼骄纵，亦都可想而知。

既然如此，则当董小宛没入掖庭，获选入慈宁宫当差后，受命照料时方十一岁的博果尔，是件顺理成章的事。至于博果尔智识渐开，会不会如明宪宗那样，对由他祖母宣德孙太后遣来照料、年长十九岁的宫女发生畸恋，固未敢必，但可断言的是，董小宛决不会如成化万贵妃那样，怀有不正常的心理。

不论如何，任何一个孩子如果能获得像董小宛那样一个保姆，必然会产生强烈的依恋不舍之情。因此，当世祖决定纳董小宛时，亦必然会招致博果尔的强烈反对，推测世祖兄弟发生冲突，当在顺治十二年（1655）初，这年世祖十八岁，博果尔十五岁。前者生于正月，后者生于十二月，所以世祖不妨看作十九岁，而博果尔当看作十四岁。十四岁的弟弟，激怒了十九岁的哥哥，出手殴击，岂足为奇？

明了上述情况，即可以想象得到，世祖这一巴掌打出了极大的家庭风波。在第三者看，博果尔有三重委屈：一是未得到帝位，二是"所爱"被夺；三是遭受屈辱。在博果尔，对第一点感受或许不深；而对二、三两点，必然伤心万分。因此以未成年的皇子，既非立下大功，亦无覃恩庆典，无端封为"和硕襄亲王"，不能不说是一种抚慰的手段。

博果尔之封襄亲王，在顺治十二年（1655）二月下旬，因而推断兄弟发生冲突在此年年初；其薨在顺治十三年（1656）七月己酉，见《东华录》。即便手边无历法书，此月朔日的干支亦并不难考：《东华录》载"六月戊寅朔"，而七月第一条记"戊申广西巡抚"云云，可知六月小，为二十九天；因如月大三十天，则戊申为七月初一，必书"戊申朔"；既未书朔，知戊申为初二，己酉为初三。其薨也与董小宛大有关系。

吴梅村的《七夕即事》为五律四首，心史断为顺治十三年（1656）梅村在京时所作，极是。先录原诗，次引孟说，再为重笺。

　　　　羽扇西王母，云辀薛夜来。
　　　　针神天上落，槎客日边回。
　　　　鹊渚星桥迥，羊车水殿开。
　　　　祗今汉武帝，新起集灵台。

　　　　今夜天孙锦，重将聘雏神。
　　　　黄金装钿合，宝马立文茵。
　　　　刻石昆明水，停梭结绮春。
　　　　沉香亭畔语，不数戚夫人。

　　　　仙酿陈瓜果，天仙曝绮罗。
　　　　高台吹玉笛，复道入银河。
　　　　曼倩诙谐笑，延年宛转歌。
　　　　江南新乐府，齐唱夜如何。

　　　　花萼高楼回，岐王共辇游。
　　　　淮南丹未熟，缑岭树先秋。
　　　　诏罢骊山宴，恩深汉渚愁。
　　　　伤心长枕被，无意候牵牛。

心史谓："所伤逝之帝子，一则用花萼楼事，再则比以岐王，三则抚长枕被而生怜，皆伤帝之兄弟。"又谓"董妃以十三年八月册为贤妃，十二月晋皇贵妃，盖本拟七月七日行册礼，以世祖弟襄亲王博穆博果尔之丧，暂停，梅村正咏其事"。心史自道："此虽想当然语，但按其他时日，颇相合。"

按：此咏董小宛得宠，及世祖夺弟之爱的经过。心史谓本拟在七月七日册立小宛为妃，此假设由于第二首起句中一"聘"字，应可成立。重笺此四律，首须指出梅村以古人拟小宛，因事、因人、因地而异，即如此四律中，"薛夜来""雒（洛）神"皆指小宛。薛夜来为魏文帝爱姬，本名灵芸，夜来乃魏文所改，号为"针神"。巧的是小宛亦有"针神"之目，见《影梅庵忆语》，但"羽扇西王母"，接以"云軿薛夜来"，则犹"王母携双成，绿盖云中来"之意，一则明其为慈宁宫女侍，再则明其来自睿邸，以魏文帝隐喻多尔衮。薛夜来本非仙女，何得有"云軿"字样？此不过借西王母之女侍自应为仙女的推论，而逼出"针神天上落"五字；因为小宛的出处，不便明言，则唯有用此曲笔。"槎客"疑指方孝标。以下两句，又为曲笔，"鹊渚星桥迥"，为"羊车水殿开"的陪笔。此诗作于襄亲王初薨之时，因而务尽其隐曲之能事，咏织女牛郎既是伪装，甚至用典亦煞费苦心，欲讳浅学，不讳知者，如"祗今汉武帝，新起集灵台"，以《三辅黄图》的记载固不谬，殊不知长生殿亦名"集灵台"。

汉武的集灵台，是习见的典故，其实应作集灵宫，见

《三辅黄图》。误"宫"为"台"，可能由玉溪"侍臣最有相如渴，不赐金茎露一杯"那首七绝而始。真正的集灵台，见于正史——《旧唐书·明皇纪》："新成长生殿，曰集灵台，以祀天神。"梅村明明指的是唐明皇的长生殿，却偏说"衹今汉武帝"，加上一层浓厚的烟幕。当时文网虽不如雍乾之密，但论宫闱秘辛，无论如何是个绝大的忌讳，因此《七夕即事》虽重在"即事"，而不能不为"七夕"费却许多闲笔墨。史有曲笔、隐笔，梅村自许"诗史"，后人亦无不以诗为史视梅村，然则其诗中多用曲笔、隐笔，亦正是煞费苦心的史笔。如果读梅村诗囫囵吞枣，不求其解，实在是辜负了梅村稍存真相于天壤间的苦心。

第二首联，"重将聘雒神"之"将"自应作平声，则与《汉书》颜师古注"主辎重之将，谓之重将"无关。"将"为致送之意，为《诗经》"百两将之"之意。天孙织锦，以聘洛神，莫非为牛郎添一小星？可谓奇想！其实只是写世祖的恩赏，"黄金装钿合"，自知受赐者谁何？下句"宝马立文茵"，疑赐博果尔以为抚慰。"文茵"为虎皮。"宝马"不一定指骏马，装饰华丽之马亦是"宝马"。然则"宝马立文茵"只是写世祖夸示其所赐贵重。第二联，"刻石昆明水"征七夕典之而毫无意义，亦犹如第一首第二联，只是为"停梭结绮春"作陪衬而已。结语有深意，应与《清凉山赞佛诗》第一首合看。"翠装雕玉辇，丹髹（xiū）沉香斋"云云，以至"愿共南山椁，长奉西宫杯"，即为"沉香亭畔语"的内容；他生之约，订于此夕。"戚夫人"当指有子之妃，非康熙生母佟佳氏，即皇二子福全生母宁悫（què）妃。

第三首描写别殿开宴的盛况，亦当与赞佛诗第一首合看，"曼倩诙谐笑，延年宛转歌"，赞佛诗中则有"待诏东方生，执戟前诙谐"，两用东方朔，可知原有此弄臣，以"执戟"观之，其为御前侍卫无疑。

第四首方是正面写博果尔。"花萼高楼回，岐王共辇游"，知此夕之宴亦有博果尔。"淮南丹未熟，缑岭树先秋"，指七月初三之事。"诏罢骊山宴"，即心史断为本定七夕册封，因博果尔之丧暂停典礼之由来。下句"恩深汉渚愁"最可思。

"恩深汉渚愁"自是指洛神，与第二首起句相呼应，则七夕册小宛之说，更为可信。上句"诏罢骊山宴"，为世祖悼弟而停筵宴，但未必不行册妃礼，其说见后。下句"恩深汉渚愁"，则是小宛伤博果尔之逝。梅村咏小宛之诗，因时地不同，而拟古人不一：就冒家而言，直言小宛出身为校书；在入宫以后，则以妃嫔拟小宛，因其情同以《长恨歌》所叙，所以征杨贵妃之典独多；唯此四诗中，先拟之为薛夜来，则是以多尔衮暗拟魏文帝；又拟之为洛神，则是以博果尔暗拟陈思王曹植。但曹植求甄逸之女不得，后为曹丕所得，虽不讳言爱慕，而有原名《感甄赋》的《洛神赋》之作，毕竟未有肌肤之亲，更无任何名分。因此说博果尔对小宛爱慕不释则有之，谓世祖夺弟所爱亦不妨；但如说小宛已为襄亲王妃而世祖夺之，则全非事实。世祖以多尔衮夺肃亲王福晋为大恨，又岂能效多尔衮之所为？

今按《东华录》，顺治十三年（1656）只有十二月间册"董鄂氏"为皇贵妃的记载，并无八月间先册封为贤妃的明文。但可信的是，七月七日确曾行册封礼，后世以襄亲王之丧甫四日，而帝竟册妃为嫌，故删其事，但删而不尽，仍有迹象可寻。考释如下：

顺治十三年（1656）六月十九，封已死两姊为长公主，各立墓碑，遣大臣致祭。

六月廿六谕礼部："奉圣母皇太后谕：定南武壮王女孔氏，忠勋嫡裔，淑顺端庄，堪翊坤范，宜立为东宫皇妃，尔部即照例备办仪物，候旨行册封礼。"按：此孔氏即孔四贞，孔有德阖门殉难后，为孝庄所抚养，待年封妃。所谓"东宫皇妃"非谓太子妃，只是所居后宫在东，表示位分较高。吴梅村别有"仿唐人本事诗四首"，专咏孔四贞，心史先生亦有考证，此为另一事，不赘。

七月初三：襄亲王博果尔薨。

七月初六："上移居乾清宫。"

七月初七：大赦天下。

又：道光年间，庄亲王绵课之子奕赓作《括谈》，有一条云："顺治十三年定，王以下，奉恩将军以上，大福晋嫡妻病故，其侧福晋及妾准立为嫡，将姓名送部，照例给与封册诰封。今此例久废。"

凡此皆为董小宛将封妃的前奏。端顺长公主为皇十一女，为博果尔的同母姊；姊已嫁，未封公主，弟则封为亲王，更见得博果尔的爵位来得不寻常。至于特颁恩诏、许亲贵以侧室扶正，此可推想世祖当时已有废继后以小宛正位中宫的打算。

以下"己酉，襄亲王博果尔薨""壬子，上移居乾清宫""癸丑，大赦天下"衡以"诏罢骊山宴"句，可确信小宛封贤妃的典礼照常举行，只是原定赐宴的节目取消而已。其理由可得而述者如下：

第一，壬子为七月初六，正当溽暑，倘无必要，不会由别苑移居大内之理。正因次日有册封之典，颁诏须由天子正衙，方显得隆重。

第二，癸丑为七月初七，缘何"大赦天下"？唯一可以扯得上的原因，即是册封贤妃。其实，册妃非立中宫，原无大赦之理，但御制端敬皇后行状中，一再以小宛矜囚恤刑为言，"故重辟获全、大狱末减者甚众；或有更令复谳者，亦多出后规劝之力。"又梅村《清凉山赞佛诗》："微闻金鸡诏，亦由玉妃出"，虽为顺治十七年（1660）之事，但既可因皇贵妃之薨而行赦，自亦可因封妃而颁恩诏。于此更不妨一谈"丁酉科场案"中世祖的态度。按：顺治十四年（1657）科场大狱，南北两闱南士被荼毒，为北派勾结满人对南派的大举进攻。《痛史·丁酉北闱大狱记略》：

至四月二十二日忽接上传，拿取各犯御前亲录。故事：朝廷若有斩决，镇抚司开南角门；刑部备绑索、嚼子，点剑子；工部肃街道。是日早间备绑索四十副，口衔四十枚，剑子手四十名，厉行刑刀数口，簇拥各犯入太和门。当是时，上御殿引问，众皆惕息，便溺皆青。独张天植自陈"孤踪殊遇，臣男已蒙荫，宝贵自有，不必中式；况又能文，可以面试"等语，特蒙赐夹，校尉虾（高阳按：侍卫，满语曰"虾"）等欲夹双足，上竖一指，遂止夹一足。坚不承认，曰："上恩赐死，无敢辞；若欲屈招通关节，则必不承受。"上回面向内久之，传问曰："朝廷待汝特厚，汝前被论出，朝廷特召内升，何负于汝？平日做官，亦不甚贪猥；奈何自罹于辜！今俱从轻，各拿送法司，即于长安街重责四十板候旨。"

驾起，而科官不论列，以引咎而免责；其牵连在内，如于子文等，首难如蒋文卓、张汉等，俱不与焉。当有刑部员役遵旨行杖，杖太重，若必欲毙之杖下者然。唯时大司寇噤不出一语，独少司寇杜公（按：刑部侍郎杜立德）奋起大诟诸皂曰："上以天恩赐宽宥，尔等必置之死，以辜负上意耶？止可示辱而已。若不幸见罪，余请独当之；尔辈不肯听吾言，吾将蹴踏死若曹矣！"于是诸校始稍稍从轻，得不死。是晚杖毕，仍系至刑部狱中。

按："上回面向内久之"一语，最可注意，或者"贤妃"

遣内侍有所面奏。殿廷深远，情状不可见、不可闻而已。

第三，"诏罢骊山宴"之骊山，指华清宫而言，见《唐书·地理志》。按：如为寻常宴乐，乃至叙家人之礼，举行家宴，不过侍卫传旨、敬事房记档而已，不见明诏。如礼节上有赐宴的规定，因故不克举行，始特下诏令。因此，"诏罢骊山宴"必因礼部先期进册封贤妃仪注，中有于西苑赐宴贤妃母家一项，乃因襄亲王之薨，特诏停止。

下接"恩深汉渚愁"，言董小宛与博果尔的关系，如甄后（洛神）之与陈思王曹植；博果尔既薨，小宛感念相待之情，自必哀伤。但方当封妃之喜，现于形色者，只能有淡淡的忧郁，故下一"愁"字。梅村之为梅村，诗史之为诗史，洵可谓只字不苟。

于此又生一大疑问，即博果尔死得突然：年方十六，不可能暴疾而薨；倘如早有痼疾，则册妃之典，必早延期；若为暴死，如堕马、溺舟，必有官文书记载。其中最大的疑问是，既薨无谥——谥"昭"为康熙年间追谥。《谥法考》："容仪恭美曰昭。"博果尔生平无可称，只得用此字。

依会典规定，亲王薨予谥，定例一字；唯追封者不予谥。襄亲王何以薨而不谥，清朝官文书中无任何解释，合理的推测是，这跟世祖废后不见下落，是同一缘故。襄亲王博果尔之死，出于自裁。不予谥一方面是对他不识大体，遽而轻生的惩罚；另一方面亦无适当的字眼可谥。亲王谥法中，最差的一个字是"密"。照《谥法考》："追补前过曰密。"清朝的亲王谥"密"者两人，一是康熙废太子胤礽，为雍正封为理亲王，谥密；再一个是入民国后庆亲王奕劻（kuāng）。博果尔自裁即是一大过，既死又何能"追补前过"？所以康熙追谥，只好从无办法中想办法，从仪容中着眼，谥以"昭"字。

结尾两句，玩味诗意，乃为博果尔所咏，长枕大被，兄弟友爱，结果所欢被夺；想到友于之情，反增伤感，故曰"伤心长枕被"。而小宛又定在七夕册封，其情难堪。是日开宴，自然在座；十六岁的少年，自忖还经不起那样的刺激，举动会失常度，而又无计规避，则唯有一死，既得解脱，亦以抗议。所谓"无意候牵牛"，就是不想再过这年的七夕了。

心史笺此诗结句谓："梅村以宫中恩宠，盛指七夕为期，而会有弟丧，无复待牵牛者，谓不行册礼也。梅村正咏其事。后仍于八月册立。"且不论玩味诗意，"无意候牵牛"，解释为"不行册礼"，殊嫌牵强；且最明白的证据是，《东华录》无此记载。以《东华》与《实录》相较，则《东华》可信成分，较雍、乾两朝一再删改的《实录》为可信。此为心史先生自己的议论，奈何忘之？

引证当时名流诗词之咏董小宛者，当然也不能忘掉冒辟疆的知交之一赵而忭。他的挽词是七首词，题作："壬辰秋末，应辟疆命悼宛君，赋得七阕录寄，非敢觞哀，聊当生刍耳。"

如此制题，就很特别：第一，既为知交，应自动致意，岂有应命作悼词之理？第二，"壬辰"已在顺治九年

（1652），庚寅正月初二至壬辰秋，相隔卅个月，即令三年之丧，例服二十七个月，亦已释服，何得再补作悼词？凡此不合常情之处，正见得曲折之深。至于赵而忭所赋的七阕词，只看他所用的词牌及所步的韵，便知别有寄托。

这七首词末的自注是：

一，用辛稼轩《忆旧游》调。

二，右调《传言玉女》韵。

三，右用周美成《凤凰台上忆吹箫》。

四，右调《惜分飞》用宋人韵。

五，右调《忆秦娥》用李夫人韵。

六，右调《雨霖铃》用柳耆卿韵。

七，此柳耆卿《秋夜》原韵，用以谱冒子未尽之意。雪儿有知，亦恐不当丽词歌也。

《雨霖铃》用唐明皇追忆杨玉环故事；"雪儿"则为玉环所畜鹦鹉名。最后书此一段，所以暗示，此七首词不足为外人道。赵而忭其时正入词林，其父开心则长御史台，铁骨铮铮，得罪的人很多，因而不能不格外慎重。兹录引《凤凰台上忆吹箫》一阕如下：

孤影何凭？只看初月，教人犹倚搔头，彼少年才蕊，一笑吴钩。生许鹣云蝶露，依画雉，子夜咸休。如此后，魂埋一夏，意让三秋。

　　悠悠，巧期过眼，非绿水红桥，可任翔留。况采芝成阙，分玉为楼。回念英雄相守，多足偿生后双眸。衔云外，神仙亦添，几样痕愁。（注：用周美成《凤凰台上忆吹箫》）

我现在先不查清真词，不知美成有无此一阕愁字韵的《凤凰台上忆吹箫》，但李清照却有此词，录引如下：

　　香冷金猊，被翻红浪，起来慵自梳头；任宝奁尘满，日上帘钩。生怕离怀别苦，多少事，欲说还休；新来瘦，非干病酒，不是悲秋。

　　休休！这回去也，千万遍阳关，也则难留。念武陵人远，烟锁秦楼；唯有楼前流水，应念我，终日凝眸。凝眸处，从今又添，一段新愁。

此与赵而忭之作，韵脚完全相同，唯"休"字犯重，所以换头应押韵的"休休"改为"悠悠"。这就发生一个有趣的疑问了。美成、清照为同时人，但清照已入南宋，行辈稍晚；故如美成有此"愁"字韵一词，则清照为步韵，赵而忭谓"用周美成"韵亦不错。问题是，以词意而论，赵而忭明明是步清照的韵，清照此词，题作"别情"；而全首词上半阕如为董小宛而作，下半阕如为冒辟疆而作。李容斋的百首宫词中，有"睡足日高犹慵起"句；与"起来慵自梳头，任宝奁尘满，日上帘钩"，情事差相仿佛。

于此可知，赵而忭加注"用周美成《凤凰台上忆吹箫》"的用意，不出两端：一是有所讳，怕人找出李清照的词来对看，所以特标"周美成"；一是有所隐，即是留此疑问，作为暗示，只看李清照的那首"别情"，便是董冒二人两地相思的写照。

顺治出家、传位及遗诏罪己成谜

董小宛殁于顺治十七年（1660）八月十九日，世祖崩于十八年（1661）正月初七，在此四个多月中，宫闱不宁，出乎常情，观《汤若望传》及时人记载，参以上谕，情事如见。《汤传》记：

> 这位贵妃于1660年产生一子，是皇帝要规定他为将来的皇太子的，但是数星期之后，这位皇子竟而去世，而其母于其后不久亦薨逝。皇帝陛为哀痛所致，竟致寻死觅活，不顾一切。人们不得不昼夜看守着他，使他不得自杀。太监与宫中女官一共三十名，悉行赐死，免得皇妃在其他世界中缺乏服侍者。全国均须服丧，官吏一月，百姓三日，为殡葬的事务，曾耗费极

巨量的国帑[1]。两座装饰得辉煌的宫殿，专供自远地僻壤所召来的僧徒作馆舍。按照满洲习俗，皇妃的尸体连同棺椁，并那两座宫殿，连同其中珍贵陈设，俱都焚烧。

此后皇帝便把自己完全委托于僧徒之手。他亲手把他的头发削去，如果没有他的理性深厚的母后和汤若望加以阻止，他一定会充当了僧徒的，但是他仍还由杭州召了些最有名的僧徒来。那些僧徒们劝诫他完全信奉偶像，并且把国家的入款，浪费于庙宇的建筑上。

这段记载，信而有征，张宸《青雕集》记：

端敬皇后丧，命诸大臣议谥。先拟四字不允，而六字、八字、十字而止，犹以无"天圣"二字为歉。命胡、王二学士排纂后所著语录，其书秘，不得而传。

按：皇后封号，如为嫡后，往往用"承天辅圣"；如因子而贵，则必有"育圣"二字，上用"赞天"等字样。小宛晋后，除以"端敬"为称号外，谥为"孝献庄和至德宣仁温惠"十字；以无"天圣"字样为歉者，诚如心史先生所说："端敬既不以嫡论，亦不得以子嗣帝位而得一'圣'字。"于

---

[1] 帑（tǎng），古代指收藏钱财的府库或钱财。

此可知，小宛之子预定将成东宫，《汤传》所记不误。

这段叙述中，有两项重要的透露：第一是董小宛以端敬皇后的身份所获得的哀荣；第二是世祖确有出家的打算。先谈前者。

小宛的丧礼之隆重，在中国历史上是一般后妃身后少见的。《汤传》的记载，信而有征；吴梅村《清凉山赞佛诗》第二首，在"可怜千里草，萎落无颜色"以下，共有六韵十二句描写《汤传》中所说的"满洲习俗"，如"破万家"而织成的"孔雀蒲桃锦"、大秦珠、八尺珊瑚，都用来装饰《汤传》中所说的"两座辉煌的宫殿"，即吴诗中所谓"割之施精蓝，千佛庄严饰"，而结果是"持来付一炬"；以下"红颜尚焦土"句，进一步证实了所焚者为"精蓝"。

又张宸《青雕集》记世祖初崩时的情形说：

> 十四日，焚大行所御冠袍器用珍玩于宫门外。时百官哭临未散，遥闻宫中哭声沸天而出，仰见太后黑素袍，御乾清门台基上，南面，扶石栏立，哭极哀。诸宫娥数辈，俱白帕首白从哭。百官亦跪哭，所焚诸宝器，火焰俱五色，有声如爆豆。人言每焚一珠，即有一声，盖不知数万声矣！谓之"小丢纸"。

此"丢纸"即满洲丧礼。既有"小丢纸"，自然还有"大丢纸"。张宸又记世祖梓宫移往景山寿皇殿的情形：

有鞯马数十匹，刻金鞍辔镫；鞍首龙衔一珠，如拇指大；鞍尾珠之，如食指大，背各负数枕，备焚化，枕顶亦刻金为龙衔珠，如鞍首，共百余。

驼数十匹，繁缨垂貂，极华丽，背负绫绮锦绣，及账房什器，亦备焚……近灵舆，各执赤金器、金瓶、金垂壶、金盘、金碗、金盥盆、金交床椅杌等物，皆大行所曾御者，亦备焚。

这就是"大丢纸"。不过为小宛发丧，"大丢纸"大到烧两座宫殿，此真古今奇闻。董小宛以秦淮校书而身后如此，泉下有知，亦足以自豪了。

在百官服丧方面，吴诗颇致讥刺，在"红颜尚焦土，百万无容惜"句下接写："小臣助长号，赐衣或一袭。"所赐之衣，无非青布孝袍，与上文对看，盖见丧礼奢靡过甚。此下又有"只愁许史辈，急泪难时得。从官进哀诔，黄纸抄名入。流涕卢郎才，咨嗟谢生笔"等语。本来除太后外，后妃之丧，外臣不进哀诔，此为例外。又张宸记："端敬皇后丧"，"举殡，命八旗官二、三品者，轮次舁[1]灵，与舁者皆言其重。票本用蓝墨，自八月至十二月尽，乃易朱。先是内大臣命妇哭临不哀者议处，皇太后力解乃已"。所描写的情况，犹过于《汤传》。按：票本用蓝墨自八月至十二月尽，则为百

---

[1] 舁（yú），意为抬。

日。清制：大丧百日而服除。小宛之丧，竟与孝端大丧礼节相同。

至于殉葬之说，不见官文书记载，但玉林弟子行峰作《侍香纪略》云："端敬皇后崩，茆溪森于宫中奉旨开堂，且劝朝廷免殉葬多人之死。"则确有殉葬之事。《汤传》所记"共三十名"，或者如行峰之师兄茆溪森不加劝谏，则所死者犹不止此数。

世祖手自削发这一点非常重要，证明出家之说，自有由来。同时从吴梅村的诗句，以及官文书中，可以推断出许多未为人知的事实。我可以这样说，世祖本人已经削发；十八年正月初二日，又幸悯忠寺，为太监吴良辅祝发，心史先生谓此为"代帝出家"，实则不然，吴良辅是日后世祖出家五台山时，预定留在那里陪伴他的侍者。

这就是说，世祖以后是否真能出家，固大成疑问，但此时确已下了决心。另外一个有力的旁证是：世祖曾拟传位于从兄弟。《汤若望传》载：

> 一位继位的皇子尚未诏封，皇太后立促皇帝作这一件事。皇帝想到了一位从兄弟，但是皇太后和亲王们的见解，也都是愿意由皇子中选择一位继位者。

这是正月初六，世祖自知不起以后的事，若非如此，孝庄亦不会力促世祖立储。事实上，在正月初三，世祖便有此意。说得明白些，世祖是因为决心出家，在为吴良辅祝发的第二天，便对继位问题做了安排。《王文靖公自撰年谱》云：

> 辛丑（顺治十八年）三十四岁。元旦因不行庆贺礼，黎明入内，恭请圣安，召入养心殿，赐坐、赐茶而退。翌日入内请安，晚始出。
>
> 初三日，召入养心殿，上坐御榻，命至榻前讲论移时。是日，奉天语面谕者关系重大，并前此屡有面奏，及奉谕询问，密封奏折，俱不敢载。惟自念身系汉官，一介庸愚，荷蒙高厚，任以腹心，虽举家生生世世竭尽犬马，何以仰答万一？岂敢顾惜身家，不力持正论，以抒诚悃耶？吾子吾孙，其世世铭心镂骨，以图报效也。

王文靖即王熙，世祖遗诏，出其手笔。韩菼作《王文靖公行状》，谓"面奉凭几之言，终身不以语人，虽子弟莫得而传。"然则试问：何事关系重大？何事终身不敢以语人？自然是皇位继承问题。《东华录》虽载："正月壬子上不豫。"壬子为正月初二，是日既为吴良辅祝发，而王熙初二、初三晋见，并不言世祖有病状，则即使有病，亦并不重，何得遽尔议及身后？由此可知，世祖既决心行遁，则对皇位不能不有交代。召见王熙所谈的必是两件事：出家与传位。

国赖长君，古有明训；况当甫得天下、四海未靖之际，冲人何能担当大任？所以世祖欲传位从兄弟，是完全可以理解的事。世祖的这位从兄弟，我推测是太祖第七子饶余郡王阿巴泰的第四子和硕安亲王岳乐。

《清史列传》卷二，记岳乐云：

> 岳乐，饶余敏郡王阿巴泰第四子，初封镇国公。顺治三年正月，随肃亲王豪格征四川，诛流贼张献忠。五年八月随英亲王阿济格剿平天津土贼。十一月复随英亲王驻防大同。六年九月晋封多罗贝勒。八年二月袭封多罗郡王，改号曰"安"。九年二月掌工部事。十月预议政。十年七月以喀尔喀部土谢图汗、车臣汗等违旨，不还所掠巴林户口，又来索归顺同部蒙古，命为宣威大将军，驻归化城，相机进剿。寻因喀尔喀悔罪入贡，撤还。十二年八月掌宗人府事。十四年十一月谕奖：性行端良，莅事敬慎，晋封和硕安亲王。

细检诸王列传，其时最贤者即岳乐，且三十七岁，正为能担当大事的盛年；再以谕奖之词而言，不独得世祖欣赏，且信其能为有道之君。因此，可以确定世祖所选定的"从兄弟"，必为岳乐。

至于王熙之所谓"岂敢顾惜身家，不力持正论？"则可分两层来看：第一，"正论"必首劝勿逃禅，如听劝则不发生继位问题；第二，如必欲出家，则传子而勿传兄弟。王熙作此忠谏，事实上亦等于反对岳乐继位，倘为岳乐所知，可能会施以报复，此所以有不顾身家之语；而此秘终身不泄，自为明哲保身之计。

世祖拟传"从兄弟"一事，更可得一旁证，张宸《青雕集》记：

> 初四日，九卿大臣问安，始知上不豫。初五日，又问安，见宫殿各门所悬门神、对联尽去。一中贵向各大臣耳语，甚怆惶。初七晚，释刑狱诸囚，狱一空，止马逢知、张缙彦二人不释。传谕民间毋炒豆、毋燃灯、毋泼水，始知上疾为出痘。初八日各衙门开印。予黎明盥漱毕，具朝服将入署，长班遽止之曰："门启复闭，只传中堂暨礼部三堂入，入即摘帽缨，百官今散矣。"……日晡时召百官携朝服入，入即令赴户部领帛。领讫，至太和殿西阁门，遇同官魏思齐，讯主器，曰："吾君之子也。"心乃安。

于此可见，事先必有不传子之说，所以张宸急"讯主器"，闻"吾君之子"，心乃安，是因为倘传从兄弟，则又恢复到太祖时代的合议制，则非一纸诏书可定，须诸王贝勒共推有德有力者居之，势必引起不安。再看张宸前面所记，是日曾经戒严，"九衢寂寂，惶骇甚"。又记：

> 二鼓余，宣遗诏，凄风飒飒，云阴欲冻，气极幽

惨，不自知其呜咽失声矣。宣已，诫百官毋退，候登极……早，风日晴和，上升殿，宣哀诏于天安门外金水桥下。

是日为十二月初九；前一日二鼓即宣遗诏，距世祖之崩，只一昼夜；而既宣遗诏："朕子玄烨，佟氏妃所生，岐嶷[1]颖慧，克承宗祧，兹立为皇太子。即遵典制，持服二十七日，释服即皇帝位。"却又迫不及待，违反遗诏的规定，在天明即行登极礼，可知是顾命四大臣深恐有变，不待有异心者调兵入京夺位，先让八岁太子即位，造成既成事实，杜绝觊觎大位者。既已登极，则国已有君，倘或举兵，便可以叛逆视之。张宸又记：

阅三日，辅臣率文武百官设誓，旗下每旗一誓词，各官每衙门一誓词。词正副三通，一宣读，焚大行殡宫前；一赴正大光明殿焚读上帝前；一藏禁中。词曰："臣等奉大行皇帝遗诏，务戮力一心，以辅冲主。自今以后，毋结党，毋徇私，毋黩侦，毋阴排异己以戕善类，毋偏执己见以妨大公，违斯誓者，上天降殛[2]，夺算凶诛。

---

[1] 岐嶷（qí nì），形容幼年聪慧。

[2] 殛（jí），意为惩罚。

此三日中，必有许多暗潮汹涌，但雍乾两朝，大删《实录》，只见当时递嬗之际一片祥和，其实不然，幸赖私人记载保存了若干真相。野史之可贵在此。

现在要谈世祖遗诏罪己者共十四款，开宗明义，即以"渐习汉俗"自责：

> 朕以凉德，承嗣丕基，十八年于兹矣。自亲政以来，纪纲法度，用人行政，不能仰法太祖太宗谟烈，因循悠忽，苟且目前，且渐习汉俗，于淳朴旧制，日有更张，以致国治未臻，民生未遂，是朕之罪一也。

以下两款是自罪太后生前，子道不终；太后万年之后，不能服三年之丧，少抒太宗宾天，未服缞绖[1]之憾：

> 朕自弱龄，即遇皇考太宗皇帝上宾，教训抚养，惟圣母皇太后慈育是依，隆恩罔极，高厚莫酬，朝夕趋承，冀尽孝养，今不幸子道不终，诚恫未遂，是朕之罪一也。
>
> 皇考宾天，朕止六岁，不能服缞绖，行三年丧，终天抱憾，惟侍奉皇太后，顺志承颜，且冀万年之后，庶尽子职，少抒前憾，今永违膝下，反上廑圣母哀痛，是朕之罪一也。

---

[1] "缞"和"绖"分别指丧服和丧带，合在一起就指整套丧服，引申为服丧之意。

按：此当是未经大改的原文。因为人生修短有数，大限一至，非人力所能挽回，所以子道不终，悲痛有之，何足自责？唯有应养亲而逃禅，则是不孝之罪。以上第一款对整个满洲，第二、三款对父母，于是第四款：

> 宗室、诸王、贝勒等，皆太祖太宗子孙，为国藩翰，理宜优遇，以示展亲，朕于诸王、贝勒，晋接既疏，恩惠复鲜，情谊暌隔，友爱之道未周，是朕之罪一也。

这是对宗室，照文气看，删而未改。"友爱之道未周"下，应有"从今连弥补的机会亦没有了"，方成自罪的罪状之一。以下两款，可以确信是大改特改，甚至是新增之文：

> 满朝诸臣，或历世竭忠，或累年效力，宜加倚托，尽厥猷为，朕不能信任，有才莫展。且明季失国，多由偏用文臣，朕不以为戒，委任汉官，即部院印信，间亦令汉官掌管，致满臣无心任事，精力懈弛，是朕之罪一也。
>
> 朕夙性好高，不能虚己延纳，于用人之际，务求其德与己伴，未能随才器使，致每叹乏人；若舍短录长，则人有微技，亦获见用，岂遂至于举世无才，是朕之罪一也。

以上两款，慰抚满员。其下一款，独责刘正宗，疑为保留的末命：

> 设官分职，惟德是用；进退黜陟，不可忽视。朕于廷臣，明知其不肖，不即罢斥，仍复优容姑息。如刘正宗者，偏私躁忌，朕已洞悉于心，乃容其久任政地，可谓见贤而不能举，见不肖而不能退，是朕之罪一也。

按：自明末延续的南北之争，至顺治初变本加厉，而主之者一为冯铨，一为刘正宗。刘与方拱乾因指认南朝的伪太子王之明一案，结怨更深。辛酉科场案，为刘正宗所煽动操纵，用以荼毒南士，而尤在倾陷方家子。邓文如《清诗纪事》云：

> 正宗当国，有权奸之目，丁酉科场之狱，为其一手把持，与慎交水火。自负能诗，力主历下，与虞山、娄东异帜。挤二陈一死一谪，而独得善终。其诗笔力甚健，江南人选诗多不及之，门户恩怨之见也。

"慎交"为复社支派之一，丁酉案中有名的吴汉槎，即慎交中人。"历下"指王渔洋；"虞山、娄东"指钱牧斋、吴梅村；二陈一为方以智的儿女亲家陈名夏，一为吴梅村的儿女亲家陈之遴。

按：丁酉科场案以刘正宗本心，牵涉南闱或北闱的南士，恨不得置之死地；赖小宛之力，流徙已属从轻发落。其后必又以小宛之言，自觉过苛，而又受刘正宗之惑，因而在顺治十七年（1660），以魏裔介、季振宜之劾，严办刘正宗。《清史列传·贰臣传》载：

> （顺治）十六年，上以正宗器量狭隘，终日诗文自务，大廷议论，辄以己意为是，虽公事有误，亦不置念，降旨严饬，并谕曰："朕委任大臣，期始终相成，以惬简拔初念，故不忍加罪，时加申戒；须痛改前非，称朕优容恕过之意。"十七年二月，应诏自陈乞罢，不允。六月，左都御史魏裔介、浙江道御史季振宜，先后奏劾正宗阴险欺罔诸罪，命"明白回奏"。正宗以"衰老孤踪，不能结党，致撄诬劾"自讼。下王、贝勒、九卿、科道会刑部提问。正宗反复申诉，裔介与振宜共质之。

结果罪名成立，皆经对质；王公大臣会奏，列其罪状：

> 正宗前自陈，不以上谕切责己罪载入疏内，裔介所劾是实。（其一）董国祥为正宗荐举，以降黜之员外越授郎中，后坐贿流徙，正宗不引罪检举，裔介与振宜所劾是实。（其二）
> 裔介劾正宗，知李昌祚系版案有名，票拟内升，今讯称姓名相同，但前此不诸察究，有意朦胧是实。
> 正宗弟正学，顺治四年投诚复版，为李成栋参将，

七年复投诚，裔介劾正宗暗嘱巡抚耿焞（tūn）题授守备，正宗回奏，只称正学因擒获逆犯，叙功题授，不言从叛情事，饬非讳罪是实。

裔介劾正宗与张缙彦同怀叵测之心，缙彦为正宗作诗序，词句诡谲，正宗闻劾，即删毁其序，诳云未见，其欺罔罪是实。应绞。

奏入……从宽免死，革职追夺诏命，籍家产一半归入旗下，不许回籍。

按：刘正宗一案特为列入遗诏，可信其为原文。其时满洲、蒙古及汉大臣之隶属于北派者，已经联结成一条阵线，对江南的高官、士绅及地方百姓展开无情的打击与剥削；但其时还不便明着痕迹，所以仍保留了这一款。

国用浩繁，兵饷不足，而金花钱粮，尽给宫中之费，未尝节省发施，及度支告匮，每令诸王、大臣会议，未能别有奇策，止议裁减俸禄，以赡军饷，厚己薄人，益上损下，是朕之罪一也。

这一款也可能是原文，亦确是世祖应自责之罪，与下两款应合并而论。

经营殿宇，造作器具，务极精工，无益之地，糜费甚多，乃不自省察，罔体民艰，是朕之罪一也。

　　端敬皇后于皇太后克尽孝道，辅佐朕躬，内政聿修，朕仰奉慈纶，追念贤淑，丧祭典礼，过从优厚，不能以礼止情，诸事太过，逾滥不经，是朕之罪一也。

按：世祖在冲幼时，受孝庄及太宗旧臣之教，以嬉游为晦，做出明朝武宗、熹宗的模样，示无大志，避免多尔衮猜忌。及至多尔衮既死，世祖已成了一名超级纨绔，习性不易改变。顺治十年（1653）以后，既以方孝孺等江南世家子弟作为文学侍从，出入必偕；复又得小宛为妃，因而彻底汉化，而实为彻底江南化，饮食服御、园林车马，无不极端讲究。声色犬马，四字俱全，复又佞佛，以致糜费无度。此中还包含着遗民志士极大的一个计划在内，西施沼吴差足比拟，当在谈康熙时记论，此不赘。

　　祖宗创业，未尝任用中官，且明朝亡国，亦因委用宦寺，朕明知其弊，不以为戒，设立内十三衙门，委用任使，与明无异，致营私作弊更逾往时，是朕之罪一也。

以上言端敬之丧及任用宦寺，可确信非原文，此亦正是孝庄及四辅——顾命四大臣力谋改革的重点。按：内十三衙门设立于顺治十年（1653）六月底，当时有一上谕，首历数各朝任用宦官之失，而在"历观覆辙，可为鉴戒"之下，一转而为：

> 但官禁役使此辈，势难尽革，朕酌古因时，量为设置，首为乾清宫执事官，次为司礼监、御用监、内官监、司设监、尚膳监、尚衣监、尚宝监、御马监、惜薪司、钟鼓司、直殿局、兵仗局。满洲近臣与寺人兼用。

较之明朝的十二监、四司、八局，虽少了八个衙门，但重要部门完全保留，所删除的监、司、局，正是上谕开头所谓"不过阍闼洒扫使令之役"。如明朝的"宝钞司"，如顾名思义，以为印制银票、钱票之类，那就错了，一检《明史·职官志》，会哑然失笑——宝钞司"掌造粗细草纸"，明宫太监、宫女数万，太监小解的姿势与常人殊，亦须用草纸，由于草纸的消耗量特大，所以特设"司"管理制造。又有"混堂司"，职司为"掌汰浴"，俗称浴池为"混堂"即由此来。如有这些衙门，反而贬低了宦官制度的"尊严"，删之反显得权重。

于此可知，前面斥宦官，以及后面的告诫，"不许"这个，"不许"那个，完全是堵反对者之口的具文。应注意的是"满洲近臣与寺人兼用"这句话。自来研清史者，对于十三衙门的兴发，颇有申论，但常忽略了这句"兼用"。所谓"满洲近臣"即上三旗包衣。但上三旗包衣又何肯以太监自居，而况生理、心理及生活习惯不同，亦难共事。我研究上三旗包衣所组织的内务府，发现跟宦官相争的事实甚多，而合作的迹象极少，一个是顺治十八年（1661）二月十五日，世祖既崩一月有余以后，革十三衙门的上谕中，有这样一段话："乃知满洲佟义、内官吴良辅，阴险狡诈，巧售其奸，荧惑欺蒙，变易祖宗旧制，倡立十三衙门"；以及最后"吴良辅已经处斩，佟义若存，法亦难贷"。知佟义早已伏法，而此人显然就是上三旗的包衣，他的职位应该是"乾清宫执事官"，为内十三衙门的首脑，而吴良辅应该是司礼监的秉笔太监。

另一个迹象是，在明诏革十三衙门的同一天，遣送国师玉林南归，年谱中有"钦差内十三道惜薪司尚公相送"。这尚公当是尚可喜之子。尚可喜有一子名三杰，后来当过内务府大臣；但以年龄而论，可能是尚可喜的次子尚三孝，早期的汉军，亦算"满洲近臣"。

至于佟义，是否佟养性一家，不得而知；不过"满洲近臣"亦可解释为上三旗的侍卫。但不论是侍卫，还是包衣，都只是为宦官集团所利用。十三衙门通过乾清宫执事官这条直接上达于帝的途径，便可挟天子以令诸侯，凡属于宫中的一切事务，径取中旨而行。世祖既为一名超级纨绔，亦乐得有这样一个简便的指挥系统，予取予携，尽情挥霍，"经营殿宇，造作器具，务极精工，求为前代后人之所不及"，仅是挥霍一端而已，此外巡幸游宴，佞佛布施，漏卮尚多，加以太监从中侵渔，益成不了之局。

按：自汉朝以来，财政制度即有内外之分，国库自国库，内府自内府。天子败家之道有三：一黩武；二巡幸游观，土木兴作；三佞佛好道。除了用兵须国库支出以外，二、三两种靡费，大致皆出于内府，不是太糊涂的皇帝，稍加节制，而又无大征伐，财政上的危机不会太深刻。但看世祖罪己所说，"国用浩繁，兵饷不足，而金花钱粮，尽给宫中之费"云云，则内外不分，挥霍国库，危亡可以立待；世祖不死，清祚必促。乃一死而局面顿改，此真有天意在内；当然这也是孝庄主持之功，康熙对祖母的纯孝，确是有由来的。

《汤若望传》中有一段说：

> 顺治自这个时期起，愈久愈陷入太监之影响中。这一种下贱人民，当在朝代更替的时期，俱都被驱逐出宫，成千成百地到处漂泊，而这时却渐渐又被一批一批收入宫中，照旧供职。这样被收入宫中而又重新扎根筑巢的太监们，竟有数千名之多。这些人使那些喇嘛僧徒，复行恢复他们旧日的权势。还要恶劣的，是他们诱引性欲本来就很强烈的皇帝，过一种放纵淫逸生活。

以上叙述，合两事为一事，乃《汤传》作者对材料未能充分了解消化所致。所谓两事，一事即十三衙门设立以后，"重新扎根筑巢的太监们，竟有数千名之多"，此为顺治十年（1653）下半年以后的事；另一事即荣亲王之薨，对世祖的情绪为一大打击，"自这个时期起"，即指此而言。荣亲王的殡葬，还引发了一场新旧派之间的政治争斗。

《汤若望传》载：

关于这位皇子殡葬的情形，在以后继续数年的历史中，是我们还不得不屡屡提及的。钦天监内所设之一科，应行按照旧规则，规定殡葬正确地点与吉利之时刻。这一件事情是这一科里办理了的，并且还向朝中上有一份呈报。可是这次殡葬仪式是归满籍之礼部尚书恩格德之所办理，他竟敢私自更改殡葬时刻，并且假造钦天监之呈报。于是这位太子便被在一个不顺利的时刻里安葬。这样便与天运不合了，因此灾殃竟要向皇室降临。这位太子母后的不久崩殂，就是头一次所发生不吉利之事件。此外还有其他两件死亡事件继续发生，这两次事件是我们马上就要叙述的。并且最后甚至皇帝晏驾也都归咎于这次殡葬的舛错。

按：《清史稿·汤若望传》载：

康熙五年，新安卫官生杨光先叩阍，进所著《摘谬论》《选择议》，斥汤若望十谬，并指选择荣亲王葬期，误用洪范五行，下议政王等确议。议政王等议：历代旧法，每日十二时，分一百刻，新法九十六刻。康熙三年立春候气，先期起管，汤若望妄奏春气已应参觜二宿，改调次序，四余删去紫炁（qì）。天佑皇上历祚无疆，汤若望只进二百年历。选择荣亲王葬期，不用正五行，反用洪范五行，山向年月，并犯忌杀，事犯重大……自是废新历不用。圣祖既亲政，以南怀仁沿理历法，光先谴黜，复用新法时汤若望已前卒。

康熙初年的历法之争，为新旧两派冲突的焦点，当留在康熙朝来谈。此处可注意的是，生甫三月的殇子，照子平之术来说，可能尚未"起运"，而殡葬建墓园，选择葬期，讲究"山向"，实同庸人自扰。吴梅村《赞佛诗》："南望仓舒坟，掩面添凄恻"，证以《汤若望传》所记，信其为实录。世祖之决意逃禅，由爱子、宠妃相继夭逝之刺激，确为实情。他本来是感情极其丰富的人，在爱子既殇，而小宛又因殇子抱病时，变得有些歇斯底里。

郑成功反清复明功败垂成

顺治十六年（1659）郑成功登陆，沿江列郡，除安庆外，几乎都已收复，义师直逼金陵时，汤若望记世祖的感情状态，为一段极珍贵的史料：

> 当这个噩耗传至北京时，胆怯的人们已经为首都的

安全惊惧了起来。皇帝完全失去了他的镇静，而颇欲作逃回满洲之思想。可是皇太后向他加以叱责，她说，他怎样可以把他的祖先们以他们的勇敢所得来的江山，竟这么卑怯地放弃了呢？

他一听皇太后的这话，这时反而竟发起了狂暴的急怒了。他拔出他的宝剑，并且宣言为他决不变更意志：他要亲自去出征，或胜或死。为坚固他的这言辞，他竟用剑把一座皇帝御座劈成碎块。他要照这样对待一切人——只要他们胆敢对于他这御驾亲征的计划说出一个"不"字来。皇太后枉然地尝试着，用言语来平复皇帝的这暴躁。她扯身退去，而另遣派皇帝以前的奶母，让那奶母到皇帝面前劝诫皇帝，因为奶母是被满人敬之如自己生身母亲一般的。这位勇敢的奶母很和蔼地向他进劝。可是这更增加了皇帝的怒气。他恐吓着也要把她劈成碎块，她大吃一惊，跑开了。

各城门旁已经贴出了官方的布告，晓谕人民，皇上要亲自出征。登时全城内便起了极大的激动与恐慌，不仅仅在老百姓方面，因为他们不得不随同出征；就是那些体面的人，也是一样的激动恐慌。因为，皇上在疆场上一旦遇到不幸——因他的性格暴烈，这是极有可能的——那么满人的统治，就又要有危险了。

按：顺治十六年（1659）夏，郑成功自海入江，下镇江、薄金陵，为明朝恢复的唯一良机，惜以战略战术的错误，功败垂成。此为顺治朝的一件大事，而与董小宛所代表的背景有密切关系，不能不附带一谈。兹先录《蒋录》中是年五月、六月、七月间记载：

五月壬申，浙江总督赵国祚奏，官兵自永嘉、泰顺、青田等处进剿海寇，俱多斩获。

戊寅，浙江巡抚佟国器奏："臣同总督赵国祚、昂邦章京柯魁、梅勒章京夏景梅、提督田雄、水师总兵常进功等，统满汉兵追击郑逆，直抵衢前，贼渠奔遁，又败之于定关等处，焚斩甚多。"

辛巳，浙江总督赵国祚汇报官兵剿杀郑逆成功，得旨，此奏内准据各官塘报，或称砍死海贼无算，或称打落淹水无算，及坏贼船，打死劫粮贼众，动曰不可胜计，或称获刀枪旗牌等物焚毁，或称生擒贼二三名不等斩讫，俱无的据，着确察议奏，凡各官塘报捷功，必临阵斩获若干，所获马匹器械若干，攻克城池营寨若干，确实有据，始可言功，若泛言斩获，及城池失守，贼去即称恢复，皆系饰词铺张，深为可恶。

常见明末行间奏报，辄云杀死无数，获器械无算，掩败为功，相为欺罔，以致误国，今乃仍踵陋习，每多希功请叙，倘沿袭不改，必致贻误封疆，着即通行严饬，以后再有此等奏报者，定治以罔上冒功之罪，不贷，兵部知道。

六月己亥谕兵部，大阅典礼，三年一行，已永著为例，数年以来，尚未修举，今不容再缓，着即传谕各旗官兵，整肃军容，候秋月朕亲行阅视。

传谕举行大阅典礼，即《汤传》所记世祖欲亲征，而且已"贴出了官方布告，晓谕人民，皇上要亲自出征"。《蒋录》谓"秋月亲阅"，为后世所改，并非实录。

当郑成功的海上楼船浩浩荡荡由舟山北指，张苍水亦以义师相从，入晋江抵崇明岛，清朝总兵梁化凤敛兵坚守。张苍水以崇明为江海门户，主张先取之以为"老营"。这是进可攻、退可守的稳扎稳打之计，但郑成功自信过甚，贪功太切，决定径取瓜州，截断梁化凤的粮道，则崇明不攻而自破。此为一误；及至六月中，既下京口，又有一误。《清史稿补编·郑成功载记》记：

甘辉进计曰："南都完固，不可骤攻。今据瓜洲，则山东之师不下；守北固，则两浙之路不通；扼芜湖，而江、楚之援不至。且分兵镇其属县，手足既断，腹必自溃，此长策也。"潘庚钟亦曰："未可骤进，当暂守瓜镇，分据维扬，扼其咽喉，收拾人心，观衅而动；北堵清兵不下，断其粮道，两月之间，必生内乱，此曹操之所以取胜于官渡也。"冯澄世亦言进取不易。成功独排众议曰："不然，时有不同耳！昔汉祚改移，群雄分据，故曹常以胜算制人。我朝历年三百，德泽已久，不幸国变，百姓遭殃，大兵一至，自然瓦解。恢复旧京，号召天下豪杰，千载一时也。若老其师，敌之援兵四集，前后受敌，我势岂不自孤？昔太祖得廖永忠，谕通海水师夺采石，取金陵，破竹摧枯，正贵神速耳。"遂于七月布檄各镇，悉师薄金陵。

以下为《东华录》记七月间事：

六月壬子，海寇陷镇江府。

秋七月丁卯，命内大臣达素为安南将军，同固山额真索洪、护军统领赖塔等，统领官兵，征剿海逆郑成功。

丙子，海寇犯江南省城。

庚辰，漕运总督亢得时闻海寇入犯江宁，出师高邮，自溺死。

江宁之战经过，双方说法不同，兹先记江南总督郎廷佐的奏报：

海寇自陷镇江，势愈猖獗，于六月二十六日逼犯江宁，城大兵单，难于守御，幸贵州凯旋梅勒章京噶褚哈、马尔赛等统满兵从荆州乘船回京。闻贼犯江宁，星夜疾抵江宁。臣同驻防昂邦章京喀喀木，梅勒章京噶褚哈等密商，乘贼船尚未齐集，当先击其先到之船，喀喀木、噶褚哈等发满兵，乘船八十艘，于六月三十日两路出剿，击败贼众，斩级颇多，获船二十艘，印二颗。至七月十二日，逆渠郑成功亲拥战舰数千，贼众十余万登陆，攻犯江宁城外，连下八十三营，络绎不绝，安设大炮、地雷，密布云梯，复造木栅，思欲久困，又于上江、下江以及江北等处分布贼船，阻截要路，臣与喀喀木等昼夜固守，以待援兵协剿。至七月十五日，苏松水师总兵官梁化凤亲统马步官兵三千余名至江宁。

援兵唯一的主力为梁化凤的三千余人，此外最多不过金山营的一千人，其他各路赴调者，合计亦不过千，连同八旗之师，总共一万人；而郑成功所部号称十七万，这当然是有虚头的，但即令只是半数，与清军相较，亦为八与一之比。同时张苍水率所部进据上游芜湖，以扼川楚援师；除安庆外，沿江郡县"上印"者三十七，声势大张。郑成功此时如能一鼓作气，进攻西、北诸门，从任何一点来看，都无不克之理，谁知因循自误。《载记》又记：

（七月）十七日，各提督、统领进见，甘辉曰："大师久屯城下，师老无功，恐援虏日至，多废一番工夫。请速攻拔，别图进取。"成功谕之曰："自古攻城掠邑，杀伤必多，所以未即攻者，欲待援虏齐集，必扑一战，邀而杀之。"云云。

其时义师屯狮子山下，列营凤仪门（今挹江门）外；清军则以狮子山为屏障，立三营于神策门之西的钟阜门。延至二十三日，义师尚无动静，清军乃冒险出击。

郎廷佐奏报云：

> 七月二十三日派满兵堵贼诸营，防其应援，遂发总督提督两标绿营官兵，并梁化凤标营官兵，从仪凤、钟阜二门出剿。贼踞木栅，并力迎敌；我军各将领，奋不顾身，冒险先登，鏖战良久，阵擒伪总领余新，并斩伪总兵二员，击死贼众无算。至晚收军，臣等又公议，满洲绿旗官兵悉出击贼，恐城内空虚，留臣守城，其喀喀木、噶褚哈、马尔赛、梁化凤等由陆路进；汉兵提督管效忠、协领扎尔布巴图鲁、费雅住巴图鲁、臣标副将冯武卿等，由水路进。各统官兵次日五鼓齐出，贼已离营，屯扎高山，摆设挨牌火炮，列阵迎敌，我兵自山仰攻，鏖战多时，贼始大败。生擒伪提督甘辉，并伪总兵等官，阵斩贼众不计其数，烧毁贼船五百余只，余孽顺流败遁。喀喀木、噶褚哈等复领水陆两路官兵疾追至镇江、瓜州，诸贼闻风乘舟而遁。

其实此战全为梁化凤的功劳：先则约降，以为缓兵之计；继而穴城奇袭，破人家门户作通路。余新既受其愚，复不能警惕，当此时也，居然在火线上做生日，致为梁化凤所乘。兵败如山倒，至二十八日，清军已大获全胜而回军金陵。张苍水所部亦受牵连，不能不向安徽霍山一带遁走，逾年始得复归舟山。

郑成功曾执贽钱牧斋称弟子，自北征之役始，至郑成功抑郁以殁，钱牧斋先后为赋《后秋兴》一百零八首，编为《投笔集》。细看钱诗，再看张苍水诗文，始知郑成功徒负英雄之名，将略颇成问题。张苍水于此役厥功甚伟，为郑成功所误，前功尽弃；而后世但知郑成功为"失败的英雄"，殊不知此五字唯苍水足以当之。

关于北征之役，海上义师与金陵守卒强弱之形悬绝霄壤，而何以由大胜而大败，其间因果，殊不分明。此以后世记其事者，多为郑隐饰曲讳之故；张苍水《北征得失纪略》，身在局中，所记虽不免稍有夸饰，但为实录则无疑。亦唯有看此《纪略》，才能明了胜何由胜、败何由败。兹分段引录《纪略》并加解释，以存真相，亦为埋没已久的张苍水吐气。

岁在己亥，仲夏，延平藩全军北指，以余练习江上形势，推余前驱。抵崇明，余谓延平："崇沙乃江海门户，且悬洲可守，不若先定之为老营。"不听。

按：《清史稿补编·郑成功载记》记此较苍水为详，已略见前述。《载记》论断："崇明为江海门户，进出锁钥，乃进退应据之地，虽费时费力，亦必力争，因其有战略上特殊价值之故；乃成功以清军坚守，遂舍而不攻，绕道直取瓜州，在当时固收胜利之速效，迨围困金陵之际，崇岛即挥兵由后驰援，此予郑军精神之威胁极大，北伐之败，实先伏机于此。"大致不误。但不攻而围，监视梁化凤的三千兵，使不得越雷池一步，则又何能自江南间道驰援金陵？成功将略之疏，于此可见。

　　既济江，议首取瓜步。时金焦间铁索横江，夹岸置西洋大炮数百位。延平属余领水军，先陆师入。余念国事，敢爱驱命，逆扬帆逆流而上。次炮口，风急流迅，舟不得前。诸艘鳞次且进且却，两岸炮声如雷，弹如雨，诸艘或折樯，或裂帆，水军之伤矢石者，且骨飞而肉舞也。余叱舟人鼓棹，逆入金山；同艨数百艘，得入者仅十七舟，而本辖则十三。嘻！危哉。次早，藩师始薄瓜城，一鼓而歼满、汉诸虏殆尽，乘胜克其城。

此记情状如见。"本辖十三"者，得突破防御工事入金山的"十七舟"中。十三艘为张苍水的浙东义师，郑部仅得四舟。清军本以铁索横江，巨炮夹岸为守，此关既破，下二三灯火的瓜州，摧枯拉朽，何足言功？

　　延平既欲直取石头，余以润州实长江门户，若不先下，则虏舟出没，主客之势殊矣，力赞济师铁瓮，而延平犹虑留都援骑可朝发而夕至也。余谓："何不遣舟师先捣观音门，则建业震动，将自守不暇，何能分援他郡？"延平意悟，即属余督水师往，且以直达芜湖为约。

"石头""建业"为金陵别称；"润州""铁瓮"，皆指镇江。"观音门"在金陵城北燕子矶之西。《读史方舆纪要》引《金陵记》云："幕府山东有绝壁临江，梯磴危峻，飞檻凌空者，宏济寺也；与宏济寺对岸相望，翻江石壁，势欲飞动者，燕子矶也，俱为江滨峻险处。"镇江水师，经黄天荡而来，首先到达的攻击点即是观音口；控制了观音口即控制了燕子矶，金陵守军失此险处，自感威胁，义师便达到了牵制的目的。

夫芜湖，固七省孔道，商贾毕集，居江楚下游，为江介锁钥重地。况逾金陵、历采石，悬军深入，此不可居之功也。余一书生耳，兵复单弱，何能胜任！虽然，倡义之谓何？顾入中原而不图恢复耶？余何敢辞？于是……海舟行迟，余易沙船牵挽而前。

按："七省"者，江苏、浙江、江西、湖南、湖北、河南、山东。张苍水自以为不可为而为之，哪知民心所向，成就出人意表。

未至仪真五十里，吏民赍版图迎王师。盖彼邦人士知余姓名有素，故遮道来归。迄余抵仪真，先一夕延平已遣李将军单舸往抚。余辄欲引去，阖郡士民焚香长跪雨中，固邀余登岸。不获已，登江滨公署，延见慰谕之。众以李将军无兵，恐虏骑突至，则无以捍牧圉，咸稽首留余保障；余迄不可，遂行。

舟次六合，得报藩师已于六月二十四日复润州。余计润城已下，藩师由陆逐北，虽步兵，皆铁铠，难疾趋，日行三十里，五日亦当达石头城下，即作书致张茂之，谓："兵贵神速，若从水道进师，巨舰逆流迟拙，非策！"余恐后期，因昼夜牵缆，士卒瑟瑟行芦荻中，兼程而行。

按："李将军"为李顺，在郑成功左右，其职司类如督抚的中军："张茂之"名英，为郑成功的先锋。

抵观音门乃六月二十八日也。不意藩师竟从水道来，故金陵得严为之备。余舣棹观音门两宿，藩师战船无一至者。余乃驾轻舟数十，先上芜湖，而身为殿，泊浦口。

按：据郎廷佐奏报，"海寇……于六月二十六日逼犯江宁，城大兵单，难于守御"。即指张苍水的少数部队而言；泊观音门两宿，而金陵清军不敢出击，可知兵力空虚。如郑成功得镇江后能遣一军自陆路兼程驰抵南京，截断要路，则郎廷佐投降，亦非不可能之事。

> 七月朔，虏侦我大艅尚远，遂发快船百余载劲虏，侵晨出上新河，顺流而下，击棹如飞。余左右不满十舟，且无风，战不利，几困；忽一帆至，则余辖下犁艒也。余即乘之复战，后艅续至，虏始遁去，而日已曛矣。

按：此即郎廷佐奏报中所谓"六月三十日，两路出剿"之战，一就出发之时而言，一就接战之日为准，故有日期上的参差。

至于战船，一谓二十，而获敌船亦二十；一谓"快船百余载劲虏"，而"左右不满十舟"，皆不免炫其以寡敌众。但规模极小，亦可想见，充其量只是百把条快艇之战。"艒"为小船，"犁艒"即有舵的小船，当然此"小船"系与艨艟[1]巨舰相对而言，既可张帆，大致应与运河中的漕船相仿。

> 诘朝，整师前进，虏匿不出。余部曲驰江浦已破，盖余方与虏对垒也，先一哨越浦口旁掠，止七卒抵江城，城中虏骑百余开北门遁，七卒遂由南城入，亦一奇也。

---

[1] 艨艟（méngchōng），古代的一种战船。

以七卒而克一城，确为一奇。义师的声威，清军的怯弱，都可想见。这样好的机会，轻轻放过，三百年后，尤为扼腕。

> 捷闻，延平止余毋往芜关，而且扼浦口，以抚江邑。此七月初四日事也。

按：此为郑成功仍缺乏自信，所以想借重张苍水在江宁外围助战。

> 翌日，延平大军亦抵七里洲，正商量攻建康，而余所遣先往芜湖诸将捷书至，芜城已降矣。尔时上游声灵丕振，而留都守御亦坚；延平谓余："芜城又上游门户，倘留都不旦夕下，则江楚之援日至，知非公不足办此。"余谦让至再，延平但促余旋发。于是率本辖戈船以行，而幕府之谋，自此不复与闻矣。

按：张苍水为郑成功的监军。至此，二人各自为战。据郎廷佐奏报，郑成功于七月十二日始到江宁；而据张记，则郑于七月初五已到江宁对岸的七里洲，而梁化凤于七月十五领兵赴援。此十日之间不能攻克江宁，足以坚清军固守之志。

> 七日，抵芜城。传檄诸郡邑，江之南北，相率来

归，郡则太平府、宁国、池州、徽州；县则当涂、芜湖、繁昌、宣城、宁国、南宁、南陵、太平、旌德、贵池、铜陵、东流、建德、青阳、石埭、泾县、巢县、含山、舒城、庐江、高淳、溧水、溧阳、建平；州则广德、无为，以及和阳。或招降，或克复，凡得府四、州三、县二十四焉。

按：张苍水其时所获之地，西至舒城，西南至贵池，直逼安庆，由此迤逦往东，自石埭、太平、旌德至宁国府；凡芜湖以南的繁昌、南陵、铜陵、青阳、泾县、宣城都包括在内，皖南已有其半；自宁国以上，广德、建平、高淳、溧阳、溧水，亦都在握。如果郑成功自镇江发兵，首取丹阳，沿茅山南下，经金坛而至溧阳，则北控长江、东断运河，苏常震动，不战可下。江宁自亦无法坚守；而浙江既有浙东义师，必归掌握；以东南财赋之区，足可自成局面。至于张苍水，以微薄兵力，能拥一此片广大土地，则自有道理在。

先是，余之按芜也，兵不满千，船不满百，惟以先声相号召，大义为感孚，腾书缙绅，驰檄守令。所过地方，秋毫不犯；有游兵闯入剽掠者，余擒治如法，以故远迩壶浆恐后。即江、楚、鲁、卫豪雄，多诣军门受约束，请归隶旗相应。余相度形势，一军出溧阳，以窥广德；一军镇池郡，以扼上游；一军拔和阳，以固采石；

一军入宁国，以逼新安。而身往来姑熟间，名为驻节鸿慈，而其实席不暇暖也。

此战略即稳固沿江各郡而东取浙赣，南窥徽州，而以九江为主要目标，其得力在军纪严明。相形之下，郑成功的表现，令人失望：

余日夜部署诸军，正思直取九江。然延平大军围石头城者已半月，初不闻发一簇射城中；而镇守镇江将帅，亦未尝出兵取旁邑。如句容、丹阳，实南京咽喉地，尚未扼塞，故苏、常援虏得长驱入石头。余闻之，即上书延平，大略谓："顿兵坚城，师老易生他变；亟宜分遣诸帅，尽取畿辅诸郡。若留都出兵他援，我可以邀击歼之；否时，不过自守虏耳。俟四面克复，方可以全力注之，彼直槛羊、阱兽耳。"无何，石头师挫。缘士卒释戈而嬉，樵苏四出，营垒为空；虏谍知，用轻骑袭破前营，延平仓卒移帐。质明，军灶未就，虏倾城出战，军无斗志，竟大败。

由此可见，郑成功的部队毫无训练，义师竟如乌合之众。而郑成功的统御能力，根本大成问题，结果累及浙东义师：

时余在宁国府，受新都降。报至，遽返芜，已七月二十九日矣。初意石头师即偶挫，未必遽登舟；即登舟，未必遽扬帆；即扬帆，必且复守镇江。余故弹压上游，不少退。而虏酋郎廷佐、哈哈木、管效忠等遗书相招，余峻词答之。太平守将叛降于虏，余又遣兵复取太平，生擒叛将伏诛。然江中虏舟密布，上下音信阻绝。余遣一僧赍帛书，由间道款延平行营，书云："兵家胜负何常，今日所恃者民心耳！况上游诸郡俱为我守，若能益百艘相助，天下事尚可图也。倘遽舍之而去，如百万生灵何！"讵意延平不但舍石头城去，且弃铁瓮城行矣。

如张苍水所言，郑成功的居心殆不可问。就其前后对张苍水的态度来看，始则用之为前驱；及张声威大振，所向有功，未曾闻有一旅之援，亦未闻有桴鼓之应，妒功之心，殊为显然。及其石头小挫，顿成大创，果然心目中尚有一同仇敌忾的张苍水在，亦当呼援就商，而并此亦无，已出情理之外；及至张苍水遣使间道致书，请"百艘相助"，而竟不报，辎重舟楫宁愿委敌，不愿资友，无异明白表示："我不能成功，亦绝不能让你成功！"按：此非张苍水诿过之言、苛责之词，因《北征得失纪略》作于"永历十三年嘉平月"，即顺治十六年（1659）冬天，张苍水辗转回至浙东时。《纪略》既成，自必传抄各方，倘为诬词，郑成功必当反驳；而远未见有异辞，可以反证《纪略》为纪实。

以下张苍水自记其处变经过：

留都诸虏，始专意于余，百计截余归路，以为余不降，必就缚。各将士始稍稍色变，而刁斗犹肃然。余欲据城邑，与虏格斗，存亡共之；复念援绝势孤，终不能守，则虏必屠城，余名则成，于士民何辜？而辖下将士家属俱在舟，拟沉舟破釜，势难疾驰；欲冲突出江，则池州守兵又调未集。忽谍报：虏舰千余已渡安庆。余虑其与虏值，众寡不敌。因部勒全军，指上游，次繁昌旧县。池兵亦至，共议进退，咸言："石头师即挫，江、楚尚未闻也，我以艨艟竟趋鄱阳，号召义勇，何不可者？若江西略定，回旗再取四郡，发蒙振落耳。"乃决计西上。

按：安庆未下，为清军得以转危为安的一大关键。否则直下九江，舟师由湖口一入鄱阳，浙东义师可以自成局面，一部清史，或当改写。

八月初七日，次铜陵。海舟与江舟参错而行，未免先后失序。余一军将抵乌沙峡，而后队尚维三山所，与楚来虏舟果相值。余横流奋击，沉其四舟，溺死女真兵无算。以天暮，各停舟。夜半，虏舟遁往下流，炮声轰然。辖下官兵误为劫营，断帆解缆，一时惊散，或有转芜湖者，或有入湖者。西江之役，已成画饼矣。

顾虑城破累及士民，而有不忍之心，此为妇人之仁，根本不宜于带兵打仗。项羽以此而败，张苍水腹有诗书，岂不知其理？知而终不能改，此所以书生不可典兵。一误又有以下再误。

余进退维谷，遂沉巨舰于江中，易沙船，由小港至无为州。拟走焦湖，聚散亡为再举计。适英、霍山义士来遮说："焦湖入冬水涸，未可停舟；不若入英、霍山寨，可持久。"余然之。因尽焚舟，提师登岸。至桐城之黄金㘩，有安庆虏兵驻守。此地乃入山隘口，余选锐骑驰击之，夺马数十匹，杀虏殆尽。遂由奇岭进山，一望皆危峰峭壁矣。余辖下将士素不山行，行数日，皆跰；且多携眷挈辐，日行三十里。余禁令焚弃辎重，而甲士涉远多疲。余虽知必有长坂之败，而赴义之众何能弃置？亦按辔徐行。

按：焦湖即巢湖。既累于眷属，当知入山必非所宜。结果单骑突围，由安庆、池州，经徽州入浙东，绕一个大圈子，隆冬始达舟山附近的宁海。间关百折，跋涉两千余里，艰辛万状，无复人形。有《生还》五律四首，其第二首云：

痛定悲畴昔，江皋望阵云。
飞熊先失律，骑虎竟孤军。
卤莽焚舟计，岻嵚汗马勋。
至今频扼腕，野哭不堪闻。

自悔焚舟失计，而以结句看，则义师眷属，非死即被掳。而此时之满汉，非三国之魏蜀，结局远较"长坂之败"为悲惨，亦是可想而知之事。

后二年辛丑，即顺治十八年（1661），张苍水又有《感事》四首：

> 箕子明夷后，还从徼外居。
> 端然殊宋恪，终莫挽殷墟！
> 青海浮天阔，黄山裂地虚。
> 岂应千载下，摹拟到扶余？

> 闻说扶桑国，依稀弱水东。
> 人皆传燕语，地亦辟蚕业。
> 荜路曾无异，桃源恐不同。
> 鲸波万里外，倘是大王风。

> 田横尝避汉，徐福亦逃秦。
> 试问三千女，何如五百人？
> 槎归应有恨，剑在岂无嗔！
> 惭愧荆蛮长，空文采药身。

> 古曾称白狄，今乃纪红夷。
> 蛮触谁相斗，雌雄未可知。

鸠居粗得计，蜃市转生疑。

独惜炎洲路，春来断子规。

此为郑成功取台湾而作。全谢山所辑《张苍水年谱》，于康熙元年记"公有《得故人书至台湾》诗"，下云："延平以长江之败丧师，自度无若国朝何，以得台湾为休息之计，故不听相国之言。""国朝"指清朝，"相国"指苍水。当郑成功与荷兰（红夷）相持不下时，遣参军罗纶，早返厦门，其言如此："古人云：'宁进一寸死，无退一寸生。'使殿下奄有台湾，亦不免于退步；孰若早返思明，别图所进哉！昔年长江之役，虽败犹荣；倘寻徐福之行踪，思卢敖之故迹，纵偷安一时，必诒讥千古，观史载陈宜中、张世杰两人褒贬，可为明鉴。夫虬髯一剧，只是传奇滥说，岂真有扶余足王乎！若箕子之君朝鲜，又非可语于今日也。"

《感事》期望郑成功为田横而勿为徐福，期望未免过高。原句作"童女三千笑，孤儿五百嗔"。田横五百壮士集体自裁，身后未闻有何孤儿，则此"孤儿"实兼用"东林孤儿"故事，意味着黄梨洲辈亦不以郑成功的举动为然。

按：顺治年间用兵的主要对象为西南；经略洪承畴一直不愿对永历施以过重的压力，意中似有所待。及至顺治十六年（1659）秋，郑成功功败垂成，知事不可为，东南之患既解，必以全力经营西南，永历虽已入缅，亦终难免，因而以目疾乞解任回京，原因即在不愿为陈洪范第二。至于吴三桂，起先亦不大起劲，及至郑成功思为海外扶余，知道他已失恢复中原的大志，清朝终于可以立定了，方始与爱星河积极进兵，贿通缅甸土著，于康熙元年（1662）将永历骗至昆明，四月间遇害。凡此铜山西崩，洛钟东应的因果关系，为论史者所不可思。郑成功如仍守厦门，力图进取，不仅牵制清军，亦系遗臣志士之望，关系甚重，此所以张苍水阻郑成功入台；而当永历遇害的噩耗一传，郑成功旋于五月间病殁，殆深悔失计，抑郁而终。全辑郑谱，康熙元年述张苍水《瓯行志慨》诗，加按语云：

> 是诗为延平世子（按：郑经）而作。岛事自延平殁后，世子无意西出，亲族、兵将大都望风投款以封爵。于是朝议锐意南征，合红毛夷夹攻，郑人退守铜山。官军入岛，堕中左、金门两郭，收其妇女、宝货而北，两岛之民烂焉。世子入台郡，分诸将地，颇有箕裘之志，度曲征歌，偷安岁月，军不满千，船不满百，兵甲戈矛一切顿阙。相国两诗，深有慨乎言之矣！

总之，郑成功生平如果抛开政治上号召的意义，纯就史家的眼光来看，尚须另作评价。此处仅就张苍水的志节作一归宿。全谢山传张苍水云：

> 初，公之航海也，仓卒不得尽室以行，有司系累其

家以入告。世祖以公有父，弗籍其家，即令公父以书谕公。公复书曰："愿大人有儿如李通，弗为徐庶；儿他日不惮作赵苞以自赎。"公父亦潜寄语曰："汝弗以我为忧也！"壬辰，公父以天年终，鄞人李邺嗣任其后事。大吏又强公之夫人及子以书招公，公不发书，焚之。已亥，始籍公家，然犹令镇江将军善抚公夫人及子而弗囚也。呜呼！世祖之所以待公者如此，盖亦自来亡国大夫所未有，而公百死不移，不遂其志不已，其亦悲夫！

按：此文中前之所谓"世祖"，实指多尔衮。其时世祖方幼，尚未亲政。已亥为顺治十六年（1659）。金陵之役以后，方始抄家。而世祖之遇亡国大夫格外优厚者，因为汉化已深，基本上是同情甚至佩服遗民志士的。

于是浙之提督张杰惧公终为患，期必得公而后已。公之诸将孔元章、符瑞源等皆内附，已而募得公之故校，使居舟山之补陀为僧，以伺公。会公告籴之舟至，以其为校，且已为僧，不之忌也。故校出刀以胁之，其将赴水死；又击杀数人，最后者乃告之，曰："虽然，公不可得也。公畜双猿以候动静，舟在十里之外，则猿鸣木杪，公得为备矣。"故校乃以夜半出山之背，攀藤而入。暗中执公，并子木、冠玉、舟子三人，七月十七日也。

按："补陀"即普陀。时张苍水避居舟山外海，属于浙江南田县所辖的一小岛，名为悬岙。此"故校"，据《鲁春秋》记为宁波人孙惟法；"将"则吴国华；"子木"即罗纶；"冠玉"姓杨，为张苍水乡人子，故家后裔，父母双亡，从张苍水于海上。临刑时，当事者见杨冠玉年幼，怜而欲释，他表示义不独生，竟延颈就刃。

十九日，公至宁，杰以轿迎之，方巾葛衣而入。至公署，叹曰："此沈文恭故第也，而今为马厩乎？"杰以客礼延之，举酒属曰："迟公久矣！"公曰："父死不能葬、国亡不能救，今日之举，速死而已！"数日，送公于杭，出宁城门，再拜叹曰："某不肖，有负故乡父老二十年来之望！"

又"阙名"著《兵部左侍郎张公传》，记此更翔实而生动：

甲辰秋，逻者获二卒为导，突往执之。被执登舟，所畜一小猴相向哀鸣，跃入水死。至郡城，提督张待以客礼；角巾葛衣，舆而入。张曰："张先生何以屡邀而不至？"答曰："父死不葬，不孝；国难无匡，不忠。不孝、不忠，羞见江东！"劝之降，不答。次日，送之赴省，前此投诚诸将卒者几千人，齐声号恸。煌言神色自若，出西门，曰："姑缓！"望北四拜，辞阙也；望郭门四拜，辞乡也。随与岸上送者拱手而别。登舟，左右翼而行，虑其赴水；笑曰："无庸！此非我死地！"

按：此为目击者所记，故推断"阙名"当为万斯同。万氏兄弟与张苍水交好；斯同生于崇祯十六年（1643），康熙三年（1664）为廿二岁，当亲见张苍水从容尽义，故所记如此。斯同复应聘入史馆，恐有所触忌，遂致"阙名"。

"阙名"又记其解往杭州的情形：

至武林，处于旧府。时总督赵廷臣劝降甚力，始终不答。自被执，即不食，日赋诗自娱。守者叩头哀恳，煌言徐曰："既办一死，何苦累若等。"乃复食，亦惟啖时果数枚而已。一日，督院赴馆，蹙额曰："老先生部文到矣！"煌言即起。肩舆至官巷口，口占曰："我年四十五，今朝九月亡；含哭从文山，一死万事毕。"端坐于地而正命焉。会城义士朱湑生、张文嘉等葬其遗骸于西湖南屏山（杭人称为南屏先生）净慈寺左邵皇亲坟翁仲后之左侧，遥与岳武穆、于忠肃两墓相望。煌言诗："西子湖头有我师。"从初志也。夫人董，先死；子万祺，前三日亦被刑于京口。幕客句容罗纶、鄞人杨冠玉，与煌言同死，俱葬于左右，三冢巍然。杨冠玉者，大家后裔，与煌言比邻。父母死，从之海上。临刑，当事见其幼，欲释之，冠玉曰："司马公死于忠，某义不忍独生！"延颈就刀。今寒食酒浆，春风纸蝶，岁时浇奠不绝；而部曲过其墓者，犹闻野哭云。

"孔曰成仁，孟曰取义"，中国的知识分子，以临难不苟免为人格修养上的基本要求，但真所谓"慷慨成仁易，从容就义难"，因为成仁常在情势极度急迫之际，一方面不暇计及其他，一方面自我为悲壮义烈的情绪所鼓舞，轻生并不难；如果时机上有容人多想一想的片刻，往往就会迟疑踌躇，贪生之念，倏焉而起，一发不可抑。明臣殉节有脱靴入水，以水冷而怯，别谋自尽之道，这样一来就死不成了。

又如龚芝麓，人品是绝不坏的，但亦以未能殉节，复未能归隐，致列名《贰臣传》。当时龚芝麓常跟人说："我原要死，是小妾不肯。"指顾眉生而言。龚对外人称顾为妾，而在家人故旧门生面前，视顾俨然敌体，称"顾太太"。龚妻颇贤惠，不受清朝的诰封，措辞极蕴藉，她说："我已受前明诰封，清朝的诰封给顾太太好了。"

按：其时，浙江总督为汉军镶黄旗人赵廷臣，顺治二年（1645）以贡生初授江苏山阳知县，迁江宁江防同知，因催征逾限罢职——即此便知是好官。顺治十年（1653），以洪承畴之荐，随营委用；湖广既平，复定贵州，赵廷臣得为巡抚，旋擢云贵总督。康熙即位，调督浙江，张苍水被擒，为赵廷臣亲驻定海，与提督张杰所定议。《清史列传》载：

圣祖仁皇帝御极，调廷臣浙江总督，汇叙督垦云南荒田功，加太子少保。康熙二年，廷臣疏言，浙江逋赋不清，由征解繁杂，请以一条鞭征收之法，即用为一条鞭起解之法，令各州县随征随解，布政司察明注册，至为简便。又请移海岛投诚官兵分插内地，杜贼人煽诱，定水师提镇各营设兵之制，以备水战；杭嘉湖三府毗连太湖、泖湖，易于藏奸，请增造快号船、拨兵巡哨。部议俱从其请。时海贼郑成功死，廷臣招其党伪将军……独伪兵部张煌言率众远遁，廷臣驰赴定海，与提督哈尔库、张杰定议，檄水师由宁、台、温三府出洋搜剿，斩贼六百余，降其伪副将陈栋。知煌言披缁窜伏海岛，廷臣选骁将徐元、张公午饰为僧人服，率健丁潜伏普陀山……擒煌言。

赵廷臣是能臣，如世祖不崩，不能调往浙江；移浙即表示新君的四顾命大臣决意解决郑成功的问题。顺治十八年（1661）秋天，尽迁东南沿海各地之民往内地，为坚壁清野之计。此举破家无数，清朝官书讳言其事；张苍水的《奇零草》中，有一题："辛丑秋，虏迁闽浙沿海居民；壬寅春，余舣棹海滨，来燕无巢，有感而作。"诗为五言古风：

去年新燕至，新巢在大厦。
今年旧燕来，旧垒多败瓦。
燕语问主人，呢喃语盈把。

画梁不可望，画舰聊相傍。

萧羽恨依栖，衔泥叹飘飏。

自言昨辞秋社归，比来春社添恶况。

一片蘼芜兵燹（xiǎn）红，朱门哪得还无恙？

最怜寻常百姓家，荒烟总似乌衣巷。

君不见晋室中叶乱五胡，烟火萧条千里孤。

春燕巢林木，空山啼鹧鸪。

只今胡马复南牧，江村古木窜鼪鼯。

万户千门空四壁，燕来亦随檐上乌。

海翁顾燕三太息，风帘雨幕胡为乎？

又《清史记事本末》载：

（顺治）十八年冬十月，弃降将郑芝龙于市，徙沿海居民，禁舟出海，从降将黄梧请也。郑氏在京者，无少长，皆被杀。下令迁界，禁渔船商舟出海，自是，五省商民流离荡析，而万里皆邱墟矣。

于此可知，郑成功如坚守海滨，五省商民，不致有此流离破家之祸。是故"阙名"不以为郑之取台湾为延明祚，而在《张苍水传》末，下一断语："张煌言死，明朝始亡！"此真力足扛鼎的史笔。

钱牧斋《后秋兴》时，言郑成功攻金陵，所以顿兵不进者，是因为正在接洽清军投降；今考其人，乃松江提督马逢知。世祖大渐时，尽释狱囚，唯两人不释，一为明朝最后的一个兵部尚书张缙彦，一即马逢知。董含《三冈识略》记：

马逢知起家群盗，由浙移镇云间，贪横僭侈，民殷实者，械至倒悬之，以醋灌其鼻，人不堪，无不倾其所有，死者无算。复广占民庐，纵兵四出劫掠。时海寇未靖，逢知密使往来；江上之变，先期约降，要封王爵，反形大露。事定，科臣成公肇毅，特疏纠之；朝廷恐生他变，温旨征入，系狱，妻女发配象奴。未几，与二子伏法东市。当逢知之入觐也，珍宝二十余船，金银数百万，他物不可胜计，绵亘百里。及死，无一存者，人皆快之。

《吴梅村诗集》中，有两首诗咏马逢知，一为《茸城行》，茸城即松江；一为《客请云间帅坐中事》，是一首七律。《茸城行》描写马逢知的行径云：

承恩累赐华林宴，归镇高谈横海勋。
未见尺书收草泽，徒夸名字得风云。

据此可知，清朝用马逢知，目的是希望他能安抚崔苻；结果一无所成，而贪黩横暴，则较土匪犹不如：

千箱布帛运辎车，百货鱼盐充邸阁。

将军一一数高赀，下令搜牢遍墟落。

非为仇家告并兼，即称盗贼通囊橐（tuó）。

望屋遥窥室内藏，算缗似责从前诺。

敢信黔娄脱网罗，早看猗顿填沟壑。

窟室飞觞传箭催，博场戏责横刀索。

贪财以外，复又好色：

将军沉湎不知止，箕踞当筵任颐指。

拔剑公收伍伯妻，鸣髇射杀良家子。

结果是：

江表争猜张敬儿，军中思缚卢从史。

枉破城南十万家，养士何无一人死！

按：《南史·张敬儿传》："敬儿为雍州刺史，居官贪残，民间一物堪用，无不夺取。"此辈自唯恐天下不乱，而其时四方宁谧，苦无"用武之地"，因而造一谣言，授江湖术士传播，谣言是："天子在何处，宅在赤谷口；天子是阿谁？非猪即是狗。"敬儿所居，地名赤谷；小名狗儿，其弟小名猪儿。此言将天子自为，事闻伏诛。吴诗征此典，即董含所谓"反形大露"之意。由张敬儿兄弟，很容易使人联想到北伐之前在湖南的军阀张敬尧、敬汤兄弟，真一丘之貉。马逢知是这样国人皆曰可杀的人物，而郑成功欲与其通谋，即令有功，亦失民心，何况无功！计谋之拙，无逾于此，此又郑成功需再评价的一端。

至于卢从史，为唐朝贞元年间昭义军节度使，与成德军节度使王士真子承宗密谋叛乱，宰相裴垍（jì）说动从史牙将王翊元，尽泄从史阴谋及可取之状，以致从史被擒。照此典故而言，马逢知部下亦必有人输诚于朝廷，郑成功既通马逢知，则义师内部情况，亦可能为清朝所悉，其败殊非偶然。吴梅村有《七夕感事》五律一绝，于郑成功颇致讥评，诗曰：

> 南飞乌鹊夜，北顾鹳鹅军。
> 围壁钲传火，巢车剑挂云。
> 江从严鼓断，风向祭牙分。
> 眼见孙曹事，他年著异闻。

此以郑成功的"江上之役"比拟为赤壁鏖兵。首以郑成功拟曹操，实非恭维，而是讥其自大。"鹳鹅军"典出《左传》，注谓"鹳鹅皆阵名"，用于此处，谓郑成功的部下有如童嬉。"围壁"不典，乃梅村自创的新词，壁者营垒，指清军扎于金陵西北城外的少数部队，以优势兵力不攻而围，计已甚左；"钲传火"者，士卒以钲传火而造饭，军前犹如寒食，乞火而炊，这顿饭吃下来，非半天不可，何能应变？不败何待？"巢车"典亦出《左传·成公十六年》："楚子登巢车以望晋军。"
注谓："巢车，车上有橹。"此指郑成功的水师而言。"剑拄云"
者，将星如云，但于楼船上仗剑观望而已，此与"围壁"皆言
郑军不攻，而期望旦夕间有变，不战而下金陵。

第二联上句写实，下句用借东风之典，言变生不测。
"孙曹"指孙权与曹操。结句调侃绝妙，其实伤心出以诙谐，
正见遗老心境之沉痛。

镬汤炽火的江南奏销案

自世祖一崩，满洲亲贵大臣与汉大臣中的"北派"，立
即对江南的世家士族展开镇压，顺治十八年（1661）正月廿
九日上谕：

> 谕吏部户部："钱粮系军国急需，经营大小各官，
> 须加意督催，按期完解，乃为称职。近览章奏，见直隶
> 各省钱粮拖欠甚多，完解甚少，或系前官积逋，贻累后
> 官；或系官役侵挪，借口民欠。向来拖欠钱粮，有司则
> 参罚停升，知府以上，虽有拖欠钱粮未完，仍得升转，
> 以致上官不肯尽力督催，有司怠于惩比，枝梧推诿，完
> 解愆期。今后经营钱粮各官，不论大小，凡有拖欠参
> 罚，俱一体停其升转；必待钱粮完解无欠，方许题请开

复升转。尔等即会同各部寺，酌立年限，勒令完解。如限内拖欠钱粮不完，或应革职，或应降级处分，确议具奏。如将经营钱粮未完之官升转者，拖欠官并该部俱治以作弊之罪。"

这道上谕，称为"新令"，发展为所谓"奏销案"。苏州、松江、常州、镇江四府，官员、绅士、士子因欠完田赋，或黜革，或逮捕，或刑责，达一万数千人之多。

董含《三冈识略》记：

> 江南赋役，百倍他省，而苏松尤重。迩来役外之征，有兑役、里役、该年、催办、捆头等名；离派有钻夫、水夫、牛税、马豆、马草、大树、钉、麻、油、铁、箭、竹、铅弹、火药、造仓等项。又有黄册、人丁、三捆、军田、壮丁、逃兵等册。大约旧赋未清，新饷已近，积逋常数十万。时司农告匮，始十年并征，民力已竭，而逋欠如故。巡抚朱国治，强愎自用，造欠册达部，悉列江南绅衿一万三千余人，号曰"抗粮"。既而尽行褫（chǐ）革，发本处枷责；鞭扑纷纷，衣冠扫地。如某探花欠一钱，亦被黜，民间有"探花不值一文钱"之谣。夫士夫自宜急公，乃轩冕与杂犯同科，千金与一毫等罚，仕籍学校，为之一空，至贪吏蠹胥，侵没多至千万，反置不问。吁，过矣！后大司马龚公，特疏请宽奏销，有

"事出创行，过在初犯"等语，天下诵之。

按：董含字阆石，董其昌的孙子，顺治十八年（1661）的进士，而就在这年因为欠赋而被斥革。所谓"某探花"，指昆山叶方蔼，顺治十八年一甲第三名及第，在欠赋册中，指他"欠折银一厘"。叶方蔼时为翰林院编修，具奏云："所欠一厘，准今制钱一文也。"但即使只制钱一文，仍须丢官，民间因有"探花不值一文钱"之谣。后于康熙十二年（1673）复起，位至一品，谥文敏。

"大司马龚公"指龚芝麓。当康熙二年（1663），方官左都御史，于八月间具奏："请将康熙元年以前催缴不得钱粮，概行蠲（juān）免。有司既并心一事，得以毕力见征；小民亦不苦纷纭，得以专完正课。"奉旨："下部知之"，即准奏之谓。苛扰两年有余，至此告一段落，但已不知几人破家、几人毙命、几人出亡。而因果报应之中最令人感慨者，则为周寿昌《思益堂日札》所记一事：

国初江南赋重，士绅包揽，不无侵蚀。巡抚朱国治奏请穷治，凡欠数分以上者，无不黜革比追，于是两江士绅，得全者无几。有乡试中式而生员已革，且有中进士而举人已革，如董含辈者非一人。方光琛者，歙（shè）县廪生，亦中式后被黜，遂亡命至滇，入吴三桂幕。撤藩议起，三桂坐花亭，令人取所素乘马与甲来，于是贯甲骑马，旋步庭中，自顾其影叹曰："老矣！"光琛佐左厢出曰："王欲不失富家翁乎？一居笼中，烹饪由人矣！"三桂默然，反遂决。军中多用光琛谋。吴世璠败，光琛亦就擒，磔于市。

方光琛为明朝礼部尚书方一藻之子。当吴三桂举事时，朱国治适为云南巡抚，冤家路狭，为吴三桂缚去祭旗开刀，死状甚惨。无名氏《研堂见闻杂记》云：

抚臣朱国治既以钱粮兴大狱，又杀吴郡诸生一二十人，知外人怨之入骨，适以丁忧罢。故事：隶旗下者例不丁忧，守丧二十七日，即出视事。公守丧毕，具疏请进止，朝议许其终制，另推新抚韩公世琦。尚未莅位，朱恐吴人为变，仓猝离位，轻舟遁去，吴中为幸。朝议以大臣擅离汛地，拟降五级，而严旨切责，革职为民。后于康熙十一二年复抚滇中，值吴三桂变，提去开膛枭示。

所谓"杀吴郡诸生一二十人"，指有名的"哭庙案"，金圣叹死于是役。自"江上之役"以后，朝中亲贵及用事大臣，以江南人心未尽帖服，因指派小酷吏朱国治抚吴，但在世祖未崩前，亲裁大政，朱国治尚未能肆逆；及世祖既崩，了无顾忌，金圣叹首当其冲。"哭庙案"及朱国治的下场，以后再谈；此处就"奏销案"中受荼毒的南方数省士绅而知名者，

略志其遭遇:

一、吴梅村:顺治十年(1653),被迫出山,授国子监祭酒。顾伊人撰《吴梅村先生行状》云:"间一岁,奉嗣母之丧南还,上亲赐丸药,抚慰其至。先生乃勇退而坚卧,谓人曰:'吾得见老亲,死无恨矣!'未几,朱太淑人没,先生哀毁骨立。复以奏销事,几至破家。"

按:《梅村诗集》有七律一首:"注就梁丘早十年,石壕忽呼荜门前。范升免后成何用?宁越鞭来绝可怜!人世催科逢此地,吾生忧患在先天。从今陴上田休种,帟肆无家取百钱。"此诗共两首,题作"赠学易友人吴燕余",而此首除起结两句与《易经》典故有关外,通首皆咏追欠赋,二句"石壕忽呼荜门前",刻画如见;下句用后汉范升免官典,则梅村似亦在革职之列;四句则晋朝北海太守王承,不鞭犯夜的书生,而竟鞭挞,折辱斯文,故有下句"人世催科逢此地"之叹。结尾两句,感慨更深,扬雄世世种陴上之田,从今休种,则耕读传家亦不可得,不如严君平卖卜,日得百钱自赡。"无家"二字绝沉痛;而他人学易,谓之为将来可资以卖卜,非赠人之体,实亦愤激使然。

又《研堂见闻杂记》云:"其革职废绅,则照民例,于本处该抚发落。吾州在籍诸绅,如吴梅村、王端士、吴宁国、黄庭表、浦圣卿、曹祖来、吴元佑、王子彦,俱拟提解刑部,其余不能悉记。"提解惨状见邵长蘅《青门麓稿尺牍》,致表兄杨廷鉴书:

江南奏销案起，绅士维黜籍者万余人，被逮者亦三千人。昨见吴门诸君子被逮，过毗陵，皆锒铛手梏，徒步赤日黄尘中。念之令人惊悸，此曹不疲死，亦道渴死身。旋闻有免解来京之旨，洒然如镬汤炽火中一尺甘露雨也。

按：此为康熙元年（1662）盛夏之事。五月间有特旨：无论已到京、未到京，皆释放还乡。

又《研堂见闻杂记》云：

吴下钱粮拖欠，莫如练川，一青衿寄籍其间，即终身无半镪入县官者。至甲科孝廉之属，其所饱更不可胜计，以故数郡之内闻风蝟至，大僚以及诸生，纷纷寄冒，正供之欠数十万。会天子震怒，特差满官一员，至练川勘实。既至，危坐署中，不动声色，但阴取其名籍，造册以报。时人人惴恐，而又无少间可以窜易也。既报成事，奉旨即按籍追擒，凡欠百金以上者一百七十余人，绅衿俱在其中；其百金以下者则千计。时抚臣欲发兵擒缉，而苏松道王公纪止之，单车至练川，坐明伦堂。诸生不知其故，以次进见；既集，逐一呼名，叉手就缚，无得脱者，皆锒铛锁系，两隶押之，至郡悉送狱，而大僚则系之西察院公署。

此所谓一百七十余人也，其余犹未追录。原旨械送都下，抚臣令其速行清纳，代为入告，即于本处发落。于是旬日之间，完者十万。犹有八千余金，人户已绝，无从追索，抚臣仍欲械送，道臣王公及好义乡绅，各捐金补偿乃止。然额课虽完，例必褫革，视原欠之多寡，责几月，枷几月，以为等杀，今犹未从决遣也。

独吾友王惟夏，实系他人影立，姓名在籍中；事既发，控之当道，许之题疏昭雪。惟夏亦谓免于大狱，不意廷议以影冒未可即信，必欲两造[1]到都合鞫。于是同日捕到府；后其余免械送，惟夏独行。

按：练川为常熟的别称。明朝江南绅权素重，常熟以钱氏巨族，更为豪横，但亦历任地方官本乎"为政不得罪巨室"的乡愿作风积渐而成。"练川之狱"为"奏销案"的先声，易言之，"奏销案"为"练川之狱"的发展。如上所引，既捕系责令清纳，而又褫革功名，而又分别枷责，既罚又打，想见朱国治治吴之苛。

至于王惟夏一案，别有说法。王惟夏名昊，又字维夏，为王世贞之后。明朝自嘉靖末年以来，弇州名重无比，"三槐堂王"实为江南世家之最。廷议必欲"两造到都合鞫"，无非有意折辱斯文。

今日发笔，首须向读者致歉的是，昨稿着笔时，因"练

---

[1] 两造指原告和被告。

川"忆及"琴川"，随即想到吴梅村的"感旧"；玉京道人卞赛赛初遇梅村于秦淮，欲以身相许，而梅村故作不解。后数年已易代，梅村做客常熟，闻玉京亦在此，偶话旧游，主人"尚书某公"（按：自然是钱牧斋），"请为必致之"，座客皆停杯，打算留着量喝喜酒。谁知玉京一到，知是梅村，回车入内宅与柳如是话旧，竟不愿见梅村一面。我一向觉得梅村的这段唯一韵事，也是恨事，令人回肠荡气，惘然不甘。因而一时错觉，竟以心中的琴川为笔底的练川。但所记常熟钱氏豪横，逋欠者众，亦为实情。

至于练川，正是王世贞"弇山堂"所在地的太仓。"王"为中国第一大姓，其源凡四，而以琅玡王居首。晋室南渡，王谢子弟散居各地，即在北方，亦不尽留于琅玡，其中有一支迁山东莘县。我曾作考证，其地即为《金瓶梅》的主要背景。莘县王氏，至宋真宗朝出一名相王旦；东坡《三槐堂铭》，即为莘县王氏而作。金兵入汴，王旦之后随宋室南渡，郡望特标"三槐堂王"，以别于东晋时侨寄江南的"琅玡王"。王世贞即为"三槐堂王"。

太仓王氏自王锡爵入相而愈贵，锡爵之后出丹青两名家，即其孙时敏（烟客）及时敏之孙原祁（麓台）。山水"四王"，太仓占其三，王烟客祖孙之外，另一王为王鉴，字元照，曾为廉州知府，故人称王廉州，他是王世贞的曾孙，而王惟夏为王元照的从兄弟。惟夏之叔子彦，为王世贞之弟世懋的孙子，与吴梅村以中表而为儿女亲家。《梅村诗集》

中赠王子彦叔侄之诗甚多，类皆愁苦之音，有《送王子惟夏以牵染北行》五律四首。《梅村诗集》笺注于"牵染"条下作按语云："惟夏北行，不知所缘何事。《集览》谓系奏销案，细味诗意，了不相似。且奏销之狱，江南不下数百人，未闻被逮入京也。"殊不知即由于节外生枝的必使两造至京"合鞫"之故。

吴诗虽号称诗史，但如《圆圆曲》等不稍宽贷；而于当世时政，则言婉而意苦，但乞于怜，至多讽示，不敢公然指斥。如送惟夏四律，即为一例。"其三"云：

> 客睡愁频起，霜天贯索明。
> 此中多将相，何事一书生？
> 末俗高门贱，清时颂系轻。
> 为文投狱吏，归去就躬耕。

按：此诗体例稍异，乃设身处地为王惟夏在解京途中抒感。"客睡"者宿于邮驿；少陵《客夜》诗："客睡何曾著，秋天不肯明。"首句言长路漫漫，愁不成寐，因枕上所见唯"霜天贯索明"之故。《晋书·天文志》："贯索九星，贱人之牢也。一曰……九星皆明，天下狱烦。"此为触景生情、虚实相生的写法，因霜天星明而推想贯索九星皆明；既天下狱烦，则此去诚恐不免，故客睡生愁。

"此中多将相"为"狱烦"的注脚。世祖初崩，朝局大翻，将相系狱，原自有故，乃何事又牵一书生在内？第一联借惟夏之自叹，寄沧桑之深慨。

第二联上句轻，下句重。"颂系"典出《汉书·惠帝本纪》，"颂"者容也，谓虽被系，仍加宽容，不必银铛就道。以此，惟夏乃得自宽自慰，计惟至狱一投"亲供"，是非自明，便可得释；释则即当归去，如三国时田畴之"躬耕以养父母"。

"其四"云：

> 但可宽幽絷，从教察孝廉。
> 昔人能荐达，名士出髡钳。
> 世局胥靡梦，生涯季主占。
> 定闻收杜笃，宁止放江淹。

此末一首乃慰惟夏，兼为之向当道陈情。首言如不必以刑责为急，略宽其狱；进而察其人品，可当孝廉方正之举。"髡钳"不过城旦之刑，殊非重罪，其中亦颇出名士。《后汉书·刘平传》："数荐达名士。"第一联上下两句，皆强调王惟夏名下不虚。

第二联则颇寄感慨，"役囚徒以锁连缀"，谓之"胥靡"，见《汉书·楚元王传》注。上句"世局胥靡梦"，稍嫌费解，或另有本事亦未可知；下句"生涯季主占"则用《史记·日者列传》楚人司马季占卜于长安东市的典故，言乱世祸福无端。但从好处去想：不止如江淹在狱中上书王景，得以释放，且极可能如后汉杜笃，因在狱中作《大司马吴汉诔辞》，为光武激赏，赐帛免刑得官。

按：当时在朝的吴中大老为金之俊，吴江人，明朝万历年间进士，颇受世祖礼遇；本可领导南派，抗议苛政，但结果竟上了"认罪"一疏，孟心史先生谈奏销案，转引陆文衡《啬庵随笔》云：

> 抚公朱，因见协饷不前，创为绅欠衿欠之法，奏销十七年分钱粮，但分厘未完，即挂名册籍，且以"抗粮"。司农方拟驳核，而曹溪相国子侄，亦册欠有名，亟上认罪一疏，于是概不敢议宽免，照新例革职枷责者，至一万三千五百十七人云。

按：户部堂官别称"司农"。其时户部汉尚书、左右侍郎为杜立德、郝惟讷、朱之弼，籍隶宝坻、霸州、大兴，虽皆北人，而与冯铨、刘正宗辈大异其趣。杜立德治狱平恕，辛酉科场案，南士多赖其保全；郝惟讷持大体，论事务求平允；朱之弼内行修笃，凡所献替，皆主于爱民。度支三长官皆不以朱国治的苛扰为然，准备驳斥，哪知吴中在朝的大老都已"认罪"，户部再议宽免，岂非"倒行逆施"？孟心史说他曾见过当时名流的一通函札，称金之俊为"三吴大罪人"！稽诸史实，金之俊当时确为三吴所共弃。

略晓明清之际史事者，都知道有"十从十不从"之说，或谓之为"十不降"。就现代的观点来看，金之俊所献之策，确为"统战"的高招，譬如衣冠之制：男子必须薙发留辫，不得如明朝之戴网巾；而女子不必如旗下之天足、着旗袍。男子生则如清朝之制，死则可用明朝衣饰入殓，终清皆然。此即所谓"男从女不从""生从死不从"。在男性中心社会中，女可"不从"并不表示赋予女性以反抗的自由；"死不从"则是骗人的话，但确实产生了骗的作用。世有如鲁迅之所谓"阿Q"者，金之俊可说是代表人物。

金之俊其时将近七十，在此以前，一直告病，而终始蒙优诏慰留。至康熙元年秋，亦即王惟夏旅途中愁不成寐时，金之俊以内不自安，终于以原官致仕。而时人诗文中，绝不提此人，殆与三吴名流不通吊问。如此衣锦还乡，不还也罢。金之俊的乡居生活，不但寂寞，而且颇受骚扰，经常有人在他家大门上贴"大字报"骂他。金之俊不堪其扰，诉之于江南江西总督郎廷佐。郎自"江上之役"转危为安后，一直坐镇两江，为督抚中的第一流，结果受了金之俊的累。蒋氏《东华录》康熙八年（1669）正月第一条记载：

> 书正月丁未：先是大学士金之俊予告在籍，获有诋毁伊之匿名帖，呈送江南江西总督郎廷佐；后又获施君礼所投首词，称前项谤帖乃施商雨等所作，亦行

呈送郎廷佐，即行提人犯究审，随以谤帖首词始末入告。得旨："匿名乃奸恶之徒，造写陷害平人，如见其投掷，拿获理应照律从重治罪。今施君礼称，为施商雨所作，乃不自行持首，将帖掷于金之俊门首，事属可疑。若因此匿名帖察拿究问，则必致株连无辜；且律载：收审匿名帖者，将审问之人治罪。于商雨等俱不必察拿究问。金之俊系大臣，将匿名帖送总督究审；郎廷佐系总督，将匿名帖收受察拿，生事不合。着议处！"至是，吏部以金之俊、郎廷佐并应罚俸议上，得旨：金之俊着革去宫保衔；郎廷佐于病痊起用日，降四级调用。

越一年，金之俊下世，年七十八，谥文通。清朝文臣谥文通者只两人，皆为贰臣，即金之俊与王永吉。金、王人品差不多，但金之俊身后寂寞异常，当时江南名流诗文，无有及此人者，因此，后世《疑年录》之类的参考书多无金之俊之名，如笔者案头中华版《古今人名辞典》及商务版姜亮夫辑《历代名人年里碑传总表》即是。尤可怪者，姜亮夫于其书序例中言，曾得吴江金松客之助；金既为吴江人，则纵非金之俊族裔，亦必无不知金之俊之理，知而不录，则为有意摒弃，殆亦"我到君前愧姓秦"之意？

于此可见，人之传名，流芳固难，遗臭亦不易。忝持野史之笔，岂可不为读者一索其真相？邓文如《清诗纪事初编》

谓金之俊有《金文通公集》二十卷，顺治中先刻《外集》，续刻《息斋集》，身后都为此集，而尽削前明所作；又谓其"本不能文，而自命欧、曾"，"诗则仅具腔拍而已"。其才如此，其品则邓书别有征引：

苏渊《惕斋见闻录》称之俊归吴，营太傅第，后街曰"后乐"，前巷曰"承恩"。吴人夜榜其门曰："后乐街前长乐老，承恩坊里负恩人。"又曰："仕明仕闽仕清，三朝'之俊'杰。纵子纵孙纵仆，一代'岂凡'人。"又曰："一二三四五六七（忘八），孝弟忠信礼义廉（无耻）。"妻颇贤，别居不受新诰，曰"我自有诰封。"佃某尝责之俊监斩二王。本传称之俊卒前一年，以送究匿名帖事削太傅衔。是乡评物论，皆不与之。

上引之文，标点为笔者所加。第一联则金之俊以范仲淹自命，而吴人以冯道相拟。第二联嵌金之名字，之俊字岂凡。第三联疑原作录叙有误，应作"一二三四五六七；孝弟忠信礼义廉"，上联隐"忘八"，下联隐"无耻"。

至所谓"监斩两王"，一为明太子慈烺，《东华录》载：

顺治元年十二月辛巳（十五日），有刘姓者，自称明崇祯太子，内监杨玉为易服，送至故明周后父周奎家。时崇祯帝公主亦在奎所，相见掩面泣。奎跪献酒食。既而疑其伪，具奏以闻。随令内院传故明贵妃袁氏及东宫官属、内监等辨识，皆不识。问以宫中旧事，亦不能对。袁氏等皆以为伪，而花园内监常进节、指挥李时荫等执以为真。吏部侍郎沈惟炳、御史赵开心、给事中朱徽等各言事关重大，宜加详慎。因下法司复勘，得假冒状。杨玉、李时荫等十五人皆弃市。以开心奏中有"太子若存，明朝之幸"一语，亦论死，因系言官，免罪，罚俸三个月。仍令内院传谕内外，有以真太子来告者，太子必加恩养，其来告之人亦给优赏。

按：周奎叔侄所献者，实为真太子，孟心史考证此案极确。清朝自以为得天下极正，应吴三桂之请入关，逐李自成，乃为明朝复仇。既然如此，则有明朝太子出现，纵不能拱手让还天下，亦当恩养，所以非指为伪，不能诛戮。后四十年，康熙获崇祯皇四子永王慈炤，亦如法炮制，指真为伪，以成其杀。至于另一王，则为李自成自山西俘来的晋王。

金之俊在明朝官至兵部右侍郎，降清后"仍原官"，至顺治二年（1645）六月调为吏右。监斩向归刑部右侍郎，而其时刑部两汉侍郎为孟乔芳、金和玉，不知何以由金之俊监斩？如系临时指派的差使，则非己之职，本可疏辞；倘为自告奋勇，那就更不可恕了！宜乎为其侄所责。

对郑成功的再评价及"江上之役"

顷得读者陈君来书，询以对郑成功如何再评价，以及顾亭林及钱牧斋对"江上之役"的看法，嘱为一谈，敢不如命。按："江上之役"为延明祚的唯一良机，奈郑成功将略甚疏，以致一夕生变，竟成"异闻"。两年以后，世祖新丧，此又一良机，而郑成功必欲取台，张苍水固谏不听。半年以后，新朝脚步已稳，于是发生一连串的悲剧。

第一，清朝用郑成功叛将黄梧之议，一方面五省迁界，坚壁清野，为暂守之计；一方面杀郑芝龙，表示与郑成功决绝，亦即表示已不以郑成功为患。

第二，由于东南无忧，乃得集中全力解决永历。吴三桂亦不复有所瞻顾，以重金购缅人为内应，于是年十二月初，俘获永历。是则杀永历者，虽由吴三桂直接下手，等于郑成功间接促成。

第三，郑经本为逆子，当顺治十八年（1661）夏秋间，郑成功与荷人僵持时，已有"子弄父兵"的谣传；及至康熙元年（1662），乃有通乳媪生子的丑闻。而"父死、君亡、子乱"之外，复有"将拒"的情事，而此皆由郑成功自取。民国十六年顾颉刚在杭州得一旧钞本，为崇祯十三年（1640）进士、鄞县林时对所撰的《荷牐丛谈》，叙郑成功死状云："子经，乳名锦舍，拥兵与父抗，成功骤发癫狂。癸卯（高阳按：应为壬寅）五月，咬尽手指死。"此必郑成功命黄昱至厦门，监杀郑经及其母董氏，郑经拥兵相抗，予郑成功极深的刺激而发癫狂。所谓"将拒"，殆指部将不奉己命，而为其子所用。

因此，郑成功的再评价，固绝不能抹杀其开台之功，但论"反清复明"的志节，则颇有疑问。至其将略之疏，只看黄梧、施琅不能为其所用，张苍水、甘辉之言亦不见听，可知其余。

至于顾亭林、钱牧斋对"江上之役"的看法，不妨并叙。兹先谈钱牧斋的《投笔集》，前后"秋兴"一百零八首，首八律题作"金陵秋兴八首次草堂韵"，下注："乙亥七月初一日，正郑成功初下京口、张苍水直逼金陵之际。"

兹录其第一首及第八首如下：

其一

龙虎新军旧羽林，八公草木气森森。

楼船荡日三江涌，石马嘶风九域阴。

扫穴金陵还地肺，埋胡紫塞慰天心。

长干女唱平辽曲，万户秋声息捣砧。

其八

金刀复汉事逶迤，黄鹄俄传反复陂。

武库再归三尺剑，孝陵重长万年枝。

天轮只傍丹心转，日驾全凭只手移。

孝子忠臣看异代，杜陵诗史汗青垂。

　　第八首自注："少陵诗：周宣汉武今王是，孝子忠臣异代看。"以结句言，固以少陵自命，如郑成功果然成功，则中兴鼓吹，尚有无数气象堂皇的佳作。无奈"后秋兴八首"便是一片怅叹之词了。

　　这"八首"题下小注："八月初二日闻警作。"按：清军于七月廿三日由梁化凤出仪凤、钟阜两门，洞穿民居为通路，以轻骑袭郑军前营，郑成功仓皇撤退，"质明，军灶未就，虏倾城出战，军无斗志，竟大败"。距得镇江，适为匝月；三四日间即已扬帆而去。张苍水于七月廿九日得报，而常熟于八月初二闻警。诗云：

其一

王师横海阵如林，士马奔驰甲仗森。
戒备偶然疏壁下，偏师何竟溃城阴？
凭将按剑申军令，更插靴刀儆士心。
野老更阑愁不寐，误听刁斗作秋砧。

其二

羽檄横飞建斾[1]斜，便应一战决戎华。

---

[1]　斾（pèi），旌旗。

弋船迅比追风骠，戎垒高于贯月槎。

编户争传归汉籍，死声早已入胡笳。

江天夜报南沙火，簇簇银灯满盏花。

其三

龙河汉帜散沉晖，万岁楼边候火微。

卷地楼船横海去，射天鸣镝夹江飞。

挥戈不分旄头在，返旆其如马首违。

咋指奔逃看靺鞨，重收魂魄饱甘肥。

靴刀，谓大将临阵，插刀于靴，败则自杀，期免被俘受辱。第一首谓郑成功有不胜则死的决心，而戒备偶疏，偏师竟溃，恕词之中，有责备之意。

第二首两联，盛道军力之强，旁观者皆以为必胜无疑，岂意倏忽之间，汉帜竟共沉晖俱散！

第三首写郑成功之败，颇为含蓄。"龙河"即"护龙河"，在上元县西，首句言金陵兵溃。京口有"万岁楼"，故次句指镇江不守，但"候火虽微，可以燎野"，希望未绝。三句谓郑军入海。四句写清军反攻，"鸣镝"者匈奴冒顿所创，"射天"七字，刻画清军气锐，精警异常。五句"分"读仄声，作名分之分字解；"旄头"即二十八星中的昴，为胡星。"挥戈不分旄头在"，谓虽用武，不料胡星不灭。六句言将士不用命。七、八句写清军因祸得福。

四、五两首，可答读者之问。第四首是：

> 由来国手算全棋，数子抛残未足悲。
> 小挫我当严警候，骤骄彼是灭亡时。
> 中心莫为斜飞动，坚壁休论后起迟。
> 换步移形须着眼，棋于误后转堪思。

此首纯为慰勉郑成功，语气吻合师弟关系。慰以卷土重来，犹未为晚；勉以记取教训，稳扎稳打。起句以棋局为喻，结局仍归之于论棋。"着眼"即所谓"做眼"，既得之地，先须求活，再求进展。当时如能先取崇明，确保归路不断，则镇江可守，事当别论，此即"棋于误后转堪思"之意。第五首云：

> 两戒关河万里山，京江天堑屹中间。
> 金陵要定南朝鼎，铁瓮须争北顾关。
> 应以缕丸临峻坂，肯将传舍抵屏颜？
> 荷锄父老双含泪，愁见横江虎旅班。

八首之中以此一首透露最多。全诗分两解，前解论战略，后解论战术。唐贞观中，李淳风撰《法象志》，以为天下山河之象，存乎"两戒"，大致以黄河为中线，北为"北戒"，限戎狄；南为"南戒"，限蛮夷。"两戒关河万里山"下接"京江天堑屹中间"，可知着眼于南戒的长江，而尤重京江。"北顾"即北固；"铁瓮"为润州的别称，润州即镇江。三、四言能守北固、保润州，则长江天堑，北军何由而渡，南朝可以定鼎金陵。当时恢复的计划是打算与清军划江而治，为由顾亭林所指导而订定的大计。《亭林诗集》中，数数言及，早在弘光即位时，《感事》四律中，即有"自昔南朝地，常称北府雄"之句，萌始创建另一个东晋的构想。至顺治五年（1648），此一构想成熟，有诗为证：

> 异时京口国东门，地接留都左辅尊。
>
> 囊括苏松储陆海，襟提闽浙壮屏藩。
>
> 漕穿水道秦隋迹，垒压江干晋宋屯。
>
> 一上金山览形胜，南方亦是小中原。

这首七律的题目，就叫《京口》。京口在南京之东，"异时京口国东门"，即以"金陵要定南朝鼎"之故。又顺治六年（1649）《春半》诗："晚世得先主，只作三分事，干戈方日寻，天时自当至。"亦为欲图偏安之一证。而亭林则以武侯自命，如顺治七年（1650）春，《重至京口》：

> 云阳至京口，水似巴川萦。
>
> 逶迤见北山，乃是润州城。
>
> 城北江南旧军垒，当年戍卒曾屯此。
>
> 西上青天是帝京，矢边泪作长江水。

江水绕城回，山云傍驿开。

遥看白羽扇，知是顾生来。

此外，诗中仰慕诸葛，而思步武之句，不一而足。至于浙东义师，数至金焦，则不独为顾亭林力赞之谋，且亦曾实际参加行动，悼亡诗"北府曾缝战士衣，洒浆宾从各无违"，可知顾家曾为海上义师的"粮台"。顺治十一年（1654）春，张名振、张苍水大举入长江，在金山遥祭孝陵，其后以"上游师未至"，无功而返。顾亭林有《金山》长歌一首，为研究他的战略思想最重要的根据。诗云：

东风吹江水，一夕向西流。

金山忽动摇，塔铃语不休。

水军一十万，虎啸临皇州。

巨舰作大营，飞橹为前茅。

黄旗亘长江，战鼓出中洲。

举火蒜山旁，鸣角东龙湫。

故侯褒鄂姿，手运丈八矛。

登高瞩山陵，赋诗令人愁。

沉吟横槊（shuò）余，天际旌旆浮。

忽闻黄屋来，先声动燕幽。

阖庐用伍胥，鄢郢不足收。

祖生奋击楫，肯效南冠囚！

愿言告同志，努力莫淹留。

此诗至"赋诗令人愁"止，全为写实。"塔铃"典出《晋书·佛图澄传》，佛图澄是印度人，但非和尚，而为道士，神通广大，据说塔铃作声，乃是胡语，预言军事吉凶，而只有佛图澄能通其语，石勒常倚之以明胜败。"金山忽动摇，塔铃语不休"，见得情势严重，领起"水军一十万"，弥见声威之壮。"蒜山"连接北固，相传武侯与周瑜曾于此谋拒曹操，故一名算山；"龙湫"则在东面的九灵山中。此言水军一到，东西有义师响应。

"故侯"指定西候张名振；"赋诗令人愁"下接"沉吟横槊余"，则知仍用曹孟德横槊赋诗之典，所谓"绕树三匝，无枝可依"，以期约之师不至，进退失据，故尔生愁。

此下则为顾亭林对此役的检讨及谋划，"天际旌旆浮，忽闻黄屋来，先声动燕幽"三句，为模拟之词。"黄屋"即"黄幄"，天子的行帐，意谓此时若能奉永历或监国的鲁王亲临前线，则将震动北朝；而金陵一下，初步可望为东晋偏安之局。

"伍胥"指郑成功。其时郑芝龙已为清朝掌握；成功生母称为"翁氏"者，则于清军初入闽南时，因恐被俘受辱而自杀。在顾亭林看，郑成功于清朝，有囚父死母之仇，故拟之为伍子胥。"鄢郢不足收"亦非漫征伍员助吴平楚之典；"鄢郢"即荆州一带，居长江上游，东晋之能站住脚，由于荆州未失；

当时的计划，南朝定鼎，首须经营上游，此可从施琅的议论中获知端倪。

据李光地记述，曾与施琅谈"江上之役"，施琅的看法，即应以优势水军上掠荆襄，确保下游。至于"应以缕丸临峻坂，肯将传舍抵屃颜？"是论战术，亦正切中郑成功之病。兵贵神速，应如丸之走坂，乘势急下。郑成功得镇江后，若由陆路直趋金陵一百七八十里路，至多四日可达，先声夺人，足令守军胆寒；岂意仍循水道，逆流上行，走了十天才到，此真是"肯将传舍抵屃颜"了。

"屃颜"即巉（chán）岩，山高峻不齐貌。东坡诗："我行无迟速，摄衣步屃颜。"从容游山，可行则行，当止则宿于传舍，行军岂可如此？故以"肯将"设为疑问的语气。结尾两句"荷锄父老双含泪，愁见横江虎旅班"，"荷锄"二字有两义：郑师遁走在七月下旬，炎威未杀，而父老犹荷锄田间，可知江南民生疾苦，此为一义；荷锄犹揭竿，父老荷锄，准备起义响应，不意"虎旅"已"班"，其悲可知，此为又一义。衡情度理，以后一义为是。

《后秋兴之十》八首，为世祖崩后所作，题下自注："辛丑二月初四日，夜宴述古堂，酒罢而作。"按：其时哀诏已到江南，国有大丧，罢宴止乐，而钱毫不理会，且特作此注，幸灾乐祸之心，溢于言表，因此乾隆于贰臣之中，对钱谦益格外痛恨，曾有题牧斋《有学集》诗云："平生谈节义，两姓事君王，进退都无据，文章哪有光？真堪覆酒瓮，屡见咏香

囊。末路逃禅去，原为孟八郎。"以此诗笔题《有学集》倒确
是为钱牧斋的诗文增光了。

此八首诗极有意味，后四首尤妙。其第五首云：

> 云台高筑点苍山，异姓勋名李郭间。
> 整束交南新象马，恢张辽左旧河关。
> 蓬蒿芰舍趋行在，布帛衣冠仰帝颜。
> 郑璧许田须努力，莫令他日后周班。

此诗深可推敲。就表面看，为鼓励西南永历朝将帅乘机
而起，努力恢复，但暗中有劝吴三桂举义之意。吴三桂于三
吴自有渊源，钱牧斋欲致意于吴三桂，有两条途径：一是经
由柳如是、陈圆圆转达；二是经由吴三桂的女婿王永宁媒介。
按：苏州拙政园，入清后为陈之遴所有，陈之遴败，吴三桂
购此园以赠其婿王永宁，正为此时之事。

"芰"读为沛；"芰舍"，即行军郊野，借长林丰草露宿
之意。《周礼》郑注所谓"军有草止之法"，即指此。"蓬蒿
芰舍趋行在"，似为劝吴三桂潜行朝帝；末两句缩合《左传》
"郑伯请释泰山之祀，以祀周公""以璧假许田为周公祊"，及
"齐人馈诸侯，使鲁次之，鲁以周班后郑"两故事，大致是敦
促西南方面应如郑伯之拥戴周室，努力使"朱三太子"正位，
否则一旦恢复，论功行赏，爵位就会落在后面。"鲁"指鲁
王。鲁王既然监国，又近在东南，则一旦"定鼎南朝"，自必

主政而握赏罚之权，犹《左传》中所谓"使鲁次之"。语意双关而幽深，一代文宗，询为不愧。

第六首云：

> 辫发胡姬学裹头，朝歌夜猎不知秋。
> 可怜青冢孤魂恨，也是幽兰一烬愁。
> 衔尾北来真似鼠，梳翎东去不如鸥。
> 而今好击中流楫，已有先声达豫州。

首两句言世祖好游猎，而妃嫔相从。颔联上句正指董小宛；下句"幽兰"，据钱遵王注，引宇文懋昭《大金国志》："义宗传位丞麟之后，即闭阁自缢，遗言奉御绛山，使焚之。其自缢之处曰'幽兰轩'，火方炽……绛山留，掇其余烬，以敝裘瘗[1]于汝水之旁。"按：金义宗即金哀宗；蒙古兵入汴京，哀宗走蔡州，河南汝宁府，以府治为行宫，筑轩其中，即幽兰轩，亦称幽兰客。拟世祖为金哀宗，其事不侔，聊且快意而已。但"幽兰"与"青冢"相对，别有意趣；此言小宛虽埋恨地下，但亦不免为世祖之崩而伤心。

项联上句用《新唐书·李密传》"密将败，屯营，群鼠相衔尾，西北度洛"的典故；下句不典，东坡诗"病鹤不梳翎"，易"鹤"为"鸥"，纯为迁就原韵之故。"东去"谓清

---

[1] 瘗（yì），意为埋葬。

军败逃出关，然而此亦不过钱牧斋意中的"先声"而已。

第七首云：

> 旄头摧灭岂人功？太白新占应月中。
>
> 扫荡沉灰元夕火，吹残朔气早春风。
>
> 揭空铙鼓催花白，搅海鱼龙避酒红。
>
> 从此撑犁辞别号，也应飞盏贺天翁。

"旄头"之解已见前，言世祖之崩由于"天诛"。次句典出《酉阳杂俎》："禄山反，李白制《胡无人》，言太白入月敌可摧，及禄山反，太白蚀月。"顺治十八年（1661）三月十五月食，此在前一年颁朔时即已推知，因用作世祖将死的占验。额联上下句皆言世祖崩于元宵之前、立春之后（按：是年阴历正月初七，为阳历二月五日，正当立春）。

项联上句，"铙鼓"本为军鼓之一，此处借用击鼓催花之鼓；"揭"训"举"，"揭空"谓高举，高举铙鼓催发之花，非红而白，乃描写服丧。按：此八首中第二首结句"而今建女无颜色，夺尽燕支插柰花"，兼用乐府《匈奴歌》的"失我燕支山，令我妇女无颜色"及《晋书·成慕杜后传》的"三吴女子相与簪白花，望之如素柰，传言天公织女死，为之着服，至是后崩"两典。"建女"为建州女子之简称，言世祖之崩正为收复失土的良机。此首中的"催花白"，重申其意。

"搅海"句，钱遵王原注引用佛典，极其晦涩难解，总缘迁就韵脚，勉强成对，无甚意义。结句典出《汉书·匈奴传》："单于姓挛鞮氏，故其国称之曰'撑犁孤涂单于'。匈奴谓天为'撑犁'，子为'孤涂'。单于者，广大之貌也。"此言无端加天以"撑犁"的别号，殊嫌亵慢；今隐射世祖的"撑犁孤涂单于"既死，则"撑犁"的别号亦同归于消灭，岂不可贺？"天翁"即天公，韵脚所限，不得不用"翁"字。

第八首云：

> 营巢抱茧叹逶迤，凭仗春风到射陂。
>
> 日吉早时论北伐，月明今夕稳南枝。
>
> 鞍因足弱攀缘上，檄为头风指顾移。
>
> 传语故人开口笑，莫因晼晚叹西垂。

按：前七首皆写世祖之崩，从各种角度看此事，既须凑足七首，又为韵脚束缚，征典将穷，不免竭蹶，故有"搅海鱼龙避酒红"这种入于魔道的涩怪之句；结句"从此"云云，匪夷所思，已同打油，实由无可奈何，强凑成篇。至于末首，则为起承转合之一结，理应一抒怀抱，一句一义，从容工稳，自是佳作。

首句言频年经营恢复之事。次句谓光复有望，小民生计将苏，"射陂"即射阳湖，跨扬州、淮安两府，《汉书》广陵厉王胥得罪，其相胜之，奏夺王射陂草田，以济贫民。三句勉励郑成功及早北伐，于此可知，郑成功入台，非江南遗老所望。四句仍用曹孟德临江赋诗典，非复"绕树三匝，无枝可栖"，意谓此番北伐，必能在江南建立据点。

后半首自抒怀抱，五、六言"老骥伏枥，雄心未已"，上马杀贼，力不从心；但安坐草檄，则不让陈琳，指顾可就。"传语故人"泛指志在恢复之遗老；末句足见信心，不止于事有可为的慰藉之词。

但一年以后就不同了。《后秋兴》之十二，题下自注："壬寅三月二十三日以后，大临无时，啜泣而作。"此为获知永历被俘以后所作。第一首云：

> 滂沱老泪洒空林，谁和沧浪诉郁森？
> 总关沉灰论早晚，空于墨穴算晴阴。
> 皇天哪有重开眼，上帝初无悔乱心。
> 何限朔南新旧鬼，九嶷山下哭霜砧。

此为穷极呼天之语，但第六首依然寄望于郑成功，诗云：

> 枕戈坐甲荷元功，一柱孤擎溟渤中。
> 整旅鱼龙森束伍，誓师鹅鹳肃呼风。
> 三军缟素天容白，万骑朱殷海气红。
> 莫笑长江空半壁，苇间还有刺船翁。

末句"苇间"，钱遵王原注引《庄子·渔父篇》："延缘苇间，刺船而去。"非是。实用《越绝书·越绝荆平王内传》所叙的故事，伍子胥奔吴，至江上得渔者而渡："子胥食已而去，顾谓渔者曰：'掩尔壶浆，无令之露。'渔者曰：'诺。'子胥行，即覆船挟匕首自刎而死江水之中，明无泄也。"牧斋以子胥期望郑成功，而以渔者自况，意谓郑成功若能复楚，则己当舍身相助，以成其志。但郑成功是辜负他的老师了。

最后八首作于康熙二年（1663）癸卯夏天，题下自注云："自壬寅七月至癸卯五月，讹言繁兴，泣血感恸而作，犹冀其言之或诬也。"所谓"讹言"即永历为吴三桂所弑，新朝君臣既讳此事，兼又道远，所以钱牧斋还存着万一之想，"冀其言之或诬"。

其第四首为郑成功而作，诗云：

> 自古英雄耻败棋，靴刀引决更何悲？
> 君臣鳌背仍同国，生死龙胡肯后时。
> 事去终嗟浮海误，身亡犹叹渡河迟。
> 关张无命今犹昔，筹笔空烦异代思！

首联言郑成功之死，啮指而亡，无异自尽，故谓"靴刀引决"。颔联据钱遵王注："陶九成《草莽私乘》：方凤挽陆君实诗：'祚微方拥幼，势极尚扶颠，鳌背舟中国，龙胡水底天。巩存周已晚，蜀尽汉无年，独有丹心皎，长依海日悬。'"按：陆君实即陆秀夫；此言永历与郑成功先后皆亡。项联

"事去终嗟浮海误"，此无定论，足征张苍水卓识。以下用宗泽及关张典，未免溢美。

《后秋兴》另有八首，为柳如是劳军定西侯张名振所部而作：

其一

负戴相携守故林，翻经问织意萧森。

疏疏竹叶晴窗雨，落落梧桐小院阴。

白露园林中夜泪，青灯梵呗六时心。

怜君应是齐梁女，乐府偏能赋藁砧。

其二

丹黄狼藉鬓丝斜，廿载间关历岁华。

取次铁围同穴道，几曾银浦共仙槎。

吹残别鹤三声角，迸散栖乌半夜笳。

错记穷秋是春尽，漫天离恨搅杨花。

其三

北斗垣墙暗赤晖，谁占朱鸟一星微？

破除服珥装罗汉，灭损斋盐饷佽飞。

娘子绣旗营垒倒，将军铁稍鼓音违。

须眉男子皆臣子，秦越何人视瘠肥。

其四

闺阁心悬海宇棋，每于方罫系欢悲。

乍传南国长驰日，正是西窗对局时。

漏点稀忧兵势老，灯花落笑子声迟。

还期共覆金山谱，桴鼓亲提慰我思。

其五

水击风抟山外山，前期语尽一杯间。

五更噩梦飞金镜，千叠愁心锁玉关。

人以苍蝇污白璧，天将市虎试朱颜。

衣朱曳绮留都女，羞杀当年翟茀班。

其六

归心共折大刀头，别泪阑干誓九秋。

皮骨久判犹贳死，容颜减尽但余愁。

摩天肯悔双黄鹄，贴水翻输两白鸥。

更有闲情搅肠肚，为余轮指算神州。

其七

此行期奏济河功，架海梯山抵掌中。

自许挥戈回晚日，相将把酒贺春风。

墙头梅蕊疏窗白，瓮面葡萄玉盏红。

一割忽忘归隐约，少阳原是钓鱼翁。

其八

临分执手语逶迤，白水旌心视此陂。

一别正思红豆子，双栖终向碧梧枝。

盘周四角言难罄，局定中心誓不移。

趣觐两宫应慰劳，纱灯影里泪先垂。

柳如是曾赴定海犒劳定西侯张名振所部义师，顺便渡莲花洋进香普陀，为罗汉装金，此八首七律为牧斋送别之作。张名振殁后，义师为张苍水所接统，无论士气、训练，皆较郑成功所部为优，所惜军实不足。郑成功倘真为英雄，倾心与张苍水合作，则与清朝划江，乃至划河而治，绝非不可能之事。无奈郑成功为"竖子"，自思明入海，其人即不足为重；而张苍水虽僻处孤岛，二、三门弟子以外，只养了两头小猿，充瞭望警报之任，但一身系朱明的存亡，故以张苍水之死为明亡之年，其时为康熙三年（1664）甲辰。我谈康熙，亦即由这年开始。

共学文库

共 学 · 共 识

清朝的皇帝

贰 皇清盛世

高阳 著

海南出版社
·海口·

本著作中文简体字版经北京时代墨客文化传媒有限公司代理，由风云时代出版股份有限公司授权海南出版社有限公司在中国大陆独家出版、发行。

版权合同登记号：图字：30-2022-014 号

图书在版编目 (CIP) 数据

清朝的皇帝 . 贰，皇清盛世 / 高阳著 . —— 海口：海南出版社，2023.1

ISBN 978-7-5730-0837-4

Ⅰ . ①清… Ⅱ . ①高… Ⅲ . ①长篇历史小说 – 中国 – 当代 Ⅳ . ① I247.5

中国版本图书馆 CIP 数据核字 (2022) 第 207220 号

清朝的皇帝 贰 . 皇清盛世

QINGCHAO DE HUANGDI ER. HUANGQING SHENGSHI

作　　者	高　阳
出 品 人	王景霞
责任编辑	张　雪
特约编辑	刘长娥
责任印制	杨　程
印刷装订	北京兰星球彩色印刷有限公司
读者服务	唐雪飞
出版发行	海南出版社
总社地址	海口市金盘开发区建设三横路 2 号 邮编：570216
北京地址	北京市朝阳区黄厂路 3 号院 7 号楼 101 室
电　　话	0898-66812392　010-87336670
电子邮箱	hnbook@263.net
经　　销	全国新华书店经销
版　　次	2023 年 1 月第 1 版
印　　次	2023 年 1 月第 1 次印刷
开　　本	880 mm×1 230 mm　1/32
印　　张	53.875
字　　数	1 034 千
书　　号	ISBN 978-7-5730-0837-4
定　　价	300.00 元（全伍册）

目　录

第五章　圣祖——康熙皇帝

第六章　世宗——雍正皇帝

第五章

圣祖——康熙皇帝

康熙初期四辅臣与三种势力的拉锯战

西洋新法的推行折射新旧两派的冲突

计除鳌拜，一举收政

平定三藩之乱

定南王之女孔四贞轶事

"安溪相国"李光地卖友夺情

一代巨典"己未词科"

通漕运，治黄河

操纵徐乾学制衡明珠

全盛时代，大兴文教

皇太子两立两废

康熙初期四辅臣与三种势力的拉锯战

圣祖名玄烨，是汉文帝以来的第一个好皇帝，亦是一部"二十五史"中，唯一了解西方文明、尊重科学精神的皇帝——但终清之世，没有一位史学家注意到这一点，词臣撰《实录》，仍旧是用传统的手法。凡帝室之诞降每有一段异闻。王氏《东华录》，引《实录》云：

> 圣祖仁皇帝，世祖第三子也。母孝康章皇后佟氏⋯⋯佟图赖女⋯⋯年十五，诞上于景仁宫，乃顺治十一年甲午三月十八日巳时也。先是孝康章皇后诣慈宁宫问安，将出，衣裙若有龙绕，太皇太后见而异之，问知有娠，顾谓近侍曰："朕曩（nǎng）孕皇帝时，左右尝见朕裙褶间有龙盘旋，赤光灿烂，后果诞生圣子，统一寰区。今妃亦有此祥征，异日生子，必膺大福。"至上诞降之辰，合宫异香，经时不散；又有五色光气，充溢庭户，与日并耀。是时，宫人以及内侍无不见者，咸称奇瑞云。

又谓其少有大志：

六龄时，尝偕世祖皇二子福全、皇五子常宁，问安宫中，世祖各问其志。皇五子甫三龄未对，皇二子以愿为贤王对。上奏云："待长而效法皇父，黾勉尽力。"世祖皇帝遂属意焉。八龄践祚后，一日，太皇太后问上何欲，奏曰："惟愿天下乂安、生民乐业、共享太平之福而已。"盖抚驭万方，驯致太平，其基已肇于此。

当太后定策，决定接纳汤若望的建议，以已出过天花的皇三子嗣承皇位，以及诸王亲贵设誓效忠后，朝廷大权是握在四个人手中，此即顾命四大臣：索尼、苏克萨哈、遏必隆、鳌拜。

四顾命大臣以索尼为首，起初和衷共济，不久即发生倾轧，最后鳌拜成为权臣，专擅自恣，几有不可制之势。康熙八年（1669），鳌拜为圣祖设计除去，圣祖时年十六岁，但定计则早在他十三四岁时。他不动声色，暗中部署，到得时机成熟，一举成功。圣祖之为英主，观此一事，可以预见。四辅臣之相争，为康熙初期一大事，这里先介绍四辅臣的简历。《清史稿》卷二百，首列索尼：

索尼，赫舍里氏，满洲正黄旗人……太宗崩后五日，睿亲王多尔衮诣三官庙，召索尼议册立。索尼曰："先帝有皇子在，必立其一，他非所知也。"是夕，巴牙喇纛章京图赖诣索尼，告以定立皇子……（顺治）五年，值清明，遣索尼祭昭陵，既行，贝子屯齐讦索尼与图赖等谋立肃亲王，论死，末减，夺官，籍其家，即安置昭陵。八年，世祖亲政，特召还，复世职，累进一等伯世袭，擢内大臣兼议政大臣、总管内务府……十八年，世祖崩，遗诏以索尼与苏克萨哈、遏必隆、鳌拜同辅政。索尼闻命，跪告诸王贝勒，请共任国政。诸王贝勒皆曰："大行皇帝深知汝四大臣，委以国家重务，谁敢干预？"索尼等乃奏知皇太后，誓于上帝及大行皇帝前。

按：索尼来自哈达，天命年间随其父叔归降太祖，父子兄弟并通满蒙文字，因而得获重用，事太宗尤为忠顺。此时索尼以四朝老臣，居辅臣之首，为诸王贝勒所敬惮。康熙初期的政局，所赖于索尼者甚多。

四辅臣居次者为苏克萨哈，此人我在谈多尔衮时已提到过。多尔衮由成宗义皇帝一变而为庶民，并籍没，皆由苏克萨哈出头首告之故。所以，他亦是顺治朝大有功之人，但以多尔衮之亲信而叛多尔衮，人品自有可议。

《清史稿》本传：

苏克萨哈，纳喇氏，满洲正白旗人……圣祖立，受遗诏辅政。时索尼为四朝旧臣，遏必隆、鳌拜皆以公爵先苏克萨哈为内大臣。鳌拜尤功多，意气凌轹，人多惮之。苏克萨哈以额驸子入侍禁廷，承恩眷，班行亚索尼，与鳌拜有姻连，而论事辄龃龉，浸以成隙，鳌拜隶镶黄旗，与正白旗互易庄地，遂兴大狱。

苏克萨哈之父苏纳，尚太祖第六女，太宗及多尔衮皆为其舅父，而孝庄太后则为其舅嫂。以此种身份辅政，属于索尼之次，亦是很自然的事。

但苏克萨哈与孝庄的意见并不一致。据《汤若望传》，指苏克萨哈为"最恶劣种类的基督教仇视者"，而汤若望为孝庄的教父，苏克萨哈的这种对宗教的基本歧异，使得他在与鳌拜为敌时居于下风，是势所必至之事。

鳌拜的简历如下：

鳌拜，瓜尔佳氏，满洲镶黄旗人……（崇德）六年，从郑亲王济尔哈朗围锦州，明总督洪承畴赴援。鳌拜辄先陷阵，五战皆捷，明兵大溃，追击之，擒斩过半……（顺治）十八年，受顾命辅政。既受事，与内大臣费扬古有隙，又恶其子侍卫倭赫及侍卫西住、折克图、觉罗塞尔弼同直御前，不加礼辅臣，遂论倭赫等擅乘御马及取

御用弓矢射鹿，并弃市。又坐费扬古怨望，亦论死，并
杀其子尼侃、萨哈连。

按：满洲名费扬古者甚多。太祖第十六子，太宗时坐
罪赐死，名费扬古；鄂硕之子，端敬皇后之弟，曾建大功谥
襄壮者，亦名费扬古。此处之费扬古乃另一人，顺治十一年
（1654）授内大臣。

《东华录》康熙三年（1664）四月己亥记：

辅政大臣鳌拜等，与内大臣飞扬古有隙，及飞扬古
子侍卫倭赫与侍卫西住、折克图、觉罗塞尔弼四人同值
御前，不敬辅臣，辅臣恶之，遂以劝幸景山瀛台，擅骑
上所乘马、用上弓矢射鹿，论斩。

又以飞扬古守陵怨望，并其子尼侃、已出征之萨哈
连，俱坐绞，惟色黑以不知情免死，后仍发宁古塔，房
产籍入鳌拜之弟穆里玛家。其折克图之父鄂莫克图、西
住之兄图尔喀、塞尔弼之同祖兄塔达等，俱以明知子弟
所犯重大，不即请旨治罪，分别革职鞭责。

此飞扬古即费扬古。为别于端敬皇后之弟费扬古起见，
以从《东华录》称飞扬古为是。《清史稿》于此飞扬古之事
迹无考。

但《外戚表》中，孝敬宪皇后父名费扬古，姓纳喇，应即为飞扬古。因端敬皇后之弟费扬古为董鄂氏，且所隶旗分亦不同，自为两人。

不过计算年龄，作为雍正岳父的费扬古，应该是飞扬古的孙子。手头适无《八旗通志》，是耶非耶，无从细考，好在无关宏旨，表过不提。

最后要介绍的一个受顾命的辅政大臣是遏必隆。

> 遏必隆，钮祜禄氏，满洲镶黄旗人。额亦都第十六子，母和硕公主……（顺治）十八年，受遗诏为辅政大臣。康熙六年，圣祖亲政，加恩辅臣，特封一等公；以前所袭公爵，授长子法喀，赐双眼花翎，加太师。屡乞罢辅政，许之。四大臣当国，鳌拜独专恣，屡矫旨诛戮大臣，遏必隆知其恶，缄默不加阻，亦不劾奏。

按：额亦都居太祖从龙之臣之首，小太祖三岁。太祖妻以族妹，封和硕公主，即遏必隆之母。额亦都对太祖的忠心，于此一事可见，《清史稿》本传：

> 额亦都次子达启，少材武，太祖育于宫中，长使尚皇女（按：尚太祖第五女）。达启怙宠而骄，遇诸皇

子无礼，额亦都患之。一日，集诸子宴别墅，酒行，忽起，命执达启，众皆愕。额亦都抽刃而言曰："天下安有父杀子者？顾此子傲慢，及今不治，他日必负国、败门户。不从者血此刃！"众乃惧，引达启入室，以被覆杀之。额亦都诣太祖谢；太祖惊惋久之，乃嗟叹，谓额亦都为国深虑，不可及也。

但遏必隆殊无其父的明决。当鳌拜与苏克萨哈成为政敌时，遏必隆心不喜鳌拜之所为，而口不敢言，以致被误会为偏向鳌拜，几获严谴。

鳌苏之争是为了夺权，但此为另一派势力被压制以后的事。在此之前，固曾同心协力，打击另一派势力——在顺治末年，京城中共有三派势力：一是王公贵族及满洲大臣；二是宫中复活的宦官势力；三是对孝庄太后效忠，且亦借孝庄而渐起的汤若望集团，不妨称之为"第三势力"。

第一派先联络"第三势力"打击第二派，收到惊人的战果；据《汤若望传》记载，四辅臣执政后，将五千名太监一举淘汰了四千名，留下一千人仅"执下等役务"。

这时的"第三势力"的主要成员，是上三旗包衣。他们所组成的内务府，原就是要来接收明朝"宦官""女官"各衙门的，不料吴良辅勾结上三旗包衣中的有力分子佟义，竟能造成"复辟"。

此时，"第三势力"有孝庄太后及汤若望的支持，大举反攻，自然除恶务尽，尤其是正白旗包衣，出力最多。因为在理论上，正白旗包衣为太后的"属人"，故而由主持中馈之意延伸，外而织造，内而"妇差"，都以正白旗包衣承应为主。曹家[1]得有数十年富贵，即是享受了此一役的"战果"。

第一派打倒了第二派，接着便要消灭"第三势力"。上三旗包衣目的已达，自然见机退出。他们只保护孝庄太后，而不会保护汤若望，但亦不愿对汤若望有所不利，所持的是一种中立的态度。于是第一派的苏克萨哈及鳌拜，找到了一个打手，此人就是杨光先。

据《清史稿》，杨光先，字长公，徽州歙县人，为新安千户所千户，崇祯十年（1637），上疏劾大学士温体仁、给事中陈启新，舁[2]棺自随，廷杖戍辽西。崇祯十年至康熙三年（1637—1664），历时二十八载，知入暮年。《汤若望传》中对此人有详细的描写：

为这次迫害之发动者与推进力的，当时各报告俱皆指为杨光先其人。至于说他是否果为回民，如同大

---

[1] 指曹雪芹所在的著名包衣曹家。曹雪芹的祖父曹寅从小和康熙帝一起长大。
[2] 舁（yú），共同用手抬。

家之所传说的一般，或为犹太人或儒教徒，这是未能明了的一点。他原籍徽州，即今日安徽省之一县，而当时他的年龄已高，竟是一位七十岁的老翁。这位老人的性格，经当时各报告者，描写到了最黑暗的地步。他做了一生诬蔑、陷害与毁灭洁白无过失的人们的事体。

人们说，受他的陷害，使他良心负责，而经他冤死的人们竟有百名以上。他尤其所视为打击目标的，是那些富有的资产阶级，因为这些人怕受他的讹诈陷害而得不到安宁，所以便不能不向他输款买好了。

他这种无赖的举动，已经给他弄了一份家私了。然而有时他的敲诈不得其法，便也要倒霉的，那么官府的板子与流戍的处置，便是他所得到的报酬了。

明朝末后皇帝统治之下，他被判流戍辽东，可是他也竟学会了有利可图的占卜之术，并且在这占卜之术上，他也还弄得了小小的一个声名。满人战胜之后，他又返回南京，照旧做他那诬蔑讹诈的事业。

有一次他几乎丧失了他自己的脑袋。但是他乘机逃亡北京，而在北京便获得了一位亲王的宠幸。

按：所谓"亲王"，记述未真，实为鳌拜。

《汤若望传》又记：

这样他便算有了资格，可以出入朝中，奔走于各衙门之间了。可是他渐次对于基督教竟转入一种不共戴天的仇视之中。汤若望被他视为他的主要仇敌；因为他也认为他自己是一位最伟大的天文学家。

他很明白，怎样可以很灵巧地代表一件不公道的事情，并且他还是很擅长于刀笔的。在他性格上这黑暗描写，人们无论怎样打重大折扣，那终究要是一位诡诈的、有软绵不断的耐力、而充满了嫉妒与刻毒的老头儿立在了我们眼前的。他对于他要毁灭基督教与汤若望的目标绝不肯放松，而任何鄙恶手段皆所不顾惜。

按：崇祯十年（1637），杨光先曾充军关外，确有其事；是年四月下诏求直言，故杨光先得以应诏上奏。但舁棺自随，则必有激切，舁棺自随，亦骇听闻。

其时复社声势尚盛，而温体仁则久为复社盟主张溥所恶。当吴梅村崇祯四年（1631）榜眼及第后，张溥即令梅村疏劾温体仁，梅村胆小不敢，别劾温党蔡奕琛，忌者已侧目，梅村不能不乞假而归，至八年（1635）始入都补官。

十年春，张溥与温体仁公开冲突。杨光先之劾温体仁，意中以为必可获得张溥的全力支持，既博直声，又可借此为进身之阶，获交于能操纵朝局之张溥，实为一绝佳之投机机会，不意"技术错误"，大忤帝意，致获严谴。

西洋新法的推行折射新旧两派的冲突

杨光先最厉害的"鄙恶手段"，即是指责汤若望选荣亲王葬期，不用正五行，反用洪范五行，"山向年月，并犯忌杀"。

关于这段借历法上的争议，展开新旧派之间的政治冲突，笔者以往曾经谈过，无须重复；现在只就《汤若望传》的记叙，及其他数据，略作补充。

按：荣亲王葬期时刻确有更改，但其咎不在汤若望。《汤若望传》第九章第六节记：

> 这次殡葬仪式是归满籍之礼部尚书恩格德之所办理，他竟敢私自更改殡葬时刻，并且假造钦天监之呈报，于是，这位太子便被在一个不顺利的时刻里安葬。这样便与天运不合了，因此灾殃竟要向皇帝降临。这位太子母后的不久崩殂，就是头一次所发生不吉利之事件。
>
> ……汤若望为保护他手下的属员起见，对于这位

大臣的擅改与捏造具折奏明朝廷。这位大臣因他所犯的这重大罪恶自然要被判处死刑。汤若望为他向皇帝求恩，所以他竟得免除死刑，仅只革职充军。这位大臣不但不向汤若望表示感恩，反向汤若望衔了一种极端的仇恨。

恩格德，那拉氏，隶满洲正蓝旗，举人出身，顺治十二年（1655）授为礼部尚书，十五年（1658）十一月革职，《东华录》未载原因。《汤若望传》所记，是补《清史稿》不足。

值得玩味的是，恩格德何以竟敢擅改钦天监所选定的殡葬时刻？推测原因有二：一是"假造钦天监之呈报"，目的在诬陷汤若望；二是根据堪舆家的推算，改为不利于母，亦即不利于董小宛的一个时刻。

根据以后杨光先与恩格德合流打击汤若望的情形来看，以前一原因为是。再有一点可以确定的是，恩格德若无苏克萨哈的支持，绝不敢做此愚蠢之事。（按：苏克萨哈亦是那拉氏，隶正白旗。正白、正蓝两旗皆为多尔衮的势力范围，则恩格德的政治背景，亦属于多尔衮系统。）

及至顺治十七年（1660），杨光先作《辟邪论》，并具状呈礼部攻汤若望，当时汤若望圣眷正隆，此举徒劳无功，可想而知，天主教方面，亦不加理睬。及至康熙三年

（1664），杨光先发动第二次反攻时，天主教神父利类思与安文思合著汉文《天学传概》一书，由钦天监副李祖白加以润色后发表。

于是杨光先作《不得已》，利类思作《不得已辨》，相互驳斥，而以杨光先的散发传单，使冲突进入短兵相接的阶段。不幸的是，汤若望就在此时中风，行动费力，口舌结塞，右手麻木，以致在冲突中处于不利的地位。

《汤若望传》第十三章记：

> 1664 年（康熙三年）他（指杨）竟向北京市民散布了五千份这样的传单，再加上他又向各方面纳贿行赂，所以他在这场斗争上渐次便就占了优势。他纳贿行赂的款项，俱是由回教天算家、太监和僧徒各团体中，丰丰富富捐助他的手头之下的。
>
> 他所仗恃的，是辅政大臣苏克萨哈，与他恰为一党而最有能力与最活跃的，却是前被革职的礼部尚书恩格德，这位恩格德自前次皇子殡葬事项以来，对于汤若望神甫即已怀有至深仇恨，时时思作报复。当时他虽被判处充军罪名，但是他并未赴充军处所——或者也许是又暗自返回了北京。这样，杨光先便又获得了大批的助力，而更能向教会作他的重大打击了。

这段记载，有个极其重要的透露，即是在宗教上，回教徒与佛教徒联合对天主教的攻击；在政治上，守旧顽固派与野心分子联合对革命派的攻击。这两大集团的合流，加上个人的恩怨，成为一股强大的反动势力，以致汤若望虽以孝庄太后的支持，亦仅获身免而已。

所谓杨光先之对教会的"重大打击"，指杨光先正式控告而言。

《汤若望传》又说：

1664 年 9 月 15 日，这个诬蔑陷害者，在十全方式之中，向礼部呈递他的控告教会的状文，而礼部接到这一纸状文时，竟在同日又将这状文上呈辅政大臣。状文中被控告违犯国法之人物，为住西堂之汤若望与南怀仁，住东堂之利类思与安文思，此外还有那四位曾从事于教会第一次驳斥论文之撰述与散布的中国人。

按：公历 9 月 15 日为农历七月廿六日。"东堂"在王府井大街以北的八面槽，后为郎世宁所住。

"南堂"在西交民巷之南的顺城街，此在明清是北京一处极其特殊的建筑，乃万历二十八年（1600）利玛窦所建。

余棨（qǐ）昌《故都变迁记略》云："天主堂西，旧有时宪局，即明天启二年，都御史邹天标、副都御史冯从吾所建首善书院。后礼部尚书徐光启，率西洋人汤若望等借院修历，名曰历局；清仍令西洋人局此，沿时宪书。局废后，而址亦归天主堂。"

南怀仁是比利时人，在这一场新与旧、科学与非科学之争中，扮演了很重要的角色。《清史稿》说他于"康熙初入中国"，记叙失实。南怀仁早已来华，先在陕西传教，顺治十七年（1660）奉召入京，因精于天算，预定作为汤若望的继任人，此时是汤若望的主要助手。礼部会鞫时，即由南代汤发言。

杨光先指控的罪状，一共三款：第一款是历本上印"依西洋新法"五字为对中国的侮辱，第二款是基督教义邪恶，第三款是传布虚妄的天文学说。前两款是欲加之罪，同情汤若望的人亦无法为之援手；但到了审第三款罪名时，出现了戏剧性的变化。《汤若望传》对此有生动的记载：

这期间汤若望底官司仍在进行，而并未终止。因为对于所控告的第三种罪名，就是传布舛错虚妄的天文学说的罪名，直到这时尚未加以审讯，因此决断，用最简短与最确切的方法，以证明汤若望之罪名。

因为在 1 月 16 日，就是在刑部宣布处罚汤若望等人之后的一日，为日食之期。当时之三种天算学派，即欧洲、中国与回回[1]三派，于多日前已各将其推算呈递部中。所以现在便不要再费人事，而可直接听从上天之裁决了。

这三派的首领以及各阁老、各部尚书，连带他们的辅佐官员，并钦天监之一切官吏，和其他地位崇高之大人物，均应会集一处，共同当场测验，以资证明三派之孰优孰劣。杨光先和他的党徒们足够稚傻的了，因为他们竟敢预先扬言必定会获胜的。往日经验的教训，他们竟完全置之脑后。

根据南怀仁之推算，北京所见之日食，应在下午三点二十六分开始。杨光先及其回回派之天算家，贸然径直地竟确定了一个与南怀仁推算略有不同的时间，意在希望，南怀仁或有略微算错之处，而他们的确定便不能不对了。回回天算家所预测日食之时间，较南怀仁之所预测者早半点钟，而中国历法所预算者，则较南怀仁之所预推者早一刻钟。

---

[1] 回回：明清两代的文献中主要以此指回族即回回民族，如回回人（简称回人或回民）。有时指伊斯兰教，如回教门、回回教（简称回教）。文中主要指回回天文历算学。回回历法有两种：一种是供农耕生产使用即主要用来表示耕种收获日程的太阳历，由于太阳历以太阳运行十二宫一周为十二个月，故又称"宫分年"历法或"波斯历"；另一种是供历史记录和宗教活动使用的太阴历，太阴历因以月球圆缺十二次为十二个月，故又称"月分年"历法或"穆罕默德历"。

按：据学海出版社影印《两千年中西历对照表》，公元1665 年 1 月 16 日，为康熙三年十二月初一；《东华录》载，康熙三年"十二月戊午朔日有食之"。此与《汤若望传》所叙吻合。以下接写实测的情形：

汤若望的病势在短时期之前，又曾经加重一次。他受着呼吸困难的苦痛，而有时竟致丧失意识，昏迷不醒。在测验的时间，他不得不带他那九条锁链莅场，躺卧于风地中的一张床上。

南怀仁令人将他的望远镜送来，他们将他手上的锁链去掉，而将他脖颈上的锁链擎起，以便他能当场工作。日食之时刻渐次移近。在记时仪器之前，立有数位官吏，呼报时刻。

"现在是回回历法所推算的时刻了！"十五分钟的时间，绝未见有丝毫日食的痕迹。"现在到了中国历法所推算的时刻了！"又差不多枉然等候了半小时之久，仍见不到日食。"现在是你所推算的时刻了，汤若望！"在这一瞬间，太阳登时便开始昏暗，入于蚀的状态。

当场之一切人们，只除去这时深觉羞愧难堪的回回与中国天算家之外，俱皆显露出兴奋惊服的神情。他们一方面向大家递茶，一方面都依次向望远镜内观察日食。这一次的日食是一种中心的、几乎全面的日食。这也都是南怀仁预先完全推算准确的，而其他之二种历法，则完全错误不对。

这场戏剧性的实测，影响深远重大。第一个影响是，如果南怀仁偶或失误，那么中国可能还要经历若干年一天分为十二时，共一百刻，而非九十六刻的荒谬历法。

按：旧时以地支记时辰的方法，颇为疏略，经常有读者函询如何计算，现在乘此机会，公开作一说明。一日分为十二时，一时即所谓"一个时辰"。一个时辰两个小时，自午夜开始，廿三时零一分至一时为子；一时零一分至三时为丑，以此类推。

计算时刻，首须注意"正"与"初"二字，凡谓"正"皆在偶数，如谓"午正"即指中午十二点，而在此以前称为"初"，大致自十一点至十一点半，皆笼统称之为"午初"。如做比较精确的说法，则"午初一刻"即为十一点十五分；若谓"午正一刻"则是十二点十五分，或谓之"午时一刻"。

俗传处斩皆在"午时三刻"，即十二时四十五分，而非十一时四十五分；因为行刑本在午时，但或有"刀下留人"的后命，故暂缓须臾，为人犯留下逃生的机会，但最迟只能至"午时三刻"，逾此将入丑时，与午时行刑的俗例不符。

倘一日分为一百刻，则每一时为八点三三刻，在使用"旧法"时如何计算，已无法了解。只是一时分为八刻、十二时共九十六刻的简明计算方法自此确立，此真幸事：因为南怀仁当时的计算，亦非完全正确。

《汤若望传》又记：

> 在这里，南怀仁于他的记录中却作了一种良心的承认，因为实际上日食之开始本来是比他所推算的时刻较早五分钟的，但是上天的神意竟会安排得使这错误令人觉不出来了。
>
> 因为记时仪器前呼报时刻之官吏在他们那激动兴奋的心情之中呼报汤若望的时刻时，恰恰早呼五分钟。政府公报登时便把欧洲天算的胜利公布全国。中国与回回两方面之天算家不得不具结画押以承认他们的错误。

倘非"恰恰早呼五分钟"，则推算时刻未到，日食已经出现，仍是错误。虽说比"中国""回回"两派的推算较近事实，但亦不过五十步与一百步之别，其错则一，反对者即可据以"证实"汤若望"传布舛错虚妄的天文学说"。

第二个影响是，对于康熙一生笃信科学，了解何谓科学精神，起了极大的作用。这场实测轰动九城，测验结果艳传人口，康熙必对此有极其深刻的印象。

关于圣祖在科学方面的成就，留到以后再谈，此处先结束历法之争这一段公案，结果大致如下：

一、在实测日食上，"西洋新法"独精，但须至康熙九年（1670）方始恢复，在此五年中，仍用一天分为一百刻的明朝"大统历"。汤若望及其属下则以苏克萨哈、鳌拜等假荣亲王葬期一事被肆意中伤，所拟罪名，非凌迟即斩；但孝庄太后认为太重，两次复议，汤若望虽得无事，但还是杀了五个人，都是钦天监各部门的负责人。

二、杨光先做了官，先授钦天监右监副，上疏辞谢，以为他意有不足，索性叫他当监正。却不知杨光先哑巴吃黄连，有苦难言，因为"学术自审，不逮远甚"。果然，到了康熙七年（1668）出了大笑话：杨光先所造的康熙八年（1669）时宪书，闰十二月，等发现错误，时宪书已经颁行天下，迫不得已只有明诏停止这年的闰月。

三、康熙七年十二月，南怀仁展开反击，上疏纠谬，说闰月不在康熙八年十二月，而在康熙九年正月。如照杨光先的推算，会变成一年有两个春分，两个秋分。圣祖因派大臣二十员赴观象台测验，会奏南怀仁"所指逐款皆符。应将康熙九年一应历日，交与南怀仁推算"。

其时圣祖亲政已一年有余，有意平反冤狱，改革历法，因而不满会奏的含糊其词，遂即批示："杨光先前告汤若望时，议政王大臣会议，以杨光先何处为是，据议准行；汤若望何处为非，辄议停止；及当日议停，今日议复之故，不向马祜、杨光先、吴明烜、南怀仁问明详奏，乃草率议复，不合，着再行确议。"

上谕中所列四人，马祜亦为钦天监监正（满缺）；吴明烜为监副，专搞回历；连南怀仁在内，这三个人实际是陪笔，主要的是要问杨光先：当时你说汤若望错了，如今大家说你错了，而且连你自己亦已认错，此又何说？其次是要责备当日祖护杨光先的王大臣，当日议停，今日议复，前后矛盾，应有交代。

这样一来，"赵孟能贵，赵孟能贱"，由康亲王杰书领衔奏复：（1）钦天监官员表示："南怀仁历皆合天象，窃思百刻历日，虽历代行之已久，但南怀仁推算九十六刻之法，既合天象，自康熙九年（1670）始，应将九十六刻历日推行。"（2）"杨光先职司监正，历日差错，不能修理，左祖吴明烜，妄以九十六刻推算谓西洋之法，必不可用，应革职交刑部从重议罪。"得旨："杨光先革职，从宽免交刑部。余依议。"

此是圣祖对事不对人，重要的是"依西洋新法"的"九十六刻历日"，自康熙九年庚戌开始推行，时为公元1669年。中国到此始确立了自成系统而又合乎科学的农历，值得大书一笔。

四、康熙八年（1669）三月，南怀仁被授为钦天监监副；五月，鳌拜被剪除。至此，大权全归实足年龄十五岁的天子，于是南怀仁上疏讼冤，八月底奉上谕两道：（1）"以原任夏官正李祖白，春官正宋可成，中官正刘有泰，秋官正宋发，冬官正朱光显等，死非其罪，各照原品级给祭银。"（2）"追赐原任掌钦天监事通政使汤若望祭葬。"

按：汤若望殁于康熙五年（1666）七月；身后昭雪，以及基督教禁令之被解除，使得中国复为西方文明国家所尊重，于清朝之终于能够站稳脚步，关系甚巨。因此《汤若望传》中关于此案之记叙，而为国史中所忽略者，有摘要引叙的必要：

> 上面所叙述之事件过去之后（按：指康熙九年用新历及南怀仁被授为钦天监监副），约有数星期，皇帝竟敢决断，也把这末后二位摄政大臣推至一边去。朝廷关于此举所降的谕旨，宣称鳌拜因仗恃对于皇室之功勋，竟致专权欺上，恣意妄为……皇帝还下诏谕，凡受辅政大臣之冤枉者，现在俱可到官府反控鸣冤。

按：二辅臣为鳌拜及遏必隆。

教会方面于康熙八年阴历^[1]五月五日（即 1669 年 6 月 3 日），关于此事所递进之奏疏内称：传教士三人为皇帝受欺枉，并为杨光先受庇护者（即暗指鳌拜而言）之偏袒，对于无过失者妄用国威之事件诚惶诚恐，敬谨陈诉于御座之前。我们恳求皇帝皇恩为汤若望所受之冤枉昭雪。新近御前所开之大朝会已议决恢复欧洲科学之荣誉。

按：三传教士中，其一为南怀仁。

议政王公之团体很表示好意地接受了这一封奏疏。第一位阁老，即康熙皇帝之一位叔父，并且也是教士们的一位良友，在御前宣读了这一封奏疏。皇帝这时虽然亦同情于教会方面，然而为遵守国法底行程起见，仍把这封奏疏批交礼部议处。这一来，教士们的惊恐自然可想而知了。

然而康熙的原意却是要慎重从事，令仇视的方面无话可说的……礼部的议处果然不出人意料，是绝对批驳的。

---

[1] 即农历。

按："第一位阁老"指康亲王杰书，应为圣祖的伯父，而非"叔父"。

皇帝现在又把这件事批交法律之最高行程，即御前大会审，重新予以议处，这御前大会审于数月之前，亦是议决了天文案件的。

……这次的会审曾开会六次，六次之中有三次曾传住在北京之三位教士到会听审。在第二次会审时，杨光先又重新提起基督教阴谋不轨以及于国家有害之控告，但是俱被彻底驳倒。

参与这次大会审之满籍会员，主张登时将他锁起，加以重刑。可是汉人方面反对这一种主张。然而皇帝却裁决，他应加以锁系入狱。

经过三个月中六次建议，最后的结论是：康亲王杰书等议复，南怀仁等呈告杨光先依附鳌拜，捏词控人，将历代所用之洪范五行称为"灭蛮经"，致李祖白等各官正法；且推历候气，茫然不知……情罪重大，应拟斩，妻子流徙宁古塔……汤若望复"通微教师"之名……李祖白等照原官恩恤……得旨：杨光先理应论死，念其年老，姑从宽免；妻子亦免流徙。

按：汤若望在顺治年间的封号，原为"通玄教师"，因避御名"玄烨"之讳，改为"通微"。十一月间，孝庄太后率同皇帝及王公大臣，亲临汤若望墓前致祭。当汤若望获此罕见的哀荣时，杨光先却于被遣回籍途中憔悴以终。

康熙八年（1669）的另一件大事，为圣祖计除鳌拜。辅政四大臣中的索尼卒于康熙六年（1667）六月。七月初七，圣祖亲政，先在太和殿受贺，接着御乾清门听政，接着发生如下一连串大事：

七月十一日，命廷议如何加官于苏克萨哈、鳌拜、遏必隆。

七月十三日，苏克萨哈奏请往守孝陵，"如线余息，得以生全"，得旨："不识有何逼迫之处，在此何以不得生，守陵何以得生？"

七月十五日，拿问苏克萨哈及其子弟并兄弟在本旗（正白旗）者。

七月十七日，康亲王杰书等议奏苏克萨哈罪状二十四款，请将苏克萨哈及长子查克旦凌迟处死；其他子侄"无论已到岁数、未到岁数皆斩立决"。奏上，圣祖"坚执不允所请。鳌拜攘臂上前，强奏累日，竟坐苏克萨哈处绞，其子查克旦俱如议"。

皇帝"坚执不允"的结果，只争到苏克萨哈由凌迟改为绞刑这一点微小的让步。鳌拜之目无天子，可想而知。十五岁的圣祖，自此便处心积虑，非杀鳌拜不可。

计除鳌拜，一举收政

清朝开国以来，有三次大危机：一是多尔衮渐形不耐，即非篡位，亦将割据，引起内部大乱。二是世祖逃禅，打算传位其"从兄弟"，此则将由内乱引起明朝义师与三藩的联合军事行动。这两次危机，皆由"天降白玉棺"而应变又得法，乃能弭大患于无形，真是天意。第三次大危机，即为鳌拜的专擅。消除这一次危机，纯为圣祖政治天才的发挥；其过程相当复杂，而所牵涉者，又非个人的政治恩怨。须先从清初"圈地"谈起。

《清史稿·食货志一》：

> 顺治元年，定近京荒地及前明庄田无主者，拨给东来官兵，圈地议自此始。于是巡按御史柳寅东，上"满汉分居五便"疏，部议施行。二年，令民地被指圈者，速筹补给，美恶维均。
>
> 四年，圈顺直各州县地百万九千余晌，给满洲为庄屯。八年，帝以圈地妨民，谕令前圈占者，悉数退还。十年，又令停圈拨，然旗退荒地，与游牧投来人丁，仍复圈补。又有因圈补而并圈接壤民地者。

按："晌"，通"垧"，为东北田地面积的单位。《柳边纪略》云："东三省，田以晌计，一晌之地，当弓地九亩。或又谓尽一日所种曰晌。"据此可知"晌"有井田之遗意，周边皆三，三三得九，则"晌"者不仅九亩，且为成正方形的九亩之田，始得称一晌。"圈顺（天）直（隶）各州县地百万九千余晌"，即为九百余万近千万亩地了。

初设官庄，以近畿民来归者为庄头，给绳地，一绳四十二亩。其后编第各庄头田土，分四等；十年一编定，设粮庄，庄给地三百晌。晌约地六亩。

庄地坐落顺、保、永、宣各属，奉天、山海关、古北口、喜峰口亦立之，皆领于内务府……考各旗王、公、宗室庄田，都万三千三百余顷；分拨各旗官兵，都十四万九百余顷。凡王公近属，分别畀地：大庄给地亩四百二十至七百二十，半庄二百四十至三百六十，园给地亩六十至百二十或百八十，王府管领及官属壮丁人三十六亩，不支粮。凡拨地，以现在为程。嗣虽丁增不加，丁减不退。

按："顺直各州"所拨近千万亩地，为分拨八旗之总数；上引庄田之制，乃各旗就其旗下各户身份之不同而分别拨田。

所谓"绳地"即圈来之地。圈地之法以长绳系马后,纵马所至,引绳为界,故谓之"绳地"。起初漫无限制,以后运用关外的田制加以规范,但已打了折扣,一晌改为六亩,一绳即为七晌。三代同居的家庭,以有壮丁七口计,人耕六亩,可资温饱,此为清初安抚近畿之民的善法。

关于王公的庄田,看《红楼梦》第五十三回,"黑山村""门下庄头乌进孝"为贾珍缴租的情况,大致可以知其梗概。

1980年春夏之间,我为参加世界红学会议论文做准备,展开《红楼梦》背景的彻底研究,后由赵冈兄的论文谈"怡府本"(怡亲王府)中,一夕顿悟,十余疑团,几乎全解,因而获致突破的新境界;《红楼梦》中所描写者,皆为雍正六年(1728)曹家抄家回旗后京城中的情况。

曹雪芹的表兄平郡王福彭得世宗宠信,复与皇四子弘历(十一年封宝亲王,十三年继位,即高宗)因生母同为内务府属女子,出身"微贱",同病相怜,交谊特亲:自雍正十一年(1733)即获大用,先入军机,旋授为定边大将军,出镇西陲。及至高宗继位,福彭参与朝政,地位仅次于庄亲王胤禄,直到乾隆十三年(1748)福彭去世,曹家复有十二年繁华岁月。

但宁、荣两府的一切,为曹雪芹、李鼎、曹顺等糅合在平郡王府与怡亲王府、宁郡王府,以及其他王公府第的见闻，集体创造的一家豪门。

我的论文第二篇是《〈红楼梦〉中'元妃'乃系影射平郡王福彭考》。"乌进孝"之为"庄头"，正是宁荣两府为王府的一个注脚。贾珍可能系影射宁郡王弘晈。〔按：怡亲王胤祥薨于雍正八年（1730）七月，遗疏请以幼子弘晓袭爵。当胤祥最得宠时，世宗特加封一郡王，命胤祥于诸子中指封，胤祥一再恳辞。至是，世宗封胤祥第四子弘晈为宁郡王。〕

又据《东华录》乾隆四年（1739）十月载为一流产的宫廷政变而发的上谕，指"弘晈乃毫无知识之人，其所行甚属鄙陋……不过饮食宴乐，以图嬉戏而已"。亦颇肖贾珍之为人。

据《红楼梦》第五十三回所描写的情况，大致可知亲贵庄田的情况如下：

第一，各府庄田有多有少，如前引《食货志》，有"大庄""半庄""园地"（种瓜果蔬菜）。今据贾珍所言，始知凡此大庄、半庄等，皆称为"庄子"。一府所拥有者，并非一个大庄或一个半庄，而是若干个"庄子"。

第二，庄子中有田，亦有山头、池塘，并包含园地在内。故乌进孝所缴的田租中，有野味、家畜、水产、瓜果、柴炭、米谷杂粮，外带"孝敬哥儿们"的观赏动物，而现银却只二千五百两。于此可知，各府基本生活上的必需品，大都仰赖于庄子。

第三，凡庄子所缴实物，应分与近属，贾珍"负喧闲看各子弟领取年物"一段，自为实况。

第四，贾珍责乌进孝"打擂台"，乌进孝说："爷的地方还算好的呢！我兄弟离我那里只一百多里，竟又太差了。他现管着那府（按：指荣国府。如谓宁国府为宁郡王府，则荣国府应为怡亲王府）八处庄地，比爷这边多着几倍，今年也是这些东西。"由此可知，所分庄地不在量之多寡，尤在质之美恶——鳌拜与苏克萨哈之交恶，正就是因为这个原因。

换地之议起于康熙五年（1666）十月。鳌拜隶镶黄旗，此旗所拨之地在涿州、保定、河间一带；苏克萨哈隶正白旗，此旗首先随多尔衮入关，在京东一带圈地。《清史列传·鳌拜传》：

> 鳌拜因苏克萨哈籍隶正白旗，欲以蓟州、遵化、迁安诸庄改拨镶黄旗，而别圈民地给正白旗，康熙五年使旗人诉请。以牒部大学士苏纳海管户部，议阻之；贝子温齐等，以履勘镶黄旗地，不堪耕种疏闻，遣苏纳海与直隶总督朱昌祚、巡抚王登联，丈量酌易。时则两旗人较量肥瘠，相持久不决。而旗地待换，民地待圈，所在荒废不耕，百姓环诉失业，昌祚等交疏

请停止圈换之令。

按：此事言清史者皆未得窍要。只看上引之文，即可名为换地，实为夺产，若论肥瘠，涿州、定兴之间，古名督亢，即燕国愿献于秦始皇，而为荆轲聘秦的一项借口，自古为膏腴之地。其南束鹿则有"金束鹿"之称，是故镶黄所占之地，绝不逊于正白所占京东之地，"镶黄旗地不堪耕种"，并非事实。

事实是鳌拜欲为本旗夺正白旗在京东已开垦的熟地，而非以其在畿南所占之地相换，此由"别圈民地给正白旗"一语，清晰可见。

其时主管其事者，一为大学士兼管户部尚书事苏纳海，他他拉氏，苏克萨哈同旗；二为直隶、河南、山东三省总督朱昌祚，镶白旗汉军；三为顺天巡抚王登联，镶红旗汉军。此三人皆言不可。朱昌祚一疏尤为切实，兹分段引录，并笺释如下：

> 直省州县田地之瘠薄膏腴，赋税之上中下则，原自异同，岂能尽美？今令两旗更正地土，欲其相安，但臣见现在行圈地亩，皆哓哓有词。大概以瘠易腴者，固缄默不言；而以腴易瘠与以瘠易瘠者，不免观望嗟呼，皆不乐有此举，虽勉强拨给，难必其异日不出而

申诉，重烦睿虑。

能"以瘠易腴"者毕竟少数，而"缄默不言"亦未必非表示"不乐"，因为在一交一接之际，大费周章，纵能易腴，亦未必划算，观下可知。

> 臣思安土重迁，人之至愿，两旗分得旧处庄地，二十年来相安已久，靡不有父母坟墓在焉。一旦更易，不能互相移徙，且值此隆冬，各旗率领所属沿村栖宿，守候日久，穷苦者囊（gāo）粮已尽，冻馁可悯。
>
> 附近百姓，闻朝廷此举，所在惊惶，且据士民环门哀吁，有谓州县熟地皆已圈去无余；今之夹空地土，皆系所遗洼下经垦辟成熟、当差办税者；有谓地在关厢大路镇店，所居民人皆承应运送皇陵物料，并垫道修桥及一切公差徭役者；有谓被圈地之家，即令他往，无从投奔者；有谓时值冬令，扶老携幼，远徙他乡，恐地方疑为逃人，不容栖止者；有谓祖宗骸骨、父母邱垅不忍抛弃者。臣职在安民，而民隐如此，曷敢壅蔽，不以实闻？

上引各文，须从两方面来看，一方面是旗人，所谓"一旦更易"并非互易，而是正白旗腾出原地，移向新圈之地；

镶黄旗拨补正白旗地者，须自南畿移向京东。这在技术上是一个相当复杂的问题。鳌拜鲁莽灭裂，一声令下，各旗"沿村栖守，守候日久"，而又值隆冬，则旗人之怨声载道，亦可想而知。

另一方面是被圈民地的百姓，其苦衷不一。其中地在"关厢大路镇店"者，则以地当孝陵必经之路，其时方在修陵盖行宫，以及整治跸道，差徭名在册籍；倘或迁移他处，而差册有名，徭役仍不能免。原居之处，既为旗人所占，而又无法派令旗人充地方的公差，岂非大难？

至于"逃人"，为清初特有的一个专门名词。所谓"逃人"者，即以各种原因沦为旗人之奴，称为"户下人"，因不堪凌虐而逃亡他处，乃成为"逃人"。其时缉捕逃人之功令甚严，兵部特设"督捕同知"，专司其事。收容"逃人"，其罪甚重；来历不明，必遭地方驱逐，此亦实情。

> 臣又偏察蓟州及遵化等应换州县，一闻圈丈，自本年秋收之后，周遭四五百里尽抛弃不耕；今冬二麦全未播种，明年夏安得有秋？且时已仲冬，计丈量事竣，难以定期；明春东作，必又失时，而秋收亦将无望。

> 京东各州县，合计旗与民失业者不下数十万人，田荒粮竭，无以资生，岂无铤而走险者？地方滋事，尤臣

责任所关，又不敢畏忌越分不以实闻。伏乞断自宸衷，毅然停止。

苏纳海与王登联所奏，大致相同。此外，孝庄太后自太监、命妇，以及在"小教堂"中一起望弥撒的女教民口中，亦已获得甚多的了解，因而切责四辅臣换地扰民——事实上责鳌拜。于是苏、朱、王三人皆为鳌拜所杀。《清史列传·苏纳海传》：

> 鳌拜遂坐苏纳海藐视上命，迟误拨地，械付刑部议罪。部议律无正条，应鞭百，籍没家产。上览疏知鳌拜以苏纳海始终不阿，欲置之死；召四辅臣询问，鳌拜极言情罪重大，索尼、遏必隆附和之，独苏克萨哈不对。上仍以部议不按律文，弗允。鳌拜出，矫旨即予处绞。

数月后，祸及苏克萨哈，议罪二十四款，独不及圈地事，则鳌拜亦知此举为非。至于苏克萨哈被祸之惨，亦有人认为天道好还，是背叛多尔衮的报应。

《清朝野史大观》载：

> 苏克萨哈以材辩受知九王，见事中变，尽发九王阴

谋以自免；世祖大委任之。四辅同受顾命，苏克萨哈才器开敏，超出三人之上，往往独断无所瞻顾。见汉官杰出者，倾身折节下交之，既入其门，志之木札，积至盈箱；朝臣皆其党矣。三人咸以才识推之，鳌拜不能平，卒计倾之……诛其四子十二孙，婴孩妇女无一免者。一子妇将免身，系狱生子，抱赤子断其首于市，籍赀不满十万。

苏妻闻难作，取箱中记札焚之，曰"无遗祸举朝也"，妇之明决有过人者。四子皆为内大臣，有相士见之，私谓客曰："苏公诸子无一令终者，苏公祸不测矣。"明年而难作。

又一条云：

苏克萨哈最受知于九王，卒倾九王以自免；学士明珠最善于苏，见苏既危，遂附把兔鹿公（汉语超武公）杀苏以自效，把兔鹿公遂善明珠，人以为好还之报。把兔鹿公既专政，揽权操切，益倍于苏，督抚大僚，盖无不入门如市矣。

按：苏克萨哈为尚太祖第六女苏纳之子，为叶赫贝勒金台什的从兄弟；明珠则金台什之孙，故为苏克萨哈的堂侄。

至明珠之得宠，因主张削藩，深契宸衷之故。附鳌拜以杀苏之说非实。

圣祖既决心除鳌拜，因于暗中布置。创设"善扑营"。《啸亭续录》卷一：

> 定制：选八旗勇士之精练者，为角牴之戏，名善扑营。凡大燕享，皆呈其伎；或与外藩部角牴者争较优劣，胜者赐茶，缯以旌之。纯皇最喜其伎。其中最著名者为大五格、海秀，皆上所能呼名氏。有自士卒拔至大员者，盖以其勇鸷有素也。

"善扑营"实创自圣祖，《清史稿》本纪，康熙八年（1669）有一条：

> 戊申，诏逮辅臣鳌拜交廷鞫。上久悉鳌拜专横乱政，特虑其多力难制，乃选侍卫拜唐阿年少有力者，为扑击之戏。是日，鳌拜入见，即令侍卫等掊而絷之。于是有善扑营之制，以近臣领之。

《清史纪事本末》叙述较详：

> 鳌拜骄恣日甚，帝患之，召吏部右侍郎索额图入

谋。索额图乃请解侍郎任，为内廷一等侍卫，日选小侍卫十余人，教之习布库戏（译言撩脚戏，皆十余龄小童徒手相搏，而专赌脚力，胜败以仆地为定）。鳌拜或入奏事，并不之避，益以朝廷弱而好弄，更无复顾及。是日入内，忽为习布库者所擒，十数小儿，立执之付诏狱。

据此所记，"布库戏"即蒙古之"摔角"。其记索额图，则有未谛，《清史列传》本传：

> 索额图，满洲正黄旗人，赫舍里氏。内大臣一等公索尼第三子，初任侍卫，由三等荐迁至一等。圣祖仁皇帝康熙七年，授吏部右侍郎；八年五月，索额图奏请解吏部任，效力左右，仍为一等侍卫。是月内大臣鳌拜获罪拘禁。

据此，非索额图解侍郎任而始"选小侍卫教之习布库戏"，乃时机成熟，决心动手时，方召索额图为助。

圣祖元后为索尼孙女，则索额图为圣祖叔岳。元勋子弟又为至亲，辞二品侍郎而就三品御前侍卫，将有事的迹象极其明显。权臣骄恣，漫不以为意，终招杀身破门之祸，今古往往有之。

按：鳌拜为圣祖所诛一事，清朝野史记载甚多，其经过颇为戏剧化。据说，圣祖召鳌拜，每见必赐座，下手之日，预先损椅子一足，鳌拜甫坐即仆，诸小侍卫一拥而上，而索额图预先已有布置，先以大不敬罪缚送诏狱，后乃议罪。在此诸小侍卫中，当有曹雪芹的祖父曹寅在。曹寅后来的得意，以及索额图之权倾一时，皆其来有自。

不过鳌拜虽有大罪三十款，仍得免死，并于康熙五十二年（1713）复爵，这是由于鳌拜的武功，在清兵入关前后称第一。

崇德六年（1641），济尔哈朗数围锦州，洪承畴帅八总兵，所部共十三万，几次赴援无功，皆以鳌拜每战必捷，最后大破明兵，导致次年二月洪承畴降清。明朝至此，在军事上已不可为。此役告终，叙功以鳌拜为最。入关后鳌拜随阿济格、豪格转战西南，所向有功，曾阵斩张献忠于四川西充。封号"超武"，殊非虚语。

平定三藩之乱

鳌拜既败，受鳌拜迫害诸臣，相继昭雪；而依附鳌拜者，处置从宽，如遏必隆之于鳌拜，明知其恶，谄媚取容，本议死罪，亦仅削爵，以求稳定。于是康熙初期政局，自此进入索额图、明珠的时代。

擒鳌拜之功，索额图最大，论功行赏，由一等侍卫超擢国史院大学士。

按：其时三院大学士已逐渐形成三满三汉对等的制度；三院者，内国史院、内弘文院、内秘书院。在权力上，三汉自不及三满；三满则未必熟谙政务，因而在鳌拜将败之前，三院实际办事之人，是弘文院学士明珠。

此人善词辩，通满汉语言文学，又善伺人意，为首相班布尔善的左右手。班布尔善是鳌拜的第一号亲信，则明珠之为鳌拜所看重，理所当然。明珠出卖鳌拜之说，既由此而来。

事实上，明珠在三院的表现，早已默简帝心，所以在康熙七年（1668）即授为刑部尚书。当然，这时候的明珠，还不具与索额图对立的资格。

明珠之得宠，由于赞成撤藩。圣祖晚年自述，亲政之初，以三藩、河务、漕运为三大事，亲自作为计划纲要，悬于寝宫中，夙夜廑（jǐn）念。

圣祖之警惕于三藩，当即位之初，便留有深刻的印象。《清史纪事本末》卷十三叙三藩起事，首云：

　　　三桂西征，留长子应熊于京师，以固朝廷意。应熊旋尚主，居京师，朝政巨细，无所不悉，三桂以是包藏祸心，日伺衅以动。世祖宾天，三桂拥兵入临，前驱至燕者，人马塞途，居民走匿。朝廷恐其为变，令于京城外张幕设奠，三桂哭临成礼而去。

按：吴应熊尚太宗幼女十四公主，顺治十六年（1659）号为建宁长公主。公主为康熙的姑母，生于崇德元年（1636），顺治十年（1653）出降。

康熙十三年（1674）"三藩之乱"，吴应熊只被监视，大学士王熙力劝康熙杀吴应熊，"以寒老贼之胆"，因连公主之子吴世霖并处死。

公主府在西单牌楼北口石虎胡同，为北平"四大凶宅"之一。纪晓岚《阅微草堂笔记》卷十，记其师工部尚书裘曰修赐第云：

> 裘文达公赐第，在宣武门内石虎衚衕[1]。文达之前，为右翼宗学；宗学之前，为吴额驸府；吴额驸之前，为前明大学士周延儒第。越年既久，又窅窈闳深，故不免时有变怪，然不为人害也。厅事西，小屋两楹，曰好春轩，为文达燕见宾客地，北壁一门，又横通小屋两楹，僮仆夜宿其中，睡后多为魅异出，不知是鬼是狐，故无

---

[1] 衚衕（hú tòng），同胡同。

敢下榻其中。

琴师钱生独不畏，亦竟无他异。钱面有癜风，状极老丑，蒋春农戏曰："是尊容更胜于鬼，鬼怖而逃耳！"

一日，键户外出，归而几上得一雨缨帽，制作绝佳，新如未试，互相传视，莫不骇笑，由此知是狐非鬼，然无敢取者。钱生曰："老病龙钟，多逢厌贱，自司空以外（文达公时为工部尚书），怜念者曾不数人。我冠诚敝，此狐哀我贫也。"欣然取著，狐亦不复摄去。

按：康熙因建宁长公主是政治婚姻下的牺牲者，且吴应熊父子皆为他所杀，虽说为祖宗社稷不得已而然，毕竟抱有一份浓重的咎歉，是故对他这位姑母恩礼备至。建宁长公主亦得安度余年，至康熙四十三年（1704）方始病殁。

公主府亦称额驸府，归宗人府所管。吴应熊获罪，公主死而别无他子，府第自然归宗人府收回，另行分配给其他王公。

但因周延儒在崇祯十四年（1641）赐死，而吴应熊又因大逆被诛，风水如此，无人敢住。闲置至雍正三年（1725），世宗降旨办"宗学"——凡凶宅，相传辟为公共场所则不碍，因以此巨宅改为"右翼宗学"。

敦诚、敦敏为英亲王阿济格之后，隶镶红旗，汛地在京城西南，故入右翼宗学就读。曹雪芹于乾隆十五年（1750）赴乡试，仅中副贡，乃以副贡资格考取宗学助教，因得与敦诚、敦敏兄弟订交于此。

右翼宗学后由石虎胡同迁至绒线胡同。原址为裴曰修的赐第。裴曰修以后，屋主不明，入民国后，为参院议长汤化龙的官邸，其友蹇某自缢于此，凶宅之名，遂又不胫而走。其后改为松坡图书馆，并改为蒙藏学校，直到1949年。因吴应熊尚主一事，附考此大宅之来历如此。

圣祖于撤藩既立志于幼年，所以亲政后积极部署，其主要助手即为明珠。三藩以吴三桂最强，圣祖的主要目标亦为吴三桂。三藩毒痛天下，愈因循愈坏，故利其速发；吴三桂之反，半亦有激使然。

是时圣祖年未弱冠，而眼光、魅力、手腕均非常人可及，历史上没有几个人真正够资格做皇帝，圣祖是其中之一。在我的评估中，他与唐太宗并为帝皇的第一流。

何以谓之"毒痛天下"？一言以蔽之，耗天下财力物力之半供养三藩，将至民穷财尽的地步。孟心史《清代史》撮叙未撤藩前"不可终日之势"云：

> 三桂藩属，于顺治十七年三月癸亥定平西、靖南二藩兵制时，已有佐领五十三。一佐领计有甲士二百，而丁数五倍之，计五丁出一甲，是有壮丁五万余也。分左

右两都统，虽用清制，然统将皆所部属，皆其死党。

是年七月戊午，又有旨如三桂请，以投诚兵分忠勇、义勇各五营，营各千二百人，统以由寇投明、由明复投三桂之剧盗马宝等十将，皆为总兵。十月复请设云南援剿四镇总兵官，以四川湖广本任之统兵大员为之，更树死党于云贵两省之外。贵州自由三桂兼辖，两省督抚咸受节制。用人则吏兵二部不得掣肘；用财则户部不得稽迟。所除授号曰"西选"。

三桂之爵，进为亲王，据五华山永历帝故宫为藩府，增华崇丽，借沐天波，庄田七百顷为藩庄，广征关市，榷盐井金矿铜山诸利，一切自擅。通使达赖喇嘛，互市北胜州。辽东之参，四川之黄连、附子，遣官就运转鬻收其直，富贾领其财为权子母，谓之"藩本"。

厚饵士大夫之无籍者，择诸将子弟、四方宾客肄武事，材技辐辏。朝臣一指摘，抗辞辨诘，朝廷辄为谴言者以慰之。尚耿二藩始并封粤，耿藩旋移闽。三藩鼎踞南服，糜饷岁需二千余万，近省挽输不给，仰诸江南；绌则连章入告，既赢不复请稽核，耗天下之半。

三桂专制滇中十余年，日练士马，利器械；水陆冲要，遍置私人；各省提镇，多其心腹。子应熊，尚世祖妹和硕长公主，朝政纤悉，旦夕飞报。此未撤藩前所有不可终日之势也。

圣祖激吴三桂之反，其道多端，举两事为例。一为起用朱国治。朱国治于康熙元年（1662）丁忧。旗人对父母之丧，服制本不如汉人之重视，而朱国治以正黄旗汉军报丁忧后，不候代理人员到达，即匆匆北归。当然，这是怕三吴士民报复，仓皇而遁；但吏部公事公办，竟以擅离职守革职。朱国治因而闲废数年，至圣祖亲政，诏复起用，又两年未补缺，而于康熙十年（1666）五月，简放云南巡抚。

以朱国治之严刻、之忠于朝廷，到云南来当巡抚，对吴三桂当然是一大刺激。明知会刺激吴三桂，而偏出此举，可知圣祖意向所在。

另一事为笼络吴三桂手下第一人才王辅臣。此人是一传奇人物，刘献廷《广阳杂记》叙其生年，生动如见。首记其出身云：

王辅臣，本姓李氏，河南人。少为宦官家奴，后闻其姊夫在流贼中，往依之，骁勇善战，而樗（chū）蒲一掷，饶有刘毅之风，尝一夜输银六百两，其姊夫知而谋杀之，弯弓于门内以待，辅臣归，一发不中，反杀其姊夫而逃。

后流入姜瓖营，为料某帐下健儿。有王进朝者，无子，与料善，问料曰："汝帐下人有可为我义儿者否？"料曰："此有二人，其一知书，一不知书，惟公择。"不知书者则辅臣也，王择不知书者，自此为王氏子矣。

辅臣长七尺余，面白皙，无多须髯，眉如卧蚕，如世所图吕温侯像。勇冠三军，所向不可当，号曰"马鹞子"。清兵之围大同也，辅臣乘黄骠马，时出剽掠，来则禽人以去，莫有撄其锋者。清兵远望黄骠马骋而来，辄惊曰："马鹞子至！"即披靡走。

姜瓖既平，王辅臣为多尔衮用作护卫，随返京城；旗人皆以一识"马鹞子"为荣。未几，多尔衮身后获罪，王辅臣的遭遇与董小宛相同。

刘献廷记：

八王得罪死，辅臣没入身者库。久之，章皇帝亲政，尝附髀谓敖拜曰："闻有马鹞子者勇士，今不知何在，安得其人而用之？"拜亦不知也。

一日，拜之仆骑而过市，遇一少年下马而避道左，仆怪而问之，曰："我马鹞子也。向者于某所识公，公忘之邪？"仆喜曰："我主甚念尔，尔来朝不可不早来谒。"归以启敖，敖亦喜。俟其来，即率之以见上；上大喜，立授御前侍卫一等虾。

按："八王"即多尔衮，"得罪死"三字微误。"身者库"

即辛者库，"敖拜"即鳌拜。"一等虾"三字衍文，"虾"为"侍卫"的满洲话，"御前侍卫"必为一等侍卫。

及洪承畴经略西南，世祖遣两侍卫相佐，实为监视。两侍卫一名张大元、一即王辅臣。张大元傲慢无礼，王辅臣则事之唯谨。及云南平，洪承畴奏保王辅臣为援剿右营总兵，辖云南迤东地方，驻曲靖府。洪承畴回朝，援剿各营归吴三桂指挥，王辅臣因此成为吴三桂的部将。刘献廷记：

> 辅臣之事平西，无异经略；而平西之待辅臣，有加于子侄。念王辅臣不去口，有美食美衣器用之绝佳者，他人不得，必赐辅臣。辅臣为人，恭以事上，信以处友，宽以待人，而严以御下，然有功必赏，虽严，士亦乐为之用。

后王辅臣因与吴三桂之侄吴应期发生误会，吴三桂意中祖侄，遂有去意。刘献廷记：

> 乃密遣人持金钱入都，遍贿朝廷左右暨用事者，人人交口王辅臣，上闻之亦耳熟矣。适平凉提督缺出，上以边镇须材，特点王辅臣。报至滇南，平西闻之，如失左右手，叹曰："小子费亦不赀矣，家私几何，乃如此胡为耶？"及至省辞王，王待之愈厚，执手涕泣曰：

"尔至平凉，无忘老夫。汝家贫，人口众，万里迢迢，何以当此？"遂出帑二万两以为路费。

吴三桂已知王辅臣将不能为己所用，刻意笼络，但已无及。到得王辅臣入都，刘献廷记其陛见云：

上坐内廷以待，望见喜曰："有武臣如此，朕复何忧？"此自恩泽频加，赏赉屡及；无日不诏入，语必移时，廷臣骇然，不知其何自也。都下哄传，以为平西有密语令王入奏，又讹马鹞子为马儿头，种种不经之语，令人发笑。

上问辅臣出身，曰："身者库。"上惊曰："如此人物，乃隶身者库耶？"立命出之，改隶旗下，因谓之曰："朕欲留汝于朝，朝夕接见。但平凉边庭重地，非汝不可。"其命钦天监择好日以行。

时值岁暮，而定期岁内。上又谓之曰："行期近矣！朕不能舍。上元在迩，其陪朕看灯过而后行。"更命钦天监再择吉日于上元之后。届期入辞，温语良久，授以方略，重加赏赐。

御座前有蟠龙豹尾枪一对，上指谓辅臣曰："此枪先帝所遗以付朕者，朕每出必列此枪于马前，以无忘先帝。汝先帝之臣，朕先帝之子，它物不足珍，其分此一枪以赐汝。汝持此往镇平凉，见此一枪如见朕，朕见此枪如见汝矣。"辅臣拜伏于地，泣不能起，曰："圣恩深重，臣即肝脑涂地，不能稍报万一，敢不竭股肱之力，以效涓埃！"涕泣而出。

康熙这套能使臣下效死的手段，为后来雍正所极力模仿，但有诚与不诚之别，而且雍正的做法过分肉麻，以故只有庸才方始入彀。康熙年轻时自誓待大臣如手足，这一点大致是做到了。

至于上引一段记载，最可注意的是，"无日不诏入，语必移时"一语，所谈的自是吴三桂的一切。

"知己知彼，百战百胜"，吴三桂虽有其子在京作"坐探"，但可确信吴三桂之了解朝廷，不如朝廷了解吴三桂之深。即就对王辅臣而言，吴三桂与之相处多年，而康熙则为初识，但以后事实证明，他比吴三桂更为了解王辅臣。即此便可判定吴三桂必败无疑。

康熙能知人、能容人，更能用人，具此三者，必成不出世的领袖。

康熙之知王辅臣，至"秦州之变"，犹确信王辅臣本心无他，坏事在王辅臣的义子王吉贞。

兹先叙癸丑年事：

癸丑（康熙十二年），平西王反，念陕西为天下之脊，而王辅臣、张勇实握兵权，又皆旧部曲，辅臣尤为亲密；云南援剿右营标下听用官汪士荣，向为辅臣之所亲信，三桂访得之，以书二通、札二道付士荣，令其从间道走平凉，以致辅臣，而令辅臣以书一札一转致张勇，不别遣使。

辅臣得书，立使人拘执士荣，令其义子王吉贞赍逆书二通，伪札二道，解逆使汪士荣星夜入朝。上见之喜，置士荣于极刑，留吉贞于朝，晋职为卿，而嘉辅臣之忠贞也。

张勇闻之，怒曰："吾二人事同一体，汝即欲作忠臣，亦宜先使知，会同遣使入；背我独献忠于朝廷，今朝廷疑我，是卖我也！我看汝作忠臣者，作至几时？"自此张王遂成参商矣。

按：张勇，陕西咸宁人，在明朝即官至副将，降清后从洪承畴转战湖广西南，立功甚多。顺治十年（1653）其官位即为"右都督"，后迁云南提督，此为绿营最高的武官，正一品，号为"军门"。其于康熙二年（1663）起久镇西凉，资格远较王辅臣为深，效忠清室，亦不下于王辅臣，无怪其深憾于王。倘使当时王辅臣邀张勇密商，即不致有后来秦州之变，王亦不致家破人亡。处大事之际，一念之误，为害不可胜言。武人必多置幕府，礼贤下士，于紧要关头，得其一言为用，可长保富贵。王辅臣不识字，不明此理，以致身败名裂，坐使张勇独擅其功，殊为可惜。

所谓"秦州之变"，指经略大臣莫洛被戕于宁羌一事。当吴三桂于康熙十二年（1673）十一月廿二日杀巡抚朱国治起事，自称"天下都招讨兵马大元帅"，以第二年甲寅为"周王元年"时，一时声势极盛。

康熙十三年（1674）二月，吴三桂连陷湖南诸郡，直至岳州；三月，广西孙延龄、福建耿精忠相继反，广东尚可信劫其父可喜投降吴三桂，诸藩之毒尽发。其时主要战场分三处：一为湖南、广东，二为福建、江西、浙江，三为陕甘、四川。

康熙派出安亲王岳乐为定远平寇大将军，康亲王杰书为奉命大将军，以及莫洛分别负责上述三战场。

莫洛本为鳌拜党羽，以在陕甘有惠政得以免罪，内调为刑部尚书。吴三桂既反，一路出湖南进窥中原，一路则向陕甘，倘得三秦之地，则西北、西南连成一气，足可自保，所以陕甘一路的军事，关系特重。

康熙以莫洛在西北素得民心，因特授为经略大臣，并加武英殿大学士，驻西安。十三年（1674）五月，康熙指授方略云："顷贼蜂聚岳州，值雨甚大，兵难行，俟稍霁，即水陆并进。吴三桂果在丰洲，宜乘虚径袭其后；如克复四川，可取道交水，以定贵州，或径趋云南。"莫洛决定入川。十一月率兵进驻汉中，准备入川，檄调王辅臣自平凉领兵随征。

王辅臣的部下多与吴三桂所部有旧，故王辅臣奉密旨防吴，不敢形诸颜色，他的部下亦不知他的本心，纷纷进言，要求响应吴三桂。王辅臣唯以死自誓，表示"宁杀我，无负朝廷"。

此时王辅臣的处境，可说左右为难，知遇之恩，固然浃骨沦髓[1]；故主之情，亦未可遽忘。因此，他虽不反清，但亦不忍明白表示反吴。

于是，王辅臣的部下决定造成既成事实，胁迫王辅臣非反不可。这么一来，莫洛的性命就不保了。

警报到京，康熙曾打算"亲到荆州相机调遣，速灭贼渠吴三桂。若吴三桂既灭，则所在贼党，不攻自息"，旋为议政大臣所阻。

康熙之拟亲征，主要原因是他了解王辅臣重情义，宁羌之变，必是部下挟持。他相信，他到了荆州，与王辅臣一通消息，表示强烈的支持，王辅臣自有办法反正过来，为他所用。且看刘献廷记：

---

[1] 也作"沦肌浃髓"，意思是透入肌肉和骨髓，比喻感受深刻。

陕西督抚以反状上闻，上亟召王吉贞入内，曰："汝父反矣！"吉贞曰："不知也。"上即以陕抚之状示之，吉贞战栗，嗫不能言。上曰："无恐！朕知汝父忠贞，决不及此。由经略不善调御，平凉兵变，胁汝父不得不从耳！汝宜亟往宣朕命，汝父无罪，杀经略罪在众人，汝父宜竭力约众，破贼立功，朕赦众罪，不食言也。"

吉贞星夜归平凉，时辅臣尚在秦州，平凉居守诸将，技痒正不可奈，忽见吉贞归，欢呼曰："大总爷至矣！"拥之入城，奉为总兵，设官分守焉。吉贞亦将上命置脑后。

此为王辅臣梦想不到，更为康熙始料所不及。刘献廷著"自吉贞归平凉，而王氏之反势成"一语，真为史笔。刘献廷又记：

辅臣既杀经略，讵不思疾取西安，而张氏雄踞西陲，眈眈虎视；一举足而东，则张氏卷甲尾其后，踌躇首鼠，退保平凉，而大兵已四集矣！

"张氏"谓张勇，其时以甘肃提督驻甘州（张掖）；十四年（1675）二月下旬，所部大将王进宝，领兵以皮筏渡黄河而东，援守兰州，数立战功。张勇以王进宝得力，加官晋爵，由"靖逆将军"封为靖逆侯，其子一品荫生张云翼以"大四品京堂"任用。

张勇感恩图报，于六月底会同旗兵，包围平凉。而康熙仍特颁敕谕，招抚王辅臣，首言：

> 吴三桂为逆，人心惊扰，怀疑瞻顾者多，惟尔知守臣节，出首逆书，遣子王继（吉）贞入奏，朕甚嘉之。是用锡尔世职，官尔子卿贰，以厉忠恒。后经略莫洛率师进蜀，调遣失宜，变生仓卒，尔被逼胁，陷于叛乱。朕闻之，未忍加诛，即遣尔子往谕，盖谓尔封疆旧臣，屡受国恩，自当悔祸来归，不意尔反生疑畏，窃踞如故，殊负朕至诚恻怛之怀。

前段务为开脱，以康熙对王辅臣所知之深，确具诚意，不独希望王辅臣反正，平定西陲；而且会重用王辅臣，因为所谓"八旗劲旅"已经很差劲了。这一层留到后面再谈。前引上谕，后段剖视利害：

> 近大将军率诸将已破秦州，蜀寇相率败遁，平逆将军又取延安，兰州、巩昌以次底定，大兵云集平凉，灭在旦夕。但平凉兵民皆朕赤子，克城之日，必多杀戮；以尔之故而驱民于锋镝，朕甚不忍。

今复敕尔自新，若果输诚而来，岂惟洗涤前非，兼可勉图后效。尔标下官兵及地方文武吏民，诸当坐者，概行宽宥。

如果王辅臣此时复行投诚，性命可保，富贵可期；因为战局方在胶着之中，倘或朝廷食言，不能示大信于天下，那就是迫使三藩反到底了。而王辅臣失去了这个机会，表面奉诏，而实际拖延。

亦可能是王辅臣愿降，而其部下看出八旗暮气已深，亲贵畏死怯战，认为尚有可为，因而借此缓兵之计。

康熙看出真相，严谕督责进兵者不知凡几。可是康熙十四年（1675）这一年，战事并无多大进展，直到起用图海，局势方始改观。此人与乾隆朝的阿桂、同治朝的文祥，皆满洲第一流人物。而图海原为汉人，《清史稿》本传：

图海，字麟洲，马佳氏，满洲正黄旗人。父穆哈达，世居绥芬。图海自笔帖式历国史院侍读。世祖尝幸南苑，负宝从，顾其举止，以为非常人，擢内秘书院学士，授拜他喇布勒哈番，迁弘文院大学士、议政大臣。顺治十二年，加太子太保，摄刑部尚书事，与大学士巴哈纳等同订律例。侍卫阿拉那，与公额尔克戴青两家奴斗于市，谳失实，坐欺罔，免死，削职。

此为图海在顺治朝的经历。世祖崩，遗诏起用图海，康熙初授为满洲正黄旗都统。李自成余众郝摇旗在襄阳一带啸聚作乱，图海被授为定西将军，副靖西将军穆里玛，领禁旅，会合湖广四川诸军讨贼，奏凯而还。穆里玛为鳌拜之弟，故图海亦受知于鳌拜，还朝后授弘文院大学士，但非鳌党。

撤藩之议，分成两派，反对派势力浩大，而以图海为首。图海之反对，我认为最大的原因是，他已深知亲贵不足恃，而典兵者必为亲贵。若是，则撤藩必招祸乱，力不能平，岂非至危之事？

康熙不纳其议，但仍能用图海。吴三桂既反，以图海兼摄户部，理粮运，统筹后勤事宜。不以图海反对撤藩而内心略存有芥蒂，此"不拘一格用人才"，为康熙的领袖长才之一。

及至三路平三藩之乱，师老无功，察哈尔林丹汗的孙子布尔尼乘机窃发，在十四年初劫其父叛乱。警报到京，朝廷震动，因为八旗劲旅尽皆南征，宿卫亦空，康熙虽满腹经纶，毕竟不能唱一出"空城计"，因而焦忧万状。

于是孝庄太后一言兴邦，她向康熙说："图海才略出众，不妨重用。"康熙立即召见图海，决定以信郡王鄂札为抚远大将军，而由图海以副将军的名义，负指挥的全责。

既然宿卫亦空，所可指挥者又在何处？图海掌理户部，知粮饷之去路，即知兵源之所在，虽乏禁旅，犹有八旗王公门下的包衣可用。奏准降旨，征用亲贵家奴，选其尤为健勇者，亦有数万人；图海下令，在德胜门教场听点。

明清习例，凡自京师出兵，不论东西南北，概由德胜门出发，取"得胜"的口彩。这天黎明时分，图海全副戎装到场，检阅既毕，传令拔队急行军，不许夜宿，此为唯一的要求，其他不问。

于是军队所至之处，大肆掳掠，"饱则远飏"，完全恢复到草创之初，破边墙而入，长驱南下，迅疾如风，呼啸而过的那股剽悍之气了。

到得察哈尔部，图海召集所部各佐领说："一路来所掳掠的，不过士庶之家，没有什么了不起。察哈尔汗本是元朝的后裔，几百年蓄积，珠玉货宝，不可胜计。太宗当年征布尔尼之祖林丹汗，意在招降，所以军纪严肃，秋毫无犯。如今情形不同了！你们有本事尽管敞开来动手，一切由我负责。"

这番话转达下去，各佐领无不摩拳擦掌，一逞为快。

布尔尼原以为朝廷调兵遣将，大费周章，尽可从容行军，不想大军猝临，已觉胆寒；更不料大军安营未定，已展开全面攻击，而且锐猛异常，以致兵败如山倒，而图海居然一战成功了。

《清朝野史大观》记"图文襄用兵"云：

众踊跃，夜围其穹庐，察哈尔部长布鲁额（布尔尼）不及备，擒之。公分散财帛，奖励士卒而归。陛见时，圣祖责其掳掠宣府等郡县，以有司劾章示之。公谢罪曰："臣实无状，然以舆儓之贱，御方强之敌，若不以财帛诱之，何以得死力？然上待臣奏绩而后责之，实上之明也。"圣祖大悦曰："朕亦知卿必有所为也。"复令公西征。

图海班师于康熙十五年（1676）二月，圣祖御南苑大红门亲迎，赐御用衣帽、团龙补服、黄带等物，又赐御乘名马两匹、散马二百匹。"抚远大将军"的名号，亦由鄂札移授图海，并亲临太和殿赐敕印。

按：清初有大征伐，辄命"大将军"，寄以专阃之责。但大将军亦有等别：先以有"奉命"及"远"之字样为贵；康熙以后，以"奉命"字样太空泛，独重"远"字，尤重"抚远"，因为"远"则不偏于一方，"抚"则不限于军事，有"文武兼辖，便宜行事"之意在内。康熙一朝自鄂札开始，亲贵得授抚远大将军者，只圣祖胞兄裕亲王福全及皇十四子胤禵二人。

异姓授抚远大将军者，亦只图海及所谓"端敬皇后之弟"费扬古二人。由此可见，"抚远大将军"的名号至为贵重；雍正谓康熙授胤禵为"抚远大将军"，乃"借此远之"，不实。

图海于康熙十五年（1726）五月抵平凉，《清史稿》本传：

十五年，以图海为抚远大将军，八旗每佐领出护军二名，率以往。临发，上御太和殿赐敕印，命诸军咸听节制。既至，明赏罚，申约束。诸将请乘势攻城，图海宣言曰："仁义之师，先招抚，后攻伐。今奉天威讨叛竖，无虑不克。顾城中生灵数十万，覆巢之下，杀戮必多，当体圣主好生之德，俟其向化。"

城中闻者，莫不感泣，思自拔。五月，夺虎山墩。虎山墩者，在平凉城北，高数十仞，贼守以精兵，通饷道。图海曰："此平凉咽喉也。"率兵仰攻，贼万余列火器以拒师。图海令兵更迭进，自巳至午，战益力，遂夺而据之，发大炮攻城，城人汹惧。图海用幕客周昌策，招辅臣降。

昌，字培公，荆门诸生，好奇计，佐振武将军吴丹有劳，以七品官录用。图海次潼关，以策干之，客诸幕。辅臣所署置总兵黄九畴、布政使龚荣遇皆昌乡人，屡劝辅臣反正，以蜡丸告昌，昌白图海，图海即令昌入城谕降。辅臣遣其将从昌出谒，图海闻上，上许之，乃假昌参议道，赍诏往抚。辅臣使荣遇上军民册，子继贞缴三桂所授敕印，顾犹观望，复命昌偕兄子保定谕之，乃薙发降。

此记较其他官书为详，但犹未得实。刘献廷《广阳杂记》云：

> 辅臣初在大同，城破之日，有结发妻自缢而死。后贵，复置妻妾七人。平凉被围时，辅臣顾七人叹曰："死大同者，今无其人矣。"七人闻之，同时皆自缢而死。辅臣出战，虽屡胜，而孤城坐困不支，经略图海招之降，与之钻刀设誓，保其无它，辅臣出降。

"钻刀设誓"是何讲究？孤陋不知。疑"钻"为"攒"之误。图海与王辅臣设誓事，他书不载。据此可知，王辅臣已自度平凉必不可保，而图海用周昌计，辗转通款，委曲求全，固有收以为用的苦心在内，而前此围城清军竟未能破城，则其暮气已深，不言可知。至于王辅臣的结局，《广阳杂记》独得真相：

> 辅臣出降，随经略辅战有功，事多不具录。事平，上撤经略还朝，即召辅臣入京。鞍马已具，行有日矣，乃出其后妻。自七人缢后，辅臣复娶一女，至此忽与之反目，怒不可解，登时欲出之，召其父来，与之决绝，

而密语之曰："领汝女亟离此，他方远嫁。我出汝女，所以保全之也。"

有工匠随征久，具呈于辅臣，求批归省，辅臣取其呈，手裂之曰："汝归即归耳，尚须此物耶？汝归不宜复来，逢人不可道一王字。"命取银赏之，工匠涕泣辞去。随命司计者取库中银，多少分之，各为一封，多以百计，少或数两，一一标识。余一二万金，置之库中，以印条封之，更录簿一册，记银数并诸杂物，曰："吾为提督久，岂无余赀，令人动疑，累汝后人也。"

取旧账目，悉火之，召诸将卒亲随人等至前曰："汝等随我久，东西南北奔走，犯霜露，冒矢石，亦良苦。今我与汝等辞，汝等宜远去。"随其人之功绩，各以银一封与之曰："汝持此，愿归田者亟归；愿入行伍者，速投他镇去，无言向在我处。"众皆哭。挥之行曰："速去！我事自当无累汝等，从此决矣！"

既发遣众，乃命酒独酌高歌，饮讫，见盛鱼银碗在案，重二十余两，沉吟曰："此物当与谁？"适有童子捧茶至，顾曰："汝在此几年？曾娶妻否？"童子曰："未娶也。"遂命取石槌碗令扁，以授童子曰："与汝归娶一妻，勿更来矣！"

复酬饮高歌二三日，问门下尚有几人，则惟数十人在矣。召之来共坐，呼酒欢饮，至夜半，泣谓众曰："我起身行伍，受朝廷大恩，富贵已极。前迫于众人为不义，事又不成。今虽反正，然朝廷蓄怒已深，岂肯饶我？大丈夫与其骈首僇于市曹，何如自死。然刀死、绳死、药死，皆有痕迹，则将遗累经略、遗累督抚、遗累汝等。我筹之熟矣，待极醉，絷我手足，以纸蒙我面，冷水噀之，立死，与病死无异；汝等可以痰厥暴死为词。"

众哭谏之，怒欲自刎，众从其言，天明以厥死闻。后经略入朝，上问王辅臣，经略言反非其本意，上怒曰："汝与王辅臣一路人也！"图海惧，吞金而死。

王辅臣死状，实为异闻；图海吞金死，更为异闻。刘献廷为清初大儒，但心存明室，所记或有偏颇之处，上引之文对康熙"蓄怒已深"，似有微词。照我的看法，王辅臣之死，其中必有曲折，不是王辅臣自疑过甚，即朝中有人必欲置之于死地。照康熙的个性，不致如此，兹以耿精忠为证。

《清史稿》本传：

（康熙十五年）八月……精忠势渐蹙，谋出降，先使人戕（范）承谟及其客嵇永仁等。杰书师进次建阳，书谕降精忠，答书请宣诏赦罪。师复进，克建宁，次延平。精忠遣其子显祚及襄绪、嘉猷出迎师。杰书使赍敕宣示，精忠乃出降，请从军讨（郑）经自效。

杰书以闻，诏复爵，以其弟昭忠为镇平将军，驻福州，命精忠从军讨经。经败，还台湾。乃移师趋潮州，进忠出降，令精忠驻焉……十六年，遣显祚入侍，授散秩大臣。藩下参领徐鸿弼等使赴兵部具状，讦精忠降后尚蓄逆谋，昭忠亦以鸿弼等状闻，上留中未发。

十七年，上令精忠还福州，以其祖及父之丧还葬。是秋，三桂死，杰书疏请诛精忠，上谕曰："今广西、湖南、四川俱定，贼党引领冀归者不止千百。骤诛精忠，或致寒心。宜令自请来京，庶事皆宁贴。"

十九年，精忠请入觐……昭忠、聚忠又疏劾精忠，上乃下鸿弼等状，令法司按治，系精忠于狱。遣聚忠赴福州宣抚所部。是岁，（尚）之信以悖逆诛。二十年，云南平。二十一年，法司具狱上，上谕廷臣欲宽之。大学士明珠奏：精忠负恩谋反，罪浮于之信。乃与……等皆斩。

两相比较，耿精忠所以致死之因，王辅臣并皆无有。第一，王辅臣不得已而反，为康熙所谅解；第二，王已随图海在此两年中立下许多功劳；第三，耿精忠的兄弟、部下，都攻击耿精忠，而王辅臣得部下爱戴，不致有此；第四，杰书受耿精忠之降，而疏请诛耿，与图海跟王辅臣的情形不同。

对耿精忠尚且"欲宽之"，则对王辅臣必当更宽。还有很重要的一点是，耿精忠徒为朝廷之累，一无所用；而王辅臣则年力正壮，犹大有用处，何必杀他？

三藩之乱，自图海出兵，王辅臣复降，至康熙十六年（1677）下半年，已有把握必可平定。孟心史《清代史》，撮叙此一年余经过，可知其进展：

> 十五年五月，抚远大将军图海败王辅臣于平凉，辅臣降，诏复其官，授靖寇将军，立功自效，诸将并皆原之，以此鼓叛者来归之气。时官兵各路皆捷，诸藩势日蹙。十月，杰书师次延平，耿藩将耿继善以城降，精忠遣子显祚献自铸印乞降，精忠盖亦效三桂所为，称总统兵马大将军，蓄发易衣冠，铸"裕民通宝"钱。至是，献其印降，杰书入福州疏闻，命复其爵，从征海寇自效。
>
> 海寇者，郑成功子经尚据台湾，是时入闽浙，不问官军叛军守地，乘乱略取，陷漳州，海澄公黄芳度殉。亦逼建昌，耿藩守将耿继善遁。朝廷因敕杰书速进，乘机下福州。
>
> 十二月，尚之信使人诣简亲王喇布军前乞降，且乞师，愿立功赎罪，诏敕其罪，且加恩优叙。

孙延龄为三桂将吴世琮所杀，踞桂林。十六年三月，以莽依图为镇南将军，赴广州。四月至南安，叛将严自明以城降，遂克南雄，入韶州。五月己卯，（尚）之信出降，命复其爵，随大军讨贼。

于是康熙做了一个非常开明的决定：于十七年（1678）正月十七日，特颁上谕，开"博学弘词"科，尚未偃武，即思修文，望治之心之切如见。

上谕云：

自古一代之兴，必有博学鸿儒，振起文运，阐发经史，润色词章，以备顾问著作之选。朕万几时暇，游心文翰，思得博洽之士，用资典学。我朝定鼎以来，崇儒重道，培养人材，四海之广，岂无奇材硕彦，学问渊通，文藻瑰丽，可以追踪前哲者？凡有学行兼优、文词卓越之人，不论已未出仕，着在京三品以上及科道官员，在外督、抚、布、按，各举所知，朕将亲试录用。

其余内外各官，果有真知灼见，在内开送吏部，在外开报于该督抚，代为题荐。务令虚公延访，期得真才，以副朕求贤右文之意。尔部即通行传谕遵行。特谕。

按：科举除定期举行的文科武科以外，特诏以待异等之才，称为"制科"，起于唐朝，名目繁多，而以"博学弘词"为最著。乾隆以后改称"博学鸿词"，因御名弘历，故改弘为鸿。

后于康熙十八年（1679）六月初一，召试于体仁阁下，先赐宴，后给卷。是年岁次己未，故称为"己未词科"，此事关乎一代文运，留待后文再谈。兹先谈发生在三藩之乱中的两重公案：一为孔四贞事，一为"安溪相国"李光地事。

定南王之女孔四贞轶事

孔四贞为定南王孔有德之女。顺治九年（1652）七月，李定国破桂林，孔有德自缢死，家属一百二十余人皆遇害，唯一孤女，以年幼羁养军中。十一年（1654），定南部将缐国安、李如春收集溃兵，收复桂林。

孔四贞奉父灵榇[1]归京师，和硕亲王以下郊迎，三品以上官皆留丧次一宿，恩礼甚隆。孔四贞则入宫为孝庄太后义女；十二年（1655）四月有旨："定南武壮王孔有德，建功颇多，以身殉难，特赐其女食俸，视如和硕格格，护卫

---

[1] 榇（chèn），棺材。

仪从俱旧。"

此为借孔四贞以维系定南旧部的手法。至十三年（1656）六月底，在顺治预定七夕册封董鄂氏（董小宛）之前，以懿旨立孔四贞为"东宫皇妃"，其时孔四贞年约十一岁。吴梅村《仿唐人本事诗》四首之第一：

> 聘就娥眉未入宫，待年长罢主恩空。
> 旌旗月落松楸冷，身在昭陵宿卫中。

即咏此时之事，孟心史作《孔四贞事考》，论证綦祥，唯于此节稍有未谛。

按：上引吴诗，首二句即言正式册封及顺治之崩。既已封妃，虽在待年，未承恩泽，亦无另行择配之理；但必孝庄意有未忍，且亦无以维系定南部将，因而变通办法，以孔四贞"掌藩府军政"为名，不视之为已册封的皇眷，如此乃得遣嫁。

吴诗第一首重在孔四贞身份的改变，既在昭陵宿卫之中，自不与分香卖履之列，然后乃可嫁孙延龄。

无名氏所作《四王合传》云：

> 四贞年十六，太后为择佳婿；四贞自陈有夫，盖有德存日已许配孙偏将之子延龄矣。因下诏求得之，奉太

后命为夫妇，赐第西华门外。广西之再定也，以线国安统其众，部曲如故；而藩府久虚，上念孔后无人，且虑及孔师无主，乃封四贞为和硕格格，掌定南王事，遥制广西军。

此梅村所谓"锦袍珠络翠兜鍪，军府居然王子侯"者也。吴梅村《仿唐人本事诗》其他三首云：

其二

锦袍珠络翠兜鍪，军府居然王子侯。

自写赫蹄金字表，起居长信阁门头。

其三

藤梧秋尽瘴云黄，铜鼓天边归旐（zhào）长。

远愧木兰身手健，替耶征战在他乡。

其四

新来夫婿奏兼官，下直更衣礼数宽。

昨日校旗初下令，笑君不敢举头看。

"锦袍"一首写孔四贞的威风，既掌定南军令，俨同侯王令子；而又为孝庄太后义女，可自写小简，敬候起居。"藤梧"

云云，则反折一笔，写孔有德殉难与归榇，以及她的锦袍兜鍪的由来。

末首写夫婿为属官，语带调谑，殊不知此即为悲剧之由来；梅村殁时，三藩未乱，倘知后来广西之事，就不是这样写法了。

《四王合传》写孙延龄、孔四贞夫妇云：

> 延龄为和硕额驸，内辅政大臣，都勒机昂邦，世袭一等阿思尼哈番。延龄美丰姿，晓音律，长于击刺。体劲捷，能趋九尺屏风。惟不喜读书。然遇有章奏，令幕官诵之，辄能斟酌可否。与人交，必尽其诚，能容人之过失。时年亦十六云。四贞美而不贤，自以太后养女，又掌藩府事，视延龄蔑如也。
>
> 延龄机智深狙，以太后故，貌为恭谨以顺其意，四贞喜出入宫掖，日誉其能。由是，太后亦善视之，宠赉优渥，亚于亲王。四贞不知延龄以计愚之也，谓其和柔易制，事益专决；延龄内愈不平，日思所以夺其权矣。

按：孙延龄亦为十六岁，则与孔四贞同年生。虽欠读书，未尝非翩翩浊世佳公子，其不为孔四贞所下，亦是情理中事。既思夺权，则必离京师，以断孔四贞奥援，于是有出镇之事。《四王合传》又云：

康熙四年丙午，四贞面奏家口众多，费用浩繁，欲就食广西。奉特旨："查定南王女孔四贞，于顺治十七年奉世祖章皇帝掌定王事，在京遥制。今应否给与其婿孙延龄掌管，着议政亲王、贝勒大臣、九卿、科道会议具奏。"诸大臣皆以为可。议上，即奉旨："孙延龄镇守广西将军，其下应设都统一员，副都统二员、即着孙延龄遴选具奏。缐国安年老，着休致。"四贞遂请和硕格格仪卫以行。

定南兵权，实际上本操诸缐国安之手，朝廷准备削藩，自剪除其羽翼着手，即利用孔四贞以去缐国安，下一步便是利用孙延龄以抑孔四贞，然而操之过急，其后果竟非朝廷所能预料。

《四王合传》云：

四贞与延龄南下抵淮安，诰封敕书至，以延龄为特晋上柱国光禄大夫、世袭一等阿思尼哈番、和硕额驸、镇守广西等处将军，其妻孔氏为一品夫人。四贞自以为和硕格格已居极品，不从夫贵也；今忽封一品夫人，则仍似妻以夫贵矣，疑延龄嘱内院为之，不惬意；夫妇遂不相能。

戴良臣者，原系四贞包衣佐领，颇有才智，希大用；力荐其亲王永年为都统，而欲己与严朝纲副之。延龄初不许，乃营求于内，四贞强之而后可；虽为之请命于朝，而心甚忌之。

良臣因构难其间，谓延龄独信任蛮子，而薄待格格旧人，由是，夫妇益不合。良臣佐格格，每事与延龄相左；所用之人，必逐之而后已，延龄竟为木偶，不复能出一令矣。四贞初任良臣，以为尊己，故惟言是听。及其得志，并格格而薄之，权且渐归于下；事无大小，皆擅自题请。广西一军，惟知有都统，不知有将军，并不知有格格。

据孟心史的看法，戴良臣等实为清廷的间谍，目的在侵四贞之权以抑延龄，不意效果相反，《四王合传》接叙云：

四贞乃大悔恨，知为良臣所卖，仍与延龄和好；然大权旁落，不可复制。三都统益自专，延龄积不能平，以良臣等僭乱不法事诉于上，三都统亦上疏讦之。上命督臣金光祖究其事，光祖与副都统严朝纲为至戚，奏延龄御下失宜、良臣等无罪。上疑其言非实，复令大臣按问，三都统惧得罪，并力以求伸；以故大臣亦不直延龄，延龄于是始谋所以杀良矣。

策动言官攻讦孙延龄，为"并力求伸"的手杀之一，而措辞中伤及孙延龄自尊，则为三都统招祸之由，如《东华录》：

> 康熙十一年九月乙未，御史马大士奏参广西将军孙延龄，原无奇勋异绩，皇上垂怜定南王乏嗣，令其掌管王旗，异数殊恩，蔑以加矣。为孙延龄者，自宜懔遵国宪，以尽臣子之宜，乃题补营弁薛起凤一事，部议以广西非系题补省份，复奏不行，屡经奉旨，孙延龄屡行陈奏，必欲违国家之成例，用本旗之私人，是诚何心？伏乞严敕，以为恣肆不臣者之戒。下部察议。

孙延龄镇广西已历七年，用人虽不能如吴三桂之"西选"，但题补一营弁，本系专阃之权，朝廷应无不准之理，不意忽而出以"违国家之成例，用本旗之私人"的罪名，试问何一旗不用私人？于此可知，为欲加之罪，不患无词。而语气轻蔑，自为孙延龄所切齿。于是，到得吴三桂反时，孙延龄召三都统及其心腹共十三人议事，如演义中常描写的，掷杯为号，伏壁甲士拥出，尽缚而斩。三都统后皆列入清《国史·忠义传》。

孙延龄之叛，一半为势逼使然，复以孔四贞之影响，因谋反正，而结局甚惨。《四王合传》叙孙延龄之死云：

广西提督马雄，亦是南藩下人，为都统之助，恐延龄害己，坚守不下。后三桂大军至广，雄乘势亦降，为伪东路总督。虽与延龄共事，而彼此各相猜疑。延龄乃复萌反正之意。

盖其初叛也，激于良臣之讼；及见马雄势大，畏其逼己，四贞又日夜感上恩，劝延龄归顺，计且决矣。雄探得之，密告三桂，谓延龄有异志，宜急除之，以绝后患。

十六年丁巳，三桂遣其侄伪金吾大将军吴世宾领兵以恢复广东为名，驻师桂林城外。延龄出迎，世宾叙故，相得甚欢；及送之辕门，有苗兵数十突起马首，延龄于马棰中出利刃奋击，毙数人，力不支，为所杀。世宾送其头于马雄，雄掀髯大笑曰："延龄亦有今日乎！"头忽睁目张口，跃然而起直向雄身；雄大叫曰："延龄杀我！"遂呕血而死。

按：吴世宾应为吴世琮；"世"为吴三桂孙辈的排行，非侄。

孙延龄既死，吴三桂拘孔四贞入滇，四贞亦为三桂义女，借以羁縻定南旧部。三藩乱平，孔四贞归京师，无子，食禄以尽余年。

录清朝《闺墨萃珍》孔四贞致孙延龄书一通，以为本段结束，其文真伪，无可深考：

余父在明，位不过一参将耳。而以百战余生，仅得中秩。明之待余父，恩何薄也！大凌河之战，松山之战，有天意焉。朝旨诘责，震悼刘、杜之死绥，而欲以余父暨仲叔（耿仲明）行法。余父见几，单骑出关，谒太祖皇帝于兴京，由是攀龙鳞，附凤翼，爵至定南。桂林之役，余父死战，今皇上恩恤稠渥，典礼有加。

呜呼！本朝之待余父情至矣！恩厚矣！昔豫让有国士众人之说，诚非无所见而云然。将军并无殊勋异绩，徒以贞故，位崇专阃，仪同额驸。乃闻道路之言，将军受滇藩蛊惑，潜结精忠之孝为援，颇蓄异志。

噫嘻！市传有虎，本不足凭。但贞与将军既共衾穴，生死系之，安忍缄舌。至利害所系，贞亦不为毛举，第滇藩既能忍于永历，岂独不忍于将军？则为将军计，似不应负本朝，负余父，并负贞也。

"安溪相国"李光地卖友夺情

现在谈另一重公案，所谓"安溪卖友"。全祖望《鲒埼亭集外编》卷四十四《答诸生问榕村学术帖子》称："其初年则卖友，中年则夺情，暮年则居然以外妇之子来归。"此为李光地假道学的三大证据。

榕村即李光地别号，福建安溪人，官至大学士，故称"安溪相国"。他于康熙九年（1670）庚戌成进士，点翰林。此科总裁有龚芝麓在内，衡文巨眼，榜中多名士，探花为徐乾学，李光地为二甲第二名，与赵申乔、陆陇其、邵嗣尧，都以理学著称，则以魏裔介以保和殿大学士为四总裁之首之故。

但陆陇其、邵嗣尧为真理学；李光地为假道学；赵申乔人品亦颇有问题——《南山集》一案，即为赵申乔挟嫌报复而起。此外如王掞、王原祁叔侄，张鹏翮、郭琇皆在此榜；陈梦雷二甲三十名，亦点为庶吉士。

李光地在庶吉士馆学习"国书"，识满洲文，所以后来能为"大军"平耿精忠之乱时做向导。

康熙十二年（1673）散馆，李光地、陈梦雷同时请假回福建，一在安溪、一在福州。未几，耿精忠响应吴三桂作乱，乃有"安溪卖友"之事。《清史稿·李光地传》：

> 陈梦雷者，侯官人。与光地同岁举进士，同官编修。方家居，精忠乱作，光地使日鼋（xiǎng）潜诣梦雷探消息，得虚实，约并具疏密陈破贼状，光地独上之，由是大受宠眷。及精忠败，梦雷以附逆逮京师，

下狱论斩，光地乃疏陈两次密约状，梦雷得减死，戍奉天。

据孟心史考证，此实李光地与陈梦雷合作投机。其论断如此：

由此得一推断：陈、李始为合伙投机。陈居闽省，三桂事成，得缘耿以为周之佐命；李居闽边，清廷祚永，得通北以为反正之阶梯。蜡丸书稿，陈恭甫硁硁致办，谓绝非出陈手。此未免所见太执。

蜡书何尝真有益于军事，何必问其稿之谁属？但观事势可以通款，即致一密疏以完投机之约，此安溪所当践此言者。论此事者过信安溪，以为平闽之功，出于安溪密疏。似若清兵之入闽，真由听密疏所陈，由赣入汀，掩精忠之不备，故得奏捷。其实据安溪年谱，绝无此事。

又说：

梦雷绝交书明言甲寅分别时相约，己任其功，李任其节。何所谓功？谓屈其身以待做内应耳。密疏措辞，应言贼中思得当以报者有梦雷在，庶为不负患难中合作本旨。安溪亦言："本朝恢复日，君之事予任之。"

即是绝交书中语意，既已入语录矣。迫背负之后，又造一番言语，形容梦雷之叛清向耿，诱己献耿。即此两歧之笔，忍于陷陈背逆重罪，不谓之卖友不得矣。

孟心史的考证，得益于入民国后两部书出现。在清朝，除极少数人如全祖望尚能道明真相以外，大部分人以为陈李之争，咎在陈梦雷；至于"安溪相国"门下，极力卫护，更不待言。

"安溪卖友、夺情"两事，我以前谈过，此处所要补充的是，关于陈梦雷其人其事，以及他卷入政争的经过。

陈梦雷字则震，他的集子名《松鹤山房集》，诗集九卷，文集二十卷，刻于康熙五十一年（1712），以御赐匾额得名，借以纪恩。

雍正即位后，以陈梦雷为皇三子诚亲王胤祉修书，成《图书集成》；又荐杨文言入诚亲王府，修成总名《历律渊源》的《历象考成》《律吕正义》《数理精蕴》三书。前者相当于宋初的《太平御览》、明初的《永乐大典》，足为清朝天下大定，致力文治的象征；后者则阐发圣祖的《三绝学》：天文、乐理、数学。因此，诚亲王虽无武功，而在文治方面，俨然光大了圣祖的学养。

为天下择君，诚亲王是理想的人选，而况皇长子直郡王胤禔望之不似人君，皇二子胤礽被废幽居，则皇三子等于居长，伦序当立。一时传言，胤祉有储贰之望，此为雍正所忌，而陈梦雷的获罪亦由此而来。

《永宪录》卷二上，雍正元年（1723）元月记载：

> 上以梦雷系从逆之人，不便留诚亲王处，与家口仍遣发黑龙江船厂。诏逮时徇庇疏纵之刑部尚书陶赖、张廷枢、福建司郎中汪天与、员外郎樊贞、主事金锥保，不收禁之中书舍人林佶、门生举人金门诏、监生汪汉倬等，降调革杖禁锢有差。

其人遣戍，其书自亦被禁。李光地时已殁，生前著有《榕村语录》，其《续语录》第十卷，专论与陈梦雷的纠纷，几次改写，务欲加重陈梦雷的罪名，但不敢刻印，因陈梦雷尚在，尚有诚亲王为后台，一旦相质，必无幸理。

及至陈梦雷再次充军，李氏子孙"以为莫予毒矣，遂有《年谱语录合考》之作，从此拥安溪者得所依据。陈梦雷始屈于智力、屈于强权，后更屈于公论矣（孟心史语）"。

所谓"屈于智力"，即合作投机时，李光地棋高一着，陈梦雷大上其当。事实上，李光地当初确有投耿的打算。陈梦雷的"绝交书"中，自道耿精忠反后，遁迹僧寺，而老父被胁，不得已挺身交代，乃"胁以伪官"，但"就拘而往，不受事而归；辞其印札，不赴朝贺"，即仅受一伪官名义，作为换取其父安全的代价。

接下来，陈梦雷质问李光地：

> 年兄家居安溪，在六百里之外，万山之中，地接上游，举族北奔，非有关津之阻；倘徘泉石，未有征檄之来。顾乃翻然勃然，忘廉耻之防，徇贪冒之见，轻身杖策，其心殆不可问。
>
> 而不孝以素所钦仰之心，犹曲为解谅，谓不过为怯耳。故年叔初来，不孝即毅然以大义相责，令速归劝阻。又恐年叔不能坚辞，不足动听，后遣使辅行，而年兄已高巾褒袖，投见耿逆，遂抵不孝家矣。

"年兄家居安溪"云云，为诛心之论。以故李光地首须辨明其出处，何以不"举族北奔"，而"轻身杖策"，自投虎口，而同一书中，自相葛藤，《续语录》卷中，始云：

> 乙卯夏（康熙十四年），予亦不能家居，为伪官群小所逼迫，将有宗族之祸，迁延至福州鼓山，以信通陈则震。

按：李光地其时不过刚散馆而犹未任事的一名新翰林，

并不能发生什么了不起的作用，而且僻在闽南，地是闲地，人是闲人，根本非耿精忠顾虑所及，而言"为伪官群小所逼迫，将有宗族之祸"，无非为其"迁延至福州鼓山"找借口。由此一段自述，足以证明陈梦雷所说："年兄已高巾褒袖，投见耿逆"，遂抵陈家为不虚。

而同书隔不数页，又是一样说法：

> 陈则震，同年中最相善，予请告于十月回。陈腊月归，予与相订云："福州荔枝不足吃，明年五月，可至吾泉（州）吃荔枝。"陈允诺。及滇将乱，耿王日日练兵，声息甚恶。予遣人至省，写一札与之，言耿精忠甚可虑，省城逼近，恐不可保，君可托谐荔枝之约至予邑，同商保全之道。
>
> 陈大言曰："此竖子焉敢有此？"益轻耿也。不数日遂变起，而陈已戴纱帽矣。陈后以书招予云："耿大不能置君于度外，恐不测，奈何？君可来同商。"予密札云："一至不能还，奈何？"陈云："若骑一驴子，似行客至予家，语毕即去，谁知君者？"予如其言，至其家，无他语；予次日辞欲去，陈曰："君安得去？一入城门，门卒即有报，某某进城矣！"

此言至福州为陈所招，且一至即不得脱，似乎陈梦雷有意陷人于不义，此与前言不符且不论，最大的一处马脚是："至其家，无他语；予次日辞欲去"十二字。按："同商保全之道"为李所发起，则胸中自有一股主意，陈"无他语"，李又何故无他语？于此又一次证明陈语为真，李语为伪。

既至陈家，据陈梦雷自叙：

> 不孝方食，骇潋投匕而起，然思只手回天，孤立无辅，举目异类，莫输肺腑。冀年兄至性未灭，愚诚可感，庶几将伯之助。故严词切责，怒发上指，声与泪俱。先慈恐不孝激烈难堪，遣人呼入。家严出以婉词相讽，至自述老朽以布衣受封，已甘与儿辈阖门共毙，年兄亦为改容。

> 家严乃呼不孝出与年兄共议，促膝三日，凡耿逆之狂悖，逆帅之庸暗，与夫虚实之形，间谍之计，聚米画炭，靡不备悉。

> 不孝又谓，以皇上聪明神武，天道助顺，诸逆行次第削平，矧（shěn）小丑区区，运之股掌者哉？年兄犹以为落落难合。及不孝引道声与年兄抵足一夕，年兄既深服其才，且见其胜国衣冠之遗，犹有不屑与贼共事之意，始信前言。不孝于是定计，不孝身在虎穴，当结杨道声以溃其腹心，离耿继美以隳（huī）其羽翼，阴合死士以待不时之应；年兄遁迹深山，问道

通信，历陈贼势之空虚，与不孝报称之实迹，庶几稍慰至尊南顾之忧。

据此而知，合作投机之初议，起自陈父，"促膝三日"，方始定策。陈梦雷且举杨道声作证，更觉振振有词。

以下陈梦雷谈合作投机的条件：

> 年兄犹虑既行之后，逆贼有意外之诛求，欲受一广文以归。不孝谓不得一洁身事外之人，军前不足以取信。若后有征召，当坚以病辞；万一贼疑怒，至发兵拘捕，吾宁扶病而出，以全家八口为保，年兄始慨任其事。

> 临行之日，不孝诀曰："他日幸见天日，我之功成，则白尔之节；尔之节显，则述我之功。倘时命相左，郁郁抱恨以终，后死者当笔之于书，使天下后世，知国家养士三十余年，海滨万里外，犹有一二孤臣，死且不朽。"

平心而论，李任其易，陈任其难。在李光地，不过遣人投一蜡丸书至朝廷，便可家居观成败；陈雷梦在福州须时刻注意情势的变化，同时亦须严防耿精忠知其有异心。处境之安危，用心之逸劳，不可同日而语，益觉李光地之卖友为不可恕。

及至耿精忠投降，康亲王驻师福州，京报已通，陈梦雷才知道李光地的蜡丸书，只有他自己一个人的名字。于是向李质问，李光地自道"唯唯而已"。其时为康熙十六年秋天，李光地特奉旨升为额外侍讲学士，进京供职，陈梦雷要跟他一起走。哪知李光地死了父亲，丁忧回籍，陈梦雷则于第二年进京，遭遇了一场意外之祸，恰好给了李光地一个压住陈梦雷不让他出头的机会。

《绝交书》记：

> 丁巳（康熙十六年）之秋，与年兄束装赴阙，而年兄以闻讣归。不孝见年兄方寸已乱，不复与商，遂以戊午之春，入都请罪。盖亦自信，三年心迹，舆论共嗟，不必待人而白，初不料道路阻隔之先，京师之讹言百出也。
>
> 及到，始知以陈昉姓名之故，误指不孝曾为伪学士，殊为骇然。而铨部无据呈代题之例，吾乡抚军又易新任，于是遣人具呈归家，盖将以具疏可否请于抚军，然后诣阙席稿。在都偬邸闲户，公卿大臣未通一刺，一二师友通问，不孝一语不及年兄，今从前在都诸公历历可问耳。
>
> 不孝家人归时，值年兄以通道迎请将军事闻。上重

年兄从前请兵之劳，温纶载锡，晋秩学士；亲王亦信年兄昔日之节，亲属子弟，皆借军功，给札委官。昆从显荣，童仆焜耀，是不孝无功于国家，而所造于年兄者岂鲜浅哉？

夫酌清泉者必惜其源，荫巨枝者必护其根，年兄当此清夜自省，宜如何报德也？乃功高不赏，但思抑不孝以掩其往事之愆。时家严以抚军在泉，遣使具呈请咨到京，而年兄竟留其呈词，不令投致，巧延家人，三月不遣。

又恐同人别为介绍，贻书巧说，阻其先容。不孝在都，半载不闻音耗，五千里远道，彷徨南归。呜呼，年兄竟用心至此耶！

按：福建巡抚本为杨熙，康熙十七年（1678）五月调吴兴祚继任。陈梦雷此时为戴罪之身，有所陈诉，须由地方官层转；当他遣仆回福建办这道公文手续时，居丧的李光地又因助宁海将军拉哈达逐郑锦部将刘国轩入海，而超擢为内阁学士。翰林清班，熬到这个职位，必将大用。

一帆风顺尚需二十年的功夫，李光地因缘时会，官符如火，不五年而得。越是如此，他越要抑陈梦雷"以掩其往事之愆"，故有"竟留其呈词，不令投致"，以及其他多方打击陈梦雷的情事。

李光地在家乡守制的这段时间，亦即自康熙十六年到十九年（1677—1680），颇为风光，内结天子之眷顾，外托镇帅的声势，俨然地方巨绅。

而陈梦雷则因为李光地所卖，恓恓惶惶，进退失据，荣枯之判，云泥之隔。但朝中局面，就在这三藩之乱已不足为忧，下诏举博学鸿词的这两年之中，与三藩乱起以前，已大不相同了。

这不同是积渐而来的，但在后世来看，迹象鲜明：第一，亲藩用事，辅臣专政的时代，已经过去了，一切大政，皆由亲裁；第二，汉大臣中，几乎已无"贰臣"，从顺治三年（1646）开科以来，清朝本身所培养的人才，逐渐大用，以康熙十七年（1678）为例，汉大学士三人，仅杜立德为崇祯十六年（1643）两榜出身，明亡时犹为"观政"进士，顺治元年（1644）由顺天巡抚宋权荐授为"中中"（中书科中书），故不在"贰臣"之列。

其余李霨为顺治三年（1646）进士，冯溥为顺治四年（1647）进士。部院中除户尚梁清标、刑尚姚文然为崇祯末年进士外，吏尚郝惟讷、兵尚王熙、礼尚吴正治、工尚陈鼓永、左都宋德宜出身于顺治四年至十二年（1647—1655）丁亥、己丑、乙未三科。

因此，如二陈（陈名夏、陈之遴）时代，降臣心目中犹有一"先帝"在的心理阴影，已不复再有；清朝培植的大臣，效忠清朝，理所当然，再无"异族"的观念存在。

圣祖对这一点看得很清楚，因此汉人偶触忌讳，虽惴惴不安，而圣祖知其本心无他，不以为意。

因此，这个时期的党争，背景非常单纯，完全由于个人的名利，至多代表一个小集团的利益，并不涉于民族大战。因此，满汉之争已不存在，只有满与满争、汉与汉争，而此两种争斗，皆在圣祖控制甚至操纵之下，为英王一种驾驭的手段。

由于有了这样的变化，李、陈交恶在无形中变了质。而李光地僻处闽南，方与武夫交欢，对朝局不免隔膜，因而康熙十九年（1680）入朝后，意外地发现陈梦雷已有奥援，《榕村语录》卷九自叙：

后庚申予同先慈入京，陈言必欲随至京。予曰："近姚总制重予言，有同年张雄者，亦曾事伪，予托之于姚，姚即特疏叙其功，竟以部属用。君来，吾命舍弟送君至姚处，恳切专托，必得当。吾见上再乘机言之于内，君事必济。"陈回书不以为然。予后行至衢州，见李武定询予云："君知贵乡已平乎？"予曰："有报乎？"曰："有，姚总督已于某日破海贼，走归台湾矣。陈若在此，大有机会也。"

陈屡不听予言，坚欲上京，为东海（徐乾学）所攗，遂与予为仇。言予不肯上奏章，所云面奏，皆诈耳。东海又复至予处，为陈言。予曰："予非惮章奏，恐无济于事耳。"东海云："君不必求其有济，但上章奏，为朋友之事毕矣。"予曰："信若此乎？"东海曰："然。"予云："予作疏稿，恐有不尽心，君可为我代作一稿。"徐即成。予一字不移，写上。上对北门云："李某何为饶舌？"不喜者久之。

姚总制为姚启圣，浙江绍兴人，康熙十七年（1678）五月授为福建总督；李武定为李之芳，浙江总督，山东武定人。姚、李二人皆为平定福建的要角。李光地既能为张雄脱罪，独不及于陈梦雷；及至陈梦雷欲随其入京，始作此言，则所谓"同年中最相善"一语，明见李不顾交情，且亦为谋摆脱陈梦雷纠缠的一种手法，小人肺腑如见。

徐乾学为李光地代拟的奏稿，见《清史列传·李光地传》：

臣旧同官原任编修陈梦雷者，当耿逆之变，家居省会，有七旬父母，不能脱逃，及贼以令箭白刃逼胁伊父，梦雷遂为所折，勒授编修，固辞触怒，改降户曹员外，托病支吾。律以抗节捐躯之义，其罪固不能辞矣，独其不忘君父之苦心，经臣两次遣人到省密约，真知确见，有不敢不言者。

当耿逆初变，臣遁迹深山，欲得贼中虚实，密报消息，臣叔日程潜到其家探听，梦雷涕泣言，隐忍偷生，罪当万死，然一息尚存，当布散流言，离其将帅，散其人心，庶几报国家万一。臣叔回述此语，臣知其心之未丧也。

至十四年正月，耿、郑二贼连和，臣闻国家方行招抚之令，因遣人往，约其或劝谕耿逆归诚，或播流言离间二人之好，使大兵得乘机进取。梦雷言敌贼空虚，屡欲差人抵江浙军前迎请大兵，奈关口盘诘难往，因详语各路虚实，令归报臣。此臣密约两次，知其心实有可原者也。

此臣入京，始闻因变乱阻隔，讹传不一，有逆党希图卸担，信口诬捏者，甚有因藩下伪学士陈昉姓名，误指为陈梦雷者。

今皇上削平叛乱，明正是非，使陈梦雷果为伪学士，甘心从逆，是狗彘之流，臣虽手刃之市朝，尚有余恨。今大兵凯旋在即，陈梦雷托病被降情节，亲王将军一一可问。至两次受臣密约，皆在患难之中，冒死往来之迹，非容旁人质证。臣若缄密不言，其谁能知之？臣断不敢为朋友而欺君父，伏惟睿鉴。

此疏不言李光地曾潜赴福州，已为之留余地，因而不能不一字不移，照抄上奏；但一达御前，以圣祖之英明，自然洞悉真相——原来李光地是逃在深山之中做忠臣，蜡丸中所报"贼中虚实"，皆出于身在虎口的陈梦雷所陈述。

然则三年来一直不说，岂无冒功卖友之嫌？李光地负陈梦雷，得此形同"亲供"之一疏，乃成铁案。

"北门"指明珠，时方兼领步军统领。谓"上对北门云：'李某何为饶舌？'不喜者久之"，此则未必。事实上是圣祖正喜有此一疏，得持李光地之短，使其死心塌地而效忠勿替，这由后来处置李光地"夺情"一案的手腕可以想象得之。

至于徐乾学之为陈梦雷硬出头，虽有抱不平之意，而实际上另有两大作用。一种是方当举鸿博之后，天下名士，云集都下，对陈梦雷的"绝交书"，无不以好奇之心关注，徐乾学此举，足以令人称快，在无形中得一此人可资倚恃的印象，有助于造成徐乾学领袖士林的地位。

再一种是明珠打击索额图的手段。其时索额图、明珠并荷上眷，皆为权臣，而积不相能。

《清史稿·明珠传》：

> 与索额图互植党相倾轧。索额图生而贵盛，性倨肆，有不附己者，显斥之，于朝士独亲李光地。明珠则务谦和，轻财好施，以招来新进，异己者以阴谋陷之，

与徐乾学等相结。索额图善事皇太子，而明珠反之，朝
士有侍皇太子者，皆阴斥去。

索额图自是由平闽亲贵盛赞李光地，因而不排此一汉人。
索既亲李，则李如大用，必助索攻明珠；所以摧折李光地，
即为明珠打击索额图。而陈梦雷之得以不死，确出于明珠之
力，但如无李光地一疏，明珠亦无由措手。

一代巨典"己未词科"

现在要谈康熙偃武修文，终成一代巨典的"己未词科"。
据刘廷玑《在园杂志》，自康熙十七年（1678）正月
二十三日明诏举"博学鸿词"科后，内外荐举到京的博洽之
士，共五十九人：

> 十八年三月初一日，除老病不能入试外，应试
> 者五十人。先行赐宴，后方给卷，颁题"璇玑玉衡
> 赋""省耕二十韵"，试于弘仁阁下。试毕，吏部收卷，
> 翰林院总封，进呈御览。读卷者李高阳相国（霨），杜
> 宝坻相国（立德），冯益都相国（溥），叶掌院学士（方
> 蔼）。取中一等二十名，二等三十名，俱令纂修《明

史》，敕部议授职衔。部议以有官者各照原任官衔；其未仕进士、举人，俱给以中书之衔；其贡、监生员布衣，俱给与翰林院待诏，俱令修史；其未试年老者，均给司经局正字。圣恩高厚，再敕部议。

部复奉旨：邵吴远授为侍读，汤斌、李来泰、施闰章、吴元龙授为侍讲，彭孙遹、张烈、汪霦、乔莱、王顼龄、陆葇、钱中谐、袁佑、汪琬、沈珩、米汉雯、黄与坚、李铠、沈筠、周庆曾、方象瑛、钱金甫、曹禾授为编修。

倪灿、李因笃、秦松龄、周清原、陈维崧、徐嘉炎、冯勗、汪楫、朱彝尊、丘象随、潘耒、徐钪、尤侗、范必英、崔如岳、张鸿烈、李澄中、庞垲、毛奇龄、吴任臣、陈鸿绩、曹宜溥、毛升芳、黎骞、高咏、龙燮、严绳孙授为检讨，俱入翰林。其年迈回籍者，杜越、傅山、王方谷、朱钟仁、申维翰、王嗣槐、邓汉仪、王昊、孙枝蔚，俱授内阁中书舍人。

凡被荐征者，自为硕学鸿儒，但对出处进退、功名利禄的观念，却大不相同，态度上大致可分为三等：上等是坚不应试，或坚不受禄；中等是得失看得不重，听其自然；下等是极其热衷，未荐唯恐不荐，已试唯恐不第。上等、中等中人流传了好些逸闻韵事，下等中人则制造了好些丑行笑话。

先谈上等中人，当时遗老的领袖是顾亭林[1]，自是搜罗岩壑之士的第一目标，幸亏他的外甥"三徐"——徐乾学、徐元文、徐秉义，都为贵显；徐乾学既为明珠的门客，又为明珠之子、清朝第一大词人纳兰性德的业师，而纳兰又为极受宠信的御前侍卫，因此，顾亭林轻易得脱网罗。

顾亭林的好友傅青主亦在被征之列，吴翠凤《人史》记：

> 傅征君山（按：傅青主名山），康熙己未，诏求博学鸿儒，当事竞荐，青主以老病辞。强之再三，乃令其孙执鞭，乘一驴车，至崇文门外，称疾野寺。八旗自王侯以下及汉大臣之在朝者，履满其门，坚卧不起，朝廷遂听其还乡。
>
> 是年应试中选者，其人各以文学自负，又复落拓不羁，以科第进者，前后相轧，疑谤旋生，不能久于其任。数年以后，鸿儒扫迹于木天矣。天下莫不叹徵君贞志迈俗，而有先见之明。

吴记别有深意，而稍得实；他书记傅青主皆谓傅青主

---

[1] 顾炎武，字宁人，人称亭林先生，明末清初的杰出思想家、经学家、史地学家和音韵学家。

入郡，栖野寺，达官过访，以"衰老不能为礼"，命子傅眉应接。

刑部尚书魏象枢，为傅青主山西同乡，以其老病上闻，复与冯溥密疏请免试而授官，因特赐中书。冯溥迫傅青主谢恩，经宾客多方劝说，最后用板舆抬入，望见午门，傅青主泪涔涔下，冯使人掖之而起，望阙谢恩。傅青主仆于地上，魏象枢打圆场说："好了，好了！谢过恩了。"次日即归，大学士以下皆出城送之。傅青主当众声明："使后世妄以刘因辈贤我，且死不瞑目矣。"按：刘因为元末高士，屡征不起，谥文靖。

傅青主不甘与刘因并列，似乎人品极高，其实名心未净，《霜红龛集》中有书札，有诗，有杂记，言被征事，足见其未能忘情。

真正高士是李二曲，《清史稿·李颙传》：

李颙，字中孚，盩厔（zhōu zhì）人。又字二曲，二曲者，水曲曰盩，山曲曰厔也。布衣安贫，以理学倡导关中，关中士子多宗之。父可从，为明材官。崇祯十五年，张献忠寇郧西，巡抚汪乔年总督军务，可从随征讨贼，临行，抉一齿与颙母曰："如不捷，吾当委骨沙场。子善教吾儿矣。"遂行。兵败，死之。颙母葬其齿，曰"齿冢"。

时颙年十六，母彭氏，日言忠孝节义以督之，颙亦事母孝。饥寒清苦，无所凭借，而自拔流俗，以昌明关学为己任。有馈遗者，虽十反不受，或曰："交道接礼，孟子不却。"颙曰："我辈百不能学孟子，即此一事不守孟子家法，正自无害。"先是颙闻父丧，欲之襄城求遗骸，以母老不可一日离，乃止。既丁母忧，庐墓三年，乃徒步之襄城，觅遗骸，不得，服斩衰昼夜哭。知县张允中为其父立祠，且造冢于战场，名之曰"义林"……康熙十八年，荐举博学鸿儒，称疾笃，异床至省，水浆不入口，乃得予假。自是闭关，晏息土室，惟昆山顾炎武至则款之。

李二曲与孙夏峰、黄梨洲[1]，在清初并称为三大儒；李与富平李因笃、郿（眉）县李柏，又号称"关中三李"。《清诗纪事初编》记：

李因笃，字天生，更字孔德，号子德，富平人，诸生。究心经世之学，明季尝走塞上求勇敢士，入清屡北游雁门，南游三楚，皆有所图。欲师事顾炎武，不可，

---

[1] 黄宗羲，字太冲，别号梨洲老人、梨洲山人等，学者称其为"梨洲先生"。明末清初经学家、史学家、思想家、地理学家、天文历算学家、教育家。

乃为友。炎武在山东以《启祯诗选》作传，事为人告发，入狱，因笃走三千里脱其难。名日高，与李颙、李柏称关中三李。康熙十八年，召试博学鸿儒，授检讨，以母老乞养归，讲学于朝阳书院。

被征不就者，尚有一人，不可不记，即实际纂修《明史》的万斯同。《清诗纪事初编》记：

万斯同，字季野，号石园，鄞人。从黄宗羲游，年最少，得史学之传。康熙十七年，诏举博学鸿儒，有欲举之者，力辞。《明史》之修，徐元文为总裁，欲荐斯同以布衣参史局，不就，乃延至其家，以刊修委之。张玉书、陈廷敬、王鸿绪相继为总裁，皆延之，客居京师江南馆者二十年，辈成一代之史。卒于康熙四十一年，年六十。《明史》之成，本于王鸿绪史稿，实出斯同之手。

斯同晚而病目，与刘献廷、钱名世同栖止。每旦献廷出游，所闻有关于史事者，暮归质于斯同，然后由名世奋笔纪之。然则助斯同以有成者，名世也。斯同最有史识，博采旧闻，一以实录为准，唯囿于党见，明季是非，或有未尽当者。然二百九十三年之事，君相之经营创建，与有司之所奉行，文人学士之风尚源流，终赖之以有考焉。

孟心史作《己未词科录外录》，引傅青主的《杂记》，嘲笑与试者"专以轻薄为快意"，这样"但以鄙薄傲得意诸公"，见得"其意中究尚有制科之见存"，品格不及顾亭林、黄梨洲，诚为持平之论。

相形之下，反不如孙枝蔚来得率真可爱。此人字豹人，籍隶陕西三原，后来在扬州做盐商，"千金散尽还复来"，而终于弃去，折节读书，晚年不免游食，举博学鸿词科，年及五旬，须眉皆白。

《文献征存录》记其事云：

> 以布衣举博学鸿儒，辞以老病，不许。吏部集验于庭，年老者授衔使归。尚书见枝蔚须眉皆白，曰："君老矣！"对曰："未也，我年四十时即若此。且我前以老求免试，公必以为壮；今我不欲以老得官，公又以为老，何也？"尚书笑之。卒受中书舍人衔回籍。赋诗云："一官如笼鹤，万里本浮鸥。"

又郑方坤《诗钞》附孙枝蔚小传云：

> 康熙己未岁，公卿交章论荐，举博学鸿儒科，时大

司寇徐公乾学，通宾客，盛声气，士之附骐骥而攀鳞翼者，莫不幸趋门下，京师为之语曰："万方玉帛朝东海，一片丹诚向北辰。"东海，徐郡也。

豹人耻之，屡求罢，不允，促入诗，不终幅而出。天子雅闻其名，命赐衔以宠其行，部拟正字，上薄之，特予中书舍人。始豹人以年老求免试不得，至是诣午门谢，部臣见其须眉皓白，戏语曰："君老矣！"豹人正色曰："仆始辞诏，公曰'不老'；今辞官，又曰'老'。老不任官，亦不任辞乎？何旬日言歧出也！"部臣愕谢之。

此记中稍有未谛，"天子雅闻其名"的"布衣"，非孙枝蔚，而为李因笃、姜宸英、严绳孙、朱彝尊，合称"四布衣"。姜宸英字西溟，浙江慈溪人，古文名家。本来韩菼与叶方蔼相约，荐举姜西溟应鸿博，以叶方蔼宣入禁中，两月未得回家，韩菼独举，则已过期。"四布衣"中有三布衣被举；但江苏荐举的布衣潘耒，亦有重名，于是复写"四布衣"。

朱竹垞（朱彝尊，字锡鬯）撰严绳孙墓志云：

诏下，五十人齐入翰苑，布衣与选者四人，除检讨富平李君因笃、吴江潘君耒，其二余及君也。君文未盈卷，特为天子所简，尤异数云。未几，李君疏请归田养母，得旨去。

三布衣者，骑驴入史局。卯入申出，监修总裁，交引相助。越二年，上命添设日讲官知起居注八员，则三布衣悉与焉。是秋，予奉命典江南乡试，君亦主考山西。比还。岁更始正月几望，天子以逆藩悉定，置酒乾清宫，饮宴近臣，赐坐殿上。乐作，群臣依次奉觞上寿。

依汉元封柏梁台故事，上亲赋升平嘉宴诗，首倡"丽日和风被万方"之句，君与潘君同九十人继和，御制序文勒诸石。二月，潘君分校礼闱卷。三布衣先后均有得士之目。

而馆阁应奉文字，院长不轻假人，恒属三布衣起草。二十二年春，予又入值南书房，赐居黄瓦门左。用是以资格自高者，合内外交搆，逾年，予遂挂名学士牛钮弹事，而潘君旋坐浮躁降调矣。君遇人乐易，宽和不争，以是忌者差少。君迁右春坊、右中允兼翰林编修，敕授承德郎，时二十三年秋七月也。冬典顺天武闱乡试，事竣。君乃请假，天子许焉。

按：严绳孙，字荪友，无锡人，有神童之目，被征时已将六十，以年老辞，不许；到京自陈因疾不能应试，四请终不许。赴试时，不作赋，仅赋《省耕诗》八韵而出，自以为必遭摈落，得遂初衷，而圣祖久闻其名，谓"史局不可无此人"，因取在二等之末。毛西河（即毛奇龄）《制科杂录》记：

> 拆卷后，上曰："诗赋韵亦学问中要事，何以都不检点？赋韵且不论，即诗韵取上上卷者，亦多出入，有以冬韵出宫字者，有以东韵出逢、浓字者，有以支韵之旗误作微韵之旂字者。此何说？"
>
> 众答曰："此缘功令久废，诗赋非家弦户诵，所以有此，然亦大醇之一疵也，今但取其大焉者耳。"上是之，遂定为五十卷。

按：圣祖此言，皆有所指——"冬韵出宫字"者为潘耒，"东韵出逢、浓字者"为李来泰，"支韵之旗误作微韵之旂字者"为施闰章。

施闰章，号愚山，清初诗坛巨擘之一，道德、文章、官声皆有可称，而当时颇有用世之志，故不免热衷，《愚山年谱》中收示子一札云：

> 试卷传出，都下纷纷讹言，皆推我为第一名。久之，半月后方阅卷。我绝不送卷与内阁诸公。初亦暗取

在上上卷，列三五名中；后因诗结句有"清彝"二字，嫌触忌讳，竟不敢录。

得高阳相国争之曰："有卷如此，何忍以二字弃置？此不过言太平耳。倘奉查诘，吾当独任之。"于是姑留在上上卷第十五。又推敲停阁半月，则移在上卷第四，皆此二字作祟也。今上传案出，又改上上为一等，上卷为二等矣。我平日下笔颇慎，独此二字不及觉，岂非天哉！

孟心史于此一段公案，有极平实的评论，他说：

愚山诗文，自是一代作家，岂以试场得失为轻重？然据此自述，得失之见，愚山颇不免。其"旗"字误书为"旂"，虽传为话柄，试场实未以为去取标准。而卷中疵累，乃为"清彝"二字。此二字在乾隆朝，竟可因此兴大狱，杀身缘坐，罪及家属。文字之狱，类此者多矣。

试官既已挑出，在乾隆朝必不敢取，甚且如赵申乔之纠戴名世，非唯弃置，并特参以媚一人。愚山固死有余罪，有怜才之试官与之同罪，或尤加重焉。高阳当日，竟愿独任其咎，以成愚山之名，实为好士之特出者。然亦终未以为嫌，则圣祖无意于此等忌讳，而同朝亦无以攻讦图利者。此则开国淳朴气象，必不能得之于雍、乾之世，亦不能得之于康熙晚年，《南山集》狱起之日矣。（按：当日写卷必为"清夷"二字，故触忌耳。）

至于三布衣之招忌，原因甚多，但不外"争名夺利"四字。其中朱竹垞尤为重要目标；他之降官，据陈康祺《郎潜记闻》云：

> 又先生直史馆日，私以楷书手王纶自随，录四方经进书。掌院牛钮劾其漏泄，吏议镌一级，时人谓之"美贬"。

此是故意予以打击，真正的原因是得罪了高士奇。《榕村语录》卷十五云：

> 一日（高）语予曰："如此等辈，岂独不可近君，连翰林如何做得。"予曰："如此等人，做不得翰林，还有何人可做？次耕略轻些，至朱锡鬯还是老成人。"高往年还在监中考，为吾所取，称老师，是日便无复师生礼，悠然作色曰："甚么老成人？"将手炉竟掷地，大声曰："似此等还说他是老成人，我断不饶他。"

高士奇与徐乾学在三藩之乱前后，皆以深得帝眷，招权纳贿、党同伐异，手段诡谲无比。当时有"万方玉帛朝东海""十国金珠贡澹人"之谣。高士奇，字澹人，号竹窗，又号江村，杭州府人，他的身世及发迹之始是个谜。有的说他在报国寺廊下卖字糊口，为祖泽深所见，荐与索额图家奴门下做客，复转荐于索额图；有的说他为明珠家司阍者课子，有一天明珠急于要写几封信，一时无人，司阍嘱高士奇前往，因得受知于明珠；有的说他为人书禁门内关庙匾额"天子重英豪"，驾出偶见，赏其雅切庄重、书法亦佳，因召入内廷供奉。

此三说未知孰是，但起家得力于书法，当无可疑。清朝书家，高士奇不在其列，所谓"书法佳"，不过写得一手匀整的楷书而已。

高士奇的为人，汪景祺《西征随笔》有记：

　　高文恪之与索额图固有德无怨者也。索额图死于宗人府，籍没赀财，全家受祸，皆高为之。索以椒房之亲，且又世贵，待士大夫向不以礼，况高是其家奴狎友，其召之幕下也，颐指气使，以奴视之。

　　高方苦饥寒，得遇权相，拜跪惟谨，殊以为荣。后高受知先帝，涉历显官，而见索犹长跪启事，不令其坐。且家人尚称为"高相公"，索则直斥其名，有不如意处，则跪之于庭而丑诋之。高遂顿忘旧恩，而思剚刃于其腹中。

癸未年，高随驾北上，时高已叛索，而比明珠矣。往谒索于其家，索祖裸南向坐，高叩头问起居，索切齿大骂，辱及父母妻子，高免冠稽颡，不敢起，若崩厥角，泥满额。总兵曹曰玮在京候补，先帝命索饭食之。高见索时，曹侍立帘外，思曰："高知我见其情状，必迁怒于我矣。"遽引疾归。

索有门客曰江黄者，绍兴人，索之委任十倍于高。高虽揽重权，江视之蔑如也。其时，仪同开府于高称门生者，指不胜屈，而江仅以弟畜之，高不胜愤，遂欲杀江以除索，而江不免。

江死之日，高已告归，方渡江，忽曰："江且老至矣。"口中喃喃若与人唔对，而谢过者即目不见一物，抵平湖不数日死。或曰："大学士明珠既与定计杀江以除索，然于高仇颇深，因饯而毒之，如俗之所谓慢药者。"

按：此记前半犹可，中记高士奇"欲杀江以除索"，则近乎奇谈了，"江黄"应为"江潢"，《清史稿·索额图传》：

（康熙）四十二年五月，上命执索额图交宗人府拘禁……江潢以家有索额图私书，下刑部论死……寻索额图死于幽所。

观此可知江潢及索额图皆死于康熙四十二年（1703）五月以后，而高士奇则已前殁。《清诗记事初编》记高士奇的履历是：

> 康熙初由诸生供奉内廷，赐第西安门内。
>
> 十七年以典密谕诗文勤劳，赐金……为都御史郭琇严劾，休致回籍。
>
> 三十三年再值南书房。
>
> 三十六年告终养，擢詹事。
>
> 四十一年再起礼部侍郎，未赴官，是年终。

据此，则高士奇不但死在索额图获罪之前，且三十六年（1697）即已告终养，根本亦未卷入康熙三十八年（1699）废嫡的纠纷。

至于高士奇之与朱竹垞作对，由于朱竹垞的两首七绝讽刺了高士奇；而高士奇之为朱竹垞所轻，则由于高士奇及一陪侍圣祖读书、身份类似"书童"的厉杜讷，以"同博学鸿儒试"得授翰林。

孟心史在《己未词科录外录》中记：

其诗言："汉皇将将屈群雄，心许淮阴国士风。不分后来输绛灌，名高一十八元功。"此谓鸿博之外，复有同鸿博，学问不足道而知遇特隆也。

又云："片石韩陵有定称，南来庾信北徐陵。谁知著作修文殿，物论翻归祖孝征。"此尤可知其为士奇发矣。

按："片石韩陵"应作"海内文章"。以祖孝征比作高士奇，自为高士奇所恨，无怪乎以"风流罪过"降官。

孟心史又记潘耒云：

稼堂建言有风采，尤招嫌忌，故得处分尤重。尝应诏陈言："请除越职言事之禁；京官复旧制，并许条陈；外官条奏地方灾荒，督抚不肯题招，虽州县径得上闻；台谏许风闻言事，有大奸贪，不经弹劾，别行发觉，并将言官处分。"

且谓："建言古无专责，历代虽设台谏，其实人人得上书言事：梅福以南昌尉言外戚，柳伉以太常博士言程元振，陈东以太学生攻六贼，杨继盛以部曹攻严嵩"等语。索额图、明珠相继用事，大官多承顺之不暇，一词臣如此建白，得不谓之浮躁轻率乎？

说他"浮躁轻率",似有未当。潘耒是血性男儿,既举鸿博,并为词臣,则尽其本分的言责,庶几无忝所职,故不觉其言之激切。潘氏兄弟为顾亭林所赏识,人品学识皆为第一流,而境遇至苦。阐潜表幽,吾辈有责,略记潘氏兄弟生平于此,以见明朝遗民志节之不可及。

潘氏兄弟,吴江人,兄名柽章,字圣木,号力田,明朝诸生,入清不仕,与同郡吴炎,议私修明史,购得明朝实录,旁搜诸家诗文,穷年兀兀,早夜不倦。顾亭林、钱牧斋皆深许其人,力赞其事,唯以史事浩繁,历十余年未就。

柽章先刻《今乐府》,以示作书之意;又作《国史考异》,亭林服其精审。牧斋所撰《太祖实录辨证》,亦远不及。〔按:《国史考异》共六卷,高皇帝(洪武)三卷,让皇帝(建文)一卷,文皇帝(永乐)二卷,于建文出亡之谜,多所阐发,为史学名著之一。〕

至康熙元年(1662),而有吴兴庄氏史狱。此案牵连名士极多,吴炎、潘柽章列名"参阅",亦遂不免。

是狱死者七十余,眷属充军,株连不下千人。潘柽章有《虎林漫成四首同吴愧庵作》四首,即为羁押杭州狱中,临刑前所作,死年三十八岁。

潘耒,字次耕,号稼堂,晚号止止居士。其兄柽章罹祸时,稼堂年方十七。柽章被磔,嫂沈氏戍边,有孕在身,稼堂徒步相送,至燕山,沈氏中途流产,即日引药自决。稼堂后从顾亭林游，因得识徐乾学兄弟，为所牵引，而应鸿博之试，实非其志。《顾亭林集》中，与稼堂有关者甚多，有一札云：

> 承谕负笈从游，古人之圣洁，仆何敢当？然心中惓惓，思共朝夕，亦不能一日忘也。而频年足迹所至，无三月之淹，友人赠以二马二骡，驮装书卷，所雇从役，多有步行，一年之中半宿旅店，此不足以累足下也。

按：此乃潘稼堂欲执贽称弟子，而顾亭林亦未坚持，招往山西开垦。下云：

> 近则稍贷赀本于雁门之北、五台之东，应募垦荒同事者二十余人，辟草莱、披荆棘而立室庐于彼……足下倘有此意，则彼中亦足以豪，但恐性不能寒，及家中有累耳。

顾亭林遨游四方，别有所谋，虽垦荒而不能久居其地，思招稼堂为之主持其事。观此可知亭林之引重。稼堂专精经史词章以外，历算音韵，亦多通晓，著《类音》八卷，足与亭林《音学五书》相辅而行。

顾亭林的私塾弟子无数，但受业的门生仅得三人：潘耒、陈芳绩、毛今凤，而以稼堂为尤得亭林真传。

亭林遗作，如《日知录》《诗文集》皆稼堂所刻；唯《天下郡国利病书》则以卷帙繁重，未及开雕而卒，年六十三。

康熙开博学鸿词制科，在政治上的最大作用，即为笼络士林；虽顾亭林、黄梨洲等幸而获免，得终其遗民志节，但如潘稼堂等人，居然亦入彀中，并参史局，为新朝所用，不能不说是圣祖识见过人，而鸿博一举，为极高的政治艺术。

通漕运，治黄河

但平天下为一事，治天下又为一事；使遗民志士不复反清为一事，而使百姓能安于衽席又为一事。三藩乱平，圣祖于武功则取台湾、靖蒙古、定西藏；文治则崇理学、兴文教、移风俗，皆为开百余年盛运的大举措，而其中关键，尤在治河。

中国的大川，向来称为"江淮河济"，号为"四渎"。载籍中凡称"河"者，皆指黄河；但明清治河之河，则兼指运河。清纂治河巨著《行水金鉴》有《两河总说》一篇，占篇幅九卷。

两河为"南北之喉咽，天下之大命"，其关乎国计民生尤重之一事，即在通漕运。漕运自古有之，《禹贡》于各州下，皆有达河之路，"达于河"即为通黄河以达京师。汉漕仰于山东，唐漕仰于江淮；北宋都汴梁，四冲之地，本非建都所宜，究其实际，亦无非迁就南漕。东南为膏腴之地，南漕如果不能北运，危亡立见。

明末中原赤地千里，北方残破，而南方金陵的繁华远过六朝，即因漕运的中断，形成苦乐不均的两个世界。因而，圣祖自幼即立志，以通漕运为只许成功、不许失败的三件大事之一。

通漕运即须治河，此为一事的两面。按：元都北平，始终海运；至元中开会通河，岁运不过数十万石。明朝除辽饷仍由海道以外，大部分漕舟经由长沙涉宝应、高邮诸湖，绝淮入黄河，经会通河，出卫河、白河，溯大通河以达京师，每年南漕北运者，达四百万石。但终明之世，没有将一条南北运道，筹出长治久安之计，因为顾虑太多——其中之一是凤阳为朱明祖陵所在。

《两河总说》述其困扰云：

> 淮、泗水相迫，泗州祖陵在焉。河决而南，则逼祖陵；抑而北，则妨运道；引而东，河、淮交注，又虑有清口、海口之壅。顺之，则水直泄而漕竭；逆而堤之，则此塞彼决，而漫散为祸。

盖二百四十年，智臣谋士，彼善于此者则有之，未
有能使横流莫安，永为百世之画者也。

　　及至明末，外有辽东之患，内有流寇之祸，调兵筹饷，
几无宁日，不可能顾到治河。到得李自成决河以灌开封，人
祸加重天灾，河患更剧。清兵入关，不及两月，即着手治
河，第一任河道总督为杨方兴，在任十四年，所居仅蔽风
雨，布衣蔬食，四壁萧然。孟心史谓：

　　其为治河名臣者，第一系廉洁，第二即勤恳。廉洁
则所费国帑，悉数到工；勤恳则视工事为身事，可以弭
河患者，无不留心，除力所不及外，不至以玩忽肇祸。
有此二者，其收效恒在徒讲科学者之上。盖虽精科学，
仍当以廉洁、勤恳为运用科学之根本也。

　　这般评论，相当精到，古今皆准。而圣祖之主持治河，
所以有超迈有明二百四十余年之成就者，即在不独能任用廉
洁勤恳的河臣，更能以科学的态度，亲自加以指导。
　　《清史稿·河渠志》开宗明义即言：

　　中国河患，历代详矣。有清首重治河，探河源以穷
水患。圣祖初，命侍卫拉锡，往穷河源，至鄂敦塔拉，

即星宿海。高宗复遣侍卫阿弥达往，西逾星宿更三百里，乃得之阿勒坦噶达苏老山。自古穷河源，无如是之详且确者。

探本穷源即为科学的方法。按：上记时间有误，圣祖遣人探河源，事在康熙四十年（1701），《清史稿》卷二八三"舒兰传"，记圣祖遣内阁侍读舒兰偕拉锡往探河源云：

> 谕曰："河源虽名古尔班索里玛勒，其发源处人迹罕到。尔等务穷其源，察视河流自何处入雪山边内。凡流经诸处，宜详阅之。"

舒兰等于四月间自京师出发，至星宿海为七千六百余里，九月还京复命。五个月之间，往还一万五千余里，诚为壮举；此则君臣气魄雄伟，一路供应无缺，方得成功。大致时逢盛世，常有此类令后人不敢想象之事。

舒兰即绘图以进，上谕廷臣曰：

> 朕于古今山川名号，虽在边徼遐荒，必详考图籍，广询方言，务得其正，故遣使至昆仑，目击详求，载入舆图。

> 即如黄河，源出西塞外库尔坤山之东，众泉涣散，

灿如列星，蒙古谓之"鄂敦塔拉"，西番谓之"索里玛勒"，中华谓之"星宿海"，是为河源。汇为札棱、鄂棱二泽，东南行，折北，复东行，由归德堡、积石关入兰州，其原委可得而缕晰也。

按：探河源之举，起于永定河淤塞。康熙四十年（1701）三月，御经筵张鹏翮请以治河方略纂集成书，为圣祖所斥，其言如此：

> 朕于河务之书，罔不披阅。大约坐言则易，实行则难。河性无定，岂可执一法以绳之？编辑成书，非但后人难以仿行，即揆之己心，亦难自信。

天子富有四海，但天下的疆界何在，海内有何名山大川，交通物产如何？做皇帝的未必明了，尤其是明末诸帝，养在深宫，长于妇人阉寺之手，菽麦亦且不辨，遑论天下形势？而清朝诸帝则不然，尤其是圣祖，不但知识丰富，更能以理论指导行动，复以行动印证理论，是极其科学的态度，此不能不说是汤若望、南怀仁等人对中国的一项贡献。

圣祖好学，他的治河的学识，大部分得自河臣的启迪。清朝自入关之后，河臣得人，为最可庆幸之事。

杨方兴以后有朱之锡，自顺治十四年至康熙五年（1657—1666），卒于任上，任事约十年，鞠躬尽瘁，死而后已。地方大吏奏陈朱之锡遗绩云：

之锡治河十载，绸缪旱溢则尽瘁昕宵，疏浚堤渠则驰驱南北。受事之初，河库储银十余万；频年撙节，现今贮库四十六万有奇。及至积劳撄疾，以河事孔亟，不敢请告，北往临清，南至邳宿，夙病日增，遂以不起。

当时称黄河为神河，而朱之锡殁后，则为河神，乾隆时顺应民意，封"佑安助顺永宁侯"神号，民间称之为"朱大王"。

朱之锡以后，三易河督，皆不得力。至康熙十六年（1677），以安徽巡抚靳辅调升为河督，方得继美杨、朱且又过之。

孟心史《清代史》谕靳辅云：

辅任总河在康熙十六年。时吴三桂叛，诸藩、诸降将响应，兵事极棘，河道不治，先后溃决，淮黄交病，水浸淫四出，下河七州县淹为大泽，淮水全入运河，清口涸为陆地。十六年略有转机，中原已无动摇之象，而辅以先任皖抚，帝奖其实心任事，急欲治河，

遂授为河道总督。辅到官即周度形势，博采舆论，为
八疏同日上之。

按：靳辅"为八疏同日上之"，事实上是一整套的治河
计划，而所以分为八疏，则是须先想到各部院的职权不同，
便于分别交议——如用人，必由吏部；如经费，必由户部；
如征料，必由工部。

至于总论全局一疏，为治河的方针，自经靳辅提出，圣
祖同意，成为不易的原则，此即"治河当审全局，必合河
道、运道为一体，而后治可无弊"。这就是说治黄河必兼治
运河。

历来言治河，多着重在漕船经行之处；倘非漕船所经，
则决口不问，以致河道日坏，复又影响运道。欲明其间的因
果关系，必须先明黄河的特性。

黄河的特性是"挟泥沙以俱下"。黄河之黄，即言河水
裹沙以行，浑浊之色。水流入海，沙沉于底，河身因淤而
浅，最为大病，因此，必赖各支流的清水加强其冲击之势，
河水始能挟沙入海。

这有个专用的术语，名之曰"刷"，水流湍急，始发生
"刷"的作用；但湍急则又不利于行舟，黄河的麻烦在此。

但湍急之不利于行舟，可以利用天时、地利及其他人为
的技术，化险为夷；唯有河水之势平后，泥沙日渐淤积，河

身日浅，乃为大患。所以治河之要，在于浚深河床。靳辅治河，即以此为下手之处。

谈到此处，须先向读者交代，当时的黄河，自河南滑县以东，与今不同，当时是迤逦向东南，经徐州、宿迁、泗阳，在淮阴西南与淮河交会，其地名为清口，自此出海，淮黄不分。

至于南北向的运河，自扬州、宝应、淮安，上达淮阴，为东西向的黄河隔断，漕船自清口入黄河后，须向西行一百八十里，再折而往北，复入运河，此一段运道，名为"借黄"，风涛之险特甚。

由此可知，清口附近，黄、淮、运交会，水性不同，方向各异，功用有别，而要兼顾安澜济运三重目的，其难可知。

《清史稿·河渠志二》论清口云：

> 夫黄河南行，淮先受病，淮病而运亦病。由是治河、导淮、济运三策，群萃于淮安清口一隅，施工之勤，縻帑之巨，人民田庐之频岁受灾，未有甚于此者。盖清口一隅，意在蓄清敌黄，然淮强固可刷黄，而过盛则运堤莫保；淮弱末由济运，黄流又有倒灌之虞。

是故治河必兼治淮。靳辅任事之初，同日上八疏，虽以浚深清口为主，但同时亦颇重筑堤，因非淮强不足以刷黄；

而堤防之加高加宽（术语谓之"增卑培厚"），即以防淮之强，兼有"束水攻沙"之用。

筑堤之土，即为浚深河床，自河中挖出之土；但其他材料及人工，费用甚巨，总计需银二百十四万八千有奇。其时三藩兵事方亟，军需浩繁，欲筹此一笔巨款治河，颇费周章。

靳辅的建议是，先令直隶、江南、浙江、山东、江西、湖北及各州县，借征康熙二十年田赋的十分之一，工成后由淮扬被水田亩，涸出收获，及运河通行经过商货征税补还。借征田赋省份，定如上六省，是因为此六省受战火的影响较小，而又较为富庶。

至于施工计划，预定二百日完工，日用民夫十二万三千。而建议以方当军兴，募夫太多，未免扰民，圣祖命靳辅修正计划，因定期限为四百日，运土改用车驮，募夫可减至四分之一。奏准动工，如期于康熙十八年（1679）竣事。

治河既竟，下河七州县水退田出，除丈量发还原业主以外，余田打算行屯田法，于是争权夺利的纠纷出现了。

在此先要介绍一位奇士，此人名陈潢，杭州人，善于治水，为靳辅的幕友，"八疏"即出其手，施工亦由陈潢督察。他之主张行屯田法，不但为了弥补公款，兼备防河经费，而且亦以安插两河游食贫民，其策甚善。

及至筑庐分界，归者日多，市面渐渐热闹之时，地方上的土豪劣绅，纷纷私占公地，开垦牟利，靳辅公事公办，极力清厘。土豪劣绅各有背景，于是地方上奸民造谣，朝中便有人攻击靳辅。

孟心史《清代史》云：

十八年如期工竟，急谋增赋，议淮扬已渐有涸出地亩，除丈量还民外，余田可行屯田法。时论以为有碍民业，乃不直辅。而所修之工，亦有小决处，河水亦未尽复故道。辅自请处分，部议当夺官，帝命辅戴罪督修；部又以决口议令辅赔修，帝以赔修非辅所能任，不允。此皆帝之能用才，不听有司以文法困之也。

既而议者谓："下河被水，辅乃筑堤堵水不使下。何不就下河浚使出海？而及蓄水高处，既徒拂就下之性，又以下河所涸地规屯田之利以病民。"劾辅甚厉。劾之者皆正人，若于成龙、汤斌皆是。

按：其时于成龙已升任直隶巡抚，孙在丰则以工部侍郎奉派经理开浚海口，慕天颜为漕运总督。

据靳辅所陈，足以反映当时朋党之风之盛。郭琇原非纯臣，自入御史台后，颇受徐乾学的影响；其间又牵涉圣祖对明珠的裁抑，此中因果为别一事，留待后述。

这里所要指出的是，郭琇之于靳辅，并无多大恶感，但以靳辅为明珠及明珠亲信户部尚书佛伦所支持，疏中特言屯田扰民，实为间接攻击佛伦，因屯田为户部所管。至于江南士绅隐占田亩，若有靳辅在，绝不能如愿，因而活动同乡京官，不惜抹杀靳辅安澜之功，务欲去之，是则真是李鸿章所说的"吴儿无良"了。

关于隐占田亩，靳辅自必加以揭发，他说：

> 夫河臣之职与督抚不同。督抚统摄地方诸务，稍一兴利除弊，易以见德；河臣频年奔走河滨，以挑筑为务，上费帑金，下役民力，最易招尤致谤。而臣之负谤，更因屯田之清丈隐占。
>
> 隐占地亩，惟山阳最多，有"京田""时田"之分。时田一亩纳一亩之粮，系小民之业；京田四亩纳一亩之粮，皆势豪之业。臣清丈沐阳、海州、宿迁、桃源、清河五属，得三百万亩；至山阳则终不能丈，以山阳乡绅多也。臣不顾众怒，致仇谤沸腾，使中伤臣者，更得以借口。

按：桃源即泗阳；清河即淮阴，亦称清江浦；山阳则为淮安。靳辅在说明招怨由来以后，复以河务为言：

> 然臣任事十余年，凡雇夫、挑筑、买办物料，皆

给发现银，虽淮阳各属隐占田亩诸人，怨臣至深者，亦不能指摘也。伏念河工一事，成之甚难，坏之甚易。自康熙六年两河溃决，历经数河臣治之十余年，终无一效。臣受任之初，群议蜂起，百计阻挠，赖皇上不惜帑金，兼授方略，而河得以复故。正须绸缪善后，而诸臣合计交攻，必欲陷臣、杀臣而后已，全不顾运道民生大计。

当此众口铄金之际，即皇上欲终始保全，无如诸臣朋谋陷网之密布！倘蒙圣驾再巡，亲阅堤工，更命重臣清丈隐占地亩，则臣与诸臣之是非功罪立分，臣身负重劾，万死一生，幸得入觐，恐天威咫尺，不得尽吐所欲陈，谨缮疏密奏。

于此可见，靳辅是在被围剿的严重情势之下。当时虽已决定等直隶巡抚于成龙自湖北查案回京以后，在乾清门特开御前辩论，但一张嘴何能争得过众口？所以他采取了先发的措施。圣祖于康熙二十三年（1684）亲阅河工时，已深知治河非靳辅不可，无奈众怒难犯，圣祖如断然支持靳辅，则围攻靳辅者皆将处分，而且明珠、佛伦的势力亦可能复起，因此不得不作权宜之计，暂且委屈靳辅。

《清史列传》本传记其事云：

疏入，上谕阁臣曰："近因靳辅被劾，议论其过者甚多；靳辅若不陈辩朕前，复何所控告耶？此疏并下九卿察议。"

三月，上御乾清门，命辅与于成龙、郭琇各陈所见。于成龙言海口必应开浚，郭琇言屯田夺民产业。

上曰："屯田之事，因取民余田，小民实皆嗟怨，靳辅当亦无可置辩。"辅奏："向者河旁田亩，尽被水淹，臣任事后，将决口堵闭，两岸筑堤，河流故道，无有冲决之患，数年水淹之田，尽皆涸出。臣以民间原纳租税之额田给与本主，其余丈出之田，作为屯田，抵补河工所用钱粮，因属吏奉行不善，民怨是实，臣无可辩，唯候处分。"上曰："各省民田，未有不滥于纳粮之额者，若以余田作屯，岂不大扰民乎？屯田不行，无可复议。"

到了辩论应该浚海口还是筑堤的问题，靳辅又落了下风。靳辅所持的理由是：下河七州县为盆地，形如釜底，开海口虽可泄水，但更有海水倒灌之虞。此为靳辅在下河七州县绕了一个大圈子，亲自勘察所得，他人不知，说服力就弱了。

相反的，于成龙反对筑堤，说堤高一丈五尺，民居其下，一旦堤溃河决，无数百姓，将饱鱼腹。这个说法，极易打动人心，因此御前辩论裁决，交九卿会议，结果是于成龙的主张成立。靳辅、陈潢都被夺职。

圣祖当然知道靳辅是委屈的，但既交廷议，即不能不尊重公意，此为圣祖开明的一面；至于为靳辅舒气，则另有手段。

其时由骆马湖至清口的中河甫告竣工，圣祖密遣御前侍卫开音布、马武实地视察，得到的报告是：中河商船络绎不绝，人人称便，而且税收增加。于是圣祖宣谕，攻击靳辅之言大多不实，恢复靳辅原职。

按：靳辅治河，本乎明朝潘季驯的遗意。潘季驯以为"黄河性悍而质浊，河水一石六斗泥；以四斗之水载六斗之泥，非极湍悍迅溜不可。水分则势缓，势缓则沙停，沙停则河饱，河饱则水溢，水溢则堤决，堤决则河为平陆。"因此，他之治河以筑堤束水、借水攻沙为第一要义。靳辅评其为万世不易之理。

至于靳辅的理论，较潘季驯尤为精深透彻者，在于"量入为出"四字。这一句人尽皆知的成语，在治水上是一个放四海而皆准、历万世而不变的法则。

其言如此：

至柔莫如水，然苟不得其平，则虽天下之至刚者不能御。平水之法奈何？曰量入为出而已。今使上流河身

至宽至深，而下流河身不敌其半，或更减而半之，势必
怀山襄陵，而溃决之患生。

此言入多出少则河患生。因此靳辅的治河，除了筑堤束
水、借水攻沙以外，更多开引河，多建减水坝，以期蓄清敌
黄。当河水盛时，有引河可资容纳；黄河水缓，则开闸以清
水攻黄沙。

当靳辅被围剿时，也正是朝中党争最激烈之时，但现在
有种种迹象显示，这些党争是圣祖因势利用，有意无意加以
操纵，所以是非不易明白。

操纵徐乾学制衡明珠

自康熙亲政之初至三藩之乱既平以后的二十多年，圣祖
利用党争制抑权臣的过程大致如下：先是四辅臣专政，利用
索额图诛鳌拜，一举收政；及至索额图专擅，又利用明珠以
分其权，于是索额图门下如高士奇等，都倒向明珠。

明珠的死党是人称"余相爷"的余国柱，湖北大冶人；
徐乾学与明珠的关系亦很深，他是纳兰性德的业师，纳兰的
《通志堂经解》实由徐乾学及他的门客所编纂。

到得明珠权重，渐有难制之势，徐乾学便唆使他的同年

郭琇严劾明珠、余国柱以及明珠的另一死党佛伦。现在不明了的是：这究竟为徐乾学窥探意旨，故为迎合，还是圣祖的授意。但徐乾学此举，亦如高士奇之背叛索额图，颇为士林所齿冷。又传汤斌之死亦与徐乾学有关。

《榕村语录》卷十五曾记其事——李光地与徐乾学是死对头，所记自不免夸张，且有歪曲：

> 汤之入也，上意甚重之。北门（明珠）、大冶（余国柱）知徐东海（徐乾学）与之为难，上意方向东海之学问，因内召汤以挡徐。汤为大冶同年，又外不甚露锋棱如魏环溪，故二君欲借一用。

> 徐恐出己上，遂必挤之下石，即发动海关事。值廷议，东海先诟汤云："今日之事，苏州数百万生灵悬于老公祖，主此议者非老公祖而谁？"汤云："某已进来，何力之有？"徐曰："虽然，老公祖皇上倚重，又新在地方上来，知此事之切者，莫如老公祖。合郡生灵，敬以相属。"

按：汤斌为清朝理学名臣之首，此公字孔伯，号荆岘，别号潜庵，河南睢州人，顺治九年翰林，外放为潼关道，又调江西岭北道，已颇有政绩。丁忧服阕，入苏门山从孙奇逢受业，为入室子弟。

康熙十八年举鸿博，授侍讲，升内阁学士；二十三年继余国柱为江苏巡抚。地方官自督抚至州县，前后任的关系异常密切，前任有亏空、有未了之事、有所安插的私人，都靠后任弥补维持。余国柱贪名久著，而汤斌则不独清廉，刻苦尤为人所难能。汤斌在苏州的遗闻逸事甚多，摭述清朝野史所载数事，以供谈助：

　　汤文正公抚吴，日给惟菜韭。一日阅簿，见某日市只鸡，愕问曰："谁市鸡者？"仆叩头曰："公子。"大怒，立召公子跽（jì）庭下而责之曰："汝谓苏州鸡贱如河南邪？汝思啖鸡，便归去，恶有士不嚼菜根而能自立者！"并笞其仆而遣之。

　　公生日，荐绅知公绝馈遗，惟制屏为寿，公辞焉。启曰："汪琬撰文在上。"公命录以入，仍返其屏。

　　内擢去苏，敝篋数肩，不增于旧，惟廿一史则吴中物，公指谓祖行诸公曰："吴中价廉，故市之，然颇累马力。"其夫人乘舆出，有败絮堕舆前，见者为泣下。

　　吴人于汤有"三汤"之称。三汤者，豆腐汤、黄连汤、人参汤。盖人参虽亦如豆腐汤之清、黄连汤之苦，而有益元气也。

汤斌在苏州，大革余国柱的秕政，对于余国柱的私人，只要贪污有据，或参或革，毫不容情。因此，余国柱恨极了汤斌，欲去之而后快，因而举荐汤斌以礼部尚书管詹事府事，为太子胤礽的师傅。汤斌又荐耿介为少詹，此公字介石，河南登封人，与汤斌同年，又在苏门山同学。曾官直隶大名道，丁母忧后，即不复出，笃志躬行，主持嵩阳书院，以汤斌之荐复起，授太子侍读。太子其时已成头号纨绔，如何得能受汤、耿这班道学先生之教？明珠、余国柱荐汤斌入侍东宫，便是居心不良。

至于李光地所言廷议关税事，发生在康熙廿六年（1687）二月。《东华录》：

> 户部奏："浒墅关监督桑额任内除征收正额外，溢银二万余两。"得旨："设立榷关，原欲稽察奸宄，照额征收，以通商贾。桑额征收额课，乃私封便民桥，以致扰害商民。着该衙门严加议处。关差官员，理应洁己奉公，照例征收。嗣后有不肖官员，希图肥己，种种强勒，额外横征，致害商民，亦未可定。尔部通行严饬。"

按：关差在明朝由户部及工部司官派充，一年一任，到期派员瓜代，利益均沾；入清收归内务府专差，上谕内的"关差官员"，实指上三旗包衣。桑额即桑格，正白旗包衣出身，此时以江宁织造兼领浒墅关监督。他本姓马，与曹寅为姻亲，曹雪芹之母马氏，不是他的女儿就是侄女。

大陆的红学专家，曾根据拙作谈曹家亲戚的线索，为桑额做过考证，但他们不知道桑额是回族——正白旗包衣中有个"回子佐领"。

在康熙朝，上三旗包衣派任差使，"揩油"是圣祖所容许的，其他地方官亦然，但他有个原则："揩油"要为百姓办事。圣祖察吏，爱民而清廉为第一等；不清廉而能实心办事，较之虽清廉而才具平庸，前者反为好官；又"揩油"又不能办事，则必黜落。桑额溢征关税，乃由"封便民桥"而来，故不能容许。

《榕村语录》续记：

> 梁真定（按：梁清标，河北正定人）天真烂漫，即发此论，汤老先生宜主此议。汤遂云："与民争利的事，岂有与地方有益的？但只得其人还好，若不得其人，四处巡拦，害民无穷。"回奏，大家含糊，也不入此一段言语，不过是闲论语。

> 东海入南书房，即增饰此一段入在皇上耳，谓汤言此事，民甚劳苦。上召明公（按：指明珠）云："汤某是道学，如何亦两口？彼进京时，予问以海关事，彼云无害。今日九卿议，如何又说害民？你问他。"

汤被传问，在途，大冶附耳云"有人害年兄，到阁只可申说得其人便无害"语。汤如其言以对，明公即云："我晓得了。是了，公请回。"时予正为内阁学士也。

明又将此语回奏，上以为是，大怒东海，着人切责云："都是你苏州乡绅，欲做买卖，恐添一关，于己不便。上牟公家之利，下渔小民之利，不肯设此，而又赖汤斌说害民。汤斌何尝有此语？他说得其人便无害，原是，天下何事不是不得其人便有害？"

徐健庵绝不慌，曰："汤如何赖得，九卿实共闻之。不然可问梁清标，若此语是臣造的，难道他在苏州出告示安慰百姓，上有钤的印，也是臣造的不成？"上问云："告示何在？"健庵云："臣家就有。"上云："你明日带告示来。"

按："上以为是，大怒东海，着人切责"，以及徐乾学的回奏，皆由余国柱"附耳"一语而来，李光地语气中，暗指此为徐乾学的设计，未免过诬。以下又述告示呈进后的经过情形：

明日果将此送进，上大怒云："原来假道学是如此！古人善则归君，过则归己；如今的道学，便是过则归君，善则归己。"

按：圣祖所以震怒，据说汤斌内调时，三吴士庶攀辕坚留，汤斌出告示抚慰，有"爱民之心，救民无术"之语。此则措辞自有不妥，但召见责备时，亦非不可解释，无奈汤斌拙于言辞，唯磕头认罪，自此失圣祖的信任，未几而殁。

李光地谓此告示为徐乾学所呈进，以陷汤斌，稽诸史实，衡诸情理，殊有不然：第一，徐乾学方收物望，而汤斌于其乡有恩，倘陷汤斌，则为恩将仇报。徐乾学于汤斌有何深仇大恨，而甘做此犯天下大不韪之事？第二，汤斌殁后，徐乾学为撰神道碑，盛推其道德、学问、政事，首言碑铭为应汤斌之子之请而作——如汤斌果为徐乾学所害，其家人何得乞仇人诔墓？第三，当时有谣："齐骂武昌余阁老，黑心谗害杀忠良。"第四，汤斌殁后一年，郭琇严劾明珠、余国柱，出于徐乾学的指使。郭琇原任吴江县令，以能革心改过，为汤斌所荐举，徐嗾郭劾明、余，自有为汤斌报仇之意。

按：徐乾学为汤斌所撰神道碑，出于姜宸英代笔，中有数语云：

公在吴时，已有不便公所为者，以为形己之短而忌之。

此则明明指出，忌汤斌者余国柱。方苞撰《汤司空逸事》（按：汤斌后由礼尚调工尚，故称之为"司空"）云：

> 十月十一日下晡，招乡人某官与语，客退独坐一室，向晦语家人："吾腹不宁。"
> 夜半遂殁。

意在言外，似乎汤斌之死并非善终，此为无可究诘的一重疑案。

汤斌虽死，徐乾学与明珠、余国柱之争未已，而圣祖则隐然操纵，以期相互制衡。其时徐乾学、徐元文兄弟皆居高位，门下甚盛，若不裁抑，有尾大不掉之势，因而圣祖反过来又利用明珠制徐乾学。

另一回合的冲突，在"长生殿"那重公案，邓文如《清诗记事初编》，考证洪昇获罪事甚精确，谓"成狱则由党争"。此案中获罪者有洪升、赵执信、查慎行，皆有缘故：

> 先一年戊辰（康熙二十七年），乾学使郭琇劾明珠、余国柱罢相，然明珠犹得交领侍卫内大臣酌量任用，势未全圮，故欲借国恤演剧再撼之。洪昇集中有寄大冶余相国诗云："八口羁栖屡授餐。"又云："身微真愧报恩难。"其亲厚可知。慎行则为明珠教其子若孙者，故皆

不能免。执信度必与掌院徐元文迕，因亦为乾学所恶。

这一回合，徐乾学兄弟仍未能打倒明珠及余国柱。未几而有副都御史许三礼严劾徐乾学所引起的纠纷。

副都御史许三礼奏劾徐乾学一案，为党争中的一场混战，是非曲直，无从分析。圣祖本以操纵党争作为驾驭的手段，至此看情势有形成明朝万历、天启年间朝局的趋势，因而在康熙三十年（1691）下了一道上谕，结束党争，他说：

朕早夜孜孜崇尚德教，蠲（juān）涤烦苛，期与中外臣民共适于宽大和平之治。凡大小诸臣，素经拔擢，咸思恩礼下逮，曲全始终。即或因事放归，或罹咎罢斥，仍令各安田里，乐业遂生。

乃近见内外各官，间有彼此倾轧，伐异党同，私怨交寻，牵连报复。或已所衔恨，反嘱人代纠，阴为主使；或意所欲言，而不直指其事，巧陷术中。虽业已解职投闲，仍复吹求不已。株连逮于子弟，颠覆及于身家。甚且市井奸民，亦得借端陵侮，蔑纪伤化，不可胜言。朕总揽机务已三十年，此等情态，知之最悉。

夫谗谮娟嫉之害，历代皆有，而明末为甚，公家之事，置若罔闻；而分树党援，飞诬排陷，迄无虚日。朕于此等背公误国之人，深切痛恨。自今已往，内外大小诸臣，应仰体朕怀，各端心术，尽蠲私怨，共矢公忠。倘仍执迷不悟，复蹈前非，朕将穷极根株，悉坐以交结朋党之罪。

此谕讲得非常透彻，提出的警告又非常严重，所以立即收到效果。

全盛时代，大兴文教

康熙三十年（1691）后，进入全盛时代，其特色为大兴文教。康熙一朝所编纂撰作的书籍，经学有《易》《书》《诗》《春秋》四纂，小学有《康熙字典》《音韵阐微》，舆地之学有《制皇舆表》《皇舆全图》，理学有《朱子全书》《性理精义》，类书有《佩文韵府》《渊鉴类函》《分类字锦》《图书集成》等，供人搜讨故实，百世不废。此外如《全唐诗》《古文渊鉴》《历代赋汇》《唐宋元明四朝诗选》，以及艺术谱录志乘之类，篇帙之富，搜罗之广，冠绝前代；后世则乾隆号称"天子右文"亦不能及。

至于圣祖的天算之学，实不愧为所谓"绝学"；因为以帝皇而能领导这样一门至今仍为高深学问的天文历算，实在是旷古绝今。

清朝一代的算学，以宣城梅氏为最著。梅文鼎于康熙四十四年以布衣谒帝，《清史稿》记其事，极其生动：

> 乙酉二月南巡，光地以抚臣扈从，上问宣城处士梅文鼎焉在，光地以"尚在臣署"对。上曰："朕归时，汝与偕来，朕将面见。"

按：梅文鼎于康熙二十八年（1689）至京谒李光地。其时李方任通政使，上之好者好之，为做官的要诀，所以留梅文鼎在家，虚心求教。三十三年正月，李光地由兵部侍郎放为顺天学政，四月闻母丧，上谕在任守制，而李光地奏请给假治丧，他打算得很好："往返九月，于本年十二月抵任，并日夜之力，岁科两试，可以看阅周详，报缓无误。"于是言路交章论劾，而以彭鹏一疏，严于斧钺，谓其十不可留，责为"贪位忘亲"，因而建议：

> 光地当闻命而绝不一辞，则忍于留矣！皇上即罚其忍，使之在京守制，以动市朝若挞之羞，光地忘通丧而假易以暂，则安于久矣！皇上即罚其安，使之离任终丧，以为道学败露之耻……伏乞皇上察光地患得患失之情，破光地若去若就之局，不许赴任，不许回籍，春秋

诛心，如臣所请。

此其诛心之论，圣祖有意包容李光地，而终于不能。李光地于三十五年服阕，仍任顺天学政；三十六年调工部侍郎，留任学政；三十七年十二月任直隶巡抚，至康熙四十四年乙酉，仍在任上，所以称之为"抚臣"。

四月十九日，光地与文鼎伏迎河干，越晨，俱召对御舟中，从容垂问，至于移时，如是者三日。上谓光地曰："历象算法，朕最留心，此学今鲜知者，如文鼎，真仅见也。其人亦雅士，惜乎老矣！"连日赐御书扇幅，颁赐珍馔。临辞，特赐"绩学参微"四大字。越明年，又命其孙毂成内廷学习。

五十三年，毂成奉上谕："汝祖留心律历多年，可将《律吕正义》寄一部去，令看，或有错处，指出甚好。夫古帝王有'都俞吁咈'四字，后来遂止有'都俞'，即朋友之间，亦不喜人规劝，此皆是私意。汝等须竭力克去，则学问长进。可并将此意写与汝祖知之。"恩宠为古所未有。

那么，圣祖有没有缺失呢？当然有的。他好名，此非缺点，但与臣下争名，即不免为盛德之累；有时又不免自信过甚，失之于苟，如处置"张先生"——"朱三太子"一案，实不必不留孑遗地斩草除根。凡此都还不算严重，他最大的缺失是姑息太子，为他自己带来身后的骨肉伦常之变。

皇太子两立两废

圣祖多子，不下于明太祖，正式命名者，即有二十四子。第二子胤礽，生于康熙十三年（1674），孝仁皇后所出。孝仁为索尼之女、索额图之妹，生胤礽难产而崩。圣祖因母怜子，第二年立为太子。胤礽长得英俊聪明，益为孝庄太后及圣祖所宠爱，因而自幼养成骄纵之习。加以索额图不敌明珠，唯冀嫡亲外甥的太子早正大位，为他复仇，所以对太子格外巴结，那就越发纵容得无法无天了。

圣祖尝谕群臣：

> 昔立胤礽为皇太子时，索额图怀私倡议，凡皇太子服御诸物俱用黄色，所定一切仪注，几与朕相似。骄纵之渐，实由于此。索额图诚本朝第一罪人也。

此则圣祖昧于责己之言。索额图"怀私倡议"诚然有之，但圣祖又何以不早加纠正？其谕群臣又云：

> 朕以其赋性奢侈，用凌普为内务总管，以为胤礽乳母
> 之夫，便其征索，凌普更为贪婪，包衣下人，无不怨憾。

此为姑息的明证。而失爱则始自二十九年（1690）七月，圣祖亲征噶尔丹，途中得病，太子侍疾无忧色；开始有所管教，则起自三十六年（1697），太子廿四岁，为时已晚。《清史稿·理密亲王胤礽传》：

> 三十五年二月，上再亲征噶尔丹，命太子代行郊祀礼，各部院奏章，听太子处理。事重要，诸大臣议定，启太子。六月，上破噶尔丹，还，太子迎于诺海河朔，命太子先还。上至京师，太子率群臣郊迎。明年，上行兵宁夏，仍命太子居守。有为蜚语闻上者，谓太子昵比匪人，素行遂变。上还京师，录太子左右用事者置于法，自此眷爱渐替。

四十一年（1702）春天，圣祖南巡，太子随行，至德州，太子得病，圣祖停止南巡而回銮，留太子在德州养病。当然此病不轻，不任舟车之劳，所以太子留在德州；而圣祖回銮，即恐太子因此不治，而东宫之殁，说不定可以动摇国

本，是故须回京坐镇。

其时索额图已于前一年告老，此时复召至德州照料太子。至四十二年（1703）四月，索额图忽遭严谴。

此谕专以索额图为对象，词语吞吐不明，但索额图当然心照不宣，其言如此：

> 家人告尔之事，留内三年，朕有宽尔之意，尔并无退悔之意背后仍怨尤，议论国事，结党妄行。尔背后怨尤之言不可宣说，尔心内甚明。举国俱系受朕深恩之人，若受恩者半，不受恩者半，即俱从尔矣。去年皇太子在德州住时，尔乘马至皇太子中门方下，即此是尔应死处。

> 尔自视为何等人……朕将尔行事指出一端，就可在此正法。尚念尔原系大臣，朕心不忍；但着尔闲住，又恐结党生事，背后怨尤议论，着交宗人府与恨度一处拘禁。

所谓"若受恩者半，不受恩者半，即俱从尔矣"，这话极其费解。孟心史的论断，能得真相，他说：

> 若非举国受恩，即可俱被诱惑而去，据此情罪，直是与帝互争天下。天下非索额图所能有，其为代太子谋

早取大位明矣！其下忽又掩重道，但责以德州侍疾时，乘马失礼于太子即是死罪，与上说大异。又云，若搜看其家，恐多连累，则又非失礼而有犯逆；且不可使有连累，则顾忌甚切，自属为太子地矣。

索额图不久死于禁所。至四十七年（1708）八月，太子有"异举"，圣祖废立，情绪激动，为其平生第一大刺激。《朝鲜实录》中留有真相：

（康熙）四十七年八月，上行围，皇十八子胤祄疾作，留永安拜昂阿，上回銮临视，胤祄病笃，上谕曰："胤祄病无济，区区稚子，有何关系？至于朕躬，上恐贻高年皇太后之忧，下则系天下臣民之望，宜割爱就道。"因启跸。九月乙亥，次布尔哈苏台，召太子，集诸王大臣谕曰："胤礽不法祖德，不遵朕训，肆恶虐众，暴戾淫乱，朕包容二十年矣！乃其恶愈张，僇辱廷臣，专擅威权，鸠聚党与，窥伺朕躬起居动作。"

以下历数为胤礽殴辱的王公大臣，包括平郡王讷尔苏在内，接着又说：

"皇十八子抱病，诸臣以朕年高，无不为朕忧。胤礽乃亲兄，绝无友爱之意。朕加以责让，忿然发怒，每夜逼近布城，裂缝窃视。从前索额图欲谋大事，朕知而诛之。今胤礽欲为复仇。朕不卜今日被鸩、明日遇害，昼夜戒慎不宁。似此不孝不仁，太祖、太宗、世祖所缔造，朕所治平之天下，断不可付此人！"上且谕且泣，至于仆地。

胤礽既被废，即日被执，交皇长子直郡王胤禔监禁；诛索额图之子及胤礽左右侍从数人，他无牵连。《朝鲜实录》又记：

> 次日，上命宣谕诸臣及侍卫官兵，略谓："……应诛者已诛，应遣者已遣。馀不更推求，毋危惧。"上既废太子，愤懑不已，六夕不安寝，召扈从诸臣涕泣言之，诸臣皆呜咽。

话虽如此，圣祖潜意识中始终不能消除姑息之念，因而又有怨词，说："观胤礽行事，与人大不同，类狂易之疾，似有鬼物凭之者。"因为他有这样的说法，引起了另一场严重的纠纷。于此，我有"独得之秘"，可以解释雍正对怡亲王胤祥好得出奇的来龙去脉。

圣祖回京后，命设毡帐于上驷院侧，安顿胤礽，又命皇长子胤禔与皇四子胤禛监守。接着颁废太子的诏书，宣示天下，并撰文告天地、太庙、社稷。据孟心史考证，此文为圣祖所亲撰，特录之如下：

臣祗承丕绪，四十七年馀矣！于国计民生，夙夜兢业，无事不可质诸天地。稽古史册，兴亡虽非一辙，而得众心者未有不兴，失众心者未有不亡。臣以是为鉴，深惧祖宗垂贻之大业自臣而隳，故身虽不德，而亲握朝纲，一切政务，不徇偏私，不谋群小，事无久稽，悉由独断，亦惟鞠躬尽瘁，死而后已，在位一日，勤求治理，断不敢少懈。

不知臣有何辜，生子如胤礽者，不孝不义，暴虐慆淫，若非鬼物凭附，狂易成疾，有血气者岂忍为之？胤礽口不道忠信之言，身不履德义之行，戾类多端，难以承祀，用是昭告昊天上帝，特行废斥，勿致贻忧邦国，痛毒苍生。

抑臣更有哀吁者，臣自幼而孤，未得亲承父母之训，惟此心此念，对越上帝，不敢少懈。臣虽有众子，远不及臣，如大清历数绵长，延臣寿命，臣当益加勤勉，谨保终始。如我国家无福，即殃及臣躬，以全臣令名。臣不胜痛切，谨告。

按：自"臣虽有众子"以下云云，确非词臣所敢拟，可信为圣祖亲笔，但文字经侍从润饰，则亦无疑。

王氏《东华录》不载此文，唯云："翰林院奉敕撰之文，不当帝意，自撰此文。"翻成清文时，以鞠躬尽瘁语出《出师表》而改译，圣祖谕以"不可改！不可以为此系人臣语，人君实更应鞠躬尽瘁"。

太子即废，上谕："诸皇子中，如有谋为皇太子者，即国之贼，法所不容。"其实皇八子胤禩谋之最力，因而获罪。到了十月间，皇三子胤祉检举喇嘛巴汉格隆为皇长子胤禔魇废太子事，掀起极大风波。

据《清史稿·胤禔传》：

> 四十七年九月，皇太子胤礽即废，胤禔奏曰："胤礽所行卑污，失人心。术士张明德尝相胤禩必大贵。如诛胤礽，不必出皇父手。"上怒，诏斥胤禔凶顽愚昧，并戒诸皇子勿纵属下人生事。胤禔用喇嘛巴汉格隆魇术魇废太子，事发，上命监守。寻夺爵，幽于第。

此中有许多省略的文字，圣祖既命皇长子胤禔及皇四子胤禛监守胤礽，则魇术事发，同负监守之责的胤禛何得无失察之咎？

事实上是胤禔及胤禛同谋，及至事败，由皇十三子胤祥为胤禵顶罪；或者胤祥亦为同谋，事败绝不牵涉胤禵。这当然是推论，雍正对此案虽尽掩其迹，但从他处透露出来的一大秘密，足以推知真相。

这一大秘密，研究清史者从未道过，此即胤祥在圣祖生前始终未曾受封，证据是雍正封胤祥为怡亲王时曾有上谕，说当年他们封爵分府时，曾各获"钱粮二十三万两"，现照成例拨给。如果怡亲王当初曾经封爵分府，当然领过这笔钱粮；既然领过，自无须再拨。由此可知，怡亲王在康熙时未曾受封。

未受封的原因，即以获重罪圈禁高墙。至雍正即位后，第一件事即是释放胤祥，并封之为怡亲王，恩遇之隆，无与伦比，即所以崇功报德。当时年长诸皇子，胤禵则与胤禔有勾结，事实上是利用胤禔。皇三子胤祉则亲太子，与胤禵是在敌对地位。胤禵夺位后，借故修怨于胤祉，原是有由来的。

与于太子之废，圣祖原疑心"似有鬼物凭之者"，恰有魇胜一事发作，可说去了圣祖的心病，是故废而又立。

《东华录》载：

> 上幸南苑行围，遘疾，还宫，召胤礽入见，使居咸安宫。上谕诸近臣曰："朕召见胤礽，询问前事，竟有全不知者，是其诸恶皆被魇魅而然。果蒙天佑，狂疾顿

除，改而为善，朕自有裁夺。"

……召胤礽及诸大臣同入见，命释之，且曰："览古史册，太子既废，常不得其死，人君靡不悔者。前执胤礽，朕日日不释于怀。自顷召见一次，胸中乃疏快一次。今事已明白，明日为始，朕当霍然矣。"……上疾渐愈。四十八年正月，诸大臣复疏请（按：复立太子），上许之。三月辛巳，复立胤礽为皇太子。

胤礽第二次被废，在康熙五十一年（1712）十月。《清史稿》本传仅于圣祖诛尚书耿额、齐世武时谕言："胤礽不仁不孝，徒以言语货财属此辈贪得谄媚之辈，潜通消息，尤无耻之甚。"实际上是本性未改，愈趋下流。

《朝鲜肃宗实录》有一段记载，较为得实：

太子经变之后，皇帝操切甚严，使不得须臾离侧，而诸弟在外般游，故恨自己之拘检，猜诸弟之闲逸，怨恨之言，及于帝躬。

而皇帝出往热河，则太子沉酗酒色，常习未悛，分遣私人于十三省富饶之处，勒征货赂，责纳美姝，小不如意，诉谗褫罢。皇帝虽知其非，不得已勉从。而近则上自内阁，下至部院，随事请托，必循其私而后已。

皇帝自念年迈，而太子无良，其在热河时，部院诸臣，曾受太子请托，屈意徇私之人，锁项拘囚。回驾后放置太子于别宫云。

更可注意的是第二次废太子时的朱谕：

前次废置，情实愤懑，此次毫不介意，谈笑处之而已。

由"且谕且泣，至于仆地"，到"谈笑处之"，前后心情迥不相侔的缘故，可做分析如下：

一、圣祖自道"胤礽仪表、学问、才技俱有可观"，满心以为神器有归，不想"行事乖谬，不仁不孝"，不能承受祖宗缔造、自身辛苦治平的天下，数十年心血，付之东流，痛惜之情，非言可喻；而犹不死心，以为一时"鬼物凭附，狂易成疾"，而适有皇长子魇胜之事发作，证实了他的想法，因而复生希望，以为"狂疾顿除"，所以"改而为善"，乃复立之为皇太子。

二、圣祖以为胤礽之迷失本性，由于与群小为伍，习于下流，所以亲自督教。而在"不得须臾离侧"之中，他对于胤礽的一切，获得了深刻的了解，渐渐发现，胤礽不但无改过向善之心，而且根本无人君之度。"勒征货赂，责纳美姝，小不如意，诉谗褫罢"，已令人敢怒而不敢言；而促成圣祖二次废立的决心者，实在于"上自内阁，下至部院，随事请托"的行径，自轻自贱如此，一旦即位，满朝皆是朋比为奸、夤缘图利之人，朝纲不肃，号令不行，必致失国而后己。在漫长的两年中，圣祖对胤礽的期望由热而冷，由冷而灰，父子之情早绝，视为陌路，听其自生自灭。胤礽的一切既毫不萦心，自然就能"谈笑处之"了。

做一个皇帝，好坏是另一回事，最基本的是要做得下去；而要做得下去的唯一凭借是言出必行，能杀人，能活人，能令人富贵，亦能令人贫贱，然后可以从心所欲，驾驭臣下。因此，保持君权的绝对性，为统治天下的不二法门。胤礽根本认识不到这点，失去了做皇帝的最基本、最必要的条件。

这个道理，揣摩得最透彻的是皇四子胤禛。以下谈世宗，但仍须自二次废立以后圣祖的打算说起。

第六章

世宗——雍正皇帝

帝梦成空的皇十四子胤禵

当第二次废太子时，圣祖心目中已经有了继承的人选。他以后所做的一连串安排，看起来相当理想，但结果是他在泉台之下所万万想不到的。犹如明太祖那样，设立"大本堂"有计划地培养"贤君"，封藩边疆以造成"铁桶江山"，但想不到太子朱标因"恶补"而不永年，传位长孙而祸起萧墙，最后天下落入燕王之手，他的计划完全落空了。

圣祖共生三十五子，正式以"胤"字排行者二十四子；大封两次，第一次在康熙三十七年（1698）三月他四十五岁生日以前，封皇长子胤禔为直郡王，皇三子胤祉为诚郡王，皇四子胤禛、皇五子胤祺、皇七子胤祐、皇八子胤禩俱为贝勒。皇六子胙为胤禛的同母弟，早殇。

第二次在康熙四十八年（1709）十月，封皇三子胤祉为诚亲王，皇四子胤禛为雍亲王，皇五子胤祺为恒亲王，皇七子胤祐为淳郡王，皇十子胤䄉为敦郡王，皇九子胤禟、皇十二子胤裪、皇十四子胤禵（音"题"，义同"福"）俱为贝勒。

以上引自《清史稿·圣祖本纪》，关于胤禵部分，与事实不符。而首先指出者，皇十三子胤祥未封，即因为胤禛顶罪后正圈禁高墙。而皇十四子本名并非胤禵，为胤祯，"禵"乃世宗即位后所改；初封亦非贝勒，而为恂郡王。此人正是圣祖心目中可承大统的爱子，亦为皇四子胤禛的同母弟。

胤祯于兄弟中最为圣祖所钟爱，有一事可为明证，《圣祖实录》卷二百三十四：

> 康熙四十七年九月二十九日，上召诸皇子入乾清宫，谕曰："当废胤礽之时，朕已有旨，诸阿哥中，如有钻营谋为皇太子者，即国之贼，法所不容。废皇太子后，胤禔曾奏称胤禩好。春秋之义，人臣无将，将则必诛。大宝岂人可妄行窥伺者耶？胤禩柔奸性成，妄蓄大志，朕素所深知。其党羽早相邀结，谋害胤礽。今其事皆已败露，着将胤禩锁拿，交与议政处审理。"
>
> 皇九子胤禟语皇十四子胤禵（祯）云："尔我此时不言何待？"胤禵奏云："八阿哥无此心，臣等愿保之。"上震怒，出所佩刀欲诛胤禵。皇五子胤祺跪抱劝止，诸皇子叩首恳求。上怒少解。命诸皇子挞胤禵，将胤禟、胤禵逐出。

澳大利亚墨尔本大学教授、清太宗长兄褚英之后的金承艺兄，举此以为胤祯独蒙圣祖钟爱之一证，吾亦云然。

金承艺在《胤禔：一个帝梦成空的皇子》（收入《近代史研究所集刊》第六期）一文中，又举另一证，谈到康熙五十七年（1718）胤禵受命为抚远大将军，他说：

> 在明清史料中丁编中《给抚远大将军、王、胤禵敕书稿》的原文是："皇帝敕谕王胤禵……特命为抚远大将军。"而《世宗实录》中在雍正元年初时的卷一和卷四里，也有数处仍然留着"大将军、王、胤禵"的字样，可知康熙四十八年十月被封为固山贝子的胤禵，他在五十七年拜命抚远大将军之前，已经晋封王爵了，足证胤禵在皇三子胤祉……皇十子胤䄉封王后不久，其他兄弟尚未封王时，他已晋封王爵。
>
> 当然，胤禵这种深得父皇青睐的事，也是世宗不愿后代人知道的，所以一律自《实录》中把它删除了，因此，胤禵究竟在康熙四十八年至五十七年这十年间，何时晋封王爵，我们已无法知道了。不过这却又是胤禵为圣祖器重、钟爱的证据之一。

我的看法是，胤禵始封即为郡王，而非贝子（按：《清史稿·圣祖本纪》作贝勒）晋封。因为晋爵应有特殊原因，通常须建有殊勋，始得晋封王位；而在此十年间，胤禵并无杰出表现可资奖励，倘无故晋封，则无异表示储位在兹，而此正是圣祖当时力求避免之事。

至于雍正元年初时的《世宗实录》中，仍留有"王、胤禵"的字样，当是明诏改胤祯为胤禵。以后，复又借故将胤祯恂郡王降为贝子，至太后崩，复又赐还恂郡王名号。后来颁行《大义觉迷录》时，为了要表示圣祖轻视胤祯，因而改为初封贝子；若谓初封郡王，则轻视之说岂能成立？不过这一来须连带改去降封贝子的痕迹，否则岂非自明其为撒谎？

胤祯得圣祖钟爱，毫无疑问。而所以得宠者，最初的原因是天性最厚，格外友爱，只看救胤禩一节，一听胤禟的话，毫不迟疑地出头求情，可知其余。

以后天心默许其继承统绪，此亦为重要原因之一。圣祖诸子，钩心斗角，党同伐异，手足如仇敌的情形，做父亲的看得很清楚；继位者倘不得人，必致束甲相攻；只有胤祯做皇帝，以其敬兄友弟的本性，才能调和其间。

想不到皇位最后偏偏落在他认为最不宜继统的皇四子胤禛手里，一切苦心安排只取得适得相反的效果，圣祖泉下有知，必不瞑目。

于此，我先须作一检点，当圣祖发现胤礽根本不是瑚琏之器，考虑为天下择君时，其年长诸子，够资格继位的有哪些人？第一个是皇三子胤祉，他比胤礽小两岁，从小亲密。据世宗后来上谕，当第一次废太子后，胤祉俨然以储君自居，其时招纳文士，修书讲学，颇有太平天子的模样，是圣祖所考虑的人选之一。

其次，自然是皇四子胤禛，他最深沉，形迹丝毫不露。但知子莫若父，圣祖说他"喜怒无常"；人君而喜怒无常，必妄杀无辜。同时他的刻薄以及讲究边幅，令人望而生畏，不乐亲近，只可能成为暴君而不可能成为仁君。此所以我说，圣祖最不愿胤禛继位。

以下皇五子胤祺平庸，皇七子胤祐有残疾，皆不足以言。皇八子胤禩钻营最力，但结成党羽，则拥立者多，将来恃功而骄，成尾大不掉之局，四顾命的跋扈及索额图的一意孤行，在圣祖是非常痛苦的经历，所以胤禩绝不可能继位。

如上所叙，唯一够资格的是皇三子胤祉，但亦仅仅够格，却并不理想。圣祖心目中理想的继位者，应有这样的条件：

第一，仁厚，能得民心。

第二，贤明而非精明，能知人、用人，并能容人。

第三，年龄不能大，亦不能小。将老则精力衰颓，年轻则恐不能沉着。继位时以将入中年为最理想。

第四，须能充分了解他的治平之道，方能继体述志，完成他的理想。

第五，须为弟兄所爱护，始能免阋墙之祸。

就以上五个条件而论，唯一能入选的，只有皇十四子胤祯。尤其是第五个条件，为胤祯所独有。

圣祖当然知道，皇四子胤禛自命不凡，任何人当皇帝，他都不会服帖；但胤祯既为其同母弟，他即使觉得委屈，也只好算了。

其次是年龄问题。这又要分两个层次看，第一个层次是继位者本身的年龄；第二个层次是继位者下一代的年龄。这一个问题可说自有天下以来，从未消失过，亦从未解决过。继统之君以三十五岁左右，思想成熟、精力饱满时为最理想；假定享国二十五年，六十岁去世，而生子在二十岁前，则嗣君四十开外，已嫌逾龄。

明朝光宗即位，未及改元而崩，即充分说明了嗣君年龄不宜太大的道理。所谓"国赖长君"，是成长之长，非年长之长。当然，子多可择贤而立，又当别论。

另一种情况正好相反，得子甚晚，及至去世，冲人继位，必非国家之福。胤禩之绝不可立，即因他在康熙四十七年（1708）时尚未有子；倘继位而终无子，或晚年得一子，别无选择，终必危及天下。

似此皇帝生子或早或晚，继统之君或长或幼，年龄失调的困扰，每每成为亡国的肇因。圣祖对历代得失，了然于胸，深思熟虑，假定他自己寿至七十，则生于康熙二十七年（1688）的胤祯为三十七岁，正当盛年，颇为理想。

这两个条件——本性、年龄出于天生，非可强求；至于其他条件，是可以培养的。圣祖培养胤祯，有公开与秘密的两种方法。

他晚年常召集诸王大臣析示为政之道，最重要的一次是康熙五十六年（1717）十一月二十一日在乾清宫东暖阁的长谕。此谕在他身后发生了正反两面的大作用，兹分段引录，并作必要的诠释如下：

> 上御乾清宫东暖阁，召诸皇子及满汉大学士、学士、九卿、詹事、科道等人。谕曰：朕少时天禀甚壮，从未知有疾病。今春始患头晕，渐觉消瘦。至秋月塞外行围，蒙古地方水土甚佳，精神日健，颜貌加丰，每日骑射亦不觉疲倦。回京之后，因皇太后违和，心神忧瘁，头晕频发。有朕平日所欲言者，今特召尔等面谕。

按：此谕载《东华录》，肫挚恳至，情文并胜。由最后"此谕已备十年"云云，可知是一口宣的书面上谕。

> 自古得天下之正莫如我朝，太祖、太宗初无取天下之心，尝兵及京城，诸大臣咸奏云当取，太宗皇帝曰："明与我国素非和，我今取之甚易，但念中国之主不忍取也。"

后流贼李自成攻破京城，崇祯自缢，臣民相率来
迎，乃翦灭闯寇，入承大统。昔项羽起兵攻秦，后天下
卒归于汉，其初汉高祖一泗上亭长耳。元末陈友谅等并
起，后天下卒归于明，其初明太祖一皇觉寺僧耳。我朝
承席先烈，应天顺人，抚有区宇，以此见乱臣贼子，无
非为真主驱除耳。

按：自顺治入关时起，清朝即谓天下取自李自成，于明
朝不但非敌国，且灭李自成有为明帝复仇之功，吴三桂请兵
有功，不别为封赏，即于军前晋平西侯吴三桂为平西王，示
人以崇祯既亡，摄行天子之权之意。入据京城后，以礼葬崇
祯及后妃、两公主，安置宫眷。但对所谓"太子"，概不承
认，假固是假，真亦是假。

康熙二十八年（1689）南巡，圣祖曾请奠明孝陵；
三十八年（1699）南巡，御书"治隆唐宋"，勒碑陵前，隐
然表示受明禅让。

及至世宗即位，更访得正定府知府朱三琲，为明太
祖第三子代王之后，封为一等侯世袭，承祀明陵，隶镶白
旗；乾隆十一年（1746）定封号为"延恩侯"，自朱三琲
十一传而为朱煜勋，入民国后，仍称"侯爷"。张相文《南
园丛稿》记于民国八年（1919）访东直门内羊管胡同"侯
邸"云：

邸无门额，类寻常百姓，即其家人妇女，亦皆旗下装束也。顾刺既投，侯不即出见，先见其西席常某，因就询侯之家世，则侯自二百年来，世皆单丁，今其族属，唯有弟一叔一，弟尚小，与侯同居，叔则居东门外，食马甲俸，而又无子。侯之俸，岁领于财政部，约八百元；别有祭田数十顷，亦用以赡家。

侯有子一人，即西席所教者。窥其案上所有书，则皆市井所传《玉匣记》《七侠五义》等也。

已而老妪传言："侯爷来矣！"视其年可三十余，状貌粗肥，面带酒肉气。寒暄既毕，问以出自何支，何年受封，传几代，乃皆茫然，不能举其世数；至凤、泗、孝陵，且并远近所在，而亦昧之。索观谱牒，则支吾其词，而卒请侯之异日。

此为末路王孙之另一形态。至张相文所言"凤、泗"陵，最近在洪泽湖中出现，外电报道语焉不详，有为之附带做一说明的必要。

来自东京的电讯中说："明代第一位皇帝的陵寝明太祖陵最近由洪泽湖中露出，三百年来首次出现在阳光下……根据报道，这座被淹没的明代帝王陵寝，位于江苏省泗洪县，历史的记载，显示这座陵寝建于南京洪武帝陵寝之前，因以'明代第一陵'闻世。"又说："明朝中叶，淮河的水开始流入洪泽湖，1678年，亦即清代康熙在位的第十七年，这座陵寝整个没入水中，三百年来从未露面，直到最近的干旱。"

按：既云"建于南京洪武帝陵寝之前"，则非明太祖之陵可知。究其实际，乃安徽凤阳西南十二里明太祖祖父的葬处，一名熙陵，一名献陵，俗称皇陵。崇祯十六年（1644）正月，流贼破凤阳（承天府），杀戮之惨，前所未有，皇陵亦遭破坏。康熙十六年至十七年，江淮大水，但皇陵"整个没入水中"则未之前闻。

此事既发生在康熙年间，当别为之考，此不赘。上谕续云：

自黄帝甲子至今，四千三百五十余年，称帝者三百有余，但秦史以前，三代之事，不可全信。始皇元年至今，一千九百六十余年，称帝而有年号者二百一十有一。朕何人，斯自秦汉以下在位久者，朕为之首。

古人以不矜不伐、知足知止者为能保始终。览三代而后帝王践祚久者，不能贻令闻于后世。寿命不长者，罔知四海之疾苦。朕已老矣！在位久矣！未卜后人之议论如何，而且以目前之事不得不痛哭流涕，豫先随笔自记，而犹恐天下不知吾之苦衷也。

按：此指废太子而言。"豫先随笔自记"即留以贻嗣君的一本做皇帝的教科书。世宗后来的治绩，某些地方，几出于蓝，无疑地得益于这本教科书匪浅。

自昔帝王多以死为忌讳，每观其遗诏，殊非帝王语气，并非中心之所欲言，皆昏瞀之际凭文臣任意撰拟者。朕则不然！今豫使尔等知朕之血诚耳。当临御至二十年，不敢逆料至三十年；三十年不敢逆料至四十年；今已五十七年矣！

《尚书·洪范》所载：一曰寿，二曰富，三曰康宁，四曰攸好德，五曰考终命。五福以考终命列于第五者，诚以其难得故也。

今朕年将七十，子、孙、曾孙百五十余人，天下粗安，四海承平，虽不能移风易俗，家给人足，但孜孜汲汲，小心谨慎，夙夜不遑，未尝少懈。数十年来，惮心竭力有如一日，此岂仅劳苦二字所能概括耶？

按：此段记忆，既得意，亦沉痛，隐然以不获"考终命"为忧，则其内心因立储问题所蕴蓄之烦恼可想而知。

又按：古今帝皇，在康熙以前，以梁武帝八十六岁为最高，但临死索蜜亦不可得；其次为宋高宗八十一、唐玄宗七十八，此两太上皇，皆为情势所迫，不能不禅位。唐玄宗之南内凄凉，不仅以思念玉环之故，亦父子之间自有隔阂之故；宋高宗甚至无子，迫于公议，竟不能不选太祖之后为子，退处德寿宫后，孝宗所为多与高宗相反，如即位未几，即诏复岳飞原官，以礼改葬，凡此均使上皇难堪。故虽寿终，亦不得谓之考终命。圣祖所惧者，亦正在此。其后对有复请立废太子的大臣，不惜诛戮，如朱天保，即恐太子既复，进一步即是迫帝退位。果真如此，恐欲为唐玄、宋高而不可得。

前代帝王或享年不永，史论概以为侈然自放、耽于酒色所致，此皆书生好为讥评。虽纯全净美之君，亦必抉摘瑕疵。朕为前代帝王剖白，盖由天下事繁，不胜劳悴之所致也。诸葛亮云："鞠躬尽瘁，死而后已。"为人臣者，惟诸葛亮一人耳。

按：据此可证第一次废太子时，亲书祭告社稷之文出于亲笔，唯经词臣润饰，此文亦然。

若帝王仔肩甚重，无可旁诿。岂臣下所可比拟！臣下可仕则仕，可止则止，年老致政而归，抱子弄孙，犹得优游自适；为君者，勤劬一生，了无消息。如舜虽称无为而治，然身殂于苍梧；禹乘四载，胼手胝足，终于会稽。似此皆勤劳政事，巡行周历，不遑宁处。岂可谓之崇尚无为、清净自持乎！

按：此段叙做皇帝的苦楚，为独一无二的经验，为他人所想象不到。圣祖每年四月奉太后避暑热河行宫，九月回銮，而此四五月之中，政务有非于行在所能解决者，皆于九月到年底日夜赶办，以免积重难返。

圣祖末年上谕，屡诫群臣，要实心办事，始能为帝分劳；如奏请节劳，殊不知节无可节，此徒托空言，最为厌闻。

《易》遁卦六爻，未尝言及人主之事，可见人主原无宴息之地可以退藏。鞠躬尽瘁，诚谓此也！昔人每云帝王当举大纲，不必兼总细务。朕心窃不谓然，一事不谨，即贻四海之忧；一时不谨，即贻千百世之患。不矜细行，终累大德，故朕每事必加详慎。

此言君臣劳逸不同，帝王无可诿之仔肩，为前人所未道。"一事不谨，即贻四海之忧；一时不谨，即贻千百世之患"，真为阅历有得之言。三百年来，国事不必反复者而大反复，总缘不能如康熙之谨，圣之为圣，洵为不愧。

即如今日留一二事未理，明日即多一二事矣。若明日再务安闲，则后日愈多壅积。万机至重，诚难稽延。故朕莅政无论巨细，即奏章内有一字之讹，必为改定发出，盖事不敢忽，天性然也。五十余年，每多先事绸缪，四海兆人亦皆戴朕德意，岂可执不必兼总细务之言乎？

圣祖注意细节，一丝不忽，如苏州织造李煦于康熙四十八年（1709）七月进请安折，附奏江南提督张云翼病故，朱批："请安折子不该与此事一处混写，甚属不敬。尔之识几个臭字，不知哪去了？"

按：此非忌讳之故，乃礼制所关。但究属细故，所以信笔骂一句，也就算了。世宗驭下，每在此等处下功夫，以察察为明，甚至借题发挥，训斥累千百言而不止；倘其人适为所恶，则可小题大做，课以"大不敬"之罪。

朕自幼强健，筋力颇佳，能挽十五力弓，发十三握箭，用兵临戎之事，皆所优为。然平生未尝妄杀一人，平定三藩，扫清漠北，皆出一心运筹。户部帑金非用师赈饥，未敢妄费，谓此皆小民脂膏故也。所有巡狩行宫，不施采缋，每处所费，不过一二万金，较之河工岁费，三百余万，尚不及百分之一。

此则名心未净，不免自炫，但大致亦为实情。

幼龄读书，即知酒色之可戒，小人之宜防，所以至老无恙。自康熙四十七年，大病之后过伤心神，渐不及往时，况日有万机，皆由裁夺，每觉精神日逐于外，心血时耗于内，恐前途倘有一时不讳，不能一言，则吾之衷曲未吐，岂不可惜！故预于明爽之际，一一言之，可以尽一生之事，岂不快哉！

人之有生必有死，如朱子之言，"天地循环之理，如昼如夜"；孔子云"居易以俟命"，皆圣贤之大道，何足惧乎！

于此可知，第一次废太子时，圣祖何以激动不已：因为天下后世计，一切须从头打算，而可托付者，一时不得其人，内心焦急，无可名状。此不独当时臣下，无论贤否，均无法了解其心境；即后世治史，不观圣祖自述，亦不能明其激动愤懑至于仆地之故何在。

近日多病，心神恍惚，身体虚惫，动转非人扶掖，步履难行。当年立心以天下为己任，许死而后已之志，今朕抱病，怔忡健忘，故深惧颠倒是非，万机错乱，心为天下尽其血，神为四海散其形。既神不守舍，心失怡养，目不辨远近，耳不分是非，食少事多，岂能久存？

况承平日久而人心懈，福尽祸至，泰去否来，元首丛脞而股肱惰，至于万世骧坏而后必然招天灾人害，杂然并至，虽心有余而精神不逮，悔过无及，振作不起，呻吟床榻，死不瞑目，岂不痛恨于未死！

　　此段自叙心境，沉痛异常。以创业之主而为太平天子，有此颓伤的自述，自古罕见，亦足见圣祖的深谋远虑，可惜见得到做不到。

　　且看他对古人的评论：

　　昔梁武帝亦创业英雄，后至髦年，为侯景所逼，遂有台城之祸；隋文帝亦开创之主，不能预知其子炀帝之恶，卒至不克令终。又如丹毒自杀，服食吞饼，宋祖遥见烛影之类，种种所载疑案，岂非前辙？皆由辨之不早，而且无益于国计民生。汉高祖传遗命于吕后，唐太宗定储位于长孙无忌。朕每览此，深为耻之。

　　按：按所引汉高祖、唐太宗的故事，彻底透露他个人的心事与做法，实为后来导致雍正夺位的肇端，须作解说，先明其典。圣祖晓此故事，乃从《资治通鉴》得来，《汉纪四·高帝十二年》载：

上击布（黥布）时，为流矢所中，行道，疾甚。吕后迎良医。医入见，曰："疾可治。"上嫚骂之曰："吾以布衣提三尺取天下，此非天命乎？命乃在天，虽扁鹊何益！"遂不使治疾，赐黄金五十斤，罢之。吕后问曰："陛下百岁后，萧相国既死，谁令代之？"上曰："曹参可。"问其次，曰："王陵可，然少戆，陈平可以助之。陈平知有余，然难独任。周勃重厚少文，然安刘氏者必勃也，可令为太尉。"吕后复问其次，上曰："此后亦非乃所知也。"

　　何以见得圣祖晓此故事从《资治通鉴》中来？其前即相国萧何以长安地狭，请以上林苑拨充民田，汉高祖大怒，以相国入狱，群臣为之求情，汉高祖答以："吾闻李斯相秦皇帝，有善归主，有恶自与。今相国多受贾竖金，而为之请吾苑以自媚于民，故系治之。"及赦萧何，萧何入谢，他又说："相国休矣！相国为吾民请苑，吾不许；我不过为桀、纣主，而相国为贤相。吾故系，欲令百姓闻吾过也。"此即汤斌因"爱民有心，救民无术"八字获罪的由来。

　　唐太宗立储的波折，亦记载于《资治通鉴·唐纪》。唐太宗初立长子承乾为太子，承乾既长，有足疾，且顽劣异常。魏王李泰想取而代之，而"国舅"长孙无忌极力称赞他的外甥晋王李治，终于说动了太宗，以储位改付晋王。

但晋王庸弱，不足以有天下。太宗想改隋炀帝之女所出的吴王李恪，竟密谋之于长孙无忌，他说："公劝我立雉奴（李治乳名），雉奴懦，恐不能守社稷，奈何！吴王恪英果类我，我欲立之，何如？"长孙无忌坚持不可，太宗只得作罢。

及至李治即位为高宗，先于永徽四年（653）有骨肉之祸，杀两王、两公主、三驸马，吴王恪无辜被牵累，长孙无忌明知此事，竟借刀杀人。

后来更有武则天之祸，高宗子烝父妾，拔"武才人"于尼寺，几乎天下不保，推原论始，不能不说是为长孙无忌所误。圣祖之视索额图，犹如于长孙无忌，处置特严，自非无故。

汉高祖、唐太宗皆为历史上有数的英主，一则"传遗命于吕后"，一则"定储位长孙无忌"，而圣祖"深为耻之"者，很明白表示了他的想法：凡此用人立储的大计，只可宸衷默定，不可宣之于人。此对胤禛来说，是一大启示。

续引原文，并加论述：

或有小人希图仓卒之际废立可以自专，推戴一人，以期后福。朕一息尚存，岂肯容此辈乎？朕之生也，并无灵异；及其长也，亦无非常。八龄践祚，迄今五十七年，从不许人言祚符瑞应，如史册所载，景星、庆云、麟凤、芝草之贺，及焚珠玉于殿前，天书降于承文，此皆虚文，朕所不取。惟日用平常，以实心行实政而已。

今臣邻奏请立储分理，此乃虑朕有猝然之变耳。死生常理，朕所不讳，惟是天下大权当统于一。十年以来，朕将所行之事所存之心，俱书写封固，仍未告竣，立储大事，朕岂忘耶？天下神器至重，倘得释此负荷，优游安适，无一事撄心，便可望加增年岁矣！诸臣受朕深恩，何道俾朕得此息肩之日也？

此段反复强调，一息尚存，大权在握，不容分理，更谈不到旁落。至于立储的问题，任何人无置喙的余地。而且强烈地暗示，在他生前不会宣布储位；一旦驾崩，亲笔所书遗诏将会解释他所以选定某皇子接位的缘故，而且会有极详细的指示，应该如何统治天下。体会到圣祖的心境，则"或有小人希图仓卒之际废立可以自专，推戴一人，以期后福，朕一息尚存，岂肯容此辈"的严厉告诫，反而变成提醒了雍亲王胤禛，欲取大位，唯在"仓卒"之际。

而圣祖既以"汉高祖传遗命于吕后，唐太宗定储位于长孙无忌"为可耻，以及"天下大权，当统于一"的宣示，则务当隐默韬晦，勿使弟兄间有任何人疑心他亦在觊觎大位。

胤禛之夺位，设谋深刻无比，以致一旦隆科多口衔天宪，宣遗命"传位于四阿哥"时，多智如胤禩，竟致无法做出任何反应，等到心理上能够接受"皇位竟落入四阿哥之手"这一事实时，已错失了最宝贵的得以提出异议的时机，是则诚亲王之未得天下，岂非圣祖多言之失？

　　　　朕今气血耗减，勉强支持，朕有误万机，则从前五十七年之忧勤，岂不可惜？朕之苦衷血诚一至于此。每览老臣奏疏乞休，未尝不为流涕。尔等有退休之时，朕何地可休息耶？但得数旬之颐养保全，考终之死生，朕之欣喜，岂可言馨？从此岁月悠久，或得如宋高宗之年，未可知也。

　　此言做皇帝的苦楚，实非过言。从"但得数旬之怡养，保全考终之死生"以及"从此岁月悠久，或得如宋高宗之年"，隐约暗示，到相当时期，将禅位皇子，己则如宋高宗退居德寿宫。

　　　　朕年五十七岁方有白须数茎，有以乌须药进者，朕笑却之曰："古来白须皇帝有几？朕若须鬓皓然，岂不为万世之美谈乎？"初年同朕共事者，今并无一人；后进新升者，同寅协恭，奉公守法，皓首满朝，可谓久矣，亦知足矣！

按：圣祖亲政之时，年未弱冠，当时共事的大臣，至少亦年长二十岁，自然"并无一人"。

朕享天下之尊，四海之富，物无不有，事无不经。至于垂老之际，不觉宽怀瞬息，故视弃天下犹敝屣，视富贵如泥沙也。倘得终于无事，朕愿已足。愿尔等大小臣邻，念朕五十余年，太平天子，惓惓丁宁反复之苦衷，则吾之有生考终之事毕矣！

此谕已备十年，若有遗诏，无非此言。披肝露胆，馨尽五内，朕言不再。

在圣祖，以为经此长谕，皇子中有人谋为储位者，可以死心；大臣中有人思拥立以取富贵者，应除妄念。

不道康熙五十七年（1718），仍有兵部侍郎朱都讷子、翰林院检讨朱天保奏请复立胤礽为皇太子，谓胤礽"仁孝"，且有"圣而益圣，贤而益贤"之语。朱天保的本意倒不坏，当时明珠次子、纳兰性德之弟揆叙，挟其雄厚的财力，拥护皇八子胤禩，风传有谋害胤礽的可能。倘能复立，胤礽性命可保。但奏疏中措辞失当，以致圣祖震怒，在汤山行宫亲鞫朱天保，牵连多人，正法的正法，充军的充军，革职的革职，为立储纠纷的最后一大案。

自经此案，圣祖对储位的布置益形积极，到得这年冬天，派皇十四子恂郡王胤祯为抚远大将军，便等于揭晓谜底了。

恂郡王被派为大将军，是在康熙五十七年十月十二日，同月二十六日上谕议政大臣等：

> 十四阿哥既授为大将军领兵前去，其纛用正黄旗之纛，照依王纛式样。简亲王之子永谦，令其带伊父之纛前往。将上三旗侍卫派出三十员。庄亲王之护卫，既于一切之处，俱不行走，如其护卫并亲军中，有情愿告往效力者，尔等亲加拣选奏闻。弘昉属下之人，亦着照此。凡有子弟出兵之王等外，其不出兵之王等，亦令各选护卫三员，贝勒、贝子各二员，公等各一员，随十四阿哥前往效力。

按：简亲王雅尔江阿为郑亲王济尔哈朗之后，向为镶蓝旗旗主，令永谦"带伊父之纛前往"，即表示镶蓝全旗均归大将军指挥；此外庄亲王博果铎、皇长子胤禔次子弘昉，属下护卫并无差使，亦皆派往前方效力。

其余诸王，除派兵者外，不派兵的应派属下贝勒、贝子、公及护卫至前方，此表示八旗全部兵力均在"大将军、王"节制之下。

而准用正黄旗纛，既代表代天子亲征，亦表示正黄旗将拨归"大将军、王"。此非诏示天下神器有归而何？

及至出师有期，圣祖亲自诣"堂子"行礼，祝告祖宗，并祭旗，此为亲征之礼。十二月十二日恂郡王陛辞离京，《圣祖实录》载：

> 抚远大将军胤禵（祯）率兵起程，上命内阁大臣颁给大将军敕印于太和殿。其出征之王、贝子、公等以下，俱戎服，齐集太和殿前。其不出征之……并二品以上大臣等，俱蟒服，齐集午门外。大将军胤禵上殿，跪受敕印，谢恩。行礼毕，随奉敕印出午门，乘骑出天安门，由德胜门前往。诸王、贝勒、贝子、公等，并二品以上大臣，俱送至列兵处。大将军胤禵望阙叩首行礼，肃队而行。

这一段记载中，最值得注意的是：第一，以前命将出征，皆在午门外赐敕印，而这一次是在太和殿；第二，大将军出午门，乘骑出天安门，皆为正门；第三，自京中出征，照例出德胜门，取"德胜"的口彩，门外即所谓"陈兵处"。

如皇帝不出长安右门亲送，即派内大臣至德胜门外相送，而这一次既无天子亲送，亦无使节饯道，却有诸王以下、二品以上的王公大臣至德胜门送行，这更充分表示，恂郡王此时的身份，是圣祖的替身，而王公大臣行的是送天子亲征的礼节。前引恂郡王出征仪节，根据雍正朝《圣祖实录》，已有贬损，推想当时礼节之隆重，应过于《实录》所载。

因此，恂郡王之奉派为抚远大将军，用亲征的礼节，等于明白诏告：恂郡王即为太子。此是形式上的意义。实质上的意义有二：第一，训练恂郡王，让他有一个统御上实习的机会，从而了解如何将将，以及作战之难及士卒之苦；第二，准噶尔虽在康熙三十六年（1697）亲征平服，但未彻底解决，全由恂郡王得收全功，不但表示他能绳其祖威，而且有大功而得天下，亦足使兄弟心服。

为了助恂郡王成功，圣祖早就暗中有了布置，此即识拔年羹尧为恂郡王之佐，试看《清史稿·年羹尧传》所载其经历：

一、（康熙）四十八年，擢四川巡抚。

二、四十九年，川陕总督音泰疏劾年羹尧，上命留任。

三、五十六年，准噶尔部策妄阿喇布坦袭西藏，年请亲赴松潘协理军务，上嘉其实心任事。

四、五十七年，上嘉羹尧治事明敏，巡抚无督兵责，特授四川总督兼管巡抚事。

按：准噶尔部策妄阿喇布坦作乱，圣祖在康熙五十四年（1715）即宣布将派大将军，心目中已定为恂郡王；及至培养年羹尧，确知他有制胜的把握，授以总督之任，才宣诏以恂郡王为抚远大将军。其以年为大将军的助手，用意至为明显。

然则年羹尧又是什么人呢？《清史稿》说他是“镶黄旗汉军”，那是“抬旗”以后的事，实为镶白旗包衣。当雍亲王初封贝勒分府时，年家所隶属的这个包衣佐领，即拨归使用。所以年羹尧实为雍亲王的家奴。

年羹尧虽为雍亲王门下，但起初与雍亲王的关系极坏，年在四川时，曾因笺启的称呼不合家奴的规矩，为雍亲王所痛斥。《文献丛编》留有雍亲王手函原文，呵诋甚厉。两人暗中有所勾结，始于何时，已不可考，推测当在年父遐龄进女为雍亲王侧妃之后。

按：孟心史谓，圣祖晚年，内则信任隆科多，外则重用年羹尧，为世宗入承大统铺路。现在有好些资料为孟氏当日所未见，所以他的名著《清世宗入承大统考实》，颇有可以补充之处，兹就我的判断，条举如下：

一、自康熙四十七年（1708）圣祖大病，五十一年（1712）第二次废太子时，即已选定皇十四子恂郡王胤祯为继承人。圣祖认为皇位归于胤祯，可能唯一不能心服的，即是他的同母兄皇四子雍亲王胤禛，因而颇假以辞色，在热河有狮子山赐园；又命皇十六子胤禄生母、密妃王氏抚养其第四子弘历于宫中，凡此均是笼络，亦即是对其不得皇位之憾的补偿。

二、雍亲王城府深刻无比，观其即位后的行事，我深深怀疑，他即使不敢向圣祖进言，亦必在生母德妃面前做过极诚恳的表示，愿尽一切力量，助同母幼弟成平定青海、西藏的大功，而德妃则必陈之于圣祖。

看后来德妃成了太后，此本为天大的喜事，但德妃不受尊号，不受表贺，不愿移宫，最后竟致自杀，此不仅因钟爱幼子，为之不平，实有一种受了大骗、上了大当而抑郁难宣的痛恨在内。

三、关于年羹尧的作为，后世只渲染其治军之严，并有些近乎神话的传说，以致"年大将军"令人有望之如天人之概。细细考查，此人并没有什么了不起的才具，否则亦不致连世宗那些令人肉麻的迷汤都分辨不出来，被灌得如中酒一般，沉醉不醒，自速其死。因此，在康熙年间，其所受天语褒赞，无非雍亲王故意替他说好话的结果。

除了隆科多、年羹尧以外，世宗之得位，还得力于一个人，此即马齐。查《清代征献类编·宰辅年表》，马齐于康熙三十八年（1699）拜相，至四十五年（1706）成为首辅。四十八年（1709）以拥护皇八子罢相，专管鄂尔斯（俄罗斯）贸易事。至五十五年（1716）二次入阁，仍为首辅，职衔是武英殿大学士兼户部尚书。此因皇八子胤禩倾心拥护恂郡王，所以马齐亦得复起。

由此看来，可以发现两点：第一，当然论大臣资格，以马齐为首；第二，马齐与胤禩的关系异常密切，进退荣辱相共。哪知这样的一个人，竟为雍亲王暗中通了款曲。世宗用心之深沉，手段之厉害，于此可见。

按：马齐一家在雍正、乾隆间，贵盛无比。顺治、康熙年间，世家巨族最烜赫者为佟家，号称"佟半朝"；至是，马齐家接踵而起，不可不特为介绍。

马齐，富察氏，先世在太祖时即隶属于镶黄旗。他的祖父叫哈什屯，顺治初年为议政大臣，其时多尔衮掌权，满洲大臣不附者极少，哈什屯是其一。多尔衮杀豪格后，其党还要杀豪格的第四子，即后来袭爵的富绶，由于哈什屯力救得免。所以富察氏在顺治亲政后，即被列为最忠诚、可与议机密大事的重臣之一。

哈什屯的长子叫米思翰，亦即马齐之父，在康熙初年，不附四辅政大臣；圣祖亲政未几，即被授为户部尚书，列议政大臣。他很精明，而且勇于任事，对集财权于中央，建立一套统收统支的出纳制度，是有很大贡献的。

撤藩议起，米思翰与明珠坚决支持圣祖的决定。明珠当时为兵部尚书，米思翰为户部尚书，调兵筹饷，彼此合作无间；及至用兵，宣称"军需内外协济，足支十年，可无他虑"。圣祖敢于放手行事，即因有一掌兵权、一掌财权的明珠与米思翰成为左右手之故。

米思翰死时才四十三岁，其时吴三桂势正猖狂，耿精忠及尚可喜长子皆叛，廷议追咎主张撤藩诸臣，圣祖不允。事定，屡次称道米思翰，因此，米思翰四子皆获重用。

米思翰的长子叫马斯喀，康熙二十八年（1689）为内务府总管、领侍卫内大臣，三十五年（1696）亲征噶尔丹时，被授为平北大将军，颇有战功。

米思翰第三子名马武，久任侍卫。清初的侍卫，与后来纯为宿卫者不同，在御前当差，口衔天宪，参与密勿，地位颇为重要，但亦有视如世仆、亲如家人者，马武兼两者而有之——世宗幼时，提携扶抱，颇为尽心。世宗之得能勾结马齐，即由此关系而来。

马武之弟名李荣保，官至察哈尔总督，四兄弟中，他最平庸，但后来以他的子孙最为兴旺，此因李荣保为孝贤皇后之父。雍正五年（1727），世宗与李荣保成为儿女亲家后，与马齐的关系更为密切稳固。

马齐为米思翰次子，由荫生授为工部员外，走的是文臣的路子，自内阁侍读学士外放山西藩司，居官勤慎。圣祖曾命九卿举督抚清廉如于成龙者，马齐即为其中之一。不久内召，升为左都御史，并为议政大臣，又调兵部、调户部，在对俄交涉及亲征噶尔丹两事上，起了一些作用。

大致明珠罢相后，圣祖即以马齐为代；三十八年（1699）授武英殿大学士时，御书"永世翼戴"的匾额以赐。说圣祖中年以后，满洲大臣中最信任的是马齐，应该不错。

四十七年（1708）废太子后，圣祖的矛盾心情无人了解。其时胤禩已成气候，后父佟国维奏请速定储位。于是圣祖召满汉文武大臣集议畅春园，询问何人为太子。当时支持胤禩者，有佟国维及长子，亦即隆科多之兄鄂伦岱，遏必隆第五子、孝昭仁皇后之弟阿灵阿，明珠次子揆叙，王鸿绪及马齐等。

圣祖临时传谕："马齐毋预议。"这是一个暗示，因为马齐是胤禩的死党，人所皆知，令马齐毋得预议，自然是不希望选胤禩。但马齐事先已当众扬言，阿灵阿又密书"八"字传观，因而公举了胤禩。

圣祖此举原是敷衍国舅兼"国丈"的佟国维，不想弄假成真，大拂圣祖之意，要推翻已成定局，必兴大狱，而佟国维父子、阿灵阿等皆为国戚，殊难处置，迫不得已，只好拿马齐来开刀。四十八年（1709）正月，召群臣垂询何人先举胤禩。大家都指都统巴珲岱，巴珲岱说汉大臣张玉书先举，张玉书便道破真相：首先倡议者为马齐。

《清史稿》本传记其事云：

　　上曰："马齐素谬乱。如此大事，尚怀私意，谋立胤禩，岂非为异日恣肆专行计耶？"马齐复力辩，辞穷，先出。

翌日，上谕廷臣曰："马齐效用久，朕意欲保全之。昨乃拂袖而出，人臣作威福如此，罪不可赦。"遂执马齐及其弟马武、李荣保下狱。王大臣议马齐斩，马武、李荣保坐罪有差，尽夺其族人官，上不忍诛，命以马齐付胤禩严锢，李荣保、马武并夺官。

此为圣祖杀鸡骇猴，既罪马齐，召佟国维严加诘责。四十九年（1710），马齐及两弟并皆复起。二次废太子后，马齐等人皆无举动，因为胤禩已决定将他的全部力量投向恂郡王胤禵。而雍亲王胤禛，则于此时开始向隆科多下功夫。

据金承艺的考证，圣祖计划在七十岁生日时禅位于恂郡王。圣祖生于顺治十一年（1654）三月十八日，八岁践祚，至康熙六十二年（1723）三月十八日，满七十岁。不想恂郡王到手的皇位，在不到半年的工夫，竟尔失去，其时恂郡王的困惑，大概跟贾宝玉发现他娶的不是林妹妹，而是宝姐姐时，差相仿佛。

皇四子胤禛夺位

　　雍亲王得位不正，只从他大有"此地无银三百两"之
意的年号"雍正"，便思过半矣。至于得位经过，须从官书、
野史、外邦记载三方面参校勘查，始能得实。官书最标准的
自是《世宗实录》，记康熙六十一年（1722）十一月十三日
情事如下：

　　一、丑刻，圣祖疾大渐，遣官驰召上（按：指雍亲王）
于斋所，且令速至。随召诚亲王允祉[1]……皇十三子允祥，
尚书隆科多至御榻前，宣谕曰："皇四子胤禛人品贵重……
着继朕登基，即皇帝位。"

　　二、上闻召驰至，趋进寝宫，圣祖告以病势日臻之故。
是日，上问安，进见五次。

　　三、戌刻，圣祖宾天，上哀痛号呼，擗踊不已，尚书
隆科多进曰："大行皇帝深惟大计，付授鸿基，宜先定大事，
方可办理一切丧仪。"上恸哭仆地，好久，乃起。

　　以上据《实录》摘抄，起码可以证实一点：胤祥在圣祖

---

[1]　允祉，即胤祉。雍正帝胤禛即位后为避名讳，除自己外，其他皇兄弟都
　　　避讳"胤"字而改为"允"字排行。书中正文、引文中为行文方便，有
　　　"胤""允"混用的情况，望读者理解。

宾天时，并无封号；若有封号，不能只称"皇十三子"。事实上胤祥此时身在高墙，根本未到畅春园。

至于雍亲王，既已奉召前来，问安五次，圣祖自必有慰劝其好自为之之语，应该是早就知道他是嗣君了；即或不然，弟兄中岂得不相告、隆科多岂得不透露？谁知不然；他是圣祖既崩，方知已得大位。

《大义觉迷录》云：

> 其夜戌时，龙驭上宾，朕哀恸号呼，实不欲生。隆科多乃述皇考遗诏，朕闻之惊恸，昏仆于地。

于此可知，《实录》已发觉上谕自述得位的经过忒嫌不合情理，已加删改。

《实录》又载：

一、趋至御榻前，抚足大恸，亲为圣祖更衣……时王大臣恭议殡殓大礼，宜奉大行皇帝还宫。

……

二、命淳郡王允祐守卫畅春园；固山贝子允裪至乾清宫敷设几筵；十六阿哥允禄、世子弘昇，肃护宫禁；十三阿哥允祥、尚书隆科多备仪卫，清御道；上亲安奉大行皇帝于黄舆，攀依号哭，欲徒步扶辇随行。诸王大臣以大行皇帝付托至重……请上前导以行……至隆宗门跪接黄舆。

按诸实际情形，是隆科多先驱入城，途中遇见皇十七子、后封果亲王的胤礼。雍正八年（1730）五月初七，怡亲王胤祥薨，初九日有一道盛称"失此柱石贤弟，德行功绩，难以枚举"的上谕，其中有一段：

又如果亲王在皇考时，朕不知其居心，闻其亦被阿其那等引诱入党。及朕御极后，隆科多奏云："圣祖皇帝宾天之日，臣先回京城，果亲王在内值班，闻大事出，与臣遇于西直门大街，告以圣上绍登大位之言，果亲王神色乖张，有类疯狂。闻其奔回邸第，并未在宫迎驾伺候"等语。朕闻之甚为疑讶，是以差往陵寝处，暂住以远之。怡亲王在朕前，极称果亲王居心端方，乃忠君亲上、深明大义之人，力为保奏。朕因王言，特加任用。果亲王之和平历练、临事通达虽不及怡亲王，而公忠为国、诚敬不欺之忱，皎然可矢天日。是朕之任用果亲王者，实赖王之陈奏也。

再看《大义觉迷录》所述，圣祖召隆科多面授末命时，除诚亲王等在御榻前外，其余皇子的下落：

是时，惟恒亲王胤祺以冬至命往孝东陵行礼，未在京师；庄亲王胤禄、果亲王胤礼、贝勒胤䄉、贝子胤祎，俱在寝宫外侍候。

如果胤礼在"寝宫外侍候"，则绝无不知已传位皇四子之理。于此可知，说召诚亲王至御榻前宣谕"皇四子人品贵重"云云，无其事。而胤礼一闻胤禛登大位，惊而欲疯，其缘故不难推想：第一，太出意外；第二，素知胤禛严刻，他做了皇帝，只怕没有好日子过。

然则隆科多何以首先回城？自然是勒兵观变。隆科多久任步军统领，管辖左右两翼总兵，负拱卫京畿的重任。雍正五年（1727）十月，王大臣公议隆科多四十一款重罪，其欺罔之罪云：

> 圣祖仁皇帝升遐之日，隆科多并未在皇上御前，亦未派出近御之人，乃诡称伊身曾带匕首，以防不测，欺罔之罪一。
>
> 狂言妄奏提督之权甚大，一呼可聚二万兵，欺罔之罪二。
>
> 时当太平盛世，臣民戴德，守分安居，而隆科多作有刺客之状，故将坛庙桌下搜查，欺罔之罪三。

"未在皇上御前"之语，经雍正自行辨正，说："皇考升遐之日，大臣承旨者，惟隆科多一人。"看身带匕首，以防不测，及搜查坛庙桌下之语，则雍正得位不正，怕有人欲得而甘心之情事可想。

私家记载，以《永宪录》差能得实。这部书是研究雍正夺嫡、屠弟杀"功臣"等史实者必读之书。作者名萧奭（shì），扬州人，生平事迹无考。书成于乾隆十七年（1752），自序中有"小臣伏处草茅"之语，可见未仕，而实为一有心人。此书在清朝当然是禁书，邓文如藏有抄本，自跋释书名的涵义云：

> 既名"永宪"，当毕雍正一朝之事，乃仅至六年八月为止；原序以"三年无改"为辞，然不止三年，何也？继乃悟作者盖有深意存焉，与之罪献帝者，弒父、逼母、夺嫡、杀功臣数端；《大义觉迷录》断断剖辩者，亦此数端。此书于阿、塞、年、隆诸大狱，所述綦详。

> 且谓文觉禅师为助恶者。文觉无考，予于查为仁蔗塘未完稿得其所为序，颇有文笔，是与道衍皆才而不得志于时，遁入彼教，而又不安于释者也。诸狱株连，大约至六年而止，故以为限断。然则永宪者，永其恶也。虽未明言，而其意则可寻求，岂非信史乎？

又论此书之价值云：

每恨官书所记，与事实相去恒远，使多得类此之作。史之征信为不难矣，而惜其不可得也。取材多本邸抄，杂以闻见，尝持校《实录》，字句小异。以雍正上谕内阁一书不同于《实录》例之，知《实录》经后来润色，此书所记，尚不失真。又于当时人物，美恶并陈，可谓直笔，间有小眚[1]，不足为病。

按：道衍即助燕王夺取天下的姚广孝。"文觉禅师为助恶者"，我亦于此书始得闻。文觉为苏府人，乾隆即位后，驱逐回籍，限步行回江南，亦深恶其"助恶"，故有此罚。

《永宪录》起于康熙六十一年（1722），"冬十一月壬午朔"，至甲午为十一月十三日，记"戌刻上崩于畅春苑（园）"，下注：

上宴驾后，内侍仍扶御銮舆入大内。相传隆科多先护皇四子雍亲王回朝哭迎，身守阙下。诸王非传令旨不得进。次日至庚子，九门皆未启……

乙未午刻，传大行皇帝遗诏……命领侍卫内大臣总理銮仪卫事，嗣三等公马尔赛，提督九门巡捕三营统领兼理藩院尚书隆科多，武英殿大学士兼户部尚书

---

[1] 眚（shěng），指过错。

马齐辅政。

上引短短两条记事，透露了三个秘密：

第一，自乙未至庚子凡六日，九门未启，内外交通隔绝。这是中文著作中独一无二的史料，异常珍贵，但虚实难知；幸好当时住在海甸的外籍教士留有著述，证实确有其事。

第二，"身守阙下，诸王非传令旨不得进"。此以前条文之实在，亦可信其为真。

第三，马尔赛辅政，只见于此。王氏《东华录》只记："命贝勒胤䄉、十三阿哥胤祥、大学士马齐、尚书隆科多总理事务。"《世宗实录》同，但乙未，即圣祖宾天第二日，头一条记事为："遣领侍卫内大臣公马尔赛告祭奉先殿。"

根据以上分析及前引记载，为之作一研判：当圣祖崩后，隆科多口传末命，以皇四子即位。当诸皇子错愕莫名时，皇四子已控制了下列情况：

一、御玺，推想是在马齐手中。

二、全副仪卫，此由马尔赛所掌管。（按：清初銮仪卫的编制，与明朝锦衣卫完全相同，唯不掌踩缉之事。）

三、大行皇帝遗体。

四、京城。

五、大内及妃嫔宫眷。

六、警卫部队。

这些条件，已足够使皇四子登上皇位，并维持一时的稳定。按：其行事的程序是：首先由隆科多拥护皇四子入京，"占领"了京城；马尔赛以领侍卫内大臣的身份，护送大行皇帝回宫。到京以后，一面闭城警戒出入，一面在内务府高墙中放出十三阿哥胤祥。而当时总理事务的，只有马尔赛、隆科多、马齐三人。

在这种情况下，以胤禩为首，照圣祖意志，拥护皇十四子的一方，可说束手无策。他们有相当的兵权，但无法行使。这些握有兵权的人是：正黄旗满洲都统皇十子敦郡王胤䄉；正白旗满洲都统皇十二子胤祹及恭亲王常宁次子满都护；镶红旗满洲都统贝子苏努；镶蓝旗满洲都统辅国公阿布兰；领侍卫内大臣二等公阿尔松阿。

胤䄉为温僖贵妃所出。温僖贵妃为孝昭仁皇后之妹，都是一等公遏必隆之女。阿尔松阿则为遏必隆的孙子，所以胤䄉与阿尔松阿为表兄弟，都可说是皇八子胤禩与皇十四子胤禵的死党。雍正对他们的痛恨，仅次于对皇八子胤禩、皇九子胤禟。

胤祹为皇十二子，一闻四阿哥得位，惊惶失措有如疯狂，则其为拥护十四阿哥者，不言可知。后由胤祥斡旋，得封履郡王，则为向四阿哥输诚的酬报。与胤祹共同管理正白旗的满都护，为圣祖胞弟恭亲王常宁第二子，初袭贝勒，为拥护皇八子的有力分子。雍正四年（1726）六月，宗人府参奏："贝勒满都护之属下诺岷为山西巡抚时，不将塞思黑（胤禟）属下为首行恶之太监李大成等严究，显满都护指使党庇，应将满都护革去贝勒。"得旨："满都护革去贝勒，授为固山贝子。"

按：诺岷即首创耗羡归公者，如果他有宗人府所参奏的情事，必不为雍正所容；而竟仍能安于位，自然是出卖了满都护之故。

苏努亦为雍正所深恶之人。他是褚英长子安平贝勒杜度之孙，为圣祖之侄而年长于圣祖，颇得信任。雍正即位后，曾加笼络，由贝子晋封贝勒，但苏努态度不变，后被革爵充军，死于戍所，而雍正仍以其为"党乱助逆之罪魁，虽经身死，应照大逆律，戮尸扬灰"。

按：苏努与两江总督查弼纳为儿女亲家，据《永宪录》，雍正二年（1724）三月，查弼纳奉召，驰驿到京；五月初"赴圆明园请圣安，奏对忤旨，上九链绑出宫，命果郡王胤礼讯问结姻苏努"。第三天即逮苏努及其子孙共五十余人。而查弼纳用为内务府总管，兼镶红旗都统，即苏努之原职。

所谓"三木之下，何求不得？"既"九链绑出"，查弼纳又何敢不出卖亲家！以天子而施酷吏的手段，则田文镜之流之得雍正宠信，亦必然之理。

阿布兰为苏努胞侄，曾首告废太子利用医生用矾水写字，对外秘密通信；雍正亦素恶其人，但认为此人毫无骨气，可以利用。治隆科多时，雍正即在阿布兰身上做文章。雍正二年（1724）闰四月十四，有一道关于阿布兰的上谕，为《实录》所不载，而实可窥知皇十四子将继大统为公开的秘密，录之如下：

> 阿布兰虽系宗室，朕素不深知。在皇考时，伊于委任之事，尚为勉力；廉亲王（胤禩）又于朕前保奏，朕因特加殊恩，晋封贝勒，赏给佐领，又令总理事务……阿布兰自任用以来，并不实心效力，而且素行卑污，前大将军胤禵（祯）自军前回时，伊特出班跪接，从来宗室公于诸王阿哥，并无此例也。

按：康熙六十一年（1722）正月初五，圣祖在乾清宫举行千叟宴，宴毕御东暖阁，召大学士以下诸大臣赐座，"闲谈旧事"；三月十八万寿，往年常辞朝贺，这一年却坦然而受，又亲祀于奉先殿。凡此皆为将禅位的迹象。

而前一年十月康熙召"大将军、王"回京，据《永宪录》记，曾命诚亲王、雍亲王领内大臣郊迎，实明示继统有人。如谓从来宗室于诸王、皇子无跪接之例，则两兄且为亲王，受命领内大臣出郊迎弟，又有何前例可援？

宗人府建立碑亭、翰林院所撰之文，阿布兰以为不佳，另行改撰，并不颂扬皇考功德，惟称赞大将军胤禵（祯），拟文勒石。朕即位后，伊自知诬谬，复行磨去。

此更为"大将军、王"将继大统的明证。宗人府立碑、翰林院撰文，自是奉旨记叙"大将军、王"的战功，昭垂后世。阿布兰当是承圣祖面谕办理，否则何敢如此胆大妄行？末两语尤显实情，阿布兰何以在圣祖时不"自知诬谬"？原来当时并不"诬谬"；诬谬者弟之皇位为兄所夺，则此类似"神功圣德碑"的记功碑，何可再树于宗人府？

总结以上诸人的分析，可知雍正抢尽先着。拥护皇十四子的兵马甚多，但城门既闭，隔绝在外，所赖以行使兵权的印信旗牌，以及调兵遣将时下达命令的通信系统，均无法运用。当危疑震撼之际，往往一言可定天下，如果不能及时做出适当的反应，则乾坤已定，举兵便是作乱。一着错、满盘输，正此之谓。

至于闭城的另一作用，是防止诸王通信至前方；大行皇帝的哀音，传至前方者用"清"字，而胤祯与胤禛的音译毫无分别[1]，前方将士或者以为接位者是皇十四子，加以有年

---

[1] 根据清史专家庄吉发先生的《满文史料与雍正朝的历史研究》中，"胤禛"写作"in jen"（音：yin zhen），而"胤祯"写作"in jeng"（音：yin zheng），发音上区别较小。

羹尧的钳制，"大将军、王"欲有所动作，亦实在很难。

进一步分析，雍正夺位后，起初用的是笼络的办法，如胤禩封为廉亲王，胤䄔封为履郡王，废太子之子弘晳封为理郡王，兵部尚书白潢拜相，阿布兰授爵，等等。有的受笼络，有的不受笼络；而后来治罪特苛诸人，如阿尔松阿、苏努以及隆科多的长兄鄂伦岱等人，或者有实际的反抗行动，但其详已不可考了。

雍正最信任的人，除了怡亲王胤祥以外，大臣中共四人：鄂尔泰、田文镜、李卫、张廷玉，应该特别做一介绍。

《清史稿》本传：

> 鄂尔泰，字毅庵，西林觉罗氏，满洲镶蓝旗人，世居汪钦。国初有屯泰者，以七村附太祖，授牛录额真。子图扪，事太宗，从战大凌河……授备御世职。雍正初，祀昭忠祠。鄂尔泰，其曾孙也。

叙其先世，不言其父；而宗室奕赓作《寄楮备谈》有一条云：

> 鄂尔泰四十尚充侍卫，有句云："看来四十还如此，虽至百年亦枉然。"后不数年，节制七省军务，出将入相，故后谥文端，配享太庙，亦奇人也。父名鳌拜，故

终身笺柬，只书"顿首"，不书"拜"字。

此记甚奇。鳌拜获罪于康熙初年，鄂尔泰应尚未生，奕赓何得有此记？及检《清史列传》，始知鄂尔泰父名鄂拜，曾官国子监祭酒。又雍正《朱批谕旨》，四年六月二十日鄂尔泰一折云：

> 窃臣先世，自从开国，代沐皇恩，至先臣鄂拜，虽历儒官，历阶祭酒，依然寒素。

知《清史列传》所记不误。《清史稿》本传谓鄂尔泰任内务府员外时，世宗在藩邸，偶有所属，鄂尔泰拒而不与；世宗即位后召谓："汝为郎官拒皇子，其执法甚坚。"因而赏识。雍正元年（1723）放云南乡试主考，考差完毕，即特授江苏藩司。此一异数，必有缘故，但已难稽考了。

雍正三年（1725）十月擢"云南巡抚，管云贵总督事"，并特召述职，十二月初赴任，十九日抵湖北襄阳云：

> 臣质本庸材，身遭异数，五日留京，六蒙召见，迭荷我皇上天高地厚之恩。训诲俨若严师，矜怜宛如慈父。

但自雍正二年（1724）九月初四以后，约一年零三个月，并无折奏，此必是有不便宣布之处。而鄂尔泰离京未几，年羹尧即由杭州被捕到京，因而可以想象得到，在此一年多的辰光中，鄂尔泰对年羹尧的形迹以及在江南寄顿财产等，必有详尽的报告。特召至京，五日六召见，亦无非谈年羹尧而已。

鄂尔泰"改土归流"

鄂尔泰生平的事业，唯在"改土归流"一事。土者土司，流者流官。边远之地曰流，设官治理，以政府掌握控制权为第一要义，然后渐次开发，此种有别于正常编制的行政官称为"流官"。所谓"改土归流"，即土司所保有的自治权收归中央之谓。《清史纪事本末》卷三十叙平苗云：

> 苗族种名不一……其语言风俗既与中国绝异，故中国自元明以来，设有宣慰、宣抚、招讨、安抚长官等土司。
>
> 又有土府、土州县，其长皆得世袭，握自治权，盖欲仍其旧俗，官其酋长，以羁縻之也。顺康以来，袭明旧制，分设土官。然苗民不知耕作，专以劫杀为生，土官又以积威，苛敛虐使，恣为不法，故苗族常为边患。

而于云贵为尤甚。

"苛敛虐使"以致激起边患的因果关系，在李卫当云南盐道时，曾于雍正二年（1724）二月有一奏折说得简明扼要：

> 边省汉猓杂居，山多路险，易于藏奸，前此各土司之克遵王化者，皆受贪官诈骗，不一而足；强悍负固者，任其杀害抢掠，不敢过问。淳无劝而顽无惩，边省之不能绥靖，职是故耳。

淳良的土司不得奖励，顽劣的土司未受惩罚，亦由土司握有自治权，地方大吏欲奖欲惩，每叹无所措手；同时既无行政上管辖的责任，则多一事不如少一事。一旦发生叛乱，派兵征剿，事平复仍其旧，这种不彻底的管理制度，自非英明如世宗者所能容忍，因此，鄂尔泰一建改土归流之策，大获赞赏，亦在意中。

《清史纪事本末》卷三十又叙：

> 雍正四年，鄂尔泰巡抚云南，建策改土归流，因极言从前以夷治夷之失计，然欲改土归流，非大用兵不可，宜悉令献土纳贡，违者剿。世宗览疏，大喜曰："卿，朕（之）奇臣也。此天以卿赐朕也。"命进呈生年

日月，召赴养心殿，手铸三省总督印付之。

按：此记殊有未谛。鄂尔泰先以云南巡抚管理总督事，雍正四年十月真除。在鄂尔泰未到任以前，贵州苗已作乱二十余年，贵州巡抚石礼哈主剿，以用兵不易而止；继任巡抚何世璂主抚，抚亦无效，因命鄂尔泰提出意见。

《清史稿·鄂尔泰传》载其雍正四年（1726）一疏，为整理西南疆土基本蓝图。云贵川黔四省接壤之区，汉苗杂处，地理人事并皆复杂，自明朝以来，以姑息求无事；以圣祖之雄才大略，而亦不敢轻易插手。世宗用鄂尔泰求得彻底解决，虽以后有事与愿违之处，但论其本心，不能不谓之伟图。

世宗固能干父之蛊，鄂尔泰亦确具名臣之资格，他之配享太庙，与张英是完全不相同的。

鄂尔泰在此一奏疏中所提出的论据及计划，不易了解；因为改土归流后，地理方面颇有变迁，必须参考《读史方舆纪要》，才知道他说的是怎么一回事。兹撮叙大概如下：

云贵大患，无如苗蛮，欲安民，必制夷；欲制夷，必改土归流。

此言必须撤销苗人的自治权，归政府管辖，才能制夷安民。目标是很清楚的，但改土归流有许多困难，其一是地形上的限制：

> 苗疆多与邻省相错，即如东川、乌蒙、镇雄，皆四川土府；东川距云南四百余里，去冬乌蒙攻掠东川，滇兵击退，而川省令箭方至。

按：此言东川、乌蒙、镇雄之"军民府"（即所谓"土府"）在地形上，由于位处金沙江以南，距成都较远，一旦有事，鞭长莫及，反而云南得以就近照管，故乌蒙攻东川，为滇兵平服，而四川用兵的令箭方至。

> 乌蒙距云南省城亦仅六百余里，钱粮不过三百余两，取于下者百倍，一年四小派，三年一大派；小派计钱，大派计两。土司娶子妇，土民三载不敢婚；土民被杀，亲族尚出"垫刀"数十金，终身不见天日。
> 东川虽已改流，尚为土目盘踞，文武长寓省城，膏腴四百里，无人敢垦。若改隶云南，俾臣得相机改流，可设三府一镇。此事连四川者也。

这一段话，包含三个要点：

第一，土司横征暴敛，土民负担百倍于正课。土司娶儿媳，大索民家，以致土民三年之中不敢婚娶——搜括已穷，所以不敢办喜事，否则必举债，而此债一举，不知何日得以清偿。又土民被杀，土司不特不为之申冤，反须亲族为强项者即凶手出"垫刀钱"。此种暗无天日的情形，倘不改革，何足以言太平？

第二，东川距成都过远，则四川文武想管东川，亦是力不从心，以致膏腴之地数百里，废置不垦。

第三，如上分析，则将东川、乌蒙、镇雄之地改隶于云南，相机改土归流，置于政府控制之下，使土司不敢胡作非为，不特解民倒悬，且得地尽其利。

这个看法，无比正确。试看地图，东川、乌蒙、镇雄之地，为云贵高原北面的开端，与金沙江以北的四川盆地毫无关联，自以改隶云南为是。世宗旋即诏如所请，东川即今云南会泽、巧家两县；乌蒙改为昭通府；镇雄降为直隶州，隶于迆东道，笔者曾祖父曾为此官。

以下又论广西、云南土府的利弊，而最要者为论贵州苗疆：

> 贵州土司向无钳束群苗之责，苗患甚于土司。苗疆四围几三千余里，千三百余寨，古州踞其中，群寨环其外，左有清江可北达楚，右有都江可南通粤，盘踞梗隔，遂成化外。如欲开江路通黔、粤，非勒兵深入遍加

剿抚不可，此贵州宜治之边夷也。

按：古州即今榕江。所谓"苗疆"，亦称苗岭，而实非山岭；贵州本为浑然整体的高台地，以水流侵蚀，割裂成块，自河谷遥望的巍然冈阜，其实不过块状高台。古州为其中最大的一块洼地，榕树最多，大百数围，荫蔽百亩。气候较一般盆地更坏，春末夏初即热不可耐，三伏则犹如置身蒸笼中，而冬至后阴寒，亦非重装不暖。因为地形特殊，气候恶劣，草木野兽腐积之气郁而不散，遂成毒瘴，更成化外。

臣思前明流、土之分，原因烟瘴新疆，未习风土，故因地制宜，使之乡导弹压，今历数百载，以夷制夷，即以盗治盗。苗、猡无追赃抵命之忧，土司无革职削地之罚，直至事上闻，行贿详结，上司亦不深求，以为镇静，边民无所控诉。若不铲蔓塞源，纵兵刑财赋事事整理，皆非治本。

此段论议，极其透彻。简言之，即为纳入法治。欠债还钱，杀人偿命，本为进入文明社会最基本的共同观念；如窃盗可不追赃，杀人无须抵命，即根本无法律可言。既无法律约束，则"兵刑财赋事事整理"，无非旋兴旋灭，不能形成制度，此所以必须改土归流。

至于"土司无革职削地之罚"，则以土司既"无钳束群苗之责"，自无功罪赏罚之可言。而土司之所以"无钳束群苗之责"者，非不为也，乃不能也。

贵州苗人，有三十余种之多，其中宋家、蔡家、马蹬龙家三族，本为汉人，战国时楚伐宋、蔡、龙三国，俘其民而流放至夜郎，乃与苗人杂处，而自有其风俗习惯。据说此三家苗知中原礼义，衣服、祭祀、婚嫁、丧葬，以及揖让进退，一禀于周，犹存古风。"礼失而求诸野"，正此之谓。

改流之法：计擒为上，兵剿次之；令其自首为上，勒献次之。惟剿夷必练兵，练兵必选将，诚能赏罚严明，将士用命，先治内，后攘外，实边防百世之利。

话虽如此，鄂尔泰治苗仍以兵剿为主。他很想做到"在一时须尽服其心，计百年须常慑其胆"，师武侯七擒孟获的故智，但究非武侯，致有后患。

不过，鄂尔泰的对手，亦非武侯当年之好相与。有"严缉黔省汉奸川贩"一道密折，洞见症结：

黔省大害，阳恶莫甚于苗猓，阴恶莫甚于汉奸川贩。盖夷人愚蠢，虽性好劫掠，而于内地之事，不能熟悉，权谋巧诈，非其所有。惟一等汉奸，潜往黔寨，互相依附，向导引诱，指使横行，始则以百姓为利，劫杀捆掳，以便其利；继复以苗猓为利，佯首阴庇，以估其财。是虐百姓者苗猓，而助苗猓者汉奸，虐苗猓者亦汉奸也。

所谓"佯首阴庇"，即表面上向官府检举，冀得赏金；苗猓为乱，暗中却又通风报信，嗾使走避，勒索其财。正所谓两面讨好，左右牟利。

汉奸以川贩为主。苗疆未开通以前，多食川盐。川盐即由川贩而来，先则贩盐，后则贩人。鄂尔泰奏陈其情形如此：

> 川贩即汉奸之属，串通苗猓，专以捆略男女为事。缘本地既不便贩卖，且不能得价，故贩之他省，而川中人贵，故卖至川者居多。其往来歇宿，半潜匿苗寨，沿途皆有窝家，既可免官府之擒拿，又可通汉夷之消息……
>
> 及其路径既熟，呼吸皆通，不独掠汉人之丁口，亦复拐苗人之男女，而苗人既堕其术中，遂终为所用。臣入境以来，深知二者之患，留心访察，时欲穷其根株，猝难寻

其巢穴，及长寨之役，知若辈多藏匿其中。

按：长寨即今贵阳以南、安顺以东的长顺，当时以阻挠官兵设营，由鄂尔泰指挥贵州提督马会伯派兵剿平。鄂尔泰即乘此机会，搜捕川贩：

随乘此大举，密令诸将中有才略者，细心访缉，借讨顽苗之名，为搜川贩之计，合前后所获男妇大小数百口。

这数百人中，要犯只十二名。鄂尔泰的处置是：第一，要犯严审，务求得其实情；第二，继续搜捕要犯；第三，情罪可原者尽行释放。

上此奏的目的是请"令川省抚提（巡抚、提督）诸臣，按姓名居址，同心密缉，务期擒获，尽绝根株"。

鄂尔泰处置此案，事前缜密周详，临事果断迅速，事后细心检点，这种彻底周延且不以本身已尽力为满足的作风，最合世宗的脾胃，因而朱笔批示：

卿此心此行，不但当代督抚闻之可愧，实可为万代封疆大臣之法程。朕实嘉赖焉，勉之。

上苍照察，再无不倍增福寿、子孙荣昌之理。再两江非卿不能整理，如朕之意，云贵一切事宜，俟料理有头绪时，还向卿要一可代之人，来两江与朕出此一大力，可留心。但诸务不可因此旨促迫为之。

嘉慰告诫，兼而言之；而商量用人，语意宛转，此为世宗得父"待大臣如兄弟"遗训之精义，而为驾驭臣下的一大手段。鄂尔泰自然感激驰驱，但不免操之过急。

那些土司、土目（小部落酋长）虽已受任为"土知府""土知县"，但已不能做土皇帝，加以镇守的武官贪恣暴虐的居多，因而到了雍正八年（1730）六月，乌蒙首先起事，攻城劫杀总兵刘起元及知县赛枝大，眷口亦竟不免。

一时东川、镇雄等地苗猓群起响应，杀官兵、夺军粮、毁坏道路桥梁，屯聚作乱。鄂尔泰集兵一万余，命总兵魏翥（zhù）国、哈元生、参将韩勋，分兵三路进剿，哈元生负责威宁一路，最为得力。此人行伍出身，为雍正亲自识拔的武官之一，以后颇为得宠，《清史稿》本传：

> 哈元生，直隶河间人。康熙间入伍，授把总。累迁建昌路都司。坐失察私木过关，夺官。
>
> 雍正二年，命引见，发直隶以守备用，补抚标右营守备。贵州威宁总兵石礼哈请以元生从剿仲家苗，有劳。

三年，补威宁镇中军游击。乌蒙土知府禄万钟侵东川，镇雄土知府陇庆侯助为乱。鄂尔泰檄元生会四川兵讨贼。贼据险拒战，元生冒矢石夺攻克之。鄂尔泰上其功，上奖元生取仲家苗、克乌蒙，能效力，命以副将、参将题用，寻授寻霑营参将。

六年，米贴苗妇陆氏为乱，鄂尔泰令元生往剿，破险设伏，捣其巢，获陆氏……赉白金四千，迁元江副将。

……

七年，调黎平副将，擢安笼总兵。

八年，乌蒙复为乱，鄂尔泰令元生督兵出威宁，破贼数万……蹿贼垒八十里，遂克乌蒙。

鄂尔泰先对哈元生不无意见，以后看出雍正欲明其识人、用人过于臣僚，因于此役大表哈元生之功。雍正赏赉特厚。

《清史》刊哈元生传：

捷闻，上深奖其功，赐戴孔雀翎及冠服，赏银万两，仍交部优叙。九年二月，擢云南提督，九月谕曰："云南提督哈元生之母，年八十有六，未遇覃恩得受封典；哈元生宣力苗疆，懋著劳绩，伊母身享大年，应加特恩，以彰慈孝。着照哈元生提督职衔，赏给伊祖父母封诰。"寻调贵州提督。

十年七月，谕曰："贵州提督哈元生，朕另有简用之处，着驰驿来京陛见，并赏给公用银三千两，装备衣装。"十月至京召见，特解御衣以赐，命军机处行走，并令回籍省亲。十一月，贵州九股苗不法，命回黔督剿。

按：鄂尔泰于雍正九年（1731）七月奉召入觐；十年正月大拜，由兵部尚书授保和殿大学士，加少保，入军机。此时雍正决定对准噶尔加强用兵，留鄂尔泰入参机务以后，即调贵州巡抚张广泗为西路宁远大将军岳钟琪的副手，而以鄂尔泰另一亲信元展成抚黔，哈元生由云南调贵州，以为元展成之佐。

七月间，鄂尔泰奉旨督巡陕甘军务；雍正打算遥制苗疆事务，需要有个熟悉情况的人在左右，以备咨询，因而命哈元生在军机处行走。

但此举实在抬举得过分了些，哈元生虽骁勇善战，但谈不到什么韬略，而且西瓜大的字识不得一担，何能入赞纶扉？因而一"行"即"走"，先让他回原籍省亲，接着仍旧遣回贵州去打苗子。

二次收复乌蒙之役，杀戮甚惨，"刳（kū）肠截腿，分挂崖树几满"，虽说是刘起元报仇，但亦为鄂尔泰所授意。

初意想学武侯，结果有如黄巢，以致伏下雍正十三年春复反之祸。鄂尔泰既惭且愤，然而无可如何，唯有引咎自劾，得旨：

> 卿才品优良，忠诚任事，历经简用，未负朕恩，今以抱病虚羸，恳请罢斥，情词皆实，着解大学士之任，削去伯爵，俾得悉心调摄。

既言"未负朕恩"，又以其"抱病虚羸"为"情词皆实"，则为使鄂尔泰能"悉心调摄"计，解大学士之任已足，何又有惩罚性的"削去伯爵"？这话是说不通的，所以紧接在此处分鄂尔泰的上谕之后，还有为他自辩的一大段话。

于此，有一点值得注意的是，雍正之好辩，基本上是由于从小自他父皇处获得了一种讲逻辑的教训。

清代诸帝，除了穆宗（同治）以外，都读书明理，此一"理"也，小半来自宋明理学，大半来自利马窦、汤若望等人所传播的西洋文化的基本精神。圣祖诸子，在信仰宗教、利用宗教方面，性向各异，所趋不同。

如皇九子胤禟，甚至受俄国东正教的影响；雍正则先佞佛，后又讲道教修炼之术。但不论宗教信仰如何，皆讲究逻辑则一，是故自觉道理在逻辑上讲不通时，必有一番辩白；

不管是否强辩，但总想以理折人，毕竟比不讲理的皇帝要高明得多。

如鄂尔泰的情形，所谓"未负朕恩"，有忠实执行其命令的意味在内；然则苗疆出事，发号施令或核准其计划者，自应负责，因而如此辩白：

> 至于古州苗疆案，从前石礼哈等数人，皆曾奏请用兵征巢。朕悉未允行。及鄂尔泰为滇黔总督，以为此事必应举行。剀切陈奏。朕以鄂尔泰居心诚直，识见明达，况亲在地方，悉心筹画，必有成算，始允所请，命其慎重办理。
>
> 彼时苗民相率向化，功成迅速，朕心嘉悦，特锡伯爵，以奖勋庸。国家赏功之典，自应如是。乃平定未久，苗即数次蠢动；近则直入内地，煽惑熟苗，焚劫黄平一带，群邑居民受其扰害。朕询问情由，鄂尔泰亦以出于意外为词，是从前经理之时，本无定见，布置未协所致，则朕一时之轻率误信，亦无以自解。

此为自承过失，以下乃解释鄂尔泰被削爵的理由：

> 国家锡命之恩，有功则受，无功则辞，乃古今之通义。今鄂尔泰请削伯爵，于情理相合。朕鉴其忧悃而

俞允之，并请将前后情事宣谕中外，以示吾君臣公而无私、过而不饰之意。

不久，鄂尔泰复授男爵；又不久，世宗暴崩，鄂尔泰为顾命大臣之一。乾隆即位，鄂尔泰仍受倚重，殁于乾隆十年（1745），谥文端。由此一"端"字，得以看出高宗对他的印象。

田文镜善迎上意

鄂尔泰之为世宗信任，原因可以考见；田文镜之得宠，则多少是个谜。陈捷先教授曾有两篇文章，专谈田文镜（见台湾学海出版社印行的陈教授专著《清史杂笔》），对于他的家世、发迹经过、得宠原因，考证綦详，撮述其家世如下：

田文镜先世为奉天广宁人，于清太祖创业时从龙，隶汉军正蓝旗。曾祖名有功；祖名养济；父名瑞年，曾任兵部督捕司员外。

田文镜生于康熙元年，二十二年出仕，任福建长乐县县丞；三十年左右任山西宁乡知县；四十四年升任直隶易州知州。

按：据此，则田文镜为"佐杂出身"，所谓"风尘俗吏"，在正途出身的人看来，与胥吏无异。田文镜当了二十多年的州县官，必饱受歧视，后来之以"不容科甲"出名，其来有自。

康熙四十五年，内迁为吏部员外郎，升刑部郎中，转监察御史，擢内阁侍读学士，凡此皆为雍正在藩邸的安排。田文镜当初亦为雍亲王门客，但雍正不肯承认。

雍正元年奉派告祭华岳，复命时面劾山西巡抚德音，德音因而去职。雍正元年九月，田文镜奉派署理山西藩司。二年正月，调任河南藩司，同年八月署理河南巡抚，十一月真除。

雍正五年七月升任河南总督，并自正蓝旗抬入正黄旗。六年五月，以"田文镜自到河南，忠诚体国，公正廉明，豫省吏畏民怀，称为乐土。山东吏治民风，宜加整饬，着田文镜为河东总督"。七月十日加授太子太保。

雍正九年四月因病乞休，命来京调理；十月回河南，仍任河东总督。十年九月旧病复发，复请解任，得旨："田文镜着在任调摄，不必恳请辞退。"并命副总河孙国玺协助田文镜办理总督事务。

十一月田文镜复请，准予解任；十二月卒于河南，上遗疏，复得旨："田文镜老成历练，才守兼优，自简任督抚以来，府库不亏，仓储充足，察吏安民，惩贪除暴，不避嫌怨，庶务具举。封疆重寄，正资料理，前以衰病请解任调理，勉从其请，今闻溘逝，深为悯惜，应得恤典察例具奏。"赐祭葬，谥端肃，特命在河南省城建专祠，并入祀贤良祠。

但上谕中所谓"吏畏民怀"，只说对了一半，"吏畏"诚然有之，"民怀"则适得其反。在世宗崩后，便有人直陈河南百姓对田文镜的感想，这是后话，暂且不提，此处先谈他得宠的原因。

照陈捷先教授的分析，共有五点：藩邸旧人，实心办事，经验丰富，操守廉洁，善迎上意。以我的看法，最后一点是关键所在。

谈到田文镜之得宠，不能不提野史中所记载的"邬先生"其人。据说邬先生是"绍兴师爷"，一天他问田文镜："公欲为名督抚耶？抑为寻常督抚耶？"田文镜答以"欲名"。邬先生便提出一个条件："须任我草一疏，疏中一字不能令公见。"田文镜接受了。于是邬先生草一密折，鸣炮拜发。后来才知世宗欲除隆科多，苦于无人发难，而邬先生投其所欲，乃使田文镜大受宠信。

野史所述，还有听来似乎很离奇的情节，说是后来田邬龃龉，邬先生拂袖而去，自此，田文镜上奏便常碰钉子，只好托人将邬先生请回来。

邬先生的条件是：每日须奉以五十两的官宝一个，方始任事。田文镜慨然许诺，圣眷乃复隆如初。后来这件事连世宗都知道了，曾在田文镜请圣安的折尾批示："朕安。邬先生安否？"

这件事倒不是空穴来风，捷先考证，据田文镜自承：

> 臣两任布政使，原无幕友，嗣蒙皇上天恩，畀臣巡抚重任，政务殷繁，必得一人检查簿书，因有浙江人邬思道，系臣素所认识，闻伊觅食上蔡，臣随延至臣署……且臣所延之邬思道，不过令其查对文移、核算钱谷而已；至于机密大事，以及进退人才，俱系臣亲自裁决。

按：州县幕友，向分钱谷、刑名两路，皆有专职，向无相兼之例，何况巡抚衙门？邬思道如"核算钱谷"，就不会再管"查对文稿"，田文镜是说了假话。捷先亦发现故宫博物院所藏田文镜奏折原件，前后字迹显有不同，任巡抚后，

"文字书法都清楚工整"，当出于邬思道之手。

更耐人寻味的是：雍正四年（1726）有一个折子，世宗的朱批是："此篇文字系出之自手耶？或请人代撰耶？何其辞之不达也。偶尔戏谕。"

田文镜的密折，有邬思道代笔，是大致可以确定的事实。可是世宗自己呢？他的朱批有没有人代笔？实在亦很成疑问。照我的看法，亦是有的。这可以从情理上去判断。

《雍正朱批谕旨》刊行于雍正十年（1732），御制自序中说：

> 内外臣已皆令其具折奏事，以广咨诹，其中确有可采者，即见诸施行；而介在两可者，则或敕交部议，或密谕督抚酌夺奏闻。其有应行指示开导及戒勉惩儆者，则因彼之敷陈发朕之训谕，每折或手批数十言，或数百言，且有多至千言者，皆出一己之见，未敢言其必当，然而教人为善，戒人为非，示以安民察吏之方，训以正德厚生之要，晓以福善祸淫之理，勉以存诚去伪之功，往复周详，连篇累牍，其大指不过如是，亦既殚竭苦心矣……
>
> 此等奏折，皆本人封达朕前，亲自览阅，亲笔批发，一字一句皆出朕之心思，无一件假手于人，亦无一人赞襄于侧，非如外廷宣布之谕旨，尚有阁臣等之

撰拟也。

此一段本来是不必说的，但既然说了，我们亦不妨信其为实。问题是，人的精力有限，他是否能够负荷得下？且看他自己的陈述：

> 雍正六年以前，昼则延接廷臣，引见官弁，傍晚观览本章，灯下批阅奏折，每至二鼓、三鼓，不觉稍倦，实六载如一日。此左右近侍及内直大臣所备知者。

世宗勤政，为清朝诸帝之最，诚如所言，白天相当忙碌，但自傍晚至深夜，能不能处理得完那些奏折，实在令人怀疑。

因为直陈御前的密折，都是机要大事，有些固然几句话即可解决，有些却非连篇累牍说不清楚，譬如用兵、捕盗、河工、刑名，等等，要说明其原委曲折，原折有数千言之多者，而密折以外，还有正式的题本，须参合来看，一晚上的工夫，能了解全部案情，研究透彻，已非易事，何况还要加上累千百言的批示；若说无人赞襄，实是一件不可思议的事。问题是能够代世宗批示密折的是谁？

这个人是谁呢？照我的推测，应该是文觉。

《永宪录》于雍正五年（1727）闰三月记魏廷珍获咎事，

附记文觉云：

> 廷珍字君弼，直隶景州人，康熙癸巳探花，精于算法，赋性骨鲠，屡遭训饬，而向用不衰。（雍正）十一年总督漕运时，上命国师文觉往南朝山，仪卫尊严等王公，所过地方官员膜拜如弟子。至淮，督关年希尧首行此礼，大学士河督嵇曾筠不得已从之。魏独植立徜徉，且上疏言臣不能从佛法，上亦不之罪也……文觉日侍宸扆（yǐ），参密勿，上倚之如左右手。

> 是年腊七十，故有是举，上深通禅旨，力阐宗风，从前弘觉等望重一时，皆圣心所不敢，因御制论说，晓示僧众，凡名山古寺皆内遣僧主之。十一年冬，诏华山主僧于次年入掌皇戒，集天下有学行僧考验，与其选者以为荣。时华山佛宇天火灾，着江南督抚不拘银数，务复旧观。自是而三教殿庭，皆以鼎新。又令，凡庙宇山田，地方官清查，侵占变卖者，许给半价赎回。

> 十三年冬，今上降谕，严饬僧人，其侍帷幄者皆放还山，文觉独令沿途步行归长洲，着地方稽查管束，无致生事。传闻隆、年之狱，阿、塞之死，皆文觉赞成，故圣心隐痛。

按：凡此世宗佞佛之事，《实录》及《东华录》皆不

载，乃乾隆时所删去。文觉既有"国师"之号，自应有诏书颁行天下，于今亦不可复见。"阿、塞"者指皇八子胤禩、皇九子胤禟，奉旨改名为阿其那、塞思黑，但并非猪、狗之意。

雍正十三年（1735）冬，已是乾隆即位以后，文觉在这年应该已七十二岁，罚他从江南步行回苏州（苏州府附郭三县：吴、长洲、元和），以意度之，有深意在内。自《大义觉迷录》刊行，宫廷骨肉之祸之惨，尽行暴露，大概当时都知道世宗迭兴大狱，是受文觉蛊惑；两年之前以国师身份往南朝山，用王公仪卫，宠逾常格，更为文觉曾建"殊勋"的明证，益使天下相信道路流言为不虚。

乾隆罚其步行回南，当然亦是大新闻。前后荣辱不同，则荣有自来，辱亦有故，乾隆有在无形中为父补过之意，说来是很高明的手法。

如上所引，说文觉"日侍宸扆，参密勿，上倚之如左右手"云云，则代批朱谕，不是不可能之事。

此外，我还可以提供一个证据：雍正八年（1730）夏秋之际，世宗曾生一场大病，此时朱批谕旨比较少，比较简单，但并非件件如此，亦有案由复杂，批示至详者，绝非抱病之人所能为。于此，可以猜想到朱批谕旨作业的情况，即密折先由文觉看过，摘要面奏，裁可复由文觉代批；非如此，不能出现世宗在病中犹有洋洋洒洒的长谕。

世宗不但佞佛，亦喜闻祥瑞。此亦为田文镜迎合上意以致宠之一端。《永宪录》于前引一条之下记："河南总督田文镜进瑞谷一茎十五穗，上嘉以忠诚任事所感召。"有农业常识者都知道，如刻意培植这样一茎"瑞谷"，并非难事。

《永宪录》于此以讥刺的语气记述：

> 文镜每年必以休嘉入告。是年又奏路不拾遗，由是别省相效报闻。浙抚李卫复献天生锦，言蚕吐丝而成，上谓必先界其尺度，以蚕网丝，何谓天生？圣主明见如此。

此是世宗偶尔识破作伪的伎俩，但基本上还是深信必有祥瑞。鄂尔泰亦常以此入奏，唯不如田文镜之甚。在雍正五年（1727）这一年，花样更多，正月初一便"恭报河清大庆"说：

> 豫省黄河，上自陕州，下至虞城县，一千余里，自雍正四年十二月初九日起渐渐澄清，至十六、十七等日，竟与湖淀清水无异。

据《东华录》载，河道总督齐苏勒、漕运总督张大有、副总河嵇曾筠等，亦分别奏报："河水澄清二千里，期逾两旬，为从来未有之瑞。"康亲王崇安因而奏请升殿受贺，似确有其事，世宗并特颁恩诏，大小官员俱加一级。

但此外别无纪录，时人诗文中未发现有此大好题目。《永宪录》记此事于雍正四年（1726）十二月，复引明朝史事，含义极其深刻，其语如此：

> 黄河清在明正德至天启凡六见，而万历四十八年八月十五日巳时，临巩、兰州之河流泛白，申刻澈底澄清，上下数十里，至十七日未时后方浊流。陕抚李起元以闻，论者谓此我朝开基之瑞云。

按：明朝自正德至天启，国事败坏，虽六见黄河清，亦复何用？而万历四十八年（1596）八月十五，则光宗甫接位半月，以福王生母郑贵妃进美女四人，而于八月初十起得疾，至九月初一崩，在位仅得一月，竟未能改元。

后来因以万历四十八年八月以后称为光宗泰昌元年。"论者谓此我朝开基之瑞"，则在明朝非唯不为祥瑞，竟呈大凶的征兆。

其实，田文镜专以逢迎为事，政绩并不出色，此在雍正亦早就发觉，如九年（1731）二月时上谕：

上年山东有水患，河南亦有数县被水，朕以田文镜自能料理，未另遣员查赈。今闻祥符、封丘等州县，有卖男女与山陕客商者。田文镜近来年老多病、精神不及，为属员欺诳，不能抚绥安插，而但禁其卖鬻子女，以避离散之名，是绝其生路也，岂为民父母者所忍言乎？着刑部侍郎王国栋前往赈济。

这是曲为开脱。田文镜此时其实无病，但上谕既有此暗示，不能不于四月间告病，诏命赴京养疴，但迁延久之，只七月间进京一行，旋即回任，始终还在河南。雍正十年（1732）正月底，世宗批田文镜一折云：

时当春令，虔求雨泽，济农播种，斯为第一要务。近闻豫东两省，吏治甚有不协，可传谕岳浚，共相诚勖竭诚修省，更宜惩贪奖善，纠谬绳愆，以申明政教，访民疾苦，料检储蓄，以先事预防，庶冀上格天心，化灾为福。否则不亦有忝厥职，大负朕恩耶？

凡是遇到这种语气，恩眷便开始动摇了。所以田文镜上疏竭力解释并乞恩，所获朱批是：

朕之听闻，容或讹误；上天监观，岂有差忒？即以卿在豫十年，统而计之，前数年之雨旸时若，近数年之水旱灾荒，非明证欤？上天感应，分毫不爽于斯，不凛然敬畏，循省愆尤可乎？谅卿居心自应始终未渝，第恐精神灭退于前，或被不肖属员所欺蔽耳。百凡处加详慎为之。

雍正察吏，以人祸必致天灾、天灾皆由人祸的法则来衡量。此中自有密切的因果关系，但所谓"上天监观""上天感应"云云，在现在看，当然是不大科学的；而在当时，则臣下一听世宗提到"上天"如何如何，内心无不恐惧，因为接下来就可能要遭"天谴"了。田文镜最感苦恼的一件事是：境内既有"水旱灾荒"，就不能再报祥瑞，失却一种献媚的工具，岂不糟糕？这一下，他就真的急病了。

真的病了，他却又不敢报病，强自挣扎，希望出现一个丰收的年份，以盖前愆。结果不负所望，真迎来一个丰年。奏报得批：

> 览奏，豫东秋成丰稔，河流顺轨，蝗不为灾，实出朕之望外，甚为欣慰。

乃至九月中再细报丰收详数，说是"比往常大有之年，更为倍获"。朱批是：

以手加额览焉，今岁直隶、豫东三省秋成，实系望外之丰，乃上天非常嘉贶（kuàng），大造洪恩，我君臣当愈加感戴，倍增敬畏也。

这是警告田文镜，不可贪天之功。至此，田文镜知道非去任不可了。

雍正十年（1732）十二月，田文镜奏请解任，同月卒于任上，赐祭葬，谥端肃，特命在河南省成立专祠，并准入祀贤良祠。

至雍正十三年（1735）十一月，乾隆即位未几时，户部尚书史贻直奏称："河南开垦，捐输累民，甚宜速罢，请特简廉明公正大臣往抚绥查核。"得旨：

河南地方自田文镜为巡抚总督以来，苛刻搜求，以严厉相尚；而属员又复承其意旨，剥削成风，豫民重受其困。即如前年匿灾不报，至于流离，蒙皇考严饬，遣官赈恤，始得安全，此中外所共知者。

乃王士俊接任河东，不能加意惠养，且扰乱纷更，以为干济，借开垦之虚名，而成累民之弊政，彼地方民风淳朴，竭蹶以从，罔敢或后，甚属可嘉，然先后遭督臣之苛政，其情亦可悯矣。王士俊着解任来京候旨，并将此旨宣示豫民，咸使知之。

此为对河南百姓的安抚。又乾隆五年（1740）有人奏请将田文镜撤出贤良祠，上谕虽以此系"奉皇考允行，今若撤出，是翻前案"而未准，但明白宣示：

> 鄂尔泰、田文镜、李卫皆皇考所最称许者，其实田文镜不及李卫，李卫不及鄂尔泰，而彼时三人素不相合，亦众所共知也。

按：雍正好自诩知人之明，其实既不及其父，且不及其子。至于鄂、李、田三人素不相合，亦是雍正有意制造的矛盾。雍正上谕中屡次训诫督抚应和衷共济，乃是门面话，倘真和衷共济，必视为相互勾结。此三人都懂雍正希望他们相互监视、各行其是的本意，所以积不相能。

以现代的政治术语来说，谓之"单线领导"。这套伎俩后世唯李鸿章揣摩最深，淮军将领各不相下，即为李鸿章所操纵，以防"合而谋我"。但到后来，仍是李鸿章自食恶果。此为题外之语，表过不提。

田文镜得宠的由来，说起来有些莫名其妙，据我的推测，大致如此：第一，田以雍邸旧人，在雍正夺正得位的过程中，曾出过大力，但此方面的史料已尽皆泯灭，可能是在山西为雍正搜集情报，皇八子、皇九子与皇十四子的交往情形，随时都有密报；第二，田文镜与文觉可能有密切关系，其中邬思道亦可能发生了特殊的作用；第三，田文镜甘为鹰犬，雍正须整肃某人时，常指使田文镜发难。

李卫助雍正除年羹尧

与田文镜比较，李卫确是要比他高明得多。李卫亦是世宗居藩时所暗中赏识的人才之一。提起此人，笔者另有一份亲切感。我知道李卫这个姓名，大概是在十二三岁。有一次我随先父逛西湖，在岳坟上岸，此处有一座牌坊，本以司空见惯，那一次抬头细看坊额，始知"李卫"，官衔记得是浙江巡抚。

年长读史，才知道他于雍正五年（1727）冬天，特授为"浙江总督，管巡抚事"。总督本来只管军务，所以军兴之际，迁设无常，但自康熙二十六年（1687），三藩之变的善后事宜全部结束，福建、浙江无分设两督之必要，因而先裁浙江总督，继命改福建总督为闽浙总督。及至雍正五年设浙江总督以授李卫，仍旧保留闽浙总督的名义，不伦不类，直到雍正八年（1730）始改称福建总督，维持到乾隆三年（1725），又复改回康熙二十六年的编制。

世宗好以爵禄为驾驭臣下的工具，因人设职之事，不一而足，虽口口声声"皇考遗规"，其实存着"朕即法度"的想法，有时并无制度可言。

李卫，字又玠，徐州人，捐班出身，康熙五十六年（1717）授兵部员外，不久升户部郎中，康熙六十一年（1722）外放直隶驿传道，未几圣祖宾天。世宗即位后，将李卫改为云南驿监道。李卫到任后于谢恩折云：

> 臣至愚极陋，蒙圣祖仁皇帝拔擢深恩，涓埃未报；更蒙皇上召见，特授今职。于雍正元年正月十二日恭请圣训，跪聆之下，温纶蔼切，无微不烛。凡臣所欲陈之事，我皇上早已睿鉴，详加训诲，使天末微臣，有所遵守；且准臣越职恩，加以副使职衔，知遇之隆，至矣尽矣。臣惟有夙夜凛惕，竭蹶驽骀，矢志无欺，以仰副圣主擢用之至意。

由最后两句，可知世宗擢用李卫，另有任务，而执行此任务，以"无欺"为要，则为世宗派赴边陲做耳目，亦就可想而知了。

以下接叙到任后的情形：

> 臣于正月十九日出京，至五月十六日入云南界之平彝县……二十二日臣至云南省城，督抚设坛祈雨，臣先到总督衙门，密将面奉谕旨传与督臣高其倬，跪聆钦

遵，感激涕零。又到巡抚衙门，亦遵将面奉谕旨传与抚臣杨名时，遂问皇上圣明所行之政，臣一一说知。

按：高其倬为镶黄旗汉军，原籍辽阳。高家一门在汉军中声名卓著，其叔名天爵，官江西建昌知府，殉耿精忠作乱之难。天爵两子，其位为其倬堂兄，官至大学士；其佩为其倬堂弟，以指画知名于世。

高其倬康熙三十三年（1694）翰林，六十一年（1722）任广西巡抚，世宗即位，擢升云贵总督，是由于年羹尧的关系——他跟年羹尧是连襟。此时世宗已对年羹尧大起戒心，或者说，一即位便有杀功臣之心，须预做部署，而安抚年羹尧的至亲即为部署的步骤之一。李卫口传密旨，即所以安抚高其倬，此由李卫奏报，高其倬"感激涕零"，可以想见一切。

当然，李卫被派到云南，负有监督高其倬的任务。雍正二年（1724），擢升李卫为藩司，兼管盐政，云南的人事、财政都掌握在他手里，则不独监视高其倬，亦可抑制其与年羹尧的联络。至雍正三年（1725），年羹尧既败，李卫的任务完全达成，以与巡抚石礼哈不合，十月间调升为浙江巡抚，先入觐，后赴任。

第二年春天始到杭州，密折奏报：

抵杭州武林门，有署将军臣鄂弥达，带领副都统并八旗各官，同盐臣谢赐履、织造孙文成，俱恭请圣安。至臣在京前后面奉谕旨，现在次第遵行，容俟确有见闻，查实看定，挨次奏复。其奉发跟随年羹尧来浙之满汉文武各官，共有二起，已遵照谕旨，发给咨文令其彼此互解，勒限进京，业经起程。

由此可知，李卫升调浙抚，与年羹尧之贬为杭州将军，是世宗整套计划中的一个重要部分。

年羹尧随时可杀，但杀了年羹尧，还要抄他的家。而年羹尧事先已多方寄顿财产，由于他跟李维钧的关系密切，财产寄顿在浙江者甚多，特意调为杭州将军，则更是指点了一条寄顿的路子。

年羹尧当时还不以为他会被杀，既调杭州将军，则分寄各处的财产自必向浙江集中。哪知这是世宗布下的陷阱，李卫在京"前后面奉谕旨"，无非如何搜查年羹尧隐匿的财产，所谓"查实看定"即指此而言。

李卫在世宗眼中，是一头听话而管用的鹰犬。他的工作，一部分跟明朝的厂卫近似，在浙江巡抚任内，他除了协助专为处理年羹尧一案而被派到杭州，并接替继年羹尧为杭州将军的鄂弥达以外，还经手过两件大案。

查嗣庭"谋反大逆案"

第一件是查抄查嗣庭谋反大逆案。此案为雍正朝有名的文字狱，相传他放江西主考，出题"维民所止"，而"维止"二字乃雍正去头之象，因罹巨祸，此为道听途说，不足为信。《清诗纪事初编》卷七，叙此事较得真相：

> 查嗣庭，字润木，号横浦，浙江海宁人。康熙四十五年丙戌进士，入翰林，官至礼部侍郎，雍正五年以怨望讥刺死于狱中，仍戮尸枭示……诗凡近不足存，且多寿诗及率尔酬应之作，论其工力视两兄为逊。

按：查嗣庭两兄，一为查嗣琏，字夏重，以牵涉于康熙中叶国丧之巨案中，被革去功名，乃改名慎行，字悔余，号初白，于康熙四十二年（1703）复中进士。又一兄查嗣瑮，字德尹，著有《查浦诗钞》。初白、查浦于诗皆有重名。

《海宁州志·文苑传》，谓嗣庭以隆科多荐得为内阁学士，又以蔡珽为礼部左侍郎……代皇子寿某云："柳色花香正满枝，宫庭长日爱追随。韶华最是三春好，为近龙楼献寿时。"皇子与所寿者，俱不知谁某。

按：此皇子若非皇八子胤禩，即皇子胤禟，此两邸皆敬礼文士，如何义门即为其上客。某则必为隆科多，其时以后弟而为领侍卫内大臣，故云"宫庭长日爱追随"。皇子生日当为三月上半月，圣祖万寿为三月十八日，故云"为近龙楼献寿时"。

交通宫禁诸王，岂能免于雍正之时，而况曾为隆科多荐举乎？乃知嗣庭杀身之祸在此。世传嗣庭以试题遇害，嗣庭两主乡试……三题皆平正……则所谓怨望讥刺，若"维民所止"为去雍正之头，实齐东野语。

邓文诚所言，差近真相，而犹未得其窍要。查嗣庭之被祸，实以由隆科多所荐，入值南书房为雍正"述旨"；同时入值者尚有张廷玉，《大义觉迷录》等皆出其手，竟以此配享太庙。而查嗣庭则薄世宗之所为，不愿作此等文字，且疑其泄密于隆科多，乃有灭门之祸。

查嗣庭之别有杀身之因，不关乡试出题，可从前后两上谕中察出其矛盾，逮捕交三法司治罪的上谕，数其讥讪不敬的罪状，为之胪举如下：

一、策题内"君犹腹心，臣犹股肱"，不称元首，是不知臣上之尊。

二、在内廷之年，未进一言；海塘一事，令其条陈，而皆不可行，可知其于国家政事，从不关心。

三、日记康熙六十一年（1722）十一月十三日，则前书圣祖仁皇帝升遐大事，越数行即书其患病，曰："腹疾大发，狼狈不可。"其悖礼不敬至于如此。

四、自雍正元年（1723）以后，凡遇朔望朝会及朕亲行祭奠之日，必书曰"大风"，不然则"狂风大作"，偶遇雨则书"大雨倾盆"，不然则"大冰雹"。其他讥刺时事、幸灾乐祸之语甚多。

五、又于圣祖仁皇帝之用人行政，大肆讪谤：（一）以钦赐进士为滥举；（二）以戴名世之获罪为文字之祸；（三）以赵晋之正法为因江南流传对联之所致；（四）以科场作弊之知县方名正法为冤抑；（五）以清书庶常复考《汉书》为苛刻；（六）以庶常散馆斥革为畏途；（七）以多选庶常为蔓草；（八）以殿试不完卷黜革之进士为非罪；（九）热河偶然发水则书官员淹死八百人。

按：前四条皆欲加之罪，尤奇者，日记为个人生活的记录，据实而书，并不公开，无所谓敬与不敬。若谓遇皇帝宾天之日，连患病都不许；或虽患病，不得记个人病状，以供日后查阅，世上岂有如此不讲理之事？

至于谓讥讪圣祖的用人行政，亦可说是罗织入罪，试为辩之：

一、钦赐进士非无因而至，必有人建议，故谓之"滥举"。既言举，可知所不满者为举荐之人，并非圣祖。

二、戴名世之获罪，自然是文字之祸。以文字得祸，祸起于文字，怎么讲皆无不通，何足为罪？

三、赵晋与主试江南，以作弊正法。当时有"赵子龙一身是胆，左丘明双眼无珠"之对，上联谓赵晋公然纳贿，了无顾忌；下联谓副主考左必蕃不胜衡文之任。圣祖据此联彻查，分别定罪，此正为重视民隐的表现，何得谓之讥讪？

四、方名，湖广保康人，官山阳令时，派充乡试房考，贿中盐商程光金坐斩，捐银赎罪。查嗣庭谓其"冤抑"，当有所知；或者正因其"冤抑"，故得捐银赎死罪。

此外关于选庶吉士的各种议论，充其量亦只是批评制度上的缺失，谈不到谤讪；与汪景祺"天子挥毫不值钱"之讥圣祖好以御笔赐臣下，岂可等量而观？

今按，世宗在李卫奏报搜查李维钧财产的密折之后，特作朱谕：

> 谕浙江将军鄂弥达、巡抚李卫知悉：尔等接到谕旨，鄂弥达立委副都统傅森，李卫选差可信属官，一同星速驰至查嗣庭家，将所有一应字迹，并其抄录书本，尽行搜出，封固送部。搜查之时，即墙壁窟穴中，亦必

详检无遗。倘致透漏风声，伊家得以预行藏匿，惟于尔等是问。

于此可知，世宗显然在查嗣庭的日记中发现线索，可能有秘密文件藏于家中。这个文件极可能是查嗣庭据实记载世宗夺位经过，打算流传后世，以为信史，所以谕旨中有"墙壁窟穴中，亦必详检无遗"的指示。

据李卫十月二十五日奏报："所有一切字迹、抄录书本，以及往来书札笔迹，不论片纸零星，凡有可查者，尽数密加封固，遵旨解部。"结果可确信其无甚收获，因为同年十二月停浙江乡会试上谕中只说：

查嗣庭日记于雍正年间事无甚诋毁，且有感恩戴德语，而极意谤讪者，皆圣祖仁皇帝已行之事。

此已在细拟李卫所呈自查家抄得的书籍文件以后，倘有所得，则别起一案，将兴株连极众之大狱。唯其无所得，所以在雍正五年（1727）五月定罪时，只能在查嗣庭的日记中大做文章。

而真正有关系的，只得两句话：

缮写上谕，即私志以为己作；钦奉谕旨，敢私议以为难行。

"私议以为难行"，自是日记中语。其时查嗣庭已死于狱中，是否为世宗恐公开审讯时，查嗣庭或者会在供词中透露出若干秘密，故杀之以灭口，就不得而知了。

查案处置甚苛，查嗣庭戮尸枭示，其子查云秋后处决，子侄妻女皆充军，则虽无实据，必有令世宗深恶之事，总之此案不当以文字狱论。

至于查嗣庭何以忽然获罪，则世宗派之为江西主考时，已暗中另派一人监察，此人即副主考俞鸿图。

按：主考出题如真有大不妥之处，则副主考亦有匡正之责，故逮治查嗣庭的上谕，末有"副主考官俞鸿图，若出题时曾经劝阻，则与伊无涉"。但雍正五年二月处置江西科场案内职官，俞鸿图以"人尚老成，着革职，在编修上行走，三年无过，准其开复"。既有处分，可知其并未劝阻；既未劝阻，处分不应如是之轻。

雍正八年（1730）俞鸿图开复，由编修进侍讲。他的本职是洗马，此缺最难升转，十年不动是常事，向有"一洗凡马万古空"之号，俞鸿图开复任侍讲，与洗马同为从五品，而出路较宽，未几又放河南学政。照此经历考查，乃不惩而奖，其故何在？由俞鸿图之父俞兆晟的遭遇中可以窥知端倪。

《永宪录》雍正五年（1727）二月记俞鸿图云：

俞鸿图，字麟一，浙江海盐人，康熙壬辰进士。父兆晟号颖园，康熙丙戌传胪，当罢江苏学政时，上令查其家产，因遨游京师久，仅破产数椽，得无过，寻补庶子。八年，进内阁学士，转户部左侍郎。鸿图亦开复，进侍讲，督学河南。

十二年，内妻与内弟作弊婪赃，总督王士俊劾之，上震怒，逮问籍没。妻先自尽，幼子恐怖死，鸿图伏诛。部议兆晟失察，严旨斥其始以逢迎年羹尧进用，继又纵子贪污，律斩监候。今上（按：指乾隆）登极，得赦罪复官。

按：俞兆晟与直隶总督李维钧为儿女亲家，而李维钧与年羹尧关系极深。世宗处置年羹尧的手法，是用威胁利诱来迫使与年最亲密的人出卖年羹尧。李维钧之疏劾年，而实有不尽，因为他为年羹尧隐匿的财产甚多，不免有"黑吃黑"的行为，无法彻底坦白，以致终于抄家。

《永宪录》记李维钧云：

维钧，字余山，浙江嘉兴人，以丙子举人官至直隶守道，年羹尧荐为巡抚。兄陈常，字时夏，癸未进士，矫饰清名，官至两淮巡盐御史，乃广殖田园，多畜声伎。其貌甚怪，俗呼为"正面蟒"，以面长麻而鼻似劓也。及卒，贪婪败露，罚及其子宗仁。维钧阴奉权贵，阳为崛强，上优待日深，乃持两端，操倒戈以自固，如参羹尧诸疏，致魏之耀于法，堂下面数其非，而其妻曾奉之为义父。诸多丑行，仍以党恶营私致败，可不为行险侥幸者戒哉？

按：魏之耀为年羹尧家人。李维钧为年党要角，而凡年党，除极少数一二人如胡期恒为年羹尧所尊重外，其他在年皆视如厮养，是故李维钧以直隶巡抚之尊，会收年羹尧家人之妻做义女。

李维钧之任直抚为年羹尧所保举，雍正预备向年羹尧下手时，首先要拆散李维钧跟他的关系。雍正二年（1724）十二月擢任李维钧为直督，先施恩惠，继有朱谕：

> 近日年羹尧陈奏数事，朕甚疑其居心不纯，大有舞智弄巧、潜蓄揽权之意。尔之获蒙知遇，特由于朕之赏识拔擢，自初次召对时，见尔蔼然有爱君之心见诸词色，所以用尔；自用之后，尔能尽心竭力，为国为民，毫不瞻顾，因而遂取重于朕，斯岂年羹尧所能为政耶？我君臣之间，若有一物间隔，二人皆减价矣！

按：《雍正朱批谕旨》中，如真欣赏其人，每言何幸得此良臣；倘与臣下用平等相待的语意，如此处之"二人"云云，则下笔之先，便有机心。此谕首言恩出自上，以下更强烈暗示年羹尧将获罪，但李维钧无须恐慌：

　　年羹尧既不能以李绂、田文镜、诺岷等为祸，又焉能于尔作福？近有人奏尔馈送年羹尧礼物过厚、又觅二女子相赠之说，朕实不信，想断无此事。但念卿事朕如此忠诚，与朕如此契合，朕凡有言何忍隐而不宣？至卿向日与年羹尧之交往，曾经奉有谕旨，朕亦不怪。

按：李绂广西巡抚，诺岷山西巡抚，此二人与田文镜为年羹尧所恶，而世宗加以优容，明明示人以鼓励反年之意。李绂后继李维钧为直督，以处置胤禩过于操切，谋害之痕迹极显以致失宠。

以下又指示李维钧自处之道：

　　今年羹尧既见疑于朕，故明白谕卿，以便与之疏淡，宜渐渐远之，不必令伊知觉。年羹尧奏称，俞兆晟在京招摇多事，颇不利于卿云云，此一节自当面谕俞兆晟转以谕卿。

俞兆晟之招摇，必是以直督李维钧的儿女亲家自居，而李维钧亦有包庇之实，此所以谓之"不利于卿"。于此可知，俞兆晟必先已向世宗输诚，而世宗不便形诸笔墨的话，系属俞兆晟转达。

于此，我们可得一了解：世宗对俞兆晟的信任，远过于对李维钧。因为俞兆晟已具有密使的资格了。

然则俞兆晟是如何取得世宗信任的呢？易言之，世宗是从哪些地方看出来俞兆晟可以信任的？这当然需要有具体的表现，仅仅口头上效忠是不够的。以目前所有的史料来看，李维钧三折劾年，即是俞兆晟"转谕"的结果。

俞兆晟将他跟年羹尧、李维钧的关系交代得非常清楚。以后俞兆晟不符世宗的期待，是另一回事；至少世宗在当时认为俞兆晟是忠实的，此所以李维钧获罪，而俞兆晟则无事。

至于派俞鸿图为查嗣庭的副手，这一点可分两方面来看，一是既有现成的鹰犬，何不利用？二是借此试探俞兆晟究竟肯不肯实心效力。我相信世宗的动机出于前者。

查嗣庭的日记之被抄查，是突如其来之事，于此可以想象得到的是：俞鸿图奉派的任务，就是一路上去偷看查嗣庭的日记，有所发现，秘密奏报，乃有查抄之旨。至于出题"维民所止"之说，另有来历。

《清稗类钞·狱讼类》记：

或曰：查尝著《维止录》一书，取明亡大厦已倾，得清维之而止也……查之《维止录》，专记世宗宫廷暧昧事，籍没时，其原稿进呈，有曾私录其副，秘藏于家者见其首页云："康熙六十一年某月日，天大雷电以风。予适乞假在寓，忽闻上大行，皇四子已即位，奇哉！"云云，亦可知其大凡矣。

又是书有跋，记查氏受祸始末甚详，其略云：查君书名震海内，而不轻为人书。琉璃厂贾人贿查侍者，窃其零缣剩墨出，辄得重价。世宗登极，有满人某欲得查书，贾人以委侍者，半年不能一纸。一日，查闭书室门，有所作，侍者穴隙窥之，则见其手一巨帙，秉笔疾书，书讫，梯而藏之屋梁。乃伺查出，窃以付贾人，贾人以献满人，遂被举发。是夜三更，查方醉眠，围而捕之，全家十三口，无一免者。

此记近乎齐东野语，但其中亦有可信者，即确有《维止录》之著作，大致为编年体的实录，俞鸿图所侦伺者即此。

综上所述，我相信事实是如此：

一、查嗣庭确有《维止录》这么一部未完成的著作，或者说就是日记，于时事秉笔直书，毫无隐饰，目的是要为后世留下若干真实史料，或者到能翻案时，资为撰述信史之用。

二、世宗因查嗣庭在诸王门下行走，且为隆科多所结纳，而又笼络不成，乃具戒心。查嗣庭的秘密著述，世宗已有所闻，但无从证实，因而设计以俞鸿图为鹰犬，一路侦察。俞鸿图籍隶浙江海盐，密迩查嗣庭的老家海宁；正副主考同省籍，虽无明文禁止，但为罕见之事。世宗最讲究这些防弊的细节，实无必要派俞鸿图为查嗣庭的副手，由此一端，可以推知世宗的用心。

三、俞鸿图的侦察，获有确实结果，世宗据以下令李卫查抄，朱谕中特别强调："搜查之时，即墙壁窟穴中，亦必详检无遗。倘致透漏风声，伊家得以预行藏匿，惟于尔等是问。"

四、李卫达成了任务，《维止录》入于世宗之手；以故处置特严，可以看出对查嗣庭深恶痛绝。此案无所株连，故不必审讯，一审则必暴露真相。查嗣庭毙于狱中，为苛刑致死，或有意杀之灭口，断然无疑，因钦命要犯，绝不会瘐毙。

至于俞兆晟父子，一时不便酬功。但对俞鸿图的处置，前文已作分析，可视之为暂时调任，起复后，升侍讲，旋放湖北学政，殆为异数。湖北大省，人文荟萃之区，虽不必如直隶、江南每以二品大员提督学政，但从五品放学政，实罕其例。因为学政可以专折奏事，在一省与将军、巡抚的地位差相仿佛，品级太低，则不相侔。

再谈俞鸿图之获罪，平心而论，实不能谓世宗手段过酷，他的原则是逆取顺守，凡是为他个人尽了力而得不次拔擢，此为逆取；但既蒙殊恩，即应尽心尽力，勉副职称。倘或骄恣不法，或有其他可应尽力而不尽力之处，惩罚亦必特严。说起来权利义务相等，犹如悖入悖出，不算不公平。不过，世宗当然会有借此灭口的意图在内，那是毫无疑问的。

世宗的疑心病极重，他会用各种方法试验他所信任的人。田文镜大致早就被试出来了，官声虽不好，但他的忠心绝无问题，所以世宗加以保全，用老迈精力不济的理由准予解任，曲加优容。而田文镜内不自安，未几病殁。事在雍正十年（1732），倘如田文镜不死，继任者又非田文镜所提拔而同样刻薄的王士俊，或恐不免。

相形之下，李卫的宦术胜于田文镜。清人笔记中记李卫取信专权之一事，可当《官场现形记》读：

> 康熙末，各省钱粮多亏，世宗诏清查，天下震慑。李敏达（按：李卫之谥）公卫，总督浙江，闻之，诣内幕问策，皆瞠不语。公曰："不请朝臣来，天子弗信；朝臣至而督抚无权，事败矣！宜速缮一疏，极言浙省废弛久，诚得内大臣督治甚善。但内臣初至，未得要领，臣身任地方，需臣协理。"

疏成驰奏，即诈称生日，开筵受贺，浙中七十二州县，无不麇至此。公张灯陈百戏，止而觞之；召诸州县至密室，语曰："清查使者至矣！汝库亏丝毫勿欺我，我能救汝；否者，发露被诛勿我怨。"皆泣谢曰："如公教。"归皆核册密呈，其无亏者具状上。亡何奏下，许公协理。清查大臣户部尚书彭维新来，先至江南，江南督抚不敢阑语，一听彭所为。彭天资险鸷、钩考烦密，民吏不堪，州县拟流斩监追者无算。毕，到浙，气骄甚。

按：《清史稿》及《清史列传》皆无彭维新传。考其事在雍正六年（1728）年底，所遣者为户部左侍郎王玑、礼部右侍郎彭维新。七年（1729）二月，彭维新调吏右，便于其定罪之故。

此案之起，始于尹继善之奏请清查江苏积欠田赋。其时尹继善以江苏巡抚协办河务。至清查大员一到，朝旨命尹继善专办河工，而以王玑署理苏抚。五个月后，即七年七月，复命彭维新署理苏抚。世宗做此安排，是为了不让尹继善为难。

尹为怡亲王幕府，深得其力，而两江总督范时绎为勋臣之后，又在软禁恂郡王时出过大力，但才具其短。世宗久思整顿，而苦于无人可以付托，迫不得已先命李卫得以越境捕盗，继而命尹继善协办江南河务，最后想出这么一个越俎代庖的办法，为清理江南逋欠，用心甚苦。李卫之所以有"朝臣至而督抚无权"之语，即指王、彭署理苏抚而言。

当王玑署理苏抚时，彭维新赴浙江清查。且看李卫如何应付骄气十足的"彭侍郎"：

公迎见，即持朱批示之曰："朝廷许卫与闻，公勿如江南办也。"彭气沮，稍稍礼下于公。公置酒宴彭，半巡，执杯叹曰："凡共事者，未有不争者也。某性粗，好与人角，屡蒙上诲。今誓与公无争而后可，但不知如何而后可以无争？"彭曰："分县而办如何？"公曰："善。"呼侍者书州县名若干，揉小纸如豆，檠盘盛，与彭起分拈之。暗有徽记，彭不知也，其亏者，归公其无所亏者归彭。

此为实情，细节有不通处，既"揉小纸如豆"，如何辨识"徽记"？且仓促之间，亦难逐一加上暗号。度当时情势，必制阄七十二个，盛于盘中，分为两份，请彭先选。彭所拈得三十六州县既揭晓，则其余归李所办，不必再看是何州何县。其实两份一样，彭选任何一份，皆是此三十六州县，此哄小儿之法，但运用适当，可办大事。这就是李卫的宦术。

彭刻苦持较，手握算至胼起，卒无所得，而公密将赃罚闲款、盐课赢余，私摊抵矣。故使人问曰："有亏否？何如？"彭曰："无之。"彭问公，公伴为喜出意外者而应曰："亦无有也。"遂两人同奏，浙省无亏。世宗大悦，语人曰："他人闻清查多忧愁，独李卫敢张灯宴，彼教督有素，自信故也。"晋秩太子太保，赏赐无算。江南之人，望如天上。

　　李卫之固宠，确与此事大有关系。不久奏请陛见。在京时，其母病殁。丁忧本应开缺，特旨"在任守制，给假两月料理伊母丧事"。李亦不辞，但回浙后，专折沥情，以两月间葬母不及，恳请宽限，世宗温谕相慰，一切优容。

　　李光地请在任守制，为彭鹏严劾，几至身败名裂；而李卫却得以安居督抚之位。两李不同的遭遇，亦由于圣祖、世宗父子作风之不同。

　　李卫由宠而骄，始于此时。《永宪录》合论田文镜、李卫云：

　　　　卫字又玠，江南徐州人。丁酉捐授户部员外，与同部郎中钱塘王玑、武进谢旻为上在藩邸所知，皆致大僚。文镜亦侍上于藩邸，而与卫相水火。文镜以苛刻绳属员，己无子，婿专横用事，且上禁赌博，则奏河南独无；上勤赈恤，则报丰收，如兰阳水旱八年，人民逃散，致妇女应有司追比，而匿不以闻。十年卒于官。今上登极，明诏罪其隐灾不报，为害地方，幸伊早死，得全要领。

按：旧时妇女在司法上有若干豁免权，轻易不传至公堂，如提出诉讼，可遣亲属或仆人代理，称为"抱告"；至于追赋，除非户主刁蛮疲猾，屡追不到，有司不敢追比妇女，否则言官参劾，厥罪甚重。

"兰阳水旱八年，人民逃散，妇女应有司追比"，竟无御史上闻，其时言路闭塞可知。以下论李卫云：

若卫，始以宽容和缓见称，所劾亏空寥寥，盖代为弥补，以免祸及身家。迫母丧留任，委用益专，遂事苛虐，作威福，逻卒四布，以兴大狱。探闻江宁风鉴张某，许江都盐商程汉瞻富贵，又荐其徒书，有代为安插语，遂指为逆谋，搜其旅邸，得历相留验底本，由是牵连五省之人。上令果亲王密往案治，皆从宽典。

按：果亲王名胤礼，圣祖第十七子。清朝王公派往直省按治大案之例极罕。此案之得从宽典，以有冤屈之处：

江苏按察使马世烆、总督中军副将王英皆以代汉瞻钻营得罪，英愤懑暴卒于法堂。总督范时绎逮问，以勋臣后免死；汉瞻流徙，得赎罪，留京师。

凡此情节，他处公私文书无只字提及。可疑者，冤屈如此，而李卫在此案后，宠任益专，则其中别有缘故，可信而知。

马世炘本为诚亲王门下，又为年党，世宗"弃瑕录用"，竟亦牵连此案；而于此案发作后不久，诚亲王因在怡亲王丧仪中"面无哀戚之容"而遭严谴，以后不明不白，死于幽所之中，则此案之底蕴更堪玩味。至于启祸之因，据《永宪录》说，起于私憾：

> 缘汉瞻欲投拜卫为门生，卫索银二万金，乃以二千金赆见时绎，时绎受之，遂因私憾启大祸。十年，总督直隶。乾隆三年卒，谥敏达。

按：雍正十年（1732），三宠臣荣枯之情不一。正月鄂尔泰入觐留京，由兵部尚书授保和殿大学士，入军机，与张廷玉同为世宗的左辅右弼，亲贵皆须仰望此二人颜色；七月，李卫调署直督，八月即真除；而田文镜则于十月间憔悴以殁，身后犹得哀荣，若在乾隆朝，首领且不保，则还算是死得其所。

世宗因中风暴崩

这一年，还有件饶有意义的事，即是刊颁《朱批谕旨》，公开了一部分秘密。考查当时世宗的心境，以为夺位以来，一切乌烟瘴气的现象，至此已完全廓清，人事部署亦大致停当，朝中有张廷玉、鄂尔泰，近畿有李卫，而宝亲王已堪当大任，他辛苦一生，至此可以稍享天家富贵了。声色之奉，即始于此时。

世宗于雍正八年（1730）大病以后，逐渐耽溺于修炼及声色，与明世宗颇为相像。当时所宠者为一刘贵人，内务府微月之女，于雍正十一年（1733）六月生皇六子弘曕。刘贵人晋封为谦嫔，封号"谦"字有警儆之意，当是戒其勿恃宠而骄，自招咎愆。

弘曕至高宗即位，尚未命名，只称之为"圆明园阿哥"，生于圆明园，亦一直随母住在圆明园。

至于好修炼之术，则在雍正四五年时即已开始。世宗崩后的第三日，高宗即有驱逐方士之举，《东华录》载雍正十三年（1735）八月辛卯上谕：

命都统莽鹄立传谕曰：皇考万岁余暇，闻外间炉火修炼之说，圣心深知其非，聊欲试观其术，以为游戏消闲之具，因将张太虚、王定乾等数人，置于西苑空闲之地，圣心视之与俳优人等耳，未曾听其一言，未曾用其一药，且深知为市井无赖之徒，最好造言生事。皇考向朕与亲王面谕者屡矣。

按：此谕上半段，两用"圣心"，则所言皆为臆度之词；实际上是思为世宗遮掩失德，譬如"市井无赖之徒"居然入居深宫，置于左右，此成何说？由此可想见世宗耽溺之深。

方士修炼，所求者不过两端：一是点金之术，此则早已证明为虚妄，且天子富有四海，世宗又为英主，必不事此；再是长生不老之药。"长生不老"四字为两事，长生是长生，不老是不老。长生须不老始美，否则亦等于苟延残喘，有何生趣？然则何谓不老？说得坦率些，就是性机能保持正常。

我在《明朝的皇帝》中，对此曾有详细的介绍分析。清朝诸帝，只有世宗仍迷信此道。上谕中"未曾用其一药"一语，可谓欲盖弥彰。

今朕将伊等驱出，各回本籍。今莽鹄立传旨宣谕，伊等平时不安本分，狂妄乖张，惑世欺民，有干法纪，久为皇考之所洞鉴，兹从宽驱逐，乃再造之恩。

何谓"再造之恩"？此即本应处死，特加赦免之意。然则张太虚、王定乾犯何过失，致获死罪？其故岂不可思？

何以有再造之恩，则于以下的警告中可以想见：

> 若伊等因内廷行走数年，捏称在大行皇帝御前一言一字，以及在外招摇煽惑，断无不败露之理，一经访闻，定严行拿究，立即正法，决不宽贷。

原来世宗自剪除异己，"天下"大定，万几之暇，实多艳屑异闻，为此辈逢迎而成，是故诛此辈将彰先帝的失德，不得已而宽宥。最后的严谕，乃告以获宥之故……倘不理会，在外据实泄露，则是自促其死。

因此世宗之暴崩，相信与明末光宗的死因相似，即是以服用壮阳的兴奋剂导致高血压及心脏病，以中风暴崩。

据《东华录》，雍正十三年（1735）八月记事：

> 丁亥（二十一日），上不豫，仍照常办事。戊子，上疾大渐，召庄亲王允禄、果亲王允礼，大学士鄂尔泰、张廷玉，领侍卫内大臣丰盛额、讷亲，内大臣户部尚书海望至寝宫前。大学士鄂尔泰、张廷玉恭捧上御亲笔书

密旨，命皇四子宝亲王为皇太子，即皇帝位。少顷，皇太子传旨，着庄亲王允禄、果亲王允礼、大学士鄂尔泰、张廷玉等辅政。

己丑子刻，上崩。

据此可知，在八月二十一日，世宗已有晕眩、手足发麻等高血压的征象；二十二日中风，延至是日午夜，即二十三日子时崩逝。既召亲贵大臣，而未有口宣的末命，可知已噤不能言，是在昏迷的状态中，既然如此，则在当时绝不可能有"御笔亲书密旨"，是则高宗之得位，又为一疑案，后当详谈，此不赘。

世宗暴崩，世传为吕留良孙女吕四娘行刺殒命，身首异处。此为必无之事，稍具史学常识，皆可决其为妄。

在传说中，吕四娘是江湖八侠之一。所谓"八侠"，有真有假，大师兄了因法师无考，但甘凤池及周浔的名字则见之于李卫的密折。周浔且为清朝画龙第一手，见于《画征录》。

其中甘凤池在当时江湖上负重名。吕留良之狱既起，李卫奉旨搜捕，株连甚众，甘凤池亦为李卫假借延请至总督衙门教习拳棒为名，诱至杭州，此后下落即不明，料想已秘密处决。据李卫密奏，甘凤池确有反清复明之志，随身携带一本小册，海内山川险要，关隘里程，记载详明，但并无密谋起事的实际行动。

雍正朝的文字狱，大致皆与世宗个人有关，当年羹尧开府时，千金结客，视为常事；有好些曾为"年大将军"食客的文士，虽未牵涉在年、隆大狱中，但读书人一向重视国士待我、国士报之的原则，回想年羹尧当日相待之情，亦感于世宗杀功臣的手段过于残酷，因而诗文中难免有为年羹尧不平之意，此即构成大逆不道的罪名。

因为如此，处理文字狱的原则，亦以是否有可以利用嫌犯作为洗刷辩解的工具而断，有则宽免，无则诛戮及于子孙。最矫揉造作的是，吕留良案中的曾静投书岳钟琪，举岳武穆抗金兵的故事，劝岳钟琪步武祖烈，举兵反清——这是不折不扣的谋反大逆，非文字诱讪，图一时之快，而实无造反之意者可比，而世宗居然加以宽免，所持的理由，真可说是匪夷所思。

其谕怡亲王等人之言如此：

> 但朕之不行诛戮者，实有隐衷。上年曾静之徒张熙，诡名投书与岳钟琪，岳钟琪仓卒之间，忿怒惊惶，不及筹算，即邀巡抚西琳、臬司硕色，坐于密室，将张熙严加根究，问其指使之人。张熙不肯供出真实姓名，旋即加以刑讯，而张熙甘死不吐，岳钟琪无可如何。越二三日，百计曲诱，许以同谋，迎聘伊师，与之盟神设誓，张熙始将姓名一一供出。

彼时岳钟琪具奏前来，朕披览之下，为之动容。岳钟琪诚心为国家发奸摘伏，假若朕身曾与人盟神设誓，则今日亦不得不委曲，以期无负前言。朕洞鉴岳钟琪之心，若不视为一体，实所不忍。

这一层说法，自以为体贴婉转、用心仁厚，而真正的原因是如下面所说：

况曾静等僻处乡村，为流言所惑，其捏造谤言之人，实系阿其那、塞思黑门下之凶徒、太监等，因犯罪发遣广西，心怀怨忿，造作恶语，一路流传，今已得其确据。若非因曾静之事，则谣言流布，朕何由闻知？

孟心史分析世宗当时的心理，至为精到，他说：

雍正七年十月戊申，《东华录》中有一长谕，几千余言，为曾静案而发。曾静服膺吕留良，内中国，外夷狄，思故明，仇满族，而谕中曲宥曾静，独恨于阿其那、塞思黑。夫此二人，纵仇世宗，何至为种族相仇之祸首？

仅读《东华录》，孰不怀疑？逮证以《大义觉迷录》，乃知《东华录》所存，仅其首尾，中间正是世宗私德，而以传位一事，独为正确之秘密。世宗唯信其泄漏者为相嫉之诸弟，而泄之于诸弟者即隆科多，故隆科多与诸弟皆获重谴。始以为已消弭于肘腋之地，逮曾静案发，而后知已通国流传，故一见曾静之所谓逆书，即确信非曾静所能自造，穷追谣诼之本，必获阿其那等线索而后已。

而又自以为济之以雄辩，广之以刊版，行之以官力，借庠序为宣传，与宣讲圣谕广训等，为师儒之执掌，从此可以释天下之疑，而明己之无此过谷，故心感曾静之与以宣传机会，心焉祖之。

按：《大义觉迷录》共四卷，收世宗为曾静案前后所颁长谕，并有两次"奉旨问曾静"的问答全文六十七条，天子与罪犯变相的公庭对簿，为公文书别开生面。

孟心史云："世宗唯欲以宣传救事实，转蹈言多必失之弊。孝子慈孙欲为补救，而笔舌之流播太广，顾此失彼。"此言诚是。

《大义觉迷录》原来普遍颁行各州县，由老师聚集生员讲解。高宗即位后两月，即依刑部尚书徐本所请，停止讲解，收回原书，但瓜蔓离离，摘不胜摘。

孟心史作《清初三大疑案考实》，世祖出家及董小宛入宫案，未获真相；太后下嫁一事，亦语焉未详；独与世宗入承大统始末考订周详，即因有《大义觉迷录》流传后世，史料丰富之故。

世宗于乾隆二年（1737）三月葬于易州太平峪，是高其倬看的风水。

按：清朝帝皇陵寝共三处，一在盛京（沈阳），太祖称福陵，太宗称昭陵；一在遵化凤台山，世祖称孝陵，圣祖称景陵；一即易州太平峪，世宗称泰陵。此后诸帝即分葬凤台山及太平峪，以京师为中心，辨其方位，总称东陵、西陵。

清朝的皇帝

叁 盛衰之际

高阳 著

海南出版社

·海口·

本著作中文简体字版经北京时代墨客文化传媒有限公司代理，由风云时代
出版股份有限公司授权海南出版社有限公司在中国大陆独家出版、发行。

版权合同登记号：图字：30–2022–014 号

图书在版编目 (CIP) 数据

　　清朝的皇帝 . 叁，盛衰之际 / 高阳著 . –– 海口：
海南出版社，2023.1
　　ISBN 978–7–5730–0837–4

　　Ⅰ . ①清… Ⅱ . ①高… Ⅲ . ①长篇历史小说 – 中国 –
当代 Ⅳ . ① I247.5

中国版本图书馆 CIP 数据核字 (2022) 第 207217 号

清朝的皇帝　叁 . 盛衰之际
QINGCHAO DE HUANGDI　SAN. SHENGSHUAI ZHIJI

作　　者：高　阳
出 品 人：王景霞
责任编辑：张　雪
特约编辑：刘长娥
责任印制：杨　程
印刷装订：北京兰星球彩色印刷有限公司
读者服务：唐雪飞
出版发行：海南出版社
总社地址：海口市金盘开发区建设三横路 2 号 邮编：570216
北京地址：北京市朝阳区黄厂路 3 号院 7 号楼 101 室
电　　话：0898–66812392　010–87336670
电子邮箱：hnbook@263.net
经　　销：全国新华书店经销
版　　次：2023 年 1 月第 1 版
印　　次：2023 年 1 月第 1 次印刷
开　　本：880 mm×1 230 mm　　1/32
印　　张：53.875
字　　数：1 034 千
书　　号：ISBN 978–7–5730–0837–4
定　　价：300.00 元（全伍册）

目　录

第七章　高宗——乾隆皇帝

第八章　仁宗——嘉庆皇帝

第七章

高宗——乾隆皇帝

生母为汉族下层宫女

高宗年号乾隆。皇帝做到乾隆，至矣，尽矣！古来帝王，自汉高祖至宣统，正统、偏安共二百二十一人，乾隆创有十项纪录，可称"十最"：

一、福分最高。

二、年纪最长，寿至八十九岁。

三、在位最久，六十年皇帝，四年太上皇，共六十四年。

四、足迹最远。

五、花钱最多。

六、身体最健康。

七、知识最广泛。

八、著作最丰富。

九、本业（做皇帝）最在行。

十、身世最离奇。

高宗晚年自号"十全老人"，但身世隐痛，实为缺憾。我们先从这一点谈起。

两百余年来，民间相传，高宗为浙江海宁陈家之后——这是绝不可能的事！且不说宗人府有一套严密的辨别宗室身份的制度，而就高宗出生的康熙五十年（1711）来说，世宗已有一子弘时；又，弘昼与高宗同岁而小，则后来被封为裕妃的耿氏，此时亦已怀孕数月，安知其将来不生男儿，而必欲自陈家"掉包"？

然而高宗为海宁陈家之裔的传说，自何而来？海宁人对此一直深信不疑，如查良镛（金庸）写武侠小说，即言之凿凿，煞有介事。细考其故，为四种情况附会而成：

首先，圣祖南巡，为阅河工，与国计民生有关。高宗南巡，"观光"的成分多于一切，但巡幸重劳民生，自古为贤君所戒，所以高宗要借一个名目，说是看海塘。既看海塘，必至海宁；而在海宁，唯有陈家"安澜园"堪以驻跸[1]。南巡必至海宁，至海宁必住陈家，此为误会起因之一。

其次，海宁陈家正厅的匾额，题作"爱日堂"，而且是御笔。圣祖晚年常召大臣游宴，有一次雅兴忽发，对扈从大臣说道："世家大族，都有堂名，你们自己报上来，我写了赏你们。"工部尚书陈元龙口奏："臣家堂名'爱日堂'。"（按：陈元龙有《爱日堂诗》二十八卷。）圣祖即为书额以赐。"爱日"取"谁言寸草心，报得三春晖"诗意，有慕亲之意，御笔而题此三字，仿佛自居为其家之后，此为误会起因之二。

再次，海宁南门有海神庙，雍正七年（1729）冬特发内帑所建，庙用琉璃瓦，规制同于王府，当地称之为"庙宫"。台北故宫博物院院长蒋慰堂先生见告，海宁相传，世宗患怔忡之症，每每梦见废太子胤礽向之索命，因封之为海神，在

---

[1] 驻跸（zhù bì），意思是皇帝、后妃外途中暂停小住。

海宁建庙，借为安抚。高宗曾三次礼庙，祷祝甚虔，此为误会起因之三。

最后，高宗虽非海宁陈家之后，但生母确为汉人，此为误会起因之四。高宗生母为热河行宫"避暑山庄"的宫女李氏，经我友苏同炳兄考定不虚。正面的证据，当然不会有了；但反面的证据，仍很坚实。

除了苏同炳兄指出高宗诞生之地，所谓"山庄都福之庭"，即热河行宫狮子岭下世宗的赐园"狮子园"中，殿阁环绕的"草房"以外，我亦发现世宗孝圣宪皇后钮祜禄氏并非高宗的生母，其证据有二：

第一，依《清会典》规定，亲王可请封侧福晋四人，但以生有子女者为限，世宗在潜邸时，侧福晋仅二人，即后封贵妃的年羹尧之妹，及后封齐妃的李氏，皆曾生子。孝圣宪皇后出身满洲八大贵族之一的钮祜禄氏家族，父名凌柱，官四品典仪内大臣，如确于康熙五十年（1711）诞高宗，不应不封；且号为"格格"，仍是"小姐"的身份。

第二，凡妃嫔以生子为帝而被尊为皇太后者，上尊号的册文中，必有"诞育"皇帝的字样，因为这是她当上太后的唯一原因，非彰明不可。细检张采田所纂《清列朝后妃传稿》，举证如下：

世祖生母孝庄文皇后：顺治八年八月大婚礼成，加上徽号册文："翼襄皇考，笃育眇躬。"

圣祖生母孝康章皇后：康熙元年十月上圣母尊号徽号册文："秉淑范而襄内治，化洽宫庭；诞眇躬而赞鸿图，恩深顾复。"

世宗生母孝恭仁皇后：雍正元年八月上尊谥册文："荷生成于圣母，诞育眇躬；极尊养于慈闱，未酬厚载。"

但孝圣宪皇后被尊为皇太后的册文中，却无"诞育"的字样。——细检，试看原文。

雍正十三年十二月，上圣母尊号徽号册文："承皇考而赞襄内治，俭勤昭浣濯之风；鞠眇躬而备笃母仪，言动示诗书之教。"

乾隆十四年四月，以平金川加上徽号册文："承欢内殿，藐躬久荷恩勤；视膳璇宫，慈教常殷启迪。"

按：以此册文而观，高宗幼时，不过交"格格"钮祜禄氏带领，连母子的名分，彼时亦未尝有。

乾隆十五年八月，以册立皇后，加上徽号册文："逮下宽慈，中外沐仁风之被；恩勤备至，生成荷鞠育之劳。"

乾隆十六年十一月，以皇太后万寿，加上徽号册

文："恩深鞠育，仰蒙顾复之勤；急切瞻依，宜备钦崇
之典。"

此外尚多，而细检只有同于养育的"鞠育"字样，始终未
见"诞育"二字。高宗最喜咬文嚼字，果为孝圣宪皇后所出，而
竟不用"诞"字，是诚何心？

此外还有一件深可玩味之事，就是高宗不薄包衣女子；
不但不薄，且有意抬高包衣女子的身份。这亦有明证可举，
《清列朝后妃传稿》：

> 高宗孝仪纯皇后，仁宗之母也。本姓魏，正黄旗包
> 衣管领下人，族入满洲，称魏佳氏。
>
> 皇贵妃高佳氏，大学士高斌女……族与孝仪后、淑
> 嘉皇贵妃母家同出包衣，隶满洲镶黄旗。
>
> 皇贵妃金佳氏，满洲正黄旗人……（《通考》：
> 皇贵妃金氏，上驷院卿之保女。《八旗士族通谱》：
> 新达理，正黄旗包衣人……其孙三保，现任巡视长芦
> 盐政。）

高宗三后、四皇贵妃，包衣女子占其三，且特谕在玉牒
上保留汉姓，此亦绝非偶然之事。

又，高宗后宫，尚有忻贵妃戴佳氏、庆贵妃陆氏、惇妃
汪氏、婉嫔陈佳氏、怡嫔柏氏、恭嫔林佳氏、芳嫔陈佳氏、

仪嫔黄氏。妃嫔中汉人占一半以上，且多半为包衣女子。此又何尝是偶然之事？

猜度高宗的内心，由于世宗在排斥胤禩时，动辄辱及其生母良妃卫氏，谓之"出身微贱"，因此，高宗在任何情况下，都不能彰其生母的苦节，一说破他亦是包衣女子所生，无异自我否定了继统的资格。

来之不易的继位

因为有此身世上的缺憾，所以高宗即位之前即有纠纷。当世宗暴崩时，鄂尔泰正以苗乱复起，其势甚炽，不得不有引咎的表示，《清史稿》本传：

> （雍正）十三年，台拱苗复叛，上命设"办理苗疆事务处"，以果亲王（胤礼）、宝亲王、和亲王、鄂尔泰及大学士张廷玉等董其事。苗患日炽，焚掠黄平、施秉诸地。鄂尔泰以从前布置未协，引咎请罢斥，并削去伯爵。上曰："国家锡命之恩，有功则受，无功则辞，古今通义。"允其请，予休沐，仍食俸。寻命留三等阿思哈尼哈番。

观此可知，鄂尔泰正处于受处分，"解任养疾"，闭门思过之时。但《东华录》却如此记载：

（雍正十三年）乙卯八月丁亥，世宗不豫，时驾驻
圆明园，上孝思纯笃，与和亲王弘昼，朝夕谨视。

戊子，世宗疾大渐，召庄亲王胤禄、果亲王胤礼，
大学士鄂尔泰、张廷玉，领侍卫内大臣丰盛额、讷亲，
内大臣户部侍郎海望入寝宫，受顾命。

己丑，世宗崩。上（按：指高宗）趋诣御榻前，捧
足大恸，号哭仆地。王大臣哀请恭奉大行皇帝还宫，诸
大臣等钦遵遗命，恭宣诏旨曰："宝亲王皇四子，秉性
仁慈，居心孝友，圣祖仁皇帝于诸孙之中，最为钟爱，
抚养宫中，恩逾常格。雍正元年八月间，朕于乾清宫召
诸王满汉大臣入见，面谕以建储一事，亲书谕旨，加以
密封，藏于乾清宫最高处，即立为皇太子之旨也。其仍
封亲王者，盖令备位藩封，谙习政事，以增识见。今既
遭大事，着继朕登基，即皇帝位。"

上恭听毕，感恸号哭良久。寻谕："奉大行皇帝遗命，
着庄亲王、果亲王、鄂尔泰、张廷玉辅政。"鄂尔泰因病
解任调理，今既辅政，着复任。

此一段叙述，疑问多多，留下的漏洞，不下于圣祖"传
位于四阿哥"的"遗命"。兹先谈"恭宣诏旨"。

按："恭宣诏旨"之上，尚有"钦遵遗命"四字，则此

诏旨，即是遗诏，为世宗崩后所宣。岂知遗命之后，复有遗命，即宣布顾命大臣及鄂尔泰复任云云。由"寻谕"二字看，自是宝亲王所宣。此时世宗已崩，宝亲王又何从得"奉大行皇帝遗命"？此其一。

诸大臣"恭宣诏旨"，主要是解释储位早定，及只封皇四子为亲王，不立为太子的缘故。以下忽著"今既遭大事"，全非大行皇帝的语气，"大事"者，龙驭上宾也；"既"者已往也，且不言世宗谓己之崩称"遭大事"的不通，著一"既"字则在大事已出之后，岂有人死复能言语之理？此其二。

当诸大臣受顾命时，宝亲王不在御前，故骤闻继位，"感恸号哭良久"。既然如此，世宗何以不亲自面谕以庄亲王等四人辅政？此其三。

鄂尔泰因病解任，既召入宫受顾命，则应先有复任之谕，何以由嗣皇帝降谕？此其四。

短短一遗诏，即有四处毛病，可知其间大有内幕。而《清史稿·鄂尔泰传》所叙与《东华录》又有不同，《鄂尔泰传》云：

> 世宗疾大渐，鄂尔泰仍以大学士与庄亲王……同被顾命。鄂尔泰与廷玉捧御笔密诏，命高宗为皇太子。俄，皇太子传旨命鄂尔泰等辅政。

此则多出先立太子一重周折。而可怪者，"御笔密诏"

何以不交庄亲王宣布，而由鄂、张传旨？此中另有文章，亦是可想而知之事。

此外还有一大疑问，即鄂尔泰究竟是否世宗所召？倘为世宗亲命宣召，则复任、辅政两事，亦必亲自口宣，不烦嗣皇帝奉遗命转谕。按：当时用事者为张廷玉，而张与鄂不和，若谓系张廷玉做主召鄂尔泰入宫，与情理不符，因为此时张廷玉正喜鄂尔泰解任，可独成拥戴之大功，何必分功鄂尔泰？

于此可知，清人笔记中有一项记载是可信的，这项记载中说："鄂尔泰闻大事出，自城内策马狂奔至圆明园，坐骑颠踬过甚，致两股擦伤出血。至园后，留禁中七日不出，处分大事。"

鄂尔泰为什么一闻"大事出"，急奔禁中？为什么留禁中七日始出？他料理了一件什么重大事故？我可以断言的是：皇帝继承问题，出了异常严重的纠纷。

这已不是假设，而是有坚实证据支持的事实。过去从无任何人谈及此事，是因为从没有人发现高宗的身世确有问题，只将高宗出自海宁陈家的传闻视为荒诞不经的齐东野语，殊不知有"空穴"始有"来风"。

清宫共有十大疑案，皆其来有自，而以高宗的身世及继位的纠纷，最不可思议。不过，考证此事，已不如考证董小宛入宫封妃晋后那样，能从当时人的诗文中爬梳出整个原委曲折，在细节上我只能做一推断，而资以推断的论据，是不容否定的。

首言世宗之崩，过程如此：

第一日：八月丁亥，上不豫，仍照常办事。

第二日：戊子，大渐。

第三日：己丑，子刻，崩。

看起来是三天，实际上恐只不过二十四五小时。第一日"上不豫，仍照常办事"，应该是白天并无不豫，仍照常办事，至晚上突然发病。什么病呢？是中风，卒然昏迷，急救无效，延至第二天晚上十一时以后（第三天的子刻）去世。

就因为世宗的暴崩，是突然发作的中风，无一言半语之遗，所以才会有继位的纠纷发生。于此，我先提一条线索，《高宗实录》卷二，雍正十三年（1735）九月初十谕：

　　和亲王向在宫内居住，今梓宫奉移之后，和亲王福晋，可择日暂移撷芳殿，俟和亲王府第定议时，再行移居。

　　按：皇子成年，准备结婚之前，由宫内迁出，自立门户，称为"分府"；如康熙时例，每一个皇子分府时，除宗人府觅适当房屋以外，另赐"钱粮二十三万银子"，以供备办陈设之用。和亲王弘昼成婚以后，何以始终居住宫内，甚至根本没有分府的准备，其故何在？

　　合理的论断是：世宗心目中虽早已预定以高宗接位，但在程序须另做一安排，所以表面上和亲王亦有继位的资格，因而仍住宫内。

我还进一步发现，被世宗列入继位可能人选的，还有一个过气的"东宫世子"弘晳。原来世宗在诛除异己时，迫于腹诽的清议，曾经强调，废太子胤礽本无什么严重的失德，完全是大阿哥胤禔媒孽，以致失欢于父，然后八阿哥胤禩妄起异心。意思是说，就算他夺位，亦非夺胤禩之应得。

其实，最初魇胜废太子，出于胤禔与世宗的同谋，而由胤祥出面。胤禔被幽后，可能出卖了胤祥，所以世宗即位后，采取抑胤禔、扬胤礽的做法，封胤礽理郡王，为他在朝阳门外郑家庄另造府第。不让他在京居住者，是怕八、九、十四阿哥的一派，仿明朝"夺门"的故事，拥胤礽即位，此为当时唯一可对抗世宗的途径，因而必须将他移出京外，而且胤礽在雍正二年（1724）即已去世，死因当然是绝大的疑问。

胤礽死后，世子弘晳袭爵，并于雍正六年（1728）晋封亲王。我前面谈过，世宗在那时得怔忡之症，常梦见胤礽向他索命，封为海神，为之建庙，是许愿乞饶的承诺之一；承诺之二，可能是善视弘晳，如其才可以胜任，将培植他继位。所以，弘晳最初亦跟和亲王弘昼一样，住在宫内。

鄂尔泰与张廷玉，当然都深知世宗的心事，甚至世宗早就以皇四子弘历相托。因此，当世宗于深夜在圆明园中风后，鄂尔泰料到储位问题，必起严重纠纷，随扈的张廷玉一个人处置不了这样的大事，乃星夜策骑奔丧，"留禁中七日"，得使世宗如愿以皇四子弘历继位。

料想当时弘昼与弘晳是联合阵线，反对弘历的唯一理由，便是"出身微贱"。相信鄂尔泰说服弘昼与弘晳让步的理由是：

第一，弘历出身虽不好，但自幼确蒙圣祖养在宫中，在圣祖一百多孙儿女中，亲承祖父之教者，只有弘历。

第二，弘历的才技、体格，确能担当大任，为国择君，亦应选弘历。

第三，世宗亲自为弘历嫡子命名为永琏，以琏瑚之器相许，暗示储位有归，且为公开的秘密。既然如此，应顾全世宗的威信，稍稍委屈。

这是就情理而言。以势力而论，内则满朝大臣，孰非世宗所提拔？当然要遵照世宗遗命，拥立弘历。外则靖边大将军平郡王福彭手握重兵，他与弘历是总角之交，一向亲密，不论弘昼还是弘晳，能指挥得动吗？

此中还有一个绝大关系的人物，就是庄亲王胤禄。我以前谈过胤禄与世宗父子的关系，为了一清眉目，在此应做一扼要的提示：

胤禄为圣祖第十六子，生母密妃王氏，苏州人。圣祖晚年，闲课幼子；胤禄的天文、算学、火器（枪炮），皆为圣祖所亲授。其实高宗以生母微贱而禀赋颖异，圣祖既怜亦爱，育于宫中，交尚未封妃的密嫔抚养，并由胤禄将所学转授高宗。

因此，世宗即位后，除了怡亲王胤祥以外，兄弟中另一个被重用的，就是胤禄，特为将他出继为太宗第五子承泽亲王硕塞之子、改号庄亲王的博果铎之后，以便继承庄邸的巨额遗产。在这场继位问题的纠纷中，庄亲王胤禄以叔父的资格，所做的裁定是很有力的。

弘昼与弘晢，格于情理，屈于势力，无从反抗，只能有条件地让步。最后达成的协议，可从以后的各种事态及迹象中窥知端倪。但须先明了争执的情势，这可分为两部分：第一部分是世宗的皇位究应谁属，此为废太子胤礽之子与世宗之子之争；第二部分是，如果皇位属于世宗，应由哪一个世宗之子继位，此为高宗与弘昼之争。

先言第二部分，是弘昼被淘汰，但所得可观。《清史稿·弘昼传》吞吐有致；有些话相当费解，只有我略解谜底以后，才能体会出那些话的弦外之音：

> 和恭亲王弘昼，世宗第五子。雍正十一年，封和亲王。十三年，设办理苗疆事务处，命高宗与弘昼领其事。乾隆间，预议政。弘昼少骄抗，上每优容之。尝监试八旗子弟于正大光明殿，日晡，弘昼请上退食，上未许。弘昼遽曰："上疑吾买嘱士子耶？"明日，弘昼入谢，上曰："使昨答一语，汝齑粉矣！"待之如初。性复奢侈，世宗雍邸旧赀，上悉以赐之，故富于他王。好言丧礼，言："人无百年不死者，奚讳为？"尝手订丧仪，坐庭际，使家人祭奠哀泣，岸然饮啖以为乐。作明

器象鼎彝盘盂，置几榻侧。三十年，薨，予谥。

雍邸旧赍，悉以相赐，即是弘昼被淘汰出局的报偿。所谓"少骄抗"而高宗"每优容之"，大致即为世家大族嫡出之子视庶出兄弟的情况。雍正十一年（1733），高宗与弘昼同日并封，称号曰"宝"，暗示玉玺有归；曰"和"，即为告诫弘昼。监试八旗子弟时，弘昼所言，及高宗次日所答，皆有深意。

弘昼以为高宗对之防范不少懈，疑心他买嘱士子有不轨之图。如当时高宗问他此语何意，即上谕中常用的"明白回奏"字样，势必追根到底，可能演变成为像乾隆四年（1739）十月所发生的那场流产的宫廷政变那样的情况，弘昼将有覆门之祸。

至于不讳丧礼，在弘昼的想法，最倒霉的事，莫如做不成皇帝，既然如此，还有什么可忌讳的？此与人自营生圹的心情相同，完全是看透了的缘故。但以亲藩之尊，公然行此不吉之事，惊世骇俗，了无顾忌，此正是弘昼骄抗之性使然。而在他王，高宗必加严查，唯于弘昼不加闻问，此亦即所谓"每优容之"之一端。

上文中所说的一场"流产的宫廷政变"，此为清宫十大疑案之首，谓之首者，因为清史学家从未产生过疑问。

史书记载，颇为详细，何以未有人注意及此，实为一大怪事。兹先分段录引乾隆四年（1739）十月己丑（十六日）上谕：

宗人府议奏：庄亲王胤禄与弘晳[1]、弘昇、弘昌、弘晈[2]等结党营私，往来诡秘，请将庄亲王胤禄与弘晳、弘昇俱革去王爵，永远圈禁；弘昌革去贝勒，弘普革去贝子，宁和革去公爵，弘晈革去王爵。

　　按：此上录引自蒋氏《东华录》，宗人府原奏，当有详细事由，但因下有高宗长谕叙明情由，故而略去，只提示所请处分。案中人除胤禄、弘晳外，其他诸人身份如下：

　　弘昇：圣祖第五子恒亲王胤祺长子，康熙五十九年（1720）封世子。

　　弘昌：怡亲王胤祥第一子，雍正元年（1723）封贝子，十三年晋贝勒。

　　弘普：胤禄长子，乾隆元年（1736）封贝子。

　　宁和：闲散宗室，胤禄以恩赏所得公爵让与宁和。

　　弘晈：怡亲王胤祥第四子，雍正八年（1730）封宁郡王。

以下为高宗长谕：

　　庄亲王胤禄受皇考教养深恩，朕即位以来，又复加恩优待，特命总理事务，推心置腹，又赏亲王双俸，兼与额外世袭公爵，且畀以种种重大职位，具在常格之

---

[1] 晳（xī），同“晰”。

[2] 晈（jiǎo），同“皎”。

外，此内外所共知者。乃王全无一毫实心为国效忠之处，惟务取悦于人，遇事模棱两可，不肯担承，惟恐于己稍有干涉，此则内外所可知者。

至其与弘晳、弘昇、弘昌、弘晈等私相交结，往来诡秘，朕上年即已闻知，冀其悔悟，渐次散解，不意至今仍然固结。据宗人府一一审出，请治结党营私之罪，革去王爵并种种加恩之处，永远圈禁，朕思王乃一庸碌之辈，若谓其胸有他念，此时尚可料其必无。

且伊并无才具，岂能有所作为？即或有之，岂能出朕范围？此则不足介意者。但无知小人如弘晳、弘昇、弘昌、弘晈辈，见朕于王加恩优渥，群相趋奉，恐将来日甚一日，渐有尾大不掉之势，彼时则不得不大加惩创，在王固难保全，而在朕亦无以对皇祖在天之灵矣。

此一段叙异谋之起及庄亲王胤禄为弘晳等人所包围，与前文对看，有一明显的矛盾：庄亲王既为"庸碌之辈"，何以"加恩优待，特令总理事务，推心置腹"？既赏双俸，复另封爵，则其为收买胤禄，彰彰明甚。然则以九五之尊，何故须收买亲藩？岂非绝大疑团？

弘晳乃理密亲王之子，皇祖时父子获罪，将伊圈禁在家；我皇考御极，敕封郡王，晋封亲王；朕复加恩厚待之。乃伊行止不端，浮躁乖张，于朕前毫无敬谨之意，惟以谄媚庄亲王为事；且胸中自以为旧日东宫之嫡子，居心甚不可问。即如本年遇朕诞辰，伊欲进献，何所不可，乃制鹅黄肩舆一乘以进，朕若不受，伊即将留以自用矣。

论弘晳之罪状，情事尤为离奇。弘晳在御前毫无敬谨之意，而竟谄媚庄亲王，则庄亲王能为其造福，岂不显然？制鹅黄肩舆一事，意谓弘晳将代而为帝，其尤为常理所无者：

今事迹败露，在宗人府听审，仍复不知畏惧，抗不实供，此尤负恩之甚者。

至宗人府听审犹复不知畏惧，则必有极坚强的凭借；所恃者何，更可玩味。

弘昇乃无藉生事之徒，在皇考时先经获罪圈禁，后蒙赦宥，予以自效之路，朕复加恩，用至都统，管理火器营事务。乃伊不知感恩悔过，但思暗中结党，巧为钻营，可谓怙恶不悛者矣。

弘昇之父恒亲王胤祺，赋性简静平和，未卷入夺嫡纠纷，与他的同母弟胤禟，完全不同。弘昇实亦忠厚老实人，被"用至都统，管理火器营事务"，为禁军中的要角，而竟不知高宗视之为可恃缓急的心腹，以致后来处分特重。

> 弘昌秉性愚蠢，向来不知率教，伊父怡贤亲王奏请圈禁在家，后因伊父薨逝，蒙皇考降旨释放，及朕即位之初，加封贝勒，冀其自新。乃伊私与庄亲王胤禄、弘晳、弘昇等交结往来，不守本分，情罪甚属可恶。

> 弘普受皇考及朕深恩，逾于恒等，朕切望其砥砺有成，可为国家宣力，虽所行不谨，由伊父使然，然亦不能卓然自立矣。

> 弘晈乃毫无知识之人，其所行为甚属鄙陋，伊之依附庄亲王诸人者，不过饮食宴乐，以图嬉戏而已。

以上是宣布罪状，以下为处分：

> 庄亲王从宽免革亲王，仍管内务府事，其亲王双俸及议政大臣、理藩院尚书，具着革退。至伊身所有职掌甚多，应去应留着自行请旨。将来或能痛改前愆，或仍相沿锢习，自难逃朕之洞鉴。

> 弘晳着革去亲王，不必在高墙圈禁，仍准其郑家庄居住，不许出城；其王爵如何承袭之处，着宗人府照例请旨办理。

> 弘昇照宗人府议，永远圈禁。

> 弘昌亦照所议，革去贝勒。

弘普着革去贝子，并管理銮仪卫事。

宁和以获罪之闲散宗室，因谄媚庄亲王，王遂奏请与以恩赏伊所得之公爵；今既照宗人府议，将此公爵革退，则宁和在所当革，着询问庄亲王；若愿改令弘普承袭，则着以镇国公管都统事；若仍欲令宁和承袭，则弘普专任都统之职。着王自应奏闻。

弘晈本应革退王爵，但此王爵系皇考特旨令其永远承袭者，着从宽仍留王号，伊之终身，永远住俸，以观后效。

此案至十二月间又有发展：有个宗室福宁出面告弘晳听信一个名叫安泰的人的邪术。安泰无考，想来亦是宗室。高宗命平郡王福彭及军机大臣一等公讷亲审问。据安泰供称："弘晳曾问过天下太平与否及皇上筹算如何。"宗人府拟罪，弘晳应"绞立决"——以绞刑处死，立即执行，称为"绞立决"。上谕从宽免死，拿交内务府在景山东果园永远圈禁。其子仍留宗室亦弘晳之弟袭封理郡王的弘晄管束。

接着康亲王巴尔图等议奏，"弘晳大逆不道，乞正法以彰国宪"，上谕仍复宽减：

王大臣所奏甚是，弘晳情罪重大，理应即置重典，以彰国法，但朕念伊系皇祖圣祖皇帝之孙，若加以重刑，于心实有所不忍。虽弘晳不知思念皇祖，朕宁不思念皇祖乎？

　　从前阿其那（胤禩）、塞思黑（胤禟）居心大逆，干犯国法，然尚未如弘晳之擅敢仿照国制，设立会计、掌仪等司，是弘晳罪恶，较之阿其那辈，尤为重大。但阿其那、塞思黑尚属小有才之人，若弘晳乃昏暴鄙陋、下愚无知之徒，伊前后所犯罪恶，俱已败露，现于东果园永远圈禁，是亦与身死无异，凡稍有人心者，谁复将弘晳尚齿于人数乎？今既经王大臣如此奏请，则弘晳及伊子孙，未便仍留宗室，着宗人府照阿其那、塞思黑之子孙革去宗室，给与红带之例查议具奏。

　　这道上谕中所透露的情事，竟是不可思议！所谓"擅敢仿照国制，设立会计、掌仪等司"，很明显地指出一个为其他任何文书及私人记述所不载的事实：弘晳已经设立内务府，准备接收皇位了！

　　这个内务府虽说是"擅敢"，事实上是合法的；倘非合法设立，试问谁敢去当弘晳的"内务府大臣"及会计、掌仪等司的郎中、员外、主事？于此可知，其获罪诸人为弘昇等，已经由弘晳派了重要职司。

　　然则何以有如此称奇之事？逆推世宗暴崩时，鄂尔泰、张廷玉辅助庄亲王胤禄所达成的协议，有一点是可以确定的，即永琏不夭折，弘晳无皇位之分。而此协议由鄂尔泰等人所主持，实在为世宗生前的意旨，此由高宗宽免弘晳时，推

"皇祖"之心，而不及"皇考"可知。如言世宗，则高宗本身就是违父的不孝之子。

至于世宗当时对未来皇位继承的顺序，曾如何交代庄亲王及鄂尔泰、张廷玉，做如何的安排，其细节已无可考。

但高宗之能继位，最大的、也可能是唯一的理由是，他的次子永琏，已为世宗许为琏瑚之器，可承宗庙。然则要让永琏能当皇帝，就非让永琏之父当皇帝不可。适与当年世宗说圣祖曾谓其第四子弘历"福过于予"，至少也能当皇帝，即为圣心默许世宗继位的表示，在逻辑上是一样的。

因此，到这里非谈永琏不可。永琏为高宗第二子，孝贤皇后所出。孝贤皇后富察氏，雍正五年（1727）七月十八日嫔高宗，八年（1730）生子即为永琏。十三年（1735）世宗崩，十二月谕礼部，奉皇太后懿旨，立嫡妃富察氏为皇后。

但当乾隆元年（1736）二月，礼部拟定立后典礼具奏时，得旨着于二十七个月后举行，因此在乾隆二年（1737）十二月始正式册立。此亦为高宗当时皇位尚未稳固的旁证之一。

清制大丧百日服满，纵行三年心丧，但一切典礼照常举行，如世宗孝敬宪皇后，即正式册立于雍正元年（1723）十二月，在圣祖崩后一年，距世宗生母孝养恭仁皇后之崩，则仅七个月。高宗册后，以汉人三年元丧通例二十七个月服满后举行，实有避免刺激废太子一系的不得已苦衷在内。

永琏夭折于乾隆三年（1738）十月，年九岁。《东华录》乾隆三年冬十月载：

辛卯（十二）日，上奉皇太后幸宁寿宫视皇次子永琏疾。是日，皇次子永琏薨，辍朝五日。

同日谕：二阿哥永琏，乃皇后所生，朕之嫡子，为人聪明贵重，气宇不凡，当日蒙我皇考命（名）为永琏，隐然示以承宗器之意。朕御极以后，不即显行册立皇太子之礼者，盖恐幼年志气未定，恃贵骄矜；或左右谄媚逢迎，至于失德；甚且有窥伺动摇之者，是以于乾隆元年七月初二日，遵照皇考成式，亲书密旨，召诸大臣面谕，收藏于乾清宫"正大光明"匾之后。

是永琏虽未行册立之礼，朕已命为皇太子矣！今于本月十二日偶患寒疾，遂致不起，朕心深为悲悼。朕为天下主，岂肯因幼殇而伤怀抱？但永琏系朕嫡子，已定建储之计，与众子不同，一切典礼，着照皇太子仪注行。元年密藏匾内之谕旨，着取出，将此晓谕天下臣民知之。

回头再看乾隆元年（1736）七月初二的上谕：

朕思宗社大计，莫如建储一事，自古帝王即位，首先举行，所以重国本而定鸿基也。朕即位已逾半载，而未经降旨者，并非视此事为后图，良以人心不古，往往有因建储太早，以致别生事端，是以皇祖当日于建储一事，大费苦心。

皇考御极之元年，圣心即默注朕躬，不肯宣布中外，传集诸王大臣九卿，特加训谕，亲书密旨收藏，此我皇考鉴古宜今、宝爱玉成之妙用也。

今皇子冲幼，虽若可缓，而国本攸系，自以豫定为宜，再四思维，惟有循用皇考成式，亲书密旨，照前收藏。此乃酌权剂经之道，将来皇子年齿渐长，识见扩充，志气坚定，朕仍布告天下，明正储贰之位。朕之谆谆告谕，诚恐天下读书泥古者，以不早建储为疑，用是特为晓谕。

今日朕亲书密旨，着总理事务王大臣，亲着宫中总管太监，谨收藏于乾清宫"正大光明"匾额之后。

此谕与前引之谕合观，可以看出许多情理不通之处，指摘如下：

一、历来建储一事，所以重为国本者，皆因帝已年高，若不早立储位，设有不讳，则必发生争立、拥立之祸；或者皇子已将成年，早建储位，则有青宫官属，可资辅导。高宗甫行继位，年未三十，皇长子亦不过八九岁，嫡子更仅七岁，何以亟亟于此？

二、圣祖第二次废太子后，不再建储，即因建储后有种种流弊，因而世宗发明亲书密旨藏于宫中最高之处，一旦宾天，顾命大臣发密旨遵行。其基本上的用意，是要秘密，只需亲近大臣知其事即可，不必大肆张扬；而高宗反其道行之，岂非大悖世宗当初之"妙用"？

三、世宗之"妙用"在于臣下无从揣测孰将继位，以避免"谄媚逢迎，窥伺动摇"的流弊。高宗乾隆元年（1736）七月之谕，口口声声"密旨"，其实一点都不密，因为此时只有三四幼子，永琏既为嫡出，且又聪明，则储位之必归永琏，可谓之尽人皆知。既然如此，则大肆张扬，等于明白宣告已立永琏为太子，全失本意。

四、乾隆元年高宗方二十六岁，体魄壮健，其必多子，夫复何疑？永琏虽为嫡出且"聪明贵重"，但皇后亦尚年轻，安知后来生子必无贤于永琏者？何必为此不急之图，将来生子更贤，反难处置？

这一切情不通、理不顺、庸人自扰式的措辞，唯一的作用是高宗要强调他是"太子之父"。我相信自乾隆元年七月初二那天起，高宗已决心不管发生了什么情况，他的皇帝都要做下去。

那道秘密建储的诏谕，对四海臣民来说，是要突出他自己的形象；对可能继承皇位的人而言，是一道通知：你可以死心了，皇帝不会有你的份儿了。

这个做法并不聪明，至少表示出他的皇位并不稳固，犹如世宗年号用雍正那样，如果"雍"亲王得位本无不"正"，何必特为表而出之？"太子之父"本应是皇帝，亦不必特为提醒；可知"乾"运本自不"隆"，故用希望语气的年号"乾隆"。

于此，可得一假设：世宗藏在乾清宫"正大光明"的匾额后面的朱谕，已非当年的原件，可能在他得怔忡之症时，向冥冥中索命的废太子做过许诺，将来传位于弘皙，因而朱谕已经改换。

是否曾以永琏为言，市朝暂时由宝亲王弘历接位，自所难知，但庄亲王与鄂尔泰等调停时，必是以永琏作题目，说永琏是"真命天子"，将来必能光大祖业；但要永琏能做皇帝，就必须先让永琏之父做皇帝，劝弘皙相忍为国。

清朝本来自礼亲王代善以来，就建立了一个以社稷为重的礼让的传统。弘皙迫于情势，无法力争；争亦不得，只好提出一个条件：既然是为了永琏，则如永琏出了问题，永琏之父就不能再做皇帝。此所以永琏夭逝，弘皙便积极准备接收皇位，且已组织了内务府，所进一乘"鹅黄肩舆"即此"内务府"的"造办处"所造。

回头再看乾隆四年（1739）因宗人府议奏而下的上谕，许多费解的话，都可索解了：

第一，责庄亲王"惟务取悦于人"，此人即弘皙，未来的皇帝；"遇事模棱两可，不肯担承，惟恐于己稍有干涉"，此即言弘皙组织内务府，准备接收皇位时，庄亲王并未出面阻止，但亦不便公然支持，默许弘皙自行其是。

第二，责弘皙"于朕前毫无敬谨之意"，"且胸中自以为旧日东宫之嫡子"，此言弘皙已以天子自居；"惟以谄媚庄亲王为事"，亦必然之理，因为他之取得皇位，必须取得庄亲王的支持。至于弘皙之进"鹅黄肩舆"一乘，实含有催促高宗退位之意；交宗人府审问，"仍复不知畏惧"，可知弘晳的立场相当坚强，可能握有高宗签署的承诺书。

第三，"朕上年即已闻之"，证明永琏不死，并无此问题存在；永琏一死，弘晳才开始展开接收皇位的准备工作。"冀其悔悟，渐次散解"，则是高宗暗中做了疏通的工作；而"至今仍然固结"，则知疏通失败。

这个疏通的工作，我相信高宗交付了两个人来做：一个是平郡王福彭，一个是"一等公吏部尚书协办大学士"讷亲。讷亲此人为高宗在继位之前所培植的一名亲信，《清史稿》本传：

> 讷亲，钮祜禄氏，满洲镶黄旗人，额亦都曾孙。父尹德，附见其父遏必隆传，讷亲其次子。雍正五年，袭公爵，授散秩大臣。十年，授銮仪使。十一年十二月，命在办理军机处行走。十三年，世宗疾大渐，讷亲领顾命。

> 高宗即位，庄亲王……辅政，号"总理王大臣"，授讷亲镶白旗满洲都统，领侍卫内大臣，协办总理事务。十二月，敕奖讷亲勤慎，因推孝昭仁皇后外家恩，进一等公。乾隆元年，迁镶黄旗满洲都统。二年，迁兵部尚书。十一月，庄亲王等请罢总理事务，讷亲授军机大臣，叙劳，加拖沙喇哈番世职。三年二月，领户部三库。九月，命协办户部……十二月，迁吏部尚书。四年

五月，加太子太保。讷亲贵戚勋旧，少侍禁近，受世宗
知，以为可大用。迨高宗，恩眷尤厚。

按：所谓讷亲"领顾命"，言世宗大渐时，召庄亲王等，
此事前已谈过，无非左右侧近之臣，闻世宗遽然得疾，奔赴
寝宫而已。讷亲此时资格甚浅，无大作用可发挥；高宗因平
郡王福彭于雍正十一年（1733）七月出为"定边大将军"，乃
于是年十二月设法使讷亲入军机，作为接替福彭在军机处做
耳目。至高宗即位，福彭尚未回京，乃重用讷亲。乾隆四年
（1739）五月加太子太保，应视之为担负疏通工作的一种酬
劳。但此案仍然爆发，则讷亲与福彭的任务，显未达成。

讷亲的情况及后来的遭遇，与乌尔塞颇为相似，后面会
谈到，此暂不赘。回头先谈高宗即位以后的种种措施，可用
一句话来概括：高宗初期最着重的一项工作，无非笼络各方，
收买人心。

这是为什么？为了他的根基不稳，必须运用各种手段来
巩固他的地位。自即位至十月底为止，两个多月之中，恩诏
叠见，兹据蒋氏《东华录》，试为摘录如下：

一、鄂尔泰、张廷玉配享太庙，缮入遗诏。

二、停止进贡，虽食物果品亦不许，三年以后，再行
降旨。

三、和亲王生母裕妃封贵妃。

四、赐庄亲王胤禄、果亲王胤礼永远食双俸；鄂尔泰、

张廷玉世袭一等轻车都尉，后又改为子爵。

五、各省民欠十年以上者，已于恩诏内蠲免，复降旨雍正十二年（1734）以前各省民欠一并宽免。江南积欠内官侵、吏蚀二项乃从民欠中分出者，亦照民欠例宽免。

六、文武官员因获罪正议革职者，准予宽免。

七、以本年恩诏赦款甚多，奴仆告家主之案，不得援恩诏。嗣后遇有奴仆首告家主者，虽所告皆实，亦必将首告之奴仆，照例重治其罪。

八、诏勉节俭，自言供膳品味无所加增，衣服器用无所滥费，宫室苑囿无所改营。

九、谕王大臣等以治道，自谓赋性宽缓，唯所谓宽者如兵丁之宜存恤，百姓之宜惠保，非罪恶刑罚之可以赦纵，望诸大臣严明振作，以成宽猛相济之功。

十、各省造报开垦亩数，务须核实，不得丝毫假饰，以致加赋扰民。

十一、宗室觉罗因罪革退者，子孙分赐红带、紫带，附载玉牒。

十二、旗务宜遵旧制，务从简易。

十三、释放圈禁宗室。

十四、起用废员张楷、彭维新、俞兆晟、陆世佶等。

十五、严禁重复征税。

十六、地方公益事宜，殷实良民自愿捐助者，许其亲赴布政司具呈，不准地方官假借名义勒捐。

十七、命查开国军功世职，准立嗣承袭。

十八、三阿哥弘时，仍收谱牒之内。

稍加检索，已达十八条之多。对庄、果两王，及鄂、张两大学士的恩遇，自是酬庸拥立之功；蠲除种种苛政，则为宽猛相济之道，世宗为政严，济之以宽，与民休息，自为正确的大政方针，亦是收买民心的上策。

其中最值得注意的是，严禁奴仆首告其主，此为在领导阶层中获致安定的要着。世宗师明朝厂卫的遗意，施行特务政治，亦就是恐怖政治，王公大臣不知自己何时就会为家奴或部属所出卖，无不惴惴不安，甚至第一等的亲信亦不能免于恐惧，如世宗鼓动李卫参劾鄂尔泰之弟鄂尔奇即为一例。

因此，高宗之严禁奴仆首告其主，推广其义即严禁以下犯上，此对富贵有余但不知何日有不测之祸的王公大臣来说，自是莫大的德政。

此为高宗争取领导阶层支持的重要手段，所以不惜一反世宗之所为，凡在雍正时代因奴仆、部属告密获罪者，皆作宽大之处置。外则起复废员，内则推恩宗藩，其中最值得注意的是释放恂郡王胤禵及黜其子弘春。

先谈胤禵。当雍正八年（1730），世宗经过一场大病，颇思追补前愆，曾拟释放胤禵，以怡贤亲王的事权赋予胤禵，命大学士马尔赛"德谕圣意"，而胤禵的答复竟是："杀马尔赛力任事。"以致监禁如故。

高宗即位后，曾拟释放胤禩及胤禵，命廷议具奏，此后即无下文。据金承艺教授在《胤禎：一个帝梦成空的皇子》一文中，引乾隆元年（1736）朝鲜朝贺前一年冬至的正使李学、副使李德寿的报告说：

> 十四王胤禎被囚于雍正元年……新皇帝（指高宗）即位，谕王、大臣、宗人、九卿议宽宥，则皆言事关先朝，不可轻释。上年十二月，皇帝特旨放之。十三年未受廪俸，一一计给。则王以为罪籍时廪，义不敢领，留分与八旗军兵。而王之长子弘春，当雍正时，告王过失，雍正宠之，封以贝勒。皇帝特下旨明其不孝，削职牢囚，方议正律。人心皆悦服云。

金承艺又记高宗待胤禎云：

> 乾隆二年封胤禎为辅国公，十二年复封他为多罗贝勒，十三年再晋爵恂郡王，并时有赐费。在圣祖众多的皇子中，他是高宗唯一的亲叔父，也许高宗很想对自己父亲从他手中篡夺皇位的衔恨，期于不着痕迹中稍加弥补吧！

在世宗夺位一案中，高宗有为父补过之志，是很显然的，如杀曾静，停止讲解《大义觉迷录》，都是很明智的做法。但如释放胤禎等举动，则亦有笼络之意在内，黜弘春则含意尤深。

按：胤祯四子，长弘春、次弘明、次弘映、次弘曈。弘春小名白敦，雍正元年封贝子，二年革，四年封镇国公，六年晋贝子，九年晋贝勒，旋晋泰郡王，十二年八月降贝子，上谕：

> 弘春向来为人，尚属小心勤谨，所以屡加恩眷。及晋封郡王之后，肆口轻佻，不顾行止，迥异从前，且所办该旗事件，种种舛错，着革去郡王，仍为贝子，照旧管理銮仪卫衙门事务。

弘春曾管理正红旗汉军。而初封贝子，据说由讦告其父而得，故高宗释放胤祯时有一谕云：

> 弘春蒙皇考圣慈，望其成立，晋封郡王，加恩优渥，此中外所共知者。乃伊秉性巧诈、愆过多端，于上年奉旨革去郡王，仍留贝子之职，冀其悔过自新。伊仍不知悛改，家庭之间，不孝不友；其办理旗下事务，始则纷更多事，后则因循推诿，种种不妥之处，深负皇考天恩，着革去贝子，不许出门。令宗人府、将伊诸弟，带领引见，候朕另降谕旨。

"不孝"为弘春封爵的由来，而此时成为革爵的罪状，富贵如春梦，到头来一场空，反落得幽禁在家，徒留不孝之名。高宗所为，殊快人意，胤禛不便亲手处置逆子，高宗为之料理，其为胤禛所感激，自不待言。

而亲藩中有胤禛支持，弘晳岂能有为帝之望？其于永琏夭折后的种种举动，可谓不识时务之至。

前朝旧臣与新朝辅弼的权衡

高宗即位之初，弘晳低估了他的能力，以致做出不识时务之事者甚多。以王士俊为例，此人为田文镜一手所提拔，迂谬峻刻亦复相似，高宗先以之内调，旋又外放四川巡抚。王士俊到任未几，上一密折，建议四条，第一条即犯忌讳。高宗在养心殿召总理事务王大臣及九卿面谕：

> 据王士俊第一条云："近日条陈，惟在翻驳前案。"甚至对众扬言，"只须将世宗时事翻案，即系好条陈"之说，传之天下，甚骇听闻等语。

王士俊托名风气如此，其实是他自己有此牢骚，指高宗在翻世宗的案。"三年无改"谓之孝；大行尸骨未寒，嗣皇已改弦易辙，如何能不辨？而且，这又不仅担一不孝之名，真是不足以嗣位继统，适足以授弘晳以口实。高宗认为问题严重，所以召王大臣九卿面谕，实际上等于与王士俊展开辩论，其言如此：

> 夫指群臣为翻案，是即谓朕为翻案矣！此大悖天理之言也。从来为政之道，损益随时，宽猛互济。记曰："张而不弛，文武勿能；弛而不张，文武勿为；一张一弛，文武之道。"文武岂有意于张弛哉？亦曰推而行之，与民宜之耳，昔尧因四岳之言而用鲧，鲧治水九载，绩用勿成，至舜而后殛鲧于羽山。当日用鲧者尧也，诛鲧者舜也，岂得谓舜翻尧之案乎？

按：高宗驾驭臣下，最善于借题恫吓。此为警告王士俊及前朝宠臣，意谓虽世宗所用之人，其欲杀则杀，无所顾忌。以下接言宽猛相济之道，圣祖宽，故世宗严，而至……

> 雍正九年、十年以来，人心已知法度，吏治已渐澄清，未始不敢崇宽简，相安乐易，见臣工或有奉行不善，失于苛刻者，每多救其流弊；宽免体恤之恩，时时下逮，是即十三载之中而剂酌盈虚，调适竟绪，前后已非一辙矣。至朕缵承丕绪，泣奉遗诏，谕令向后政务应从宽者，悉从宽办理。

按：所述世宗后数年用人行政，渐尚宽简，亦为实情。

此外三条所关不大，而仅此一条已可严谴王士俊，《清史稿》本传云：

> 解士俊任，逮下刑部，王大臣等会鞫，请用大不敬律拟斩立决，命改监候。二年，释为民，遣还里。六年，以争占瓮安县民罗氏墓地，纵仆殴民，民自经死，民子走京师叩阍，命副都御史仲永檀如贵州，会总督张广泗鞫，得实，论罪如律。二十一年，卒。

论者谓王士俊"心险而术浅，其得谴宜哉"！"心险术浅"为田文镜的写照，倘非早死，恐亦无好结果。

李卫殁于乾隆三年（1738）十月，谥敏达；五年，直督奏请入祀直隶名宦祠，得旨照准，并谕入祀贤良祠。由此看来，高宗当时对李卫亦是相当欣赏的。但高宗到了晚年，对李卫的印象大为改观。《清史列传》卷十三《李卫传》：

> （乾隆）四十五年三月谕曰："朕巡幸江浙，临莅杭州，见西湖花神庙所塑神像及后楼小像，牌字俱书'湖山神位'，其像虽有大小，面貌相仿，闻系李卫在浙时自塑此像，托名立庙，是以后楼并有正夫人及左右夫人像，甚为可异。李卫于督抚中，并非公正纯臣，在浙江无甚功德于民，闻其仰借皇考恩眷，颇多任性骄纵之处。设使此时尚在，犹当究治其愆，岂可令其托名立

庙，永享祭祀？所有庙中原像，着该督抚撤毁，另塑湖神之像，以昭信祀。"

这是高宗四十年中，积闻李卫生平行事所得，深致不满，故有此谕。

至于鄂尔泰及张廷玉的恩遇，亦迥非世宗初崩，拥立高宗时可比。张廷玉的遭遇尤为不堪，我在《柏台故事》中，对此曾有比较详细的记述。这里要补充的是，张廷玉之晚遭屈辱，正因他了解世宗父子的秘密太多，而细推其故则有四：

第一，因为了解世宗父子的秘密太多，高宗怕他回乡以后泄露。高宗希望他终老京师，而张廷玉求去太亟。

第二，张廷玉自恃功高，不免有藐视高宗之意。

第三，高宗亦看不起张廷玉，觉得他是文觉一流的人物。

第四，张廷玉与鄂尔泰各树羽翼，形成党争，为高宗所厌。

最后一点，亦正是鄂尔泰被撤出贤良祠的原因，《清史列传·鄂尔泰传》：

（乾隆）二十年，甘肃巡抚鄂昌与诗词悖逆之胡中藻倡和事觉，革职治罪，谕曰："胡中藻系鄂尔泰门生，且与其侄鄂昌叙门谊，则鄂尔泰从前标榜之私，适以酿成恶逆。其诗中谗舌青蝇，供指张廷玉、张照二人。即张廷玉之用人，亦未必不以鄂尔泰、胡中藻为匪类也。

鄂尔泰、张廷玉亦因遇皇考及朕之君，不能大有为耳！不然何事不可为哉？使鄂尔泰尚在，必将重治其罪，为大臣植党者戒。着撤出贤良祠。"

不过对于鄂尔泰，乾隆四十四年（1779）御制怀旧诗中仍是褒多于贬。高宗之诗似通非通，别成一格，而于不通之处，每留史事真相。怀鄂尔泰一诗，可资读助，录之如下：

业师只三人，其三情向剖。
皇考重英贤，率命书房走。
鄂蒋以阁臣，蔡法列卿九。
胡顾刘梁任，邵戴来先后。
其时学亦成，云师而实友。
不足当绛帷，姓名兹举偶。
鄂其中巨擘，内外勤宣久。
初政命总理，顾问备左右。
具瞻镇百僚，将美惠九有。
好恶略失尚，性阳阴则否。
遵诏命配享，旌善垂不朽。

此诗前半段，为高宗自叙为学师友；"率命书房走"以下四句，举曾值南书房及上书房者十一人，"鄂"为鄂尔泰，"蒋"为蒋廷锡，"蔡"为蔡世远，"法"为福敏（原名法敏，又名傅敏），"胡"为胡煦，"顾"似为顾琮，"刘"为刘统勋，"梁"为梁诗正，"任"为任兰枝，"邵"似为邵基，"戴"不详。首言"业师只三人"，指福敏、蔡世远、朱轼，怀旧诗中皆称之为"先生"：福敏为其启蒙之师；蔡世远在南书房，无师之名，有师之实；而高宗最尊敬者为朱轼。

怀旧诗中，谓福敏"吾得学之基"，谓蔡世远"吾得学之用"，独谓朱轼"吾得学之体"。

在上举十余人中，高宗最得力的是刘统勋。当乾隆初政，鄂、张两家门第鼎盛，门生旧部结党成群，虽无功高震主之盛，但施政必多掣肘；而讷亲本为高宗私人，后来亦渐有成为权相之势。

高宗发觉情势不妙，于乾隆六年（1741），当刘统勋尚在守制时，即起复原官为刑部侍郎，服阕到京，特授左都御史。原任刘吴龙到任甫一月，改调刑部。如此安排，即是便于刘统勋以御史台台长的身份，得以建言。

不久，刘统勋上疏攻张廷玉及讷亲。疏言：

> 大学士张廷玉历事三朝，遭逢极盛，然晚节当慎，责备恒多。窃闻舆论，动云："张、姚二姓占半部缙绅。"张氏登仕版者，有张廷璐等十九人，姚氏与张氏世婚，仕宦者与姚孔铵等十人。二姓本桐城巨族，其得官或自科目荐举，或起袭荫议叙，日增月益，今未能遽议裁汰，惟稍抑其迁除之路，使之戒满引嫌，即所以保全而造就

之也。请自今三年内，非特旨擢用，概停升转。

其于讷亲则云：

> 尚书公讷亲，年未强仕，综理吏、户两部，典宿卫，赞中枢，兼以出纳王言，时蒙召对，属官奔走恐后，同僚亦争避其锋。部中议覆事件，或辗转驳诘，或过目不留，出一言而势在必行，定一稿而限逾积日，殆非怀谦集益之道，请加训示，俾知省改。其所司事，或量行裁减，免旷废之虞。

按：讷亲其时为吏部尚书协办大学士，以曾奉旨如大学士管部之例，协理户部，故云"综理吏、户两部"。所谓"典宿卫，赞中枢"，则讷亲又为领侍卫内大臣及军机大臣。讷亲以廉介自许，门无车马之迹，大门外拴两条大狗，越发令人不敢亲近。所谓"属官奔走恐后，同僚争避其锋"，亦高宗纵容所成。刘统勋说"时蒙召对"，犹是有保留的说法，事实上是讷亲"独对"，见赵云崧《檐曝杂记》：

> 军机大臣同进见，自傅文忠公始。上初年，惟讷公亲一人承旨。讷公能强记，而不甚通文义，每传一旨令汪文端撰拟，讷公惟恐不得当，辄令再撰，有屡易而仍用初稿者；一稿甫定，又传一旨，改易亦如之。文端颇

苦之，然不敢较也。

傅文忠指傅恒；汪文端则指汪由敦，出张廷玉之门。《清史稿》本传：

> 由敦笃内行，记诵尤淹博，文章典重有体；内直几三十年，以恭谨受上知。乾隆间，大臣初入直军机处。上以日所制诗，用丹笔作草，或口授，令移录，谓之"诗片"。久无误，乃使撰拟谕旨。由敦能强识，当上意。上出谒陵及巡幸，必从。入承旨，耳受心识，出即传写，不遗一字。其卒也，谕称其"老诚端恪，敏慎安详，学问渊深，文辞雅正"，并赋诗悼之。

此为讷亲被诛以后之事。金川平定，傅恒为首揆，自陈不能多识，请令军机大臣同进见，因而成例。在当时，讷亲把持得很厉害，刘统勋一疏既上，自必大受排挤，因而高宗批答，预为疏解。

原谕云：

> 朕思张廷玉、讷亲若果擅作威福，刘统勋必不敢为此奏；今既有此奏，则二臣并无声势能钳制僚寀可知，此国家之祥也。大臣任大责重，原不能免人指摘，闻过则喜，古人所尚。

若有几微芥蒂于胸臆间，则非大臣之度矣。大学士张廷玉，亲族甚众，因而登仕籍者亦多。今一经察议，人知谨饬，转于廷玉有益。讷亲为尚书，固不当模棱推诿，但治事或有未协，朕时加教诲，诚令毋自满足，今见此奏，益当自勉。至职掌太多，如有可减，俟朕裁定。

话虽如此，高宗对讷亲及张廷玉，一时并无明显的裁抑行动，此是高宗胜于世宗之处。世宗父子皆苦于朋党，但世宗操之过急，以致破一朋党，而另一朋党成。高宗则渐次化解，一面破，一面立，破则屡次诏示，生杀予夺之权皆操诸上，用一人非鄂尔泰、张廷玉所荐，黜一人非鄂尔泰、张廷玉所劾。

同时相机立威，鄂、张两家子弟、门生、故旧，犯法者皆科以应得之罪。至乾隆十三年（1748），乾纲大振，手段虽不免过苛，但权威毕竟彻底建立，此是后话，暂且不提。

立则培植自己的亲信，而以防止党援为必守之戒。高宗亲手培植的辅弼，自当以刘统勋为首。他是山东诸城人，四川藩司刘棨（qǐ）之子，雍正二年（1724）翰林，先后值南书房、上书房，受知于高宗。

刘统勋自乾隆六年（1741）复起后，除用兵准噶尔时协办陕甘总督主持后勤以外，一直是做京官，官至东阁大学士，而以在刑部最久：三十年间，奉旨赴各省查案，几于无岁无之。《清史稿》载其居官数事，足睹风范，其一云：

统勋岁出按事，如广东，按粮驿道明福违禁折收；如云南，按总督恒文、巡抚郭一裕假上贡抑属吏贱值市金……皆论如律。其视杨桥漫工也，河吏以刍茭不给为辞，月余事未集。统勋微行，见大小车载刍茭，凡数百辆，皆弛装困卧。有泣者，问之，则主者索贿未遂，置而不收也。即令缚主者至，数其罪，将斩之，巡抚以下为固请，乃杖而荷校以徇。薪刍一夕收立尽，逾月工遂竟。

按：其事在乾隆廿六年（1761）秋，河南祥符、杨桥等处，黄河漫溢，水退后修筑堤防，两月竟事，特旨嘉许。又一云：

方金川用兵，统勋屡议撤兵。及木果木军覆，上方驻热河，统勋留京治事，天暑甚，以兼上书房总师傅，检视诸皇子日课，廷寄急召。比入对，上曰："昨军报至，木果木军覆，温福死绥，朕烦懑无计，用兵乎，抑撤兵乎？"统勋对曰："日前兵可撤，今则断不可撤。"复问谁可任者？统勋顿首曰："臣料阿桂必能了此事。"上曰："朕正欲专任阿桂，特召卿决之。卿意与合，事必济矣。"

按：其事在乾隆三十八年（1773）夏天；未半年，刘统勋即下世。《清史稿》本传：

> 三十八年十一月，卒。是日，夜漏尽，入朝至东华门外，舆微侧，启帷，则已暝。上闻，遣尚书福隆安赍药驰视，已无及。赠太傅，祀贤良祠，谥文正。上临其丧，见其俭素，为之恸，回跸至乾清门，流涕谓诸臣曰："朕失一股肱。"既而曰："如统勋，乃不愧真宰相。"

按：此时正阿桂、海兰察用兵顺利，捷报纷传之际，无怪高宗之深恸。又：清朝大臣初殁即得谥文正者，刘统勋为第一人，汤斌系乾隆元年追谥。

刘统勋虽为乾隆朝第一名臣，但他的名气反不如其子刘墉。刘墉字石庵，乾隆十六年（1751）的翰林，官至体仁阁大学士，殁于嘉庆九年，寿八十五，谥文清，未入军机，相业无称。刘石庵之享大名，以其为一代书家，现存于世的真迹，类为肉多骨少的颜字，但初入词馆时为柔媚的赵体，以后体格屡变，归于平淡，誉之者以为"精华蕴蓄，劲气内敛，殆如浑然太极，包罗万有，莫测其高深"。

凡大老而擅书法者，必有代笔，为刘石庵代笔者，据说是他的三个姨太太。录前人笔记一则，以资谈助：

> 文清平生书楹联常用紫毫笔，尤好用蜡笺、高丽

笺。官尚书时，判诺，辄画十字，有司员仿为之，文清辄辨出，曰："吾画不可伪也。"然文清有三姬，皆能代之，可乱真，外人不能辨。晚年多代笔，其但署名"石庵"二字，及用长脚石庵印者，皆代笔。瑛梦禅亦其一也。或曾见其与三姬人论书家信，指陈笔法甚悉。

按：瑛梦禅名瑛宝，拜都氏，隶满洲正白旗，协办大学士永贵之子，山东巡抚伊江阿之弟。伊江阿为和珅党羽，嘉庆四年（1799）太上皇崩，伊江阿致函和珅，劝其节哀，而并无慰劝仁宗之语，仁宗震怒，适有浮收漕粮参案，因而革其职。瑛宝家世贵盛，而隐居不仕，人品可知。其书法酷似刘墉，又善指画。

乾隆初年所重用的汉大臣，以先后而论，首为刘统勋、汪由敦，但刘、汪均为先朝所遗，高宗本人识拔的得力大臣，则首推刘纶，《清史稿》本传：

刘纶，字蟫涵，江苏武进人。少俊颖，六岁能缀文，长工为古文辞。乾隆元年，以廪生举博学鸿词，试第一，授编修，预修《世宗实录》；迁侍讲，进太常寺少卿；四迁，擢内阁学士。

十二年，扈跸木兰，奏《秋郊大猎》《哨鹿》二赋，称旨。十四年，直南书房，授礼部侍郎，调工部。十五年，命军机处行走……二十八年，调户部，协办大学士，加太子太保。三十年，母忧归。甫除丧，诏起吏部尚书，仍协办大学士。三十六年，授文渊阁大学士，兼工部尚书。三十八年，卒，命皇子临其丧，赠太子太傅，祀贤良祠，谥文定。

按：乾隆元年（1736）丙辰第二次举鸿博，本出于雍正十一年（1733）上谕，历时一年仅山西举一人、直隶举两人。高宗即位，再诏督促，限一年内到京；乾隆元年九月试于保和殿，共两场，首场赋诗论各一，二场制策两道。应试者共一百七十六人，取一等五人，授编修，刘纶第一，杭世骏第五；二等十人，前五名授检讨，后五名授庶吉士，陈兆仑、齐召南皆二等中人。

《清史稿·刘纶传》又叙其品学云：

纶性至孝，亲丧三年，不御酒肉。直军机处十年，与大学士刘统勋同辅政，有"南刘""东刘"之称。器度端凝，不见有喜愠色。出入殿门，进止有恒处。自工部侍郎归，买宅数楹，后服官二十年，未尝益一椽半甓。衣履垢敝，不改作；朝必盛服，曰："不敢亵朝章也。"

侍郎王昶充军机处章京，尝严冬有急奏具草，夜半诣纶。纶起燃烛，操笔点定。寒甚，呼家人具酒脯，而厨传已空，仅得白枣十数枚侑酒，其清俭类此。校士尤矜慎，尝曰："衡文始难在取，继难在去；文佳劣相近，一去取间，于我甚易，独不为士子计乎？"较量分寸，辄至夜分不伴奏倦。文法六朝，根柢汉魏；于诗，喜明高启，谓能入唐人门阈。

乾隆初年，励精图治，仕途风气，亦犹沿世宗遗规，以廉隅简肃相尚。赵翼《檐曝杂记》所志，足窥实况：

> 往时，军机大臣罕有与督抚外吏相接者。前辈尝言，张文和公在雍正年间最承宠眷，然门无竿牍，馈礼有过百金者，辄却之。讷亲当今上初年，亦最蒙眷遇，然其人虽苛刻，而门庭峻绝，无有能干以私者。余入军机，已不及见二公；时傅文忠（恒）为首揆，颇和易近情矣，然外吏莫能登其门，督抚皆平交，不恃为奥援也。余在汪文端第，凡书牍多为作答，见湖抚陈文恭伴函不过僮锦二端；闽抚潘敏惠，公同年也，馈节亦不过葛纱而已。
>
> 至军机司员，更莫有过而问者。闽督杨某被劾入京，人各送币毳数事，值三十余金，顾北墅云入直，诧为异事，谓："生平未尝见此重馈也"。王漱田日杳所识外吏稍多，扈从南巡，途次间有赠遗，归装剩百余金，过端午节充然有余，辄沾沾夸于同列，是时风气如此。

按：汪文端指汪由敦。是时赵翼为汪家西席，后以内阁中书考入军机。湖抚陈文恭谓湖南巡抚陈宏谋，闽抚潘敏惠则潘思榘，闽督杨某谓杨应琚，皆乾隆二十年（1755）前后督抚。至乾隆三十年（1765）后，风气渐坏，至和珅当政，尤不堪问。而风气之坏，由高宗所导，此当在后文并南巡一起来谈。

总之，政治哲学上"权力就是腐化，绝对的权力就是绝对的腐化"的说法，用之于高宗，是再贴切不过。

按："二刘"媲美明初的"三杨"，刘统勋山东人，为"东刘"；刘纶江南人，为"南刘"。二刘以外，乾隆前期，汉大臣中有数人无赫赫之名，但对乾隆的帮助极大，次第作一简介。一个是孙嘉淦，《清史稿》本传：

> 孙嘉淦，字锡公，山西兴县人。嘉淦故家贫，耕且读。康熙五十二年成进士，改庶吉士，授检讨。世宗初即位，命诸臣皆得上封事。嘉淦上疏陈三事：请亲骨肉，停捐纳，罢西兵。上召诸大臣示之，且曰："翰林院乃容此狂生耶？"大学士朱轼侍，徐对曰："嘉淦诚狂，然臣服其胆。"上良久笑曰："朕亦且服其胆！"擢国子监司业。雍正四年，迁祭酒，命在南书房行走。六年正月，署顺天府府尹。丁父忧，服未阕，召还京，仍授府尹；进工部侍郎，仍兼府尹、祭酒。十年，调刑部侍郎，寻兼署吏部侍郎。

世宗能容孙嘉淦，自是英主之所为。而孙嘉淦自此以"戆"闻名，戆而能直，直而能实，所以可贵。高宗即位时，孙嘉淦方署河东盐政，特以内召，授左都御史，后迁刑尚兼管国子监。李卫殁于任上，以孙嘉淦直督，又调鄂督，颇具政声。居官自立八约为戒：

其一，事君笃而不显。

其二，与人共而不骄。

其三，势避其所争。

其四，功藏于无名。

其五，事止于能去。

其六，言删其无用。

其七，以守独避人。

其八，以清费廉取。

此八约在孙嘉淦大致都能做到，"势避其所争""事止于能去"两语尤有味，足见孙嘉淦虽戆而非书呆，是不好唱高调，亦非固执不化，而为讲求实际效益之人。

第二个是梁诗正，《清史稿》本传：

梁诗正，字养仲，浙江钱塘人。雍正八年进士及第，授编修，累迁侍讲学士。十三年，以母忧归。高宗即位，召南书房行走。乾隆三年，补侍读学士，累迁户部侍郎。

诗正疏言："八旗除各省驻防与近京五百里俱听屯种，余并随旗驻京。皇上为旗人资生计者，委曲备至，而旗人仍不免穷乏。盖生齿日繁，若不使自为养，而常欲官养之，势有不能。臣谓非屯田不可。今内地无间田，兴、盛二京，膏腴未尽辟。世宗时，欲令黑龙江、宁古塔等处，分驻旗人耕种，已有成议，未及举行。今不早为之所，数百年后，旗户十倍于今，以有数之钱粮，赡无穷之生齿，使取给于额饷之内，则兵弁之关支，不足供闲散之坐食；使取给于额饷之外，则民赋不能加，国用不能缺，户口日繁，待食者众，无余财给之，京师亦无余地处之。惟有酌派户口，散列边屯，使世享耕牧之利，以时讲武，亦以实边。"

又论绿营兵额云：

诸行省绿营马步兵饷，较康熙年间渐增至五六百万。在各标营、镇协，每处浮数十百名，不觉其多；在朝廷合计兵饷，则冗额岁不下数十百万。各省钱粮大半留充兵饷，其不敷者，邻省协拨，而解部之项日少。向来各营多空粮，自雍正元年清查，此弊尽除。

是近年兵额，但依旧制，已比前有虚实之别；况直省要害之地，多满洲驻防，与各标营、镇协声势联络，其增设兵额可以裁汰者，宜令酌定数目，遇开除空缺，即停止募补，庶将来营制渐有节省，而现在兵丁，无苦裁汰。

按：此以明朝卫所制度为鉴，深谋远虑，言之甚切。其时《明史》已经告成，高宗好学，深知梁诗正言之有物，以原疏交内阁议复。八旗亲贵惮于更张，鄂尔泰、张廷玉等亦不愿得罪旗人，所以绿营裁兵，以及节减可缓工程，议得很切实，而"将八旗闲散人丁分置边屯之处，无庸议"，理由有三：

兴、盛二京产人葠（此"葠"字为清朝的制式，上谕均用"葠"，不用"参"），怕人不耕种而去掘参，其一；黑龙江水土迥异，在京旗人无法与本地人同样耕作，倘或歉收，难以接济，其二；奉天无旷土可耕，其三。

"奉天无旷土可耕"，显而易见是胡说。高宗那时对臣下还比较客气，并未指斥，只命"大学士查郎阿、侍郎阿里衮前往奉天一带，相度地势，再行定议"。

三个月后，查、阿合疏复命，指出吉林乌拉东北、西南，黑龙江齐齐哈尔东南呼兰地方等处，五谷皆宜，林木可采。于是又下王大臣议，至七年五月方始定议，移满兵一千名至吉林附近屯垦，俟卓有成效，由近及远，渐次举行。

这完全是敷衍"皇上"的面子；旗人并不能像"下关东"的汉人那样肯吃苦，以至到清朝末年还在谈旗人的生计问题。

但即就整顿绿营一事，已在财政上收到相当的效果。梁诗正自乾隆四年（1739）当户部侍郎，十年升尚书，以迄十四年调兵尚，掌度支计十年之久，国库每年可余银两百余万，而居恒有不足之感，怕水旱刀兵的临时支出，无以应付，为致乾隆全盛的功臣之一。而高宗只以词臣看待，未免抹杀了梁诗正的功劳。

按：雍正八年（1730）会试，取中三百九十九人，为进士中额的极限。清朝自顺治三年（1646）开科至光绪三十年（1904）废科举，恩正各科总计一百一十二，会试中额从未超过四百名。

雍正八年（1730）庚戌正科，浙江人大放异彩，三鼎甲尽归浙江，状元周谢，探花梁诗正，杭州人；榜眼沈昌宇，嘉兴人。入词林者总数五十五人，浙江得十五人，占四分之一以上。所以然者，雍正五年（1727）丁未，因查嗣庭、汪景祺两案，世宗认为浙江士风浇薄，罚停会试；八年仍许参加，则以两科举人，并力搏击，得人自盛。而梁诗正的探花，得来不易，亦可想见。至于高宗以词臣视梁诗正，或许因为其中有一段佳话之故。

雍正间，钱塘梁文庄公入直上书房，获侍高宗皇帝暨诚、和两亲王讲读，以旧学受知遇，回翔馆阁，平陟台衡，恩礼哀荣，旷绝僚寀。公晚年自言，尝为高宗作擘窠大字，适宪皇帝驾至，诸臣鹄立以俟，宪皇帝命竟其书，以墨渍袍袖，复令高宗曳之。今藏此衣三十年，他时服以就木，庶存殁志君恩也。后公子孙如其言。

按：梁诗正长子名同书，字山舟，官至翰林院侍读学士，为乾嘉年间有名的书家。《清朝野史大观》记云：

> 梁山舟学士书法名播中外。论者谓刘文清朴而少姿；王梦楼艳而无骨；翁覃溪临摹三唐，面目仅存；汪时斋谨守家风，典型犹在；惟梁兼数人之长，出入苏、米，笔力纵横，如天马行空，汪文端、张文敏后一人而已。

梁同书与刘墉（石庵）、翁方纲（覃溪）、王文治（梦楼）为当时所谓"三个半书家"，梁为之首，而王则属于半个。汪文端谓汪由敦；张文敏谓张照；汪时斋名承霈，为汪由敦之子，亦善书。

梁诗正最为人所称道者，在一"清"字。清廉已不易，虎脂不润，尤为难得。梁为侍郎时，已在户部当家，而从未利用特权，清人笔记中述梁一事，颇足见其为人：

> 台州侯元经嘉璠，才士也，词赋敏赡，屡困场屋，年五十官江左县丞，解饷户部，为库吏需索，不即予驳回，侯大窘。时梁文庄公为侍郎，见侯名，曰："夷门

也！"顾司官谓"某尚书祭文，诸君谦让不作，盍以属之。"即传至户部后堂，授笔札，不移晷，成骈体，极壮丽。

某司官复进曰："此堂官祭文，诸曹司尚需一首，亦以相属。"侯磨墨濡笔，复成四言韵文。此何足尽夷门才？而一时堂上下称讶不已。彼管库者已袖批文，侯侯出而付之，明日束装行矣。

以堂官之尊，即使不掌权，亦可帮侯嘉缙的忙，但这一来就必须向属下说好话，迹近语涉于私。解饷为库吏需索，此是行之多年的陋规，如一时不能革除陋规，而利用特权，独为侯嘉缙豁免，则等于承认有此陋规在。此所以梁诗正出此于迂回曲折的途径，用心甚深。

在督抚中，信任最专的首推尹继善。此人际遇之隆，无与伦比。他家与世宗的关系，谈掌故者从未道过，至今已成一项难以探究的秘密。《清朝野史大观》记：

尹文端公讳继善，字元长，姓章佳氏，世居盛京。父文恪公泰，罢祭酒家居。世宗居藩邸时，奉圣祖命祭三陵，会雨，宿公家，与文恪公语，奇之，问："有子仕乎？"曰："第五子举京兆。"曰："令见我！"及公试礼部，将谒雍邸，而世宗践阼，乃止。登雍正元年进士，引见，世宗喜曰："汝泰子耶？果大器也！"入翰林，未逾年授广东按察使，甫抵任迁副总河，未半年迁江苏巡抚，去释褐甫六载。

按：怡亲王胤祥生母敏妃，章佳氏，其父海宽为镶黄旗参领，尹泰亦为镶黄旗籍。世宗与语"奇之"，则尹泰必有惊人之语。尹继善入翰林后，曾为怡亲王记室，凡此特殊亲密的关系，于世宗夺位有何干连，实所难言。但尹泰闲废二十余年，于雍正元年（1723）复起授阁学，七年大拜，此亦仕途罕见之事。而尹泰不但无政绩可称，且多过失——尹继善受命协理河工，上折谢恩，世宗朱批云：

> 勉之，勉之！切不可效法汝父，瞻徇锢习，负朕深恩。一者朕怜其衰老；二者观汝尚可造就，为国家效力之人，所以姑宽已往，俾获幸免，不然祸早及身矣！设或以汝父之居心行事，遂谓计之得，而奉为涉世良规，则一误岂容再误，施之于汝父之身者，断难复施之于汝也。百凡事务，处之以诚，行之以力，勿忘勿替，期于始终如一。特谕！

观此可知其中必有暧昧。此批在雍正六年（1728）；下一年，尹泰入阁，是则明知其不堪大用，而竟锡以相位，以常情而言，为极不可解之事。

尹泰有子十二人，继善行五，庶出，清人笔记述其母受封事云：

尹文端公继善之母徐氏，江宁人，为相国尹泰侍妾。相国家法严，文端总督两江，夫人犹青衣侍屏匽。文端调云贵，入觐，世宗从容问："汝母受封乎？"乃叩头免冠，将有所奏，世宗曰："止。朕知汝意，汝，庶生也！嫡母封，生母未封。朕即有旨。"文端拜谢出。相国怒曰："汝欲尊所生，未启我而遽奏上，乃以主眷厌翁耶？"击以杖，堕孔雀翎，徐夫人为跪请，乃已。

世宗闻之，翌日，命内监宫娥各四人，捧翟茀、翚（huī）衣至相国第，扶夫人榻上，代为栉沐，袆服褖饰，花钗灿然。八旗命妇皆严妆来，围夫人而贺者，相环也。顷之，满汉内阁学士捧玺书，高呼入曰："有诏！"相国与夫人跪，乃宣读曰："大学士尹泰，非藉其子继善之贤，不得入相；非侧室徐氏，继善何由生？着敕封徐氏为一品夫人。"尹泰先肃谢，夫人再如诏行礼。

宣毕，四宫娥扶夫人南面坐，四内监引相国拜夫人，夫人惊，踧踖欲起，四宫娥强按之不得动。既，乃重行夫妇合卺结褵之仪。内府梨园亦至，管弦铿锵，肴燕纷罗，诸命妇各起，持觞为相国夫人寿，酒罢，大欢笑去。

此记虽稍涉夸张，但尹泰得力于子，为不争的事实。而尹继善能得世宗父子两代的赏识，自有其过人之处。

> 公屡任中外，先后督两江几三十年。民相与父驯子
> 伏，每闻公来，老幼奔呼相贺。公亦视江南为故乡，渡
> 黄河辄心开。不侵官、不矫俗、不蓄怨、不通苞苴，严
> 束傔从，所莅肃然。
>
> 凡一督云贵，三督川陕，四督江南，每遇艰巨，纡
> 徐料量，靡不妥帖。而性谦下，将有张弛，必集监司以
> 下而属之曰："我意如是，诸君必驳我，我解说，则再
> 驳之，使万无可驳而后可行，勿以总督语有所因循也。"
> 以故所行鲜有败事。

尹继善四督两江而民心始终爱戴，最大的惠政在肃清漕
弊，清人笔记：

> 尹文端节制两江凡四度，德政固多，而最得民心在
> 严禁漕弊一事。先是有司收漕粮，以脚费为名，率一斗
> 准作六七升。公初巡抚江南，奏明每石令业户别纳兑费
> 钱五十二文，而斗斛听民自概，有遗粒在斛之铁边者，
> 亦谓之"花边"，令民自拂去。其时有司签书吏入仓收
> 漕，莫肯应也。其后桂林陈文恭抚吴，胡文伯为藩司，
> 皆守成规，弗丝毫假借。有某县令戈姓，每石加收一升
> 五合，辄被劾坐绞。漕务肃清者凡四十余年，皆文端遗

惠也。宜吴人思公，至今犹不置云。

尹继善四督两江的时间是：雍正九年（1731）七月至十年（1732）九月，乾隆八年（1743）二月至十三年（1748）十一月，十六年（1751）五月至十八年（1753）正月，十九年（1754）八月至三十年（1765）九月，自初任到最后交卸，达三十四年之久，这是从古以来仕途上的一个新纪录。

乾隆三十年（1765），尹继善年七十，内召入京，入阁办事，适与曾国藩的情况相同，原为文华殿大学士留任总督，交卸督篆至内阁到任，兼管兵部事务，充国史馆总裁、尚书房总师傅，三十四年兼翰林院掌院，三十六年四月病殁。四十四年御制怀旧诗，列于五督臣中，诗如下：

八旗读书人，假借词林授。

然以染汉习，率多忘世旧。

问以弓马事，回我读书秀。

及至问文章，回我旗人胄。

两岐失进退，故鲜大成就。

自开国至今，任事奏绩茂。

若辈一二耳，其余率贸贸。

继善为巨擘，亦赖训迪诱。

八年至总督，异数谁能遘？

政事既明练，情性复温厚。

所至皆妥帖，自是福量裕。

前诗略如白，倡和亦颇富。

独爱驰驿喻，知寓意不留。

与尹继善南北相映成趣者，是方观承，《清史稿》本传：

方观承，字遒毂，安徽桐城人。祖登峄，官工部主事；父式济，康熙四十八年进士，官内阁中书，侨居江宁，坐戴名世南山集狱，并戍黑龙江。观承尚少，寄食清凉山寺，岁与兄观永徒步至塞外营养，往来南北，枵（xiāo）腹重趼。

数年，祖与父皆殁，益困，然因是具知南北阨塞及民情土俗所宜，厉志勤学，为平郡王福彭所知。雍正十年，福彭以定边大将军率师讨准噶尔，奏为记室，世宗召入对，赐中书衔。师还，授内阁中书。

乾隆二年，充军机处章京，累迁吏部郎中。七年，授直隶清河道，署总督史贻直奏勘永定河工，上谕之曰："方观承不穿凿而有条理，可与详酌。"

八年，迁按察使。九年，命大学士讷亲勘浙江海塘及山东、江南河道，以观承从，寻擢布政使。十一年，署山东巡抚。十二年，回布政使任。十三年，迁浙江巡抚。十四年，擢直隶总督，兼理河道。

方观承自乾隆十四年（1744）七月为直隶总督，至三十三年（1768）八月殁于任上，整整十九年，一任到底，如许之久，亦是一项新纪录。

何以方观承的直督能一当二十年，高宗亦始终不想调动，专职终生？主要的原因是，他南来北往数次，对于社会上中下层的情况异常熟悉，能够有效控制，确保京城治安。河北南部一直到山东曹州，从汉朝以来，白莲教火尽薪传，一直不绝；漕运的振兴，又产生了漕帮，使得通州成为五方杂处，鱼龙蔓衍，非常复杂的一个码头，倘或处置不善，足以威胁京城。

方观承在直隶二十年，在全力修治永定河的同时，对于漕帮的控制，以及移转其最初反清复明的宗旨变成"安清"，而为最大的一个工会组织，有极大的功劳。但此功劳，只默识于帝心，不见于文书，因此亦无法从正史中去发现。

方观承生平轶事极多，先记其未显达时的两则传说，其一云：

> 海昌陈夔南公，雍正丁未会试，与仁和沈椒园先生共坐一车，每日恒见一少年步随车后，异而问之，自言桐城方氏子，将省亲塞外，乏资，故徒步耳。二公怜其孝，援令登车，而车狭不能容，于是共议每人日轮替行三十里，俾得省六十里之劳。到京别去，不复相闻问矣。
>
> 后二十余年，夔南公以云南守赴都；椒园先生时陈

臬山左，亦入觐，途中忽有直隶总督差官来迓，固邀至节署相。则总督即方氏子，欢然握手，张筵乐饮十日，称为车笠之交，一时传为美谈。

又一则记方观承至宁波投亲不遇，归程过杭州，穷愁潦倒，遇一相士的故事：

> 过武林，仍无所遇。有相士瞥见恪敏，起揖曰："贵人至矣！"恪敏怒曰："我不谈相，何戏为？"相士急捭挡种种，挽至一庙，延上坐，曰："君某年应得某官，位应至总督。今官星已露，速赴都图际遇，勿误！"恪敏叹曰："篓人子日食尚艰，何由能北上耶？"相士曰："此不难！"返家启笥出二十金为赠，并书人名一纸嘱曰："他日有总兵名此者，失机当斩，乞拯之，即所以酬我亦。"洎入都，资复罄，不得已行拆字术于肆，以谋旅食。
>
> 一日平定郡王舆过，见招贴，赏其书法，召入邸，掌书记。久之，高宗临幸，遂以所书楹帖受上知，赏给中书。不十年总制陕甘，果有总兵与前姓名符，以贻误军机得罪，力为开脱。后细询邦族，即相士之子也。风尘巨眼，仍在江湖屠沽间，良可慨也。

方观承六十岁后始得子，子名维甸，嘉庆年间亦署直督，自幼即蒙恩遇。《清朝野史大观》记：

> 方勤襄公维甸初入京，赐举人、内阁中书、军机处
> 行走。其始生时，父恪敏公方总制畿辅。弥月之辰，恪
> 敏适扈从行在，面陈后，携抱入觐，赏赉骈蕃。一也。
> 未弱冠，赐中书，所聘云南裴抚军女，犹未娶也，会引
> 见，垂询，命金坛于相国传示裴中丞，早为毕姻，嗣裴
> 夫人归宁滇南，又有旨下直隶制军，沿途促返。二也。
> 勤襄督闽浙，以太夫人年逾八旬，拜疏归养，后有诏召
> 赞枢务，勤襄奏称"臣母不能顷刻离臣，臣又不能奉母
> 就道"，恳辞新命。上闻，悯而许之，乃辍。诏复加赐
> 珍物，以遂其孝养之私。三也。

按：方维甸于乾隆四十一年（1776）南巡时，以贡生
在山东迎驾，因而得充军机章京。所谓"裴抚军"指裴宗
锡，山西曲沃人。至于方维甸为闽浙总督，在嘉庆十四年
（1809）；当乾隆十四年（1749），台湾林爽文之乱，福康安
奉命征讨，方维甸亦在军中。

清人笔记述其盛德事云：

> 吾闽台湾林爽文之乱，福节相（康安）来平之。随
> 带军机章京二员，一为方葆岩（维甸），一为范叔度鏊，
> 节相倚之若左右手。命方专司讯鞫……则皆被胁从者，

欲并释之，节相不可，方持之益力，后竟得尽活。此后搜山所得，悉仿此办理，所全殊多。时论谓方之功德甚大，宜有报，后果扬历封圻。终于直隶督任，谥勤襄。

按：此记稍有未谛：方维甸殁于闽督任上；直隶方受畴为方观承之侄。兹先谈方维甸，《清史稿》本传：

十四年，擢闽浙总督。……台湾嘉义、彰化二县械斗，命往按治，获犯林聪等，论如律。疏言："台湾屯务废弛，派员查勘，恤番丁苦累，申明班兵旧制，及归并营汛地，以便操防；约束台民械斗，设约长、族长，令管本庄、本族，严禁隶役党护把持。又商船贸易口岸，牌照不符，定三口通行章程，杜丁役句串舞弊。"诏皆允行。以台俗民悍，命总督、将军每二年亲赴巡查一次，著为例。

十五年，入觐，以母老乞终养，允之。会浙江巡抚蒋攸铦疏劾盐政弊混，命维甸按治。明年，召授军机大臣，维甸疏陈母病，请寝前命，允其留籍待养。十八年，丁母忧，遣江宁将军奠酹。未几，教匪林清谋逆，李文成据滑县，夺情起署直隶总督，维甸自请驰赴军营剿贼，会那彦成督师奏捷，允维甸回籍守制。二十年，卒于家。上以维甸忠诚清慎，深惜之，赠太子少保，谥勤襄，赐其子传穆进士。

林清之变，喋血宫门，而须特起方维甸署直督，而方又自请"驰赴军营剿贼"——据河南滑县的李文成，此非奇事而何？而尤为不平凡者，是方受畴的经历。《清史列传》本传：

> 方受畴，安徽桐城人。乾隆四十年，由监生捐盐大使，分发两淮，补伍佑场盐大使，寻捐升运判，改发浙江。四十二年，补嘉松分司运判。四十四年，丁母忧，留办海塘工程。四十六年，服阕，借补萧山县知县。四十九年，以捕获邻境盗犯，迁嘉兴府海防同知。五十三年，迁直隶大名府知府。五十四年，调保定府，寻迁清河道。五十九年，上幸天津，差次赏戴花翎。

以上为方受畴于乾隆年间的经历。入嘉庆后，先以受贿案革职充军；嘉庆三年（1798）赎回，捐复原官；四年命以道衔赴伊犁听候差委；九年授直隶通永道；十年迁河南臬司；十二年调直隶臬司，旋授藩司；十八年二月擢浙江巡抚，时观承妻吴氏卒于家，赏受畴假一月，往治丧；九月山东邪匪作乱，陷定陶、曹县，受畴假满入都，在途闻警，以曹州界连河南，驰往归德堵御。河南教匪李文成旋陷滑县，上命署巡抚。高杞与钦差大臣温承惠等会剿，令受畴驻河南省城，镇抚地方，督运粮饷。

方受畴以浙江巡抚假满入都，闻警而往河南剿匪，事出常格以外。至二十一年六月，方受畴升任直督，以迄道光二年（1822）病剧开缺，前后任直督六年。

乾隆加入漕帮之谜

乾嘉年间最重功名，捐班出身而至封疆，且任疆臣领袖的直督，未之前闻。综合方家父子叔侄经历，我相信方观承与漕帮有密切的关系。自乾隆三十九年（1774）山东王伦作乱，至嘉庆初年教匪猖獗，以迄林清之变，又与漕帮有密切关系；尤可玩味者，据说高宗亦名列漕帮，为金山寺一和尚的弟子。

按：漕帮祖师翁、钱、潘三祖成帮于雍正二年（1724），据帮内文献记述：

> 雍正帝通令各省，挂榜招贤办理漕运。翁、钱、潘三位祖师，得到这个消息，心中大喜，便到抚署揭了黄榜。那时河南抚台名田文镜，是杭州人（初为杭州布商），与潘祖为原籍同乡。
>
> 三位祖师见了田巡抚，说了来历，便条陈整顿漕运办法，田巡抚大喜，当与漕督同本上奏。雍正帝当下旨谕，饬三位祖师归漕河总督张大有节制，并听命于勘视河工钦差何国宗指挥。

三位祖师便辞别了田巡抚，来到清江浦，请见张漕
台及何钦差，何、张二人即命三位监造粮船，并督理浚
河修堤工程。三位祖师复请张、何二人转奏，请恩准许
开帮收徒，以便统一粮务。清廷批准所请。

　　说田文镜为杭州人，殊为异闻；谓是布商，更觉奇特。
但雍正君臣，言行诡异，或者田文镜曾有微服私访之事，以
致误传。又漕督本为施世纶，施琅之子，疾恶如仇，即《施
公案》小说中的主角，康熙六十一年（1722）五月殁于任上，
以兵部侍郎张大有继任。

　　对于张大有，《清史列传》及《清史稿》均无传，清
人笔记中亦极少提及此人，只知道他是陕西邵阳人，康熙
三十三年（1694）甲戌成进士，点翰林，至康熙六十年
（1721）任大理寺卿，但以后升迁极速：是年十二月升左副都
御史，六十一年（1722）三月调兵部侍郎，五月即代施世纶
为漕督，在任前后九年，至雍正八年（1730）内召为工部尚
书，十年四月迁礼尚，十一年二月卒，谥文敬。

　　《雍正朱批谕旨》中，对张大有每多嬉笑怒骂之语，且
才具似亦平庸，而能管总漕至九年之久，颇出常理，但可断
言者，张大有为世宗所识拔，负有秘密任务；《朱批谕旨》中
有关系者，皆已抽去，其与漕帮有密切关系，亦可想而知。

　　漕帮文献又记其在杭州的"家庙"云：

在武林门外宝华山（又名保朝山），修建家庙及十二座家庵。就在家庙内，设立承运漕粮事务所。三家祖师，公议规订十大帮规、香堂仪式、孝祖规则、五戒十条、家法礼节等项规则，统令后人世世遵守。至是粮船南来北往，通往无阻，而弟子亦复兴旺矣。

漕帮的家庙，在杭州武林门外拱宸桥，为运河的起点，其谱系按二十四字递嬗，四字一句，共六句："清净道德，文成佛法，能仁智慧，本来自性，圆明行理，大通悟学。"据帮中家谱：清字辈一人、净字辈三人，其一名罗清，帮中称为"罗祖"，而"罗祖"之名，见于雍正上谕；道字辈一人，名陆逵，原籍广东，移居镇江，帮中称为"陆祖"，为罗祖的弟子；陆祖有弟子三人，即翁、钱、潘三祖，为德字辈。

翁、钱、潘共收七十二弟子，潘祖居半，号称三十六大弟子，"开山门"王伊，字降祥；"关山门"萧隆山，帮中分别称为"王降祖""萧隆祖"，属于文字辈。王、萧易子而教，萧隆山的开山门弟子，为王降祥之子王均，属于成字辈；王均有一弟子悟道为杭州灵隐寺方丈，帮中为佛字辈。

悟道一弟子碧莲，镇江金山寺方丈，帮中"家谱"记载，即为高宗的本师，因而漕帮家庙有一条"盘龙棍"，帮中文献记载：

粮帮，在翁、钱、潘三位祖师领导期间，虽订有家法刑杖，然因三位祖师教导有方，家法已就等于废物一样。自石小祖违犯（反）帮规在杭肇祸潜逃之后，乃订家法十条，并以香板为刑杖，借之保障帮规。

迨王降祖继统粮帮时，乾隆帝南巡，在金山寺皈依佛门后，化装潜至杭州，往家庙及粮帮公所参观，见王降祖办理漕运，虽然井井有条，唯帮中子弟太盛，难免滋事，除传谕嘉奖外，并钦赐盘龙棍一条，上写"违犯帮规，打死无罪"八字，以为帮中镇山之宝。从此凡遇重大事故，即依法请棍责罪。

按：帮中家法有二。一曰"香板"，又名"黄板"，相传为翁、钱、潘三祖所置。板为樟木，长二尺四寸、宽四寸、厚五分，上端穿孔系绳，以便悬挂。板上一面写"护法"，一面书"违犯家规，打死不论"。一曰"盘龙棍"，枣木制，长三尺六寸、宽一寸二分，板面绘龙，龙口内书"钦赐"二字，下书"护法盘龙棍"五字，背面亦书八字，唯"家规"改为"帮规"，又有"上谕，时在乾隆卅年季春"字样。

按：高宗入帮，其事有无，是一个绝大的谜，至今尚无进一步的资料可资探索，但漕帮有钦赐龙棍，其事必不假。

至于漕帮由反清复明的秘密组织一化为承运漕粮的大"工会"，其事起于康熙中叶，而完成于雍正年间，复于乾隆前两次南巡期间彻底加以整顿，此一推断，大致不误。至于参与其事者，有三任漕督施世纶、张大有、性桂，河督齐苏勒，以及李卫、田文镜、方观承、尹继善等人。

雍正年间取缔秘密组织，搜捕甘凤池等人，皆与漕帮的改组有关，其中且牵涉到密谋推翻世宗的纠纷，而涉嫌者为诚亲王胤祉。官私文献中，蛛丝马迹，犹自可窥，兹为搜录数条，提供如下，以备有心人进一步探索。

雍正六年（1728）二月初六日漕督张大有奏：

奉旨："凡有'罗教'庵院地方，行文该督抚，将当日建造之由，并现今庵内或止做会，或另有用处，及庵内居住者系何等之人，逐一查明报部。尔等将审讯罗明忠口供，行知漕运总督张大有，令张大有行知浙江巡抚李卫，其罗明忠等暂交提督衙门羁禁。行文张大有，若有应行质审之处，再行发往。钦此。"臣随遵谕旨行知浙江抚臣李卫，并飞饬司道严审在案。

今据司道等详称，查讯杭州庵内居住之人，与罗明忠俱不认识，并无应行质审之处。其赵玉割耳一案，现在会审等情。俟详报到日，如有应与罗明忠质审之处，臣即请发来南，理合先行奏闻。

此折的朱批是：

焉有不相认识之理！明系将其教首开脱耳。此等事

件，非汝软弱无能辈可以审理明白者，交与李卫，伊自
能究明根底。

查李卫的奏折，不见此事的记载，当是纂辑《朱批谕
旨》时，已将原件抽出。不过据以上一折一批，仍有可资省
悟者：

第一，漕帮原与白莲教有关。白莲教支派其多，"罗教"
当为其中之一。

第二，罗明忠自是教首。"明忠"反读为"忠明"，则罗
教应为反清复明的组织。据帮中文献，罗祖名清，明嘉靖官
户部侍郎，为帮中第二代祖师。罗清传陆逵，明崇祯朝江西
总兵，明亡隐于茅山，所收三弟子即翁、钱、潘三祖。

又谓：康熙五十七年（1718），陆祖再下山访道，在山
陕交界之处发现"罗祖教"，广行宣传罗祖平生忠义；创始者
为陆祖部将许铁山。则此教必为顾亭林、傅青主所创设。罗
教即为罗祖教。

我相信"二次下山"的"陆祖"，就是雍正上谕中的罗
明忠，漕帮在反清复明的宗旨改变后，帮中历史及有关文献，
经过一番大修改，真相湮没，但细心钩稽，仍能窥得若干真
实情况。

据帮中文献，陆祖二次下山，在山陕发现罗祖教创始者
许铁山，法名玄真子。陆祖告以罗祖已成佛于五台山，请以
后勿再言成神。玄真不信，陆祖遂即南游，在杭州武林门外

"刘氏庵"讲经说法，徒众日众，后于雍正七年圆寂。

以上是所谓《陆祖传录》中的话，但与《翁、钱、潘三祖传录》有明显的矛盾。三祖拜师（陆祖）于五台山，下有一段云：

> 那时正值清廷康熙帝驾崩，雍正帝嗣位，陆祖便教翁、钱、潘三位祖师来到面前说道："现在你们清福已满，大运将到。清廷现对漕运苦无办法，你们下山，投效清廷，趁机可将旧有的粮米帮联合组织一个大团体，表面使清廷运粮无弊，实际可解决多数人们生活，借此可树立复国基础……"

按：此为民国三十五年（1946）的著述，所以有现代的语气，但据旧本改写，内容并无变更。今按《罗祖传录》，谓其于康熙五十七年（1718）下山，先至山陕，后至杭州讲经说法，始终不见其复回五台山，然而康熙崩时，何得在五台山召翁、钱、潘三徒训示？

由此矛盾，根据雍正上谕，参以帮中文献，我可以做一大胆的假设：

第一，陆祖即罗明忠，假罗教之名活动，而以漕帮为主要对象，故以杭州武林门外拱宸桥运河起点为根据地，但沿运河、黄河，均有"罗教庵院"（见前引雍正上谕），"表面做会"，实际为反清活动。其时已有严厉的帮规，所谓"赵玉割耳"，即为违反帮规的处罚，仅次于处死；凡割耳者必已逐出山门，割耳即警告各地帮众，遇此人须格外戒备，防其做奸细。

第二，罗明忠于雍正六年（1728）交李卫处置，谓雍正七年（1729）"圆寂"，即死于该年，当是"公开的秘密处决"——这是我新创的一个名词，雍正年间地方大吏主审刑案，认为此人绝不可留，但亦不便宣布罪状，明正典刑，则往往用"立毙杖下"的手段，一顿板子打杀，此为雍正所教导的方法。

如雍正六年四月，李卫抓到四名纵火的人，奏请"将此四人分发向有放火恶风（按：指风气）之处于通衢地方，大书罪犯事由，晓谕通知，即行正法"。世宗批示：

若果情实，杖毙则可；公行斩决，如何其可？或将浙省放火恶习，照例处分，不足以儆凶顽之处；声明题请，然后正法，亦属合宜。

此因纵火罪不至死，故不可公行斩决，除非先修改法例（题请奉准）；但私下杖毙，倒也不妨。此为世宗的法制观念，一直为后世主事者所取法。

第三，翁、钱、潘三祖，何以只剩潘祖？帮中文献记载：

这日翁、钱二祖向潘祖道："请三弟代行帮务，小兄二人，拟同往口外，朝哪王庙敬香拜佛，顺到五台山访师。"潘祖云："要去一同去，何能留我一人领帮？"翁、钱二祖又道："国家皇粮要紧，不能三人同去；候至来年，你再去朝佛见师不迟。"潘祖看翁、钱去志甚坚，只得允从。至是弟兄三人分别，潘祖一人领帮行运，翁、钱二祖即行起程，往口外走去……不料一去将近二载，音信全无，潘祖即行派人往口外寻觅，回报毫无消息。

翁、钱二祖所去的"哪王庙"，据说是蒙古最大的丛林。蒙古喇嘛庙甚多，各旗皆有大庙，蒙语谓之"伊克昭"。翁、钱二祖忽然赴蒙古朝哪王庙，结果下落不明。据帮中文献记载，潘祖曾亲往寻访，亦无踪迹；据说根本未至蒙古，以下的情形是：

潘祖无法，忙奔往五台山，拜见陆祖，面讯二兄下落。陆祖云："渠等二人，已有极好结局，毋庸寻访；尔可回去，整顿帮务。现我俗缘将满，正面闭关入寂……自今日起，吾关闭洞府，不再出问世事。"说罢，便催潘祖下山，潘祖只得含泪应命出洞；回头一看——只见洞门已闭，推之不开，乃在洞外痛哭一场……含悲忍痛下山，回到杭州，礼佛诵经，追荐翁、钱二祖四十九天。

诸事完毕，又因翁、钱二祖肉身未能寻得，只好将二祖遗下衣冠等物，代替肉身，招魂安葬，葬于武林门外，家庙之旁。派徒数人，常住庙中，岁时致祭，以慰幽魂而表义节。

一切安葬手续办妥，众弟子乃公请潘祖一人统带三房，潘祖遂将粮帮事务，重新整顿，并将运粮事务所合并，以总其责。

按：前云陆祖圆寂于雍正七年（1729），则翁、钱二祖失踪，必在雍正七年以前。翁、钱二祖缘何发兴做口外之游？又缘何失踪？陆祖知翁、钱之结局，不以明告，又因何故？综合这些疑点，只有一个解释：罗教原系反清复明的组织，教首罗明忠在各处设立庵院，作为机关，而主要根据地则为杭州的刘氏庵。

雍正四、五年（1726—1727）间，正世宗屠杀异己，人心不平之际，而准噶尔则有蠢动的迹象，罗明忠因派翁、钱二人往口外联络，同时由诚亲王秘密集结反世宗的各系势力，打算里应外合，一举推翻世宗。但世宗棋高一着，一方面派间谍，深入诚亲王的组织中埋伏；一方面以李卫为主要鹰犬，将罗教重要分子尽数解决，陆祖谓翁、钱"渠等二人，已有极好结局"，自是成仁之义。

问题是在潘祖知道不知道这回事？如果知道，何以不参加行动？他有无出卖师父、师兄等情事？照我的推测，知其事则有之；出卖师友，则难断言。于此又要谈一谈帮中的

"三老四少"。

所谓"三老"，指翁、钱、潘三祖而言；"四少"者，即三老的弟子，后辈称为"小祖"。帮中文献，小祖有传者为九人，"四少"在其内，谓之"门外小爷"。此四小祖名朱小全、黄象、刘玉诚、石士宝。

朱为大房（翁祖）弟子，黄为二房（钱）弟子，刘、石为三房（潘祖）弟子，四人义结金兰，密谋反清，在陕甘失踪。石士宝为台湾人，录其传如下：

> 石小祖，名士宝，法号文杰，别号"铁骨金刚"，原籍台湾，随父迁居杭州城内，为潘祖得意弟子之一。性情刚猛，精拳术，好作不平鸣，因犯杀人罪，逃匿江苏巴斗山，与群盗为伍。
>
> 盗首名"半截宝塔"王怀志，未几被清廷六合县官吏捕杀。群盗举石小祖继王为首，乃立公道约法三条，铭刻石碑为戒：一不劫残废孤独，以及妇女孺子；二不劫来往小本客商，以及僧道；三不劫忠臣孝子，以及善士居士；在周围四十里之内，不准有强夺抢劫等事。如犯之，杀不赦。
>
> 因之附近居民，均呼石小祖为"公道大王"。未几势力雄壮，即邀朱、刘、黄三位小祖到山，共同举义，借替王怀志复仇，派群盗潜进县城，杀官劫狱，树旗反清。江督闻警，派兵往剿，石小祖等屡战皆败，溃退归

山，清军紧追，将山包围。石小祖等破围逃往陕甘，不知所终。查朱为翁佑堂弟子，黄为钱保堂弟子，刘、石乃潘安堂弟子，均为清门第五代之祖师。帮中每开香堂，必置一炉香于门外。

因此四人反清，不便列入香堂，但仍敬其忠义，故供香火于门外。按：漕帮家谱，翁、钱、潘三祖为德字辈，其弟子则为文字辈，朱小全法号文英，黄象法号文雄，刘玉诚法号文俊，石士宝法号文杰，合之则"英雄俊杰"，推崇之意显然。石士宝之事，其详虽不可考，但确有其人。犹记儿时，寒家老仆，于我辈争夺果饵时，辄戏谓为"公道大王"，可知此一名词，自有由来。

"四少"的失踪，最可注意的是四人都不知所终于陕甘，此与翁、钱二祖远赴口外，不知下落，有密切关系。帮中文献于《刘小祖传录》下，无端加一句：

帮中云：徒访师三年，即因此也。

是何原因，并无说明，殊觉突兀。在此，我这"门槛外"的"空子"，不妨为之约略做一补充："徒访师三年"即"四少"寻访翁、钱二祖。我前面说过，翁、钱二祖可能想到佛教的密宗，打算联络喇嘛助准噶尔反清，因而遇害。

雍正年间的战事，一为准噶尔之反，二为苗疆之反。其中苗疆之反与岳钟琪有关。岳为其时的川陕总督，引清人笔记中谈岳钟琪生平一大事如下：

> 成都岳襄勤公，雍正三年以一等公总督川陕，望重勋高，又持乡节。五年秋，成都谣言有谓公以川陕兵马反者。公疏闻，谕曰："数年以来，在朕前谗谮岳钟琪者甚多，不但谤书一箧，甚至有谓钟琪系岳飞之后，意欲修宋金之报复者。其荒唐悖谬，至于此极。岳钟琪懋著功勋，川陕兵淳良忠厚，其尊君亲上，众所共知共闻，今奸民乃云从钟琪谋反，是不特诬钟琪，并诬川陕兵民以叛逆之罪矣！特饬疆臣黄炳、黄廷桂严审造言之人。"
>
> 旋审系湖广奸民寄居四川之卢宗汉播造浮言，论斩如律。

又一条云：

> 岳钟琪督川陕日，湖广人卢宗汉诬其谋反；寻又有靖州人曾静遣徒张熙投书劝以同谋起事，详岳本传。惟李不器一事，本传未载，录之以补缺文。雍正六年十二月初十日谕："据将军常色礼奏：道士李不器揭报岳钟琪谋反，甚为荒谬。李不器向因隆科多荐，在内廷行走，仁皇帝广大包涵，如喇嘛、西洋人及僧道等类，蓄养甚多，其中不肖之人，借供奉名色，在外招摇，而李

不器尤为狂妄。

"至仁皇帝宾天，朕以李本籍陕西，发回原籍，交年羹尧拘管。讵年将伊送往终南山内，厚加供养。李不器怙恶不悛，肆为大言，且捏造朕旨'只要他在，不要他坏'之语。

"今春朕问岳钟琪，奏称李在陕每年供给，在通省存公银两内支给。朕批谕：'此事当日外给，甚为错误。李本有罪之人，留其性命，已属宽典，焉可厚待？'随令岳将伊看守。讵李因此怀恨，造为无根之词，深可痛恨。常色礼容此奉旨拘禁之人逃入将军署内，并令乘轿辕门，骇人观听。常色礼甚属无知。着巡抚西琳，将李不器严加刑讯。"

按：《雍正朱批谕旨》中，不见陕西巡抚西琳有关此案的奏报，但此仅为世宗、高宗隐瞒本案真相之小焉者。只看《雍正朱批谕旨》中，独无岳钟琪以及派至湖南审问曾静的杭奕禄的奏折，可知此案内幕至深。

策动岳钟琪起兵反清的显然为翁、钱二祖及"四少"，而曾静、张熙在雍正朝居然能不死，别自有故。雍正七年（1729）十月戊申上谕云：

今蒙上天皇考，俯垂默佑，令神明驱使曾静，自行投首于总督岳钟琪之前，俾造书造谤之奸人一一呈露，朕方得知若辈残忍之情形，明目张胆，将平日之居心行事，遍谕荒陬僻壤之黎民，而不为浮言所惑于万一；亦可知阿其那、塞思黑等蓄心之惨毒，不忠不孝，为天祖之所不容，国法之所难宥处，俾天下后世，亦得谅朕不得已之苦衷矣。此朕不幸中之大幸，非人力之所能为者。即此曾静不为无功，即此可以宽其诛矣。

此一宽免的理由，已非常牵强；而前一日丁未一谕，谓因岳钟琪曾与曾静设誓，骗取口供，故不能杀曾静，以免岳钟琪应誓，则更不成话说。此谕我以前引过，现因谈漕帮，有重引的必要：

> 十月丁未，怡亲王、大学士、九卿、翰詹、科道等，遵旨讯问曾静，合词公奏：将曾静、张熙等，照大逆不道律，即行正法。上御乾清宫，召入诸臣等，并令李绂随入，谕曰："今日诸臣合词请诛曾静、张熙，伊等大逆不道，实从古史册所未有，以情罪论之，万无可赦。但朕之不行诛戮者，实有隐衷，上年曾静之徒张熙，诡名投书与岳钟琪；岳钟琪仓猝之间，忿怒惊惶，不及筹算，即邀巡抚西琳、臬司硕色，坐于密室，将张熙严加根究，问其指使之人，张熙不肯供出真实姓名，旋即加以刑讯，而张熙甘死不吐。岳钟琪无可如何，越二三日，百计曲诱，许以同谋，迎聘

伊师，与之盟神设誓，张熙始将姓名一一供出。彼时
岳钟琪具奏前来，朕披览之下，为之动容。岳钟琪诚
心为国家发奸擿伏，假若朕身曾与人盟神设誓，则今
日亦不得不委曲以期无负前言。朕洞鉴岳钟琪之心，
若不视为一体，实所不忍。"

此一理由，亦牵强之至。我疑心岳钟琪与张熙盟神设
誓，套骗口供，出于世宗的密谕，《大义觉迷录》中明明记
载："杭奕禄等恭捧朱批岳钟琪奏折、谕旨数十件，发曾静、
张熙观看。"

而《雍正朱批谕旨》十八函总计一百一十二册，独无
岳钟琪的奏折，则其中必有不可告天下人之语。而以不可告
天下人之语，独可告之于曾静、张熙，则此朱批岳钟琪的奏
折，直可谓之为世宗欺骗曾静的工具。因为如此，雍正七年
（1729）十月丁未、戊申两谕以后，怡亲王等合词奏请将曾、
张"按律处决、碎尸悬首"时，所得的答案竟是：

> 宽宥曾静等一案，乃诸王大臣官员等所不可赞一词
> 者。天下后世，或以为是，或以为非，皆朕身任之，于
> 臣工无与也。但朕再四详慎，所降谕旨，俱已明晰，诸
> 王大臣官员等不必再奏。倘各省督抚提镇有因朕宽宥曾
> 静等复行奏请者，著通政司将本发还。

此竟是一意孤行，且大有"好汉一身当"之意。话虽如此，不必"后世"，在当时即有人大不平。先述一逸闻，以资谈助。

乾隆初期最赏识的文学侍从之臣是齐召南，字次风，浙江天台人。乾隆十四年（1749）自圆明园扈从回城，途中堕马，跌破了头，伤势极危，高宗召上驷院的蒙古医士急诊，宰活牛取脬，即俗语所谓"尿泡"，蒙覆伤处，竟得痊愈，不久乞终养——其时官职为礼部侍郎。

齐召南有个侄子名周华，生性怪僻而怀才不遇，性情变得越发偏激。雍正九年（1731）他上书为吕留良及其子孙诉不平，理由即在曾静、张熙不死，何以吕留良身后犹被酷祸？他说：

> 伏读上谕，日以改过望天下之人，故宽曾静于法外。臣思吕留良、吕葆中逝世已久，即有《归仁说》作于冥冥中，臣已不得而见；第其子孙以祖父余孽，一旦罹于狱中，其悔过迁善、趋于自新之路，必有较曾静为尤激切者。夫曾静现在叛逆之徒，尚邀赦宥之典，岂吕留良以死后之空言，早为圣祖所赦宥者，独不可贷其一门之罪乎？

按：吕留良及其子葆中，曾牵连及一念和尚谋反案，圣祖免其究问，故齐周华有"早为圣祖所赦宥"之语。其词理直气壮，但齐周华只是一名秀才，上书必经学官，学官如何敢碰此案？地方官亦复如此。于是齐周华径呈刑部，刑部将他连人带件押交浙江学政。学政跟巡抚商量，利诱威胁，劝他不要上书，齐周华不为所动，遂即下狱，而三木之下，居然矢志不移，铁汉之名，不胫而走。

到了雍正十三年（1735）四月，福建总督郝玉麟以奉旨兼管浙江，职衔改称闽浙总督，特由福建至浙江巡视，齐周华因遣长子呈诉。

郝玉麟直隶霸州人，一向看重读书人。他是康熙四十五年（1706）丙戌进士，而此科榜眼即吕留良之子葆中。齐周华为吕氏讼冤，郝玉麟更要帮忙，因而为之专疏题奏，既达天听，便成钦案，部议永远监禁。

郝玉麟为天台山题了一匾一联，特遣督标总兵吴某到监狱，请齐周华代书。台州知府见此光景，放宽狱禁——这是郝玉麟照应齐周华的另一手法。

不久，齐周华由永远监禁改为遣戍，此因永远监禁无赎罪之例，充军反而有获释之望。齐周华的运气还不错，甫到发配之地，高宗即位，改元大赦。齐周华看破红尘，在武当山琼台观修道。

事过三十年，忽然平地风波，齐周华竟自速其死。事起于齐周华忽然又动了红尘之念，由其子奉迎回天台。其时齐召南告老终养家居多年，周华往访其叔，而有周华的怨家，故意写一告示曰："僧道不许滥入齐府。"贴在齐家大门上，周华以为其叔有意相拒，大恨。事有凑巧，巡抚熊学鹏巡视台州，周华竟诬捏十罪状，告其叔涉及吕留良案。熊学鹏江西人，与齐召南不知有何嫌隙，想兴大狱以倾陷。

哪知奏报到京，高宗深知齐召南，仅止于革职；而齐周华则以所著书中多狂悖之语，凌迟处死，其子及孙充军黑龙江。

现在回过头来再谈曾静一案可能隐藏的内幕。在雍正五、六年间（1727—1728），世宗诛除异己殆尽之际，有各种反世宗的势力，与反清复明的义士相结合，密谋大举的迹象，这些反世宗的势力是：

第一，忠于皇十四子胤祯及皇八子胤禩者；

第二，为废太子不平者；

第三，属于年羹尧部下者；

第四，属于隆科多一系者；

第五，浙江各大文字狱、吕留良、汪景祺、查嗣庭的同情者。

这些反世宗的势力，大致由诚亲王胤祉在暗中领导。于是顾亭林所领导、沉潜已久的反清复明组织乘机崛起——这个组织就是以前明卫所武官为干部的漕帮。我如今要做一个大胆的假设：帮中文献《粮帮分类》，实为军事组织、各类旗帜实为起事时作指挥通信之用。漕帮以"江淮四"（在江苏二十一帮以内）为首。

兹录其规则如下：

江淮四总头帮（头二三江淮四属统领），江淮四头帮在无锡兑粮。平常打八卦旗，初一、十五打杏黄旗；进京打黄色龙旗，出京打淡黄色凤旗。金顶金丝盘龙桑枝雀杆，上红下黑，三道紫金箍，清门锡壶顶，阴阳紫金所，如意头子，刘海戏金钱，双披红花，顶四飘带。兑粮苏州阊门外滚龙桥太子码头，用梢后水。

运船九十只，五只太平，九只停修，七十六只进京。船名太平舟，船长十丈零三尺，宽一丈三尺，尾至六尺为度。大桅高九丈三尺，被风吹断三尺，作断桅之说。二桅高六丈三尺。粮船运行时，只用一条桅，装的天子亲王府粮。雀杆乃雍正天子御赐，旗子乃正宫娘娘亲赐。古来只有八十三只半（半只是脚划）。八只停修，七十五只进京，然后分添，才有九十只，用龙凤大票。

这段记述，不但费解之处甚多，且有荒诞不经之说，如所谓"旗子乃正宫娘娘亲赐"之类。

不过有一个疑问是显而易见的：船上挂旗，无非为了识别，以单纯易识为尚；为何一艘粮船，挂旗要有那么多花样：平常一种，朔望一种，进京一种，出京又一种？旗子及旗杆又有许多附属设备，又何以要如此讲究？总而言之，一个大疑问是：为什么要弄得如此复杂？

我想，最可能的一个答案是：各样的旗子，有各样的含义；各种旗子互相搭配，产生了更新、更多的含义。易言之，这些旗子的作用，就如近代军舰上的旗号或旗语，是一种通讯的设备；而所以要有此设备，或者是为了军事上的目的。

由此，我有一个推想，当翁、钱、潘三祖接手掌管漕帮时，是分两个目的在进行，一是将漕帮组织成为保护本身利害的一大"工会"。因为当时漕船上从押运的小武官到水手，饱受欺凌。可以欺侮漕船的，大致为两种人：

一、逢关过闸的官员，甚至夫役，倘不满其贪壑，则多方刁难，误了期限，漕船自己负责。

二、各处码头上的地头蛇，往往勾结旗员，借故生事，无理取闹，以为敲诈勒索的手段。

以上是就陆地而言；在运道中亦会受欺侮，可以欺侮漕运的，有三种船：

第一，官船，尤其是钦差的官船，在运道中有优先通过的权利，漕船必须让道；倘或故意找麻烦，可在瓶颈地带逗留不走。

第二，水师船只。这些船只有军事上的凭借，当然比漕船神气。

第三，最气人、亦最无奈何的是来自云南的铜船。押运铜船是个极苦的差使，因此铜船上的水手，都持不在乎的态度。铜船吃水甚重，在运道中横冲直撞，当者披靡，或者同时沉没。打起官司来，铜船必占上风——有个根深蒂固的观念：铜船因为船身重，吃水深，不易控制，运道中只有别的船让铜船，铜船无法让别的船，别的船自己不小心，撞沉了活该。

团结就是力量，漕帮定下严格的帮规，在统一而坚强的领导之下，用各种有效的方式对抗来自不同方面的打击，终于不敢为人所轻。

这部分的工作，由潘祖负责；翁、钱二祖，则从事另一部分工作，亦就是乘各方面反对世宗之际，为事实上已经消失的反清复明运动，做最后一次挣扎——其失败是必然的：世宗的政治手腕固然高明，而最主要的还是圣祖的深仁厚泽，而世宗在这方面又能克绍箕裘之故。

我不知道潘祖是事先与翁、钱二祖商定，由他来担负"看家"之任，还是看翁、钱及"四少"先后失败，见机而作，与朝廷妥协，以便保存全帮实力，亦即全帮生计。但不论是哪一种，他的决定获得了全帮的拥护，是一可确定的事实。

不能确定的是潘祖的死因。帮中文献记载：

雍正十三年六月六日，粮船行至黄河枫林闸下，天上忽起烈风，飞沙走石。黄河内波浪揭地掀天，粮船震荡不宁。潘祖座船，中间大桅被风吹折（半节大桅有典，详后）。较小之船多被掀翻。一时号啕呼救惨声四起。潘祖见状，凄惨已极，竟急得喷血气绝倒地。

众弟子一见大惊，连忙把船设法入港，将潘祖扶起一看，竟已神归太虚，无法施救。众弟子闻讯，一齐赶至潘祖座船内，人人痛哭失声。众弟子一面办理善后，一面点查粮船数目，已损三分之一；死伤人员约在百名左右；其余粮船及用具等物，损失更难计数。

按：后来清门有粮船"三不到"之说。"三不到"者，枫林闸不到（因潘祖在此归天，肇成巨变），铜雀镇不到（因关外多险），黑风口不到（因水浅河狭）。

漕帮谓身死为"过方"。潘祖"过方"后的情形，据说如此：

> 粮帮遭此事变，运河一带文武官吏闻噩，均派专员赶到枫林渡查看，并事慰问致吊。各帮当家集议，公推王伊（即王降祖）继任，统领粮帮事务。王祖率领各帮粮船，开往通州坝卸粮。其损坏之船，则由大房弟子司马秋、二房弟子姜四保（又名玉培）、三房弟子宿庆祥三位小祖督工修理。
>
> 潘祖灵柩，推派大房弟子潘如虎、二房弟子冉秀、三房弟子姚发（字文铨，潘祖书童）三位小祖护运回杭。后全帮弟子，以及各帮子孙，服孝三年。公葬于杭州武林门外宝华山麓。

按：漕船北上，自清江浦的清口入黄河，南北向变为东西向，在明朝须行黄河一百八十里，始能入北运河的运口，风涛之险，随时可以覆舟，因而兼用海运。自清初治河名臣靳辅开中河后，在黄河仅行数里即入中河，直达张庄入运口。在这一段运道上，大闸甚多，但遍查无所谓"黄河枫林闸"。

至于雍正十三年（1735）六月初，确有大风，而记载中只有海塘被毁。《世宗实录》是年七月上谕：

> 前闻浙省海塘，于本年六月初二日，风潮偶作，冲决之处甚多。朕心深为轸念，已降旨询问情由，并令速行抢修，以防秋汛。今朕访闻今岁风潮，不过风大水涌，并非昔年海啸可比；且为时不久，未有连日震撼冲汕情形；若平日随时补葺，防护谨密，自不致溃决如此之多。
>
> 总因数年来经理官员，将旧日工程视同膜外，并不随时修补，且将原题准在岁修案内报销之工，不许修筑，以致根脚空虚，处处危险，不能捍御风浪。

如前引文中说"粮船已损三分之一；死伤人员约在百名左右；其余粮船及用具等物，损失更难计数"，这样重大的灾害，必然有两江、漕运、河道诸督奏报，以及明发上谕，指示善后，而均无征，不能不说是一大疑团。

还有一点不合理的是，漕运过淮安、到通州，均有限期，据《清史稿·食货志·漕运篇》记载：

> 各省漕粮过淮，顺治初，定限江北各府州县十二月以内，江南江宁、苏、松等处限正月以内，江西、浙

江限二月以内，山东、河南限正月尽数开行。如过淮违误，以违限时日之多寡，定督抚粮道监兑推官降罚处分；领运等官，捆打革职，带罪督押。

其到通例限，山东、河南限三月朔，江北四月朔，江南五月朔，江西、浙江、湖广六月朔。各省粮船抵通，均限三月内完粮，十日内回空。

假定潘祖所领的漕船来自浙江，而过淮安，出清口，入黄河，不过几天的工夫，度时应在三月初。潘祖在枫林闸遇风出事为六月初六，违限达三个月之久，且已逾"六月朔"到通州的限期。

漕船到达通州，交仓兑米，需要排班等候，均以三月为期，则六月朔到，九月朔交仓完毕，九月初十归航，即是所谓"回空"。冬天由北南下是顺水，又为顺风，所以两个月内，必可过淮。

北运河在十一月初封闸，疏浚河道，名为"挑浅"，是故潘祖如六月初犹未入北岸运口，则不独违限甚多，且将无法回空南归。

因此，潘祖的死因，实在是个谜，以各种迹象推测，应是内部发生了重大的变故，或许是"四少"发动了挟持潘祖起义的举动。

所谓"运河一带文武官吏闻噩，均派专员赶到枫林渡查看，并事慰问致吊"云云，应当是去料理善后。

其次，所谓"粮船三不到"的地方，一是枫林闸，理由是"潘祖在此归天，肇成巨变"；二是铜雀镇，理由是"因关外多险"；三是黑风口，理由是"水浅河狭"。而此三个理由皆不能成立，同时亦不知道三个地名在何处。

不能成立的理由，由后往前说起：

第一，黑风口"水浅河狭"。按：运河挑浅有岁修经费，归河督负责。果真水浅河狭，而为运道所必经，则早就拨经费开阔挑深了。

第二，铜雀镇据说是在"关外"，当然是指山海关外。东三省根本不纳漕粮，运河的漕船，怎么样也到不了山海关外。

第三，枫林闸说在黄河，这话不大通。黄河入淮河，始有闸控制水流，运河虽有支流，但主流只有一条，运口更只有一无二，倘为必经之路，又何能不到？

总之，所谓铜雀镇、黑风口及枫林闸，皆为假托的地名。应是纪念"三老四少"的三次起义事件。所谓"不到"者，乃为提示警惕之意，因为就明朝遗民志士而言为起义，在清朝则是叛乱，自招灭门之祸。

至于世宗对此三次事件处理的经过，由于奏报及指示皆用直接往来密折朱批，不由题本；而朱批密折必须缴回，此项规定在雍正朝执行得非常彻底，所以缴回的密折一销毁，即不会留下任何纪录。

但有一点是可以确定的：由于当时漕帮已形成庞大而严

密的组织，除了用各种方法笼络利导以外，无法解散、改组以及渗透、分化，倘有人敢于尝试，即犯了"十大帮规"的第三条："不准扒灰倒笼。"这是"十大帮规"中的"唯一死刑"一条，处置是缚在铁锚上烧死。

潘祖"过方"，由他的开山门弟子王伊接统全帮，帮中称之为王降祖，为"小祖"之首。帮中文献叙其生平如下：

> 王降祖，名伊，字德降，又号降祥，法名文宣，浙江杭州人，乃潘祖开法领众之首徒。秉性谦和，素以恒敬待人，深得帮中信仰。自潘祖"过方"承继，统领粮帮事务。旋即开法领众，共收弟子九千七百八十四人，均是当时良善子弟。生平操作，建凉亭，立路碑，修家庙，筑航路，以及整理帮规，增订家谱。续撰"万象依皈，戒律传宝，化度心回，普门开放，广照乾坤，带发修行"共二十四字。

帮中被尊为"小祖"者凡九人，都是"文"字辈。除"四少"外，其余五人对于安定漕帮都起了作用。王伊之外，有个潘如虎亦是紧要人物，小传如下：

> 潘小祖，名如虎，字青山，法号文道，浙江武林人，为潘祖之族侄，翁祖开山门之首徒。胸襟冲淡，儒雅能文，管理帮中文书公牍。自三家并一之后，受漕运

总督礼聘入幕，帮中从此凡事多往请教就教。而潘小祖很能诚信待人，并不辞劳嫌烦，后帮人都称赞为鲁仲连。

按：漕督在乾隆初年，调动频繁，足见漕帮不易管理；最后由顾琮回任，自乾隆六年（1741）底，至十二年初调南河，未半年复又回任。

顾琮之能久于此官，推测聘潘如虎入幕自有帮助，但主要的还是他的风节。顾琮之名似汉人，实为满洲人，伊尔根觉罗氏，世居混同江畔。

清人笔记载其轶事：

混同顾公琮，太师文端公名八代孙也。风骨挺劲，在满洲大臣中，与蝶园徐公并称。时人为之语曰："前徐后顾，刚亦不吐。"世宗初年，设会考府，公为主事。杖某亲王府吏，亲王初不悦，而后奇之。

公尝持议，欲行限田法，以均贫富，与用事大臣动色争于上前，无所挠挫。有文觉禅师者出都，声势煊赫，骑从如云，道出袁浦，兖、豫二州方面大僚，率属郊迎恐后。公方与前总漕魏公廷珍相交替，皆若弗闻也者。公在京守制时，小车敝帷，人以为厮养。奉命治漕治南北河，久享厚禄，老病罢归，至不能僦一廛[1]以居。

---

[1] 廛（chán），指古代城市平民的房地。

壁立千仞，清绝一尘，惟公实允蹈之。

按：顾琮由监生修算学议叙，于康熙六十一年（1722）已授吏部员外，雍正三年（1725）升户部郎中；所谓"世宗初年设会考府，公为主事"，语必有误。

所谓"会考府"，文献无征。"会考"当是会同考核之意，而被考核者则为王府属官。官员考核，内有"京察"，外有"大计"。而王府属下，非吏部权责所及，宗人府之考核，则久成虚应故事。其时世宗方痛恨八、九、十、十四诸皇子府，自长吏至太监，"兴风作浪"，故特简亲藩，临时组此会考机关，而以顾琮主其事。其后王府太监、护卫，迭有遣戍，当即是由此机关考核的结果。

又两条云：

> 顾总河琮，太傅顾八代子（按：应为孙）也。太傅为世宗授经师，渥蒙恩恤。公以荫起家，乾隆中累迁至河东总河。公性耿直，好宋儒书，日唯一编相对，灯火荧荧如诸生。以古名臣自命，大事侃侃，不避利害，人以"铁牛"呼之，鄂文端曰："是真铁汉也。"果于友谊，公之河督时，前督完颜伟病于署中，家属已先行，公为之守护汤药，旬日无倦容。完颜公谢之，公曰："吾辈共事君父，与昆仲无异，安有兄病而弟不经理者乎？况公家属已去，琮敢不黾勉从事。"完颜公感激垂

涕，后卒于署，公董其丧事，含殓从厚，人争称之。

　　所统河上兵卒，皆文弱少年，教以兵法技艺。尝
与李敏达公（卫）遇，李素以知兵自负，其亲随率关
西壮伟之士。笑谓公曰："若此何以御敌？"公笑曰：
"狄武襄以少俊为西夏所轻，故制渗金具接战，恒多奇
捷，安用外貌伟哉！"命与角抵，李兵应声而倒，李
惭而谢之。

　　顾琮的经历，以河臣著称，而主要的功绩是在漕运方
面。但河道的影响人人皆知，而漕运内幕之复杂，则非局中
人不能道其只一，因此顾琮的功劳，亦就不易为人所悉。事
实上河督与漕督有密切的关系，有时几不可分，如果漕船出
了事，河督亦不能免于处分，所以顾琮在任河臣时，间接亦
为对漕运的帮助。

　　从如上几则轶事来看，显然的，顾琮对于建立漕帮的风
格，用现在流行的术语来说，是所谓"形象"，有很大的影
响，或者亦可说是贡献。顾琮对完颜伟的义气，亦正是漕帮
势力能扩大到漕运所及地域整个中下层社会的关键所在。

　　中国的任何组织，如能由儒法兼重的高级知识分子来领
导，必定可大可久。白莲教从东汉末年开始，一直到近代，
在冀南到鲁西一带，以各种面貌出现，始终不绝如缕，而其
盛衰，全视乎领导者而定，上则为"黄崖教派"，下则为"一
贯道"，末流甚至有"鸭蛋教"的名目。

"黄崖教派"的精义，在《老残游记》的作者，以"黄龙子"的身份，向申东造所作的一番"开示"，已非常明了，但终不免令人有异端之感，此即不能以儒法为本，故不成气候。

漕帮入民国后，应正式改称清帮，因为已无漕运，帮中数典忘祖，作为"海底"的一本《通漕》，竟称之为"通草"，教笔者这个"空子"笑煞。但清帮在民国十几年有一段黄金时代，其中原因很多，而最主要的，仍是有高级知识分子参与，发生了影响。其时清帮中最有名的一个弟子，是"洪宪"的"皇二子"袁寒云，他是"大"字辈的，但由"过方"而来。

以陈思王自命的袁寒云，当时是头号纨绔，为了冶游方便，入帮亦无不可，但表示不入帮则已，入帮则非"大"字辈不可。当时已无"理"字辈，即无法产生"大"字辈的徒弟，便有人通融办理，在"理"字辈的"前人"灵位前磕头，便移作"过方"。

按："清帮十禁"之第八，即师"过方"不准代师收徒。解说如下：

> 安清最忌是师方过方多年，弟子代师收徒。如徒代师收徒，有失在帮礼制，且新进帮者受不到教训，而脸上亦无光彩，简直有私卖安清大罪，理宜纠止。而在"墓前孝祖"及"立牌位孝祖"，皆在例禁，犯者就是欺师灭祖，与"灵前孝祖"不同，帮中老少，统宜纠正，

幸甚！诗曰："师父过方既仙游，弟子何能代师收？三教传流皆一理，飞升焉能教训徒？"

"孝祖"即拜师之谓。有师已收徒，但未"开香堂"，师忽"过方"，因在灵位前举行仪式，名为"灵前孝祖"。这不过是补行手续，自与"代师收徒"不同。袁寒云是"立牌位"孝祖，"三帮九代"，一个俱无，又为特例之特例。

他之入帮，是由当时小报界名人笔名"林屋山人"的步林屋所安排。步林屋属于"松江九帮"之一的"兴武六"，所以袁寒云也是"兴武六"。

松江九帮本为"疲帮"，"疲"者不振之谓；但漕帮一变而为清帮，无漕运差使的负担，而有帮口把持的利益，又是在松江府属的上海，所以"兴武六"变为清帮中最大的一个帮派。此帮大字辈的闻人，除了步林屋、袁寒云，还有张之江、张仁奎、蒋伯器。

而黄金荣则是"空子"，为了孙美瑶在临城抱犊崮劫持了一大批国际旅客，引起轩然大波，黄金荣承办此案"拜码头"，不得已冒称清帮大字辈。但清帮的规矩是"准充不准赖"，因而外人不知道他也是"门槛外头"的。

"准充不准赖"这条帮规，是帮中大有学问之人所订；因为冒充来冒充去，弄假成真，越冒越大。如果原来在帮，到得个人利害关头，不肯承认，此为"欺师灭祖"，倘或不加制裁，则"饥来趋附，饱则远飏"，赖来赖去，非赖光了，仅存一个空名不可。

至于能说动袁寒云入帮，最大的一个原因，即谓乾隆亦是清帮子弟，六十年太平天子尚且屈身江湖，则"开缺"的"皇二子"又有何不可？乾隆入帮之说，似乎匪夷所思，细细考虑，极有可能。

据帮中文献记载，"乾隆进帮之三帮九代"如下：

　　　　本师三代
　　　　镇前帮
师父　法　碧莲　法敬　四川成都
镇江金山寺方丈　俗姓严名凯
师爷　佛　悟道　佛献　湖北武昌
杭州灵隐寺方丈　俗姓陆名隆
师太　成　王均　成杰　浙江杭州　粮帮领帮当家
　　　　传道三代
　　　　兴武六
师父　法　陈有泉　直隶通州　船行当家
师爷　佛　马骧　山东东昌　船行当家
师太　成　花逢雨　江苏海州　粮帮领帮当家
　　　　引进三代
　　　　江淮泗
师父　法　禅修　法广　山东兖州
金山寺住持　俗姓闻名山

师爷　佛　修原　佛轩　四川仁和

云游四海　俗姓龚名之全

师太　成　李霸江　直隶通州　粮帮领帮当家

按：帮中规矩，开香堂"孝祖"时，本师以外，另由本师延请"传道师""引进师"各一，必须隔帮，以便代为监察照应，且亦便于联络。正式入帮后，始由三师示以师爷（师之师）、师太（师爷之师）名讳，此师所谓"三帮九代"。

乾隆的三帮"江淮泗"为总帮；"兴武六"为大帮；而"镇前"专属镇江，有其特殊的意义。顾亭林当初打算作"三分事业"时，以京口为根据地，而金焦诸寺，则为志士仁人秘密集会之所。

此帮领帮的王均，为王伊之子，其本师为萧隆山，帮中称"萧隆祖"；萧隆山之子少山，则为"王降祖"的弟子。王伊与萧隆山为"潘安堂三十六大弟子"之首，彼此易子而教，实有互换"质子"之意，凡此均可看出情势之严重、猜嫌之深刻。萧隆山的小传如下：

萧隆祖，名隆山，法名文祥，山东府聊城县人，为潘祖之关山门弟子。性刚直，喜行侠义事。与王降祖二人行止如一，潘祖视之为左右臂。开法领众，共收弟子三千六百五十一人。于乾隆五十八年十一月初四日过方，为清门第五代祖师中之一位。

由此可知，在清帮第五代中，身份最特殊的两个人，一是萧隆山之子、王伊的大弟子萧少山；一即王伊之子、萧隆山的大弟子王均。王伊的四大弟子为萧少山、赵谓、朱能、李霸江；而萧山的四大弟子为王均、花逢雨、阮如先、黄海。照他们的帮派，花逢雨为兴武六，李霸江为江淮泗，而王均为镇前来看，可知王伊主持总帮江淮泗；"过方"后以开山门弟子萧少山主持全局，而由关山门弟子李霸江领各帮之首的江淮泗，萧隆山则掌管了最大的兴武六及镇前两帮，以顶山门弟子花逢雨领兴武六，由开山门弟子且为王伊之子的王均领镇前，则此帮的重要性，超乎各帮以上，不言可知。

由此可以得一假设：清帮的家庙及粮帮公所，虽在杭州武林门外拱宸桥，只是可以对帮内公开之处；而真正策划大计，连对帮内亦不能公开的总机关，是在镇江金山寺。

乾隆入帮的三帮九代的最上三代，为江淮泗引进，兴武六传道，而以镇前为本师，实在是煊赫之至。而以此三帮的特性来说，可以代表全帮；则乾隆之入帮，可从两个角度来看：一是漕帮全体争取乾隆；一是乾隆对漕帮全体的妥协。当然，关键是在后者：乾隆如果不愿妥协，漕帮全体跪在他面前，他亦是不会入帮的。

那么，乾隆是否有妥协的必要呢？当然。世宗父子都是非常精明而现实的人：审察对方的能力，足以驾驭，则不为其所用即为其所杀；倘不能驾驭而又不能为其所杀，自妥协不可。

是则乾隆之肯入帮，自然是清帮的势力大到已非他能消灭，不能不先求妥协，徐图为己所用之故。

清帮那时的势力大到如何，我只举两个人作比方，请读者自己去想象：这两个人，一个是美国以前的工会领袖闵尼，一个是前波兰团结工会领袖华勒沙。当乾隆入帮时，如在乾隆三十九年（1774）以前，是王伊；三十九年至五十八年（1774—1793），是萧隆山。以我个人判断，乾隆入帮，是第一次南巡，即乾隆十六年（1751）的事。

推想当时的情况，乾隆已入牢笼，是在金山寺中被劫持之下，不妥协即不能生还京城。何以言之？运河全为漕帮的势力，固无论矣；即自北京南下，经山东至江南，从古以来的一条陆路大道，沿途旅舍、镖行、茶坊、酒肆，亦到处都有清帮中人。

如果是坐船，只需派几个能潜水的帮中弟子，深夜在御舟之下凿上一个大洞，便可了事。若由陆路则比较困难，但亦绝不是无隙可乘，而且乾隆个人可以坐十六人抬的步舆，但皇太后的龙凤舆、皇后的凤舆、妃子的翟舆，要找那么多人长行入京，保护又何能周密？而且，最重要的是，若传出一个消息，说皇帝不敢由运河回京，那不天下大乱了吗？

但乾隆毕竟是英主，他之一时屈于清帮的势力，仿佛蒙尘，而实际上却是因势利导，获得了有力的支援，也巩固了整个大清皇朝的基础。

走笔至此，想到读者或许会提出质问：前文曾说过，由于康熙的仁政，前明遗民志士，皆已放弃了复明之想；雍正父子所兴的文字狱，不过借个大题目，以逞其私；何以现在又提出巩固基础的问题？于此，我要做如下四点的解释：

第一，康熙朝自三十八年（1699）永不加赋的诏令颁布以后，基础可说非常稳固；遗民志士亦凋谢殆尽。但自一念和尚开始，方外仍存有残余的异族思想，待机而动。

第二，雍正朝如甘凤池等有所活动，基本上是由世宗兄弟阋墙，触发了"外侮"。雍正六、七年时，各种反世宗的势力，将有合流之势，而遥奉诚亲王胤祉为盟主，此所以至雍正八年（1730），世宗仍不能不将他仅有的胞兄幽闭而死。我很疑心怡亲王胤祥，不是看局面有大变化——世宗被推翻，而非清朝覆灭——自杀以求解脱，便是焦忧而死。世宗幽禁诚亲王的罪名是，在怡亲王丧仪中了无戚容——弟丧而不悲，另一弟竟可以此罪兄，这完全是不合中国伦理的，是故世宗有为怡亲王泄恨之意，亦是很可能的。

第三，清帮之兴起，得反世宗势力的暗中支持，殆无可疑；但因有"革命"及"工会"两重组织的意义在内，所以"三老四少"的革命不成，王伊、萧隆山等人，即集中全力于"工会组织"的意义上，以期确保本身利益。

但"反清复明"的革命意识，始终是在暗中的一块招牌，这一方面是帮中不愿"欺师灭祖"的义气，一方面亦是对清朝的一种警告或威胁：如果不能善待清帮，"工会组织"可化为"革命势力"。

第四，如上所述，可知雍、乾两朝的反对势力，在康熙末年是不存在的，皆由世宗自召。当然，这股势力即使有机会表现，亦不过造成混乱、削弱了清朝的势力，绝不至于亡清，此从以后的川桂之乱、洪杨之乱可以看得出来。

乾隆在当时，亲身走遍了一条运河以后，对这种情势看得很清楚，他如果抱着"君子报仇、三年不晚"的想法，忍一时之辱，事后对清帮大加制裁，则造成混乱的结果，不是大清天下不保，而是他的皇位不保。唐朝自贞观至开元，皆为盛世，但皇位递嬗，多不由正轨，乾隆熟读《通鉴》，当然明白其中的道理。

照我的了解，乾隆即位十年，尚为大臣所轻，颇为苦恼；十三年孝贤皇后在德州舟次赴水自杀，更损帝德；恼羞成怒之下，一不做、二不休，乾隆以指斥皇长子为始，借孝贤皇后丧仪违制之名，杀大臣立威，同时杯葛[1]世宗面许配享的张廷玉。施展了这两次乾纲大振的雷霆不测之威，大家表面是帖服了，但只是口服而心不服。因此，他个人犹须做进一步的努力，才能克保皇位。当然，躲在京城里是不会有问题的，但乾隆不是那种人，因此，在清帮要求他妥协时，恰好是为他解决了苦闷。

一时的降尊纡贵，他所得到的好处是：

第一，获得强有力的支持，从此立于不败之地，任何势

---

[1] 集体抵制的意思。

力都不能将其推翻。

第二，消弭了乱源。

第三，漕运、河工将更易解决。

一举三得的事，何乐不为？至于他以九重之尊，能忍此委屈，亦因心理上有特殊的感受，所以在观念上易于突破。

至于乾隆进帮的仪式，当然不必如一般的开香堂，必只是礼佛而已，"引进"及"本师"的两代四人都是和尚，当亦是有意的安排。按帮中所谓"家谱"，自翁、钱、潘三祖之后，方外而在帮者，只此"两代四人"，当是起义志士而隐于禅者。乾隆在位六十年中，性格、作风凡三变；对于佛教亦然，最早是排斥，《清稗类钞·方外类》载：

高宗谕旨尝云："朕崇敬佛法，秉信夙深，参悟实功，仰蒙皇考嘉奖，许以当今法会中契超无上者，朕为第一。"然高宗自登极后，即禁敕缁流。凡有偶见天颜，借端夸耀，或造作言辞，招摇不法，在国典为匪类，在佛教为罪人，必按国法、佛法加倍治罪。又以披剃太众，品类混淆，仍复给发度牒方准出家之例。

以后变为容忍，当然他有个自圆其说的看法：

高宗御制诗云："有以沙汰僧道为请者，朕谓沙汰何难，即尽去之，不过一纸之颁，天下有不奉行者乎？

但今之僧道，实不比昔日之横恣，有赖于儒氏辞而辟之，盖彼教已式微，且藉以养民。分田授井之制，既不可行，将此数千百万无衣无食、游手好闲之人，置之何处？故为诗以见意云：颓波日下岂能回，二氏于今亦可哀。何必辟邪犹泥古，留资画景与诗材。"

晚年则笃信密宗，而奉侍修持者，则为和珅。这是后话，暂且不提。

文献中还有一个深可玩味的痕迹，为清帮中人从未注意到的。所谓"一百二十八帮半领帮当家"中，有十一个的"法号"上一字为"伦"字，如"扬州二"岳德俊为"伦立"，"海盐卫"王海泉为"伦常"，等等。

但查"家谱"，岳德俊、王海泉等为"能"字辈，足证"伦"应作"能"。按：乾隆本师碧莲和尚，帮中法号为"法敬"，则"文成佛法"之下为"能仁智慧"，乾隆应为"能"字辈。帮中文献在"领班当家"表下有注：

查以上一百廿八帮半，帮名船名，以及领帮当家姓名、字派、别号、籍贯，均见户部漕运通则。尚有所谓南漕、北漕、朝南、朝北、上水、下水、香伙、腰船、太平、停修、老堂等船，名称甚多。总而言之，以一百廿八帮半论定。

果如所云，则显为避讳，改"能"为"伦"，此为乾隆在帮之确证。又"能"字辈弟子仅只十六人，而上一代"法"字辈则有五十四人，下一代"仁"字辈有八十一人。"能"字辈独少之故，则以乾隆已入帮为此一字辈者，既成事实，无法变更，只有在官文书上改音似之"伦"，此后即不应再收"能"字辈，借便避讳，更示尊重。故知家谱中"能"字辈，皆为乾隆师兄。可惜不知乾隆的法名下一字为何。

那么，乾隆有没有收过弟子呢？细看帮中文献，有所谓"强家四杰"，其传录如下：

　　直隶仓（沧）州，有强氏兄弟四人，为山东济右帮当家林堃之高足。父名永年，保镖为业；母家车氏，乃湖南头帮当家车云冲胞妹，祖居天津。嗣因粮帮改组，兄弟四人，相继统带桐船麻包，各领一帮，行运于漕河江海之间。惯行侠义之事，广结志士英雄。门前常置木桶两具，一盛装杂粮，一盛装面粉，任桑梓贫人取用。每逢岁底，兄弟四人，皆藏银两，遍觅危急之人周济。

　　当时世人，称赞强家兄弟为四杰。强杰行一，法名仁英，性质谦和，统领桐船麻包头帮，驻在山东胶州。强深行二，法名仁雄，英武冠世，统领二帮，驻在山东郓城。强凤行三，法名仁俊，允文允武，性质刚毅，统领三帮，驻在山东城武。强魁行四，法名仁杰，勇猛好斗，有人呼之曰"张飞"。兄弟四人，侍母甚孝，可为帮中孝义模范云云。

按：粮船一百二十八帮半，半帮船又称"随运尾帮船"，为半公开的走私船只，南归运北货，北去运南货。以前京城中的绍兴酒，都由半帮船运去。一百二十四帮则全为各地的粮船，唯有"强家四杰"的"桐船麻包"帮，不知是何船只。或言此四字应分开，作"桐船""麻包"，则"麻包"帮当为供应装米麻袋的专责单位，亦可说是获有专卖的特权，在帮中为非常特殊的人物。

细看上引传录，有一极大漏洞，即"强家四杰"为"山东济右帮当家林堃之高足"。而照"家谱"，林堃为法字辈，安徽颖州人；"法"字之下为"能"字，"能"字之下始为"仁"字，则强家弟兄的师父，不当是长两辈的林堃。

又，四弟兄的"法名"：仁英、仁雄、仁俊、仁杰，下一字合读为"英雄俊杰"，似为同时入帮的，为其师父所取，且有嘉勉期许之意。从这种种迹象来看，或者即为乾隆所收的徒弟，亦未可知。传录中谓为"林堃高足"，当是有意漏去一代，且其中别有渊源，已无从稽考了。

终乾隆之世，大规模的内乱，只有一次，事在三十九年（1774），帮中文献《清水教举义事录》云：

> 清水教者，白莲教之一支派也。首创者，山东义民王伦，人极精明果敢，祖居兖州寿张县石佛口地方。其

祖王好贤，世传白莲教，传至王伦，以符法替人治病，密授神武异术，往来漕河；见粮米帮势力雄厚，而一般人义气又重，乃生羡慕之心，遂与帮中结识，旋立清水教，联谊合作，潜行广收弟子留为己用。

其所谓清水教者，其意义取佛经云"清净庄严"清字及"十功德水"水字，定为教名（见《弥陀经》），从此帮与教相混，潜伏势力，更易伸张。

王伦素抱倾覆清廷之志，因之潜谋举义更急，乃于乾隆三十九年间，乘清廷征伐金川之际，大倡有四十九天水火兵灾，凡愿入教信佛者，得免惨死；不信者，难逃浩劫。因此一般愚夫愚妇，从者日众。事被寿张县沈齐义所闻，派差往捕。王伦遂于八月二十八日拒捕，当日率众袭城，杀死知县，连陷堂邑、阳谷。

如上所述，为王伦利用清帮，帮中有少数人附从王伦，纯为个人行为，整个清帮在当时是置身事外的。

孟心史《清史稿》记"嘉庆间兵事"云：

三省教匪之役，为清代第一次长期之内乱。旗军之不得力，亦显露于此。其乱象与明季流寇相仿，众股迭发，不相统率，残破各处，不据城池，出没三省，大股人数动辄数万。

事亦起于乾隆中叶以后，而大发其毒于内禅告成，太上训政之日。盖吏治至乾隆朝而坏，内乱之源，无不出于吏虐。康熙朝崇奖清廉，大吏中有若汤斌、于成龙、张伯行、陈瑸诸人为忧者，风气所树，为大吏者大率端谨。雍正时亦勤于察吏；至高宗则总督多用旗人，风气大坏。时方自谓极盛，乱机已遍伏矣。

乾隆三十九年，山东寿张清水教民王伦，以治病练拳号召徒党，于八月间起事，袭城戕吏，连陷旁邑，方据临清旧城夺新城，援军大集，伦擒于城中（高阳按：王伦未成擒，据说被围楼焚而死，实无佐证），凡一月而平。明年白莲教事发，河南鹿邑遂为川楚巨匪之嚆矢。

此亦只言教匪，不言与清帮有关。王伦作乱，为清朝盛极而衰的一个鲜明征象，在此以前，自乾隆十六年（1751）第一次南巡至三十四年（1769）傅恒平缅甸为清朝极盛时期，文治、武功，都达到了巅峰状态。

恩威并用的驭臣之术

此大约二十年的时间，适当傅恒自大用至病殁。傅恒一家，从他的伯父马齐，到他的儿子福康安，与雍乾两朝的政治，有异常密切的关系，对高宗的影响尤为深刻。因此谈乾隆前期的政事，不能不谈傅恒；而谈后期的军事，尤不能不谈福康安。傅恒是一个很值得称道但也很值得同情的好人，他有个人的隐痛：其妻为高宗所通，生子即为福康安。兹先叙傅恒初期的经历，《清史稿》本传：

> 傅恒，字春和，富察氏，满洲镶黄旗人，孝贤纯皇后弟也……傅恒自侍卫荐擢户部侍郎，乾隆十年六月，命在军机处行走。十二年，擢户部尚书。十三年三月，孝贤纯皇后从上南巡，还至德州崩，傅恒扈行，典丧仪。四月，敕奖其勤恪，加太子太保。时讷亲视师金川，解尚书阿克敦协办大学士以授傅恒，并兼领吏部。讷亲既无功，九月，命傅恒暂管川陕总督，经略军务。

重用傅恒而杀讷亲，为高宗一生权术的大运用，胁之以威，临之以恩，使臣子怀德畏威，唯命是从，这套凡是英主都善于运用的手法，高宗在这件事上的表现，真可说是到了极致。

原来孝贤皇后富察氏之崩，是在德州赴水自尽，原因甚多，而以高宗与傅恒之妻的暧昧关系为主。孝贤皇后之愤而自绝，吃醋的成分少，觉得太欺侮她娘家人的成分多。富察氏为满洲八大贵族之一，米思翰一支，至此三世为显宦重臣，族众势大，而高宗又尚有潜在的"政敌"，所以孝贤皇后之崩，在高宗看来是一件非常严重的事，倘非善为应付，流言四起，即令还不致威胁到他的皇位，但在统御的威信方面，一定大受打击。因此，他分两方面去运用他的权力，亦就是所谓"恩威并用"，而两者都用得出了格。

先谈用威，是以杀大臣立威。为了孝贤皇后之丧，文武官员在百日内剃头，因而革职抄家者数起，湖广总督塞楞额竟因此赐令自尽；江南河道总督周学健，亦因百日内剃头，本拟斩监候，已邀宽免，其后又因任内纳贿徇私诸罪赐死。接下来便是杀讷亲、张广泗。其时大金川土司莎罗奔犯边，先命川陕总督张广泗进攻无功，十三年四月以讷亲为经略大臣，率禁旅讨伐，《清史稿》本传：

> 六月，讷亲至军，下令期三日克噶拉依。噶拉依者，莎罗奔结寨地也……署总兵任举勇敢善战，为诸军先，没于阵，讷亲为气夺。乃议督诸军筑碉，与敌共险，为持久。

讷亲本不知兵，亦从未打过仗；而张广泗有养敌自重之意，及至讷亲一到前方，表面遵命，暗中观望，是做了坐观其败的打算。攻噶拉依为讷亲遥为指挥，失大将任举，就此气馁，仍旧请张广泗主持，自己拱手听命。

而张广泗凡所举措，动称奉经略之命。高宗以师老糜饷，复欲与敌共险，则牵延日久，大伤国力，因而下诏逮问。

十三年（1748）十二月初上谕：

讷亲办理金川军务，乖张退缩，老师糜饷，经诸王满汉大臣等参奏，朕谕令侍卫富成、将伊于奉到谕旨处，拿问拘禁，其举动言语，并令富成逐一据实陈奏。今据富成奏称，讷亲云："番蛮之事，如此难办，后来切不可轻举妄动，这句话，我如何敢上纸笔入奏？"此语实为巧诈之尤。

以下历数讷亲负恩，并推测讷亲的用心是：

伊之意，自知身名决裂，且无子嗣，万分难免，辄思以不愿用兵之言，博天下读书迂愚无识者之称誉；而以穷兵黩武之名，归之于朕。此其心怀狡诈，实出意想之外。朕实不料十三年来，隆恩渥泽，而讷亲之忍心害理，竟至于此！

高宗自辩并无穷兵黩武、扬威喜功之意，按诸实际则不然。《清史稿·高宗本纪》，乾隆十三年（1748）十月癸未："谕张广泗勿受莎罗奔降。"又，十二月乙亥："张广泗奏：'莎罗奔请降，告以此次用兵，不灭不已。'上以用卿得人勉之。"可知大金川之事，早可了结；高宗不受降，非灭之不可，此非穷兵黩武而何？

今细推当时史实，高宗本有耀武扬威之意，至孝贤皇后崩，为弥补失德，更望在武功上有所成就，因而特命讷亲以经略督师。讷亲刚愎自用，张广泗疑心莎罗奔欲降而不许为讷亲所进言，于是一方面由于负气，一方面打算让讷亲知难，密奏高宗，受降而终结战局。

殊不知讷亲已知高宗的本意，且正当高宗大振乾纲之时，如何敢以轻举妄动之言入奏？这是旗人口语所谓："拧了！"而高宗之意，莎罗奔既然请降，则已势穷力竭，以张广泗的经验，何不可一举而灭之？其中必有曲折难明的缘故，因而特召张广泗入京，于年底在瀛台亲审，并颁上谕：

> 金川用兵以来，张广泗贻误于前，讷亲贻误于后，两人之罪状虽一，而其处心积虑，各有不同。至于自逞其私，罔恤国事，则实皆小人之尤矣。朕昨御瀛台，亲鞠张广泗，其狡诈欺饰，紧要情节，俱经一一供认不讳，而其茹刑强辩，毫无畏苦之状，左右大臣，皆以为目所未见，即此一节，与市井无赖何异！

所谓"茹刑"即熬刑。张广泗亦知只要一认错，必死无疑，因而数审受刑仍极口称冤。但"三木之下，何求不得"？张广泗"茹刑"，未必就是市井；明朝东林党人，受刑不屈者甚多，但高宗则已与酷吏无异了。

以下痛斥讷亲：

> 又今日接到富成所奏，讷亲明白回奏一折，其乖张

舛谬之处，凡朕所指出者，悉无可置辩，惟思求见朕面，不知伊尚有何颜见朕？且求赴军营效力，伊曾为大学士，将欲如士卒奔走，犹觊升骁骑校耶？其顽钝无耻实甚。观此则张广泗乃刚愎之小人，讷亲乃阴柔之小人。

以十三年亲信重臣，不管多大的罪名，欲面见一陈衷曲，在情理上应无不许之理，而竟如此峻拒痛斥者，可知高宗必有不能与天下共见的私意在。以高宗的精明，说不知讷亲未经战阵，不谙军旅，是绝不会有的事。

明知军事非其所长，而委以督师之任，则错在高宗；倘谓不知其不谙军旅，则十三年近侍，并此不明，其为昏暗，可想而知。不论是前者还是后者，高宗皆不得辞其咎。

以情况判断，自是高宗明知讷亲不长于军事，而要以督师之任，其中缘故，就大可玩味了。拿讷亲所言轻举妄动之语不敢形之章奏，以及不准面见的情形来说，则高宗当有经不起讷亲一见陈词之处。

照我的推想，讷亲受命之前，必曾疏辞，而高宗必有安慰之语，亦为保证之语；讷亲欲面见即一陈当时的密谕，冀获一条生路，并自请赴军营以为赎罪。是则高宗之不愿见讷亲，即为不愿承认当时有何安慰保证之语的表示。

由此论断高宗的用心，实为明知讷亲必败，便可借此诛除权臣。倘或讷亲成功，借以增加威望，是为意外收获；而同时亦可以其长于韬略为借口，派为另一场大征伐的专阃之将，隔离在外，功成还朝，则已换成另一副局面，讷亲的羽翼不存，亦就无能为力了。

其次，如准讷亲回京，则有张广泗在对质之下，会反映出领导的错误，即敌人既已投降，缘何不纳而须赶尽杀绝？所以不准讷亲回京，张广泗便已死定；但照高宗所论其罪状，亦自有取死之道：

> 当张广泗初抵军营，以为金川贼酋亦如黔苗之易办，屡次妄为大言，可以克日奏功。既而久无成效，时复失机，则又诿过属弁，藉口兵单；及闻讷亲前往，伊复持两端，怀观望，讷亲能办此事，伊固可依附而邀次等之功；事不成则咎在讷亲，伊乃一切推诿，使陷于败，仍可复据其任。
>
> 是以于讷亲之种种乖方，并无一语入告，其后见讷亲之必败乃向属员讪笑诽议，备极险忮情态，盖恐此时据实奏闻，犹或致谴责，不若含混诡随，坐观其决裂之为得计也。此其心辗转数变，狡狯叵测，经朕详悉推勘，洞见肺肝，始将实情吐露，讷亲且在其术中而不觉矣。

既诛张广泗复有上谕：

> 十三年来受恩深重者，孰如讷亲？伊在皇考时，已在军机处行走数年，办事原属勤干；维时大学士傅恒，

适遇孝贤皇后大事，未便释服即戎，且亦老练不及讷亲，此遣讷亲前往之由也。

孰意其福浅孽深，临事乖戾，迥异平日。一至西安，将军巡抚迎见，讷亲傲慢睥睨，仰面不顾，于地方情形，全不置问。

秦蜀接壤，军营动静，亦概弗咨询，而其沿途肩舆自适，驺卒动遭鞭扑，流血浃背；或至颠踣，为人马践踏，转在轿中视而笑之，此岂复有人心者耶？及至军营，安坐帐中，从不亲身督战。每日至午间方起，属员概不接见，遂致诸务歧误！

而张广泗当讷亲初到，曲意逢迎，欲得其欢心；及见伊漫无成算，则转诋佞为诽议，为讪笑；又见伊大局将败，则复转轻慢为倾害，布散流言，摇惑士众，欲挤之死而攘其职，而于其种种贻误，并无一语参奏，此小人之尤。经朕于瀛台亲鞫，具得实情，是以立置重典。

此谕为命军机大臣兵部尚书舒赫德，驰赴四川，会同接讷亲之任的傅恒，审问讷亲时所发。后数日接到傅恒奏报，方知征金川"道路之险阻，兵民之疲惫，一切艰难困瘁之状"，"颇为追悔"此一番用兵，"但办理已成，无中止之势"，唯有借讷亲的人头，振将颓的士气。

因命侍卫鄂宾，赍讷亲之祖遏必隆的一把刀，斩讷亲于军前，并颁上谕：

讷亲、张广泗二人，乃军前之劳人惫卒所共切齿，张广泗虽经伏法，而士众尚未亲睹；讷亲若在成都审明待报，未免往返稽迟。着舒赫德将讷亲带往军前，会同经略大学士傅恒，一面讯明，一面即将伊祖遏必隆之刀，于营门正法，令军前将弁士卒共见之。

此与武侯斩马谡相提并论，则高宗的作为，显然出于私意。因可和而不和，徒伤士卒，而又有讷亲与张广泗有意无意表示，严旨所迫，必须勉为其难，则军中必有归怨于上之心，故高宗须如此以遏必隆为道具，做一个杀元戎的"秀"，让他的"观众"称快泄愤。事实上高宗应下罪己之诏。

如行军输粮、道路险阻、兵民疲惫，一切艰难困瘁之状，维责讷亲、张广泗早不奏闻，说是："即此而论，讷亲、张广泗误国之罪，可胜诛耶？"

此明明为诿过于人之语。按：大小金川在今四川西部，两处平定后设懋功直隶厅为治，懋功之名，至今犹在。大小金川所汇，今称大渡河，而在当时称为泸水。《读史方舆纪要》谓云南大川金沙江，"东达四川之会川卫西南而合泸水，于是金沙江亦兼泸水之名。由会川卫而南过金沙江，即武侯五月渡泸处"。

《出师表》："五月渡泸，深入不毛。"虽一南一北，相距尚遥，但大小金川在邛崃、大雪两山脉间，既未设治，形同化外，则其地之险阻，可想而知。退一步言，劳师远征，派重臣经略，自是一次大征伐，岂有不先研究地形，而贸然从事之理？

事实上，高宗对大小金川用兵不易是知道的，当前一年莎罗奔作乱，决定讨伐时，曾有如下的上谕：

> 朕思此等苗蛮，虽属化外，而叛服靡常，端由办理不善，如但谓"得其人不足臣，得其地不足守"，比之禽兽虺蛇，亦何妨听其涵孕卵育，并生宇宙之间，而此等蜂屯蚁聚之众，果可度外置之乎？
>
> 即如瞻对大金川之事，亦岂好大喜功？实因伊等声势日张，不得不劳师动众。然前此进兵，既不能遽得要领，临事又惟草率了局，官兵甫撤，旋复煽动，伤威损重，劳费实多。若但来则应之，去则弗追，试思十至而十应，何如以十应之劳用之于一举，毁穴焚巢，芟除荡涤之为愈也。
>
> 稽之前事，如汉之马援、诸葛亮蛮中，至今凛其遗烈，即前明韩雍、王守仁辈，亦能震以兵威，群蛮胆落，坐收一劳永逸之利。近日滇黔古州等境，悉成乐土，俱有明效；川省诸番，亦当加意经画。况我朝天威，无远弗届，即蒙古四十八旗，自古所不臣，何尝不在五服要荒之外而奉令守藩，输诚内向，宁辑至今。可见含齿戴发之伦，断无不可化诲，惟在德足绥怀，威足临制，得柔远之道耳！

可传谕庆复、张广泗等，悉心区画，因此番用兵，将全蜀情形，通盘计度，如何可令蛮众弭耳帖服，永为不侵不叛之臣，使丛篁密箐，息警消烽，共安至治，熟筹长策，详晰奏闻办理；如果有不能办理，或不可办理情节，亦着将实在情形，缘何不便之处，密行陈奏。

观此一谕，高宗决心讨伐之意，极为明白，且目标在令蛮众"永为不侵不叛之臣"，则应师武侯之七擒孟获，不以一次克敌为已足，意中不求速效，愿以"十应之劳用之于一举"，则"丛篁密箐"，用兵艰苦之状，自然筹思已熟，何能诿过于讷亲、张广泗？

总之，这一次战役失败，基本上是庙算失策，亦就是战略上先发生了错误，即令讷亲、张广泗作战不力，劳师无功，亦应君臣分任其咎，而竟以最严酷的刑罚，加之于一向宠信的讷亲。

对于平苗有功的张广泗，其不测之威，固可慑服臣下，但亦使人寒心。平郡王福彭即是受了这种忧惧震栗的刺激，中风而死。这一段我留到后面再谈，先交代上引上谕中所谓"瞻对大金川"之事。

瞻对为大金川附近苗人的部落，分上下瞻对，共二十余寨，其地在雅砻江上游，去打箭炉（今四川康定）七日途程。乾隆十年（1745）夏天，上下瞻对两土司发生冲突，演变为叛乱，川陕总督庆复奉命进兵平乱，作一劳永逸之计。

至十二年（1747）六月事定，但首要之敌下瞻对土司班滚在逃；庆复徇庇四川提督李质粹，诳招班滚已经烧死。及至张广泗征金川，奏闻其事，庆复、李质粹皆革职下狱。

十四年（1749）九月，庆复赐自尽。庆复，佟国维第六子，为隆科多胞弟。隆科多获罪，而庆复见用，袭封公爵，此为世宗一贯的手法。

高宗即位，以庆复代平郡王福彭为定边大将军，与噶尔丹策零息兵后，召还京，乾隆二年（1737）督两江，移云贵、移两广、移川陕，为政虽无赫赫之功，亦尚平稳，至是竟因未获渠魁而罹极刑，实为高宗抑制外戚，收权自用的手腕，但施威实不免过滥。

至于平郡王福彭，在乾隆初年，权力与庄亲王、张廷玉、鄂尔泰相当，而清朝公私文书中，对于他在军国大计中所能发生的作用，殊少记载。此因雍正十一年（1733），福彭虽一度在军机大臣上行走，但自军前召回后，先任总理事务大臣；至乾隆二年（1737）十一月，军机处裁而复设，诸王皆不入军机处，平郡王福彭似已投闲，而实不然，乾隆三年（1738）预于"议政"之列，始终为高宗亲信的顾问。

军机处之裁而复设，为高宗收权之渐。

《清高宗实录》卷五：

（乾隆二年十一月庚辰）总理事务庄亲王允禄等请解总理事务。谕曰：庄亲王等奏辞总理事务，朕思皇考御极之初，命王大臣等总理事务至二十七月释服之后，准其解辞者，盖皇考春秋已逾四旬，且至圣至明，于天下政务，及一切情事，无不周知洞悉。在朕今日岂敢与皇考比拟，正赖王大臣等辅弼赞襄，期臻上理，何得援例恳辞？但览王大臣所奏，情辞恳切，请各归本职办公，仍是靖共佐理之忱悃，朕只得勉从所请。

按：总理事务处虽有鄂尔泰、张廷玉及协办之讷亲、班第，但与诸王共事，体制所关，不能尽意，而高宗指挥，亦难如意，以故运用手腕，促使庄亲王胤（允）禄等辞总理事务。前一日辞，后一日即有复军机处的上谕：

昨庄亲王等奏辞总理事务，情辞恳切，朕勉从所请。但目前两路军务，尚未完竣，且朕日理万机，亦间有特召交出之事，仍须就近承办。皇考当日原派有办理军机大臣，今仍着大学士鄂尔泰、张廷玉、公讷亲、尚书海望、侍郎纳延泰、班第办理。

海望与纳延泰亦为军机处旧臣。至是，每日由鄂尔泰领班晋见，一切大政，都由高宗亲裁。原任总理事务的诸王，失去法定的实权，高宗即可有选择地加以任用。

撤销总理事务处，恢复军机处，并由临时组织变为正式机构，成为行使"相权"的最高权力机关，为清朝政治制度上一项具有深远影响的重大改革。

高宗之能扩张"君权"，获致全盛，以及后来朝廷之能应付若干重大的危机，均得力于这一次的改革，因此有做一番比较详细的说明之必要。

按：照清太祖最初所规定的政体，为合议制度，但他的遗命可说根本未曾实现。雄才大略的太宗皇太极，在礼亲王父子的拥护之下，定于一尊，但权力却非独享：表现在上者，为议政制度，亲贵重臣均有一定程度的发言地位；表现在下者，下五旗的旗主对本旗有极大的支配权。

是故世祖崩逝，孝庄太后与汤若望以及四辅政定策，改变传位于安亲王岳乐的遗命，由皇三子以冲龄接位，仍须诸王贝勒设誓于正大光明殿，四辅政始得放手办事。

康熙一朝，基本上仍与亲贵共享统治权，但由于圣祖天纵英明，故诸王贝勒不致越权而形成掣肘。

世宗得位既然不正，则诸王贝勒各行其是，将严重地妨害"君权"，此所以其一方面诛除异己，一方面千方百计想将下五旗的旗主制度打破。这个工作虽有成效，却未完全成功。

至雍正十三年（1735）八月世宗宾天为止，上溯圣祖杀鳌拜，真正亲政，约六十五年间，政治制度一变再变，胥视皇帝个人的遭遇以及统治权的强弱为转移，其变迁之迹，大致如下。

一、康熙初期，以王大臣议政为主；亲信参议，以凭亲裁为辅。如议政王大臣所议，与亲信建言相合，当然行之无疑；如两者不合，而欲推翻议政王大臣的结论，采行亲信之议，常有窒碍。

但圣祖受祖母之教，及汤若望等之启沃，自幼便知世无坦途。而清朝开国及其得位的经验，宗教上殉道的故事，中国传统经典中择善固执的教训，再再使得圣祖深信，理想必须自奋斗中实现，所计议政与亲裁之间的分量，逐渐转移，最后，使议政制度真正成为一种可收实效的统治工具。

二、康熙中期，大政皆由亲裁，其方式有二：一为"御门"听政，即为议政制度的扩大，有时亦是真正的"御前会议"，与日本大正、昭和时代的"御前会议"，徒具形式者，绝不相同；二为专折奏事，亲自裁定了原则，再经由正式的程序，用"题本"达部，经内阁票拟裁定。

但在廷议时，欲为一士之谔谔，亦殊不易；议政时王公在上，体制攸关，成极端的以大压小之势，殊难尽言。

《清朝野史大观》中，记议政情况云：

> 康熙二十六年正月二十六日，诸王大臣议礼永康左门。诸王以次环坐，内阁九卿科道议毕，阁臣白其议，向诸王长跪移时，武定李相国之芳，年老踏地，华亭高太常层云时官给谏，抗章弹奏云："天潢贵胄，礼当致敬，独集议国政，无不列坐；况永康左门，乃天子禁门，非大臣致敬诸王之地，大学士辅弼大臣，当自重，诸王宜加以礼接。"疏入，交宗人府，吏、礼二部议：

"凡会议时，大臣见诸王，不得引身长跪，着为令。"

三、圣祖早期亲裁庶政的助理人员有二：一为南书房翰林，二为御前侍卫，出纳王命，口衔天宪，同时亦为天子耳目。此所以高士奇之流，得以揽权纳贿。

四、雍正即位之初，创始"总理事务"制度，最初以皇八子封廉亲王的胤禩、皇十三子怡亲王胤祥、"舅舅"隆科多及大学士马齐四人处理政务，合称为"总理事务王大臣"。在此阶段，此四人的权力与明朝的内阁完全相同。

但此为世宗得位不正，迫不得已与胤禩、隆科多分享统治权。及至胤禩、隆科多成为他诛除的目标以后，"总理事务"制度无形解体。约自雍正三年（1725）起，议政制度又逐渐发生作用，但实为世宗操纵的工具。同时内阁的地位亦已提高，鄂尔泰与张廷玉，可能为清朝罕有的两个名实相符的大学士。

雍正七年（1729）以后，设置军机房，称军机处，当时主要的目的是军事保密，故称"军机"。实际上办事者，仍为世宗所亲信的怡亲王及张廷玉、蒋廷锡等三人。八年加入马尔赛。十年加入贵州提督哈元生，则以征苗之事咨询。马、哈二人，甫进旋出。十一年平郡王福彭入军机。

按：有清一代，道光以前以亲贵入军机者，计三人：怡亲王胤祥、平郡王福彭及嘉庆四年（1799）成亲王永瑆，旋以非祖制置直。平郡王入军机在雍正十一年（1733）四月，我作《〈红楼梦〉中元妃系影射平郡王福彭考》，金陵十二钗图，咏元妃之所谓"榴花开处照宫闱"，即指平郡王入军机。因军机直庐在隆宗门内，已入于"内廷"的范围，故可谓之为"宫闱"。

雍正十三年（1735）五月，以苗乱复作，特设"办理苗疆事务处"，命果亲王、皇四子宝亲王、皇五子和亲王及鄂尔泰、张廷玉经理其事。

所以然者，鄂尔泰以平苗起家，今苗乱复作，自不得辞其咎；但世宗又不欲显斥鄂尔泰，但亦不能信任其处理复起的苗乱能不受他自己过去的咎愆所影响；特命三王办理者，非谓三王能当此任，而实为监督鄂尔泰能秉公处理，同时亦防止张廷玉借此打击鄂尔泰，以私怨而误国事。

此时的政府，出现了"三驾马车"的局面：一、总理事务处，二、军机处，三、总理苗疆事务处。

不过这种局面只维持了两个月。雍正十三年（1735）十月十八日上谕：

> 从前西北二路军务，交办理军机事务之大臣等定议。其苗疆事务，又另委大臣等定议。今西北二路既已无事，而苗疆之事亦少，大小事件既交总理事务王大臣等办理，其军机事务与苗疆事务，亦着交总理事务王大臣等兼理。其原办理军机事务之讷亲、海望、徐本着协办总理事务，纳延泰着照班第、索柱例行走，丰盛额、

莽鹄立着不必办理军机事务，各在本任行走。

苗疆事务处的裁撤，剥夺了皇五子和亲王的职权；军机处裁撤以后，原任军机大臣讷亲、班第、索柱、丰盛额、海望、莽鹄立、纳延泰、徐本等八人，出处不同：

一、讷亲、海望、徐本为"协办总理事务"；

二、班第、索柱、纳延泰"在总理事务处差委办事"；

三、莽鹄立、丰盛额各回本任。

由以上的变化可以明显地看出，清初的政治制度，弹性极大，权力的分配转移，在君而言，常由被动而转为主动，亦即从被支配之中挣扎而获得自我支配。高宗的情况，亦复如此。他的取得皇位，基础之薄弱，并不下于乃父，所以在即位之初，亦不能不采取总理事务的制度，以庄亲王胤禄、果亲王胤礼、鄂尔泰、张廷玉辅政；接着下上谕，以果亲王、庄亲王、鄂尔泰分别总理刑部、工部、兵部，成为"太上尚书"。

这一来，大权归于四总理事务王大臣；讷亲、徐本虽为高宗亲信，在"协办"上可以照应到高宗的"君权"，但资望不足，无法以对等地位与四王大臣抗衡。高宗是早已看到了这一点，因而在即位之日，即特召文华殿大学士派往浙江视察海塘的朱轼回京，派为"协办总理事务"。

朱轼籍隶江西高安，康熙三十三年（1694）甲戌科的翰林，与张大有、高其倬同年。自甲戌至雍正十一年（1733）

癸丑，共开十六科。翰林故事：十三科以前尊为"老前辈"，此时科名，再无比朱轼更高者。

张廷玉与年羹尧同时，为康熙三十九年（1700）翰林。翰林晚一科，因"散馆"、入馆前后接踵，犹可称为同年；晚两科则必为后辈，甚至可能是师生——翰林"散馆"而"留馆"，二甲授编修，三甲授检讨，亦可派为"教习庶吉士"的差使，通称"小教习"，此即成为名副其实的师生。

朱轼一到，可以节制张廷玉；鄂尔泰是举人，以科名而论，更当尊礼；至于对庄、果两王，则朱轼为世宗特拔的儒臣，曾在南书房行走，且曾为怡亲王的主要助手，两王亦不能以一般的汉大臣视之，而且必要时，他可以援用世宗的遗训以为制衡。所以，高宗这着棋是很厉害的。

那么朱轼与高宗的关系如何呢？前面曾经谈过，他是高宗的师傅，清操宿学，是高宗所钦服之师，称为"可亭朱先生"。

怀旧诗云：

> 皇考选朝臣，授业我兄弟。
>
> 四人胥宿儒，徐朱及张嵇。
>
> 设席懋勤殿，命行拜师礼。
>
> 其三时去来，可亭则恒矣。
>
> 时已熟经文，每为阐经旨。
>
> 汉则称贾董，宋惟宗五子。
>
> 恒云不在言，惟在行而已。

如坐春风中，十三年迅耳！

先生抱病深，命舆亲往视。

未肯竟拖绅，迎谒仍鞠躬。

始终弗逾敬，启手何殊尔。

呜呼于先生，吾得学之体。

朱轼谥文端，清操绝俗，而仪容甚伟，河目海口，洪声广颡，步阔二尺，殊不似规行矩步的理学家。其生平轶事甚多，录其可信者一则如下：

年羹尧既以大逆诛，父遐龄年八十余，法当从坐，九卿俱画诺矣，高安朱文端公独不署名，宪皇帝责问，公奏："以子刑父，非法也。臣簿录年氏家书，遐龄训羹尧甚严，羹尧不能从，以陷于罪，罪在子不在父。"上颔之，遐龄竟免。

按：朱轼其时为吏部尚书，处分职官，本为吏部专责，唯以年案系交廷议，故议奏时，奏章须全体署名。廷议本许两议上闻，以凭钦定；或个别有异议，不愿随众者，亦得在公奏中声明，另行具疏。

唯关乎刑罚而所拟为大辟时，原则上仿三法司会鞫之例，须众议佥同，方能成立。按："三法司"者，刑部、都察院、大理寺；凡交三法司会审的职官，如处死刑，须三法司堂官完全同意，称为"全堂画诺"，方能出奏。

议年案时，朱轼以吏部尚书不以为年遐龄应坐子之罪，其意见当然应该重视。事实上，世宗以敦肃皇贵妃之故，不特绝不愿罪年遐龄；群臣不明世宗只为抑制年羹尧的本意，一意逢迎，而朱轼独持大体，能补君之过，此是真道学，非熊赐履、赵申乔等假道学之比。

在礼节上虽已纠正，但议政时并不能使王公免于盛气凌人、呵斥责备的骄倨之态。因此，亲贵干政，纵有真知灼见，往往被遏不得上达，此所以高宗必须排斥这一层羁绊，方能充分行使君权。

军机处恢复后，首任军机大臣共六人，照《清史稿·军机大臣年表》所载，为鄂尔泰、张廷玉、讷亲、海望、纳延泰、班第。依次序似以鄂尔泰为领班，其实不然，领班应为讷亲。军机班行，先论品秩，品秩相同，始论资格，讷亲袭其祖遏必隆的爵位为果毅公。异姓封公，称为民公。五等爵中，公、侯、伯的品级，皆超过一品；子爵视武一品；男爵视武二品。因此，讷亲位尊于大学士。

赵云崧《檐曝杂记》曾记讷亲"独对"事，此亦讷亲为军机领班的证明。军机故事，虽同班进见，而发言者则只领班。讷亲为高宗一手所识拔，独对"承旨"，而由汪由敦"述旨"，大政亲裁；鄂尔泰与张廷玉虽为元老，事实上亦几同于"伙食宰相"了。

但对议政制度，高宗尚不敢公然废除，则转而加以利用，必要时可作为制约亲贵以及军机大臣的工具。当时议政部分，高宗系交由庄亲王主持，乾隆三年（1738）以福彭预议政，乃准备取代庄亲王。自乾隆四年（1739）流产的宫廷政变发生后，庄亲王亦且涉嫌，故审鞠定罪，皆由福彭主持，弥见亲信。

至十三年孝贤皇后大事出，高宗为立威起见，对一向宠信的讷亲、平苗有功的张广泗，翻脸无情，使得福彭大感刺激。

及至张广泗被逮入京，高宗将亲自鞠问，颇有牵连而成大狱之势，福彭更不能不忧心忡忡：因张广泗为镶红旗汉军，福彭为镶红旗旗主，平时对张广泗多予支持，自不免有徇庇之处，倘高宗追究到底，即不免株连牵累。福彭因而血压陡升，遂致中风。《红楼梦》第九十五回，写元春之死云：

> 且说元春自选了凤藻宫后，圣眷隆重，身体发福，未免举动费力。每日起居劳乏，时发痰疾。因前日侍宴回宫，偶沾寒气，勾起旧病。不料此回甚属利害，竟致痰气壅塞，四肢厥冷。一面奏明，即召太医调治。岂知汤药不进，连用通关之剂，并不见效。内官忧虑，奏请预办后事，所以传旨命贾氏椒房进见。
>
> 贾母王夫人遵旨进宫，见元妃痰塞口涎，不能言语，见了贾母，只有悲泣之状，却少眼泪……

此即写福彭病殁经过。"凤藻"与"龙翰"并称，杨夔《送张相公出征》诗："援毫飞凤藻，发匣吼龙泉。"可知宰相文笔称为"凤藻"，故可与天子挥毫的"龙翰"为对。贾元春封为"凤藻宫尚书"，即指福彭于雍正十一年（1733）四月入军机。

高宗的不测之威，足以令人忧惧致死；然则他的逾格之恩又如何？现成的例子，即是代讷亲而为经略大臣的傅恒，在乾隆十三年（1748）出师时，赐宴重华宫，于东长安门御幄前上马，命皇子等送至良乡；十二月初降谕云：

> 谕曰：经略大学士傅恒，自奉命经略以来，公忠体国，殚竭恫忱，纪律严明，军行甚速。途次冲冒风雪，晨夕驰驱；兼办一切咨询机务，晷刻鲜暇，常至彻夜无眠。今日披览来奏，甫入川境，马匹迟误，减从星发，竟至步行。自非一秉丹诚，心坚金石，安能若是？
>
> 将来迅奏肤功，自当优议酬庸之典；而目前之劳瘁，实属超伦。朕于臣工，有善必彰，即如那苏图所办军行供亿，预备妥协，乃军旅中之一节，尚加恩议叙，况经略大学士如此忠勤，岂可不加优奖？在经略大学士，冲挹为怀，以次及将来大捷议叙，定必力辞，而在朕赏罚权衡，大公至正之道，因不得以意为轻重也。经略大学士傅恒，着交部从优议叙。

既而吏部议奏："请晋衔太子太保，仍加军功三级。"此已优渥非常，而高宗以为不足，得旨：

经略大学士傅恒，公忠体国，懋着勤劳，殚力宣猷，精详妥协，着晋衔太保，仍加军功三级。

按：三公三孤，大多为赠衔，生前加衔，必有特殊原因，鳌拜为太师，则擅权时窃号自娱；范文程、洪承畴、金之俊，年遐龄加太傅，则范、洪确有殊勋；金之俊以撰《端敬皇后（董小宛）传》而获异常之"润笔"；年遐龄加太傅，则以年羹尧已加太保，其父自当更晋一等。

鄂尔泰于乾隆十年（1745）加太傅，张廷玉于乾隆四年（1739）加太傅，论位望亦属相当，唯有傅恒年不过三十，出师尚未立功，骤拔之于三公之位，实在出人意表。又一月后，为乾隆十四年（1749），正月初三降谕云：

今日新正令辰，恭迎皇太后圣母銮舆，内廷春宴，仰蒙慈谕："经略大学士傅恒，忠诚任事，为国家实力宣猷，皇帝宜加恩锡，封彼以公爵，以旌勤劳。"钦承慈训，深惬朕心，但封公之旨，应俟奏捷到日颁发，着先行传谕，俾知圣母厚恩。

在经略大学士，素志谦冲，必将具摺恳辞，此断可不必。经略大学士此番出力，实为国家生色，朝廷锡命褒庸只论其人之能称与否，岂必犁庭执馘，方足称功。即如大学士鄂尔泰、张廷玉、亦因其勤慎翊赞，封爵酬庸，何尝有汗马劳耶！假若经略大学士因有此恩旨，感激思奋，不顾艰险，必期图所难成；抑或避居功之名，必欲尽扫蛮氛，生擒渠首，方驰露布，而凡有克捷，概不具报，皆非朕所望于经略大学士者。经略大学士即不具奏，舒赫德亦应一一据实奏报。总之驰报军情宜于频速，必朝夕相闻，了如目睹，方足慰朕悬切。

以下又谕：

朕前谕四月初旬为期，乃再三审度，更无游移。用兵原非易事，何可逞人力以违天意耶！经略大学士试思在京办事之时，识见才力，视朕何如？今朕意已定，自当遵旨而行；况经略大学士即能成功，亦皆众人之功。

朕降此旨，所以扩充经略大学士之识量，使尽化一己功名之见耳！一切机宜，连日所降谕旨，俱已备悉。惟望经略大学士仰体慈怀，钦承渥泽，诸凡从长妥办，俾国家军民，均有裨益，朕实幸焉。

所谓以"四月初旬为期"，则是高宗已预见到必须速战速决，倘十四年三月间尚未奏功，即当撤兵。在傅恒初到四川时，细陈缺马缺粮的情形，奏请优遇"军粮飞班"，户部收捐（捐官）停止六个月，俱令于四川报捐，本折兼收（"本"为"本色"即米，"折"为"折实"即银），其运米至军前者，准以"飞班"即用；户部停选六个月，仅四川捐班人员先用。

于此可见，四川用兵军需供应情况之严重，因而高宗批答，复又归罪讷亲、张广泗，对四川"民力拮据，空虚疲惫，一至于此"，竟未"剀切敷陈"。

但为山九仞，功亏一篑，势不可止，如克日荡平，固所深愿，倘有迁延，则以全蜀物力，府藏脂膏，填于蛮荒边徼一隅之地，亦觉可惜，故筹饷至十四年二、三月敷用为止。易言之，届时尚未收功，唯有息兵。十二月底曾特颁一谕云：

> 金川用兵，定不可过四月初旬之期，朕已屡经传谕。今晨恭请皇太后圣母万安，蒙询及此事，朕以经略大学士傅恒所奏，如不成功，无颜以见众人之语陈奏。奉皇太后懿旨："经略大学士傅恒此见成，实为太过！经略大学士傅恒此行原为国家出力，非为一己成名；如为成名起见，岂有国家费如许帑项、如许生命，专以供一己成名之理？况退缩贻误者，朝廷既治其罪，而经略大学士傅恒，忠勇奋发，勤劳任事如此，何不可见众人之有？且人事既尽，成功与否，则当听命于天；若天意不欲殄灭丑类，人力何能强违？经略大学士傅恒之出力，期于国事有益也；必谓不能成功即不可见众人，试思果如所见，于国事有益，否乎？自宜遵奉朝廷前旨为是。"

拿这些上谕，跟杀讷亲、审张广泗以后所颁布的谕旨对照来看，形成过与不及的两极端；而出以奉"懿旨"方式，更为别具深心。

高宗对太监用事及外戚干政，非常敏感，何以上谕中公然有太后过问国事的宣示？原来这是一种抚慰后家的手法。以家务的观点来看，孝贤纯皇后由于高宗所加予的种种刺激，愤而投水，这在姻亲之间，已构成非常严重的纠纷，尤其是傅恒，纵有红顶之荣，未掩绿帽之羞，更须有适当的疏导，才不致激出变故。

高宗派傅恒为经略，本意就是借此机会，要给他一个大大的好处，作为补偿，同时在亲鞫张广泗时，已尽悉大小金川的底蕴，劳民伤财之误，在不纳莎罗奔之降，务求扫穴犁庭，逼得苗蛮凭借地利做困兽之斗。

所以高宗一面密谕岳钟琪格外尽力，为经略之辅；一面定下限期，暗示傅恒此去，只要保住面子即可，亦即是不妨接纳莎罗奔投降。

但傅恒不知是负气，还是不明暗示，抑或故意表示忠勇，上奏自道："此番必期成功，若不能殄灭丑类，臣实无颜以见众人。"果然如此，必成不了之局，不特傅恒将蹈讷、张的覆辙，而且战事必不能在短期内结束。

因而高宗迫不得已表明：

> 金川之事，朕若知征途险阻如此，川省疲惫如此，早于今秋降旨，以万人交岳钟琪料理；更不必调派满兵，特遣重臣，费如许物力矣。

这是明白告诉傅恒，只信任岳钟琪，自能了事。而傅恒似未喻其意，仍有亲自冒险犯难的奏报，因而高宗搬出太后来劝谕，目的是要傅恒相信，皇帝上谕中，实有至亲的关切在内，他不必担心万一无功，将为讷亲、张广泗之续。

此役结果，一如高宗的筹划，由岳钟琪了事，《清朝野史大观》载：

> 公（指傅恒）既至军，任冶军门大雄统军，变易张、讷弊法，壁垒一新。又侦知良尔吉之奸，召至幕中，责其贰心之罪，立置于法。又于雪夜攻克坚碉数处，察其道路险峻，非人力所易施，据实奏闻。

> 高宗知群鼠穴斗，无须劳我兵力。会孝圣宪皇后中降懿旨，以休兵息民为念。贼亦惧，乞岳威信代请降。傅文忠命岳公往谕贼。岳公率从者十三人直入噶喇依贼巢，莎罗奔等衣甲持弓矢以迎，公目莎罗奔故缓其辔，笑曰："汝等犹识我否？"众惊曰："果我岳公也。"皆伏地请降，导入帐中，手茶汤以进，公饮尽，即宣布天子威德待以不死之意，群番欢呼，顶佛经立誓，椎牛行炙，留公宿帐中，公解衣酣寝如常。

此因深知莎罗奔投降出于诚意，故能放心如此：

> 次日莎罗奔率子郎卡入傅文忠营降，傅公拥莲幕，

诸将士佩刀环侍。岳公引二酋入跪启事，傅坐受岳公拜，始呼二酋入，抚以威德。二酋战栗无人色，匍匐而出，谓其下曰："吾侪平日视岳公为天神，傅公乃安受其拜，天朝固未可量也。"金川遂平，傅、岳二公凯旋，高宗郊劳于黄新庄，行抱见礼，封傅文忠为忠勇公，赐双眼花翎，四团龙褂，宝石顶，紫缰辔；复岳公旧爵，加"威信"二字宠异之；立碑太学，大赦天下。

有关傅恒的种种，后文谈福康安时，还要附带提到；此处论高宗弄权式甚，以傅恒为例，其他例子还多，不必赘述。

总之，乾隆十三、十四年间（1748—1749），为高宗生平的第一变，由寅畏小心，一切务从宽大，而一变为生杀予夺，逞情而为。但天生英主，书也读得不少，故而工于诡辩。至于在此以前之寅畏小心，一半由于他本身有弱点，一半亦由于他在幼年受过一次极大的教训，见过一次极大的榜样——这个榜样，就是他的胞兄弘时。

弘时与雍正的矛盾及与弘历争位

澳大利亚墨尔本大学教授金承艺兄，寄我一篇论文《关于清世宗皇三子弘时——看一代帝王的家庭悲剧》，为《故宫季刊》第十五卷第二期的抽印本。承艺兄为清太祖长子广略贝勒褚英之后，研究雍正一朝的骨肉伦常之祸，堪称权威。其谈弘时一文，考证详明，足补拙作之不足，应该介绍给读者。

金文中说，弘时本来行四，唯次子弘盼三岁即殇，虽经命名，未予齿序，因此弘时变为行三。世宗居藩时先生三子弘晖、弘盼、弘昀皆不育；至康熙五十年（1711）初，仅有弘时一子，他生于康熙四十三年（1704），其时八岁；而就在这一年，弘历（高宗）出生，小于弘时七岁。

弘时于雍正五年（1727）八月初六申刻，以"年少放纵，行事不谨，削宗籍死"一节，前已谈过，但金文考证弘时生前死后的情况，对我颇有启发。兹先引叙要点，再谈其他。金文中记载：

一、《世宗实录》中，从头到尾，未出现过"弘时"一名，只《高宗实录》中载有雍正十三年（1735）十月二十四上谕一道：

> "从前三阿哥，年少无知，性情放纵，行事不谨，皇考特加严惩，以教导朕兄弟等，使知儆戒。今三阿哥已故多年，朕念兄弟之谊，似应仍收入谱牒之内。着总理事务王大臣，酌议具奏。"

按：《世宗实录》为高宗所修，而《高宗实录》为仁宗所修。是故金文中所说弘时之死，"只因在政治上有难以言宣的苦衷，衡量轻重，最后才采用这种方式以出之"。（指《世宗实录》中，并弘时之名亦无有。）则此"苦衷"，当为高宗的苦衷。

二、弘时在雍正五年（1727）已经二十四岁，早已成婚有子。承艺兄根据"雍亲王致年羹尧函"（按：此函收入《文献丛编》，且影印原文），以及"满洲国"所印的《爱新觉罗宗谱》，考证出他处所不得见的有关弘时的资料如下：

（1）弘时成婚于康熙五十八年（1719），时年十六岁。

（2）嫡妻董鄂氏，尚书席尔达之女；妾钟氏、田氏。

（3）康熙六十年（1721）七月，钟氏生一子，名永珅，雍正二年（1724）正月殇，年四岁。

三、承艺兄自《清宫述闻》中查出："雍正元年（1723），调安庆教授王懋竑来京，乾清门引见，奉旨，授翰林院编修，着在三阿哥处行走。"有一条是王懋竑在上书房行走，即充上书房师傅，并介绍王懋竑为康熙四十二年（1703）状元、江苏宝应王式丹之侄，著有《朱子年谱》，为儒林公认研究朱熹的权威之作。但王于雍正元年到京，第二年坚以病体难支乞假返里，从此闭门著书，直到乾隆六年（1741）才去世。

对于这一点，承艺兄的看法是：

> 他（王懋竑）一到北京，在皇三子弘时府行走之后，立刻发觉弘时与世宗父子间的冲突日趋尖锐，自己

已经陷身在危机四伏的环境中了，若不速求逃脱事外，日后将有杀身之祸。

这是非常正确的见解。但关于"父子间的冲突"，承艺兄认为弘时当时血气方刚，照现代心理学来解释，属于"反抗性最强的年代"，也是"疾恶如仇，不计较后果去追求正义的年代"。

承艺兄说：

> 像弘时这种年岁的人，恰又适逢其会，他把祖父生前死后，政局上发生的突然变化，父亲与隆科多的勾结，叔父胤祯的冤屈，连名字也被变更了（父亲的原名大概也同时不见了），祖母之死，大部分的叔伯与宗室王公的幽禁……这一切都看在眼中了，是非曲直，对于不解真相的人才会有迷惑感，但在他心中是一清二楚得有若黑白似的那么分明，身处"反抗性最强的年代"的弘时，他能够隐忍住内心中的反感和愤怒吗？在那种情形下，弘时对父皇有犯颜相抗的举动，应该一点都不是稀奇的事。

这番肯定了心史先生的看法的理由，说得非常圆满。但我以为世宗与弘时父子间的冲突，还有一个更敏感的问题，即是将来皇位继承的问题。

关于乾隆身世之谜，自庄练兄首先提出，而在我不断探索之下，旁证、反证接二连三地发现，但迄今并无正面的证据，唯一的希望是等一部《朝鲜李朝实录》印出来以后，细细检查有无记载。

但希望实在渺茫，因为高宗对于在这方面泯没真相的工作，做得非常彻底。因为没有正面的证据，因此我所提出的论断，虽迄今为止未见到任何足以否定的评论，但亦并未获得任何认同。

是故就学术的立场而言，承艺兄推论世宗、弘时父子间冲突的原因，亦只能到此为止。但在我不同，承艺兄对有关弘时的史实之客观正确的分析，恰好成为我的论断的一个有力的旁证。

我认为弘时富于正义感，对他父亲弑兄屠弟有所不满，曾形于辞色，甚至犯颜相抗，是极可能的事；但导致雍正五年（1727）八月初六，世宗处死弘时这一幕伦常惨剧的导火线，则是弘时对皇位继承权之争，有了"放纵不谨"至足以危害其父的举动，以致世宗不能不下毒手。

按：王氏《东华录》，于乾隆一朝，开首即书：

> 雍正元年次辛祈谷礼成，为世宗登极初次大祀之典，召上入养心殿，赐食一胾，意已为他日付托之本，志早先定，仰告昊苍，故俾承福受胙也。秋八月御乾清宫，密书上名缄固，召谕诸王大臣，敬藏世祖所书"正大光

明"匾额上。冬至月届，圣祖周忌大祭，命代谒景陵。

命皇四子弘历代谒景陵，亦见《世宗实录》，雍正元年（1723）十一月庚辰（初四）：

> 总理事务王大臣等遵旨议奏，谒陵之礼，始于东汉，历唐、宋、明，皆间岁一行；至于周年亲谒陵寝，未见记载。我皇上至仁大孝，一岁之中，两诣山陵，孝思备挚。现今冬至将近，圣祖仁皇帝配天大典，指日恭行，伏望皇上以礼制情，停止亲谒，于诸王内命一人恭代。得旨：诸王大臣，援据典礼，劝止朕行，姑暂停往谒。今岁两次躬送梓宫，地方百姓亦甚劳苦，俟明岁清明，亲往恭谒。

及至十一月十三日，圣祖宾天周年之期，世宗亲谒奉先殿行礼，并"命皇四子弘历祭景陵"。弘历时方十三岁，谒陵大典，派未成年的皇子行礼，看起来像是儿戏，其实这正是世宗别具深心的妙用，可予人一个很深刻的印象，皇四子弘历确为圣祖所钟爱，派他去谒陵，是慰在天之灵。

但这一来，年已二十、成婚生子的弘时，岂不大为难堪？相信他一定会在懋竑面前大发牢骚，并抖搂出弘历"出身微贱"的秘密。

王懋竑见此光景，预料到弘时与弘历兄弟将来必有冲突；为争皇位，可以骨肉相残，是不解之仇，父母都无法化解，师傅又何能为力？自康熙三十八年（1699）以来，现实的例子一个接一个出现，而每一次发生纠纷，首先倒霉的便是双方的师傅近侍；这样，王懋竑即不获严谴，必坚决求去。

于此，又要提出一个高宗生母的问题。《永宪录》卷二下，记雍正元年（1723）十二月事：

> 丁卯（廿二日），午刻上御太和殿，遣使册立中宫那拉氏为皇后，诏告天下，恩赦有差。封年氏为贵妃、李氏为齐妃、钱氏为熹妃、宋氏为裕嫔、耿氏为懋嫔。

今按《东华录》所载是日册封后妃的姓氏封号为：

> 皇后那拉氏；贵妃年氏；齐妃李氏；熹妃钮祜禄氏；懋嫔宋氏；裕嫔耿氏。

懋、裕二嫔的姓氏互易，暂且不论；最可怪的是熹妃为钱氏，而非钮祜禄氏。再查《世宗实录》所载封妃的册文，贵妃称"咨尔妃年氏"；齐妃称"咨尔妃李氏"；而熹妃与懋嫔宋氏、裕嫔耿氏，皆称"咨尔格格"某氏。同为"格格"，何以不见于《永宪录》的钮祜禄氏封妃，而宋氏、耿氏封嫔？此亦疑问之一。

疑问还有，而且可能是最大的疑问，即在乾隆十七年

（1752），高宗已奉太后南巡以后，民间还不知道真正的皇太后是谁！此话怎讲？要再一次略提《永宪录》。

《永宪录》作者扬州萧奭自序所记年月为"乾隆十七年（1752）"；而此书之为信史，乃史学界所公认，记载亦力求其详。如"丁卯"立后封妃一节，下记恩诏及立后封妃的仪节以后，忽然有这样一句话：

> 齐妃或云即今之崇庆皇太后，俟考。（以下又记："今皇太后加上慈宣二字……十六年，圣寿六旬，又加上裕寿二字。"）

世宗元后崩于雍正九年（1731）；在乾隆年间，只有一位太后，即是所谓的高宗生母"熹妃钮祜禄氏"。萧奭作《永宪录》，既以求真著称，则即令不知后妃姓氏，岂能不知当时的皇太后即为先朝的熹妃，而误之为齐妃？

尤堪玩味的是缀上"俟考"二字。此非年深久远、史料湮没的难考之事，况为天下第一尊贵之人的姓氏，知者必多。如果说萧奭连这一点都不知道，岂复有作史的资格？是故，这"俟考"二字，是一暗示，是一隐笔兼曲笔的巧妙暗示：齐妃非高宗生母。而故意这样写，是曲笔；齐妃李氏，暗示高宗生母姓李，此为曲笔。

这曲笔与隐笔兼用的双重设计，所要暗示的是什么？是两个字：李氏——皇太后为热河行宫的宫女，内务府包衣女子的李氏。

然则钱氏何在？钮祜禄氏又是怎么回事？衡以鄂硕以董小宛为女称董鄂氏之例，则高宗生母李氏，即为四品典仪凌柱之女，称钮祜禄氏。而熹妃钱氏，当是受封未久即殁，正好张冠李戴，以故《实录》与私人记载有此歧异。于此，我附带另举一证，以见官版隐没宫闱真相之甚。

明末山东诸城丘石常，副贡生，入清选利津训导，升高要知县，不赴；其人与诗文皆有奇气，殁于顺治十八年（1661），著有《楚村诗文集》各六卷，《有感》七律云：

> 银河只隔水盈盈，诏下文姬不许行。
> 才貌如卿值一死，风流无主奈多情。
> 嫌笼娇鸟开何日？抱柱迂生哭有声。
> 闻道南宫皆赐配，梦中呓语望成名。

辛酉新年中，我曾据李天馥的《容斋千首诗》，考出顺治七年（1650）下半年，冒辟疆曾悄然赴京，谋诸方孝标，方在汤若望的"小教堂"中，曾与董小宛相见。兹获见上引楚村一诗，堪称确证。但会面以后，非小宛不愿南归，而是已蒙孝庄太后准予领回，而临时发生变化。楚村所写，情事如见，笺释如下：

> 银河只隔水盈盈。

银河指宫墙。冒辟疆必是候于神武门（当时犹沿明称"玄武门"，乾隆朝以避圣祖御名之讳改"神武门"）外，等宫中发出董小宛。

诏下文姬不许行。

临时有诏，不放小宛，"文姬"遂不能归汉。按："诏"实懿旨；当是小皇子博果尔已不能须臾离小宛，故太后变卦。

才貌如卿值一死，风流无主奈多情。

上句指小宛。既"值一死"，何不殉情？故知下为讥冒辟疆。辟疆为有名的美男子，贵妇而愿为夫子妾者，不一而足，此即"风流"；但用情不专，是为"无主"。既然如此，曷勿随遇而安？奈又"多情"，故有烦恼。

嫌笼娇鸟开何日？

此言小宛苦于宫中规矩的束缚。邓文如所引容斋《古宫词百首》中句："日高睡足犹慵起，薄命曾嫌富贵家"，知"嫌"字确为写实。

抱柱迂生哭有声。

"迁生"用微生高之典，言冒辟疆期小宛不至，痛哭失声。然则何不效微生之信，虽死不去？与"一死"句参看，可知亦为讥刺之词。

　　　　闻道南宫皆赐配，梦中呓语望成名。

明英宗被幽之南宫，遗址在南池子大街东，在明为普度寺，清初名玛哈噶喇庙，即睿亲王多尔衮府第。上句言多尔衮身后抄家，奴婢虽没入辛者库，而后皆赐配。冒辟疆果有求破镜之意，不妨公然上书乞恩；不此之图，而作《梅影庵忆语》，即下句之所谓"梦中呓语"。"望成名"三字，下得过重，未免有伤忠厚。

此中曲折，绝无法求之于官书的明白记载，唯有从断烂朝报的字里行间细心探索，庶几得实。如上考证弘历生母果为"出身微贱"的包衣女子李氏，则弘时以居长而为齐妃所出，当然欲与弘历争位。

但平心而论，世宗的选择并不错。弘时之不成材，早有明证，《永宪录》记：

　　（康熙六十一年正月）甲午：封皇三子和硕诚亲王胤祉子弘晟、皇五子和硕恒亲王胤祺子弘昇为世子。

　　按：弘时其年十九，已有子，如果成才，岂不亦在受恩之列？此自是世宗此时已认定弘时为不可造之材，故不以请封。

如上之例，可知多尔衮于顺治七年（1650）年底薨于关外后，不过一个多月，由追尊成宗义皇帝而一变为追论僭逆罪，夺爵抄家，废为庶民，这个大变化所引起的连锁反应，影响甚为广泛，但官文书上无迹可寻。

再往上看，自太祖以"七大恨告天"开始，为掩饰受明之封而反明的叛迹，其《实录》即不甚实在，但在康熙以前，隐没真相，不过有所讳而已，作用是消极的；而自雍正父子开始，隐没真相还有一种积极的作用，即是用烘云托月的手法，显示其优越的地位。

如在热河行宫，倘只看《嘉庆一统志》之类的官修之书，似乎只有世宗居藩时，方有"狮子园"赐园，独承恩眷。事实上，据《永宪录》记载，诸王扈跸皆有园，并引圣祖二十一子慎郡王胤禧诗：

> 过恒王故园云：
> 紫霞朱帐喷香猊，歌舞频看落月低。
> 废井水干黄叶满，危楼人去白云栖。
> 风流一歇成长往，花萼何堪见旧题？
> 系马空庭清泪洒，残烟衰草两凄其。

> 过诚隐郡王故园云：
> 碧泉丹障白云隈，竹阁松楼取次开。

灯月光中看妙伎，风花香里送春杯。

千山猎骑貔貅阵，五夜歌钟锦绣堆。

翡翠不来鹦鹉去，横塘烟雨长蒿莱。

　　此为两园在乾隆时皆已荒废之证。观"灯月妙伎、五夜歌钟"之句，可见诚亲王扈跸时，还将府中的戏班子都带了去，门下清客如陈梦雷等自必相随，亦可想而知；但雍亲王即无此气派，则在康熙末年，皇三子的地位实高于皇四子，于此细节上便可判定。

　　高宗幼时，谓特蒙祖父钟爱，其实亦只是点缀形迹而已。据《永宪录》记，康熙十一年（1672）正月封诚、恒两府世子后，是年三月廿三，亦即万寿后的第五天，雍亲王奏请临幸，奉觞演剧，此为循例举行的庆祝，但这年因为有未封雍府世子一事，圣祖可能要看看弘时两弟亦有成才者否。未几即将弘历带往热河。

　　我过去曾说，此因弘历"出身微贱"，为其兄弟所欺凌，圣祖怜悯这个小孙子而携入宫中，交密、勤两妃抚养。现在根据承艺兄的论文，参以《永宪录》及《清诗纪事初编》等书，我的基本看法未变，但了解了更多事实。

　　高宗于乾隆三十八年（1773），作《避暑山庄纪恩堂记》，其中颇有可玩味处，亦有可指摘处，先引原文如下：

　　圆明园之纪恩堂，纪受恩之自；避暑山庄之纪恩堂，纪受恩之迹。名同而实异，文异而事同，一而二，二而一者也。盖皇祖养育予于宫中之旨，原降于圆明园之纪恩堂，兹不复赘，然其时实仍居皇考藩邸中。及从皇祖来避暑山庄，乃赐居斯堂之侧堂，即三十六景中所谓"万壑松风"者。

夙兴夜寐，日觐天颜，绨几翻书，或示章句；玉筵传膳，每赐芳饴。批阅章奏，屏息侍旁；引见官吏，承颜立侧。或命步射，以示众臣，持满连中，皇祖必为之色动。至于钓鱼而得，则令持去，以给皇考。若隔旬余半月，则遣往狮子园，以谒圣母。

而其年秋随皇祖幸木兰，又有宜纪者，入木兰初围场，曰："永安莽喀围中有一熊。"皇祖御火枪中之，熊伏不动，久之，皇祖谓其已毙，命御前侍卫引予去射之。意欲使予于初围得获熊之名也。其时予甫欲上马，而熊突起奔前，皇祖御虎枪殪之。事毕，入武帐，皇祖顾温惠皇贵太妃指予曰："伊命贵重。"乃以射熊事告之曰："使伊至熊所而熊起马惊，成何事体？"

又一日，虞者告有虎，皇祖命二十一叔父后封慎郡王者往，予跽奏愿去。皇祖曰："汝不可去，俟朕往之日，携汝去耳。"似此深恩，彼时不知；至于今每一念及，即欲堕泪。夫五十余年之事，历历如昨，而予六旬有三，亦视曾孙矣，不有以纪之，子若孙其何由知之？此予所以追忆而涉笔也。子若孙其尚念我皇祖何以眷顾我之深，及我之乾乾矻矻，何以不敢负皇祖之恩，将亿万斯年永丕基，而承天眷，胥在是矣。讵惟一堂之记云乎哉？

按：温惠皇贵太妃，即圣祖和妃，世宗尊为皇考贵妃，高宗尊为皇祖温惠皇贵太妃。雍、乾两朝，凡圣祖妃嫔晋封者，皆有作用，或酬报，或笼络，如追尊敏妃为敦敏皇贵妃，则以其为胤祥之母；孝懿皇后妹，亦尊为皇贵妃，则以其亦为隆科多之妹；和妃由雍正朝的"皇考贵妃"进而为乾隆朝的"温惠皇贵太妃"，可知于高宗有恩，"温惠"的尊号，可以说明一切，甚至亦曾照顾高宗的生母李氏。

细绎高宗御制上记，可分析出下列三点事实：

第一，圣祖晚年，凡生年长诸皇子的妃嫔，年龄大致亦都在五十以上，类皆安居深宫，不从巡幸。和妃薨于乾隆三十三年（1768），寿八十有六，则在康熙六十一年（1722）为四十岁，在朝夕侍从圣祖的妃嫔中，位分最高，年龄最长，对圣祖的影响力亦最大。抚高宗于宫中，疑为和妃所建言。和妃无子，一女早殇，抚一孙辈，以为感情寄托，亦情理中当有之事。

第二，"隔旬余半月，则遣往狮子园，以谒圣母"。此"圣母"即高宗指其生母李氏。不言谒父，不言谒嫡母，而独标圣母，为无意中流露的真相。又，此数语接于"钓鱼而得，则令持去，以给皇考"之下，情事更为明白。

见"皇考"则必见"母后"，父母常有相聚机会，故不必"隔旬余半月"，特往谒见。唯"圣母"为山庄宫女，且如民间大家的所谓"粗做丫头"，别居窎远之处，非专程而往，不得相见。

第三，关于慎郡王一段，疑所记非实。邓文如在《清诗纪事初编》中记：

> 胤禧，圣祖第二十一子，封慎郡王。高宗列其诗《国朝诗别裁》之首，以代钱谦益者。号紫琼道人，又号春浮居士，卒于乾隆二十三年，年四十八。著有《花间堂诗钞》一卷，《紫琼岩诗钞》三卷，《续钞》一卷。外家江南陈氏，故喜从南士游。工书画，作字神似郑燮，居朱邸而有江湖之思，人情之相反也。

胤禧之母封熙嫔。圣祖晚年，后宫有三陈氏：一为勤嫔，皇十七子胤礼之母，世宗尊封为勤妃；一为熙嫔；一为贵人，生皇二十四子胤祕，殁后追封为穆嫔。此三陈氏及胤禄之母初封密嫔的王氏，当皆为圣祖南巡时苏州织造李熙所物色进献者。

今按：慎郡王胤禧殁于乾隆二十三年（1758），年四十八岁，则与弘历同年生，彼时皆十二岁。"虞者告有虎"，圣祖命十二岁的幼子当打虎之任，此非情理中应有之事。又乾隆《东华录》开首即书：

在宫中时，"命学射于贝勒胤禧，学火器于庄亲王胤禄"。胤禄的天算火器，为圣祖所亲授，转以授弘历与胤禧，此则信而有征；但胤禧既与弘历同岁，即或能射，技亦不精，圣祖"命学射于贝勒胤禧"之语，亦觉难解。

但不论如何，弘历曾从祖父一起生活过半年，同时其他各种条件亦都优于弘时，所以世宗在得位之日，可能即已决定将来传位于弘历。这在弘时积怨积愤已久，而爆发于弘历新婚未满月之时，不独因为弘历成婚而未分府，而且，我相信世宗另有明确的表示。

关于弘时之早已失爱，另有一个显明的证据是：弘时始终未曾封爵。《世宗实录》雍正十一年正月十五上谕：

> 朕幼弟允祕，秉心忠厚，赋性和平，素为皇考之所钟爱，数年以来，在宫中读书，学识亦渐增长，朕心嘉悦，着封亲王。皇四子弘历、皇五子弘昼，年岁俱已二十外，亦着封为亲王。
>
> 所有一切典礼，着照例举行。

准此以论，可以看出世宗的一个原则，即皇子至成年即二十岁以外，方得封爵，然则雍正五年（1727），弘时已二十四岁，仍无任何封号，衡诸太祖、太宗、世祖、圣祖四朝皇子分封的情况，为一特例。若非对弘时厌恶特甚，何能如此？

因此，我推断在弘时被诛以前，世宗可能有一明确的表示，即皇位怎么样也轮不到弘时。须知皇位之传，有各种考虑的因素，其中最主要的一点是皇嗣的问题。弘时十六岁成婚，十八岁生子，其子四岁而殇，便即无子。

民间一夫一妻无子，则为双方的责任；而皇子无子，则绝对为男方的责任：因为妻妾以外，尚有侍婢，只要皇子生理正常，绝不可能无子。弘时至二十四岁尚不能再得一子，则年龄愈长，精力愈衰，终将无子；即或有子，亦必不多，皇位一传之后，不但不能择贤而立，且恐帝系有转移之虞。稽诸史实，一朝之衰，往往自皇嗣不广而始。弘时即或贤能，考虑到他无子，世宗亦未必传位，何况素所厌恶。

至于弘时既有一子，证明他生理本来正常，而只有一子，则原因非常清楚：自幼贪色，斲（zhuó）丧过度。只看他十六岁成婚后，即有两妾——所生一子永珅，为妾钟氏所出——由此可知其好色，而此亦正是其失爱于其父的主要原因。

至于弘时为了争位，而做出"放纵不谨"之事，则可能有两种情况：一是公然悖逆，二是谋杀弘历。

福康安位极人臣的背后

自讷亲被诛，傅恒班师后，即代而为军机领班，那时的头衔是"保和殿大学士太保一等忠勇公"，一直到乾隆三十四年（1769），派往云南经略缅甸军务；三十五年（1770）六月班师，七月病殁，掌枢二十年之久。

傅恒秉性谨慎宽厚，雍容谦和，是太平宰相的模样，而高宗驾驭他的这个内弟，恩威并下。恩已如上所谈，威则用杀鸡骇猴的手段。

《清史稿》中记：高贵妃之兄高恒因贪污罪被诛，傅恒为之求情，乞推高贵妃之恩，免其一死。高宗答："贵妃兄弟犯法可以不死，皇后兄弟犯法，又当如何？"傅恒为之战栗。

《清朝野史大观》记傅恒家之贵盛云：

> 傅文忠公（恒）以椒房勋戚，当朝轴者几三十年，惟以尊奉前辈，引擢后进为要务，故一时英俊之士，多集于朝。如孙文定（嘉淦）、岳威信（钟琪）、卢巡抚（焯）等皆起自废弃田里；毕制府（沅）、孙文靖（士毅）、阿相国（尔泰）、阿文成（桂）皆公所赏识者，后皆为封疆大吏。其子文襄王，复以英年拥节，屡镇边隅。累世三公，门多故吏，殊有袁氏之风闻公款待下

属，每多谦冲，与其同几共榻，毫无骄汰之状。汪文端公死，公为之代请，得荫其子承霈为部曹；舒文襄公籍没遗戍，公代赎其宅，俟其归而赠之。

所谓"文襄王"即福康安，后面曾谈到。此处先谈高宗的一个内兄，即孝贤皇后之兄傅清，《清朝野史大观》记其与拉布敦殉难事云：

拉忠襄公（布敦）姓董鄂氏，以世荫起家，仕至古北口提督。乾隆戊辰，奉命与傅襄烈公（清）同为驻藏大臣。傅为孝贤纯皇后之兄，性忠鲠，其弟文忠公贵，尚于人前呵叱之。藏王颇罗鼐新故之子朱尔墨特扎布性凶悍，与准夷勾通谋逆，计日举事。

二公密劾，上命岳襄勤公（钟琪）率兵讨之，未至而贼逆谋日炽。二公计曰："语云：千里裹粮，士有饥色，况万里乎！今贼谋日甚，若不矫诏诛之，使羽翼已成，吾二人亦必为其屠害。而岳公不获进讨，非惟徒死无益，是弃二藏地也；不若先发制人，虽死犹生，继之者亦易为力。"

因矫诏召朱至楼上，宣诏预去其梯，朱跪拜，傅公自后断其首；贼众围楼数重，傅襄烈遂自刎死。拉忠襄挥泪挟刃跳楼下，杀数十人，自剖肠死。事闻震悼，封二公为一等伯，建双忠祠于石大人胡同祀之。

按：拉布敦之父名锡勒达，亦作席尔达，正是弘时的岳父；而拉布敦则为弘时的内兄。特建双忠祠以祀，则锡勒达亦能世享烝尝，此为高宗照应弘时岳家的一种作用。

傅清之子名明仁，病殁于金川前线；子宝纶世袭一等子爵，后裔不昌。比起傅恒一家来，高宗待内兄实不如待内弟之厚。除了福康安，傅恒另有三子：长子福灵安、次子福隆安、幼子福长安，福康安行三。爵秩如下：

福灵安：多罗额驸，有战功，予云骑尉世职；早死，否则必将大用。

福隆安：尚高宗第四女和嘉公主，军机大臣，兼领兵、工两部，袭一等公。金川平，画像紫光阁。四十九年（1784）卒，谥勤恪。高宗扩充圆明园，他的这个女婿，必然出了很多力。

福长安：军机大臣、户部尚书、内务府大臣，画像紫光阁。嘉庆三年（1798）封侯。此人在仁宗接位后，还有一番大波折，留到后面再谈。

这里先谈福康安。清人笔记中谓福康安"身被异数十三"，细数如下：

初以领队之臣随征金川，攻克得楞山，赏嘉勇巴图鲁，后即以"嘉勇"二字叠为封爵佳号，异数一也。

索诺木就缚，金川平，封三等嘉勇男；班师，上幸良乡，行郊劳礼，赐御用鞍辔马一；旋御紫光阁饮，至诏图形阁中，上亲制赞，异数二也。

甘肃逆回田五等滋事，授参赞大臣，擒贼首张文庆等，晋封嘉勇侯，异数三也。

台湾逆贼林爽文围嘉义，诏以为将军，驰驿往剿，立解县围。捷闻，封一等嘉勇公，赐宝石顶，四团龙服，异数四也。

生擒林爽文，槛送京师。台湾平，赐金黄带、紫缰、金黄辔、珊瑚朝珠；又命于台湾郡城及嘉义县各建生祠；再图形紫光阁，上制赞如初，异数五也。

廓尔喀贼匪审后藏，诏以为将军，叠克贼寨。奏入，御制志喜诗，书节以赐，佐以御用佩囊，异数六也。

甲尔古拉集寨之捷，酋惧乞降，诏许班师，晋大学士，加封忠锐嘉勇公。会十五功臣图像成，上复亲为制赞。时大学士阿文成以未临行阵，奏让首功，异数七也。

寻赏一等轻车都尉，命照王公亲军校例，给六品蓝翎三缺，赏其仆从，异数八也。

由川督移云贵，会黔苗石柳邓围大营、嗅脑营、松桃厅三城，楚苗石三保围永绥厅，逆渠吴半生附之，有旨命督师进剿，未匝月立解三围，赏戴三眼花翎，异数九也。

屡毁贼营，夺贼卡，降七十余寨，诏晋封贝子衔，仍带四字佳号，照宗室贝子例，给护卫，异数十也。

（匪首）吴半生降，赏公子德麟副都统衔，授御前侍卫，异数十一也。

积功无可加，赏晋公父文忠公贝子爵，异数十二也。

逮公薨，特旨赏郡王衔，赏库银万两治丧，并于家庙旁特建专祠，以时致祭，其父傅恒追赠郡王衔，子德麟袭贝勒。丧入城，亲往赐奠，御制诗哭之，配飨太庙，并入祀贤良、昭忠二祠；复奉谕，德麟承袭贝勒后，其子袭贝子，孙镇国公罔替，异数十三也。

按：福康安生于乾隆七年（1762）壬戌，当领队大臣时为三十一岁，三十四岁授嘉勇巴图鲁封号，三十五岁封男爵，四十三岁晋侯爵，四十六岁封公，五十四岁封贝子。嘉庆元年（1796）病殁军前，享年五十四岁。

有清三百年，福康安的际遇之隆，无与伦比，但两兄皆为额驸（福灵安为侄女婿），而福康安虽蒙异数十三，独不得尚主，其故安在，是非常值得探索的一个问题。

兹就现有史料，略志数端，即可证明高宗与福康安有非常特殊的关系。乾隆五十三年（1788）正月福康安平林爽文之乱，福州将军恒瑞带兵赴援，迁延观望，福康安多方袒护，为高宗所申饬，上谕中有云：

福康安由垂髫豢养，经朕多年训诲，至于成人。

清朝当创业之初，太祖与太宗抚养功臣遗孤，视同子侄则有之；顺治朝仅孝庄太后曾以孔有德之女四贞为义女，养于宫中。此后即未闻有类似举动。福康安"垂髫豢养"，"多年训诲"，则是常在高宗左右。

其实，此亦无足深怪之事；但如有此事，必视为殊荣，《福康安传》中，必大书特书，而皆无迹，倘非上谕中无意流露，孰知福康安有此恩遇？然则史传不书，必是故意隐讳，其中缘故，反足深思。

劳民伤财话南巡

自杀讷亲、张广泗，且以太庙配享一事，将张廷玉摆布得动弹不得以后，内无权臣，外无悍将，高宗才能畅行其志，而好大喜功、迷信权力的本性，亦逐渐流露。此种本性，流露在六次南巡方面，最为明显。

南巡之议始于乾隆十四年（1749）春天，至十月间定议，定于十六年太后六十万寿时举行。瞿宣颖《人物风俗制度丛谈》记康、乾两朝南巡事云：

> 康熙、乾隆两朝南巡之文献，今惟存官样文章，至实状实鲜记载，恐得虚荣者，为官绅士子，而被实祸者则间巷细民而已。余尝有句云："江山台殿冠林霏，双燕依然下翠微；御爱树空樟叶散，圣因封老柳绵飞。

一家满汉承恩并，七群苏杭望幸稀；惟有道旁献赋者，
上方赐帛最光辉。"偶阅无锡黄卬所撰《锡金识小录》，中
有南巡纪略数条，似皆实录。

按：乾隆十四年十月初上谕："向导人员朕酌量先期简
派前往清跸，所至简约，仪卫一切出自内府，无烦有司供亿。
至行营宿顿，不过偶一经临，即暂停亦不逾旬日。前岁山左，
过求华丽，多耗物力，朕甚弗取，曾经降旨申饬。"此即瞿宣
颖之所谓"官样文章"，征诸私人记载，殊不其然，如《锡金识小
录》中记云：

圣祖六幸江浙，驻跸惠山。闻初南巡时，汤文正斌
为巡抚，务俭省，无纷华；御舟入邑境，县令犹坐堂断
事。后渐加增饰，至丁亥、乙酉号称极盛，故老犹及见
之，亦惟结彩为楼，悬灯映水，点染山色湖光而已。

今天子于乾隆十六年复修旧典，巡幸江南，銮舆所
至，万姓聚观，锡予便蕃，亘古未有。然自十四年之冬
至十六年之春，官民竭蹶将事。工作繁兴，百事俱废，
下邑犹然，况于省会乎！今记所见闻，尚多遗漏，后有
征邑中故实者，可以资考焉。

乾隆十四年秋，两江总督黄廷桂首疏请南巡，巡
抚、盐政以下继之，又命各知府取乡绅耆老呈词，详院
奏请，以明同心望幸之意。时邑绅皆列名，其亲至府具

呈者，盖四人而已。

按："丁亥、乙酉"应作乙酉、丁亥，为康熙四十四年（1705）、四十六年（1707）。丁亥以后，即不再南巡，亦由过于靡费，心所不忍之故。

所以须由地方大吏耆绅呈请者，因为驾出无名。圣祖第一次南巡在康熙二十三年（1684）九月，目的是到高家堰看河工。治河都在已报安澜之后，秋深水浅，并俟漕船回空后，始能动工。渡淮、渡江后，仅至苏州、江宁两地，在江宁曾祭明孝陵。到苏州时，骑马入阊门，县官还在升堂审官司。

第二次南巡，亦是驾到之日，苏州方开始张灯结彩。时当春日，菜花结实成子，圣祖不识此物，大声告诫老百姓："你们不要踹坏了田中麦子。"左右回奏，此为菜子。命取一枝来细看，问巡抚宋荦："何用？"回奏："打油。"圣祖恍然，表示"凡事必亲看"。

又，圣祖很欣赏无锡惠山寄畅园中一株数抱的千年樟树，回銮后犹曾忆及；查初白赋诗云："合抱凌云势不孤，名材得并豫章无？平安上报天颜喜，此树江南只一株。"瞿宣颖诗中所谓"御爱树空樟叶散"，即指此树。凡此固不妨成为佳话；而高宗南巡之民怨沸腾，观《酌泉录》可知：

　　圣祖南巡时，未有营盘之设。今皇上每出巡，必具营帐，故按站为之。邑有二，一在石塘湾之北，曰北营盘；一在望亭，为南营盘。合两处约费民田六百余亩，高约三尺，挑筑俱用民夫。四围用大木桩无数，约入地五尺，俱用大铁条钩连以固之；桩内用木板障之，土用山泥黄沙，每填上一层，用巨石系索，筑令坚实。其面用细土合油灰筑之，光润可鉴。

至十六年正月大雨雪，奇寒，及冻解，地皆泥泞，复雨不止，为期既迫，上官切责，具令几不欲生。后少霁，役民无算，晓夜填筑，始幸无事。

营盘对河为照墙，长几二里，木边竹心，加芦席数重，绘龙凤杂彩。民田之当营盘役者，每亩费至一两有余，县官上报费止五百。

高宗南巡，随带禁军一千，以资保护，而实为炫耀，因而不得不在御舟所泊之处构筑营盘。石塘湾在无锡之北，望亭在无锡之南，皆运河所经之处，复南即为浒墅关。无锡如此，他处亦然，痛不欲生者，不只无锡县官。

至于营盘对河，须加彩绘照墙者，是因为高宗或许还须在此阅武，对河一望田畴，景观不足，而力田的百姓，亦须隔绝天颜之故。

营盘、照墙之外，还有一样费钱的工程：

邑自五牧至望亭，运河官塘为正路，石塘之圮者修之，土塘之坏者筑之，圣祖南巡时仅此耳。今于修筑外，更辟而广之。又于官塘对岸亦筑为塘，遇河港即架木为桥。有材村庄竹木者，俱斩伐毁之以通绛，自五牧至望亭皆然。南北塘近城滨河，有屋者沿河钉木桩，架板为复道，朱木为栏，曲折可观，皆绛路也。

副路北自转水河后，折过白荡圩口，上接阳湖县，南自带钩桥经谈孤渎桥，南行接长洲县，旧本无路，俱以民田填土筑之，阔与塘岸等，占田当以千计，遇水即为浮桥，此护从兵马所经行也。役夫皆出自轮年总甲，其费与营盘等。

这段记载，对未见过江南运河的读者来说，须加诠释，方能明了。沿运河筑一条路，称为官塘，或名塘路，实即堤岸，视路途是否冲要，或河水是否湍急，而定为石塘或土塘。

石塘即堤壁用石，近城则人烟繁密，车马频数，故多用石塘，房屋建于石塘之上，后窗临河，役夫无法通行，便须沿河钉桩，桩上铺板，并设栏杆，所谓"复道"，即是绛路。

官塘本只一条，但为护从兵马方便计，于官塘对岸，再筑一条塘路，即所谓"副路"，占田为路，是否有如现在的补偿费可领，不得而知。唯筑路役夫皆出自保甲，则被占之田的业主，怕亦只有自认倒霉了。

光是有路可行，还不够；所经之路，犹须整齐可观，因而须加点缀。在城外是：

运河下塘，相去十五六里，设竹篱茅舍，一屋三楹，覆以棕，或以茅，或间以松柏叶，编竹为篱环之；右设水车盘，左为亭，缀以朱栏，移竹植其旁，不匝月尽皆枯死。御舟所经，点缀村庄佳景，凡五处。

这有个专门名词，叫作"点景"。如上描写的农家，只能见之于王维、孟浩然的诗篇或者李翰祥所导演的电影，在后人心目中，实不如圣祖之误认菜子为大麦来得有趣。至于城里，又另是一种点缀：

自北塘入城，过大市桥，直出南城门，至清宁桥以下，皆御驾所经。旧街俱小黄石，督令尽去之，易以新砖；居民店肆门垣，以墨油涂泽如新。沿河无屋处，筑墙掩之，施黝垩焉。砌街照门面，每间费银四五钱，查核公费，俱开官办云。

这不过是整顿市容，尚有专为接驾而设的灯彩，更为靡费：

御驾将至，遍地皆灯彩，黄埠墩、放生池、宝善桥、岩壑夔龙坊四处，则宜兴、荆溪、江阴、靖江四县令分任之；漪澜堂、锡山及两营盘，则本邑两令所办；旧皇亭则诸邑绅办；惠山寺天王殿前则派两贞节祠后裔；香花桥、金莲桥派惠山各祠后裔；秦园则秦氏为之。

由秦园至惠山寺街，又至庙巷口，直到锡山麓，各照门面。自天王殿右观泉坊，经华孝子祠，至尊贤祠前，则华氏通办。凡灯彩一处，多者费至千金，木料布匹彩绸皆用买之，非可赁借也。凡驾所经行之处，过牌坊皆结彩以掩之，有子孙则子孙承办；一无着落者，始官任焉。自北塘入城，至南塘，每户悬一紫灯，巨室则二。书颂圣对联，各设香案，桌围更以黄布画团龙。

陈寅恪先生所写的《柳如是别传》，曾引钱牧斋所写《和老杜生长明妃一首》七律，是为董小宛入宫一证。爰在高宗南巡途中，先了此重公案。

寅恪先生《柳如是别传》（台北里仁书局版）775页至778页，约有一千五百字"附论"其事。所引钱牧斋《病榻消寒杂咏》第三十七首、三十八两首云：

夜静钟残换夕灰，冬缸秋帐替君哀。
汉宫玉釜香犹在，吴殿金钗葬几回？
旧曲风凄邀笛步，新愁月冷拂云堆。
梦魂约略归巫峡，不奈琵琶马上催。
（自注："和老杜生长明妃一首。"）
秦淮池馆御沟通，长养妖娆香界中。
十指琴心传漏月，千行佩响从翔风。

柳矜青眼舒隋苑，桃惜红颜坠汉宫。

垂老师师度湘水，缕衣檀板未为穷。

（自注："和刘平山师师垂老绝句。"）

寅恪先生的按语是："和杜一首为董白作，和刘一首为陈沅作。"陈沅即陈圆圆，与本文无关，不必赘述。关于董小宛一首，寅恪先生一则谓："小宛之非董鄂妃，自不待言。"再则谓："至董鄂妃之问题，亦明末清初辽东汉族满化史一重公案，兹限于本文范围，故不具论。"三则谓："此事数十多年来考辨纷纭，于此不必多论。"但在"不待言""不具论""不多论"之后，却有所言、有所论，终于肯定了："清廷所发表顺治十七年（1660）八月十九日董鄂妃之死，即小宛之死。"

而且，连"影梅庵"的来历，亦为读者指出。推测寅恪先生所以如此吞吐其词，乃因孟心史先生作《董小宛考》，自信特甚，且谓指董鄂妃即董小宛者，"事之可怪，莫逾于此"，"倒乱史事，殊伤道德"，故不欲公然否定心史先生之说。老辈忠厚，自不可及；但寅恪先生之不以孟说为然，是一不争的事实。

寅恪先生在此一千五百字的"附论"中，引用了四个证据，一是吴梅村诗"墓门深更阻侯门"，提出疑问：

然则小宛虽非董鄂妃，但亦是被北兵劫去，冒氏之称其病死，乃讳饰之言欤？

此"北兵"我曾考定为多尔衮的部下；前谈丘石常诗"闻道南宫俱赐配"，亦可为确证。

二是引《影梅庵忆语》中，董小宛述梦一段，从而论断：

> 可知辟疆亦暗示小宛非真死，实被劫去也。

三即引钱诗"吴殿金钗葬几回"之语，说钱牧斋诗意是：

> 冒氏所记述顺治八年正月初二日小宛之死，乃其假死。

四是引姜白石"疏影"词，指出"影梅庵"的含义。这一点留待后文再谈，且先笺释钱诗。寅恪先生只指出"吴殿"一句，其实两联四句，无一非借昭君以存小宛生死下落的真相。

由"不具论""不多论"两语而观，则以寅恪先生的功力，对于此案之真相始末，自是洞若观火；可惜，他的一肚子未尽的学问，俱入泉台！言念及此，更觉不可妄自菲薄，有一伸寅恪先生未竟之说的必要。

寅恪先生只引"吴殿"一句，用意亦是不欲过分彰明是非，以合其吞吐其词的文气。就事论事，亦就是就诗论史，最分明的一个典故是"邀笛步"；吴梅村于康熙三年应冒辟疆之请所作的《题冒辟疆名姬董白小像》八绝的引言，一开头即言"笛步丽人"，此"笛步"即是"邀笛步"，但吴翌凤所注"笛步"，与钱曾所注"邀笛步"，有详略之不同。吴注引张敦颐《六朝事迹》云：

> 邀笛步，旧名萧家渡，在城东南青溪桥之右，今上水闸是也。晋书云桓伊善乐；尽一时之妙为江左第一，有蔡邕柯亭笛，常自吹之。王徽之赴召京师，泊舟青溪侧。伊素不与徽之相识，自岸上过，客曰："此桓野王也。"徽之令人谕之曰："闻君善吹笛，为我一奏。"伊是时贵显，素闻徽之名，便下车，踞胡床，为作三调。弄毕，便上车去，客主不交一言，故今名为邀笛步也。

按：桓伊官至护军将军，曾与谢玄大破苻坚，《晋书》有传。与王徽之一段因缘，自是晋人风流，但与吴梅村、钱牧斋笛步之典毫无关系。

因为毫无关系，故知钱曾所注，是一种障眼法。钱曾引王象之《舆地纪胜》云："邀笛步在上元县，乃在徽之遇桓伊吹笛之处。"

上元县即江宁府附郭的首县。既不言"萧家渡"，亦不言"青溪桥之右"，即是有所隐讳；所隐尤在"青溪"。吴、钱诗中的笛步，实即青溪的别名，而青溪则指《板桥杂记》

中所写的秦淮河房。

合看两注，钱曾所略去的"城东南，青溪桥之右"字样，即是隐讳所在，亦即真相所寄。明太祖于南京设富乐院以容官妓，此院先设于乾道桥，后以大火移武定桥，为青溪与秦淮相接之处。

富乐院遗址，明末称为"旧院"，《板桥杂记》所谓"南曲名姬，上厅行首"之所荟萃；"曲"即北里，故牧斋诗中的"旧曲"指旧院。"旧曲风凄邀笛步"，道明了董小宛的出身；昭君生于香溪，何得征青溪之曲？

兹从头解此诗，第一句乃写第二句的"秋帐冬缸"；江文通《别赋》：

> 春宫闷此青苔色，秋帐舍兹明月光。
> 夏簟清兮昼不暮，冬缸凝兮夜何长？

"替君哀"则明写汉元帝，暗写冒辟疆，用生离而非用死别之典，表示冒是知道小宛的生死下落的。

三句"汉宫玉釜香犹在"的香即"返生香"。钱曾作注，引东方朔《十洲记》云：

> 聚窟洲有神鸟山，山多大树，花叶香闻数百里，名为返魂树。伐其木根心，于玉釜中煮，取汁，更微火煎如黑糊状，令可丸之，名为曰惊精香，或名之为震灵

丸，或名之为返生香，或名之为震檀香，或名之为人鸟精，或名之为却死香，一种六名。斯灵物也，香气闻数百里，死者在地，闻香即活，不复亡也。以香熏死人，更加神验。

此言《影梅庵忆语》中，虽说小宛已死，其实活在宫中。四句"吴殿金钗葬几回"，典出《异梦记》：

> 王炎，元和初夕梦入侍吴王久，闻宫中出辇，鸣笳、吹箫、击鼓，言葬西施。王悲悼不止，立诏词客作挽歌，炎应教诗曰："西望吴王阙，云书凤字牌。连江起珠帐，择土葬金钗；满路红心草，三层碧玉阶。春风何处所？凄恨不胜怀。"王甚嘉之。及寤能记其事。

若非一葬再葬，如何可问"葬几回"？寅恪先生所谓"否则钱诗辞旨不可通矣"，正指此而言。又王炎诗句"择土葬金钗"，亦有暗示影梅庵中小宛之墓为衣冠冢之意。

第二联上句"旧曲风凄邀笛步"解已见前；下句"新愁月冷拂云堆"，固为昭君之典，青冢即在拂云堆，见《云中志》。

但言"新愁"，乃与旧时生离之恨相对而言，自为死别，则此"拂云堆"，自是指世祖孝陵。"月冷"用老杜"环佩定归月下魂"诗意。再看下句"香魂约略归巫峡"，则"生长明妃尚有村"的秭归香溪，在巫峡与黄牛峡相接之处，与白下青溪毫不相关，更为"旧曲"指小宛出身之地的有力反证。

兹续谈高宗南巡。乾隆十六年（1751）正月十三起驾后，沿运河南下，经镇江至苏州，略事逗留，即由嘉兴到杭州，时为三月初一；五日后奉太后渡钱塘江至绍兴禹陵。这是最值得研究的一件事。

按：第一次南巡的主要目的是太后六十万寿。启跸之日，有《恭奉皇太后南巡启跸京师近体言志诗》，诗序云：

> 兹乾隆辛未建纪之岁，实慈宁六旬大庆之年，奉游豫以祝釐。皇祖事垂燕翼；省阎闾而行庆，苍生普被鸿恩。将见农人红女，呼嵩者绕大安之舆，越水吴山、罨画者邀王母之顾。

诗为"七言八韵"的排律，中有两联云：

> 南人望幸心云慰，西母承欢愿以申。
> 四海一家何德我，三朝厚泽久孚仁。

读如上"天章"，细细参详，得有如下的了解：

第一，南巡是为了奉太后"游豫祝釐"。这是劳民伤财之举，因而以康熙成献为借口。

第二，既然如此，则南巡应到何处，需视太后的意旨为断。而太后所必欲至之处，为浙江，而尤在绍兴，所以特为标举"越水吴山"。吴山固可解释为三吴之山，但有"立马吴山第一峰"的诗句，而又缀于越水之下，则此吴山，当然是指杭州的城隍山。

第三，诗中"西母"指太后，"西母承欢愿以申"，可见"越水吴山"为太后心愿所系之地；而"四海一家"自然有满汉一家的意味在内。

然则太后何以格外关注于"越水吴山"——事实上是"越水"，"吴山"不过是陪衬而已——这就足耐细思了。

大致民间富贵之家的老太太，如谓出游胜地，目的是在朝山进香，因此如说到杭州这个天下闻名的佛教圣地，至三天竺烧香，其事平常。而特为渡江至绍兴，是为了什么？

退一步言，不为烧香，只为游览，则所谓"山阴道上，应接不暇"，不过文人笔下溢美之词，江浙两地风景胜于绍兴者，不知凡几，又何以特标"越水"？

复检史书，得知在事之臣，曾经谏阻绍兴之行。乾隆十五年三月二十六日上谕：

> 据向导大臣努三、兆惠奏，由杭州府渡江，至绍兴禹陵、南镇一路，河道窄狭，仅容一船经过，石桥四十余座，须拆毁过半。旱地安设营盘，地气甚属潮湿等语。

原奏当然不便率直请求停止绍兴之行，只需提出跸路上的靡费，即能促使高宗作出臣下所希望的决定。但所得到的答复，通情达理，异常平实：

> 朕初次南巡，禹陵近在百余里以内，不躬亲展奠，无以申崇仰先圣之素心。向导及地方官，拘泥而不知权宜办理之道，鳃鳃以水道不容臣舰、旱地难立营盘为虑。若如此，所议拆桥数十座，即使于回銮之后，一一宜为修理，其费甚巨，且不免重营民力，岂朕省方观民之本意耶？

以下提出解决的办法，其中有"春花"一词，深可玩味：

> 朕在宫中及由高粱桥至金海，常御小舟，宽不过数尺，长不过丈余，平桥皆可径渡，最为便捷。越中河路既窄，日间乘用，俱当驾驶小船，石桥概不必拆毁。其原拟安立营盘之处，必系湾岸稍宽，可以停泊之地，即于此处造大船一只，专备晚间住宿，更不必于岸地安营，既避潮湿，且免随侍人众践踏春花之患。其驻宿大船，惟取坚固，既不藉以涉大川、破巨浪，一应帆樯篙楫，亦不必齐全，所费不过造船工价二三千金，过后物料，尚可变用，较之拆桥进艇，多费周章者，相去远矣。着详悉传谕该督抚等，令其遵照指示，妥协办理。

谕中包括三点：第一，不拆石桥；第二，只造大船一只，代替行宫；第三，不立营盘，既免毁弃民田，亦免践踏春花。

此"春花"一词，为绍兴府属特有的稼穑用语；寒族薄产，田户以绍兴人为多，笔者幼时习闻其词，而在他处罕闻。两浙稻田，一年一熟，收秋以后，冬季翻土，至来年初春种植其他作物，约于三四月间收获，名为"春花"。青黄不接之际，常赖春花挹注，关系农村生计甚重，故上谕特以为言，只不知高宗何以知有"春花"一词。

上引诏旨，真为蔼然仁君之言。但此恩泽，仅敷施于绍兴，不及他处，此又何故？岂不可思。

第二次南巡，原定于乾隆二十一年（1756）举行，并先期传谕："绍兴一处，毋庸前往。"可知地方督抚仍将绍兴列入巡幸范围，但绍兴既非名胜之处，而假借祭陵之名，亦可一不可再，故有此谕。

所以延迟一年的原因，高宗诗中有说明；他在正月十一启跸时，有《叠辛未旧作韵》云：

前秋适值逢灾歉，昨岁因之罢豫巡。

是年丁丑，"昨岁"为丙子，自注：

前降旨丙岁南巡，以乙亥江浙秋涝停止。

第三次南巡本定在乾隆二十六年（1761）辛巳；这年太后七十万寿，亦因黄河水灾，改在二十七年（1762）壬午。

第四次南巡在乾隆三十年（1765）乙酉，太后七十四岁。此后即未曾出游，自是由于高年不耐舟车劳顿之故。乾隆四十二年（1777）太后崩，享年八十有六。越三年，高宗始有第五次南巡，不亲吴越已十五年；则以前四次南巡，完全是为了奉慈舆游观，阅海塘不过借一个名目而已。

清朝的皇帝，对生母而言，除了世宗以外，大致都是孝子；而圣祖之孝祖母，高宗之孝生母，更逾常格，《清史稿·后妃传》，叙孝圣宪皇后云：

> 后年十三，事世宗潜邸，号格格……高宗即位……尊为皇太后……高宗事太后孝，以天下养，惟亦兢兢守家法，重国体……上每出巡幸，辄奉太后以行，南巡者三（按：应为"四"），东巡者三，幸五台山者三，幸中州者一。谒孝陵、狝木兰，岁必至焉。遇万寿，率王大臣奉觞称庆。乾隆十六年，六十寿；二十六年，七十寿；三十六年，八十寿：庆典以次加隆。
>
> 先期日进寿礼九九，先以上亲制诗文、书画，次则如意、佛像、冠服、簪饰、金玉、犀象、玛瑙、水晶、玻璃、珐琅、彝鼎、瓷器、书画、绮绣、币帛、花果、诸外国珍品，靡不具备。太后为天下母四十余年，国家全盛，亲见曾玄。四十二年正月庚寅，崩，年八十六，

葬泰陵东北，曰泰东陵。

如上所叙，孝圣宪皇后应生于康熙三十一年（1692），四十三年十三岁，事世宗潜邸，号格格，五十年二十岁生高宗，则至康熙六十一年（1722）三十一岁时，不应仍号格格。

按：格格为旗人中有身份之未婚女子的尊称，年龄固无太大的关系，但未婚则为一绝对的条件——清末恭王长女称"大格格"，庆王四女称"四格格"，则沿其未婚前之称呼而来，且亦因在宫内犹如娘家之故。汉人大家之女，婚后归宁，虽白发盈颠，年龄相仿之长辈及媪妪老仆仍有称之为"小姐"者，其例相同。

如孝圣宪皇后真为钮祜禄氏，则年逾三十，生子已十岁而犹称"格格"，是件太说不通的事。

第四次南巡时，高宗以"圣母春秋高，而江浙经涂数千里，顿置烦数，非所以适颐养也，爰于四巡回跸时，面敕东南诸大吏，勿更以南巡吁"。于是两江总督高晋，有《南巡盛典》一书之辑录，计一百二十卷之多，首《恩纶》，次《天章》，收集了高宗御制的诗文联匾，其中不乏词臣代笔之作。

值得玩味的是，《天章》中高宗对浙江的观感，与他的父亲正好相反。世宗因汪景祺、查嗣庭两案，认为浙江士风浇薄，特派"观风整俗使"加以整顿，并于雍正五年（1727）丁未，停止浙江举人参加会试的权利，作为惩罚；而高宗则对浙江特具好感，亦格外关切，如二十二年（1757）二次南

巡,《入浙江境》诗云:

分疆顿觉民风异,转壑都关吾意存。

恩沛宁无需再沛?畴咨大吏悉心论!

《过嘉兴府城》诗注:

前秋南省偏灾,江浙接境,江苏请赈之地颇广,而
浙省报灾独轻,且全遗嘉郡,因特命加赈。

《到杭州行宫驻跸八韵》诗注:

乙亥秋岁歉收,杭人惟静候赈恤,未尝以米价腾
踊,越分妄干。

或谓:这是浙江人比较安分,故能上邀眷顾。但"吁俊"
一编中,却有与众不同的表示,《南巡盛典》卷七十六记:

乾隆十六年二月初十日,浙江学政臣雷铉,至淮上
恭请圣安,面奉上谕:"浙省生监有进献诗赋者,尔可
择其有学有品者,代为进呈。"

其时江苏学政为乾隆四年(1739)己未状元庄有恭,自

然亦在淮阴接驾，却未蒙此恩谕。及至二月二十七日苏州启驾，进入浙江境内，更下上谕，对进献诗文者，予以甄别，而发展为一种"召试"制度，据奉旨议奏的大学士傅恒、协办大学士梁诗正、兵部侍郎汪由敦等奏复：

臣等会议得江浙两省进献诗赋之生监人等，作何分别考试之处，窃惟江浙为人文所萃，重以圣朝作养，久道化成，士风日盛。兹值翠华临莅，更荷特沛温纶，增广学校取额，异数优渥，无有伦比；其进献诗文赋颂，自出于欢忭感激、不能自已之至情。今复蒙谕旨，考试甄录，仰见遴选真才、敦尚实学之至意。

伏查江南省自入境以后，江苏各属进士、举人、生监人等，陆续进呈诗文，业经学政臣庄有恭，遵旨详阅，前后两次，开列名单奏闻，共二十九名；并蒙御览，赏给缎匹之翁照、陆遵书、陆授诗等，俱应令其与考。伊等现已各回原籍，应令学政庄有恭，行文所属，指名调赴江宁省城，恭候驾至江宁之日，定期考试。

再据安徽学政臣双庆称：安徽各属所有进献诗赋之生监等俱在江宁，恭候迎銮；亦应俟驾至江宁之日，令该学政分别去取，其入选者与江苏献诗人等，俱在江宁一体考试。

至现在浙江省所有士子进献诗文，应交学臣雷铉，随接随看，分别去取，汇齐开列名单进呈；所有应考士子，改令在杭州省城静候考试，应于驾至杭州、江宁，臣等会同酌拟日期，奏闻请旨，并特派监试大臣、侍卫、护军人等监视稽查。届期该学政等恭请钦命试题，收卷进呈，其考试地方预备士子本日饭食茶水等项，交各该督抚办理，务令严肃整齐，以仰副我皇上优渥隆恩。有加无已之至意，恭候命下遵行。

奉旨如议，即在杭州举行第一次召试，专试浙江进献诗文的士子。而江苏、安徽两省，则于回銮至江宁时召试，自此成为常例，四次南巡，皆是如此。

召试计试一诗、一文、一赋，高宗亲自出题。由题目中亦可看出他对当地的观感。十六年第一次召试，浙江的题目是：

赋得披沙拣金（得真字五言八韵）；

明通公溥论；

无逸图赋。

试帖诗题明示欲在浙江选拔真才，文、赋两题则为勉励之意。江苏的题目是：

蚕月条桑赋；

赋得指佞草（得忠字五言八韵）；

理学真伪论。

赋题意在劝农，诗题及文题则必有所指，对象为张廷玉。《清史列传》叙张廷玉乞休，高宗多方杯葛的经过特详，虽无张廷玉明白反对南巡的记载，但蛛丝马迹，犹可覆按。

张廷玉虽早于乾隆七年（1742）年底失宠——不准其长子承袭伯爵即明证，但仍加优礼。及至南巡之议起，十二年以廷玉保荐不实，交部议处，十三年正月即具疏乞休，不允，殆为不以南巡为然之故。十四年十月，既颁定十六年正月南巡的明旨，十一月"以其年老，不能复兼监修总裁之任"，特派傅恒前往安慰，希望他留京不去。

因为以张廷玉的身份地位，如果出面干涉地方官承办南巡事宜，督抚亦拿他无可奈何；至如南巡时，张廷玉领头提出地方上兴革的建议，高宗亦很难不给面子，此所以不愿他回桐城。哪知张廷玉倚老卖老，竟似不省，依旧上疏"请得暂辞阙庭，于后年江宁迎驾"。

按：地方大吏接驾，应至入省之地，山东与江苏交界之处，在郯城县南的红花埠。以张廷玉的身份，非其他在籍绅士可比，接驾自然亦应至入江南之初的地点，而但云至江宁，则自置于一般士绅之列，在高宗看，是对南巡一举表示冷漠，于是祸作。《清史稿》本传：

十五年二月，皇长子定安亲王薨，方初祭，廷玉即请南还，上愈怒，命以太庙配享诸臣名示廷玉，命自审应否配享。廷玉惶惧，疏请罢配享治罪，上用大学士九卿议，罢廷玉配享，仍免治罪。

又以四川学政编修朱荃坐罪，荃为廷玉姻家，尝荐举，上以责廷玉，命尽缴历年颁赐诸物。二十年三月，卒，命仍遵世宗遗诏，配享太庙，赐祭葬，谥文和。乾隆三年，上将临雍视学，举古礼三老五更，咨鄂尔泰及廷玉，廷玉谓无足当此者，撰议以为不可行。四十三年，上撰《三老五更说》，辟古说踳驳，命勒碑辟雍。五十年，复见廷玉议，以所论与上同，命勒碑其次，并题其后，谓"廷玉有此卓识，乃未见及。朕必遵皇考遗旨，令其配享；古所谓老而戒得，朕以廷玉之戒为戒，且为廷玉惜之"。终清世，汉大臣配享太庙，惟廷玉一人而已。

第二次南巡召试赋题为"黄屋非尧心赋"。"黄屋"即黄幄，为天子行帐，高宗命此赋题，所以表示南巡纯为承欢太后，非其本心。以后第三次、第四次南巡，均循例召试，钦命大臣阅卷，每次一等取三名，授内阁中书。

其中颇有知名之士，如第一次所取嘉定附生钱大昕，第二次所取江苏青浦进士王昶、嘉定优贡曹仁虎，第三次所取长洲进士吴泰来，皆有文名，在"吴中七子"之列。其事功特著者，有孙士毅，在《清史稿》中，与福康安、明亮并列为一卷。

孙士毅是杭州人，乾隆二十六年（1761）进士，用为知县。孙士毅不愿为"风尘俗吏",恰逢第二次南巡,献诗而得召试,取为一等第一,授为内阁中书,转为军机章京,受知于大学士傅恒。三十三年傅恒征缅甸,以孙士毅典章奏,叙军功迁户部郎中,升大理寺少卿,出为广西藩司,擢云南巡抚。

四十五年云贵总督李侍尧以贪赃革职,孙士毅以不先举劾,革职遣戍伊犁,抄家时不名一钱,因得赦回,授翰林院编修,开始了他的封侯事业。此当与福康安、和珅一起谈,这里暂且搁下。

两淮盐引案

四次南巡前后约三十年,号称全盛,而盛极必衰,祸根亦伏于此时。自古以来,国库充盈,则必有黩武、游观、土木、祠祷之事,为失国之渐;高宗占其三项,而以游观——南巡的影响最为严重,士习、吏治由此而坏,官商勾结病民,为内乱之因,而高宗竟为领导制造此种乱源者。一代英主,有此愚行,令人骇怪。

孟心史《清代史》记此,最为精审。叙盐务云:

> 盐务之坏,坏于高宗之侈心。清代家法以不加赋为永制,不加赋云者,固念民生,尤杜子孙之以侈得祸

也。圣祖六次南巡、东巡及亲征漠北，累巡塞外，俱不闻所过病其劳费。高宗亦六次南巡，则昭示太平，跸路所过，皆是点景，尤以扬州为极盛。高宗所谓"商人捐办，不碍务本之民"，此即取之盐业，一时自谓得计，实则节次内乱用兵，平教匪者三，平海盗者一，何一非由私盐利厚而成？然事非直接，上下相蒙，不发其覆；至道光间国课积亏，乃始哗然盐法之弊，此士论以盐为集中之点者一也。

《南巡盛典》中有"褒赏"一编，在事官吏将弁，皆蒙赏银；所经各地，则普免钱粮。唯独于两淮盐商，在冠带荣身之外，"食盐于定额之外，每引赏加一十斤"，此即是每一引盐得增免税之盐十斤。

高宗上谕中，期望"减一分售盐之价，即利一分食盐之人"，然则此为嘉惠小民，而非对盐商的"褒赏"。明知盐商不可能有十斤免税之盐而减价，故作此言，岂非自欺的违心之论？心史又言：

> 《清史稿·食货志》："惟乘舆屡次游巡，天津为首驻跸地，芦商供亿浩繁，两淮无论矣。"此说盖指高宗之南巡。
>
> 夫谓长芦两淮因供亿乘舆而致困商耶？则正不然。亏帑许其病国，加价许其病民，商挟帝眷以挥霍于其

间，正是最得意之日。芦商海宁查氏，声气之广，交结之豪，世称天津水西庄。至所谓查三瞟子，历见诸家笔记，至今流为戏剧。淮商则《扬州画舫录》所载，园林栉比，尽态极妍，备一日之临幸，即为诸商家豪侈娱乐之所。

河道稍宽，则就凿为湖，所凿之土垒于湖中，名小金山，岩石嵌空，楼台曲折，经营于其上。导御舟至其地登岸，蒙允则一夕造成御码头，白石广平，翼以栏楯，登岸即天宁门外。上下或赐宴，赏赉渥厚，拟于大像，而奢侈之习，亦由此而深。此商倚国而为豪举。

帝自以为不累民，而盐贵私盛，养成枭盗，不知凡几。国取润于商资，商转嫁于民食，国取其什一，商耗其百千，谓民食贵盐而即有碍生理，其说为主张加价者所笑，谓斤加数文，人食盐多不过三钱，斤盐可供两月之食，一人一月多负担数文，何至告病？不知商品贱则销，贵则滞，所争在毫厘之间。官盐价贵，即为枭贩敲除。内乱之萌，起于枭贩，枭贩必有结合，则所谓秘密社会，皆发生于是。近时人留意秘密社会史料，吾以一言蔽之：官盐价不敌私盐，有以造成之耳。

此所谓"秘密社会"，即指清帮兴洪门。清帮与盐枭关系尤为密切，贩私盐者几无不在帮。私盐有各种名目，其中之一称为"漕私"，即是利用粮船走私。心史先生论盐枭有两句极深刻而极平实的话：

> 为他劫掠之盗，民必仇之，助官踪迹除患；为枭盗则与国争利，无累于民，民反得廉价购盐之益，故不加嫉视，或反阴庇之……官盐价平，至私盐无利而枭自散，无所用其捕也。

因为如此，所以有"私盐越禁越好卖"的说法。官盐与私盐的差价太大了，蓬门荜户如果食用官盐，会感到是一种不轻的负担，所以不论如何，非买私盐不可；而一禁则私盐反可抬高价格，此即"私盐越禁越好卖"的道理。

盐的成本极低，盐民生活至苦，然则官盐何以不能抑低至平民负担得起的程度？则因自古以来，盐为剥削百姓的主要工具。至清朝则高宗亦参加剥削集团，俨然为其渠魁，此所以心史先生不能不感叹"尤可怪异"。

《清史稿·食货志》记载：

> 内府亦尝贷出数百万，以资周转。帑本外更取息银，谓之帑利，年或百数十万、数十万、十数万不等。……自三十三年，因商人未缴提引余息银，数逾千万，命江苏巡抚彰宝查办。

内府之银为皇家私财，借与盐商数百万，牟取重利；盐商每年每引提银三两作为"帑利"，但历年不奏明确数，笼统报一总数，这样到了乾隆三十三年（1768），忽为高宗所发觉，因而掀起大狱，称为"两淮盐引案"，为乾隆朝三大案之一。《清稗类钞》记其始末云：

> 是案因尤拔世任两淮盐政，风闻盐商积弊居奇，索贿未遂，乃奏称："上年普福奏请预提戊子纲引，仍令各商每引缴银三两，以备公用，共缴贮运库银二十七万八千有奇。普福任内所办玉器、古玩等项，共动支银八万五千余两，其余见存十九万余两，请交内府查收。"
>
> 朝廷以此项银两，历任盐政并未奏闻，私行支用，检查户部档案，亦无造报派用文册。且自乾隆乙丑提引后，二十年来银数已过千余万，显有蒙混欺蚀情弊，密派江苏巡抚彰宝，会同尤拔世详悉清查。

按：此案发生于乾隆三十三年戊子，乙丑则为乾隆十年（1745），历时二十二年之久，可见积弊之深。结果查出盐商侵蚀达六百余万，结交官员又费三四百万，总计应追赔银一千万两以上。此案坐诛者有高恒、普福。《清史稿·高恒传》：

> 高恒，字立斋，满洲镶黄旗人，大学士高斌子也。

乾隆初，以荫生授户部主事……二十二年，授两淮盐政……是时上屡南巡、两淮盐商迎跸，治行宫扬州，上临幸，辄留数日乃去，费不赀。频岁上贡稍华侈，高恒为盐政，陈请预提纲引岁二十万至四十万，得旨允行。复令诸商每引输银三两为公使钱，因以自私，事皆未报部。三十三年，两淮盐政尤拔世发其弊，上夺高恒官，命江苏巡抚彰宝会尤拔世按治。

诸盐商具言频岁上贡，及备南巡差，共用银四百六十七万余，诸盐政虽在官久，尚无寄商生息事，上责其未详尽，下刑部鞫实，高恒尝受盐商金，坐诛。

高恒为高皇贵妃之兄，傅恒曾为乞恩，碰了个大钉子，其事已见前记。高恒之子高朴，于乾隆四十三年（1778），亦因贪污被诛。

两淮盐引案之所以成为有名的刑案，除了案情本身及国戚亦被显戮外，另一原因为牵涉当时在士林中负盛名的卢见曾。此人山东德州人，字抱孙，号雅雨，两榜出身，有吏才，乾隆元年（1736）任两淮盐运使，因不买盐商的账，致被吏议，在乾隆五年（1740）充军，九年复起，由知州升知府。

直隶总督那苏图上疏举荐，谓其"人短而才长，身小而智大"。十六年迁长芦盐运使，十八年复任两淮盐运使。此人卷土重来，识得盐商的厉害，作风便大改了。

《清史列传·卢见曾传》云：

扬州地故濒海，土薄水浅，沟道久湮，见曾醵赀浚之，扬城遂无水潦患。又修小秦淮、红桥二十四景，及金焦楼观，以备宸游，后以告归。三十年高宗南巡，赐御书"德水耆英"匾额，时年七十六矣。

见曾勤于吏治，所至皆有殊绩，然爱才好士，官盐运时，四方名流咸集，极一时文酒之盛。金农、陈撰、厉鹗、惠栋、沈大成、陈章等前后数十人，皆为上客。尝校刊《乾凿度》、高氏《战国策》、郑氏《尚书大传》、李鼎祚《周易集解》及子史等书；又补刊朱彝尊《经义考》，皆有功后学。

又采山左诸人诗，仿中州集例，系以小传，为《山左诗钞》，足备乡邦文献。青浦王昶谓其爱才好事，百余年来所罕见。所著《雅雨堂诗》八集，文十余卷，其《出塞集》一卷先已刊行，余毁于火，后人采掇刊之，为文四卷、诗二卷。

《清史列传》为清国史馆所修，已许以"爱才好士"，谓其"官盐运时，四方名流咸集，极一时文酒之盛"；野史所记轶事更多。《十朝诗乘》所记，最为翔实，卷十二云：

两淮都转，时称抚仕，其能宏奖风雅者，独推曾宾谷、卢雅雨。宾谷平进至开府，雅雨则屡遭蹉跌。

按：曾宾谷名燠（yù），江西南城人，官至贵州巡抚，此人为卢见曾后辈。卢在两淮卸任时，年已七十，有《留别扬州》诗云：

其一

脱却银黄敢自怜，不才久任受恩偏。

齿加孙冕余三岁，归后欧公又九年。

犬马有情仍恋主，参苓无效也凭天。

养疴得请悬车日，五福谁云尚未全？

其二

平山回望更关愁，标胜家家醉墨留。

十里亭台通画舫，一年箫鼓到深秋。

每看绛雪迎朱旆，转似青山恋白头。

为报先畴墓田在，人生未合死扬州。

其三

长河一曲绕柴门，荒径遥怜松菊存。

从此风波消宦海，始知烟月足家园。

岁时社集牛歌好，乡里筵开鹤发尊。

痴愿无多应易遂，杖朝还有引年恩。

诗中有幸免风波，并求安度余生之意，而终不能免祸。乾隆三十三年（1768）事发，卢下扬州狱，定罪绞监候，瘐毙狱中，年七十六。

此案并牵连名士多人。纪晓岚时为侍读学士，南书房行走，与卢雅雨为儿女亲家，因泄漏抄家事被遣戍乌鲁木齐，《清朝野史大观》记：

> 两淮运使卢雅雨见曾以爱士故，宾至如归，多所馈贻，遂至亏帑。事闻，廷议拟籍没，纪时为侍读学士，常直内廷，微闻其说，与卢固儿女姻亲也。私驰一介往，不作书，以茶叶少许贮空函内，外以面糊加盐封固，内外不著一字。卢得函拆视，诧曰："此盖隐'盐案亏空查抄'六字也。"亟将余财寄顿他所，迨查抄，所存赀财寥寥，和珅遣人侦得其事，白之。
>
> 上召纪至，责其漏言，纪力辩实无一字。上曰："人证确凿，何庸掩饰乎？朕但询尔操何术以漏言耳！"纪乃白其状，且免冠谢曰："皇上严于执法，合乎天理之大公；臣惓惓私情，犹蹈人伦之陋习。"上嘉其辞得体，为一笑，从轻谪戍乌鲁木齐。

此记大致得实，但谓"和珅遣人侦得其事"则大谬。和珅于乾隆三十四年（1769）后始袭世职，三十七年授三等侍卫，皆在此案之后。

此外有王昶及赵文哲，则皆以名士而为卢雅雨所礼遇，故急难加以援手。

王昶南巡召试一等，授内阁中书，二十四年充军机章京。两淮盐引案，王昶漏言于卢雅雨之孙荫恩，奉旨革职。后由阿桂带往云南军营效力，以军功复起，官至刑部右侍郎，乾隆末年，常赴各省查案，亦秋官中佼佼者。

赵文哲，上海人，亦以召试授内阁中书，转军机章京，同因漏言获咎，同为阿桂带赴云南，前半段经历，与王昶相同，但运气不及王昶，于三十八年金川之役时，与武英殿大学士定边将军温福同时殉难。

赵文哲为"吴中七子"之一，当时诗名在同辈之上，而今则只知王鸣盛、钱大昕、王昶。《清史稿》列赵于《忠义传》而非《文苑传》中，知者益罕。赵传出章式之之手，实为佳传，引录如下：

> 赵文哲，字升之，江苏上海人，生有异禀，读书数行下。同时青浦王昶，嘉定王鸣盛、曹仁虎，皆以能诗名，独心折文哲。为人瘦不胜衣，而意气高迈，由廪生应乾隆二十七年南巡召试，赐举人，授内阁中书，在军机章京上行走。以原任两淮盐运使卢见曾查抄案通信寄顿，褫职。
>
> 时大军征缅甸，署云南总督阿桂奏请随军。阿桂由缅甸至蜀，将军温福方督师征金川，见文哲，与语，大悦之。时温福与阿桂分兵，文哲遂入温福幕。温福重文哲，片时不见，辄令人觇文哲何作。已而连克金川地，三十七年十月，遂剿平美诺，以功复中书，又授户部主

事，仍随营治事。

三十八年，兵至木果木。六月，小金川降者叛，与金川合抄后路，师将溃，在军者逆知贼大至，相率逃窜。文哲毅然以为："身为幕府赞画，且叠荷国恩，讵可舍帅臣而去。"卒与温福同死。

两淮盐引案虽曾雷厉风行，震动一时，但向商人追赔之款，分限缴纳，一两次后，便即拖欠，不了了之；至乾隆四十六年（1781）、四十九年（1784），更两次豁免了三百六十余万两。这两次豁免，由于高宗第五次、第六次南巡，扬州盐商全力供应，务极铺张。

《清稗类钞·巡幸类》记：

高宗第五次南巡时，御舟将至镇江，相距约十余里，遥望岸上，着大桃一枚，硕大无朋，颜色红翠可爱。御舟将近，忽烟火大发，火焰四射，蛇掣霞腾，几眩人目。俄顷之间，桃砉然开裂，则桃内剧场中峙，上有数百人，方演"寿山福海"新戏。彼时各处绅商，争炫奇巧，而两淮盐商为尤甚。

凡有一技一艺之长者，莫不重值延致。又揣知上喜谈禅理，缁流迎谒，多荷垂询，然寺院中实无如许名僧，故文人稍通内典者，辄令髡剃，充作僧人迎驾。并与约，倘蒙恩旨，即永为僧人，当酬以万余金，否则任听还俗，亦可得数千金。故其时士子稍读书者，即可不忧贫矣！

又南巡时须演新剧，而时已匆促，乃延名流数十辈，使撰《雷峰塔传奇》，然又恐伶人之不习也，乃即用旧曲腔拍，以取唱演之便利。若歌者偶忘曲文，亦可因依旧曲，含混歌之，不至与笛板相迕。当御舟开行时，二舟前导，戏台即架于二舟之上，向御舟演唱，高宗辄顾而乐之。

上记烟火中现舞台一节，近乎齐东野语；士子假扮为僧，以及水上演戏，可信其为事实。两淮盐商如此刻意相媚，目的即在求得豁免恩诏，从而可知乾隆三十年（1765）后，越十五年始有第五次南巡，未始不由于两淮盐引案之故。

至于此事之影响于国计民生者，心史先生有一段议论：

尤拔世为盐政时，题明所提为每引三两，则至少以年销五十万引计，亦应有三千万两，以故兴起大狱。夫盐引所提，皆盐价所出，孟子所谓"上下交征利而国危矣"。财货不自天降，不自地出，必有自来。理财者以取于盐为最轻微而易成为大数，是诚然矣；殊不知有私盐以拟其后，此则国危之真谛，圣贤所垂戒，断非揣测过甚之词也。乾隆中叶以后，教匪海盗，迭起不止。民生之糜烂，军饷之耗费，不可数计。而养盗之源，尚无人指陈盐弊者。

盐务积弊，以及整顿经过，留待以后再谈。此处所得而言者：乾隆中叶以南巡而造成奢靡粉饰的风气。在奢靡粉饰的风气中，产生了无数贪官污吏，虽以高宗的英察，不惜以严刑峻法处置国戚，而不能收炯戒之效。《清史稿》卷三百四十，为贪墨专传，流芳遗臭，各自千秋，题名如下：

（1）恒文：乌佳氏，满洲正黄旗人，云贵总督，乾隆二十二年，以议制金炉进贡，而克扣金价。案情不算重，但有损高宗声名，被逮入京时，中途赐死。

（2）郭一裕：湖北汉阳人，云南巡抚，与恒文一案，充军。

（3）蒋洲：江苏常熟人，大学士蒋廷锡之子，山西巡抚，因贪纵命属吏弥补亏空，乾隆二十二年被诛。

（4）杨灏：直隶曲阳人，湖南藩司，办平籴侵吞三千余金，被诛。

（5）高恒、高朴父子：前已谈过，不赘。

按：以上大致皆乾隆二十二年至三十年（1757—1765）事。贪黩的情节，不算严重；以下就不同了。

（6）王亶望：山西临汾人，自乾隆三十九年（1774）任甘肃藩司至四十六年任浙江巡抚，连年贪污，抄家时，金银逾百万。王亶望起居豪奢，轶事甚多。一妾名吴卿怜，苏州人，国色而有才，王败后，卿怜归和珅，和珅又败，卿怜年廿九，没入官，作诗八章自伤，有"回首可怜歌舞地，两番俱是个中人"之句。

王亶望论斩后，同案被诛二十二人，高宗谓此二十二人皆死于王亶望，并且祸及子孙。王亶望长子革职充军，幼子被逮下狱，年至十二，即次第发遣，逃者斩。五十九年，国史馆进江苏巡抚王师，师为亶望之父，有治绩。高宗遂赦亶望长子，幼子亦不发遣。此当是和珅所设计的花样。

按：《清史列传》中，未见有王师传；《清史稿》王师传附于徐士林下，在直隶任州县时有贤声。乾隆十五年（1750）十一月任江苏巡抚，十六年八月殁于任上，首尾十个月，正当第一次南巡时，不知有何治绩？且身殁已久，不当于四十余年后，突为立传。颇疑此为和珅弄权，有意出此，俾为王亶望子孙乞恩之借口。

（7）国泰：富察氏，满洲镶白旗人，四川总督文绶之子。文绶屡黜屡起，或因其为孝贤皇后同族，高宗另眼看待之故。国泰出身纨绔，骄恣乖张，豪奢贪污，好声色，巡抚衙门歌管不绝，曾与藩司大学士于敏中之弟易简串演《长生殿》，国泰去旦角而易简扮明皇，至"定情""窥浴"诸折，易简以上官而不敢过为媟亵，关目科诨，草草了事，国泰大为不悦，责易简迂阔，以"做此官、行此礼"之谚相喻。易简素无骨气，在官厅见国泰，至长跪白事；此时见国泰有怒容，不敢不遵，于是极态尽妍，任情唐突，国泰反而大悦。

《清史稿》本传：

四十七年，御史钱沣劾国泰及易简贪纵营私，征赂诸州县，诸州县仓库皆亏缺。上命尚书和珅、左都御史刘墉按治，并令沣与俱。和珅故袒国泰，墉持正，以国泰虐其乡，右沣。验历城库银，银色不一，得借市充库状，语互详沣传。国泰具服婪索诸属吏，数辄至千万。

易简谄国泰，上诘不敢以实对。狱定皆论斩，上命改监候，逮系刑部狱。巡抚明兴疏言，通察诸州县仓库亏二百万有奇，皆国泰、易简在官时事。上命即狱中诘国泰等。国泰等言因王伦乱，诸州县以公使钱佐军兴，乃亏及仓库。上以王伦乱起灭不过一月，即谓军兴事急，何多至二百万？即有之，当具疏以实闻。国泰、易简罔上行私，视诸属吏亏帑，恝置不问，罪与王亶望等均，命即狱中赐自裁。

钱沣即写颜字与刘石庵（墉）齐名的钱南园。《清史列传》本传，于此案有生动的描写：

始受命，沣先期行，微服止良乡，见干仆乘良马过，索夫役甚张，迹之，则和珅遣往山东赍信者也，沣详审其貌。未几，仆还，道遇沣，沣叱止之，搜其身得国泰私书，具言借款填库备查事，中多隐语，沣立奏之。

沣在道衣敝，和珅持衣请易，沣辞，和珅知不可私干，故治狱无敢倾陂。比到省盘库，则和珅先言不用全数弹兑，第抽盘数十封，无短绌可也。和珅遽起回馆舍，沣请封库。次日彻底拆封，则多圆丝杂色，银是借诸商家以充数者，因诘问库吏。得实，乃谕召诸商来领，大呼曰："迟则封库入官矣！"于是商贾纷纷具领，库藏为之一空。复改道易马，往盘他处亦然，案遂定，和珅亦无如何也。于是国泰遂伏法。

钱南园轶事甚多，信而有征者如本传又记：

> 充湖南学政，每试士，危坐厅事，目炯炯终日不倦。然优于待士，数年中未尝褫一诸生。士之服其教者，讴颂弗衰。岁大旱，巡抚陆耀以祷雨得热疾卒，代者至，将称觞为寿，阍者请馈，沣曰："前巡抚方以死勤事，今遽举觞称庆耶？"命馈烛二梃，藕数斤。巡抚闻之，惧而止。

此"代者"为浦霖，浙江嘉善人，科甲出身；到任做寿，无非打属员的秋风，"闻惧而止"，为恐钱南园参劾。浦霖后在福建以贪赃被诛，则以总督伍拉纳早有贪名，以故与浦霖同流合污，小人知惮正人君子，则不致为大恶，是故在上者，能明辨是非，扶持正道，保全善类，国势虽危，可转而为安。

此一心法自圣祖以来一脉相传，至同光之际，虽垂帘之太后，亦遵行不替。到得慈禧退位而不愿弃权，以致正道消沉，是非不分，君子与小人之界限，每不知何在，则去亡国已不远。此亦是谈清朝的皇帝应留意的一大端。

《清史稿》卷三百四十，为伏法的贪官污吏立传者，人数尚多，后面谈和珅、福康安时，将会附带列叙，为免重复，姑且到此为止。此传后附论赞云：

> 高宗谴诸贪吏，身大辟，家籍没，傏及于子孙，凡所连染，穷治不稍贷，可谓严矣！乃营私戢法，前后相望，岂以执政者尚贪侈，源浊流不能清欤？抑以坐苞苴败者，亦或论才宥罪，执法未尝无挠欤？然观其所诛殛，要可以鉴矣！

高宗用严刑峻法之果敢，实不下于明思宗，而吏治之终于不振，亦犹如崇祯年间军事颓势之终于不能挽回。其间因果，后世看来，历历分明。我曾不止一次提出我的看法：明思宗自谓"朕非亡国之君，诸卿乃亡国之臣"，大谬特谬——唯其有亡国之君，乃有亡国之臣。乾隆末叶，亦复如此，唯其有弄权之君，乃有弄权之臣，倘无高宗，即无和珅；倘无和珅，又何能有串戏为属员配小旦的山东巡抚国泰、丁忧演剧的平阳县令黄梅、索贿至倒悬县令的闽浙总督伍拉纳（此两事详后）？由以上引列之例，可以看出贪污案发生在和珅当政后者，情节远重于他未当政之前，若谓和珅死有余辜，则高宗又将如何？

阿桂与和珅薰莸同器

我以前说过，高宗平生凡三变，亦就是三副面目，乾隆十三年（1748）以前一副，十三年以后一副，至三十八年（1773）以后又一副。

论此一副面目，应先引录乾隆三十九年（1774）正月的一道上谕：

> 朕临御以来，恒以敬天报本为要，不敢稍有疏略，凡坛庙大祀，必亲诣行礼，自降舆以至礼成，一切典礼，俱有加增。四十年来，罔敢少懈。及至三十七年，朕逾六旬，始命大学士、礼部，将降舆远近，稍为酌减，此所以节缛仪而省精力，欲尽礼于大祀也。然以因朕逾六旬始然，而诚敬益得申致，我万世子孙，谨懔朕意，若年未六旬，切不可稍减典制。倘蒙上天眷佑，临御年过六旬，方可如朕见行仪制举行，着永远为令。

这道上谕，显示出高宗踌躇满志、信心十足的心态。高宗二十五岁即位，至乾隆三十九年（1774），前后通计，在位已四十年，年六十有四。自汉高祖以来，寿过六十，而临御三十年以上的皇帝，除圣祖以外，不过汉武帝、后汉光武帝、蜀汉后主、吴大帝、梁武帝、唐玄宗、宋高宗、辽圣宗、辽道宗、元世祖、明太祖、明世宗等十数人而已，其中为高宗所佩服的，只有汉武帝、汉光武、元世祖、明太祖等四帝，论临御年数，已超过元世祖及明太祖；汉光武在位三十三年，卒年六十三，在高宗已两皆超过；唯有汉武帝在位五十四年，卒年七十一，则两皆未及。

高宗的目标，是希望超越汉武帝，但年龄赶上较易，临御年数超过较难，能至乾隆五十五年（1790），高寿八十，此时唯一未能赶上的，只有他的祖父圣祖，在位六十一年。而高宗有意让圣祖保持此项纪录，所以决定临御至六十年内禅，退为上皇。此是高宗于临御、年寿，两皆超越汉光武时的打算。

至于乾隆六十年（1795）九月，立嘉亲王为皇太子时，宣诏践位之初，"即焚香默祷上天，若蒙眷佑，得在位六十年，即当传位嗣子，不敢上同皇祖纪元六十一载之数"，不过为了呼应圣祖的所谓"福过于予"，如此说说而已。

当高宗践位时，还有两名"候补皇帝"等在那里，能做几年，根本不可知。即令无此情况，若谓希望寿至八十五，做六十年皇帝，这野心未免也太狂妄了。

我研究高宗的心态，决意要赶上汉武帝，不独在年寿及临御年数这两点上，而且武功文治，也希望超迈汉武。当时小金川已复，《四库全书》已经开馆，此两事足为武功、文治的表征。

在乾隆三十九年时，高宗心理上还有一个足以激发他空前的雄心的因素是：至此为止，不但早无先朝老臣，而且连早年共事的大臣，亦皆凋谢，如年纪最轻、人称"小尹"的尹继善，殁于乾隆三十六年（1771）；共事最久的两刘——刘纶、刘统勋，则在上年先后病故。满朝文武，无一非由高宗一手所培植，这造成了他真正的"唯我独尊"的感觉，从而产生了放手弄权的心理。

乾隆三十九年（1774）以后，高宗始终宠信不衰，而且确实支配了政局的两个人，竟为薰莸同器，一个是阿桂，一个是和珅。

《清史稿》以专卷为阿桂立传，紧接着以于敏中、和珅合一卷，体例可取。阿桂在满清三百年中，为旗中数一数二的人才。《清史稿》本传叙其早年云：

> 阿桂，字广庭，章佳氏。初为满洲正蓝旗人，以阿桂平回部驻伊犁治事有劳，改隶正白旗。父大学士阿克敦……阿桂，乾隆三年举人，初以父荫授大理寺丞，累迁吏部员外郎，充军机处章京。十三年，从兵部尚书班第参金川军事。讷亲、张广泗以无功被罪，岳钟琪劾阿桂结张广泗、蔽讷亲，逮问。

> 十四年，上以阿克敦年老无次子，治事勤勉，阿桂罪与贻误军事不同，特旨宥之。寻复官，擢江西按察使，召补内阁侍读学士。二十年，擢内阁学士。时方征准噶尔，命阿桂赴乌里雅苏台督台站。逾年，父丧还

京，旋复遣赴军，授参赞大臣，命驻科布多，授镶红旗蒙古副都统。二十二年秋，授工部侍郎。

按：尹继善亦为章佳氏，怡贤亲王生母敏妃亦出于章佳氏，而实为汉人，其间因缘特殊，深可玩味，而凡旗籍汉人有才者，莫不为高宗所重用，其故更可思。

阿桂之才，初展于乾隆二十五年：

二十五年，移驻伊犁，阿桂上言伊犁屯田、阿克苏调兵诸事，上嘉其勇往，命专司耕作营造，务使军士、回民皆乐于从事。

时西域初定，地方万余里，伏莽尚众，与俄罗斯邻。上诏统兵诸大臣议，咸谓沙漠辽远，牲畜凋耗，难驻守。阿桂疏言："守边以驻兵为先，驻兵以军食为要。伊犁河以南海努克等处，水土沃衍，宜屯田，请增遣回民娴耕作者往屯，增派官兵驻防，协同耕种，次第建置城邑，预筹马驼，置台站，运沿边米赴伊犁，简各省流人娴工艺者，发备任使。"又奏定山川土谷诸祀典。上用其议，阿桂造农器，督诸屯耕，获岁大丰。

按：乾隆十大武功，以平回部为第一，高宗亦以此为最得意，因新疆入中国，扩自古所无之版图。但平回部的武功，虽以傅恒、兆惠为最，而新疆既入版图，倘无阿桂经营屯田，则变乱仍将复起，成为大累。乾隆二十六年（1761）第一次图功臣像于紫光阁，亲自作赞，定伊犁回部五十人，阿桂名列第十七。

第二次图像在乾隆四十一年（1776）大小金川皆平以后，亦为五十人，阿桂居首；第三次则在林爽文之乱以后，领兵大臣虽为福康安，而全盘策划则为阿桂，因而仍居首位；第四次为定喀尔喀，计十五人，本亦居首，让于福康安，退居第二。于此可知，乾隆十大武功，阿桂无役不与，谓之为高宗第一功臣，名实皆符。

与阿桂同时被重用者为和珅，此即高宗玩弄权力的一种狂妄野心。自古有道天子，近贤远佞，而高宗自以为天纵聪明，因材器使，无不如意，所以既用阿桂，又用和珅。此人之为小人，高宗岂能不知？只是自溺于弄权欲中，欲使小人亦能办大事，创一超过前代，不拘一格用人才的未有之例，结果成了玩火。

高宗如在他第三变的后二十年中只重用阿桂，就绝不会有嘉庆年间川楚教匪之乱，而道光年间的鸦片之战，亦不会败得奇惨无比，以后的历史便都要改写了。

和珅之获重用，以及始终宠信不衰，其故何在，到今天还是一个谜，有人以为是同性恋所致。

历史上汉文帝赐邓通以铜山，汉哀帝则竟欲禅位于董贤，君臣发生同性恋，原有些不可思议的现象出现，但高宗善于以古为鉴，必不致此。而且和珅见宠时，高宗已是花甲老翁，谓不免于余桃断袖之癖，而沉溺一至于此，亦觉不可思议。

我以为和珅之见用，适逢其会，正当高宗思弄权自娱之时。至于以后陷溺而不自觉，则以和珅善测帝意，或和珅之"珅"与弘时之子永珅之"珅"，在高宗心理上发生一种微妙的补过而得安心的作用，亦未可知。

和珅原隶正红旗，钮祜禄氏，家世颇难考察，现今所知者，其高祖名尼牙哈那，有"巴图鲁"的称号。"巴图鲁"者，勇士之谓。

按：钮祜禄氏为满洲八大贵族之一，始于太祖从龙之臣额亦都。额亦都有十六子，幼子即遏必隆，此一支最贵。此外知名者有图尔格、彻尔格等，而不知名者犹多。孝圣宪皇后父四品典仪凌柱及和珅，可能都是额亦都之后。凌柱与和珅之间有无关系，俟考。

和珅家世之不易考，除其祖先外，他的外家亦是个谜。清人笔记中说他有两个外祖父，一个是伍弥泰，蒙古人，乾隆四十八年（1783）以吏部尚书入相，下一年和珅授协办。从古以来，未闻外祖父与外孙同时拜相之事，论年辈亦不相当，当是误传。

另一个是曾任漕督的嘉谟，比较可信，《清朝野史大观》记：

和珅为伍弥泰外孙，盖满洲人多云然，而吴督部熊光亦著之笔录者也。伍公与和珅先后入相，或是珅继母之父，苦无确证。按包慎伯《中衢一勺·郭君传》云：嘉公谟为河库道，大学士忠襄伯和珅，其外孙也。珅少贫，每遣仆刘全徒步往返五千里求资助，嘉公资以白金五十两。君方为河库道吏，与全饮而欢，语之曰："子且贵，何为人仆从，苦如此？"亦资之如嘉公数。

珅嗣以家累遣全求嘉公助白金三百金，嘉公怒詈遣之，珅遂私出都诣嘉公，公怒甚，欲治以逃人之法，君从容语嘉公曰："吏见和郎君贵当在大人上，大人毋薄其贫，且大父以三百两助外孙，事甚小，何苦怒如此？"

嘉公曰："汝善和郎君，何不自助之？"君曰："大人不助和郎君，吏不敢先。"嘉公乃出金授君曰："即日为我遣之。"君招至酒楼握手曰："郎君不日当大贵，贵后愿毋忘，今日为天下穷黎乞命。"既为具鞍马，又自以白金三百助其装。其后珅以户部尚书为军机大臣，扈跸下江南至红花埠，遣全驰诣君，约相见于仲兴。

君曰："吾始谓若主济世才，今乃招权纳贿，为赃吏逋逃薮，毒流生民，吾恨尔时不恋惠治以逃旗外遣之罪。若主仆旦夕且无死所，毋累我。"遂与绝。后卒如君言。嘉公后官漕运总督。观此，珅实有两外祖，且皆早识珅奸矣！

郭君名大昌，山阳人，洞彻水性，穷极事变。乾嘉之际数十年，凡奉特旨持节治河及经制官河督以下遇事谘决，倚为安危，盖振奇士也。

按：包慎伯即包世臣，世知其名著为论书法的《艺舟双
楫》，不知有《中衢一勺》，上引原著，稍嫌诞夸。河库道驻
清江浦，自京师往返五千里，不必尽为徒步，附搭漕船，是
件很方便的事。

嘉谟，不详其姓氏，但亦隶正红旗，乾隆三十七年
（1772）官至漕督，则任河库道时，和珅尚未出仕。以旗分、
年辈而论，嘉谟为和珅外祖之说，较之伍弥泰为可信。

和珅之为高宗宠信，原因甚多，主因之一如高士奇之于
圣祖，工于窥探意旨。清人笔记中关于和珅的传闻甚多，有
一条云：

故事：顺天乡试四书题，皆由帝钦命。内阁先期呈
进四书一部，命题毕，仍发下。乾隆乙酉科乡试，内监
捧四书发还到阁时，珅探问帝命题时情状。内监言，上
手披《论语》第一本将尽矣，始欣然微笑振笔直书云云。
珅沉思良久，遂知为"或乞醯（xī）焉"一章，盖"乞
醯"二字中嵌乙酉字在内也，乃密通信于其门生，倩人
预构，获隽者甚众。

按：和珅贵后，内则卿贰，外则藩臬，拜门称老师者甚
多，甚至翰林亦有称门生者。其中以吴省钦最有名，《清朝野

史大观》记：

> 鹤沙吴白华侍郎省钦，与弟稷堂先生省兰，俱登显要，生平尝九典试事，门墙桃李，几遍天下。方和珅之未第也，尝受业于稷堂先生。后珅贵，侍郎借其援引，反屈身拜门下，士林耻之。洎（jì）珅败，削职归家，门下士有以画册献者，启而视之，则"一团和气"也，遂羞愤而卒。尝奏准试场中加写"添注""涂改"字样，士子一时不检，往往被贴。迄今邑中人谈及科场条例，未有不呼其名而唾骂者。

七典乡试，四任学政，都是最高纪录，而吴省钦萃于一身，且皆在高宗在位时，不能不说是一种异数，更不能不说是和珅的一种权术。对吴省钦而言，考差、学差即令不卖关节，只收贽敬，亦可致富。对和珅自己来说，吴省钦的门生，就是他的小门生。科举时代，最重师门，和珅数十年不败，有此结纳士林的一重因缘，颇有关系。

吴省钦、吴省兰于乾隆二十八年（1763）、四十三年（1778）先后入翰林，吴省钦官至左都御史，其弟省兰始为侍郎。吴省钦七典乡试，计为：

乾隆三十三年（1768）戊子，贵州，正主考。

三十五年（1770）庚寅，广西，正主考。

三十六年（1771）辛卯，湖北，正主考。

四十四年（1779）己亥，浙江，副主考。

五十七年（1792）壬子，江西，正主考。

五十九年（1794）甲寅，浙江，正主考。

六十年（1795）乙卯，浙江，正主考。

乾隆五十八年（1793）癸丑，并典会试；平生复四任学政，计四川一任，湖北一任，顺天两任。嘉庆四年（1799）正月革职时，正在顺天学政任上。

至于奏准加注"添注""涂改"字样，事起于乾隆五十一年（1786）。商衍鎏著《清代科举考试述录》记：

> 乾隆五十一年定：答策每问不满三百字者，照纰缪例罚停科。试文皆要点句钩股，书法不许潦草。文策每篇尾及诗末句下旁，写"添注"几字、"涂改"几字，每场卷末于文后提行书明通共添注若干字、涂改若干字，数目字用大写壹贰叁肆等，防请托修改之弊。
>
> 考卷设有违式，如真草不全、誊真用行草、空行空格、越幅曳白、题目写错、污损涂抹、脱落添注涂改字样，及添注涂改不符与逾一百字者，首场各艺起讫虚字相同者，行文不避庙讳、御名、圣讳者，抬头错误或涂改者，文不顶格、诗策不低二格、诗多韵少韵、失押官韵、策不满三百字者，诸如此类，经受卷所至对读所迭次查出，即将违式之名贴出，谓之蓝榜，凡贴出者除名。

按：场规谓之"功令"，一犯功令，文虽佳而不录，看似严格，其实大部分为主司留下权衡的余地。闱中用五色笔，房考蓝笔，监临、监试、提调紫笔，誊录朱笔，对读黄笔，唯主考用墨笔，昔人咏"主司墨笔"云：

> 彩笔纷纷各擅场，玉堂旧样重龙香。
> 寻常青紫无颜色，管领春风让墨皇。

墨笔之所以被尊为"墨皇"，不独因主司位尊，笔以人重；更在主司之笔与士子相同，因而可以成全士子，倘文佳而偶违制式，可调出墨卷，用墨笔为之改正。此不算作弊，反为佳话，翁同龢即常有此举。

是故吴省钦奏准加注"添注""涂改"多少字，论其本意，在于多一舞文弄墨、操纵士子的机会。譬如说文佳而忘却此一规定者，本应贴出蓝榜，但可预先关照房考，不必严格执行此一规定，然后视情况为之在墨卷上改正，则此本应下第的举子，岂有不感激涕零之理？

和珅得以固宠的另一因素，即为厚结福康安弟兄。而此尤在窥知高宗的隐衷：贵为天子，富有四海，国势极前朝未有之盛，但一母一子，都不得公然享受名分上的尊荣，高宗晚年对福康安的舐犊之情尤为强烈，一则由子及母，对傅恒夫人的一段情，只能以厚遇福康安以为寄托。

再则高宗诸年长之子，资质都不甚佳，而福康安在阿桂照应、海兰察效命之下，居然武功彪炳，在高宗心目中，原应是嗣位之子，格于名分，无可奈何，只好待以异数，借补遗憾。而福康安所被异数，其中不少为和珅暗中迎合，媚福康安即所以媚高宗；而福康安兄弟心感和珅，则以椒房贵戚，独对之时，只说和珅好话，宠益以固。后来福康安获罪，即由此故。

傅恒四子，长福灵安，次福隆安，又次福康安，最幼福长安。灵、隆二传，《清史稿》附《傅恒传》后，引录如下：

福灵安，多罗额驸，授侍卫。准噶尔之役，从将军兆惠战于叶尔羌，有功，予云骑尉世职。三十二年，授正白旗满洲副都统，署云南永北镇总兵。卒。

福隆安，尚高宗女和嘉公主，授和硕额驸，御前侍卫。三十三年，擢兵部尚书、军机处行走，移工部尚书。三十五年，袭一等忠勇公。三十六年，用兵金川，总兵宋元俊劾四川总督桂林，命福隆安往谳。福隆安直桂林，抵元俊罪。四十一年，复授兵部尚书，仍领工部。金川平，画像紫光阁。四十九年，卒，谥勤恪。

子丰绅济伦，初以公主子，命视和硕额驸品秩，授镶蓝旗汉军副都统，奉宸苑卿。四十九年，袭爵，累迁兵部尚书，领銮仪卫。嘉庆间，再坐事，官终盛京兵部侍郎。十二年，卒，子富勒浑翁珠袭爵。

至于福长安，在乾隆四十五年（1780），以工部右侍郎在军机处学习行走，与福隆安兄弟并直枢府。其时军机领班为阿桂，经常在外督师，勘察河工、海塘；其次福隆安；又次梁国治，梁是乾隆十三年（1748）状元，谨饬自守，相业不闻，是标准的伴食宰相；又次和珅；又次董诰，此人倒是真宰相，但极稳健，深通用行舍藏之道；又次即福长安。梁、董二人既不为和珅之敌，则隆、长兄弟不过以椒房亲而贵，本为庸才，自然诸事让和珅做主。

此外，和珅颇博爱才好士之名。既有吴省钦为他操纵士林的工作，则入翰林，为讲官，而常有机会接近天颜者，不至于犯颜直谏。言官中攻和珅者颇有其人，但和珅之术，足以弥补。

如对钱南园，则因其长而用以为短。此话怎讲？钱南园粗衣粝食，勇于任事，此自为长处；但营养不足、工作过度，如武侯之"食少事繁，其能久乎？"将他看作短处，而特用其长，让他多负责任，且不断加以赞扬，所谓"杀君马者道旁儿"，以此手法使钱南园劳瘁以死。相传钱南园为和珅下毒致死，恐未必其然。

查办国泰一案，和珅因纸里包不住火，不得不见机而作。事实上，其包庇贪污之案，不知几许。高宗以英察自许，最恨臣下欺罔；和珅之奸甚于于敏中，而高宗始终被蒙在鼓里，其故何在，值得将和珅与于敏中相提并论，从比较中窥知高宗晚年的心态。

于敏中江苏金坛人，父子并皆大魁天下。其父于振，雍
正元年（1723）恩科状元；敏中则为乾隆二年恩科状元，年
仅二十四，敏捷过人，强记的工夫，尤非常人可及。高宗做
诗有瘾，兴起时随口吟一首，于敏中为之录出，只字不误，
因而大蒙宠眷，乾隆二十五年（1760）入军机，三十六年
（1771）拜相。

乾隆三十九年（1774）间交通太监高云从，为高宗所
切责：

内廷诸臣与内监交涉，一言及私，即当据实奏闻，
朕方嘉其持正，重治若辈之罪，岂肯转咎奏参者？于敏
中侍朕左右有年，岂尚不知朕而为此隐忍耶？于敏中日
蒙召对，朕何所不言，何至转向内监探询消息？自川省
用兵以来，敏中承旨有劳。大功告竣，朕欲如张廷玉例，
领以世职。今事垂成，敏中乃有此事，是其福泽有限，
不能受朕深恩，宁不痛自愧悔？免其治罪，严加议处。

部议革职，恩诏从宽留任。四十一年金川平，仍列为
功臣，给一等轻车都尉世职。四十四年病喘而卒，祀贤良
祠，谥文襄。至乾隆五十一年（1786）忽降上谕：

朕几余咏物，有嘉靖年间器皿，念及严嵩专权炀
蔽，以致国是日非，朝多秕政。取阅《严嵩传》，见其

贿赂公行，生死予夺，潜窃威柄，实为前明奸佞之尤。本朝家法相承，纪纲整肃，太阿从不下移，本无大臣专权之事。原任大学士于敏中，因任用日久，恩眷稍优，无识之徒，心存依附，敏中亦遂时相招引，潜受苞苴。

其时军机大臣中，无老成更事之人，福康安年轻，未能历练，以致敏中声势略张，究之亦止侍直承旨，不特非前朝严嵩可比，并不能如康熙年间明珠、徐乾学、高士奇等，即宠眷亦尚不及鄂尔泰、张廷玉，安能于朕前窃弄威福、淆乱是非耶？朕因其宣力年久，身故仍加恩饰终，准入贤良祠。

迨四十六年，甘肃捐监折收之事败露，王亶望等侵欺贪黩，罪不容诛，因忆此事，前经舒赫德奏请停止，于敏中于朕前力言甘肃捐监应开，部中免拨解之烦，闾阎有粜贩之利，一举两得，是以准行。讵知勒尔谨为王亶望所愚，通同一气，肥橐殃民。非于敏中为之主持，勒尔谨岂敢遽行奏请，王亶望岂敢肆无忌惮？于敏中拥有厚赀，必出王亶望等贿求酬谢。使于敏中尚在，朕必严加惩治。

今不将其子孙治罪，已为从宽。贤良祠为国家风励有位盛典，岂可以不慎廉隅之人滥行列入？朕久有此心，因览《严嵩传》触动鉴戒，恐无知之人，将以明世宗比朕，朕不受也。于敏中着撤出贤良祠，以昭儆戒。

由此追论前非的一道上谕，令人想到《清朝野史大观》中所载《于文襄出缺之异闻》，谓相传于敏中之死，并非考终，云：

　　文襄晚年，偶有小疾，请假数日，上遽赐以陀罗经被。文襄悟旨，即饮鸩死。武进管缄若侍御《韫山堂集》，有代九卿公祭文襄文，中四语云："欲其速愈，载锡之侵；欲其目睹，载赗[1]之衾。"乃知陀罗经被之赏，固当时实录也。

　　经被之为物，凡一二品大员卒于京邸者，例皆有之，并非殊恩异数，以文襄膺眷之隆，身后奚虑不能得此？而必及其未死以前，冒豫凶事之戒，使其目睹以为快耶？此中殆必别有不可宣布之隐，故特借两汉灾异策免三公故事，以曲全恩礼。

观此可知，赐陀罗经被，为高宗"赐死"的暗示。于敏中殁于乾隆四十四年（1779）十二月初，速其死者，为直隶总督杨景素一通奏折内附的夹片。于敏中死前数日，上谕云：

　　谕军机大臣等，据杨景素奏，直隶布政使单功擢病

---

[1]　赗（fèng），指助人办丧事的财物。

故一折，夹片内，另请将尚安、于易简二员，拣授一员等语，大属非是。两司为各省大员，非督抚所当保荐；况朕御极以来，从无荐举大臣子弟者。于易简为大学士于敏中之弟，谁不知之，虽内举不避亲，叔向曾言及，然在当时或有行者，而在后世则不能保无流弊，究当以避嫌为正理，杨景素何遽为此奏耶？

况于易简从前虽在直年久，而自知府运使，用至臬司，迁擢过骤；即就其才具而论，虽尚能办事，再经数载，授以藩司，亦可胜任。

今有此一奏，转须迟用数年，是爱之适以害之，即于敏中知之，不但不以为感，自当转以为恨。至尚安虽属能事，然在直隶未久，究为生手。其举尚安在前者，不过为陪榜秀才，其意在于于易简也。直省道员内，历练诚实，与单功擢相仿者，莫如刘峩，何以不保刘峩，而转荐尚安，亦为失当。杨景素着传旨严行申饬。

此谕自是为于敏中而发。疆吏如此逢迎，则权已侵主，高宗岂能容忍？其时已定翌年正月第五次南巡，于敏中以文华殿大学士领军机，为名副其实的首辅，阿桂差遣在外，其余军机大臣中，福隆安与梁国治才具并皆平庸，和珅资历甚浅，且预定将遣往云南勘查李侍尧被控案，在这样的情况下，留于敏中在京办事，高宗在南巡途中，何能放心？因而有变相赐死之举。

于死后不数日，于易简放山东藩司，与前谕"转须迟用数年"之语矛盾，尤为高宗内心负疚之一证。

赐陀罗经被的花样，是否出于和珅的献议，不得而知，但高宗于乾隆五十五年（1790）正月南巡时，和珅同时被遣往云南按事；至五月回銮，和珅亦归自云南。高宗自丁亥还京，至己亥复启銮巡热河，留京凡十三日，所下上谕，凡稍重要者，无不根据和珅的陈奏建议而发。启銮前一日谕：

> 尚书和珅之子，赐名丰绅殷德，指为十公主之额驸，赏戴红绒结顶，双眼孔雀翎，穿金线花褂；待年及岁时，再派结发大臣举行指婚礼。

此为儿女皆未成年，先结亲家，与民间至交之所为无异。和珅之所以一旦得蒙重用，从这十三天所下的上谕中去研究，他的云南往返之行，确能随事留心，直陈无隐，而且见解亦颇高明，已获得高宗的充分信任。

除此外，和珅能尽高宗一生始终不败的另一重要原因是，他颇谙柔能克刚之理。同朝颇多正人，如阿桂、刘墉、嵇璜、董诰、王杰等，皆与和珅不睦，而并得高宗重用，在这样的处境之下，和珅颇为见机，绝不硬碰，只是暗中排挤以及设法拉拢，使得这一班正人君子，虽心怀不满，而无可奈何。这不能不说是一种极高明的宦术。

至于言官中，对和珅深恶痛绝，上章弹劾者，颇不乏人，但以语多空泛，而和珅又善于弥缝，以故往往大事化小，小事化无。其中窦光鼐与和珅斗法一事，值得一谈。

窦光鼐与和珅斗法

窦光鼐，字元调，是刘石庵的小同乡，乾隆七年（1742）翰林，二十年即以左副都御史督浙江学政。其赋性迂拘固执，屡黜屡起，至乾隆五十一年（1786）时，复在浙江学政任上，奉旨查核浙江州县亏空。《清史稿》本传：

> 浙江州县仓库多亏缺，上命查核。光鼐疏言："前总督陈辉祖、巡抚王亶望贪墨败露，总督富勒浑未严察。臣闻嘉兴、海盐、平阳诸县，亏数皆逾十万，当察核分别定拟。"上嘉其持正，命尚书曹文埴、侍郎姜晟，往会巡抚伊龄阿及光鼐察核。
>
> 旋疏劾永嘉知县席世维，借诸生谷输仓；平阳知县黄梅，假弥亏苛敛，且于母死日演剧；仙居知县徐延翰，毙临海诸生马寘于狱；并及布政使盛住，上年诣京师，携赀过丰，召物议；总督富勒浑经嘉兴，供应浩烦，馈阃役数至千百。上命大学士阿桂如浙江按治。阿桂疏言：盛住诣京师，附携应解参价银三万九千余，非私赀；平阳知县黄梅母九十生日演剧，即以其夕死；仙

居诸生马寔诬寺僧博，复与斗殴，因下狱死。光鼐语皆
不仇。光鼐再疏论梅事，言阿桂遣属吏诣平阳咨访，未
得实。躬赴平阳覆察。伊龄阿再疏劾光鼐赴平阳，刑迫
求佐证诸状，上责光鼐乖张瞀乱，命夺职，逮下刑部。

这件大案，实际上是和珅掀起来的，意在攻掉浙江巡抚
福崧，而由查案的伊龄阿接任；目的既达，当然不愿再将案
情扩大。

窦光鼐疾恶如仇，更不甘于被利用为猫脚爪，因而亲赴
温州查案，与伊龄阿发生严重的冲突。窦光鼐确已查明实情，
平阳知县黄梅，以弥补亏空为名，计亩派捐，每亩捐大钱
五十文，每户给官印田单一张，与征收钱粮无异。只是平阳
百姓畏惧黄梅，怕将田单拿出来会惹祸上身，窦光鼐抓不到
证据，而朝中又有和珅主持，自然落了下风。此时刑部派来
逮捕窦光鼐的司员虽在途中，而伊龄阿得到消息，先已派人
在学政衙门四周严密监视，窦光鼐行动失去自由，情势非常
危急。

不料就在这时候，有来自湖州的两名秀才登门拜谒。这
两名秀才是同胞兄弟，一个叫王以衔，一个叫王以镯，那时
是闰七月，天气还很热，而王氏兄弟各穿一件棉袄，及至登
堂入室，先将棉袄脱了下来，口称："感激老师识拔之恩，留
下一件棉袄，作为报答。"说完，随即辞出。

窦光鼐拆开棉袄一看，里面缝着黄梅按亩勒捐的田单、

印票、借票、收帖，总计两千多张。

这一下，窦光鼐绝处逢生，喜不可言，亲自写了奏折，专差呈递。刚刚出奏，刑部司员已到；押解途中，奉到上谕：

前据伊龄阿奏：窦光鼐回省，携带生监多人以为质证，举动颠狂，且恐煽惑人心，启讦抗告官之渐，是以降旨将窦光鼐拿交刑部治罪。

今观窦光鼐所奏，又似黄梅实有勒派侵渔之事，且有田单、印票、借票、收帖各纸，确凿可据，岂可以人废言？前因浙省勒限弥补亏空，恐该州县中有不肖之员，借端勒派，扰累闾阎，屡降谕旨饬禁。

今黄梅借弥补而勒捐，既勒捐仍不弥补，以小民之脂膏肥其欲壑，娄索不下二十余万，似此贪官污吏而不严加惩治，俾得网漏吞舟，不肖之徒转相效尤，于吏治大有关系。

若窦光鼐果有贿买招告，及刑逼取供各情节，一经质讯得实，其获戾更重。今观其呈出各纸，此事不为无因；又有原告吴荣烈随伊到杭，愿与黄梅对质。若朕惟阿桂、曹文埴、伊龄阿之言是听，而置此疑案，不明白办理，不但不足以服窦光鼐之心，且浙省现值乡试，生监云集，众口藉藉，将何以服天下舆论？此事关系重大，不可不彻底根究，以服众惩贪。

阿桂现已起程，在途接奉此旨，仍着回至浙江，秉公审办；此时窦光鼐业已由浙赴解，阿桂于途次遇见，即将伊带回浙省，以便质对。

前谕甫发，又降长谕，因为高宗此时已彻底明了窦光鼐忠于所事，而遭受了极强烈的压力，内心大为不安，深恐臣下补过，不如他之唯恐不及。谕云：

前因窦光鼐于黄梅丁忧演戏，弥补亏空等款，执辩哓哓，再三渎奏，且亲赴平阳招告，聚集生监，千百成群，经伊龄阿两次参奏折到，朕原憎其煽惑人心，有类风狂，是以节次降旨，将伊革职拿问。是窦光鼐在浙省咆哮多事，不特阿桂、伊龄阿等憎其为人，即朕亦厌其举动乖张，污人名节。

及伊前昨两日回奏折到，将黄梅任内劣迹，逐款罗列，并于生监平民等呈出捐派领借等印信图书字帖二千余张，内每样进呈一纸，朕详加阅看，并命军机大臣查对，俱系黄梅劣款之确凿可据者，则窦光鼐之奏，并非捕风捉影，撮拾诬陷，已可概见。

伊系硁硁自守之书生，若谓于此事意图捏造，以实其言，则二千余张之印信图书字帖，必俱系窦光鼐凭空造作，想窦光鼐未必有此伎俩。朕于窦光鼐始则憎之，而此时则觉其言之确凿，惟欲将黄梅劣迹彻底查办，以正其罪，所谓无固无我，不存成见。前之憎窦光鼐，乃憎其所可憎；今之信窦光鼐，亦信其所可信也。

"憎其所可憎，信其所可信"，是很平实的说法。和珅之机警，即在深知高宗心有定见，注重证据；纸中包不住火，则此纸必焚，不必枉费心力，唯求纸尽火息，不再蔓延。以下一段则高宗纯为阿桂而发：

> 阿桂等前在浙省查办时，目睹窦光鼐多事咆哮，性情执拗，自为心怀厌恶，今复令其前往查办，断不可仍执前见，稍涉私嫌，惟当以朕之心为心，逐款秉公研讯，俾贪员劣迹一一审出，真之重典，所谓惩一可以儆百，政体国法，必当如此，阿桂想必与朕同心也。
>
> 至窦光鼐在平阳招告，聚集生监千百成群，且平日固执性成，阖省官吏，自必皆与伊不睦。伊龄阿据其禀揭，即行参奏，在伊龄阿亦不无憎恶窦光鼐之心。
>
> 至阿桂受恩深重，为国重臣，必能通晓大义，非伊龄阿之新进者可比。阿桂当效朕大公无私之心，前往查办时，毫无芥蒂，一秉至公，此案自不难水落石出矣！阿桂于途次遇见窦光鼐时，即遵昨旨，宽其拿问，解去刑具，告以朕意，带往浙省，随同查办，并着阿桂接奉此旨，即速兼程行走，朕惟计日以待也。

按：阿桂是年七十。四月勘清口堤工，六月查办浙江仓

库亏空，并勘海宁石塘，闰七月勘江南桃源黄河漫口，此时复又奉旨折往浙江复查。七十老翁，长夏奔波，秋凉犹不得少息，若谓高宗殊少爱护重臣之心，不如说和珅在暗中弄权，故意摆布阿桂。

但高宗必已想到，阿桂憎恶窦光鼐，加以伊龄阿等人的怂恿，可能固执成见，不愿翻案，倘或查办结果与高宗的了解不同，那就很难处置了。以阿桂为非，则损其威信，亦自损高宗的威信。在前一谕中，高宗于接到窦光鼐所呈的证据后，有这样一段话：

> 以此观之，则伊龄阿不免为属员所欺矣！此事却有关系，伊龄阿尚可；朕与阿桂可受其欺乎？

此言伊龄阿威信有损，还无甚大关系；高宗与阿桂的威信不能受损。高宗将阿桂的地位提高至与他同等的程度，强调君臣一德，"阿桂即朕"，而结果阿桂的见解与他的看法发生冲突，为了维持他的看法，必须指出阿桂的错误。

这一来阿桂所受的伤害有多大，暂且不论，至少"阿桂非朕"，则谓"阿桂即朕"，便失于知人之明了。这一点关系极大，所以必得谆谆告诫，不论如何要"与朕同心"，庶几始终保持君臣遇合的完整印象。英主之为英主，在用人方面，确有一番境界极高的苦心。

至于此案的情节，说起来是王亶望的罪过，而实为高宗第五次南巡的后遗症。第五次南巡，有前四次的遗规在，自然照样要"办皇差"，各县摊派，在所难免。王亶望借此正好自肥，而所属则有了"办皇差"及"抚台交办"这两项大帽子在，尽不妨横征暴敛，只不过温州府平阳县知县黄梅，格外心狠手辣而已。

黄梅宰平阳在乾隆四十三年（1778），四十五年"办皇差"，四十九年第六次南巡，又办皇差，前后两次征派的糊涂账，实已无法清算，此所以才如阿桂，亦只能将就了事。但糊涂账偏逢有心人，有窦光鼐揭破黄梅何以在平阳八年之久的秘密。

窦光鼐说：

> 该员（按：指黄梅）在任八年，亏空累累。知府方林于四十九年五月，曾经揭参离任。后任金仁接署，曾不逾月，复委汪诚若接署，而黄梅旋于十一月内复回原任。

这就是说，黄梅被参后，先后金仁、汪诚若二人接署平阳知县，但都敬谢不敏，只得仍由被参的黄梅回任。其故何在？窦光鼐说：

> 总因空仓空库，各员不敢接收，黄梅遂抗不弥补，以为自固之计。

最后两句话，须作诠释。明清州县官，其权甚专，库银仓米，尽不妨亏空；而亏空之因，有公有私，为公事亏空，每能邀上官的谅解，责后任为之弥补；后任如无法弥补，则虚接只有虚交，因而形成一种制度，某官接某州县，须以照册接收，亦即以承认前任未亏空为条件。

亏空不多，自可陈陈相因，照数移交，但接事以后，发觉前任扯的窟窿太大，无法弥补，则见机者必及早抽身，反正一省候补知县甚多，不患无人尝试。

黄梅之手辣者，亏空要搞得连尝试的人都没有，则到头来非请他回任不可。如果他自己弥补了一部分，使后任觉得事尚可为，则又何必倦勤？是即"抗不弥补"，始"为自固之计"。

至于匿丧演戏，照伊龄阿等人的奏报是，黄梅为母称觞演戏之日，其母忽尔逝，此固不足为罪，上谕中一再指窦"污人名节"，即言此事。

但事实上是，黄梅九旬老母病殁，一报丁忧，即须解任；时当"上忙"，征收钱粮一事上的好处化为乌有，因而匿丧不报，反以母寿为名，演戏三日，将士绅乡保集中起来，以便催征。但此款罪名，后来不了了之。因为牵涉名教，等于逆伦重案，地方大吏，皆有处分，故而含混了结。

黄梅之论大辟，自不在话下。此人出身不详，但曾有上谕命孙士毅查抄黄梅原籍财产，则黄梅应该是广东人，因为孙士毅在这年五月甫由广东巡抚擢任两广总督，广东为其专驻之地。

此外浙江前后两任巡抚、藩司，及查案的钦差大臣阿桂等，均交部严议，处分不轻。唯有伊龄阿因祸得福。是年九月底上谕：

> 念伊系内务府人员，历任关差，于榷税事务尚为熟悉；况和珅于乾隆四十三年兼管崇文门监督，迄今已有八载，现系大学士，亦不便兼理榷务……伊龄阿着来京，在总管内务府大臣行走，并兼管崇文门监督。

按：巡抚从二品，总管内务府大臣自乾隆十四年（1749）起，定为正二品，是则伊龄阿不降反升，且崇文门监督为有名美差。这完全是和珅的包庇，即此一案，可以看出和珅一手遮天的神通。

窦光鼐与和珅斗法，第一回合是窦占了上风。不意九年之后，又有第二回合，事在乾隆六十年（1795）乙卯。

这年高宗登基六十年开恩科会试，总裁为左都御史窦光鼐、礼部侍郎刘跃云、兵部侍郎瑚图礼。榜发则会元王以铻、第二名王以衔，兄弟并居榜首，而皆于窦光鼐有恩，于是和珅便有文章可做了。《清朝野史大观》记其事云：

> 乾隆六十年，窦公以左都御史为会试正总裁，副考官二人皆资望较浅，一切悉推窦公主政。榜既发，则第

一名王以铻，第二名王以衔也。和珅在上前指出，上查知为同胞兄弟，则大疑之，因派大臣复试，王以衔列二等第四，王以铻列三等七十一名。

磨勘大臣奏称：王以铻中式之卷，次艺"参也鲁"，后比用"一日万机""一夜四事"等字，肤泛失当，疵累甚多，遂罚停王以铻殿试。

谕旨斥窦公年老昏愦，先行开缺，听候部议；副考官交部议处。越八日，进呈殿试卷十本，名次既定，拆视弥封，则第一名乃王以衔也。和珅与诸大臣瞠目相视，因奏曰："此次阅卷诸臣，皆秉公认真，毫无私弊，如有失当，何妨易置。"上曰："若此，则彼之兄弟联名，或出偶然，科第高下，殆有命焉，非人意计所能测也，何必易置？且既拆弥封而再易置，则转不公矣。"

胪唱之日，舆论翕然，盖以二王素著才名也。自是窦公之取士，与王氏兄弟之得会状，遂传为佳话。

会元停科，未之前闻。平心而论，王氏兄弟固有才名，但窦光鼐受惠特深，当亦不无报恩之心。关节是绝不会有的事，但会试卷虽糊名易书，而浙江的卷子则卷面有标识，取浙卷为元，犹有可说，第二亦为浙卷，便有希冀王氏兄弟联珠贯彩之意在内。

是科共取一百一十二名，以《红楼梦》续书问题成名的高鹗即为三甲第一名，此人固无可取，而其他各省，莫非连居次都不能，非在第三以下不可？推论本心，实不能令人无疑。幸而王以衔争气，殿试抢元，此则对窦光鼐为最好的报答。

何以谓之"争气"？不争气又将如何？不妨作一分析。按：有清一代，读书人最好的机会，是在乾隆五十二年至嘉庆五年（1787—1800），这十三年之中，几乎年年有试事，列表如下：

五十二年丁未，正科会试，取中一百三十七名。

五十三年戊申，预行正科乡试；五十四年己酉会试，取中九十八名。

按：五十五年庚戌为高宗八旬万寿，应开恩科，而辰戌、丑未原为会试之年，因以戊申、己酉预行正科乡会试。

五十四年己酉，恩科乡试；五十五年庚戌会试，取中九十七名。

五十七年壬子正科乡试；五十八年癸丑会试，取中八十一名。

五十九年甲寅恩科乡试；六十年乙卯会试，取中一百十一名。

六十年乙卯恩科乡试；嘉庆元年会试，取中一百四十四名。

三年戊午正科乡试；四年己未会试，取中二百二十名。

五年庚申恩科乡试；六年辛酉恩科会试，取中二百七十五名。

按：嘉庆五年（1800）为太上皇九十万寿，早有诏旨，特开恩科；而四年正月太上皇崩，所有庆典一律停止，但恩科嘉惠士林，仍旧举行，唯将乡会试延后一年。

如上表所示，这十三年中，读书人的进身之路极宽。如乾隆五十四（1789）、五十五（1790）、五十八年（1793）三科，殿试取额皆不满百，可知人才搜罗殆尽，各省稍有文名之士，不愁两榜无名。窦光鼐久任浙江学政，凡在其任内进学的生员，到京会试，必然去见老师，所以浙江士子会试的结果，窦光鼐非常清楚。

王氏兄弟恰于六十年会试，而是科总裁又正好派了窦光鼐，这正是天缘凑巧。窦光鼐不必送关节，只看王氏兄弟所投"行卷"，便已知其笔路。会试暗中摸索，十得八九，有意栽培，殆无可疑。至于殿试情形，商衍鎏《清代科举考试述录》亦有记载：

乾隆六十年乙卯科会试，正总裁窦光鼐所定第一第二名皆浙人，他总裁欲易置其一，窦谓吾论文非论省，他总裁意不平。榜发则会元王以铻，第二名以衔即其弟，群议哗然，高宗心异之。

光鼐前曾发和珅私事，和所深恨，借此欲兴大狱。复试日使卫士环列讥察之，卒无所得，因摘二人闱墨中并有"王道本乎人情"语，以为关节，抑置以锦榜末，停其殿试。降左都御史窦光鼐四品休致，镌副总裁礼部侍郎刘跃云、兵部侍郎瑚图礼四级。及廷试以衔第一，为纪昀、和珅所取定，高宗曰："此亦汝等之关节耶？"意始释然，事遂解。

《清朝野史大观》所记，与此略异，云：

迨殿试卷进呈，拆第一名封，高宗惊问曰："此非会元耶？"和相奏："此会元兄。"上问："谁所取？"纪文达（昀）奏："臣取。""谁所定？"和相奏："臣定。"上笑曰："尔二人岂有私者？外间传闻固不足信。"于是事遂解。

由以上两记，可知当时事态相当严重，王以锦虽停科不得与殿试，而王以衔若非鼎甲，则追究"王道本乎人情"这一关节，仍有兴大狱之可能。至所谓纪昀所取、和珅所定，语殊简略，不易明了，应略作解说。

按：殿试在理论上讲，皇帝为唯一的主考官，所以状元亦被称为"天子门生"第一人。奉派阅卷的大臣，名之为"读卷官"，在明朝用至十七人之多，入清顺、康两朝定为十四人，雍正时减两人，乾隆二十五年（1760）减为八人，遂定以为例，至光绪三十年（1904）末科犹然。

阅卷在文华殿，收卷官以收卷先后，每十卷为一束，依读卷官职位高下，轮序分发，周而复始，大致每人可分得三束，即三十本左右。阅卷既毕，仍置原处，俟其他七官，个别再阅，其名谓之"转桌"。

阅卷后，须定高下，共分五等，以"○""△""、""｜""×"五个符号表示，称为"圈""尖""点""直""叉"。例规高下之间只有一等的差别，譬如首阅之官，评此卷为尖，则以后各官，扬之则圈，抑之则点，不能低两等用直，否则此卷必检出，进呈候旨，故有"圈不见点、尖不见直"之号。

像目前博士口试，或者选拔运动国手，评判者一个打九十分，一个打六十分，相去悬殊的情形，是件不可思议的事。

因此，殿试卷由何人首阅，关系极大，因为首阅所评等第，即已定下基调；如果打一个点，即可断言此卷必不会有圈，亦绝不可能得鼎甲。

王以衔的卷子，最初必分入纪昀之手，加圈予以一等的评价，故谓"臣取"。至"转桌"全毕，最佳之卷，可能同时有数本，譬如七圈一尖之本有三本，则公议孰为元卷，通常以位尊者之意旨为断。其时阿桂为首辅，和珅为次辅，如阿桂未派为读卷官，则以和珅之意为断，故谓"臣定"。

此为和珅聪明之处，窦光鼐既已由左都御史降为四品京堂，和珅不为已甚，以王以衔定为一甲一名。如和珅不欲王以衔得状元，容易得很：殿试不易书，由书法中大致可知，王卷虽纪昀加圈，和珅可以加尖，其他六人阿附和珅者多，纷纷看齐，则岂复有鼎甲之望？历来习惯，凡进呈的前十本，至少须有六圈。

《清代科举考试述录》中，列有光绪二十四年（1898）傅增湘殿试卷照片，为进呈十卷中的第九名，竟亦有八圈之多，则第八名以前，自然也都是八圈，鼎甲全由会商决定，可想而知。

大力整顿科举

平心而论，"天子右文"为高宗最可称道之处。康熙年间，固亦造就不少人才，但场规整肃，弊绝风清，则远不如乾隆朝。如康熙三十八年（1699）己卯顺天乡试，正主考前科状元李蟠，副主考前科探花姜宸英，以榜后有"老姜全无辣味，小李大有甜头"之谣，一则以老病卒于狱中，一则充军，世以为冤。而据当时传布的揭帖，指名道姓，历历有据，如年羹尧居然亦为两榜出身，即由贿买而来。其中亦有利害关系，不得不徇私以通关节。欲明高宗之整顿科举，须先引当时攻讦李、姜的揭帖及原注，并略作注释：

朝廷科目原以网罗实学，振拔真才，非为主考纳贿营私、逢迎权要之具。况圣天子加意文教，严饬吏治，凡属在官，自宜洗涤肺肠，以应明诏。不意顺天大主考李蟠、姜宸英等，绝灭天理，全昧人心，上不思特简之恩，下不念寒士之苦，白锵[1]熏心，炎威炫目。

按：李蟠，字根大，江苏徐州人，自毁前程，无足与论；所可惜者姜宸英。姜为浙江慈溪人，字西溟。康熙十八年（1679）举鸿博时，叶方蔼、韩菼本相约荐姜，以方蔼宣入禁中，数日方出，以致不及，因以布衣被荐入史馆，为圣祖所重，称其古文为当世第一，北闱榜发，每遣人问姜是否中举。至康熙三十六年（1697）中探花，亦由亲征噶尔丹奏凯还朝，姜宸英献颂最为古雅，为圣祖所特拔。探花每出少年郎，而姜宸英生于崇祯元年（1629），正为七十，一时传为佳话，不意越两年竟不得终于正寝。

中堂四五家，尽列前茅；部院数十人，悉居高第。若王、李以相公之势，犹供现物三千（原注：王熙孙景曾、李天馥子某）；熊、蒋以致仕之儿，直献囊金满万（原注：工部尚书熊一潇子本、左都御史蒋宏道子仁锡）。史贻直、潘维震因乃父皆为主考，遂交易而得售

---

[1] 锵（qiǎng），古称成串的钱。

（浙江主考史夔子、福建主考潘云鹏子）。

按：所谓"交易"者，言姜宸英中史夔之子贻直，而浙江主考史夔中姜宸英之子某。此事无征。福建主考应作潘鹏云，而非潘云鹏，时官工部主事，此当为与北闱闽籍某房考有"易子而中"之事，但亦难言，因京闽相去数千里，音问难通，似不可能有临时"交易"。

　　韩孝基、张三第以若翁现居礼部，恐磨勘而全收。年羹尧携湖抚资囊，潜通昏夜（原注：年遐龄子，馈一万）；朱世衍舁督学秽畜，直达寝门（北直学院朱皋之侄）。励廷仪则畏宗卿要路，兼受苞苴（宗人府丞杜讷子）；收严密乃修同谱私情，不嫌乳臭榜眼严虞惇子。总是老师分上，且期囊橐之取盈，故舍其侄而独收其婿（狄宇乃李、姜二人本房老师之婿）；更恐言路关头，必欲逢迎之尽致，遂因其弟而并及其兄（副宪刘谦子侄皆中）。尤可丑者，宛平之门私人，亦不敢违其嘱托（王熙西席二人，管当子二人，一齐中式）；所可奇者，总督之长班贱役，致无弗尽其收罗（王朝柱父，范总督长班）。

按：韩孝基为韩菼之子；张三第为张集之子，江苏青浦人。韩、张其时均为礼部侍郎，而磨勘为礼部的职掌。所谓"磨勘"为对考官及中试举子事后的一种审查，其制如《清代科举考试述录》所记：

凡顺天及各省乡试榜后，顺天提调官，各省监临提调，即将中式举人朱墨试卷与录科原卷公同在场包裹，每十卷为一封，各用印信，解送礼部，磨勘官均各于揭晓前由礼部请旨派出。

顺天乡与会试发榜在京，即行送部磨勘，各省则中式试卷解部订有程限，山东、山西、河南二十日，江南、陕西四十日，江西、浙江、湖南、湖北五十日，福建七十日，甘肃、四川、广东、广西、云南、贵州九十日，延期者罪之，所以防考官闱后修改试卷避吏议之故。

副榜朱墨卷同解不磨勘。磨勘官均在天安门外朝房，部派司官四人收发试卷，奏派御史满二人汉二人轮班稽察。磨勘试卷，顺天为一次，各省照解卷日期，先后分作三次，限于年内磨勘完竣。

复勘大臣定期于午门外礼部朝房复勘，复勘毕奏交部议。磨勘、复勘均回避本省试卷，其有子弟中式者不必上班。磨勘之例，先察考官，倘有于四书文、经文出题讹错字句，割裂小巧，前后颠倒，《春秋》题未注年份者；诗题漏限韵，引用僻书私集者；策题过三百字，自问自答，以己意立说，援引本朝臣子学问人品者，分别给以罚俸议处。

此外条规尚多，但类多虚应故事。至乾隆元年（1736），改派科道翰詹之资深者为磨勘官；二十一年（1756）更规定磨勘官亲书衔名，注明磨勘结果，失职者议处，从此开始，磨勘始严，对于端正科举风气，极有帮助。

年羹尧亦为是科举人，其父年遐龄方任湖广巡抚，外官缺肥，故"馈一万"，方能中式。励杜讷任宗人府府丞，熟识王公亲贵，亦为李蟠所惮，故其子励廷仪得以取中。严虞惇，江苏常熟人，康熙三十六年（1771）榜眼，与李蟠、姜宸英为三鼎甲，所谓"收严密乃修同谱私情"，即指此而言。

严虞惇幼有神童之目，入翰林后，馆阁文字，多出其手。李、姜之狱兴，严虞惇亦以其子严密之故，降级闲居，至康熙五十年（1785）始以大理寺寺丞充四川乡试副主考，五十二年殁于官，官止太仆寺少卿。有才而未得大用，颇为可惜。

不过揭帖所指摘，如果属实，则严虞惇咎由自取。他至少为李蟠经手过两件贿卖关节案，有何回扣，不得而知，但一子一侄得中，似可视为经手贿卖的报酬，其子严密，且为"乳臭小儿"。其尤为骇人听闻的是：

三场代笔，魏嘉谟遂占高魁。

据说魏之高中，是替一名熊本者作枪手的报酬，而魏本年方十四，此一年龄入学（中秀才），已称神童，竟成举人，实为奇闻。

揭帖最后一段云：

> 况夫数世长随，擢居鼎贵。八旬老子，拔置清班。朝廷待彼，不为薄矣。二君设心，何其谬哉！独不念天听若雷，神目如电。严虞惇抚床而嘱，何偏值受命之辰？黄梦麟馈参为名，何必在赴宴之后？龙门未启，题目何以喧传？蕊榜未悬，元魁何由预报？售关节于杀妻之凶犯，岂谓知人？

> 寄耳目于瘘痔之怀来，宁云择侣。呜呼噫嘻！投身鲍氏，固已薄其为人；不赴亲丧，早已窥其短行。身辱者心必丧，孝亏者忠必衰。似此败检，贻玷清流。

"八旬老子"自是指姜宸英，"数世长随"则据说李蟠之祖与父皆为长随。所谓长随者，俗名跟班，为仆人之一种，唯不操琐务，只跟官拜客，衙门规矩，大致熟悉，当然亦能书写，所谓"宰相家人七品官"，大致即为此辈。

黄梦麟为康熙二十四年（1759）探花，据原注："姜宸英赴宴后，差人至黄处取参半斤，中其舅费士龙。"

按：据陈寅恪先生考证，明朝末年，人参有通货的作用，送人参即等于送现金。冒辟疆《影梅庵忆语》中，说他的朋友刘某"馈参数斤"，即无异助以现银若干；周延儒复起，一路不受馈遗，有人托名人参为药饵，周延儒居然受之无愧。如此注所言，则此风至康熙时犹存。

"售关节于杀妻之凶犯"一节，最为骇人听闻。是科解元王兆凤，据说本姓贾，江苏高邮人，杀妻后潜逃，藏匿良乡县令傅某衙门中，冒北籍而中解元。按：顺天乡试，解元必须北籍；南籍如监生固亦可参加北闱，其名次最高者，称为"南元"。

所谓"投身鲍氏"，据说李蟠中状元后，投拜太监鲍三老门下；而"不赴亲丧"则指姜宸英亲死不奔丧，故有"身辱""孝亏"之语。

凡此现象，归纳成为一个极沉痛的结论：

> 不阅文而专阅价，满汉之巨室欢腾；变多读而务多藏，南北之孤寒气尽。取人如此，公论谓何？

但这些现象，在高宗初次南巡时已革除了一大半。当然，世宗开端整顿，亦有极大的关系。《清代考试制度资料》载雍正三年（1725）的新章云：

> 三年，奉旨将翰林院及进士出身官员人数，查明再奏。召集于太和殿，试以四书题文一篇，亲定甲乙，封贮内阁，以备乡试差遣。次年，将御试取定人员，书名牙签，盛以金筒。每届按省分差之期，设黄案于午门外，命大学士同礼部官，掣签唱名，恭请钦定正副主

考。七年，仍行御试，分别记名。暨十三年乡试主考皆如之。

按：此即所谓"考差"的由来。在雍正三年以前，乡试考官的出身，并无严格规定；康熙初年，有以拔贡典试云南、广西者。虽然有人强调，拔贡之名贵过于状元，但拔贡毕竟只是贡生，并不具备举人的资格，而主持举人的考试，是件说不过去的事。

至于北闱，自康熙十一年（1672）起，参用前明的故事，即以前科的状元充正主考，副主考亦常为榜眼或探花。如十一年壬子蔡启传、徐乾学为状元、探花；十四年乙卯韩菼、王鸿绪为状元、榜眼；十六年丁巳彭定求、胡会恩亦为状元、榜眼；二十年辛酉则只己未状元归允肃充正主考；二十三年甲子，照往例本应由壬戌状元蔡元亲充主考，可能以蔡元新为蔡启传之侄，叔侄连番主考，其同乡亲故太占便宜，因而打破成例。

及至三十八年己卯，恢复原制，遂有李蟠、姜宸英之狱。此一制度，希觊进者得以预通声气，早为人所诟病，至此重新一试，果然大出纰漏，自此彻底否定。至雍正三年（1725）更定考官先经考试的制度，益为进步，"金瓶掣签"是仿明朝宰相枚卜的故事，典制隆重，但却不便于运用，未几废止；唯两榜出身的京官应考差的制度依旧。

高宗特重考试，以及喜运用考试来奖进人才，并作为达成某种政治上的目的之手段，其事例甚多。如乾隆二十五年（1760）有一大改革：

> 廷试士子，为抡才大典。向来读卷诸臣，率多偏重书法，而于策文，则唯取其中无疵颣不碍充选而已，敷奏以言，特为拜献先资。而就文与字较，则对策自重于书法。如文义醇茂，字画端楷，自属文字兼优，固为及格之选。若其人缮录不能甚工，字在丙而文在甲者，以视文字均属乙等，可以调停入彀之之，自当使之出人头地。

> 况此日字学稍疏，将来如与馆选，何难临池习之？倘专以字为进退，兼恐读卷官有素识贡士笔迹者，转以此借口滋弊，非射策决科本义也。……着大学士、九卿，寻议得本年殿试，奉谕旨令于传胪前一日，将拟定十卷进呈，应遵奉谕旨，参核文字，务令取择适中。除条对精详、楷法庄雅者，尽登上选外，其有缮录不能甚工，而援据典确，晓畅时务，即为有体有用之才，亦应列为上卷。若对敷衍成文，全无根据，即书法可观，亦不得充选进呈。

殿试特重书法，原有其理论上的根据。凡殿试的“贡士”，原为已中式的进士，是故殿试可视之为进士的核考，亦是第二次的会试。会试糊名易书，只看文章好坏；殿试糊名而不易书，高下显然可判者，唯在书法。

至于殿试尤重策论，所谓"金殿射策"，士子所荣者，其孰优孰劣，实亦无据，此观二十六年上谕可知：

> 廷试为策士巨典，……读卷官所进策目问条，向有由内阁豫拟之陋例，漏泄揣摩，不可不防其弊，应一概禁止。届期，令读卷官密拟策问进呈，候朕裁定，发赍刊刻，着为令。

此令至清末未改，策问皆在读卷大臣进宫"入闱"后，方始拟题奏请钦定，大致拟八用四。"策问"者，发现一个"问"题，用何"策"略解决此问题之谓。在乾隆二十六年（1761）以前，既为内阁所豫拟，则又何能保证题不先泄，宿构应制？此一改革配合书法不必太重，真才方易出头。

此外，改进纠正之处尚多，录要如下：

> 又奉谕旨：科场取士，原以文体为重。……若抬头小误，既无关于弊窦，且与文体无妨。……又如贴例内，有填写添注涂改字数等语，其于立法防弊，亦所谓不揣其本而齐其末。所有条例内应加删正之处，着大学士会同该部议行。寻议举子行文，恭遇抬头顶格，非系庙讳御名至圣讳及例载、列、圣、郊、社、宗、庙、皇上各实写字样，偶失检防，误作单抬，概予免议。又试卷内涂改添注字数，各于卷尾填明之例，一并停止，从之。

（乾隆三十年上谕）

又令新中举人，照顺天乡试例，依限赴学政衙门填写亲供时，即令默写首艺七八行，一同封固，送部办理。（乾隆三十三年上谕）

又令主考官，遵照定例，于落卷中，尽数搜阅，其中有无取中，于奏报试竣折内声明。（同上）

按：试场科条，功令森严，对于抬头有"三抬""双抬""单抬"之分，倘有错误，便即贴出，往往由房考做主。房考用蓝笔，所以榜示违式，名为"蓝榜"。第一场见蓝榜，第二场即摒除场外。但亦有房考偶失检点，应贴出而未贴出者，或者明知违式，以其文可取，听凭主司决定者。

大致抬头违误，总有办法可想：应单抬误为双抬，不算违式；应双抬误为单抬，有时不易看出，亦可马虎，除非遇见外号"魔王"或"魔头"的磨勘官，才会有麻烦。但应三抬而误为单抬，则相去悬殊，一定可以看出，而如文章可取，主司有意成全，法亦甚便：只须调取原卷，上加"尊号"二字，即成三抬。

譬如"我高皇帝"，"高"字应三抬而误为单抬，则上加"太祖"二字，即符程式。主司之所以用墨笔，即有此种便于成全士子的作用在内，前已言之，此处举例以明。高宗爱才，故有此体谅实情、酌予宽禁的上谕。

至于新中，依限赴学政衙门填写"亲供"，即自行书明家世，以便与卷中所载三代名讳核对；令默写首艺七八行，用意亦在防止枪手舞弊。

按："亲供"之供，目前为一坏字眼，在明清不一定指罪犯招供之供，如官员罣（guà）吏议，令其说明经过，亦谓之"亲供"，意如现在的自白书。

第三道上谕，意在加强搜遗，以免埋没真才。总之高宗对考试的态度，有宽严两极端，识拔真才则从宽，防止舞弊则从严。兹一谈乾隆辛巳殿试，以见高宗对考试所持的态度。据《清朝野史大观》记：

> 辛巳殿试，阅卷大臣刘文正公、刘文定公，皆军机大臣也。是科会试前，有军机行走之御史眭朝栋上一封事，请复回避卷，即唐人所谓"别头试"也。上意其子弟有会试者，虑己入分校应回避，故预为此奏，乃特点朝栋为同考官，而命于入闱时，各自书应避之亲族，列单进呈。则眭别无子弟，而总裁刘文正、于文襄应回避者甚多。

按：刘文正为刘统勋，刘文定为刘纶。眭朝栋原为军机章京。定制：军机章京一选为御史，即应退出军机，俾尽其言职。高宗特点眭朝栋为同考官，而令自书应回避的亲族，出于善意，有准照眭奏，将其子弟"别头试"之意味在内。

是岁上方南巡，启跸时曾密语刘、于二公留京主持
会试，疑语泄而睦为二公地也，遂下刑部治罪。部引结
交近侍例，坐以大辟。

按：是年高宗奉太后西巡五台山，上记稍误。这年太后
以七十万寿开恩科，吏部尚书刘统勋、户部侍郎于敏中未曾
扈驾，迹象显示，有留京任会试总裁的可能。高宗发现睦朝
栋无子侄应试，而刘统勋则胞弟、胞侄，于敏中亦有胞侄皆
赴春闱。高宗因而疑心睦朝栋是为了讨好刘、于而特上此奏。
上谕中特加严斥：

睦朝栋所奏，显属迎合上官，此风断不可长。前
明师生堂属，党援门户之弊，往往假公济私，害及朝
政，最为言路恶习。我皇考十三年以来，大力整顿，
风纪肃清；朕临御二十有六年，于台垣章疏，苟有
一二可采者，未尝不见之施行，若其意有所属、瞻顾
徇私者，亦断难逃洞鉴。睦朝栋何人，而敢以此等伎
俩巧为尝试乎？

高宗于此案处置特严的另一作用，如俗语所谓"杀鸡骇
猴"，使受信任大臣，不敢恃宠而授意部属迎合。因此，达官
贵人相顾失色，而舆论亦颇多指摘，说历科鼎甲，为军机章
京占尽。证据是上年庚辰科状元毕沅、榜眼诸重光，都是军

机章京；而读卷官大部分为军机大臣，字迹极熟，易于徇私。

其时赵翼以内阁中书充军机章京，为京中大名士，极为傅恒所赏识，这年会试中式后，意在大魁。傅恒便对他说："云崧，你不必再做状元的梦了。"因为军机大臣如派为读卷官，为了避嫌起见，认出是军机章京的卷子，一定不会加圈。但赵云崧平生所志在此，岂肯甘心？于是变易书法写殿试卷子。

及至二百零七卷"转桌"看毕，只有一本九个圈，而书法是率更体，军机大臣之一的刘纶，格外谨慎，心想一定要把赵云崧的卷子打入进呈的十本以外，才可免祸。细参之下，疑心九圈的一本为赵卷，请刘统勋复阅。《清朝野史大观》记以下情事：

> 文正（刘统勋）大笑曰："赵云崧字迹，虽烧灰亦可认，此必非也。"盖赵初入京时，曾客公第，爱其公子石庵书法，每仿之。及直军机，赵以起草多不楷书，偶楷书即用石庵体，而不知赵另有率更体一种也。文定（刘纶）则谓："遍检二百七卷，无赵云崧书，则必变体矣。"文正又复阅，谓："赵云崧文素跅弛不羁，亦不能如此谨严。"而文定终以无疑。

按：读卷大臣例派十员，先派九人，特留一空额，以待平回部的兆惠班师，武臣而衡文，示以殊宠：

兆将军惠时方奏凯归，亦派入阅卷，自陈不习汉文，上谕以诸臣各有圈点为记，但圈多者即佳，至是兆公果用数圈法，而惟此卷独九圈，余或八、或五，遂以第一进呈。先是历科进呈卷皆弥封，俟上亲定甲乙，然后拆。是科因御史奏改，遂先拆封，传集引见。

上是日阅十卷，几二十刻，见赵卷系江南人，第二胡豫堂高望浙江人，且皆内阁中书，而第三卷王惺园杰，则陕西籍，因召读卷大臣，先问："本朝陕西曾有状元否？"皆对云："前朝有康海，本朝则未有。"上因以王卷与赵卷互易焉。惺园由此邀宸眷，翔步直上，而赵仅至监司，此固命也。

按：康海字对山，与刘瑾相善，曾救李梦阳，后来李梦阳负友，康海作《中山狼传奇》以讥刺，由此得名。王杰，陕西韩城人，感激知遇，为道光朝名相。

然赵亦即由此蒙主知，胪传之日，一甲三人例出班跪，赵独挂数珠，上升座遥见之，后以问傅文忠，文忠以军机中书例带数珠对，且言昔汪由敦应奉文字皆其所拟，上心识之。明日谕诸大臣，谓："赵翼文自佳，然江、浙多状元，无足异，陕西则本朝尚未有，今当西师大凯之后，王杰卷已至第三，即与一状元亦不为过。"次日又屡言之。

按：内阁中书及翰林院编修、检讨，官止七品，皆不得挂朝珠，唯中书为军机章京，与翰林常在御前行走，故得挂珠。

又：回部平定后，高宗特拔陕西人为状元，有偃武修文之意，此为政治上的一大作用。至于赵云崧凭真功夫得状元，而无端被摈，实为委屈，高宗心有余歉，毕竟为英主。

于是乡、会试瓯北皆蒙钦点房考，每京察必记名。及授镇安府、赴滇从军、调广州、升贵西道，无一非奉特旨，上之恩注深矣。寻以母老乞侍养，凡五年，丁艰又三年，服阕赴补，途次又以病归，遂绝意仕进。

高宗对科举的重视、整顿、运用，对于培养人才，确曾发生了良好的作用。孟心史先生的《清代史》，定乾隆全盛以后的时期为"嘉道守文"，对高宗重科举以培植真才的政策奉行勿懈，然后洪杨之乱，始有曾胡左为维护中国传统伦理而崛起。此中密切的因果关系，殊未可忽视。

香妃的故事

乾隆武功，颇为自矜，《圣武记》谓有十大武功，故高宗自号"十全老人"。早期名将为兆惠，《清史稿》本传：

兆惠，字和甫，吴雅氏，满洲正黄旗人，孝恭仁皇后族孙。父佛标，官至都统。兆惠，以笔帖式直军机处，七迁至刑部侍郎，正黄旗满洲副都统，镶红旗护军统领。乾隆十三年，命兼领户部侍郎，赴金川督粮运，疏论粮运事，并言诸将惟乌尔登、哈攀龙勇往，并及诸行省遣兵多不实。上命告经略傅恒核实。师还，命核军需，调户部侍郎。

据孟心史先生在《清代史》中评论兆惠，并不见得出色，平回部黑水之围，论述如下：

二十三年之秋，定边右副将军兆惠，移伊犁得胜之师入回疆，被围于黑水，其先筹回之阿敏道为所执死；兆惠用平准之师南来，又为所困，于时已可见旗员之无用。

以准部所鱼肉之弱回，部落分散，无厚集之力，又习于城郭国，无弓乱之后，兵事饷事皆需主帅一人筹之，难易何可并论？而左相出边，从无轻出失机之事，兆惠辈真儿戏耳！天方佑清，亦促成其十全武功之骄侈，为日中则昃之渐，卒以廿四年之春，黑水得援而围解。

但兆惠之特蒙恩宠，另有一特殊原因，此即牵涉到香妃的故事。回部首领有二，称大小和卓木。香妃出身和卓木，封号为容妃。心史先生《香妃考实》云：

妃之为和卓氏，自必出于和卓之家。但若为旧和卓之女，则与大小和卓为兄妹；若为大小和卓之女，则亦不能定其究为大和卓之女，抑小和卓之女。唯大小和卓在伊犁初定时，实为受中朝之惠，而得返故境。迨其叛也，已在二十一二年间始渐明叛状，至二十四年秋乃讨平之，两和卓授首。

而和卓妃之入清，当在其先，盖两和卓由准得释时，以乞恩于中朝而进其女，非叛后以俘虏入朝也。妃以回部女子至中朝，为自古不通之域，高宗不以置之后宫，特营西苑中一楼以为藏娇之所，后并于所居之地筑回教礼拜堂，并使内附之回民族居其旁，屋舍皆用回风，以悦妃意，其承宠可想。

高宗特为容妃所筑的金屋，名为"宝月楼"，今已不可复见。其变迁之迹，亦见心史的考实：

夫南海之南，临长安街而对回子营者，今之新华门，即昔之宝月楼也。犹忆民国元年三海甫议改总统府时，余尝入观其经营改筑之状，时大清门已改为中华门。初议改时，方拟门名，袁世凯左右献议：大内东为东华门、西为西华门，今国为中华民国，而正朝之门适当东华西华之间，天然一中华门也。语既巧合，遂定议。

旧大清门额为青金石质，思落取而反面书中华门额，既下其额视之，反面乃大明门字，盖清初已仍明之旧额矣。时清室尚以优待条件居大内，以外朝先归民国。民国先易其正中之门名，旋议以西苑为总统府，府门与正朝门相并，必临长安街以辟宝月为府门，位置适合。

按：瀛台为清末幽禁德宗之处，在清初则为御驾常驻处，包括的范围亦甚广。在明朝本名南台，孝宗朝名相李贤，曾有《赐游西苑记》。顺治、康熙年间两度扩修，为避暑之处，东为春明楼，西为湛虚楼，南为迎薰亭，北则香扆殿、涵元殿、翔鸾阁，以及殿阁两旁的翼楼，都属于瀛台的范围。世祖每于南海子行猎，在西苑开宴，即指瀛台。康熙朝常宴诸臣于此，并许在瀛台网鱼。高宗在未大修圆明园前，亦常在瀛台活动，及回部进女，高宗别作安置。孟心史《香妃考实》记其原因云：

> 以其言语不通，嗜欲不同，乃不与诸妃嫔聚居，特隔于南海最南之地。其地又临外朝之外垣，得以营回风之教堂及民舍，与妃居望衡对宇，不隔禁地。此皆特殊之安置，非寻常选纳之规矣。

御制《宝月楼记》云：

> 宝月楼者，介于瀛台南岸适中，北对迎薰亭，亭台

皆胜国遗址，岁时修葺增减，无大营造。顾液池南岸，逼近皇城，长以二百丈计，阔以四丈，地既狭，前朝未置宫室。每临台南望，嫌其直长鲜屏蔽，则命奉宸，既景既相，约之椓椓，鸠工戊寅之春，落成是岁之秋。

据此可知，宝月楼基址为一狭长地带。但高宗营金屋于此，原因并不止如心史所言的"言语不通，嗜欲不同"，而是有如下之三因：

首先风俗大不相同。坤宁宫每日煮猪两口祭神，元旦子刻祀神为皇家家礼中最隆重者，皇帝、皇后行礼；春秋两大祭，皇后亦到，妃嫔自当侍从。而最尴尬者，则为后妃受胙，是一种猪肉丝饭，此为回教徒万不能忍之事。

按：戊寅为乾隆二十三年（1758），和卓木正嚣张之时，回疆亦未入版图，高宗必须怀柔，不能强使容妃（香妃）叛教；且既承恩宠，亦不忍出此。

其次，大内后宫，除御花园外，别无游观之处，高宗筑宝月楼于瀛台之南，则随时可以驾幸西苑，而不必如临幸圆明园，须劳师动众。同时，容妃独承雨露，亦不虞其他妃嫔有争宠而左右为难之苦。高宗为己计者甚便。

最后一点是利用容妃了解回部的情况，特别是地理，以便在指授方略时有所依据。此在高宗实不免内疚于心，方灭其国，又宠其人，复以得自其人的智识为灭其国的助力。故心史先生谓御制《宝月楼记》乃英主之用情。此记结尾云：

夫人之为记者，或欣然于所得；而予之为记，常若自讼，是宜已而不已，予则不知其何情也。

心史论曰：

此又可见高宗之用情，而兼露英主之本色，自以为宜已，则对此叛回之女不宜尊宠，亦明知之；然不能已，则自问亦不知其何情，可知其牵于爱矣。然非一味欣于所得，而有自讼之言，是谓英察不忘大计。盖回叛在高宗知其军报，妃处深宫，正未必有所闻见；帝自问心而为此言，似有惭德焉者。

据此，则回部叛乱，以及两和卓木兵败，为其同族所杀，在当时都是瞒住容妃的。其后以无母家可归省，乃于宝月楼外"营回风之教堂及民舍"，以慰其乡思。

按：容妃初入宫时为贵人，乾隆二十七年（1762）册为容嫔，三十三年（1768）封妃，五十三年（1788）薨。"香妃"之名不知何自起；至谓香妃怀刃复仇，为太后所诛，则毫不足信，详见孟心史《香妃考实》。

高宗实为英主。幼年以其八字主荒淫，世宗必深以为诫，而高宗自律亦甚严。一生三后五皇贵妃，又可考者十妃，未闻有蒙特宠者。细考史实，高宗生平所眷者两女子，一即福康安之母，傅恒之夫人；一即容妃。高宗御制诗中，有关宝月楼者甚多。二十五年（1760）夏月诗云：

轻舟遮莫岸边维，衣染荷香坐片时。

叶屿花台云锦错，广寒乍拟是瑶池。

此以嫦娥拟容妃。又二十八年（1763）新年诗云：

冬冰俯北沼，春阁出南城（自注：楼近倚皇城南
墙）。宝月昔时记，韶年今日迎。屏文新菲禄，镜影大
光明。鳞次居回部（自注：墙外西长安街，内属回人衡
宇相望，人称"回子营"。新建礼拜寺，正与楼对），安
西系远情。

按：藩部之民内属，皆属于偏远之处，独回子营咫尺九
重，此因容妃而爱屋及乌。礼拜寺正对宝月楼，则知容妃仍
守回教，可于楼中遥拜。如长安大慈恩寺正对西内，便于唐
高宗南向顶礼，用意相同。

至乾隆五十六年（1791）三月，高宗犹有追忆容妃之
作，诗题名《宝月楼自警》，为七律一首：

液池南岸嫌其远，构以层楼据路中。

卅载画图朝夕似，新正吟咏昔今同。

俯临万井诚繁庶，自顾八旬恐脞丛。

归政五年亦近矣，或当如愿昊恩蒙。

于此可知高宗对容妃之情三十年不改。至于所谓"画图"，指郎世宁所绘《御苑春蒐图》而言，高宗与容妃皆戎装，高宗骑白马，御刀佩弓，容妃紧随在后，骑一"菊花青"，御刀而不佩弓，背景为碧水粼粼一渠道，对岸有垂柳及宫殿一角，后随两步行的太监。据此可知，不过在御园中策马游观而已。但即此戎服跨马，已非其他妃嫔所能。容妃之能常为高宗的游伴，自有种种缘故，此即其中之一。

按：容妃的身份，在回部中颇为尊贵，据林惠祥《中国民族史》第十章"突厥系"言：

> 明代新疆南路各城之王仍为察合台后裔，然其伊斯兰教主穆罕默德之后裔和卓木由于帖木儿帝国之崇信伊斯兰教而东来，至其都城撒马耳干，后于明中叶复移居于喀什葛尔。
>
> 和卓木二子，长名加利宴，次名伊撒克，亦皆得人民之信仰。长开白山宗，次开黑山宗。其后教主之权竟逐渐取察合台后王而代之，自此以后伊斯兰教即称为回教，而回族遂兼有种族上及宗教上二特性。
>
> 清康熙时准噶尔汗噶尔丹率兵入喀什葛尔，立回教白山派教主亚巴克为汗，而迁去察合台后裔于伊犁，于是和卓木之裔遂兼握政教两权。至乾隆时准噶尔部阿睦

撒纳叛清，回教主大小和卓木遂乘机率回族抗清谋独立，然卒败死，回部卒归清统治，时乾隆二十四年也。

然则容妃乃穆罕默德的后裔。按：回部在天山南路，《汉书》所谓"城郭国"，唐以前皆为佛教势力范围，至元朝为元太祖次子察合台的封地。

明朝末年，穆罕默德二十六世孙玛墨特东来，渐有其地位，佛教势力始为伊斯兰所取代。此玛墨特即小和卓木霍集占的高祖。大和卓木名叫布那敦。穆罕默德的嫡系，始终为世界伊斯兰教的领袖。由此可以想见，容妃的容貌与乾隆后宫妃嫔必不相似，此为得高宗之宠的另一原因。

为福康安枉杀憨直武将

容妃以外，高宗另一眷爱的妇人，即是福康安之母，傅恒的夫人。此中亦杂有若干咎歉的成分，分析如下：

第一，此事在当时的宫廷及贵族之间，为一公开的秘密，则傅恒夫人名节自属有亏。

第二，傅恒夫人既承雨露，傅恒敢怒而不敢言，夫妇感情不好，为想象中必然之事。

第三，自孝贤皇后赴水自尽，引起轩然大波，高宗与傅恒夫人当然不便再往来，形成始乱终弃之局，高宗不免自惭薄幸。

第四，虽承雨露，却不能直接加以任何荣宠，内心不免遗憾。

因此，高宗只有在傅恒生前，畀以重任，迭邀恩荣，使傅恒产生"微夫人之力不及此"的感觉，以期弥补他们的感情。

至于高宗对福康安，所谓"由垂髫豢养"，当是孝贤皇后崩后，假太后之名，养在宫中，但傅恒在日，不便重用，初"由闲散袭云骑尉授三等侍卫，命在乾清门行走"，此为大臣子弟及年当差最普通的差使。

及至乾隆三十四年傅恒一死，福康安立即被擢为二等侍卫，命在御前行走。此即所谓"御前侍卫"，通常为大用之始。揆其目的，即在安慰守寡的傅恒夫人，福康安以后的经历，为他开一张履历表，请读者看一看：

三十五年，擢头等侍卫。

三十六年，授户部右侍郎，镶蓝旗蒙古副都统。

三十七年，调镶黄旗满洲副都统；征金川授为领队大臣。

四十年三月授为内大臣，五月赏嘉勇巴图鲁封号。

四十一年正月，封三等嘉勇公。

四十二年，授吉林将军。

四十三年，调盛京将军。

四十五年，授云贵总督。

四十六年，调四川总督，兼署成都将军。

四十七年，授御前大臣，加太子太保。

四十八年四月，命来京署工部尚书，五月授总管銮仪卫大臣、阅兵大臣，总管健锐营事务。

四十九年三月，擢兵部尚书；五月授陕甘总督；七月晋封嘉勇侯。

五十年七月，转户部尚书。

五十一年转吏部尚书，协办大学士。

五十二年以平林爽文之乱封一等嘉勇公。

平林爽文之乱，还造成一极大的冤狱。高宗宠此外妇之子，已到昏聩不可理喻的程度。按：林爽文之乱起于乾隆五十一年（1786）十一月，迭破彰化、凤山、诸罗各县，柴大纪以总兵守府城台南，林爽文分道夹攻，反为所败。五十二年春，福建水陆两提督黄仕简、任承恩先后赴援，柴大纪出军北上，收复诸罗。

黄、任师久无功，诏授闽浙总督常青为将军，渡海视师。其时柴大纪坚守诸罗，自二月至十月，林爽文十攻无功。至八月，以常青年迈不能办贼，以福康安为将军，偕参赞大臣海兰察领兵征剿，至十一月在鹿港登岸。

其时，诸罗军民合作，林爽文久攻不下，特诏以诸罗更名"嘉义"，复密谕柴大纪，不妨先撤出嘉义，以后俟机反攻。《清史稿》本传：

大纪疏言："诸罗居台湾南北之中，县城四周，积土植竹，环以深壕，壕上为短垣，置炮，防卫坚固，一旦弃之而去，为贼所得，虑贼势益张，盐水港运道亦不能守，且城厢内外居民，及各庄避难入城者，共四万余人，助饷协守，以至于今，不忍将此数万生灵付逆贼毒手，惟有竭力保守，以待援兵。"

上手诏谓："所奏忠肝义胆，披览为之堕泪。大纪被围日久，心志益坚，勉励兵民，忍饥固守，惟知以国事民生为重，古之名将，何以加之？"因封为一等义勇伯，世袭罔替，并命浙江巡抚琅玕予其家白金万两，促福康安赴援。

其时敌势已成强弩之末，大军一到，其围立解，奏捷以后，奉到上谕："福康安调度有方，振作士气，克敌致果，迅奏捷音，着封一等嘉勇公，赏红宝石帽顶，四团龙补服，以示优异。"清朝自三藩乱平，异姓不王，至此，福康安真可说是位极人臣了。

但柴大纪却自初见福康安，厄运便要临头。《清朝野史大观》记：

围解，大纪出迎，自以参赞伯爵，不执橐鞬之礼。福劾之，劾其奏报不实。诏以大纪困守孤城逾半载，至以地瓜野草充食，非得兵民死力，岂能不陷？如云诡谲取巧，则当时何不遵旨出城？其言粮食垂尽，原以速援兵。大纪屡蒙奖赏，或稍涉自满，于福康安前小节不谨，致为所憎，直揭其短，殊非大臣休容之度。

观此一谕，岂非明见万里？而以后事态之发展，令人诧愕。

《清史稿·柴大纪传》：

> 侍郎德成自浙江奉使还，受福康安指，讦大纪。上命福康安、李侍尧、徐嗣曾、琅玕按治。福康安临致书军机大臣，言："大纪纵兵激民为变，其守嘉义，皆义民之力。大纪闻命，欲引兵以退，义民不令出城，乃罢。"事闻，上谕谓："守诸罗一事，朕不忍以为大纪罪；至其他声名狼藉，纵兵激变诸状，自当按治。"命夺大纪职，逮问。

按：李侍尧代常青为闽浙总督，素有能名，曾为柴大纪颂冤。徐嗣曾本姓杨，浙江海宁人，对《红楼梦》的传播，亦为有功之人——徐嗣曾有两部抄本，一部一百二十回名《红楼梦》，一部八十回名《石头记》（见周春《阅〈红楼梦〉随笔》）。此在考证《红楼梦》的版本上，如史笔之断，异常分明，奈何红学专家多漠视周春之语。后来八十回本《石头记》，为福建粮道戚蓼生所得，辗转入俞明宸之手，即为有正本——徐为政初尚平和，但在福康安的压力之下，不但与李侍尧均违心左袒，而代常青督闽后，施政亦尚严苛。

至于德成，受福康安的指使，是无足为奇之事。此人初名德承，自乾隆三十四年（1769）起，任工部右侍郎，三十八年转左，至四十四年改名德成，一直到五十六年十月，始因修潼关工程浮估冒滥，为和珅之弟和琳所劾而革职。德成在工部任侍郎二十余年之久，其为内务府包衣可知；而为和琳所劾，自然是不知如何得罪了和珅的缘故。

柴大纪的一条性命，除了德成以外，还送在额勒登保手中。此人为乾嘉名将，但为福康安一手所提拔。当解送乱民至京时，高宗垂询，"证实"德成之语，是必然之事。以高宗的英察，岂能不知？只为福康安之故，忍心害理。但初意犹欲贷其一命，而武夫憨直，竟自速其死。五十五年（1790）七月上谕：

> 柴大纪在台湾总兵任内……朕究念其尚有守城微劳，欲俟解到复讯后，加恩从宽末减，改为监候。兹据福建委员将柴大纪解到，命军机大臣会同大学士九卿复讯，柴大纪复思狡饰，翻供抵赖。并供称："德成前在台湾，连日审讯义民，诱令如将柴大纪赃罪指出，必有重赏；如不实说，即行治罪"等语。

于此可知，全系锻炼成狱。但高宗却另有辩护之处，高宗是这样为德成辩解的：

朕命将节次申饬福康安谕旨令其阅看，并经朕亲行廷讯，始俯首无词。而于认罪之下，仍思狡饰。柴大纪一案，朕专交福康安、徐嗣曾审办，德成不过系派往勘估该处城工，并无审事之责，与伊无涉，妄行攀指。

柴大纪之意，不过因此事系由……德成扳陷，伊或可希冀脱罪，奸巧之极，甚属可恶。柴大纪竟系天夺其魄，自行取死，岂可复从宽典？柴大纪着照所拟，即行处斩，以为辜恩昧良、狡诈退缩者戒。

如此论调，实际上是和珅的强辩，而非高宗的本意。乾隆五十三年（1788），高宗寿已七十有八，自非六十以前精明英察，凡有上谕，类皆口授，由军机上行走的大臣或章京润饰成文。

所以和珅在当时只需凭他的一番说法，取得预期中是或非的裁可，即可以"面奉上谕"的字样，强词夺理。谓"德成不过系派往勘估该处城工，并无审事之责"，话固不错，但德成以钦差的身份，如果越权"审事"，则唯一能制止他的是品秩较之为尊的另一钦差福康安；如福康安不予制止，甚至出于指使，则试问，如何能"与伊无涉"？

天地会林爽文之乱

林爽文之乱，由于天地会复明运动者小，官激民变者大。

乾隆年间，吏治之坏，莫如福建，尤其是和珅当政以后，一面包庇、一面粉饰，至此到了总清算的时候。如说是天地会起事（疆臣奏折中，称之为"添弟会"），则追究叛乱的责任，历任督抚都将担负姑息隐匿之罪，此狱之兴，无法收场。因此，只能在官激民变一点上着眼，而以柴大纪为替罪的羔羊。

高宗杀张广泗，平心而论，张广泗拥兵自重，坐观成败，确有取死之道，而且有讷亲陪着他死，犹不算甚冤；而柴大纪成大功而死，为福康安添富贵，和珅及诸佞臣免祸，真是伤天害理之事。此为清朝由盛而衰最鲜明的一个征象。

按："天地会"于清初创始于台湾。郑成功部下贤者之一的陈永华，对天地会的发展有很重要的关系，此为明清史学者及研究秘密社会者，一致公认的事实。但天地会最初的目的，虽以"恢复汉族治权"为目标，所以，身份类似"清帮三祖"的"洪门五祖"，分布的地区，以反清复明势力集结地为主。

长房在福建，包括台湾，以示洪门嫡系在斯；二房在广东，则以闽粤密迩，如血缘上自然出生的次序；三房云南，则永历帝的缘故；四房湖广，实际上包括长江上游的四川，及洞庭湖周围区域为主。由这一点上可以看出，清洪两派已划定了"责任区域"，而实际上是势力范围，即除运河流域因漕运关系，为清帮所主外，其他边省及长江流域，均为洪门发展之地。

五房为浙江，自以浙东义师为清初复明势力的主流之故。同时亦可以看出，浙江在反清复明运动中居于主导地位——因为清帮、洪门兼容并蓄的地区，只有一个浙江。而"学术与政治之间"的关系，则为"浙东学派"，而以"东林孤儿"中最出色的人物黄梨洲为理论上的指导者。

至于清初复明运动的领导者，分为两大派，一派可称之为"苦行派"，以顾亭林为领袖，傅青主即为此派巨擘；一派则可称之为"浪漫派"，谋主是钱牧斋，而所恃者为郑氏父子。苦行派与浪漫派最大的不同是，前者笃实，思以点滴之功汇成大业；浪漫派所向往的境界，大致如唐人诗篇中所描写者。钱牧斋《投笔集》《金陵秋》《后秋兴》一百零八首，笔者前已谈过，兹再就前八首中，摘录其"饶有唐音"的得意之句若干如次：

扫穴金陵还地肺，埋胡紫塞慰天心。（自注："太白乐府诗：悬胡青天上，埋胡紫塞旁。"）

黑水游魂啼草地，白山战鬼哭胡笳。（按：白山黑水，自指旗人而言。此为预想一战可尽歼清军，即为浪漫之所以为浪漫之一端。）

杀尽羯奴才敛手，推枰何用更寻思？

为报新亭垂泪客，却收残泪览神州。（按：此或指顾亭林而言，顾亭林早期的复明计划，想造成一个"东晋模式"。）

武库再归三尺剑，孝陵重长万年枝。（按：三尺剑用汉高祖典，以对万年枝。）

天轮只傍丹心转，日驾全凭只手移。（按：只手可移日驾，虽以武侯自诩的顾亭林，不敢作此奢望。）

此外，丑诋清室以及幸灾乐祸之句尚多，如顺治崩后，哀诏传至江南，钱牧斋作《后秋兴之十》，题下公然自注："辛丑二月初四日，夜宴述古堂，酒罢而作。"其为庆贺，不言可知。

即此诗题，如有人举发，便有生则灭门，死则剉尸之祸；但康雍两朝，不独无人敢检举《投笔集》，即钞本亦极罕见。至高宗始得寓目，已在百年之后，无可追究，唯有尽毁牧斋著作，恨犹未已，迁怒于沈德潜。

叙高宗的一生，沈德潜其人，不可不记。乾隆一朝，文学侍从之臣甚多，而受知最早、蒙恩最深、被祸最奇者，莫如沈德潜。

德潜，字碻（què）士，著有《归愚集》，故皆称之为沈归愚，苏州人，乾隆元年（1736）举博学鸿词，落选，四年成进士、点翰林，年已六十七。高宗其时根基未稳，正在广结因缘、笼络人心，以为自固之计，在新科进士中，看中了沈归愚。

沈归愚在翰林院虽为后辈，但论齿则为前辈，高宗礼遇沈归愚，可博得尊老敬贤的名声。此外，沈归愚在东南人文所萃的三吴，亦自有一部分号召人。

他是吴江叶燮的门生。叶燮，字星期，康熙九年（1670）进士，榜下即用一任县令后，在三藩之乱时，即已归隐横山。其时汪琬隐于洞庭山的尧峰，两人论文不合，叶著《汪文摘谬》一卷，颇中尧峰之失，但衡之横山之文，其失更甚。两家门弟子各数百人，相争数十年未已。至乾隆初，叶氏门生，以沈归愚为之长，拉拢沈归愚，即等于拉拢了叶横山的徒子徒孙。此为高宗所具的深心。而高宗之拉拢沈归愚，亦几乎如他父亲当年拉拢年羹尧、隆科多那样，近乎肉麻了。

《清史稿》本传：

> 七年，散馆，日晡，高宗莅视，问孰为德潜者，称以"江南老名士"，授编修，出御制诗令赓和，称旨。八年，即擢中允，五迁内阁学士，乞假还葬，命不必开缺。德潜入辞，乞封父母，上命予三代封典，赋诗饯之。十二年，命在上书房行走，迁礼部侍郎。是岁，上谕诸臣曰："沈德潜诚实谨厚，且怜其晚遇，是以稠叠加恩，以励老成积学之士，初不因进诗而优擢也。"
>
> 十三年，德潜以齿衰病喧乞休，命以原衔食俸，仍在上书房行走。十四年，复乞归，命原品休致，仍令校御制诗集毕乃行。谕曰："朕于德潜，以诗始，以诗终。"且令有所著作，许寄京呈览，赐以人夏，赋诗宠其行。德潜归，进所著《归愚集》，上亲为制序，称其

诗伯仲高、王。高、王者，谓高启、王士祯也。

沈归愚"乞假还葬"，非葬亲而是葬妻，《清朝野史大观》以为"诗人遭际以沈归愚为最隆"，原文云：

> 诗人遭际，自唐宋至清朝以长洲沈尚书为第一，天下孤寒，几视为形求梦卜矣。当公进呈新诗时，中有《夜梦俞淑人》一首未经删去，高宗见之，谓"汝既悼亡，何不假归料理？"因赐诗送行。
>
> 还朝后，同内直诸臣恭和悼孝贤皇后挽章，中有儿字、亡字，难于措辞。公独云："普天同洒泪，老耄似童儿。"又云："海外三山杳，宫中一鉴亡。"命即写卷后，传示诸臣。
>
> 至于赐序私集，俯和原韵，称老名士、老诗翁、江浙大老，渥眷殊恩，几于略分，公亦何修得此乎？

高宗所赐诗，起句为"我爱德潜德"；当时犹在词馆的乾隆十年（1745）状元钱维城赠诗，因有"帝爱德潜德，我羡归愚归"之句，为时传诵。按：沈归愚乾隆四年通籍；十一年三月擢内阁学士，已由翰林开坊至卿贰——内阁学士从二品，往往兼礼部侍郎衔，只七年工夫，升迁之速，在汉人中实所罕见。本传又记：

十六年，上南巡，命在籍食俸。是冬，德潜诣京师祝皇太后六十万寿。十七年正月，上召赐曲宴，赋雪狮与连句，又以德潜年八十，赐额曰"鹤性松身"，并赉藏佛、冠服。德潜归，复进《西湖志纂》，上题三绝句代序。二十二年，复南巡，加礼部尚书衔。

二十六年，复诣京师祝皇太后七十万寿，进《历代圣母图册》，入朝赐杖，上命集文武大臣七十以上者为九老。凡三班，德潜为致仕九老首，命游香山，图形内府。

此为仿"香山九老"的故事，以沈归愚比之于白乐天，确为一大荣宠。但沈归愚身后得祸之因，即肇伏于这年。《清史列传》本传载：

时德潜进所撰选刻《国朝诗别裁集》请御制序文。上以德潜选次未当，命儒臣重为精校去留，赐之序。

在御制序文中，高宗已经开骂了。他指出沈归愚的缺点有三：

第一，不当以钱谦益（牧斋）冠首。

第二，钱名世在先朝已定为"名教罪人"，其诗不当入选。

第三，慎郡王为"朕之叔父，朕尚不忍名之"，本朝臣子，岂宜直书其名！

慎郡王名胤禧，圣祖第二十一子，自号"紫琼道人"，年与高宗相仿，自幼亲密，高宗在诸幼叔中，对其是另眼相看的。结果《别裁集》撤去钱牧斋，以胤禧诗冠首。本来是编年体，以胤禧冠首，变成以爵次序，很风雅的事自然变俗了。

可注意的是，高宗在此序文中斥钱牧斋的人品之外，有"其诗自在，听之可也"。此可证明高宗尚未读过《初学集》及《有学集》。修《四库全书》时，大索天下禁书，高宗方始得读牧斋之诗。

初则下令严禁，收缴销毁，继而又密谕两江总督高晋、浙江巡抚永德云：

> 沈德潜、钱陈群二人，平素工于声韵，其收藏各家诗集必多。在钱陈群，于钱谦益诗文，似非其性之所近，且久直内廷，尚属经事，谅不至以应禁之书，转视为可贵。若沈德潜，向曾以钱谦益诗选列《国朝诗别裁集》首，经朕于序文内申明大义，命其删去。但既谬加奖许，必于其诗多所珍惜。

按：《清诗纪事初编》卷三，论沈归愚之师叶燮的诗派云：

> 燮诗文宗韩杜，刻核有法，与曹溶酬唱甚多，两人皆尊杜者……原诗四卷，专为尊唐，力辟时人徒袭范陆皮毛之非，谓诗当以生、新、深为主。于举世尊宋之时，独特己见，发聋振聩，信豪杰之士。

沈归愚选诗，自亦以尊唐为宗，钱牧斋居"江左三大家"之首，曾注杜诗，早岁学杜，面度尤为精整，以之弁冕全清诗坛，必为千秋公论，而高宗谓之"谬加奖许，必于其诗多所珍惜"，这话只说对了下半句，而以下又有开脱之词：

> 或其门弟子狃于锢习，向欲奉为瓣香，妄以沈德潜齿宿德尊，谓可隐为庇护，怂恿存留，亦未可定。果尔，岂沈德潜不知恩重，不复望朕为之庆百岁耶？沈德潜、钱陈群自退居林下以来，朕恩礼优渥，所以体恤而矜全之者，无所不至，伊二人宁不感戴殊荣，勉思仰副。

> 若其家尚有钱谦益《初学》《有学》等集，未经呈缴者，即速遵旨缴出，与二人毫无干碍，断不必虑及前次收藏之非，妄生疑畏。岂朕成全两人至此，而委曲令其缴出，转从而加之罪责乎？高晋、永德将此旨密谕沈德潜、钱陈群知之。

按：此密谕八月所下，沈德潜即于九月病卒，此为巧合，抑或高年布悸而死，或者自裁，甚至或者为子孙所弑（沈子极不成材），以期免祸，殊不可知。但高晋复奏："德潜家并无未缴钱谦益诗文集"。因而沈归愚身后，仍得优厚的恤典。及至"一柱楼诗"案发，方获严谴。

《清史列传》本传，引四十三年上谕云：

沈德潜所作传内,称《一柱楼编年诗》已付梓,并云品行文章皆可法。是沈德潜于徐述夔所作悖逆不法诗句,皆曾阅看,并不切齿痛恨,转欲为之记述流传,尚得谓稍有人心者乎?沈德潜自中式进士及选入翰林时,朕因其平日学问尚好,格外施恩;又念其留心诗学,且怜其晚成,是以不数年间擢为卿贰,又令在南书房行走。而伊自服官以来,不过旅进旅退,毫无建白,并未为国丝毫出力,众所共知。

及乞休后,给尚书衔,晋赠太子太傅,并予在籍食俸,恩施至为优渥,沈德潜理宜饬躬安分,谨慎自持,乃竟敢视悖逆为泛常,为之揄扬颂美,实属昧良负恩。且伊为徐述夔作传,自系贪图润笔为囊橐计,其卑污无耻,尤为玷辱缙绅,使其身尚在,虽不至与徐述夔同科,亦当重治其罪。

今伊业身故,不加深究,然竟置而不论,俾其身后仍得享受恩荣,则凡在籍朝绅,又将何所警惕乎!着照所请行,以昭炯戒。

高宗本对沈归愚选钱牧斋诗冠“国朝”之首,而竟无其人诗集,持有强烈的怀疑。但起初犹信其受恩深重,且虑及禁网严密,不独不敢收藏《初学》《有学》集,甚至所看到的钱诗,只是无违碍的选集,根本不知钱牧斋诗中有好些悖逆之语。至“一柱楼诗”案发,推翻了以前的一切假设,认为沈归愚心目中根本无"大清朝"三字在。

按：徐述夔"一柱楼诗"，如高宗上谕所引"大明天子重相见，且把壶儿搁半边""明朝期振翮，一举去清都"等语，确不能说无反意；而沈归愚为之作传，谓其"人品"可称，则在高宗自当视之为叛党。由此推衍，则钱牧斋诗中有悖逆之语，当亦为沈归愚看成无所谓，因而有此严谴。

高宗御制怀旧诗，以沈归愚列为"五词臣"之末，名为"怀旧"，实乃贬斥，诗云：

东南称二老，曰钱沈则继。

并以受恩眷，嘉话艺林志。

而实有优劣，沈舛钱为粹。

钱已见前咏，兹特言沈事。

其选国朝诗，说项乖大义。

制序正厥失，然亦无呵厉。

仍予饰终恩，原无责备意。

昨秋徐案发，潜乃为传记。

忘国庇逆臣，其罪实不细。

用是追前恩，削夺从公议。

彼岂魏征比，仆碑复何日。

盖因耄而荒，未免图小利。

设曰有心为，吾知其未必。

其子非己出，纨绔甘废弃。

孙至十四人，而皆无书味。

天网有明报，地下应深愧。

可惜徒工诗，行阙信何济！

至于钱牧斋的《投笔集》，可能高宗犹未得寓目，最大的原因是，绝无人敢进此诗集，其中穷眦丑诋，平心而论，已至微伤忠厚的程度。

周药庐先生论"江左三大家"诗说："三大家中才与学，自当以钱牧斋为首；吴梅村一往情深为独胜；袭芝麓才、学、情三者皆居末。"情深自当包括最起码的温柔敦厚之旨；同为丑化敌人，《投笔集》即不如张苍水的《建夷宫词》来得蕴藉，但亦可看出钱牧斋仇清至深。

有个深可玩味的事实是，"苦行派"的顾炎武，与"浪漫派"的钱牧斋，目的相同，而性情各异，似乎从无交往。但是"归奇顾怪"的归玄恭，与钱牧斋却是好朋友。

钱牧斋有《题玄恭僧衣画像》四首，庄谐并作，非泛泛应酬之诗。录如下：

莫是佯狂老万回，坏衣掩胫发齐腮。

六时问汝何功课，一卷《离骚》酒百杯。

周冕殷冔又劫灰，缁衣僧帽且徘徊。

儒门亦有程夫子，赞叹他家礼乐来。

紫殿公然溺正衙，又从别室掉雷车。

天公罚作村夫子，点简千文与百家。

骂鬼文章载一车，吓蛮书檄走龙蛇。

颠书醉草三千牍，圣少狂多言法华。

至于黄梨洲，则可谓之生死之交，黄著《思旧录》，陈寅恪引其"钱谦益"条云：

甲辰余至，值公病革，一见即云以丧葬事相托。余未之答，公言："顾盐台求文三篇，润笔千金。亦尝使人代草，不合我意，固知非兄不可。"即导余入书室，反锁于外。三文，一《顾云华封翁墓志》，一《云华诗序》，一《庄子注序》。余急欲出外，二鼓而毕。公使人将余草誊作大字，枕上视之，叩首而谢。

余将行，公特招余枕边云："唯兄知吾意，殁后文字，不托他人。"寻呼孙贻（寅恪按：牧斋子孙爱，字孺贻，梨洲混为"孙贻"），与闻斯言。其后孙贻别求于龚孝升，使余得免于是非，幸也。

甲辰为康熙三年（1664），钱牧斋殁于是年五月廿四日。又王应奎《柳南续笔》三"卖文"条，亦为陈寅恪征引如下：

东涧先生晚年贫甚，专以卖文为活。甲辰夏卧病，自知不起，而丧葬事未有所出，颇以为身后虑。适值使顾某求文三篇：一为其父云华墓志，一为云华诗序，一为《庄子注》序，润笔千金。先生喜甚，急倩予外曾祖陈公金如代为之，然文成而先生不善也。会余姚黄太冲来访，先生即以三文属之……越数日而先生逝矣。（寅恪按：《牧斋尺牍》中载"与陈金如"札十九通。其中颇多托代撰文之辞。又光绪修《常昭合志稿》叁壹《陈灿传》附式传云："陈式字金如，副贡生。行己谨敕，文笔温丽。"等语，皆可供参证。）

黄梨洲为复明运动的健将，与顾炎武、钱牧斋皆有联络。顺治十六年（1659）"江上之役"为一绝好的机会，而郑成功"竖子不足与谋"。及至"江上之役"大败而归，未几世祖崩逝，冲主初立，人心未固，犹有可图之机，而实力犹存的郑成功，众叛亲离，于是吴三桂不再观望，永历既灭，苍水亦死，事遂不可为。

及至三藩乱平，清朝可说站稳了脚步，凡属遗老，类皆放弃了复明的希望。天地会演变为洪门，基本上已成为一种为了争取一个集团的秘密政治组织，几次起事，大致为官逼民反，而以恢复大明天下为幌子。

郭廷以在《台湾史事概况》中所叙天地会发展经过，不免有过分宣传民族主义的倾向；但分析林爽文失败的原因，颇为精到。他说：

林爽文有两不利与两失策。府城不能攻下是一不利；彰化、凤山虽失而复得（淡水已为清军所有），而诸罗自被总兵柴大纪收复后，始终未能再行夺回，是又一不利。因地域乡土的关系而"分类"是台湾的一大不幸，朱一贵的失败原因之一，即系闽粤人的冲突，此次则又有漳泉人的对抗。

1782 年（乾隆四十七年）彰化曾发生漳泉人的械斗，从此如不共戴天之仇。林爽文为漳人，举事之后，未能善予安抚联络，泉人多不附，甚至反助清军，柴大纪之复诸罗，即得此辈"义民"之力。这是他的第一失策。

当时台湾的门户为南部的鹿耳门、中部的鹿港，鹿耳门固不必说，即关系彰化安危的鹿港，林爽文亦不知扼守（鹿港多泉人），结果清军无抵抗地由此登陆，这是他的另一失策。而庄大田部下的庄锡舍（泉州人）之投降，亦是一大打击。

至于整个战役，最重要的是最后六个月即自乾隆五十二年（1787）八月至五十三年（1788）正月，在此以前，清军的情况很糟：

清军屡援，不能得手，将士病殁者尤多。常青为当时权臣和珅的私人，年已七十，畏葸忧惧，日夜流涕，密札向和珅哀乞，并奏称："贼势蔓延，请厚集兵力，遣大臣督战。"

9月13日（八月初二日）乾隆皇帝改以其最信任的协办大学士陕甘总督嘉勇侯福康安为钦差大臣，名将领侍卫内大臣超勇侯海兰察为参赞，以狮子搏兔之力来对付台湾的革命军……12月8日（十月二十九日）新任统帅福康安等大军自鹿港上岸，首解诸罗之围。林爽文主力集中斗六门一带，经过三天的激战，28日（十一月二十日）斗六门不守。此后复连败于大束。

> 又二十日，南路凤山亦为清军占领，庄大田走琅桥，清军水陆并进，大田悉力以拒，战死者二千余人，投海死者无算（大田被俘）。

林爽文及庄大田，皆为海兰察所擒。海兰察为一传奇人物，乾嘉时名将第一，清人笔记中记其轶事甚多，而一致公认福康安的仗是海兰察替他在打。在此摘录当时的评论两条如下：

> 魏氏（按：指魏源）《圣武记》称："天生海公，以成就福康安之功名。"（按：福康安以椒房贵戚得专阃，军略非所长，所谓因人成事者也。）

> 乾隆五十三年，林爽文平，纯庙召见德少司定成，以福康安视阿桂何如询问。少司奏云："阿桂能指扬（挥）海兰察，福康安则极力周旋之，方得海兰察之

力，以此不如阿桂。"上云："汝所言亦是。但阿桂出师西域，海兰察系末弁，凤感阿桂拂拭之恩，故愿效驱策。海兰察为金川参赞，福康安尚系领队，一旦骤临其上，不能不谦谦自下，倚为干城。两人境地不同，福善周旋，是以平贼。"

此则高宗巧为福康安辩护，但亦承认福康安以海兰察为"干城"。而海兰察恐为福康安唯一所极力周旋之人。

福康安之骄恣，以及徒具专阃之名，只由《清朝野史大观》记其轿夫事可知：

福文襄出行坐轿，须用轿夫三十六名，轮替值役，轿行若飞。其出师督阵亦坐轿，轿夫每人须良马四匹，凡更役时辄骑马随从，然颇扰民间，某县令尝杖一轿夫致被劾罢官。又某公督四川，其轿甚大，须夫役十六人始能举之，轿中有小童二人，伺候装烟倒茶，并有冷热点心数十百种，其侈汰如此。

又一条云：

福康安行军时，遴选舁夫，皆壮狡者，四班更替，日驰百里。即临阵督战，亦仿韦虎故事，不乘骑也，故舆夫尤横。嘉庆初，以廓匪不靖，经理藏卫，方以地险寇遁，纡筹乏策。一轿夫头素暴横，入苗人家，强夺藏丫头簪珥，巡视都司徐斐禁之，即捽徐下马，裂其衣殴之。

时随营为川北道杨荔裳，姚一如副之。姚刚直喜任事，闻之赴辕禀福。司阍林姓，即林臬台之叔，颇解事，曰："将军以过劳心，少不豫，此等琐屑，两君决之可耳。"遂遣多役捕至，犹肆咆哮，怒呼用棍，众愤既深，痛予击扑，手捆至四十，放起已毙。复往禀知，福亦不怒，曰："抢夺斗殴，军政因应加重，但饬阍人急为选充。"

按：《清史稿·海兰察传》，说他"多拉尔氏，满洲镶黄旗人，世居黑龙江，乾隆二十年，以索伦马甲从征准噶尔。"此记殊有未谛。海兰察隶镶黄旗，乃是既贵以后的事；论他的出身，为旗人中阶级最低的一层。

清朝犯重罪至于大辟者，其家属或"给予披甲人为奴"，此"披甲人"就是指海兰察这一族而言，习知者为所谓"鱼皮鞑子"，在民族学上，属于东胡系的通古斯族，除"鱼皮鞑子"即赫哲人以外，另有索伦及鄂伦春人。《中国民族史》第八章记：

索伦乃我国人对其土族之泛称，实则其中尚包有达瑚尔人、蛮雅尔人及毕拉尔人。索伦人与鄂伦春人最大区别，厥为其所使用之牲畜：鄂伦春人使四不像子（驯鹿之俗称），索伦人则使马。

满语"鄂伦"即四不像子之意；鄂伦春者，乃"养四不像子者也"之意也。索伦为"射者"之意。其马体格较小，但强健耐劳苦过于内地之马。鄂伦春人居索伦人之西，据古老言，此族原居他处，百年前始来今地，索伦人为其所迫，东迁避之，现多居精奇里河流域，布里雅山附近草原，为其盘踞之所。

鄂伦春人及索伦人，皆不甚魁梧，四肢亦不粗壮，面部平，两颊宽，鼻大，唇薄，口不甚大，眼小眉细，似欲睡者。男子衣外套，下及膝，用毛皮或革皮做成，土名"古拉玛"。外套之内，仍有大袍，用由华俄人易来之棉布或毛织品制成，土名"萨木萨"。

索伦及鄂伦春人皆喜骑射，海兰察就是骑兵，即所谓"马甲"。自海兰察以后，"黑龙江马队"一直是八旗的精锐。洪杨之乱时，僧格林沁武功彪炳，即得力于"黑龙江马队"。但僧王不过剽悍善战，行军如风，论将略比海兰察差得太远了。

福康安殁于嘉庆元年（1796）五月。在此以前，海兰察殁于乾隆五十八年（1793）三月，生前已诏许入朝乘轿，殁后准入昭忠祠，皆为特例，因向来武员得赏朝马，不得乘轿，而非阵亡者亦不得入昭忠祠。

海兰察之死，象征乾隆十大武功光荣的告终。我以前曾说过，清朝全盛的过程，与汉初颇为相似，若以圣祖拟文帝，则世宗为景帝，高宗当然就是武帝了。《史记索隐》述赞汉武，关于武功部分，比之于秦始皇，有这样几句话：

> 疲耗中土，事彼边兵，日不暇给，人无聊生，俯观嬴政，几欲齐衡。

高宗每以古为鉴，唯于汉武之失，蹈之而不省，遂伏盛极而衰之因。乾隆十大武功，"疲耗中土"，仅于户部有案的军费数目，据清人笔记所载如下：

> 一、乾隆十二、三年用兵金川，至十四年三月止，共军需银七百七十五万。（实销六百五十八万，移驳一百十七万。）
>
> 二、十九年用兵西陲，至二十五年，共军需银二千三百十一万。（实销二千二百四十七万，行查未结六十三万。）
>
> 三、三十一年用兵缅甸，至三十四年，共军需银九百十一万。
>
> 四、三十六年用兵金川起，至四十二年止，共军需银六千三百七十万。
>
> 五、五十二年台湾用兵，本省先用九十三万，邻省拨五百四十万，又续拨二百万，又拨邻省米一百十万石，并本省米三十万，加以运脚，约共银米一千万。

部帑支出，已达一亿一千万，军行所经，就地征派者，至少为五倍。其他各种明侵暗蚀、摧残民生的搜括，尚未包括在内，此为造成川楚教匪之乱的主因。至如上表所列，平林爽文之乱时，军需调拨，已见部库竭蹶之象，而高宗方陶醉于未来内禅归政后的太上皇滋味，和珅得以一手遮天，乾隆末期的贪黩之风，几已到了不可救药的地步。引录一事，以见其余，《清朝野史大观》"部吏口才"条：

> 福郡王征西藏归，户部书吏索其军需报销部费，乃上刺请见，贺喜求赏。福大怒曰："幺麽小胥，敢向大帅索贿赂乎？顾胆大若是，必有说，姑令其入见。"因厉声询之。对曰："索费非所敢，但用款多至数千万，册籍太多，必多添书手，日夜迅办。数月之间，全行具奏，上方赏功成，必一喜而定。若无臣资，仅就本有之人，分案陆续题达，非三数年不能了事。今日所奏乃西军报销，明日所奏又西军报销，上意倦厌，必干诘责，物议因而乘之，必兴大狱。此乃为中堂计，非为各胥计也。"

一名户部的书办，居然敢以将兴大狱的话来恐吓福康安，可知其中弊端之重且多。最可骇异者，福康安居然大为欣赏，命粮台拨二百万两银子交此书办办军费报销，而此能言善道的书办，能见到身份天悬地隔的福康安，门包就花了十万两银子。

十全老人的文治

　　武功以外，乾隆的文治，应该是可称道的。早在乾隆九年（1744），高宗即荟萃宋元明旧版，藏之于昭仁殿，命名"天禄琳琅"。至四十年编《天禄琳琅书目》十卷，藏书共四百二十九部，多为明末清初收藏家毛子晋、钱牧斋、季振宜等人藏书的精华。其中最有名的是一部宋版《汉书》。

　　此书本为赵孟頫收藏，明末入于钱牧斋之手。钱牧斋娶柳如是，正式行礼，待以敌体，而原配陈夫人仍在，"河东君"柳如是既为"两头大"，自不能同居，钱牧斋为之筑绛云楼，费无所出，因而以这部《汉书》售之于他的门生谢象三。而他的这个门生，又是他的情敌，这段渊源谈起来很有趣。

　　谢象三，字三宾，宁波人，为钱牧斋当浙江乡试主考时所取的门生。成进士后当御史，派出去监军，在一次战役中攻入贼巢，得银巨万，隐匿不报，由此致富，辞官在杭州西湖上筑了一所别墅做寓公[1]。

　　其时柳如是与浙江名士陈元龙分手，一度为谢三宾藏于金屋，后归钱牧斋，成了谢三宾的师母。此自是失意之事，但获得师门藏书中的镇库之宝，亦称桑榆之收。

---

[1]　寓公，原指客居在别国、外乡的官僚或贵族。

至于修《四库全书》，开馆于乾隆三十八年（1773），成于四十七年（1782），历时十载。共缮七份，分贮七阁。七阁者，大内的文渊阁、圆明园的文源阁、盛京的文溯阁、热河行宫的文津阁，称为"内廷四阁"；此外则扬州的文汇阁、镇江金山寺的文宗阁、杭州的文澜阁，称为"江浙三阁"。

七阁所藏，优劣不一，刘声木《异辞录》记：

《四库全书》共写七份，惟留京之一份校对详细，至于分驻各处之六份，则以写官厌倦，无人督率，致多删减，官事草率，大抵如斯云云。语见《刍言报》廿一号。声木按：《四库全书》藏于大内文渊阁，皆系各省采进及各家私藏之本，其余六阁，皆依此本传写……文津、文宗、文汇、文澜四阁藏书，确有此病，甚有全部每帙只抄外面数行字，以便翻阅之用。新建夏中丞敬观，曾亲见之。

又据那志良著《故宫四十年》谈七部《四库全书》的下落如下：

清乾隆三十七年，诏开《四库全书》馆，把宫中所藏，以及向海内征求的书，命馆臣选择缮录。历十年之久，才选缮完毕。选定的书，凡三千四百六十种，计七万九千三百三十九卷，分经史子集四部。这部书分写四部，除文渊阁存一份外，沈阳文溯阁、热河皇帝行宫避暑山庄文津阁各存一部。以后又续抄三部，分存在镇江金山寺的文宗阁、扬州大观堂的文汇阁、杭州圣因寺的文澜阁。

这七部书的存佚情形如下：

文渊阁——《四库全书》的第一部，也是写得最整齐的一部，完成于乾隆四十六年（1781），四十七年（1782）存入文渊阁里。溥仪出宫以后，由故宫博物院保管，运到台湾的便是这一部。

文溯阁——《四库全书》的第二部。民国三年（1914）曾运到北京，民国十四年（1925）又运回沈阳。

文源阁——《四库全书》的第三部。咸丰十年（1860）英法联军入北京，被毁了。

文津阁——《四库全书》的第四部，民国四年（1915）运到北京，现归国家图书馆保管。

文宗阁——续抄三部之一。道光二十一年（1841）鸦片战争，遭英国毁损一部分，到咸丰三年（1853）太平军陷镇江，完全被烧完了。

文汇阁——续抄三部之一。咸丰四年（1854），太平军陷扬州，完全被毁。

文澜阁——续抄三部之一。咸丰十年（1860），太平军陷杭州，建筑物倒了，书也散失。当时藏书家丁甲、丁丙兄弟，冒险收了八千一百四十册。光绪六年（1880），重建文澜阁，丁氏兄弟送还阁中，以后经续收补抄，大体复原了。抗战时曾运到四川，现在不知存放何处。

文渊阁的这一部，由故宫博物院分装五百三十六箱，运到台湾。

按：《四库全书》卷帙浩繁，郑孝胥在溥仪的"小朝廷"时代，一度曾拟与商务印书馆合作影印，因种种关系，议而不决。目前珍藏台北故宫博物院，已成古董，既不能借阅，又不能影印，且所收藏之书，几乎全可由他处求得，因而对于所谓"嘉惠士林"，丝毫不起作用。但由《四库全书》而衍生的一部《四库全书总目提要》，却为治国学者必备的参考书。

按：修《四库全书》时，所采进的书籍，认为可以行世者，共一万零二百四十六种；审定去取，认为最有价值而收入全书者，三千四百五十八种；其余六千七百八十八种，则仅存目，其内容在总目提要中亦有介绍。

《四库全书总目提要》为纪晓岚所撰，其体例据张锦郎在《中文参考用书指引》中介绍如下：

体制如下：四部之首，各冠以总序，撮述其源流演变，以絜纲领；每类前也各冠以小序，详述其分并改隶之旨趣，以析条目。各类之末或类下分有子目的，在各类或子目之后，有一行文字，以计部卷数。存目之书著录于各类目存书之后。

每书著录的次序，首书名，次卷数，次注其版本，然后述著者姓名、爵里，并略考是书的得失。

至于同一类属（子目）图书的排列，以著者年代先后为次；唯历代帝王著作，冠于各代之首。如著者年代相同，以历官或科第可考者依次排列，每可考者，附于各朝之末。

另有一部《续修四库全书提要》，据张锦郎介绍，"系《四库全书》以后，解禁图书、新发现图书与新著图书的提要"，当年是利用日本退还我国的庚子赔款为经费编纂而成，收书一万零七十种，为《四库总目》著录的三倍，子部、集部尤多，其特色为：

第一，佛教经典，《四库》所收不过数十种，《续四库》则尽量收录。

第二，道教书籍，《四库》收二十种，《续四库》收六百种。

第三，明人著述，《四库》多被删改或贬斥，此是种族观念使然，《续四库》特别注意明人著作，并作客观叙录。

此外，高宗复命于敏中、王际华，就《四库全书》著录的三千多种之中，选出四百七十三种，抄成一万一千一百七十八册，分成两百零一函，名为《四库荟要》，共缮两部，一部存大内御花园摘藻堂，一部存圆明园味腴书屋。

这完全是为了高宗个人阅读之用，所以制作颇为讲究。存圆明园的一部，毁于英法联军之役；存摘藻堂的一部，则已运到台湾，存台北故宫博物院。

综合而言，乾隆一朝自汉文帝、唐太宗、明成祖以来，在国际地位上臻于顶点。但立国久长之道，武功不足恃，厥维文治。乾隆十大武功，荣耀炫于一时；而天子右文，虽说别有用心，毕竟功多于过。兹引叙心史先生的评论，以为乾隆践祚六十年的结论：

> 乾隆朝武英殿刊版之书，及御纂御定御制之书，较之康熙朝更多，具在宫史，不备列。其搜采各书，兼有挟种族之惭，不愿人以"胡"字"虏"字加诸汉族以外种人，触其忌讳，于是毁弃灭迹者有之，刊削篇幅者亦有之。
>
> 至明代野史，明季杂史防禁尤力。海内有收藏者，坐以大逆，诛戮累累。以发扬文化之美学，构成无数文字之狱，此为满汉雠嫉之恶因。统观前史，暴君虐民，事所常有；清多令主，最下亦不失为中主，宜可少得罪于吾民，而卒有此荼毒士大夫之失德。今文字狱已有专辑，其不出于档案者，余亦稍有搜辑，当别成专著，不能列入本篇。
>
> 惟乾隆以来多朴学，知人论世之文，易触时忌，一概不敢从事，移其心力毕注于名物训诂之考订，所成就

亦超出前儒之上，此则为清世种族之祸所驱迫，而使聪明才智出于一途，其弊至于不敢论古，不敢论前人之气节，不敢涉前朝亡国时之正义；此止养成莫谈国事之风气，不知廉耻之士夫，为亡国种其远因者也。

此亡国者谓亡清之国，非亡中国。乾隆朝讲究考据，忌讳载道之文，但"移其心力毕注于名物训诂之考订，所成就亦超出前儒之上"，建立了为学术而学术的风气，一惩空疏八股之弊，为后世讲实学者建立了深厚的基础，然后而有心史先生之所谓"嘉道守文"，以及所谓"道光朝士习之转移"。倘无水利、漕运、盐务始末演变的详考，何来贺长龄的《经世文编》，何来陶澍的改革盐务，何来胡林翼的筹饷长策，何来曾国藩敢当艰巨的胆量，何来左宗棠"身无半亩，心忧天下"的抱负？

第八章

仁宗——嘉庆皇帝

乾隆退居太上皇

乾隆六十年（1795）九月初三，高宗在圆明园勤政殿，召集皇子皇孙、王公大臣，宣示恩命，立皇十五子嘉亲王为皇太子，以明年丙辰为嗣皇帝嘉庆元年。这位嗣皇帝就是仁宗。

仁宗御名颙琰，生于乾隆二十五年（1760）寅辰十月初六日，这年仁宗三十五岁。生母魏佳氏，原为包衣女子。高宗之以仁宗继统，原因有三：第一，预定践祚六十年后归政，年已八十有五，稍长诸子，亦在五十岁左右，精力已衰，须择一盛年之子——此为圣祖当年所以欲传位于皇十四子的原意。高宗能深体祖父的苦心，并以为法，此实不愧英主。其次是仁宗之仁，高宗自知十大武功，六次南巡，以及不断扩充圆明园，重劳民心，希望仁宗施政以宽厚为主，而仁宗的性格符合他的要求。再一个原因便是包衣女子所生，自幼得祖母钟爱。

据《东华录》，嘉庆元年（1796）丙辰春正月戊申朔，举行授受大典，仪节如下：

　　一、嗣皇帝侍太上皇帝诣奉先殿堂子行礼。

　　二、遣官祭太庙后殿。

三、太上皇帝御太和殿，亲授"皇帝之宝"，嗣皇帝跪受。

四、太上皇帝受贺还宫。

五、嗣皇帝即位受贺。

六、奉太上皇帝传位诏书，颁行天下，覃恩有差。

七、嗣皇帝奉太上皇帝诣寿皇殿行礼。

八、嗣皇帝御乾清宫，赐宴亲藩。

从这天起，便有了两个年号：民间称"嘉庆元年"，宫中称"乾隆六十一年"。在高宗以前，唐、宋皆有太上皇，一是唐高祖，二是唐玄宗，三是宋高宗。但此三帝禅位，皆出于不得已，理智上虽多少有不足以君临天下之惭，而情感上实难甘心，因此，父子之间，亦有猜忌。

宋孝宗为宋高宗之侄，且为宋太祖之后，祖宗骨肉间的恩怨，更易造成误会。高宗熟读《通鉴》，深知"太上皇帝"名义好听，而做"太上皇帝"的滋味并不好受。尤其和珅更为自危，非助高宗继续掌握政权不可。据《朝鲜正宗实录》载：

（正宗）二十年，即清嘉庆元年，三月十二日戊午，召见回还进贺使李秉模等。上曰："太上皇筋力康宁乎？"秉模曰："然矣。"上曰："新皇帝仁孝诚勤，誉闻远播，然否？"秉模曰："状貌和平洒落，终日宴戏，初不游目。侍坐太上皇，上皇喜则亦喜，笑则亦笑。于此亦有可知者矣。"

李秉模于二月十九日乙未，先有驰启言："正月十九日平明，因礼部知会，诣圆明园。午后，与冬至正副使入山高水长阁。太上皇帝出御阁内后，入参内班。礼部尚书德明引臣等及冬至正副使至御榻前跪叩，太上皇帝使阁老和珅宣旨曰：'朕虽然归政，大事还是我办。你们回国问国王平安。道路遥远，不必差人来谢恩……'黄昏时，太上皇帝从山高水长阁后御小舫，嗣皇帝亦御小舟随之，又令臣等乘舟随后。行数里许下船，入庆丰园，太上皇帝御楼下榻上，嗣皇帝侍坐，设杂戏，赐茶，使内侍引臣乘雪马行，一里许下岸，仍为引出退归。

"……臣等使任译问：'从今以后，小邦凡有进奏进表之事，太上皇帝前及嗣皇帝前各进一度耶？'答云：'现今军机姑未定例，当自有文书出去'云。申后，礼部又送上马宴桌于馆所。

"二十六日，礼部知会有传谕事件，年贡宪贺各该正副使明日赴部。故二十七日巳时，臣等及冬至正副使与任译诣礼部，则员外郎富森阿誊示传谕事件，以为贺使带来三起方物，业经钦奉敕旨，移准于下次正贡。再现奉敕旨：'此后外藩各国，惟须查照年例，具表赍贡，毋庸添备贡物，于太上皇帝、皇帝前作两份呈进'云云。"

又清人笔记中记董诰轶事云：

嘉庆初元，珅势益张，外而封疆大吏、领兵大员，内而掌铨选、理财赋、决狱讼、主谏议、持文柄之大小臣工，顺其意则立荣显，稍露风采，折挫随之。太傅朱文正公以德行、文学受两朝知遇，扬历中外，垂五十年，时以内禅礼成，例得进册，珅多方遏之；既上，珅又指摘之。纯皇帝谕曰："师傅之职，陈善纳诲，体制宜尔，非彼所知也。"

旋召公以吏部尚书协办大学士，仁宗作诗寄贺，属稿未竟，珅取以向上皇曰："嗣皇帝欲市恩于师傅耶？"上皇色动，顾董文恭公曰："汝在军机、刑部之日久，是于律意云何？"公叩头曰："圣主无过言。"上皇默然良久曰："卿大臣也，善为朕以礼辅导嗣皇帝。"乃降旨，朱珪仍留两广总督之任，旋又改巡抚安徽。是时直内廷者无不色变震恐，文恭独从容谢过，书旨而退，右见《刘礼部集》。

读此见文恭之忠亮格天，深心调护，真有功宗社之大臣，亦由两朝圣人善作善述，止孝止慈。训政者一时罔极之心，传祚者万世无疆之业，卒非金壬所能荧听也。

按：朱文正指朱珪，与弟朱筠并为乾嘉名臣，《四库全书》之议，即起自朱筠，而《清史稿》不为立传，深知心史先生所讥责。

朱氏兄弟京师土著，籍隶大兴，而原籍浙江萧山，先世殆为明朝六部的书办。朱珪，字石君，乾隆十三年（1748）翰林，开坊后外放福建粮道，循升转，三十六年（1771）以山西按察使护理巡抚，四十年（1775）内调，监司转内，以"对品"之例，应授为"大九卿"，不知为何竟授补从四品的翰林院侍讲学士，但次年命在上书房行走，专为仁宗授课。

其时仁宗年十七，天心默许，大位所归，为储君择师，选定朱珪，足见器重。但不久和珅已渐用事，或者在拥立一事上别有深心，因而于四十四年（1779）外放福建主考，次年京察一等，照例应即升官，而竟以原衔补放福建学政，任满回京须在四十八年（1783），此为有意隔离其师生。

朱珪已知所辅者为储君，亦知和珅有移易高宗之意，因进"五箴"于仁宗。五箴者，"养心、敬身、勤业、虚己、致诚"，皆有深意，所谓"养心"就是孟子的"养吾浩然之气"，勿以得失萦怀，这是设想到高宗可能会受和珅的蛊惑而易储，倘遇此拂逆，切须顺受；"敬身"者，勿荒于声色；"勤业"则力学；"虚己"谓以谦和为贵；"致诚"者但尽其孝悌之心，勿矫揉造作。

凡此皆深知高宗的性格，教以固爱之道。仁宗于此五箴，所下工夫甚深，以致数中危言，即在受禅后，和珅还想扳倒他，而终得无恙，皆由朱珪辅导之功。因而朱珪殁后得谥为"文正"。

和珅弄权

乾隆四十七年（1782）九月，朱珪升少詹，为东宫官属，而仍不容于和珅，五十一年（1786）以礼部侍郎充江南乡试正考官。凡遇乡试正科之年，即为学政任满之时，朱珪在闱后即授为浙江学政，任满回京，未几即外放为安徽巡抚。至此，朱珪出一高着，保护仁宗。

此一着之高，乃在能摆脱和珅之影响，非和珅所能论其是非。和珅在乾隆五十年（1785）后，无所不管，与高宗关系之密，密到一起修持"密宗"，唯独文字一道，除了奏折上吹毛求疵之外，其他即无置喙的余地。

高宗自负学问，尤自负于义理，在这方面对和珅毫不假以辞色，常有"此非汝所知"之词。

因此朱珪乃以文字结主知，而以疆臣司文学侍从之职。如乾隆五十八年（1793）十二月谕：

> 昨日安徽巡抚朱珪，进《御制说经古文》，阅其后跋，以朕说经之文，"刊千古相承之误，宣群经未传之蕴，断千秋未定之案，开诸儒未解之惑"，颂皆过当；但历举朕敬天法祖，勤政爱民各大端，见诸设施者，与平日阐发经义，实有符合，语皆纪实，并非泛为谀词。

朱珪于御制古文，绅绎推阐，能见其大，跋语尤得体要，
殊属可嘉。着赏给笔墨等件，以示奖励。

朱跋"刊""宣""断""开"四语，在高宗实在过瘾之
至；作"颂皆过当"的谦词，可见其内心对朱珪的欣赏。
五十九年（1794）四月又谕：

朱珪进《御制论史古文后跋》，以朕论史之绅绎推
阐，有"用史成经，绍六为七"之语。朱跋语，固非铺
张扬励，泛为谀词，究属称颂过当，观其文义，尚为典
覆，着赏给纱扇笔墨等件，以示奖励，此册并着皇子皇
孙各缮一部，预备观览。

按：《诗》《书》《易》《礼》《春秋》《乐》为六经，《乐
经》失传，故称五经。朱珪颂以"用史成经"，使六经变为七
经，真是挖空心思地恭维，高宗又大过了一次瘾，看他"着皇
子皇孙各缮一部，预备观览"，可想见其得意。
同年九月又谕：

朱珪进《御制纪实诗》十二函，内编排门类，列叙
案语，具见用心审密，所撰进书表文，摛词比事，亦属
典覆，唯过于颂扬，于朕就业自持、维日孜孜之意尚觉
歉然，观其属辞命义，尚为雅则。兹赏给御篦扇一柄、

纱匹笔墨等件，以奖其励学。

此则俨然师长训门生之语，关系较之君臣又进一步。而朱珪则再接再厉，以致又有十二月之谕：

> 朱珪进呈《御制几余诗》一部，朕略加披览，系缮录御制诗章，分门别类，编辑成帙，可谓用心细而措辞当。该抚应办地方要务甚多，若专用于笔墨之事，恐致政务转不免疏漏，岂朕简畀封圻之意？除颁赏荷包笔墨锞锭外，着传谕朱珪务须尽心政务，以察吏安民为重，不可缓其所重，用心于无用之地。嗣后亦无庸再行纂办进呈，惟当悉心民事，以期无负委任。

按：其时朱珪由安徽巡抚调广东，此为肥缺，亦为要缺，所以高宗有此一谕。话虽如此，两个月后的六十年（1795）二月，又以释奠文庙礼成，临幸辟雍，御制诗四章，特命朱珪恭和进呈。至此，朱珪已立于不败之地。朱珪不败，仁宗的地位可保不致发生变化——因爱屋及乌，自然之理；而既有名师，必出高徒，亦逻辑推演所必至。和珅进谗而不逞，因由董诰为社稷之臣，而基本上还是看在朱珪的分上。

及至授受礼成，朱珪撰进诗册，用"二十五有"的仄韵，成排律一百韵，又蒙奖赏；嘉庆元年（1796）六月擢粤督仍兼粤抚。其时文渊阁大学士孙士毅出缺，高宗决定以朱珪补授，先下上谕

"来京另候简用"，接下来又颁另一道上谕：

> 昨据和琳奏：孙士毅在四川酉阳州病逝，将来大学士缺，意欲即以朱珪补授，但此缺须一月后方始题请，特先降旨谕知朱珪，不必因有来京之旨心存疑虑。现在京中并无应办之事，朱珪不必急于来京，两广总督仍应朱珪署理。
>
> 朱珪在广东巡抚任内，办理一切，本为熟悉，今复奉有恩旨，尤应感激奋勉，倍加认真，不可存五日京兆之见，有负委任。一切洋盗更应严办。大学士员缺，除俟届期明降谕旨外，将此先行传谕知之。

这是和珅阻挠朱珪到京的一种手法，这道上谕是个伏笔。八月间根据闽浙总督魁伦所奏，"粤东艇匪，驶至闽浙洋面肆劫"，课朱珪以"署总督任内，不能认真缉捕"的罪名，调补安徽巡抚。

和珅敢于如此弄权，是因为高宗耄年善忘之故。嘉庆二年（1797），朝鲜《李朝实录》载：

> 三月二十二日丙戌，冬至书状官洪乐游进闻见别单，中有两款关太上皇帝及皇帝状：
>
> （一）太上皇帝容貌力气，不甚衰耄，而但善忘比剧。昨日之事，今日辄忘；早间所行，晚或不省。故侍

御左右眩于举行，而和珅之专擅甚于前日，人皆侧目，莫敢谁何云。

（二）皇帝平居与临朝，沉默持重，喜怒不形。及开经筵，引接不倦，虚己听受。故筵臣之敷奏文义者，俱得尽意。阁老刘镛之言，最多采纳，皇上眷注，异于诸臣。盖镛夙负朝野之望，为人正直，独不阿附于和珅云。

按：刘镛为刘墉之误。嘉庆元年（1796）政府领袖为阿桂，以武英殿大学士为军机领班；其次为和珅。刘墉不入军机，以滑稽自容，故仁宗虽加信任，得免猜忌。和珅最忌者为朱珪，因为朱珪久任疆吏，内用必入军机，且必为高宗经常召见，谈文论艺，和珅即无法一手遮天。其次则为王杰，此人所得的状元，即原为赵云崧应得的状元。一生清慎守正，不负特达之知，亦为高宗所极信任，和珅无可如何。但在军机，仅常止于予和珅难堪，或者遇事保全善类，毕竟无法事事匡正。

《清朝野史大观》记：

公高不逾中人，白发数茎，和蔼近情，而时露刚毅之气，其入军机时，和相势力薰赫……公绝不与之交，除议政外，默然独坐，距和相位甚远，和相就与之言，亦漫应之。高宗极信任公，和亦不能夺其位。

王杰籍隶韩城，与司马迁同乡，司马迁的墓及庙便在韩城，自幼仰慕乡贤，疾恶如仇，《清朝野史大观》记：

> 海盐陈太守溁，精岐黄家言，官礼曹时，枢相和珅召令视疾，太守咨于座主韩城王文端公，曰："此奸臣，尔必以药杀之，否则毋见我。"太守谢不往，和疾之，时已保御史，乃出为巩昌知府，复以事贬知州。

按：陈溁族孙陈其元《庸闲斋笔记》亦曾述其事，当非无稽。王杰在军机，对和珅不假辞色，而和珅低声下气，刻意交欢，则为事实。

清人笔记中又一条云：

> 大学士和珅在军机日，手持水墨画轴，韩城师见之，曰："贪墨之风一至于此。"又尝捉韩城手谛视曰："状元宰相手果然好。"韩城曰："是手但会做状元宰相，不会要钱，有甚好处？"闻者凛然。

按：世皆以王杰清廉著称，告老时仁宗制诗送行，有"清风两袖返韩城"句；事实上，所谓清廉，亦是比较而言，太平宰相，国家自有俸禄，亦不致如汤斌、于成龙等任督抚时的刻意清苦，以期将身作则，矫正吏治。王杰自通籍至参政，掌文衡九次，三任浙江学政，一任福建学政，光是门生例有的贽敬，就很可观了。

昔人咏穷京官紧缩开支云："先裁车马后裁人，裁到师门二两银。"此犹言三节两寿（老师、师母生日）例有的孝敬，亦非万不得已不可裁；至于进学、中举、中进士的献贽，岂唯绝不算贪墨，且受者为荣，王杰何能例外？倘或例外，便是矫情，亦不能得高宗的信任了。

王杰之能叠掌文衡，实际上是和珅的惯技，一以示惠，兼以隔离。和珅用事在乾隆四十多年以后，其时王杰由浙江学政任满回京任吏侍，乾隆四十三年（1778）出为浙江乡试正考官，四十五年又任浙江学政，四十七年回京，旋丁母忧，至五十年八月服满进京，任兵部尚书。此时和珅羽翼已丰，势不可撼。

王杰于五十一年十二月入军机，五十二年一月入阁。是年丁未正科会试；五十四年已酉，高宗八旬万寿，颁行正科会试；五十五年庚戌恩科会试，王杰三充总裁，为和珅弄权，更为显然。

因为一入闱便是一个多月；榜发以后门生拜老师，接着殿试、朝考，扰攘之间，总有半年不得宁帖，即半年不能过问政事。和珅以此手法对付王杰、刘墉、朱珪、窦光鼐等人，可说万试万灵。

嘉庆亲政，杀和珅，斥福康安

仁宗在位二十五年，实际上应该算作二十二年，因为前三年完全是傀儡，直到嘉庆四年（1799）正月初三，太上皇崩，方始亲政，才能算是真正在做皇帝。

仁宗一旦大权在握，第一件事便是杀和珅。犹恐和珅势力太大，不愿就范，特以亲贵分掌朝政，当时的处置是：

一、皇八子，仁宗胞兄仪郡王永璇，晋封亲王，总理吏部。

二、皇十一子，仁宗胞兄成亲王永瑆，命在军机处行走，并总理户部三库。

三、仁宗同母弟，皇十七子永璘封惠郡王，后改号庆郡王，为御前行走，负内外联络之任。

至于参和珅者，不一其人，《东华录》只记："科道列款纠劾，夺大学士和珅、户部尚书福长安职，下于狱。"

《清朝野史大观》记如下：

> 和珅用事二十余年，至嘉庆三年以前，未尝一被弹劾。乾隆间御史曹锡宝虽尝一劾其家奴刘全借势招摇、家资丰厚，然廷闻查勘，竟以风闻无据复奏，锡宝坐妄言被诘责。及嘉庆四年正月三日高宗崩，而和珅始为御史广兴、给事中广泰、王念孙等所劾，即日夺职下狱，

寻赐自杀。

　　其家财先后抄出，值八百兆两有奇。甲午、庚子两次偿金总额，仅和珅一人之家产足以当之。政府岁入七千万；而和珅以二十年之宰相，其所蓄当一国二十年岁入之半额而强，虽以法国路易第十四，其私产亦不过二千余万，四十倍之，犹不足以当一大清国之宰相云。

　　因此，当时有"和珅跌倒，嘉庆吃饱"之谣。而和珅当日曾向仁宗递如意，以为可以邀拥戴之恩，不道竟成大罪的第一款。

　　和珅的罪名据上谕宣布，共二十大罪：

　　一、朕于乾隆六十年九月初三日，蒙皇考册封皇太子，尚未宣布谕旨，而和珅于初二日在朕前先递如意，泄漏机密，居然以拥戴为功。

　　二、上年正月，皇考于圆明园召见和珅，伊竟骑马直进左门，过正大光明殿至寿山口，无父无君，莫此为甚。

　　三、又因腿疾乘坐椅轿，抬入大内，肩舆出入神武门，众目共睹，毫无忌惮。

　　四、将出宫女子，娶为次妻，罔顾廉耻。

　　五、自剿办川楚教匪以来，皇考盼望军书，刻萦宵旰，乃和珅于各路军营递到奏报，任意延搁，有心欺蔽，以致军务日久未竣。

六、皇考圣躬不豫时，和珅毫无忧戚，每进见后，出向外廷人员谈笑如常。

七、昨皇考力疾披章批谕，字画间有未真，和珅胆敢口称"不如撕去，另行拟旨"。

八、前奉皇考敕旨，令伊管吏部、刑部事务，一人把持，变更成例，不许部臣参议一字。

九、上年十二月，奎舒奏循化、贵德二厅贼番，聚众在青海肆劫。和珅竟将原折驳回，隐匿不办，全不以边务为事。

十、皇考升退后，朕谕蒙古王公，未出痘不必来京，和珅不遵谕旨，已未出痘者俱不必来，全不顾抚绥外藩之意，其居心实不可问。

十一、大学士苏凌阿，两耳重听，衰迈难堪，因系伊弟和琳姻规，竟隐匿不奏。侍郎吴省兰、李潢、太仆卿李光云，曾在伊家教读，保列卿阶，兼任学政。

十二、军机处记名人员，和珅任意撤去，种种专擅，不可枚举。

十三、昨将和珅家产查抄，所盖楠木房屋，僭侈逾制；其多宝阁楠段，皆仿照宁寿宫制度；其园寓点缀，与圆明园蓬岛瑶台无异，不知是何肺肠。

十四、蓟州坟茔设立亭殿，开置隧道，致附近居民有和陵之称。

十五、家内所藏珍珠手串二百余，较大内多至数倍，并有大珠，较御用冠顶尤大。

十六、宝石顶非伊应戴之物，伊所藏数十，而整块大宝石不计其数，且有内府所无者。

十七、银两衣服等件，数逾千万。

十八、夹墙藏金二万六千余两，私库藏金六千余两，地窖内藏埋银两三百余万。

十九、附近通州、苏州有当铺、钱店，资本又不下十余万。以首辅大臣，下与小民争利。

二十、家人刘全不过下贱家奴，而查抄家产竟至二十余万，并有大珠及珍珠手串，若非纵令需索，何得如此丰饶？

以上二十款大罪，强调"大不敬"，始能处和珅以死刑，因为位至大学士，贪黩不算可以致死的大罪。原来清朝自康熙年间起，造成一个很不良的传统：凡是到了与国同休的地位，诸如宰相、负实际责任的王公，乃至督抚，贪污是可以容忍的。

圣祖甚至认为以清官著称的张伯行，都有假公济私的行为，说他如果不取之于民间，何来刻书之赀。事实上是冤枉了张伯行，张家素封，张伯行刻书，出于私财。不过圣祖既未认真，臣下亦不必深辩而已。

究其实际，和珅的大罪只是"紊乱纲纪、败坏吏治"八个字，但此八字，高宗至少要负一半的责任，所以不能不"毛举细故"以成大罪。

明朝末年有部书，名为《天水冰山录》，专记籍没严嵩父子的财产；和珅抄家所得，清朝档案中亦有记载，稍录若干，以广见闻：

私设档子房一所，七百三十间。

花园一所，亭台六十四座。

田地八千顷。

银号十处，本银六十万两。

当铺十处[1]，本银八十万两。

（金库）赤金五万八千两[2]。

（银库）元宝五万五千六百个。

京锞五百八十三万个[3]。

苏锞三百一十五万个。

（人参库）人参大小支数未计，共重六百斤整。

（玉器库）玉鼎十三座[4]，高二尺[5]五寸。玉磬二十块。玉如意一百三十柄。玉碗一十三桌。玉寿佛一尊，

_____

[1]　一作七处。

[2]　一作四万八千两。

[3]　一作五千三百八十万个。

[4]　一作三座。

[5]　一作三尺。

高三尺六寸。玉观音一尊，高三尺八寸（均刻云贵总督献）。玉马一匹，长四尺三寸，高二尺八寸。（以上三件均未作价）

珊瑚树七支，高三尺六寸，又四支，高三尺四寸。

白狐皮五十二张，元狐皮五百张，白貂皮五十张，紫貂皮八百张，各种粗细皮共五万六千张。

镂金八宝床四架，镂金八宝炕二十座，大自鸣钟十座，小自鸣钟一百五十六座，桌钟三百座，时辰表八十个。

皮衣服共一千三百件，绵夹单纱衣服共五千六百二十四件，帽盒三十五个，帽五十四顶，靴箱六十口，靴一百二十四双。

大珠八粒，每粒重一两。

金宝塔一座，重二十六斤。

大金元宝一百个，每个重一千两。

大银元宝五百个，每个重一千两。

按：和珅所得财物，亦非尽由督抚中勒索而来，最主要的一种手法是侵冒，他在军机处时曾有一不成文规定，奏折具副本送军机处，呈进方物，丞先关白；倘或不如所欲，擅自驳斥，而名义上是驳了，实际上却纳入私邸，督抚反正已进贡了，当然不会再讨回，而且和珅一收下，则驳斥是表面文章，实际上已有保障。有时收一半，退还一半，此退还的一半，当然亦是和珅笑纳。

以此二十款大罪，罪名自是"决不待时"，即刑名上的专门术语："斩立决"。结果是"赐帛"，伏法于正月十八日，距被捕为七日；跟太上皇之崩，未足半月。有清一代，王公大臣被祸之速，未有如此者。

和珅当政二十年，天下督抚，半出提携，倘如雍正之善株连，将无宁日，仁宗在这一点上做得很聪明，但也可能很不聪明，如当时能借此切实整顿吏治，尤其是对八旗贵族痛切裁抑，讲求实学，应该不致于有后来鸦片战争一败涂地的凄惨局面。只是仁宗之仁，不忍诛求，只办了少数人，列举如下：

一、左都御史吴省钦，一向为和珅门下走狗，革职回籍。

二、福长安抄家，斩监候，押往和珅监所，跪视其自尽。但福长安以后未勾决，仍在八旗当差。

三、和珅之弟和琳，本封公爵，配享太庙；革爵，撤出太庙，拆毁伊家所立专祠。和家子弟有爵位者，或降或革，并均不准在乾清门行走，发往八旗当闲差。

四、大学士苏凌阿，年老龙钟，因系和琳姻亲，得居高位，原品休致。苏凌阿家所藏百二十回本《红楼梦》，可能在重付装裱时，为程小泉录得副本，托名"购自鼓担"。

五、太仆寺卿李光云，降为编修。

六、山东巡抚伊江阿革职。

最难处置者为仁宗的妹夫、和珅之子丰绅殷德。《清史稿·和珅传》云：

　　子丰绅殷德，尚固伦和孝公主，累擢都统兼护军统领、内务府大臣。和珅伏法，廷臣议夺爵职，诏以公主故，留袭伯爵。寻以籍没家产，正珠朝珠非臣下所应有，鞫家人，言和珅时，于灯下悬挂，临镜自语。仁宗怒，褫丰绅殷德伯爵，仍袭旧职三等轻车都尉。

　　嘉庆七年，川、楚、陕教匪平，推恩给民公品级，授散秩大臣。未几，公主府长史奎福讦丰绅殷德演习武艺，谋为不轨，欲害公主。廷臣会鞫，得诬告状，诏以丰绅殷德与公主素和睦，所作《青蝇赋》，忧谗畏讥，无怨望违悖，惟坐国服内侍妾生女罪，褫公衔，罢职在家圈禁。十一年，授头等侍卫，擢副都统，赐伯爵衔。十五年，病，乞解任，赐公爵衔，寻卒。无子，以和琳子丰绅伊绵袭轻车都尉。

　　和珅伏法后越十五年，国史馆以列传上。仁宗以事迹疏略，高宗数加谴责，阙而未载，无以信今传后，褫编修席煜职，特诏申戒焉。

附带要一谈和珅的住宅。《啸亭续录》卷二云：

　　庆僖亲王讳永璘，纯庙第十七子，貌丰顺，天性直厚，敦于友谊，御下甚宽……纯庙末年，或有私议储位者，王曰："天下至重，何敢妄觊！惟冀他日将和珅邸第赐居，则愿足矣。"故睿庙籍没和相，即将其宅赐王居之。

《啸亭杂录》虽为礼亲王昭梿门下所撰，但出于昭梿口授，且生当同时，见闻必真。永璘为仁宗同母弟，观其所言，知和珅生前，已注定将籍没的命运。

又《清史稿·诸王列传》卷二百二十二，谓："和珅以罪诛，没其园亭，赐永瑆。"永瑆为高宗第十一子，仁宗之兄，封成亲王，以善书法闻名。同卷庆僖亲王永璘，却又证实了《啸亭续录》的记载："和珅诛，没其宅，赐永璘。"是则一宅两赐，事出歧异。真相究竟如何？

按：两记实皆不误，但误为一宅而已。据《清朝野史大观》"查抄和珅家产清单"载：

> 钦赐花园一所，亭台二十座，新添十六座。
> 花园一所，亭台六十四座。

和珅原有两座花园，彰彰明其。后者在三座桥，亦称三转桥，当定府大桥东头，什刹后海之西。这两座府第，关乎有清一代兴废，略考其渊源如下：

庆僖亲王永璘受赐者，为和珅原来的住宅，其前身不可考，疑为明朝惠安伯张元善的别墅。

又《燕都丛考》记：

> 今成邸在西直门内半壁街，乃光绪初改赐者。和珅宅曾割其半以居丰绅殷德及和孝公主。丰早卒，于道光初，门户式微已甚。
>
> 咸丰时并庆邸改赐恭王。和珅花园名十笏者，赐成邸，在海淀，未久即废。道光初仅余花神庙、绿野亭。山阳潘德舆四农为赋《水调歌头》，所谓"一径田山合，上相旧园亭"，及"绿野一弹指，宾客久飘零，坏墙下，是绮阁，是云屏"者是也。

此记与前述两园实无关，所谓"和珅花园名十笏者"既"在海淀"，则为高宗御园时，和珅所住之处。庆僖亲王被赐者，即三转桥之宅，割半以居丰绅殷德；殷德既殁，房屋照例由宗人府收回。

庆僖亲王之后，至道光末年式微，因其一孙一子争爵行贿，并皆得罪之故。争爵之子为永璘第六子绵性，得罪充军盛京。绵性之子即奕劻，初袭奉国将军，贫而好学，举闻常为慈禧太后家司笔札，以此因缘，又为仁宗一系近支，故得由贝子逐步至亲王。

至于庆僖亲王殁后，子绵慜袭郡王，绵慜道光十六年（1836）殁，无子，以高宗第八子仪亲王永璇之孙奕彩为后，再袭郡王一次。奕彩服中纳妾，夺爵，王府收归宗人府，时在道光二十二年（1842）。咸丰二年（1852），宣宗第六子恭亲王分府，即以庆王府相赐。

明珠的府第，在明朝就很有名。《明史》卷三百零四《宦官》载：

> 李广，孝宗时太监也。以符箓祷祀蛊帝，因为奸弊……四方争纳贿赂，又擅夺畿内民田，专盐利巨万；起大第，引玉泉山水前后绕之，给事叶绅、御史张缙等交章论劾。帝不问。

李广的大第，入清为明珠所有，地在什刹前海之北，南岸有一座桥名为"李广桥"，奸珰遗秽，桥亦蒙羞。京城中有许多不雅或有忌讳的地名，改易的原则为音同字不同，李广桥改为"藜光桥"，过于文饰，不易为人接受。此桥在当时即为引水入园之处。

至于此园之入和珅之手，出于豪夺。《燕都丛考》记：

> 明珠孙成安，家世富厚，以近和珅籍没其产，珍物重器有大内所无者。成邸之封，恰在此时，或即因以赐之。然净业北畔实无余地可供卜筑，边袖石《什刹海》诗："平泉花木翠回环，相国楼台占此间"。又云："鸡头池涸谁能记，渌水亭荒不可寻。"

按："渌水亭"为纳兰性德别署，所做笔记，即名《渌水亭杂识》。成亲王永瑆自获此园，建有"恩波亭"，以恩赐分玉泉水入园之故，或即为渌水亭所改筑。

成王府的易手则在光绪十四年（1888）。当道光三十年（1850）皇六子奕䜣封恭亲王时，皇七子奕譞封醇郡王，赐第在宣武门内太平湖，醇王易名曰"适园"，而俗称则为"七爷府"。此处本为高宗第五子荣亲王永琪的赐第，永琪之孙名奕绘，袭贝勒，他的侧福晋即是清朝有名的女词人西林太清春，相传与龚定庵[1]有一段恋情，龚定庵曾任宗人府府丞，任此职者常与王公贵族打交道；龚定庵《己亥杂诗》三百一十五首中有一首云：

> 空山徒倚倦游身，梦见城西阆苑春。
>
> 一骑传笺朱邸晚，临风递与缟衣人。
>
> （自注：忆宣武门内太平湖之丁香花一首。）

这首"丁香花"与李义山[2]的那首"欲书花叶寄朝望"的"牡丹"，同为诗坛疑案。孟心史先生曾作《丁香花》一文，考定龚定庵与西林有瓜李之嫌之说为妄。题外之话，不必多谈，只说奕绘殁后，此宅改赐醇王。

---

[1] 龚自珍。

[2] 李商隐。

及至德宗入承大统,"七爷府"即成潜邸,照例醇王应该迁出,但直至光绪十四年,慈禧太后为酬醇王将海军经费移建颐和园之功,特旨以成亲王府赐醇王。成哲亲王永瑆之后,皆是长子袭封,五传为毓橚,同治十一年(1872)袭贝子,至此另行赐第半壁街。而醇王亲居,以潜邸保留之故,则称为"北府"。

以上为仁宗处置和珅的经过。此外还有一人为仁宗所深恶,那就是他的"同父异母"之兄福康安。福康安在嘉庆元年(1796)五月,以征苗染瘴患泄而殁于军中,生前已封贝子,至此晋封郡王,并有御制挽诗五律一首:

> 到处称名将,功成勇有谋。
> 近期黄阁返,惊报大星流。
> 自叹贤臣失,难禁悲泪收。
> 深恩纵加赠,忠笃那能酬。

此诗"忠笃"二字如改为"负屈",更能道出高宗的心情。高宗一生福泽之厚,为上下五千年中第一人,但平生隐痛,在富有四海,而不能予生母爱子以应得的名分,所以想出种种借口,予以补偿。奉太后南巡,犹可在"孝"字上做文章;至于对福康安这个坐轿子打仗的"名将",恩宠格外,自己亦觉得有些说不出口。

和珅即是窥破了高宗这一层隐衷,先意承旨为福康安铺叙战功，奏请重奖，一方面讨高宗的好，一方面亦是讨福康安的好，如此内外相结，故终高宗之世，不论他如何任意妄为，皆能不败。

至于仁宗之对福康安，虽早就讨厌，但公开斥责，则在嘉庆九年八月，川楚教匪平定之后，报销军需，泛滥异常，痛定思痛，风气皆由福康安所坏，因而上谕中提及往事：

> 从前节次用兵时，领兵官员原无格外犒赏之需。自福康安屡次出师，始开滥赏之端，任性花费，毫无节制，于是地方承办之员，迎合备送，累万盈千，以及银牌绸缎，络绎供支，不过以赏兵为名，亦未必实惠尽逮戎行也。即为德麟，迎其父柩，地方官致送奠仪，并备赏等银四万余两。
>
> 外省只知逢迎纨绔乳臭，卑鄙恶习，实出情理之外，竟非人类，所有德麟收受银四万一千五百五十二两，着罚令赔缴八万两，以示悖入悖出之天理，为治世所不容。

嘉庆四年（1799）二月又谕：

> 赏罚为军纪之要，随征官兵等，果有奋勉出力者，一经奏闻，无不立沛恩施；带兵大员等，何得擅立赏号，用示施恩？是以从前屡次用兵，本无此项。我皇考

高宗纯皇帝，曾经屡颁圣训，着之令典。

自福康安出师台湾等处，始有自行赏给官兵银两绸缎之事。尔时借其声势，向各省任意需索，供其支用，假公济私，养家肥己，其后各军营习以为常，带兵大员等不得不踵行犒赏，而力有所不能，辄于军需项下动用支销，以公项作为私用。嗣后设遇办理军需时，不得再立赏需名目。

败坏军纪吏治，皆由和珅、福康安而起。和珅之罪早彰；福康安废弛纪律，为害之剧，在川楚教匪案，长达九年的劳师动众，大伤元气，始得平定的过程中，方始逐渐发觉，故事平以后，仁宗整饬吏治，每举福康安的过失而言。

川楚教匪案

川楚教匪，始起于白莲教闹事。《圣武记》云：

白莲教者，奸民假治病持斋为名，伪造经咒，惑众敛财，而安徽刘松为之首。乾隆四十年，刘松以河南鹿邑邪教事发被捕，遣戍甘肃，复分遣其余党刘之协、宋之清授徒传教，偏川陕湖北。

日久党益众，遂谋不靖，倡言劫运将至。以同教鹿邑王氏子曰发生者，诡明裔朱姓，以煽动流伪。乾隆五十八年，事觉，复捕获，各伏辜。王发生以童幼免死，戍新疆。

惟刘之协远飏。是年，复迹于河南之扶沟，不获。于是有旨大索。州县吏逐户搜缉，胥役乘虐，武昌府同知常丹葵奉檄荆宜昌，株连罗织数千人。富破家，贫陷死，无算。

时川、湖、粤、贵民方以苗事困军兴，而无赖之徒亦以严禁私盐私铸失业，至是益仇官思乱。奸民乘机煽惑，于是发难于荆襄达州，骎淫于陕西而乱作。

白莲教作乱，历代皆有，大致都起于河北南部，蔓延及于山东、河南，以迄于鲁、苏交界各处，此次独起于四川者，别有缘故。孟心史《清代史》记嘉庆元年（1796）事云：

十月，四川达州奸民徐天德等激于胥役，与太平东乡贼王三槐、冷天禄等并起。四川故有啯匪，盖金川之役，永保之父温福以大学士督师，于乾隆三十八年败殁于木果木，逃卒无归，与悍民以剽掠为生计，散处于川东北者，官捕之急，遂合于教匪。

此为散兵游勇，不能善为安置，贻害民间之一例；而独发生于号称全盛的乾隆朝，则全由人谋之不臧所致。

嘉庆二年（1797），平苗乱告一段落，移兵剿治教匪，由四川蔓延及于陕西、湖北、河南。和珅在日，多方隐匿真相，至仁宗亲政后，一发不可收拾。《清代史》又记云：

仁宗亲政后，在鄂境之姚之富、齐王民亦入河南南阳，虏胁日众，不整队，不迎战，不走平原，惟数百为群，忽分忽合，忽南忽北，而豫西之贼则被追又入陕，齐姚各股又与合。官军尾追每后数日程，所奔突无迎阻者。去则谓之扑灭，来则谓之滋扰、谓之蹂躏。

四月，诏言："明季流寇，缘其时纪纲不整，朋党为奸，文恬武嬉，置民瘼不问。方今吏治肃清，勤求民隐，每遇水旱偏灾，多费帑金，蠲赈兼施。百姓具有天良，均应知感。邪匪不过乌合乱民，民家威名远播，荒徼无不宾服，若内地乱民纠众滋扰，不能立时殄灭，其何以莫九寓而服四夷耶"云云。勤求民隐，实有此意；蠲赈兼施，实有此事。其不至为明之流寇者在此。至云吏治肃清，试本即为欺谩。

教匪蠢动数十年不已，岂得与吏治并存？时太上训政，和珅当事，锢蔽聪明，矛盾不自觉也。

同日即免应山等匪区五县额赋。后七日，又予达县等三州县被贼难民三月口粮及修屋银。此皆恤民之可证者。后复常有其事，然未知实惠及民否也。

温福之子名勒保，与额勒登保皆因平三省教匪之乱，封侯拜相。"二保"为所谓"八旗劲旅"的后劲，而皆得力于重用汉人。

《清朝野史大观》记其人其事云：

> 勒相国保，温相国福子，温以木果木偾事，公统师尽反父政。待绿营士卒优厚，与文人论交谊，如石殿撰韫玉，石太守作瑞，皆收罗门下……人乐为用。惟满兵切恨入骨。己未之役，几受其谮，赖继起者偾事，公复拥旌旄，与额经略等先后杀贼，川楚教匪为之尽歼，公之力也。

> 公短小精悍，善诙谐饮酒，赏赉颇丰。在军中不喜谈兵，嬉笑如常日，而寄心膂（lǚ）于将帅，使各尽所长，力持坚壁清野之策，故贼无所掠，以底败亡。

又记额勒登保云：

> 额经略（勒登保）吉林人，少以侍卫从福文襄王征台湾、廓尔喀、苗疆诸部落有功，洊至护军统领。楚苗之役，公受瘴病，时福文襄、和宣勇相继卒，有传公已故者，其家为设位祭，久始知其讹。

> 嘉庆己未冬特授经略，督办三省教匪。公为富尚书（德）甥，素知兵法，待下严，然遇有功者必亲为抚视。

延胡学士（必显）为幕客，出师皆其参酌，故每战必胜。庆德宪（溥）言，公行师如数日不遇贼，则抑郁不乐；闻鼓声即踊跃据鞍，指挥三军，欣然从事。凯归必烹肥羊呼众同食，亲为之割。视诸将如骨肉，言语质朴，如违制则当筵谩骂不少贷。

一日游总兵云栋违节制，败，公骂曰："汝何畜产，乃敢违令致败辱？如杨遇春小儿断不至此。"时杨方在座，而公初不顾也。

甲子春归朝，任御前大臣，乙丑秋病笃，仁宗遣庄亲王往视，王面奖其勋绩，公瞠目曰："吾有何功？可愧死。"惟性好杀，擒贼无论老稚尽歼之，曰："毋留此，致他日生变。"卒后无嗣，人皆惜之。

按："和宣勇"指和珅之弟和琳，初封一等宣勇伯，嘉庆元年（1796）福康安卒，由和琳督办平苗军务，未几亦卒。胡必显应为胡时显，其传附见《清史稿·额勒登保传》：

时显，字行偕，江苏武进人。少困科举。乾隆中，侍郎刘秉恬治金川粮饷，从司文牒独勤，荐授兵部主事，充军机章京，累迁郎中。和珅用事，数与抗，出为广东雷州知府，为亲老乞留。

寻从福康安征苗有功，赐花翎。洎额勒登保剿教匪，从赞军务，刚直无所徇，额勒登保能容之，每日跨马与诸将偕，或有逗留，辄叱之。遇贼务当其冲，诸将无敢却者。回营后，凡战地曲折夷险，粮运续断，器仗敝坏，兵卒劳饥，及贼出没情状，诸将功过，一一言之。军中敬畏时显与经略等。陈奏战事必以实，上嘉经略，并嘉时显。

猫儿垭之战，及擒王登廷，章奏不欺，特赐三品卿衔。在军中凡五年，累擢内阁侍读学士、鸿胪寺卿。以劳卒于兴安军次，赠光禄寺卿，赐祭葬。

除胡时显外，另一刘更奇。此人名刘清，孟心史《清代史》曾详记此人：

四川南充县知县刘清，以贵州广顺拔贡官蜀。适当匪扰，清数以乡兵破贼，所抚兵民皆以儿子畜之，人乐为死。贼自为民时知清名，战莫为用，故遇清辄逃。

贼分青、黄、蓝、白为号。白号贼王三槐横于蜀，总督宜绵命清亲入三槐营，三槐跪接清，随至谒督，约率所部出降。清知降非诚意，设备以待。三槐于所约纳降之日，诡来投，伏匪沿途接应，将为掩袭计，清大败之。此（嘉庆）二年四月事也。

"战莫为用"言战亦不能胜，不如遁之为妙。川楚教匪先分青、黄、蓝、白等号，殆仿八旗之制，又参以其教所用的旗号，以为区分，以后复"线号"，就不知何所取义了。

三年，总督勒保受命专责办三槐，委清署广元县事，再议抚三槐。令清送赴三槐营宣谕，三槐诣军门，勒保擒以奏捷，符诏书"生致首逆"之旨。勒保由侯晋公，晋和珅由伯为公，封珅党福长安侯爵。时距平贼尚远，只得群匪首中之一耳，赏亦不及刘清。

官吏原有三种：一种是做事；一种是做事又做官；再一种专门做官，品斯下矣。若刘清者，是天生做事之人，赏虽不及，清亦不怨，品格之高，无与伦比。

清既为总督所赏，然有所招徕辄遣清，清乃累至贼营，贼惩三槐事不敢出，以清廉吏，不忍加害。其非著目信清者仍伙，前后招降川东贼二万，皆遣散归农。清抚贼有恩，战贼亦最勇，所练乡勇尤敢死，尝破罗其清、冉文俦于方山坪，破三槐于巴州江口。转战川东数载，大小百十战，斩馘万计，见奏牍者十仅二三。入贼营抚贼，出贼营杀贼，往返虎狼之穴，如慈母训挞婴儿，论者以为史册所希有。

按：川楚教匪，起初以四川最猖獗，王三槐为白号巨擘，罗其清亦白号；冉文俦则为蓝号。"两额"的军功，主要的是建于四川。王三槐伏法后，白号由徐天德为首领。

> 三槐被俘至京，廷讯时供官逼民反。帝问："四川一省官皆不善耶？"对曰："惟有刘青天一人。"于是刘青天之名闻天下，以军功累进官至建昌道。
>
> 嘉庆十年，匪已平，清入觐，仁宗赐诗，首有"循吏清名远迩传，蜀民何幸见青天"之句。
>
> 丁艰复起，授按察使，升布政使，自陈才力不胜藩司任，恳开缺，斥其冒昧陈奏，降补员外郎。十八年，清已补山东盐运使，教匪李文成起河南，煽及山东，请再从戎，破亘家集功最。谕以布政使缺与伊不甚相宜，以二品顶戴留运使任。二十一年，因病请开缺，令来京医治，旋授山东登州总兵，调曹州兵。年老休致回籍，卒于家。奉旨入祠贵州良祠、山东名宦祠，给子孙荫。

制服流寇，唯在以静制动，是故筑堡御贼之议，收功虽慢，确为良策，嘉庆二年（1797）格而不行，至高宗崩后，重申前议。

《清代史》记：

> 及仁宗亲政，有兰州知府留川督宜绵军中充左翼长之龚景瀚，复上坚壁清野之议，备陈调兵募勇三害、剿贼四难，谓先安民然后能杀贼。民志固，贼势衰，使之

无所裹胁。多一民即少一贼，民居莫则贼食绝。使之无法掳掠，民有一日之粮，即贼少一日之食。用坚壁清野之法，令百姓自相保聚，贼未至则力农贸易，各安其生；贼即至则闭栅登陴，相与为守。民有恃无恐，自不至于逃亡。其要先慎简良吏，次相度形势，次选择头人，次清查保甲，次训练壮丁，次积贮粮谷，次筹画经费，如是行之有十利。反复数千言，切中事理。嗣是被兵各省，举仿其法，民获自保，贼无所逞，成效大著。论者谓三省教匪之平，以此为要领。

《清史稿·龚景瀚传》：

龚景瀚，字海峰，福建闽县人。先世累叶为名宦，曾祖其裕，康熙初以诸生从军，授江西瑞州府通判。滇、闽变起，率乡勇为大军向导，擢吉安知府。时府城为逆将所据，大军驻骡子山，其裕供饷无乏。城复，抚疮痍，多惠政。后官河南怀庆知府，浚顺利渠，引济水入城便民。终于两淮盐运使，殁祀瑞州、吉安、怀庆名宦祠。

祖嵘，初仕浙江余杭知县，治县民杀仆疑狱，为时所称。擢直隶赵州知州，浚河兴水利。再擢江苏松江知府，渡海赈崇明灾黎，全活甚众。官至江西广饶九南道，单骑定万年县匪乱，殁祀饶州名宦祠。

父一发，乾隆十五年举人，官河南知县，历宜阳、密县、林县、虞城四县。治狱明敏，能以德化。在虞城值水灾，勤于赈恤。朝使疏治积水，酾为惠民、永便诸渠。一发与灾民共劳苦，治称最，以病去。复起补直隶高阳，擢云南镇南知州，殁祀虞城名宦祠。

景瀚承家学，幼即知名。大学士朱珪督闽学，激赏之。乾隆三十六年成进士，归班铨选。四十九年，授甘肃靖远知县，未到官。总督福康安知其能，檄署中卫县，判牍如流，见者不知为初仕也。

像这种四世为地方官，而皆为循吏的家世很少见。由龚家四代的经历，恰好反映出康、雍、乾三朝确为治世。有才能的人，一般而言，都不会埋没。

《龚景瀚传》又言：

五十九年，迁陕西邠州知州。嘉庆元年，总督宜绵巡边，调景瀚入军幕，遂从剿教匪，以功擢庆阳知府。宜绵总辖三省，从入蜀，幕府文书皆属景瀚。寻调兰州，仍在军充翼长。

景瀚从军久，见劳师糜饷，流贼仍炽，因上议陈调兵、增兵、募勇三害，剿贼四难，谓："先安民，然后能杀贼，民志固则贼势衰，使之无所裹胁……如是行之有十利。"反复数千言，切中事理。嗣是被兵各省，举仿其法，民获自保，贼无所逞，成效大著。论者谓三省教匪之平，以此为要领。五年，始到兰州任，七年，送部引见，卒于京师。其后续编《皇清文颖》，仁宗特出其"坚壁清野议"，付馆臣载入，祀兰州名宦祠。自其裕至景瀚，四世皆祀名宦，海内称之。景瀚子丰毂，官湖北天门知县，亦有治绩，不隳家声焉。

按："坚壁清野"即为以静制动。但知之易，行之难，关键在于得人。嘉庆初年督抚，如陕甘总督长麟，直隶总督陈大文，湖广总督书麟，以及接书麟遗缺的吴熊光，两广总督觉罗吉庆，闽浙总督汪志伊等，除汪志伊有些假道学的味道外，其余大都清慎和简，能善人之善，是故"坚壁清野"之策，在四五年内，即收全功。

川楚教匪之平，实得力于汉人；而以勒保、额勒登保、德楞泰为首功，而"功非其比"。孟心史《清代史》于此有论：

清自国初用兵，皆以八旗为主军，始命将皆亲贵，至乾隆时，已酏拳不足临敌，而犹用旗籍庶姓勋爵之裔，最疏远亦必为满州世仆。时尚能得人，若额勒登保、德楞泰为将，为有力略及忠实可任使。《史稿》言仁宗亲政，以三省久未定，卜宫中，曰："三人同心，乃奏肤功。"遂常以勒保参两师，功非其比也。

而叙劳以清野策由勒保首行之，膺上赏，封伯爵，加宫保，正揆席，领军机，卒赠一等侯，谥文襄。殆亦自应其兆欤。

此三人虽获殊勋，但旗人之不及汉人，不但文治，论武功亦然，如杨遇春、罗思举固为大将之材，即偏裨之将，亦能效命于一时。

《清史稿》列传一百三十六论曰：

额勒登保以杨遇春、穆克登布为翼长，德楞泰以赛冲阿、马瑜为翼长，勒保以薛大烈、罗声皋为翼长，观偏裨之人才，其成功可知矣。是谁人者，其后多膺军寄，二杨而外，亦无赫赫功，岂非材器有所限哉！

按："二杨"一为杨遇春，一则杨芳，为道光朝名将。所谓"翼长"，唯旗营有此名目，其身份不一，视主帅之位号而高下，但最低亦应为总兵。翼长例为两员，说穿了是为主帅——大致为大学士督师的钦差大臣，分统左右两翼士兵作战，主帅安居后方中路受其成而已。

由嘉庆初年人才的消长，不能不归功于高宗的重视教育与科举，以及严于赏罚，即武员起自微弁，亦知只要立功，不患埋没，然后有志者始有奋力上进之心。

至于二杨以外，其他绿营大将无赫赫之功，则以提督总

兵，本无可作为；督抚暗弱不知兵，视镇将如马弁，又安得
而有赫赫之功？

闽粤海盗之患

　　川楚教匪之乱以后，又有闽粤海盗之患。乾隆末年，安
南内乱，沿海亡命之徒，号为"艇匪"，与闽粤海盗相勾结，
侵扰浙东。浙江巡抚阮元，重用福建同安人、武进士李长庚，
大胜。以后安南乱平，阮朝内附受封守约束，"艇匪"为广东
朱濆、福建蔡牵所收容，颇为猖獗。

　　《清史稿·李长庚传》：

　　　　阮元与长庚议，夷艇高大，水师战舰不能制，乃集
　　捐十余万金，付长庚，赴闽造大舰三十，名曰霆船，铸
　　大炮四百余配之，连败牵等于海上，军威大振。八年，
　　牵窜定海，进香普陀山，长庚掩至，牵仅以身免。穷追
　　至闽洋，贼船粮尽帆坏，伪乞降于总督玉德，遣兴泉永
　　道庆徕赴三沙招抚。玉德遽檄浙师收港，牵得以其间修
　　船扬帆去，浙师追击于三沙及温州，毁其船六。牵畏霆
　　船，贿闽商造大艇，高于霆船，出洋以被劫报。牵得
　　之，渡横洋，劫台湾米以饷朱濆，遂与之合。

　　　　九年夏，连艘八十余入闽，戕总兵胡振声，诏治闽

将不援罪，长庚总统两省水师。秋，牵、渍共犯浙，长庚合诸镇兵击之于定海北洋，冲贼为二，自当牵，急击，逐至尽山，牵以大艇得遁，委败朱渍，渍怒，于是复分。

蔡牵之愿就抚，完全是为了解消来自浙江的压力，其时李长庚为浙江水师提督，阮元为浙江巡抚，应受玉德节制。蔡牵即降，"请浙师勿以上风逼我"，于是玉德将李长庚所部调居下风，失地利之便，使蔡牵得以苟安。

蔡牵在福建造高于霆船的大舟，而以出海被劫报闻，玩弄福建官吏于股掌之上；当时闽督如为接阮元之任的清安泰，蔡牵之患，应已早平。

《清史稿·李长庚传》又言：

十年夏，调福建提督。牵闻长庚至，遂窜浙，追败之青龙港，又败之于台州斗米洋，复调浙江提督。十一年正月，牵合百余艘犯台湾，结土匪万余攻府城，自号镇海王，沉舟鹿耳门，阻援兵。

长庚至，不得入，谍知南汕、北汕、大港门可通小舟，遣总兵许松年、副将王得禄绕道入，攻洲仔尾，连败之。二月，松年登洲仔尾，焚其寮，牵反救。长庚遣兵出南汕，与松年夹击，大败之。牵无去路，固守北汕。会风潮骤涨，沉舟漂起，乃夺鹿耳门逸去。诏夺花翎顶戴。

此役蔡牵之能遁去，由于船不得力。李长庚奏言："臣坐船尚较蔡牵船低五六尺，诸镇船更下于此，曾与诸镇议，愿预支廉造大船三十号，督臣以为需时费财，不肯具奏。"

玉德因此被革职查办，调湖南巡抚阿林保继任闽督。其时满洲人对汉人的态度，有截然不同的两种：贤者则有自知之明，对汉人之有才者，颇能倾心合作；愚者则刚愎倾轧愈甚。阿林保属于后者，到任后连疏密劾李长庚，请革职治罪。仁宗颇为怀疑，密诏浙江巡抚查询，其时阮元以丁忧开缺，继任者为清安泰，此人字秋浦，汉军正蓝旗人，而居然是拔贡，为人持正不阿，复奏颇为李长庚说公道话：

> 长庚熟海岛形势、风云沙线，每战自持柁，老于操舟者不能及。且忘身殉国，两载在外，过门不入。以捐造船械，倾其家赀。所俘获尽以赏功，故士争效死。且身先士卒，屡冒危险。八月中剿贼渔山，围攻蔡逆，火器瓦石之下，身受多创，将士亦伤有百四十人，鏖战不退，故贼中有"不畏千万兵，只畏李长庚"之语，实水师诸将魁。

最后且极力支持李长庚的主张，他说：

> 今浙省兵船皆长庚督造，颇能如式。惟兵船有定

制，而闽省商船无定制。一报被劫，则商船即为贼船。船愈高大多炮多粮，则愈足资寇。近日长庚剿贼，使诸镇之兵隔断贼党之船，但以隔断为功，不以擒获为功，而长庚自以己兵专注蔡逆坐船围攻，贼行与行，贼止与止。无如贼船愈大，炮愈多，是以兵士明知盗船货财充积，而不能为擒贼擒王之计。

且水陆兵饷例止发三月，海洋路远，往返积时，而事机之来，间不容发，迟之一日，虽劳费经年，不足追其前效。此皆已往之积弊也。非尽矫从前之失，不能收将来之效。非使贼尽失所长，亦无由攻其所短。则岸奸济贼之禁，尤宜两省合力，乃可期效。

阿林保之所以与李长庚为仇，据《清史稿》本传，记其原因如此：

及阿林保之至闽也，置酒款长庚，谓曰："大海捕鱼，何时入网？海外事无佐证，公但斩一酋，以牵首报，我飞章告捷，以余贼归善后办理，公受上赏，我亦邀次功，孰与穷年冒风涛，侥幸万一哉？"

长庚谢曰："吾何能为此？久视海船如庐舍，誓与贼同死，不与同生。"阿林保不怿，既屡劾不得逞，则飞檄趣战，长庚缄所落齿寄其妻，志以身殉国。既殁，诏部将王得禄、邱良功嗣任，勉以同心敌忾，为长庚雪仇，二人遵其部勒，卒灭蔡牵，竟全功焉。

按：此为朝纲不振，奸臣当道，勾结督抚藩镇发展出来的一套冒功侵饷的方式。这套方式至明末大备，清初收敛，至和珅用事时又复盛行，阿林保所言，则至少犹须打一胜仗，至后来道光朝，则竟讳败为胜；洪杨以后，淮军代湘军而兴，亦复如此，事遂不可为。

至于李长庚之死，实出偶然，据《啸亭杂录》记：

> 丁卯（嘉庆十二年）十二月，贼以三舟舣某岛，去官军半里，长庚以舟师围港口，计日就擒。闽督飞檄促战，动以逗桡为词。长庚砍舷怒，下令誓一旦擒贼。贼决死战，有卒跳上贼船，几擒牵者再。牵奴林阿小素识长庚，暗中由蓬窗出火枪，中长庚胸而薨。

长庚死事上闻，仁宗上谕有"览奏心摇手战，震悼之至"之语。更录其后事，本传：

> 长庚无子，养同姓子廷钰为嗣，袭伯爵，授二等侍卫。道光中出为南昌副将，累擢浙江提督，因病不能巡洋，夺职家居。咸丰初治本籍团练，迭克厦门、金岛、仙游，授福建提督。寻以误报军情解任，仍会办团练，十一年卒。孙经宝袭爵。

林清之变

海盗甫平，教罪复起，竟直接进攻宫廷，称为"林清之变"，以主事者名林清；又名"癸酉之变"，以发生之时在嘉庆十八年（1813）癸酉。礼亲王昭梿曾身历其事，所著《啸亭杂录》卷四记"癸酉之变"特详，兹分段引录，并诠注如下：

> 有林清者，本籍浙江人，久居京邸，住京南宋家庄，幼为王提督柄家童，随王于苗疆久，颇解武伎，遂为彼教所推，尊为法祖。其人颀身黧面，髯张如蝟，自以智谋过人。掌教久，积银米，家颇富，遂蓄不逞之志。大内太监多河间诸县人，有刘金、刘得才等，其家素习邪教，选入禁中，遂与茶房太监杨进忠等传教，羽翼颇众，因与林清交结。

按："彼教"者白莲教，亦名天理教，又名八卦教，以卦名八字分股。太监多河间府人，自明朝即然，据唐鲁孙先生云：主要原因为其他多家藏秘传的"去势"好药之故。

> 会辛未秋，彗星出西北方，钦天监奏改癸酉闰八月于次年二月，诸贼以为豫兆，又其经有"二八中秋，黄

花落地"语，遂附会其说，谓本朝不宜闰八月，故钦天监改之，不知康熙戊戌已有之也。

按：嘉庆十六年（1811）辛未春，有星孛见紫微垣，教匪谓应在二年后的九月十五日。据《啸亭杂录》则知应在十八年闰八月十五日；以改闰于十九年二月，改成为九月十五日。民间向有"闰八月动刀兵"之说，康熙戊戌为十五年，尚之信起兵广东，图海败王辅臣于平凉，康亲王平耿精忠，郑经又兵逼福州，固为刀兵最烈的一年。以后则庚子年义和团之乱，亦为闰八月，此亦不可思议之事。

杨进忠颀而长，面目凶险，以铸军器为己任，暗于宣武门外铁市中铸刀数百柄，林清结党数千人，其中祝现、屈五、刘第五、刘呈祥、宋进财、陈爽、李五等为巨魁，暗约于九月十五日午时入禁城起事。汉军独石口都司曹伦，侍郎曹寅后也，家素贫，尝得林清助，遂入贼党，命其子曹福昌连不轨之徒，许为城中内应。

福昌欲于十七日起事。以是日上驻跸白涧，诸王大臣皆往迎驾，乘其间也。而林清狃于经言，未改期，欲聚数百人入。诸逆监以为大内地不广阔，难容多人，妄恃林清果有邪术，可致胜；清又倚诸内监谙熟禁中路为导引，遂以二百人为额，皆市井无赖，初无智略，谋又不秘，颇为人知。

林清尝步行街衢，风开其袂，露悬坎卦腰牌，为市人所见；又于街肆沽饮，醉后露天大逆语，有司皆以株连太监，不敢究。

祝现者，本豫王府包衣人，居桑岱村，充豫府庄头，家颇富；弟祝富庆颇不善兄所为，知返期已决，奔告豫王，豫王裕丰初欲举发，旋因于壬申年上阅南海子日，王亦曾寓林清家，畏罪不敢奏。

卢沟司巡检陈某，因居民逃窜，访知其谋，于数日前申报宛平县县令某，已有金派弓兵会同擒剿之札，既而不果。步军统领吉伦，贪吏也，营员久已申报，吉伦以事干禁御，不肯究。数日前方携酒游西山香界寺，吟咏竟日，托言迎銮白涧，是日驺从出都门，有左营参将某攀舆以告曰："都中情形，大有叵测，尚书请留。"吉伦厉色曰："近日太平如此，尔乃作此疯语乎！"挥舆竟去。

按：曹伦非曹寅之后，前人已有考证。教匪事先煽惑，仁宗或已有所闻，故于是年九月初一，命皇次子绵宁、皇三子绵恺先还京师。皇次子即以后的宣宗。

如《啸亭杂录》所叙，上下颟顸，吏治衰敝，败象业已大显。宫中太监竟能勾结匪徒谋反，宿卫王公，所司何事？于此可下一断语：八旗亲贵以嘉道之间为最无用，但嘉庆、道光两帝，均未觉悟。而文宗之贤于其父祖者在此；恭王贤于醇王者亦在此；肃顺被诛而令人同情者更在此！

十四日林清贼党分二队，其东自董村至者，以祝现、屈五为首，约由东华门入；其西自黄村至者，以李五、宋进财为首，约于菜市口齐集，由西华门入。正阳门外开庆隆戏园刘姓者亦其党，曾授逆职为"巡城御史"，是日延李五等人入围观剧，酣饮竟日，营坊诸官无过问者。

十五日上午，太监刘得才引祝现等入东华门，有卖煤者与争道，脱衣露刃，为看门官兵觉察，骤掩门，贼喧然出刃；又陈爽十数人闯入，屈五等皆遁。

如上所述，当时文恬武嬉的情况如见，上博宽仁之名，下无诛戮之惧；幸而犹有学术自由，培养了知识分子自我觉醒的意识，倘并此而无，清朝绝无所谓"同光中兴"。

礼部侍郎觉罗公（宝兴）侍直上书房，甫退直出，遇贼，宝跟跄奔入。时署护军统领为杨述曾，汉军，由参领起家，率数护军御之，杀数贼于协和门下，而官兵受伤者无算。

宝侍郎遂命掩景运门，入告皇次子，皇次子从容布置，命侍者携鸟枪入，并严命禁城四门，促官兵入捕贼。刘得才引二贼入苍震门，欲手刃太监督领侍常永贵泄夙忿，为太监刘某击擒之。

按：觉罗宝兴，字献山，隶镶黄旗，嘉庆十五年（1810）进士，选庶吉士，散馆留馆，以编修在上书房行走。上书房在乾清宫之东，故出内左门得遇东华门入内之贼。协和门在金水桥之东，而景运门已过三大殿，杨述曾杀数贼于协和门下，宝兴命掩景运门，则如外廷贼众已尽占其地。

又"刘得才引二贼入苍震门"，则将入东六宫。宝兴之功不在命掩景运门，而在入上书房门告警。宫中发生如此大事竟由一偶然相遇之词臣入告，宫禁废弛如此，可发浩叹！

按：东六宫北千婴门外，南向殿宇五所，名为"乾东五所"，中为"敬事房"，即太监督领侍常永贵所居，此为刘得才入苍震门之由。

　　其由西华门入者，仓促门不及阖，遂全队入。杨进忠与其徒高广福引之。尚衣监为制上服处，杨尝乞其补缀而不与值，司衣者拒之，杨遂引贼入，全行屠害，有老妇数人藏荆棘中获免。遂入文颖馆，杀供事数人。

按：清宫西路重于东路，幸而景运门得及时关闭，否则闯入乾清宫及东六宫，纵不成不了之祸，而有伤国体，动摇国本，其外滑县之变，恐不能轻易了结。

"其由西华门入者"云云，考诸《清宫述闻》，其路线应为入西华门后，转而向北，入武安门西的咸安门，首即尚衣监，地为咸安宫的配殿，东西各三楹，地处偏僻，故荆棘丛生，"老妇数人"者，自为缝纫女工。

咸安宫后殿为实录馆，而尚衣监后殿有二层楼宇，即为文颖馆，嘉庆十一年（1806）设。《皇清文颖》开馆纂修不常，第一次在康熙四十八年，设于翰林院清秘堂西斋房，此为第四次，翰林日多，故校文之士无处容身，不得已与补缀之妇为伍。

> 陶编修（梁）方校书，闻门外履橐然，突问曰："金銮殿在何所？"陶仆某方提茶碗至，以身障陶，贼伤数刃，陶得以免。贼遂丛集隆宗门，门已阖。有护军某知事急，怀合符于身，亦被数刃，瞢然卧阶下，合符得以保全。

按：隆宗门与景运门相对，为乾清门西东两翼门，为大内第一紧要所在，因一入隆宗门，即为军机处。乾隆四十七年（1782），大学士、尚书等会奏：

> 自王以下，文职三品、武职二品以上大员，并内廷行走各官所带之人，准其至景运门、隆宗门外，在台阶下二十步外停立。

又《啸亭杂录》记：

> 景运、隆宗二禁门，非奏事待旨及宣召，虽王公大臣，不许私入。

上两记，虽以景运、隆宗并称，似无轩轾，但观乾隆十一年（1746）上谕：

> 嗣后凡官物出门，俱向敬事房、景运门给票照验。

由此可知，太监及内务府人员不准由隆宗门出入，则两者之地位可知。皇次子（宣宗）本在乾清宫东的上书房，得觉罗宝兴报警，并闭景运门，无后顾之忧，始得退至西面闭隆宗门。后世论此役，宝兴之功不可没。

"合符"当为宫钥，非符节。贼至闭门，虽有符节，安所得用？

> 贼由门外诸廊房得逾墙窥大内，皇次子立养心殿阶下，以鸟枪击毙二贼。贝勒绵志亦趋入，随皇次子捕贼。有二贼潜入内膳房，屋中众内监击杀之。

按：仁宗次子为中宫所出，早于嘉庆四年（1799）四月即已密建储位，因有此功，恩旨封智亲王，增俸一万二千两，并赐所御散子鸟枪曰"威烈"，直可谓之中外古今"猎枪之王"。贝勒绵志为高宗第八子仪亲王永璇长子，亦因此加郡王衔。

诸王大臣闻变，皆由神武门入。余在邸方奕，闻变骋马入，至神武门，庄亲王（绵课）、贝子（奕绍）先后至，闻贼聚攻隆宗门；纳兰侍郎（玉麟）方迎驾归，短衣跣跣入，集城隍庙门前；时官兵至者未逾百人，余皆仆隶，众错愕无策。

按："余"者礼亲王昭梿自称。贝子奕绍为高宗长子永璜之孙，后袭定亲王者。"纳兰侍郎玉麟"自是明珠之后，以户部左侍郎兼步军左翼总兵，九月十六日与步军统领吉纶同被革职；此在雍乾两朝，非毕命西市不可，在康熙朝亦不能仅得革职处分，仁宗之仁，妇人之仁而已。

镇国公（奕灏）勇士也，掌火器营事，因曰："今日火器营官兵，皆聚集箭亭备拣出征（时有滑县之变），可招而至也。"余应曰："君言大是。"乃骋马去。镇国公（永王）、护军统领右瑞龄曰："禁内隘窄，变恐不测，可速备车乘，以备后妃之行。"宗室原任大学士禄康曰："此何等语！乃敢出口耶？"众默然。

成亲王（永瑆）后至，已被酒，大呼曰："何等草寇？敢猖獗乃尔！吾手击之！"因脱帽露顶，势甚雄伟。有内监言贼甚凶猛，已攻中正殿门，入者约计二百余人，盖即其党也。须臾奕灏率火器营官兵千余人，庄王率百余人并矛手数十，从西城跟进；余在后督官兵后至者。

副都统公安成，超勇公海兰察子，少年勇锐，余抚其背曰："君乃勋臣世荫，不可有坠家声。"安乃奋勇向前，遥闻枪声訇然，知已对敌。

以上一段，分别注释如下：

一、镇国公奕灏为康熙废太子胤礽之后，其曾祖名弘昑，胤礽第十子，乾隆四年（1739）袭理郡王，四十五年（1780）薨，子永暖降袭贝勒，至奕灏于嘉庆六年降袭镇国公。火器营在康熙朝为旗营精粹，至乾隆朝为健锐营所取代，但仍不失为八旗可用之兵，其长官设掌印总统大臣一人，总统大臣无员限，于王公、领侍卫内大臣等人中特简。奕灏为掌印总统大臣。

二、箭亭在景运门外文渊阁之后，初名射殿。向例武进士殿试武艺，即在箭亭之前，所以亭内设有御座。

三、滑县在河南，"滑县之变"即为"癸酉之变"的一部分，发生于九月初九，警报至京，正谋派兵征剿，因在箭亭挑选官兵。

四、禄康为宗室，正蓝旗人，原任东阁大学士兼任步军统领，嘉庆十六年（1811）六月，以包庇轿夫、家人设局开赌降调为正黄旗汉军副都统，上谕中有"禄康前在步将统领任内，因其赋性软弱，特换文宁管理，嗣因文宁降调，一时简任乏人，仍令禄康兼管，乃前后在任数载，于地方应办事件，一味废弛，毫无振作，罢（疲）软无能……时常患病"

等语，这样的人，早就应投闲置散，而当时保有的差缺，计有"内大臣，东阁大学士，管理吏部事务，步军统领，稽察钦奉上谕事件处，经筵讲官，阅兵大臣，管理户部三库事务，崇文门正监督，国史馆总裁，管理右翼宗学，管理西洋堂"之多。

内大臣备顾问之职，可参密勿；东阁大学士在内阁非首辅，而既管吏部，又兼步军统领，为文武两大要差；管理户部三库（银、缎匹、颜料）及崇文门监督，则为肥差；即"稽察钦奉上谕事件处"这个差使，亦似闲而实有权可弄，如此头衔，嘉庆一朝的吏治，以及国事必将坏于八旗亲贵之手，早露明兆。

五、中正殿在大内西北角。慈宁宫后春华门以北，以次为雨华阁、宝华殿、中正殿，皆为佛教密宗的道场，唯雨华阁、宝华殿之间，别于西偏设梵宗楼，供奉文殊菩萨，此自与圣祖奉孝庄太后朝五台，以及世祖拟在五台山出家有关。中正殿则喇嘛"跳布札"之所，即所谓"打鬼"。打出之"鬼"为一草偶，送至神武门外，故别有一通路，此所谓"已攻中正殿门"，殆指此通路。

六、海兰察封一等超勇公，殁后由长子安禄承袭，安禄嘉庆四年卒。安成为安禄之弟，嘉庆六年承袭，其时任火器营副都统。

有数十贼入慈宁宫伙房，庄王同安成、奕灏先后追至隆宗门，贼首李五方欲纵火，庄王率众擒之，获数贼，余向南遁。时副都统苏公（尔慎）、钮祜禄公（格布舍）方奉命南征，入京整行装，闻警趋入，亦首先杀贼。

侍卫那伦者，太傅明珠后也，少时家巨富，涤面银器日易其一；晚年贫窭，一冠数十年，人争笑之。是日应值太和门，闻警趋入，有劝其缓行者，那故迂直，曰："国家世臣，当此等事，敢不急赴所守耶？"急趋，至熙和门，门已闭，彷徨间，适贼蜂至，遂被害。

按：所谓"慈宁宫伙房"，意指御膳房，地当慈宁宫之东，隔一长街。其北即养心门，门内养心殿。御膳房南墙东隅，在隆宗门内者，即军机处。养心殿之名，沿明之旧未改。《明宫史》载：养心殿之南有祥宁宫，宫前向北有无梁殿，为嘉靖中炼丹药之所。

侍卫那伦为明珠之后，疑出纳兰性德一支；若揆叙，则其子孙食先人余荫，至道光中始尽，见邓之诚《清诗纪事初编》。

高广福杂贼中，引贼由马道上城，腰出白旗招展，或书"大明天顺"，或书"顺天保"，民皆以白布裹首，呼号于雉堞间。奕灏、苏尔慎上城驱逐，高广福持旗呼众，奕灏射之，自城楼坠殒。

按：此"城"即紫禁城。

御书处苏拉某，导李五匿御刻石揭间。余督后兵自武英殿复道进，理藩院员外郎岳祥，海兰察婿也，甚勇健，与余遇，愿从杀贼。时贼有迎拒者，镶蓝旗护军校常山以枪击之，坠于御河，山即下河擒之。众愈踊跃，擒毙贼数十。贼有自投御河毙者，有匿于城堞草中者，有匿于五凤楼者。

按：此为礼亲王自叙其在紫禁城西华门至午门之间的"战功"，午门门楼名"五凤楼"。

天将黑，与礼部尚书穆公（克登阿）遇，穆曰："天已昏黑，奈何？"余曰："今十五，夜有月。"盖安众心也。穆不解余意，曰："月光终不及日光。"余急指心以示，穆乃曰："月光固皎如昼也。"庄王等皆入隆宗门内。余念西华门为贼突入之所，恐其乘夜夺门出，因率火器营兵数百屯于门侧。

按：此时宫内指挥平乱者，似是成亲王永瑆，详下：

会成王命护军统领石瑞龄，义烈公庆祥，散秩大臣绵怀，副都统策凌，分守四禁门。

四禁门即午门、神武门、东华门、西华门，此时以西华门为紧要所在，由义烈公庆祥守护，详下。

> 庆公（祥）乃率其所管正蓝旗护军营弁兵至西华门，会英诚公（福克津）、原任礼部侍郎哈凝阿皆至。庆固多智，其营参领赶兴，为缅中降贼德森保之子，勇健思干蛊，与余露宿驰道上。

庆祥之祖名那木札尔，蒙古正白旗籍，乾隆二十一年（1756）以平定准噶尔军功，封三等义烈公。庆祥于嘉庆十六年（1811）袭爵，为正蓝旗护军营都统。福克津在《清史稿》作富克锦，超等英诚公扬古利八世孙。

> 至五更，月色皎洁如昼，余与庆公命岳祥率数十兵上城巡眺。庆公又命长枪手数十，拒守西华门洞中。夜间寒风凛然，内务府衙中，尚有佚贼砍某郎中肩逃去。大城大柝声丛杂，竟夜不绝。盖玉念农侍郎（麟）率步兵巡逻甚严密。
> 天将明，忽暴雷雨，军士火绳俱灭，闻五凤楼中有人声，余命火枪齐发，然雨势甚大，因退屯咸安宫门下，兵弁无不怨雨非时者。后始知是夜逸贼匿五凤楼，欲于是时纵火突出，会雨灭其火种，固国家无疆之福也。

按：前云奕灏、苏尔慎上城逐贼，奕灏箭中高广福，坠城而殒，观此，则知仅此一箭之功而已；判断此为李五攻隆宗门不得手，南遁至午门，盘踞五凤楼中。此为禁中最高之处，得此可以控制内外。匪徒内奸如稍知谋划，以宿卫之松弛、王公之颠顸，大可预藏一批火器于五凤楼中，则后果不堪设想。

天明有南薰殿人报其中有贼者，余率兵立土墩上，指挥数十人入群房，有正红旗火器营护军检福禄，冒险入擒数贼出；贼攀树逾垣，亦为兵弁所获。有史进忠者，人甚黠，余命岳祥以善语诱之，始言姓刘，盖以刘得才为可恃也。

久之始得林清名姓，及李五、祝现率众入西华门语。会庄王率长枪手数十人拥至，余告其故，王曰："适奕公（灏）亦于锡庆门前讯问陈爽，供与之合。"余因与之筹画兵食。王蹙额曰："内务府仓中，现不发粮，奈何！"乃命余护卫向街巷中市饼饵，聊充竟日餐。

按：南薰殿在紫禁城西南隅，为收藏历代帝后圣贤功臣图像之处。所谓"群房"指"御书处"。入西华门，北为咸安门，南有平房四十三楹，康熙二十九年（1690）立为"文书馆"，后改今名。

凡御制诗文法帖，须摹勒上石者，均归御书处承办；其臣工所书，奉旨石刻者，亦交该处。房后空地，宛如碑林，前记"御书处苏拉某，导李五匦御刻石搨间"，即指此。

"筹画兵食"一段，足见内务府之腐败不识大体，已至不可救药的地步。宣宗即位后，痛加裁抑，即由于饱受此种刺激之故。

> 户部侍郎宗室果齐斯欢至，衣襟尽血，云："适巡至五凤楼，见一贼匿于扉侧，往擒之，贼挺刃至，余手刃之。"气甚壮，果为壬戌宗室进士，不负干城裔也。因耳语余曰："闻有内监通贼者，王勿泄。"
>
> 天霁，余亲同岳祥上城巡视，见正红旗兵列营西华门，军营甚肃，余凭堞问之，乃康副军（修）队也。午间，庄王亲散饼饵，数人共一枚，不足充饥。余与庆公议，修书寄家，命运米数十石入，供军食。从门隙投出，自晚米始至，军士饱餐。

按：既能"市饼饵"，何不能修书召粮？此似难解。于此可知，四禁门实已紧闭，所谓"向街巷中市饼饵者"，为穷苦太监苏拉，在禁城中做小买卖，向来为供给朝官仆从充饥之用，而此时竟成军粮所资，亦大奇事。

又，西华门、午门固宜紧闭；东华门、神武门则重兵把守，严司出入即可，何至于欲从宫门出片纸，仿佛紫禁城已为大军所重重围困，即突围求援亦甚难者，真不可解之事。

日落时，有火器营参领札某入御书处巡视，闻石隙中有人语，出呼兵入。庆公命赶兴持刀首入，众兵弁随之。余与庆、福二公拒其门，贼出斗，官兵踊跃擒捕，凡擒二十四人，首谋之苏拉亦与焉，余讯之，战栗无人色。李五甚狡捷，与官兵格杀，被伤甚重，是夜毙。

黄昏时讹言有贼犯西长安门，庆公与余列队以行，兵士有惊诧者，余欲正法，乃帖服。久之始知为古北口提督马瑜，率兵由密云至京，城北尘土蔽天，致有此讹。晚间庄王入，督领侍常永贵擒刘得才数人出，皆俯首服罪，此十六日也。

以上写十五、十六两日宫内的情形；以下补写仁宗在行宫闻警的处置。

此日昧爽，上遣和硕额驸超勇亲王拉旺多尔济，和硕额驸科尔沁郡王索特纳木多布齐[1]，固伦额驸固山贝子玛尼巴达尔，大学士托公津，吏部尚书英公和，先后入京，盖于路闻警报也。命八旗都统各于界域中擒捕逆匪。各都统闻命皆趋出，惟成、庄二王及奕灏、安成等数人未动，殊有识。

庄王已将林清名姓居址，密札告玉侍郎麟。会英公

---

[1] 一作索特纳木多布斋。

和至，已授步军统领，命番役张鹏、高得明二人往宋家庄擒捕林清。有宋某举发其事，因命为引导。

按：仁宗是时驻跸白石涧行宫，距京师甚近，十五日闻警后，于十六日昧爽，派出上述五人，皆仁宗所视作与国同休的国戚重臣，而皆为满蒙旗人，此非以为汉大臣中无安邦定国之材，只以造反之教匪、太监皆为汉人，故派满蒙重臣处理，此狭隘的种族观念，唯嘉道两朝有之，终于激起洪杨之乱。

清朝诸帝，嘉道两帝宅心之厚，远过父祖，而才具亦远逊，此真无可奈何之事。

此五重臣于嘉庆后期颇具影响力，介绍其简历如下：

一、和硕额驸超勇亲王拉旺多尔济，即雍正朝建大功的策楞之孙，乾隆三十五年（1770）尚高宗第七女固伦和静公主，公主为嫡出；策楞尚圣祖第十女，为世宗妹婿，故拉旺与和静公主为表兄妹，乃仁宗的姐夫。

二、和硕额驸科尔沁郡王索特纳木多布齐，尚仁宗第三女庄敬和硕公主。此人为孝庄太后之兄科尔沁达尔汗巴图鲁亲王满珠习礼之后，清朝国戚第一家。他的承继之子，即是僧格林沁。

三、固伦额驸固山贝子玛尼巴达尔，亦为蒙古博尔济吉特氏，属土默特部。

按：上述三人所尚公主，皆早薨，年龄一为二十、一为三十一、一为二十八。明清公主类皆妙年辞世，得享中寿，已属罕见，唯世祖幼女建宁长公主薨于康熙四十三年（1704），得年六十三为最高。主所尚者为吴三桂之子应熊，夫妇感情甚笃，康熙十四年（1675）为圣祖所诛，公主寡居至是，几三十年，此真所谓"不幸生在帝王家"，与明思宗长平公主的遭遇，皆可令天下有心人同声一哭。

又：公主薨后，公主府由宗人府收回，府在石虎胡同，前明宰相周延儒赐第，而赐自尽于此，吴应熊又死于非命，此府第乃成有名凶宅。雍正初拨为右翼宗学，其旁为正黄旗义学，曹雪芹执教于此，因得与英亲王阿济格之后敦敏、敦诚兄弟缔交。附识于此。

四、托津，富察氏，满洲镶黄旗人，笔帖式出身，官至东阁大学士，道光十一年（1831）卒，谥文定。托津事理明白，在旗籍大员中便为长才，故得入祀贤良祠。

五、英和，字煦斋，索绰络氏，满洲正白旗人，少有俊才，乾隆五十八年（1793）翰林。其父观保为尚书，曾拒婚和珅，因而仁宗重用英和，嘉庆九年（1804），成进士不过十年，即为翰林院掌院，前所未见；值书房，值军机，宠信备至。后因与大学士刘权之争权，降调；十三年（1808）复入军机，宠信旋复，此时接任步军统领。

由东华门溃散者，已归告林清，清犹冀曹福昌之党应承于十七日起事者，或可侥幸，因未遁。

黎明，张、高至其家，扃尚闭[1]，张、高扣扃久之，林清燕服出，张鹏伪告曰："城中事业有成，奉相公命，延请入朝。"清大喜过望，欲登车，其姊闻然出曰："事吉凶未可知，不可独往。"张、高等推妇仆地，遂驱车返。妇踉跄归，命数十人追之，车已入南苑门，门随掩，追者无及。

　　按：漕帮文献载："山东金丹八卦教教主林清，与河南八卦教教主李文成，缔结共同反清，约期举义。林清乖觉，恐在山东举事，愈为清廷檄调南北各省防营会攻，徒党必不能胜，反将数十年经营心血尽付流水，由此与高云生计商，费用珍奇宝贵物品，贿通高广福、刘金两太监，诱之入教，旋令就宫中杀死嘉庆及皇太子等，俾利号召。刘、高至此，俯首听命。"

　　但如《啸亭杂录》所记，则林清为一懵懂无知之人，反不如其姐有宋太祖之姐之风。颟顸官儿糊涂贼，如此宫廷喋血的严重事件，形同儿戏，此为乾隆以前绝不可能有的事。

　　是日傍午，忽传上自燕郊回銮，逾时遍禁城皆知。贝勒（绵志）持钥立东华门楼上伫望，景运门皆洞开，久之杳然，盖即福昌之党所为也。余方假寐，闻之不及

---

[1] 扃（jiōng），指从外面关门的闩、钩等。

着靴趋出。庆公曰："事关巨大，我等有守城责，不可擅离，恐有他故。"余是其言，诸王大臣于各偏僻处收捕，先后又得十数人。有刘姓者缚卧隆宗门侧，自怨自艾曰："吾早言是物凶狠，终不能成事。若辈不听好语至此！"可见贼众皆乌合。然始终不获祝现、刘呈祥二人，或曰死于东华门，着青衣者类呈祥，然无左验。至祝现踪迹诡秘，不可深诘。

按：曹福昌散布回銮的消息，意在促使王公大臣出城接驾，禁城一空，复有机可乘。故庆祥以有守城责，不可擅离为言，不受其欺。

是日谕旨至……择十九日回銮，命诸王大臣毋庸远接，以靖人心。是日庄王率兵出巡九门归，人心稍定。

晚间骤闻禁城外喧哗声，俄满街讹言太平湖业经接战；又言西长安门已破，人声沸腾……俄有冠五品顶戴花翎人骤马至云："欲调官兵出禁城御贼。"询之，即趋去。又有骑白马人沿街传呼有贼。盖即福昌党羽，期于是夜举事者……至夜半人声渐息，实无一贼。

以上为九月十七日事，谣言满天飞，皆为曹福昌之辈的疑兵之计，手段甚拙，奈官兵更为颠顸。

以下叙十八日事：

次早北风凄紧，日色无光，士皆披裘立，尚寒栗无人色。所擒贼有冻毙者。至晚，刑部始命司员录诸贼生供，启神武门递送于狱。

按：已无一贼，犹闭禁门，禁城之外如何，不闻不问；如真有大规模匪徒作乱，内城、外城百姓遭殃，亦无人保护，此真要下"罪己诏"了。

明日余同诸王公迎驾朝阳门内，常服挂珠，用兵礼也。辰刻，上乘马入都，夹路士卒欲拜，上抚御士卒，缓辔入宫，即下罪己诏，众王公大臣集乾清门跪听，皆不禁呜咽失声。上立开内外城诸门以安人心，特赐将士食，命侍卫等视食半，然后复命。又命庄王及贝子奕绍等，入太庙社稷诸宫殿，搜捕余贼。

按：自九月十五日至此，凡五日，唯捕获林清及仁宗回宫后所作处置等两事，差强人意。观乎"夹路士卒欲拜"之语，民心并未涣散，国运虽已由盛而衰，但由衰而亡，尚有一段时期，此即所谓"深仁厚泽"。如民心积怨已深，则一遇此种情况，危亡立见。

次日，召王公大臣于乾清宫，面谕："近日诸大臣因循怠玩，有为朕宣劳者，众必阴挤杀之，以致有此大变。"

余首奏曰："皇上此言真切中今日之病，臣等世受国恩，使今日有此事，真愧死矣！"上首肯者再。

按：仁宗所谕，"有为朕宣劳者，众必阴挤杀之"，即指后文中所谓朝官同鄂罗哩共倾陷广赓虞侍郎一事。

广赓虞，名广兴，乾隆中叶首辅文华殿大学士高晋第十二子。此人的出身（以赀补官，即捐班）、才具、性格与遭遇，绝似光绪朝的张荫桓。《啸亭杂录》卷七记其人其事云：

少聪敏，熟于案牍，对客背卷宗如泻水。官祠部时，王文瑞公识为伟器，洊升给谏。嘉庆己未，首劾和相贪酷，上嘉其直，迁副都御史，令掌川中军需。时用兵数载，司事者任意挥霍，不复稽核；侍郎力为裁核，月节糜费数十万。当事者恨之，以骚扰驿站入奏，上优容之。又与魁制府伦互诘劾，乃降补通政卿。

逾年复任刑部侍郎，同僚多轻之。侍郎阅数稿毕，即大声曰："误矣！"众询故，侍郎曰："某条实有某例，今反称比照某条；其实无正例者，反云照例云云。未审诸公业经寓目否？"……上颇加倚信，侍郎亦慷慨直言，召对每逾数刻。犹忆甲子冬，余与侍郎先后入对，亲聆玉音曰："汝与初彭龄，皆朕信任之人，何以外廷怨恨乃尔！"侍郎俯首称谢。

按：初彭龄，山东莱阳人，乾隆南巡召试赐举人出身，于乾隆四十五年（1780）成进士，入翰林，性偏急，为当时有名的直臣，所至多忤，屡蹶屡起，但情操素著，故得善终。

《啸亭杂录》又记：

> 有内监鄂罗哩者，少为纯庙近侍，年七十余，尝至朝廊，与侍郎坐语，颇以长辈自居。侍郎怫然曰："汝辈阉人，当敬谨侍立，安可与大臣论世谊乎？"鄂恨入骨。会内库绸缎窳（yǔ）败，鄂即奏侍郎私行抽换。上命鄂出告侍郎，鄂出，漫言之，侍郎不知为上旨，坐而辩之。鄂入奏其坐听谕旨，上怒，削职家居。

按：广兴此时尚兼内务府大臣，所以绸缎出了问题有责任。《啸亭杂录》续记：

> 于是，素与侍郎不协者，蜂起媒孽其短，河南、山东二抚复交劾之。上亲讯日，尚欲缓其狱，侍郎未省上意，辩论不休，初无引罪语，又赃款有实据，上怒，遂置之法。

仁宗谓"阴挤杀之"，则知广兴之死，鄂罗哩发难，而朝官落井下石，大有人在。

又谕曰："前日朕闻报时，即命回銮；皇父陵寝，在咫尺间亦不能谒。前讹言有贼三千直犯御营之语，朕谕御前王大臣不必惊惧，俟贼果至，汝等效死御之，朕立马观之可也。"因又谕曰："我大清，以前何等强盛？今乃至有此事！皆朕凉德之咎。"众皆呜咽痛哭，叩首请罪。

成王因言："皇上若此圣明，百姓不能爱戴如父母，何至反为寇仇？此必有致祸之根，容臣密奏可也。"上曰："兄可急缮奏闻，王大臣中如有能捂忠悃者，可缮折以对，待朕裁定。"众叩头谢。上又曰："此中亦真有为朕出力者，朕实知之，不必因此生息也。"众又叩首出，时有欲合辟邪丸药使诸内监服之，以却其邪谋者，上笑而不答。

成亲王永瑆所奏，语意暧昧，其后亦不闻密奏中作何语。参详当时宫中情况，成王之所谓"此必有致祸之根"，指内务府而言。高宗既为包衣女子之子，所以妃嫔亦以出自内务府者居多，孝仪纯皇后魏佳氏、慧贤皇贵妃高佳氏外，又有纯惠皇贵妃苏佳氏，生皇六子永瑢；庆恭皇贵妃陆氏；淑嘉皇贵妃，即生仪亲王永璇及成亲王永瑆。可知内务府包衣中，皇亲国戚不少，成尾大不掉之势。

而如前文所记，宫中方在拒敌，内务府竟不发粮，以后亦不闻追究其事，其城狐社鼠，盘踞禁中的情况可知，故成亲王竟致殿廷之中不敢明言，必须缮折密奏。

是时额驸拉旺多尔济等，奉旨率健锐营往剿东董村及宋家庄诸处贼，已弃巢逃窜，超勇王遂焚其室。巡城御史曹恩绶、陆泌，遣侦者巡逻于右安门，获太监杨进忠家书，始知其通逆。盖伊引贼入，见庄王率劲旅至，伊即逃入直房，闭门晏寝，至是事定，始遣仆通信与其家，乃被获，实天意也。上命承恩公和公（世泰）至其家搜刀布出，乃伏法。

二十三日，上御丰泽园亲讯逆党，诸御前侍卫佩刀环立，威仪甚肃。上命庄王、超勇王坐御座侧，引刘进才、刘金至，上问曰："汝等皆朕内侍，朕有何薄待汝？乃萌此逆谋！"二贼俯首称主子饶命者再。上笑曰："汝既顺林清，何知君上？"二贼无词。上命夹打毕，牵去。

复引林清至，上问其何故蓄逆谋，林清曰："我辈经上有之；我欲使同辈突入禁门，杀害官兵，以应劫数。"上又讯问其党，清曰："有包衣人祝现，为党中巨魁。"上回顾刑部诸臣，问祝现何在，尚书（崇禄）奏曰："业经正法。"侍郎宋公（镕）奏曰："尚未缉获。"上首肯之。顾庄王曰："外间言太监皆叛，今日审明，除此数逆外，非尽叛也。"玉音申谕者再，盖安反侧心耳。因命将林清等即正法。余是日亦佩刀随往。后有妄言林清有诸邪术，悖逆不服之言，皆齐东语。

按：崇禄为刑部尚书，宋镕为刑部侍郎，一谓"业已正法"，一谓"尚未缉获"，则崇禄欲将大事化小、小事化无的心态如见。

复观仁宗一再申谕以安反侧之心的态度，可知内务府内问题之严重。祝现始终未曾缉获，后亦不闻再追；其匿居之处，疑在崇文门外板井胡同"米祝"家。

《天咫偶闻》记：

> 崇文门外板井胡同，祝姓人称"米祝"，自明代巨商，至今家犹殷实，京师素封之久者，无出其右。祝氏园向有名，后改茶肆，今亦毁尽。

"祝家园"在清初每见诸诗人笔下，据说游三十日不尽，其深密可想。园毁在道光以后。当时容同姓的祝现藏匿，并以其雄厚的财力予以庇护，固有可能。

> 步军统领、五城御史等陆续捕获从逆贼党，上优赉升擢有差。革吉伦、玉麟职。其日未及入禁城之大臣，大学士刘权之、刑部尚书祖之望、礼部尚书王懿修等，皆命致仕。

按：刘权之、王懿修、祖之望三人，年龄皆在八十左右；禁城有变，要求此辈老臣赴难，斯亦太过。刘权之与英和不睦，英和既见用，自必趁机排挤，王、祖不过"陪衬"而已。祖之望谙于刑名，如治此狱，必严加推究；旗下大老既然颟顸不欲多事，则祖之望之去位，亦为势所必然之事。

在京大臣，亦有视如无事，而有人以镇静目之者。《清朝野史大观》有一条云：

> 董文恭相国诰、曹文正相国振镛，嘉道两朝名臣也。文恭盛德伟望，朝野钦仰，嘉庆十八年天理教匪林清遣贼入禁城为乱，上幸热河，闻变，近臣有以暂行驻跸之说进者，文恭力请回銮，继以涕泣。而文正在京师，于乱定后，镇之以静，畿甸遂安。

> 时有无名子撰一联嘲之曰："庸庸碌碌曹丞相；哭哭啼啼董太师。"二公闻之，笑相谓曰："此时之庸碌啼哭，颇不容易。"文恭初加太子太师衔，人有尊以太师之称者，公辄笑辞曰："贱姓不佳。"后二公皆加太傅衔。

按：此记微有未谛。曹振镛本为吏部尚书，刘权之休致后，始得升任协办大学士。董诰则在嘉庆元年即已入阁，正色立朝，能持大体，不愧为社稷之臣，曹振镛岂足以相比？

其时内贼虽平，外贼则势正猖狂。滑县之变，传闻甚多，择其可信者引录如下：

> 河南滑县地邻三省，易于藏奸，有李文成者，素

习白莲教，为愚民所推服，与林清勾通，相约于九月中起事。有县吏牛亮臣、主计冯克善皆与谋。又有宋元成身躯壮伟，多黠智，乃勾通东昌、曹州、大名诸贼，又恃有曹福昌、刘得才党羽内应，有司知者皆不敢举发。

滑县知县强克捷，陕西韩城人，中戊辰进士，性忠憨，乃收捕文成于狱，根究结党逆谋，上司有阻之者，强不为撼。牛亮臣、宋元成遂结党贼众于九月初九日劫狱入署，强闻变，朝服立于堂，以大义责之曰："汝辈皆朝廷赤子，奈何崇信邪教，甘谋不轨？自古几见有红巾为帝王者？乃为此灭族之计，吾为汝父母，代汝悲也！"众感其惠，不忍戕。

宋元成首犯强公，因屠害家属数十人，其媳徐氏，贼欲犯之，徐瞋目大骂，怒啮贼背，贼怒醢[1]之，劫文成出狱，遂据城叛。欲结队北上，有教谕吕某伴降贼，因诒之曰："昔川楚教匪蔓延九年，所以终为官兵扑灭者，因不据城池无所守故也，今可闭关自守，以待他郡救援，然后会师北上，始保万全。"贼信其说，遂屯兵道口诸村堡为声援计。

按：强克捷事先得一书办告密，曾请河南巡抚高杞、卫

---

[1] 醢（hǎi），古代酷刑之一，把人杀死后剁成肉酱。

辉知府郎锦骐发兵掩捕，高、郎都怕事，置之不理。强克捷迫不得已，先发制人，于九月初六日逮捕李文成及同党二十四人系狱。李文成的脚筋已被挑断，虽被救而行动不便，亦为不能北上响应林清的原因之一。

劫狱事在九月初九，三日后仁宗始于行在闻警。其时山东曹州、定陶一带匪徒，已纷纷起事。滑县之贼所据的道口，为运河上的一个重要码头，有积粮，可据以号召邻近各州县。而直隶总督温承惠督师大名，河南巡抚高杞勒兵浚县，皆存观望；山东巡抚同兴奉旨剿捕，竟不肯发兵。

平川楚教匪曾建大功的刘清，此时任山东运使，向同兴力争，方得领一支兵进剿曹州之贼，总兵陈某为而居后作策应。奏报中山东战绩特佳，同兴曾蒙奖励，其实坐享其成。

直督温承惠本膺"钦差大臣"的名义，以观望无功，诏以陕甘总督那彦成代温为钦差，节制直隶、山东、河南三省兵剿贼。

那彦成为阿桂之孙，颇蒙倚任，奉诏后，先请调禁军及西安、徐州守军助剿；及至卫辉，听说匪徒声势浩大，又请调驻山西、甘肃、吉林的索伦马兵五千人，等援军到达，再行进剿。奉旨：远道征兵，非数月不能到达，任贼蹂躏，束手坐视，严加申斥。幸而杨遇春得力，又有刘清为助，至十一月各县皆收复，只有滑县未下。

此一地区，自古以来就是黄河肆虐之处，所以城池坚固高大，以防水浸。滑县城周九里，在卫辉府所属各县中最大亦最坚厚，教匪运道口积粮入城，胁迫居民坚守，一直未下。城外红顶花翎如云，钦差大臣那彦成亲自督师。他的副手是固原提督杨遇春；而杨芳则以西安镇总兵丁忧服满进京，道出河南，适逢其会，为那彦成奏留，调补河南河北镇总兵。平川楚教匪的名将，一时皆集，只为对付一个李文成。杀鸡大用牛刀，李文成便想开溜了。此役杨芳功特大。

《清史列传》本传云：

> 十一月进围滑县，贼目刘国明挟李文成以出，将西走太行，芳与副都统特依顺保，以精骑邀击之，贼遁辉县，据司寨。芳等伏骑白土冈，羸师当贼。贼空壁来犯，伏兵突起，斩二千五百级，得旨嘉赉。
>
> 是战也，贼遇伏，走山上，殊死斗，官兵畏贼锋有退者，芳拔佩刀立砍数人，众效死，遂大捷。乘胜压贼垒，以火攻。刘国明掖李文成上碉楼，举火自焚。翌日致文成之尸于滑县，传首山东、河南，军威大振。

滑县之役致捷分两部分，第二部分攻城，亦由杨芳定计挖地道。《杨芳传》又云：

> 官兵急攻滑县，为地道以入，贼觉而先备至。芳至，佯掘新道而仍穴其西南，深入城际，实火药，贼不之觉。十二月十日地雷发，城陷，滑县平。

据《清史列传·杨遇春传》，克复滑县，歼贼万余，生擒二千，救出难民二万余，首逆牛亮臣、徐安帼等解赴京师正法。所谓"歼贼万余"，其实为地雷爆发时，被裹胁的良民玉石俱焚而已。

捷报到京，大加赏赍，那彦成得子爵，杨遇春得男爵，杨芳赏加提督衔及云骑尉世职，另外还有上方珍物颁赐。而军机大臣则连出差在外未闻其事者，亦俱加官进爵。

仁宗御下宽厚，最可称道的是，对于奉公殉职的官员，抚恤极厚。天理教匪起事，能在三个月内敉[1]平，未成大患，推原论始，强克捷先发制人，并断李文成之胫，行动不便，指挥遂亦不灵，曲突徙薪之功甚伟，所以此时复颁上谕：

（上略）林清、李文成二首逆，因未遂其会合奸谋，是以先后授首，易于拉朽。今全师告捷，追思强克捷首破逆谋，厥功甚大，而全家惨遭荼毒，尤堪矜悯。前曾降旨，将该员照例赐恤，尚不足以旌其死事之忠，强克捷着加恩照知府例赐恤，并着入祀京师昭忠祠，交该抚查明伊尚有无遗嗣，着于服满承袭世职，送部引见，以示酬奖忠勋、恩施优渥之意。

---

[1] 敉（mǐ），安抚、安定的意思。

李荣轩（毓昌）案昭雪

与强克捷之死相似，虽情节全不相类，而因公遇害，特蒙睿注，为之雪冤恩恤者，尚有一事。此为嘉庆朝有名的一桩刑案，清人笔记中记此案者甚多，唯传说纷纭，兹据《清稗类钞》所载，为之钩稽真相如下：

初淮水阳水灾，赈务既已，例委员赴各属查勘。时即墨李公荣轩，适以榜下知县分江宁候补，即奉委查山阳县，携仆三人首途。既抵山阳，就邑中之善缘庵暂驻，旋遍赴各乡查得浮开赈户无数，一一笔录存之，将为禀揭地也。

公三仆：曰李祥，曰顾祥，曰马连升。李最狡黠，得公笔记状，潜告其友包祥。包祥者，山阳令王伸汉之仆也。包得李言，即以告王令。王令惧，谋所以止之，出巨贿令包因李以进公，公怒拒绝之。

王令益惧，因包召李至与商。李曰："小人能为力而不能为谋；苟谋定有所指挥，小人当效奔走也。"王令喜，授以谋，贿之遣之。他日，公勾当事竣，将行，王令置酒相饯。醉归，渴而索茗不得，良久李始以一瓯至。公嗅之有异味，置之。时公已醉极无力，李执耳强灌之，颓然遂倒。

李之受王令谋也，归而商于顾、马，顾、马皆首肯，于是群小起而谋公矣，适所进鸩也。李见公倒，呼顾、马至，烛之，血溢七窍。复悬绳梁间，举公起缢之。及明，伪为仓惶状，奔县署请验。王令至，验为缢死，赠棺殓之。此嘉庆十三年十一月初七日之事也。

按：李荣轩，名毓昌，山东即墨人，嘉庆十三年（1808）戊辰科三甲四十八名进士，榜下即用，分发江宁。凡此"老虎班"照例有州县缺出，先挂牌派署，然后徐图调整；若无缺可委署，则有适当差使，亦应派委。

查赈委员向例为候补县的差使，而冒赈则为公开的秘密，只看州县官的良心，冒多冒少而已。在这种情况之下，查赈委员自然亦可分润。李毓昌既有书生积习，又不知宦态世情，更不识人心险恶，以致惹下杀身之祸。

越十有二日，公叔父泰清自籍至，知公已死，谒王令问死状，令以缢对。问遗仆，曰："主死仆散，事理之常，吾已荐之他往矣。"谋归其丧，令慨然馈百金，曰："归宜即营葬事，死以入土为安也。"泰清持丧归，置棺中堂。

公夫人林氏，贤而慧，无子，公出任后即依泰清居，至是一恸几绝，思以身殉。夜梦公曰："世乏细心

人，卿果殉，我冤终不白矣！"醒而异之，询泰清山阳
情形，茫乎不知所谓冤也，妖梦置之，悲至则叩棺长恸
而已。

一日偶检公所遗行箧，甫启视即见蓝表羊裘一袭，
折皱狼藉，一若仓卒所置也者。提出抖之，觉襟袖有痕
而色异，非油非酒；试濯以水，水色赤，吮而嗅之，其
臭腥，审为血也！大骇，持奔泰清曰："吾夫其冤也，
此物奚而至哉？"泰清审之确，曰："冤则似矣，然犹
未足以为证。"问若何，曰："必启棺验之，始可信也。"
夫人曰："苟得明其冤，虽启棺何伤？"

于是剖棺，棺剖而尸见，犹未腐也。面涂石灰，胸
际置小铜镜并符箓等。启视，心、腹、指尖，皆作青黑
色；濯去石灰，面色亦然；双拳紧握。夫人大恸曰：
"天乎！谁杀吾夫者？吾誓雪此冤！"泰清曰："毋然！
家尚有男子，此非妇女之事。伸冤吾任之可也。"乃入
都控于都察院。

按：清朝刑名制度，凡人民有冤抑，得赴都察院、步军
统领衙门呈诉，名为"京控"，但必冤屈之甚者。此案当然合
于京控的资格。嘉庆十四年（1809）五月十二日上谕军机大
臣，在接阅都察院奏报案情后云：

朕详加披阅，其中疑窦甚多，必有冤抑，亟须昭

雪，以慰孤魂。李毓昌在县署赴席，何以于回寓后，遽尔轻生，当夜自缢？其事已不近情。彼时山阳县知县，随同署知府验明，换衣棺殓，是否于申报后，由上司派委，抑或另派有同验之员？总未见该督具奏，实属不以人命为重，草率因循之至。

按：清朝诸帝中，重视刑名，且能细心推求，衡平判断，以仁宗为第一。以下所提出的案情疑问及研判，后来悉符事实：

且山阳县知县于李清泰领枢时，送给路费银一百五十两，未必不因情节支离，欲借此交结见好，希冀不生疑虑。又将李毓昌长随李祥荐与淮安通判，马连升荐与宝应县二处，李祥等不过同僚厮役，何以俱代为安置周妥？其中难保无知情同谋，贿属灭口情弊。

此案或系李毓昌奉差查赈，认真稽核，查有弊端，该山阳县畏其揭报，致死灭口，亦未可定；或其中另有别情。案关职官生死不明，总应彻底根究，以期水落石出。

以上所推测的情节，由出乎常情的疑窦中所得，看来欲盖弥彰，如论王伸汉荐李祥、马连升一节，足见仁宗细心。以下是处置：

着吉纶一面将李毓昌尸棺提至省城,派委明干大员详加检验具奏;并着铁保查明山阳县并署知府系属何人;及李毓昌长随李祥、马连升、顾祥、山阳县听差胡姓家人,迅速传集,秉公研审。如得有确情,即将该府县严参,并一干人证,解赴山东归案办理。若不细心研究,致凶手漏网,朕断不容汝辈无能之督抚,惟执法重惩,决不轻恕。

按:吉纶为山东巡抚,铁保则两江总督。似此刑案,照常例应派钦差至两江就地审理;仁宗的处理,则以山东巡抚主办,用意固在让山东百姓感激他的圣明,但从另一方面看,并非最好的办法,因为案在山东审理,民情汹汹,官方所受的压力必重,容易失人。

以下为原文所载在济南验尸的情形:

检验之日为六月十二,暑气逼人,而尸犹不腐。巡抚以次,众官咸集,以水银洗刷,遍体青黑,毒伤显然,然官犹未以为信,必令蒸验,盖将以难尸亲也。

按:验尸多奉《洗冤录》为金科玉律;凡中毒死者,以毒物不同而尸首有不同的现象。习用的毒物为砒,生者黄赤色,毒性缓,名为红砒。渔夫冬日赤身入水作业,多有服少量红砒以御寒者。

红砒火炼，烟凝为霜，其色白，此方为剧毒的砒霜。凡中砒霜死者，指甲口唇俱青黑色。此为多少年的经验法则。

至于"蒸验"，大致多用于历年已久的枯骨。倘尸身未腐，而拆骨蒸验，无异死后更受毒刑，非发生极严重的疑难，不用此法；而尸亲亦往往宁愿含屈，不忍同意，贪官墨吏，因而得以贿纵凶手。据说其时王伸汉"已驰贿济南，遍赂上下"，故问官"犹以为未信，必令蒸验"。

> 尸亲有大冤所在，茹痛从之。乃蒸之，剔括而验其骨，则两肋两锁子（骨）黑如墨，众官相视愕然，仵作犹不喝报。方伯某颇严正，睹此状知为钱神作用，乃叱仵作欲杖之，始报："委系被毒身死。"

当吉纶复命时，两江已将王伸汉及李毓昌的两名家人解到京师，时在六月底。以后两个月中，有关此案的上谕极多，真相亦逐渐明了。

原来山阳一县赈款共九万九千余两，王伸汉侵冒了两万三千两，其中一万两分润上司、同官及各查赈委员，以淮安府知府王毂得银二千两最多。出事以后，王伸汉面报王毂，同恶相济，代为隐饰。

全案大白，奖惩分明，但暴露吏治之坏，已非大加振饬不足以挽颓风的地步。兹录严谴江南大吏上谕如下：

李毓昌身死不明一案，见经讯明……案情明确，历历如绘，昨已将各该犯按律定罪，分别办理。乃今据铁保奏此事，尚称毫无端倪，欲再加体访具奏，是其始终愦愦，经朕降旨饬查之后，仍为人所蒙蔽，而折内尚铺叙鬼神之词，以为破案来历，岂足昭示天下？

不知此案交军机大臣会同刑部审讯，俱就各犯吐供，先后质对，并未刑求，是以水落石出，毫无疑义，奚书具在，又何庸证以渺茫恍惚之谈？

且李毓昌是日归寓后，被毒身死，而铁保忽疑其在王伸汉席间中毒，因而遍询同席之人，致无影响，转将厨役拿究，昏愦糊涂已极！是其于案情关键，亦全然不知，折内空陈焦急之语，犹欲再为体访实情，岂不可笑？

铁保从前在司员及侍郎任内，曾经屡获愆尤，弃瑕录用。自补放两江总督以后，不能敬慎办公，一味偏听人言，固执己见，办河工则河工日见敝坏，讲吏治则吏治日见废弛，甚至有不肖劣员，藐视法纪，逞其贪戾残忍，全无忌惮，致酿成如此奇案！而彼犹梦梦不知，可谓无用废物，不但不胜封疆重任，亦何堪忝列朝绅？铁保着革职发往乌鲁木齐效力赎罪。

按：铁保，栋（董）鄂氏，为赵宋后裔，本是武将世家，铁保弃武习文，乾隆三十七年（1772）成进士时，年方二十一岁，颇为阿桂所赏识，因此亦受高宗重视。

《清史稿》本传论其人云：

> 铁保慷慨论事，高宗谓其有大臣风。及居外任，自欲有所表见，倨傲意为爱憎，屡以措施失当被黜，然优于文学，词翰并美。两典礼闱及山东、顺天乡试，皆得人。留心文献，为《八旗通志》总裁，多得开国以来满洲、蒙古、汉军之遗集。先成《白山诗介》五十卷，复增辑改编，得一百三十四卷，进御，仁宗制序，赐名《熙朝雅颂集》。自著曰《怀清斋集》。

此外大员受处分者，尚有江苏巡抚汪日章革职回籍；江宁布政使杨护、按察使胡克家革职，留河工效力；山阳县分润赈款的官员分别杖责充军。至于主犯的罪名，王伸汉斩立决，王毂绞立决。李祥等人以下犯上为"十恶"的罪名，而亦有等差。仁宗好亲自司法，且看他在上谕中判决：

> 李祥、顾祥、马连升俱着凌迟处死；包祥着即处斩。李祥等三犯，均谋害伊主，而李祥于伊主李毓昌查出王伸汉冒赈，欲禀藩司之处，先行密告包祥，转告王伸汉；迨包祥与王伸汉谋害伊主，亦先与李祥密商，该犯首先应允，商同顾祥、马连升一同下毒手。
>
> 是李祥一犯，尤为此案紧要渠魁，着派刑部司官一

员，将该犯解赴山东，沿途饬令地方官多作兵役防范；到山东后，交该抚转饬登州府知府，押至李毓昌坟前，先刑夹一次，再行处死。仍着摘心致祭，以泄愤恨。包祥首先设计，狠毒已极，着先刑夹一次，再行处斩。顾祥、马连升二犯，着各重责四十板，再行处死，派刑部堂官秦瀛押赴市曹，监视行刑。

对李祥等人的处分，以现代眼光来看，过于残苛；而在当时的伦理观念，则为大快人心之事。

另有一道上谕，加恩李毓昌一家云：

李毓昌于上年中式进士后，朕于引见时，以知县分发江苏即用，经该省上司委赴山阳县查勘水灾，不肯捏报户口，侵吞赈银，居心实为清正。乃山阳令王伸汉，因李毓昌不肯扶同捏饰侵赈，胆敢起意，与长随包祥串谋，同李毓昌家人李祥、顾祥、马连升等，将李毓昌始则用信末毒伤，继复勒毙悬挂。似此惨遭奇冤，实从来所未有，允宜渥沛恩施，以示褒慰。

故员李毓昌前已有旨，令吉纶即委妥员将其尸棺加椁送回，交伊家属安葬，着施恩加赏知府衔，即照知府例赐恤。

朕昨亲制悯忠诗五言排律三十韵，为李毓昌阐扬幽郁，着吉纶采取碑碣石料，量定高宽丈尺奏明，再将御制诗发往摹刻，俾循吏清风，勒诸贞珉，永垂不朽。并着吉纶派委登州府，前往李毓昌坟前致祭。仍俟案犯定拟后，将要犯二人，解往山东，于李毓昌坟前正法，以申公愤，而慰忠魂。

至李泰清，因检视伊侄皮衣，带有血迹，心疑生死不明，即同伊眷属开棺验视，辨出毒害情形，来京呈控，俾奇冤得以昭雪，殊甚嘉悯；李泰清着加恩赏给武举，其应如何立祠之处，应听伊自行办理。

除李氏叔侄以外，另有一名章家麟的教谕，亦奉派为查赈委员，"不特未经得银，亦且核对所开户口，毫无浮冒，于公事尚为认真，自应量予施恩。章家麟着送部引见，以知县即用"。

按：教谕为学官，正八品，除加捐外，欲升知县，千难万难；加捐知县，未必即补。今以"特旨""即用"，引见分发后，立即可以补缺，背景较之"老虎班"更硬，这真是一步登天了。

如上所述，刑赏或不免过当，是非则大致分明，后来迭经忧患，至洪杨之乱时，朝廷对东南半壁，无从遥制，而仍能持纪纲于不坠者，仁宗所极力讲求的是非观念，确是发生了很大的作用。

嘉庆崩于热河

仁宗崩于嘉庆二十五年（1820）七月廿五，时正木兰秋狝，前一天刚到热河避暑山庄，一到即病，据遗诏自述得病经过云：

> 孟秋中旬，恪遵彝训，将举木兰狝典，先驻跸避暑山庄。朕体素壮，未尝疾病，虽年逾六旬，登陟川原，不觉其劳；此次跸途偶感暍暑，昨仍策马度广仁岭，迨抵山庄，觉痰气上涌，至夕益甚，恐弗克瘳。

于此可知，仁宗为中暑过劳，引起中风，而且来势甚猛，一发病即不能言语，甚至昏迷。这时发生了一个大问题：临崩既无末命，应该由谁来继承皇位？

按：仁宗五子，元后孝淑睿皇后生智亲王绵宁；孝和睿皇后生惇亲王绵恺、瑞亲王绵忻；恭顺皇贵妃生惠亲王绵愉；和愉皇贵妃刘氏生穆郡王。当仁宗崩时，侍从在侧的是绵宁、绵忻。绵宁既是中宫所出，居长，又有林清之变平乱之功，理当践祚，自无疑问；而情理如此，按诸制度则不然。

原来高宗鉴于先朝立储的纠纷，特作《储贰金鉴》，以为"历观史册，三代而下，由汉迄明，储贰一建，其弊百端"，因而发明秘密建储的办法，御笔写明继承皇子之名，亲自密封，藏于乾清宫"正大光明"匾额后面，龙驭上宾后由大臣公开阅看大位归于何人。但此时是在热河，又听说仁宗并未"缄名于乾清宫'正大光明'匾后"，然则应该如何解决储位问题？

其时扈从军机大臣中，官位最高的是文渊阁大学士戴均元及东阁大学士托津；认为大行在日，对此事必有安排，于是大索行宫。

据包世臣所撰《戴均元墓志》云：

> （仁宗）甫驻跸，圣躬遽有疾，不豫，变出仓卒，从官多皇遽失措。公与文恪（托津）督内臣检御箧十数，最后近侍于身间出小金盒，锁固无钥，文恪拧金锁发盒，得宝书，公即偕文恪奉今上即大位，率文武随瑞邸（瑞亲王绵忻）成礼，乃发丧，中外晏然。

于此可见，当时曾爆发了举国无主的危机。所谓"宝书"即仁宗御笔，早在嘉庆四年（1799）四月初十，即已建储。这个小金盒藏在太监身上，已二十一年；在这二十一年中，如有似其曾祖世宗那样的皇子，买通此一太监，僭易御笔，则圣祖崩后的骨肉伦常之祸，又将重演。

仁宗是好皇帝，但才具微短，不称其"睿"字的尊谥。他的仁厚，举一事可知，《清稗类钞》"帝德"门有一条云：

嘉庆丁丑，万寿恩诏，普免天下积欠钱粮，各省欢腾，争造册送户部。安徽民欠三百万，而凤阳一府尤多，巡抚康绍镛阅册已定，未及奏，迁去。继之者为姚祖同，民欠不实，令诸道府大为核减。属吏震其威，勒令诸州县减造十分之四，以其欠数虚报存库。州县苦之，势汹汹将上闻；姚先奏，以为官吏欺侵，造册不实，请展限核减。朱批云："损上益下，朕之愿也。存心刻薄，有伤政体。"姚大惭，六百里行文，以原册上。

又御下以礼，不似高宗每好狎侮大臣。《清稗类钞》"帝德"门又一条云：

皖杨怿曾，嘉庆时官翰林，受知仁宗，为大理卿最久，开府楚北，风骨铮然。尝召对，值盛暑，掀帘见上摇扇挥汗；入觐，上以扇置座右，不复用，询事甚详，良久热甚，上汗出如雨，卒不用扇。

但仁厚为臣下视作庸懦，以致吏治日坏，川楚教匪之乱，他有一首诗责臣工云：

内外诸臣尽紫袍，何人肯与朕分劳？玉杯饮尽千家血，银烛烧残百姓膏；天泪落时人泪落，歌声高处哭声高。平居漫说君恩重，辜负君恩是尔曹！

是则仁宗对于贪官污吏残民以逞的情况，皆所深知。但恶恶而不能去，始终拿不出整饬吏治的明快手段。但仁厚总是好的，奖许善类，培养元气，于是而有道光以后，高级知识分子的自我觉醒。

共学文库

共 学 · 共 识

清朝的皇帝

肆 走向式微

高阳 著

海南出版社

·海口·

本著作中文简体字版经北京时代墨客文化传媒有限公司代理，由风云时代出版股份有限公司授权海南出版社有限公司在中国大陆独家出版、发行。

版权合同登记号：图字：30-2022-014 号

图书在版编目 (CIP) 数据

清朝的皇帝．肆，走向式微 / 高阳著 . —— 海口：
海南出版社，2023.1
ISBN 978-7-5730-0837-4

Ⅰ.①清… Ⅱ.①高… Ⅲ.①长篇历史小说 – 中国 –
当代 Ⅳ.① I247.5

中国版本图书馆 CIP 数据核字 (2022) 第 207218 号

清朝的皇帝 肆．走向式微
QINGCHAO DE HUANGDI SI. ZOUXIANG SHIWEI

作　　者：高　阳
出 品 人：王景霞
责任编辑：张　雪
特约编辑：刘长娥
责任印制：杨　程
印刷装订：北京兰星球彩色印刷有限公司
读者服务：唐雪飞
出版发行：海南出版社
总社地址：海口市金盘开发区建设三横路 2 号 邮编：570216
北京地址：北京市朝阳区黄厂路 3 号院 7 号楼 101 室
电　　话：0898-66812392　010-87336670
电子邮箱：hnbook@263.net
经　　销：全国新华书店经销
版　　次：2023 年 1 月第 1 版
印　　次：2023 年 1 月第 1 次印刷
开　　本：880 mm×1 230 mm　1/32
印　　张：53.875
字　　数：1 034 千
书　　号：ISBN 978-7-5730-0837-4
定　　价：300.00 元（全伍册）

目　录

第九章　宣宗——道光皇帝

第 十 章　文宗——咸丰皇帝

第十一章　穆宗——同治皇帝

第九章

宣宗——道光皇帝

道光初期的政潮

宣宗御名绵宁——绵为常用字，避讳不易，高宗顾虑及此，早有上谕，改绵为旻——生于乾隆四十七年（1782），嘉庆元年（1796）十五岁成婚，接位时已三十九岁。

宣宗亦是好皇帝，但在清朝诸帝中，资质最差，性格上有个缺点：小气。小气的人目光如豆，这就注定了他只能用谨小慎微而专坏大局的曹振镛、穆彰阿、潘世恩、赛尚阿这一班人。

嘉庆二十五年（1820）九月十三日，宣宗即位未及两月，便发生了一次政潮，对清朝中叶的政局影响极大，谈宣宗应自此始。这一次的政潮，前因后果，颇为复杂，先列纲要如下：

一、关系人：

（一）刘凤诰：江西萍乡人，乾隆五十四年（1789）探花，获罪充军复起，时为翰林院编修。

（二）曹振镛：安徽歙县人，乾隆四十六年（1781）进士，体仁殿大学士，自"董太师"（诰）殁后，即为首辅。

（三）戴均元：江西大庚人，乾隆四十年（1775）进士，文渊阁大学士，军机大臣。

（四）托津：富察氏，满洲镶黄旗人，笔帖式出身，东阁大学士，军机大臣。

二、远因：

刘凤诰修怨，想倒托津。

三、近因：

曹振镛倾害戴均元，以邀宠入军机。

四、事件经过：

（一）刘凤诰发现遗诏有问题，密告曹振镛。

（二）曹振镛密奏宣宗，指军机拟遗诏犯了重大错误。

五、结果：

（一）戴均元、托津逐出军机，降级调用。

（二）曹振镛入军机为领班。

六、关键因素：

宣宗不满戴均元、托津的"顾命嫌疑"。

七、副作用：

高宗身世之谜，欲盖弥彰。

嘉庆二十五年（1820）九月十三日谕上：

七月二十五日，恸遭皇考大行皇帝大故，彼时军机
大臣敬拟遗诏，朕在谅闇之中，哀恸迫切，未经看出错
误之处，朕亦不能辞咎。但思军机大臣多年承旨，所拟
自不至有误。及昨内阁缮呈遗诏副本，以备宫中时阅，
朕恭读之下，末有皇祖"降生避暑山庄"之语，因请皇
祖实录跪读。始知皇祖于康熙辛卯八月十三日子时诞生

于雍和宫邸，复遍阅皇祖御制诗集，凡言降生于雍和宫者，三见集中。因命大学士曹振镛，协办大学士尚书伯麟，尚书英和、黄钺传旨，令军机大臣明白回奏。

按：遗诏末段为："虞舜陟方，古天子终于狩所，盖有之矣。况滦阳行宫，为每岁临幸之地，我祖考神御在焉，予复何憾？"此为改文；原文"况"字下当为"况避暑山庄为皇考降生之地，神御在焉，予复何憾"。以下为戴、托奏复及宣宗驳斥之词：

据称恭查《大行皇帝御制诗初集》第十四卷，万万寿节率王公大臣行庆贺礼恭纪诗注，恭载"高宗纯皇帝以辛卯岁诞生于山庄都福之庭"；又第六卷，万万寿节王公大臣等行庆贺礼恭纪诗注相同。至《实录》未经恭阅，不能深悉等语。

朕敬绎皇考诗内，语意系泛言山庄为都福之庭，并无诞降山庄之句，当日拟注臣工，误会诗意。兹据军机大臣等称，《实录》未经恭阅，尚属有辞，至《皇祖御制诗集》，久经颁行天下，不得诿为未读，实属巧辩。

按：高宗虽自言降生于雍和宫（雍亲王府），但仁宗诗注说得明明白白，为宸翰作注，是何等郑重之事，词臣岂能"误会诗意"？

且仁宗《味余书屋全集》定本四十卷，为道光朝所纂，诗初集四十八卷，二集六十四卷，早已颁行，如注诗错误，仁宗必早发觉，降谕改正。既未如此，正表示仁宗认为注释不误。宣宗据高宗诗集加以指责，显然是强词夺理，并不能令人心服。

　　此事发难者为刘凤诰，目的在报复托津。嘉庆十三年（1808）浙江恩科乡试，巡抚阮元以匪警视察海口，"监临"的职司，不照常例委藩司代办，而偏劳他的同年学政刘凤诰。事隔一年，忽有言官参劾刘凤诰上年代办监临舞弊。托津以军机大臣出差江南，奉旨顺道查办，确有弊端，而情节不重，刘凤诰亦未得财。

　　据实奏复后，仁宗适以李毓昌一案，正在整顿吏治，刘凤诰加重处分，革职发往黑龙江效力，因而致怨于托津，时思报复，终于找到了机会。

　　但刘凤诰虽于嘉庆十七年（1812）赦归，二十三年（1818）赏编修入京供职，但非讲官，不能专折言事。同时自顾人微言轻，能上折亦无用，因而怂恿曹振镛密奏，曹正想取戴均元而代之，如言而行，果然发生了预期的效果，戴、托二人退出军机，曹振镛入掌枢要。

　　何以得有此预期的效果呢？就因为戴均元、托津有"顾命嫌疑"之故。当仁宗初崩时，宣宗以嫡子而居长，又因林清之变护宫之功首封亲王，则必继大位，不待启镔匣而始知。戴均元、托津的张皇，不免使得宣宗心生疑问：莫非你们以为除我以外，还有人够资格继位吗？

宣宗却未想到，此是何等大事，明知毫无疑问，亦须根据仁宗御笔行事，在程序上方为光明正大。如果先拥立而后启镭盒，便有造成既成事实之嫌，反成疑案。

就因为宣宗小气，对此事耿耿于怀，刘凤诰、曹振镛始得乘虚而入。前引上谕下段云：

> 除托津、戴均元俱已年老，毋庸在军机处行走，并不必恭理丧仪；与卢荫溥、文孚一并交部，严加议处。卢荫溥、文孚年力尚强，与托津、戴均元行走班次在前者有间，仍留军机大臣。遗诏布告天下，为万世征信，岂容稍有舛错？故不得不将原委明白宣示中外。着将此旨通谕中外。

强调遗诏"舛错"，而逐出军机者，只"行走班次在前"的托津、戴均元，尤足见为"欲加之罪"。

因为按军机办事规制，撰拟上谕每由资深有才的军机大臣或"达拉密"（军机章京领班）秉笔。此遗诏几乎可确定出于卢荫溥之手。此人为卢雅雨的孙子，幼年随父祖充军，九岁随母而归，刻苦励学，乾隆四十六年（1781）成进士，点翰林，为掌院阿桂所激赏。

《清史稿》本传：

（乾隆）五十六年，大考，降礼部主事。阿桂言荫溥能事，改部可惜。帝曰："使为部曹，正以治事也。"……嘉庆五年，充军机章京，川楚军事，多所赞画。八年，孝淑睿皇后奉安山陵，故事，皇后葬礼无成式，礼臣所议未当。荫溥回直仪曹，考定礼文，草撰大仪，奏上，如议行……十六年……命在军机大臣上行走……帝崩，因撰拟遗诏不慎，降五级留任。

按：如遗诏出于托、戴之手，则卢荫溥班次在后，纵受连带处分，亦必较轻；而托、戴为"降四级留任"，卢荫溥的处分重于托、戴，可知必为秉笔之人，却何以仍得留于军机？其故岂不可思？

志大才疏，道光任用庸才

宣宗初政，一心一意想整饬吏治，但志大而才疏，军机又不得力，每天面对着一大堆奏折，看都看不完，更遑论裁决，因而颇以为苦。于是曹振镛献上一计，其流毒至今未已，清人笔记中述此事并加以评论，极为中肯。

初宣宗倦于大政，苦于章奏不能遍阅，振镛在枢府，乃献策曰："今天下承平，臣工好作危言，指陈阙失，以邀时誉，若遽罪之，则蒙拒谏之名。此后中外章奏，皇上无庸遍阅，但择其最小节目之错误者谴责之，则臣下震于圣明，以为察及秋毫，必无敢肆者。"宣宗从之。

其嗣后章奏中有极小错误，必严斥罚俸降革，中外震悚，皆矜矜小节，无敢稍纵，语多吉祥，凶灾不敢入告。及洪杨难作，互相隐讳，莫敢上闻，至于屡陷名城，始为奏达，皆曹振镛隐蔽之罪酿成之。阘风濡染，以至晚清之将亡，在政府者尚循斯辙。

此为后代官文书流于形式主义的由来。而"报喜不报忧"的原则，至今犹有人奉为保禄位的金科玉律。

又《清稗类钞》"殿廷考试专尚楷法之由"一条，所记大致相同。考试不问文之工拙，只问字之正体，尤为士林所深恶痛绝；时人之评论如此：

乾嘉以前，应制书虽工，仍满纸碑帖字；诗亦有拗体者，其时虽号台阁体，亦尚有雅气也。自曹振镛在枢府挑剔破体帖字，不问文之工拙，但作字齐整无破体者，即置上第；若犯一帖字，即失翰林。海内承风，殿体书直成泥塑，上习阘（tà）茸，厌厌无生气，皆曹振镛所造成也。

自道光至清末，"写大卷子"成为一门学问，一生穷通富贵之所系，毕生志业抱负之所寄，都在写字上面，殿试字写得好，可以点翰林，博得最上等的出身；当翰林字写得好，凡有考试，皆占便宜。此所以龚定庵有《干禄新书》之作。

《清稗类钞》记其事云：

> 龚定庵，生平不善书，以是不能入翰林。既成贡士，改官部曹，则大恨，乃作《干禄新书》，以刺执政，凡其女、其媳、其妾、其宠婢，悉令学馆阁书。客有言及某翰林者，定庵必哂曰："今日之翰林，犹足道耶？我家妇人，无一不可入翰林者。以其工书法也。"

曹振镛是庸才。庸才而居高位必忌才，以故卢荫溥在枢府一年，即不安其位而去。曹振镛排挤同僚的办法是，逐之使外，或者外放，或者出差，俾得把持军机。

《清稗类钞》有一条云：

> 仕途倾轧排挤之风，至为可畏，苟一不慎，辄被中伤，殊有令人防不胜防者。清道光初年，蒋襄平以直督召值军机处，主眷甚优渥，曹文正嫉之。时两江总督琦善，以外交失败，奉旨降调；帝召军机大臣问曰："两江乃重任，当求资深望重、久历封疆者与之。顾谁堪当其选者？"曹对曰："以臣观之，似那彦成为最。"帝曰："西口正多事，何能他移？"曹不语。又少顷，帝

乃指蒋曰:"汝即久历封疆,非汝无第二人。"议遂定。

襄平出语人曰:"曹之智巧,含意不申,而出自上意,当面排挤,真可畏也。"阮文达公亦不为曹所喜,帝一日偶问曰:"阮元历督抚已三十年,甫壮即升二品,何其速也。"曹对曰:"由于学问优长。"帝复询曰:"何以知其学问?"曹对云:"现在云贵总督任内,尚日日刻书谈文。"帝默然,遂内召。盖曹素揣成皇帝重吏治,恶大吏政务废弛,故借此挑之,以触成皇帝之怒也。

按:"蒋襄平"指蒋攸铦,字砺堂,汉军镶红旗,先世由浙江迁辽阳,故称之为"襄平"。道光五年(1825)十月,由直督内召为军机大臣;接任者即那彦成。那于嘉庆十四年(1809)即任陕督,蒋则后两年任粤督,皆督抚中最资深者。

至琦善之内调,事在道光七年(1827),非由于"外交失败",而是处理河道及漕运"失机",降授内阁学士。阮元内召入觐在道光十三年(1833)三月,八月仍回任。

宣宗和曹振镛这一君一相合作主宰天下的结果是,造成了一个"庸才时代",唯庸乃能致福,东坡诗中谓"但愿生儿愚且鲁,无灾无难到公卿"者,颇不乏人,而潘世恩尤其"杰出"。

潘世恩是苏州人,继石琢堂而于乾隆五十八年(1793)中状元,时年廿六岁,嘉庆二年(1797)大考一等。状元而翰詹大考居前列,足见真才实学,又因不附和珅,故益为仁宗所欣赏，亲政后一岁之迁，嘉庆四年（1799）即为"东宫官属"之首的詹事府正詹，居于大九卿之列，自释褐至此只六年，官符如火，在翰林中颇为罕见。

以后十余年间，两任学政，两为考官，循资由正詹而侍郎，由侍郎而尚书，嘉庆十九年（1814）因故降补侍郎终养。

所谓"终养"即家居养亲；亲丧守制，至服满方能复起。潘世恩家居七载，复起时已是道光七年（1827），先补户部侍郎，随即升任左都御史，道光十三年（1833）四月大拜，不经"协办"这一阶段，超授体仁阁大学士管户部。

十四年（1834）正月入军机，因为官已极品，所以入军机亦不便再加以"学习"的字样。至十五年（1835）七月，曹振镛已殁，文孚罢直，军机大臣中，只有他一个大学士，遂居首辅。十六年（1836）七月，穆彰阿由协办升大学士，官位相同，便须论军机上的年资，穆彰阿比他早得多，因而超前领班，一直到道光二十九年（1849）自请罢直为止。

穆彰阿号称权相，潘世恩凡事退让，伴食而已；又为穆彰阿在翰林时的教习老师，他只要不管事，穆彰阿自然事事照应。

这十余年间，外患迭起，朝野不安，但潘世恩却一直做他的"太平宰相"。到二十九年四月，一天大雨之后，朱谕："本日又获甘霖，地面一片湿滑，潘世恩可毋庸进慎德堂。虽有扶掖之资，难抒眷念之意，诸卿于登下扁舟之际，亦当在意。"慎德堂在圆明园，为日常召见军机之处。

宣宗此谕，自是眷顾老臣之意；但另一方面亦可看作讽示年迈应该告老了。潘世恩乃于是年十月自请罢直，予告而食全禄，至咸丰四年（1854）病殁，年八十六。《郎潜纪闻》称之为三百年中第一福气之人。

举其生平异数云：

> 本朝耆臣，生加太傅者五人，重宴琼林者八人，状元作宰相者八人，惟潘文恭公兼之。又大拜不阶协办，枢廷不始学习，皆异数也。富贵寿考，子孙继武，公之福祉，三百年一人而已。

而他本人最得意之事，莫过于至道光二十四年（1844），内阁四大学士，除他以外，穆彰阿、宝兴、卓秉恬三人，都是他的门生。

《清朝野史大观》有一条：

> 道光朝，潘文恭公久居揆席，而满、汉四相公，其三人入词林时，皆文恭教习门生：一鹤舫相国穆彰阿，一献山相国觉罗宝兴，一海帆相国卓文端公也。公有诗纪盛云："翰苑由来重馆师，卅年往事试寻思；即今黄阁三元老，可忆槐厅执卷时。"穆相以为二百年来所未有。

"槐厅"在翰林院。卓秉恬嘉庆七年（1802）壬戌翰林；穆彰阿、宝兴则迟一科；而潘世恩于嘉庆八年（1803）以礼右奉派"教习庶吉士"，即是所谓"馆师"，穆彰阿等三人，皆曾受潘之教。有这样三个门生宰相在，仕途中尚有何风险可言？

穆彰阿专权，王鼎尸谏，兼及汉人与旗人优劣对比

现在要谈道光朝的权臣穆彰阿。他是满洲镶蓝旗人，字鹤舫，嘉庆十年（1805）的翰林，仁宗末年曾遍历户、礼、兵、刑、工五部侍郎，这段经历加上翰林出身，使得他成为全才，京中没有他干不了的官或差使。

《清史稿》本传：

> 道光初，充内务府大臣，擢左都御史、理藩院尚书。以漕船滞运，两次命署漕运总督，召授工部尚书，偕大学士蒋攸铦查勘南河。洎（jì）试行海运，命赴天津监收漕粮，予优叙。
>
> 七年，命在军机大臣上学习行走。逾年，张格尔就擒，加太子少保，授军机大臣，罢内务府大臣，直南书房。寻兼翰林院掌院学士，历兵部、户部尚书。十四年，协办大学士，承修龙泉峪万年吉地，工竣，晋太子太保，

赐紫缰。十六年，充上书房总师傅，拜武英殿大学士，管理工部。十八年，晋文华殿大学士。时禁烟议起，宣宗意锐甚，特命林则徐为钦差大臣，赴广东查办。

英吉利领事义律初不听约束，继因停止贸易，始缴烟，尽焚之，责永不贩运入境，强令具结；不从，兵衅遂开。则徐防御严，不得逞于广东，改犯闽、浙，沿海骚然。英舰抵天津，投书总督琦善，言由则徐启衅，穆彰阿窥帝意移，乃赞和议，罢则徐，以琦善代之。

琦善一徇敌意，不设备，所要求者亦不尽得请，兵衅复起。先后命奕山、奕经督师，广东、浙江皆挫败，英兵且由海入江，林则徐及闽浙总督邓廷桢、台湾总兵达洪阿、台湾道姚莹，以战守为敌所忌，并被严谴。命伊里布、耆英、牛鉴议款。二十二年，和议成，偿币通商，各国相继立约。国威既损，更丧国权，外患自此始。穆彰阿当国，主和议，为海内所丛诟。上既厌兵，从其策，终道光朝，恩眷不衰。

鸦片战争之失败，乃由积弱所致。弱在旗人经长时期的养尊处优，腐化无用，旗人又不重视教育，以故与汉人相较，处处落后，但仍自视为领导阶层，则其偾事，无足为奇。宣宗及旗下大臣乏此自知之明，国事乃不可为。而以后文宗、肃顺、恭王等正因以前朝缺失为鉴，重用汉人，遂成大功。中兴以人才为本，此真颠扑不破的至理名言。

由于旗人的颟顸无能，道光朝的汉大臣格外显得杰出。可惜宣宗善善而不能用，王鼎尸谏一事，最足令人气短。此为当年正气消沉、小人猖獗的一大明证，值得一谈。《清朝野史大观》记其事云：

> 道光中，林文忠公（则徐）以钦差大臣驰赴广东查禁鸦片烟。与英吉利兵船相持海上，宣庙倚任甚至。既而中变，命大学士直隶总督琦善驰往查办，严劾林公，革职遣戍新疆，尽撤守备，与英吉利讲合。
>
> 于是舆论哗然，皆骂琦善之误国及宰相穆彰阿之妨贤，而惜林公之不用也。其后河决祥符，上命大学士蒲城王文恪公（鼎）临塞决口，亦命林公赴工效力。蒲城一见林公，倾诚结纳，且言还朝必力荐之。及大工合龙，朝命林公仍往新疆；蒲城还朝，力荐林公之贤，上不听。

按：王鼎，字定九，陕西蒲城人，嘉庆元年（1796）翰林。王鼎最讲气节，与大学士王杰同族，不屑干谒；两次大考，受仁宗特达之知，终身感激。平生清操绝俗，不受请托，更不请托于人，性情近于耿介一流，与穆彰阿不相合，可想而知。

是时，蒲城与穆相同为军机大臣，每相见，辄厉声诟骂，穆相笑而避之。或两人同时召见，复于上前盛气诘责之，斥为秦桧、严嵩，穆相默然不与辩。上笑视蒲城曰："卿醉矣！"命太监扶之出。

明日复廷诤甚苦，上怒，拂衣而起，蒲城牵裾，终不获申其说，归而欲仿史鱼尸谏之义，其夕自缢薨。是时，新城陈孚恩为军机章京，性机警，最为穆相所宠任；方早朝，军机大臣惟蒲城不到，孚恩心知其故，乃驾而出，急诣蒲城之宅，其家方抢攘无措，尸犹未解下，盖凡大臣自缢，例必奏闻验视。然后敢解也。

按：林则徐《软尘私札》谓王鼎自缢于军机直庐"别院"，舁归救治，则已不及。此说必不然，自缢于宫中，大干忌讳，王鼎不能不知。军机直庐湫隘，亦无别院；林则徐其时"荷戈"新疆，道路传闻，不尽得实。

孚恩至，命其家人急解之，检衣带中得其遗疏，其大旨皆劾穆相而荐林公也。孚恩谓公子编修某曰："上方怒甚，不愿再闻此言，若奏之，则尊公恤典也不可得，而子亦终身废弃；子而犹欲仕于朝也，不如屏此疏勿奏，且可为尊公邀优旨，子其图之。"会张文毅公（芾）亦至，文毅故穆相最亲厚之门生，而亦蒲城同乡且门生也，相与共劝编修。编修从之，孚恩代为改草遗疏，以暴疾闻。上震悼，命成郡王奠茶酒，晋赠太保，入祀贤良祠；孙三人皆俟及岁时带领引见，饰终之礼隆焉。

按：王鼎之子名王沆，字小崖，道光二十年（1840）庚子翰林。王鼎尸谏，事在道光二十二年（1842）五月，王沆尚是庶吉士，散馆后始授编修。

张芾，字小浦，陕西泾阳人，与王鼎为大同乡。他是道光十五年（1835）乙未科的传胪，与先高祖信臣公同年，这一科会试由穆彰阿主持，张芾为其得意门生，属于所谓"穆门十子"之一，官至江西巡抚，洪杨时罢职，回籍办团练，死于回乱，谥文毅。他与王鼎的师生关系不明，当是由王鼎被派充殿试读卷官而来。

陈孚恩，江西新城人，拔贡出身，时充军机章京，为穆彰阿的心腹。

孚恩袖蒲城原疏以去，返至枢垣，呈穆相。穆相大喜，于是推毂孚恩，不十年至兵部尚书、军机大臣。而张公亦于数年间由翰林跻卿贰。惟编修以不能成父志，为蒲城诸门生及陕甘同乡所鄙弃，亦自愧恨，遂终身不复出。蒲城薨未几而林公召还，复为陕甘巡抚。

世俗言蒲城薨后，宣庙常闻空中呼林公姓名，故不久赐还。此说虽未尽然，然亦足见人心所归仰云。

王鼎有子如此，自然死不瞑目。但王鼎的门生及陕甘同乡又何不翻案？此事发生在道光以前，不论是仁宗或高宗，一定派人密查；发生在道光以后，亦定有言官或翰林揭发其事，唯独在道光朝才会有这种异闻产生。王鼎欲效史鱼之谏，奈宣宗非卫灵公何？

至于鸦片战争中所暴露的弱点，在中国科学之落后，在中国之无世界知识，在满洲勋贵无一成材。孟心史以为此役为"清运告终之萌芽"，"二百年控制汉族之威风，扫地以尽"，皆为极客观亦极深刻的看法。至于此役之败，败得如此之惨，则穆彰阿不得辞其咎，而在宣宗为自取之咎。

孟心史于其所著《清代史》中，有一段评论，非常中肯，引录下：

> 鸦片案之赔款割地，战败以后事也。所异者，当时欧亚交通之难，兵舰炮械，亦远非后来坚利之比。中国以毫无设备而败；若稍讲设备，则如林、邓之办海防，亦颇使英人却顾。
>
> 惟海岸线长，不能得复有如林、邓者二三人；又奸壬在内，始以忌刻而欲败林，继则务反林之所为，并谴及力能却敌之邓，乃至并谴及御敌获胜之达洪阿、姚莹。此皆满首相穆彰阿所为，而汉大学士王鼎至自经以尸谏，请处分首辅，而为首辅所抑，竟不得达。
>
> 林则徐褫职，裕谦奏请入浙协办，则必令远戍伊犁，惟恐其御夷有效；王鼎再留则徐助塞河决，又力促

其赴戍。

　　鼎至以死冀一悟君，而卒为穆党所厄。宣宗之用人如此，至叹息痛恨之伊里布，卒倚其与英人情热，使卒成和议；琦善既议斩而复大用；耆英则议和之后专任为通商大臣。盖帝犹尊祖制，重任必归满洲，满洲无非庸怯，帝亦以庸怯济之，以乞和为免祸之至计，故口憾之而实深赖之也。

"始以忌刻而欲败林，继则务反林之所为"，此一语最能出穆彰阿之奸。当冲突初起，九龙炮台击沉英舰时，奉旨嘉奖，有"不患卿等孟浪，但患过于畏葸"，完全为鼓励钦差大臣林则徐及粤督邓廷桢采取最强硬的态度，即为穆彰阿希望林则徐轻率妄动，吃个败仗，便好据以严谴。

不意林、邓海防严密，连英国人亦加称许；于是派琦善代林，撤战备，主和议，反以"糜饷劳师""办理总无实济，转至别生事端"为林则徐的罪状，用心之恶毒，无与伦比。而宣宗之庸暗，亦为清朝入关以来所未有。

鸦片战争的始末，我们在中学教科书中即已备知其事，不必赘述；我特别介绍孟心史的观点，此案为"清运告终的萌芽"，想为读者指出时代交替、世局转移的一个关键性因素，即我在前面所说的：政治领导阶层中，汉人与旗人优劣对比的强烈，莫过于道光一朝。在此以前，汉人已有此感觉，而不敢透露；旗人则仍旧侈然自大，根本不知道他们与汉人的关系，正由支配阶级转变为被支配阶级。

自经鸦片战争案，双方都自然而然地做了自我评估，确认了汉人比旗人来得高明这个事实，而构成了在政治责任上的心理突破。此为导致以后错综复杂的世局演变之一个主宰性的因素。

现在先谈体认到汉优旗劣这个事实以后，因人而异的心理上的变化。可分汉人与旗人两方面来观察：

在此以前，受孔孟思想熏陶的正统知识分子，从政以后，一切行事，受忠君与爱民两个原则的支配，如果天子圣明，则所施多善政，忠君与爱民两个原则皆能实现，是最理想的事。

但大部分的情况，是在调和这两个原则，即是如何爱民，而又不悖于忠君；或者虽忠君而求不至于使民间太痛苦。不过在基本上，总是信任在上者的领导能力，持无条件服从的态度。

从嘉道年间起，特别是鸦片战争以后，在上者的领导能力深受怀疑，但忠君的态度未变，因而在心理上有一突破：事情还是要我辈来做，对朝廷不必寄予厚望。而做法上又因各人的性情不同而产生极大的弹性。

弹性最大的是胡林翼，只求办事有效，不惜委曲求全，如刻意交欢官文的事例可证。其次是曾国藩，弹性有一定限度，超出他所能够接受的限度，常不愿迁就。最缺乏弹性的是左宗棠，他与朝廷争辩时，几于攘臂而言。

不过弹性虽有高下，忠君亦无问题，而内心深处对朝廷轻视则一；此在乾隆以前的大臣中，没有一个人有此想法。

另一方面，朝廷的颟顸无能，对野心分子常是一种鼓动。轻视之念增一分，造反之心强一分，洪杨之能裹胁民众，长驱直下，酿成大患，此轻视旗人的观念，发生了极大的作用。

在旗人方面，一种是将所有的旗人，特别是亲贵，看成全是废物，如肃顺即多少有此过激的想法；另一种是有自知之明，觉得汉人确比旗人高明，拱手受成，如官文之流，不失为明哲保身之道；再一种是恭王、文祥等人，看法平正，承认汉人比旗人高明，应该重用，但也应该和衷共济。这里特别提出来的是倭仁，他对尊王攘夷这个观念的执着，几乎到了不惜以身相殉道的程度，但对人才的识拔，毫无成见。

方宗诚《柏堂师友言行记》有一条云：

> 艮峰（倭仁，字艮峰）日记曰："学术当恪守程朱，此外皆旁蹊小径，不可学也。"
>
> 又曰："天下未尝无才，待朝廷大气转移之。大气谓何？诚而已矣！"

道光的勤政和俭德

前记宣宗，笔者谓其"小气"，有读者来函，斥为"别字"，应作"小器"，无可与辨，不意倭艮峰又有"大气"之说，正堪为"宣宗小气"作注脚。大致小气者绝不肯自承气度褊狭，而责人别有说法，此即不诚；凡是人才，绝不肯为不诚之人所用，这是一定之理。因为不诚者，口中是一套，心中又是一套，无所适从，则用亦不能见效。林则徐、邓廷桢之所以无功，正以此故。

不过宣宗求治之亟，问政之勤，其贤达过于明朝孝宗以后诸帝；而目睹他祖父挥霍无度，痛心疾首，力矫前弊的俭德，过于汉文帝、宋仁宗，尤为可贵。宣宗之俭，有许多传说，如套裤打补丁之类，无可征信，其确凿有据者，如裁梨园子弟，已觉难能可贵，周明泰《清升平署存档事例漫抄》序云：

> 自乾隆南巡之后，选江南伶工，召之入京，供奉内庭，名曰"民籍学生"。此例迄于嘉庆末年，未尝或改。尚有"旗籍学生"，盖取八旗子弟，教之乐歌，与民籍者统称"外边学生"，或简称"外学"；而南府太监则称"内学"。内学有大小之分，外学有头二三之别，其规模实远胜于后日之升平署也。

> 道光元年，曾两次缩减外学名额，至七年改南府为升平署，尽将民籍学生全数退回原籍，旗籍者发交本旗，于是宫廷演戏，尽由内监承差。而所演者无非旧日之昆弋与夫吉祥之例戏，陈陈相因，毫无精彩，如是者垂三十年。

"垂三十年"终道光之世。所谓"吉祥例戏"系为神仙鬼怪，如《劝善金科》《升平宝筏》之类，讲究行头鲜明，砌末逼真，以金碧辉煌的大场面取胜。而道光年间，从未新制行头，以故吉祥例戏，形容过甚者，谓之"花子打架"。

河工、漕运弊坏

不幸的是，宣宗的俭德，并未发生上行下效、改变风气的效果，相反的，梨园声色，饮馔奢靡，变本加厉，如"四大徽班"即皆创始于道光年间，而江淮盐商、河员，生活起居的豪奢，为宫中所梦想不到，吏治败坏，达于极点。

如《金壶浪墨》记河工云：

> 南河岁修银四百五十万，而决口漫溢不与焉。浙人王权斋熟于外工，谓采买竹木、薪石、麻铁之属，与夫在工人役，一切公用，费帑金十之三二，可以保安澜；十用四三，足以书上考矣。

> 其余三百万，除各厅浮销之外，则供给院道，应酬戚友，馈送京员过客，降至丞簿、千把总、胥吏兵丁，凡有职事于河工者，皆取给焉。岁修积弊，各有传授……沿为积习，上下欺蔽，瘠公肥私，而河工不败不止矣。故清江上下十数里，街市之繁，食货之富，五方

辐辏，肩摩毂击，甚盛也；曲廊高厦，食客盈门，细谷丰毛，山胰海馔，扬扬然意气自得也；青楼绮阁之中，鬓云朝飞，眉月夜朗，悲管清瑟，华烛通宵，一日之内，不知其几十百家也。

河工既坏，漕弊亦深。乾隆以来，屡次用兵，以开捐为筹措军费的不二法门，捐官将本求利，到省候补，无缺可派，则以派差使为调剂。盐院、漕运、河工皆为容纳冗员之地。书法名家包世臣有《剔漕弊说》云：

> 各卫有本帮千总领运，足矣，而漕臣每岁另委押运帮官，又分为一人押重，一人押空。每省有粮道督押，足矣，又别委同、通（按：同为运同，通为通判，皆官名）为总运。沿途有地方文武催赶；又有漕委、督抚委、河委（按：委为委员之简称，"漕委"者漕运总督所派之委员，余类推），自瓜洲抵淀津，不下数百员。各上司明知差委无济公事，然不得不借帮丁之脂膏，以酬属员之奔竞，且为保举私人之地。

此为随帮运粮的剥削；逢关过卡，运米入仓，尚有花费：

> 淮安盘粮，漕臣亲查米数，而委之弁兵；通州上仓，仓臣亲验米色，而听之花户，两处所费，数皆不

赀。……又沿途过闸，闸夫需索，每一船一闸，不下千文。是故帮丁专言运粮，其费取给于官而有余。合计陋规贿赂，虽力索州县之兑费而尚不足也。

此言漕帮如不受剥削，则领取官方所发的运费，已足敷用；但要送陋规，行贿赂，则虽有向各州县勒索而得的"兑费"，仍感不足。然则所谓"兑费"为何？当时两江总督孙玉庭在"恤丁除弊"一疏中有解释：

> 至旗丁勒索州县，必借米色为刁制。各州县开仓旬日，各廒即已满贮，各丁深知米多廒少，必须先兑，每借看米色为由逐廒挑剔，不肯受兑，致使粮户无廒输纳，往往因此滋事。旗丁即乘机恣索，州县不敢不应其求；或所索未遂，即借称米色未纯，停兑喧扰。及至委员催兑开行，各丁不俟米之兑足，即便开船，冀累州县以随帮交兑之苦。

此所谓"兑"，即是装米上船。钱粮开征有定时，年分两次，称为"上忙""下忙"。应纳赋者称为"粮户"，载粮来缴，须有仓廒可储，而仓廒有限，必赖漕船及时兑粮，始能腾出仓廒容纳后来的粮户，如漕帮挑剔米的成色，延不肯兑，则纳粮者势必等待，一日半日犹可，至两天以上，不复可耐，群起责问，一倡百和，群情愤激，谓之"闹漕"，为州县官的大忌。

因此，为求漕船加紧承兑，每由"户书"出面"讲斤头"，所送陋规，即谓之"兑费"。

如督运委员催促开船，遵办不误，但所在州县，米未兑足，须由陆路赶运至泊船之处，情商补兑，此即所谓"随帮交兑"；"兑费"以外，另加一大笔车运转驳的费用，是件非同小可的事，是故"州县不敢不应其求"。

然则州县官的"兑费"，又从何而来？自然出于民脂民膏。但治下之民，身份不同，待遇便有等差，反映在应纳的钱粮上，便有"衿米""科米""讼米"等名目。衿者衣冠，衿米即缙绅应纳之粮；科者科举，科米为举贡生监应纳之粮；讼者诉讼，好兴讼者应纳之粮。

凡是遇到这三种米，不但不能浮收，而且升合不足，米色潮杂，亦只好马马虎虎，结果是"良善乡愚、零星小户"最吃亏，浮收有加到五成、六成的。于是有所谓"包户"应运而生。

"包户"当然亦非"刁生劣监"、土豪劣绅不能充当，因为他们是与官府分享浮收，譬如浮收加到五成，承包时只加三成，而代纳时视情况扣去一成或一成半，无异虎口夺食，非良善百姓所能办到。

钱粮浮收及擅征苛捐杂税的情形，各地不一，但统名之曰"陋规"则一。宣宗即位之初，锐意求治，曾纳军机大臣户部尚书英和的建议，命各省清查陋规，"应存者存，应革者革，勿博宽厚之名，勿为溪刻之举"。

哪知内则户部侍郎汤金钊、礼郭尚书汪廷彦，外则直隶总督方受畴、四川总督蒋攸铦、两江总督孙玉庭、广东巡抚康绍镛等，均言不可，因而作罢。

汤金钊一疏，最为简明扼要，他说：

> 陋规均出于民，州县之所以未公然苛索者，恐朝廷知而治罪也。今若明定章程，即为例所应得，势必明目张胆，求多于额例之外，虽有严旨，不能禁矣。况名目烦碎，所在不同，逐一检查，反兹纷扰，殆非立法所能限制也。

康绍镛则追叙雍正年间往事：

> 闻之雍正年间，议将地丁、火耗酌给养廉，当时议者谓："今日正赋之外，又加正赋；将来恐耗羡之外，又加耗羡。"八九十年以来，钱粮火耗，视昔有加，不出前人所虑。前项折价，与从前火耗增收，事实相近，即能明查暗访，坚持于数年之间，亦断难周防远虑，遥制于数十年之后。

按：雍正年间将钱粮加征的"火耗"化暗为明，按通省官员职位大小、公事繁简，斟酌分润，名为"养廉"，与英和所建议的清查陋规，分别存留，其事大致相似，为了循名责实，"与其私以取之，何如明以与之"，想法原本不错，但雍正年间可以办得到，道光年间就办不到，则以时异势迁，当时既有言出法随的英明之主，又有不敢畏难的任事之臣，而道光朝不具备这两个条件。

不过话又说回来，清朝的家法，敬天法祖，祖宗有善政，总尽可能沿而勿替，康熙朝永不加赋之诏，一直贯彻，所以宣宗于可能增加百姓负担的此举，毅然撤销。如存一雍正朝能，本朝何以不能之心，强制推行，恐怕不必在二十年以后天下即已大乱了。

陶澍治漕，改河运为海运，
并行票盐之法

除了漕粮浮收及各种苛捐杂税，仍采随时查禁的原则，未有彻底解决的办法以外，盐法及漕运，则均曾大事改革。这当然要谈到道光朝第一名臣陶澍；但在陶澍实行以前，已先有理论上的探讨及呼吁，蔚成改革的风气，此则孟心史所特别赞美的"道光朝士习之转移"，确能抉出历史的真相，掌握进化的关键。他在《清代史》中说：

> 嘉庆朝承雍乾压制，思想言论俱不自由之后，士大夫已自屏于政治之外，著书立说，多不涉当世之务。达

官自刻奏议者，往往得罪；纪清代名臣言行者，亦犯大不韪，士气消沉已极。仁宗天资长厚，尽去两朝钳制之意，历二十余年之久，后生新进，顾忌渐忘，稍稍有所撰述，虽未必即时刊行，然能动撰述之兴，即其生机已露也。

按：雍乾两朝，禁刻奏议及纪名臣言行者，因世宗、高宗父子方在隐没历史真相，不独其本身的秘密不欲人知，太祖、太宗、世宗三朝的伦常骨肉之变，亦为极大忌讳，故上三朝实录一修再修，至乾隆朝始有定本。

在这种情况之下，在下者如留存真相，适足以证明在上者作伪，故须严禁。及至仁宗，其生也晚，又所见实录皆为"定本"，对先世的秘密并无所知，即高宗的身世曲折，恐亦不晓，故有"皇考诞于山庄都福之庭"的记载。既然不以为文字上有何须避讳之处，则文网渐疏，亦自然之理。

当时论时务最具影响力的一部书是贺长龄汇刻的《皇朝经世文编》，论盐务、论河工、论漕运，事无虚设，言有指归，确实发生了学术指导政治的作用。

那时的士大夫，旗人则讲究饮馔服御，贤者亦不过考校词章，提倡风雅；而汉人则已自我觉醒，感到有一份经世的责任，每能从服官的经验中，提出改革的主张。如南漕改用海运，言之最深切者为苏州同知齐彦槐，嘉庆末年即已提出具体主张，终以疆吏惮于更张，不用其言。

至道光五年（1825）陶澍巡抚江苏时，在藩司贺长龄襄助之下，排除万难，奏准以苏州、松江、常州、镇江、太仓各地漕米，全由海运。

孟心史《清代史》记陶澍经理其事云：

> 亲往雇定沙船千艘，三不像船数十，分两次装载，运米百五六十万石，朝令设海运总局于上海，并设局于天津；复命理藩院尚书穆彰阿，会同仓场侍郎驻津，验收监兑，以杜经纪人留难需索诸弊。海道水师会哨防护，并如十余年前齐彦槐所议。六年正月，各州县驳运之米，以次抵上海受兑，分批开行，计水程四千余里，旬月抵津，一船不损。

> 穆彰阿赴验米色，莹洁远过河运。海商运漕而北，载豆而南，两次得价；且由部发帑，收买海船耗米十余万石。其出力之商，优给顶戴，皆踊跃过望。先后共用银百余万两，不请一帑，而漕项银米，自解津应用及调剂旗丁外，尚节省银米各十余万。其海关免税不过万余，视河运又省费过倍。

> 此商民具有组织能力，而国家始利用之；书生具有政治通识，而公卿能采取之，皆世运之渐变也。

按：沙船专走海道，向来赴关东载北货南下。沙船帮巨擘，为上海郁姓，即心史所说的商民。

"运漕而北"，回空载关东大豆南下，"两次得价"，复赐顶戴荣身，自然"踊跃过望"。此为官商通力合作的极好范例。

这一次的海运，原属试行；试行有效，本可赓续而行，但阻力极大：由河运改海运，漕政整个改制，新造沙船、训练水手、建立外海巡防兵力等，确为极艰巨之事，朝中大老，苟且图安，无此魄力，因而搁置不提。

及至第七年——道光七年（1827），蒋攸铦为曹振镛当面排挤，代琦善出任两江总督后，以黄水大涨，倒灌入运，御黄坝不能开启，奏请来年新漕仍由海运。此新漕指苏松五府州而言；浙江、安徽、江西、湖北、湖南的漕米，本不在试行海运之列，仍由运河北上，但御黄坝不能开启，权宜之计，是将本年运漕北上的船只，留于河北。

浙皖等省漕船到达御黄坝后盘坝，由本应回空的船只接运北上。盘坝经费需六十万两，请在江苏藩库、关库先行借拨。

蒋攸铦早在嘉庆十六年（1811），于浙江巡抚任内，奉旨与江督勒保筹议海运，上言"必不可行者十二事"；十余年后重来，以陶澍试行海运有效，能捐弃成见，择善而从，足见谋国之忠。不想出奏以后，关于盘坝，碰了个大钉子。这年八月底，上谕：

朕思海运，原非良策，以今年河湖情形而论，本可不行，惟该督等既以河漕不能兼办，意在腾出河身，复以清刷黄之旧；要知清水既能刷黄，焉有不能济运之理？

朕因蒋攸铦到任后，或别有所见闻，抑河湖另有别情，是以暂从所请；此后并未另有所奏闻，可见伊等所以复筹海运，兼将回空军船截留河北者，意在一行海运，清水则无庸多蓄，高堰可保无虞，明春清水不能敌黄，又恃截留军船为盘坝之用，总为自卸干系，巧占地步，只顾目前，于国计并不通盘筹画，试问为国乎，为身乎？受国厚恩任用之人，其可不秉天良耶？

再此项军船截留河北，水手聚集，弹压匪易，油舱修理，诸多不便，伊等恃有此项军船，转将清水消泄过多，明年必不能敌黄济运，成何事体！……所有本年江南首二进回空军船，俱着全行及早归次，断不准截留河北，以为盘坝之用。倘明年河运不能通畅，贻误漕运，咎有攸归，朕言出法随，决不宽贷。

走笔至此，接获读者陈先生长函，除论述"小气""大气"两词以外，谈到浮收问题，认为浮收之与漕务的关系，笔者言之不够详尽透彻。陈君设譬，譬如："税务人员无弊，何能影响高速公路？"以当年的运河比拟为现时的高速公路，确为卓识，最能道出运河开通以后所获致的经济发展上的重大利益。

至于浮收影响漕运，与目前税官舞弊不影响高速公路的功能与营运，殊未可相提并论、等量齐观。此一问题相当复杂，道光元年（1821）江苏学政姚文田应诏陈言，说得最为详尽。姚文田，嘉庆四年（1799）状元，浙江湖州人，生长于赋额最重之地，又当运河所经，见闻真切，陈词透彻，兹分段引叙，并加必要的注释，以明究竟。

　　　　窃惟东南之大务有二：曰河，曰漕。比年海口深通，南河目前光景甚称安稳。

　　按："海口"指黄河出海之处。在咸丰五年（1855）铜瓦厢决口以前，黄河在两淮以东出海；"海口深通"则海水不到倒灌，黄河以南的运河所谓"南河"，即不致受黄水高涨的威胁。

　　　　惟漕务法久弊生，虽经督抚大臣数年以来悉心调剂，然总未臻实效。小民仰沐我朝圣祖神宗，生成豢养，届今百八十年，愚贱具有天良，岂有不乐输将之理？诚以东南财赋甲于天下，而赋额如江苏之苏州、松江，浙江之嘉兴、湖州，其粮重尤甲于天下，竟有一县额征多于他处一省者。

　　按：据《清会典》所载各省赋额，江苏分江宁布政司及苏州布政司两部分，总计民田赋银为二百八十八万五千六百六十一两；以八府三州一厅共十二个单位计之，平均每单位赋额二十四万两有余。而贵州一省册报民田赋银，仅十万七千八百六十二两，不及江苏一府之半。

乾隆三十年以前，并无所谓浮收之事，是时无物不贱，官民皆裕；其后生齿愈繁，而用度日绌，于是诸弊渐生，然犹不过就斛面浮收而已。未几有折扣之法，始而每石不过折扣数升，继乃至五折、六折不等。

小民终岁勤动，纳赋之外，竟至不敷养赡，势不能不与官吏相抗。官吏所以制民之术，其道有三：一曰"抗粮"，一曰"包完"，一曰"捵交丑米"。赋额既重，民间拖欠，势所必有，然大约只系零星小户及贫苦之家，其坟墓、住居皆须照例输纳，又有因灾缓征，新旧并积，因而拖欠者，是诚有之；至如其家或有数十万亩之产，既自食其田之所入，而竟置官赋于不问，实为事之所绝无。

所谓"就斛面浮收"者，在将应纳之米量数时，略微多倒，使其浮出斛面，然后用木棍刮平，则浮出之米落于斛外，即为"好处"。若此浮收，如俗语之所谓"揩油"，究属有限。

以后公然讲斤头，每石耗损数升，已非小数，乃至以五折、六折计算，即每石米只算五斗或六斗，则粮户负担几于加倍，诚属骇人听闻。

"官吏所以制民之术"一语，谓官吏诬指不甘受欺的百姓，无非三项"罪名"：一抗粮，二包完，三捱交丑米。"捱"为浙江土语，与"嬲"字同。以下解释所谓"抗粮"的真相：

> 今之所谓抗粮者，如业户应完百石，彼既如数运仓，并外多赍一二十石，以备折收。书吏等先以"淋尖""踢脚"洒散，多方糜耗，是其数已不敷，再以折扣计算，如准作七折，便须再加三四十石。业户心既不甘，必至争执，不肯再交；亦有因书吏刁赖，复将原米运回者。州县即以前二项指为抗欠，此其由也。

按："踢脚"或称"踢斛"。量米时倾囊而淋，至满斛而中间成尖形方始罢手，此称"淋尖"。淋时米多漏出斛外，为一层糜耗；然后起脚使劲踢斛，米粒受震压实，尖端洒散斛外，又是一层糜耗。

百石之米，至此成九十石，再打七折，则百石之米，只算作六十三石，须补三四十石。如争执不下，业主将原米运回，虚糜以外，更耗来回运费，而欠粮不能不缴，实为多此一举，故大多忍气吞声，接受勒索。至忍无可忍时，即有"闹漕"之事发生。

以下言包完及捱交：

包完之名，谓寡弱之户，其力不能与官抗，则转结交有力者代为输纳，可以不至吃亏。然官吏果甚公平，此等业户又何用托人代纳？可不烦言而自破者。民间终岁作苦，皆以完粮为一年要事，如运米石进仓，其一家男妇老幼，无不进城守待，一遇阴雨湿露，犹将百计保护，恐米色受伤；如官吏刻期斛收，即归家酬神祭先，以为今岁可以安乐过去，故谓其特以丑米�交，殆非人情。

惟年岁有不齐，则米色不能画一，亦间有之耳。然官吏非执此三者，则不能制人，故生监则详请暂革，齐民则辄先拘禁，待其如数补交，然后以悔悟请释，竟成一定不移之办法。

"生监"指生员及监生，向归学官管教。如生监有不法情事，可行文学官，暂革其生监资格，俟补完后，方许开复。

以下论州县的苦衷：

臣自去岁至苏，金坛、吴江等县，已酿成事端；其它将就了结者，殆尚不乏。不知踊跃输将者，实皆良民而非莠民。此民不能上达之实情也。然在州县，亦有不能不如此者。近来诸物昂贵，所得廉俸、公项，即能支领，断不敷用，州县自开仓至兑运日止，其修整仓廒、芦席、竹木板片、绳索、油烛百需；及幕友、家人、书役出纳、巡防，一应修馆工食，费已不赀；加以运丁需索津贴，日甚一日。

　　至其署中公用，自延请幕友而外，无论大小公事，一到面前，即须出钱料理；又如办一徒罪之犯，自初详至结案，须费至百数十金，案愈大则费愈多；复有递解人犯，运送饷鞘，事事皆须费用。若将借用民力，概行禁止，谨厚者奉身而退；其贪恋者，非向词讼事件生发不可，而吏治更不可问矣！

　　伊等熟思，他弊一破，获咎愈重，不如浮收尚为上下皆知，故甘受民怨而不恤。虽地方有肥瘠，才具有能否，其借此以肥身家者，亦不能谓其必无，要之不得已而为此，盖亦不少。

　　臣见近日言事者，动称不肖州县；窃思州县亦人耳，何至一行作吏，便至行同苟贱？此又州县不能上达之实情也。

　　如上所叙，所谓"风尘俗吏"，亦真有无限苦楚。首言钱粮开征，有各种必要的支出；次言州县官有许多额外开支，所言"大小公事"，即为"办差"，大至庆典进贡、钦差莅境，小至京官持八行书打秋风等，都算公事。

　　至于"办一徒罪之犯，自初详至结案，须费至百数十金"，此言臬司衙门的需索，其时司法风气之败坏可知；若在乾隆以上各朝，倘见此奏，必然彻查各省刑名，即在嘉庆朝亦不致默尔以息，唯有道光年间视此为当然之事。

州县受掊克之名，而运丁阴受其益，故每言及运丁无不切齿。然其中亦有不能不然者。运船终岁行走，日用必较家居倍增。从前运道深通，督漕诸臣只求重运如期到通，一切并不苛察。

各丁于开运时多带南物，至通售卖，复易北货，沿途销售；即水手人等携带梨枣蔬菜之类，亦为归帮时糊口之需。

乾隆五十年后，黄河屡经倒灌，未免运道受害，于是漕臣等虑其船重难行，不能不严禁多带货物。

此处明白指出，"乾隆五十年后，黄河屡经倒灌"，此为河务发生严重问题的表征。又首引文中有"乾隆三十年以前，并无浮收之事"之语，可知乾隆三十年至五十年（1765—1785），国事大坏，而六次南巡、十大武功的大部分，发生在这二十年中，亦为当时所艳称的"全盛之日"。盛极何以必衰？实由人事，非关天意。高宗中年以后的骄恣及宠用和珅，足以说明一切。

又如从前商力充裕，军船回空过淮时，往往私带盐斤，众意以每年不过一次，不甚穷搜；近因商力亦竭，未免算及琐屑，而各丁之出息尽矣。丁力既困，加以运道之浅，反增添夫拨浅之费，且所过紧要闸坝，牵挽动需数百人。使用稍省，船即虑其受伤。道路既长，期限复迫，此项巨费非出之州县，更无所出。此又运丁不能上达之实情也。

此言运丁的苦衷，殊为透彻。漕船回空所带的私盐，名为"漕私"；漕帮与盐枭有密切的关系，即由"漕私"而来。

数年前因津贴日增，于是定例每船只给银三百两。然运丁实不济用，则重船断不能开；重船迟久不开，则州县必获重庆，故乃不免私自增给，是所谓三百两者，乃虚名耳。

顷又以浮收过甚，严禁收漕不得过八折，然州县入不敷出，则强者不敢与较，弱者仍肆朘削，是所谓八折者，亦虚名耳。然民间执词抗官，官必设法箝制，而事端因此滋生，皆出于民心之所不服。

若将此不靖之民，尽法惩处，则既困浮收，复陷法网，人心恐愈不平；若一味姑容隐忍，则小民开犯上之端，将致不必收漕而亦目无官长，其于纪纲法度所关，实为匪细。

此言不可明定八折收漕，因为虽有两个折扣的陋规，仍恐不敷支出，势必额外浮收，但既奉明文，八折收漕，百姓便能"执词抗官"，此时就发生州县官威信遭受严重考验的危机了，如果要维持威信，"设法箝制"，则民愈不服；倘或自知理亏，"姑容隐忍"，则"小民开犯上之端"。倒不如不明定折扣，保持弹性为妙。

现在回到读者陈君的问题上来。浮收之与漕务的关系，已如姚文田的详细分析，而实际上是漕务导致了浮收，其因果关系是官方所付运丁的公价不敷实际需要，只好勒索州县另给津贴，否则即以停兑为要挟。

停兑则仓廒积米，业户有粮不能缴纳，势必"闹漕"，所以州县非接受其勒索不可，故浮收亦不可免；州县官之贪墨与否，不在浮收之多寡，在于是否量出为入。因为途程有远近，运道有夷险，人心亦不齐，所以运丁要求的津贴，并无定数。

此为漕务与州县浮收的一重因果；而漕务与河务又别有一重因果：如果河道深通，货既载得多，拉纤的人力又省，沿途又没有什么耽搁，运丁一方面省了开销，另一方面可以多贩南北货，入息增加，对州县的勒索亦就有限。由此可见基本的因果关系是河工出了问题，才造成浮收；河工的问题愈大，浮收便愈重。

亦由此可知，圣祖之治河，即所以治国。历史以民生为重心，而民生以交通为重心，此为历历不爽的法则。

高宗蒙父祖之厚荫，乾隆之初，物阜民丰；但中叶以后，尽情挥霍，不能更进一步防止河患，保持运河的良好状态，坐视贪官污吏明侵暗蚀，致使河工大坏，实可视之为爱新觉罗氏的败家子。

漕、河两大事，在道光年间，虽经多方努力，成效始终不彰，最大的症结是牵涉的范围过广，非二三贤能督抚得收全功。另一大事盐务的改革，则颇有成就，此为陶澍之功，且先言其人。

《清史稿》本传：

> 陶澍，字云汀，湖南安化人，嘉庆七年进士，选庶吉士，授编修，迁御史、给事中。疏劾吏部重签、河工冒滥及外省吏治积弊。巡中城，决滞狱八百有奇。巡南漕、革陋规，请濬京口运河。二十四年，出为川东道。日坐堂皇，剖决狱讼如流。请减盐价，私绝课增。总督蒋攸铦荐其治行为四川第一。历山西按察使、安徽布政使。
>
> 道光三年，就擢巡抚。安徽库款，五次清查，未得要领，澍自为藩司时，钩核档案，分别应劾、应偿、应豁，于是三十余年之纠葛，豁然一清。

按：嘉道年间吏治之坏，不独外省，尤在六部，如"重签"即为吏部书办舞文玩法最大的"杰作"。方法是遇到分发掣签时，候选者故意不到，事后申请补掣。照常理而言，既然后到，则候补次序，应在先掣者之后，譬如县官分发，浙江已有二十二人，则补掣者掣到浙江，在次序上为第二十三。而吏部书办受贿后，不是如此算法，称之为"重一签"，即在原第一签后，插入"重签"，则"重一签"而变为第二签，原第二签变成第三签，易言之，每一签皆有正有副，形成重叠的情况。如果第二次再来一回，则产生了"重二签"，每一签变成一正两副。这谁都知道是不合理的现象，身受其害者，亦曾多次呼吁改革，但无效果，直待陶澍抗疏，而又适逢宣宗初政，锐意求治之际，乃得革除。

时淮盐败坏，商困课绌，岌岌不可终日，澍疏陈积弊，请大删浮费，以为补救。议者多主改法，课归场灶。命尚书王鼎、侍郎宝兴，赴江南查议。

澍谓除弊即以兴利，无事轻改旧制，偕鼎等合疏，胪陈利害，条上十五事。鼎等复请裁盐政，归总督管理，报可。

澍受事，缴还盐政养廉五千两，裁减衙门陋规十六万两有奇。凡淮南之窝价、淮北之坝杠、两淮之岸费，分别减除，岁计数百万两。分设内外二库，正款贮内库、杂项贮外库，杜绝挪垫。革总商以除把持，散轮规以免淹滞。

禁粮船回空带芦盐及商船借官行私，令行禁止，弊肃风清。淮北犹疲累，先借款官督商运，继仿山东、浙江票引兼行之法，于海州所属中正、板浦、临兴三场，择要隘设局，给票注明斤数运地，无票越境以私论。

淮盐改制，分为两部分，如上所述，主要的是论淮北改行"票盐"。淮北的积弊在"坝杠",盐自滨海盐场运出后,要经五个坝,每一过坝,即须过秤改包,未改以前称一次,改后又称一次,故称为"五坝十杠",杠者竹杠,抬盐所用,因以"杠"字作为过秤的代名词。

在"五坝十杠"的过程中,层层勒索,每引盐须费至十余两银子,始能改捆大包,运往指定行销的地点(称之为"岸")。

陶澍改行票盐之法,所用之票,即后世纳税通行的凭证三联单,注明数量、运销地点、限期,票不离盐,否则以私盐论。

"五坝十杠"的陋规不复存在,陶澍指定一条捷径,即由《儿女英雄传》中安学海忤官罢职所在地的王家营子渡河,盐不需改包,既免杂质掺混,又免无谓消耗,盐色莹白,斤两准足,每包一百斤,运至行销地损耗极微。其成效如孟心史在《清代史》中所言:

> 盐船衔尾到岸,未及四月,请运已逾三十万引,无改捆之掺杂,盐质纯净,而本轻价贱,私贩无利,改领票盐乃有利,私贩皆贩官(盐)矣。非特完课有赢无绌,兼疏场河,捐义厂,修考院,本为盐引附纳之项,以畅销收旺,百废俱兴。盖以轻课敌私,以畅销益额,故一纲行两纲之盐,即一纲行两纲之课也。

纲为每年销盐多少的一种重量单位的名称。食盐的消耗，有一定的数量，所以会发生滞销的情况，即因私盐猖獗之故；私盐绝迹，官盐畅销，不特本年的纲数足额，且可补运旧欠之数，此即所谓"一纲行两纲之盐"，亦收两纲的官课。

至于淮南盐务的改革，则重在裁浮费。孟心史撮叙其概略云：

> 淮盐自正课外，场商有费，谓之"公费"；岸商有费，谓之"匣费"。公费旧定七十万两外，总商复浮用数十万两，（陶澍）存留普济、育婴、书院、义学等项，而裁其御书楼、务本堂、孝廉堂等处挂名董事岁支二十余万两。
>
> 又各衙门公费，及盐政、运司书役薪工纸饭，并乏商月折等项，岁须银八十余万两，则加删除。于本身所管盐政衙门即裁十六万余两。扬州每年正开支三十万；匣费则湖广汉岸，每引征至一两二钱，已有百余万两。乃奏定公费、匣费两共每引正征四钱，永不增；各费共减银百十余万两。

这段引文中关于盐商的种类，应做解释如下：

一、扬商指扬州的盐商，他们拥有运销官盐的特权，但也同样有运销官盐的义务，即每年应行销多少引，俾使国家正课得有保障。私盐猖獗、官盐滞销，他们的利益一样受到影响，但可从陋规中获得弥补。陶澍扑灭私盐是他们所拥护的，而裁减浮费，便严重地损害到他们的利益了。

二、总商者，扬州盐商中的领袖，共有八家。盐商的同业公会名为"盐公堂"，由八大总商把持。

盐政有所兴革，先须取得八大总商的支持；公费中一切支出，亦由八大总商决定，故能假公济私，浮开公费。陶澍规定作为养老院的普济堂，以及育婴堂、书院、义学等，在盐公堂公费中保留，至如某一因缘，设一机构，安置私人为挂名董事的御书楼等，则均裁去。

三、乏商者则因某种特殊原因，如盐引中指定行销的口岸归并邻县，以致徒拥虚名，实际上已非盐商，但仍由公费中支给相当数目的"救济金"，按月凭折支取，此即所谓"月折"。

四、岸商指行销口岸获有承销盐斤专利权的商人而言。

又所谓"于本身所管盐政衙门"云云，以当时由王鼎等奏定，裁撤盐政专职，由两江总督兼管，即由陶澍兼管，故云"本身"。

此外又有"纲商"，其历史可追溯至明朝。孟心史又叙：

> 至纲商并不自运，沿至前明，即得国家特许，谓之"窝家"，亦名"根窝"。其运盐之商，先自有窝之家买单，然后赴场纳课。以一纸虚根，先正课而享厚利，至商本加重，昂价病民。
>
> 但既未革纲商之名，定为每纲每引给一钱二分，亦

省费百四十余两。领运旧例，名目过多，至运司衙门书吏多至十九房；商人办运请引，文书辗转至十一次，盐务大小衙门，节节稽查，为需索陋规之具，交通司查明删并。

陶澍的大力改革，直接受影响的是无数倚附盐官、盐商的寄生虫。他们平时坐领干薪，游手好闲，一旦生计断绝，自然大起恐慌，因而用种种手段，阻挠其事。

言官亦纷纷陈奏，甚至捏词攻击陶澍，幸而宣宗对陶澍经过多次考验，信任其专，不为浮言所动，陶澍始得坚持到底，终于收功。估计十年之间，增收盐课达两千余万两。《金壶浪墨》卷一"盐商"一条，为当时盐务改革实录之一：

> 纲盐之利，不在官，不在民；商人占其利而不能保其利，则幕宾、门客等众人分之。船户埠行往往不领脚价，转贿商宅仆役，图谋装载，下至婢姬亦有馈赠，挟私巨而得利宏也。
>
> 船抵汉口，排列水次，次第销售，谓之"整轮"；或将待轮之盐，先期窃卖，俟轮到买私填补，谓之"过笼蒸糕"。及盐已卖尽，无力补买，则捏场"淹销"，暮夜凿沉其船以灭迹，谓之"放生"。
>
> 陶云汀宫保深知其弊，创立票盐法，凡富民挟赀赴所司领票，不论何省之人，亦不限数之多寡，皆得由场

灶计引授盐，仍按引地销行，而群商大困，怨陶公入于
肺腑，编为叶子戏，貌其家属。又一人以双斧砍桃树，
妄立名目，以肆诋谟。宫保据实陈奏，不避劳怨，毅然
行之，而盐务为之一变。吾郡西北五里曰河下，为淮北
商人所萃，高堂曲榭，第宅连云，墙壁垒石为基，煮米
屑磁为汁，以为子孙百世业也；城北水木清华，故多寺
观，诸商筑石路数百丈，遍凿莲花。出则仆从如烟，骏
马飞舆，互相矜尚。其黠者颇与名人文士相结纳，借以
假借声誉，居然为风雅中人，一时宾客之豪，管弦之
盛，谈者目为小扬州。改票后，不及十年，高台倾，曲
池平，子孙流落，有不忍言者。旧日繁华，剩有寒菜一
畦、垂杨几树而已。

"桃树"为陶澍的谐音，双斧伐桃，诅咒其速死，怨毒
可想。

所谓"子孙流落，有不忍言者"，曾见他书记载，谓昔
日锦衣玉食的富家之女，有沦落为暗娼者。

扬州的风俗，如郑桥诗："千家养女先教曲，十里栽花
算种田。"不事生产则一日无所倚附，下场必惨；此为陶澍
所始料不及而实亦无可如何者。

陶澍的作为与成就，恢复了汉人高级知识分子平章国
事、舍我其谁的信心，也唤起了他们以天下为己任的责任感，
这一点是世运转移的绝大关键。同时陶澍的知人之明，亦远

过于庙堂大老，他所识拔的两个亲戚，后来都成为中兴名臣。推原论始，不能不说重用陶澍，是宣宗在位三十年中，很少的做对了的一件事。

他的两个亲戚：一是儿女亲家左宗棠，一是女婿胡林翼。左宗棠以"春殿语从容，廿载家山，印心石在；大江流日夜，八州子弟，翘首公归"一联，受知于陶澍。结成儿女亲家，出于陶澍的主动。

《清朝野史大观》有一则云：

> 左文襄下第南旋，至江南谒陶文毅，意欲稍得川资，即归里读书也。文毅一见，即留住署中，日使幕友亲故与相谈论。居十余日，左欲归，陶仍使客挽留。又数日，陶忽出见曰："汝言论志趣，我数日来已尽知，将来名位必远在老夫之上。闻君当行，谨备若干金，聊助君膏火资也。"左唯唯不敢当。
>
> 陶公复云："吾有一子，欲与贤女婚对，当恳见许。"左亟辞，且言年齿、门第、名位皆远逊，何敢仰附茑萝？陶公曰："不然。若论年齿，但须渠夫妇年相若可矣，不须论亲家年齿也。君若论门第，此系贤女嫁至吾家，无忧不适。至于名位，君他日必远胜我，何忧为？"竟结婚而别。

按：陶澍仅一子，名桄，其时尚幼；陶澍愿与左宗棠联姻，实有托孤之意。左宗棠之女亦幼，且未见过，而称之为"贤女"者，因为左宗棠的周夫人极贤惠。周家甚富，左以寒士为赘婿，住在妻家，自然饱受白眼，左的脾气又大，越发格格不入，多亏周夫人委屈绸缪，左得安心读书。

有母如此，其女可知，所以陶澍愿为子求婚。后来陶澍殁于江督任上，左宗棠住陶澍原籍数年，为之经纪家事，并为婿课读，不负陶澍所望。

胡林翼是道光十六年（1836）的翰林，散馆授职编修，请假赴江宁，在岳父幕府中，有一段轶事可记，亦见《清朝野史大观》：

> 陶文毅督两江，严禁僚属冶游。时胡润之亦在文毅幕中，僚属之冶游者，皆借润之为名，而文毅则独责诸僚幕而不责润之也。曰："润之他日为国勤劳，将无暇暑以行乐，今之所为，盖预偿其后之劳也。"

细察陶澍的用心，是希望胡林翼做他的传人。所谓"为国勤劳"，自然不曾想到是为平洪杨；但以一翰林且好冶游时，断定其"为国勤劳，将无暇暑以行乐"，后来果如所言，这种识人的功夫，殊不多见。

陶澍殁于道光十九年（1839）六月，三月间即因病开缺，继任者本为林则徐，以奉旨赴广东查办鸦片案，改由陈銮署理。

内忧外患中，道光憔悴而终

陈銮为陶澍的表弟，字芝楣，湖北江夏人，嘉庆二十五年（1820）庚辰两榜出身。此科状元陈继昌三元及第，榜眼为先伯高祖滇生先生，探花即陈銮。

陈銮于是年底殁于任上，继之者为伊里布、裕谦、牛鉴、耆英、璧昌、李星沅、陆建瀛。裕谦，蒙古人，英军陷定海时殉难；牛鉴，甘肃人，以循吏而处危疆，兵败革职；伊里布"有忍辱负重之心，无安危定倾之略"；余子更不足数，耆英尤为恶劣。以两江重地，竟乏可当方面之人，人才寥落，而贤者如林则徐、邓廷桢又先后获罪，道光末年，境况实在可怜。宣宗终于在内忧外患之中，憔悴以终。

遗诏历数忧患云：

自御极至今，凡披览章奏，引对臣工，旰食宵衣，三十年如一日，不敢自暇自逸，并躬行节俭，为天下先；嗣位之初，即颁手谕，首戒声色货利，一切游观玩好，稍涉侈靡之事，禁绝勿为，此薄海臣民所共见。

溯自西陲小蠢，出师挞伐，旋致敉平，何敢自矜武略？迨后东南濒海之区，因贸易而启纷争，朕惟古之君子，爱人为大，何忍无辜赤子惨罹锋镝，是用捐小忿成大信，绥疆柔远，于今十载，卒使毒焰自消，民夷各安生理，此朕孳孳爱民之隐衷，至今日而庶堪共谅者也。

至水旱成灾，朕窃自愧，致累吾民，昕夕忧劳，不惜特发帑金，拯民疾苦，凡疆臣请蠲请赈，无不立沛恩施，从未屯膏靳泽、己饥己溺之怀，亦中外所共见。侍奉皇太后已及卅年，娱志承欢，敬谨罔懈，慎终尽礼，差免愆尤。

朕体气素强，自上年春夏之交偶尔违和，加意调摄，总未复元；去腊还宫后，痛遭大行皇太后大事，擗踊摧伤，渐形亏弱；迩来气益上逆，病势日臻，追维在位历三十年，寿登六十有九，亦复何憾！

宣宗崩于道光三十年（1850）正月十四日，得病已数月，但仍每日召见臣工，批答章奏，劳心劳力，终于不起。宋、明、清各有一帝死于国事，宋则神宗，明则思宗，清则宣宗；论御下之道，宣宗不及宋神宗，而犹胜于明思宗，故不致为亡国之君。

第十章

文宗——咸丰皇帝

杜受田助咸丰得位

文宗名奕詝，宣宗第三子，二兄皆早夭，所以文宗居长，道光十一年（1831）六月初九日生，即位时未满二十岁。相传宣宗最钟爱者，为皇六子奕䜣；文宗得位得力于师傅杜受田。如谓世宗继统出于豪夺，则文宗得位可谓之巧取。《春冰室野乘》记其始末云：

> 一内务府老司官旗人某君，年七十余矣，通籍道光末，历事四朝，内廷故事綦熟，尝为述道咸间遗事，多人间所不得知者。云，宣庙晚年，最钟爱恭忠亲王，欲以大业付之，金合缄名时，几书恭王名者数矣，以文宗贤且居长，故逡巡未决。

> 滨州时在上书房行走，适授文宗读，微窥上意所在，欲拥戴文宗，以建非常之勋。一日，上命诸皇子校猎南苑。故事：皇子方读书者，奉命外出，临行时必诣师傅处请假，所以尊师也。是日，文宗至上书房，左右适无人，惟滨州一人独坐斋中，文宗入，行礼毕（皇子见师傅皆长揖），问将何往，以奉命校猎对，滨州乃耳语曰："阿哥至围场中，但坐观他人驰射，万勿发一枪一矢，并当约束从人，不得捕一生物。复命时，上若问

及，但对以时方春和，鸟兽孕育，不忍伤生命，以干天和；且不欲以弓马一日之长，与诸弟竞争也。阿哥第以此对，必能上契圣心。此一生荣枯关头，当切记勿忽也。"文宗既至围所，如所嘱行之。

是日，恭王所得禽兽最多，方顾盼自喜，见文宗默坐，从者悉垂手侍立，怪之，问其故，文宗曰："吾无他，但今日适不快，弗敢驰逐耳。"日暮归，复命，文宗独无所献；上询之，具如滨州所教以对。上大喜曰："是真有君人之度矣。"立储之议遂决。

按：杜受田，字锡山，山东滨州人，前任礼部侍郎杜堮之子，道光三年（1823）会元。两子一名杜翮，一名杜翰，亦均为翰林。

前引记载，绝对可信，证据是文宗接位，首沛恩施，即及杜家，如《东华录》道光三十年（1850）二、三月间所载：

二月己卯（十六）赏工部尚书杜受田太子太傅衔。其父前任礼部侍郎堮，御书匾额曰"达尊锡类"。

二月丁亥（廿四）以詹事府詹事杜翮为内阁学士，兼礼部侍郎衔。

三月庚子（初八）以工部尚书杜受田兼署吏部尚书。

同时以杜受田为中心，组织"班底"，准备从穆彰阿手上接收军机。在赏杜受田官衔的同时，以蔡念慈、冯培元、何彤云在南书房行走。

蔡、冯皆杭州人，蔡为道光二十一年（1841）会元，而杜受田为是科会试总裁，蔡为其得意门生。冯为道光二十四年（1844）探花，与杜翰同榜。何彤云云南人，亦为此科翰林。

按：南书房翰林，原为文学侍从之臣，但亦可撰拟制诰，发挥军机大臣或章京的作用。文宗以与杜家父子有关系的人，安置在南书房，显有不必经由穆彰阿而亦可发号施令的用意在内。

穆彰阿终于垮了

政局的变动，始于是年夏天，首先是"穆门十子"之首的陈孚恩，于五月间告终养，开去军机大臣刑部尚书的差缺。杜受田调刑部，不久升协办；孙瑞珍由礼尚调工部，旋调户部——孙瑞珍为杜受田的同年。

到了十月里，穆彰阿终于垮了；特颁朱谕，昭示罪状：

> 任贤去邪，诚人君之首务也。去邪不断，则任贤不专。方今天下因循废堕，可谓极矣！吏治日坏，人心日浇，是朕之过；然献替可否，匡朕不逮，则二三大臣之

职也。穆彰阿身任大学士，受累朝知遇之恩，不思其难其慎，同德同心，乃保位贪荣，妨贤病国；小忠小信，阴柔以售其奸；伪学伪才，揣摩以逢主意。

从前夷务之兴，穆彰阿倾排异己，深堪痛恨，如达洪阿、姚莹之尽忠尽力，有碍于己，必欲陷之；耆英之无耻丧良，同恶相济，尽力全之。似此之固宠窃权者，不可枚举，我皇考大公至正，惟知以诚心待人，穆彰阿得以肆行无忌；若使圣明早烛其奸，则必立法寘重典，断不姑容。

穆彰阿恃恩益纵，始终不悛，自本年正月，朕亲政之初，遇事模棱，缄口不言；迨数月后，则渐施其伎俩，如英夷船至天津，伊犹欲引耆英为腹心，以遂其谋，欲使天下群黎复遭荼毒，其心阴险，实不可问！

潘世恩等保林则徐，则伊屡言林则徐柔弱病躯，不堪录用；及朕派林则徐驰往粤西，剿办土匪，穆彰阿又屡言林则徐未知能去否。伪言荧惑，使朕不知外事，其罪实在于此。

此谕无异于宣宗的"罪己诏"，所谓"吏治日坏，人心日浇，是朕之过"，文宗接位不足十月，何咎可任？自然是先朝三十年之过。所谓"我皇考大公至正"云云，明明道出宣宗不能"早烛其奸"。

当然，文宗绝无菲薄其父之意，只是谴责不重，不足以去三朝老臣，历数前非，则不能不提先朝，措辞实有不得已的苦衷。

接下来是痛责耆英：

> 至若耆英之自外生成，畏葸无能，殊堪诧异。伊前在广东时，惟抑民以奉外，罔顾国家，如"进城"之说，非明验乎？上乖天道，下逆人情，几至变生不测；赖我皇考洞悉其伪，速令来京，然不即予罢斥，亦必有待也。今年耆英于召对时，数言及英夷如何可畏，如何必应事周旋，欺朕不知其奸，欲常保禄位，是其丧尽天良，愈辩愈彰，直同狂吠，尤不足惜。

按：耆英为禄康之子，宗室，故首言"自外生成"。所谓"进城"之说者，道光二十七年（1847），英国要求其侨民准入广州城，态度强硬，耆英迫不得已，订两年后入城之约，作为搪塞之计。至期知此事必起纠纷，于二十八年（1848）奏请述职，趁机活动留京，巧为规避。广东由巡抚徐广缙署总督、藩司叶名琛署巡抚。至二十九年（1849）春，英国要求践约，果然闹出轩然大波。此为耆英"抑民以奉外"的"明验"。

罪状甚重，处分不至于死，穆彰阿"革职永不叙用"，声明是念他"三朝旧臣，一旦置之重法，朕心实有未忍"。耆英"降为五品顶戴，以六部员外郎候补"。

文宗于朱谕中谓："穆彰阿暗而难知；耆英显而易见。"
而据王壬秋日记，耆英实为险人，其后复起，而于英法联军
之役，终因玩弄手腕，为文宗赐令自尽。穆彰阿虽有四子，
而后裔不振，相传同光年间以票友下海的名小生德君如，为
穆彰阿的孙子，与程砚秋（英和之后）同为旗人贵族式微后
所出的名人。

上下粉饰致太平军酿成大患

文宗知人之明，胜于其父，但早年信任旗人的观念犹牢
不可破；及至赛尚阿、讷尔经额偾事，方知旗人不可恃。

《清史稿》列传一百七十九论曰：

> 清沿故事，有大军事，辄以满洲重臣督师。乾、嘉
> 时，如阿桂、福康安、勒保、额勒登保等，皆胸有韬
> 略，功在旂常。道光以来，惟长龄平定回疆，差堪继
> 武。其后禧恩之征徭，奕山、奕经之防海，或以骄侈召
> 谤，或以轻率偾事。

> 至洪杨初起，李星沅不胜任，易以赛尚阿，驭将无
> 力，遂致敌不可制。讷尔经额庸懦同之，畿甸震惊，自
> 是朝廷始知其弊。惟僧格林沁犹以勋望膺其任，不复轻
> 以中枢阁部出任师干。即有时亲藩遥领，亦居其名，不

行其实。盖人材时会使然，固不可与初入关时并论也。

所谓"清沿故事"，是沿明朝大学士督师的故事。赛尚阿咸丰元年（1851）大拜，是清朝最后一个专征伐的"中枢阁部"，此后曾国藩、官文、李鸿章、左宗棠以大学士督师，皆为因功升任，与赛尚阿不同。

同时，赛尚阿亦为自国库支领巨额军费的最后一人。清初自康熙用兵三藩开始，军费皆由国库支拨。最初，统帅且不必负后勤方面的责任，朝廷特简大员，专办粮台。及至乾隆"十大武功"，嘉庆川楚教匪，道光内忧外患迭起，连年用兵，库藏因而竭蹶，最后一笔二百万两，给了赛尚阿，复又赐高宗诛讷亲的"遏必隆刀"，但赛尚阿兵败，并未授首于"遏必隆刀"下。

太平军之酿成大患，实由上下粉饰，报喜不报忧，积渐而成。洪秀全的"上帝会"，与白莲教在本质上并无不同，只是后者杂出于释道，前者倚附耶稣而已。我最反对有些史学家，将太平军起事，比拟为民族革命。由于宣宗暗弱不明，当时吏治不修、民生凋敝，此为事实，但与种族无关。

要求改革，固为正办；起兵造反，亦为不可，但须提出政治主张："你这样做不好，我要这样做才是救国救民；等我来！"试问太平天国那套愚民的花样，岂得谓之为政治主张？百姓尚在水深火热之中，而洪秀全亟亟于窃号称王；内部争权夺利，自相残杀，这又是什么种族革命？

总之太平军之荼毒东南，为一连串错误造成的浩劫。第一个错误，也是最大的错误，即在有意隐饰。洪秀全、冯云山于道光十六年（1836）即已在广西山区传教，地方大吏如懔于川桂教匪的教训，早为曲突徙薪之计，又何至于有"红羊劫谶"？

孟心史《清代史》记云：

> 道光之季，两广群盗如毛，广西尤遍地皆匪。洪秀全与杨秀清创保良攻匪会，公然练兵筹饷，招收徒众。
>
> 官捕之，搜捕之，搜获入教名册十七本，巡抚郑祖琛不能决，释秀全出狱。秀清率众迎归，招集亡命，贵县秦日纲、林凤祥，揭阳海盗罗大纲，衡山洪大全皆来附，阴受部署者至万人。以岁值丁未，应红羊劫谶。丁未为二十七年，后三年始以起事称。（高阳按：未为羊，丁则南方丙丁火，火色红，故称"红羊"；谐音则为"洪杨"，示"天命有归"。）

这是相当严重的情况，而广西巡抚郑祖琛入告时，只称"会匪"，且亦无洪秀全的姓名；至道光三十年（1850）六月，洪秀全金田起事时犹然。及至纸包不住火，经广西提督向荣催促，方始驰奏，已将成燎原之势。

文宗最初的处置是正确的，以云贵总督林则徐为钦差大臣，驰赴广西督剿。林则徐于道光二十五年（1845）复起，授陕甘总督，二十七年（1847）三月移云贵，所至平乱有功，可惜此番"出师未捷身先死",印鸾章辑《清鉴》记云：

> 则徐起用后，历任陕甘及云贵总督，政声卓著。未
> 几以病罢归，及广西事起，复诏起则徐为钦差大臣，驰
> 往督剿。则徐故尝督粤，感惠著闻，中外想望丰采，既
> 奉诏，力疾出山。
>
> 秀全士卒，闻则徐至，散亡大半，有谋遁走入海
> 者。而则徐卧舆兼程，日行百余里。从者劝节劳暂息，
> 则徐曰："二百里冰天雪窖，执戟荷戈，未尝言苦，此
> 时反惮劳乎？"仍星驰不止。行次潮州之普宁县，疾
> 甚，卒于广宁行馆，年六十有六。噩耗至京，帝大震
> 悼，赐谥文忠。随命两江总督李星沅为钦差大臣，驰代
> 则徐；以周天爵为广西巡抚。自则徐死，而洪杨之变，
> 遂不可遏抑矣。

文宗知人之明，远过其父，而又信任肃顺，故林则徐如
不死，膺专阃之寄，可无虞掣肘，必能畅行其志，洪杨不足
为患。林则徐之死，唯有归于气数而已。

肃顺重汉轻满，推服楚贤

现在要谈咸丰朝最有关系的一个人：肃顺。宣宗大渐

时，受顾命者为"宗人府宗令载铨，御前大臣载垣、端华、僧格林沁，军机大臣穆彰阿、陈孚恩、赛尚阿、何汝霖、季芝昌，总管内务府的大臣文庆"。载铨为高宗长子永璜的曾孙，袭定郡王；载垣为怡亲王；端华为郑亲王；肃顺为端华之弟。

《清史稿》本传：

> 宗室肃顺，字雨亭，郑亲王乌尔恭阿第六子也。道光中，考封三等辅国将军……文宗即位，擢内阁学士，兼副都统、护军统领、銮仪使。以其敢任事，渐乡用。咸丰四年，授御前侍卫，迁工部侍郎，历礼部、户部。七年，擢左都御史、理藩院尚书，兼都统。
>
> 时寇乱方炽，外患日深。文宗忧勤，要政多下廷议，肃顺恃恩眷，其兄郑亲王端华及怡亲王载垣，相为附和，挤排异己，廷臣咸侧目。
>
> 八年，调礼部尚书，仍管理藩院事，又调户部。会英法联军犯天津，起前大学士耆英随钦差大臣桂良、花沙纳往议约，耆英不候旨回京，下狱议罪，拟绞监候；肃顺独具疏，请立予正法。上虽斥其言过当，即赐耆英自尽。

肃顺欲置耆英于死，表明了他性格中最突出的一点：看不起旗人，待旗人格外苛刻。

肃顺重汉轻满，雅重文士，于湖南人尤为有缘。"湘中五子"之四——王湘绮[1]、李篁仙[2]、邓弥之[3]、葆之[4]兄弟，皆在"肃门六子"之列。斡旋左宗棠之狱，支持胡林翼，保荐曾国藩，更为卓识伟举。

左宗棠于咸丰初年入湖南巡抚骆秉章幕，凡事专擅，骆秉章拱手受成而已。相传骆秉章一天听辕门发炮，惊问何事，从官答以"左师爷拜折"。向例拜发奏折须鸣炮，骆秉章不知有此事，则是奏稿亦未曾寓目。

因此，左宗棠得了个外号叫"左都御史"。巡抚例挂"右副都御史"衔，左师爷权重于居停，故有此戏称。

咸丰八年（1858）冬天，湖南永州镇总兵樊燮，以"违例乘舆，私役弁兵"为骆秉章所劾，起因据说是不服左宗棠的调遣，传说左还揍了樊燮一个嘴巴。

樊燮走湖广总督官文的门路，为之奏署湖南提督。提督为一省绿营首长，见总督堂参，见巡抚则行宾主礼；樊燮打算借此抗衡骆秉章，而益触左宗棠之怒，再上弹章，革了樊燮的职以外，并以"有侵亏营饷重情，请提省究办"。

樊燮罢官后，回湖北天门原籍，以左宗棠不过一名举人，而视武职大员如厮养，因延名师教子，责以"不中进士，

---

[1]　王闿运，号湘绮。

[2]　李寿蓉，字篁仙。

[3]　邓辅纶，字弥之。

[4]　邓绎，又名辅绎，字葆之。

非我之子"。他的儿子果然不负期望，不但成进士，而且有诗名，此人即樊山老人樊增祥。

这是后话，在当时，樊燮的反击亦颇厉害。薛福成《庸庵笔记》记：

> 左文襄公之在湖南巡抚幕府也，已革永州镇樊燮控之都察院，官文恭公督湖广，复严劾之，廷旨敕下文恭密查，如左宗棠果有不法情事，可即就地正法。肃顺告其幕客湖口高心夔碧湄；心夔告衡阳王闿运纫秋；闿运告翰林院编修郭嵩焘筠仙。郭公固与左公同县，又素佩其经济，倾倒备至，闻之大惊，遣闿运往求救于肃顺。肃顺曰："必俟内外臣有疏保荐，余方能启齿。"
>
> 郭公方与京卿潘公祖荫同值南书房，乃浼[1]潘公疏荐文襄，而胡文忠公上《敬举贤才，力图补救》一疏，亦荐文襄才可大用，有"名满天下，谤亦随之"之语。上果问肃顺曰："方今天下多事，左宗棠果长军旅，自当弃瑕录用。"肃顺奏曰："闻左宗棠在湖南巡抚骆秉章幕中，赞画军谋，迭著成效，骆秉章之功，皆其功也。人才难得，自当爱惜。请再密寄官文，录中外保荐各疏，令其察酌情形办理。"从之。官公知朝廷意要用文襄，遂与僚属别商具奏结案，而文襄竟未对簿。俄而曾文正公

---

[1] 浼（měi），托别人帮忙的客气话。

奏荐，文襄以四品京堂襄办军务，勋望遂日隆焉。

按：左郭两家，儿女姻亲，交情素密。后来郭嵩焘任广东巡抚，而左宗棠为筹饷源，欲夺广东地盘，竟露章[1]严劾郭嵩焘，两人交谊不终，郭嵩焘终身不谅左宗棠。至于潘祖荫，则左宗棠始终敬礼，因荐左疏中，"有天下不能无湖南，湖南不能无宗棠"之语，左视之为知己。

潘好金石，当左西征，开府关中时，有碑石出土，每遣良工精拓，专差赠潘，岁时馈赠不绝。左之待郭与潘，截然相反，此亦英雄行事不可测者之一端。

相传官文劾左，有"一官两印"之语，故上谕中令官文密查，如有不法情事，可就地正法。左宗棠于咸丰九年（1859）腊月二十离湘抚幕，赴湖北对质，樊燮欲得而甘心。次年三月间，左宗棠自襄阳寄郭嵩焘函云：

> 抵襄阳后，毛寄耘观察出示润公密函，言含沙者意犹未懈，网罗四布，足为寒心，盖二百年来所仅见者。杞人之忧，曷其有极？侧身天地，四顾苍茫，不独蜀道险巇、马首靡托已也。
>
> 帝乡既不可到，而悠悠我里，仍畏寻踪。不得已由大别沿江而下，入涤老营暂栖羁羽，求一营官，杀贼自

---

[1] 露章，公开奏章纠举内容，让被弹劾的人知道而服罪。

效。幸而克捷，并受其福；否则免胄冲锋，求吾死所。死于盗贼与死于小人，固有间矣。

函中"毛寄耘"即毛鸿宾；"润公"指胡林翼；"涤老"指曾国藩。樊燮之于左宗棠，此时已成不解之仇，官司虽了，樊燮寻仇不已，左宗棠既不能赴京，也不敢赴京，惶惶如丧家之犬，迫不得已赴曾国藩大营避祸，不意成就后来一番勋业。

如仍在骆秉章幕中，虽迟早将脱颖而出，但军功保荐，即或扶摇直上，亦必十年以后方成督抚；但已错过同治建元，克复苏常，收复西浙，直捣"天京"这场龙腾虎骧的大战役，即或有所作为，不过成一同光间名督抚而已，绝不能封侯拜相，更不能与于中兴名臣之列。是则樊燮之造就左宗棠，与左宗棠之造就樊增祥，其事不同，因果则一。

"肃顺推服楚贤"之尤有关系者，为举荐曾国藩。文宗即位后，曾国藩曾上"敬陈圣德三端"一疏，语过切直，文宗大怒；多亏军机大臣祁寯藻及曾的会试座师季芝昌极力解释，始得无事。及至洪杨事起，曾国藩奉旨办团练，虽物望有归，而资历尚不足以封疆三省，亦由肃顺之荐，始得继何桂清而督两江。

姚永朴《旧闻随笔》，记咸丰十年（1860）四月，曾国藩新命的由来云：

咸丰十年，江南大营再陷，官军悉溃，苏常相继失守，左文襄公闻而叹曰："天下事其有转机乎？"或问其故，文襄曰："大营将塞兵疲，非得此洗荡，何由措手？"又问谁可以善其后，胡文忠曰："朝廷若以东南事付曾公，天下不足平也。"时物望咸属公，独山莫子偲先生方在京，与二三名流议江督非公不可；而其时得君者为尚书肃顺，适湖口高碧湄馆其家，遂往商焉。

高白于肃顺，肃顺然之，翌日下直，径至高馆握手曰："事成矣，何以谢保人？"盖已得谕旨也。肃顺后虽以骄纵败，然此事于大局实不无关系云。

"高碧湄"即高心夔，时为肃顺西席。相传肃顺欲使高中状元，采取很霸道的手段，而终无济于事。

《越缦堂日记》载：

庚申殿试，肃方笔权，张甚，必欲为（高）得状元，询之曰："子书素捷，何时可完？"高曰："申酉间可。"至日，肃属监试王大臣，于五点钟收卷，以工书者必迟，未讫则违例，而高必置第一矣。然高卷竟未完，于是不满卷者至百余人，概置三甲；而仁和钟雨人素不能书，自分必三甲者，竟提状元，说者以为有天道焉。

此书亦见《翁同龢日记》，传旨某时撤卷，至时发出圆形"寿"字，就所止之处加印，虽只少数字，亦不通融。

按：庚申即咸丰十年（1860）。钟雨人名骏声；高心夔二甲十五名，但未入翰林，徐致祥、孙诒经及谭嗣同之父继洵均出于是科。三甲六十六名王庆祺亦入翰林，斩绝大清朝帝系者即此人。

戊午科场案

　　肃顺之跋扈，不仅此事，其最为人侧目者，为掀起戊午科场案，主考官大学士柏葰竟致斩立决。柏为蒙古正蓝旗人，道光六年（1826）进士，奉使朝鲜时，不受馈赠，可知清节。戊午北闱有贿中之事，柏葰亦不过失察，罪不至死，据清人笔记所载，不能不说非肃顺所枉杀。

　　咸丰戊午科场案，为与顺治丁酉科场案可相提并论的大狱，虽由肃顺主持，而暗中策划者实为陈孚恩。

　　陈自文宗即位罢官后，因在江西原籍办团练有功，于咸丰七年（1857）复起，初未补缺，后来大概由于同乡高心夔的引介，得肃顺赏识，署理兵部侍郎；八年九月署礼部尚书；未数日，肃顺调礼尚，陈孚恩调兵部，而仍兼礼尚，乃得插手干预北闱。十月初江南道御史孟传金发难，以"中式举人平龄朱墨不符，物议沸腾，请特行复试"，朱谕："派载垣、端华、全庆、陈孚恩认真查办，不准稍涉回护，并将折内所指各情，传集同考官一并讯办。"

按：柏葰新授大学士，故派两王查办；陈孚恩署礼尚，职司所关，自当参与其事；所可怪者，全庆为兵部尚书，与试务毫无关系，何以亦奉派查办？其中奥妙在陈孚恩亦新调兵部，与全庆同衙门，朝夕相见，便于操纵。

由此可知自陈孚恩于九月初署礼尚开始，即为蓄意掀起大狱的一连串有计划的行动。此案的祸首平龄，为旗下富家子，榜发中式第七名举人；而有人指出，当入闱之时，平龄在某处串戏，是则若无分身法，即根本未曾下场应考。由此推求，审出别样情节：新中式举人罗鸿绎，由兵部主事李鹤龄经手，向同考官浦安买通了关节；而柏葰带入闱中的家人靳祥，则有求柏葰更换朱卷情事。

于是涉案人犯，一齐下狱。柏葰交刑部圈禁，同时又牵连出副考官程庭桂，由程庭桂又牵连出陈孚恩，此真是"现世报"。据清人笔记：

> 未几，察出程庭桂子炳采，收受熊元培、李旦华、王景麟、潘敦俨并潘某代谢森墀关节事，程父子亦入狱。讯程时，程面诘孚恩曰："君子即曾交关节在我手，君知之乎？"孚恩嗒然，次日急具折自行检举，得旨逮孚恩子，孚恩勿庸回避。

陈孚恩骑虎难下，只能办下去。咸丰九年（1859）二月先处置柏葰。文宗召集御前、军机、六部尚书宣谕，前引笔记续叙：

> 己未二月狱成，请先结柏与罗案，帝御便殿，召王
> 大臣入，皆惴惴，尚书麟魁竟至失仪。旨下，柏、浦、
> 罗、李，同日弃市，刑部尚书赵光同肃顺监视行刑。是
> 日柏坐蓝呢后挡车，服花鼠皮褂，戴定梁帽，在半截胡
> 同官厅候旨；浦等三人均坐席棚中，顶大如意头锁，番
> 役数人夹视之。
>
> 肃顺自圆明园内阁直庐登车，大言曰："今日杀
> 人了！"抵菜市口下车，至官厅，与柏携手寒暄数语，
> 出，会同赵公宣旨。

按：刑部所拟处分为斩立决，故柏葰等四人，先解至菜
市口，等候"驾帖"——朝审决囚，刑部具题本，勾决后由
京畿道御史赍赴刑场，交监刑的刑部侍郎，遵旨处决，此题
本称为"驾帖"。

但柏葰这天的情形不同，他在"八议"之列，凡"爵一
品、文武职事官三品以上，散官二品以上"，皆当"议贵"。

会典规定："应议者有罪，实封以闻，取自上裁。"文宗
召集王公大臣，原有按"议贵"例，考虑对柏葰是否减罪之
意，而照一般情况而论，死罪是一定可免的，所以柏葰并不
着急。

哪知肃顺执意欲杀柏葰，而文宗竟无可奈何，此为自圣

祖亲政以后，将近两百年中，从未有过之事。清人笔记中，别有详记者云：

> 行刑之日，各犯官皆赴菜市口，候驾帖一到即行刑。是日柏葰照例冠摘缨冠，衣元色外褂，同赴市口，先向阙谢恩，静候驾帖时谓其子曰："皇上必有恩典，我一下来即赴夕照寺，候部文起解。尔速回家将长途应用之物赶紧送来。"盖向来一二品大员临刑时或有格外恩典，柏意谓非新疆即军台，故言至夕照寺候起解也。
>
> 乃言甫毕，见刑部尚书赵光一路痛哭而至；尚书盖在内廷候驾帖者。柏一见，云："完了！完了！皇上断不肯如此，必肃六从中作祟。我死不足惜，肃六他日亦必同我一样。"云云。刽子手即屈左足半跪，送中堂升天矣。
>
> 闻是日赵光候驾帖时，文宗持朱笔颇迟疑，并云："罪无可逭，情有可原。"肃顺在旁曰："虽属情有可原，究竟罪无可逭。"上意犹未决，肃顺即夺朱笔代书之。赵光一见，即痛哭出宣武门矣。

"夺朱笔代书"，不免言过其实；但当时的气氛令人震栗，数见记载。肃顺败后，柏葰后人请昭雪，以事非全诬，只量予抚恤。至于程庭桂部分，至是年七月十七始颁上谕发落：

上年顺天乡试科场舞弊，经钦派王大臣，审明定拟，于本年二月间降旨，将柏葰等分别惩办，并宣示在廷诸臣，俾咸知朕意。本日据载垣等奏，科场案内审明已革大员，并已革职员等定拟罪名一折，科场为抡才大典，考试官及应试举子，有交通嘱托、贿买关节等弊，问实斩决，定例綦严，不得以曾否取中，分别已成未成。

此案已革工部候补郎中程炳采，于伊父程庭桂入闱后，竟敢公然接收关节条子，交家人胡升转递场内，即系交通嘱托，关节情罪重大，岂能以已中、未中，强为区别？程炳采着照该王大臣等所奏，即行处斩。

已革二品顶戴左副都御史程庭桂，身任考官，于伊子转递关节，并不举发，是其有心蒙蔽，已可概见，虽所收条子未经中式，而交通已成，确有实据，即立予斩决，亦属罪有应得。

惟念伊子程炳采已身罹大辟，情殊可悯，若将伊再置重典，父子概予骈首，朕心实有不忍，程庭桂着加恩发往军台效力赎罪。此系朕法外施仁，并非从死罪递减，亦非因其接收关节，未经中式，姑从末减也。

其致送关节之谢森墀等，本应照科场专条治以死罪，惟与业经正法之罗鸿绎等，尚属有间。工部候补郎中谢森墀，恩贡生报捐国子监，学正学录王景麟，均着革职；熊元培等革去附贡生，与已革候补郎中李旦华，已革候补通判潘敦俨，已革翰林院庶吉士潘祖同，已革刑部候补员外郎陈景彦，已于二月加恩免于死罪，着照所拟，均着发往新疆效力赎罪。……降调湖南布政使潘铎，平日训子无方，着交部议处。

此案处置显然不公者有三点：

第一，交通嘱托，贿买关节，既不论已中、未中，同样定罪，则罗鸿绎已罹大辟，谢森墀等何以可免死？所谓"尚属有间"者何在？

第二，潘祖同为潘世恩的孙子，因代人递送条子，先已革职，此时亦得免死；但兵部主事李鹤龄为罗鸿绎经手关节，情罪相同，何以授首西市？

第三，潘敦俨与陈景彦的罪名相同，均为送条子买关节，而独责此时在山西办团练的潘敦俨之父潘铎"训子无方"；而谓同在京师的陈景彦之父陈孚恩"并不知情"，先就在上谕中规定了责任的范围，岂得谓之为公平？

这一切的不公，都由陈孚恩救子的私心而起。定谳以后，还有个精彩的插曲，《清朝野史大观》记：

　　庭桂出狱，寓彰仪门外华严寺，孚恩来候，一见即伏地哭不起，庭桂曰："无庸，无庸！汝算还好，肯饶我这条老命。"孚恩恧[1]而出。

---

[1]　恧（nǜ），惭愧。

程庭桂还别有伤心之事。原来惹祸的是他的次子，及至东窗事发，程庭桂怕老二年轻说错话，命长子顶名，到案应讯，就此李代桃僵，冤枉送命。

户部钞票案

其时的大狱，除科场案以外，还有钞票案。咸丰初年，军需浩繁，库用支绌，发行钱钞及当千至当十的大钱，形成恶性的通货膨胀。钱钞发行，由户部设立官号五所办理，官号招牌中皆有一"宇"字，因称之为"五宇字官号"，其中弊窦丛生，可想而知。咸丰九年（1859）六月，肃顺派员清查，目标是曾任户部尚书而又以大学士管理户部的翁心存。心存即翁同龢之父，谥文端。

《十朝诗乘》记云：

> 肃顺长户部，创议开烟禁而征其税，翁文端以相国管部，执不可，积成嫌隙。初部设官钱肆，行钞票，日久丛弊，文端择司员掌之，肃顺借除奸商为名，兴大狱，欲以倾文端。
>
> 文宗命怡王载垣按其事，垣厚于肃，逮司员入狱，谋锻炼坐赃，而穷治无所得。时文端已予告，肃顺疏请交刑部，人皆危之，赖上知文端深，仅下部议处。迨同

治初，载垣、端华、肃顺坐法诛，是狱商人马锡禄等株连逮系者，始得省释。

此案又涉及李篁仙。王湘绮《李氏遗诗》序云：

> 户部亟理财，设官银号凡五……官吏因缘亏空，肃尚书治之，设检对处，以篁仙会王郎中正谊办理。银号欠款，当缴银钱，而辇当十钱抵偿，主者不肯收，辇者委堂下径去。
>
> 篁仙日趋公，数数见之，漫问曰："此钱胡为露积庭下？将破坏矣！"吏具言缴款不收故，则曰："不收，可令更将去。"吏辄应曰："诺。"即呼辇者还其故号。及大治亏空，王郎中以徇纵当送狱待讯，尚书赵公思救之，从容曰："下狱太重；即如李主事，亦当下狱耶？"意以肃善李，必可宽也。肃骤见抵，因发怒曰："皆奏交刑部！"而篁仙入狱。

按：当时大钱自当千至当五十，早已不用；当十钱只通行于京城，名为当十，实则当二，只面值的五分之一。官号欠款，以当十钱偿还，自是取巧，故主者不收。"尚书赵公"者，刑部尚书赵光。

此案株连甚众，而官书不见记载，私人笔记亦多语焉不详。《十朝诗乘》收丁颐伯所作《跋壹将军行》一篇，可以想见概况。"跋扈将军"指肃顺，肃于道光朝考封三等辅国将军，故云。诗曰：

> 水衡操利权，年来困军储。金钱日不足，钞币供急需。小吏恣乾没，守藏多染污。勾稽亦有法，清浊终不渝。云何兴诏狱，玉石同焚如？缇骑四方出，逮系相连株。严抄类瓜蔓，密网张秋荼。生者填狴犴，死者嗟无辜。怨声感苍穹，白日精光徂。上帝命祝融，扫荡无孑余。煌煌大农署，创建亦有初。肖然数百载，一炬成空虚。将军不悔祸，叱咤风云俱。罗织及舆抬，沈命兼吏胥。执拘尽付狱，掠治无完肤。（下略）

"小吏恣乾没，守藏多染污"，可知积弊已久，翁心存自咸丰六年（1856）长户部，曾不一治，其咎已不止于"失察"。

与翁心存同为尚书者，尚有柏葰；于此可知，肃顺对内忧外患交相侵袭之际，户部官吏仍然大舞其弊，为如何深恶痛绝。柏葰之死，不尽由于科场案；而翁心存若非辛酉政变，恐亦不免。

当大狱方兴，穷治不已时，户部于这年冬至那天，发生大火，自稿库延至大堂、二堂、八旗俸饷处，官票所及陕西、湖广、浙江、山东四司，毁屋三百余楹。这当然是纵火，目的有二：一是烧毁档案；二是表示天意示警，希望勿再追究。

按：咸丰年间，财政枯窘之故，只看各省乡试的情况，便可了然。自雍正二年（1724）湖北、湖南分闱以来，一直是十七行省十六闱（江苏、安徽合为江南，通称"南闱"，与顺天的"北闱"对称），但终咸丰之世，十六闱主考没有放全过，举之如下：

咸丰元年（1851）辛亥恩科，十五闱，广西不考。

咸丰二年（1852）壬子正科，十四闱，缺广西、广东。

咸丰五年（1855）乙卯正科，十二闱，缺江南、江西、湖北、河南。

咸丰八年（1858）戊午正科，十闱，缺江南、江西、福建、广东、云南、贵州。

咸丰九年（1859）己未恩科，十一闱，缺湖南、广东、广西、云南、贵州。

咸丰十一年辛酉正科，仅得五闱：顺天、山西、陕甘、广东、广西。

由以上统计，可知咸丰朝疆土日蹙的概况。"有土斯有财"，各省或沦陷或战争，钱粮无从征收，京饷亦成问题，不特军饷支绌，连宫中用度，亦大为拮据。当时肃顺兼内务府大臣，即因裁抑后来为慈禧太后的懿贵妃的供应，而致结怨，成为辛酉政变的直接导火线。

厘金的发明

　　清朝在康熙三十八年（1699）颁永不加赋的上谕后，历代皆谨守成宪。田赋既不能如额征足，可征之地又不加赋，然则何以支应军需？于是而有厘金的发明。周金声编著的《中国经济思想史》，介绍厘金的起源，简单扼要，引录如下：

　　　　咸丰三年，在扬州执军务之太常寺卿雷以諴，对于通过运河之船舶，要求军饷，于仙女庙、邵伯、宣陵、张纲沟等各镇设关，限于通过此关之米，每石课钱五十文，称为厘捐，于是始见厘金之创设。继由两江总督怡良仿其例，课之于米、油、炭、布、杂货等；而晏端书推行于广东。

　　　　又于咸丰五年，由曾国藩、胡林翼、左宗棠等，行于安徽、江西、湖北、湖南等省。

　　　　当时，各地方因战乱而"常关"多封闭，事实上不至二重课税，且厘金专以充用军费之目的而征收，故规定时局平定后即撤废。税率以百分之一为原则，商民所苦较少，而清廷各省之得巨额军费者，端赖于此。

　　雷以諴，字鹤皋，湖北咸宁人，道光三年（1823）进士，洪杨事起，以诚以左副都御史偕河督巡视黄河口岸，时正扬州沦陷，以诚自请讨贼。驻军江北时，幕友钱江献厘金之策，以诚大为得力。谁知后来钱江竟为以诚所杀。

《清史稿·雷以诚传》叙其人其事云：

> 钱江者，浙江长兴诸生。尝以策干扬威将军奕经，不能用。林则徐戍伊犁，从之出关，以是知名。谒以诚于邵伯，留佐幕。饷绌，江献策，遣官吏分驻水陆要冲，设局卡，行商经过，视货值高下定税率，千取其一，名曰"厘捐"。亦并征坐贾，岁得钱数千万缗。

> 江与同幕五人赴下河督劝，不从者胁以兵，民间目为"五虎"。江自以为功，累保奖至道员，气矜益盛，以诚不能堪。会饮，江使酒骂坐，以诚执而杀之，以跋扈狂肆，谋不轨闻。

按：钱江初献于雷以诚之策是，预请空白部照若干张，劝民捐输，随时填发。百姓捐官、捐荣衔，往往延搁经年，方能领得部照，不免意兴索然，至是朝纳百金，暮荣章服，以故富有巨商，踊跃输将。至于雷以诚杀钱江的经过及评论，官书不详，据时人笔记所述如此：

> 江自恃其能，气焰日盛，屡以言语相侵侮，雷阳服之而积不能平。一日会饮行营，持议不合，两不相下。

雷忿甚，声色渐厉，江怒，掷杯起曰："即不然，能杀我耶？"雷亦拍案曰："即杀汝，敢有何言？"立叱左右，牵出斩之。

盐知事张翊国者，英年勇敢，素为江所轻慢，衔之。至是得雷公令，掣剑而行，残酒未终，江头已献。

乃以江恣肆跋扈，将谋不轨入奏焉。论者曰："钱江有可杀之罪；雷公非杀之之人。"……雷公既坐他事免官，寓居清江普应寺，茹素讽经，借资忏悔。江汉间读厘如雷，呼公为"厘祖"。

辛酉政变，"三凶"授首

现在要谈改变清朝命运的"辛酉政变"。此一政变的发生，成因非常复杂，但关键性的因素，为文宗与恭王兄弟手足参商，黜恭王始重用肃顺；重用肃顺始有因英法联军内犯而北狩以避之事。

然后文宗崩于热河，肃顺想把持政权，因而与慈禧太后及恭王发生正面冲突，触发了政变。

由此一重重推论，如文宗与恭王兄弟并未失和，则肃顺无由重用，也就不会有所谓"辛酉政变"了。

文宗的生母为孝全成皇后，幼时随父住苏州，温柔明慧，由全嫔累进为全贵妃；道光十三年（1833）四月，继后佟佳氏崩，晋为皇贵妃，摄六宫事；十四年（1834）十月，正位中宫。二十年（1840）正月十一日崩，年三十三。孝全之崩，亦为清宫一谜，《清宫词》：

> 如意多因少小怜，蚁杯鸩毒兆当筵。温成贵宠伤盘水，天语亲襃有孝全。（原注：孝全皇后由皇贵妃摄六宫事，旋正中宫，数年暴崩，事多隐秘。其时孝和太后尚在，家法森严，宣宗亦不敢违命也，故特谥之曰："全"。宣宗既痛孝全之逝，遂不立其他妃嫔之子而立文宗，以其为孝全所出，且于诸子中年龄较长。）

照诗意看，孝全似死于非命。"温成"为宋仁宗张妃之谥，怙宠而为仁宗所裁抑。"盘水"典尤可疑，当别为之考，此不赘述。

孝全崩时，文宗方十岁，为恭王生母静皇贵妃所抚育。王壬秋《祺祥故事》记：

> 恭忠王母，文宗慈母也。全太后以托康慈贵妃，贵妃舍其子而乳文宗，故与王如亲昆弟。

此记稍有未谛。"康慈"为文宗即位后所上静皇贵妃的尊号；"乳"字如作哺育解，尤失实。恭王只小文宗一岁；而皇五子奕誴出嗣惇亲王后，不在宫中，文宗与恭王同在静皇贵妃照料之下，同起同卧，"如亲昆弟"是非常自然的事。

猜嫌之起，首先是恭王未得大位。宣宗亦必想到，恭王才胜于兄而未能嗣位，内心难免不服，因而在建储的同时，朱谕封皇六子奕䜣为恭亲王。此一朱谕与传位的手诏，同置于金盒中，为前所未有的创举。

封号用"恭"，固为戒饬恭王，同时亦为提醒文宗，"兄友"则"弟恭"。宣宗受父祖的熏陶，以及曹振镛、穆彰阿的影响，在文字上玩弄这些小小的花样，是很在行的。

咸丰三年（1853）十月，洪军迫近京畿，文宗除以"老王太爷"惠亲王绵愉为"奉命大将军"督办防剿外，并特用恭王领军机。咸丰五年（1855），康慈皇贵太妃病笃，为封号一事，文宗终于跟恭王决裂了。

《祺祥故事》记：

> 会太妃疾，王日省，帝亦省视。一日，太妃寝未觉，上问安至，宫监将告，上摇手令勿惊。妃见床前影，以为恭王，即问曰："汝何尚在此？我所有尽予汝矣！他性情不易知，勿生嫌疑也。"帝知其误，即呼"额娘"。太妃觉焉，回面一视，仍向内卧，不言。自此始有猜，而王不知也。

> 又一日，上问安入，遇恭王自内而出，上问："病如何？"王跪泣言："已笃！意待封号以瞑。"上但曰："哦！哦！"王至军机，遂传旨令具册礼。

所司以礼请，上不肯却奏，依而上尊号，遂愠王，令出军机，入上书房；而减杀太后丧仪，皆称遗诏减损之。自此远王同诸王矣！

按：康慈皇贵太妃与孝全皇后出身相同，皆先封嫔，逐次晋封。当孝全崩时，康慈已为静皇贵妃，本已有正位中宫的资格，加以又为文宗慈母，则仿孝懿仁皇后的成例，病笃时，由皇贵妃晋后，固为情理允洽之事；殊不知文宗视疾，偶闻康慈误以为文宗为恭王而发之语，已生猜疑，而恭王不知，径自传旨，在文宗遂视之为挟制。

当然礼部具奏，文宗如果拒绝，将蒙受不念抚育之恩的恶名，不得已而于七月初一明诏尊为康慈皇太后。初九，康慈崩于寿康宫，设灵慈宁宫；十三谕内阁，康慈葬后，神主祔奉先殿，不祔太庙，此即"减杀丧仪"。廿一，移灵绮春园通晖殿，同日便有朱谕：

恭亲王奕䜣于一切礼仪，多有疏略之处，着勿庸在军机大臣上行走；宗人府宗令，正黄旗满洲都统，均着开缺；并勿庸恭理丧仪事务，管理三库事务；仍在内廷行走，上书房读书；管理中正殿等处事务。俾自知敬慎，勿再蹈愆尤，以副朕成全之至意。

当恭亲王退出军机时，肃顺当礼部左侍郎，减杀孝静皇后丧仪，由他经手，可能因此得文宗欣赏，不久即调户部侍郎，骎骎大用[1]。

肃顺既代恭王而起，自然而然地成为对头；再深入去看，文宗对恭王既有猜嫌，则助文宗抑制恭王，为肃顺固宠的不二法门。换句话说，肃顺之反对恭王是无原则的，恭王对也要反，不对更要反，此为造成辛酉政变的基本原因。

恭王既出军机，复用文庆以户部尚书入军机，九月授协办，十二月授文渊阁大学士，遂代恭王而掌枢机。

文庆，字孔修，费莫氏，满洲镶红旗人，道光二年（1822）翰林，早在道光十七年（1837）即已入军机，但宦途多乖，常常出事，屡踬屡起，而有其不可及的长处。文庆下世甚早，不及见洪杨之平，但对平洪杨实在是一个要紧人物。《清史稿》本传：

> 文庆醇谨持大体，宣宗、文宗知之深，屡踬屡起，眷倚不衰。时海内多故，洪杨猖炽，钦差大臣赛尚阿、讷尔经额先后以失律被谴。文庆言："当重用汉臣。彼多从田间来，知民疾苦，熟谙情伪，岂若吾辈未出国门，懵然于大计者乎？常密请破除满、汉畛域之见，不拘资格以用人。"
>
> 曾国藩初任军事，屡战失利，忌者沮抑之；文庆独

---

[1]　骎（qīn），马跑得很快的样子，比喻事业进行迅速。

言国藩负时望，能杀贼，终当建非常之功。曾与胡林翼同典试，深知其才略，屡密荐，由贵州道员，一岁之间擢至湖北巡抚，凡所奏请，无不从者。

又荐袁甲三、骆秉章之才，请久任勿他调，以观厥成。在户部，阎敬铭方为主事，当采用其议。非所司者亦谘之，后卒得诸人力，以戡定大难。端华、肃顺渐进用事，皆敬惮其严正焉。

文庆殁于咸丰六年（1856）十一月，文宗亲临赐奠。就在这一个月中，肃顺以户部左侍郎擢升左都御史，成了一品大员；而柏葰则以户尚入军机。当时军机大臣由文渊阁大学士彭蕴章居首，实际上不发生作用；柏葰居次，与肃顺在户部时即不和，一入军机，更相凿枘[1]，有《值班纪事》诗云：

几度暄和几度凉，乱山高下又斜阳。
我如开宝间鹦鹉，日向峰头哭上皇。

隐然以肃顺比拟为李辅国。肃顺虽不懂诗，门下六子，自然深喻，嫌隙更深。柏葰颇能诗，戊午入闱见彗，俗名"扫帚星"，见之不祥，柏葰赋诗云：

---

[1] 是圆凿方枘的略语，亦写作枘凿。圆榫眼，方榫头（枘），两下里合不起来。比喻格格不入。

时也袄星明，帛彤倍砢礅。

相告而静观，往来人踸踔。

晚现斗勺旁，晓扫扶桑葚。

天意远难知，使我心谨凛。

虽知谨凛，而不自检点，祸不旋踵。柏葰一死，肃顺就愈不可制了。

除了肃顺之外，另一个为文宗所重用的旗人是僧格林沁，蒙古科尔沁旗，博尔济吉特氏。此族自孝端文皇后以来，世为国戚，一旗中拥有好几个王爵。

有个札萨克多罗郡王，尚仁宗第三女庄敬公主，无子，宣宗代为在其族中选嗣，僧格林沁以仪表出众中选，道光五年（1825）袭爵，十四年（1834）授御前大臣，正白旗领侍卫内大臣，恩眷特深。咸丰三年（1853）保卫京畿，督剿洪军，虽由惠亲王领衔，实际上由僧王以参赞大臣的名义主持一切；英法联军内犯，亦由僧王部队抵挡。

《清史稿·僧格林沁传》：

　　七年四月，英吉利兵船至天津海口，命僧格林沁为钦差大臣，督办军务，驻通州；托明阿屯杨村，督前路。仓猝征调，兵难骤集，敌兵已占海口炮台，闯入内河，议掘南北运河，泄水以阻陆路；别遣议和大臣桂良、花沙纳赴天津，与议条约。五月，议粗定，英兵退。未尽事宜，桂良等赴上海详议。

于是筹议海防，命僧格林沁赴天津勘筑双港、大沽炮台，增设水师。以瑞麟为直隶总督，襄理其事，奏请提督每年二月至十月驻大沽；自天津至山海关海口、北塘、芦台、涧河口、蒲河口、秦皇岛、石河口各炮台，一律兴修。

九年，桂良等在上海议不得要领。五月，英、法兵船犯天津，毁海口防具，驶至鸡心滩，轰击炮台，提督史荣椿中炮死，别以步队登岸。僧格林沁督军力战，大挫之，毁敌船入内河者十三艘。持数日，敌船引去。

九年六月，英、法、俄、美四国兵百余艘复来犯，知大沽防御严固，别于北塘登岸，我军失利。敌以马步万人分扑新河、军粮城，进陷唐儿沽。僧格林沁力扼大沽两岸，文宗手谕曰："天下根本在京师，当迅守津郡，万不可寄身命于炮台。若不念大局，只了一身之计，有负朕心。"盖知其忠愤，虑以身殉也。

寻于右岸迎战失利，炮台被陷，提督乐善死之。僧格林沁退守通州，夺三眼花翎，褫领侍卫内大臣及都统。迭命大臣议和，不就。敌兵日进，迎击，获英人巴夏礼，送京师。战于通州八里桥，败绩；瑞麟又败于安定门外，联军遂入京。

英法联军内犯，搞得不可收拾，最足以表现文宗性格上的缺点：一方面畏惧洋人，甚至如最无知识的村氓，想象洋人的"红眉毛、绿眼睛"都会害怕；一方面又痛恨洋人，恨不得把他们都赶下海去，活活淹死。

而肃顺又拿不出一定的办法，因为他亦不知道该和该战，门客中郭嵩焘主和，尹耕云主战。郭嵩焘对洋务，自然比同时人高明，但高出不止一筹，他的议论就不易为人所接受了。因为文宗与文宗最信任的肃顺，都是中心无主，便只好依违于和战之间，拖延着希望有奇迹发生。

而和战态度之转变，又往往为战报所左右，打一个胜战，马上斗志昂扬；吃一个败仗，便又呱呱求和。整个情势在小胜大败，易战难和，恶性循环式地交替进行，终于由肢体之疾演变成心腹大患。

在此内外情势相互影响，事实与理论时时分歧、矛盾重重、纠结难解之际，还有一最敏感的问题，即是国势阽危，连年逾花甲、在府颐养的"老王太爷"惠亲王都被请出来了，年富力强且才具为人所公认的恭王，如果投闲置散，不加任用，则文宗手足猜嫌的痕迹就太明显了。因此于咸丰七年（1857）五月复任都统，九年（1859）四月又授为内大臣。

平心而论，文宗多少有希望恭王能建功之意；但肃顺及载垣、端华等人，却不是如此想法。

肃顺是种取巧的想法，当时洋人被称为"鬼子"，跟洋鬼子打交道为卫道之士所耻，因而肃顺建议文宗，属于"和"

的部分，派恭王去办。恭王不便降尊纡贵，亲自折冲，则恰好有桂良承乏——桂良是恭王的老丈人。

桂良，正红旗人，瓜尔佳氏，闽浙总督玉德之子。桂良自道光初年当知府起，久任外吏，才具平庸，但颇安分，家世富足，讲究饮食服馔，是标准的八旗公子哥儿。这样的人去跟洋人打交道，且往往是城下之盟式的和议，当然不会有何令人满意的成绩；而肃顺正好鼓动文宗，予以谴责，间接打击恭王。久而久之，在顽固的保守派中造成一种印象：恭王有勾结洋人的嫌疑。

当天津失守后，有人请派重臣，颁给关防，许以便宜行事及全权字样，派往天津与英法公使议和。结果这个任务又落在桂良身上，以大学士的身份，偕直督恒福前往，时为咸丰十年（1860）七月中旬。

结果如吴相湘在《晚清宫廷实纪》中所叙：

但桂良奉命起程之时，天津早失陷，英法公使额尔金等均随军到津矣。桂良寻亦抵天津城外，以照会述所奉使命予英法公使。而额尔金等声称："现在并未罢兵，无可商办，俟以前各事一概允准，照复前来再行晤面。"致桂良等无从措手，几经设法始与其委员巴夏礼、威妥玛相见。

巴等除要求批准咸丰八年条约外，并要求开放天津，驻兵大沽，赔偿军费，又入京换约须先派人观看房屋，然后公使带兵入京；并云须俟赔款即时交清，始可撤兵等语。态度倔强不可理喻，桂良等深恐决裂贻误大局，"只得概为允许，以解目前危急"。时七月十九日事也。

桂良等将办理情形奏上，廿二日奉朱谕严予申斥，尤其于赔偿军费二百万两及公使带兵入京换约两款，深致不满。

谕云："一、索费一层，多方要挟，必遂其欲而后止，无论二百万不能当时付与，即有此款，亦断无此理！城下之盟，古之所耻，若再腼颜奉币，则中国尚有人耶？二、带兵换约，谓各有戒心，不得不妨，若既议抚，何必拥兵？若拥兵而来，显怀莫测！……大患切肤，一决即内溃于心，京师重地，尚可问乎？以上二条。若桂良等丧心病狂，擅自应许，不惟违旦畏夷，是直举国家而奉之，朕即将该大臣等立正典刑，以饬纲纪，再与该夷决战。"

和不成只好再打，肃顺的打算是，作背城借一之计，胜了最好，败了拥帝北狩，留下恭王收拾烂摊子，议和必然挨骂，骂的也是恭王。

但文宗既下"朕令亲统六师，直抵通州，以伸天讨而张挞伐"之谕，若又言北狩，岂非自欺欺人？因而发下僧王请帝巡幸木兰一件，令各大臣阅看议奏，以为逃难的张本。僧王的密折，出自他的本心还是肃顺的策动，无可究诘。不过，此时新成肃顺智囊的陈孚恩，早就扬言："宜为皇上筹一条路才是！"则三十六计之上策早定，毫无可疑。

当时廷议，多不以乘舆北幸为然，乃由大学士贾桢领衔复奏：

> 皇上欲亲统六师，直抵通州……惟地异澶渊，时无寇准，非万全之道也。臣等以为断不可轻于一试。
>
> 至于僧格林沁所奏木兰之说，尤多窒碍。京师楼橹森严，拱卫周密，若以为不足守，岂木兰平川大野，毫无捍蔽，而反觉可恃？况一经迁徙，人心涣散，蜀道之行未达，土木之变堪虞。夷人既能至津，何难至滦耶？种种情形，实不堪设想。

此奏出于宝鋆的手笔，他是恭王的亲信，时任总管内务府大臣，兼管户部三库。由此可以看出，恭王亦不赞成文宗北狩，而当时廷臣不了解内幕，只以为恭王暗中有异谋，所以九卿科道会衔合奏，有这样一段话：

> 若使乘舆一动，则大事涣散，夷人借口安民，必至立一人以主中国，若契丹之立石敬瑭，金人之立张邦昌，则二百余年祖宗经营缔造之天下，一旦授之他人，先帝付托之谓何？皇上何以对列圣在天之灵乎？

所谓石敬瑭、张邦昌，隐隐然指恭王。在南书房行走的潘祖荫，则另有看法，但对恭王亦有误会，在上"出狩有七祸"一疏中，举第七祸说：

> 向来巡幸必派"留京"，在平时凡百堪胜任；事起仓促，委托无人。留钥之司，设有居心，遽思乘此时机暗干天位，万一銮舆既出，竟有修笺劝进之人，彼谓幸则为唐肃宗、明景泰，否则亦不失为张邦昌、刘豫耳。是长盗贼之课，其祸七也。
>
> 臣窃思赞成此议者，必立主和议之人，当此议和未定、剿抚两难，恐皇上因和不足恃而罪其计之失也，遂为此谋以图固宠，置皇上于危险之地而不顾，而以大清二百年之社稷轻于一掷。
>
> 皇上试思为此谋者忠乎佞乎？中外之人孰不切齿！明臣杨继盛有言：欲诛俺答，先斩严嵩。今日之事非将误国之臣立赐罢斥，不足谢祖宗在天之灵，而作臣子同仇之气！

所谓"留京"，为"留京办事王大臣"的简称。以明朝景泰帝为喻，所指尤为露骨。但所指斥者，则为肃顺等人。潘祖荫在内廷行走，消息灵通，知道肃顺的看法：朝廷有两张牌可打，战则僧王，和则恭王；僧王一败再败，这张牌打了不见效，就只有恭王这一张牌可打了。

而潘祖荫认为这张牌可打，不过应该文宗亲自在京中打；如果北狩，便可能有人"修笺劝进"，此又暗指桂良而言。

照此推论，赞成北狩之议者，是佞臣，非忠臣；而廷臣中并无公然赞成此议者，只有肃顺等人暗中准备车马，是以行动赞成北狩，潘祖荫此之于严嵩——在事实上，够资格做严嵩者，亦只有肃顺。

尽管建议危言激切，而文宗毕竟非无知人之明；又有宝鋆主稿的一疏，可以看出恭王绝不会做景泰帝，所以表面敷衍，而去志不稍更移；当然，局势能转危为安，可以不走，自是求之不得。

在反反复复，举棋不定之际，和议终于有了结果。哪知到了八月初三，突生枝节，英国参赞巴夏礼，通知怡亲王载垣，英国公使将进京亲递国书。载垣知道文宗最怕的一件事就是见洋人，当时严词拒绝；而巴夏礼态度坚决，认为中国不接受英国公使亲递国书，为不愿和好的表示。

《清鉴纲目》记其事云：

> 先事同盟军逼福州，帝命怡亲王载垣，续赴通州议款，桂良、穆荫皆在座。巴夏礼带同十余人入城，载垣邀英法使臣同宴巴夏礼。酒数巡，巴夏礼攘袂起言："今日之约，须面见大皇帝，且每国须带二千人入京。"
>
> 载垣答以此事必请旨定夺，巴夏礼怫然，遂就榻偃睡，不复语。载垣不得已暂退。黎明有驰告者，谓英使

衷申将袭我，载垣无措，密知会僧格林沁，设法擒巴夏礼，械系京师。

又《翁同龢日记》是年八月初四日记：

> 怡王等羁英夷通事巴夏礼下刑部狱。巴夏礼者，年三十四，能通满、蒙、汉语，略有文义，久为通事，夷人中最黠者也。广东之事，实为之谋，广人曾悬赏三万购之。是日率四五人入怡邸卧内，有"如不和好，即刻进兵之语"。怡邸飞咨僧王擒之。巴夏礼被获后，见僧邸即长跪痛哭。

其时英法联军已抵达运河的终点张家湾，久候巴夏礼不归，开始进攻，清兵退守八里桥。而僧王前倨后恭，不请朝命，致书英、法公使请和，承认一切条款，请联军停止进攻。联军置之不理，进兵如故，八里桥一战大败。这是八月初七之事。

僧王是主将，主将请和，表示已无可战之人，这张底牌泄露给对方，文宗"以战迫和"的手法失其作用，因而诏斥僧王"孟浪"，说："该大臣即欲罢兵息事，亦应迅速奏明，命载垣等给与照会，方合办法。该大臣系主战之人，岂可轻给议抚照会！"同时派恭王为议和全权大臣，速与英法公使议商。

但实际上是一缓兵之计，朱谕恭王云："现在抚局难成，人所共晓；派汝出名，与该夷照会，不过暂缓一步。"并具体指示不必露面，派恒祺等"往返面商"；如"抚仍不成，即在军营后路督剿；若实在不支，即全身而退，速赴行在"。此是赋予恭王掩护撤退的任务。哪知八里桥不守，联军将直薄京城，文宗不得不仓皇逃难了。

据吴相湘《晚清宫廷实纪》载：

初八日卯初召见惠王、恭王、惇王、怡王、郑王及御前、军机大臣等，已正遂从宫内后门出，诣安佑宫叩辞后登程。时朝中如瑞常等，伏地力争谏阻，帝不应，命麾之出。

六宫先行，惠王、怡王、郑王、惇王，及尚书肃顺等均扈跸行。仓促间御膳及铺盖帐篷具未带，状极狼狈。

是日西初，行抵南石槽行宫，晚餐时以烧饼、老米膳、粳米粥充饥而已，翌日早膳始稍有肉食。据故宫博物院藏当时膳档记其菜品云："猪肉片白菜一品，红白鸭羹一品，炖大萝卜一品，猪肉挂面汤，老米膳，粳米粥等。"虽不及往日宫中之丰食，但以之与四十年后八国联军之后，慈禧太后、光绪帝仓皇西奔情状较，则又胜过多多矣。

乘舆出奔，京中大乱。据当时《翁同龢日记》、御史刘毓楠日记及吴可读《罔极篇》的记载，约略可以考知实情：

八月初八日：早，闻齐化门接仗失利之报，圣驾仓皇北巡，随行王大臣皆狼狈莫可名状，若有数十万夷兵在后追及者，然其实夷人此时尚远。园中毫无警报，不知为何如此举动。

当皇上之将行也，贵妃力阻，言皇上在京，可以震慑一切；圣驾若行，则宗庙无主，恐为夷人践毁。昔周室东迁，天子蒙尘，永为后世之羞，今若遽弃京城而去，辱莫甚焉。（吴）

按："贵妃"者懿贵妃，即后来的慈禧太后。观此可知慈禧当文宗在日，即已显露其政治上的才识，宜乎为肃顺所忌。

八月十一日：前三日自初八日关闭后，至十一日始开顺治一门，内外城移徙者，几于门不能容，然小生意及手艺人虽已尽走，而大生意各行尚未移动也。（吴）

恭王命将巴夏礼自刑部狱释出，暂居高庙，供给丰美。（刘）

命恭亲王专办抚局，住海淀缘庵。

巴夏礼用大字名片，请恒祺至狱议事。恒祺与巴夏礼面议，令作书致额勒锦（即额尔金）。

朱谕："文祥署步军统领。"文祥忠义奋发，周视九城，力任开仓放米；户部侍郎宝鋆，亦力任开仓拨银，人心稍定。（翁）

按：八月十一日的情况，为恭王任事以后的表现，大局本可好转，坏在英国人罗亨利的一言丧邦。僧格林沁在通州擒获的洋人，总计三十九人之多，除巴夏礼外，有英国人廿五名、法国人十三名。

当时交涉的争端是，英国公使额尔金限期八月十五日前释放被捕人员，然后签约；而恭王奉旨先签约后放人。恭王乃采取一折中办法，命曾任粤海关监督的恒祺与巴夏礼恳谈，请巴夏礼致书额尔金，说明"恭王人甚明白，相待亦好，请暂缓攻城"；同时恭王照会额尔金，只要联军退至张家湾，被捕人员即可释放。

巴夏礼相当合作，如言照办，他的信连同恭王的照会一起送达额尔金。哪知罗亨利在巴夏礼的信上，用印度文注了一行："此函系奉中国政府之命而写"。这就变成了巴夏礼处于被胁迫的情况之下，这封信的价值不但无用，而且发生了反效果，英方认为可能是缓兵之计，因此额尔金照复恭王，在巴夏礼等未释回前，停止一切谈判。

八月十六日：僧格林沁军退至齐化门外，粮饷不继，蒙兵饥甚。刑部侍郎麟魁等捐饼数万斤，以供军粮，士气仍不振作。时联军已进驻定福庄、慈云寺等处。

八月二十日：同仁堂老药铺乐宏宾，及恒利木厂王海，邀众商等备牛五十只、羊五百只、梨果各三十盘并南酒等物，赴夷营求和，甫抵营即被抢去，受辱受惊，

人人怨恨。（刘）

八月廿二日：僧王、瑞麟之兵俱溃奔散，夷兵声言将焚烧圆明园。亥刻，夷兵即突至园，军号鼓乐齐鸣，先伐树株，随将宫室、殿宇、翰林花园焚烧。道光帝妃嫔及内务府大臣文丰投福海死。（刘）

八月二十三日：见街上三五一堆，俱作耳语，街道慌乱之至。至午后忽西北火光烛天而起，哄传夷人已扑海甸圆明园一带矣。我兵数十万，竟无一人敢当者，夷兵不过三百马队耳，如入无人之境，真是怪事。僧邸、胜帅兵已退德胜门外。（吴）

子夜，联军又烧德胜门角楼，复向西直门开炮。丑刻，恭王、桂良、文祥奔赴长辛店。许乃普、沈兆霖、许彭寿、潘祖荫等值勤大臣、章京，在圆明园闻警，亦各自逃窜。

按：自八月廿二日起，圆明园只是被劫掠，并及清漪园、静明园。英军司令格兰特，并将在圆明园所获得的战利品公开拍卖，连同所劫得的现金，以三分之二归士兵，三分之一归将领。

至二十四日，恒祺将巴夏礼等八人，送回英国军营。英法两国司令照会恭王，限期八月二十九日交出北京安定门。及期照办，并分两批释放洋人十一人，连前共为十九人。被捕共三十九人，而只释放十九人者何？其余二十人业已死去，自是狱中被虐致死。此二十条人命的赔偿代价之一是，高宗毕生经营的一座圆明园，于九月初五，由英国公使额尔金下令焚毁，包括清漪、静明、静宜三园在内。

按：英、法两国驻华使节，当时的头衔，均为"大使"，目的是要觐见文宗，展开最直接的交涉。此为额尔金何以要坚持面递国书的缘故。依国际惯例，一国元首拒见外国大使，自为不友好的明显表示。

无奈当时中国自居于西洋文明的"化外"，根本没有人懂此国际法。即后世治近代史者，亦常忽略此点，附带表而出之。

恭王于九月初一回京，继续和议，英、法提出的条件，除赔偿现银外，关于惩罚性的措施，葛罗与额尔金有不同的意见，额尔金主张拆毁圆明园，并在天津立碑；葛罗不赞成立碑，亦不赞成拆圆明园，但却主张可拆毁大内宫殿。

最后照额尔金的计划行事，又改拆毁为焚毁；英军司令亦如此主张，目的在湮没其海盗式的卑鄙行为。

圆明园大火延烧三日方止。文宗得报，大感刺激，本有呕血之疾，至此益感不支。为求逃避现实，益发纵情声色。

而京中以和议已成，联军已退，纷请回銮；文宗没有面对现实的勇气——没有面对疮痍满目，外患暂止，内乱正烈，需要多方支应的勇气，因而以各种理由推托，始终不肯回銮。这样拖延到第二年七月间，终于不起。

吴相湘在《晚清宫廷实纪》中撮叙其临崩之前的生活情形云：

热河号称避暑山庄，然帝素不耐热，六月中旬病复转剧，七月初又稍痊；十四日仍传谕："如意洲花唱照旧。"十五日病又增，但仍治事如常，如意洲花唱亦照旧。翌日辰初"烟波致爽"早膳；早膳后传鸭丁粳米粥；又传午用羊肉片白菜……可见食欲尚佳，但已不耐繁嚣，故传谕："如意洲承应戏不必了。"

未正，"烟波致爽"晚膳后，忽晕厥，嘱内中诸侍臣缓散值；致晚苏转，始定大计。十六日子初三刻，神情清楚，乃再召见御前诸臣，遂传谕："立皇长子载淳为皇太子。特谕"又谕："皇长子载淳现为皇太子，着派载垣、端华、景寿、肃顺、穆荫、匡源、杜翰、焦佑瀛，尽心辅弼，赞襄一切政务。特谕。"随侍诸臣聆悉后，当请帝用丹毫手谕，以昭慎重，但以手力已弱，不能执管，遂谕："着写来述旨。"故遗诏中有"承写"字样也。

十七日寅初，膳房仍"伺候上传冰糖煨燕窝"，但未及用，卯时即崩。就御医恭记脉案，知帝实患虚痨以致命也。

按：临终侍侧诸臣，即所谓"顾命八大臣"，载垣、端华、肃顺，后来被称为"三凶"；穆荫等四人则为军机大臣；景寿则为额驸，恭王同母妹婿。

以景寿为顾命大臣，目的是希望平衡恭王不在顾命之列的缺陷。但不论如何，恭王未受顾命是件说不过去的事。在此以前，"两六"不和，已为朝士尽人皆知的事实，当文宗在热河，自咸丰十年（1860）初冬和约已成。

开始，恭王除奏请回銮以外，并曾数次要求至热河觐见，造膝密陈，但肃顺始终横梗其间，最后一次由文宗朱批："相见徒增伤感，不必来觐。"在旁观者看来，帝王兄弟猜嫌之深，几已到了无法调停的程度；及至遗诏颁行，恭王不在顾命之列，则连各省督抚监司，亦知"两六"的冲突，迟早不免。

肃顺何以要隔离文宗及恭王？其中最重要的一个因素是，肃顺深知懿贵妃志不在小；一旦文宗驾崩，皇位转于唯一的皇子载淳，其时年方六岁，而懿贵妃母以子贵，成为太后，在这样的情况之下，处理国事只有两个办法：一是垂帘听政，二是采用"议政王"制度。女王临朝，历代皆视为大忌，则采用议政王制度，清朝尚有先例可循。

果然如此，则不论议亲议贵，议政王非恭王莫属。如果恭王早到热河，兄弟有见面之情，加以懿贵妃从中进言，此事必将实现。因此肃顺必须设法隔离文宗与恭王，始终不让他们见一面，示天下以手足参商，已极疏远，则不受顾命，似无足奇。这是肃顺的如意算盘，外界的观感是否如此，就不暇深计了。

及至文宗驾崩，立即面临肃顺与懿贵妃争权的局面。肃顺早在文宗生前，对抑制懿贵妃便已下了功夫。相传肃顺曾密请文宗仿钩弋夫人的故事，必要时留子去母。据说文宗曾亲书密诏付皇后，大意谓懿贵妃将来会成为皇太后，若有揽权等不遵祖宗家法情事，皇后可召集大臣，出示密诏，废掉懿贵妃。或传此为后来慈安太后暴崩的祸根，后当细谈，此处不赘。

但肃顺有心杀懿贵妃的威风，则征象随处可见，如七月十七日传旨："钟粹宫皇后晋封皇太后。"十八日复又传旨："储秀宫懿贵妃晋封皇太后。"两宫晋封，有一日之差，即肃顺有意为之。

顾命八大臣的名义，称为"赞襄政务王大臣"，成为一个超级的军机处。照肃顺的原意，一切政令皆由此而出，上谕呈览，两宫太后只钤印，不得更动内容；奏章封呈御前，皇帝未过目前，任何人不得而知，此本为清朝统御大权所在，而肃顺意欲侵夺这一个"君权"，倡议章疏不呈内览。凡此不但西太后，连东太后亦不能同意，最后折中决定：

一、章疏呈览：谕旨由赞襄政务王大臣拟定，经两宫太后阅后，上用"御赏"，下用"同道堂"两印，以为凭信。"御赏"印由东太后收执，"同道堂"由西太后收执。

二、简放大员由赞襄政务王大臣拟定名单，请懿旨裁决；其他如各省学政等，由军机处就有资格人员糊名制签，由小皇帝亲掣。掣足后，再由各部堂官掣省份，以杜弊端。

这种体制，"辅政垂帘兼而有之"，但辅政权重，为一不争的事实，西太后当然不能满意，因而极力向东宫太后劝说，应该垂帘听政。

据说，东太后起初以垂帘非祖制，坚拒不允；随后由于西太后举出肃顺种种跋扈的证据，特别是对宫内用度，苛刻过分，颇足以动人听闻。西太后认为肃顺是在欺侮孤儿寡妇，唯有同心同德，合力对付，始克自保，终于将东太后说动了。

但是，凭深宫中两个年轻寡妇，如何得能垂帘听政？这里便初度表现了西太后的政治手腕——决定与恭王合作。

以密旨交侍卫恒起带进京，付与东太后之弟广科，命他向恭王问计，透露出希望恭王拥戴两宫垂帘，两宫重用恭王以为交换条件的意向。

当时在京大老，原有此议，因为非如此不足以去肃顺。大学士周祖培的西席李慈铭，并受委托，特检历代太后临朝的故事，共八位，略加论述，命名《临朝备考录》，以为劝进之具。朝臣之意如此，恭王之接受两宫所开的条件，自是必然之事。

于是奏请赴行在，谒梓宫。肃顺无由拦阻，恭王遂于七月二十五日起程，八月初一日叩灵伏地痛哭不起。礼毕见太后，恭王为避嫌疑，请与八大臣同谒；两宫以此叙家礼，与赞襄政务不同，不许。于是恭王"独对"一时许，但肃顺有耳目在内廷，自不便深谈，恭王仅力请从速回銮，保证洋人不会为难。

此时垂帘之议，分两头进行，在热河，由军机章京曹毓瑛策动。于此先要略略介绍军机章京的规制，因为自雍正七年（1729）设立军机处以来，军机章京在大政上发生决定性的作用，唯有辛酉政变一役，故不能不稍详其职掌及办事程序。

按：军机章京满汉各两班。满章京只有在乾隆朝用"清字"上谕，指授方略，方有用处，以后几乎徒存其名，供奔走而已；汉章京则自嘉道以后，地位越来越重要，这里所谈，亦只限于汉章京。

两班章京，称为"头班""二班"，在大内轮日入值，每日清晨交班，每日皆有一人值宿。在圆明园、西苑等处，则五日一轮，称为"园班"；随扈行在，则轮流派出，大约半年一期。

咸丰末年，两班的领班，满洲话叫"达拉密"，是曹毓瑛与焦佑瀛。曹毓瑛，江苏江阴人，道光十七年（1837）拔贡；焦佑瀛，天津人，道光十九年（1839）举人。论资格，曹胜于焦；而论得势，则焦红于曹。

因为焦佑瀛搭上了肃顺的关系，所以肃顺虽非军机大臣，对军机处却能指挥如意，此虽由于穆荫、匡源、杜翰无用，亦未尝非焦佑瀛谄事肃顺之故。

军机章京，向来只听命于军机大臣。焦佑瀛的作风，失去立场，颇为同列所不齿，加以南北派别的关系，所以曹毓瑛与焦佑瀛势如水火。

咸丰十一年（1861）十月，文宗想提拔一个"达拉密"在"军机大臣上学习行走"，论资历应该曹毓瑛居先，但他很见机，知道就是爬上去了，亦是吃力不讨好，不能久于其位，因而自甘退让，由焦佑瀛以太常寺少卿升补。本来诏旨多出于焦佑瀛之手，现在当上了军机大臣，且居顾命之末，越发当仁不让，唯肃顺之命是从了。

当文宗宾天时，军机处系由曹毓瑛的一班在热河轮值；但京中亦仍有人，彼此用套格密札通消息。这批密札后为商务印书馆的涵芬楼所收藏，一部分刊于《东方杂志》第九卷第一、二号，颇可考见当时情事，如有一札云：

> 十六日午后晕厥，嘱内中缓散。至晚苏醒，始定大计。子初三刻见时传谕清楚……八位共矢报效，极为和衷，大异以前局面。两印均大行所赐，母后用（御赏）印（印起），上用同道堂印（印讫）。
>
> 凡应用朱笔者，用此代之，述旨亦均用之，以杜弊端。诸事母后颇有主见，垂帘辅政盖兼见之。自顾命后，至今十余日，所行均惬人意。风闻两宫不甚惬治，所争在礼节细故，似易于调停也……六兄（恭王为道光帝六子）来，颇觉隆重，单起请见谈之许久，同辈亦极尊重之。

此函为八月初所作。"八位"指八顾命。至恭王到热河情形，见另一札：

> 恭邸今日大早到，适赶上殷奠礼，伏地大恸，声彻

殿陛，旁人无不下泪；盖自十七以后，未闻有如此伤心者。祭后，太后召见，恭邸请与内廷偕见，不许，遂独对，约一时许方出。

"宫灯"辈遂颇有惧心，见恭未尝不肃然改容，连日颇为敛戢……看连日诸务未定，尚有惧心。能常如此未尝不佳，久则露出本相耳！自十七以后，八位见面不过二三次，时亦甚暂；今则见面一时许，足见自有主宰，一时不发也好！

"宫灯"指肃顺，以"肃"字形如宫灯。此函始作于八月初一，观"今日大早到"可知；但书札未终，后又续写，故有"连日"等字样。由此可见恭王自有威仪，肃顺辈不能不忌惮。

又一札则为曹毓瑛所作：

元圣在此，在内见一面……坐谈一时许，颇有所陈，并自陈不能久待苦衷，渠劝稍安，且必俟进城再说云云……元圣日内即回（初七日动身）……归事内催甚急。元圣日内见面，拟了一套话说，必不能过迟也！

"元圣"指恭王，《尚书·汤诰》："聿求元圣，与之戮力。"明言两宫寻求恭王的合作。又白居易诗："元圣生乘运，忠贤出应期。"可知用"元圣"一典，表明了拥护之意。

当恭王在热河时，曹毓瑛曾秘密进见，并有所建议，恭王持重，答以"且俟进城再说"。所谓"进城"，实为"进京"。

八月初十，恭王启程回京时，京中已发动垂帘之议，一马当先，首上请垂帘一疏的是山东道御史董元醇，此人是咸丰二年（1852）翰林，咸丰十年（1860）改御史，河南洛阳人，后来不知何故，改名元章。咸丰二年（1852）会试，四总裁之首是协办大学士周祖培，是故董元醇上奏，即非座主周祖培的授意，亦必为知有《临朝备考录》一稿，有意迎合老师之意。原疏如此：

> 窃以事贵从权，理宜守经。何为从权？现值天下多事之秋，皇帝陛下以冲龄践祚，所赖一切政务，皇太后宵旰思虑，斟酌尽善，此诚国家之福也！臣以为即宜明降谕旨，宣示中外，使海内感知皇上圣躬虽幼，皇太后暂时权理朝政，左右不能干预，庶人心益知敬畏，而文武臣工，俱不敢稍肆其蒙蔽之术。俟数年后，皇上能亲裁政务，再躬理万几，以天下养，不亦善乎？
>
> 虽我朝向无太后垂帘之仪，而审时度势，不得不为此通权达变之举，此所谓事贵所权也。

此一段"从权"为两宫太后打先锋；下一段"守经"则更为恭王张目：

何为守经？自古帝王，莫不以亲亲尊贤为急务，此千古不易之经也。现时赞襄政务，虽有王大臣军机大臣诸人，臣以为当更于亲王中简派一二人，令其同心辅弼一切事务，俾各尽心筹划，再求皇太后、皇上裁断施行，庶亲贤并用，既无专擅之患，亦无偏任之嫌。

至朝夕纳诲，辅翼圣德，则当于大臣中择其治理素优者一二人，俾充师傅之任，逐日进讲经典，以扩充圣聪，庶于古今治乱兴衰之道，可以详悉，而圣德日增其高深。此所谓理宜守经也。

语中带刺，自为八顾命所不能堪，上此疏的结果可想而知，据密札透露：

玄宰折请明降垂帘旨，或另简亲王一二辅政，发之太早，拟旨痛驳，皆桂翁手笔。递上，折旨具留；又叫有两时许，老郑等始出，仍未带下，但觉怒甚；次早乃发下。探知是日见面大争，老杜尤肆挺撞，有"若听信人言，臣不能奉命"语，太后气得手颤。发下后，怡等笑声彻远近。此事不久大变，八人断难免祸，其在回城乎？密之，密之。

此函多隐语及军机专用的术语，释之如下：
一、"玄宰"指董元醇，以董其昌的别号切姓。

二、"桂翁"谓焦佑瀛，焦字桂樵。

三、"叫"者"叫起"的简略，"叫起"即宣召入殿。

四、"老郑"谓郑亲王端华。

五、"带下"，军机拟旨上呈，宣召面示可否，或有更动，将原拟之旨交军机，即是"带下"。

六、"老杜"谓八顾命之一的军机大臣杜翰。

另有八月十三日不详发信人姓名一札，记述尤详：

千里草上书，初十日未下，此处叫人上去要，仍留看；夸兰达下来说："西边留阅！"心台冷笑一声。十一日叫，见面说："写旨下来。"叫写明发痛驳。夫差拟稿尚平和；麻翁另作，（"是诚何心，尤不可行"等语，原底无之），诸君大赞遂缮递上，良久未发下（他事皆发下），并原件亦留中。再叫起，耳君怒形于色，上去见面，约一刻许下来（闻见面语颇负气），仍未发下，云"留着明日再说"。

十二日上去，未叫起，发下早事等件，心台等不开视（决意搁车），云："不定是谁来看。"日将中，上不得已，将折及拟旨发下照抄，乃照常办事，言笑如初。如二四者，可谓混蛋矣。

夫今日之事，必不得已，仍是垂帘。（温公、魏公不能禁止垂帘，诸公竟欲加而上之矣！）可以远祸，可以求安；必欲独揽其权，是诚何心！

鄙意如不发下，将此折淹了，诸君之祸尚浅。固请不发，搁车之后，不得已而发下，亦不见听，徒觉多事耳！昔人言霍氏之祸萌于骖乘，吾谓诸公之祸肇于搁车矣。高明以为何如？……闻西边执不肯下，定要临朝，后来东边转弯，虽未卜其意云何，大约是姑且将就。果如此行，吾不知死所矣！（八月十三日）

此札仍须注解：

一、"千里草"指董元醇。

二、"夸兰达"满洲话，属于奏事太监这一类身份的小官。

三、"西边"指西太后。

四、"心台"合之为怡，谓怡亲王载垣。

五、"写旨下来"应为"写旨上来"之误。

六、军机处所拟上谕分两种：一名"廷寄"，直接寄达，非当事人莫晓；一名"明发"，咨内阁撰拟冠冕堂皇的上谕，公开发布。

七、"夫差"指吴兆麟，杭州人，道光二十二年进士。

八、"麻翁"指焦佑瀛。

九、"耳君"，吴相湘谓指怡亲王载垣，不然；指郑亲王端华。

十、"二四"得八，指八顾命。

十一、"温公、魏公"指北宋贤相司马光、韩琦。真宗崩，仁宗即位，章敬太后垂帘；神宗崩，哲宗即位，宣仁太皇太后垂帘，韩琦、司马光均未反对。

十二、"淹"，奏折留中不发，军机术语谓之"淹"了。

十三、"搁车"，御者下闸不行，谓之"搁车"，犹言"刹车"。当时怡王不看奏折，政务搁置，两宫不能直接指挥六部办事，故为极厉害的要挟，人臣而出以挟制的行为，必不可留，所以密札中有"诸公之祸肇于搁车"的话。

至于"拟旨痛驳"，出于焦佑瀛的手笔，此谕促成近支亲贵的团结，出现极大的反效果。全文如下：

> 御史董元醇奏敬陈管见一折，据称皇太后权理朝政，应请明降谕旨，并赞襄政务王大臣外，再简派亲王一二人同心辅弼，及请择师傅以培德业，严饬督府将帅以资整顿等语。
>
> 我朝圣圣相承，向无皇太后垂帘听政之礼，朕以冲龄仰受皇考大行皇帝付托之重，御极之初，何敢更易祖宗旧制？且皇考特派怡亲王载垣等赞襄政务，一切事件，应行降旨者，经该王大臣等缮拟进呈，必经朕钤用图章始行颁发，系属中外咸知。其臣工章奏应行批答者，亦必拟旨呈览，再行发还。
>
> 该御史奏请皇太后暂时权理朝政，其属非是！又据请于亲王中简派一二人令其辅弼一切事务，伏念皇考于七月十六日子刻特召载垣等八人，令其尽心辅弼。朕仰体圣心，自有深意，又何敢显违遗训，轻议增添？

该王大臣等受皇考顾命，辅弼朕躬，如有蒙蔽专擅之弊，在廷诸臣无难指实参奏，朕亦必重治其罪。该御史必欲于亲王中另行简派，是诚何心？所奏尤不可行。以上两端，关系甚重，非臣下所得妄议。

至朝夕纳诲一节，皇考业经派编修李鸿藻充朕师傅，该御史请于大臣中择一二人俾充师傅之处，亦毋庸议。其各直省督抚及各路统兵大臣，业经朕明降谕旨，令其共矢公忠，严申军律。谅内外文武臣工，必能不负委任，以仰副皇考在天之灵，应无俟朕谆谆训诫也，钦此！

"是诚何心"一语，实在有些过分，以致惹得醇王大怒。醇郡王行七，他的福晋是西太后的胞妹。在辛酉政变中，醇郡王多少亦发生了作用，但此时连恭王亦不能不谨慎，醇王自更无能为力。

八月十三日，西太后迫不得已将原折及上引上谕发下后，"二四"照常办事。当时的第一件大事还不是御极颁恩诏，而是决定年号，以便铸造制钱。年号早在七月二十六日便已决定，并明诏颁布为"祺祥"二字。接着赶铸样钱，正面汉文："祺祥重宝"，又大又重，相当漂亮。

所以如此者，当时的恶性通货膨胀，情况相当严重，稳定人心最好的办法是赶铸制钱应市。但文宗已崩，不能再铸"咸丰通宝"，嗣君年号未定，则又不能开炉，因而以定年号为急。及至八月中旬，颁上谕"依钦天监所择吉日，于十月初九日甲子卯时，举行登极颁诏巨典"后，朝士颇肆讥评。

如李慈铭就这样议论：

> 窃按天子崩，太子于柩前即位，古今不易之礼，国不可一日无君也。未有大行在殡，旷位几三月始行践祚之礼者。天子所至为家，君所在即位所在；匪特木兰行阙，密迩郊畿，即远在万里之外，受终正位，亦无有敢为异议者。

> 方今冲人在上，诸大臣皆不识一字，大行崩逝之次日，即奉嗣子下诏称"上谕"，称"朕"、称皇后为皇太后。夫既未即位也，犹太子也；春秋之法，未逾年尚称子，何况六龄之幼孤，未履九五之尊位，则诏何自出，名何自尊？此真贻笑万古者矣。

按：此言未即位而行君权为不当，甚合逻辑；应如宋哲宗柩前即位，亦为正论。但其时礼臣均在京师，欲检世祖崩逝，圣祖如何嗣位的成例，亦不可得，事实上有缺失，应该是可原谅的。

李慈铭又论年号云：

> 国朝即位改元，向由大学士及军机大臣，各拟数号呈进，天子择而用之。今兹未告即位，先议改元，

已为奇事，而元号又用"祺祥"二字，无论文义不顺，且"祺"字古无用者，"祥"字惟宋少帝"祥兴"用之。嗣子幼冲，自不知所检择，而廷臣亦无有言者，岂真国威所劫乎？不学之弊，一至于此，呜呼，国家可无读书人哉！

李慈铭当时已卓露声名，忼直敢言，文采动人，在清议中拥有一部分力量，他的言论如此，当然对肃顺一派不利。但八月十三日以后，肃派由上风转入下风之始，为胜保突然抵达行在。

提起此人，在辛酉政变中，是扮的武二花[1]的角色，值得一谈。此人籍隶满洲镶白旗，瓜尔佳氏，举人出身，考授顺天府教授后，不知以何因缘，转为东宫官属的"赞善"，成了翰林，大考二等擢侍讲，又居然升到国子监祭酒，历资而为内阁学士，成了二品大员。胜保笔下很来得，屡屡上书言事。

洪秀全犯武昌时，疏陈办贼方略，大为文宗赏识，派往河南交钦差大臣琦善差遣，由此转文入武。打仗另有一套专门跟对方妥协，表面上招抚的功夫，加以善于讳败为胜，所以名气甚大。而胜保亦就自命不凡，不可一世，曾经刻了两方闲章，一方是"十五入泮宫，二十入词林，三十为大将"，

---

[1] 指武净，亦称"武花脸"，净角一种，在戏曲中扮演以武打为主的角色。

一方是"我战则克"，因为他的号叫"克斋"。然而有个外号，叫作"败保"。

英法联军内犯时，近畿集中的旗兵达十三万之多，由僧王统率，而以胜保参赞。及至僧王一败再败，径自与敌将言和，大忤文宗之意，改以胜保节制各军。和议告成，全师而退，对恭王当然很尊敬。这一次到热河叩谒梓宫，实际上是受恭王之托，来探风色。

事先胜保已曾扬言，将领兵"清君侧"。因而到热河后，肃顺等人颇为忌惮，但胜保无非拥兵自重，得以左右逢源，绝不肯轻举妄动；同时与醇王等秘密接触后，认为在热河难有作为，只要一回了銮，不怕肃顺不就范。就探风色这个目的来说，他是达到了。

到了九月初，"三凶"犯了一个极大的错误。九月初四原有一道上谕："端华调补工部尚书，并补授步军统领，行在步军统领亦着端华暂行署理。"这本来是自己封自己的官，名义上是军机处的建议，而实际上出于"三凶"的指使。既已照准，谢恩便是；偏偏假惺惺作态，以致弄巧成拙。

据说"三凶"为了"丑表功"，联袂晋见，自陈差务繁忙，请求减少差使，意思是希望温语慰留，甚至交部议叙，借以造成深受两宫倚重的虚假印象。不到九月初一已上封号的慈禧太后，准如所请，面谕："载垣着开銮仪卫上虞备用处差；端华着开步军统领缺；肃顺着开管理理藩院并向导处事务。"

步军统领下辖左右翼两总兵，如隆科多言："一呼可集两万兵。"负拱卫京畿的重任，交出这一份军权，可说注定了将成阶下囚的命运。此外载垣与肃顺所撤去的差使，亦颇为重要。

銮仪卫掌管仪仗车驾，如果发动宫廷政变，首先要将銮仪卫抓在手里，才能摆得出场面，示臣民以天命所在。肃顺的两个差使，管理理藩院得与蒙古王公打交道；向导处掌营地度建，凡巡幸，为打前站的人员。开去此两差，肃顺对回銮时沿途的情况以及蒙古王公的动态，即无所知。以后在途为醇王所擒，未始不由此故。

九月二十三日启銮时，慈安太后贴身已藏着一份上谕，全文是：

> 上年海疆不靖，京师戒严，总由在事之王大臣等，筹画乖方所致，载垣等复不能尽心和议，徒以诱获英国使臣，以塞己责，以致失信于各国；淀园被扰，我皇考巡幸热河，实圣心不得已之苦衷也。
>
> 嗣经总理各国事务衙门王大臣等，将各国应办事宜，妥为经理，都城内外，安谧如常，皇考屡召王大臣议回銮之旨，而载垣、端华、肃顺朋比为奸，总以外国情形反复，力排众议。
>
> 皇考宵旰勤劳，更兼口外严寒，以致圣体违和，竟于本年七月十七日龙驭上宾，朕呼地抢天，五内如焚，

追思载垣等从前蒙蔽之罪，非朕一人痛恨，实天下臣民所痛恨者也。

按：此将文宗宾天之故，归罪于"三凶"，有此最大的一款罪状，是定下了一个议罪的基调，"三凶"非死不可了。

朕御极之初，即欲重治其罪，惟思伊等系顾命之臣，故暂行宽免，以观后效。孰意八月十一日，朕召见载垣等八人，因御史董元醇敬陈管见一折，内称请皇太后暂时权理朝政，俟数年后，朕能亲裁庶务，再行归政；又请于亲王中简派一二人，令其辅弼；又请于大臣中简派一二人充朕师傅之任，以上三端，深合朕意，虽我朝向无皇太后垂帘之仪，朕受皇考大行皇帝付托之重，惟以国计民生为念，岂能拘守常例？此所谓事贵从权，特面谕载垣等着照所请传旨。

该王大臣奏对时，哓[1]哓置辩，已无人臣之礼，拟旨时又阳奉阴违，擅自改写，作为朕旨颁行，是诚何心？且载垣等每以不敢专擅为词，此非专擅之实迹乎？总因朕冲龄，皇太后不能深悉国事，任伊等欺蒙，能尽欺天下乎？

此皆伊等辜负皇考深恩，朕若再事姑容，何以仰

---

[1] 哓（xiāo），争辩不止的声音。

对在天之灵？又何以服天下公论？载垣、端华、肃顺着即解任；景寿、穆荫、匡源、杜翰、焦佑瀛着退出军机处。派恭亲王会同大学士六部九卿翰詹科道将伊等应得之咎，分别轻重，按律秉公具奏。至皇太后应如何垂帘之仪，着一并会议具奏。特谕。

按：焦佑瀛原拟驳董元醇的上谕，有"是诚何心"一语，醇王对此耿耿于怀，故而针锋相对，袭用原文。此"是诚何心"无异责"三凶"矫诏之罪，有此一款大罪，更是非死不可了。

这道上谕在慈安太后身上藏了九天。这九天的行程，可以头一天为例，录敬事房档案，并略作解说如下：

> 九月廿三日：是日请驾后，至梓宫前奠酒，辰时目送梓宫出丽正门毕，随皇太后乘轿至喀拉河屯传膳。少坐，等梓宫至芦殿；升服，上在喀喇河屯乘轿至梓宫前奠奶茶。

按："梓宫"即"帝后灵榇"。"丽正门"为热河行宫正门。此言一早由小皇帝奠酒后，梓宫启行；然后随两宫由间道至喀拉河屯行宫用膳。梓宫不入行宫，另择空旷之处搭盖芦席棚停灵，称之为"芦殿"。小皇帝换素服乘轿至芦殿上祭。

以下叙奠奶茶礼节及以后的情形：

> 用黄磁碗，首领马呈递在万岁爷手，向上举；首领递过奶茶，站起，在旁站立。等万岁爷行一叩礼毕，首领马上请奶茶至殿外，跪略毕，随外边伺候奠酒；奠毕，仍还喀喇河屯。

按：宫中太监、宫女称在位之帝为"万岁爷"，先帝则以年号，如"嘉庆爷""道光爷"等。奠奶茶后，继以奠酒，即为上祭，祭毕仍还行宫。至翌日仍是一早祭后，送梓宫启行，间道赶至下一行宫，等候梓宫到芦殿，如前一日行事。

九月二十九日未正一刻，两宫太后及小皇帝乘黑布轿到达京师德胜门，留京王公大臣、文武官员，素服跪接。两宫太后召见恭亲王及大学士桂良、周祖培、贾桢，以及唯一留京办理军机处事务的户部左侍郎文祥。文祥在前一年十二月间，奉旨兼署步军统领；端华既已奏请开缺，文祥便自然而然地仍旧兼署了步军统领，控制着整个京畿的治安。

预拟的上谕，就在这一次召见中宣示。其时载垣、端华已获得信息，赶进宫去，当面抗议："太后不应召见外臣。"

慈禧在热河受够了"三凶"的气，尤其是明知文宗的病只是拖日子，唯一的皇子不久将登大位，她已是"准皇太后"的身份，而丝毫不加尊重，与慈安之间，有着明显的差别待遇。慈禧对嫡庶之分最为敏感，所以耿耿于怀，其憾莫释。

这时新仇旧恨一齐发作，立即又口授第二道上谕：

前因载垣、端华、肃顺等三人，种种跋扈不臣，朕于热河行宫，命醇郡王奕谦缮就谕旨，将载垣等三人解任。兹于本日特旨召见恭亲王，及大学士桂良、周祖培、军机大臣户部左侍郎文祥，乃载垣等肆言不应召见外臣，擅行拦阻。其肆无忌惮，何所底止！前旨仅予解任，实不足以蔽辜，着恭亲王奕䜣、桂良、周祖培、文祥即行传旨：将载垣、肃顺、端华革去爵职拿问，交宗人府会同大学士九卿翰詹科道，严行议罪。

载垣、端华之被拿问，是临时起意；但逮捕肃顺，则为预定的计划。特派肃顺护送梓宫，先有隔离之意；再派醇王亦随梓宫进京，即是为了对付肃顺，所以九月三十日，在颁发前引上谕的同时，颁发一道密旨，命睿亲王仁寿、醇郡王奕谦，"将肃顺即行拿问，押解来京"。

其实梓宫已到密云，半夜里肃顺方拥两妾高卧，醇王带着侍卫到下榻的旅舍中，悄悄动手。肃顺大肆咆哮，但已无及。其时醇王二十二岁，自以为是办了一件了不得的大事，每每夸耀于子侄。

肃顺为郑亲王端华之侄，所以被捕到京，亦监禁于宗人府，相见之下，彼此抱怨，肃顺表示："早从吾言，何有今日？"他们是否曾有过什么不利于慈禧太后的计划，就不得而知了。

十月初五在内阁集议，由于"三凶"为顾命之臣，所以罪名久议不决，最后由于刑部尚书赵光的坚持，定议凌迟。奏上，奉旨：

> 据该王大臣等奏称：载垣、端华、肃顺跋扈不臣，均属罪大恶极，于国法无可宽宥，并无异辞。朕念载垣等均属宗支，遽以身罹重罪，悉应弃市，能无泪下？惟载垣等前后一切专擅跋扈情形，实属谋危社稷，皆列祖列宗之罪人，非独欺凌朕躬为有罪也。
>
> 在载垣等未尝不自恃为顾命大臣，纵使作恶多端，定邀宽宥；岂知赞襄政务，皇考并无此谕，若不重治其罪，何以仰副皇考付托之重，亦何以饬法纪而示万世？即照该王大臣等所拟，均即凌迟处死，实属情真罪当。
>
> 惟国家本有议贵议亲之条，尚可量从末减，姑于万无可贷之中，免其肆市，载垣、端华均着加恩赐令自尽；即派肃亲王华丰、刑部尚书绵森迅即前往宗人府空室，传旨令其自尽。此为国体起见，非朕之有私于载垣、端华也。
>
> 至肃顺之悖逆狂谬，较载垣等尤甚，亟应凌迟处死，以申国法而快人心，惟朕心究有所未忍，肃顺着加恩改为斩立决，即派睿亲王仁寿、刑部右侍郎载龄前往监视行刑，以为大逆不道者戒。

辛酉政变，至此可说已告成功。此为近代史上第一件大事，其影响之重大，无可评估。两宫垂帘至光绪初年约二十年间，虽号称"同光中兴"，但慈禧无论对清朝的社稷，或者我们以现代的观点，就她对国家民族来说，都是罪浮于功。洪杨与捻军之必灭，与慈禧并无关系；易言之，非慈禧裁断统驭之功，因为肃顺对曾、左、胡及能干而肯任事的汉大臣，都是充分支持的，恭王亦然，因此，不论他们谁当政，湘军与淮军皆可克竟全功。

王湘绮于同治十三年（1874）作《独行谣》云：

祖制重顾命，姜姒不佐周。

这是很正确的评断。姜姒虽贤，亦不佐周，以女主临朝，实在是件不幸之事。而造成此一不幸者，慈禧并无责任，因为以她的性格，一定会出于垂帘一途，这是文宗、肃顺、恭王都知道的事。我认为应对此不幸之事负责者，第一是文宗，第二是"三凶"，第三是恭王。

《独行谣》于前引诗句下又有句云：

谁与"同道"章？翻怪垂帘疏。

不能召亲贤，自刬据天图。

戮之费一纸，曾不惊殿庐。

"祺祥"改"同治"，御坐屏波离。

"波离"即玻璃。此言两宫垂帘，咎在文宗，而最大的错误不在以"同道堂"图章赐慈禧，而在"不能召亲贤"，八顾命中无论如何不能不列恭王。当然"三凶"排拒太过，自误误国，罪亦不轻。

至于恭王之咎，不应不为肃顺缓颊，以肃顺之才，收服其人后，可资为助手。如能为之力争免死，则肃顺感于救命之恩，倾心推服，亦是可预见之事。

"三凶"手握大权，隔绝内外，而辛酉政变之能轻易成功者，一方面固由"三凶"之自误，另一方面更当重视慈禧与恭王临大事的态度，慈禧女流而无妇人之仁，恭王亲贵而能辱身苦志，这才是辛酉政变能够成功的主要原因。

薛福成《庸庵笔记》谈恭王初至热河情事云：

> 恭亲王先见三奸，卑逊特甚，肃顺颇蔑视之，以为彼伺能为，不足畏也。两宫皇太后欲召见恭亲王，三奸力阻之，侍郎杜翰昌言于众，谓叔嫂当避嫌疑，且先帝宾天，皇太后居丧，尤不宜召见亲王。
>
> 肃顺拊掌称善曰："是真不愧杜文正公之子矣。"然究迫于公论，而太后召见恭亲王之意亦甚决，太监数辈传旨出宫，恭亲王乃请端华同进见，端华目视肃顺，肃顺笑曰："老六，汝与两宫叔嫂耳，何必我辈陪哉！"
>
> 王乃得一人独进见，两宫皆涕泣而道三奸之侵侮，因密商诛三奸之策，并召鸿胪寺少卿曹毓瑛密拟拿问各

旨，以备到京即发，而三奸不知也。次日，王即请训回京，以释三奸之忌。兼程而行，州县备尖宿处，皆不敢轻居，惧三奸之行刺也。及抵京，密甚，无一人知者。

恭王、慈禧以外，在宫中另有两人，于辛酉政变之能成功，亦颇具关系，一个是慈安太后，钮祜禄氏，广西右江道穆阳阿之女，事文宗潜邸，咸丰二年（1852）封贞嫔，进贞贵妃，立为皇后。

当文宗崩时，慈安年二十五岁，慈禧则为二十七岁，虽长于慈安两岁，而两宫并尊后，以姐妹相称，呼慈安为"姐姐"，当时天下公论，称"东宫优于德；西宫优于才"，东宫之德在于"粥粥若无能"，故能与慈禧串演"双簧"，而使肃顺疏于防范。《庸庵笔记》云：

> 慈安皇太后以咸丰初年正位中宫，当时已有圣明之颂。显皇帝万几之暇，偶以游宴自娱，闻中宫婉言规谏，未尝不从；外省军报及廷臣奏疏寝阁者，闻中宫一言，未尝不立即省览；妃嫔偶遭谴责，皆以中宫调停，旋蒙恩眷。
>
> 显皇帝幸热河，逾年龙驭上宾。当是时，肃顺专大政，暴横不可制，太后与慈禧皇太后俯巨缸而言，计议甚密，于是羁縻肃顺，外示委任，而急召恭亲王至热河，与王密谋两宫及皇上奉梓宫先发，俾肃顺部署后事。既至京

师，则降旨解肃顺大学士之任，旋革职拿问，遂诛之。

肃顺素蓄异谋，以皇太后浑厚易制，赦忍而少待，不意其先发制之，临刑时颇自悔恨云。

由此可知密札中的所谓"东边转弯"，原是预先筹划好的。

再一个是慈禧所信任的太监安德海，小名"小安子"。两宫密议的步骤，交恭王执行，先由安德海进京密传，故恭王至热河后，坦然请"三凶"一起进见；及至"独对"时，除悼伤文宗及力请回銮外，亦不及他语。

因为宫内有肃顺的耳目，如总管太监袁添喜、王喜庆，太监杜双奎、张保桂、刘二寿等，后来均因交结肃顺获重罪；知名者已有五人，不知名者更不知凡几，两宫及恭王不能不格外谨慎。

事实上意见早经沟通，所以曹毓瑛密谒有所陈述时，恭王只答以"回京再说"。凡此声色不动的表现，使得"三凶"确信两宫无能为力，恭王有所忌惮，即有举动，亦在到京以后，而凡有举措，逃不过军机一关；而"搁车"一着，足以制服两宫。不意到京即遇雷霆之威；肃顺更想不到"中途遇伏"。是则安德海直可谓辛酉政变中的关键人物。

至于两宫与恭王通消息，要做得声色不露，能够瞒过"三凶"，颇为不易。安德海能够完成密使的任务，有各种传说，比较合理可信的是，慈禧行了一条苦肉计，借细故将安德海重责，遣送回京，罚当苦差。安德海是慈禧亲信的太监，故非如此，不足以遮"三凶"的耳目。

回銮后，自然要为文宗大事治丧。十二月上尊谥，庙号曰"显"。文宗资质胜过父祖，惜在体弱，即位后内忧外患交迫，因而寄情酒色，益形斫丧，以三十一岁的有为之年，一瞑不视。

《清史稿》论曰：

> 文宗遭阳九之运，躬明夷之会。外强要盟，内孽竞作，奄忽一纪，遂无一日之安！而能任贤擢材，洞观肆应，赋民首杜烦苛，治军慎持驭索，辅弼充位，悉出庙算。乡使假年御宇，安有后来之伏患哉？

这是不算过分的颂赞。所谓"后来之伏患"，即指慈禧弄权，终于断送大清天下。

第十一章

穆宗——同治皇帝

同治即位，改组朝廷

穆宗，名载淳，咸丰六年（1856）三月二十三日生于西六宫的储秀宫，《清宫述闻》引《清稗类钞》作注云：

> 孝钦后初入宫时，封兰贵人，后封懿嫔，再进懿妃。……穆宗诞生九月时，孝钦后犹为妃也；承文宗特恩，赐回家省亲一次。先有太监至其家，告以某时驾到，届时，太监及侍卫群拥黄轿而至，其母率家人亲戚，排立院中，入内堂，太监请妃降舆，登堂升座，除母及长辈外，皆跪地叩头，排筵宴，母陪坐于下，盖以妃为皇子之母也。

按：慈禧母家在东城方家园，父名惠徵，官至安徽徽宁池太广道，时当道光末年，洪杨起事，惠徵守土无方，革职留任，旋即病殁；遗妻一、子女各二，慈禧居长。官场间有句话，叫作："太太死了压断街，老爷死了没人抬。"何况又是革员，因而身后萧条，几于无人过问。

慈禧奉母率弟妹盘灵回京时，凄凉万状，一路上真是以泪洗面。哪知路过清江浦时，忽有县官致送一份极重的奠仪，慈禧姐妹感激涕零，相誓若有得意的一天，必当重报。这个县官名叫吴棠，后来官至四川总督，有个很别致的外号，叫作"一品肉"。

吴棠是江苏盱眙人，时任清河知县，清河即清江浦，亦即淮阴，此处为运河枢纽之地，县官送往迎来，应酬甚繁，当时他所送的一份奠仪，受者本非惠徵的遗族，为仆人所误投，接到谢帖一看，才知道错了。

奠仪无追回之理，想起漂母与韩信的故事，索性将错就错，具衣冠到船上去行礼吊唁，慰问遗属；慈禧姐妹益发铭诸心版，感激不尽。

按：吴棠之受慈禧赏识，据费行简《近代名人小传》谓：吴棠原为惠徵的幕友，"徵没，亏榷款，棠为筹措，家属乃得行。后以举人大挑知县，数司河工，擢知府"云云，殊有未谛。《清史稿》本传：

> 吴棠，字仲宣，安徽盱眙人。道光十五年举人，大挑知县，分南河、补桃源、调清河、署邳州。……咸丰三年，洪军陷扬州，时图北窜，棠招集乡勇，分设七十二局，合数万人，联络邻近十余县，合力防御，有声江淮间。丁母忧，士民攀留，河道总督杨以增疏请令治丧百日后，仍署清河。太常寺少卿王茂荫疏荐，诏询以增，亦以治绩上，特命以同知直隶州即补，赐花翎。

经历甚明。至咸丰十年（1860）补淮徐道；十一年

（1861）十一月擢升江宁藩司，署理漕督。由道员一跃而为总督，事在两宫垂帘以后，亦即慈禧报恩的开始。

穆宗即位于慈禧生日前一天的十月初九，年号废弃"祺祥"不用，改称"同治"。这个年号的含义很广，既可谓两宫同治，更可谓两宫与亲贵同治，亦可谓满汉同治，具有大团结的意味。

即位之前第一件大事是改组政府，在恭王主持下，军机处出现了一张崭新的名单：

> 加授议政王在军机处行走，和硕恭亲王奕䜣；
> 太子太保文华殿大学士桂良；
> 户部尚书沈兆霖；
> 户部右侍郎宝鋆；
> 户部左侍郎文祥；
> 鸿胪寺少卿曹毓瑛。

恭王为军机领班，以下两满两汉四大臣，象征了满汉协力同治的局面。由此形成了一个制度，即军机处由亲贵为领袖，军机大臣两满两汉，两汉中在籍贯上南北各一，因而又形成了所谓"南北之争"。

这个制度维持到光绪末年改新官制，大致不变，尤其是两汉中保持南北的均势以及"忌满六人"这两点。

《清朝野史大观》第五辑《清代述异》中有一条：

自雍正七年设立军机处以后，必以大学士、尚书、侍郎之干略优长，默契宸衷者为大臣，承写谕旨，筹商大政，盖犹唐宋之入"中书同平章事"、明之"入阁预机务"也。

不入军机，则虽位居大学士，不得谓之真相。顾闻枢廷里外各一室，本不甚宏敞，大臣如满六人，坐位固嫌逼窄，相传必有一人不利者。远者余不能尽知，姑就同治以来言之。

按：此文以下所举之例多属光绪朝之事，留待后文再谈。这里所要强调的是，军机大臣的员额，多则意见分歧，少则咨询不足，以五人为限，是个很适当的数字。

"总理各国事务衙门"之设立

恭亲王另外还主持了一个现代史上关系最重大的机构，就是"总理各国事务衙门"。中国自秦汉以来，外交上有多次改制，而最重要的是这一次，应该特别做一介绍。

清朝除理藩院专管藩属外，外交事务本由会同四译馆办理，初制会同、四译为两馆，会同馆隶属礼部主客司，掌管外国使节的食宿招待；四译馆则隶属于翰林院，职司语文翻译，乾隆十三年（1748）合并为会同四译馆，以礼部郎中一人，兼鸿胪寺少卿衔，提督馆事。

但严格而言，清朝自开国至英法联军内犯时为止，并不承认有如现代解释的外交，因为以天朝大国自居，对任何外国皆不以平等地位相视，道光朝发生了实质上很严重的外交纠纷，而仍以地方事件视之，交由两江或直隶总督以钦差的名义处理。

文宗之不愿接受英国大使额尔金的呈递国书，即因不愿承认英国为敌体；而英国之必欲其大使照国际礼节亲递国书者，为了湔雪[1]马戛尔尼向高宗屈膝之耻。

此事发生于乾隆五十七年（1792），英国所遣正使伯爵马戛尔尼，于是年八月初十高宗万寿前谒见于热河围场万树园黄幄中，先不愿下跪，强之止屈一膝，及至殿上不觉双跪俯伏，清朝制艺名家管世铭有诗云："一到殿廷齐膝地，天威能使万心降。"世铭时为军机章京，随扈行在，亲见其事，诗为纪实。

英国引此为奇耻，必欲洗刷。文宗则以同为英使，前则屈膝，今则折腰，惭将来无以见其曾祖于地下，因而不惜北狩以避，且严禁同气连枝的恭王与英使相见。为此礼节细故，酿成巨祸，中国人好虚文的积习，真是害死人。

恭王明达，深知非以同等地位视外国，不足以言外交，因而于咸丰十年（1860）十二月初三与桂良及文祥，联名奏

---

[1] 湔（jiān）。湔雪，意思是洗雪、洗刷。

请设立"总理各国事务衙门",专责处理"各国事件"。这个衙门简称"总署";又以接管了会同四译馆的业务,所以又称"译署"。

总署之设立,为文祥一手所策划,原奏拟呈"章程六条",第一条厘定总署的规则云:

> 以王大臣领之;军机大臣,承书谕旨,非兼领其事,恐有歧误,请一并兼管。并请另给公所,以便办公,兼备与各国接见。其应设司员,拟于内阁部院军机处各司员章京内,满汉各挑取八员,轮班入值,一切均仿照军机处办理,以专责成。俟军务肃清,外国事务较简,即行裁撤,仍归军机处办理,以符旧制。

于此可见,总署设立之原意,为另设一专办"各国事务"的军机处。

所谓"各国事务",最主要的是通商。章程第二条云:

> 南北口岸,请分设大臣,以期易顾也。查道光年间通商之初,只有广州、福州、厦门、宁波、上海五口,设立钦差大臣一员。现在新定条约,北则奉天之牛庄、直隶之天津、山东之登州;南则广州之粤海、潮州、琼州,福建之福州、厦门、台湾、淡水,并长江之镇江、九江、汉口;地方辽阔,南北相去七八千里,仍令其归

五口钦差大臣办理，不独呼应不灵，各国亦不愿从。且天津一口，距京甚近，各国在津通商，若无大员驻津商办，犹恐诸多窒碍。拟请于牛庄、天津、登州三口，设立办理通商大臣，驻扎天津，专管三口事务。

直隶为畿辅重镇，督臣控制地方，不能专驻天津；而藩臬两司各有专职，亦未便兼理其事，拟仿照两淮等处之例，将长芦盐政裁撤，归直隶总督管理，其盐政衙署养廉，即拨给通商大臣，不必另议添设，以节经费。

旧管关税，一并归通商大臣兼管，分晰造报。并请颁给"办理三口通商大臣关防"一颗，无庸加"钦差"字样。仍准酌带司员数员，以资襄办。遇有要事，准其会通三省督抚、府尹，商同办理，庶于呼应较灵。

而通商的主要货品，即是引起战争的鸦片，当时名为"洋药"。开禁收税情形，据《清史稿·食货志》载：

咸丰七年，闽浙总督王懿德等始有军需紧要，暂时从权，量予抽捐之请，朝旨允行。八年，与法定约，向来洋药不准通商，现稍宽其禁，听商贸易，每百斤纳税银三十两，只在口销售；离口即属中国货物，准华商运往内地，法商不得护送。嗣与各国定约皆如之。

九年，上以洋药未定税前，地方官多有私收情弊，现既议定税章，自应一律遵办。上海为各商荟萃之区，尤宜及早奉行，不得以多报少，藉肥私囊。两江总督何桂清，请减轻洋药税，下廷议，寻议："洋药税则，各省关均照办，江苏何得独异？所征税银，每三月报解，不准留支。至洋药厘捐，与关税有别，原定银二十两，毋庸再加十两，惟不得以洋税抵作厘捐。"允之。云贵总督张亮基言滇省向无洋药，上命先将所产土药，分别征收税厘，不得以洋药混土药。

十一年，上海新行洋药税章程，而普鲁斯领事密迪乐，以洋商既定进口税，重征华商，有碍洋商贸易。上曰："洋商进口，华商出口，两税各不相碍。"不允其请。时税务局赫德言："洋药抽税，今昔情形不同，收税愈重，则走漏愈甚。"上以其言可采，下所司酌议施行。

鸦片收税，在同光年间成为政府税入的主要项目，确数无从计算；根据《清史稿·食货志》简略不全的记载，为之做一概略清算，已颇可观。

按：鸦片分为进口及土产两种，称为"洋药""土药"。洋药来自印度，每个大如足球，俗称"大土"或"人头土"，在烟土中等级最高。土药则产于云南者称为"云土"，产于四川者称为"川土"，质地较次；又有"西口土""北口土"等。

洋药自印度先运香港，输入国中以江海关为主要入口，每箱百斤，征正税三十两，厘金八十两，合共一百一十两；至光绪末年增至每百斤三百六十两，姑以前后通扯，折中计算为每百斤征税二百二十两，每年行销约九万箱，计九百万斤，征税厘银共一千九百八十万两。土药则先征四十两，后来加征二百三十两；销数无考，但绝非小数，有一友于抗日战争胜利后在云南当县长，据说地方大豪示意，每年可馈赠烟土三万两，勿再需索，即此一端，可想而知。

进口洋药类中，又有"莫啡鸦"一名，即海洛因，俗称"白面"，每两征税银三两，进口数字无考。

此外不论洋土药，行销皆须照章请票，即是营业许可证。票分两种：一为"行票"，每票限十斤以下，每斤捐银二钱；一为"坐票"，烟膏店不论资本大小，年捐二十两，换票一次，类似如今舞厅、酒家的许可年费。

全国烟膏店不知几许，但由烟土的消耗量略作计算，吸食者之众，殊足惊人。今以每年消耗"洋药"九万箱计，合计得九百万斤，每斤十六两，共一亿四千四百万两，由土成膏，八折计算，犹得一亿一千五百万两。

瘾君子日吸一钱，年吸三十六两，已得三百余万人，而土药不计在内，估计有一千万人，而以中年人为主，国势何得不弱？

在总署设立之初，还有件很重要的任务，说起来是个极大的讽刺，即是请"洋将洋兵助剿"，而以英法为主，本为死敌，忽成义友。当总署初设时，即奉交折片四件，皆论洋将洋兵助剿之事。此四折片出自曾国藩、袁甲三、薛焕。

据恭王等奏复云：

袁甲三于利益之间，辩论最为明晰，诚如圣谕，自
系正论。曾国藩酌量军情缓急，并控御外夷之方，因时
制宜，实为详备。薛焕则意在倾发逆之巢穴，水陆并
进，急收成效，与曾国藩所见，大同小异。

按：请援于国际，当洪杨未破金陵以前，即已发动，
首倡者为江苏巡抚杨文定，未允所请；及至洪杨破金陵，
而小刀会刘丽川在上海起事，当时英、法、美三国已决定
保护其在上海的侨民安全及商业利益，所以由法国派兵打
败了刘丽川。

至咸丰十年（1860）春夏之交，出现了很微妙的情况：
朝廷正与英、法相抗，而上海由四明公所董事、专营对我贸
易的"大记"老板杨坊及苏松太道吴熙，雇美国退伍军人华
尔，招募了吕宋人一百名，组成了一支洋枪队，并以法尔思
德、白齐文为副。

而两江总督何桂清，则有一极好的构想，即将与英法
的冲突及邀洋将洋兵助剿两事，合在一起解决。兹据郭廷以
《近代中国史事日志》，将当时有关情况排比如下，自可见其
演变的真相：

咸丰十年四月十七日：何桂清在上海晤英使普鲁斯
商和好，并请助剿，无成。（按：何桂清于两天后革职，
曾国藩继督两江。）

四月十九日：命江苏布政使薛焕署钦差大臣，办理五口通商事宜。

五月初一日：以薛焕为江苏巡抚。并诏，不准何桂清等向英法借兵；命薛焕告知英法使臣，毋庸再议，即其情愿入江相助，亦当婉拒。

五月初八日：何桂清等奏，请安抚夷人，坚其和议，俯如所请，劝其助顺剿贼。诏毋庸议，并命薛焕向额尔金、葛罗开导操纵。

五月十五日：命薛焕与吴煦，雇募吕宋洋勇百名遣回，勿使夷人得以借口。（按：洋勇即华尔之洋枪队，以吕宋系英人党羽，俄使亦有募勇助剿之议。）

五月廿三日：再命薛焕开导夷商，阻额尔金等北来，并裁撤夷勇，作为商雇并非官雇。

五月廿八日：华尔等克松江、攻青浦。（按：攻青浦不利，为李秀成所败，失军械颇多。）

七月初二日：李秀成进至徐家汇，逼上海西南两门，江苏巡抚薛焕借英法军千二百人固守，焚附城民房。

七月初三日：李秀成军三面包围上海，焚江海关，进逼法租界，为英法军所败。

七月初四日：李秀成再攻上海，逼近英租界，复为英军所败。

经此一仗，李秀成撤围，上海得以确保，亦即保住了最重要的一个饷源及对外的出口。以后江苏士绅向曾国藩乞师，李鸿章"用沪平吴"，得建大功，皆得力于这一仗。倘或上海落入洪杨第一人物李秀成之手，东南半壁的形势改观，历史或者又是不一样写法了。

但同为请洋将，恭王与桂良、文祥等的看法不同，会奏中引叙曾国藩的原奏说：

> 曾国藩奏称，米夷质性醇厚，于中国时思效顺，而于英佛并非团结之党，应暗杜俄夷市德米夷之心，使其毫无疑忌，或可输忱昵就各等语。查道光年间，英夷在广东犯顺时，该夷与佛兰西，均钦遵谕旨，不敢违法贩卖鸦片。
>
> 迄至二十二年，英夷在江宁换约，该夷始于二十四年，恳请一体办理。咸丰三年，该夷请以兵船助剿金陵。抚臣杨文定据以入告。嗣因向荣以为不可，未经允进。是米夷之于中国，与英佛情有不同。

所谓"米夷"即指美国人，当时采用日本的译名，称美为"米"，称法为"佛"。中美的传统友谊，确与他国不同，最具体的表征是华尔的事迹。《清史稿》列传二百二十二为客卿专传，以华尔冠首。

华尔为纽约人，退伍后不知犯了什么罪，逃到上海为美国领事所拘，苏松太道吴煦为之缓颊，因而感恩为吴煦所用。本传：

    咸丰十年，洪军陷松江，煦令募西兵数十为前驱，
华人数百，半西服、半常装从其后，华尔诚曰："有进
无止，止者斩！"敌迎战，枪炮雨下，令伏，无一伤
者。俄突起轰击之，百二十枪齐发，凡三发，毙敌数
百。敌败入城，蹑之同入，巷战，斩黄衣敌数人，余遁
走，遂复松江，华尔亦被创。

    先是煦与华尔约，城克，罄敌所有以予；至是入敌
馆，空无所得，以五千金酬之，令守松江。又募练洋枪
队五百，服装、器械、步伐皆效西人。

    同治元年，洪军又犯松江、富林、塘桥，众数万直
逼城下，华尔以五百人御之。被围，乃分其众为数圆阵，
阵五重，人四向，最内者平立，以次递俯，枪皆外指，
华尔居中，吹角一响，众应，三发，死敌数百。逐北辰
山，再被创，力疾与战，敌始退，遂会诸军捣敌营，杀
守门者，争先入毁之。是役也，以寡敌众，称奇捷。

    这段记载，在研究中国战史或军制史的学者，可能不
会注意；其中有一层不平凡的意义，即中国武器中的所谓
"火器"，虽早在明成祖时，就有了红衣大炮，而在清初已
有长枪，且受教于西洋教士，精通天算的圣祖，能以几何
原理计算弹道及弹着点，但"火器"效用的发挥，基本上

仍靠个人的武艺。

华尔则是将近代战术引进中国的第一人。所谓近代战术，亦即是个人不必精通射击，只要听从指挥，便能集结火力，充分发挥打击力量，达到压制敌人的效果。

这在现代来看，是每个士兵都懂的道理，而在当时，却是战术上的突破。湘军、淮军能克奏肤功，得力于洋兵助剿者少，获益于洋将所引进的有关战术及指挥上的新观念者多。至同治元年（1862）九月二十六日，根据总署建议，颁发一道上谕：

> 逆贼窜扰东南，蔓延沪上、宁波等海口，官兵不能得力，暂假洋人训练以为自强之计，原以保卫地方……业于天津、上海等处先后办理，近来宁波亦已照办。惟以洋人训练，即以洋人统带，是其既膺教习之任，并分将帅之权……莫若选择员弁令其学习外国兵法。去其所短，用其所长，于学成后自行训练中国勇丁。

上谕中规定的办法是：

> 着曾国藩、薛焕、李鸿章、左宗棠商酌，于都司以下武弁中，择其才堪造就，酌挑一二十员，令其在上海、宁波，学习外国兵法，以副（将）参（将）大员统之，会同外国教练之官，勤加训练。

其练习勤惰，即责成统带之员，留心稽查，分别惩
劝；练成之后，即令各该员弁，转传兵勇，以资得力。
如新练之将弁，数月后得有成效，即可将上海、宁波等
处学习外国兵法勇丁交其统带。

此外并规定广州、福州各处，亦应照此办理；于旗营、
绿营拣选可造之才，加以训练，谆谆叮嘱："断不可惜目前之
小费。"此为中国军事现代化的第一步，可惜的是这一步跨得
不大。

话虽如此，如无当政的恭王，就没有专办洋务的总署；
如无总署，中国与西方文明背道而驰，距离将越来越远。

总署另一项开明的举措是设立"同文馆"，教授洋文。
在议定总署章程六条中，第五条即言此事。于同治元年
（1862）七月开馆，聘英人包尔腾为教习，初期仅学生十人，
但风气已开，于启迪民智的关系甚大。

总署章程为文祥一手所策划，而于设立同文馆一事，尤
为注重。他的本意是由习西洋语言文字开始，进而引进天算
等基本科学，以为富强之基，眼光相当远大；可惜为顽固的
保守派所阻挠，空有抱负，但仍对曾国藩、李鸿章等有力疆
臣发生了良好的影响。在我的看法，如有所谓"同光中兴"，
首先要介绍的，不是曾、左、胡、李，而是文祥。

文祥，字博川，世居盛京，瓜尔佳氏，隶属满洲正红
旗，与恭王的老丈人桂良同旗同族。他之得蒙赏识，自与桂

良的吸引有关。

不过他本人的出身亦不错，道光二十五年（1845）的进士，笔下明敏通达，较之好些有名无实的旗下翰林高明多多，其风采在《清朝野史大观》中有一段记载，颇令人向往：

> 蔡毅若观察，名锡勇，言幼年入广东同文馆肄习英文，嗣经选送京师同文馆肄业，偕同学入都。至馆门首，刚下车卸装，见一长髯老翁，欢喜迎入，慰劳备至，遂带同至馆舍，遍导引观，每至一处，则告之曰："此斋舍也。""此讲堂也。""此饭厅也。"指示殆遍，其貌温然，其言蔼然。诸生但知为长者，而不知为何人。后询诸生曰："午餐未？"诸生答曰："未餐。"老翁即传呼提调官，旋见一红顶花翎者旁立，貌甚恭，诸生始知适才所见之老翁，乃文文忠也。

文祥，谥文忠。清朝谥文忠者共十人，多杰出之士，如林则徐、胡林翼、李鸿章、荣禄等，文祥亦其中之一。

同治朝的军机大臣，除恭王掌枢外，始终保持两满两汉的局面。两满则始终为文祥与宝鋆。宝鋆为恭王的密友，交情密至彼此在大庭广众间开玩笑的程度，他之得长在枢庭，其故可知。恭王之所倚恃者，实为文祥。

而文祥体弱，有时不胜烦剧，则又倚恃与李鸿藻、荣禄对立的沈桂芬。清朝汉大臣一直有南北之争，但旋起旋消，直到同光两朝，方始壁垒分明，长期对峙，影响和战大计，至为深刻，此则与文祥支持沈桂芬有很大的关系。

得恭王支持，曾国藩畅行其志

恭王最为人所称道者，虽与肃顺为敌，但对肃顺的政策、路线，毫不存成见，善则留，恶则去，绝不似一般政争中人亡政息、全盘否定的习见情形。如肃顺全力支持曾国藩，当肃顺垮台后，颇有人为曾国藩危，亦为国事危，怕曾以肃党的嫌疑而夺其兵权，结果是恭王反进一步支持曾国藩。

咸丰十一年（1861）十月十八日，亦就是小皇帝嗣位的第十天，有一道上谕：

> 谕钦差大臣两江总督曾国藩，着统辖江苏、安徽、江西三省，并浙江全省军务，所有四省巡抚提督以下各官，悉归节制。浙江军务着杭州将军瑞昌帮办；并着曾国藩速饬太常寺卿左宗棠，赴浙江剿办贼匪，浙省提镇以下各官，均归左宗棠调遣。

这道上谕，保证了曾国藩畅行其志。一总督而节制四省，以及驻防将军为总督帮办军务，在清朝都是前所未见之事。

尤其难能可贵的是，汉人大老中，反有以曾国藩兵权太重而深怀忧虑者。薛福成《庸庵笔记》有一条云：

> 相国某公者，累掌文柄，门下士私相标榜，推为儒宗，以学问淹雅负重望，一时考据词章之士，与讲许氏学者，翕然称之。道光季年，以尚书入为军机大臣，与首相穆彰阿共事，无龃龉，咸丰初遂为首相。

> 粤贼之踞武昌、汉阳也，进陷岳州以逼长沙，曾文正公以丁忧侍郎起乡兵，逐贼出湖南境，进克武、汉、黄诸郡，肃清湖北。

> 捷书方至，文宗显皇帝喜形于色，谓军机大臣曰："不意曾国藩一书生，乃能建此奇功。"某公对曰："曾国藩以侍郎在籍，犹匹夫耳，匹夫居闾里，一呼嗷起，从之者万余人，恐非国家福也。"文宗默然，变色者久之。由是曾公不获大行其志者七八年。

此"相国某公"谓祁隽藻，嘉庆十九年（1814）进士，官至体仁阁大学士，他是山西寿阳人，同治初年所称为"寿阳相国"者，就是他。

两江总督何桂清毙命西市

与曾国藩贤不肖相对的是他的前任何桂清。何桂清，字根云，云南昆明人，道光十五年（1835）乙未翰林，与先高祖信臣公同年。这一榜很有名，逸闻多多，其中之一是，何桂清与广东顺德的罗惇衍入翰林时，皆为十七八岁的少年。

何桂清于咸丰七年（1857）继怡良总督两江，得任此缺，出于他的同年彭蕴章的保荐。薛福成《书昆明何帅失陷苏常事》云：

> 兵部尚书总督两江昆明何桂清，字根云，家世微甚。入翰林，循资八迁而至侍郎，督学江苏。值粤寇傲扰江南北，颇属幕客草疏陈兵事，纠劾疆吏之退缩偾事者，持论多侃侃。文宗奇其才气，改官浙江巡抚，年未四十也。
>
> 抚浙数年，通判徐征恃其同官王有龄之骤迁道员，讦告巡抚奖荐不公。何帅奏陈颠末，语稍亢激，天子责之，引疾罢归。已首途矣，适缺两江总督，上询军机大臣："此官以筹饷为命脉，孰能胜任者？"大学士彭蕴章奏称："何桂清在浙江，饷徽州全军数万人，未尝缺乏。"上题其言，彭相亦倾心推毂。

按：何桂清的家世出身，与殉洪杨之难的浙江巡抚王有龄有密切关系。陈代卿《慎节斋文存》记：

> 浙江巡抚王壮烈公有龄，幼随父观察浙江……至天

津，闻有星使何侍郎桂清赴南省查办事件，乃当年同砚席友也。先是，王随父任，初就傅，何父方司阊署中，有子幼慧，观察喜之，命入塾与子伴读，既长能文章，举本省贤书，入都赴礼部试，遂不复见，不意邂逅于此。

此记为薛文谓何桂清"家世微甚"做一注脚，但谬误甚多。王有龄谥壮愍，非壮烈；王父名燮，道光七年（1827）以大挑知县分发云南，先后调署新平、昆明各县，其时王有龄已十八岁，结婚生子，不可能与何桂清"同砚席"。

又，王燮官至甘肃平凉知府，亦非道员（观察）。笔者幼时闻长辈言，何、王确有极密切的关系，何桂清受王家父子提携之恩极深。何父本非云南人，何桂清系冒籍应试，因字根云，以示不忘本，于云南"同乡"亦颇照应，故无讦其冒籍者。

但何桂清后因失陷苏常，逮京交廷议议罪时，刑部尚书赵光力主按疆臣失地律论大辟，其奏疏中有警句："不杀何桂清，何以谢江南百万生灵？"传诵一时。赵为昆明人，与何为"小同乡"，何不顾乡谊如此？论者谓，何冒籍云南，而失苏常为云南人蒙羞，此所以赵光必欲杀其人。

薛文又云：

何帅复力荐王有龄筹饷精敏，擢江苏布政使。由是总督藩司呼吸一气，揽巡抚征饷察吏之柄。有龄益发舒，巡抚赵德辙不能事事，移疾去。

按：江苏有两藩司（布政使）：一称江宁布政使，驻江宁，归江督节制，下辖江、淮、扬、徐四府，海、通二州；一称江苏布政使，驻苏州，归江苏巡抚节制，下辖苏、松、常、镇四府及太仓州、海门厅。

其时江宁已成"天京"，何桂清驻节常州，乃侵苏抚之权，而直接指挥江苏藩司；王有龄亦恃何桂清的奥援，无巡抚在眼中。赵德辙不堪求去，继任者为徐有壬，而王以待赵者待徐，上院时与巡抚平起平坐，侃侃而谈，目无长官，因此而闹过一个笑话。

据说，徐有壬对王有龄的作风无法忍受，但因王有龄后台很硬，参他不动，只好另想办法来打击。

有一天上院时，王有龄谒见，高谈阔论之余，命随从听差装水烟来吸，徐有壬一见，大声阻止："不行，不行！"王有龄方在错愕之际，徐有壬已提出解释："二品以上，见长官时才能吸水烟，二品以下只能吸旱烟。"这是个不成文法，原不必认真，而徐有壬仓促间以此抵制，王有龄锐气为之一挫，以后便敛迹得多了。

薛文又云：

未几，帮办提督军务张忠武公国梁攻克镇江，何帅以筹饷功加太子少保。咸丰十年春正月，张公总统诸军，攻克九洑洲，何帅又以筹饷功，加太子太保。当是时，何帅渥承眷倚，慷慨谈兵，讦谟辐凑，声誉翔洽，与湖北巡抚胡文忠公林翼相上下，天下称"何、胡两宫保"云。

张国梁亦就是评剧《铁公鸡》中的张嘉祥，克复江浦九洑洲，事在咸丰十年（1860）正月；进而克复沿江的上关与下关，完成了对"天京"的包围形态，与江宁将军钦差大臣和春深沟高垒，作久困洪军之计。

其时金田起事"六王"中，"南王"冯云山、"西王"萧朝贵，未到金陵即已阵亡；"东王"杨秀清、"北王"韦昌辉，自相残杀而偕亡；"翼王"石达开心灰意冷，远走西南；只剩下一个光杆儿的"天王"洪秀全，由新崛起的"忠王"李秀成，与洪秀全族弟"干王"洪仁玕主持全局。

李秀成确是人才，他在金陵被围之前，便已看得很清楚：官军精锐，齐集金陵，即所谓"江南大营"，而饷源则在苏杭，不如轻兵间道袭苏杭；杭州告急，苏州亦必震动，江南大营为保饷源，必分兵以救，那时便可乘暇蹈隙，回师反攻，大营一破，苏杭必下。果然，李秀成这条围魏救赵之计，竟收奇功。当时的战况，据《近代中国史事日志》及其他资料，摘录如下：

咸丰十年正月初六日：李秀成自金陵夺围赴芜湖。

正月十九日：李秀成领军自芜湖攻皖南，旋占泾县、宁国。

二月初三日：李秀成占广德州，进攻浙江。

二月初三日：李秀成及侍王李世贤进占浙江长兴。

二月十四日：英王"四眼狗"陈玉成自安庆回师攻滁州、全椒，以为牵制。

二月十五日：李秀成进兵杭州，李世贤攻湖州。

二月十八日：总兵张玉良领江南大营兵五分之二援浙。

二月十九日：李秀成攻杭州。

二月二十七日：李秀成破杭州，巡抚罗遵殿殉难，将军瑞昌退保满城。

三月初三日：张玉良兵抵杭州；李秀成以战略目标已达成，恐归路被断，弃杭州西走。

三月十二日：命钦差大臣和春兼办浙江军务，并以王有龄升调浙江巡抚。

三月十四日：李秀成仍回皖南广德。

三月十八日：李秀成在安徽建平召开军事会议，商"天京"解围之策。

这时李秀成的战略，已开始见效。首先发生问题的是军饷支绌。薛福成记：

先是，金陵大营兵勇七八万人，月支饷银五十万两，皆取办于苏、松、常、太及浙江之杭、嘉、湖、宁、绍诸郡。两江总督驻常州，专主饷事，未尝缺乏，故能支持八年之久。

及和、张两帅益募壮勇，增筑长围，需饷有加；浙江告警，大营分兵驰救，骤加行费，浙江自顾不暇，饷亦不继，粮台收款骤绌，月短二三十万金。何帅驰告和、张二帅，请自后阁四十五日发一月饷。

是时顿兵日久，将卒虽习战事，实已骄佚，酗酒狎妓，酣嬉无度，月支足饷尚不敷用，及骤闻减饷事，则怅怅有如失。翼长提督王浚为和帅所倚，把持军政，借势侵克，众情蓄憾，互相传播，谓："贼若来攻，吾辈坚勿出战，任大帅、翼长自为之。"

按：绿营向有克扣情事。发饷称为"关饷"，故有"十关""九关"等名目。所谓"十关"，即一年只发十个月饷。如四十五日作一个月算，合之则为"八关"。在大敌当前的火线，非闲常戍守可比，所减过多，即无王浚的把持侵克，亦足以影响士气。

至于太平军建平会议商定的战略，则是分道援"天京"，目的在分散官军的实力，制造空隙，加以利用。兹续记战况如下：

三月二十一日："辅王"杨辅清占江苏高淳。

三月二十三日：李世贤占江苏溧阳。

三月二十八日：杨辅清占江苏溧水。

闰三月初三日：李世贤占金坛、句容；杨辅清占秣陵关。

闰三月初四日：陈玉成自全椒出兵援"天京"。

闰三月初七日：东路李秀成、李世贤等，自句容逼淳化镇，猛攻江南大营，败张国梁。

闰三月初九日：太平军南路、西路援军逼近金陵外围。

闰三月十二日：太平军十道并进（高阳按：兵分五路，每路分左右翼，故称十道），合扑江南大营。

这一次近代史上的所谓"天京大会战"，为洪杨最辉煌的一次战役，但"天京"二次解围，亦不过多延长了四年的生命；另一方面，如左宗棠所说的，非经此大洒刷，不能获得新的开展，旗人督帅的传统，以及嘉道间复盛又转衰的绿营，都随和春与张国梁之死而告实质上的终结，此后才是曾左吴李与湘淮两军的时代。此役战况激烈，黄鸿寿所著《清史纪事本末》卷五十一撮叙生动，引录如下：

张国梁自八年二月，逼金陵而军，至是增筑长围，意谓光复在指顾间，将士骄塞，营规废弛。时存饷尚三十万，督师和春以不破城不发饷激军，军屡哗，不为动。提督张国梁跪谏，继以泣，不听，于是军心携贰。

时敌帅李秀成集诸镇兵入援，分扑围师；城中亦自十三门出兵夹击，刁斗声闻数十里，旌旗若长虹匝天。

是日微雨，敌军蜂涌入，势若奔潮，国梁不能御，退守丹阳。敌师踵至，国梁拒战，创甚，跃马渡河，马蹶，死乱流中。和春受伤，遁常州，呕血死。江南围师三百余营，悉夷为平地。

秀成以国梁忠勇，觅其尸，礼葬之，复逐北奔牛镇，破营二十余座。值张玉良自杭州率师回救，迎战常州，大败，常州遂失。总督何桂清遁上海，旋革职逮问。秀成追玉良至无锡，自将锐卒三千登惠泉山，玉良军见之，四十余营，不战自溃。溃军遁入苏州，沿途大掠，苏民深恨之，而迎秀成，遂入无锡，进薄苏州。道员李文炳、阿海等以城降，巡抚徐有壬等死之，玉良遁杭州。秀成传檄郡县，皆定。

李秀成及他的族弟李世贤占领苏州，改名"苏福省"，时为四月十三日。自闰三月十二日"十道并进"，至此仅一个月，逐北七百里，拔城六十余，李秀成信为人杰。

江南大营的崩溃，与何桂清拥兵不救，亦有关系。薛福成记：

张玉良全军至常州，中途叠接和帅檄调援大营，及抵常州，和帅连驰羽书令箭调之，何帅曰："彼不知我欲守常州耶？"和帅复调马德昭往援，亦不许……前后到郡兵勇二万数千人。

王有龄莅官浙江，何帅如失左右手，有龄由驿日发一书，为何帅规画甚备，戒勿离常州一步，且曰："艰难之秋，万目睽睽，瞻大帅为进退，一摇足则众心瓦解，事不可为矣。"有龄盖洞见何帅症结而针砭之也。

是时常州无贼，何帅飞章报捷，奏陈常、镇军情，凡常州、宜兴、镇江、丹阳、金坛为五路，共需兵若干，统归张玉良节制，自任力保苏常，辞气甚壮。何帅意在拥众自卫，盖已置金陵大营于度外矣。

按：江南大营之溃，起自士兵向王浚索饷不得，劫掠市肆，各营自乱；王浚一见风色不妙，率部先遁，以致和春亦不得不逃。

其时张国梁所部尚未动摇，只以主帅一走，牵动阵脚，不能不退保镇江。何桂清恐怕和、张严劾，致书慰劳，请移守丹阳，随即出奏，丹阳以上军务，和春、张国梁负责；常州军务，由他和张良玉为主，布置稍定，进图溧阳。实际上是空话。他的打算是张国梁为有名的勇将，总可以撑持一段时期，以俟局势逐渐好转。

哪知兵败如山倒，丹阳一役，张国梁阵亡，王浚亦不得逃生。他以湖北提督，充钦差大臣翼长；此为湘军以前的军制，凡是大兵团或特殊重要的部队，如拱卫京畿，由步军统领统率的巡捕五营，皆设翼长，左右各一，以提督或总兵充任，左右两翼合之主帅所亲统的中军，即为"三军"。

和春的两翼长，张国梁以帮办军务，独当一面，地位如副司令；王浚则总揽军务，类如参谋长，亦即后来的"营务处总办"。

江南大营之一败涂地，王浚为罪魁祸首，但以死于战役之故，得赐祭葬及世职，谥勤勇。当时带兵官克扣军饷，凌虐小民，无所不为，吃败仗亦不要紧，只要到吃败仗而瞒不过时，能不做偷生之想，一切罪过，皆可遮盖。

何桂清之毙命于西市，就在偷生之一念；不及其死，受辱已甚。《东华录》载当时之上谕云：

> 两江总督何桂清奏："金陵全军皆溃，丹阳已失，钦差大臣和春退至常州，军务应归督办；而苏州尚无准备，故臣赴苏驻劄，以系民望。乃抚臣徐有壬屡次拒绝，并传谕总督衙门之人，不准入城。臣在浒墅关两日，未见一官。又赴常熟，觅粮台委员，亦不知所在。"得旨："闻风先逃，民望何在？该大臣既抵常州，有兵有将，声势自应更壮，何畏葸若此！"……又批："试问觅一粮台委员，顾总督之事耶？"

按："得旨"之旨，为军机所拟；"又批"之批，则为朱笔。但何桂清的死因，犹不在"闻风先逃"，而是逃得太卑鄙、太荒唐。薛福成记：

> 何帅闻丹阳失守，大惊，总理粮台前按察使查文经希何帅意，挈诸司道薛焕等，联衔禀请退保苏州。何帅得禀牍大喜，即拜疏言："和军已至常州，军务仍归督办，臣即驻苏州，筹饷接济。"

何桂清要觅的粮台委员，即是查文经。观原奏"两日未见一官"之语，可知查文经等人早已卷公款逃散。若无何桂清先逃，后官又何能自便？由此可知，查文经与诸司道上此禀牍，无非牺牲何桂清，为自己开一条生路。旧日官僚手段，可怕如此！

薛福成又记：

> 绅民耆老数百人，即夕执香赴辕门跪请留常。文经谕之，不散；执鞭之士出扶之，犹不退；何帅怒，遽令开洋枪纵击，死者十九人。

此十九人之死，亦注定了何桂清的必死。而苏常百姓致愤于何者，犹不止此。薛文续记：

> 先是，何帅亲遣亲军护送其父及两妾至通州，特张

榜禁迁徙，并派兵严查诸城门。绅民曰："彼置吾辈死地，自示不走，无非便其独走之私，毋宁留之，俾与吾辈同死。"

夏四月乙丑朔，绅民复相遮留，声势益汹汹，何帅惧，微服由间道脱走。步行出东门，上马，遇知府平翰在城外巡徼，疑其追已也，手洋枪拟翰以吓之，翰退避，乃怒马绝尘驰去。

从者待十里外，横舟运河，遂率亲兵五百赴苏州。查文经以护运饷银为辞，先一日登舟去，城中文武皆奔散。

按：第一次出走，即为前一日之事。苏常糜烂之际，何桂清已逃至上海，其时薛焕新任三口通商大臣，极力活动英法出兵苏常，但无结果。何桂清则托庇于薛焕，匿居上海租界，偷生苟活了两年。

薛福成另有一篇《书两江总督何桂清之狱》云：

总督何桂清弃常州也，巡抚徐节愍公严劾之，上命褫职逮问，乃由常州奔上海。屡以激团练，购内应，谋复苏州为名，迁延两年，竟不就逮。江苏巡抚薛焕、浙江巡抚王有龄，皆桂清旧时属吏，凤所荐达者也，颇力庇桂清，合疏奏请弃瑕录用，俾奋后效，以赎前罪，诏不许。

薛焕奏称嘉兴军营将士，请桂清驰往督剿，俟克复苏州，再赴京伏罪，亦不许。言路论劾不已，给事中郭祥瑞、御史卞宝第两疏，尤恳挚明切，海内交口传诵。同治元年夏四月，逮入刑部狱。

是时苏常绅民憾桂清尤甚。总办秋审处刑部直隶司郎中余光倬，常州人也，实司定谳，引"封疆大吏失守城池，斩监候秋后处决"律，谓桂清击杀执香跪留父老十九人，忍心害理，罪当加重，拟斩立决。

此真是冤家路狭，偏遇常州人总办秋审。按：刑部秋审处简资深司官八人为总办，号称"八大圣人"，因为权威极大，虽堂官不能左右。凡各省勾决案，以及奉旨逮问系"诏狱"的"钦命要犯"，皆由秋审处定罪。

爰书既上，诏大学士、六部、九卿、翰詹科道会议，支持刑部者，占了绝大多数。

在廷议中，少数想救何桂清的人，以大学士祁隽藻为首，单衔上折，所持理由是：

刑部原奏称：偏查刑律，如临城先退，弃城而逃，失陷城寨等条，均罪至斩候而止。明知舍此本律，不能改引，又云情罪较重，拟以斩决，是为拟加非律，非臣下所得擅请。

所谓"拟加非律"，即不依本律，另定刑罚之意，不独非"臣下所得擅请"，即在上者亦不宜出此，否则即成暴君。嗣君新立，两宫垂帘，而以额外的严刑峻法作为统治手段，将大失民心。

"救何派"看准这一弱点，所以抓住这个题目大做文章。据薛福成记，上疏申救何桂清者共十七人：

> 兵部尚书万青藜、通政使王拯、顺天府尹石赞清、府丞林寿图、九卿彭祖贤、倪杰、给事中唐壬森、御史高延祜、陈廷经、许其光、李培等，或一人自为一疏，或数人合具一疏，其余五人则余忘之矣。王拯、林寿图之疏，最愎横无理；祁公之疏，尤令人不敢指驳。

按：祁寯藻之疏，"令人不敢指驳"者，以援引仁宗"成宪"为言：

> 嘉庆年间，历奉谕旨，引律断狱，不得于律外又称"不足蔽辜"及"从重"字样。

话虽如此，言官中虽不敢说成宪可违，但对祁寯藻的作为，大起反感者，颇不乏人，御史卞宝第即上疏相纠，大旨谓：

> 道光年间提督余步云，咸丰年间巡抚青麟，皆以失陷封疆伏法，彼时祁寯藻为军机大臣，不闻有言，何独

于何桂清护惜若此？

此是诛心之论，闻者为快。但朝廷却大感为难，因为何桂清迁延两年方始被逮到京，其间有言职而上疏力论应明正典刑者，不知凡几。这件案子被"炒热"了，如果雷声大、雨点小，足以影响士气。

同时何桂清提出查文经、薛焕等人的"司道公禀"后，廷寄交曾国藩查核，曾国藩复奏云：

> 苏常失陷，卷宗无存，司道请移之禀，无庸深究。疆吏以城守为大节，不宜以僚属一言为进止；大臣以心迹定罪状，不必以公禀有无为权衡。

曾国藩节制四省军务，疆吏如因"司道公禀"即可弃城之例一开，又如何申明约束？因此，政府认为何桂清非杀不可。但本律以外，加重为斩立决，则有违成宪，且予人以新君为政严酷的印象，亦断不可行。几经斟酌，所采取的措施，兼筹并顾，相当高明。

首先是维持成宪，但点破祁隽藻等人的用心，上谕中说：

> 何桂清以总督大员，驻扎常州，当丹阳失守，贼氛紧逼，节节退避，以致苏常松各府州相继沦陷。且于革职拿问后，借故逗留两载，延不赴部，苟且偷生，罔

顾法纪，迹其罪状昭著，若文宗显皇帝当日因其情浮于罪，将其正法军前，中外臣民，当无异议。

惟现已拿解来京，且叠经廷臣等会同刑部定拟罪名，自应按律科断，即不必于律外施刑，以昭公允。何桂清着仍照本律，改为斩监候，归入朝审情实，秋后处决。

此系为查照定律，详慎用刑起见，非谓何桂清情有可原，将来可从末减，致蹈轻纵也。

录引这道上谕，我将它分为三段：第一段言何桂清"情浮于罪"，早就该死了；第二段维持成宪，但先做指示，将来秋审归入"情实"；第三段为对申救者预先警告，不必希望将来可从末减。

按：祁寯藻等人的手法是，先由斩立决争取到本律斩监候，然后在秋审案内，再活动减轻。上谕即针对此辈用心而发。话虽如此，申救者仍未绝望，因这年建元，颁恩诏，开恩科，停止勾决，何桂清即令归入"情实"，亦可不死。

向例勾决自冬至前六十日开始，按省份道路远近，逐省办理；勾至朝审则为冬至前十日。这年因为停勾，冬至前六十日并无动作；哪知过了慈禧太后万寿，冬至前五日，还是颁发了处决何桂清的上谕。第一段云：

向来停止勾决年份，遇有情罪重大之犯，例由刑部开具事由，另行奏闻，请旨正法；乾隆年间，迭奉谕旨，如三十六年系停勾年份，而官犯王钲等，罪无可逭，即予正法，成案可稽。

按：乾隆三十六年（1771）太后八旬万寿，庆典极其隆重；是年并有上谕："凡立决之犯，若遇省刑之年，即予停刑。"则官犯王钲正法，必有不得已之故。《东华录》乾隆三十六年（1771）无勾决的记载，此处所谓"成案可稽"，必指军机处的档案，辛苦觅得此一前例，叙入上谕，即为停勾年份处决要犯找根据，以杜救何桂清者之口。

本日刑部具题，朝审"情实"官犯一本内，已革两江总督何桂清一犯，自常州节节退避，辗转逃生，致苏常等郡全行沦陷。迨奉文宗显皇帝严旨，拿解来京，犹敢避匿迁延，迟至两年始行到部。

朝廷刑赏，一秉大公，因廷臣会议，互有异同，酌中定议，将该犯比照带兵大员失陷城寨本律，予以斩监候，秋后处决，已属法外之仁。今已秋后届期，若因停勾之年，再行停缓，致情罪重大之犯久稽显戮，何以肃刑章而示炯戒？且何以谢死事诸臣，暨江南亿万被害生灵于地下？

何桂清着即行处决，派大学士管理刑部周祖培、刑部尚书绵森即日监视行刑。嗣后如遇停勾年份，仍着刑部遵照向来成案，将情罪重大之犯，另行奏明请旨。

第二段末后又缀数语，亦仍是表明依法办理，并非特为何桂清破例。但"肃刑章"之外，杀何桂清最大的原因，是为了激励民心士气。

同治元年是战局好转的一年，但亦是最危险的一年，各处用兵，颇为吃力，由《近代中国史事日志》中可以很清楚地看出来：

七月二十五日：命钦差大臣僧格林沁统辖山东、河南全省军务，并调度直隶、山西及蒙、亳、徐、宿防兵。

按：捻军势炽，命僧格林沁专责防剿。

同日：命钦差大臣胜保赴陕西督办军务。（原注：时胜保在河洛剿捻，陕西回乱猖獗，多隆阿在湖北随枣一带布置，为捻匪牵制，因命胜保由北路入陕，解省城围。）

同日：陕回攻破西安附近之天村堡，屠居民万余。

七月二十八日："慕王"谭绍光主将蔡元隆进攻上海，占法华镇、静安寺。

八月初三日：李鸿章督黄翼升、李鹤章、程学启、郭松林及洋将华尔，与谭绍光、蔡元隆剧战于上海七宝、北新泾、虹桥、吴淞江一带，却之。

八月初九日：曾国藩奏，江南疾疫大作，鲍超营中，病者万余，死者日数十人；曾国荃金陵营中，病者亦逾万数；左宗棠军，病者过半。

八月二十一日："忠王"李秀成自苏州西援"天京"。

八月二十五日："戴王"黄呈忠、"首王"范汝增，再占浙江余姚、慈溪，进向宁波。

八月二十六日：陕西东路回败胜保于华阴，车辆军火失去大半。西路回扑攻省城，与提督雷正绾相持。

闰八月二十日："忠王"李秀成自苏州经溧水、秣陵关援"天京"，与江苏布政使曾国荃、道员曾贞干，开始在雨花台一带大战。

闰八月二十一日：曾国藩以各军疠疫繁兴，死亡相继，一身不足支危局，奏请简派亲信大臣，驰赴江南会办军务。

曾国藩不是喜欢惺惺作态的人，由他的奏请，可以想见太平军、捻军、回乱交相侵扰，局势凶险的艰苦情况。此外江西、湖南、贵州又闹"教案"；直隶、山东、河南接壤之地，白莲教蠢动；石达开则自云南入川，打算另辟天地，总之烽火处处，朝廷无法照应得到，全赖疆臣维持，将士用命，非杀失土大员，不足以激励士气。

江南则李秀成解"天京"之围不成，"曾九帅"屯兵石头城下，坚持不去，而饷用浩繁，全赖劫后百姓支持，亦当诛戮失陷苏常的封疆大吏一抒民气，方能有为。凡此政治上必须"借人头"的作用，注定了何桂清活不过同治元年。

何桂清在江督任内，以筹饷为专责，握粮台之全权，而筹饷发饷，在当时是一笔糊涂账，全看主帅的良心。

何桂清个人尚不闻如何贪渎，但京官中得好处的，颇不乏人；凡是力救何桂清的那班人，除了少数几个人以外，大部分的操守都不敢令人放心，则平时常受何桂清的馈赠，可想而知。

"得人钱财，与人消灾"，灾既不能消，便只有为何桂清报仇。此辈认定何桂清死于余光倬之手，以后找到一个机会，将余光倬牵涉在一件罪案中，先撤销御史记名，复又撤销很难得的"京察一等"，竟而闲废终身。

中兴名臣胡林翼

同治元年（1862）所以会出现烽火四起的危险局势，因素甚多，其中之一是胡林翼之死。"中兴名臣"盛称"曾、左、胡"，实际上应为"曾、胡、左"，甚至为"胡、曾、左"。胡林翼死于文宗崩后不久的八月二十六日。十一月间曾国藩奏陈胡林翼事迹，请付史馆立传。虽为个人生平，实系大局转移，兹分段引录如下：

> 林翼初任鄂抚，当武汉两次失陷，湖北大半沦没，
> 林翼坐困金口、洪山一带，不特兵饷俱无，亦且无官无

幕。后克复武昌，恢复黄州，论者谓鄂抚可息肩矣。林翼不为自固之计，越境攻九江，分兵救瑞州，督抚之以全力援邻封，自湖北始。

按：太平军自广西出湖南后，于咸丰二年（1852）十一月，自岳州分水陆两路入湖北，一路势如破竹；三年（1853）正月初，自武昌长驱东下，破广济、破九江、破安庆，于二月十九日攻入江宁，建立伪号，分别命将"西征""北伐"，九江、安庆、汉阳、汉口再次沦陷，胡林翼即于此时以贵州知府身份，率黔勇援鄂，积军功升至湖北藩司。

咸丰五年（1855）三月署巡抚，坐困武昌对岸的金口，前有大敌，后有土匪，食尽掘草根佐粮，乞贷各处，十不应一，而胡林翼能维持士气于不坠。七月间，乃得由金口渡江，克复汉口，复以全力援江西，即所以固湖北。

曾国藩、胡林翼用兵，皆能以兵要地理为着眼点，不自囿于行政区域，为能平洪杨的关键性因素。

九江相持年余，中间石达开自江西窥鄂，陈玉成自皖北犯鄂者三，林翼终不撤九江之危以回援，卒复九江，为东南一大转机。

按：湘军水师有"外江""内湖"之别。九江沦陷，"外江""内湖"两水师阻绝三年之久，咸丰七年（1857）重九日，外江水师杨载福，内湖水师李续宾、彭玉麟攻克湖口，两支水师复合。

此役为彭玉麟成名之始，所谓"彭郎夺得小姑回"，即指湖口小姑山。控制湖口，"江""湖"会师，乃得于咸丰八年（1858）四月合力克复九江，湖北、江西、安徽三省畅通无阻，始能全面向"天京"推进，故谓之为"东南一大转机"。

> 功甫薨，即以全力图皖北。李续宾覆军三河，林翼居母丧，闻信急起赴鄂。论者谓良将新逝，元气未复，但保我圉（yǔ），不宜兼顾邻封，林翼不然，即派重兵越三千里解湖南宝庆之围。

按：九江既克，则必进取安庆，此为历代以金陵为目标的用兵不易之道。正当定议分路进攻时，胡林翼丁母忧，廷寄照墨绖从戎例，穿孝百日，赏银经理丧事，百日后仍署理巡抚；如扶柩回籍，赏假两月。此为七月间事。迨至十月初，经营皖北的李续宾为李秀成、陈玉成大败于三河，阵亡者除李续宾外，还有曾国藩的胞弟国华。胡林翼正回原籍葬母，闻讯自益阳原籍销假回任。时在十一月中。

其时朝廷正困于外交问题，外患方亟，内顾不暇；而与洪秀全反目，打算独树一帜的石达开，拼全力攻湖南宝庆，胡林翼派荆宜施道李续宜赴援。续宜为李续宾之弟，就此时来说，他的部队是所谓"哀师"；胡林翼善于"将将"，特意给李续宜一个为兄报仇的机会，而李续宜亦未负所望，大破石军，迫使其向广西逃窜，胡、曾乃定议四路东征。

这是官军对洪杨第一次制订了反攻的作战计划。四路为：

南路：由曾国藩主持，沿江东下，以"天京"为目标。

中路：由满洲名将多隆阿主持，进攻安徽太湖、潜山。

北路：由胡林翼亲自主持，进攻皖北英山、霍山一带。

后路：调回援宝庆的李续宜一军，驻防于河南商州、固始一带。

这一个在湖北东面展开的扇面形攻势，消极的目的，即在防卫湖北，如踢足球的原则，"进攻为最好的防御"，将战事带到对方的区域，才能使湖北保持真正的"肃清"，抚民筹饷，始有着手之处。

> 援湘之师未反，复议大举图皖，绘图数十纸，分致臣与官文及诸路将领，遂定攻安庆之策，亲驻太湖督剿。本年回援鄂省，病中寄书，缕陈勿撤皖围、力剿援贼之策，故安庆之克，臣推林翼首功。

按：安庆克复于咸丰十一年（1861）八月初一，胡林翼以首功赏太子太保衔、骑都尉世职。此为胡林翼最后一次立功。以下，曾国藩叙其平生行谊，首言驭将：

> 近世将才，湖北最多，如塔齐布、罗泽南、李续

宾、都兴阿、多隆阿、李续宜、杨载福、彭玉麟、鲍超等，林翼均以国士相待，或分资财，惠其家室；或寄珍馐，慰其父母。

前敌诸军，求饷求援，急戡经营，夜以继日。自七年来，捷报皆不具奏，奏则盛称诸将功而己不与，惟兢兢以扶植忠良为务，外省称楚师和协如骨肉，而于林翼之苦心调度，或不尽知。此臣自愧昔之不逮，又虑后此之难继者也。

按：所谓将才"湖北最多"，非谓所举诸人为楚产，而是为将于楚。罗泽南、二李为曾国藩小同乡；杨载福即杨岳斌，湖南善化；彭玉麟则衡阳；即鲍超亦非湖北而是四川奉节人；至于塔、都、多等人，则为旗人，以旗将而能甘心为胡林翼所用，尤足征其人格感召之不可及。以下言理财：

军兴各省虑饷，湖北三次失陷，百物荡然，自荆州捐盐，各府抽厘，稍足自存。林翼综核之才，冠绝一时，每于理财之中，暗寓察吏之法。三年，部议漕米变价，州县照旧浮收，加至数倍，上下交困。林翼于七年创议减漕，严裁冗费，先帝嘉其不顾情面，祛百年之积弊，统计每年为民间省钱粮百四十余万串，为帑项增四十二万两，节省提存银三十一万余两。

利国利民，不利中饱之蠹，向来衙门陋规，革除净尽；州县亦不准借催科政拙之名，为猾吏肥私之地。各卡委员时勤训课，谓："取民瞻军，使商贾同仇，即以教忠；多入少出，使局员洁己，即以兴廉。"湖北瘠区，养兵六万，月费至四十万之多，而商民不敝，吏治日懋，皆其精心默运之所致也。

合理财、察吏为一，则除胡林翼外，曾国藩亦差有此能耐；至于左宗棠与李鸿章，则以理财、察吏为两事，左宗棠间或犹得兼顾，李鸿章则察吏即不能理财，理财即不能察吏。中兴名臣高下，于此一端可见。

胡林翼在理财、察吏上，有个很得力的助手，即是为慈禧太后称为"丹翁"的阎敬铭。他是陕西朝邑人，道光二十五年（1854）翰林，散馆后，分户部以主事用。山西人善理财，而出于山西的"票号"制度，最严公私之辨。阎敬铭在户部当司官，以山西票号伙计自视，不可干以私，无欲则刚，所以户部的书办，严惮"阎老爷"。

胡林翼就因为他有此名声，奏调到湖北，委以"总办湖北前敌后路粮台兼理营务"。保荐的奏疏中，有"阎敬铭气貌不扬而心雄万夫"之语，传诵一时。

就阎敬铭而言，真所谓"以貌取人，失之子羽"，他的仪表，已近乎委琐[1]：身不满五尺，二目一高一低。当未中

---

[1] 同"猥琐"。

进士时，曾依例请"大挑"——这是为久试不第的举人所筹的一条出路，钦派王公挑选，一等派知县，二等派教职。地方官须重威仪，所以挑选的第一个条件是"貌"，以"同"字脸、"田"字脸最吃香；上丰下锐的"甲"字脸、广颐锐上的"由"字脸、上下皆尖的"申"字脸都比较吃亏。

阎敬铭在挑选时，刚刚就班，便有某亲王厉声喝道："阎敬铭出去！"其人之形容可想而知。

但阎敬铭理财为政，讲求实际，故与胡林翼气味相投。但欲求畅行其志，须长官充分授权及信任这一点，胡林翼虽看得到，却不如阎敬铭透彻。

《庸庵文集》中《书益阳胡文忠公与辽阳官文恭公交欢事》云：

> 泊相辽阳文恭公官文总督湖广时，宫保益阳胡文忠公巡抚湖北……二公值湖北全境糜烂之余，皆竭蹶经营……督抚相隔远，往往以征兵调饷，互有违言，僚吏意向，显分彼此，抵牾益甚。
>
> 文恭于巨细事不甚究心，多假手幕友家丁，诸所措注，文忠尤不谓然。既克武昌，威望日隆，文恭亦欲倚以为重，比由荆州移驻武昌，三往拜而文忠谢不见也。或为文恭说文忠曰："公不欲削平巨寇耶？天下未有督抚不和而能办大事者。且总督为人易良坦中，从善如流，公若善与之交，必能左右之，是公不啻兼

为总督也。合督抚之权以办贼，谁能御为？"文忠亟往见文恭，推诚相结纳，谢不敏焉。文恭有宠妾，拜胡太夫人为义母，两家往来益密，馈问无虚日，二公之交亦益固。

此为"文恭说文忠"者，非阎敬铭，其时阎敬铭还在户部。胡林翼既纳其言，采取的手段，颇富戏剧性。据说官文原配在旗，姨太太随任，视如嫡室。一次姨太太做生日，完全照正妻的排场，藩司来拜生日，手本都已经递进去了，才发觉总督是替姨太太做生日，勃然大怒，当时索回手本，原轿回衙。

官文的姨太太求荣取辱，正哭得伤心时，胡林翼来拜生日，明知有此纠纷，依旧登堂叩祝。在藩司那里失去的面子，由巡抚找了回来，官文的姨太太之感激可知，生日以后，特为去拜见胡太夫人。胡林翼早知她一定会来"谢步"，预先已有布置，由胡太夫人收为义女，与胡太太姑嫂相称。

从此以后，事事让胡林翼做主，偶尔官文有所主张，他的姨太太总是这样说："你懂什么？你的才具还比得上胡大哥？你让胡大哥做主，你做你现成的总督好了。"于是，官文授钦差大臣，入阁拜相，皆由胡林翼奏捷时，归功于官文的结果。

官胡的交谊，一度发生裂痕，起因即在胡林翼丁忧时，官文的幕府怂恿官文听已革总兵樊燮之诉，严劾左宗棠。此外还有好些事为胡林翼所不满。嫌隙将成而化解者为阎敬铭。前引《庸庵文集》续叙云：

> 文恭有门丁，颇为奸利，奔竞无耻者多缘以求进。文忠所素欲参劾者，文恭或荐之，得居要地；府中用财无节省，不足则提用军饷，耗费十余万金。文忠积不能平，独居深念，若重有忧者。
>
> 当是时，今协揆朝邑阎公，以户部员外郎总理粮台，兼运筹帷幄，往谒文忠，请间言事，文忠屏人以督府事告之曰："方今筹饷如此艰难，而彼用如泥沙；进贤退不肖，大臣之职也，而彼动辄乖谬。今若不据实纠参，恐误封疆事，为朝廷忧，吾子以为奚若？"
>
> 阎公对曰："公误矣！夫本朝二百年中，不轻以汉人专司兵柄，今者督抚及统兵大臣，满汉并用，而焯有声绩者，常在汉人，固由气运转移，亦圣明大公无私，刬（chǎn）刮畦畛，不稍歧视之效也。然湖北居天下冲，为劲兵良将所萃，朝廷岂肯不以亲信大臣临之？夫督抚相劾，无论未必能胜，就获胜，能保后来者必胜前人耶？而公复劾之邪？且使继之者或励清操、勤庶务，而不明远略，未必不专己自是；彼官至督抚，亦欲自行其意，岂必尽能让人？若是则掣肘滋甚，讵若今用事者胸无成见，依人而行。况以使相而握兵符，又隶旗籍，为朝廷所倚仗，每有大事，可借其言以得所请。今彼于

军事、饷事之大者，皆惟公言是听，其失只在私费豪奢耳。然诚于天下事有济，即岁捐十万金以供给之，未为失计。至其位置一二私人，可容者容之，不可容则以事劫去之，彼意气素平，必无违也。此等共事人，正求之不可必得者，公乃欲去之，何耶？"胡公击案大喜曰："吾子真经济才也！微子言，吾几误矣。"由是，益与文恭交欢无间言。

阎敬铭在胡林翼幕府不足两年，当胡林翼下世前，已保至按察使，并已署任，一年多的工夫，六品主事擢升至监司大员，在身任者固然感激知遇，任事益锐；而在保荐者，奏请必准，感于朝廷信任之专，更有鞠躬尽瘁，死而后已之感。胡林翼病骨支离，而从不敢一日闲豫，竟以五十之年，遽尔谢世，其间接的死因，固以咯血肺疾，而直接的死因，则为偶然的一种刺激。

《庸庵文集》有《荩臣忧国》一篇云：

有合肥人刘姓，尝在胡文忠公麾下为戈什哈，既而退居乡里。尝言楚军之围安庆也，文忠曾往视师，策马登龙山，瞻眄形势，喜曰："此处俯视安庆，如在釜底，贼虽强，不足平也。"既而驰至江滨，忽见二洋船鼓轮西上，迅如奔马，疾如飘风，文忠变色不语，勒马回营，中途呕血，几至坠马。文忠前已得疾，自是益笃，不数月薨于军中。

盖粤贼之必灭，文忠已有成算，及见洋人之势方炽，则膏肓之症，着手为难，虽欲不忧而不可得矣。

阎丹初尚书向在文忠幕府，每与文忠论及洋务，文忠辄摇手闭目，神色不怡者久之，曰："此非吾辈所能知也！"噫！世变无穷，外患方棘，惟其虑之者深，故其视之益难，而不敢以轻心掉之，此文忠之所以为文忠也。

按：薛福成于光绪十五年至十九年（1889—1893）出使英、法、意、比四国，亦深谙洋务者，《荩臣忧国》一作，殆有感而发。胡林翼对洋人，虑之深，视之难，不敢掉以轻心；而李鸿章则适得其反，其轻洋人，以为可玩弄于股掌之上，岂知后来掉入俄国维德等人所设计的圈套，"哑巴吃黄连，有苦说不出"，贤良寺议和时，郁怒伤肝，几类狂易。薛福成大概早就看出李鸿章办洋务，权奇自喜，掉以轻心，迟早会吃大亏的，故有此作。

其实，以我的看法，最懂得办洋务的，应该是曾国藩。同治元年（1862）五月，英军屡约李鸿章"协剿"嘉定，李鸿章致书曾国藩请教，得复书云：

一、与洋人交际，其要有四语：曰"言忠信"；曰"行笃敬"；曰"会防不会剿"；曰"先疏后亲"。忠者，无欺诈之心；信者，无欺诈之言；笃者，质厚；敬者，谦谨。此二语者，无论彼之或顺或逆，我当常守此而勿失。至会防不会剿一语，鄙人有复奏一疏，暨复恭邸一书，言之颇详，兹钞呈台览。先疏后亲一语，则务求我之兵力足以自立，先独剿一处，果其严肃奋勇，不为洋人所笑，然后与洋人相亲，尚不为晚。本此数语以行，目下虽若断断不合，久之必可相合相安。

二、洋提督何伯与阁下会叙节略，均尚妥协。其必欲阁下派兵会剿者，意在觇楚师之强弱，察阁下之胆智耳。吾惟守忠信笃敬四字，不激其怒，或会或不会，仍由阁下作主。鄙意欲私打一二处，察其可用而后与之会剿，否则不可献丑于洋人之前。尊意如何？

"忠""信""笃""敬"及"不激其怒""不为洋人所笑"，为办弱势外交最正确的原则。李鸿章初颇信服其"老师"，后来渐与一班西洋各国正规军中淘汰下来的亡命之徒相亲，以为此辈伎俩不过尔尔，遂起狎侮之心。晚年复忆曾国藩之言，但悔之已迟。

曾国藩治军，还有一项长处是注重纪律，早期因违纪而被杀的新兵，不计其数，故有"曾剃头"的外号。但只杀窃钩的小兵，不杀屠民的大将，何以服众？此所以他主张杀何桂清。

翁同龢的长兄（行三）翁同书，当安徽巡抚时，失陷寿州，亦以曾国藩严劾，有旨拿问；翁父心存，焦忧致疾，因而去世，所以翁同龢对曾国藩终身不谅。

逮问胜保

当何桂清伏法不久，另一个整饬军纪的重大举措是逮问胜保。此人之行径，为后来若干少有才而自命不凡的军阀所效法。当时人记其作风如下：

> 胜性豪侈，声色狗马皆酷嗜，生平慕年羹尧之为人，故收局亦如此。胜每食必方丈，每肴必二器，食之甘则曰："以此赐文案某。"盖仿上方赐食之体也。然惟文案得与，他不得焉。

> 胜豪于饮，每食必传文案一人侍宴。……一日军次同州境，忽谓文案诸员曰："今午食韭黄甚佳，晚餐时与诸君共尝之。"及就座询韭黄，则弃其余于临潼矣。大怒，立斩庖人于席前，期明早必得。诸庖人大骇，飞马往回二百余里取以进。

> 胜之章奏往往自属草，动辄曰"先皇帝曾奖臣以忠勇性成，赤心报国"，盖指咸丰间与英人战八里桥事也。又曰："古语有云：阃以外将军治之，非朝廷所能遥制。"又曰："汉周亚夫壁细柳时，军中但闻将军令，不

闻天子诏。"此三语时时用之，意以为太后妇人，同治幼稚，恐其牵掣耳。而不知致死之由即伏于此矣。

按：胜保以旗人而掌兵符，章奏照例应自称"奴才"，称"臣"即仿年羹尧之例。但此为入陕平回时，始形跋扈，则以热河叩谒梓宫，有勒兵观变之意，自以为有"清君侧"之功，故不觉蹈年羹尧的覆辙。清人笔记叙其致死经过云：

> 入陕后，各省督抚交章劾胜，有劾其贪财好色者，有劾其按兵不动者，有劾其军中降众杂出、漫无纪律者，惟河南巡抚严树森一疏最刻毒，略曰："回捻癣疥之患，粤寇亦不过肢体之患，惟胜保为腹心大患。观其平日奏章，不臣之心已可概见。至其冒功侵饷，渔色害民，犹其余事。"云云。相传为桐城方宗诚手笔。

按：严树森为湖北巡抚，此云"河南"为误记。方宗诚，字存之，方东树从弟，其人不独在《文苑传》，亦可入《循吏传》。劾胜之疏，亦犹为民除害，不得谓之"刻毒"。

同治元年（1862）十一月，查办胜保的密谕连篇累牍，不下十余道之多。从来将领犯众怒，无有如胜保之甚者，皆因跋扈自大，复好逞词锋，动辄出语伤人之故。当他初入陕时，军机处有人通消息给他，说朝廷将以陕西巡抚或陕甘总督择一相授，诫其日内切勿上奏——因为胜保奏疏中，往往有不中听的话，容易触怒慈禧。胜保初守其诚，过了几天没有消息，便向幕友表示："是或有变，不能不上言，细陈利害。"幕友交口相劝，胜保不听，亲自草奏，如此措辞：

> 凡治军非本省大吏，则呼应不灵，即如官文、胡林翼、曾国藩、左宗棠等，皆以本省大吏治本省军事，故事半而功倍。臣以客官办西北军务，协饷仰给于各省，又不能按数以济；兵力不敷，又无从招募，以致事事竭蹶，难奏厥功。若欲使臣专顾西北，则非得一实缺封疆，不足集事。

此奏语近要挟，果不其然，大受申饬。朝廷决定查办，即由此奏；密谕多隆阿处置，即由多隆阿代胜保为钦差大臣。清人笔记叙其经过云：

> 多隆阿至之日，胜方置酒高会，宾客满座，有谍者报曰："灞桥南忽增营垒三十余座，不知谁何。"盖桥之北，为回逆所据也。须臾又报曰："来者闻为将军多隆阿也。"胜绰髭沉吟曰："岂朝廷命多来受节制乎？若然，则不待营垒之成，即当入城进谒矣。姑饮酒，且听之。"

按：胜保以钦差大臣督办陕西军务，对河南、陕西两巡抚皆用朱笔札文，幕友切谏，胜保自谓钦差大臣即以前的大将军，大将军行文督抚，照例用"札"，不以品级论。有此错觉，故以为多隆阿来受节制。幕友以其不可理喻，唯有各自为计。续叙云：

> 有登城而望者，见连营十余里，刁斗森严，灯火相属，寂无人声，归而相谓曰："事不妙矣！"有潜行整装待发者。

> 甫黎明，忽报多将军至。将军下马，昂然入中门，手举黄封，高呼曰："胜保接旨！"胜失色，即设香案跪听宣读；读毕，并问曰："胜保遵旨否？"胜对曰："遵旨。"多即命取关防至，验毕交一弁捧之，谓从官曰："奉旨查抄，除文武僚属外，皆发封记簿。"胜再三恳，多曰："与尔八驼行李，其余皆簿录之。"

胜保被逮的同时，好几省奉旨查抄其家财。他带兵多年，侵吞军饷，设局抽厘，悖入既丰，复多内宠，所以长期驻兵之地，皆有公馆，此时完全籍没，财产分散予所部士兵，因为胜保部下，向以"饥卒"著名，朝廷此举，亦为激励士气之一法。

幕客自然星散，逮问者亦颇不乏人，皆为助胜作恶者。中有金安清其人，名动公卿，而有文无行，多才失格，此为曹振镛、穆彰阿等人当国所"培养"出来的"杰出"人物

之一，足觇士习，不可不记。《翁同龢日记》，同治十三年
（1874）二月十六日：

> 金梅生都转安清，所著《蓄德录》……此人才调无
> 双，而用世之心太热，及任之事，又不洁清自好。先公
> 初见之，嗟赏不已，再见则曰："此热客耳。"三兄在寿
> 州，以皖饷委之，数年中仅报解数千，余则以媚他帅，
> 其行事大率类此。

所谓"三兄"指翁同书，"他帅"则胜保为其中之一。
《清朝野史大观》内"金梅生之钻营"一条，刻画其人，
殊为细致。

> 金安清，字梅生，浙之嘉兴人，少游幕于南河，由
> 佐杂起家，洊升至两淮盐运使，工诗古文词，尤长于理
> 财，声色服玩宫室之奉，穷奢极侈。当咸丰季年，江南
> 全省沦陷，仅江北十余州县地，金以运使驻泰州督办后
> 路粮台，设厘捐以供南北防军，岁有盈余……漕督吴棠
> 密参营私舞弊四十余款，奉旨革职查抄，此同治元年春
> 间事。……旋奉旨革职，永不叙用，递解回籍，交地方
> 官严加管束。金则一肩行李，径往本籍县署投宿；县令
> 大异之，金曰："我奉旨交尔管束者，若不住署，何得
> 谓严？"令知其无赖，岁致千金始免。

按：此记稍有未谛，金安清先为漕督袁甲三所劾，交曾国藩查办；复奏为之洗刷开脱，并请复职；以另有胜保案牵涉，归案讯办。至于刁难本县县官，必是有浮收劣迹，为金所持，借以需索。

"交地方官严加管束"，原有惯例，即每日赴县署报到，翁同龢革职回籍后，即系如此，非可砌词作难。

　　乃游说于湘淮诸大帅，求复用。谒曾文正七次，不得见，人问之，文正曰："我不敢见也。此人口若悬河，江南财政，了如指掌，一见必为所动，不如用其言、不用其人为妙。"同治壬申增淮南票盐八十票，从金说也。曾忠襄抚浙时，金往说之，大为所惑，专折奏保请起用，大受申斥。文正闻之叹曰："老九几为其所累。"久之，郁郁死。

按：曾国荃于同治二年（1863）三月升任浙江巡抚，始终未曾到任，仍由左宗棠以闽浙总督兼署，至金陵克复后，于同治三年（1864）因病免职。金安清游说曾国荃，当是围金陵时之事。

　　金性淫荡，妇女微有姿无不被污者，凡亲党之寡妇孤女就养于彼者，皆不能全其节。臣门如市，杂宾满堂，河工盐商之恶习，兼而有之。在泰州督饷时，军书旁午，四面楚歌，金之宅无日不歌舞宴会也。

此与胜保可谓臭味相投。金安清媚胜保者，无微不至：

> 同治癸亥，胜保逮问簿录时，有奁具首饰百余事，皆有"平安清吉"四字，或小篆，或八分，譬如镜函，四角包以黄金，则凿此四字以饰之。有人在胜保幕，见之不解，或告之曰："此皆金梅生所献，"安清"其名也，即所谓欲使贱名常达钧听之意。"始恍然，其工于媚术如此。

> 然其古文胎息腐迁，诗词则揣摩唐宋，即笔记小说，皆卓然成家，惜乎不以文章气节取功名，而以侧媚巧佞博富贵，其心术人品与其文大相径庭，此圣人所以必听其言而观其行乎？

道光士习，不甚重气节，而专以侧媚巧佞为登龙之术；文似腐迁，诗唐词宋，在金梅生即为媚人之道，若非如此，恐亦不能为胜保所激赏。于此可知，贺长龄、林则徐等讲究经世济用的实学，于风水的转移、人才的造就，实有极大的关系。嘉道年间读书做学问，如仍似乾隆时代之闭塞禁锢，唯以逃避现实是尚，则必不能有同光的中兴，可以断言。

现在回头再谈胜保。出西安后，沿路被劫，先则姬妾，嗣则辎重。劫之者如德楞额等人，皆平时饱受胜保的肮脏气，劫以泄愤。被逮到京，已是同治二年（1863）二月初。

系狱半年之久，方始结案，其原因有三：一是胜保贪冒的罪名，牵涉甚广，查证需时；二是平时受胜保好处的言官，纷纷上书申救；三是胜保部下，降众杂出，有巨盗，有捻匪，亦有长毛，如对胜保处置不当，足以引起不良的连锁反应。而后来胜保之被诛，主要的原因，亦由宋景诗、苗沛霖等降而复反之故。

胜保虽作恶多端，但既非守土有责的封疆大吏，即不能律以失地丧师之罪；当时论律持平者，颇有此论调，本对胜保有利，但其人桀骜不驯，以致自速其死。清人笔记载其死因云：

> 胜至京系刑部狱，奉旨严讯，犹桀骜不驯。讯其河南奸淫案，答曰："有之，河内李棠阶、商城周祖培两家妇人，无分老幼皆淫之。"周大怒。其后赐帛之命，皆周成之也。是时周值枢府，李掌刑部。死之日，周监刑，胜曰："胜保临刑呼冤，乞代奏。"周曰："圣意难回。"遂死之。

按：李棠阶为与曾国藩、倭仁讲理学的朋友，素为文宗所重，同治改元后，以慈安太后之命，起为左都御史，旋入军机，调礼部。此为同治元年（1862）七八月间事，所记谓"掌刑部"失实，但钦案定死罪，照例须"三法司全堂画诺"。

"三法司"者，刑部、都察院、大理寺；"全堂"者，全体堂官之谓。

李棠阶既为台长，又为军机，对于胜保之处死，自有决定性的影响力；但李棠阶曾手抄《汤文正公全书》，为学平实，于朱陆无所偏徇，唯重克己，当不致以私愤而故重其罪。周祖培以体仁阁大学士管理刑部，故受命监刑。向例钦命犯临刑呼冤者，必须代奏，虽百分之百无效，但可缓死须臾，而周祖培不为代奏，可见怨毒之深。

按：同治二年（1863）七月赐胜保自尽之上谕，论胜保之罪，共分三段，第一段云：

> 苗沛霖性情阴鸷，曾谕胜保，察其就抚是否可靠，胜保极口保其无他，并乞恩施，且擅调其练众入陕，迨谕旨不准，犹敢屡次抗辩；今苗沛霖已戕官踞城，肆行背叛。宋景诗以反复降匪，经胜保代为捏报战功，保至参将，后又在陕拥众东归，亦已背叛。是今日苗宋二逆之糜饷劳师，皆胜保之养痈贻患所致。而胜保之党护苗宋二逆，不得谓无挟制朝廷之心。

其第二段谓胜保其他贪冒不法之罪：

> 至胜保被参各款，前经僧格林沁复奏，有派员查访，并咨询地方，所称情形大略相同。胜保任性妄为，

即此已可概见等语。是胜保之贪污欺罔，实天下所共知，岂能凭其自行回护之词，信为竟无其事？

第三段则为胜保自召催命符：

据胜保本日所递诉呈内博引律例，妄欲将原参各员，治以诬告之罪，尤属饰非乱是，胆大妄为，核其种种情罪，即立正刑诛，亦属咎所应得。姑念其从前剿办发捻有年，尚有战功足录，胜保着从宽赐令自尽，即派周祖培、绵森前往督视。所有案内牵涉人犯，即着刑部分别提审，讯明奏结，以清积牍。

胜保的"诉呈"不可得见，但衡情度理，可资推论者：第一，胜保虽桀骜不驯，口出恶言，但系狱既久，盛气消折，而居然控原参各员诬告，自必持之有故。第二，上谕中说他的诉呈中"博引律例"，既有如许律例可资援引，足见情事相当复杂。胜保有罪，毫无疑问，但其罪应不应至死，似犹待斟酌。第三，上谕中许其"剿办发捻有年，尚有战功足录"，则将功抵罪，稍从末减，似乎更无死罪了。

胜保的是非混淆，不易理清的原因，在于他以招抚为主要手段的策略，建功在此，得罪亦在此。如苗沛霖的情形，即是最显著的例证。孟心史《清代史》第五章第三节《太平军》记云：

同治元年三月，（曾）国荃与弟贞干，尽克皖境江北岸各隘，直破西梁山坚垒。四月，复南渡会彭玉麟水师，克太平府金柱关、东梁山芜湖县。于是金陵上游门户尽辟。会皖北军将军多隆阿克庐州，陈玉成走寿州投苗练沛霖，沛霖缚胜保军前斩之。玉成号"四狗眼"，久踞皖北，屡突上游，为安庆解围，卒不可得，至是，为苗练所卖。苗练者，苗沛霖以练起，既拥众，反侧于官军与太平军之间。本诸生，诸练目皆称"先生"，久与陈玉成往来，玉成事急往投，遂为缚献，因以为胜保功，而师事胜保，胜保昵之。为攻金陵去一后路患，未始非当时一功也。

按：陈玉成为太平军第一悍将，孟心史论《太平军成败及清之兴衰关系》云：

李秀成亦籍粤西，与陈玉成皆为太平之后起用事者。咸丰三年，陷金陵，定为都，大封拜，时固未有秀成与玉成也。玉成有叔承镕，为金田起时旧目；玉成以幼故，未任战事。

至咸丰四年，向荣军方驻攻金陵，太平诸将四出图解围，乃有玉成上犯武汉，秀成与其从弟传贤犯江西、福建之举。是时玉成为十八指挥，秀成为二十指挥，盖偏裨耳。

六年，金陵内乱，杨秀清、韦昌辉相戕俱毙；萧朝贵、冯云山、洪大全俱早被擒杀，石达开又自离，秀成与玉成始用事，支持太平军事最勤且久……国藩讯得秀成亲供四万余字，即于七月初六日斩之。当时随折奏报之亲供，相传已为国藩删削，全真本尚在曾氏后人手，未肯问世。

曾国藩删削李秀成亲供

李秀成亲供手迹，为"湘乡曾八本堂"所藏，1962 年由曾约农影印行世。曾国藩删削之处，大多为李秀成细道战局真相，形容官军之短，如咸丰六年（1856）十月桐城之战，据《近代中国史事日志》谓："地官副丞相李秀成与提督秦定三，在桐城连战十余日，不利。"而李秀成亲供中，为曾国藩删去者，有如下数语：

每日交锋，军炮不息，那时清朝帅士，每日万余，与我见仗。我天朝帅士，不足三千，他营一百余座，我止有一孤城，城外止营盘三座，力战力敌，是以保固桐城。

又如咸丰六年（1856）五月，江南大营第一次崩溃时，据《东华录》谓：“向荣等先后奏报，镇江贼势披猖，烟墩、九华两山营盘全失，巡抚吉尔杭阿阵亡。”《清史列传》本传亦谓：“吉尔杭阿麈战五昼夜，猝中贼枪殁于阵。”而据李秀全亲供，实为兵败被围，逃生无路而自戕。原文为：

> 那时张国梁在六合未回，当即领兵攻打高资，‘是日攻破清营七个，余四个大营，未及攻下’。吉帅由九华山领兵来救，‘此营’当被天朝官兵逼吉帅逃入高资山中。‘那时吉帅是夜逃出，入其高资营中，被我天朝官兵四困，内外不通。’吉帅自己用短洋炮当心门自行打死。清兵见主帅自死，各军自乱，‘此营当即失利与天朝帅手。’

以上单引号内文字，为曾国藩删节。缮本如此：

> 那时张国梁在六合未回，当即领兵攻打高资。吉帅由九华山领兵来救，当被天朝官兵逼吉帅逃入高资山中。吉帅自己用短洋炮当心门自行打死。清兵见主帅自死，各军自乱。

两相对照，除讳饰“破清营七个”外，战况亦明显不同：第一，吉尔杭阿所领一营，根本未战，即整营被逼入高资山中。第二，吉尔杭阿失去斗志而自戕，当时实力未损，应该突围奋斗，乃因“主帅自死”，“此营当即失利”。如果照实直陈，吉尔杭阿的恤典会被撤销，这是曾国藩改李秀成亲供的原因之一。

至于孟心史猜测曾国藩删削李秀成亲供，而真本"未肯问世"，疑心"或其中有劝国藩勿忘种族之见，乘清之能为，为汉族谋光复"。今检阅真本，适得其反：李秀成自告奋勇，愿为之收拾残局。删削之文中有如下一段：

> 先忠于秦，亦丈夫信义；楚肯容人，亦而死报。收复部军，而酬高厚，余兵不乱四方，民而安泰，一占清帝之恩，二占中堂、中丞（高阳按：中丞指曾国荃）之德……见中堂、中丞大人量广，故而直志真情。我肯与中堂、中丞出力，凡是天国之人，无不收服。

亲供至结尾，说得更为具体：

> 今天国已亡，实大清皇上之福德，万幸之至。我为洪姓之将，部众将兵，皆是我辖，今见老中堂恩惠甚深，中丞大人智才爱众，惜士恩良，我愿将部下，两岸陆续收齐，而酬高厚。我为此者，实见老中堂仁爱，我虽不才，早至数年，而在部下，亦尽力图酬。虽不才智，死力可为。愿收齐人众，尽义对大清皇上，以赎旧日有罪。

以下又有章程十条，大致为：

一、恩赦两广之人。

二、先收我儿子为先。（按：李秀成次子荣发，年十六统兵万人，战辄胜，军中称奇童。见罗惇曧著《太平天国战纪》）

三、收我堂弟李世贤为首。

四、将听王陈炳文收复。

五、查幼主。

六、派马玉堂及赵金龙二人为用。

七、要发一谕给我。

八、南京城内，不计是王是将，不计何处之人，停刀勿杀，赦其死罪，给票给资，放其他行。

九、收复天朝各将，善心抚恤。

十、出示各省，言金陵如此如此，今各众不计何人，俱赦仍旧为民。此是首要，今是用仁爱为刀，而平定天下；不可以杀为威。杀之不尽，仁义而服。

此外又开列"天朝之失误者十"，曾国藩删改为九。此为最有资格检讨太平天国者所做的最权威的评论，兹分条引录原文注释如下；

一误，误国之首，东王令李开芳、林凤祥扫北败亡之大误。

按：咸丰三年（1853）秋，洪秀全及"东王"杨秀清召集会议，拟图河北，派"冬官正丞相"罗大纲领兵挂帅。罗大纲以为欲图河北，必先定开封，"车驾"驻汴，方可渡河，不如先定南九省，无后顾之忧，然后三路出师：一出汉中，疾趋咸阳；一出安徽、河南，西向出蓝关，使咸阳与金陵联结；一出徐扬，席卷山东，然后由咸阳入山西，与山东之师会猎燕都。孤军深入，犯险无援，不敢"奉诏"。又主张既都金陵，宜精练水师，并先用木筏封江。其时杨秀清专权，认为罗大纲胆怯，命"地官正丞相"李开芳、"天官正丞相"林凤祥以五万之众北犯。渡黄河，行间道。时已隆冬，太平军不习寒，耳鼻皆冻裂，而行军止宿，生火取暖，耳鼻以冻裂溃烂者，十之六七。至天津附近，为僧王及胜保夹击，大败。

二误，因李开芳、林凤祥扫北兵败后，调丞相曾立昌、陈仕保、许十八去救，致临清州之败。

按：咸丰四年（1854）正月初，杨秀清命"夏官正丞相"黄生才、"副丞相"陈仕保，"冬官副丞相"许宗扬（许十八），"夏官又正丞相"曾立昌，自浦口取道安徽北援，攻占山东临清州后，又以粮尽弃城，久战师疲，南走时，沿途遭受袭击，全军覆没。

三误，因曾立昌等由临清败回，未能救李开芳、林凤祥，封燕王秦日昌复带兵去救，兵到舒城杨家店败回。（原注：杨家店清将，现今日久，不能记得姓名。）

按：杨家店在江西景德镇附近，当系田家镇之误记。咸丰四年（1854）十月，湘军陆师提督塔齐布、道员罗泽南、水师副将杨载福、同知彭玉麟，克复湖北武穴田家镇，大败"燕王"秦日纲（秦日昌），烧太平军船四千余号，夺获五百余号。湘军水师之名，自此大振。

　　四误，不应发林绍璋去湘潭。此时林绍璋在湘潭，全军败尽。

湘潭之役，发生在咸丰四年（1854）四月。此役在平洪杨之乱的早期作战中，关系之重大，匪言可喻。湘军如无湘潭之捷，曾国藩必死无疑。

按：咸丰三年（1853）秋，太平军分兵四出，"西征"军由"翼王"石达开主持，两路攻庐州得手后，合兵西向越过大别山脉，入湖北境，由英山南攻黄梅，渡江东占彭泽，西向则经黄州而第三次占领汉阳，沿河南下攻克岳州，入洞庭湖，经湘阴由陆路占领宁乡，长沙饷道中断，城门尽闭，形势颇为危急。

其时太平军分布长沙西北两面，复有东面自江西可威胁长沙，而湘军初立，军心未固，太平军如徐徐逼近，长沙必陷无疑；长沙一陷，则守城的曾国藩，本为藩司徐有壬、臬司陶恩培所恶，必会详巡抚，请严劾革职，湘军亦必因此夭折（按：此时尚无湘军之名，称为"楚师"）。乃太平军遣林绍璋以间道攻克长沙以南的湘潭，企图完成北西南三面的大包围，此为一大错着。

错在湘潭既失，长沙已无出路，故官军在所必争。曾国藩幕友章寿麟所撰《铜官感旧图自记》叙亲身经历云：

> 咸丰四年，贼由武昌上犯岳州，官军御之羊楼峒失利，遂乘进逼长沙。四月贼据靖港，而别贼陷宁乡、湘潭。湘潭荆南都会，军实所资，时公（指国藩）方被命治军于湘，乃命水陆诸将复湘潭，而自率留守军击靖港贼，战于铜官渚。师败，公投水。

曾国藩靖港投水被救，到后面再谈，先叙湘潭之捷。此役以塔齐布之功为首。此人是镶黄旗汉军，本姓陶。嘉道以后，八旗残破，军制不复如前之严，因而塔齐布转入绿营，拣发湖南以都司用，隶提督鲍起豹部下。洪杨事起，以守省城功，升为游击，署抚标中军参将。曾国藩办团练，看中塔齐布，奏称："塔齐布短衣草履，日督麾下士卒演鸳鸯连环阵，对放枪炮，数伏数起，俾临敌无畏心，悉成劲旅。其奋德耐劳，深隐兵心，洵忠勇可大将。"奏入，赏副将衔。所谓"对放枪炮，数起数伏"，即是实战演习；一百三十年前而有此种现代化的陆军训练方法，真可谓先知先觉。

《清史列传·塔齐布传》：

四年三月，粤匪自金陵溯江而上，越安庆、武昌，再陷湖南岳州府；过洞庭以戈船遍布临资口，遂由湘阴破宁乡，间道袭湘潭县。湘潭居长沙上游，百货所辏，既得湘潭，长沙将不攻自困。

塔齐布闻警，即率守备周凤山等，兼程前进，由陆路转战而前。师次高岭，贼奄至，塔齐布手大旗麾军纵击（高阳按：评剧《铁公鸡》，张嘉祥耍大旗，实本此而来），斩伪先锋元帅九人，贼败溃。追奔数里至城下，贼大出犯。塔齐布伏兵山左右，设炮三重诱之，及贼逼，炮毙贼数百，贼大乱；伏起，夹击之，贼夺路走，死伤枕藉，遂薄城闉（yīn），殪（yì）悍贼数百。

塔齐布横予深入，几中伏，跳而免。麾兵鏖战，大破之城北，贼皆尽。总兵杨岳斌（高阳按：此时尚名杨载福）、知府彭玉麟、褚汝航复率水师会剿，焚城南贼舟数千，并焚市廛，使城外贼无所栖止。火光烛天三日夜，贼尸蔽江下。四月，贼弃城夜遁，湘潭平。

林绍璋于三月二十七日攻占湘潭，四月初五大败，前后仅九天。当塔齐布力敌林绍璋时，曾国藩于四月初二，在靖港兵败赴水自杀。靖港即临资口，为资水入湘之处，地有铜官山，亦称铜官渚。

《铜官感旧图题咏》，左宗棠序云：

> 文正闻贼趋湘潭，令署长沙协副将忠武塔齐布公等率陆军（高阳按：塔齐布谥忠武），杨千总岳斌、彭令玉麟等率水军往援。侦贼悉锐攻湘潭，靖港守虚寨之贼非多，遂亲率存营水陆各营击之。
>
> 战事失利，公麾从者他往，投湘自溺。随行标兵三人，公叱其去。章君（寿麟）瞰公在舟时，书遗嘱寄其家，已知公决以身殉也，匿舟后跃出援公起。公曾戒章君勿随行，至是诘其何自来，答以适闻湘潭大捷，故轻舸走报耳。公徐诘战状，章君权词以告。公意稍释，回舟南湖港。
>
> 其夜得军报，水陆均大捷，奸悍贼甚多，焚余之败船断桨，蔽流而下。湘潭人始信贼不足畏，而气一振。

又王湘绮《湘军志·曾军篇》记湘潭危急时情事云：

> 长沙惴惴居贼中，人自以为必败。国藩集谋攻守，皆曰："入城坐困，宜亲督战。"或议先靖港，夺寇屯；或曰："靖港败，还城下，死地矣！宜悉兵攻湘潭；不利，保衡州；即省城陷，可再振也。"水师十营官皆至，推彭玉麟决所乡（向），定乡（向）湘潭。五营先发，

约明日国藩帅五营继之。

按：由此可知，彭玉麟为同官推重，因由其决趋向。而彭玉麟主张攻湘潭，并先率五营出发，适与塔齐布成水陆夹击之局。如从先攻靖港之议，则左序中所谓"靖港守虚寨之贼非多"一语，吴汝纶已指其为妄。

曾国藩奏报中谓"逆贼在炮台开炮"，而"水勇开炮轰击"，则以"炮高船低，不能命中"，为仰攻不利之势，如十营皆往，不独不能收湘潭助攻大捷之功，且新成水师可能一战而溃。是故湘潭之役，首功虽为塔齐布，而彭玉麟之参谋亦自不可及。

夜半，长沙乡团来请师曰："靖港寇屯中数百人，不虞战，可驱而走也。团丁特欲借旗鼓以威贼，已作浮桥济师，机不可失。"闻者皆踊跃。国藩忧湘潭久踞，思牵之，改令攻靖港。

庚午（四月初二）平旦至，水急风利，炮船径逼寇屯；寇炮发，船退不得上，缆而行，寇出小队斫揽者，水师遂大乱。陆军至者，合团丁攻寇；寇出，团丁遽反奔，官军亦退，争浮桥。桥以门扉、床板，人多桥坏，死者百余人。

国藩亲仗剑督退者，立令旗岸上曰："过旗者斩！"士皆绕从旗旁过，遂大奔。国藩愤，自投水中。

如上所记，曾国藩当时的心情，不仅一"愤"字，实亦羞亦惧。羞者二：以统帅而召部下定战计，既已定策，不按原计划而行，遽以团丁之请，轻率改计，其羞一；平时纸上谈兵，及至亲临战阵，既不知彼，亦不知己，指挥无力，其羞二。

惧者，大敌当前，原已依彭玉麟之议："悉兵攻湘潭。"五营已发，五营不至；如彭玉麟将成功之际，而后援不继，功败垂成，则应负全部责任，而此战一败，精锐尽失，未必尚能退保衡州，长沙一失，岂能再振？自不得不惧。加以眼见号令不行，威望尽失，于是一愤赴水。

徐一士《一士类稿》谈靖港之役与《铜官感旧图》谓：

> 靖港之败，国藩危甚。使无湘潭之捷，纵不身殉，必获重咎而不能立足矣。

诚为持平而论。又谓：

> 时虽革职，未解兵符，仍许单衔专折奏事；塔齐布已贵，而承指挥如故，故国藩自靖港败后，而其势反振。

塔齐布虽贵而承指挥如故，虽由国藩知人善任，而未始非靖港兵败，投水自杀有以感动部下，岳武穆"武将不怕死"之言，实为军人不易之金科玉律。

李秀成"天国十误"又谓：

> 五误，因东王、北王两家相杀，此是大误。

按：此为习知之事，不必赘述。

> 六误，翼王与主不和，君臣相忌。翼起猜心，将合朝好文武将兵带去，此误至大。

按：洪秀全、石达开之不和，世多同情石达开。石达开过江时，从者十余万人，至安庆约陈玉成、李秀成偕行，陈军已发，为李秀成所劝而止。如陈、李从石往西南另谋发展，则世事不可知。是故李秀成之忠于洪秀全，无异间接助清弭平大乱。薛福成《书剧寇石达开就擒事》，论石达开之用兵云：

> 粤贼石达开与洪秀全、杨秀清同起浔州之金田，伪称翼王。逾岭涉湖，乘胜循江而下，攻陷金陵。旋叛秀全不与通，纠党踞江西八府，与曾文正公相持连年，既乃突入浙江，由福建、江西以扰湖南，声势震荡。
>
> 巡抚花县骆文忠公，多调宿将，与力角于洞庭、衡山以南，仅驱出境。达开乃还骑广西诸郡，仍绕湖南北，径窥四川边境，退入滇黔之交，奔突万余里，蹂躏数百城。厥性惯走边地，避实蹈瑕，每为官军所蹙，则潜伏

山中，俟伺形便，飘然远扬。自谓生长岭峤，善涉奇险、蹑幽径，恣其出没，使官军震眩失措，莫之能御，然亦卒以此擒灭。

石达开于同治二年（1863）三月，由云南入今西康越隽、冕宁一带，想过大渡河北进，陷入隘口绝地，被围匝月，粮尽投降，死年三十三，距起兵已十四年。擒石达开者四川总督骆秉章，字籥（yào）门，是洪秀全的小同乡，籍隶广东花县。此人粥粥若无能，而有不可及的长处。《湘军志·川陕篇》云：

> 秉章薨，省城士民如丧私亲，为巷哭罢市。其丧归，号泣瞻慕者，所在千万数，自胡林翼、曾国藩莫能及也。

王湘绮推崇其人，过于胡、曾；左宗棠于人少所许可，而能与骆秉章相处九年，至为难得。左于咸丰十一年（1861）致友书云：

> 籥门先生之抚吾湘，前后十载，德政既不胜书，武节亦非所短，事均有迹，可按而知。而其遗爱之尤溥者，无如剔漕弊、罢大钱两事，其靖未形之乱，不动声色而措湖湘如磐石之安，可谓明治体而识政要，非近世才臣所能及也。

> 宗棠以桑梓故，勉佐帷筹，九载于兹，形影相共，惟我知公，亦惟公知我……外间论者每以篑公之才不胜其德为疑，岂知同时所叹为有德者，固不如篑公；即称为有才者，所成亦远不之逮乎？

此函自是左宗棠对曾国藩有微嫌而发，但论其"靖未形之乱"，非身经其境者不能道。至于骆秉章在四川有此成就，则如官文之与胡林翼，成都将军崇实之推诚相待，实为一大关键。

崇实姓完颜，灭北宋的金人之后。崇实之父名麟庆，官南河总督，因致巨富，一生宦迹，绘图留传，名为《鸿雪因缘图记》。麟庆两子，长崇实；次崇厚，即使俄辱国者，此为当时外交上的大事件，亦政坛上的大风波。

崇实翰林出身，由驻藏大臣升授成都将军时，骆秉章统兵入川，崇实为其设粮台于夔州，此为当时地方大吏间极少见之事。《湘军志·川陕篇》云：

> 崇实见蜀事日棘，度己材不足济，虚心待秉章，频上奏，欲假朝命促之，且自言旦夕竭蹷，恐误国事。当是时，封疆大吏虽见危败知死，莫肯言己短。曾国藩所至见齮龁[1]，秉章亲遘之；至欲资饷，地主则挠讪百方，

---

[1] 齮龁（yǐ hé），意为侧齿咬噬。

惟独崇实恳恳推贤能，常若不及。秉章在道，频奏诉饷
匮，初不意四川能供其军。比至，未入境，总督公文手
书，殷勤通诚，遣官候问，冠盖相望，悉发夔关税银资
军，湘军喜过所望。

按：骆秉章未到任前，川督由崇实署理，故有"总督公
文手书，殷勤通诚"之语。平洪杨的军费，皆由地方自筹，
"有土斯有财"，所以当时统兵大员，必须兼守土之职；而任
封疆者，亦无不以自给自足为目标，对于客军常抱歧视的态
度，如崇实之不分畛域，确为难能可贵之事。

崇实自撰《惕庵年谱》，所叙与骆秉章交往的情形，如
"冬夜代为巡城""派人赴粤省为骆老延医"等等，具见风义。

骆秉章久病缠绵，两年有余而不开缺者，皆崇实为之支
持。同治六年（1867）冬，骆秉章殁于任上。崇实记云：

冬月……初七日，骆老犹过我面议防务，并请十二
日代主鹰扬宴（按：武举发榜后有鹰扬宴），孰知其过
去即不能起床。迨十二日予往视，已言语不清。随侍并
无眷属。予虽与之事事和衷，然究为其精神不振，不忍
令其烦心，自本年三月后，名为销假，而一切之事，皆
予代办。

至是，老翁自料不起，即命仍将总督关防送归予
处。予力持大局，不能不先为接管。正拟出奏，而老翁

即于是日溘逝，只族侄孙一人在侧，真令旁观不忍。因将其历年政绩详为奏明，并请格外加恩，于蜀湘两省建立专祠；督同司道亲自棺殓。

按：骆秉章起居八座，眷属竟未随任，且只族侄孙一人在侧，视其他地方大吏，一人得道，鸡犬升天，"官亲"满坑满谷者，贤不肖一望而知。崇实赞骆之为人云：

予挽以一联曰："报国矢丹忱，古称社稷之臣，身有千秋公不愧；骑箕归碧落，气引星辰而上，自营四海我何依？"总之，骆老为人，第一不可及曰情操，而才略尚在其次。最能推诚用人，前在湖南，幕中有左季高诸贤，则东荡西除；初到川省，有刘霞仙亦能筹巨款，灭大寇。后来幕中多不如前，加之神明已衰，几至声威稍减。

刘霞仙即刘蓉，为四川藩司，亦湖南人。所谓"灭大寇"，即指擒石达开。又姚永朴、薛福成及崇实皆记骆秉章之殁，川人敬慕之深，巷泪野祭，门悬白布，至有以"如丧考妣"四字榜于门首。

姚永朴《旧闻随笔》记：

左文襄公平回疆后，勋望益崇，一日谓人曰："君

视我何如骆文忠?"其人对曰:"不如也。"文襄曰:
"何以知之?"曰:"到骆公幕府,人才有公;公幕府
人才,乃不复有公,以此观之,殆不如也。"文襄大笑
曰:"诚如子言,诚如子言!"

七误,主不信外臣,用其长兄、次兄为辅,此人未
有才情,不能保国。

按:李秀成供词中,先已谈到洪秀全所信任之人,其次
序为:

第一重用幼西王萧有和;第二重用王长兄洪仁发、
王次兄洪仁达;第三重用干王洪仁玕;第四重用其驸马
钟姓、黄姓;第五重用英王陈玉成;第六方是秀成也。

萧有和为"西王"萧朝贵之子,故称"幼西王"。萧朝贵
为洪秀全妹婿,则萧有和为洪秀全的外甥。照李秀成所言,洪
秀全只信任亲族,此可决其不能成大事。凡打天下而不能用天
下之人者,纵得意于一时,绝不能久长。又:信任李秀成犹在
陈玉成之次,则世传洪秀全猜忌李秀成,诚属信而有征。

八误,主不问政事。

按:洪秀全在金陵两次被围后,作风与道光年间被英人

所俘的两广总督叶名琛颇为相似，即所谓"不战不和不守，不死不降不走"，凡李秀成建策，一概不从。同治元年，李鸿章攻苏州之前，李秀成以为坐困金陵非长策，请洪秀全"亲征"江西、湖北，握上游天以号令天下，襟带苏浙，以利粮源。

此时太平军犹在五六十万人，事尚可为，而洪秀全不从。及至苏州为李鸿章收复，左宗棠在浙江节节进展，李秀成建议迁都，据罗撰《太平天国战纪》云：

> 李秀成力请秀全曰："今苏州已失，杭州危困，陈炳文、汪海洋屡战无功，处处粮缺，京都断难久持。臣已智穷力尽，无以为谋，惟有力请亲征，冀可挽回大局。陛下在外，犹能腾骞天际；若守危城，譬处笼中，以待食绝，万不可也。"秀全不听。秀成曰："陛下若坚不行，则请太子与二殿下监军，臣奉太子以徇诸君，尚可收拾人心，以图进取。万一京师不幸，臣奉幼主，以图恢复，唐肃宗灵武之事，尚可效也。"秀全不省。

此为同治二年（1863）年底之事。及至三年（1864）春，金陵城中绝粮已久，百姓饿死及自杀者，每天数百人。曾国荃则在城外设局收容难民，李秀成要求洪秀全放民出城，洪秀全不肯，此真死有余辜了。

十误，封王太多，此是大误。

此是李秀成用兵一大恨。洪秀全诸事不从，李秀成犹可独断独行；"封王"太多，则由各自独立而各不相下，初则不受节制，继则自相残杀。曾国藩《金陵军营官绅昭忠祠记》云：

> 当诸将屯驻秣陵，向公荣、张公国梁最负众望，其余智者竭谋，勇者殚力，亦岂不切齿图力，思得当以报国？事会未至，穷天下之力而无如何。彼六七伪王者，各挟数十万之众，代兴迭盛，横行一时；而上游沿江千里，亦足转输盗粮。及贼势将衰，诸酋次第僵毙，而广封骁竖，至百余王之多，权益分而势益散。长江渐清，贼粮渐匮，厥后楚军围金陵，两载而告克。非前者果拙而后者果工也，时未可为，则圣哲亦终无成；时可为，则事半而功倍，皆天也。

金陵克复后，曾国藩深惧盈满，故此记不敢居功，甚至不欲用"湘军"之名，其意可知。但前则"六七伪王，各挟数十万之众"；后则广封"百余王之多"，且多为"骁竖"，亦确能道出太平军由盛转衰，而终于败亡的主因。

其间同治元年（1866）闰八月，金陵决战一役，以湘军三万敌太平军三十万，战守四十六日，竟不败而胜，虽由曾国荃的韧性毅力过人，亦由太平军在此役中的伪王达十三名之多，李秀成指挥不灵，故而无功。

按：王湘绮《湘军志》叙此役定名《曾军后篇》，其文简洁异常：

（同治元年）闰八月，苏、常寇来攻曾国荃军，多发西夷火器相烧击，复穴地袭屯垒，连十昼夜不休。九月，浙江寇复来助攻。国藩急征援兵，皆牵制不得赴。国荃以三万人居围中，城寇与援寇相环伺，士卒死伤劳敝，然罕搏战，率恃炮声相震骇，盖寇将骄佚，亦自重其死，又乌合大众，不知选将，比于初起时衰矣。十月，寇解去。

王湘绮作《湘军志》系应曾纪泽之邀，而为曾国藩之遗命，自光绪三年（1877）起手，至七年（1881）告成，历时四年，而仅得九万余字，可知苦心经营。及至王湘绮在四川主讲尊经书院时，刻板携回湖南，印刷问世，引起轩然大波。

其时湖南士绅推郭嵩焘为首，评此节云：

李秀成以三十万众，困曾三万人，搏战四十余日，用火药轰炸其营垒，破其地道无数，极古今之恶战。壬秋一意掩没其劳，以数语淡淡了之，真令人气沮。

旁观者如此，当事人的愤慨可想而知。据说王湘绮于曾国荃任江督时，访之于金陵，曾国荃出佩刀威吓。传闻之词，无可究诘，但曾国荃视《湘军志》为谤书，而王定安撰《湘军记》，多承曾国荃之意旨，则为事实。

《湘军记》大致为《湘军志》的改写，而改写得最彻底的，自然是《曾军后篇》，连题目都已改作《围攻金陵下篇》。自叙的文字，极其典雅：

> 向张既殒，朱维沦胥。帝曰："汝藩作督三吴，汝荃统师，布政于苏。"乃整其旅，电扫风驱，北斫濡须，南櫟芜湖，遂梢秣陵，连壁南都。洪酋恇羞，乃召其徒，其徒百万，封豕训狐，威毅笞之，如割如屠，忠仆侍颠，弃戈而嘘，乃张九罭（yù），周其四阹；两徂寒暑，乃焚厥居。帝嘉乃绩，锡之劵书，兄侯弟伯，析圭剖符，紫阁图形，载之曲谟。作《围攻金陵下篇》第九。

文中"向张"指向荣、张国梁；曾国荃当时的官衔是浙江布政使，迁就声韵，故曰"布政于苏"；"忠"指"忠王"李秀成；"侍"指"侍王"李世贤，九月初自浙来援，合秀成军号称八十万，王定安用夸张的说法，就成了"其徒百万"。"威毅"亦指曾国荃，他的威号是威毅伯。至于本文中，二王最大的不同，在湘绮谓"罕搏战"，而定安谓"军兴来未有如此之苦战"。其叙苦战云：

乃分围师为三，以其二防城贼侵袭，国荃自将其一当援寇。一夕筑小垒无数，障粮道以属之江。贼益番休迭进，蚁附环攻，累箱实土，以作橹楯，挟西洋开花炮自空下击，所触皆摧。

国荃留屠卒守棚，选健者日夜拒战，更代眠食，常以火球大炮，烧贼无算，贼仍抵死弗退，军士伤亡颇众。己酉，部将倪桂节中炮殒。国荃左颊受枪伤，血渍重襟，犹裹创巡营。

所谓"火球"，想来应该是手榴弹。又叙李世贤来援以后的战况云：

国荃度浙寇新来气盛，诫诸将厚集其阵，暇以待之。贼负板担草土填濠，我军踞濠发炮，贼屡却，仍坚壁不出，相持两昼夜。甲寅，乃发万人，开壁击之，军士气十倍，呼声动天，当者无不摧靡，一日内破坚垒十三，杀八千人，援贼气夺，乃益凿地埋火药。

辛酉，两穴同发，土石飞跃如雨，大营墙坍，贼队猛进，国荃督军士露立墙外，环掷火球，间有枪炮，贼前者既殪，后者复登。逾三时墙缺复合，杀悍寇数千。群贼乃谋昼息宵攻，轮进以疲我，连营周百里，其近者距官军才二十丈，仍潜开隧道，乘雨夜轰之。国荃令各军掘内濠，翼以外墙，破其地洞七，贼计始窘。

可是这样一场"极古今之恶战",在李秀成供词中,却写得极其简略。但我细心寻绎,却发现了一个深可玩味的事实:李秀成之被猜忌,起于夺获苏州以后。苏州士绅先对李秀成采取激烈的排斥态度,而最后由于李秀成的敢于正视现实,并做出了不寻常的、类似佛陀舍身饲虎的行径,苏州的缙绅先生,态度一变。

在此以后,即因洪秀全的"次兄"进谗,洪秀全对李秀成猜疑,竟至李秀成必须以母妻为质,始得出金陵赴前线。

这两件事联系在一起来看,显然的,洪秀全兄弟认为李秀成在苏州收买人心,别有异谋。此外,李秀成改江苏省为"苏福省",亦可能被视作将"独立"的一个征象。

李秀成自己并不讳言,在此期间,对洪秀全兄弟颇不满。因此,金陵第三次解围不成一役,虽然出动了三十万人马,但李秀成并未力战;即如王定安所描写得如火如荼的九月"甲寅,乃发万人,开壁击之"这一仗,对垒者是来自浙江的李世贤。其总结则云:

> 是役也,李秀成率十三伪王赴援,李世贤继之。杨辅清、黄文金围鲍超于宁国;陈坤书出太平窥金柱关以困水师。悍酋萃一隅,我军几殆愈不振。曾国藩固以进攻金陵为非计,业被围则飞檄调蒋益沣、程学启驰救。益沣在浙,学启在苏,皆有故不得至。国荃孤军居围中,战守四十六日,杀贼五万,我军亦伤亡五千,将士

皮肉几尽，军兴以来未有如此苦战也。

对敌方主将李秀成的攻守之道，竟无可着墨，可见李秀成并未出死力相斗，否则事所难言。

又，"十三伪王"中并不包括"英王"陈玉成，此时陈玉成已为苗沛霖出卖与胜保。陈玉成为太平军中第一悍将，如果此役有他，曾国荃恐亦未见得能讨得便宜。

不过就形势而言，太平军此时确已由压倒的优势，转变为处处受牵制的局面。此则曾国藩知人善任之功，实无愧于封侯的上赏。如果不是李鸿章在江苏，左宗棠在浙江，着着进展，曾国荃即无法在金陵城下坚持。

"江宁镪货，尽入曾军"之说其来有自

曾国藩以围金陵为非计，就战略着眼，是正确的。因为金陵城池周围七十六里，为中国第一大城；而且明太祖筑金陵城时，得巨富沈万三之助，城墙用巨石堆砌，接缝处灌以糯米浆，坚固异常。曾国荃打这样一座难下的坚城，除了饿死老百姓以外，不能产生什么战略上的利益。

尤其是李、左在江浙站住脚，陈玉成已死之后，曾国藩以多隆阿图皖北，并亲自指导鲍超图皖南，加以水师居中策应，而京口有冯子材固守，如果撤曾国荃二万之众，四处合围，捕捉李秀成的主力，好好打一场歼灭战，则太平天国之亡，不待两年之后了。

后来有各种迹象显示，曾国荃蓄意想夺得攻破"天京"的首功。而在当时，则为中级以上将领人尽皆知的事实。当苏州克复，朝命督促西进攻常州为金陵声援甚急，而李鸿章按兵不动，即不欲分"九帅"之功。

曾国藩亦有信致其老弟，谓可命李鸿章相助，但垂成之功，恐国荃不愿他人分享，故征询其意见，曾国荃自然辞谢。

据曾国藩幼女《崇德老人自订年谱》，谓每经一次大战役以后，曾国荃必遣亲信回湘乡求田问舍；有一次造了一座大宅，违制用蓝琉璃瓦，为曾国藩勒令拆去。曾国藩以友爱助曾国荃成大功，当时颇为招谤。曾国荃四十生日，曾国藩赋诗以寄云：

　　　　九载艰难下百城，漫天箕口复纵横。
　　　　今朝一酌黄花酒，始与阿连庆更生。

"阿连"用谢灵运、谢惠连之典。但曾国荃并无"下百城"之伟绩，可知此诗为曾国藩自寄无穷的感慨，"漫天箕口"之余，竟"庆更生"，可知谤尤之烈，而大部分为替曾国荃受过。

同治二年（1863）十月，太平军反包围的战略未能收功，一个游离的大部队，本身并无有组织的后勤补给单位，粮食武器犹可就地劫持，或自走私的官军处补充，最成问题的是军服。笔者幼时闻长辈谈及族中一长老，每称之为"裁缝二太爷"，据说年少时曾为"长毛"所掳，迫之学习裁缝，随军流转；可知其军服亦系各小单位自行设法解决。金陵三次解围失败，以素不习寒的两广子弟，"全军都在西风里，九月衣裳未剪裁"，何况时序入冬的十月，太平军战史谓因棉衣未备，撤兵而去，多少亦是实情。

及至李秀成一撤军，守苏州的"八王"暗通款曲于官军，杀"慕王"谭绍光投降李鸿章。其时李部第一大将为程学启，接收苏州不数日，尽诛降将。此事掀起不小的风波，常胜军指挥官戈登大愤，率部退昆山，以示与李鸿章决裂。亦有人以为"八王"虽降，实力犹在，且苏州人同情太平军者多，杀之以绝后患，是果敢的作为。

平心而论，杀之亦不为过，但要看由什么人来杀。如果原是一丘之貉，以"军匪"杀匪军，岂得谓之事理之平？

中国自古有"杀降不祥"之说，后来程学启攻嘉兴时，中枪阵亡，论者以为"杀降"之报。此亦不尽然，白崇禧当营长时就曾杀降，且所杀非数人，但官至上将，考令以终，后嗣有人，殊未见不祥。或者这就是我们说的要看由什么人来杀的道理吧！

李鸿章收复苏州在十月二十四日；次年二月十四，左宗棠克复杭州。于是，深信"铁桶江山，尔不扶自有人扶"的洪秀全，仰药自尽，时为同治三年（1864）四月二十七日。

洪秀全自杀之前的二十天，李鸿章克复常州，屠太平军七千人。至此，江苏仅镇江与金陵间百数十里之地未复，朝命一再促李鸿章以炮队援曾国荃，而李鸿章蓄意让功结好；曾国荃则以"所少不在兵而在饷"为言，婉拒援帅。其时他部下已扩充至五万人，麾下十大将，官位以萧孚泗为首，实缺福建陆路提督，在绿营中已"官居极品"；其次为李臣典，实缺河南归德镇总兵，为曾国荃的爱将。

此外亦多为记名总兵，其中朱洪章原为黔军，贵州黎平人，由胡林翼带至湖北辗转入湘军，在十将中颇为孤立，因而破金陵的首功被夺。

此事时人多为之不平，而以朱洪章虽略争而即隐忍为让德可风。但时人避忌曾家贵盛，所叙未搔着痒处。李臣典登城虽非首功，而于曾国荃有极大功劳，固不能不以登城首功相许，朱洪章谅解"九帅"隐衷，因而隐忍。

后来曾国荃督两江时，奏留朱洪章，酬以实缺，并为朱洪章《从戎纪略》作序，了无猜嫌，即由于曾对朱本无恶感，朱对曾谅其隐衷之故。

李岳瑞《春冰室野乘》记：

> 曾忠襄（按：曾国荃谥忠襄）之克秣陵也，大将李臣典、萧孚泗咸膺上赏，锡封子男，而不知悉黔将朱洪章一人之功……洪章以黔人孤立其间，每有危险，辄以身当其冲，以此知名，忠襄益倚重之。初开地道于龙脖

子，垂成而陷，健儿四百人歼焉，指洪章部下也。

二次地道成，忠襄集诸将，问孰为先入者，众皆默无言。洪章愤，愿一人为前驱，从烟焰中跃上缺口，以矛援所部，肉薄蚁附而登，诸将从之入，城遂复。臣典于次日病卒，忠襄好语慰洪章，使以首功让臣典，而已次之，洪章慨然应诺。

乃捷报至安庆，文正主稿入奏，乃移其次第，以洪章为第四人，于是李、萧皆封子男，而洪章乃仅得轻车都尉，殊不平，谒忠襄语及之，忠襄笑而授以佩刀曰："捷奏由吾兄主政，实幕客李鸿裔高下其手耳。公可手刃之。"洪章一笑而罢。

李岳瑞即为朱洪章抱不平者，而所记殊有未谛。《春冰室野乘》叙事平允，此似袒曾国藩而恶李鸿裔，当由误信人言。李记之误，最有关系者，是说李臣典次日病卒，曾国荃要朱洪章让功，即因李之死；易言之，李如不死，便无要求让功的理由。但李臣典死于七月初二，曾国藩自安庆莅金陵，犹及亲见。《曾国藩日记》：

至信字营，见李臣典，该镇为克城第一首功，日内大病，甚为可悯。

此为视疾时所及。李臣典病殁，复有记：

闻李祥云（李字祥云）病故，沅弟（曾国荃，字沅甫）伤感之至，盖祥云英勇异常，克复金陵，论功第一。

据此则李鸿裔"高下其手"之说为子虚，曾国荃是否说过"公可手刃"的话，亦成疑问。以常理而论，何人首功，曾国藩在后方，岂能妄为论次？日记中两见"第一"字样，自然是据曾国荃所言。

据此又可知，李臣典既未死于破城的第二天，则曾国荃因此而要求朱洪章让功之语，可决其必无。而李臣典首功，确为曾国荃所报；那么问题的症结，便在李臣典是否为首功，如果不是，原因何在？

不过所谓首功，须视以何标准。若以首先登城为首功，则李臣典瞠乎其后，首功确为朱洪章。先登的事实为曾国荃所承认，如题朱部丛碑石云：

同治三年闰六月十有六日，龙脖子地道告成火发，轰开城垣二十余丈，砖石雨下，长胜焕字营首先登城，前队奋勇，死者四百余名同瘗[1]于此。呜呼惨矣！

当时部队番号，取主将别号为识，如鲍超，字春霆，其部即名霆字营；朱洪章，字焕文，故名焕字营。

---

[1] 瘗（yì），埋葬。

又，曾国荃为朱记《从戎纪略》云：

> 余伯兄太傅文正公雅号知人，于诸将中独伟视焕
> 文。焕文忠勇性成，战绩半天下。甲子金陵之役，于枪
> 炮丛中抢挖地道，誓死灭贼，从城缺首先冲入，因而削
> 平大难，焜耀史编，厥功伟矣哉！

此则不仅承认朱洪章首先登城，且进而承认"因而削平
大难"。朱洪章由幕客所撰的《从戎纪略》，不免有夸张之处，
甚至有失实之处，如言擒获李秀成。擒李者萧孚泗，因而获
封男爵。但历叙先登的经过则不误。

若以曾国荃序《从戎纪略》之所言以衡当时的处置，不
啻自承有意委屈朱洪章。这与实况是有出入的。

按：曾国荃、曾国藩的军报捷奏，并不以先登为首功，
且曾国荃最初并未抹杀朱洪章先登的事实，其攻克外城原
奏云：

> 十五日李臣典地道告成，十六日午刻发火，冲开
> 二十余丈，当经朱洪章、刘连捷、伍维寿、张诗日、熊
> 登武、陈寿武、萧孚泗、彭毓橘、萧庆衍率各大队从倒
> 口抢入城内。悍贼数千死护倒口，排列逆众数万，舍死
> 抗拒。经朱洪章、刘连捷、伍维寿从中路大呼冲入，奋
> 不顾身，鏖战三时之久，贼乃大溃。

按：此奏由彭玉麟、杨岳斌、曾国荃会衔具奏。据《东华录》知到京日期为庚寅；是月庚午朔，则庚寅为六月二十一日，由十六日至二十一日，历时仅五天，此可能是在火车未通以前，由金陵至北京最快的一项纪录，所谓"红旗报捷"，即指此而言。

此奏后面又有一段：

> 惟首逆洪酋等所居，筑有伪城甚大，死党不十万人，经官军四面环攻，尚未破入，大约一二日内，即能剿洗净尽。

以后官文书中，别于"伪城"称金陵城为"外城"；难攻者外城，论功自应以此役为准。曾国荃原奏所列，史料中称之为"先登九将"，李臣典根本不在其列。据其叙述，可知"先登九将"共分三路，中路头队、二队、三队由朱洪章、刘连捷、伍维寿三人率领。中路在左、右两路之先，朱洪章又在刘、伍二人之先，按诸朱著《从戎纪略》，若合符节。

到得六月二十九日，曾国藩推湖广总督官文领衔会奏，开头即言"据曾国荃咨称攻克金陵详细情形"，于破外城一段所叙如此：

> 自黎明攻至午刻，李臣典报地道封筑口门，安放引线，曾国荃悬不赀之赏，严退后之诛。……遂传令即

刻发火，霹雳一声，揭开城垣二十余丈，武明良、伍维寿、朱洪章、谭国泰、刘连捷、张诗日、沈鸿宾、罗雨春、李臣典等，皆身先士卒，直冲倒口而入。

《从戎纪略》叙曾国荃在地道完成后调兵遣将云：

> 九帅调各营队伍已齐，命章（朱洪章自称）往问："何营头敌，何营二敌？"再三询之，无人敢应。章曰："我辈身受皇上厚恩，今日正当报效，请以职分定先后何如？"时萧统领孚泗已补福建陆路提督，寂无一言。次及李祥云，已补河南归德镇。祥云要章拨精兵一二千与之，章曰："既拨我军，不如我当头队。"众乃随声鼓动。刘南云乃言，愿作二队，余依次派定，分为三路。当时相商，同到九帅前具军令状，畏缩不前者斩。章将各情复禀，九帅壮之，命章速准备，乃回营派头队四百名，二队一千名，余队随在后。各弁闻打头敌，无不奋然自振，一以当百。

按："刘南云"即刘连捷。曾国荃克外城原奏，所报先登九将，朱洪章居首，后即刘连捷。与朱洪章所记相符。朱又记其先登之情形云：

> 信字李营官来，请示放火，章复转至伪天保城，禀

知九帅。九帅指章看曰："城中贼如此之多，务须小心。"章禀曰："只要轰得开，得入其穴，任他贼众，勿怯也。"当是时，我各营队伍亦齐，布列龙脖子岗上。章至，乃下令放火，只看火线燃过，霹雳一声，烟尘迷失，砖石飞崩，军士无不人人惴栗。章乃奋身向前，左手执旂，右手执刀，奋勇登城，大呼而进。

各队勇始纷忙齐上，贼三四百，由太平门出来抵章，争先手刃数贼，各队奋然并进，贼大溃。

据此，则点燃炸药轰城，系朱洪章主持，可为首先登城的确证之一。及至九门皆破，朱洪章又叙：

章自督众往攻伪天王府……时日已暝，章乃冲入伪王府，搜其党而歼之；令将辕门紧闭，以两营守之，余皆分扎前后，封其府库，以待九帅。

"封其府库，以待九帅"八字中大有文章，且留到后面再谈，先介绍王湘绮《湘军志·曾军后篇》中叙克复金陵的概述：

六月甲申，地道成。乙酉，曾国荃令围军百营皆严备，别悬赏募敢死将士，待城破先入。于是李臣典等誓先登者九将。

按：曾国藩奏报中亦有悬赏之语，今据《湘军志》所言，悬赏者"待城破先入"，则先登者自应受上赏。朱洪章之先登，既为曾国荃所承认，则未膺五等之封，似乎委屈；只是所悬之赏为何，值得探索。

日午，地道火发，城崩二十余丈。寇反燃火药，下烧我军。朱洪章等乘城缺登。

按：先言李臣典"誓先登"，乃立军令状时奋勇争先，此叙实况，先登者为朱洪章，叙次严谨，不愧史笔。

张诗日等循城据北门，彭毓橘据东门，朱南桂、罗逢元等皆梯第登。寇散走，或出城，或还保子城。夜半纵火烧城中，因突围出走。黄润昌等露立龙广山，袁大升等循城南，遇逃寇要击，诛斩数百。张定魁等追寇及之湖熟，复俘斩数百人。城寇多自焚或投池井。

按："夜半纵火烧城中"七字亦可注意，观前后文语气，"纵火"乃官军所为。

洪秀全已前一月死，其子洪福年十八九，余寇挟之走广德。"洪福"刻印，姓名下列"真王"二文，军吏误合二文为"瑱"，奏诏言"洪福瑱"者以此。

按："洪福"一印为正楷，下横列"真王"二小字，以致成为"洪福瑱"。

　　江宁既复，群寇出掠者皆瓦解，国藩奏上诸将功。以所俘寇将李秀成言洪福已死，于是浙江、江西诸军方欲张寇势（按：此语不可通，疑有阙文），洪福又实不死。李秀成者，寇所倚渠首，初议生致阙；及后见俘寇皆跪拜秀成，虑生变，辄斩之，群言益谨，争指目曾国荃。国荃自悲艰苦负时谤。诸宿将如多隆阿、杨岳斌、彭玉麟、鲍超等欲告去，人辄疑与曾国荃不和。且言江宁镪货，尽入军中。左宗棠、沈葆桢每上奏，多讥江南军。

曾国荃之视《湘军志》为谤书，犹不在对苦战之轻描淡写，而在"江宁镪货，尽入曾军"八字。洪杨初起，声势极盛，逢长江上游裹胁而下，加以蹂躏东南财赋之区，所掠金银财宝，不可胜计，不特"国库"充盈，即一隅之地的"长毛"头目，大致在富庶之地驻留稍久者，亦每于"打公馆"之处埋藏金银。洪杨乱平，常有劫后归来者，忽成巨富，即为掘得藏镪所致。所以在"天王府"中，如说只获得几枚伪玺，实在是令人难信之事。

"天王府"之必有奇珍异宝，可由李秀成被捕时的情况推测而知。据说李秀成眼见大势已去，挟洪福携一书童宵遁，洪福不善骑，中道相失。李秀成亦在方山迷路，憩息时，遇樵者八人，其中有人认识李秀成，诧异相问："你不是忠王吗？"李秀成坦然承认，表示如能引导他到浙江湖州，愿以三万两银子相酬谢。

于是八樵者领李秀成主仆下山。山下名为涧西村，将李秀成藏在秘密处所，策划如何逃往湖州。

八樵者中有个姓陶的，私下打算以李秀成献官请奖，怕其他七人不从，反为所害。陶某想起有族人在李臣典营中，决定找此人去商量，路经钟山萧孚泗的营区，去访一个素识伙夫，歇脚休息，闲谈中透露了李秀成的踪迹。言者无意，听者有心，伙夫告诉亲兵，亲兵密陈萧孚泗。萧孚泗大喜过望，派一个能言会道的人跟陶某周旋，不让他脱身，自己带了一百多人，直奔涧西村搜索。

一搜果然捕获李秀成主仆，都是两臂满缠金条，另外竹筐中还有贵重珍宝，尽为萧孚泗干没。又因为擒获李秀成之功，封一等男，升官发财，四字俱全。照常理说，此皆拜陶某之赐，应重酬才是，而萧孚泗不然，决定杀陶某灭口。

事机不密，为伙夫知悉后，自觉愧对陶某，私下相告，将陶某放走了。陶某一回去，无法交代，同伙七人先杀陶某，又计诱亲兵与伙夫到涧西村，私刑处死。据说此七人这样做，并非因为三万两银子落空，而是为李秀成复仇。又据说曾国藩知其事，召此七人来见，赏银不受。

这一传说，真假无可究诘，但李秀成深得民心，所以曾国藩恐路途有变，不敢献俘，则为事实。

按：在同治二年（1863）下半年，局势已相当明朗，太平天国之亡，只是迟早间事。朝廷开始筹划江南的善后，一方面有抚辑流亡、重建城乡的巨款支出；另一方面又要减税，至少不能加税，收入减少，支出增加，何以应付？

而这个难题之解决，却是持乐观的态度，从恭王到户部书办，抱的想法完全相同：金陵一破，没收敌产，正好移作此项用途。哪知破城之后，缴交朝廷唯一值钱的只是一颗金印。有人说此金印为伪玺，未便收藏，如无"太平天国"及"天王"字样，说不定连金印亦不会呈缴。

是故"江宁镪货，尽入曾军"，绝非厚诬。值得探讨的是，如何入于曾军？何人所为？曾国藩据曾国荃咨文所做的奏报，始终未言何人攻入"天王府"，更未言接收"天王府"的经过，只说：

> 三更时，伪天王府及各伪王府同时火起，烟焰蔽空，洪逆率悍党千余人冲出伪殿前南门，窜至民房，袁大升等率队腰截，斩七百余名，夺获洪酋僭用伪玉玺二方，金印一方。

其意若谓，太平天国诸伪王，三更时分，同时放火突围。伪天王府既已焚毁，金银财宝自然不必说了。而事实上这把火是入城的湘军自己放的，目的当然在灭迹。

首先要指出的是，伪天王府在日落时分即为朱洪章所攻入。前引《从戎纪略》中，朱洪章自言日暝冲入伪天王府，搜其党而歼，紧闭辕门，以两营把守，余众分扎前后，"封其府库，以待九帅"，证明曾国藩所奏，三更时"洪逆""悍党千余人冲出伪殿前南门"之语，与事实不符。

其次，最靠得住的说法是李秀成的供词。他说：

> 破城之时……我由太平门败转，直到朝门。幼主已先走到朝门，及天王两个小子并到，向前问计。斯时，我亦无法，独带幼主一人，其余不能提理。幼主又无马坐，将我战骑交与其坐，我另骑不力之骑，直到我家，辞我母亲、我胞弟与侄，合室流涕。辞别带主而上清凉（山）避势，斯时亦有数千余人……
>
> 是日将夜，寻思无计，欲冲北门而出，奈九帅之军重屯，随行之文武将兵，自乱如麻，合众流涕，无法可处。不得已，四更之后，舍死领头冲锋，带幼主冲由九帅攻倒城墙（缺口）而出。

据此则知李秀成携洪福出亡以前，有类似宁武关周遇吉别母的一段情节，而在天黑时已先避往清凉山，与朱洪章所记相合，即入夜后，伪天王府已完全占领，则曾国藩所奏"洪逆"于午夜后冲出云云，全非事实。

洪福及各王早已各自逃散，一部分则随李秀成行动，伪天王府及各伪王府半夜一齐起火，不言可知这把火是湘军所放，目的在灭迹。劫掠搜括既尽，不能留下空房子徒存形迹，一火而焚之是最干净的办法。

然则伪天王府那把火是谁放的呢？回答是李臣典。"封其府库，以待九帅"，而"九帅"命李臣典接管。"江宁镪货，尽入曾军"，此方为李臣典的"首功"。

李臣典封爵，竟不及于生前拜受王命。李于破城的第二天得病，七月初病殁。得病之由，唯朱孔彰《中兴将帅别传》所记得实：为"不谨"，在过于兴奋的情绪中，纵欲太过所致。

洪秀全之子洪福的下落之谜
及曾、左失和始末

现在再交代洪福。据李秀成供词，从地道缺口冲出后，洪福死于乱军中，这是故意掩护的说法。

郭廷以所撰《太平天国战史》云：

> 天京陷落前数月，江浙太平军纷纷西趋，谋就食江西。其中以侍王李世贤、康王汪海洋两队为大。幼主逃出天京后，与干王洪仁玕南走浙皖，会湖州太平军残部追踪前往，拟合李世贤北入湖北，再合陈得才等夺取荆襄，连

窥西安。及抵赣东，世贤已入广东。九月初，洪仁玕被擒于广昌，二十五日幼主（洪天贵福）被擒于石城。

按：前记李秀成被擒之前，愿以三万两银子的重赏，请人向导往湖州，可知原来的打算是会合湖州的黄文金，再谋西窜。

"干王"洪仁玕及"恤王"洪仁政，在乱军中寻获洪福，即照原定计划与黄文金自湖州至皖南广德。在此时官军四处围剿，洪仁玕等逃命要紧，已谈不到进取的方略，其流窜的途径，是由广德越宁国，出浙江昌化，复入皖南绩溪，再向浙江遂安、开化入江西广信，经过铅山、泸溪，向云际关，窜光泽而至石城。

《清人笔记》中所说："诸寇处处相伪以福瑱，官军亦处处相惊以福瑱。"原来此时以金陵虽克，"幼主"未获，已掀起很大的风波。曾国藩为此而与沈葆桢失和，左宗棠亦从旁推波助澜，曾氏兄弟大感狼狈。

平心而论，曾左失和，如谈起因，则曲在曾而不在左。左宗棠于七月初五获悉洪福踪迹，其时正奏报在湖州苦战情形，因据以入告。原奏中说：

> 昨接孝丰守军飞报，据金陵逃出难民供：伪幼主洪瑱福于六月十一日由东坝逃至广德，二十六日堵逆黄文金迎其入湖州府城。查湖郡守贼黄文金、杨辅清、李远

继等，皆积年逋寇，贼数之多，约计尚十余万，此次互相勾结，本有拼命相持之意，兹复借伪幼主为名，号召贼党，则其势不遽他窜可知。

且江西兵力渐集，李世贤、汪海洋诸逆如不得逞于江西，则遁入浙闽，复与湖州踞逆相首尾，亦未可知。臣惟有与曾国藩、杨岳斌、李鸿章、沈葆桢慎以图之，以冀稍纾宸廑。

"伪幼主"虽只十五六岁，但确为太平军可资以号召一块招牌，朝廷鉴于顺、康年间"朱三太子"的往事，对这一点非常敏感，也相当紧张。如果当时曾国藩告捷的奏折中有一句"伪幼主"可能已在逃的话，恐怕曾氏兄弟封侯封伯的恩命，尚复有待。

因此，左宗棠的据实陈奏，为曾国荃及其部下视作有意捣蛋，是可想而知的事。当然，左宗棠此举，大不利于曾氏兄弟，亦为事实。

军机处批复左宗棠的廷寄中说：

> 洪瑱福谅即洪福瑱。昨据曾国藩奏："洪福瑱积薪自焚。"茫无实据，似已逃出伪宫。李秀成供，曾经挟之出城后始分散，其为逃出已无疑义。湖熟防军所报斩杀净尽之说，全不可靠，着曾国藩查明。此外究有逸出若干，并将防范不力之员弁从重参办。

如"茫无实据""全不可靠"等语，就朝廷一向礼遇曾国藩的情形来说，已是极重的话；更使曾国藩棘手的，是"将防范不力之员弁从重参办"的指示。用"员弁"字样，是为曾国荃留面子，但曾国藩要参，就得从曾国荃参起，因为就事论事，在理论上让"伪幼主"逃走，是极其严重的过失。

破城只是手段，行此手段的目的是要"扫穴犁庭"，擒获"伪幼主"，明正典刑，正式宣布"太平天国"已不复存在。是则"伪幼主"在逃，即目的并未完全达到。再追究"伪幼主"之逃，是由破城的缺口冲出；缺口何以无人防守？则以破城的各路兵马，发横财的发横财，找女人的找女人。这样追问下去，是件不得了的事，以至于曾国藩都有些动意气了。

另一方面，左宗棠既奉"令其激励各军，许以重赏，果能一鼓攻拔，将洪逆及堵逆等悉数歼除，则东南全就肃清，朝廷必当破格施恩。若迁延日久，或令他窜，亦必重治其罪，不能因前曾立功，稍纵宽贷"这一恩威并重的朝命，自然与他的部下，为了跟破金陵的曾军争胜，打得相当起劲，而在捷奏中，强调确实及"伪幼主"有远逸之势，对曾国藩都构成很难堪的刺激。

如叙阵斩"堵王"黄文金及其弟"昭王"黄文英的情形说：

> 堵逆黄文金经各营追剿，轰伤身死，各处禀报与贼供无异词。臣见饬昌化守将参将刘光明，赴白牛桥掘尸

剉枭，以昭确实。

又有一段说洪福将出洋：

> 据金陵同逃之贼供称，幼逆逃去时，将头发烫卷，
> 装扮洋人，希图混窜，已密饬诸军留心物色，不令漏
> 网。其辅逆杨辅清，前在湖州薙发，潜赴上海，臣得此
> 耗，已密致江苏抚臣，饬属搜捕矣。

果如所云，则洪福创造了一个纪录，为中国男子烫发的
第一人。洪福出洋之议，并非子虚，《清人笔记》中有详细的
记载：

> 初，洪秀全曾遣洪仁玕使美，考察外事。曾忠襄将
> 克江宁，仁玕挟福瑱赴广德，遂为黄文金迎入湖州。仁
> 玕，福瑱胞叔也。时浙军攻湖州，大势亟亟，旦夕且
> 破，仁玕谋于黄文金、黄文英、李远继、谭体元、杨辅
> 清等，欲令福瑱他适，以存洪氏一线之胤，为他日恢复
> 之渐，而知国中决不能容身，乃创避入美洲之议。
>
> 众均赞成。文金欲挟仁玕往，仁玕不可，曰："美
> 洲识我者多，恐机事不密。辅王坚忍有急智，盍以属
> 之。且东王与天王共首事，不可令澌灭无后。"众又从
> 之。辅王为杨辅清，秀清弟也。

仁玕有一西友，即前导之游美者，尚在左右，金石交也。仁玕以福瑱属之，资以财赂，涕泣而别。时福瑱年仅十六也。间关道路，屡濒于险，卒达上海而至美洲，辅清实从，遂为美洲三合会开幕之始祖。三水共合者，洪也。齐福天者，即洪福齐天，隐指洪福瑱也。

按：洪秀全之前，早有"三合会"，取天时、地利、人和合一之意；且洪秀全奉耶和华为天父，与纯出于中国秘密社会传统、与佛教有渊源的洪门，格格不入。金田起事时，不过利用"三合会"而已，洪门文献记载甚明。可知上引传说的后半段为齐东野语。但当时有洪福逃往外国的计划，则非子虚，所以朝廷大为紧张；曾国藩亦大为不安，加速了急流勇退的计划。

计划分两点：一是金陵全军五万人，裁撤一半，只须发给欠饷，不必另给回乡盘费；二是裁撤的一半，由曾国荃亲自率领，"部勒南归"。奏折中说："曾国荃克城之后，困惫殊甚，彻夜不寐，有似怔忡之症，据称心血过亏，意欲奏请回籍，调理病躯。"率裁撤之勇南归，是附带的任务。

此奏见于宫门钞的日期为七月二十六日，为左宗棠奏报发现洪福踪迹以后的二十天。当时曾左胡李，于彼此相关的措施，出奏之后，都抄副本咨送，所以曾国藩对裁湘军的计划，虽早定于收复金陵之前，而为曾国荃告病，则是预料左宗棠此奏到京，朝廷或有谴责曾国荃的措施，见机而作。云"克城之后，困惫殊甚"，是提醒朝廷，曾国荃之疾由勤劳王事而来；谓"意欲"不过有此打算，并非坚决求去，此为以退为进的试探之意，亦殊显然。是则朝廷温旨慰留，原在意中。

可是以后搞成非解任不可的局面，其原因有二，亦可分两方面来看。一是曾国藩虽尽量谦退，功成不居，而曾军骄矜不可一世，以攻破金陵为不世之功，放言无忌，很容易引起误会。

曾国藩幼女曾纪芬的《崇德老人自订年谱》云：

> 文正在军未尝自营居室，惟咸丰中于家起书屋，号曰"思云馆"。湘俗构新屋，必诵上梁文，工匠无知，乃以湘乡土音为之颂曰："两江总督太细，要到南京做皇帝。"湘语谓"小"为"细"也。其时乡愚无知，可见一斑。
>
> 忠襄公每克一名城，奏一凯战，必请假还家一次，颇以求田问舍自晦。文正则向不肯置田宅。澄侯公于咸丰五年代买衡阳之田，又同治六年修富厚堂屋，费七千缗，皆为文正所责。文正、忠襄所自处不同，而无矜伐功名之意则一。

说曾国荃"以求田问舍自晦"，可谓善于措辞。但求田问舍之余，又有乡愚"要到南京做皇帝"的谰言，则不能不想到"功高震主"这句话，为免猜忌，自以暂退为明哲保身之计。

二是曾国藩、曾国荃对左宗棠反击，复奏洪福下落时，认为左宗棠所言并无实据；又指责左军克复杭州时，太平军逸出十万之众。于是左宗棠反驳曾国藩"欺诬"，在九月初六"截剿窜贼大胜，全浙肃清"的奏折中，另片陈奏所获"伪幼主"自金陵逃出的证据云：

> 须据部将黄少春送到所获幼逆六月二十四日给伪首王范汝增黄绸伪诏，则幼逆由金陵窜出，实无可疑。阅所钤伪玺，上方横列"太平天国"四字，下方横列"玉玺"两字，左刻"天下太平"，右刻"万方来朝"，中刻"皇上帝基督带瑱"，瑱字玉旁刻作王字，拆视则"真王"二字，虽鄙塞可笑，然非一时仓卒所造，亦无可疑。逆种既已至浙境，臣有所闻，岂敢匿不入奏？见在幼逆未获，臣无可冒之功；将来幼逆不获，臣岂有难辞之咎。

按：曾国藩原奏不得见，据左此奏，则必曾国藩指责左宗棠造作"伪幼主"逃至湖州之言，有冒功之嫌。"无可冒之功""有难辞之咎"，针锋相对，颇为尖刻。

以下又辨浙江逸出之贼：

> 顷准曾国藩钞送七月二十九日复奏洪福瑱下落一片

内称，杭州克复时，伪康王汪海洋、伪听王陈炳文两股
十万之众，全数逸出，未闻纠参；此次逸出数百人，亦
应暂缓参办。

臣窃有所未喻也。当臣军肃清浙东时，军威颇壮，
杭城守贼无多，本可速克，此因皖南贼势鸱张，不得已
调刘典分军赴皖助剿，而臣驻严州以资兼顾。其攻富阳
及杭城者，仅蒋益沣一军及水师数营，又正疾疫繁兴之
时，兵力更薄；此杭一失，首逆陈炳文、汪海洋纷纷踊
至，贼数始多。

自富阳克后，贼悉力守杭城、余杭，维时臣战余
杭，蒋益沣战杭州，屡次破垒获胜，臣奏两城贼势窘
蹙，并未以贼数众多为言，每与交战，逆贼多不过一万
数千而止。叠次奏报甚详，犹堪覆按。其所以迟久而
后克复者，实由杭余两城中间相距六十里，我军未能合
围，贼占地势，攻守难易之悬殊也。

按：当时占杭州的太平军，为"听王"陈炳文所部。同
治三年（1864）正月，陈炳文准备投降，但对象为在江苏的
李鸿章，遣其族兄陈大桂到上海跟李鸿章接头，李鸿章转咨
左宗棠，结果碰了个钉子。

左宗棠认为"越境助剿则可，受降则不可"，请李鸿章饬
陈大桂回浙江向左军接头。陈炳文向李鸿章接洽投降，原是诈
术，一看狡谋败露，幡然变计；而原来埋伏杭州城内准备做

内应的人，听说陈炳文有投降之说，行迹不谨，以致为陈炳文逐一捕杀。陈炳文亦负隅顽抗，二月二十一日起几番激战，据王定安《湘军记》，证实左宗棠所言"每与交战，逆贼多不过一万数千人"。

二月二十三夜夜五更，陈炳文开武林门逃窜；二月二十四日卯时，蒋益沣进城，正式克复杭州。五更为凌晨四时，在十二时辰为寅，至卯仅一时辰之隔，亦即现代计时方式的两小时。在此短短时间之内，以一城门而能容十万人逸出，实在大成疑问。所以左宗棠据此驳谓：

> 曾国藩称杭城克复，十万之众，全数逸出，果何据乎？两城之贼，于二月二十三夜五更窜出，陈炳文启杭州武林门而窜德清，汪海洋出余杭东门而窜武康，官军皆于黎明时入城。臣前此奏报克复两城时，业经详细陈明，并无一字稍涉含糊。夫以片时之久、一门之狭，而谓贼众十万从此逸出，殆无是理，此固不待辨而自明者也。

以下论湖州"贼数之众"的由来，举出鲍超抄送陈炳文所属诸头目，"姓名多非杭州旧有之贼"为证。接下来便是措辞颇为犀利的讥责：

> 至云杭城全数出窜，未闻纠参，尤不可解。金陵早已合围，而杭余并未能合围也；金陵报杀贼净尽，杭州

报首逆实已窜出也。臣欲纠参，亦乌得而纠参之乎？

此言已合围始发生逸出不逸出的问题；既未合围，则彼此来去自如，无所谓逸出不逸出。且"金陵报杀贼净尽"，虽则一人逸出，亦为欺罔；杭州克复，既报首逆窜出，则为据实陈奏，部将既未诳报，即无责任可言，左宗棠又何从纠参？这是指责曾国藩受欺于先，庇护于后，应纠参、可纠参而放弃职责。

以下复又攻曾国藩之失云：

> 至若广德有贼不攻，宁国无贼不守，致各大股逆贼往来自如，毫无阻遏，臣屡以为言，而曾国藩漠然不复介意。前因幼逆漏出，臣复商请调兵以攻广德，或因厌其絮聒遂激为此论，亦未可知。然因数而疏可也；因意见之蔽，遂发为欺诬之词，似有未可。

平心而论，广德为全浙门户，皖南倘不在意，左宗棠在浙江所受的压力甚大。曾国藩当时以江督受命节制五省军务，所握兵权为清朝开国以来所未有；而曾国藩的将将之才，亦为两宋以来所罕见，只是方寸之间，尚未能廓然大公，对于局势的掌握、兵饷的调度，大致以曾国荃为第一优先，李鸿章其次，杨岳斌、鲍超、彭玉麟又次，而对左宗棠、沈葆桢多少有"漠然不复介意"之势。左、沈与曾国藩不协，实有由来。

最后还有一段声明，明其不得不附此奏片的原因：

> 臣因军事最尚质实，故不得不辨。至此后公事，均
> 仍和衷商办，臣断不敢稍存意见，自重愆尤。

此表示他是对事不对人。朝廷当时不患百孔千疮不能料
理，只患功臣意见不和，所以对左宗棠这一段声明深表嘉许，
廷寄中对他的附片如此批复：

> 另片奏洪幼逆入浙各情，览奏均悉。朝廷于有功诸
> 臣，不欲苛求细故。该督于洪幼逆入浙则据实入告，于
> 其出境则派兵跟追，均属正办。所称此后公事，仍与曾
> 国藩和衷商办，不敢稍存意见，尤得大臣之体，深堪嘉
> 尚。朝廷所望于该督者，至大且远；该督其益加勉励，
> 为一代名臣，以副厚望。

此谕"不欲苛求细故"乃安抚曾氏兄弟；后半段对左宗
棠的慰勉，相许甚至，已微示将有封爵之赏。

按：咸、同之际的章奏，居清入关后两百七十年之冠，
叙事说理，明白晓畅，于委婉曲折之处，情理周至。廷寄亦
复如此，故上下极少隔阂；视嘉道年间的官文书，每每浮词
满纸，拖沓吞吐，下有不达之情，上有难言之隐，予人的感
觉，截然不同。其主要原因有二：第一，曾、胡、李皆为翰

林，左宗棠虽为举人，但腹中诗书，犹胜于李鸿章。此外湘军将领，虽以军功起家，但秀才出身者，颇不乏人，军报章奏，亲自改削，甚至亲自动手，颇为认真。风气所至，纵或目不识丁，犹非胸无点墨。能重视官文书，则官文书的水准自然就会提高。第二，自世宗以至宣宗诸帝，都有师心自用之处，宣宗尤甚。因此，军机拟旨，不能就事论事，每须用曲笔游词，微讽其意。而在同光之际，两宫于军务，悉凭公议；恭王、文祥则不存成见，唯以协和内外为重。是故秉笔的军机大臣或章京，得能畅所欲言。大致诏令章奏，其词和、其气壮者，为盛运将临之兆；其词曲、其气弱者，每为乱世之征。此亦文运关乎世运之一端。

曾左恩怨，事所难言。当咸丰四年（1854）曾国藩克复岳州时，左宗棠以同知直隶州知州的头衔，在骆秉章幕府，曾国藩拟为之请奖知府及花翎，左宗棠致书刘蓉力辞，自言：

> 鄙人二十年来，所尝留心、自信必可称职者，惟知县一官。同知较知县，则贵而无位，高而无民，实非素愿。知府则近民而民不之亲，近官而官不之畏，官职愈大，责任愈重，而报称为难，不可为也。此上惟督抚握一省大权，殊可展布，此又非一蹴所能得者。

由此可见，左宗棠志在督抚，所谓知县一官可称职，意在强调愿做有实权之官而已。乃自谓"非一蹴所能得者"，竟于七年之后的同治元年（1862）正月，由太常寺卿督办浙江军务而简放为巡抚；同治二年（1863）四月更上层楼，擢任闽浙总督，这个飞黄腾达的机会，可以说是曾国藩给他的。就此而言，曾左交恶，似乎左宗棠不无负义之嫌；但左宗棠却不是受职公庭、拜恩私室的那种人，自以为公私分明，而按其行谊，确是如此。

光绪八年（1882）左宗棠复友人书云：

> 弟与文正论交最早，彼此推诚相与，天下所共知；晚岁凶终隙末，亦天下所共见。然文正逝后，待文正之子若弟及其亲友，无异文正之生存也，阁下以为然否耶？

这是左宗棠自承晚岁交谊不终；但"隙末"者小事，而洪福下落为一大事，绝音问之故，为左宗棠不堪曾国藩公文中的盛气凌人。复文云：

> 昔富将军咨唐义渠中丞云："贵部院实属调度乖方之至。"贵部堂博学多师，不仅取则古人，亦且效法时贤，其于富将军可谓深造有得，后先辉映，实深佩服。相应咨复。

唐义渠即唐训方，富将军者富明阿。官文书中出以此种嬉笑之词，如北方俗语所谓"骂人不带脏字"者，轻侮之极，因而左宗棠大怒，遂绝音问。这是传闻之词。但曾国藩月旦人物，好以类似之人与事作譬；又文书中，皮里阳秋，不中绳墨者，亦常有之，则此咨出以诙谐，并以跋扈之富明阿拟左宗棠，是很可能的事。

曾国藩于同治十一年（1872）二月，殁于江督任上。左宗棠与其子孝威家书中谓：

> 曾侯之丧，吾甚悲之，不但时局可虑，且交游情谊，亦难恝（jiá）然也。已致赙四百金，挽联云："知人之明，谋国之忠，自愧不如元辅；同心若金，攻错若石，相期无负平生。"盖亦道实语……君臣朋友之间，居心宜直，用情宜厚，从前彼此争论，每拜疏后即录稿咨送，可谓锄去陵谷，绝无城府，至兹感伤不暇之时，乃复负气耶？"知人之明，谋国之忠"两语，亦久见章奏，非始毁今誉，儿当知我心也。

按：左、曾于同治三年（1864）绝交后，常恐曾国藩扼其饷源，但西征筹饷，曾国藩始终支持，并遣刘松山一军相助，左宗棠深为得力，于曾殁后，在奏折中称颂曾国藩"晚年识拔刘松山于偏裨，尤为卓识"。

挽联中"知人之明，谋国之忠，自愧不如元辅"，即知刘松山及为西征筹饷而言。以下又示儿以"用情宜厚"之道：

丧过湘干时，尔宜赴吊，以敬父执。牲醴肴馔，自不可少，更能作诔哀之，申吾不尽之意，尤是道理。明杨武陵与黄石斋先生不协，石斋先生劾其夺情，本持正论。后谪戍黔中，行过汪渚，惧其家报复，微服而行。武陵之子长苍闻之，亟往起居，怡然致敬，呈诗云："乃者吾翁真拜赐，异时夫子直非沽，奭（shì）犹有意疑公旦，奚却由来举解狐。"（后两韵不复记忆，《沅湘耆旧集》中可取视之。）此可谓知敬其父以及父之执者。吾与侯所争者国事兵略，非争权竞势比，同时纤儒妄生揣拟之词，何直一哂耶？

至谓待曾国藩"之子若弟及其亲友"，无异国藩生前，亦有事实可征，尤以视曾家"满小姐"为最。湖南话"满"者不再增添之谓，"满小姐"即曾国藩最幼之女曾纪芬，晚号崇德老人，殁于民国三十一年（1942），寿九十一，适衡山聂缉椝（guī），七子四女，孙曾绕膝，是当时上海有名的"福气人"。四子中以聂其杰最有成就。其杰，字云台，曾任上海商会会长。聂家能在上海发迹，即出于左宗棠对聂缉椝的提携。

曾纪芬于其自定义年谱中述初谒左宗棠事云：

文襄督两江之日，待中丞公（按：指聂缉椝）不啻子侄，亦时垂询及余，欲余往谒。余于先年冬曾一度至其行辕，大堂下舆，越庭院数重，始至内室，文襄适又公出。余自壬申奉文正丧出署，别此地正十年，抚今追昔，百感交集，故其后文襄虽屡次询及，余终不愿往。

继而文襄知余意，乃令特开中门，肩舆直至三堂。下舆相见礼毕，文襄谓余曰："文正是壬申生耶？"余曰："辛未也。"文襄曰："然则长余一岁，宜以叔父视吾矣。"因令余周视署中，重寻十年前卧起之室，余敬诺之。嗣后忠襄公至宁，文襄语及之曰："满小姐已认吾家为其外家矣。"湘俗谓少者曰"满"，故以称余。

此段叙述，极具人情味。但亦不无作用在内。当时李鸿章以得曾国藩薪传为一种号召，在挽联中有"筑室忝为门生长"之语；而左宗棠则自初识时即与曾以兄弟相称，不愿自下，此时复强调这一层关系，即有以晚辈视李鸿章之意在内。左宗棠好逞意气，且以此自喜，此亦一端。

又曾纪芬光绪八年（1882）事云：

中丞公……来宁就差亦既两年，仅恃湖北督销局五十金，用度不继，遂略向左文襄之儿媳言之，非中丞公所愿也。

是年始奉委上海制造局会办。进见之日，同坐者数辈，皆得委当时所谓润差而退，文襄送客，而独留中丞公小坐，谓之曰："君今日得无不快意耶？若辈皆为贫而仕，惟君可任大事，勉自为之也。"故中丞公一生感激文襄知遇最深。是年年终，奉文襄命，赶制过山炮百尊，限日解宁，竟未遑在宁度岁也。

聂缉椝在上海制造局前后八年，此局以制造及采办军火为主，是江苏有名的肥缺之一；聂缉椝能久任八年，端赖官运亨通，左宗棠殁后，曾国荃继任江督，而聂、曾联姻，乃由国荃一手主持。"崇谱"于同治八年（1869）十八岁条下记：

余之姻事即定议于此时（十月间），忠襄公作伐之函，今犹在也。纳采、回聘等事，皆忠襄公代办。

聂缉椝既为曾国荃相中的侄女婿，当然格外照应。"崇谱"于光绪十五年（1889）条下记：

是年忠襄公奏保中丞公以道员留苏补用，并交军机存记，得保后赴京引见。惠敏公在京邸，手画朝日江山于纨扇，并题诗赠行。其诗如次："朝墩出海月斜初，五色烟云饰太虚。凭我丹青摹造化，祝君绯紫启权舆。阳关四句唱三叠，天保六章图九如。诗画送君情趣永，携归兼当大雷书。"

"惠敏"为曾纪泽之谥，使英回国后任兵部侍郎。此诗末句寓寄妹之意，而"祝君绯紫启权舆"非泛泛祝望之词，当是已有成议，所以引见回后即简放上海道，为江苏通省第一肥缺。

据文廷式在《纯常子枝语》中说：聂缉椝走李莲英的门路，花了九万银子，始得此缺，因而以"君可谓'直上扶摇九万里'"相讥。以一附贡捐班，十年之间当到全国第一道缺，亦可真说是"直上扶摇九万里"。推原论始，如非左宗棠的提拔，则曾国荃即使督两江，亦不能自他处调聂至江苏，委以制造局差。然则以后由上海道历资而为湖北巡抚，根本是不可能的事。

又，左宗棠对曾国藩的次子，亦颇有恩义。其致友人书云：

> 曾文正尝自笑坦运不佳，于诸婿中少所许可，即栗诚亦不甚得其欢心；其所许可者，只劼刚一人，而又颇忧其聪明太露。

其言得实。曾国藩两子，长纪泽，字劼刚；次纪鸿，字栗诚，即曾宝荪、约农姐弟之祖。曾纪鸿资质不如其兄，如同治五年（1866）正月，曾国藩于家书中即责纪鸿："尔出外二年有奇，诗文全无长进。"

曾纪鸿又以科场不得意，益为其父所不喜。曾国藩殁后，曾纪鸿赏给举人，准一体会试，而仍不售，以恩荫在吏部当司官，光绪七年（1881）郁郁以终，年仅三十四岁。左宗棠于光绪八年（1882）致友人书云：

> 上年弟在京寓，目睹栗诚苦窘情状，不觉慨然，为谋药
> 饵之资，殡殓衣棺及还丧乡里之费，亦未尝有所歧视也。劼
> 刚在伦敦致书言谢，却极拳拳。

按：曾纪鸿长子广钧《环天室诗集》，收《左文襄公挽词》
四律，末一首云：

> 属从湘上趋东国，噩耗惊闻涕满衣。
> 非我受恩知己感，如公至性待人稀。
> 罗江汨水同悲咽，沣芷湘兰渐式微。
> 寿迈七旬勋万里，秉灵川岳已全归。

观此可知，左宗棠不独为曾纪鸿料理后事，且亦照料遗
孤，曾送曾广钧留学日本。由"如公至性待人稀"句，足见
交谊之厚。

李鸿章扶摇直上，淮军代湘军而兴

曾左交恶的结果，造成李鸿章扶摇直上的机会。这又须
从曾氏兄弟谈起。曾国藩有弟四人，国荃行四，大排行第九，

故称"九帅"，小于国藩十三岁。国藩视国荃为"白眉"，可知最欣赏此弟。曾国荃四十岁以前的经历，在曾国藩《沅甫弟四十一初度》十三首绝句中，大致可以概括。

第一首前已征引，为行文方便计，全引并略作解说如下：

其一

九载艰难下百城，漫天箕口复纵横。

今朝一酌黄花酒，始与阿连庆更生。

按：曾国荃四十一岁生日，在同治三年（1864）八月二十日，正为廷寄两江，饬报"伪幼主"下落及盛传"江宁镪货，尽入曾军"之时。曾国藩于咸丰六年（1856）起办团练，立湘军，至此前后共九年。

其二

陆云入洛正华年，访道寻师志颇坚。

惭愧庭阶春意薄，无风吹汝上青天。

按：曾国荃于道光二十一年（1841）入都，次年回湘。兄弟在京并不相得，主要原因在于"无风吹汝上青天"。

其三

几年橐笔逐辛酸，科第尼人寸寸难。

一剑须臾鱼龙变，谁能终古老泥蟠。

此言曾国荃科第不得意，"学书不成，去而学剑"，投笔从戎，始得直上青云。

其四

庐陵城下总雄师，主将赤心万马知。

佳节中秋平贼寇，书生初试大功时。

原注："沅甫初在吉安统兵二万，八年八月十五日，克复府城。"八年为咸丰八年（1858）。

其五

楚尾吴头暗战尘，江干无土著生民。

多君戡定同安郡，上感三光下百神。

原注："十一年八月初一日克复安庆，钦天监奏：是日四星联珠，日月合璧。"

其六

濡须已过历阳来，无数金汤一蒉开。

提挈湖湘良子弟，随风直薄雨花台。

此言进围金陵。

其七

邂逅三才发杀机，王寻百万合重围。

昆阳一捷天人悦，谁识中军血染衣。

此即王湘绮《曾军后篇》所记的战役。曾国藩比拟为汉光武的昆阳之战，则同光中兴，肇端于此。这是曾国藩的评估，应该承认他是"权威"的。

其八

平吴捷奏入甘泉，正赋周宣六月篇。

生缚名王归夜半，秦淮月畔有非烟。

此指克复金陵之役。"名王"指李秀成，奏折中称"逆"，诗中称"名王"，官书评判人物之不甚可信，观此一例可知。

其九

河山策命冠时髦，鲁卫同封异数叨。

刮骨箭瘢天鉴否？可怜叔子独贤劳。

此言兄弟同叨五等之封，曾国藩封一等侯，称号"毅勇"；国荃封一等伯，称号"威毅"。同时膺封者以曾国藩爵位最高，故曰"冠时髦"；次句方及国荃。三、四有两层意思：表面一层谓封侯赖国荃之功；里头一层则是封侯封伯，皆由国荃出生入死，血战而来，妒之者可以休矣！

按：当时左宗棠尚未封爵，此意或者是为左而道。

其十

左列钟铭右谤书，人间随处有乘除！

低头一拜屠羊说，万事浮云过太虚。

此为劝慰之词。屠羊说，楚人，屠羊复姓，以牧为氏。《韩诗外传》谓楚昭王去国，屠羊说从行。及至楚昭王回国，论功行赏，及于屠羊说，辞而不受，理由是："君失国，臣所失者屠；君返国，臣亦返其屠，何赏之有？"

曾国藩用此典之意是，当初本为名教桑梓而战，洪杨既灭，本身的目的亦已达到，"何赏之有"？既有意外之赏，便有意外之谤，得失乘除，原甚公平，大可视如过眼浮云，不必认真。

其十一

已寿斯民复寿身，拂衣归钓五湖春。

丹诚磨炼堪千劫，不借良金更铸人。

按：此时曾国藩已为国荃筹急流勇退之计，比之于越国范大夫灭吴后归钓五湖。相传范大夫有西施偕隐，"曾九帅"其时是否携美妾以归，不得而知。三、四两句勉励之意甚至。

其十二

黄河余润沾三族，白下饥民活万家。

千里亲疏齐颂祷，使君眉寿总无涯。

此为寿诗正格。首句惠及亲族，当有本事；次句言金陵克复后，设局救济难民。

其十三

童稚温温无险巇，酒人浩浩少猜疑。

与君同讲长生诀，且学婴儿中酒时。

结尾一首相勉乐天知命，"无险巇""少猜疑"，不得谓之牢骚，而确是曾国藩厚道之处。诗下又有自跋：

甲子八月二十日，沅甫弟四十一生日，为小诗十三首寿之。往往壬戌四月，沅弟克复巢县、和州、含山等城，余赋诗四首，一时同人以为声调有似铙歌而和之。此诗略仿其体，以征和者；且使儿曹歌以侑觞。国藩识。

既云"以征和者"，广为散发可知；而目的不在征和，在辟谣，在诉苦，在为曾国荃宣扬战功，其意亦可知。只以文字本身的水平及他的品格勋名，不易使人发觉其宣传作用而已。

谈了曾、左这一段恩怨以后，不妨再用条举的方式谈一谈当时曾国藩的打算，这个打算称之为"湘军善后复员处理办法"，或者"裁军计划"，均无不可。要点如下：

第一，客观上，为防功高震主，他人忮忌；主观上，湘军高级将领不免有指挥失当、虚报战功之处，又全军上下几无有未获"战利品"者，位愈高，获愈多。深恐清议抨击、言官纠参，引起瓜蔓牵连的大狱，须断然作急流勇退之计。

第二，曾国荃首当告病，回籍暂作休养。等这一阵风头过去，不患不能复出。

第三，湘军必须遣散。此事愈速愈好，因为当时连伙夫亦是腰缠累累，归田之心既亟，买犊之资亦丰，顺势裁遣，如水就下；时间一长，士兵狂嫖滥赌，悖入悖出，那时不但裁遣不易，而且必将扰害地方，酿成巨患。

这个打算，公私兼筹并顾，完全正确。问题是，太平军残余势力与捻军合流，还不能公然大规模地裁军。而且曾国荃既已告病，应有一个地位、才能足与曾国荃相颉颃[1]的人来接替，方可约束得了未裁的湘军。此人除了李鸿章外，再找不出第二个。

---

[1]　颉颃（xié háng），不相上下的意思。

这是淮军代湘军而兴的关键。在金陵克复以前，根本无淮军的名目，犹之湘军初起称为"楚师"，尚未能自立门户。

此在李鸿章为求之不得的机会，因为在这个安排之下，无论实质也好，予人的形象也好，在在显示出李鸿章已成为曾国藩的衣钵传人。而在李鸿章，机会更好的是，捻军之势方炽，朝廷认为唯有曾国藩能了此事，因而做了曾国藩赴前方、李鸿章在后方替他筹饷治民的决策。

其经过如《曾国藩年谱》，摘引如下：

（同治三年）八月二十七日：驰折代奏："臣弟国荃病势日增，请开缺回籍调理。"

同日：奏长江水师新定规模，应责成彭玉麟周历巡察，区画一切。其安庆善后事宜，札饬藩司马新贻、臬司何璟、总兵喻吉三会同妥办。

九月初十日：奉到上谕，曾国荃督兵数载，克复江宁省城，伟绩丰功，朝廷甚资倚畀，第栉风沐雨，辛苦备尝，致病势日见增剧，若不俯如所请，不足以示体恤，已明降谕旨，准曾国荃开缺回籍，并发去人葠[1]六两，以资调理，该抚其安心静摄，善自保卫，一俟病体痊愈，即行来京陛见，以备倚任。所有江宁善后事宜，即着曾国藩驰往江宁，斟酌机宜，妥筹办理。（按：曾

---

[1] 葠，同"参"。

国藩先已于九月初八抵宁。)

同日：奉上谕：浙江巡抚着马新贻补授。

十月初一日：公弟国荃登舟回湘，公送之至采石矶乃还。

十月初七日：李公鸿章委员解到上海协饷银十七万两，支发江皖各路湘军欠饷；公定议撤遣湘勇，十去八九。

十月十二日：具折代奏提督鲍超请假六个月，驰回四川本籍，亲营葬事，兼养伤病；令其部将宋国永、娄云庆分领霆营之众。附片奏，金陵遣撤勇丁，先后回籍，沿途安帖。

十月十三日：奉上谕，现在江宁已臻底平，军务业经蒇[1]事，即着曾国藩酌带所部，前赴皖鄂交界督兵剿贼，务期迅速前进，勿少延缓。李鸿章前赴江宁，暂署总督篆务；江苏巡抚着吴棠暂行署理。

十月十七日：李公鸿章到金陵见公，公与商裁退楚军，进用淮勇。

十月二十二日：奏遵旨驰赴皖鄂交界督兵剿贼一折，奏称："臣用兵十载，未尝亲临前敌，自揣临阵指挥，非其所长。此次拟仍驻扎安庆、六安等处，派刘连捷等入鄂，听候官文调遣；檄调淮勇两军，随臣西上，

---

[1] 蒇（chǎn），完成，解决的意思。

更资得力。"附片沥陈才力竭蹶，难胜重任；楚军出征过久，渐成强弩之末，不如淮勇之方锐。一俟皖鄂肃清，即请开缺，调理病躯，仍当效力行间，料理经手事件，如军饷之报销，撤勇之欠饷，安置降将部众，区画长江水师营汛，皆分内应了之事也。

如上所引，曾国藩打算以淮勇代替湘勇，是一件非常明白的事。但其间曾发生隔阂，原因尚未能明了。

曾国藩以淮代湘的计划，朝廷完全了解，则皖鄂交界的征剿，自应派李鸿章负责指挥；如说原意如早年之特派经略大臣，而以李鸿章为他办粮台，则进退行止悉凭经略自定，乃上谕曾国藩"前直皖鄂交界，督兵剿贼，务期迅速前进，勿以延缓"，此种语气直视曾国藩为督抚所节制的提镇。

此所以会有上引的附片，等于公然表示，不愿亲赴前线。此奏一上，当然有人替曾国藩不平，百战功高的元戎，在削平巨寇以后，犹须亲冒锋镝，此岂是待功臣之道？

因此上谕自我转圜，说是皖鄂交界的贼势，"较之半月以前，大不相同"，曾国藩可不必赴安庆，亦不必交卸督篆，仍驻金陵；李鸿章仍回江苏巡抚本任。

当然，这也可能是有意提一个警告，意谓即使已封侯拜相，在朝廷仍得以提镇相待。至于以淮代湘的计划，并不受影响，照常进行。

两江总督马新贻遇刺真相

在这个计划中，有一个很重要的人物，此即后来被刺的马新贻。他是山东菏泽人，道光二十七年（1847）进士，与李鸿章同年；一直在安徽做官，自知县升至藩司，为人精明能干，操守亦佳。

李鸿章既承曾国藩的衣钵，当然要找帮手，看中了这个同年，暗中出力，保他为浙江巡抚。浙江本来是左宗棠的地盘，但他升任闽督后，遗缺派了曾国荃，遥领未任，至此告病开缺，连同马新贻继任，是一案办理，左宗棠措手不及，同时他手下的大将将益沣、杨昌浚，论资格还未到封疆的程度，因而在李鸿章与曾国藩的安排之下，马新贻得以脱颖而出。马新贻到任后，与左宗棠相处不坏。

《左文襄公书牍》卷七有致"杨石泉都转"书云：

> 谷山中丞于芗泉及阁下，深用倾倒，其于旧令尹之政，颇不以为不然；想新猷焕发，宜民宜人，不独越人之福，亦弟之幸也。

"谷山"为马新贻的别号；"石泉"为杨昌浚，时任浙江盐运使，故称"都转"；"芗泉"即浙江藩司蒋益沣。马新贻于同治三年（1864）十二月二十日接任后，次年正月十五日，即奏陈"浙省应办事宜六条"，其第一条"吏治宜整顿"中云：

> 自督臣左宗棠入浙以后，百废更新，奖廉能，惩贪墨，吏治蒸蒸，渐臻上理。

恭维左宗棠之外，复于第二条"兵事宜专责成"中，大捧蒋益沣，道是：

> 湘军各营旗本，皆蒋益沣旧部，该藩司威望著闻，每有指挥，无不如意，应仍归其统率，必能得力。

由此可见，马新贻很讲究政通人和之道。他在浙江的政绩不坏，捕盗及整饬军纪，尤为在意。因此，当左宗棠西征，交卸闽督，即由马新贻升任。奏请陛见后，于同治七年（1868）七月回籍扫墓，返任途次，突奉上谕，调任两江，并毋庸来京请训，即赴新任。这个任命来得相当突兀。

马新贻之出任江督，是一个新局面开始的象征。自咸丰初年到光绪初年，约二十五年间，内乱方面有三大战役，即洪杨、捻军、回乱。洪杨平后，太平军余孽，结合捻军，流窜湖北、河南、山东、安徽，以及淮海各地。

剿捻的主力是僧格林沁的马队及淮军。僧王的马队来自黑龙江，迅利如风，但一直在追逐捻军，疲于奔命。同治四年（1865）四月间，僧王终于在山东曹州陷入重围，突围不果而致阵亡，捻军北窜，京畿大震，朝命醇王筹办京城防范事宜，饬淮军由海道北援。曾国藩受命以钦差大臣督办直隶、山东、河南三省军务，所有三省旗绿各营及地方文武员弁均归节制，职权同于雍乾以前的经略大臣或大将军，而两江总督复由李鸿章署理。

曾国藩请辞不获，勉任艰巨，仍旧采取稳扎稳打的宗旨，依照明末杨嗣昌"四柱八镇"剿流寇的战略部署，以河南的周家口、山东的济宁、江苏的徐州、安徽的临淮为"老营"，各驻重兵，多储军实，一处有急，三处往援，有首尾相应之利，无疲于奔命之虞。

部队则以淮军为主，刘铭传、潘鼎新、张树声、周盛波、刘松山、易开俊，皆各当一面。派李鸿章的幼弟李昭庆总理营务处，兼练马队。专阃之师的总理营务处，通常以道员充任，性质同于现在的参谋长；剿捻以淮军为主，故须用李昭庆任斯职，指挥才能灵活。

这一以静制动的战略指导原则，至同治五年（1866）在山东沿运河增筑高墙，千里长围，限制了捻军的活动范围，终于使得官军掌握了战局的主动权，曾国藩亲驻周家口督剿。

但捻军在开封冲破围墙，分为两支：一走东北为东捻，一走西南为西捻。曾国藩自请处分，朝命以曾国藩、李鸿章互易，即曾国藩回任，而以李鸿章署钦差大臣督剿捻军。

彼此追逐到同治六年（1867）年底，东捻穷途末路，被歼于江苏海州一带，以刘铭传、郭松林之功为最；西捻于同治七年（1868）六月底，在山东茌平被围歼，至此捻乱全平。论功行赏，李鸿章拜相，刘铭传封男爵。

新局面即由此时开始。早在同治五年（1866）十一月，复起任湖北巡抚的曾国荃，以贪庸骄蹇劾官文，巡抚参总督是很不平常的事，但以曾国荃正帮办军务，朝廷的处置很为难，结果是官文内召以慰曾国荃；而以曾国荃病免，以慰官文，弄成个两败俱伤的结果。不过，曾国荃要到光绪二年（1876），才二次复起为山西巡抚；而官文只隔了一年，复又外放为直督。

直隶总督号称"疆臣领袖"，但其主要任务在肃清奸宄（guǐ），确保京城外围的安全；其次因兼北洋大臣，要在天津这个紧要海口办洋务，凡此均非官文所长。加以送往迎来，"在京的和尚出京的官"，不管官儿大小总是客，投刺请谒，不能不做敷衍；尤其是有些有脾气的翰林，哪怕官文以首辅而封爵的"伯相"之尊，一言不合，冷嘲热讽，令人难堪。因此，不但朝廷觉得官文不宜任直督，他自己亦有干不下去之势。

于是，当东西捻先后荡平之际，整个督抚的调动，首先考虑的是让官文回京，而以曾国藩接替。

两江总督的遗缺，照资格来说，自以李鸿章调补为最适当；但李鸿章在湖广总督任上，有军需报销的未了事宜，一时不便调动。同时李鸿章也很聪明，湘军虽已裁撤大半，但退伍而就地落户转业者极多，所以江宁有"湘半城"之称，淮军去了，难免发生冲突，以避之为宜。这样便造成了马新贻脱颖而出的大好机会，但也种下了他杀身之祸的基因。

马新贻于同治七年（1868）九月二十六日接任，九年（1870）七月二十六日被刺，在任不足两年。被刺经过，据时人记载如此：

> 同治九年七月二十七日（按：据上谕应为二十六日），为两江总督月课武职之期。马端敏公（新贻）亲临校场阅射。校场在督署之右，有箭道可通署后便门。端敏阅射毕，步行由箭道回署，将入便门，忽有跪伏道左求助川资者，乃一武生，端敏同乡也。接呈状阅之，谓曰："已助两次矣！今胡又来？"
>
> 言未毕，忽右边有人大呼"伸冤"者，未及询问，已至端敏身前，左手把其衣，右手以小刀椹其胸。端敏谓从人曰："我已被刺，速拿凶手！"言讫而绝。从人舁（yú）端敏入室，武校闻声奔集，执缚凶犯，并执武生，付首县熬审。凶犯为张汶祥，河南汝阳县人。武生实不知情，盖适逢其会耳，乃先释武生使去。

按：马新贻被刺后，延至次日不治而死。江宁将军魁玉于二十八日出奏，其时张汶祥已熬审两日，而"行刺缘由，供词闪烁"，所以八月初三所颁"明发上谕"除恤典外，特别训示："总督衙署重地，竟有凶犯胆敢持刀行刺，实属情同叛逆，亟须严行讯究，务得确情，尽法惩办。"

按：当时江宁藩司梅启照、首府孙云锦、上元县令张开祁，即在上元县衙门，由张开祁与江宁县令萧某会审。张汶祥的供词一出，两县相顾惊愕，竟不敢录供通详。但消息已经传出去了，不但江宁全城无人不谈此一大新闻，而且传到上海，排了一出新戏，名为《张汶祥刺马》。

平江不肖生作《江湖奇侠传》采为题材，而实为一大冤诬——乃退伍湘军与清帮中人所设计的一大阴谋。

清人笔记，张汶祥与马新贻的"恩怨"，据说是如此：

> 咸丰间，皖北一带粤捻交讧，马以署合肥县失守革职，带罪立功。唐中丞委办庐州各乡团练，一日与捻战而败，被擒，擒之者即张汶祥也。汶祥本有反正意，优礼马，且引其同类曹二虎、石锦标与马深相结纳，四人结为兄弟。与马约，纵之归，请求大府招降其众。马归为中丞言，允之。张、曹、石三人遂皆投诚，大府乃檄马选降众设山字二营，令马统之。张、曹、石皆为营哨官矣。

按：据《清史列传》卷四十九《马新贻传》，谓马于咸丰二年（1852）补安徽建平知县，调署合肥；咸丰五年（1855）三月官军围攻庐州，马叙功以知州升用，先换顶戴；

九月复以功以直隶州补用；十一月复庐州赏戴花翎。未闻有革职之说。

又当时安徽巡抚英翰，与马新贻共事最久，上奏力陈马守庐州的功绩，亦无革职之言。故知上引设山字二营，皆造作之词；事隔十余年，又当大乱之际，真相难以究诘，谣言易入人耳。

> 同治四年，乔勤恪抚皖时，马已洊（jiàn）升至安徽布政使，驻省城，兼营务处。抵任后，山字营遣散，张、曹、石皆随之藩司任，各得差委，甚相得也。无何，曹二虎眷属至，遂居藩署内。时张已微窥马意渐薄，大有不屑同群之意，劝曹勿接眷，曹不听。曹妻既居署中，不能不谒见马夫人。马见曹妻，艳之，竟诱与通。

按：此段叙马新贻经历，尤谬妄。马于同治二年（1863）三月擢安徽按察使，九月迁布政，同治三年（1864）冬即擢升浙江巡抚，何得言同治四年（1865）擢安徽藩司？且部属非幕友，安得住于藩司衙门？

以下记"奸情"败露云：

> 又以曹在家不能畅所欲为，遂使曹频出短差，皆优美。久之，丑声四播，汶祥知之以告，曹不信，继闻人言啧啧，乃大怒，欲杀妻。汶祥止之曰："杀奸须双，若

止杀妻，须抵偿；不如因而赠之，以全交情。"曹首肯，乘间言于马。马大怒，谓污蔑大僚，痛加申饬。曹出语张，张曰："祸不远矣！不如远引为是。"曹不能决。

忽一日，马檄曹赴寿春镇署请领军火，时寿春镇总兵徐鹮，字心泉，怀宁人也；乔勤恪大营驻寿州南关外，徐为总营务处。曹得檄甚喜，欣然就道。汶祥谓锦标曰："曹某此去，途中恐有不测，我与尔须送之。"盖防其途中被刺也。于是三人同行。至寿州，无他变，石笑之，谓张多疑，张亦爽然若失。

按：安徽巡抚本为唐训方，同治二年（1863）十二月以作战不力降调藩司，由江宁藩司乔松年谥勤恪升补皖抚，至同治三年（1864）二月始行到任。

乔松年本来主管江北粮台，大江南北粮饷由曾国藩统筹，此言派曹某至寿春镇领军火，与实情亦不符。以下又记：

及投文镇辕谒见，忽中军官持令箭下，喝绑通匪贼曹二虎。曹大惊，方欲致辩，徐总兵亦戎装出，曹大声呼冤，徐曰："马大人委尔动身后，即有人告尔通捻，欲以军火接济捻匪，已有文来，令即以军法从事，无多言。"遂引至市曹斩之。张跌足大恸，谓石曰："此仇必报，我与尔须任之。"石沉吟。张又曰："尔非朋友，我一人任之可也。"

按：如马新贻果有此借刀杀人的计划，一定通知徐总兵秘密处置，绝无扬言于众之理。此亦作伪之一证。

以下记张汶祥如何"报仇"云：

曹既死，张、石收其尸藁葬讫，遂分道去，不知何往。至九年，李庆翱为山西臬司，统水陆各军防河，驻军河津县，石锦标为李之先锋官，已保至参将矣。一日委石稽查沿河水师各营。凡十一营营官，公宴石于河上，忽有大令至，调石回，谓有江督关文逮石至两江对案云云。盖张汶祥之难作矣！

石锦标对质不知做何语，并有无其人，亦堪怀疑。但张汶祥所供，荒诞不经，殊为显然，问官不便录供，而张汶祥始终不肯改口，三木之下，求而不得。朝廷亦风闻其中颇有隐情，特派漕运总督张之万赴江宁会审。

张之万识得漕帮厉害，不敢多事。相传张之万自淮南赴江宁时，舟泊瓜州，欲登岸如厕，此地为盐枭出没之地，恐遭毒手，以亲兵两百人团团围住，借资保护，时人传为笑柄。

张之万在江宁审了五十天没有结果，十月十七日乃有如下一道上谕：

前据张之万奏：会审凶犯张汶祥，坚不吐实，没法研讯等语，现已五旬之久，尚未据将审出实情具奏。此案关系重大，岂可日久稽延？曾国藩此时计可抵任，着即会同魁玉、张之万督饬承审各员，赶紧严切讯究，以期水落石出，固不可任其狡展，亦不得以犯无口供，将不相干涉之案，牵混定谳。

按：马新贻被刺后，朝廷已知必与湘军有关，则非曾国藩不能了事而善后，因而以曾调任两江，李鸿章由湖广调直隶；便宜了李瀚章，竟得升补其弟之遗缺。

至闰十月二十日，距马新贻被刺将近四个月，魁玉、张之万含混奏报，朝廷不能满意，特派刑部尚书郑敦谨，随带司员，赴江宁会审。其时上海新排的《张汶祥刺马》，已经上演；而有一种更恶毒的流言传播，如《春冰室野乘》所记：

张（汶祥）初在发逆军中，为李世贤裨将。金陵既下，世贤南窜闽广，数为官军所败，汶祥知其必亡，阴怀反正之志。会有山东徐姓者，仕为武职，被贼掠去，时与汶同营，二人遂深相结纳，谋同逃，誓富贵无相忘。

未几，竟得脱。时马（新贻）已官浙抚矣，徐与同乡，故相识，遂留其幕下为材官，而张则辗转至宁波，开小押当自给。

一日张至杭访徐，徐留与饮，酒酣，徐忽慨然曰："'窃钩者诛，窃国者侯。'古人信不我欺；以堂堂节帅之尊，而竟甘心外向，曾无人发其覆者。而吾侪小人，不幸被掳，伺便自脱，官府犹以贼党疑之，或竟求生得死，天下不公之事，孰有甚于是者？"张异其言，固询之，徐乃言，旬日前抚帅得一无名书，发视之，新疆回部某叛王之伪诏也。

略云：现大兵已定新疆，不日入关东下，所有江浙一带征讨事宜，委卿便宜料理云云。马得书，即为手疏以报，略言"大兵果定中原，则东南数省，悉臣一人之责。"张闻言大愤，拍案叫曰："此等逆臣，吾必手刃之。"……

按：造作此种流言的用意，在将马新贻牵入回乱，使问官不敢穷诘。究其实际，马新贻虽奉回教，但先世自明初定居山东曹州，除宗教外，其他皆与新疆回族了无牵涉。且其时西征之帅，刘松山阵亡后，由其侄锦棠接统其军，新镖初发，捷报屡传，陕回受抚者数千人；而新疆回乱，则以伊犁之变，尚属初起，何得言"大兵已定新疆"？

这个谣言造得并不高明，而信其为真者，大有其人，唯一的原因是：漕帮盐枭，人多势众，在茶坊酒肆，广为流传，以讹传讹，莫可遏止。

亦就是出于这个原因，张汶祥刺马一案，竟无法获知主使者是谁。如欲穷治，必将激出变故，郑敦谨迫不得已，仍以原拟罪名入奏，所谓"以漏网发逆，复通浙江南田海盗，因马新贻在浙江巡抚任内，戮伊伙党甚多；又因伊妻罗氏为吴炳燮诱逃，呈控未准审理；其在新市镇私开小押，适当马新贻出示禁止之时，心怀忿恨，竟敢乘间刺害总督大员"云云。

以下为上谕中的处置：

> 既据郑敦谨等审讯确实，验明凶器，亦无药毒，并无另有主使之人，着即将张汶祥凌迟处死，并于马新贻枢前摘心致祭，以彰国法，而慰忠魂……该故督公忠体国，历次剿办海盗，歼除积年匪首，地方赖以安靖；讵以盗匪遗孽，挟仇逞凶，仓卒殒命，实堪悼惜。
>
> 前已有旨，将马新贻照总督例赐恤，入祀贤良祠，着再加恩，照阵亡例赐恤，并于江宁省城建立专祠，用示笃念荩臣，有加无已之至意。

按：上谕中谓"该故督公忠体国"云，如将"历次剿办海盗"的"海盗"，改为"盐枭"，即与实际情况相去不远。"盐枭"出自漕帮，后有退伍湘军之支持，而退伍湘军则有一股不平之气，可为盐枭利用。不平者"曾九帅"攻官文，两败俱伤，而两江总督为马新贻垂手而得，在他们看，这是李鸿章乘机捡便宜。

"老帅"调直隶，应以"九帅"督两江，始为顺理成章之事。马新贻由皖藩升浙抚，以代"九帅"，本已不平；岂知由浙抚而闽督，复由闽浙调两江，一路扶摇直上，相形之下，

"九帅"憔悴回乡，就不免显得太委屈了。

因为有这样一个心理背景存在，所以连曾国藩亦不敢操切从事，但求大事化小，小事化无，始能将退伍湘军的戾气，化为祥和。

而郑敦谨则以秋官亲自按狱，明知不实，勉强定谳，内疚于心，亦不甘于心，竟因而挂冠。

郑敦谨，字小山，是湖南长沙人，道光十五年（1835）进士，与曾国藩是乡榜同年，两长秋官，为人正直，颇得曾国藩敬重。

这一次在除夕赶到江宁，正月初七开审，由于曾国藩一再强调"相忍为国"，所以审问的情形，跟张之万的一味敷衍，但望早早跳出是非圈的窝囊作风，虽有不同，但亦不免有畏首畏尾的模样。

会审的藩司孙衣言，以道员总办营务处；袁世凯的嗣父袁保庆，一则激于公议，二则因为他们到江宁来，是出于马新贻的奏调，亦感于私情，曾一再向郑敦谨表示不满，最后对出奏的谳词，拒绝画诺，使得郑敦谨心里很不是味道，行至中途，看到孙衣言所撰的《马端敏公神道碑铭》，更是感慨万千。

孙衣言，字琴西，浙江瑞安人，与其子诒让并为名儒。他为马新贻所撰的神道碑铭，秉笔直书，与一般谀墓之文不同，是有关系的文字。开头就说：

自洪秀全以奸民乱天下，用兵十年，仅乃戡定，而人心遂益不靖。贼徒跳免，武夫悍卒失职流落，含毒睢盱（huīxū），往往窃发。大官便文自营，率不肯穷治，民益无所惩畏，内自辇毂，外洎通都大邑，怀白刃入官寺狙杀长吏，岁或再三作，而两江总督马公之变，尤数百年所未有也。

按："睢盱"在此处作跋扈解。"大官便文自营"，是将曾国藩、李鸿章亦都骂在里头。以下就不客气地明指郑敦谨了：

命大臣即金陵置狱，务究根株，而贼所承，特睢眦细故，词反复屡变。奏既上，天子疑之，九卿台谏亦有言，乃命大司寇挈两郎官驰驿复按，然亦未能深究其事。

接下来是叙乱后东南风气，以及曾国藩与马新贻的宽严不同，谓"盗贼得，立诛死，小人固多不便"，则无异谓曾国藩的施政，便于小人。

最后一段谈他本人参与会审情事云：

公既遇害，衣言以文闱事不及治公狱；又一月，衣言出闱，大臣令会鞫贼，衣言即抗言："贼悍且狡，非酷刑不能得实，而叛逆遗孽，刺杀我大臣，非律所有，宜以经断，用重典，使天下有所畏惧。"而狱已具，且奏，衣言遂不画诺。呜呼，衣言之所以奋其愚戆为公力争，亦岂独为公一人也哉！

按：同治九年（1870）庚午乡试，孙衣言以藩司入闱监临，出闱后"大臣令会鞫"的大臣，指漕督张之万；而接下来说"狱已具，且奏，衣言遂不画诺"，为最后郑敦谨复按定谳之事，是则所谓"大臣"，绾合前后，亦指郑敦谨。

张之万虽是状元，却是有名的"磕头虫"，庸滑无能，将郑敦谨与他相提并论，在郑是委屈不甘的。但事实上，照张之万所审的结果定谳，是件百口莫辩的事。就在这衾影自惭，而又悯悯不甘的心情下，郑敦谨竟不再进京复命，一叶扁舟，萧然回乡，随即告病辞官。曾国藩送他二百两程仪，声明出自廉薪，为老同年助装，郑敦谨坚拒不受。洪杨以后，虽说"大官便文自营"，重气节、负责任的还是不少。

由于江督之变为"数百年所未有"，所以震动南北，喧传朝野，付诸吟咏者很不少，最岂有此理的是乔松年，他任安徽巡抚时，马新贻为藩司，张汶祥的胡说八道，他应该很清楚，而居然说是："群公章奏分明在，不及歌场独写真。"推究其故，乔松年自皖调陕，同治七年（1868）二月竟以病免，而马新贻则官符如火，飞黄腾达，以忮刻之心，故有此言。

相形之下，湖南籍的名翰林周寿昌，却很可爱。他先前亦是听信流言，作了一首七律：

一昔狼星殒石城，扶风恶耗使心惊。

虎牙未听呼来歙，犊鼻翻令误马卿。

磨刃廿年胎祸水，饮章万口溢冤声。

诸公莫作元衡例，斟酌崇祠与易名。

"元衡"谓武元衡，唐宪宗时典机务，守正不阿，后为贼所害，谥忠愍。周诗最后两句的意思是：不能拿马新贻与武元衡一例看待，诏为建祠，以及"易名"中"端敏"之"端"，都还须斟酌。

后来周寿昌听河督勒方琦细谈其事，方知"磨刃廿年胎祸水"，事属全诬，复赋一律云：

人事百年真出世，谁知定论死犹无。

重臣已被元衡祸，谤语几罹永叔诬。

泣到遗民知惠政，荐从贤相识通儒。

流言惑听惭非智，况是千秋被史愚？

这首诗音节是拗体，首言知人之难，盖棺未必论定。颔联为马新贻讼冤，已被武元衡被害之祸，复有欧阳修盗甥之诬。颈联则从见闻以写新贻之贤，上句"遗民"指过去所牧之民，马新贻被刺后，安徽、浙江皆有感泣者；下句"通儒"指孙衣言，"贤相"则谓曾国藩。马新贻奏调孙衣言的折子中，有"曾国藩许其器识过人，屡登荐剡"之语，故云。结句自惭，而又想到：生在同时，真相尚且难明，何况千秋之后，无怪为史所愚。此真读书有得，而不甘人云亦云的豪杰之言。

至于曾国藩处置此案，不免姑息，虽说有其不得已的苦衷，但亦是他晚年饱尝世味，是非之念甚淡之故。

如王湘绮同治十年（1871）九月初二日记：

> 南归，至清江浦，见江督船。昨闻涤丈至此，果得相遇，急往寻之。而巡捕以例依班传帖，待至三时许而后刺通，相见甚欢，左右以为未尝见客谈笑如此，甚矣权贵之不居也。所见客皆不能欢，则其苦可知矣。
>
> 余欲以所作经说质之，而仓卒不能尽怀，自请同行至徐州，舟中可畅谈。已而淮扬镇道公请相候，作陪看戏，见"王小二过年"，因语涤丈："此必中堂点也。"曾问："何故？"余曰："初起兵时已欲唱。"涤丈大笑。因遂请和季高，曾色甚愉，但云："彼方居百尺楼，余何从攀谈？"涤有恨于季，重视季也；季名望远不及涤，惟当优容之，故余为季言甚力，正所以为涤也。

观此可知曾国藩对左宗棠，已不如早年之耿耿于怀。此行为曾国藩最后一次出巡，次年二月殁于任上。

《崇德老人自订年谱》记云：

> 是年（同治十一年）正月二十三日，文正公对客，

偶患足筋上缩，移时而复。入内室时，语仲姐曰："吾适以为大限将至，不自意又能复常也。"至二十六日，出门拜客，忽欲语而不能，似将动风抽搐者，稍服药，旋即愈矣。众以请假暂休为劝，公曰："请假后宁尚有销假时耶？"又询欧阳太夫人以竹亭公逝世病状，盖竹亭公亦以二月初四日逝世也。语竟，公曰："吾他日当俄然而逝，不致如此也。"

至二月初四日，饭后在内室小坐，余姐妹剖橙以进，公少尝之，旋至署西花园中散步。花园甚大，而满园已走遍，尚欲登楼，以工程未毕而止。散步久之，忽足屡前蹴，惠敏在旁，请曰："纳履未安耶？"公曰："吾觉足麻也。"惠敏亟与从行戈什哈扶掖，渐不能行，即已抽搐。因呼椅至，扶至椅中，舁以入花厅，家人环集，不复能语，端坐三刻遂薨。二姐于病亟时祷天割臂，亦无救矣。时二月初四日戌刻也。

曾侯之丧，朝廷震悼，赐恤甚厚。所得恤典计有：

一、谥文正。

二、追赠太傅。

三、入祀京师昭忠祠、贤良祠。

四、于湖南原籍、江宁省城及立功省份建立专祠。

五、赏银三千两治丧。

六、赐祭。

七、生平事迹宣付国史馆。

八、任内一切处分悉予开复。

九、长子曾纪泽承袭一等侯爵，无庸带领引见。

十、次子附贡生曾纪鸿、孙曾广钧均着赏给举人，准其一体会试。

十一、孙曾广镕赏给员外郎，曾广铨赏给主事，均俟及岁时引见。

恤典共十一项，可略作说明，借明制度：

一、谥文正为殊荣，故列之为第一项。

二、关于祠祭，规定已颇优隆，但就曾国藩的功绩而论，实应配享太庙；尤其是僧王神主已入太庙东庑，曾国藩仅入祀昭忠、贤良两祠，显失其平。

三、关于五、六、七、八等四项，为例有恤典；但治丧赏银至三千两，算是优恤。

四、曾纪泽袭侯，亦是例行之事。但"无庸带领引见"，则为体恤，因如须带领引见，则应在服满以后，一等侯俸禄，亦须俟引见后，方始发给。

五、曾广钧为曾纪鸿之子，父子一起赏给举人，事所罕见。此因曾广钧为曾国藩长孙之故，其时方六岁，后于光绪十五年（1889）成进士，入翰林。著有《环天室诗集》，幼年颖异，王湘绮称之为"圣童"。

六、圣眷优隆的大臣，殁后加恩后裔，大致只及长孙一人；曾国藩诸孙皆赏职衔，自是格外优恤。

江督出缺后，一时乏人，由江苏巡抚何璟署理。内阁的相位，则由李鸿章以协办大学士递补。内阁本来四大学士三协办，曾国藩以武英殿大学士为首辅，其次为朱凤标，复次为瑞常，又次为瑞麟。

至三月间，瑞常又病殁，李鸿章于五月间升大学士。六月间朱凤标致仕，文祥以协办升大学士，同时改瑞麟的称号，本为文渊阁大学士，改称文华殿大学士。李鸿章接收其老师的称号为武英殿大学士，文祥为体仁阁大学士，八月间单懋谦以协办升任文渊阁大学士。自此以后，四大学士班行，以文华、武英、体仁、文渊为序。同治十三年（1874）瑞麟病殁，李鸿章改文华为首辅，文祥改武英为次辅。

但左宗棠以举人拜相，抵单懋谦的缺，而单的殿阁为文渊阁，大概科甲出身的数大老，矜惜名器，故以东阁大学士授左宗棠。此亦内阁的一段小故事。

曾侯之薨，"筑室忝为门生长"的李鸿章，名副其实地继承了衣钵；但亦有人倒却靠山而失意，此人即为长江水师提督黄翼升。

长江水师本由原名杨载福的杨岳斌及彭玉麟所统率。同治三年（1864）五月，回乱初起时，诏授杨岳斌为陕甘总督，舍舟登陆，脱离了水师。金陵既复，彭玉麟功成身退，在西湖筑退省庵，与俞曲园结成孙儿女的亲家，作诗画梅花，陶醉于儒将风流中。

彭玉麟在归隐以前，曾助曾国藩详定水师章程，也就是将临时招募编组的"水勇"改为常备的所谓"经制水兵",设提督署于安徽太平府,另设行辕于湖南岳州,辖区五十余里,下有六标二十四营,统总兵五员,有船七百七十四艘。第一任提督就是黄翼升。

黄翼升与曾国藩的关系,从一事可以觇知,《崇德老人自订年谱》同治五年(1866)记:

> 文正在署中,无敢以苞苴进者,故太夫人无珍玩之饰。余所忆者,为黄提督翼升之夫人,坚欲奉太夫人为义母,献翡翠钏一只、明珠一粒。某年太夫人生辰,又献纺绸一铺。此帐吾母留作余嫁奁用,余至今用之未坏也。

但曾国藩对长江水师分外眷顾,则因规制为其一手所定。而湘军陆勇裁撤后,转入水师者颇不少,此亦是一支子弟兵,不免偏袒,亦属人情。结果搞出张汶祥刺马这件朝野侧目的巨案,可知曾国藩一生治军,在这件事上是失败的,否则亦就轮不到李鸿章来办海军了。

朝廷对黄翼升早已不满,只是碍着曾侯的面子,未做处置。曾侯薨于位,立即诏起彭玉麟巡阅长江水师。王湘绮光绪二年(1876)三月十二日以后日记:

> 见廷寄,催雪琴入觐,盖将大用之。

闻雪琴署兵右，赏朝马。

见雪琴奏水师积习，文笔条畅，侃侃陈词，大似涤
侯手笔，文与年俱见。

按：彭玉麟署兵部右侍郎，是为了赋予巡阅长江水师
所必要的权威。侍郎正二品，提督从一品，但提督见侍郎须
"堂参"，因为侍郎是堂官。刘铭传就因为武官不值钱，薄提
督而不为。

彭玉麟以兵部堂官奉旨巡阅长江水师，以其身份而言，
无钦差之名，有钦差之实，不独自营制到军纪无所不管，地
方上有事，只要跟军队有关，亦可干预；必要时并可请"王
命旗牌"，立斩不法武官，因而彭玉麟巡阅长江水师，威名远
播，流传的轶事甚多。

彭玉麟铁面无私，首当其冲的是黄翼升，只好以"伤病
未痊"的原因，请彭玉麟代为奏请开缺，回籍调理，而上谕
谴责，措辞严峻。

长江水师，关系紧要，黄翼升自简任提督以来，巡
阅操防，是其专责。遇有庸劣不职各员，即应随时参
劾，以肃营伍。乃直至此次彭玉麟巡阅各镇，该提督始
行会衔参奏，殊属颟顸。

至该提督所收外来候补人员至二百七十余员之多，
亦属不合，本应即予惩处，姑念该提督从前带兵江上，

屡着战功，从宽免其置议。长江水师提督黄翼升，着准
其开缺，回籍调理。

黄翼升的遗缺，由彭玉麟保荐福建水师提督李成谋充
任。朝命仍由彭玉麟每年巡阅长江一次，由两江、湖广两总
督为之筹办经费。彭玉麟表示无须，因为他巡阅长江水师，
喜欢微服私行，并不需要多少经费。

长江水师的纪律甚坏，但一闻"彭宫保出巡"，相率敛
迹。彭玉麟整肃纪律，所采的手段极其激烈，其中以杀湖北
营官谭祖纶为最有名。

《清朝野史大观》记云：

> 湖北忠义前营营官、总兵衔副将谭祖纶，诱劫其友
> 张清胜妻。清胜访，阳留居密室，出伪券索偿债。（清
> 胜）得遁去，诉营将，州县皆为祖纶地，置不问，因诉
> 于公。

> 公先闻黄州、汉阳道路藉藉，欲治之无端；得清胜
> 词，为移总督，先奏劾祖纶，且遣清胜赴武昌质之。诏
> 公与总督即讯。

> 祖纶令人微伺清胜于轮船，挤之溺水死，饵其妻父
> 母及其妻刘氏反其狱。忠义营统将方贵重用事，总督昌
> 言诱奸无死罪，谋杀无据。

> 公揣祖纶根据盘固，不可究诘，适总督监临乡闱，

即骤至武昌，檄府司提祖纶至行辕亲讯，忠义营军倾营往观。祖纶至，佯佯若无事。公数其情事，支离狡猾，及谋杀踪迹，祖纶伏罪，引令就岸上正军法。一军大惊，然已无所及。夹江及城上下观者数万人，欢叫称快。故公之所至，老幼瞻迎，长江闻其名字，肃然相戒。

说来有点不可思议，这段故事，却颇似诬指马新贻的虚构之言。此外，彭玉麟的轶事尚多。大致有为之世，风骨铮铮者，必能见重于庙堂，同光之号称"中兴"，实非偶然。

同治帝教育之败

可惜的是，爱新觉罗皇朝的命运，已将至终朝。历史的法则是，一个皇朝之趋于衰微，往往以皇嗣不广为其征兆。因为：第一，迁就现实，无法择贤而立；第二，在教养上不免姑息。

穆宗的情况，大致就是如此。

穆宗生于咸丰六年（1856），六龄就傅，师傅是李鸿藻，时在热河。未几文宗驾崩，接着发生政变，至同治元年（1862）始正式上学。皇帝冲龄典学，当时是一件头等大事。

是年二月初二日两宫懿旨云：

皇帝当养正之年，自应及时就学，以裕圣功。现谕钦天监选择吉期，于二月十二日，皇帝在弘德殿入学读书。翰林院编修李鸿藻，前蒙文宗显皇帝派令授读；兹复特简礼部尚书前大学士祁寯藻、管理工部事务前大学士翁心存、工部尚书倭仁，均属老成端谨，学问优长，堪膺师傅之任……惠亲王辈分最尊，品行端正，着在弘德殿常川照料，专司督责……恭亲王谊属贤亲，公忠弼亮……所有皇帝读书课程及弘德殿一切事务，均着总司稽查，用收实效。

此外又派定"清文"教习，满洲话称为"谙达"，又称"俺答"，皆是音译；身份与教汉文的师傅，不能相提并论。

穆宗入学的情形，据《李鸿藻年谱》记载，其第一日的仪节云：

二月十二日，穆宗入学。先诣圣人堂行礼，诸师傅在上书房廊下，北向站班。然后诣弘德殿御宝座，受惠亲王、恭亲王、师傅、谙达、御前大臣、内务府大臣等礼。穆宗遍揖诸位师傅，遂入室。上东向坐，由祁寯藻西向坐，展书授读；余师傅皆坐室内门旁，惠亲王子奕详坐西壁下。

按：奕详为伴读，后又添派惠亲王另一子奕询。伴读的作用有二：一是向学有伴，易收切磋之乐；二是代皇帝受过——皇帝不规矩，师傅不便责备，有个"当着和尚骂贼秃"的办法，数落伴读一顿。无故受责，况是少年，都觉得受气不过，所以不久便都"辞差"不干了。

当时就学的不仅小皇帝，两宫太后亦在读书。《清穆宗实录》，是年三月二十五日谕内阁：

> 前奉母后皇太后、圣母皇太后懿旨：命南书房、上书房翰林等，将历代帝王政治及前史垂帘事迹，择其可为法戒者，据史直书，简明注释，汇册进呈。兹据侍郎张之万等汇纂成书，缮写呈递，法戒昭然，足资考镜，着赐名《治平宝鉴》。礼部右侍郎张之万、太常寺卿许彭寿、光禄寺卿潘祖荫……着各赏给大卷缎一匹、大卷江绸一匹。

《治平宝鉴》是为两宫太后特编的教科书，并仿经筵之例，派词臣定期进讲。翁同龢即因此受知于慈禧太后，其日记中有一条云：

> 帘前进讲"元武宗止括田"一事，太后问元时官制甚详。及论兵燹[1]后多荒地，因极言丈量清厘，吏胥中饱科敛之弊。

---

[1] 燹（xiǎn），野火。

此太后即指慈禧太后。由翁同龢的记载，可知她在此一事上，学了很多东西。

按：翁心存的长子翁同书，在安徽巡抚任内，因失守寿州，为曾国藩所劾，同治元年（1862）被逮入京下狱，翁心存忧急成疾，于是年十一月去世，照大学士例赐恤，并特释翁同书出狱成服。第二年又点翁同书之子翁曾源为状元，此皆礼遇"师傅"之故。翁同龢于同治四年（1865）服满后，亦派在弘德殿行走。

《李鸿藻年谱》同治四年（1865）十一月十一日条下记：

> 命詹事府右中允翁同龢在弘德殿行走，亦出公之密保也。

又翁同龢是日日记：

> 蒙恩命在弘德殿行走，军机二班送信……初更访萧洞宇同年庭宇，谒李兰生前辈，归具折稿，筹儿书之，朝廷眷念旧臣，推及后裔，不肖何以称此？

据此，则仍为推念翁心存，而有此恩命。当然翁同龢个人"帘前进讲"亦有关系；李鸿藻不过因势利导，希望觅一替手而已。

穆宗读书的情况不大好，原因甚多。清朝的家法，最重皇子教育，但以前各朝所具有的条件，在穆宗并不具备。分析穆宗教育失败的原因，约为下述：

一、并无严父，只有严母慈禧太后，但严母对功课的督责不甚合理，易于引起小皇帝的反感。

二、以前皇子在上书房读书，弟兄叔侄，并无差别待遇，人数既多，不特可收切磋之益，且无形中有一种竞争心理，鼓励向上。穆宗则只有伴读，并无同学，且伴读的年龄较长，程度不同，谈不到互相讨论。

三、师资不当，开蒙的祁寯藻、翁心存、倭仁都是老先生，而且都是讲理学的，规行矩步，道貌岸然，一个十岁孩子的行为，在他们的眼中，真是动辄得咎，试问如何"启沃圣心"？

四、以前上书房师傅，简派编检充任，专心教书，不须外务。穆宗师傅，则多为政坛红人，差使甚多，未免分心。李鸿藻、翁同龢比较得力，但两人不特外务多，且交替丁忧，百计挽留不可得，学业当然大受影响。

五、小皇帝自己的外务亦很多，宫中大小祭祀常年不断，许多是要皇帝亲临行礼的，这样，自亦不免影响学业。

六、任何一个皇朝的皇位继承人，体格都会越来越退化。文宗未老先衰，穆宗亦体弱多病。

不过，最主要的原因却只有一个：穆宗根本不喜欢读书。这又可以分两方面来谈：一是穆宗生性好动，心不易静，而两宫太后在重华宫漱芳斋办事传膳，每逢朔望，照例传戏，穆宗不免分心；二是穆宗始终未能入门，亦就是始终不能领略书中的乐趣。其中坏事的是徐桐，此人是百分之百的假道学，文字不通而又自命不凡、刚愎自用；这一来纠纷就多了。看《李鸿藻年谱》及《翁同龢日记》，情事自明，如同治八年（1869）：

> 二月三日，翁日记："兰荪云：今日军机见时，皇太后谕：讲书不必太多，以能记为主。又谕：上宜听师傅等教。"

> 二月十四日，翁日记："今日兰翁力陈于两宫前，限令恭亲王传知醇亲王，满书嗣后不得过四刻，并谕汉功课亦不得过未正二刻。兰翁做事，果类如此。"

> 按：满书及骑射等事，归醇王稽查，故请由恭王传知。李鸿藻认为功课太重，须减轻，此实是进步的观念。

> 二月十九日：公与翁力劝徐桐减去部分功课而未能也。

至同治九年（1870），穆宗已十五岁，大婚与亲政两大典将接踵，而言官颇有以穆宗典学为言者。兹续引《李鸿藻年谱》如下：

> 一月二十六日：公云：圣谕书房功课要紧。今日

言官李鸿模条陈中谓："一二年将躬亲大政，此时圣学未成，折奏未能读，如何能亲政？"因责诸臣宜劝学。（翁日记）

按：此引《翁同龢日记》，作年谱记事。"公"指李鸿藻，后同。

二月八日：穆宗读书不力，公正色危言。翁日记："晨读生书十刻未毕，讲书不听，熟书龃龉。兰翁正色危言，读颇好。"

二月九日：与翁论教书事。翁日记："兰荪建议，欲余带生书，并云：若一人于膳前领书，一人于膳后讲，一人承直诗论，一人坐镇，必有进境。"而无如诸公各习成见，未尝通融也。

按：其时值弘德殿者为倭仁、李鸿藻、翁同龢、徐桐。李鸿藻之意，膳前温熟书，带生书由李与翁担任；至于教作诗，此时不过讲平仄、对仗而已，卑之无甚高论，不妨由徐桐承值，而倭仁只须坐镇即可，但徐桐要带生书，以致闹得很不愉快。

二月十四日，与翁议变通功课。翁日记："艮翁带生书，日与兰翁变通功课，迄无定论。荫轩肝气咯血，亦出于至诚也。"

按：徐桐因带生书而穆宗不受教，忧急而至咯血，乃由
倭仁带生书，而了无进步。

二月十六日：定穆宗读书之法。翁日记："兰翁以
为如此读法，终日忙碌，究非良法。莫若一日读古文，
一日读诗，必以从容和缓为度，庶可有益。余深韪之，
商诸同人，亦为首肯。"

二月二十三日：面奏翁同龢教法甚……（翁日记）

三月十一日：太后指责满洲功课，公委婉陈词。翁
日记（十二日）："昨日军机起，两宫极奖前日作论，谓
有进境。亦谓满洲功课，向定三刻，何以又闹至五六
刻？兰苏委婉措辞而退。"

按：主张"满洲功课"加重者，为总司弘德殿稽查的醇
王的主张。慈禧既不会说满洲话，又认为满洲语文毫无用处，
有此功课，无非聊备一格，示不忘本而已，乃又逐渐加重，
故深致不满。

慈禧的看法是不错的，但谈到皇帝典学，她没有多少发言
的余地，而且亦只能要求，并不能责成；更不能像前朝那样，
师傅失职可予以处分。我所谓严母不如严父者，此亦一证。

由于醇王的介入，书房中相争的暗潮更为复杂，据《翁

同龢日记》载：

四月四日：兰翁议余代早晨兰生书。余唯唯否否，而荫翁有成见，退直时以恳语语余，且云："我用无法，无烦捉刀也。"是日兰翁语气颇愤急，奈何？

四月十二日：熟书未毕，留生书六号于膳后，真非法也，兰荪与荫轩言之，格格不入。荫轩成见太重，拘滞不通方至此。

四月十三日：兰荪与荫轩换书两号，即通畅。

四月十九日：懿旨，令同龢带读早晨生书，以未责成，仍讲书一号。并谕云：生书极要紧而极难，须审量精神略减，而无痕迹为妙……问早起功课，是徐某看否？对以实，则又曰：太着急，且大嚷，言外有不甚相宜之意，遂谕以翁某代。盖迩来情形，兰翁言之，而荫轩着急吐红，则宝公备陈也。

按：自四月四日至十九日，恰好半个月，此半个月中，时有龃龉。大致徐桐带生书，完全不符"循循善诱"四字，穆宗见而畏厌，学习情绪低落异常。李鸿藻便想以翁代徐，而徐桐把持不放，终于奉懿旨更代。在徐桐的面子上很不好看，然而是自取之辱。"宝公"谓宝鋆。

四月二十六日：兰翁告余，前日之事，醇郡王大不谓然，有李、翁互相标榜及倾轧倭、徐之语。嘻，谬哉！

此由醇王不满李鸿藻，故借题发挥。事实上，徐桐与倭仁亦不和而常有争执，翁同龢数数排解。在这种情况下，穆宗的书读不好，是必然之事。

到得这年下半年，又加了一项功课，名为"讲折"，即选取臣下奏折作教材，以期穆宗了解立言的要点。此项课程由倭仁担任。翁同龢同治九年（1870）十一月初四日记：

> 自艮相讲折子后，往往借事纳言，如黄彭年折内所陈贵戚婚丧逾制一条，则指照祥家以实之。虽正论岳岳，然不免为小人窃听罗织，故近来颇不浃洽。奈何、奈何？

按：照祥为慈禧之弟，袭承恩公，故又称"照公"。慈禧母丧，排场极大，黄彭年上折言事，意在言外，倭仁则"借事纳言"，实指照祥家事。

翁同龢是年八月十七日记：

> 昨日照公母夫人出殡，涂车刍灵之盛，盖自来所未有，倾城出观，几若狂矣。沿途祭棚络绎，每座千金，廷臣往吊者皆有籍，李侍郎未往，颇忤意旨。往吊者皆易素衣。

按：李侍郎即指李鸿藻，其时以户部右侍郎兼管钱法堂事务，入直军机。所谓"有籍者"，言吊客皆登门簿；慈禧阅门簿无李名，故不怪。

同治十年（1871），穆宗十六岁。这一年，大致说来是好年头，除了山东有水灾而不严重以外，大江南北，黄河上下，平顺无事；西征军事，节节获胜，克金积堡、复宁夏，收全功在即，朝廷自两宫至六部，都在忙着预定明年举行的两件大事：大婚、亲政。书房功课自然亦加紧了。

但据《李鸿藻年谱》中的记录，似颇不堪，而亦未必尽然，兹先引录有关记载，再做分析：

二月二十七日：公传两宫谕，问书房功课极细，有不过磨工夫，见书即怕，及认事不清。以后须字字斟酌，看折要紧。

四月九日：军机见起时，两宫论功课极多，公引咎，并陈近日情形。翁日记云："军机见起时，两宫论功课语极多，谕诸臣须尽心竭力，大略督责之词多，有支吾搪塞及恨不能自教之语。李引咎，并陈近日情形，然亦不敢琐屑也。"

按："恨不能自教"之语，必出于慈禧，为师傅者，其情难堪，可想而知；但据穆宗自述，则其中有误会。翁记："上力言：还宫时并无嬉戏等事，先问安，更衣后再往视膳，日日如此。昨偶指贴落高处字以问，因目力不及，遂不能对云云。"

四月二十一日倭仁病殁，次日两宫面谕：弘德殿无庸添人，责成李、翁、徐三人尽心辅导。此是两宫深知，人多而不能和协，反而妨害功课。其实还应该去了一个徐桐，由翁同龢负专责，而李鸿藻辅助，情况必可改观。

李谱续记：

五月十二日：军机见起，太后垂询公近日功课，如何用签，语甚切实；并谕诸臣勿辞劳累。

按：所谓"如何用签"，指奏折交议，于复奏后，如何批示而言。

五月二十七日：公传谕慈禧皇太后谕旨：书房功课耽误，书既不熟，论多别字，曾面试一二次，说话不清，着尔等三人，设法劝讲，不但教书，并说话亦教，不可再耽搁。

六月三日：公承旨传谕。翁四日日记云："昨日军机见起，李鸿藻承旨亦有传谕臣二人，大略谓：上年已十六，亲政不远，奈何所学止此？督责之词，至严且切也。"

六月十三日：晨，穆宗作论，公以语气未贯，请重作。是日军机见起，两宫与公论书房功课，语至五刻，略言，圣学耽误，在内背《大学》皆不能熟，语言蹇吃，《诗》亦无成诵者，责诸臣不能竭力督导。翁日记云："因命上宣问诸臣年岁，上应声询问颇清楚，盖督责过严，诸事拘泥，其实不至如是也。"

此条与四月九日《翁同龢日记》合看，可知关于穆宗的功课，慈禧太后实有言过其实之处。所以然者，必须了解慈禧太后此时的心态已不甚正常。慈禧盛年孀居，排除"三凶"、应付洪杨，此一对世上任何能干女子皆未经过的挑战，足以使其将任何感情上的缺陷，皆视为无足萦怀，至少亦是可以排遣之事。

及至大乱既平，锐气亦消，而年已三十七八，此是居孀最难为怀的年龄，而亲子穆宗则反于嫡母慈安太后亲厚，此两重精神上的苦闷，导致其出现虐待狂的倾向。她对穆宗的苛责，固自源于北方俗语"恨铁不成钢"的心理，但实为虐待狂的下意识使然。唯其如此，穆宗视生母较之严父更可畏；至于对李鸿藻、翁同龢，则以听政既久，习于弄权，俨然自以为高明，信口批评，持论较苛，亦是可以想象之事。

穆宗典学，还有一个意外不利的因素是，这年——同治十年（1871）十二月翁同龢之母病殁。当翁母病重时，翁同龢奏请开缺，不允，十二月十九日翁记云：

是日有旨，赏假两个月，毋庸开缺。兰荪来言，两官及上询极殷切。书房不添人，日待翁某出来，且日盼翁某早出，闻之感切！

翁母殁于十二月二十四日。开年正月十一日，恭王特往翁宅吊丧，灵前下拜。亲王礼绝百僚，与百官不通吊问，此为特例，目的亦在劝驾，谓书房正在吃紧，劝翁葬母后即回京销假，但翁同龢决意在原籍守三年之丧。

自康熙朝，李光地以母丧而提督顺天学政，为其同乡彭鹏攻得几乎身败名裂之后，出身科举的汉大臣，对"贪位忘亲"四字，皆引为深戒，李鸿藻遇丁忧执意不回，翁同龢亦然。同治十一年（1872）春扶柩回常熟，至十三年（1874）六月回京销假，而穆宗在此两年中，各种因素凑杂，迭遭摧残，甫成年，已将夭折。如果有翁同龢在，遇事匡救，情况当不致如此之坏。

同治与慈禧母子参商

穆宗的死因，最主要的是婚姻出了问题。同治十一年（1872）二月初三，亦就是曾国藩殁于任上的前一天，上谕立后：

钦奉慈安皇太后、慈禧皇太后懿旨：皇帝冲龄践祚，于今十有一年，允宜择贤作配，正位中宫，以辅君德，而襄内治。兹选得翰林院侍讲崇绮之女阿鲁特氏，淑慎端庄，着立为皇后。特谕。

又奉懿旨：皇帝大婚典礼，着钦天监诹吉，于本年九月举行，所有纳采大征及一切事宜，着派恭亲王奕䜣、户部尚书宝鋆，会同各该衙门，详核典章，敬谨办理。

又奉懿旨：员外郎凤秀之女富察氏，着封为慧妃；知府崇龄之女赫舍哩氏，着封为瑜嫔；前任副都统赛尚阿之女阿鲁特氏，着封为珣嫔。

按：珣嫔为皇后之姑，皇后为赛尚阿之女孙。赛尚阿，蒙古正蓝旗人，为宣宗所识拔，咸丰元年（1851）拜文华殿大学士，居八旗大臣之首。洪杨势炽，受命专征，特赐遏必隆刀及帑银二百万两。此为清朝开国以来，自国库发军饷的最后一笔，自兹以往，粮饷便须各省自筹了。

赛尚阿练兵尚可，带兵不行，结果以"调度无方，号令不明，赏罚失当，丧师糜饷"的罪名被充军，三子亦均革职，长子崇绮字文山，为清朝唯一的一个"蒙古状元"，翁同龢于同治四年（1865）四月二十四日记：

闻状元为崇绮。是日十本进呈，两宫迟回久之，交军机会同阅卷大臣详议。诸公相顾不发，延树南曰："但凭文字，何论满汉？"遂复奏定局。

又：崇文山来请，遂携旧帐往。文山学程朱十年，至是气为之浮动，功名之际难言哉！

按：鼎甲不予旗人，为笼络汉人之一法，此所以"两宫迟回""诸公相顾"。延树南，名延煦，旗人，为翁同龢同年，奉派为殿试读卷大臣，得其一言而决。状元故事，谢恩表有一定格式，新科状元须拜前科状元为师，送贽敬，始能获得指点谢恩表如何作、宫门如何开销。崇绮前一科状元为翁同龢之侄翁曾源，曾源有羊角风[1]，时常发病，因由翁同龢代为联络。崇绮此时必有喜极失态，尽失道学面目之处，翁同龢乃有此叹。

又李慈铭同日记：

> 见礼部小金榜，状元崇绮。国朝故事，旗人未有居一甲者，闻胪唱时两宫欲更之，读卷大臣宝鋆、绵宜皆顺旨，朱太宰独不可，乃止。崇绮为故相赛尚阿之子，年已四十余，闻其人颇厉节好学，故时郑王端华，其妇翁也，枋国时独移疾不出，足迹罕至其门；近有荐其理学经济于朝者。然赛相祸粤负国，既保首领，今复及见其子天荒状元，天道真有不可知者矣。

"朱太宰"即吏部尚书朱凤标。至于崇绮之妻，除端华之女

外，另有一瓜尔佳氏；当崇绮封承恩公时，上谕有"其妻宗室氏、瓜尔佳氏，俱封为公妻一品夫人"，瓜尔佳氏当系皇后生母。

关于为穆宗立后，两宫早在同治七八年（1868—1869）时，即已留意。物色的方式，仍循"选秀女"的途径。这是八旗特有的制度，京内外八旗官员，家有及笄之女，须送选而未入选，方能自行择配。

定制三年一选，归户部陕西司掌管。陕西司管在京官员饷项，特设"八旗俸饷处"，存有全部八旗户口档案，先期先造"排单"，按秀女年岁及其父官职大小，分别排列，由内务府转送宫内，依序选看。

同治十年（1871）选秀女，由两宫太后在恭王长女，亦为慈禧太后的"干闺女"，通称大格格的荣寿公主协助之下，亲自主持。选拔的地点在御花园钦安殿。

经过一次又一次的"推牌子"，最后剩下的候选人只有两个：一个是凤秀之女，一个就是崇绮之女。前者为慈禧太后所属意，后者则为慈安太后所欣赏，亦为众望之所归。但据说穆宗本人所看中的是崇龄之女，即封为瑜妃的赫舍哩氏，因瑜妃貌最美。果如穆宗所愿，可能后来不会发生悲剧，因为瑜妃是极能干的人，必有以化解调和两宫之间的芥蒂与慈禧母子间的冲突。

薛福成《庸庵文集》，记"嘉顺皇后贤节"云：

国朝家法，远轶汉、唐、宋、明以上，而尤有亘古所未睹者，一则开创之功与中兴之业，皆出皇太后训政之力。一则以椒房之贵，而殉大行皇帝于百日之内，如穆宗毅皇后是也。

按："开创之功"云云，指孝庄太后与慈安、慈禧。"嘉顺皇后"为穆宗既崩、德宗入承大统后之称号，殉节经过，留待以后再谈。续引薛文，以明两宫与慈禧母子间为立后所生的暗潮。

后为今承恩公崇文山尚书之女，幼时即淑静端慧，崇公每自课之，读书十行俱下，容德其茂，一时满洲、蒙古右族皆知选婚时，必正位中宫。同治十一年，穆宗皇帝将行大婚礼，后与凤秀之女俱选入宫。

当是时，后年十九，慈安皇太后爱其端庄谨默，动必以礼，欲立之；凤秀之女年十四，慈禧皇太后爱其姿性敏慧，容仪婉丽，欲立之。两宫意虽各有所属，而相让未决，乃召穆宗俾自定之。穆宗对如慈安旨，于是乃立后为中宫，而封凤女为慧妃。

按：慈禧欲立凤秀之女，因其只十四岁，易于教导，即易于控制；阿鲁特氏已十九岁，且通诗书，不易对付。此为极大的一个关键，而慈安、穆宗皆未看出，就注定了皇后的命运。

凤秀之女落选,慈禧希望落空,这个失败不止于表示慈禧对皇后的影响力之减弱,而是进一步证明了皇帝对她有背离的倾向。这一点是造成慈禧母子间悲剧的致命伤。

　　穆宗之乐于亲近嫡母,是一正一反相激荡的结果。以慈禧的性情,不会是个好母亲,穆宗不但得不到母爱,且望而生畏;而在嫡母那里的感受,恰好相反。慈安与慈禧虽以姐妹相称,其实慈安比慈禧小两岁,生得面团团,慈眉善目,与慈禧不怒而威的长隆脸完全不同;性情平和,从无疾言厉色,还有个习惯——爱吃零食。

　　这些对穆宗来说,从小便具有很强的吸引力,而最重要的,就是他从嫡母那里获得了失去的母爱,而在启蒙的师傅李鸿藻那里,弥补了一部分他未能充分享受到的父爱。从儿童教育心理的观点而论,如果没有慈禧、徐桐这两个负的因素,穆宗的资质即令平常,仍可以培养成为一位够资格的皇帝。

　　如果仅是慈禧母子间的冲突,问题比较单纯。不幸的是,有慈安在有形无形之间支持穆宗,在慈禧看,是亲生之子附和"外人"反对生身之母,此可忍孰不可忍?母子间的嫌隙便愈结愈深了。

　　慈禧平生有件无可弥补的憾事,也是她始终不能消释的一大委屈,便是未能在文宗生前正位中宫。与慈安相较,论家世出身,完全相同,慈安姓钮祜禄,慈禧姓叶赫那拉,都是八旗世族。慈安之父穆扬阿,官至广西右江道;慈禧之父惠徵，官至徽宁池太广道，亦完全相同。

至于惠徵因案革职，此在八旗并非很严重的事，如果惠徵不死，找个机会复起，并不像汉人革职复用那样困难。

除此以外，慈禧自觉样样胜过慈安，且有子为帝，而偏偏屈居慈安之次，是她耿耿于怀最不平的一件事。

因此，穆宗之倾向慈安，在慈禧看是亲子完全不能体会她的委屈，不孝之至。同时穆宗倾向慈安的意旨而采取的态度，造成的结果，亦确使慈禧难堪。他们母子间的第一个严重冲突，便是杀安德海一事。

翁同龢同治八年（1869）八月初六日记：

> 闻太监小安子为山东丁抚所执，专折入告。上持其疏命恭亲王带内务府大臣面对；有为缓颊者，谕曰："此曹如此，该杀之至。"军机大臣亲书廷寄，就地正法，其家亦查封矣，快哉，快哉！

薛福成《庸庵文集》记其事颇为翔实，兹分段摘引，并做解说，交代此重有名的公案：

> 同治八年夏四月，福成自江南如保定，道出山东，时余弟福保在巡抚宫保平远丁公幕府。

按：丁公指丁宝桢，贵州平远人，咸丰三年（1853）翰林，同治初任山东臬司转藩司。时巡抚为阎敬铭，两人清廉刚直，性情相似。同治六年（1867）二月，阎敬铭久病乞休，举丁宝桢自代。

福成就谒公，公留之宿，与语天下事，逾二旬不倦。将别，公叹曰："方今两宫垂帘，朝政清明，内外大臣，各职其职，中兴之隆，轶唐迈宋，惟太监安德海稍稍用事。往岁恭亲王去'议政'权，颇为所中。近日士大夫渐有凑其门者。奈何？"

按：恭王去"议政王"衔，事在同治四年（1865）三月，为当时绝大政潮，亦为慈禧擅权之始，容后细谈，此不赘。

有间，复言曰："吾闻安德海将往广东，必过山东境，过则执而杀之，以其罪奏闻。何如？"福成与福保同对曰："审如是，不世之业也。其难如平一剧寇，功尤高。然布置欲豫、审机欲密，否则不惟贾祸，亦恐转益其焰，而贻天下患。"公颔之。

按：安德海出都，拟往江南、广东采办一事，筹备甚久，故远在山东的丁宝桢于初夏即已闻消息，可知此事颇为招摇。

其秋，安德海果出都，公即奏闻；奉上谕："丁宝桢奏，太监安德海矫旨出都，舟过德州，僭拟无度，招摇煽惑，声势赫然。着直隶、山东、江苏总督、巡抚，迅遴干员，严密擒捕；捕得即就地正法，毋许轻纵。"

按：丁宝桢原奏云："据德州知州赵新禀称：七月间有安姓太监乘太平船二只，声势煊赫，自称奉旨差遣，织办龙衣。船上有日形三足乌旗一面，船旁有龙凤旗帜，带有男女多人，并有女乐，品竹调弦，两岸观者如堵。又称本（七）月二十一日，系该太监生辰，中设龙衣，男女罗拜，该舟正在访拿间，船已扬帆南下。"

上谕则云："览奏深堪诧异，该太监擅自远出，并有种种不法情事，若不从严惩办，何以肃宫禁而儆效尤？着马新贻、张之万、丁日昌、丁宝桢迅速派妥干员，于所属地方，将六品蓝翎安姓太监，严密查拿，令随从人员等，指证确实，无庸审讯，即行就地正法，不准任其狡饰。如该太监风闻，折回直境，即着曾国藩饬属一体严拿正法，倘有疏纵，惟该督抚等是问。其随从人等，有迹近匪类者，并着严拿，分别惩办，无庸再行请旨。将此六百里各密谕知之。"

丁公初具疏时，闻德海已南下，亟檄知东昌府程绳武追之。绳武躬登屩[1]，驰骑烈日中，踵其后三日，不敢

---

[1] 屩（juē），草鞋。

动，复檄总兵王正起发兵追之。及泰安，围而守之，送至济南。当是时，朝旨尚未到，而安德海大言："我奉皇太后命，织龙衣广东，汝等自速戾耳！"丁公念朝旨未可知，欲先论杀之，虽获重谴无憾。知泰安御何毓福长跪力谏，请少待之。

按：安德海系沿运河南下，而东昌知府程绳武系在岸上跟踪。及至安德海起旱赴泰山进香，乃发兵追捕于泰安，由泰安知州何毓福，亲自护送至省城济南。

会朝旨未至，乃以八月丙午夜，弃安德海于市，支党死者二十余人，籍其辎重，得骏马三十余匹，黄金珠玉珍宝称足，皆输内务府。

按："丙午"为初七，杀安德海之上谕，发于八月初六，此时正在途中。安德海携珠玉珍宝的目的是想在江南、广东做一笔生意，从人中有的完全是生意人，赔本以外还赔上性命，冤哉枉也。

方丁公奏上朝廷也，皇太后问恭亲王及军机大臣，法当如何？皆叩头言：祖制太监不得出都门，擅出者死无赦。请令就地诛之。醇亲王亦以为言。

此皇太后指慈安太后。军机则指文祥及李鸿藻。据《李鸿藻年谱》，谓上谕为李命笔，又一说出文祥手。

> 命既下，天下交口称颂，伯相合肥李公阅邸钞，蹶然起，传示幕客，字呼丁公曰："稚璜成名矣！"曾文正公语福成曰："吾目疾已数月，闻是事，积翳为之一开。稚璜豪杰士也。"

按：其时曾国藩为直隶总督，安德海过境，无所动作；而丁宝桢毅然出奏。若在他人，或以适足以形己之短，而对丁有所不慊，而曾国藩不然，其气量自不可及。

> 呜呼，自古宦寺起细微，干朝政，忧时者或出死力与之角，角而不胜，身撄其毒者，相随属也；或至罪恶盈积，神人交愤，仅而去之，而天下旋受其敝；又或权力足以相胜，濡忍不断，以酿大患，不旋踵而祸及其身。丁公独摘巨慝（tè）于萌芽之时，易如反掌，其忠与智，可谓兼之矣。然向非列圣家法之严，皇太后之明圣，与诸王大臣之匡弼，其安能若是神速哉！

薛福成颂扬"列圣""皇太后""诸王大臣"，独不及穆宗。其实年方十四的小皇帝，乾纲独断，才真是此一大快人心事件中的主角。安德海之出京，自然获得慈禧的许可，最明显的证据是船上所挂的"三足乌旗"。

《史记·司马相如列传》：

亦幸有三足乌为之使。

"青鸟传书"固为极熟之典，殊不知另有注解：

三足乌，青鸟也，主为西王母取食。

由此可知，安德海在船上挂出"三足乌旗"，无异彰明较著地宣告，为慈禧太后去打抽丰。安德海当然不会知道这个典故，而是出于他人的指点；指点的人既然识得此典，岂有不识事情轻重之理？

倘非确知慈禧太后曾经授意，或至少是默许，而敢出这样一个冒太后之名，行搜括之实的主意，莫非他不要脑袋了？

因此，穆宗要"收拾"安德海，当然不会告诉生母，而是在嫡母同意、师傅协助、诸王大臣支持之下，有计划地行动。那面"三足乌旗"，把曾国藩都唬住了，不敢动他分毫，唯独丁宝桢不买账。曾国藩、李鸿章佩服他的，无非胆量而已。

慈禧母子参商，自此而始。但出人意表的是，慈禧对丁宝桢，不但不以为恨，而且感激得不得了，因为这件天字第一号的社会新闻一爆发，少不得有人怀疑：方在盛年的慈禧

太后，跟貌似娈童的"小安子"是不是"有一腿"？而据说
丁宝桢杀安德海后，暴尸三日，证明了他是真正的太监，为
慈禧太后有力地洗刷了不白之冤。

因此，当慈禧太后的"恩人"、外号"一品肉"的吴棠
病殁川督任上后，即以丁宝桢调升，借为报答。

丁宝桢以庶吉士在籍办团练，奉旨免散馆试授职翰林，
又以军功补湖南岳州知府，超擢山东臬司，转藩司升巡抚，
擢任川督。有清一代，内外大臣经历，无有如此简单者；且
由知府而一跃为监司，而巡抚、而总督，疆臣之进阶亦未有
如此直接而顺利者。

恭王被革去议政王始末

至于恭王被革去"议政"的头衔，事起于同治四年
（1865）编修蔡寿祺疏劾恭王。蔡为江西德化人，道光二十年
（1840）翰林，以兼日讲起居注官之故，得专折言事。蔡先于
二月二十四日上疏言"纪纲之坏者"十条，对统兵大员做了
极严厉的批评，请求"敕下群臣会议，择其极恶者立予逮问，
置之于法，次则罢斥，其受排挤各员，择其贤而用之，以收
遗才之效"。折上留中。十日以后，复上一疏，矛头便直接对
准恭王了。

蔡寿祺的这道吞吐其词的奏折，指虚为实，似谅而诬；

而托之于物议，攻恭王者计有"贪墨""骄盈""揽权""徇私"四端，其言如此：

> 近来竟有贪庸误事，因挟重资而内膺重任者；有聚敛殃民，因善夤缘而外任封疆者；至各省监司出缺，往往用军营骤进之人，而夙昔谙练军务、通达吏治之员，反皆弃置不用。臣民疑虑，则以为议政王之贪墨。

按：自金陵之捷至蔡寿祺上此疏的同治四年（1865）三月止，尚侍督抚皆无多大更动，"聚敛殃民，因善夤[1]缘而外任封疆者"，着一"外"字，仿佛京官外放，而实非是，因京官既不亲民，何来"聚敛殃民"？

在此期间，只同治三年（1864）八月，林鸿年任滇抚，马新贻任浙抚。林鸿年福州人，道光十六年（1836）状元，由云南藩司以政绩升任巡抚。则所指者自为马新贻，马以能得民心著称，则所谓"聚敛殃民"，诬之甚矣。

> 自金陵克复后，票拟谕旨，多有"大功告成"字样，现在各省逆氛尚炽，军务何尝告竣？而以一省城之肃清，附近疆臣咸膺懋赏，户兵诸部胥被褒荣，居功不疑，群相粉饰。臣民猜疑，则以为议政王之骄盈。

---

[1] 夤（yín），攀附，拉拢关系。

按：既云"群相粉饰"，何得独归过于议政王？且此又何所谓"猜疑"？金陵之克，十余年大乱弭平，自是"大功告成"，而仅谓之"一省城之肃清"，此人居心之刻，可以想见。

　　御史之设，原许风闻言事，近日台谏偶有参劾，票拟谕旨多令其明白回奏，似足杜塞言路，矧（shěn）如彭端毓、吕序、程金钧、华祝三、裘德俊等，俱以京察一等，放云贵甘肃府道，朝廷为地择人，臣下何敢论缺之安危、地之远近？然部曹每得善地，谏臣均放边疆，虽会逢其适，而事若有心。至截取一途，部曹每多用繁，御史则多改简，以故谏官人人自危。怵近年部院各馆差使，保举每多过分，因利害而缄口。臣僚疑惧，则以为议政王之揽权。

按：此言恭王有意钳制言路。御史、部郎俸满，因保举而得外用知府，称为"截取"；如"京察"一等，则不待俸满截取，即行外放。部曹每得善地，即用为"繁府"；御史常派边疆，即用"简府"，这确为当时的实情，但非议政王之过。部曹每得善地，或出于各人自行向吏部活动；或由于各省奏调，照例得请。

但督抚可以奏请调用部郎，不可谓某御史历俸将满，例得外用，请拣发来省。不独奏调言官，从无此例，即奏调编检，亦须请奏调之督抚为翰林前辈、清望素著者，方不致被驳之。

第四项"徇私"，则只有一小段话：

> 总理通商衙门，保奏更优，并有各衙门不得援以为例之语。臣僚疑惑，则以为议政王之徇私。

总理通商衙门，即以后"总理各国事务衙门"的原始名称，简称"总署"；署内编制，分股办事，共设五股。总署当时的地位，有如美国的国务院，而相当于我国现在的外交部加国防、财政、经济、交通、教育各部业务之涉外部分，其组织恐外交界资深人士亦未尽了解，此亦一段掌故，值得略作介绍。

总署五股的名称、职掌如下：

一、俄国股：兼理对日交涉事务。

二、英国股：兼理对奥斯马加（奥地利）交涉事务。

三、美国股：业务最繁，对美国、德国、秘鲁、意大利、瑞典、挪威、比利时、丹麦、葡萄牙的交涉事务，都归此股掌管。

四、法国股：兼理对荷兰、日斯巴尼亚（西班牙）、巴西的交涉事务。

五、海防股：此为光绪年间，李鸿章佐醇王办海军时新设，交涉对象不限一国，凡有关海防、江防事宜，包括购军舰、请教练等，都归此股主办，有关各股协办。

总署司官，沿用军机名称"章京"，编制亦大致相仿，总办章京满汉各二人，即军机处的"达拉密"；帮办章京满汉各一人；章京额内满汉各十人，额外满汉各八人，分日更代直宿，与军机章京头班、二班的规则相同。

至于总署的负责人，大致特简亲郡王为首脑，用事者先则为恭王，后则为庆王奕劻。"大臣上行走"若干员，无定额，军机大臣往往兼总署大臣，用事者始终为李鸿章。自光绪甲午至戊戌四年（即光绪二十年至二十四年，1894—1898）间，翁同龢掌权，终于被攻而落得一个凄凉的下场，真所谓"象以齿焚身"，此是后话，暂且不提。

总署章京保举之优，确为事实。章京先期考试，考取引见后，记名以次补用。报考者以部院司官为多，本身原缺如为郎中，则三年一保，可以道员用；员外可以知府用。部院郎中、京察一等不过放知府；则总署保举，不但较部院为优，且为甚优。所以如此，亦自有渊源。总署初设，为保守派所极力反对，尤以倭仁为甚；恭王、文祥、宝鋆，颇为头痛。因设计令倭仁在总署大臣上行走，作用是所谓"拖人落水"。倭仁不敢抗旨，骑马上任而故意坠马受伤，回避之计亦甚苦。

在这种风气之下，翰林皆薄总署章京，不能不以保举优渥为延揽人才之计。而一入此途，亦往往绝于清班，不能不说是一种牺牲。至于总署章京，须熟谙各国事务，与昧于世界大势，诧异于"葡萄"如何有"牙"的满洲大员相较，则总署章京保举之优，亦是适当的报酬。

蔡寿祺最后提出要求，希望恭王"退居藩邸"，他说：

臣愚以为议政王若于此时引为己过，归政朝廷，退居藩邸，请别择懿亲议政，多任老成，参赞密勿，方可保全名位，永荷天庥。即以为圣主冲龄，军务未竣，不敢自耽安逸，则当虚己省过，实力奉公，于外间物议数端，有则改之，无则加勉，时时接见外廷，虚廷采访，愿闻过失，以期共济时艰，匡弼政事，庶几天和可召，物议可弭，为朝廷致无疆之福，即为一己全不朽之名。

传言蔡折上后，慈禧太后谓恭王："有人参你。"恭王并不谢过，只追问何人所参。及至慈禧太后宣示后，恭王失声而言："蔡寿祺不是好人！"欲捕蔡。慈禧震怒，采取了非凡行动。

李慈铭《越缦堂日记》云：

闻是日（按：三月初）召见芝翁、瑞芝生协揆、朱桐轩太宰、吴竹如少农、王小山少寇、桑柏斋、殷谱经两阁学，以讲官编修蔡寿祺疏劾议政王揽权纳贿，议政王欲逮问之，两宫怒甚，垂泪谕诸公以王植党擅政，渐不能堪，欲重治王罪。诸公莫敢对。太后屡谕诸臣当念先帝，毋畏王，王罪不可逭，宜速议。

商城顿首曰："此惟两宫乾断，非臣等所敢知。"太后曰："若然，何用汝曹为？异日皇帝长成，汝等独无咎乎？"商城又言："此事须有实据，容臣等退后，详察以闻。"且言请与倭仁共治之。太后始命退。诸公均汗沾衣。外间藉藉，皆言有异处分矣。

按："芝翁""商城"均指体仁阁大学士周祖培，字芝台，河南商城人；"瑞芝生协揆"谓协办大学士瑞常，字芝生，蒙古人；"朱桐轩太宰"则吏部尚书朱凤标；"吴竹如少农"谓户部侍郎吴廷栋；"王小山少寇"谓刑部侍郎王发桂；"桑柏斋、殷谱经两阁学"，则内阁学士桑春荣、殷兆镛。

其时首揆为武英殿大学士贾桢。所以不召贾桢者，原因有：第一，贾桢于咸丰三年（1853）十月充上书房总师傅，而恭王于五月初七因孝静成皇后之丧忤旨，罢军机命回上书房读书，贾桢与之有师生之谊，如罪恭王，贾桢必为之乞恩；第二，贾桢已预定派为会试正考官，即将入闱，无法处理此案。

此外，慈禧所召大臣，亦有原则：第一，军机大臣不召；第二，满洲大臣不召；第三，与恭王素有渊源者不召。在此选择之下，便只有召见周祖培等数人了。而周祖培汗流浃背者，则以蔡寿祺言无确据，若欲穷治，无端将兴大狱，如阿附慈禧，则本身禄位，迟早不保。而"请与倭仁共治之"，为很高明的应付办法。倭仁虽因洋务与恭王不协，但此公为真道学，守正不阿，必为恭王力争。慈禧召蒙古人瑞常，而不召另一蒙古人倭仁，原因在此。

三月初六，倭仁、周祖培等，于内阁大堂，召蔡寿祺询问所指参各节。蔡寿祺本意在投机，见两宫并未"乾断"，径行罢黜恭王，做"猫脚爪"即应适可而止，因而以无实据相答，并书"亲供"。

但知慈禧因恭王平时语言、态度中时露轻视之意，积怒已久，不能不酌量抑制恭王以为敷衍，所以联衔奏复，如此措辞：

> 臣倭仁等跪奏，为遵旨查讯，恭折复奏，仰祈圣鉴事：窃臣等面奉谕旨，交下蔡寿祺奏折二件，遵于初六日在内阁传知蔡寿祺，将折内紧要条件，面加词问，令其据实逐一答复，并亲具供纸。
>
> 臣详阅供内，惟指出薛焕、刘蓉二人，并称均系风闻，其余骄盈及揽权、徇私三条，据称原折已叙明等语。
>
> 查恭亲王身膺重寄，自当恪恭敬慎，洁己奉公，如果平日律己谨敬，何至屡召物议？阅原折内贪墨、骄盈、揽权、徇私各款，虽不能指出实据，恐未必尽出无因。况贪墨之事，本属暧昧，非外人所能见，至骄盈、揽权、徇私，必于召对办事时，流露端倪，难逃圣明洞鉴。臣等伏思黜陟大权，操之自上，应如何将恭亲王裁减事权，以示保全懿亲之处，恭候宸断。

此折颇能道出实情。恭王自议政后，其门如市，开支浩繁，仅两宫不断赏赐，虽食物之微，对太监亦须厚赏，是故恭王岳父桂良，建议提"门包"充府用。门包本为外官晋谒时犒赏王府下人之用，闻提门包充府用，则自须加丰，变成公开纳贿。

复奏上达御前时，慈禧太后已亲笔写了一道朱谕，召见倭仁与周祖培等，将朱谕交了下来。慈禧肚子里究有几许墨水，向来说法不一。笔者儿时见过慈禧所画的松鼠葡萄等翎毛花卉，及长稍涉文史，知为慈禧的"清客"、云南"缪太太"所代笔，但犹以为慈禧能侍候文宗看奏折，文字总还清通，后来阅吴相湘所著《晚清宫廷实纪》所附影印故宫博物院所藏慈禧亲笔朱谕，方知究竟。

这是一件很有趣的文献，特此刊出，并附释文，其中有添加，如"徇情贪墨"旁另加"骄盈揽权"；有涂改，如"谄媚"涂去，改正为"暧昧"等。

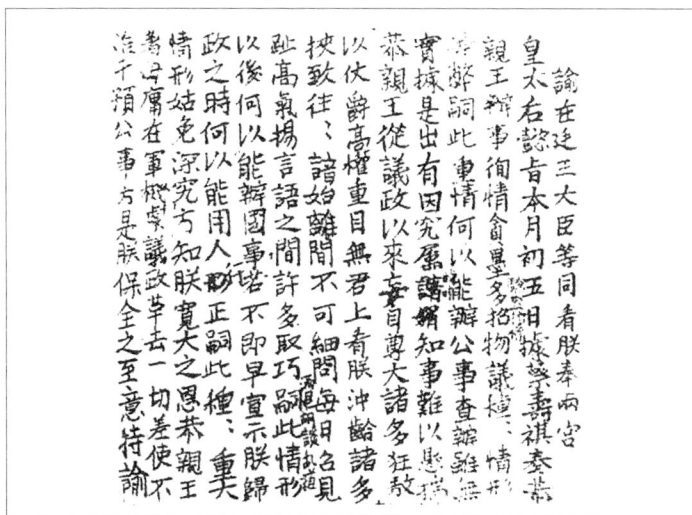

谕在廷王大臣等同看朕奉两宫皇太后懿旨本月初

骄盈揽权

五日据蔡寿祺奏恭亲王办事徇情贪墨多招物议种种情形

等弊嗣此重情何以能办公事查办虽无实据是出有因究属
暧昧

谙媚知事难以悬揣恭亲王从议政以来妄自尊大诸多狂敖

以仗爵高权重目无君上看朕冲龄诸多挟致往往谙始离间

满口胡谈乱道

不可细问每日召见趾高气扬言语之间许多取巧嗣此情形

以后何以能办国事若不即早宣示朕归政之时何以能用人
行

形正嗣此种种重大情形姑免深究方知朕宽大之恩恭亲王

着毋庸在军机处议政革去一切差使不准干预公事方是朕

保全之至意特谕

　　这样一道别字连篇、书法拙劣的朱谕，慈禧跟别的太
太、小姐不一样，能不怕难为情，在大学士面前拿得出手，
这就证明她真正是"政治的动物"。不过，她倒也有"自知之
明"，当时面谕：里头有别字，词句也有不通的地方，你们改
一改。于是周祖培请增八字："议政之初，尚属勤慎。"此外
如"嗣此"为"似此"，"是出"为"事出"，"挟致"为"挟
制"均已改正；欠雅顺的词句，如"满口胡谈乱道"改为
"妄陈"等。

　　话虽如此，但立场语气，确是上谕。尤其是处理的手
法，面谕此诏由内阁明发，不必经由军机，运用"君权"，直

截了当。本来"相权"是与"君权"对立而制衡的，唐宋诏令不出自中书、门下者无效，可防宦臣弄权或乱命。

明朝洪武十三年（1380）罢相，理论上唯天子独尊，相权已不存在。自内阁制度确立，大学士为实质上的宰相，不仅为约定俗成之事，而且通政使掌章奏出纳，可使王命不出国门，相权不但已恢复，甚至凌驾君权。

中叶以后，司礼监之权日重，究其实际，本为皇帝要找一个得力的助手，来维持他的君权，与相权抗衡，故英察者如嘉靖则驾驭太监以制内阁，数十年不见大臣，在西苑修道求长生，而仍能大权在握；暗弱者如天熹，太监乘机窃权，为实质上的皇帝。

及至清朝，开国之初，大学士仍为宰相；但因设有御前大臣、内大臣、御前侍卫以及内务府，作为维护君权的集团，相权被大为抑制，但并未完全消失。到得雍正年间，连这一点残余的相权，亦觉得掣肘不便，乃有军机处之设，大权尽归内廷，相职徒具虚名。至嘉庆、道光、咸丰，军机大臣又有成为宰相之势。辛酉政变就政治理论来研究，是君权与相权的一次大冲突，慈禧与恭王之斗得占上风，关键在有徒具空名的内阁可以利用，否则军机既已全班皆革，诏旨何由下达？

譬如司阍叛主，仓促擒杀，而门户非司阍不得启，岂非自陷困境？幸而还有一道无意中保留的"太平门"，就是有名无实的内阁。慈禧学得了这个诀窍，第二次利用通道"太平门"。走"太平门"的办法，当初原是恭王所设计的，如今慈禧即以其人之道还治其人之身，恭王的痛心，可想而知。

不过慈禧只能跟恭王为难；接替恭王职务的人，事实上仍为恭王的副手，所以恭王所定的政策，并未发生变化。而且王公大臣及以翰林为主的"清议"，都觉得政府不能少恭王这么一个人；就是慈禧，亦只是想泄愤立威，并非对恭王深恶痛绝，绝不容其执政。是故在这道上谕明发时，已无形中铺下恭王复起之路。后面加一段云：

> 至军机处政务殷繁，着责成该大臣等共矢公忠，尽心筹办。其总理通商事务衙门各事宜，责令文祥等和衷共济妥协办理。以后召见引见等项，着派惇亲王、醇郡王、钟郡王、孚郡王等四人轮流带领。特谕。

当时军机大臣除恭王领班外，以次为文祥、宝鋆、李棠阶、曹毓瑛，资格皆甚浅，文祥升左都御史不过三年；如果欲绝恭王复起之路，应另简王公或大学士接替，既不补人，则仍是虚位以待之意。

至于派恭王兄弟的一兄三弟带领引见，亦可隐约看出慈禧色厉内荏，思争取其他四个小叔支持的心态。

但"五爷"惇王还是上了折子，为恭王抱不平。大意是：

> 自古帝王举措，一秉至公，进一人而用之无贰；退

一人亦必有确据，方行摈斥。今恭亲王自议政以来，办理事务，未闻有昭著劣迹，惟召对时语言词气之间，诸多不检，究非臣民所共见共闻；而被参各款，查办又无实据，若遽行罢斥，窃恐传闻中外，议论纷然，于用人行政，似有关系，殊非浅显。臣愚昧之见，请皇太后皇上恩施格外，饬下王公大臣集议请旨施行。

此奏是要推翻慈禧的手诏，而又并非纯为恭王求情，一则曰"未闻有昭著劣迹"，再则曰"被参各款查办又无实据"，则慈禧据蔡寿祺所奏指责各端，大多落空，仅谓"召对时语言词气之间，诸多不检"，不过礼貌欠缺而已，复加"究非臣民所共见共闻"，则直是指慈禧气量太狭，摈斥恭主，无非狭小嫌报复。

这在慈禧不免难堪，然而却不能不买账。慈禧之懂政治，即在永远都了解她的权力的临界限度，因而让步，召见文祥等，发下惇王及蔡寿祺的原奏，命传谕王公大臣、翰詹科道，在内阁集议。

及至廷议时，想不到竟发展为新旧之争。原来两宫召见文祥以及三月初九召见倭仁、周祖培、吴廷栋等人，所说的话，完全不同。对后者所说的话是：

恭王狂肆已甚，必不可复用！
即如载龄之材，岂任尚书者乎？而王必予之。

惇王今为疏争，前年在热河言恭王欲反者，非惇王耶？汝曹为我平治之！

而文祥转述两宫的面谕是：

恭亲王于召见时一切过失，恐误正事，因蔡寿祺折，恭亲王骄盈各节，不能不降旨示惩，及惇亲王折不能不交议。均无成见，总以国事为重。

朝廷用舍，一秉大公，从谏如流，固所不吝。君等谓国家非王不治，但与外廷共议之，合疏请复任王，我听而许焉可也。

两方面的话，截然不同。倭仁与吴廷栋，在守旧派中一为领袖，一为健将，皆以卫道自任，对恭王主持洋务，本有不满之意，而这一次政潮发生后，各国使节当然要纷纷探询，甚至为恭王说话，加以宝鋆、文祥及其他倾向洋务，为倭仁、吴廷栋等视为离经叛道的朝士，对恭王表示支持，皆足以构成对守旧派的刺激，故态度上由裁减恭王事权，转变为赞成罢免。

相争不得解决之后，要带领引见的钟王做证，哪知钟王的回答竟是："不错。我都听见的。"

廷臣相顾愕然。两宫自相矛盾，不知其真意何在；聚讼纷纭，莫衷一是，只好等到三月十四日再议——因为还有个要紧人物醇王，此时到东陵看陵工去了，预定十三日回京，要看他的意思，以为处理的导向。

十三日醇王到京，文祥等已商定了一个大事化小的宗旨；让两宫太后的面子过得去，恭王则不免要受些委屈。醇王自然同意，当天就上了一个折子，第一段是恭维两宫太后：

> 伏思我皇上御极之初，内患未除，外患未靖，若非皇太后垂帘听政，知人善任，措置得宜，何以能剪锄奸佞，转危为安，中外政务，日见起色？

"知人善任"四字，隐隐然指两宫亦有责任在内。恭王仍是恭王，何以从前"措置得宜"，此时有如蔡寿祺所参各款？则其间有"善任"与否的问题在内，不言可知。

以下为恭王解说：

> 恭亲王感荷深恩，事烦任重，其勉图报效之心，为我臣民所共见；至其往往有失于检点之处，乃小节之亏，似非敢有心骄傲。

惇、醇两王皆言恭王在召对时，小节诸多不检，则诸家笔记所载一轶事，相当可信。兹据吴相湘《晚清宫廷实纪》所载，转引如下：

世传王每日内廷上值，辄立谈移晷，宫监进茗饮，两宫必曰："给六爷茶！"一日召对颇久，王立案前，举瓯将饮，忽悟此御茶，仍还置原处，两宫哂焉。盖是日偶忘命茶也。

按：恭王所误饮之茶，可决其为属于慈禧者，两宫召见王公大臣时，并坐御榻，前设御案；并坐时，慈禧在慈安之右，以面南而论，即慈安在东为上首，慈禧在西为下首。但如在乾清宫东暖阁召见，两宫对门面西而坐，则慈安在南为上首，慈禧在北为下首，不问方位，但以至尊对面为南方，从而区分东西上下。

至于恭王立谈，当然是站在御案之旁，而非御案之前，成堂上、堂下问案之状；而站立位置，当然在下首。易言之，不论在何处，恭王见两宫之谈，总是站在慈禧之右，则误取者必为慈禧之茶，可想而知。原为一时失检，而在有成见者，即视之为目中无人，嫌隙由是而生。

第三段言不宜罢斥恭王之故及为恭王求情，意思与惇王相同，而语气较为恭顺：

且被参各款，本无实据，若因此遽尔罢斥，不免骇人听闻，于行政用人，殊有关系。惟有仰恳皇太后、皇上，逾格恩施，宽其既往，将恭亲王面加申饬，令其改过自新，以观后效。恭亲王自当仰体圣慈，深自敛抑，力避嫌疑，以赎前愆，以昭圣主教谕成全之至意。

此外通政使王拯、御史孙翼谋亦各上折，支持恭王，但措辞不同。王拯以为宜宥其前愆，责以后效，并举倭仁、曾国藩可胜议政大臣之任。孙翼谋颇有远见，认为局势艰难，执政应有专任之人，而又非恭王这种身份，通朝野之气，孚上下之信，不则"浸假而左右近习，挟其私爱私憎，试其小忠小信，要结荣宠，荧惑圣聪"。揆诸以后安德海、李莲英的行径，不能不佩服他防微杜渐的深意。

三月十四日，王大臣等再度在内阁集会，醇王及王、孙两折，一并发下交议。会议仍由倭仁主持，先已准备了一个复奏的稿子，以为醇王疏可以置而不议。这一下触怒了醇王，当时虽未发作，事后借题报复，而军机复又借故杯葛内阁。政海波澜，光怪陆离，百余年后，犹复如见。

当时的舆论是相当开放的，而且有个自嘉道以来所未见的现象，即汉人说话很有分量，这当然是因为汉人为大清朝重定天下的关系。因此，倭仁的道德学问虽为士林所敬仰，但想一手遮盖舆论却办不到，因而很少人理他，依旧聚讼纷纭，发言的情况相当热烈。

最后肃亲王华丰到场，袖出一稿，传示众人。在宗室中，礼府、肃府地位比较特殊，亦比较超然，因为礼王代善为太祖以下的长房，而肃王豪格则为太宗以下的长房，在宗法中，长房具有仲裁的地位，所以华丰所出示的疏稿，不妨视作宗室的公意，而交由华丰代表提出，当然是有相当分量的。疏稿中说：

> 臣等议得蔡寿祺原奏，业经大学士倭仁等先行奏复，至恭亲王受恩深重，勉图报称之心，为盈庭所共见，诚如醇郡王所言，倘蒙恩施逾格，令其改过自新，以观后效，恭亲王自当益加敛抑，仰副裁成。臣等亦以醇郡王所言，深合用人行政之道。至于王拯、孙翼谋之件，虽各抒己见，其以恭亲王为尚可录用之人，似无异议，臣等谨议：恭亲王方蒙严谴，悚惕殊深；此时察其才具，再为录用，虽有惇亲王、醇郡王并各臣工奏保，总需出自皇太后皇上天恩独断，以昭黜陟之权，实非臣下所敢妄拟。所有臣等遵旨会议情形，谨缮折具陈。

此稿获得绝大多数的支持。"独断"二字，用得极好，无异明白提醒慈禧，大家都以为恭王可用；但黜陟大权，既出自"独断"，便须独自承担此"独断"的后果。

这后果是什么？是必有人以为女主擅权，前朝所论垂帘之弊，已有明验，发动请两宫太后退居慈宁的政变。此端一发，大概疆臣中除了内务府出身的粤督瑞麟、因受慈禧报恩而不次拔擢的漕督吴棠以外，包括鄂督官文在内，都会支持。王湘绮早就有诗："祖制重顾命，姜姒不佐周。"家法史鉴，都是不利于慈禧的。

见此光景，倭仁便改削前稿，与肃王之稿并列，由与议者自行选择。倭仁主稿的复奏是：

> 臣等伏思黜陟为朝廷大权，恭亲王当皇主即位之初，维持大局，懋著勤劳，叠奉恩纶，酬庸锡爵；今因不自检束，革去一切差使，恭亲王从此儆惧，深自敛抑，未必不复蒙恩眷。以后如何施恩之处，圣心自有权衡，臣等不敢置议。

如此措辞，纯为恭王求情，军机大臣列名此疏；而宗室王公大臣，列名于肃王之疏者，达七十余人，由礼亲王世铎领衔。

此外，内阁学士殷兆镛、左副都御史潘祖荫、内阁侍读学士王维珍、给事中谭钟麟、广诚、御史洗斌等，亦各有单衔奏折。

廷议向来许"两议"，即两种不同的意见，难以调和，只得同时并上，名为"两议"。如两议之外，另有意见，倘有专折言事的资格，如兼讲官的翰林等，亦可单衔具奏。其中广诚一疏，搔中痒处，发生了很大的作用，此由上谕中特别提出解释可知。

上谕是在四月十六日所发。照常例，四月十四日廷议，即日具复，则在四月十五日黎明交到军机处，大概上午八时，军机进见时，即可做一决定；至迟午间，已有"明发"。此案延迟一日方始定夺，其间是否慈禧留置，或者十五日召见军机，议而不决，无可究诘，不过，由此以证慈禧之煞费踌躇，应是无可疑之事。

上谕先说各疏的内容："均以恭亲王咎由自取，惟系懿亲重臣，应否任用，予以自新，候旨定夺等语，所见大略相同。"

接下来，便专谈广诚一折：

> 惟给事中广诚等折内所称"庙堂之上先启猜嫌，根本之间未能和协，骇中外之观听，增宵旰之忧劳"等语，持论固属正大，而于朝廷办理此事苦心，究未领会，虽前日面谕军机大臣等，随同孚郡王赴内阁传谕诸臣，而科道等仍有此语，实有不能不再行宣示者。

> 恭亲王谊属懿亲，职兼辅弼，在亲王中倚任最隆，恩眷最渥，特因其信任亲戚，不能破除情面，平时于内廷召对，多有不检之处，朝廷杜渐防微，若复隐忍含容，恐因小节之不慎，致误军国之重事，所关实非浅鲜。

> 且历观史册所载，往往亲贵重臣，有因遇事优容，不加责备，卒至骄盈矜夸，鲜克有终者，可为前鉴。日前将恭亲王过失，严旨宣示，原冀其经此惩儆之后，自必痛自敛抑，不至再蹈愆尤。此正小惩大诫，曲为保全之意。如果稍有猜嫌，则惇亲王等折均可留中，又何必交廷臣会议耶？

此谕力辩庙堂之上无猜嫌之意，足见慈禧对此层极其重视。因为论猜嫌，当然是慈禧猜嫌恭王，而非恭王猜嫌慈禧。此案自始至终，论调是恭王小节有亏、咎由自取，语气中容或有处置太严之意，而像这样等于公然表示慈禧对恭王猜疑，挟小嫌报复，则咎非恭王自取，而责任应在慈禧，故非力辩不可。

广诚之疏，列名者尚有给事中多人，见诸私家记载者，有翁同龢同年、谭延闿之父谭钟麟。或传疏稿即出于谭的手笔，衡诸《清史列传》的记载，信其为确。

谭于是年十二月简放杭州府，到任已在同治五年（1866）；六年二月署杭嘉湖道；七年升河南臬司；八年三月丁忧，回籍守制；十年秋服满补陕西藩司；十一年正月护理陕抚；光绪元年（1875）三月真除。外放至此仅九年，扣除在籍守制及起复进京途中所耗时间，实际上居官最多六年半，即由五品黄堂而至二品封疆，官符如火，颇为罕见。虽说与本身才具，又得马新贻、左宗棠的保荐有关，但未始不由于同治四年（1865）三月一疏，能回慈衷，因获恭王、文祥、宝鋆等提携所致。

至于上谕中所责恭王"信任亲戚"，可能是指载龄。此人是圣祖第三子诚亲王允祉之后，道光二十一年（1841）翰林。辛酉政变成功，恭王于十月一日奉旨议政，并领军机，载龄即于同日补刑部右侍郎。此为杀肃顺的一种部署。当时对"三凶"的处置，已有决定，怡王载垣、郑王端华赐自尽，端华同母弟肃顺则明正典刑。宗室绑至菜市口砍脑袋，为有清以来第一遭。而况肃顺的骄恣跋扈，是出了名的，因为可以预料得到，当肃顺处决时，必有麻烦，"监斩"是个很难当的差使。

定制，凡钦命要犯处斩于菜市口，由刑部右侍郎监刑。载龄之补刑右，拆穿了说，就是要他去当监斩肃顺这一个差使。

因为王公大臣在皇帝可以今天许之为栋梁，明天斥之为叛逆，而其部属及其他中下级官员，却不敢持着与皇帝同样的态度，行刑是国法，法外之情，又是一回事，因此，刽子手奉旨杀大臣职官与杀江洋大盗，在态度上截然不同，对前者，照例在动手以前，向他的"目标"屈膝请安，口中说一声："请大人升天。"然后操刀。如果受刑者有何"不法"的举动，如口出恶言之类，应付之道，亦因人而异，倘为平民身份，可用残酷手段，轻则塞以麻核桃，重则割舌——此法最不人道而最有效。

如上所叙，可知如何有效对付就刑的犯人，胥视主持行刑者的身份而定。今以近支宗室的载龄，监斩疏支宗室的肃顺，刑部司官差役，心无顾忌，必如所命。薛福成《记咸丰季年肃顺之伏诛》云：

> 将行刑，肃顺肆口大骂，其悖逆之声，皆为人臣子者所不忍闻。又不肯跪，刽子手以大铁柄敲之，乃跪下，盖两胫已折矣。遂斩之。

此即由于载龄监斩，刽子手乃敢如此。肃顺处决在十月初六，未几日，载龄即调补吏部左侍郎，此为卿贰中的首席，只要无大过，必升尚书。

现在再回到三月十六日的上谕上来。解释以后，宣示处置：

> 兹览王公、大学士等所奏，佥以恭亲王咎由自取，尚可录用，与朝廷之意，正相吻合，现既明白宣示，恭亲王着即加恩仍在内廷行走，并仍管总理各国事务衙门，此后惟当益矢慎勤，力图报称，用副训诲成全至意。

"仍在内廷行走"，是为了辟"庙堂之上，先启猜嫌"的谣；仍管总署，为塞洋人之望；革"议政"衔原在意中，唯不回军机，出人意表。此亦慈禧的一种手段，加意杯葛。而醇王不满内阁为慈禧所利用，与军机联手，直接对倭仁等展开抵制，即间接向慈禧做一警告，事不严重，但强烈地表现了反击的意向。

事在两天以后，醇王复上一疏，事由是："为承旨大臣，阳奉阴违，恭请宸断，以重国体，而儆臣工。"借题发挥的着眼点在上谕"内廷王大臣同看"这一句上。他说：

> 彼时臣因在差次，未能跪聆朱谕。自回京后，访知内廷诸臣，竟无得瞻宸翰者，臣曷深骇异之至，伏思既

奉旨命王大臣同看，大学士倭仁等自应恪遵圣谕，传集诸臣，或于内阁，或于乾清门恭读朱谕，明白宣示，然后颁行天下，何以仅交内阁发抄？显系故违谕旨……兹当皇太后垂帘听政，皇上冲龄之际，若大臣等皆如此任性妄为，臣窃恐将来亲政之时，难于整理。

内阁不掌政权，容或"妄为"，绝难"任性"，此明是指慈禧而言。于此所可指出者，醇王福晋虽为慈禧胞妹，但醇王此时是站在恭王一边的，慈禧看得很清楚，若非收服醇王为己所用，无法克制恭王，以后她就在这方面下功夫而终于有光绪十年（1884）三月，全班逐出军机，朝局彻底翻新的大变局，结束了"同光中兴"的小康现象，而为清朝亡国之始，为近代史上的一大关键。此是后话，暂且不提。

为了配合醇王一疏，军机处亦咨内阁云：

三月初七日由贵处咨送恭录谕旨："本月初五日据蔡寿祺奏：恭亲王办事徇情"等因钦此；蔡寿祺原折年月系三月初四日呈递，已由本处存档，其初五日是否另有一折？如存贵处，并无应查之件，即希将原咨折送本处，以便缮档。"

军机处明知蔡寿祺只在三月初四所上一折，慈禧误书为三月初五，因而故意以"是否另有一折"为问。此一方面有杯葛内阁之意；另一方面则是深恐大权旁落，采取防微杜渐的自卫措施。

依军机处规制，凡朱批之折交由内阁"明发"者，录副发抄；内阁所办之事，不过如当今各机关秘书室一部分的业务，原折发抄后，应于次日送回军机处，按月汇送内奏事处。如内阁直接奉旨办理，并留存原折，则内阁与军机处无异。此例一开，在上者便有双重工具可以利用，如不满军机处，即可直接指挥内阁，下达上谕；军机处权力日减，久而久之，复成雍正七年（1729）以前的状态，所以必须有此一咨，等于提醒内阁，实权仍在军机处。

至于蔡寿祺三月初四折，关于"议政王之贪墨"，有"挟重赀而内膺重任；善夤缘而外任封疆"两语，谓指薛焕及刘蓉，因而命薛、刘明白回奏。

薛焕任江苏巡抚时，长驻上海，正当英、美、法、德各国，积极开发中国市场，江海关税收及内地各关卡厘金大增，收支报解制度既未建立，而且战火阻隔，户部鞭长莫及，因此在支持何桂清，请洋将助战，滥行开支外，应酬在京王公大臣，亦是主要开支，恭王收了他的红包固然不错，但并非只是他一个人如此；且罢苏抚后，留任通商大臣，后调工右，同治三年（1864）四月解任候补，亦不得谓之"内膺重任"。

费行简《近代名人小传》记薛焕云：

> 薛焕，字觐唐，（四川）兴文人，以进士扬历内外，

咸丰季年官江苏巡抚兼理通商事务。时苏州久陷,巡抚驻上海,外交蝥乱,焕一倚道员吴煦主持,浸媚敌自重,虽多被弹劾,而以其善夤缘,京朝官咸为解释,至同治二年始罢,仍以侍郎候补……焕当官无令望,颇通贿遗,去官日,富致百万,为合肥李氏姻家;工鉴别,收藏之富,冠于全蜀。初以媚外不容于乡评,乃蠲资助张之洞起尊经书院,以开蜀学,而至今里闬[1] 仍无颂其贤者。

其人如此,早为慈禧所悉;至于由四川藩司调升陕西巡抚的刘蓉,与朝官向无往来,亦为慈禧所深知。因此当薛焕自陈绝无行贿其事,完成了表面文章,且亦达成了警告恭王的目的以后,慈禧于四月十四日命恭王复回军机,距第二次聚讼纷纭的廷议,恰好匝月;而上谕中又将恭王教训了一番。经此蹉跌,恭王锐气大减,说起来慈禧是胜利的。原谕云:

> 本日恭亲王因谢恩召见,伏地痛哭,无以自容,当经面加训诫,该王深自引咎,颇知愧悔,衷怀良用恻然。自垂帘以来,特简恭亲王在军机处议政已历数年,受恩既渥,委任亦专,其与朝廷休戚相关,非在廷诸臣可比。特因位高速谤,稍不自检,即蹈愆尤,所期望于

---

[1]　闬（hàn）,巷门。

该王者甚厚，斯责备该王者不得不严。

今恭亲王既能领悟此意，改过自新，朝廷于内外臣工用舍进退，本皆廓然大公，毫无成见，况恭亲王为亲信重臣，才堪佐理，朝廷相待，岂肯初终易辙，转令其自耽安逸耶？恭亲王着仍在军机大臣上行走，毋庸复议政名目，以示裁抑。王其毋忘此日愧悔之心，益矢靖共，力图报称，仍不得意存疑畏，稍涉推诿，以副厚望！

其时刘蓉的复奏已到，自陈"起自草茅，未趋朝阙，于亲贵之臣，未识一面；枢密之地，未达一缄，请严究诬妄根由"；另附一片，大意是：

蔡寿祺前在四川省城，因把持招摇公事，经前署四川总督崇实参奏，奉旨驱逐回籍后，仍在四川自刻关防，征调乡勇，收招匪目陈八仙等聚众横行。臣宣言驱逐，蔡寿祺造词罗织云云。

上谕中以蔡寿祺参薛焕不实，经吏部议奏，降二级调用；参刘蓉不实之处，从宽免议。但既有"在四川私刻关防，调勇招匪，挟嫌构陷各情，着交原派查办此案之肃亲王华丰等，传蔡寿祺研讯"。参人者，人亦参之，蔡寿祺的麻烦惹大了。

至于刘蓉，则以复奏"词气失平"，亦为人参劾其"无人臣礼"。据《近代名人小传》记其事云：

> 朝旨令蓉复奏，遂具疏言其进身本末，谓朝廷以寿
> 祺一言遽令自陈，是有疑之之心，乞即放归田里，以全
> 晚节。国藩称为名作，而御史陈廷经疏诋其骄恣无人臣
> 礼，遂降调。

刘蓉的想法，与《史记·刺客列传》中的田光无异，人
臣进退固应如是，而内阁侍读学士（非御史）陈廷经具疏相
劾，责以骄恣，恭王方以此罪名被谴，军机遂不得不奏请查
办，坐以泄露密折罪降调，但仍留任。

《近代名人小传》又记：

> 犹守陕九阅月始受代去。蓉好谋寡断，海军非所
> 长，而忠诚不欺，好持公论。官川藩日，行李一肩，仍
> 守寒素。及去，应得羡余公费，贮之司库，毫厘不取。
> 好才爱士，赣人陈锡鬯（chàng），方贫困，一见许其
> 贤，招入幕，且以女妻之。晚好读《礼》，然所法者马
> 端临、秦蕙田之流，非真知制作意者。

按：曾国藩专攻《礼记》，与刘蓉治学兴趣相同，故早
年意气相投。曾国藩几次疏荐皆力辞，如此人品，自应许其
词气亢直。而陈廷经疏劾，实为内阁与军机意气之争的余波，

波及刘蓉则为无妄之灾。

至于蔡寿祺在四川招摇一案，经华丰等"会审"以后，行文四川查复，罢延至七月二十日始行结案，是日上谕：

> 蔡寿祺虽查无私刻关防、擅调乡勇及收招匪目等情，惟以丁忧人员，各处游行，不即回籍守制，且在四川任意逗留，干预征调团勇公事，其为不安本分，已可概见。该员前于咸丰十一年间，经署四川总督崇实以该员早经服满，仍寄寓省城，并戴用四品顶戴，屡次属为吹嘘，凡事干预招摇；又以台谏中不令交识等语，夸张耸听，并倡言募勇等款参奏，曾奉文宗显皇帝谕旨，将该员勒令回籍，不准在四川逗留，钦此。
>
> 现据华丰等将崇实、骆秉章复奏各节，查核讯供，请将蔡寿祺按照"罢闲官吏在外干预官事，杖八十"律，拟以杖八十。该员身列清班，不知检束，奏请即行革职等语，蔡寿祺着照该王大臣等所拟，即行革职，仍遵文宗显皇帝谕旨，勒令回籍，不准在外逗留，招摇滋事。

据此可知，刘蓉所参蔡寿祺私刻关防等情，言过其实，如果有人为之缓颊，本可从轻发落；即令从重，至多亦不过降调而已。

但蔡寿祺此时已成怨府，恭王一系，深恶痛绝，自不待言；即令与恭王不协的亲贵，因蔡寿祺居然敢劾王公，此例一开，不免自危，因而力主严办；而正人君子从远大着眼，觉得蔡寿祺为媚女主，而以毫无实据之言抨击恭王，使得慈禧得以借机立威，所引起的恶劣影响至为重大，所以虽觉拟罪太重，亦无有为之说公道话的。

平情而论，蔡寿祺从安德海之流的口中，探知慈禧与恭王间有矛盾，确有以猫脚爪自居，以媚宫闱之心。小人为求一己之富贵，不惜败坏大局的实例，史不绝书；只是蔡寿祺枉作小人，从此潦倒，窝囊之至。

蔡寿祺革职后，仍留京师；或一度回籍后，复又至京。李慈铭日记中，多此人之记事，录数条如后：

> 同治十一年二月十八日：蔡梅庵编修寿祺，年甫五十七，龙钟发尽白矣！出其所刻同人诗两册，必欲得予诗刻之。又以其女守贞殉夫事乞题，盖编修长女曰泽苕，许字汉阳袁希祖侍郎子晋，未婚而晋死，泽苕竟归于袁，立晋族子为后。三女曰泽芝，适江夏彭知县祖寿子元善，元善死，无子，其殡也，泽芝饮药卒，得旌如制。其人衰老而贫，喜刻人诗文以赠达官富人博微利，穷途无聊，亦可叹也。

按：蔡寿祺长女所守者为"望门寡"，俗谓之"抱牌位做亲"，此唯父为假道学始许女出此。又三女夫死无子，如能得翁姑父母劝慰，则孰不乐生恶死，未必饮药殉夫，穆宗嘉顺皇后之死，即为一例。而蔡寿祺竟以两女守贞、殉夫事，乞人题咏，其为借骨肉大不幸事招摇，可以想见。

光绪十四年九月十二日：蔡梅庵卒。梅庵名寿祺，本名梦斋，江西德化人，己亥、庚子联捷成进士，入翰林，沉滞不迁，客游干乞。后入胜保幕，颇招摇声气，以不谨闻。后官京师，署讲官，遂疏劾恭邸，并及薛焕、刘蓉，旨讯不实，遂降调。于是久居京师，益跅弛，日游坊曲，颇喜为诗文，时未六十，目已失明，犹为狭斜游。今卒矣，年七十有三。

蔡寿祺其人，实为可怜不足惜。其因私心打击恭王一事，启慈禧专权之渐，谓为无心种下清朝亡国之因，亦未尝不可。

醇王与天津教案

自经安德海一案后，慈禧懔乎在宫廷中亦为孤立，所以一方面韬光养晦，一方面积极培植醇王，作为对抗恭王的工具。醇王志大而才疏，亟谋有以自见，而政务既无从插手，洋务亦昧然无知，在此情势之下，想求发展，只有从两条途径去下手：一条是结纳八旗武将世家；一条是集合保守分子。

世言醇王好武，实乃皮相之谈。敲门须砖，恭王既以政事、洋务见长，文采亦远胜一兄三弟，则醇王欲求出头，非好武不可。

当时八旗武将世家，追怀祖宗勋业，心妒湘淮两军，颇有昌言如何恢复八旗劲旅之雄风者，醇王从而附和，进而建言，遂为此派奉为领袖。而"恢复"之始，则为整顿神机营，及至僧王阵亡，其旧部亦多接近醇王。僧王之子伯彦讷谟诂与醇王交密，后结为儿女亲家。

集合保守分子，则以支持保守派领袖倭仁为主要手段。此派的主张，可以倭仁反对讲求"西艺"一疏为代表，其言如此：

> 立国之道，尚礼义不尚权谋；根本之图，在人心不在技艺。今求之一艺之末，而又奉夷人为师，无论夷人诡谲，未必传其精巧；即使教者诚教，所成就者不过术数之士，古往今来未闻有恃术数而能起衰振弱者也。天下之大，不患无才，如以天文算学必须讲习，博采旁求，必有精其术者，何必夷人？何必师事夷人？

这段话中，只有一句还有些道理："无论夷人诡谲，未必传其精巧。"但亦只有"东夷"。至于最后数语，若谓"天文算学"可以无师而自精，则是根本不知"西艺"为何物。

在诸反洋的言行中，尤以仇教为甚。当时教案迭起，其中自不免有倚仗洋人势力欺侮同胞的无耻汉奸，但大部分起于误会，而由保守分子推波助澜而成。聚潦涟为风浪，终于有同治九年（1870）的天津教案。吴相湘在《晚清宫廷实纪》中谓："津案实为奕譞（醇王）所主持，由直隶提督陈国瑞组织清帮群众之有计划的排外运动。"此说殊有见地，但亦不仅止于排外，而有打击曾国藩的作用在内。

曾为当年与倭仁一起讲理学的朋友，但首倡派幼童赴美留学，设制造局引进"西艺"，在保守分子看，便是离经叛道。如今以内阁首辅为疆臣领袖，"北洋"与总署结成一体，以恭王的身份、曾侯的勋业，合力提倡洋务，"不尽驱中国之众咸归于夷不止"。是故非设法跟曾国藩为难不可。

天津教案为陈国瑞一手所制造，先是清帮中下三滥的匪徒拐带儿童，继则散播谣言，谓天主教堂拐骗儿童挖眼剖心合药，最后煽动百姓群殴法国领事丰大业致死，又杀伤教民及修女数十人，拆毁教堂，误杀俄国商民，引起极严重的国际纠纷，且将英、美、俄三国亦卷入漩涡。

此案丰大业过于鲁莽，持枪向三口通商大臣崇厚及天津知县刘杰交涉，率尔开枪，击毙刘杰仆从一人，其理甚屈，交涉本可占上风，但因当地人性格冲动，最喜欢聚众起哄，以致为陈国瑞所利用，制造了一连串的暴行，官司上风打成下风。曾国藩时在病中，办理此案，心力交瘁，虽最后惩凶的处置似嫌过分，而先与英、美、俄个别解决，破法国拟合而谋我之局，交涉的原则，正确无误。

天津教案与马新贻之被刺，有连带关系。退伍湘军暗斗淮军及马新贻，当然不会在"老帅"当总督的直隶滋事，但一经利用清帮，使陈国瑞得以插手，事情就变质了。原来陈国瑞与曾国藩有一段私怨。陈是湖北应山人，出身长毛，投诚后为总兵黄开榜收为义子，改姓黄；骁勇善战，同治初年已积功升为总兵，赏头品顶戴、黄马褂，并奉旨准予归宗复姓。同治三年（1864），隶僧王部下为翼长。他与曾国藩积怨，即在同治四年（1865）僧王阵亡以后。

《近代名人小传》记：

> 僧战死，从将多获罪，国瑞以骁勇独留军。曾国藩至，为檄数其罪，凡数千言；佯谢而实不能改。益嗜烟，多置姬妾；所部复与刘铭传军斗，亦不知约束。国藩乃具疏劾，后降为都司。罢军后即家居淮阳间，日与李世忠争，民虑变，多迁避之。再劾，遂革职，交地方官管束。后以奕谖荐，起为二等[1]侍卫……国瑞骄横恣肆，若明刘策（泽）清之流，初起勇往，奋不顾身；既贵，嗜好繁多，暮气不可复振。

按：僧王战殁曹州，曾国藩疏言，陈与郭宝昌分统左右两翼，郭既革职拿问，陈不应幸免，因而撤去帮办军务，褫

---

[1] 据史料载，此处应为"头等"侍卫。

黄马褂。养病淮安时，多不法之事，漕督吴棠颇以为患，惮其凶悍，不敢严劾，后有高明幕友主稿，谓陈国瑞患癫病，因而革职，押送回籍养病，田产盐本均充公，存银二万五千两于湖北官库，分年拨结，以维生计。同治六年（1867）复起，授头等侍卫，遂为醇王部下大将之一。

天津教案既起，法方索陈国瑞甚急，军机因为醇王关系，极力设法庇陈；醇王仍以惩道府、杀首祸、遣崇厚赴法道歉而不满，愤而请开一切差使。是年十月称病家居；十年正月廿六日销假，手缮密折，攻击恭王。此为手足参商之始，亦为慈禧得以进一步压制恭王之开端。

疏中首言"欲尽君臣大义，每伤兄弟私情；欲徇兄弟私情，又昧君臣大义"，则作此奏疏，显然已不惜"伤兄弟之情"。陈奏四款，中伤恭王，颇为有力。其第一款，言"亲政"后"臣下积弊已深，一味朋比蒙蔽"，国事将不可问，警句是：

办夷之臣即秉政之臣，诸事有可无否。
此格不破，将来皇上之前，忠谏不闻，闻亦不行，甚可畏也。

所谓"此格不破"之"破"，意思非常明白，即"办夷之臣"不应是"秉政之臣"；说得更明白些，至少恭王不应领总署，甚至另简"秉政之臣"，而恭王听"秉政之臣"指挥来

"办夷"。跃跃欲试之情，隐然可见。

第二款中藏暗箭，最为险毒，他说：

> 我朝制度，事无大小，皆禀命而行，立法尽善。今
> 夷务内常有万不可行之事，诸臣先向夷人商妥，然后请
> 旨集议，迫朝廷以不能不允之势，杜极谏力诤之口，如
> 此要挟，可谓奇绝。去岁崇厚出使，以及惩处天津府
> 县，其明证也。

这是隐指恭王等与洋人勾结，不无卖国之嫌。崇厚出使法
国道歉，以及惩处天津府县，弱国外交，岂能免于委屈？醇王
独不思崇厚使法之由来，以及惩处天津府县是为交换免除陈国
瑞责任所做的牺牲，如此责备，令人气结。

第三款攻击恭王与洋人酬酢，其言如此：

> 自来中外交涉，彼若馈物，非奉旨不得收受。自庚
> 申年和约，凡夷人馈送我王大臣之物，尚皆请旨施行；自
> 后遂公然与受礼物，彼此拜会，恬不为怪。夫受人之物，
> 而仍处心积虑，图珍灭之，自古无此情理；况该衙门官
> 员，无不以夷物为升途捷径，而于如何复仇、如何乘隙，
> 从未有论及者，大小臣工，交争惟利，安有了局？

由此节来看，益见得恭王的开明。醇王的思想，犹不脱

"天朝大国，唯我独尊"的陈旧观念。当中西交通，尚未开展，对西洋各国只凭"海客谈瀛"，视作《山海经》时代，观念闭塞，固无怪其然。

醇王以知兵自命，领教过轮船大炮，亦常见西洋的"奇技淫巧"，居然仍有那种侈然自大的心理，其为人愚不可移，灼然可见。办外交如不以修好互利为急，而视如毒蛇猛兽，避之唯恐不速不远，则又有何外交之可言？有此根本矛盾的观念在，无怪乎视酬酢馈赠的外交礼节为"怪"事了。

第四款特别攻击总署大臣董恂，谓其"一味媚夷"，"该员同乡之人，无将伊比于数者"。董恂为首入总署的汉大臣，至光绪六年始罢值，前后历时二十年，是总署的"当家人"，值得一谈。

《清史列传》及《清史稿》均无董传，据《近代名人小传》记：

> 董恂，富阳文恭公诰孙也。以庶吉士散馆，为户曹郎。幼颖敏，博涉群籍，下及小说稗史。尝烟，日吸二两，昼眠夜作，起居不时。且自负，接人鲜礼意，京师呼为"董太师"，拟之董卓，状其骄也。以户部尚书兼总理各国事务大臣，群从子弟，好行不法，恒在倡寮间捶楚游客，其次子至为巡城御史朱潮所杖，谤讪大作。恂耻之，值议伊犁俄约，遂主战，冀附清议，而张佩纶

拒之，屡被劾，乃乞休去。然晚岁益好学，筑"时还读我书室"，排日吟诵，人不知其为热衷利禄人也。字酝卿，戊申进士。

费行简所作《近代名人小传》，大多翔实，唯此传谬误殊甚。董诰浙江富阳人，而董恂则扬州人，原名醇，故字酝卿，因乾隆年间有董醇，三甲进士，故改名恂，道光二十年（1840）壬子二甲十八名，非戊申进士，亦未入翰林。

议伊犁俄约，事在光绪五年（1879），而张佩纶至光绪十年（1884）始入总署，行辈甚晚。如有拒主战之说，则拒之者必为沈桂芬。

唯言董恂"晚岁益好学"则不虚。《翁同龢日记》：

> 光绪十七年十月初九：董酝卿年八十五，尚以蝇头抄经说，今年已三四十种，装两函矣。

又《清朝野史大观》载《总理各国事务衙门重阳雅集启》，骈四俪六，殊为典雅，由董恂及领班章京长善具名。长善喜近文士，而不善文，度此文必出于董恂的手笔。

又，英使威妥玛在华多年，曾汉译英诗，此在中国为第一首无韵的"新诗"，董恂与僚友为之改成七绝九首，兹觅得原作，对照介绍如下：

原译	改译
	其一
勿以忧时言， 人生若虚梦。 性灵睡即与死无异， 不仅形骸，尚有灵在。	莫将烦恼著诗篇， 百岁原如一觉眠。 梦短梦长同是梦， 独留其气满坤乾。
	其二
人生世上行走非虚生也，总期有用， 何谓死埋方至极处。 圣书所云人身原土，终当归土， 此言人身，非谓灵也。	天地生材总不虚， 由来豹死尚留皮。 纵然出土仍归土， 灵性常存无绝期。
	其三
其忧其乐，均不可专务， 天之生人，别有所命。 所命者作为专图，日日长进， 明日尤要更有进步。	无端忧乐日相循， 天命斯人自有真。 人法天行强不息， 一时功业一时新。
	其四
做事需时，惜时飞去， 人心纵有壮胆定志，	无术挥戈学鲁阳， 枉谈肝胆异寻常。

仍如丧鼓之敲，
皆系向墓道去。

一从薤（xiè）露歌声起，
丘陇无人宿草荒。

其五

人世如大战场，
如众军林下野盘。
莫如牛羊无言，待人驱策，
争宜勉力作英雄。

扰攘江尘听鼓鼙（pí），
风吹大漠草萋萋。
驽骀甘待鞭笞下，
骐骥谁能辔勒羁。

其六

勿言异日有可乐之时，
既往日亦由已埋已。
目下努力切切，
中尽己心，上赖天佑。

休道将来乐有时，
可怜往事不堪思。
只今有力均须努，
人力殚时天佑之。

其七

著名人传看则系念，
想我们在世，亦可置身高处。
去世时尚有痕迹，
势如留在海边沙面。

千秋万代远蜚声，
学步金鳌顶上行。
已去冥鸿犹有迹，
雪泥爪印认分明。

其八

盖人世如同大海，

茫茫尘世海中沤，

果有他人过海。

船只搁浅，受难失望，

见海边有迹，才知有可解免。

才过来舟又去舟。

欲问失风谁挽救，

沙洲遗迹可探求。

其九

顾此即应奋起动身，

心中预定，无论如何，总期有济。

日有成功，愈求进功，

习其用工坚忍，不可中止。

一鞭从此跃征鞍，

不到峰头心不甘。

日进日高还日上，

旨教中道偶停骖。

　　造诣极深，为的是能让威妥玛了解。此实为极好的外交手段，而在卫道之士，绝看不入眼。董恂在当时颇不容于清议，但两榜出身，肯为此扬州盐商清客之事，观念上自有其超脱之处；而在总署当家二十年，与张荫桓先后相接，为恭王、文祥、沈桂芬所倚重，亦由于他肯以清客对待扬州盐商的态度与手腕对待各国驻华使节之故。

　　董恂做官办事的最大长处是肯任劳任怨，其自编年谱于光绪六年（1880）除夕沈桂芬病殁条下记：

　　　　岁方及除，而文定凶闻至。尝论文文忠尽瘁事国，能养重以崇国体；遇有事须稍自贬损，国难始纾者，恂辄任之；文定则不忍以谤独遗之恂。二公同一尽瘁，而文忠之忠，人知之；文定之忠，或不尽知，故恂之恸文定，较痛文忠为尤切。

"文忠"指文祥；"文定"为沈桂芬之谥。董恂自述中的"恂辄任之"，即指如醇王奏折中的攻击之类。其实当时外交上有关做任何让步的决定，皆由文祥与沈桂芬商得结论，经恭王同意后，面奏两宫定夺。董恂除事务工作外，在政策上并无多大的发言力量，而勉力任谤，为文祥等人做挡箭牌，以期处事较能圆滑，此种苦衷，局外人常不能体谅；而能有此种修养的人，实为办外交，尤其是弱国外交所不能少。

醇王此折，自然留中，但所发生的影响极大，锐意革新、主张"师夷"的恭王、文祥、沈桂芬，都不敢放手了。

李鸿章于光绪初年致函以兵部侍郎使英的郭嵩焘云：

> 自同治十三年海防议起，鸿章即沥陈煤矿铁矿必须开采；电路铁路必应仿设；各海口必添洋学格致书馆，以造就人才。其时文湘自笑存之，廷臣会议皆不置可否，王孝凤、于舫莲独痛诋之。曾记是年冬底，赴京叩谒梓宫，谒晤恭邸，极陈铁路利益，邸意亦以为然，谓无人敢主持；复请乘间为两宫言之，渠谓两宫亦不能定此大计，从此遂绝口不谈矣。

造铁路一事，连两宫太后亦不能决定者，因为造铁路必迫人迁葬祖茔，以故群起反对。倘有严旨，则言官一定会奏陈，如有人"动长陵一坯土"如何？你挖人家的祖坟，人家会挖你的祖坟，惊动陵寝，那是件不得了的大事，所以慈禧亦不敢做主。孰意光绪末造，各省京官士绅争着要办铁路，而清朝最后亦终于亡在铁路风潮之中。早知如此，光绪初年即逐渐开办，又何至于有后来盛宣怀弄权而加速断送了大清天下之事？

总之，天津教案以后，守旧顽固派势力之复炽，可视之为爱新觉罗皇朝自召覆亡的一个重要因素。其实醇王亦并非如何顽固的守旧派，只是在慈禧的支持之下，想在政治上发展，不能不树一与恭王壁垒分明的旗帜而已。慈禧之利用醇王，以及醇王之不能不受慈禧驱使，皆由裙带关系而发生。

恭王曾慨乎言之："大清天下亡于方家园。"这接近事实。方家园在京师东北角，为慈禧母家所在地。

至于醇王之渐有用事之心，则因羽翼渐丰，亟图一逞身手。当时醇王手下第一员大将为荣禄，在清末政局中，唯一能影响慈禧者，即为此人，倘非殁于光绪二十九年（1903）三月，清祚当能稍延，袁世凯亦很可能没有祸国的机会。

荣禄与南北之争

荣禄姓瓜尔佳，为清朝开国功臣、追封直义公费英东之后，祖塔斯哈为喀什帮办大臣，殁于战阵。塔斯哈两子，一名长端，天津镇总兵；一名长寿，甘肃凉州镇总兵，即荣禄之父。长端、长寿随赛尚阿征剿太平军时，于咸丰二年（1852）二月，同日阵亡于广西昭平。是年十一月，十七岁的荣禄，由荫生用为主事，分发工部，并承袭骑都尉兼一云骑尉世职，以偶然的机缘，受知于文宗。

"庸庵尚书"陈夔龙，久参武卫军幕府，对荣禄了解极深，所著《梦蕉亭杂记》叙其事云：

> 荣文忠之先德，以总兵殉金田之难，公以羽林孤儿，服官工部。一日，内廷某殿角不戒于火，文忠适进内，随同驻门侍卫、护军等，抢先救护。文宗遥见一衣绛色袍官员，询是何人。御前大臣查明，以公名对，即蒙召见，并询家世，知三世为国捐躯，嗟赏久之。未几，户部银库郎中缺出，由各部保送人员候简，遂蒙朱笔圈出。

按：荣禄先为候补主事，咸丰八年（1858）三月补实，八月升员外郎，咸丰九年（1859）调户部银库。其时肃顺掌度支，因细故结怨。《梦蕉亭杂记》云：

> 尔时肃顺任户部尚书，与陈尚书（孚恩）均与文忠先德有世交。肃顺喜西洋金花鼻烟，京城苦乏佳品。尚书侦知文忠旧有此物，特向文忠太夫人面索。太夫人以

系世交，儿辈亦望其嘘拂，因尽数给之。尚书即转赠肃顺，并以实告。

肃顺意未餍，复向文忠索取，瓶之罄矣，无以应付，肃顺不悦，以为厚于陈而薄于己，文忠无如何也。文忠好马，厩有上驷一乘，特产也。肃顺亦命人来索，公复拒之。综此两因，肃顺大怒，假公事挑剔，甚至当面呵斥，祸几不测。公请于太夫人曰："肃顺以薄物细故，未遂所欲，嫉我如仇，此官不可做矣。"遂援筹饷例开银库优缺，过班以道员候选，闭门闲居以避之。

按：其事在咸丰十一年（1861）八月。启部银库司员，为有名优差。联经出版社版《花随人圣盦（ān）摭忆全编》内"北京十库"条，引何平斋《春明梦录》云：

京师银库，防弊极严，库设管库大臣一员，以户部侍郎兼之；设郎中为司员，下有库书数人，库兵十二人。库书不入库，而入库者只有库兵。外省解饷到库，每万两闻须解费六十两，却非明文，不知库书库兵如何瓜分。

库兵于解费无从染指，为司官与书办的好处。又云：

库兵入选之日，户部门外必先有十数镖客保之去，防被掳勒赎也。库兵之贵如此，似非区区部费所能养其廉，是非出于偷窃不可。库兵之入库门也，虽严冬亦脱去衣裤，库内别有衣裤，亦不能穿之出库。

出库时，设一板凳，跨之而过，示股间无银也；且两手向上一拍，口叫"出来"二字，示胁下、口内均无银也。然其偷法有出人意表者，则以谷道藏银也。法用猪网油卷圆锭八十两，恰可相容。平时则向东四牌楼一秘密药铺买药服之，谓男子谷道亦有一交骨，服之则骨可松。然油卷巨而银之分量重，塞之于内，只能容半点钟工夫，稍久亦便出乱。

至冬间偷银，又有抽换茶壶之一法。茶壶出库，必倒开一验，冬天冻冰，银冻在茶内，虽倒开亦不坠也。其余则重出轻入，天平上亦不能无弊。

谷道藏银，久非异闻；库丁被劫，亦有其事，光绪初年景廉当户部尚书，曾有库丁被点后，当堂为人绑架。库丁之贵如此，曾每年入选，自须多方打点，此亦为银库司官及书办的好处。

定制，户部侍郎一员管三库；银库司官则三年一更代。荣禄不俟差满求去，自是由于不堪肃顺吹求所致。但塞翁失马，安知非福，过班以道员候选不久，为恭王派委京畿巡防处总办，同治元年（1862）入神机营，自此扶摇直上，八年工夫由文案处翼长而管理全营；不久由文祥保荐，以"畀以文职，亦可胜任"，得补工右，兼管钱法堂，年方四十。

"中研院"《近代史集刊》第六期，载有刘凤翰《荣禄与武卫军》一文，中有一段，谈荣禄与沈桂芬交恶而罢官云：

> 同治年间，恭王为议政王，领班军机大臣；醇王领有禁军，指挥神营。在军机大臣中，文祥、李鸿藻受知于恭王，沈桂芬却为醇王心腹，然谕旨多由沈主笔，彼此不相能，两派渐渐形成。荣禄接近恭王派，故与醇王、沈桂芬交恶。开缺之时，恭王多病，久疏政务，荣禄此时内无奥援，因此遭受沈桂芬之摒斥。

所记谬误殊甚，真如老北京所说，正好"弄拧"了。沈桂芬何得为醇王心腹？醇王在同治十年（1871）正月销假后所上密折，痛责崇厚；而崇厚获沈桂芬的支持，几近庇护。林琴南[1]《铁笛亭琐记》云：

> 崇地山（按：崇厚字地山）之割地图于敌人，则沈桂芬所保者也。时梁鼎鼎芬年二十一，方为庶常，具疏弹之，列名者编修三人，独鼎为庶常，例不能自行递折，必得掌院为之具奏。
>
> 沈延见诸人，索折本读之，折中语语侵入荐主，沈

---

[1] 林纾，字琴南。

颜色不变，即曰："崇厚该死，老夫亦无知人之明。此文章佳极矣，难得出诸少年之手，惟诸君之意如何？今日吾能战否？……"

即此一节，可以想见醇王与沈桂芬的意向，完全相反。刘凤翰之所谓"两派渐渐形成"，非指恭醇两王之两派，而为汉人中的南北两派，北派魁首李鸿藻，南派盟主沈桂芬。

恭王、文祥用人唯才，宝鋆则较倾向于南派，基本上恭王、文祥的主张，亦与南派为近，所以彼时沈桂芬掌枢笔，势力在李之上。翁同龢当然属于南派，但因授读光绪之故，为醇王所极力笼络，而拉拢者则为荣禄。

光绪初元（1875），醇王、翁、荣勘察穆宗陵地，途中酬唱，一日数度，交密如蜜；翁与荣拜把子亦在此时。

至于沈、荣交恶，起因于穆宗崩逝，迎立光绪，由文祥草诏，因病不能成篇，荣禄仓促之间，忘避嫌疑，竟擅动枢笔，沈桂芬气量狭隘是有名的，因而大为不悦，两人势成水火。荣禄开缺之由来，《梦蕉亭杂记》述其事甚详，乃由荣禄先下手而起：

文正与文定不相能，颇右文忠，党祸之成，非一日矣。某月日黔抚出缺，枢廷请简，面奉懿旨："着沈桂芬去。"群相惊诧，谓："巡抚系二品官，沈桂芬现任兵部尚书，充军机大臣，职列一品，宣力有年，不宜左迁边地。此旨一出，中外震骇，朝廷体制，四方观听，均有关系，臣等不敢承旨。"文靖与文定交最契，情形尤愤激。两宫知难违廷论，乃命文定照旧当差，黔抚另行简人。

按："文正"为李鸿藻，"文定"为沈桂芬，"文忠"为荣禄，"文靖"为宝鋆。贵州巡抚出缺在光绪元年（1875）八月。巡抚二品，每由阁学外放。侍郎放巡抚，倘是小省，亦视如左迁；沈桂芬由山西巡抚内调，升为尚书，又入军机，而外放疆臣末尾的贵州巡抚，自是件骇人听闻的事。荣禄不知如何走内线，乃有此懿旨；但可确定，李鸿藻是脱不掉干系的。

至于沈桂芬，在政府固然居上风；但另一方面却不比荣禄有醇王及太监两具"上天梯"，可通瑶池。他一面要防备，一面要报复，因而利用翁同龢，在荣禄醉后，套出真言，证实自己的推测不虚：放黔抚之命，是荣禄捣的鬼。从此格外提高警觉。不过要想报复，却须等机会。

这一等等到光绪四年（1878）。前一年山西、河南旱灾，情况非常严重，至特拨海防经费赈灾；京师亦遭波及，流言四起，九门发现揭帖，说某县某镇白莲教将起事，山东、河南皆会响应，贝子奕谟据以入告，两宫特诏醇王问计。

醇王静极思动，面奏请调北洋军，驻扎京师，归其调遣，以备不虞。两宫方在考虑之际，外间已有传闻。其时荣禄任步军统领，因病请假，得知有调兵入京的打算，大吃一惊，力疾销假，谒见两宫，力陈不可。

据《梦蕉亭杂记》录其所奏理由是：

> 臣职司地面，近畿左右，均设侦探。如果匪徒滋事，讵能一无所知？倘以讹言为实据，遽行调兵入卫，迹涉张皇，务求出以镇定。

两宫亦知此举足以摇动人心，既然荣禄说不要紧，当然不再考虑醇王的建议。而醇王得知反对他意见的竟是荣禄，大为震怒。及至荣禄发觉此议出自醇王，则大为不安，特地求见，准备解释，醇王以闭门羹相饷。

荣禄失欢于醇王，靠山已不可恃，便是沈桂芬的机会到了。《梦蕉亭杂记》云：

> 文定知有隙可乘，商之文靖，先授意南城外御史，条陈政治，谓："京师各部院大臣，兼差太多，日不暇给，本欲借资干济，转致贻误要公。请嗣后各大臣勤慎趋公，不得多兼差使。"越日，文靖趋朝，首先奏言：宝鋆与荣禄兼差甚多，难以兼顾，拟请开去宝鋆国史馆总裁，荣禄工部尚书差缺。
>
> 时慈禧病未视朝，慈安允之。时论谓国史馆与工部尚书，一差一缺，繁简攸殊，讵能一例？文靖遽以蒙

奏，意别有在。

按：上疏谓部院大臣兼差太多者，非住"宣南"的御史，而为翰林院侍讲学士、"翰林四谏"之一的宝廷，事在光绪四年（1878）十二月。荣禄除工部尚书外，内务府大臣的差使亦一并开去，专掌步军统领。

《梦蕉亭杂记》又记：

> 然文定意犹未餍，复撇给文忠承办庙工，装金草率，与崇文门旗军刁难举子等事，嗾令言官奏劾，交部察议。照例咎止失察，仅能科以罚俸，加重亦仅"降级留任"公罪，准其抵销。所司拟稿呈堂，文定不谓然，商之满尚书广君寿，拟一堂稿缮奏，实降二级调用。文忠遂以提督降为副将。

按：步军统领俗称"九门提督"，一降为总兵，再降为副将。武职人事，归兵部管辖，沈桂芬为兵部尚书，故得持其长短，且不由"职方司"承办，不避嫌疑，径拟"堂稿"，正表现了沈桂芬的偏急狭隘。满尚书广寿，亦为翁同龢换帖弟兄。

荣禄处分事，在光绪六年（1880）二月。翁同龢是月十七日记：

> 兵部议荣禄处分降二级调，折尾声明系察议，可否

改为降一级？旨着照例降二级，不准抵销。晚访仲华。

翁同龢访荣禄，当是为沈桂芬及广寿解释；而解释之语，亦大致可以想见，即沈桂芬犹是笔下留情。此与梦蕉亭的见解不同，揆诸实际，"降级留任"的"公罪"，不但可以用"加级"等奖励来抵销；即无此记录，遇有机会，一奏即可撤销处分，甚至"革职留任"亦然；实降调用，则必须一步一步往上爬，此一处分，似轻而实重，荣禄只有"闭门思过"了。

如上所述，荣禄因失欢于醇王，沈桂芬始有机可乘，足见刘凤翰所说"荣禄接近恭王派，故与醇王、沈桂芬交恶"适得其反。

宝鋆为恭王的死党，亦为狎客。宝鋆殁后赐祭，以定制亲王不得赴吊，乃于先一日临视祭器，可见交情生死不渝。宝鋆既如此支持沈桂芬，则沈之"接近恭王"，以及因主和而与主战的醇王不协，为必然之理。

刘文谬误，必当纠正者，因此层关系如不了解，则对清末南北之争而影响及于和战大计者，皆无从探其原委。

至于沈桂芬毫不容情地打击荣禄，宝鋆愿为出头，以及以荣禄的关系与手腕，竟无一人为之缓颊，在情理上皆有费解之处。荣禄此时颇有成为"过街老鼠"的模样，料想必有大不见谅于人之处。我颇疑心与慈禧的大病有关。此中牵涉宫闱的微妙情形，留待谈德宗时再叙。

圆明园修而复停及恭王第二次碰钉子

现在谈恭王第二次碰钉子，是在同治十二年（1873）。穆宗于同治十一年（1872）九月十五日大婚；十月初一奉懿旨定期第二年正月二十六日归政。

撤帘之日，复有一道懿旨：

> 前因皇帝冲龄，亟宜乘时典学，特简师傅，朝夕辅导，于今十有二年。兹借亲政伊始，仍当不忘古训，况学问事功，互相表里。凡古今治忽之原，政事得失之故，无不可因事监观，引为法戒。列圣文谟武烈，载在圣训，尤应按日恭阅，庶于用人行政，得有遵循。国语清文，亦必勤加练习。皇帝每日办事召见后，仍应诣弘德殿，与诸臣虚衷讨论。李鸿藻、徐桐、林天龄、桂清、广寿，均着照常入直，尽心讲贯用收启沃之功。

> 至肄武习劳，乃我朝家法；骑射等事，皇帝亦须次第兼习，已谕令御前大臣，查照旧章，随时斟酌请旨敬谨伺候。前据醇亲王奕譞奏，亲政有期，恳将弘德殿差事撤去等语，着照所请，嗣后毋庸入直弘德殿。

师傅的名单中，没有倭仁及翁同龢，则以倭仁病殁，翁同龢丁忧，已回常熟守制，但言明仍旧为他保留师傅的差使。照常例论，凡派此种差使，必成偶数，名单只得五人，即因有翁同龢之故。

亲政不久，有修圆明园之议。此议实起于慈禧，而为内务府所怂恿。于此，我们必须先了解慈禧的心态。女主临朝，而能戡平大乱，说起来像是件了不起的事；而究其实际，首功应是恭王，因为并无需要慈禧亲自下决断的事，垂帘听政，实际上也不过一个形式，一切都是军机商量好的。

从好的方面说，能虚心纳谏、尊重元辅，或者说虚衷以听，无为而治。可是慈禧自己不会这么想，加以左右谄谀，益发使她有为大清朝廷建立了不世功勋，应该获得适当酬报的感觉。

这种心态，可由一事证明。据说当决定归政日期后，慈禧表示："我们姐妹辛苦了十几年，其中委屈也要让大家知道。"这一点恭王并不反对，让两宫太后召见大臣细道辛苦，亦无所谓。但当谈到养心殿地方小，恐不足以容纳时，恭王知道慈禧的意向是在天子正寝的乾清宫，所以不等她说出口，立即响亮应声："喳！慈宁宫是太后的地方。"慈禧默然。

至于修圆明园之议，早在同治七年（1868）捻军初平之时，便有满洲的御史德泰，经内务府策动，上折言"内务府库守贵祥拟就章程五条，既不动用库款，又可代济民生，条理得宜，安置有法"。而所谓"章程"是，"请于京外各地，按户按亩按村，鳞次收捐"，这比明朝末年的加派还要厉害。

洪杨之乱，用兵十余年，犹未出此，而为游观如此苛敛，且显然违背了康熙三十八年（1699）"永不加赋"的祖训，因而为军机拟旨痛斥，最后一段是：

> 丧心病狂，莫此为甚，德泰着即革职。库守贵祥以微末之员。辄敢妄有条陈，希图渔利，着即革去库守，发往黑龙江给披甲人为奴，以为莠言乱政者戒。

结果德泰上吊自杀。此后亦不复再有人敢言。及至穆宗亲政后，内务府又蠢蠢欲动，这回是说动了小皇帝，情况就不同了。到得这年——同治十二年（1873）九月底，一切计划大致就绪，并已颁发上谕，用"王公以下京外大小官员量力报效捐修"的办法兴工。于是，监察御史沈淮请停修园，穆宗大怒，立即召见面责以外，复颁上谕：

> 御史沈淮奏请暂缓修理圆明园一折，现在帑藏支绌，水旱频仍，军务亦未尽蕆（chǎn），朕躬行节俭，为天下先，岂肯再兴土木之工，以滋繁费？该御史所奏虽得自风闻，不为无见。
>
> 惟两宫皇太后保佑朕躬，亲裁大政，十有余年，劬劳倍著，而尚无休憩游息之所，以承慈欢，朕心实为悚仄，是以谕令总管内务府卢设法捐修，以备圣慈燕憩，用资颐养。但物力艰难，事宜从俭，安佑宫系供奉列圣

圣容之所，暨两宫皇太后驻跸之殿宇，并朕办事住居之处，略加修葺，不得过于华靡，其余概毋庸兴修，以昭节省。将此明白通谕中外知之。

由于慈禧对修园一事兴趣甚浓，且亲自参与策划，而穆宗的题目又甚大，因而军机不便阻拦，且恭王于明诏修园的第二天，报效银二万两，变成自钳其口。但在关外剿办马贼的文祥，却可说话，同治十三年（1874）二月中旬特上一奏，首先提到德泰，恭维两宫太后"圣明洞鉴，以为加赋断不可行，捐输亦万难有济"，接下来说：

兹当皇上亲政之初，忽有修理圆明园之举，不独中外舆论以为与当年（七年）谕旨迥不相符，即奴才亦以为此事终难有成也。

这是兜头一盆冷水，不必讲大道理而讲实际，何以终难有成：

盖用兵多年，各省款项支绌，现在被兵省分，善后事宜及西路巨饷，皆取给于捐输抽厘，而厘捐两项，已无不搜括殆尽。园工需用浩繁，何从筹此巨款？即使设法捐输，所得亦必无几，且恐徒伤国体而无济于事也。

"捐"者开捐，捐官、捐监生、捐封典，花样极多；"厘"者厘金，率直而言，"无不搜括殆尽"。此对穆宗发生的作用不大，慈禧却听进去了，兴致也比较淡了。

得到四五月里，困难越来越多：首先捐款只得四十余万，戋戋之数，作得甚用？其次是饬各省采办大件木料，准作"正开销"碰了壁：有的率直拒绝，说无从采办，请饬内务府另行设法；有的婉转陈述困难，连受特达之知的四川总督吴棠，亦复如是。四川是出木材的省份，内务府所望甚奢，发册一本，内开需用楠柏陈黄松木径四尺至七寸，长四丈八尺至一丈五尺，共三千根。吴棠奏陈：

> 查川省于道光初年，奉旨采办楠柏四百十七根，系在距省数十站之打箭炉老林开厂砍伐，离水甚远，中隔崇山峻岭，连年缒幽凿险，疏通道路，始能搬运出山。自奉文以至起运，前后时阅数载，是从前采购已属不易；此次需用，较前多至数倍，内地经由滇发各匪相继窜扰，成材巨木，多被毁伐，无从购觅。

以下又历叙水、陆两路运输艰难的情形，表示"万难依限，恳请展缓限期"，却又不说展缓到什么时候，意在拖延，不了了之，是很明白的。

这通奏折，如在前朝，一定会有洋洋洒洒一篇批示，或者责难，或者另做指示，但穆宗尚无此本事。连浙江复奏请内务府另行设法的折子，一概批个"着照所请"，使得内务府啼笑皆非。

比较积极的是两广总督瑞麟。这有两个原因：第一，两广总督或广东巡抚，一向与内务府的关系密切；第二，瑞麟与慈禧太后同族，起家由于当读祝赞礼郎时，音吐洪亮，为宣宗所赏识，历任优缺，家道富饶，为人浑穆无知，而忠厚慷慨。慈禧未贵时，其家颇得瑞麟接济，因而得于同治二年（1863），由热河都统授为广州将军，其后又由兼署粤督而实授，并入阁拜相，直到十三年病殁任上，宦况与官文相似。

此人的笑话甚多，是《官场现形记》中的人物，常读白字，但并不强不知以为知，有一次在官厅接见僚属，其中有个姓宓的同知，他老实说道："老兄的姓，是个僻姓，我不知道怎么念法。"

瑞麟的家厨是有名的，治鱼翅尤其讲究，潮州馆子以鱼翅著称，即为其家厨的遗法。后来谭钟麟当两广总督，庖人又自广州学得鱼翅的做法，再加以改良，此为湘菜鱼翅亦有名的由来。

瑞麟既倚慈禧为靠山，自然应该竭诚报效，但须往外洋采办；现有木料，只能建盖小殿之用。到得九月里，瑞麟病故，而修园已作罢论，此事亦就不了而了。

促成园工之停的缘故有二，先是内务府司官贵宝受骗，闹出一桩极其荒唐的招摇撞骗案。有个广东嘉应州的客家人李光昭，据他自己说，寄居湖北汉阳，以候补知府卖茶叶，亦卖木料，修园议起，进京活动。据内务府奏报：

本年十一月初七日，接据候选知府李光昭呈称：该
员系广东嘉应直隶州人，年五十二岁，由监生于同治元
年在皖省报捐知府；今恭读上谕，欣悉皇上修复园庭，
该员情愿将数十年商贩各省，购留香楠樟柏椿梓杉等巨
木，价值十数万金，砍伐运京，报效上用，不敢邀恩，
并请派员同运，沿途关卡，免税放行，颁发字样，雕刻
关防，以便报运。并准该员驻往各处，咸商同志，会明
督抚，劝谕亲朋，随民乐输。木材现银，任由自便，陆
续运京，以裕营修。

这是李光昭的原呈，内务府的处置是，"颁发木质关防，
派员同运，会明督抚，劝谕亲朋等款，政体攸关，诸多窒碍，
均不可行"。

但李光昭愿将贮在两湖川贵闽粤各省木料报效，"应准
其将所运木植根数长短，径大尺寸，报明地方官，详请督抚
验明，如果数目相符，即可发给护照，每逢关卡，认真查验，
免税放行。倘稍有夹带私货，或根件不符，一经查出，从严
惩办。俟该员将木材解京缴纳后，再奏请恩，以昭激励"。

如此办法，看起来毫无问题，穆宗便批了个"依议"。哪
知一究实际，李光昭是有"前科"的。据大理寺少卿王家璧
密奏，此人"不知有何官职"，在汉阳地方将襄河出口之处的

滨水荒地，卖与洋人，发生纠纷，有案在湖北审理之中，倘或捐输木材的李光昭即为其人，"应令归案，秉公讯办"。

这个奏折如果发交军机处，李光昭的底蕴不难揭穿，但穆宗亲政伊始，毫无经验，又没有可商量的人，只是悄悄地将折子"淹"了，以致李光昭得以继续招摇。而各省已有奏报，湖广总督"李大先生"李瀚章指称李光昭"素行不端"，并指出其破绽：

> 伏思圆明园工程重大，所需木植理应即时采办，现既奉谕旨，敕下各省督抚臣办理，自无不设法多方购觅，似不必令市侩报捐致伤大体；且李光昭报效之数，核价不过十万两，于大工无甚裨益，而推之六省之广，期诸十年之久，其欺罔情形已可概见，将来借端骚扰影射，流弊滋多，臣等愚昧之见，专归官办，免其报效，以崇体制。

四川总督吴棠则查报实际情形：

> 李光昭既称购留巨木十数万金，已历数十年之久，则购于何州县，何处存留，若干商贩系何姓名，所在地方，商民断无不知之理，当即分檄各巡道督饬各地方官确查。兹据永宁、川东、川北各道，陆续具禀遍访各属山厂木商，及地方耆老，咸称数十年来，未闻有外来李

姓客商，在川购办木料，存留未运之事，近年亦无李光昭其人，采办木植，殊属毫无凭据。又查川省自滇发各匪，窜扰边腹州县，即使有木植已数十年，中间迭遭兵燹（xiǎn），亦未必独存，所有李光昭报捐木植之事，系属空言无稽。

这已是同治十三年（1874）端午以后的事，上距王家璧密奏，约为半年。在此半年之中，李光昭到过香港，也到过福州，在香港自称"圆明园李监督"，居然"代大清皇帝与洋商立约"；在福州通过美商旗昌洋行，向法商购买了一批木材，运到天津以后，具呈内务府请"奏明派员点收"，木材价值据称为"三十万两"。

于是内务府奏称：

> 若由臣等派员至天津验收，往返需时，转费周折。请饬下直督就近派员，按该员所禀根件数目尺寸验收造册，咨送臣衙门，一面由该督迅速设法运赴圆明园工程处查收，再由臣等查验是否与所报相符，再行核实估计价值奏明请旨，格外恩施，以昭激励。

刘凤翰著《圆明园兴亡史》，谓内务府请派直督验收为一大失策，殊属不然。事实上是李光昭原形毕露，内务府无法交代，不得不请李鸿章出面，一则在对美法领事的交涉上，料想李光昭所拆的烂污；再则借刀杀人，杀李光昭以泄小皇帝之愤。

这是大事化小的高明手法，倘非经由直督做一缓冲，内务府径自处理，奏称此为骗局，则何以自圆其说？

这个骗局之发展，实出情理之外，李光昭在福州所购洋木，实值五万余两，而只付过定洋十元；货到天津，应付款提货时，两手空空，以致美法领事，相继提出交涉。李鸿章据实陈奏后，穆宗震怒，同时也知道非交军机不可了，于是而有两道上谕，刘凤翰所谓一谕内阁、一谕军机大臣。

按诸军机办事规则，谕内阁应为"明发"，由内阁发抄，通国皆知；谕军机大臣则为"廷寄"，亦称"寄信上谕"，指示直督如何处理。所以有"明发"又有"廷寄"者，一则为了保密，再则是为了保全朝廷的颜面，这些荒唐的行径，不必闹成社会新闻。

"廷寄"中责成李鸿章"确切根究，按律严办，不得稍涉轻纵"。此为七月初之议，到八月中旬结案，李鸿章复奏"亲提复讯"云：

> 据李光昭供系广东嘉应州人，寄居湖北汉阳县，向贩木植茶叶生理。同治元年在临淮军营报捐双月知府，仅领实收，未得部照，实收旋亦焚毁。前在汉镇挑筑堤工，被人控告未结。
>
> 十二年六月，进京贩卖花板，与前任内务府大臣

诚明、前署内务府堂郎中贵宝、内务府候补笔帖式成麟认识，其时兴修圆明园，诚明等问伊采买大木情形，伊思若到四川等省进山伐木，用工本银三千两，可报效值银一万银，旋向贵宝说愿报效十万两银木值，分十年呈交。经贵宝带见堂官，允令呈请核办，随即出京与成麟偕行，嗣至湖北，探知进山伐木非三年不能出山，工本太重，复至广东香港改购洋木。本年三月定买洋商庵忌吕宋木洋尺三万二千尺，当付定洋十元，写立合同。后庵忌病故，原定木植被其债主分散，事遂罢议。

时法商播威利亦有木植出卖，伊因无钱，初商游移，成麟欲借此补缺，据云可向其亲戚借凑，遂向定买，成麟先取木样回京，伊又至福州与播威利议定买木三船，共洋尺三万五千尺，每尺价一元五角五尖，统合木价洋银五万四千二百五十元，言明到津付价，交木若有耽搁，每日加给船价洋银五十元，先付定洋十元，写立合同。

伊于五月至津，播威利将第一船木植运到，伊即赴京在内务府呈报木植数目，捏开洋尺九万五千五百余尺，价值银三十万两，惟伊系无钱买木报效，家中仅有五十石粮之地，从前做生意时尚可通融银钱，今向各处告贷未获，成麟亦未借得银两，运到木植又不合用，遂与洋商控至。

以下定罪一节文字，出于精于刑名的幕友之手，开脱内务府大臣的说法，颇为巧妙：

> 该犯冒充园工监督，到处诓骗，致洋商写入合同，适足贻笑取侮，核与"诈称内使近臣"之条相合。其捏报木价，尚属轻罪，自应按照"诈传诏旨"及"诈称内使近臣"之律，问拟两罪，皆系斩监候，照例从一科断，李光昭一犯合依"诈传诏旨者斩监候"律，拟斩监候，秋后处决。该犯所称前在军营报捐知府，是否属实，尚不可知，但罪已至死，应无庸议。

按：所谓"捏报木价"是李光昭捏报，还是内务府"戴帽子"，不得而知。就算是李光昭所捏报，但对象为内务府，并不足构成欺罔之罪，反而是内务府不加查察，贸然上奏，即非欺罔，亦是玩忽钦案，厥罪甚重。

以下李光昭冒称道员，情形亦复如此。内务府连此人是何身份都未弄清楚，居然上达天听，实不无视穆宗少不更事，不妨轻侮之嫌。这是可以砍脑袋的罪名，而就在老吏笔下，"罪已至死，应无庸议"八个字之中，轻轻地遮过去了。

这一案除了李光昭自寻死路以外，贵宝、成麟亦由李鸿章彻查"交通舞弊"，以"查无实据"复奏，仅予以革处的行政处分。在这一案中，李鸿章与内务府建立了极好的关系，对于他以后之能获慈禧重用，颇有关系。

促成停工的第二件事，也是主要的一个因素，即是穆宗借视察园工而微行。其中牵涉到一个翰林王庆祺。

《清朝野史大观》记其奇遇云：

> 清穆宗御极时，春秋鼎盛，好微服冶游。然微行时从者仅一二内臣，苦无便给之士为其狎邪侣，未能曲尽游兴。京师著名之饭庄，曰"宣德楼"。一日，王景琦太史偕某部郎小酌楼中。王擅二簧，某部郎长昆曲，乃以红牙檀板，各献所长。
>
> 一曲既终，隔座一客，欣然至前，询太史等姓名官阶，曰："所奏曲良佳，盍为我再奏一曲"。视其人气度高华，口吻名贵，太史心知其异，乃如命为之再歌。歌未竟，蓦有二少年被华服立帘外探望，见客则拱立肃然。俄而车马喧阗，人传恭王至，行马数十，奉一朱轮车，停楼下。恭王从容下车，入与客耳语，久之客始微颔，怏怏从之去。客登车，恭王为之跨辕。游龙流水，顷刻已渺。

王庆祺以此受知，留待后文再谈。此酒楼据说是崇文门外的龙源楼；时在同治十三年（1874）夏天，正是李光昭招摇撞骗正起劲之时。看看闹得太不像话了，三王、三御前、三军机、一师傅，联衔上折，事由是："敬陈先烈，请皇上及时定夺，用济艰危。"三王是穆宗的三胞叔：惇王（奕誴）、恭王、醇王；三御前大臣是僧王之子袭王爵的伯彦讷谟祜，恭王的同母妹婿额驸景寿，后来成为庆亲王的贝子奕劻；三军机大臣是文祥、宝鋆、沈桂芬；师傅是李鸿藻。

这十个人议亲、议贵，足以代表所有的臣下，分量之重，在清朝尚无前例。谏劝者六条，前有危言：

> 自同治十二年，皇上躬亲大政以来，内外臣工，感发兴起，共相砥砺。今甫经一载有余，渐有懈弛情形，推原其故，总由视朝太晏，工作太繁；谏诤建白，未蒙讨论施行；度支告匮，犹复传用不已，以是鲠直者志气沮丧，庸懦者尸位保荣，颓靡之风，日甚一日。值此西陲未靖，外侮方殷，乃以因循不振处之，诚恐弊不胜举，病不胜言矣。

以下撮叙关系最重要者，有"畏天命""遵祖制""慎言动""纳谏章""重库款""勤学问"六条。其中固有意在言外，讽劝慈禧太后者，但大部分系针对穆宗的失德而论。引录"遵祖制""慎言动"两条如下：

> 遵祖制：我朝列圣相承，自朝廷以及宫禁，事无巨细，皆有规制，每日视朝办事，及召对臣工，皆在寅卯之间。
>
> 至太监只供奔走，不准干预政事，训饬尤严，诚有见于前代宦寺之祸，杜渐防微，意至深远。一切服用之

物，务崇俭朴，不尚华饰新奇。宫禁之中，尤为严肃，从未有闲杂人等任意出入。凡此皆祖宗旧制，愿皇上恪遵家法，以光先烈。

慎言动：皇上一身为天下臣民所瞻仰，言动虽微，不可不慎也。外间传闻皇上在宫门与太监等以演唱为乐，此外讹言甚多，驾幸圆明园察看工程数次，外间即谓皇上借此喜于游观。臣等知其必无是事，然人言不可不畏也。（按：可见皇上一言一动不可不慎。）至召见臣工，威仪皆宜严重，言语皆宜得体，未可轻率。凡类此者，愿皇上时时留意。

虽谓"必无是事"，其实确有这些事，立言之体，不得不然。奏上复请召对，穆宗初不许，再三请求，方于七月十八日召见。

据吴汝纶日记"时政"类载：

见都下某官与某中丞书，言停罢园工之事云：七月十八日政府亲臣闻大内将于二十日园中演戏，十余人联衔陈疏，复虑阅之不尽，乃先请召见，不许，再三而后可。疏上，阅未数行，便云："我停工何如，尔等尚何哓舌？"恭邸云："臣等所奏尚多，不止停工一事，请容臣宣诵。"遂将折中所陈，逐条读讲，反复指陈。上大怒曰："此位让尔何如？"文相伏地一恸，喘急几绝，乃命先行扶出。醇邸继复泣谏至微行一条，坚问何从传闻，醇邸指实时地，乃怫然语塞。传旨停工。

由此可知微行确有其事；但前引遇王庆祺一节，则来请驾者并非恭王，当是内务府一大臣。否则当着恭王，穆宗不会"坚问何从传闻"。

对于这一节，穆宗耿耿于怀，因此有以下的发展：

至二十七日召见醇邸，适赴南苑验炮，遂召恭邸，复询微行一事闻自何人，恭邸以"臣子载澂"对，故迁怒恭邸，并罪载澂也。又某枢直言：二十七日原旨中，有"跋扈弄权，欺朕年幼，着革去一切差使，降为庶人，交宗人府严行管束"等语。文相接旨，即陈片奏，将朱谕缴回；奉旨"着不准行"，复奏："请暂搁一日，明日臣等有面奏要件。"比入，犯颜力争，故谕中有"加恩改为"字样。

逾日复草革醇王谕。不知何人驰愬，忽传旨召见王大臣，不及阁学。时已过午，九卿皆已退直，惟御前及翁傅直；入弘德殿，见两宫垂涕于上，皇上长跪于下，谓"十年以来，无恭邸何以有今日？皇上少未更事，昨谕着即撤销"云云。

如上所引吴汝纶的记述，穆宗与恭王的冲突，共计两次，第一次为"十王大臣"共谏的七月十八日，园工一事，未能遽止，系因承欢太后，不敢自擅。穆宗是否转奏，不得而知；但停工的关键，显然已移向两宫太后。其间"十王大臣"为了釜底抽薪之计，极可能联名密奏两宫。

据刘凤翰在《圆明园兴亡史》中谓，曾亲见李鸿藻亲笔折底，请"皇太后明降懿旨，停止园工"。措辞虽危切，但对穆宫借视察园工而微行一事，只字未提。七月二十七日忽然召见恭王，询微行一事闻自何人，引起震怒，度情揆理，两王必曾谒两宫，密奏微行之事，并提出极严重的诤谏：倘园工不停，则微行不止，倘生意外，动摇国本。

修园本为慈禧所坚持，如今提出这么一个严重的后果，慈禧不能不深深警惕，于是而有停工的决定，且极可能召帝切责，因而穆宗乃有突然召见恭王询微行之事。及至恭王回奏闻自"臣子载澂"，则益激穆宗之怒；因为穆宗微行，多少亦受载澂引诱之故。

载澂为恭王长子，聪明绝顶，而自幼顽劣，在上书房读书时，戏侮师傅，皆由载澂领头，学在上书房行走的林天龄的福州官话，惟妙惟肖，隔室几不可辨。平时与穆宗极为接近，而其人固京师第一号花花公子，闲时备述南城声色之盛，或曾导帝冶游，此所以他人告密，穆宗犹觉可恕；载澂透露其事，则备觉可恨。

七月二十九日的大风波，据六月十六日服满回京，照旧当差的翁同龢记载，其经过如此：

晴热。臣入，至昭仁殿，闻有军机、御前合起已下矣，仍上。午初一刻，忽传旨添臣龢起，随至月华门，见诸公咸在；略坐，问上意如何？缘何事召对及小子？则云：大抵因园工责诸臣，何以不早言，并及臣龢，此次到京，何以无一语入告？午初三刻，随诸公入对，上首责臣因何不言，对曰："此月中到书房才七日，而六日作诗论，无暇言及。"

今蒙询及即将江南民间所传，一一详述，并以人心涣散为言，语甚多，上颔之。其余大略诟责言官，及与恭醇两王往复辩难，且有"离间母子、把持政事"之语，两王叩头，申辩不已。

按：召见在宫内称为"叫起"，所谓"军机、御前合起"，即同时召见军机及御前大臣；"添臣龢起"，即传旨同时亦召见翁同龢。观所记"离间母子"一语，殆指恭醇两王以帝微行情形告诉太后一事而言。

翁同龢又记：

同龢因进曰："今日事须有归宿，请圣意先定，诸臣始得承旨。"帝曰："待十年或二十年，四海平定，库项充裕，园工可许再举乎？"诸臣皆对曰："如天之福，彼时必当兴修。"遂定停止园工，修三海而退。

同龢等遂同至军机处斟酌拟旨，递上留中；晚申初朱谕一道封下，交文祥等，即革恭王及其子载澂爵者。文祥等不奉旨，请见，不许；递奏片请改，不许；最后递奏片言："今日仓促，散值，明日再定。"申初二刻停园工诏天下，文祥遂出。

此为身历其境，最权威的记载，据此可勘吴汝纶之误：所谓"某枢直言，二十七日原旨中"云云，应订正为二十九日。

又，原旨于二十九日申初交下后，以文祥不奉诏，因于三十日复颁。原旨有"诸事跋扈，离间母子""欺朕年幼，奸弊百出，目无君上，天良何在"，以及"革去一切差使，降为庶人，交宗人府严行管束"等语；翌日复颁时，语气缓和多多，只"革去亲王世袭罔替，降为郡王"，载澂"革去郡王衔贝勒"。这当然是前一天晚上，与左右小太监商量，认为处置过严，怕行不通，因而改写之故。

纵令如此，仍是行不通。此由于：第一，穆宗的"帝王学"尚未入门，不知如何行使权威；第二，最重要的是，根本并未握有权威，上有两宫，下有重臣，自己并无直接采取行动的实权，何能办此大事？

按：罢黜亲贵重臣，在清朝曾数数发生，穆宗如果细读过历朝实录，处置即不致如此笨拙。君权的行使，必须有个过程，而且必须有一番布置，至少应如慈禧第一次"整"恭王那样，有个言官出面参奏，方可据以做文章，而且这篇只有题目并无内容的文章，要有平地起波澜的本事，才能做得好。光凭一纸朱谕，便可使任何人俯首听命，那是英明之主积多少年权威才办得到的事，穆宗何足以语此？

七月三十日的朱谕，结果落入两宫太后之手，自是留中不发。到了八月初一，穆宗真是一意孤行，降旨尽革"十王大臣"职，仍是两宫及时阻拦。李慈铭《越缦堂日记》，八月初一日记：

> 今日有朱谕尽革惇王、恭王、醇王、伯王、景寿、奕劻、文祥、宝鋆、沈桂芬、李鸿藻十人职，谓其朋比谋为不轨，故遍召六部尚书、侍郎、左都御史、内阁学士，即将宣谕，两宫闻之，亟止上勿下。因出见军机大臣、御前大臣，慰谕恭王还其爵秩云。

据吴汝纶日记，召见时"两宫垂涕于上，皇上长跪于下"。《翁同龢日记》，亦有"垂涕慰谕恭王"之语，可见事态之严重。

按：衡诸穆宗之所为，已不足以君临天下；如文宗另有他子，或惇、恭、醇三王有异心，可能会引起废立之议。穆宗闯的祸，实在不少，此所以"两宫垂涕""皇上长跪"。

这场大风波以两道上谕结束，一道是"奉懿旨"，说恭王召对时言语失仪，原属咎有应得。自我转圜的话是：

> 惟念该亲王自辅政以来，不无劳勚（yì）足录，着

加恩赏还亲王世袭罔替。载澂贝勒郡王衔，一并赏还。该亲王当仰体朝廷训诫之意，嗣后益加勤慎，宏济艰难，用副委任。

另一道则不便用懿旨，事实上为慈禧的决定：

前降旨，令总管内务府大臣将圆明园工程择要兴修，嗣朕以经费支绌，深恐有累民生，已特降谕旨，将圆明园一切工程即行停止，并令该管大臣查勘三海地方，量加修理，为朕恭奉两宫皇太后驻跸之所。惟现在时值艰难，何忍重劳民力，所有三海工程，该管大臣务当核实勘估，力杜浮冒，以昭撙（zǔn）节，而恤民艰。

就因为有修三海工程这个尾巴在，穆宗仍得有微行的机会。在此以前，曾有上谕，自八月二十七日至九月初三，幸南苑校射并校阅神机营。

日本武装侵台

此两个月中的大事，据李鸿藻日记：

八月十二日：访翁长谈。是日请旨，弘德殿诸臣，母庸随往南苑。

九月一日：大久保利通向总署提出最后通牒，限五日解决台案。

九月十日：李鸿章与美使艾忻敏商谈台案。艾忻敏认为台湾为中国土地，日如用兵，美国断难坐视。

九月十四日：访翁，言今日至十六皆无书房。

九月二十二日：中日台湾事件专约签字，中国承认日本行为正当，日军退出台湾，赔款七五万元（五十万两）。

十月十日：孝钦后四旬万寿，穆宗诣慈宁宫，率百官行礼，宣读贺表。公与焉。

十月三十日：穆宗病，命公代批答奏章。据《穆宗实录》："上不豫，仍治事如常，命军机大臣李鸿藻恭代批答奏章。"（传说穆宗病，初谓往西苑受凉，嗣又云发疹，经御医诊断，实为梅毒。太后得知，大怒，遂改为"天花"。群臣因均易花衣，并以红绢悬于当胸，奏折用黄面红里，又各递如意以贺"天花之喜"。）

上记中，"九月一日，大久保利通向总署提出最后通牒"一条，为日本侵华之始，说得不客气些，是明朝嘉靖年间倭寇的复活，只是当时既无胡宗宪，亦无戚继光、俞大猷，以后徐海、汪直之流，倒是出了不少，"流风遗韵"，至今不绝。

同光号称"中兴"，而"明治维新"亦在此时，何以"中兴"只得一时，他人的"维新"却建立了坚实的富强之基？鉴古知新，且暂抛下"天子出天花"，谈一谈由倭寇而为藩阀、藩阀而为"皇军"，近代祸我中华之由。

按：德川幕府"奉还大政"，始于庆应年间，但"倒幕派"主力萨摩（福冈）、长州（山口，在广岛附近）两强藩，却有变成德川第二之势，所谓"王政复古"，将成空话，于是"文治派"思以议会牵制强藩。陈水逢著《日本政党史》云：

> 当时推动王政复古的力量，一为朝廷中以岩仓具视为中心的急进派公卿；一为共同联合倒幕的萨、长、土、三藩以及尊王派的肥、尾、艺、越各藩志士。在国是会议中，这些势力分成保守与急进两大派系，一主文治，一主武治，且以各藩为背景的藩阀，互相对立，争权夺利，情势颇为复杂。
>
> 是时全国早已平定，中央政府的组织亦粗具规模，但各藩仍拥有版籍与武力，各自为政，对中央政府的政令法制，多阳奉阴违；封建制度的色彩，仍极浓厚，朝廷未举统一之实，王政维新的大业未能贯彻。
>
> 文治派领袖木户孝允，目睹这种情形，认为要巩固中央政府基础，非削弱诸藩的势力不可，乃连络大久保利通，劝说萨、长、土、肥四强藩，向朝廷建议，奉还版籍。明治四年（1871）七月十四日天皇命各藩知事入京，发表废藩置县的敕诏。于是使三千三百六十三万日

本国民置于均等的支配统制下，地方制度统一，朝廷全
收土地兵马之权于中央，巩固政府基础，确立了阀族的
专制中央集权的政治体制。至是数百年的封建制度遂告
废绝。

明治天皇即位于 1868 年，即同治七年；明治四年为同
治十年（1871）。在废藩置县的一年以前，文治派亟图谋求外
援，于同治九年（1870）七月，遣外务大臣柳原前光、少臣
花房义质等来华，与总署商立约通商。当时天津教案正处于
紧张阶段，曾国藩则已在马新贻被刺后奉旨回任两江；李鸿
章甫行到任，无暇接见，所以柳原只在天津见到三口通商大
臣成林。

其时洋务体制上，有一个对实际工作相当重要的改革：
裁撤三口通商大臣，归直隶总督经管，颁给钦差大臣关防，
兼辖山东之东海关、奉天之牛庄关。直隶总督于春融开冻后
移驻天津，封河再还保定省城，岁以为常。并增设津海关道。

此为李鸿章自谓"早年科名，中年戎马"以后，"晚年
洋务"的正式开始。同治十年（1871）五月受命为全权大臣，
与日本在天津议约，以江苏臬司应宝时署津海关道，总署章
京领班出身的陈钦为帮办，对手则为日本的大藏卿伊达宗城，
原来的柳原前光变为伊达的副手。

九月间定议，计修好规条十八条，通商章程三十三款，
并附两国海关税则，条件较逊于中国与欧美所订的商约，因

而日本政府颇为失望，伊达宗城亦因此丢官。但在中国政府，认为已做了相当让步。

印鸾章所编《清鉴纲目》记成约经过云：

> 先是，日使柳原前光来中国，疆臣有以前明倭寇为辞，奏请拒绝日本通商者，李鸿章奏驳之，谓："顺治迄嘉、道年间，尝与日本通市，江浙设官，商额船每岁购铜百万斤。咸丰以后，苏浙闽商，往长崎贸易寄居者，络绎不绝。论者拒绝之请，于今昔时势、彼国事实，盖未深究。今彼见泰西各国与中土立约，彼亦援例而来，设拒之太甚，和因泰西介绍固请，自不如就此时推诚相与。彼使臣等来谒，每称欲与中国结好，协力对外，立言亦颇得体。既允立约在前，断难拒绝于后。"时大学士两江总督曾国藩，亦上疏力争，其大致与鸿章折中言相同……且言"日本素称邻邦，非朝鲜、越南、琉球臣属之比。若不以泰西诸国之例待之，彼将谓厚滕薄薛，积疑生嫌。但约中不可载明比照泰西各通例办理，尤不可载利益均沾"等语。疏入。朝旨题之。

按：其时日本政府的文治、武治两派，正起争议；"征韩论"业已发端。但不论文治、武治，发愤图强的目标是一致的；全力追求与欧美各国地位相等的目标，亦是一致的，因此，伊达宗城携回一份与欧美不平等的条约，被认为是一种屈辱。

因此，日本于同治十一年（1872）二月，复派柳原前光与李鸿章交涉，要求依照万国通例改约。李鸿章的答复颇为得体，确较一般洋务者为高明，他说："万国公法，最忌失约，今两国于未换约之先即议改约，旋允旋悔，所谓'全权立约'，岂非自相枘凿，贻笑他邦？"柳原大惭而退。

当然，这亦是李鸿章自尊其"全权"的立场；以后，李鸿章受命交涉已有成议，而朝廷意见不同时，李每以"不便失信于外人"为辞，占得上风，即肇端于此案例。

改约不成，终于正式订约。日本特派外务卿副岛种臣为特使与李鸿章在天津"互换条规"，时为同治十二年（1873）四月。而在此之前，台湾山胞惹事，终于引起日本对华的武装侵略。

事起于同治十年（1871）十一月，有一条琉球船遇台风漂到台湾，为山胞劫杀五十四人；十二年二月，又有日本小田县人四名，遭遇了同样的命运。按：琉球早为中国的藩封，顺治入关以后，称臣一如明制，但又同时朝贡于日本。

因此，日本自以为应该提出交涉。当时总署大臣毛昶熙，态度强硬，他的答复是："番民之杀琉民，既闻其事；害贵国之人，则我未闻之夫。二岛俱我属土，属土之人相杀，裁决固在于我，我恤琉人，自有措置，何预贵国事，而烦为过问？"

这话理直气壮，但不能令人心服，因为日本人死了四个，确是事实。如果仅就此接受交涉的要求，酌量赔偿，便可无事。而日本的武治派志不在此，特就琉民被害提出质问，柳原前光与毛昶熙有如下的对话：

柳：贵国已知恤琉人，而不惩台番者何也？

毛：生番系化外之民，我政府未便穷治。

柳：生番害人，贵国舍而不治，然一民莫非赤子，赤子遇害而不问，安在为之父母？是以我邦将问罪岛人，使某先告之。

既然台、琉皆为属土，则恤琉人而不惩台番，是中国的内政，不烦他国干预。这本是很容易应付的事，不幸的是毛昶熙说错了一句话，谓生番系"化外之民"，无异表示了放弃对生番的统治权。

日本武治派原就是想以此为借口，所以事先提出关于生番、熟番居住区域如何划分的问题；毛昶熙这句话，恰好坠其彀中，因而柳原有那样明确强硬的表示。

交涉经年，日本准备妥当，终于在同治十三年（1874）三月出兵了，《清史记事本末》记：

以陆军少将西乡从道为都督，谷干城及海军少将赤松则良为参军，率兵赴台。海军少佐福岛九成为厦门领事兼管番事，别延美国人李先得参谋议，佣英美船为运输，而特命参议兼大藏卿大隈重信为总理。时美公使镂斐迪，执局外中立之例，收还其船舶人民之为日本所佣役者，并令厦门领事捕李先得等；英公使巴夏礼亦言日本此举不合公法，中国必生异议。

于是内阁人士纷议，急遣人驰谕于重信，令止军行，且归京。重信告从道，从道不奉命，曰某当亲捣虏巢，毙而后已，万一清国生异议，朝廷目臣等为亡命流贼以覆之可也。

重信劝谕百端，从道不听，即夜下令发师。重信电闻，日廷大忧，再传内旨于长崎，从道愤然行。而厦门日领事九成，亦书告闽督李鹤年，谓今将起师问罪于贵国化外之地。鹤年复书，争生番为中国属地，请撤兵，随疏以闻，令葆桢巡阅台湾，调兵警备。

日本出兵台海，为武治派势力蠢动的鲜明迹象；亦为"征韩论"失败后，谋求有所代替的结果。其中最主要的一个阴谋分子，便是奉派来华的副岛种臣。我何以说他是阴谋分子呢？因为他在中国是以伪善者的面目出现的，一切强硬交涉，都由柳原前光出面，他隐在幕后指挥。

梁嘉彬在《近代中日关系探源及两国外交使才举例》一文中，有颇为深入的分析。副岛受任外务卿之初，曾经在横滨截住一条秘鲁商船，解救了来自广东台山等地"猪仔"二百三十名，奉使来华，每向中国当道自炫此功，同时为了攻击文治派，也泄漏了若干日本政坛的秘密。加以他是日本的汉学家，汉诗汉文据说得苍浑古朴之致，因而中国官场认为他是"亲华派"。

实际上呢？且看梁嘉彬的叙述：

> 我们假如追究到他在外务卿任内，短短两年当中，便有不少对不起中国的事情做出来。册封琉球、征讨台湾生番、"征韩论"，都是他和二三"知己"的杰作。据《大隈伯（重信）昔日谭》，则更谓"征韩论的发起人，实即副岛种臣"。他对琉球的处心积虑，可参阅琉王尚泰近臣喜舍场朝贤（唐名向廷冀）所撰《琉球见闻录》。他的讨伐台湾生番计划，早已存在他用最高薪俸延聘美国反华专家李先得（C.W. Le Gendre）为外务省顾问之时……"征韩论"一般被认为是西乡隆盛的主张，其实蛛丝马迹，都可看出副岛在内幕推动。
>
> 明治六年十月（即同治十二年，1873），"征韩论"遭到从欧美考察返国的文治派右大臣岩仓具视等人的反对而失败，西乡下野，副岛也随之下台，嗣后在政场一蹶不振，失意之余，又反过来向中国多方讨好。日本人把副岛外交称作"无轨道外交"，很觉恰当。实际说起来，此人对日本是有丰功伟绩的。

副岛种臣对日本的丰功伟绩，是制造了一个日本侵华的有效模式，这个模式是武力与言辞两种恫吓交互为用，并充分利用中国官员重情面的弱点，勾结第三国外交人员"唱双簧"，以故在日本得有软硬兼施之便，而在中国则有左右为难之苦。

按：西乡从道，即力主"征韩论"的西乡隆盛之弟，即此一端，可以想见其间的渊源。至于日军侵台，进攻番社，战事并不顺利。因而日本政府采取了两项措施：一是由太政大臣三条实美通知陆海卿准备对华作战，陆军卿山县有朋提出"外征之策"，这是对华的恫吓；一是以内务卿大久保利通为全权大臣，来华交涉，此方是本意所在。

当时受命主持防台军务者，为船政大臣沈葆桢，渡海在安平登陆，亲自指挥，并奉准向英商汇丰银行借银二百万两，充作军费，准备颇为周到。因此，总署对大久保要求赔偿的态度颇为强硬，文祥公开表示："一钱不给。"大久保色厉内荏，勾结英使威妥玛，硬作调人，于九月二十二日订约三条：

一、日本国此次所办，原为保民义举，清国不指以为不是。

二、前次所有遇害难民之家，清国许给以抚恤银十万两，日本所有在该处修道、建房等件，清国愿留自用，先行议定筹补银四十万两。

三、所有此事，两国一切往来公文，彼此撤回注销，作为罢论。

第三条是日本为了防备他国，尤其是美国为中国抱不平，出而干涉之故。大错在第一条承认日本出兵为"保民"，无异承认日本对琉球有宗主权。如果坚持不屈，则被困日军方为疟疾侵袭，死亡相继，山胞与清军内外夹击，可获全胜。倘或结局是如此，则日本此次出兵耗军费六百余万日元，战死虽仅十二人，病殁者五百六十一人，损失惨重，武治派必将备受指摘，或者一蹶不振，则不独中国，恐怕日本的历史亦要改写了。

当时沈葆桢对敌情虚实看得很清楚，疏言：

> 倭备虽增，倭情渐怯，虚声恫吓，冀我迁就求和，倘入其彀中，彼必得步进步；我但厚集兵力，无隙可乘，自必帖耳而去。请坚持定见，力为拒却。

同时，沈又致书李鸿章云：

> 利通之来，其中情窘急可想。然必故示整暇，不肯遽就我范围，是欲速之意在彼。我既以逸待劳，以主待客，自不必急于行成。

李鸿章据以入告，廷议咸表同意。既然如此，何以又有许订约三条，承认日本出兵为"保民"的愦愦之举？一言以蔽之，小皇帝荒唐不争气，恭王以下，不独心力交瘁；更怕紧要关头，譬如大举用兵时，小皇帝负气捣乱，那是件不得了的事，因而将就了结，铸成大错。

"可怜天子出天花"同治之死

穆宗之病，起于十月下旬，至月底，有上谕，命李鸿藻代批章奏。旋由惇亲王等议定，除汉字以外，清字章奏由恭王代批。以臣下而摄君权，自然不妥，因而在十一月初十，颁一道明发上谕：

> 朕于本月遇有天花之喜。经惇亲王等合词吁恳，静心调摄，朕思万几至重，何敢稍耽安逸。惟朕躬现在尚难耐劳，自应俯从所请。但恐诸事无所禀承，深虞旷误，再三吁恳两宫皇太后，俯念朕躬，正资调养，所有内外各衙门陈奏事件，呈请披览裁定，仰荷慈怀曲体俯允，权宜办理，朕心实深感幸，将此通谕中外知之。

此为慈禧太后第二次垂帘。至于穆宗之病为出痘，于十一月初二证实。翁同龢是日记：

> 辰初到东华门，闻传蟒袍补褂，圣躬有天花之喜。余等入至内务府大臣所坐处托案上人请安，道天喜。易衣花

衣，以红绢悬于当胸。辰正二刻请脉。已初见御医李德立、庄守和方用凉润之品，昨日治疹，申刻始定天花也。遂出，预备如意三柄明日呈递。闻此十二日中折用黄面红里。

清宫在传统上有"天花恐惧症"，此为我杜撰的名词，起因于世祖出痘而崩，以故谈虎色变，每逢万寿、年终、外藩入觐，凡未出痘者，一概禁止进京，防范极严。穆宗出痘，宫中大为紧张，所谓"天花之喜"，是预期必能顺利出痘，而一出了痘，即等于跳出鬼门关，岂非大喜事？是故照万寿的规矩，"易衣花衣"。所谓"花衣"即蟒袍，"前三后四"，包括正日在内共七天，称为"花衣期"。穆宗出痘的花衣期定为十二日者，以预计十二日可度过危险期，得庆更生。

显然，御医的估计过于乐观，如果十二日可报平安，则不必于初十降旨请两宫垂帘。《翁同龢日记》于十二日记：

午间从正大光明殿接娘娘，走后左门一带，奉于养心殿。王贝勒及内务府诸臣，皆有执事，宫内皆挂红联（如春联而红）。

按：所谓"娘娘"，即痘神。翁同龢于十四日又记：

连日皆以祈祷为事。闻内务府已行文礼部，诸天众圣，皆加封号，乾清门上陈设龙船九付（纸作），大清门外砌洗池，方径十丈许也。

其时病势已开始恶化，因有并发症出现。据吴相湘在《晚清宫廷与人物》中记述：

> 宫中虽然用力于祈祷神祇，采取一些迷信措施，但医药仍是每日照常的，主治的是太医院的侍御医李德立、庄守和两人。当同治帝出痘的第三天，这两位太医处方是用蚯蚓作药引，颇使时人奇怪，因此翌日处方就无蚯蚓了。
>
> 是月初九日，即帝染痘后的第九日，群臣入见帝"起坐气色皆盛，头面皆灌浆饱满，声音有力"，"且举臂以示颗粒极足"，使群臣"不胜喜跃而退"。但其后数日结痂间有抓破，致流血少寐，而御医处方竟用桂枝、青皮，又用三仙，使每日遵旨看药方的大臣们"不识其故"。
>
> 十三日御医说"气血不足"，药方除桂枝外又加鹿茸。十四日早处方仍用鹿茸，用生耆（芪）、熟地加麦冬。十五日处方又去桂枝，全用凉血发散药。是这样的凉热杂投，到二十日，痘痂虽渐落，而帝腰间肿疼作痈流脓，项脖臂膝皆有溃烂，李庄两位御医于此遂"意甚为难"了，盖这些溃烂处，"根盘甚大，渐流向脊，外溃则口甚大，内溃则不堪言状"。

病势如此，仍当作"天花之喜"的喜事来办，大沛恩纶，一日连下数道上谕。第一道是崇上两宫太后徽号。第二道以下用"奉懿旨"的名义，封慧妃为皇贵妃，瑜嫔等晋位为妃。第三道加恩内廷行走人员，自惇王以下，或赏食双俸，或赏食进一级俸，如醇王之子，即后来继统的载湉，年方四岁，已赏头品顶戴，此时又赏食辅国公俸。此外军机大臣、内务府大臣、弘德殿行走的师傅、南书房、上书房翰林等，或赏双眼花翎，或加宫衔，或优先补缺；京内外文武大小官员均加两级；京师各营兵丁，赏钱粮半个月。第四道上谕则为减刑恤狱。

凡此皆为两宫太后"做好事"，以期化戾气为祥和，上迓天庥。不过，除了减刑恤狱可能有人受益，以及士兵赏半月钱粮是实惠以外，其余只是一场空欢喜，穆宗崩后，上开恩典便即撤销了。

在恩旨中，有王庆祺的名字，他的本职是翰林院侍讲，以从五品而"赏加二品顶戴"，倘或穆宗无恙，则"二品"补实，即为内阁学士，翰林熬到阁学，不出纰漏，则内转侍郎，外放巡抚，必可大用。可惜此人福薄，其兴也暴，其败也速。兹据前引王庆祺遇穆宗微行事，续引下文：

> 太史与某部郎皆心惊不已，知遇上也。不数日，上谕下，二人皆不次晋秩，某部郎以枉道为耻，辞不拜。太史则数迁至侍郎，弘德殿行走，所以蛊惑上者，无所

不至。上竟以此得痼疾不起，所谓出痘者，医官饰词也。及薨，人有撰挽联讽其事者云："弘德殿，宣德楼，德业无疆，且喜词人工词曲；进春方，献春册，春光有限，可怜天子出天花。"王后为陈六舟弹劾革职，永不叙用。

所谓某部郎，其实为编修张英麟，字振卿，山东历城人。《十朝诗乘》记：

> 王庆祺之入直讲幄，张振卿都宪师，以编修同被恩命。在直未久，不善庆祺所为，即乞养归。庆祺膺眷日隆，华秩崇衔，舆论薄之。穆宗升遐后，坐典试匿丧，为台谏劾罢，实借辞也。孙琴西太仆读吴柳棠遗疏，感赋有云："玉陛金铺散晓光，钧天一醉梦难长。谁知十部龟兹外，别有人间万宝常。"即刺庆祺而作。

按：张英麟，同治四年（1865）翰林，曾典福建乡试，官至左都御史。光绪二十九年（1903）会试，借闱河南，张为四总裁之一。《十朝诗乘》作者郭则沄，即于是科获隽，故称张为"都宪师"。唯谓孙琴西诗为刺王庆祺而作，恐有疑问。若谓以万宝常拟王庆祺，则尤不类。万宝常，《隋书》《南史》皆有传，中华版《中外人名辞典》撮叙其人云：

隋人，齐时坐父罪，被配为乐户，因而妙达钟律，工八音，造玉磬以献于齐。开皇初，沛国公郑译定乐成，召问，宝常曰："此亡国之音，哀怨浮散，非正雅之声。"极言其不可。常奉诏造诸乐器，应手成曲，无所凝滞，见者无不嗟异。其声雅淡，不为时人所好。家贫，无子，其妻以其卧疾，遂窃资物以逃，宝常竟饿死。将死，取所著书焚之，见者于火中探得数卷行世。

如谓以万宝常拟吴可读，则有几分近似。此为别一重公案，后文将会谈到，兹仍接叙穆宗病势。

穆宗之疾，大致至十一月二十五日以后，已成不治之势。《翁同龢日记》：

十一月二十七日：方按云："脓汁虽见稠，而每日流至一茶盅有余，恐伤元气云……"总管张监云，起坐时少，流汁极多，殊委顿也。

十一月二十八日：至奏事处，适太医李德立、庄守和在彼，询以两日光景，则云：腰间溃处如碗，其口在边上，揭膏药则汁如箭激。丑刻如此，卯刻后揭又流半盅。前进温补，并未见效，而口渴嘈杂作呕，万一阳气过旺，阴液不生，谁执其咎？询以人参当用，则曰：数日前议及，恐风声过大，且非两宫圣意。询以今日用药……语甚多，大略多游辞也。

十一月二十九日：见于东暖阁，上坐榻上，两太后亦坐，命诸臣一一上前，天颜甚瘁，目光炯然……谕今日何日，并谕及腊月应办事。枢臣奏毋庸圣及。臣奏："圣心宜静。"上曰："胸中觉热也。"退至明间……有顷传诸臣皆入，上侧卧，御医揭膏药挤脓，脓已半盅，色白而气腥，漫脓一片，腰以下皆平，色微紫，视之可骇。出至明间，太后又立谕数语，继以涕泪，群臣皆莫能仰视。

穆宗崩于十二月初五下午四时左右。致死之因，言人人殊，有刻意为之讳者；亦有吞吐其词，语多含蓄者。前者如恽毓鼎《崇陵传信录》云：

惠陵上仙，实系患痘，外传花柳毒者非也。甲戌十二月初四日，痘已结痂，宫中循旧例，谢痘神娘娘，幡盖香花鼓乐送诸大清门外。是日太医院判李德立入请脉，已报大安，两宫且许以厚赏矣。

夜半，忽急诏促入诊，踉跄至乾清宫，则见帝颜色大变，痘疮溃陷，其气甚恶。德立大惊，知事已不可为，而莫解其故。未久即传帝崩矣。

所记不独与《翁同龢日记》大相径庭，且与官书记载亦不同。如送痘神娘娘，早在十一月下旬；而李德立早知道不可为，何得"报大安"？所记殊不足据。仍当以翁同龢亲身经历所记为准。

翁记：

十二月初五：卯正二入，军机一起。昨方案云："上唇肿木，腮红肿，硬处揭伤皮，不能成脓，仅流血水，势将穿腮，牙龈糜黑，口气作臭，毒热内攻，食少寐减，理必气血受病，议用消毒益气，竭力调理。"脉象则称弦数无力，药照昨方稍有加减……起居单内，饮食稍多，苡米粥五次，半碗余，藕粉老米粥亦略进。辰正三刻散。门遇孙子授云："闻今日案内有神色渐衰，精神恍惚"等语。荣仲华亦来，语于庭中，据李德立称："势恐内陷"云云。

荫轩来，访兰生谈，即入城。小憩未醒，忽传急召，驰入，而无一人也，时方日落。有顷，恭邸、宝、沈、英桂、崇纶、文锡同入，见于西暖阁。御医李德立方奏事急，余叱之曰："何不用回阳汤？"彼云："不能，只得用麦参散。"余曰："即灌可也。"太后哭不能词。

仓猝间，御医称牙闭不能下矣，诸臣起立，奔东暖阁，上扶座瞑目，臣上前遽探，既弥留矣。天惊地坼，哭踊良久，时内廷大臣有续至者，入哭而退。惨读脉案云："六脉俱脱。"酉刻崩逝。

"宝"为宝鋆；"沈"为沈桂芬。"英桂""崇纶"皆内务府大臣；"文锡"则内务府堂郎中。未列文祥及荣禄，与前引《梦蕉亭杂记》谓荣禄"擅动枢笔，以致得罪沈桂芬"事，似有抵牾，其故待考。

醇王之子入承大统

　　其时在呼天抢地的哭踊声中，人人心中有个疑问：谁是未来的天子？穆宗无子，照父死子继的传统，应先为穆宗立嗣，方是正办。但如照此一办法，很难有抉择的余地。

　　走笔至此，觉得须将宣宗的子孙做一介绍，其中颇多与现代史有关者，想亦为读者所感兴趣。

　　按：宣宗九子，居长的奕纬、奕纲、奕继三子皆早死；四子奕詝即文宗；五子奕誴出嗣仁宗第三子绵恺，袭惇郡王，晋亲王；六子奕䜣，在宣宗以奕詝继位的遗诏中，同时封恭亲王；七子奕譞封醇郡王，同治十一年（1872）晋亲王；八子奕詥封钟郡王，同治七年（1868）薨；九子奕譓，封孚郡王。

　　奕字辈下为载字辈，宣宗长孙载治，为高宗第三子永璋之孙，奕纪之子。宣宗为长子立嗣，依宗法而论，应在他的胞弟诸孙，亦即仁宗的曾孙中挑选，为何以疏宗入继？

　　我想，可能的解释是笼络亲贵。高宗诸子中，成亲王永瑆一支后嗣最盛，第二子绵懿出嗣为永璋之后；绵懿第二子，亦即奕纪的胞兄奕经，官至协办大学士，道光二十一年（1841），英军犯浙江定海时，被授为"扬威将军"，督师专征，以"劳师糜饷，误国殃民"，削爵圈禁。由此可以看出宣宗倚重亲贵，尤望后嗣昌盛的成亲王子孙，能为社稷出死力的意向。

惇王奕誴五子，第二子载漪，出嗣为瑞郡王奕忻之子，袭贝勒，光绪二十年（1894）进封郡王，军机拟上谕时，误瑞为端，遂称"端王"，此人是义和团之乱的罪魁祸首。

恭王长子载澂，无子；次子载滢亦尚未生子。因在此时如欲为穆宗立嗣，则只有载治之子溥伦，亦即后来向袁世凯劝进的"伦贝子"。但溥伦虽为宣宗的嫡长曾孙，但载治却为疏宗。慈禧即据此理由，改变父死子继的传统，成为兄终弟及，即在文宗的胞侄中择一为子，继承大统。当时的情况，据翁同龢十二月初五日记：

> 戌正，太后召诸臣入，谕云："此后垂帘如何？"枢臣中有言："宗社为重，请择贤而立，然后恳乞垂帘。"谕曰："文宗无次子，今遭此变，若承嗣年长，实不愿，须幼者乃可教育。现在一语既定，永无更移，我二人同一心，汝等敬听。"则即宣曰："某。"维时醇郡王碰头痛哭，昏迷伏地，掖之不能起。诸臣承懿旨后，即下至军机处拟旨。

潘伯寅意必明书为文宗嗣，余意必应书为嗣皇帝，庶不负大行付托，遂参用两人说定议。亥正请见，面递旨意（黄面红里），太后哭而应之，遂退。方入见时，戈什爱班奏迎嗣皇帝礼节大略：蟒袍补褂入大清门，从正路入乾清门，至养心殿谒见两宫，方于后殿成服，允之。遣御前大臣及孚郡王等以暖舆往迎，寅正一刻闻呼门，则笼烛数百支入门矣。余等通夜不卧，五鼓出。

翁同龢亲历其境，所记有不尽，无不实。当时议论纷纷，如据实而记，纤悉不遗，说不定某年月日，因某句话贾祸，历史上不乏此种前例，所以翁同龢下笔慎重，只记已定之事，不记未定之言。如罗惇曧《德宗继统私记》，于议立时所记，即较翁记为详。

两宫皇太后御养心殿西暖阁，召惇亲王……孝钦后泣语诸王："帝疾不可为，继统未定，谁其可者？"或言溥伦长，当立。惇亲王言，溥伦疏属，不可。后曰："溥字辈无当立者……"

宣宗的曾孙，"溥"字辈只溥伦一人，而又实为成亲王之后，则如惇王所言，乃为"疏属"，故不可立。

由于"溥字辈无当立者"，则必立"载"字辈。翁同龢所记："枢臣中有言，宗社为重，请择贤而立，然后悬乞垂帝。"当言于此时。我据诸家笔记细参，当时恭王似不无非分之想，据说，入夜召诸王、亲贵、内务府及"弘德殿行走""南书房行走"的"自己人"入殿时，恭王曾于朝房有言："我似不宜入内。"其意若谓有回避的必要，则心目中必曾想到其长子载澂具继统的资格。

由此以绎翁同龢所记，则此"枢臣"必为宝鋆，而所谓"请择贤而立"，即指载澂而言。载澂长于穆宗，其放荡劣迹尚未昭著，而资质颖慧，合乎"贤"之一字。至于"然后恳乞垂帘"一语，则为提出此一笔"政治交易"的条件，意谓以载澂年龄虽可亲政，但仍恳乞垂帘，由慈禧掌权。

无奈慈禧宗旨早定，蓄意要炮制一名符合她意愿的皇帝，乃立醇王的四岁之子。醇王之"痛哭""昏迷"，未必为恐惧，而是从未想过他可能成为"再世的兴献王"。穆宗不治，早见端倪，继统问题，当然亦曾想过，但念头不出两个：一是为穆宗立嗣，应在他的孙子辈，溥字辈中挑选，他根本还未到生孙的年龄，想都不必想；二是溥字辈若无当立者，则立载字辈，以恭王的身份与势力，谁也不够资格跟载澂匹敌。

向来议迎外藩继统，名为宰相与太后定策，实际上太后的意见只是一个重要的参考，大权操在宰相。因为要谈到万世之计的大道理，太后怎能辩得过宰相？但想不到慈禧竟能一言而定天下。

醇王在毫无心理准备的情况，突然发觉有子为帝，其心理上所感受的无比重大的刺激，表现为看似不可理解而实可理解的行为，是无怪其然的事。

是日入见诸臣，详见遗诏：

> 慈安端裕康庆皇太后，慈禧端佑康颐皇太后御养心殿西暖阁，召惇亲王奕誴、恭亲王奕䜣、醇亲王奕𫍽、孚郡王奕譓、惠郡王奕详、贝勒载治、载澂、公奕谟；御前大臣伯彦讷谟诂、奕劻、景寿；军机大臣宝鋆、沈桂芬、李鸿藻；内务府大臣英桂、崇纶、魁龄、荣禄、明善、贵宝、文锡；弘德殿行走徐桐、翁同龢、王庆祺；南书房行走黄钰、潘祖荫、孙诒经、徐郙、张家骧入，钦奉懿旨，醇亲王奕𫍽之子（载湉）着承继文宗显皇帝为子，入承大统为嗣皇帝。

遗诏所列人名，奕详为"老五太爷"绵愉第五子，同治三年（1864）袭爵；贝勒载治即宣宗的长房长孙；奕谟为绵愉第六子；伯彦讷谟诂为僧王之子，后与醇王成儿女亲家；奕劻为仁宗同母弟庆亲王永璘之孙，此时爵位为贝勒加郡王衔；景寿为恭王同母妹寿恩固伦公主额驸。南书房翰林黄钰，字孝侯，安徽休宁人，咸丰三年（1853）传胪；潘祖荫，字伯寅，苏州人，咸丰二年（1852）探花，入翰林即值南书房，曾上疏救左宗棠，在"南斋"中最为资深，但官衔为"三品京堂"，故屈于侍郎黄钰之次；孙诒经，字子授，杭州人，咸丰十年（1860）翰林；徐郙，字颂阁，江苏嘉定人，同治元年（1862）状元；张家骧，字子腾，宁波人，与徐郙同榜。

按：南书房翰林五人，皆为南籍。此时沈桂芬当权，故南派独盛，李鸿藻不足与敌。及至张佩纶散馆留馆，张之洞力争上游，复以陈宝琛与南派气味不投，此三人助李，北派方具气势。

光绪六年（1880）除夕，沈桂芬病殁，北派借中俄界址纠纷，兴风作浪，得占上风。此后两派互为雄长者二十年，每遇大忧患，辄为两派资作博局，大展身手。慈禧颇为厌苦，遂重用亲贵及"满洲家臣"。清朝之亡，南北党争不得辞其咎。附识于此，以结同治朝局。

此遗诏中，最紧要的是最后一句话："着承继文宗显皇帝为子，入承大统为嗣皇帝。"此即翁同龢之所谓"潘伯寅意必明书为文宗嗣，余意必应书为嗣皇帝，庶不负大行付托，遂参用两人说定议"。潘祖荫是鉴于前明之失，《明史·世宗本纪》：

> 武宗崩，无嗣，慈寿皇太后与大学士杨廷和定策，遣太监谷大用、韦彬、张锦，大学士梁储，定国公徐光祚，驸马都尉崔元，礼部尚书毛澄，以遗诏迎王于兴邸。夏四月癸未发安陆，癸卯至京师，止于郊外，礼官具仪，请如皇太子即位礼。王顾长史袁宗皋曰："遗诏以我嗣皇帝位，非皇子也。"大学士杨廷和等请如礼臣

所具仪，由东安门入居文华殿，择日登极。不允。会皇
太后趣群臣上笺劝进，乃即郊外受笺。

世宗为武宗堂弟，"请如皇太子即位礼"自非世宗所愿，
群臣劝进，则为武宗之继统，而非继孝宗之嗣，此后张璁等
乃能窥探意旨，掀起"大礼议"这一场大风波。推原论始，
杨廷和谋国，实有未周。

潘祖荫之所以着重在"承继文宗为子"，在于防止醇王
可能以"太上皇帝"自居。至于翁同龢之主张"必应书为嗣
皇帝"，因德宗其时方四岁，将来如何不可知，唐朝类此立而
复废之事甚多，"必应书为嗣皇帝"，则名分大义已定，天下
共见共闻，即难更改；有此一句，意在保障德宗之必能为帝，
等于成拥立之功。

此后醇王与翁同龢倾心结纳，以及德宗之视翁为师傅，
情分不同，皆由此渊源而来。在翁同龢，则后半世功名富贵、
穷通得失，亦在有此一念时便已定了终身。个人与历史的机
运，同样玄妙，观此可知。

王庆祺潦倒以终，嘉顺后被逼殉帝

翁同龢与醇王的命运之改变，出于穆宗崩逝的间接影
响，而直接受极大影响者，亦有两人：一为王庆祺，一为皇

后阿鲁特氏。先交代前者。

穆宗之遇王庆祺，度时当在同治十三年（1874）正月初。圆明园应修各处，定于正月十九日正式开工，穆宗亲临视察，归途饮于酒楼，偶尔邂逅，遂于正月十二日，命翰林院编修张英麟、检讨王庆祺在弘德殿行走的上谕。王庆祺如何导帝微行，无可考；所可考者，见翁同龢九月初十、十一等日所记：

> 上讲书毕，皆退，已而中官传旨，独召王某入。
>
> 次日臣龢与王庆祺皆入，而令臣下取诗本。既而命臣作菊影七律一首。有顷乃散。
>
> 掌院保南书房翰林，口敕宝鋆与王庆祺商酌。次日特召王公见于乾清宫。

据此足见亲信。穆宗既崩，监察御史陈彝奏参王庆祺，措辞颇为含蓄：

> 天下之安危，系乎民心之向背；民心之向背，系乎君子小人之用舍。《易》曰："开国成家，小人勿用。"甚可畏也。查侍讲王庆祺，素非立品自爱之人，行止之间颇多物议，如同治九年，王庆祺之父王祖培典试广东，病故于江西途次，该员闻信，自应迅速扶柩回籍，乃于赣州见丧之后，不远千里而至广东，经该省大吏助以川资，劝勿出门拜客，始复潜踪折向江西。夫官况清

贫，告助僚友，亦人情所不免；然如此忘亲嗜利，中人以下所不肯为也。又去年王庆祺为河南考官，风闻撤棘之后，公然微服冶游，汴省多有知之者。举此二端，可见大概。至于街谈巷议无据之词，未敢渎陈，要亦其素行不孚之明验也。臣久思入告，缘伊系内廷行走之员，有关国体，踌躇未发，亦冀大行皇帝聪明天亶，日久必洞悉其人；万不料遽有今日！悲号之下，每念时事，中夜忧惶，苟利国家，遑顾嫌怨。

况嗣主冲龄，实赖左右前后罔非正人，庶几成就圣德，宏济艰难。如斯人者，若再留禁廷之侧，为患不细，非独有玷班行而已。为此据实直陈，吁请即予屏斥，以儆有位，以顺舆情。

按：陈彝，字六舟，江苏仪征人，同治元年（1862）壬戌恩科传胪，十三年（1874）由翰林补湖广道监察御史，入台未几，闻穆宗微行，就想上折搏击王庆祺，以难于措辞而罢。其实王庆祺的劣迹，在同官翰林时，已有所闻；如不提微行，只以王庆祺素行不端为词，首先发难，恭王等人有题目在手，或许可逐王庆祺出弘德殿。但即令如此，并不能阻止穆宗微行。

王庆祺被斥后，仍居京师，潦倒以殁。据金梁《四朝佚闻》云：

庆祺既被斥，辄语人云：穆宗亲政后，太后仍多干涉，乃请修园为颐养计，意在禁隔，使勿再干政耳。竟为太后所觉，遂致奇变。

此为妄言，意在诿过。衡诸实际，慈禧并非干政，而在干涉帝后之房帏，"奇变"实由此而生。以下谈同治皇后。

按：同治皇后当时处境，如明末崇祯年间的熹宗张皇后。穆宗崩后半个月，嗣君以奉懿旨的名义，封同治皇后为嘉顺皇后。薛福成《庸庵文集》谈"嘉顺皇后贤节"云：

> 慈禧皇太后怜慧妃之未得尊位也，召穆宗谕以慧妃贤慧，虽屈在妃位，宜加眷遇；皇后年少，未娴宫中礼节，宜使时时学习，帝毋得辄至中宫，致妨政务。穆宗性至孝，重违太后意，而又怜皇后之不得宠于太后也，乃不敢入中宫，亦竟不幸慧妃，常在乾清宫独居无聊。既而有疾，慈安皇太后侦知诸太监越礼状，于是两宫太后轮流省视，帝疾稍瘳，太后回宫，亦召皇后留视之。皇后权素轻，不能以威胁诸太监，又性羞涩，守礼法，帝亦命皇后回宫，每苦口极谏，然后去。无何疾复大作。

按：薛福成之兄福辰，于光绪初年由李鸿章之荐，为慈禧治病，经常入宫，多闻宫闱之事；薛福成闻自其兄，所记较他人翔实。上引文中，措辞固有曲笔，而情事如见。慈禧以不喜嘉顺皇后而干涉穆宗房帏，穆宗则赌气独居乾清宫。

太监导之为余桃断袖之行，即所谓"诸太监越礼状"，试问二十一岁的皇后，令太监不得为邓通、董贤，这话如何说得出口？此则慈安太后不能做主于上，难辞其咎。

又，费行简《慈禧传信录》云：

> 穆宗虽不学而敏锐，悉朝野情伪，其清文谙达爱仁伊精阿，暇颇拾市井间情状与帝。同治中初，强符珍导之出游，珍荣安固伦公主夫婿，时亦行走内廷者也。珍胆薄，虑致祸，往往避帝。迨载澂入伴读，出少勤，然不过酒肆剧馆，未敢为狎邪游也。

> 倭仁尝遇帝十刹海，爱仁尝遇帝崇郊寺，广寿尝遇帝大宛试馆，其他小臣与帝值者，不可胜数也。倭仁每切谏之。广寿嗣值宏德，亦劝帝勿微行，虽纳其言，而事过辄思动。又有奄杜之锡者，状若少女，帝幸之。之锡有姐，固金鱼池倡也，更引帝与之狎。由于溺于色，渐致忘反，两后弗知也。

> 奕谟窥其事，流涕固谏。帝素爱重谟，慨然曰："朕非乐此，第政事裁于母后，吾已将冠，犹同闲散，特假此陶情耳。今闻忠告，既知过矣，与汝约，亲政后，日理万机，非典礼不逾外阃矣。"谟舞蹈称宗社天下幸。此同治十一年正月事也。

据此则穆宗早在大婚之前，即已微行。所言太监杜之锡事恐不确；穆宗崩后，处分有关人员，除王庆祺及内务府贵宝、文锡以外，太监有张得喜、孟忠吉、周增寿、梁吉庆、王得喜、任延寿、薛进寿七人，如有杜之锡，亦必在其内。

按：同、光年间，京师勾栏，除八大胡同以外，西城砖塔胡同、口袋底一带，亦为荟萃之处。凡此销金窝，为内务府司官常到之处；而内务府人员每有内廷差使，常睹天颜，所以太监导穆宗微行，不敢出现于八大胡同、口袋底等处。只有崇文门外迤南、黄花院之三四等娼寮，为内务府司官所不屑一顾之处，方是天子的温柔乡。倘在清吟小班流连，当不致染患如此严重的性病。

《慈禧传信录》又记：

> 是年九月大婚。后阿鲁特氏，后谥孝哲者也，庄静端肃，不苟言笑，帝颇重之。后以帝己所生，立后当己为政，而绮女非己所选中，又睹其亦如帝旨，颇亲孝贞，益怒。孝哲体微丰，趋将弗便，乃故令奔走以劳苦之。复以其不娴仪节责让之。尤异者，谓帝行亲政，国事繁赜（zé），宜节欲，勿时宿内寝。帝既时外寝，忽忽不乐，群竖则更导为冶游。

> 师保则倭仁、祁隽藻、绵愉已先死，奕谟自被谴后，惮帝偏急，务承顺，罔敢匡救。清癯（qú），令医官治之，拟方多温补，服之势且内蕴，继复染秽疮，遂困顿不起。再令医诊视，不敢指为肾毒，则谬以痘

症对，然所进药，皆泻毒清燥者。浃月竟瘳，两宫大喜，诏举庆典，晋内外诸臣秩，赦重囚，崇神祀，帝亦以蒙太后调护，且病中承代阅章疏，宜崇上徽号，令各官敬谨预备。此同治十三年十一月甲寅事也。

按：此为十一月中旬之事。太医院左右院判李德立、庄守和因而蒙赏。迨穆宗既崩，首先获罪者亦为李、庄，罪名"保护不力"，革职戴罪当差。

此外，李慈铭日记，于穆宗起病至崩逝始末，所记亦具参考价值，引录如下：

> 先是十一月朔，太白贯日，上即以是日痘发，遍体蒸灼，内廷王大臣入问状，请上权停万几，两宫皇太后裁决庶政，上许之。于是御前大臣、军机大臣等列议四事以上，其一，改引见为验放，如初垂帘故事，识者已恶其不祥。
>
> 未几以痘痂将结，遂先加恩医官，左院判李德立、右院判庄守和，六品杂流官也，皆擢京堂，德立至越六级以三品卿候补，尤故事所无者。旋遍加恩内廷诸王大臣，至先朝嫔御，皆晋位号，凡所施行，俱如易代登极之典。又于大清门外结遗，焚烧彩帛车马，名曰送圣。都人皆窃窃私议，以为颇似大丧祖送也。上旋患痈，项腹皆一，皆脓溃。先十日已屡昏，殆不知人。于是议立

皇子，而文宗无他子，宣宗诸王孙皆尚少，无有子者。贝勒载治，宣宗长子隐志郡王之嗣子也，有二子，幼者曰溥侃，生甫八月，召入宫，将立为嗣矣，未及而上宴驾，乃止，宫廷隔绝，其事莫能详也。

上幼颖悟，有成人之度，天性浑厚，自去年亲政，每临大祀，容色甚庄，而弘德殿诸师傅，皆帖括学究，惟知劐录讲章性理肤末之谈以为启沃，上深厌之，乃不喜读书，狎近宦竖，遂争导以嬉戏游宴。

莅政以后，内务府郎中贵宝、文锡，与宦官日侍上，劝上兴土木、修园御。户部侍郎桂清，管内务府，好直言，先斥去之。耽溺男宠，日渐羸瘵，未及再祺，遂以不起，哀哉。

李慈铭论穆宗之崩，归咎于教育之失败，洵为至论。但教育之失败，不独倭仁、徐桐应该负责，尤在慈禧太后。至于逼得新婚而又爱重皇后的穆宗耽溺男宠，涉足低级娼寮，则慈禧应任之咎，远过于王庆祺。

但在慈禧看，应负责任的是皇后。儿子不听话，往往归咎于儿妇，世间妇人，大致皆然，慈禧则以一开始便有心病之故，成见更深。而在穆宗病中，婆媳更有几次冲突。《崇陵传信录》云：

孝哲毅皇后为侍郎崇绮之女，明慧得帝心，而不见悦于姑，慈禧太后待之苛虐。（十二月）初四日，不知何事，复受谴责，后省帝疾于乾清宫，泣愬冤苦。帝宿宫之东暖阁，屋深邃，苦寒，中以幕隔之，慈禧侦后诣帝所，窃尾之，宫监将入启，摇手令勿声，去履袜行，伏幕外听之，适闻后语，帝慰之曰："卿暂忍耐，终有出头日也。"慈禧大怒，揭幕入，牵后发以出，且行且痛抶之，传内廷备大杖，帝惊恐且悲，坠于地，昏晕移时始苏，痘遂变。慈禧闻帝疾剧，始释后，而诬以房帏不谨，致圣躬骤危云。

此为传闻之词，不尽确实。又有一说云：一日后往省疾，适李鸿藻入见，后欲回避。穆宗谓后是"门生媳妇"，见师傅无妨，且正有大计待决。因为李鸿藻草遗诏立嗣，以期皇后得为太后。

以下说法，又有异词，一谓李鸿藻不敢奉诏；一谓李鸿藻省疾后，即往谒慈禧，面奏其事，慈禧震怒，至弘德殿牵后发将掌掴之，而此时皇后又说错了一句话，变成火上加油，以致命太监"传杖"。

据说皇后情急之下，说了句："媳妇是从大清门抬进来的，请太后留媳妇的体面。"慈禧生平以居西宫为莫大憾事，以为皇后有意讽刺，至欲以加诸太监的刑罚责皇后，穆宗惊恐，而致不起。穆宗之疾，官书的记载为"痘内陷"；出痘受惊，可致内陷，蛛丝马迹，深可玩味。

至于不为穆宗立嗣，或谓如穆宗有子，慈禧即成太皇太后，不便垂帘，此为不谙史事的皮相之谈。北宋宣仁故事，传为美谈；即在清朝，孝庄太后虽无垂帘的形式，而大政皆决于慈宁，太皇太后何尝不可垂帘？所以不为穆宗立嗣者，实际上就是不为皇后留余地，于是皇后非死不可了。

嘉顺皇后崩于光绪元年（1875）二月二十日，距穆宗宾天才七十余日。死因传说不一，或谓绝粒，或谓吞金，综合各种说法，得出一个比较完整的过程是：当穆宗既崩，慈禧便有逼死嘉顺皇后的打算，逐渐断绝其饮食，皇后亲笔作书，向其父问计。崇绮只报以"皇后圣明"四字，嘉顺知母家不可恃，于二月十九日夜吞金，二十日寅刻毕命。有上谕两道，第一道是：

> 钦奉懿旨：嘉顺皇后，孝敬性成，温恭夙著，兹于本日寅刻遽尔崩逝，距大行皇帝大丧未逾百日，复遭此变，痛何可言！着于寿康宫行殓奠礼，择期移至永思殿暂安。所有一切事宜，着派恭亲王奕䜣会同恭理丧仪，王大臣暨各该衙门，查照例案，随时妥筹具奏。

第二道是：

> 嘉顺皇后于同治十一年作配大行皇帝，正位中宫，淑慎柔嘉，壶仪足式，侍奉两宫皇太后，承颜顺志，孝

敬无违。上年十二月痛经大行皇帝龙驭上宾，毁伤过甚，遂抱沉疴；遽于本日寅刻崩逝，哀痛实深。着礼亲王世铎、礼部尚书万青藜、内务府大臣魁龄、工部右侍郎桂清，恭理丧仪。其余典礼，着各该衙门酌核例案，敬谨办理。

舜崩于苍梧，娥皇、女英双双以殉，只是传说；稽诸信史，皇后殉帝，嘉顺皇后创造了一个独一无二的纪录。故《清宫词》咏其事云：

开国科名几状头，璇闱女诫近无俦。

昭阳从古谁身殉？彤史应居第一流。

因为是空前之事，所以时人以此为题入吟咏者不少。李慈铭《恭赋挽词》，为两首七律：

才唱廉歌送素车，永安宫里咽悲笳。

碧桃爱种千年果，白柰愁簪二月花。

阿母层城谁遣使？玉皇天上自携家。

灵衣飒飒因风举，知是长门望翠华。

凶门柏历罢皇仪，犹象深宫大练衣。

扶荔风香图史富，濯龙花发宴游稀。

伤心宝玦辞瑶滕，几见圆珰妒玉妃。

凤御裴襄知有恨，平恩衔命向金微。

《十朝诗乘》又收严玫君女史所赋挽诗两律云：

升遐帝驾六龙行，遂迫星轩返玉京。

独抱湘君捐玦恨，谁明姜后脱簪情。

承华未建元良位，长信难居颐养名。

但祝女中尧舜寿，垂帘仍复御升平。

惠陵坏土已干无？莫问忠贞晋大夫。

神器只应兄及弟，徽音哪得妇承姑？

鸾声缥缈思黄竹，凤采销沉泣白榆。

翘首怆呼天下母，千秋明月一轮孤！

　　此诗作于穆宗与后并葬以后，穆宗陵名惠陵；"晋大夫"指吴可读。前后两首皆深刺慈禧，"元良"本指储君，此言不为穆宗立嗣。"长信"太后所居；不建元良，则皇后不能为太后，此即所谓"长信难居颐养名"，亦就是慈禧不为嘉顺留余地。严玫君不知何许人；金闺笔墨，不传于外，故能质直。

　　嘉顺皇后之崩，最伤心的自然是崇绮一家。赛尚阿自兵败被逮，论死被赦；至同治三年（1864），崇绮中状元，由衰而盛；同治九年（1870）更出了一个皇后，是为盛极；此时复又转衰。十余年间，家运三变，沧桑变幻，玄妙莫测，只是盛时少，衰时多，崇绮不得意达二十余年。《清史稿》本传：

光绪二年，充会试副考官，补镶黄旗汉军副都统。会河南旱，大吏匿不报，为言官所劾。上命偕侍郎邵亨豫按问，廉得实，巡抚李庆翔以下皆获罪。四年，吉林驻防侍卫倭兴额被盗诬控，诏与侍郎冯誉骥往谳，寻命崇绮署将军专治之。倭兴额控如故，事下，侍郎志和核复，得诬告状，崇绮自劾，被宥。五年，出为热河都统。御史孔宪毂（jué）疏称其忠直，宜留辅，不许。七年，调盛京将军。九年，谢病归。旋授户部尚书，再调吏部，复乞休。

初，穆宗崩，孝哲皇后以身殉，崇绮不自安，故再引疾。二十六年，立溥俊为"大阿哥"，嗣穆宗。乃起崇绮于家，俾署翰林院掌院学士，传溥俊。于是崇绮再出，与徐桐比而言废立，甚得太后宠，恩眷与桐埒。

此是后话，表过不提，只谈穆宗尊谥庙号，以为本章结束。翁同龢同治十三年（1874）十二月十三日记：

> 会议尊谥庙号，原拟熙字毂字，余言："前朝止一金熙宗，一明毅帝，皆何如主？不如孝字靖字为宜。"后奉朱笔为穆字毅字，以徐桐言，始用穆字也。

尊谥庙号依内阁专用之《鸿称通用》上册之上及上册之中所开列的字义取用，"德容静深曰穆""英明有执曰毅"。凡此字样，皆是无功业足述，不得已而用之。文宗即位五年尚无子，颇以为忧；及至咸丰六年（1856）三月二十三日穆宗诞生，文宗以为天恩祖德所庇佑，赋诗有"庶慰在天六年望，更欣率土万斯人"之句，以后亦常有诗咏得子。岂意甫冠而崩，死于恶疾又绝嗣；宣宗、文宗父子，在天果然有灵，当抱头痛哭。

附带可以一提的是，荣安固伦在穆宗崩后，竟亦香消玉殒，光绪元年（1875）正月初三有明发上谕；但据《清史稿·公主表》，则谓薨于同治十三年（1874）十二月，死因、死期皆不明。荣安公主为庄静皇贵妃所出，长穆宗一岁。庄静皇贵妃姓他他拉，初封丽妃，颇得文宗之宠。荣安公主于同治十二年（1873）八月下嫁一等雄勇公图赖之后的符珍，年已十九。至此与胞弟相继仙去，文宗已无亲骨血在世，此又文宗九泉之下，必当雪涕之事。

清朝的皇帝

伍 日落西山

高阳 著

海南出版社
·海口·

本著作中文简体字版经北京时代墨客文化传媒有限公司代理，由风云时代出版股份有限公司授权海南出版社有限公司在中国大陆独家出版、发行。

版权合同登记号：图字：30-2022-014 号

图书在版编目 (CIP) 数据

　　清朝的皇帝．伍，日落西山 / 高阳著．-- 海口：海南出版社，2023.1
　　ISBN 978-7-5730-0837-4

　　Ⅰ．①清… Ⅱ．①高… Ⅲ．①长篇历史小说 - 中国 - 当代 Ⅳ．① I247.5

中国版本图书馆 CIP 数据核字 (2022) 第 207213 号

清朝的皇帝　伍 . 日落西山
QINGCHAO DE HUANGDI　WU. RILUO XISHAN

作　　者：高　阳
出 品 人：王景霞
责任编辑：张　雪
特约编辑：刘长娥
责任印制：杨　程
印刷装订：北京兰星球彩色印刷有限公司
读者服务：唐雪飞
出版发行：海南出版社
总社地址：海口市金盘开发区建设三横路 2 号 邮编：570216
北京地址：北京市朝阳区黄厂路 3 号院 7 号楼 101 室
电　　话：0898-66812392　010-87336670
电子邮箱：hnbook@263.net
经　　销：全国新华书店经销
版　　次：2023 年 1 月第 1 版
印　　次：2023 年 1 月第 1 次印刷
开　　本：880 mm×1 230 mm　1/32
印　　张：53.875
字　　数：1 034 千
书　　号：ISBN 978-7-5730-0837-4
定　　价：300.00 元（全伍册）

目　录

第十二章

德宗——光绪皇帝

结醇王，翁同龢得为光绪师

德宗为醇王嫡出长子，其母为慈禧胞妹。当穆宗已成不治时，慈禧必已默定大计，但事先丝毫不露，此所以醇王遽闻有子继统，震动过度，竟至昏厥。

迎立德宗时，方当四岁。其时慈禧住长春宫，亲自抚养德宗。晚年自述当时辛苦，谓德宗禀赋甚弱，入宫时脐中流黄水，又畏雷，故风雨之夜，常亲起照料。

按：德宗天性畏金鼓之声，后来侍立观剧，苦于大锣大鼓而无可如何；复在慈禧积威之下，以致有极严重的神经衰弱症，骤闻巨响，每致遗泄。此为末年侍疾之医所言，自必可信。即如慈禧自道，以德宗的体格，将来难胜烦剧，亦可预见；易言之，迎立外藩，实不当选择德宗。慈禧以私意而不考虑社稷苍生，恭王常谓："我大清朝天下亡于方家园。"确为事实。

德宗御名载湉。湉为僻字，安流之貌；后来母子水火，后党拆"湉"字，訾德宗为"无心活死人"。德宗果然"无心"，或可安享富贵，唯其有心振作，乃不能免祸；而德宗之思振作，则为翁同龢启沃所致。光绪元年（1875）正月二十日即位，翁同龢赋七律一首，题为《皇上御极，天象昭融，恭纪一律》云：

旭日初腾晓漏催，山呼遥献万年杯。

虹光合纪尧门瑞，日角曾瞻代邸来。

二圣忧勤求上理，一时康济赖群才。

周南留滞臣心慰，敢羡鹓鸾接翼陪。

"二圣"谓两宫太后，"代邸"则以冲龄之帝比之于汉文帝。汉文帝亦为外藩迎立，原封代王。其时正偕醇王、荣禄在东陵踏勘惠陵陵地，故云"遥献"。末句已微露愿大用之意。以后得为帝师，半为醇王进言。醇王因翁同龢在穆宗遗诏中必欲用"嗣皇帝"字样，为醇王所心感，故倾心结纳。而荣禄则本为醇王嫡系，荣与翁之订交，且结为异姓兄弟，为醇王所拉拢，而渊源于此一"相度山陵"之行。

按：翁同龢于同治十年（1871）补阁学，此缺在内阁共四员，职掌批本。雍正以后，内阁之权移军机，章奏皆为照例的题本，批本亦成故事。《清会典》载："如学士有奉差者，在阁仅余一二人，不敷批本，由大学士开列三品、四品京堂，翰林院侍读、侍讲学士，内阁侍读学士衔名，请旨简派一二人，协同批本。"

由此可见，阁学的本职无足重轻，其红黑在是否兼礼部侍郎、是否奉差。翁同龢原兼弘德殿行走，此为第一等差使；穆宗既崩，回本衙门行走。光绪元年（1875）正月十二日，奉派与醇王、魁龄、荣禄相度山陵，此为短期差使，须俟奉安后方叙劳绩。

明清帝皇，类皆生前择定"万年吉壤"，预修陵工，但此为中年以后之事；穆宗甫行大婚，安得事此不急且不吉之务，而择定陵地，动工兴建，非三五年不能竣事。翁同龢为求速化，极力应酬醇王与荣禄。除慈禧外，决定德宗一生命运者，即此三人，而适会集一处，造化弄人，真是不可思议。

翁同龢《瓶庐诗稿》，同治以前所作，只得一卷；卷二起自光绪元年，首即东陵道上之作，第三题为《野寺盆梅盛开，凄然有作，次伯寅韵》，诗云：

> 此是江南第一花，相逢野寺漫长嗟。
> 未成六祖菩提树，浪说仙人萼绿华。
> 铁骨已经磨岁月，玉颜终恐宛尘沙。
> 东坡廿首多谐隐，岂忆孤山处士家。

此翁为状元，籍隶江南；"此是江南第一花"，其为自况，彰彰明甚。第一联谓枉为帝师，第二联自忧前程。"东坡廿首多谐隐"之"廿"，应为"卅"；东坡有"和文与可洋川园池三十首"七绝，多相从俳隐之意，末首《北园》，尤为显豁，诗云：

> 汉水巴山乐有余，一麾从此首归涂。
> 北园草木凭君问，许我他年作主无？

按：东坡此诗，作于元丰二年（1079）自徐州移知湖州时；其年初秋即以湖州到任谢表，为人目作谤讪朝廷，就逮赴狱。翁同龢征此典，而系以"岂忆孤山处士家"，诗意晦涩，正见其心境迷茫，患得患失之情弥显。

在前引"正月二十御极"诗后，选有次"催"字韵之作，其《次韵简荣仲华侍郎》一首云：

> 十手如流羽檄催，将军潇洒自衔杯。
> 独承父祖忠贞后，尽揽东南秀气来。
> 一语见心真国士，六曹无地展奇才。
> 白头橐笔吾衰甚，惆怅行轺得暂陪。

此诗恭维甚至；但荣禄的才具，亦写得真切。结句自伤憔悴，于羡慕之中，自然有盼望援手之意在内。

再下一首，便是恭维醇王了。诗云：

> 骈骑传呼仆隶催，新篇捧到客停杯。
> 果然大吕黄钟奏，压倒唐贤宋杰来。
> 悱恻动人皆至性，陶熔无迹是诗才。
> 白头旧史惭何用？——齐竽许滥陪。

原诗恰有一"才"字、一"陪"字；"才"可以用作颂，"陪"则正可自下。

东陵归程,复有"催"字韵三首,《次韵醇邸留别简园》云:

> 征辖已驾仆夫催,且酌村醪尽一杯。
>
> 盘谷未容招隐去,简园何日看花来?
>
> 轻阴酿雪如留客,飞鸟依人解爱才。
>
> 安得此身成石马,隧门松价永相陪。

"简园"为醇王自题行馆之名。"才"字句取瑟而歌;"陪"字句以退为进。《濒行复次前韵奉答》,则为两首:

其一

> 薄雪凄风街鼓催,摩抄神剑引深杯。
>
> 虚衷每溯师承切,剑德亲聆圣训来。
>
> 坐觉清淡皆故实,即论余事亦雄才。
>
> 夜分欲和琼瑶什,惆怅真无健笔陪。

（按:首联"神剑",有雷木剑。次联述上书房旧事,因敬颂宣庙晚年忧勤恭俭之德,闻者悚然,至于流涕。）

其二

> 贾生憔悴百忧催,董子辛勤着玉杯。
>
> 人物不居三代下,本原多自六经来。
>
> 即今流俗空疏学,岂有文章著作才?

奖借过倩徒悚息，通儒末席未容陪。

第一首中"雄才"谓醇王，第二首中"著作才"则自
道。"董子"即末句的"通儒"，自非指荣禄，应另有其人。

勘东陵后，复勘西陵，途中仍相唱和，但诗题不同。西
陵在易州。翁同龢有《次韵荆轲山》二首，颇见状元之才，
录之如下：

燕都南北三千里，况有屏藩赵在前。
既得客卿精剑术，故应上将属兵权。
一时决策皆成错，数语登车绝可怜。
衍水竟诛辽蓟拔，诸臣何以塞前愆？

一语应为客解嘲，酒人燕市本无聊。
白衣祖道谋先泄，翠袖当歌气已消。
骏马不留千里骨，虎狼终缀九宾朝。
博浪狙击终何用，底事无人议圯桥？

韵脚深稳，和韵而不见斧凿之迹，第二首尤胜。末语谓
留侯博浪一击，亦归失败，而无人议其非者，以子房终于佐
刘邦得天下，是以成败论英雄，言外感慨，殊可玩味。

至八月间，翁同龢终于如愿以偿，署理刑右，两宫太后
召见，定为德宗师傅。据翁八月十日记：

太后谕云："汝系旧辅，宜图报。"叩头对以："受恩深重，即赴汤蹈火，皆所不辞。"

翁同龢的愿望，可分两方面来谈：一是消极的，他以风雅自任，怕跟风尘俗吏打交道，且有他老兄翁同书下狱的前车在，更为忧虑，所望者是内转侍郎，而非外放巡抚；二是积极的，此与慈禧的本心相同，即是不甘于承认对穆宗的教育失败，希望在没有徐桐胡搅的情况下，造就一有道明君。

清朝的家法，皇子六岁就傅。德宗在下一年届六岁，遂于是年十二月十二日颁懿旨：

皇帝冲龄践祚，亟宜乘时典学，日就月将，以裕养正之功，而端出治之本。着钦天监于明年四月内选择吉期，皇帝在毓庆宫入学读书。着派署侍郎内阁学士翁同龢、侍郎夏同善授皇帝读。其各朝夕纳诲，尽心讲贯，用收启沃之效。皇帝读书课程及毓庆宫一切事宜，着醇亲王妥为照料。

但翁同龢因穆宗之事，不能不上奏一辞；夏同善亦有"巨任难胜，恳辞恩命"一折，照例不准，不在话下。

按：夏同善与翁同龢同榜，早在同治十年（1871）已补兵右，资格比翁为深；但衔名开列在前，则以醇王与翁同龢早有成议。翁同龢授书，夏同善承值写仿格等事，则是以翁为主，所以列名于夏之前。

德宗入学日期，选定为光绪二年（1876）四月廿一日，在翁同龢生日六天之前。

按：毓庆宫地当东六宫中路，东二长街之南，奉先殿与斋宫之间，康熙朝为皇太子胤礽特建，为清朝的"青宫"。乾隆朝为幼年皇子所居；内禅后，指定仁宗住毓庆宫；元后孝淑皇后于嘉庆二年（1797）崩于此处。据乾隆诗注，谓毓庆宫有"地既不吉"之语，当时不知缘何选定此宫为德宗书房，是否暗示德宗实际上仍在储位，是个不无探索余地的谜。

翁同龢于四月二十一日记德宗第一天上学的仪节云：

> 与子松同诣上书房恭候。是日上始入学读书，卯正亲诣圣人堂行礼，从官皆补褂朝珠。余等站班后，与伯王、劻贝勒俱至毓庆宫。上御后殿明间宝座，余等四人行三跪九叩礼毕，上降座临轩，向诸臣揖，余等皆跪答，从入西间。

"子松"为夏同善的字；"伯王、劻贝勒"即伯彦讷谟诂及奕劻，皆为御前大臣。翁同龢则自此进入顺境。他本来于光绪二年正月已正式补授户部右侍郎，照例"管理钱法堂事务"，是个优缺，即为"优其馆谷"，调剂师傅之意。

光绪四年（1878）五月升左都御史。光绪五年（1879）正月调刑部尚书，由潘祖荫接他的遗缺。三月，潘调工部尚书。至四月间忽有上谕，潘祖荫与翁同龢对调。工部虽居六部之末，但为第一肥缺，潘任职不过两月，且以惠陵大工，"诸务妥帖"，蒙恩旨，不意竟调刑部尚书。此缺清苦，而且不能当考官，亦不能当任何喜庆差使，因为刑部尚书动笔，绝无好事。潘祖荫为此大发牢骚，说翁同龢是"巧宦"。

翁同龢是否通过沈桂芬或醇王的关系，活动对调，不得而知。但潘祖荫久值南书房，为天子近臣，而仕途常有蹉跌，亦有自取之咎。此公大少爷出身，凡事看得不在乎，兼以口没遮拦，了无忌讳，穆宗得疾，此公在南书房用苏州话大放厥词，说是"小囡瞎揽，揽出来个毛病"。及至调为工部尚书，要与内务府打交道，潘祖荫是不会买此辈的账的。工部如不能与内务府善处，安得久于位？

慈禧堕胎致患蓐劳

当此时也，正是吴可读尸谏，为穆宗立嗣一事闹得天翻地覆之时。此案经过始末，拙作《同光大老》《柏台故事》均曾详谈，这里不必再赘述了。接下来有件大事，倒值得好好谈一谈，那就是慈禧在光绪六年（1880）的一场大病。

慈禧之病起于光绪六年春天。主治御医仍为左院判庄守和、右院判李德立，此二人看不好穆宗的病，也看不好慈禧的病。

但对穆宗，知其病因，而实在无计可施，只能用收敛的药，尽力抑制，结果愈抑愈糟；对慈禧亦知其病因，且有把握可以治好，但不敢下药，因而愈拖愈重，不得不下诏求医。直督李鸿章保荐济东泰武临道薛福辰应征。

薛福辰为薛福成的长兄，《庸庵文集》有《左副都御史薛公家传》云：

> 公讳福辰，字抚屏，别号时斋，江苏无锡薛氏……咸丰五年中顺天乡试第二名举人，授例以员外郎分发工部行走。

按：所谓"援例"即捐班之谓。举人急于用世，自可报捐，李慈铭即为一例。薛福辰旋以父丧，又值洪杨之乱，至同治初年始入都候补，颇不得志。"家传"又记：

> 公入都，浮沉工部，积六七年，居闲无事，乃大肆力于医书，始宗长沙黄元御坤载之说，以培补元气为主；继乃博究群书而剂其平，出诊人疾，无疢不疗……累试礼部不第，居工部又不补官，出参伯相湖广总督合肥李公幕府，积劳改知府，分发山东补用；又以治河改道员，补济东泰武临道。越四年，丁内艰。服阕入都，格于例，不补官，将归隐矣。适皇太后慈躬不豫，遍征海内名医，伯相李公鸿章与总督李公瀚章、巡抚彭公祖

贤，交章论荐。

按：李瀚章为湖广总督，彭祖贤则湖北巡抚。以上叙其起因，如何入宫请脉，留待后文再叙。先谈另一被荐者汪守正，杭州人，《重修平阳汪氏迁杭支谱》中《子常公传略》云：

> 先生讳守正，字子常，杭州钱塘人也。性纯孝，年十五，侍父病，刲臂肉和药以疗，卒不起，誓将身殉，以母在未果。服阕则锐意进取，博母欢心。十九，受知昆明赵蓉舫学使，补博士弟子员，有声黉（hóng）序。后屡踬乡荐，闻发逆势焰焰，慨然有经世之志，遂纳粟为知县，分发河南。

赵蓉舫即同治初年的刑部尚书赵光。薛福辰困于春闱；汪守正则举人亦未中，以秀才捐班知县。薛、汪出身大致相同，亦是巧合。

汪守正有能吏之名，后来受知于山西巡抚曾国荃。光绪初年，山西大旱，汪守正适官平遥知县。此县为票号发源地，多富户，募捐容易，加以汪守正条理精密，业绩斐然，曾国荃大为赞赏，调任阳曲。此为山西首县，非能员不能胜任。初荐时，即在阳曲任内。

薛、汪于六月间到京。翁同龢六月廿三日日记：

> 旨下直省荐医，李相荐薛福辰，曾沅浦荐汪守正，
> 与御医同至长春宫，召见请脉。

又廿四日日记：

> 薛与汪议论抵牾，薛云西圣是骨蒸，当用地骨皮等
> 折之，再用温补。汪亦云骨蒸，但当甘平。

据懂医道的人说，"虚劳内热"谓之"骨蒸"。而"地骨皮"则为清血解热的要药。薛福辰的治法是先去"内热"，再补"虚劳"。以后即由薛福辰主治，汪守正从旁参赞。问题是，骨蒸并非疑难杂症，李德立等岂能不知？

有个传说是，薛、汪的脉案与处方不同，脉案所叙为骨蒸，而处方用治蓐劳的药。李德立不懂这个说假病、下真方的诀窍，药不对症，所以无功。

盛年的皇太后为何会得蓐劳一症？其来有自，《清宫述闻》卷五"长春宫"条注：

> 慈安、慈禧，同治时同居长春宫。迨光绪入承大
> 统，慈安移钟粹，慈禧独居长春。

毛病就出在"独居"。得承恩宠的自然是内廷行走人员，而以荣禄的嫌疑最重。其时荣禄与沈桂芬暗斗，落了下风，虽

解工部尚书，内务府大臣一缺一差，但恩眷未衰，始终是负京师治安重任的步军统领。光绪五年（1879）六月，奉旨参修普祥峪、普陀峪两万年吉地（文宗陵寝名为定陵；慈安、慈禧两后不祔葬，则在定陵之东的普祥峪、普陀峪各营陵寝，合称"定东陵"），因而常得面谒两宫，陈奏陵地施工情形。慈禧降尊纡贵，即在此时，结果成孕，以堕胎失血过多，致患蓐劳。

按：《清史列传·荣禄传》：

> （光绪）五年六月，参修……全工告成，懿旨赏大卷巴丝缎两匹，并下部优叙。十一月以病固请开缺，允之。六年，因已革知县马河图夤（yín）缘开复，降二级调用，不准抵消。

荣禄处分结案在光绪六年（1880）二月，徐一士《庚辰述往》云：

> 光绪六年二月，（荣禄）得降二级调用，不准抵消之处分，系以兼任陵工差时，听从已革知县马河图干求，擅准留工，奏充监修被劾一案，兵部比拟提督总兵徇情滥举匪人例议奏。光绪五年十一月已引疾开步军统领缺，暨神机营差，时正被劾，益自危矣。

其时兵部尚书即为沈桂芬。旧怨早已报复，何又为甚？

而荣禄方以陵工蒙优叙，则以奏请以马河图充陵工监修而被劾，功过两抵大可自宽，又何必"固请开缺"？又据翁同龢是年二月十七日日记："兵部议荣禄处分降二级调，折尾声明系察议，可否改为降一级？旨着照例降二级，不准抵销。"则处分从严，出于当时独自听政之慈安之意。何又不念荣禄陵工劳绩，稍从宽典？凡此皆为深可玩味的蛛丝马迹。

至九月初，慈禧已能起床，力疾召见大臣议伊犁交涉，但人极疲，声音极低，见《翁同龢日记》。同时由所谓"庚辰午门案"，可知肝火极旺。

太监跋扈不法，"翰林四谏"上疏力争

《一士类稿》记该事云：

> 清光绪六年庚辰，有午门护军与太监争殴一案，朝野注目，其事甚可述。八月十二日，孝钦后命侍奄李三顺赏物出宫，致其妹醇王福晋。至午门，以未报敬事房知照门卫放行，护军照例诘阻。三顺不服，遂至争哄。三顺以被殴失物归诉。孝钦时在病中，怒甚，言于孝贞后，必杀护军。

此案据太监一面之词，刑部拟罪甚重，而慈禧仍以为轻，以致迁延多日，至十一月廿八日复奏，护军玉林、祥福发往边疆充当苦差。而慈禧犹须格外严办，廿九日颁上谕，径自加重罪名：

此次李三顺赍送赏件，于该护军等盘查拦阻，业经告知奉有懿旨，仍敢违抗不遵，藐玩已极，若非格外严办，不足以示惩儆。玉林、祥福均着革去护军，销除本身旗档，发往黑龙江充当苦差，遇赦不赦。忠和着革去护军，改为圈禁五年，均着照拟枷号加责。护军统领岳林，着再交部严加议处。

护军定罪如此之重，而于违例的太监不置一词，闻者皆大为不平；且因此而导致太监跋扈不法，关系尤重，"翰林四谏"自不得不有所言。

按：翰林院所属有起居注官，设日讲起居注官满洲十人、汉十二人，掌侍直起居，记言记动，但名存实亡，而翰林对此兼差仍十分重视，其故在兼日讲起居注官，例得专折言事，兼具言官的身份；其他未具"京堂"身份的翰林，如有所建言，须由堂官转递。翰林院的堂官为掌院学士，詹事府堂官为正詹、少詹。所谓"翰林四谏"，即兼日讲起居注官的翰林四人，以敢于言事出名。此四人的姓名，说法不一，但皆属于清流。

《清朝野史大观》记：

光绪初年，承穆庙中兴之后，西北以次戡定，海宇无事，想望太平，两宫励精图治，弥重视言路。会俄人渝盟，盈廷论和战，惠陵大礼议起；一时棱棱具风骨者，咸有以自见。

吴县潘祖荫、宗室宝廷、南皮张之洞、丰润张佩纶、瑞安黄体芳、闽县陈宝琛、吴桥刘恩溥、镇平邓承修，尤激昂喜言事，号曰"清流"，而高阳李文正公当国，实为之魁。疏入多报可，弹击不避权贵，白简朝入，鞶（pán）带夕褫，举朝为之震疏。松筠庵谏草堂，杨椒山先生故宅也，言官欲有所论列，辄集于此。赤棒盈门，见者惊相传，次日必有文字。南皮畏见客，惟同志四五得入门；丰润喜着竹布衫，士大夫争效之。侍郎长叙、布政使葆亨，以国忌日嫁娶，镇平素服往贺，座客疑且诧，俄而弹章上，两亲家罢官矣。尚书贺寿慈演皇杠，过琉璃厂宝名堂茗话，诸公合数人之力倾之，至撮拾暧昧为罪案，卒罢去。

上述诸人除邓承修为举人出身，"入赀为郎"，复考取御史以外，此外皆为当时的名翰林，文章议论，俱有可观。清流之名大著，为同光中兴的鲜明象征。当时"青牛"谐音清流，有牛头、牛尾、牛肚的区分；等而下之名为"青牛腿"，意指专为清流奔走者；复有所谓"青牛靴子"，则又为"青牛腿"而跑腿者。于此可以想见清流的地位及气焰。

"翰林四谏"，据《清史稿》卷四四四所举人名为黄体芳、宝廷、张佩纶、张之洞，有大政事，必其疏论是非。其实名翰林中，伉直敢言者，并不止此四人，如陈宝琛论"庚辰午门案"，即为一例。

陈宝琛，字伯潜，福州人，同治七年（1868）戊辰进士，点翰林，年甫二十一。光绪六年（1880）时，与张之洞为詹事府左右庶子，均兼日讲起居注官。十一月底午门案定谳，认为此案如此结局，关系甚巨，决意上疏力争。张佩纶之侄人骏，与陈宝琛会试同年，两家过往从密。张佩纶知其事而转告张之洞，张与陈遂会衔上折。胡钧重编《张文襄公年谱》记：

> 十二月，因案与陈弢庵太傅交章奏请裁抑阉宦，恭亲王见而称赏，谓同列曰："此真奏疏也！"先是有中官率小阉二人，奉内命挑食物八盒，赐醇邸，出东右门，与护军争殴，遂毁弃食物，回宫以殴抢告。两宫震怒，立褫护军统领职，门兵交刑部，将置重典。
>
> 太傅拟上疏极谏，公谓措辞不宜太激，止可言渐不可长，门禁不可弛，如是已足，我当助君言之；若言而不纳，则他事大于此者不能复言矣。太傅以为然，改正义为附片，有云："皇上尊懿旨，不妨加重；两宫遵祖训，必宜从轻。出自慈恩，益彰盛德。"公犹虑其太峻，夜驰书，谓附子一片请勿入药。太傅以示幼樵侍讲。侍

讲曰："精义不用可惜。"卒上之。公闻而叹曰："君友谏不纳，如何能企主上纳谏乎？"翌日以俄事遇太傅于直庐，问消息如何。曰："如石投水。"意谓留中也。

又数日，两宫视朝，谕枢臣此案可照原议，毋庸加重。公闻之，折简与太傅云："如石投水，竟成佳谶。"

"太傅"指陈宝琛。陈于光绪十年（1884）罢官，里居二十余年，宣统元年（1909），始因张之洞之荐复起，授阁学；宣统三年（1911）五月放山西巡抚。当时亲贵用事，贿赂公行，陈宝琛以红包未到，竟不能到任，晋抚改授陆钟琦，不数月武昌起义，陆死于任上。陈宝琛则塞翁失马，以候补侍郎值毓庆宫，为宣统师傅，入民国后，"小朝廷"尊为"太傅"，殁于民国二十四年（1935），享寿八十八。其时宣统已成"满洲国"的"康德皇帝"，而仍以"宣统二十七年"的"上谕"，晋赠陈宝琛为"太师"。清朝的"三公三孤"，赠太师者共七人，汉人则只杜受田，合陈宝琛而为二，可惜他这个"太师"，比他的"太傅"还不值钱。

"幼樵"即张佩纶。张幼樵为同治十年（1871）翰林，晚于陈宝琛一科。但陈宝琛称之为丈，自称为侄，则以张人骏之故，犹之乎李鸿章科名年龄均高于翁同龢，但因翁同龢之兄同书与曾国藩在翰林院为同僚，以此渊源，亦称之为"丈"，是一样的道理。

至于张之洞，其本性作风，上引胡编张谱一段文字，便是最好的说明，始以不用其言而兴叹，继见"附子"生效，则谓"如石投水，竟成佳谶"。

按：如石投水，用《旧唐书·刘幽求传》中语："忠以成谋，用若投水"。以石投水，如响斯应，此为恭维陈宝琛之语。王湘绮谓张之洞"口舌为官"，但亦有诀窍，即多建言，少搏击。又喜用小巧功夫，为其所尊者谋，娓娓琐琐，形诸笔墨，在旁人看来，不无肉麻之感。若谓张之洞起居无节，号令不时，为人大而化之，如与潘祖荫大会名士，竟忘设席，等等，以其为疏略，则窃恐为张之洞在泉下所笑。

回头来谈陈宝琛那篇恭王许之为"真奏疏"的文字，精义端在附片。主要的一段是：

> 臣职司记注，有补阙拾遗之责，理应抗疏沥陈，而徘徊数日，欲言复止，则以时事方艰，我慈安端裕康庆昭和庄敬皇太后旰食不遑，我慈禧端佑康颐昭豫庄诚皇太后圣躬未豫，不愿以迂戆激烈之词，干冒宸严，以激成君父之过举。然再四思维，我皇太后垂帘以来，法祖勤民，虚怀讷谏，实千古所仅见，而于制驭宦寺，尤极严明，臣幸遇圣明，若竟旷职辜恩，取容缄默，坐听天下后世，执此细故以疑议圣德，不独无以对我皇太后、皇上，问心先无以自安，不得已附片密陈。伏乞皇太后鉴臣愚悃，宫中几暇，深念此案罪名，有无过当。如蒙特降懿旨，格外施恩，使天下臣民，知藐视抗玩之兵

丁，皇上因尊崇懿旨而严惩之于前，皇太后因绳家法、防流弊而曲宥之于后，则如天之仁，愈足以快人心而光圣德。

此一奏所发生的效果，还不在护军处分不必加重，而是确认太监李三顺有过失，交内务府慎刑司责打三十板，首领太监刘钰祥罚月银六个月。至于此案之经过及事态之严重，亦不妨补述。

据王小航《方家园杂咏记事》附记云：

> 慈禧遣阉人赴醇王府，出午门。凡阉人出入，例由旁门，不得由午门，值日护军依例阻之，阉恃势用武，护军不让。阉归告慈禧，谓护军殴骂。时慈禧在病中，遣人请慈安临其宫，哭诉被人欺侮，谓不杀此护军，则妹不愿活。慈安怜而允之，立交刑部，并面谕兼南书房行走之刑部尚书潘祖荫，必拟斩决。

> 祖荫到署传旨，讯得实情，护军无罪。秋审处坐办四员提调，皆选自各司最精于法律者也（时刑署中有八大圣人之称），同谓交部即应依法，倘太后必欲杀之，则自杀之耳，本部不敢与闻。

> 祖荫本刚正，即以司官之言复奏。慈安转告慈禧，慈禧大怒，力疾召见祖荫，斥其无良心，泼辣哭叫，捶床痛骂。祖荫回署，对司官痛哭，于是曲法拟疏。自是

阉人携带他人随意出入，概无门禁。

又，金梁《皇室闻见录》云：

> 凡内廷有赍出物件，应由敬事房先行"照门"；如未照门，不得放行。光绪初，有太后赐件，未经"照门"，护军阻之，太监不服，互殴，奔奏。太后大怒，谓统领岳林应处斩。
>
> 恭亲王曰："岳林失察，罪至交议，护军应斥革耳。"太后曰："否则廷杖。"王曰："廷杖乃前明虐政，不可效法。"太后怒曰："汝事事抗我，汝为谁耶？"王曰："臣是宣宗第六子。"太后曰："我革了你。"王曰："革了臣的王爵，革不了臣的皇子。"太后无以应，始如议，然怒极矣。

凡此所记，或不尽可靠，但当时既有此传说，可知此案确曾引起轩然大波。而两宫及恭王与慈禧叔嫂之间，意见益深，亦可想象得之。

慈安太后蹊跷而崩

光绪七年（1881）三月十一日，宫中传出一件离奇大事，说是有位太后驾崩。其时慈禧病势虽已大有进步，但亦可能翻覆，因而都以为崩逝者是慈禧；及至进宫，方知为慈安太后。王茀（jì）生《述庵秘录》云：

> 慈禧既病数月，孝贞后独视朝。辛巳春三月十日晨，召见军机，御容和怡无疾色，但两颊微赤，军机退。午后四钟，内廷忽传孝贞崩，命枢府诸人速进。向例帝后疾，传御医，先诏军机悉其事，医方药剂，悉由军机检视。时去退直五小时，宫廷暴变，诸臣皆大惊。
>
> 抵宫，见孝贞已小殓，而慈禧坐矮凳，言东后向无病，日来未见动静，何忽暴变至此！诸臣仰慰顿首。出议丧事。曩时后妃薨，即传戚属入内，瞻视后小殓，历朝以为常。孝贞薨，椒房无预其事者，众咸叹为创闻。

按：慈安太后之父名穆扬阿，官广西右江道，早故。穆扬阿子广科，洪杨乱平，放杭州将军，于光绪六年（1880）殁于任上，其子恩焘袭爵，默默无闻。家门冷落，与方家园慈禧母家之势焰煊赫，不能相比。

至于慈安的死因，留待后述，清人笔记谓丧礼甚薄，则稽诸史实，信而有征，慈禧之别有用心，灼然可见。慈安之崩，为慈禧病中思量，与李莲英辈反复计议，决意独揽大权之始，值得详记。

按：慈安太后大丧，派惇王、恭王等王公大臣八员"管理礼仪"，汉大臣只翁同龢一人；而所能尽心，只拟谥一事。

翁同龢三月十八日记：

> 内阁拟上"钦肃敬恪"等字，余抗言曰："贞字
> 乃始封嘉名，安字亦廿年徽号，此二字不可改。"宝相
> 云："钦字恭邸所定。"余曰："此岂邸所应主议哉？"
> 复与伯寅申之曰："贞者，正也，当时即寓正位之意，
> 且先帝所命也。"议遂定。

定制，皇太后尊谥，于原晋徽号内保留十字，另加四
字，连例有的"天、圣"字样，共为十二字，计增六字，而
"孝"为起首必有，配合"天、圣"二字的字样，以其身份而
定，亦少斟酌的余地。故就实情而论，要紧字眼，端在第二
字，清朝诸皇后谥第二字，或切其身份，或尊其地位，或叙
其生平，或道其贤德，或补其缺憾，大致皆属允当。内阁拟
上"钦肃敬恪"四字，下二字非美谥，上二字则又不似慈安
为人，《鸿称通用》上册之下，取用列后尊谥："神明俨翼"
或"威德悉备"皆曰"钦"，"严畏自饬"或"摄下有礼"皆
曰"肃"。所谓"神明""威""严""摄下"，皆与慈安的性
格、行谊不符，比较而言，则"钦"胜于"肃"，恭王定为
"钦"字，犹是不得已而短中取长之意。

至于后谥对"贞"之解释，则为"德性正固"或"率义
好修"。翁同龢特拈"贞者，正也"之义，尤为侃侃正论，可
为大臣"正色立朝"一语做一注解。至谓"此岂邸所应主

议"，则议谥为内阁之职，亦即宰相之权，相权即君亦不能夺，何况亲贵？但其时备位宰辅者，李鸿章以文华殿大学士遥领；左宗棠为东阁大学士，年资且居次辅，不谙京朝故事，且回阁办事未几；宝鋆则唯恭王之命是从，恭王尚不敢有所主张，何况宝鋆？此外全庆、灵桂、文煜，伴食而已。宰相媕婀[1]取容，故翁同龢与潘伯寅遂得于此事僭摄相权。翁同龢晚年以书生而误国，但平生可爱之事亦甚多，此为其一。

在为慈安议谥一事上，慈禧落了下风，但亦可能正因为翁同龢有"贞者，正也"的议论，激起慈禧的反感，所以在择定慈安葬期时，慈禧的手法，真可说是玩弄王公大臣于股掌之上。

先是六月底上谕，报慈禧太后"大安"，各省保送医士赏赉有差。旋于七月初降谕："孝贞显皇后奉移普祥峪定东陵永远奉安，着钦天监于八九月间选吉期具奏。"仿佛慈禧病已痊愈，将亲送慈安梓宫至山陵。

迨至选定九月初九移灵，十七日下葬，随即又有一谕："是日奉慈禧太后恭送孝贞显皇后梓宫至普祥峪永远奉安。"却又缀以一语："沿途毋庸另备御道。"这等于暗示，表面说"恭送"，实际上是不打算"恭送"的。

于是先意承志的佞臣纷纷上疏谏劝，谓慈禧大病初愈，不宜跋涉。太后不出，小皇帝当然亦不能远行。至八月初，

---

[1]　媕婀（ān'ē），不能决定的样子。

由礼亲王世铎领衔，亦上疏，做同样的劝谏。乃于八月初九降谕：

> 金称皇太后训政勤劳，实系宗社之重，现在甫报大安，尚未复元，往返长途，复加伤感，于节劳调摄均非所宜。又以朕依侍慈闱，事事仰蒙调护，若暂疏定省，必致昕夕罣怀，亦非颐养之道。谨遵康熙二年圣祖仁皇帝成宪，停止躬送等语；情词肫挚，出于至诚，披揽之余，曷胜凄怆。
>
> 仰惟皇太后圣躬甫臻康豫，冲寒就道，时历旬余，诚非所以资保卫而昭慎重。谨据王大臣等所奏，竭诚吁请，仰蒙垂鉴微忱，俯允停止送往。朕受孝贞显皇后顾复深恩，昊天罔极，值此奉安大典，不克尽哀尽礼，此心何以自安？兹奉皇太后懿旨：皇帝尚在冲龄，衔哀远出，悬系实深，诸王大臣等所陈，系仰体万不得已之苦衷。为此酌经从权之请，尚其以付托为重，勉循成宪，俯顺群情，允如所请。钦此。慈命谆切，敢不祗遵。敬念灵舆在道，永奠山陵，未获躬亲大事，夙夜茕茕，负疚何极？将来诹吉举行恭谒典礼，再行侍奉皇太后敬诣山陵，虔申诚悃。

我不知道当初议定慈安奉安日期的过程如何，但可确定者，在事大臣必然考虑到慈禧病体是否宜于跋涉；如慈禧不能作长途旅行，则十岁的皇帝即不宜单独远行。因此，在六月下旬报大安后，七月初即降谕择葬期，其相关之迹，殊为显然。

乃既定葬期，且慈禧复经两个月的调养，健康情形更有进步，而忽然生出一个"冲寒就道，时历旬余，诚非所以资保卫而昭慎重"的理由。既然如此，当初应顾虑及之，何以有在八九月间择吉期之谕？于此可见，显然是慈禧不愿意送葬，甚至是她故意布置的圈套。发动此议者非不得意或声名向来不佳的大臣，即为名不见经传的翰林或操守有问题的御史，"翰林四谏"及响当当的言官，奏称"慈舆未可远涉郊坰"者，一个都没有，其为由内务府人员所策动而上奏者，其迹亦颇显然。

既然皇帝不能亲送慈安太后入山陵，则典礼应有代行之人，因而有此上谕：

> 礼部奏请派近支王恭代行礼，并将礼节开单呈览一折，九月初九日奉移孝贞显皇后梓宫启行，朕前诣东直门外大桥迤东恭送后，芦殿梓宫前行夕奠礼并沿途行朝夕奠礼，隆恩殿行缛奠礼，着派惇亲王奕誴恭代；隆恩殿行迁奠礼，梓宫升小舆奠酒行礼，梓宫安奉龙辀上奠酒行礼，梓宫届奉安吉时奠酒行礼，梓宫永安礼成祭坛前奠酒行礼，隆恩殿行虞祭礼，恭捧神牌升黄舆行礼，着派恭亲王奕訢恭代；梓宫至大红门遥向祖陵行礼，着

派惠郡王奕详恭代；梓宫安奉隆恩殿毕祭酒行礼，着派
庄亲王载勋恭代；黄幄沿途朝夕祭行礼，着派怡亲王载
敦恭代。

由这张名单可以看出来，代为行礼的近支王，以恭王为
主，其次是惇王。问题是何以无醇王，莫非他不是近支？说
穿了不稀奇，慈禧的意思是，从穆宗崩逝，嘉顺皇后殉节以
后，慈安当太后的日子也就结束了。德宗是她的皇帝、是她
的嗣子，一律都跟慈安无关。这层关系，她要把它划得清清
楚楚，表示"唯我独尊"之意。

于此，我们实不能不怀疑，慈安之崩为慈禧所鸩毒。

清人笔记谈此事者不一而足，引录其中之一：

光绪七年，慈禧太后忽患疾甚剧，征集中外名医治
之，皆无效，盖由误认为血臌所致。惟无锡薛福成之兄
福辰诊其脉，得病之所在，脉案固血臌也，药剂则皆产
后疏瀹补养之品，故奏效如神。

慈禧后病既愈，慈安后知其多失德，思所以感悟
之。某夕，置酒宫中，为慈禧后庆，酒既半，慈安后摒
去左右，殷勤追述咸丰时北狩木兰，猝遭大故，肃顺擅
权，宫中颠沛艰危之状及同治时同临朝十余年事，甚
悉，欷歔涕零久之。慈禧后亦悲不自胜。慈安后忽慨然
曰："吾姊妹今皆老矣，旦夕当归天上，仍侍先帝，吾

二人相处二十余年，幸同心，无一语勃豀。第有一物，乃畴昔受之先帝者，今无所用之矣。然恐一旦不讳，失检藏，或为他人所得，且至疑吾二人貌合好而阴妒嫉者，则非特吾二人之遗憾，抑且大负先帝意矣。”

语次，袖出一函，授那拉氏，使观之。那拉氏启视，色顿变，惭不可仰。函非他，即文宗所付之遗诏也。观毕，慈安后仍索还，焚于烛上，曰：“此纸已无用，焚之大佳，吾今日亦可以复命先帝矣。”是时慈禧后惭愤交加，强为感泣态，慈安后百计慰藉之，遂罢酒而散。

关于文宗付慈安的所谓“密诏”，为清宫末年一大疑案。入民国后，诸家笔记中有谈及此事者，说文宗见懿贵妃（慈禧原封号）生子后，渐有揽权跋扈之状，而皇后温厚，恐将受欺，因仿汉武钩弋夫人故事，预留遗诏付皇后，谓懿贵妃将来母以子贵，若有骄恣不法状，可召大臣宣遗诏以诛之。

或谓此议出于肃顺，此亦极可能，因肃顺在热河时，即极力裁抑慈禧太后。肃顺未必知钩弋故事，但“肃门六子”，皆为名士，肃顺或从门客之言，亦未可知。

越数日，慈安后偶因事至慈禧后宫，慈禧后执礼甚恭，非复如曩时之骄纵，侍者窃异之，慈安后亦阴自喜，以为前日所为之果有效也，岂知别有意在！二人坐谈时，慈安后觉腹中微饥，慈禧后令侍者奉饼饵一盒进，慈安后食而甘之，谓似非御膳房物，慈禧后曰："此吾弟妇所馈者。姊喜此，明日当令其再送一份来。"慈安后方以逊辞谢，慈禧后曰："妹家即姊家，请弗以谢字言。"后一二日，果有饼饵数盒进奉，色味花式悉如前。慈安后即取一二枚食之，顿觉不适，然亦无大苦，至戌刻，遽逝矣。年四十有五。

据清人笔记，慈安喜零食，又有午睡习惯，睡起后，常进果饵，故如真有鸩毒之事，自以置于糕饼中为最可能。

总之，慈安为慈禧谋杀，虽非铁案，而诸多迹象，可为有力的旁证。其最可疑者为无三月初十的脉案。慈安是时确有感冒末疾；现成有一日侍宫中的薛福辰在，为之诊脉处方，谓小恙无足为虑。及至傍晚，薛方访阎敬铭时，骤闻噩耗，惊愕莫名。

按：帝后暴崩，非中风[1]即心脏病。慈安体气素健，即令有此病根，则有薛福辰在，岂不能及早发觉，加以诊疗？于此可知，慈安之暴崩，为死于非命；而除慈禧以外，又有何人能致东后于非命？

问题是，慈禧做主以外，为之设谋及下手者何人？兹先引《慈禧外纪》第十章记"慈安太后之崩"云：

---

[1]　即脑卒中。

慈禧行事，皆深资荣禄之臂助，故极其宠任，以总管内务之故，得以随时出入宫廷。一千八百八十年，即光绪六年，荣禄与同治帝一妃，忽犯嫌疑。以此事言于慈禧者，为光绪帝之师傅翁同龢。当时宫中竞传，慈禧亲自于此妃房中查出。此为极大之罪，遂褫荣禄之职，其后七年，皆投闲散。

慈禧志意刚强，虽极宠任之人，既犯法，亦不肯宽之也。但不久即生悔心，以失此忠诚得力之仆，继之者无一人能及之。荣禄有胆有识，极忠于慈禧，慈禧深倚重之，今一旦失去，虽感不便，然其所犯之罪太大，不欲骤然起用，以失体于朝臣。且对于荣禄，亦不肯降气以轻恕之，而自变其初心也。

因此事，慈禧亦颇疑及东宫有意用此计以陷害荣禄。至一千八百八十一年之三月，即光绪七年，以总管太监李莲英之骄横，而两宫太后复起争端，慈安谓李莲英为慈禧所宠任，其目中只有慈禧，而不知有己，藐视太甚，致其余之太监，亦尤而效之。又言，李莲英权势太大，人皆称之曰九千岁，争论极剧，竟无调停之余地。人言慈禧含怒于心，不能再忍，而慈安之死机伏于此矣！颇有谣传慈安之薨，为中毒者。

按：《慈禧外纪》为《清宫二年纪》的姐妹篇，作者虽为英人，而记述颇有可取。译者陈冷汰，不知何许人，译笔颇为负责。上引之文，做参考极有价值，但当守"尽信书不如无书"之戒。谓翁同龢向慈禧告密，此为必无之事。又谓慈禧"疑及东宫有意用此计以陷害荣禄"，更为不明慈安性情及宫中规制之言。

值得做参考，或者说可资为佐证的是：首先，宫闱丑闻，果然与荣禄有关；其次，承慈禧之意，主谋及下手者，是李莲英。清人笔记中记李莲英出身云：

> "皮硝李"者，孝钦后之梳头房太监也。名莲英，直隶河间府人。本一亡赖子，幼失怙恃，落拓不羁，曾以私贩硝矿入县狱，后脱羁绊，改业补皮鞋，此"皮硝李"三字之徽号所由来也。

> 河间本太监出产地，同乡沈兰玉向与有故，先为内监，见而怜之，莲英遂恳其引进。适孝钦后闻京市盛行一新式髻，饬梳头房太监仿之，屡易人，不称旨。兰玉偶在闶闳房言及。闶闳房者，内监之公共休憩所，莲英尝至此访兰玉者也。既聆孝钦后欲梳新髻事，遂出外周览于妓寮中，刻意揣摹，数日技成，挽兰玉为之介绍。兰玉竟荐之，而莲英遂从此得幸矣。迨东宫既殂，益无忌惮，由梳头房晋为总管，权倾朝右，营私纳贿，无恶不作。

此记颇多未谛；太后梳头，须从妓寮中学新样，更为奇谈之尤。按："皮硝李"外号之由来，乃因李莲英本业为硝皮作坊的司务，以好赌负债，无所得偿，不得已"净身入宫"，年已三十。半路出家的太监，与自幼在宫中者，人情阅历，大不相同。而李之以为慈禧梳头得宠，实得力于他的硝皮手艺。

此话怎讲？原来慈禧自入中年，头发枯落。而所谓"雁尾"的"旗头"，梳篦极紧，发更易落，所以每日晨妆以后，*丝丝缕缕*，满布两肩，慈禧辄痛责梳头太监。而此为无可奈何之事，以故奄人一闻充太后梳头之役，无不失色。李莲英即由此承之，否则梳头太监为太后的"身边人"，李莲英资格既浅，又乏渊源，无由得此美差。

然则莫非李莲英梳头，慈禧的头发就不掉了？当然不是。只是发落如故，慈禧不易从镜子中看到而已。这就是李莲英的手艺派上了用场：既业硝皮，可称处理毛发的专家，一面梳头，一面找些新闻跟慈禧闲聊，而就在慈禧分心之际，很巧妙地将落发一摘一捻，藏入掌中，使得慈禧产生一种错觉，以为只有李莲英梳头，她的头发才不会掉。

当然，梳头的本事，李莲英还是有的。据唐鲁孙先生说，"雁尾"以大为美，发多则大，所以少妇的雁尾，必大于老妪。此和汉妆之髻道理相同，银丝盈颠，何来盛鬏（jiǎn）？这也就是慈禧何以痛心她掉发的缘故。

至于说李莲英"无恶不作"，实不免言过其实；此由于一提起李莲英，总不免使人想起洪波的形象之故。有一次我跟洪波说："李莲英不是你所演的那副德行。"他回答得妙："不是那副德行，还能叫洪波吗？"于此可知，李莲英自李莲英，洪波自洪波，不可混为一谈。

李莲英自然是小人，但至少比小德张要好得多。我曾经参考各种资料，研究李莲英的为人。大致说来，他之对于慈禧，犹如一般高门大族，老管家之于当家掌权的老太太，他心心念念所想的，就是如何让这位老太太体健神怡，全家大小平安度日，是故所务者为取悦于慈禧，而所忌者即为慈禧生气。至于弄权，自所不免；暗箭伤人，亦往往有之，但跋扈嚣张，肆无忌惮，则未有所闻。

王小航曾记李莲英一事云：旅顺筑港完工后，醇王由李鸿章陪同出海视察，慈禧派李莲英随后，名为伺候醇王，实际上是代慈禧做耳目，看看新建的海军究竟是什么样子。而一时舆论哗然，以其启宦官监军之渐。李莲英一路谨守法度，淮军为李莲英所备的行馆颇为华丽，他却而不用，只随醇王起居。醇王见客，则一旁侍立装烟；执役事毕，退归私室，不见外客，一无所扰。

李莲英识此大礼，基本上还是鉴于安德海的前失，不敢为慈禧找麻烦。当时清流虽尽，而言路上"翰林四谏"及邓铁香等人的余威犹在，如果李莲英言行不谨，必有人以白简相击；而约束宦官，责在慈宁，语中欲避太后而不可得，所以李莲英此行特别谨慎。巡海归来，醇王大赞，慈禧自然也有面子，李莲英的宠信益固，这是他聪明的地方。

慈禧大权独揽，炫耀权威，加恩医官

慈安既崩，慈禧大权独揽，且亦有意炫耀权威，如六月底加恩医者一谕：

> 皇太后自上年春间圣体违和，多方调摄，现已大安，朕心实深庆幸。惟念慈躬甫就绥和，仍宜随时静摄，昕宵训政，未可过涉焦劳，朕惟有于定省之余，吁恳圣慈遇事节劳，宽怀颐养，日益康强，以慰天下臣民之望。
>
> 上年宝廷奏请饬各省保送医士，当经寄谕各省督抚，详细延访，保送来京。旋据李鸿章、李瀚章、彭祖贤保送道员薛福辰，曾国荃保送知县汪守正，吴元炳、谭钧培保送职员马文植等到京。由总管内务府大臣带领各该员，同太医院院判等每日进内请脉，所拟方剂，均能谨慎商榷，悉臻妥协，允宜特沛恩施。前山东济东泰武临道薛福辰，着记名以道员遇缺题奏，并赏加布政使衔；知府用候补直隶州知州，山西阳曲县知县汪守正，着记名以知府遇缺题奏，并赏加盐运使衔；署右院判庄守和，着补授左院判，赏给三品顶戴，并赏还花翎；四品衔御医李德昌，着补授右院判，

赏给三品顶戴并赏戴花翎；医士栾富庆、佟文斌，均
着以御医遇缺即补，并赏加五品顶戴；前署右院判李
德立之子兵部主事李延瑞，着以本部郎中遇缺即补。
并钦奉懿旨：薛福辰、汪守正、庄守和、李德昌、马
文植，各赏给匾额一方，以示优异。

薛福辰、汪守正皆为朝廷命官，与本业为医者不同，
以方伎见功，酬庸之道甚多，不当升官。滥用名器而恭王
不能谏止，终于有甲申全班出军机的大政潮，其来也渐，
殊非偶然。

又，谕中所谓"职员马文植"即常州儒医马培之，以为
俞曲园治愈险症而声名大噪。征医时，为江苏巡抚吴元炳所
保荐，会诊时亦颇有贡献。但太监时有需索，马文植心不能
平，既无仕进之心，不必留恋，因而托词有晕眩旧疾辞差。
回里后，因有慈禧御笔所赐匾额，遂有"太医"之名，诊务
极盛，乃至巨富，亦可说是不虚此行。

马文植既归，薛福辰益显重要，是故官符如火，特简广
东雷琼道，占一实缺。至"报皇太后万安"后，特赏头品顶
戴，调补直隶通永道，因驻通州，慈禧犹嫌侍疾不便，擢之
为顺天府尹。

此外尚有各种"将相大臣所不敢望"的恩赏，以致颇遭
妒忌。光绪十二年（1886）十二月，江南道御史魏乃勤上折
参薛福辰，奉上谕：

御史魏乃勷奏薛福辰玩视大典请严议一折，玉粒纳仓，与坛庙大典不同，且邵曰濂获咎系因久旷职守。该御史参劾府尹薛福辰临期不到，辄谓较邵曰濂情节有加，深文周纳，措辞已属失当。至请以太医院官改用，尤属胆大妄言，不可不予以惩儆，以杜攻讦之渐。魏乃勷着交部议处。玉粒纳仓，向系兼尹府尹联衔具题，届期躬诣太常寺交收，此次薛福辰因何临期不到？毕道远曾否前往？均着明白回奏。

"玉粒"指米谷；所谓"玉粒纳仓"，为祭先农坛的典礼之一。《清史稿·礼志二》：

先农……其秋，年谷登，所司上闻，择日贮神仓，备供粢盛。寻定先农岁祭遣府尹行，大兴、宛平县官陪祀。

至于邵曰濂获咎，因官居太常寺卿，衰病恋栈，这年春天请假至八十天之多；及至冬至祭天大典将届，太常寺职司甚重，邵曰濂又复请假，致为言官所参。与薛福辰比较，情节轻重不侔，故上谕中加以指斥。

按：顺天府府尹其实就是顺天府知府。凡一省省城所在地的府为首府，顺天府则犹首府之首府，既为首善之区，且下辖二十四县，为全国最大的一府，故称府尹，秩正三品。而京朝大官甚多，吕极不侔，体制有别，办事不免扞格，故例简尚书兼管顺天府，称为"兼尹"，与"大学士管部"的情况相似。

此时顺天府兼尹为兵部尚书毕道远，如何复奏不可知。薛福辰则奏称，以是日黎明先诣先农坛交收，再至太常寺，因道路较远，时已辰末。未予处分，旋即调任宗人府府丞。徐一士论此节云：

> 宗丞、京尹均正三品，而宗丞班在京尹之上，为大三品卿之一，京尹犹小三品卿也。此系升擢，惟京尹有地方之责，事任较重，宗丞则闲曹耳。

上引文见《一士类稿》"壬午两名医"。又云：

> 魏乃勷照部议降三级调用。乃勷以言官弹一京卿，竟以"胆大妄言"获此重谴，则缘对福辰以疗病进用含讥刺之意，致触孝钦之怒耳。在福辰若可快意，而实难免隐憾在心，耻以医进而为人指目也。

薛福辰本耻以医进，而魏乃勷之"请以太医院官"降补，为上海人打话，是有意"触霉头"，益感委屈。偏偏此一委屈，又是世俗所艳羡不置者，倘有一言半语的牢骚，他人以为其词有憾，其实深喜，或致讥刺，则委屈之中更有委屈。

据薛福成传其兄薛福辰实有治事之才，历数其政绩如：

一、在山东道员任：为巡抚丁文诚公（宝桢）所倚任，凡整军、治狱、赈饥及防河大工，壹埤遗之。塞侯家林决口也，公综理全局，联络兵民，捧土束薪，万指骏作，穷四十五日夜之力，河流顺轨，民困大苏。

二、在直隶通永道任：通州为出都孔道，僦车者公私骈集，牙侩把持，大为民病，公创设官车局，排斥浮议，力任其难。

三、在顺天府尹任：值岁大浸，灾黎嗷嗷待哺，公精心擘画，集巨款，选贤贞，濯癏嘘槁，全活甚众。为监司时，即深恶属吏之蠢官者，纠弹不少贷。

薛福辰不但有治事长才，且勇于任事。慈禧果能于医道之外，复能重视他的"本行"上的长处，以及他内心的委屈，当魏乃勸"请以太医院官"降补时，上谕赞扬其政绩，并破格擢升。如，当时江西巡抚德馨声名不佳，以薛福辰升调接替，俾得一尽其医道之外之所长，此始能使薛福辰生感激知遇之感。乃以慈禧私心自用，总希望将薛福辰置于近处，以备缓急，结果他救了慈禧的命，自己的一条命却送到了慈禧手里。

薛福成云：

伯相李公暨丁文诚公、前顺天府尹沈公秉成，屡以治行尤异密荐，天子亦自知之，顾以医事荷殊眷，而吏治转为医名所掩，颇用此郁郁不乐。公素性通敏，阅事多，于世路险巇，人情曲折，必欲穷其奥而探其隐；然天性径遂，凡人一言之善，或一事稍可人意，则倾诚推服，必逾其量倍蓰，或稍拂其意，则贱简之也亦然，其待交游与在家庭之间，莫不皆然。颇用情未协于中，则意气稍不能平；意气不平，而养生之道戾矣。

薛福成又记，薛福辰好围棋，其夫人王氏屡劝不听，举棋子投诸井。王夫人早卒，没有人再能劝阻，以故在通永道任内，常秉烛达旦或自演棋谱，或与客对弈。治事用心甚专，已耗心血，复又耗之于棋，一支蜡烛两头点，其为不支，未卜可知。

薛福辰经此精神打击，益加颓唐。次年（1888）二月继吴大澂为左副都御史，因病不能视事，数次奏请开缺，扶病南还，殁于无锡老家，得年五十有八。

现在再谈汪守正。此人虽为捐班的"风尘俗吏"，但出于真正的书香世家。洪杨以前，四世藏书，一门风雅。《国朝杭郡诗辑》：

> 汪宪，字千陂，号鱼亭，钱塘人。乾隆乙丑（十年）进士，官刑部陕西司员外郎，有《振绮堂稿》。注云：鱼亭性耽蓄书，有求售者，不惜丰价购之，点注丹黄，终日不倦。

乾隆三十七年诏求遗书，其长君汝琛以秘籍进，经御题《由淯旧闻》《书苑菁华》二种，恩赐《佩文韵府》一部，文绮二端，足为海内嗜学之儒劝矣。

汪宪数子皆能继家声，次子汪璐，生子汪诚，父子皆为举人，汪诚取家藏书编目，计三千三百种，六万五千卷；汪诚长子汪远孙，字久也，号小米，尽发先世藏书而读，其别业所在地即名之为小米巷，距寒家不远。陈用光《振绮堂书目序》：

余来杭州，闻汪舍人（按：汪远孙官内阁中书）远孙家藏书甚富，借观其目，舍人既以《临安志》见赠，并索为目录序。舍人之藏书，分经、史、子、集为四部，部各有子目，而所考证其书之佳否、真伪及得书之缘起，自注于上方甚详，且秩然有条理也。

是故振绮堂藏书虽非最富，而振绮堂书目则颇为士林所重。可惜洪杨之乱，大多散失。

汪守正可能是汪小米的孙子或侄孙，同治七年（1868）六月底，慈禧报大安，恩赏以知府补用，不久补扬州知府，未到任而调天津。雍正年间，天津由卫改府，地位日渐重要，至李鸿章建海军时，天津可说是北洋的首府，亦是淮军的天下，夹一个"非我族类"而又不甘于唯唯听命的汪守正在内，李鸿章大感不便，因而将汪调宣化府以远之。不数年郁郁而终，其间遭遇长官同僚的杯葛歧视，自不难想象。

其传略赞曰：

> 先生以一县令视疾内廷，圣眷优渥，恩赏屡加，而其才行志节又足以符际遇之隆，独以其抗直之气不自遏抑，戢翮茸翰，赍志以没，岂非命耶？虽然，是亦何损于先生哉？

官符如火张之洞

当慈安暴崩，慈禧精神未复，自光绪七年（1881）初夏至八年（1882）夏天，大政常数日一裁决，军机中，恭亲王锐气已消，王文韶何能比沈桂芬，景廉更不能比文祥，掌权者宝鋆及李鸿藻。宝鋆本倾向南派，沈桂芬既殁，南派声势不振，宝鋆颇有寂寞之感；而北派魁首李鸿藻，则有清流为后援，羽翼大张，其中最活跃的是张之洞，亦首先脱颖而出，光绪七年（1881）十一月简放山西巡抚。

按：翰林自七品至四品，升迁极慢，须经多次迁转，故有"九转丹成"之号，"开坊"后如转至詹事府洗马，因出路极窄，往往停滞不前，亘十年之久，亦为常事，故得此缺者，每以杜诗"一洗凡马万古空"自嘲。

而张之洞自同治二年（1863）中探花、四年（1865）散馆得一等第一名以后，六年（1867）放浙江主考，出闱放湖北学政；十二年（1873）放四川主考，出闱后即充四川学政。十年之间，两得试差，两任学政，且皆以副考官充任，谓非朝中有人，其谁能信？但此尚由于宝鋆之力，同治二年宝鋆奉派为殿试读卷官，张之洞策论奇横可喜，为其所识拔。及至入光绪，升迁之速，则非宝鋆之力。

张之洞于光绪五年（1879）二月补国子监司业，八月开坊为左春坊中允，九月转洗马，翌年五月即晋右庶子——十五个月的工夫由正六品升至正五品，在翰林中除特旨外，循资迁转很少有此现象。

然而犹未及此后之官符如火，光绪七年二月补翰林院侍讲学士，此职从四品，九转已将丹成，但内转京堂，外放司道，亦须数年经历；而自慈安太后暴崩后，慈禧除大赏襄事丧仪王公大小诸臣以外，六月初以特旨擢张之洞为内阁学士并加礼部侍郎衔。试问张之洞何德何功，蒙此异数？

百年以后，回顾往事，虽非洞若观火，但凌空循象，若现若隐。如慈安暴崩之时，张之洞有为议穆宗立嗣的那股劲道，以御医下药是否有误，疏请究治，将使慈禧陷于无可自解的窘境；乃此时如李慈铭所讥者，甘为"仗马"，唯以不鸣为贵，故慈禧于事平后亟亟酬庸，其用意有三：

第一，张之洞为李鸿藻的手下第一大将，加恩于张，即表示对李的尊重。

第二，示意清流，能如张之洞者，皆得蒙重赏。

第三，使张之洞感恩图报。张之洞晚年自道"调停头白范纯仁"，且明知清之必亡，仍"苦追落日到虞渊"，非报清朝，实报慈禧。

阁学外放，例为巡抚，但由从四品的侍讲学士，不到十个月便成为封疆大吏，而谓无特殊原因，此又人所难信。

张之洞之任晋抚，出于李鸿藻所保。李殁后，张之洞挽以联云：

> 元祐初政，世称司马忠纯，再相未几时，凄凉竟堕天下泪；
>
> 筹边非长，我愧晋公荐疏，九原不可作，苍茫空负大贤知。

上联恭维慈禧为宣仁太后，而李鸿藻领导的北派为"元祐正人"，则翁同龢的南派自是金壬。下联则公然以李德裕自居。

李德裕为裴度所荐，李宗闵由是怨裴度，而李宗闵、牛僧孺处处与李德裕为难，即所谓"牛李党争"。张之洞自命为李德裕，显然指翁同龢为李宗闵。当时是翁同龢最盛之时，而张之洞在湖北大办实业，用钱如泥沙，故有"屠钱"之号，与以后岑春煊的"屠官"，皆为隽语。翁同龢手握财权，多方裁抑，以故张之洞恨之入骨。但此联为"荐疏"，实则乌有，不过每日召见军机时，论及简放督抚，口头一言；而慈禧不能不许之者，以李鸿藻有挟而求。就此实况而言，张之洞得任封疆，与司法黄牛之敲诈被告，实在没有两样。

慈禧利用清流打击恭王，并设计倾陷清流

不过，谈到慈禧的政治手腕，实在很厉害。当时她所忌者，一是慈安，二是恭王，三是清流。最容易但也最难的是第一步。慈安之"后事"居然如此容易料理，可说出乎慈禧的想象，因而放手进行第二、第三步。

这两步其实是在同时进行，利用清流打击恭王时，亦即是陷清流于自绝之地。去恭王的指使者是慈禧，而总其成者是醇王，主谋者皆知是孙毓汶，而我很疑心是荣禄。换句话说，荣禄是参谋长，孙毓汶不过拟作战计划的高参而已。

孙毓汶之被选任来担当此一任务，是因为孙与恭王有一段私怨。兹先引《清史稿·孙毓汶传》：

> 孙毓汶，字莱山，山东济宁州人，尚书瑞珍子。咸丰六年，以一甲二名进士授编修。八年，丁父忧。十年，以在籍办团抗捐被劾，革职遣戍。恭亲王以毓汶世受国恩，首抗捐饷，深恶之。同治元年，以输饷复原

官。五年，大考一等一名，擢侍讲学士。先后典四川乡试，督福建学政。

光绪元年，丁母忧。服阕，起故官。寻迁詹事，视学安徽。擢内阁学士，授工部左侍郎。十年，命赴江南等省按事。时法越事起，毓汶以习于醇亲王，渐与闻机要。适奉朱谕尽罢军机王大臣，毓汶还，遂命入直军机，兼总理各国事务大臣。时当国益厌言路纷嚣，出张佩纶等会办南北洋、闽海军务，余亦因事先后去之，风气为之一变。十五年，擢刑部尚书，寻调兵部，加太子少保。历典会试、顺天乡试，赏黄马褂、双眼花翎、紫缰。二十年，中日媾和，李鸿章遣人赍约至。廷臣章奏凡百上，皆斥和非计。

翁同龢、李鸿藻主缓，俄、法、德三国亦请毋遽换约。毓汶素与鸿章相结纳，力言战不可恃，亟请署，上为流涕书之，和约遂成。明年，称疾乞休。二十五年，卒，予谥文恪。

毓汶权奇饶智略，直军机逾十年。初，醇亲王以尊亲参机密，不常入直，疏牍日送邸阅，谓之"过府"。谕旨陈奏，皆毓汶为传达，同列或不得预闻，故其权特重云。

按：翁同龢咸丰十年（1860）十二月十日记：

僧邸参孙毓汶不适调遣，请革职枷示，发新疆。奉旨免其枷号，即革职发新疆。词臣居乡，乃被斯议，亦奇矣哉！

其实即因孙毓汶抗捐而为恭王所不满，授意僧格林沁，以孙毓汶办团练不遵调遣参劾。恭王待人一向宽厚，唯独此事，稍觉过苛。孙毓汶受辱忒甚，因而怨不可解。

除恭王以外，孙毓汶与翁同龢亦有心病。相传孙毓汶曾与翁同龢争状元不得，其事不甚可信，但孙毓汶之视翁同龢，犹李鸿章之视张之洞。但宦途荣枯不同，翁同龢早在光绪五年（1879）由刑右擢左都，居八卿之列，既为帝师，又入军机；而孙则至光绪十年（1884）正月始以工左兼署刑尚，相形见绌。自以才具既胜，资格相侔，何以屈居人下，总缘恭王在位，妨其云路，因而益坚附醇王去恭之心，此亦可想而知者。

不过，发动这样一个政变，已跟造反差不多，因而策划进行，极其隐秘。谜底揭晓，只能说一声：原来如此！恍然于心，而无从细说其究竟。但掩饰的浮谈，则可一一批驳。如《花随人圣盦摭忆》引赵竹君所谈云：

> 甲申（光绪十年）时，秉政者恭邸与高阳李文正鸿藻。恭邸自庚申和议后，内平发捻回匪，外与各国驻使周旋坛坫，承文文忠之后，虽不悉当，尚畏清议。高阳则提挈清流，开一时风气，忌清流者亦因之而起。

法越事起之前，合肥丁内艰，夺情回籍，守制百日，朝廷以合肥统北洋淮军，即命向隶淮军之张树声置直督以镇率之。其子蔼青，在京专意结纳清流，为乃翁博声誉，此时即奏请丰润帮办北洋军务，忽为言官奏劾疆臣不得奏调京僚。丰润仍留京，因而怨树声之调为多事。树声甚恐，颇虑其挟恨为难，非排去不安。然丰润恃高阳，又非先去高阳不可。蔼青即多方怂恿清流，向盛伯熙再三游说，弹劾枢臣失职。伯熙为动，乃不意并树声亦论列之，此则非蔼青所料。

此说不通之至。张树声奏调张佩纶，即有其事，事先必获本人同意，言官奏劾，何能怨张树声多事？即令生怨，亦止于怨而已，何能挟恨，更何能为难？而况排去张佩纶，莫非即可免难？张佩纶的知交都到哪里去了？至于欲排张佩纶，而必欲先排李鸿藻；排清流魁首李鸿藻之法，为"多方怂恿清流"，此种形同呓语的欺人之谈，如知出于何人之口就不足为奇了。赵竹君又云：

前述蔼青与丰润一节，其时南皮知之最稳，谆谆见告，谓年辈晚者，应知当时朝局变更之所自、后来世变之有因也。

按：张蔼青，名华奎，即当时为人讥作"清流腿"者，其时为举人，十五年成进士，官至川东道，在重庆与日本、英国领事办交涉，能以理折人，入《清史列传·循吏传》。此绝非糊涂不量力之人，张之洞之信口开河，徒见其用心之不可告人，而作"丰润恃高阳"之言时，不知尚忆及一岁之间由侍讲学士，摇身一变而为山西巡抚之由来否？至赵凤昌（竹君）素有闳通机敏之名，乃不过二十年前之京华烟云，已不复了了，竟误信张之洞之言，甚矣哉，是非之难明！

甲申政变，集政客波诡云谲手腕之大成。孙毓汶的设计，如俗语之所谓"一计害三贤"，即李鸿藻亦吃了一个哑巴亏，而最大的受益者为南皮兄弟。于此首须请读者做一了解者，即自光绪五年（1879）中俄伊犁分界交涉后，外交方面纠纷迭起，美国有排华事件，日本有派兵入韩事件，法国有否认中国在越有宗主权事件，以致兵戎相见。北派主战；南派则自沈桂芬殁后，王文韶不足以继衣钵，他本亦无意在此，翁同龢有志而资望未逮，故北派声势空前。孙毓汶与荣禄，看准了恭王心力交瘁，锐气殁尽，利用北派这一股强大的声势，不难一举击倒，因而说动静极思动、跃跃欲试的醇王，献谋于慈禧，奉准后方始发动。料人料事，精打细算，悉如所期；张佩纶、陈宝琛都上了圈套，同病相怜，交情特厚；盛伯熙无端为虎作伥，懊丧欲死，曾向恭王请罪，恭王反好言相劝，气度真不可及。

欲知孙毓汶的布置，最有意味者，是李慈铭的三段日记：

昨作书致翁叔平师，言时局可危，门户渐启，规以坚持战议，力矫众违，抑朋党以张主威，诛失律以振国法。不料言甫着于纸上，机已发于廷中，枢府五公，悉从贬黜，晴天震雷，不及掩耳，可深骇矣。（光绪十年三月十三日）

赴天津，主讲学海堂。自辛未入都，忽忽十四年，未出国门一步；朝夕之景，近视阶庭；行坐之踪，不离咫尺；履屦皆得所安，匕箸亦授以节；至寝食之早晚，书策之纵横，尤有常度，勿容少变。今虽近出，且定归期，而抚景慨然，不能自已。（同日）

考差卷为福珍廷相国取置第一，都下人人传说矣。及简放学政既毕，外论纷然，无不为余不平者。余一生偃蹇，当轴皆以简傲目之，济宁尤衔余甚至。此中得失，何足置怀，臧氏之子，焉能使予不遇哉。（光绪十四年四月廿四日）

如上所记，有两点特别值得注意：第一，李慈铭为李鸿章聘往天津讲学，馆谷甚厚，自此亦甘为仗马；但出都之日适当政变之时，此非巧合，后文将有解说，而与第二点有关。第二，"福珍廷"应作"福箴廷"，即刑部尚书协办大学士福锟；"济宁"指孙毓汶，山东济宁人。

按：子、卯、午、酉乡试之年，放各省主考及三年一任的学政，先由保举，雍正三年（1725）起保举、考选并行；

乾隆三十六年（1771）后，学政尚有特旨简放者，各省主考则纯由考选，凡翰林及进士出身的部院司官皆得应考，不愿者听。以李慈铭的资格而论，不可能放学政，但考差则在可得不可得之间。

李慈铭于光绪六年（1880）五十二岁始成进士。是科会试四总裁虽以景廉居首，而实由翁同龢主持，得李卷大喜，特取为第一百名，以示压卷，并以其三场文字，刻入闱墨。翁同龢极重此一比他还大一岁的老门生，如果李慈铭想入翰林，绝无问题，但桑榆境迫，家累綦重，不得不迁就现实。

他有《殿试赐出身后，乞翰林院陈情，还郎中本班；五月九日得旨以原资叙用，感恩述怀二首》五律云：

> 丹陛除书下，郎曹许却回。
> 逮亲无薄禄，涸俗便凡才。
> 白发心逾短，青云眼倦开。
> 一官宁自择，朝论恤衰颓。
>
> 敢薄承明选，清华让少年。
> 主恩容避席，吾意在归田。
> 鱼麦平生梦，桑榆夕照天。
> 任他三岛地，百辈蹑飞仙。

按：是科共三百二十九人，入翰林者九十二人，举成数故言"百辈"。以其在士林的声望学力，虽非翰林，即主会试，亦无人不服。此言其试差之可得。

不可得者，即为赐出身后仍还郎中本班。道光年间曾有上谕，试考差的捐纳各官中式进士，并中式进士后加捐者，俱于题本内注明，此即资格上的欠缺。因为仕途之捐纳与考试，泾渭分明，先捐纳后考试，犹可谓之急于用世；如果考试中选，不愿循资而进，借捐纳以躐等，则直是以应试为猎取功名之具，衡文取士，先有惭色。且捐纳既花本钱，则将本求利，或不免出卖关节。

从这方面去分析，李慈铭虽取第一而仍不能放主考，亦不得谓之枉屈。唯既在可得与不可得者之间，则得与不得，视乎主事者的态度。第二年恩科复又如此，"两试两取第一，皆付沉沦，此自来所无"，则"济宁尤衔余甚至"一语，信而有征了。

以上不嫌辞费，谈李慈铭之就聘天津及与孙毓汶相敌视，正足以证明孙毓汶为甲申政变的主角，为恐李慈铭在京捣乱，所以由醇王授意李鸿章，以甘辞厚币，聘往天津，既以远之，亦以塞口。

至于整个布置，是利用了各种因素与人物，首先被利用的是阎敬铭。当时樊增祥（即樊樊山）在京，有七律两首纪云：

> 数行严旨出深宫，同日三公策免同。
> 上意用兵谁决策？中书伴食久无功。

清流祸起衣冠尽，甘露时危政府空。

至竟圣朝全体貌，上尊恩礼贯初终。

左户星郎昔起家，钤山声望满京华。

朝廷多事由蓝面，台谏无人裂白麻。

海内骚然皆怨苦，人情不近必奸邪。

相公不识《周官》字，自比荆舒意太夸。

这两首诗转引自《十朝诗乘》。手头没有《樊山诗集》，但相信必是刊落之作，因为这两首七律实在不高明。

当时樊樊山阅历尚浅，交游欠广，世故不深，诗功亦还不到火候，看朝中当局，如在云山雾沼，因而用“甘露”一典，不但谈不到贴切，根本就是大错特错。

按：唐文宗太和九年（835）甘露之变，为两个躁险小人郑注、李训播弄而成，宰相王涯、贾𫗧腰斩于长安西市的刑场“独柳”之下，枭首示众，亲属无问亲疏皆死，被祸极惨。而甲申政变，恭王以下全班出军机，故有第一首“全体貌”云云的结句。

郭则沄以为“次首谓阎文介”，信然，起句即知。北齐称掌度支的户部官为“左户”，汉明帝以为郎官上应星宿，故六部郎曹可称“星郎”。阎敬铭散馆后分部，补户部福建司主事，户部十八清吏司，列衔以江南居首，按实则福建独尊，他司司官，小则六七，大则八九，从无超过十员者，唯有福建司的郎中、员外、主事共十二人之多。

因为福建司兼核直隶钱粮，而尤为繁杂者，直隶旗地的管理及杂款支出，自陵寝祭祀到京师五城冬天施粥，亦归福建司职掌。打交道的对象，都是有来头的，看上去是苦力，亮出底牌来也许是"红带子"都说不定，所以非常难缠，且多与书办有勾结。但阎敬铭不惮其烦，斤斤较量，严正不私，为胥吏所畏。为此，胡林翼才会奏调他到湖北办粮台。

以下就开骂了，第二句骂他是严嵩，第三句骂他是卢杞，第四句骂他是郑注，最后说他怎可自比王荆公。《周官》即《周礼》，王安石著《周官新义》十六卷，以为周置泉府之官，以榷制兼并，均济贫乏，变通天下之财，今欲理财，当推明先王法意，修泉府之法，以收利权。此所谓托古改制。而樊樊山则谓阎敬铭《周官》尚未读通，自拟于王荆公，不无吹牛之嫌。

阎敬铭在当时，不但"名满天下，谤亦随之"，而且誉之者赞不绝口，诋之者深恶痛绝，为两极端。且有先毁后誉，或先誉后毁，为一大矛盾。如慈禧召见时，曾不经意称阎敬铭为"丹翁"，而其殁也，谥之曰"介"，凡此半由"钱"之一字而起。

翁同龢长农曹时，阎以大学士管部，操度支之实权。光绪十五年（1889）年底户部封库，积银一千零二十七万九千零四十两，为嘉、道、咸、同四朝所未有，但旋为慈禧游观兴作之用，此为谥"介"之由来。

樊樊山之极口丑诋阎敬铭，自然亦有深恨。早在光绪初年山西大旱时，即有人指阎敬铭乘机贱价购入大批田产，实为子虚乌有之事。原来阎敬铭交卸山东巡抚，在中条山讲学十六年后，光绪八年（1882）复起为户尚，十年（1884）二月统筹新疆南北两路全局，疏陈三事，裁减兵额，不准吃空，以致西征粮台应酬京官穷翰林的"炭敬""冰敬""节敬"，不得不停，生计大窘，故恨阎刺骨。

今读樊樊山以甘露之变比拟甲申政变之大错，最明白不过的一件事是，如果真有郑注、李训，则试问谁是仇士良？若谓是李莲英，则当时尚少人知有此一阉；倘谓指醇王，亦太拟于不伦了。

撇开此一节不谈，推测甲申政变的前因后果，大致如此：

一、倒恭王者及其目标与动机：

（一）慈禧太后：思独揽大权。

（二）醇王：不甘投闲，思一逞身手，并实现其对法不惜一战的主张。

（三）荣禄：效忠于慈禧及醇王及为本身解脱困境。

（四）孙毓汶：为修恭王之怨，并创造本人的政治前途。

（五）李鸿藻及北流：于恭王并无恶感，但为扫荡残余的南派势力，实现其强硬的外交主张，不能不默许倒恭行动。

二、在慈禧支持下的任务分配：

（一）总其成：醇王。

（二）联络各方：荣禄。（按：荣禄与李鸿藻交情极深。）

（三）策划：孙毓汶。

三、策略：

（一）欲逐恭王，非全班出枢不可。同治四年（1865）三月，慈禧手诏斥恭王，则以恭王跋扈之故，于他人无尤；此番则国事败坏至此，在枢廷者，人人有责，未可仅咎恭王。且全班出枢，正可示人以全为公是公非，无丝毫私怨在内。

（二）若是，则不得不牺牲李鸿藻，故首须取得李鸿藻及清流要角之谅解，其说辞要点为：（1）非去恭王，由醇王操持政柄，不能实现清流主战之议；（2）若主战，则清流皆可大用；（3）李鸿藻不过暂时退出政府，不久仍将重用。

（三）由于牵涉李鸿藻之故，不可能期望清流上章弹劾，故须另觅适当人选发难。

（四）此人以盛昱为上选。因为：（1）肃亲王之后，天潢贵胄，弹章中措辞较严不妨，且便于慈禧召见；（2）亦为名翰林，且以敢言著称；（3）主战；（4）与南士比较接近，可泯南北相争之迹。

（五）但盛昱非可指使者，尤忌讽示专劾某人，但以疆事败坏为言，只须劝盛昱上折言时事，不必问其内容。折上后，慈禧召见，随即明发预先拟就的上谕；原折留中，不必发抄，以免牛头不对马嘴，拆穿西洋镜。

（六）发动之时，须借故遣恭王出京，使其措手不及。

（七）继任人选，醇王不便出面，以礼王世铎虚领，用阎敬铭以示朝廷"励精图治"之意，并可收暗示此次政变可能为阁所发动之效。孙毓汶当然须入军机；此外尚可位置两人，在六部尚书中，有广寿、额勒和布、张之万、文煜、麟书等五人，可供挑选。而用户部尚书额勒和布及刑部尚书张之万者，不独以此二人皆为伴食之流，而用张可慰抚北流，用户尚额勒和布可加深此次政变当由阎敬铭所发动之印象。

以上策划，醇王未必全知其用意，即荣禄恐亦有为孙毓汶所欺隐之处，如"甘露之变"以前，李训之忌郑注。可断言者，当十年正月初四，明发以工左孙毓汶兼署刑尚（其时兵尚为彭玉麟，不到任，亦不开缺，而以刑尚张之万兼署，故可以孙毓汶兼署刑尚）时，即已定议，俾作为届时避嫌之张本。

因为工部堂官除非有修行宫、修陵寝等大工，方有出京之必要，而刑尚则随时可以奉旨出京查案。到得二月间，时机成熟，遂于二月廿七日明发，命孙毓汶及兵尚驰驿前往湖北查办事件，显示被查办者为统兵大员，但不在湖北。向例查办钦案，虚指地点，借以保密。此举一则为孙毓汶避嫌；再则制造山雨欲来的紧张气氛，为政变作先声。

到得二月底，情势发生变化，使得孙毓汶无须出差；因为他此行的使命是由于在越南对法作战失利，查办云南巡抚唐炯及广西巡抚徐延旭，而军机在发表孙毓汶的任务后，忽又建议将唐、徐二人革职拿问，并以贵州巡抚张凯嵩、署理湖南巡抚潘鼎新分别调补，而又不用明发上谕，此为前所未有之事，以致为人资为口实。其时恭王心力交瘁，和战两难，以致有此乖张的措施，加速了政变进行的速度，而恭王仍在鼓中。

三月初八，盛昱终于发难了。《翁同龢日记》如下：

初八日：入对时，谕及边方不靖，疆臣因循，国用空虚，海防粉饰，不可以对祖宗。臣等惭惧，何以自容乎？

初九日：皇太后亲临寿庄公主府第，赐奠。在公主府传膳，醇王进。

初十日：头起，急急退，而四封奏皆未下。二起三刻多，窃未喻也。

十二日：军机起，孙毓汶、醇王凡五起。而前日封事总未下，必有故也。

十三日：御前大臣、六部等满汉尚书一大起，军机无起。闻昨日内传大学士尚书递牌，即知必非寻常。恭邸归，于直房办事，起下，传散，遂诣书房，谙达未来，余等先入。已而伯王到，余即退。闻有朱谕一道，钦奉懿旨。是日未正一刻退；退后始由小军机送来谕旨，前数百字，真瞠目怵心矣。

十四日：醇王头起二刻，懿旨：军机处遇有紧要事件会同醇亲王商办，俟皇帝亲政后再降懿旨。

十五日：始知前日五封事，皆为法事。惟盛昱则痛斥枢廷之无状耳。

盛昱一奏，迟不上，早不上，上于三月初八，实在凑得太巧了。巧合者有两端：一是寿庄公主薨于二月十五日——寿庄公主为宣宗第九女，醇王同母妹，因此，慈禧得以借名赐奠，在公主府召见醇王密议；二是适逢慈安太后三周年忌辰，得以调虎离山，遣恭王往祭，初九动身，十三日回京，东陵往返共五日。

于此可知，三月初九为一关键，最后定议，即在此日。翁记中初十之所谓"二起三刻多，窃未喻也"，此"二起"即为召见醇王，当是翁同龢罢官后，删改日记，故意隐去醇王字样。

至十二日召见孙毓汶，则朝廷将有大举措之风声已外泄，故李慈铭致书翁同龢，劝其附和北流主战之议。当时犹以为逐去主和诸枢臣，不意有十三日的严旨。翁同龢所说的前数百字如下：

钦奉懿旨，现值国家元气未充，时艰犹巨，政多丛脞，民未敉安，内外事务，必须得人而理，而军机处实为内外用人行政之枢纽，恭亲王奕䜣等，始尚小心匡弼，继则委蛇保荣。近年爵禄日崇，因循日甚，每于朝廷振作求治之意，谬执成见，不肯实力奉行。屡经言者论列，或目为壅蔽，或劾其委靡，或谓昧于知人。本朝家法綦严，若谓其如前代之窃权乱政，不惟居心所不敢，亦实法律所不容。只以上数端，贻误已非浅鲜，若仍不改图，专务姑息，何以仰副列圣之伟烈贻谋？将来皇帝亲政，又安能臻诸上理？若竟照弹章一一宣示，即不能复议亲贵，亦不能曲全耆旧，是岂朝廷宽大之政所忍为哉！言念及此，良用恻然。

以下是处分：

一、恭王：加恩仍留世袭罔替亲王，赏食亲王全俸，开去一切差使，并撤去恩加双俸，家居养疾。

二、宝鋆：原品休致。

三、李鸿藻：内廷当差有年，囿于才识，遂致办事竭蹶，开去一切差使，降二级调用。

四、景廉：只能循分供职，经济非其所长，处分同李鸿藻。

五、翁同龢：甫直枢廷，适为多事，唯既别无建白，亦有应得之咎，加恩革职留任，退出军机处，仍在毓庆宫行走，以示区别。

这道处分的上谕，出于孙毓汶的手笔。百年之后的今天来研究，最微妙的是两句话：一是李鸿藻的"囿于才识""办事竭蹶"。二是翁同龢的"以示区别"。区别者何？第一，甫直枢廷，责任不大；第二，翁同龢彼时主和，与主战派不同。而主战的李鸿藻，既然"囿于才识"，即为否定其主战的见解；而主战的调兵遣将，又未办好，此即"竭蹶"。

原来孙毓汶主和，慈禧亦主和——这年是她五十万寿，正打算着大事铺张，绝不愿打仗。她在召见臣工时，口头上责备恭王软弱无用，实可谓之包藏祸心。张佩纶当时如能参透此中机关，就不致有马江之辱、身败名裂之祸。至于醇王，确是一厢情愿地主战，但不久就做了一百八十度的转机。这里暂且搁下，后文将会谈到。

紧接着的第二道上谕，便是派礼王世铎、户尚额勒和布、阎敬铭、刑尚张之万在军机大臣上行走，工左孙毓汶在军机大臣上学习行走。这副班底，自是舆论所不满。李慈铭如果在京，一定会发动清议攻击，这就是要将他"资遣"到天津的原因。

李在天津于十七日得知详情。日记如下：

> 闻十三日朝廷有大处分，先是同年盛庶子疏言法夷事，因劾枢臣之壅闭讳饰，遂一日逮两巡抚，易两疆臣，而不见明诏。次日，东朝幸九公主府赐奠，召见醇邸，奏对甚久。是日恭邸以祭孝贞显皇后三周年在东陵，至十三日甫回京复命，而严旨遂下，枢府悉罢，而易中驷以驽产，代芦菔以柴胡，所不解也。

"所不解"者不仅李慈铭；最令人困惑者，盛昱原疏，当时并未发抄，直至十五日始交军机，外间始终未见原文。不发抄的原因是：盛昱原疏与十三日的严旨接不上头，盛昱所严劾者是李鸿藻与张佩纶。兹摘要引录原疏如下：

唐炯、徐延旭自道员超擢藩司，不二年即抚滇粤，外间众口一词，皆谓侍讲学士张佩纶荐之于前，而协办大学士李鸿藻保之于后。张佩纶资浅分疏，误采虚声，遽登荐牍，犹可言也；李鸿藻内参进退之权，外顾安危之局，义当博访，务极真知，乃以轻信滥保，使越事败坏至此，即非阿好徇私，律以失人偾事，何说之辞？恭亲王、宝鋆久直枢廷，更事不少，非无知人之明，与景廉、翁同龢之才识凡下者不同，乃亦俯仰徘徊，坐观成败，其咎实与李鸿藻同科。

此段文字，说得明明白白，罪魁祸首是李鸿藻，恭王、宝鋆"俯仰徘徊，坐观成败"是不负责任，故应同科。但上谕则巧为颠倒，几乎完全归咎于恭王，则盛昱原疏倘或发抄，两王手足阋墙之真相立见。

至此，盛昱方知受人利用，遂又上一疏，以图补救：

宝鋆年老志衰，景廉、翁同龢小廉曲谨，断不能振作有为，力图晚盖，均无足惜。恭亲王才力聪明，举朝无出其右，徒以沾染习气，不能自振；李鸿藻昧于知人，暗于料事，惟其愚忠不无可取，国步阽（diàn）危，人才难得，若廷臣中尚有胜于该二臣者，奴才断不敢妄行渎奏，惟是以礼亲王世铎与恭亲王较，以张之万与李鸿藻较，则弗如远甚。奴才前日劾章请严责成，而不敢轻言罢斥，实此之故。可否请旨饬令恭亲王与李鸿藻仍在军机处行走，责令戴罪图功，洗心涤虑，将从前过举认真改悔，如再不能振作，即当立予诛戮，不止罢斥。

此疏之必如石沉大海，可想而知；清议对新政府风评之不佳，更可想而知。但孙毓汶对舆论虽可不顾，军机办事能不能不出纰漏，却非关心不可。其时正从湖南、四川、江苏各地调兵往广西增援，福州海防亦已吃紧，而越南怎么搞出来一个太原？港名马尾，是否形容其形势？若是，则形如马尾的形势，又该什么样的一个地形？凡此都使在伞子胡同新构适园看奏折的醇王，大为困扰。

于是先叔曾祖恭慎公，以刑部侍郎在军机大臣上行走，是新政府中唯一不靠关系，亦无作用，纯粹为了政务能顺利推行而被延揽的一员。

兹先引录《清史稿》本传如下：

许庚身，字星叔，浙江仁和人。咸丰初，由举人考取内阁中书，尝代同官夜直，一夕，票二百签，署名牍背。文宗阅本，心识之，以询侍郎许乃普，乃普为其诸父行也，遂命充军机章京。故事，大臣子弟不得入直，是命盖异数云。十年，车驾狩木兰，召赴行在。是时肃顺方怙权势，数侵军机事，高坐直庐，有所撰拟，辄趣章京往属草。庚身以非制，不许，使者十数至，卒弗应。（高阳按：肃顺非军机大臣，故不应。）肃顺惭且恚，欲中以危法，未得间。穆宗缵业，特赐金以旌其风节，命随大臣入直。

同治元年，成进士，自请就本官，补侍读，累迁鸿胪寺少卿。母忧归，服竟，迁内阁侍读学士，入直如故。进《春秋属辞》，被嘉奖。补光禄寺卿。典试贵州、督江西学政，颇以天算、舆地诸学试士。

光绪四年，授太常寺卿。擢礼部侍郎，调户部、刑部。十年，法越事起，充军机大臣，兼总理各国事务，晋头品服。时枢府孙毓汶最被眷遇，庚身以应对敏练，太后亦信仗之。十四年，晋兵部尚书。十九年，卒，谥恭慎。

庚身自郎曹至尚侍，直枢垣垂三十年，与兵事相始终，为最久云。

恭慎公同治元年（1862）殿试，卷在前十本内，名次为二甲第二名，亦即第五名，向例无不入翰林者。但其时平洪杨战事正当紧要关头，而恭慎公因军机章京例在方略馆值宿，饱读清朝开国以来用兵的记录，对兵要地理之娴熟，无出其右，因而为恭王所留，本以内阁典籍升内阁侍读候补，遂归本班，即补实缺。

恭慎公之精于兵要地理，有两个故事可谈。一是当同治三年（1864）六月，金陵克复，红旗报捷后，恭慎公知次日两宫召见军机，必询金陵战况，因而连夜绘制金陵地图，双方兵力，屯聚处所，攻守路线，一一用小旗标示。恭王从未到过江南，对金陵茫无所知，得此大喜。翌日为两宫讲解，清晰详明，大蒙赞赏。

二是对醇王的讽劝。汪康年（汪守正之侄，清末名报人，笔名"醒醉生"）《庄谐选录》记：

> 法越之后，醇贤亲王将命神机营出征以耀武。许恭慎公知其不可，而难于发言，因作书与王云："以王之训练有素，必所向克捷；唯虑南北水土异宜，且闻彼地烟瘴，倘兵士遘疠瘴，有所折挫，不特于天威有损，且于王之神武亦恐有所关碍。"于是王大省悟，次日见恭慎曰："汝言大是，且兵士以战死，固其分；若以瘴死，使致损挫，岂不笑人？吾已止是命矣。"由是王益敬服恭慎云。

按：醇王过问政务，虽由孙毓汶逐日"过府"面商请示，但醇王亦每就恭慎公函商，故宫博物院所辑《文献丛编》，所收甚夥。光绪亲政后，翁同龢借书房之便，暗中干政，与孙毓汶不睦，多赖恭慎公调和其间。

翁为先伯高祖文恪公门生，与恭慎公原为世交弟兄。同治元年（1862），翁充房考，中卷甚少，他房中卷多而与翁交好者，移数卷归翁，此名之为"拨房"，用意在助其多收一份贽敬，恭慎公适在拨卷之中，故又有师生关系，但翁之视恭慎公，犹如视李慈铭，从未以师自居，日记中每言恭慎公暗中卫护之劳，交情殊非泛泛。

但初期政务，实由孙毓汶为醇王之谋主，而倾陷清流的手法，即为请君入瓮。兹据《近代中国史事日志》，摘记易枢后的有关措施如下：

三月二十五日：密谕李鸿章保全中法和局，通盘筹画，酌定办理，不可迁延观望。

四月初十日：密谕李鸿章以和议条款：一、切实辨明越为我属。二、杜绝云南通商。三、不赔兵费。四、保全刘永福部。

四月十二日：李鸿章与福禄诺会谈，议定中法简明条约五款：一、法国保全助护中国南界，毗连北圻不受侵犯。二、中国将驻北圻防营即行调回边界，并于法越所有已定与未定各条约，概置不问。三、法国不向中国索偿兵费，中国允许法国在毗连北圻边界通商，日后另定商约规则。四、法允与越议改条约之内，不插入伤碍中国体面字样，并将以前与越南所立各约，尽行销废。五、中法另派全权大臣于三个月内悉照以上所定各节会议详细条款（明日李函告总署）。

同日：内阁学士廖寿恒、左副都御史张佩纶、祭酒李端棻等，交章论和局宜慎，当持国体。

四月十三日：通政使吴大澂奏，和议不能允从四端。

四月十四日：命通政使吴大澂会办北洋事宜，内阁学士陈宝琛会办南洋事宜，翰林院侍讲学士张佩纶会办福建海疆事宜。

由此可知，执持和议，本为朝廷既定之政策，此为慈禧做主，孙毓汶、醇王虽主战，而触及实际，方知战实非易，态度亦渐形转变。但清议言路，方发为慷慨激昂之论，民气方张，不可遏抑，这是孙毓汶早就看到的；而"你要打仗，就请你去打"的策略，亦是早就定下了的。所以张佩纶、陈宝琛、吴大澂既有反对和议的主张，遂有分别遣办军务之命。

此三人的任命，性质、作用皆不同。张佩纶最艰巨，陈宝琛其次，吴大澂最便宜。这也可看出吴大澂并非什么主战派，不过功名之士借这个题目沽名钓誉而已，把他派到北洋，李鸿章自有手段能收服他。

陈宝琛派到南洋，则与曾国荃必有一番争执，陈宝琛斗不过曾国荃，即成借刀杀人之谋；倘或两败俱伤，则朝廷于曾国荃亦无所顾惜。

结果马江一败，张佩纶身败名裂。当时闽籍翰林潘炳年等联名劾张云：

张佩纶平日侈谈兵事，际此中外战局伊始，临事自当确有把握。及阅闽信，陈其种种谬戾情形，则丧师辱国之罪，张佩纶实为魁首，而何如璋次之。何以言之？

朝廷以督抚不知兵，简张佩纶及刘铭传。刘铭传往渡台，则封煤厂，撵法人。

张佩纶出都，即闻其言，颇快之。到闽后，一味骄倨，督抚畏其气焰，事之惟谨，排日上谒，直如衙参，竟未筹及防务。至法船驶入马尾，仓卒入告，张得胜缉引港奸民请办，张佩纶竟置不理，众益骇然。而张佩纶尚侈然自大，漫不经心，水陆各军，纷纷号召。迫各将请战，又以朝旨"禁勿先发"为谕。臣等不知各口要击之谕何日电发，不应初三以前尚未到闽；即使未到，而谕旨禁其先发，非并轮船起碇、管驾请军火而亦禁之也。一概不允，众有以知张佩纶之心矣。

身为将帅，足未尝登轮船，聚十一艘于马江，环以自卫。各轮船管驾连叠陈连舰之非，张佩纶斥之。入白开战之信，张佩纶又斥之。事急而乞缓师于夷，如国体何？开炮而先狂窜，如军令何？中歧在马尾，彭田乃鼓山后麓，张佩纶自讳其走，欲混为一，如地势可？敌舟攻马尾，张佩纶于是日始窜至彭田，而冒称力守船厂，如不能掩闽人耳目何？且何如璋实匿战书，张佩纶素与之同处，知耶？不知耶？臣等不能为张佩纶解也。臣闻张佩纶败匿彭田，以请旨逮罪为词，实则置身事外。

证以外间风闻，张佩纶特与其奥援之人私函电致，有"闽船可烬，闽厂可毁，丰润学士必不可死"之语，是则张佩纶早存一不死之心，无怪乎调度乖谬于先，闻战逃脱于后，竟敢肆无忌惮至此也。

所谓"奥援之人"指李鸿章。当时李力主和议，张佩纶亦看出慈禧的意向及枢府有意为难的用心，所以在天津曾与李鸿章长谈。李告以和议旦夕可成，万勿启衅，迫不得已开仗，亦绝不可先动手。

张佩纶深信其言，而何璟、张凯嵩又正好卸责，阳示推崇，暗中推诿，两不接头，有此大挫。朝廷先拟薄谴，因福建京官群起而攻，遂有遣戍之厄。陈宝琛亦牵连，而以"误保匪人"革职。只有自晋抚升任粤督的张之洞，与彭玉麟相互标榜，身名俱泰。当时名流咏马江之役者，不知凡几，而独以谐联脍炙人口。其一云：

> 福州真无福；
> 法人原无法。

揆诸实，下联不虚。其二云：

> 两何没奈何；
> 两张没主张。

"两何"谓督抚何璟、船政大臣何如璋；"两张"一为张佩纶，一为奉旨援闽之张树声。其三云：

八表经营，也不过山右禁烟，广东开赌；

三江会办，且先看侯官革职，丰润充军。

下联谓陈宝琛、张佩纶，上联则嘲张之洞。张在山西禁种罂粟，督粤则以筹饷之故，奏请复开"闱姓"票。起句为张之洞的一个笑话，初授山西巡抚，到任谢恩折中有"身系一隅，敢忘八表经营"，此在雍乾时必遭诘责，而今虽朝廷不与计较，而时人颇资为口实。相传张之万有一次使用两只怀表，有人怪而询之，张之万答说："此无足怪，不见舍弟有八表之多。"一时传为笑谈。

湘淮易帅，李鸿章欲借替手张佩纶

至于嘲张佩纶之诗，则以梁鼎芬的"箴斋学书未学战，战败逍遥走洞房"，为谑而且虐。《孽海花》描写张佩纶向李鸿章求娶其幼女情事，颇为传神；但亦不免形容过甚，而李鸿章与张佩纶别有渊源，结姻实有付衣钵之意。

兹先引录李慈铭光绪十四年（1888）十月初七日记：

闻合肥以女妻张幼樵。合肥止一女，继室赵夫人所生，敏丽能诗，甚爱，今甫逾二十。幼樵年四十余，美须髯，已三娶矣。

按：李鸿章不止一女，遗集中有《万年道中寄镜蓉、琼芝二女并示静芳侄女》一题，又《六弟及诸女和余》云云一题。配张佩纶者，当为琼芝。

按：张佩纶之父名印塘，字雨樵，由举人起家，久在浙江任州县，官至安徽臬司。有子六人，张佩纶行三。李鸿章曾为张印塘作墓表云：

咸丰初，安徽宁池太广兵备道丰润张君，用大臣荐，迁云南按察使。于是洪秀全反，安徽戒严，巡抚蒋忠悫公请留君自佐，君则上书言六事，蒋公以闻。有忌君者，格不用，蒋公出君庐州，使募军，而安庆陷，诏以君为安徽按察使。洪秀全既据金陵，贼艘纵横，大江中安徽濒江而城，又新刓于贼，城赤立无门阑，附郭无居人，官无舍廨，无寸兵半粟，行省侨置庐州矣。君受事方以掇拾安庆残遗拊集还定之。为事未几，金陵贼连舰上犯，再略安庆，城北十许城有关曰集贤，道安庆北出则关要其冲，君曰："城敝恶不可守，吾且守关。"事闻，天子曰："城敝恶，不与凡不守者比。"

贼叩关，不得逞，遂据城，君逐之，皆拿舟法，贼去，君空其城不居，还守关。天子又曰："城敝恶不可守，守险其可。"然文吏犹持不居城之君罪，竟罢君官。贼既去安庆，遂犯南昌。南昌守不下，折而再趋安庆，则君已去集贤，守关者不能御，天子峻法诛之。

自是后，吕文节公、江忠烈公相继死难，江淮间无完土。于是人思君守关劳，而谓议君者为非。君虽议罢，仍署按察使，是时安徽厄塞数二关，南则集贤，东则东关。东关者在巢含界上，贼自濡须、巢湖以窥庐州，则东关要其冲。初，君守集贤，鸿章率乡兵守东关。

接张印塘宁池太广兵备道遗缺者，相传为慈禧之父惠徵，以弃地革职，旋即病殁，身后萧条，遗属归旗，道过清河，得县令吴棠赙赠，始能安然回京。文中所指蒋忠悫公为蒋文庆，吕文节公为吕贤基，江忠烈公为江忠源。吕贤基以侍郎回籍办团练，李鸿章以翰林院编修奉旨随同办事，故有"率乡兵守东关"之语；其时为咸丰三年（1853）初。

于此可知，李鸿章与张家是世交，说得深一点，与张印塘曾共患难。有此一层渊源，张佩纶纵然意气风发，笔锋凌厉，但李鸿章拿出这层关系来笼络，他是不能不买账的。

从另一方面看，张佩纶能从李鸿章之教，即为愿承衣钵的一种表示。李鸿章拟以衣钵付张佩纶，这话过去从无人说过，百年来犹是初发其覆。当时所以无人记述其事，则以李鸿章用心极深，知者不多，而事与愿违，已不可能实现其计划，且无论李鸿章本人、家属、部属，以及张佩纶本人与知交，皆视此为极大忌讳。如光绪十六年（1890）九月，樊樊山抵京后，致书张之洞，谈与张佩纶晤面经过，并述其境况云：

受业前过天津，与丰润倾谈两日，渠虽居甥馆，迹近幽囚。据云，合肥始以"津通"之故，意不能无望，自函丈节次电信，深相推挹，渠已涣然冰释。至"三厂"交伊接替，则自云无出山理，且云不婚犹可望合肥援手，今在避亲之列，则合肥之路断矣。又云在甥馆本不与公事，惟函丈三厂事，若有稍近琐屑，不欲经达合肥者，可电致渠处，渠当代达云云。

又云，合肥此次得书甚喜，渠在旁云："事事皆可助，惟钱不能助。"合肥云："钱亦能助，如部拨山东修河之六十万金，若推延不解，我亦可代催。又如钢轨既出，我少买洋轨，多以轨价付鄂，俾资周转，是亦相助之道也。"

受业窥此两人，均已为函丈所用，丰润尤有结托之意，但使时时假以书问，必效臂指无疑。渠又云，密电可不用，缘电报房密迩合肥，若渠致鄂电，密不能缮，必使合肥生疑，此亦实情。

在津时，渠云，合肥三日内必复书，渠俟见合肥信后，再作复函，此时想均达签室矣。

总之，幼樵识见之明决，议论之透快，其可爱如故，吾师何妨招其游鄂？纵不能久留，暂住亦复甚佳。渠在京窘迫已极，郎舅又不对（小合肥欲手刃之），绝可怜也。

按：所谓"津通"云云，谓李鸿章拟以海军经费修天津至通州铁路，张之洞曾加反对。"三厂"云云，殆指张之洞在湖北所办纺纱、织布、缫丝三厂，经营困难，拟委张佩纶接替，即等于归北洋接办，而张佩纶婉拒。

所言"合肥之路断矣"，在就婚之前，为首当考虑之事；功名重于婚姻，就有作为者来说，理所必然，如不以"避亲"为嫌，自断援引之路，可知功名即在婚姻之中。因付以衣钵，必有渊源，否则不足以服众。在李鸿章看，长子经方原为胞侄承继，资格亦太欠缺。张佩纶原为世交晚辈，又为翰苑名流，才具过人，今若申以婚姻，则吕虞传刀，众无间言。但李经方却不是如此想法，"手刃"之言，或不免过甚其词，但郎舅利害冲突之激烈，已可想见。

从李鸿章方面看，他之必须培养一个接班人，实为从本身经验中所悟出的至善之计，其效用自近而言，则为获得一有力的助手；自远而言，又分消极、积极两者，消极为保李氏身家，积极则为光大其事业。

所谓"本身经验"，即由湘军递嬗为淮军的历程所予李鸿章的启示。同治三年六月十六日曾九克金陵后，曾国藩立即着手作急流勇退之计，为一弭身家大祸于无形的、非常聪明的做法。

我以前曾谈过曾国藩为其弟四十生日赋诗以贺，中有"今朝一酹黄花酒，始与阿连庆更生"之句，友人以为何致如此，举以相质；兹引录最权威，而且自在台公开以来从未被人引用过的、最珍贵的史料，亦即当日亲自参与金陵之役，在曾九幕府的赵烈文的《能静居日记》，以证明曾国藩确有得庆更生的心境。赵烈文记是日破城后，下午五时至翌日天明情事云：

申刻将尽，忽报中丞回营，余偕众贺。中丞衣短布衣，跣足，汗泪交下，止众弗贺，出传单示余，命作奏，始知居前锋者为武明良、刘连捷、朱洪章。火发时，城崩凡二十余丈，砖石飞落如雨，各军为石击伤数十名，烟起蔽天，时东南风吹烟过北，刘、朱为烟所蔽，不见缺口；武原派三队接应，在稍后见之，跃马先入，贼死拒，官军一拥皆上……

拟折稿一件，中丞及杨制军、彭侍郎会衔。中丞前奉旨，令克城之日，与杨、彭共奏故也。入内呈交中丞手。

酉戌间，望城中火光烛天，回想吾里及苏省陷时，景象不异。生世不幸，逢此多艰，既以干戈将定为喜，复以昆冈一炬为悲，五中纷乱，惝怳无主。傍晚间各军入城后，贪掠夺，颇乱伍。余又见中军各勇留营者皆去搜括，甚至各棚厮役皆去，担负相属于道。余恐事中变，劝中丞再出镇压，中丞时乏甚，闻言意颇忤，张目曰："君欲余何往？"余曰："闻缺口甚大，恐当亲往堵御。"中丞摇首不答。

至戌末，余见龙脖子至孝陵卫一带放炮，知有窃贼。时城虽复，而首逆未就擒，悍党李秀成、林绍璋等咸不知下落，大事未为了当。余复于卧榻摇中丞起，请派马队要截，中丞不以为然。卧良久，起，张灯取余所拟奏稿，增删略者，录出一通；复命彭椿年拟一稿，并属余商酌。

余言："回营一层不必提，且诸将战功，此次既系奉旨，仅奏大略，则随折应保人员，皆当由中堂续再详奏。"中丞言："不必取巧，似近讳饰。至各将功绩，我处不奏，中堂必不肯详奏，是负诸人矣。"皆不允，遂发缮写而自复卧。

至四鼓时，城北来报有马贼二百余，步贼千计，冒官军衣装，并携带妇女，从缺口冲出。守候者崑字及湘后左右，盖精锐太半在城内未返，余皆疲顿不能阻之，仅杀数十人。出城后由孝陵卫福字（李泰山）、节字（萧孚泗）等营卡门出，亦莫能遏，其众投句容路而去云云。

报者不敢惊中丞卧。余以意度之，伪酋必在其中无疑。余时观文案诸友，缮折未竟，闻报不禁浩叹。中丞与胡毓橘正闭目酣卧，急叩门请之起，商定折内增数语，为后来地步；中丞称善，并飞札马队营官伍维寿追剿。余仍出视折，缮就，天已明，即包裹发递，余始卧。

记中的"中丞"指曾国荃，其官衔为浙江巡抚；"杨制军"

为杨岳斌;"彭侍郎"为彭玉麟;"中堂"则为曾国藩。赵烈文的记载可以澄清两点疑问。

朝旨令克城之日与水师将领杨岳斌、彭玉麟共奏,即为明白诏告曾国荃,克金陵不可独居其功。此时之曾军,以无过为功;换句话说,只要撑得住,破城之功是谁也抢不走的。但破城之后,咎愆多端,且非无心之失,实乃有意为之。《能静居日记》佐证历历,试为断案:

一、破城后首逆未就擒,悍党无下落,大事未为了当,遽尔由前方回营;赵烈文奏报中主张不提此层,而曾九以"不必取巧,似近讳饰"而拒之,言诚而意诈,所谓"君子可欺以其方",此时赵烈文尚未悟出,曾九纵容部下为匪,大肆掠夺,巨细不遗,知后来言官必有严劾之者,为本身预留余地,故特回营,且须预先奏报。有此"不在场之证明",至多得一"约束不严"之处分而已,否则岂不应与明末之"江淮四镇""云间债帅"相提并论?

二、城崩缺口二十余丈,只老弱残兵防守,曾九岂不知此为一大漏洞?而所以置之不理者,非故留出路以纵敌,即此时号令不行,无法调派精锐防守,两者必居其一,而以前者为近。因初起时皆忙于搜括,入夜应已饱贪壑,亦当稍稍奉公,果然如此,何得于四鼓生变?

兹再摘引赵烈文翌日所记如下:

天明……上中丞条陈四事:一、请止杀,督令各归各馆，闭门候查，派队逐门搜查，分别良莠审办，既全胁从，复可得真正贼首。二、（略）。三、（略）。四、（略）。中丞允后三条而缓前一条。

时城中伪天王府、忠王府等尚在，余王府多自焚。贼呼城中弗留半片烂布与妖享用。官军进攻亦四面放火。贼所焚十之三，兵所焚十之七。烟起数十道，屯临空中，不散如大山，紫绛色。亭午，二伪府皆烧。

下午信至，中丞派马队追贼者已回，言贼出实二三千人，官军飞追不及，仅获一人，言伪幼王洪瑱福、伪忠王李秀成已皆去……傍晚谒中丞，以伪酋皆走，请速告中堂，商定续奏，弗落人后，中丞不可。

赵烈文明确记载，六月十七日下午，曾国荃已知洪瑱福在逃，赵主张先告曾国藩出奏，曾国荃不可，这是评定曾国荃功罪、湘军究有几何贡献，以及曾国藩、左宗棠结怨的是非曲直之一个决定性的证据。

有此一证据，我只能说曾九的运气太好，不生在乾隆年间，而张广泗、柴大纪生不逢辰，所以死得冤枉。王湘绮作《湘军志》，将克复金陵一役，题作"曾军后篇"，"以数语淡淡了之"，无怪其然，曾九自有取侮之道。

按：克金陵后，初次由杨、彭、曾会奏之折，尚存六七分真相，及至由曾国荃咨请官文，曾国藩会奏克复金陵的详情，则于重要关节处蓄意欺罔，例如下列两端：

一、谓六月十六日夜三更，"伪忠王传令群贼，将伪天王府及各伪王府，同时举火焚烧"。而据赵烈文所记，则"二伪府"系十七日午间为官军所焚，因已劫掠一空，非嫁祸祝融不可，此为学自宫中太监的伎俩。

二、谓"城破后，伪幼主积薪宫殿，举火自焚，应俟伪宫火熄，挖出洪秀全逆尸，查明洪瑱福自焚确据，续行具奏"。

推测曾九的用心，以为洪瑱福一十余岁少年，仓皇逃命，不死于兵荒马乱中，亦难有所作为，即令其残部奉之复起，则前有"建文"的故事可以搬演，"火中出一尸"，指为洪瑱福自焚的证据，后面便可仿康熙处置"朱三太子"之例，以真作伪，硬指为假冒，谁又能确证其人为真？谁又敢确证其人为真？

哪知偏偏就有这样一个人，那就是左宗棠。我原来的看法，认为左宗棠揭穿真相，主要的是由于曾氏兄弟及李鸿章封爵，以及"江宁镪货，尽入曾军"而激起的意气使然；自从看了赵烈文所记，我的看法修正了。左宗棠此举意气的成分少，而不得不然，以求早日完成本身所负的规复全浙的使命的原因来得多，其不得不然之故，列之如下：

一、凡大征伐，必重首逆之制服；首逆在逃，则所经之地的地方官及统兵之员，岂可知而不报？倘或如此，则洪瑱福逃到江西，沈葆桢定必奏报，谓曾经左宗棠防区，试问朝旨诘问，左宗棠何词以解？

二、金陵之破，乃因城中粮尽，而亦围之甚久方下，如一破城即以洪瑱福、李秀成为主要目标，不论生死，勿使得脱，捷音通传各地，其余洪军纵不能传檄各地，但群龙无首，瓦解之势已成。乃城破而其幼主竟能冲出缺口，李秀成入罗网之消息亦尚未外传，度亦得脱。如此则金陵之破，不但未能打击洪军残部之士气，且反使洪军轻视官军，兴起犹有可为之感，而况黄文金、杨辅清、李世贤、汪海洋等，皆非易与之辈。总之曾国荃大功告成，而左宗棠压力加重，事实如此，岂可不预先声明？

三、以左宗棠的看法，为山九仞，既已成矣，何二十余丈一缺口不能派重兵防守，任令洪军冒充官兵逸出？此不啻以邻为壑，有意嫁祸。若谓牵涉意气，此为意气之所由生。

总之曾国荃于金陵城破之日，毫无处置，其部下与明末流寇无异，而当时竟无严劾之者。仍以《能静居日记》证之，六月二十一日，即破城第六日记云：

> 计破城后，精壮长毛，除抗拒时被斩杀外，其余死者寥寥，大半为兵勇扛抬什物出城，或引各勇挖窖后自行纵放，城上四面缒下老广贼匪，不知若干。其老弱本地人民不能挑担，又无窖可挖者，尽情杀死。沿街死尸，十之九皆老者，其幼孩未满三岁者，亦斫戮以为戏，匍匐道上。妇女四十岁以下者，一人俱无，老者无不负伤，或十余刀，数十刀，哀号之声，达于四远，其

乱如此，可为发指。中丞禁杀良民掳妇女，煌煌告示，遍于城中，无如各统领彭毓橘、易良虎、彭椿年、萧孚泗、张诗日等，惟知掠夺，绝不奉行。不知何以对中丞，何以对皇上，何以对天地，何以对自己。

又萧孚泗在伪天王府取出金银不赀，即纵火烧屋以灭迹。伪忠酋，系方山民人陶大兰缚送伊营内，伊既掠美，禀称派队独擒，中丞亦不深究。本地之民，一文不赏亦可矣，萧又疑忠酋有存项在其家，派队将其家属全数缚至营中，邻里亦被牵曳，逼讯存款，至合村遗民窜匿。丧良昧理，一致于此，吾不知其死所。

这样一个双料的土匪，而爵膺五等之封，帽拖双眼之翎，朝廷所以不能申以纲纪者，其故有二：第一，汉人势力方盛，查办恐激出变故；第二，平洪杨皆统兵大员就地筹饷，朝廷既未发库帑充军饷，即不能按律论法。但话虽如此，倘有言官群起而攻，为清议所难容，即为国法所易伸，是故曾国藩亟亟于解散湘军的陆勇；而水师未得地利，赃污较轻，犹可浣涤而用。此即金陵克复后，曾国荃带队回湘，曾国藩重定长江水师章程之由来。

问题是，金陵虽复，捻军待剿，湘军陆勇尽撤，须有接防之师，于是淮军代之而起。李鸿章自居为湘乡"门生之长"，犹如武侠小说中描写武林帮派的"掌门人"，实有保全师门之功。

倘无淮军接替，不能容曾九及其"先登十将"携辎重全身而退，那时曾国藩的处境就很艰难了。曾国藩初起时，持法极严，何桂清毕命西市，翁同书械系诏狱，皆由曾国藩以军法相绳之故，如以其人之道还治其人之身，麻烦极大，"今朝一酌黄花酒，始与阿连庆更生"，其中身败名裂之危机，只有他们弟兄自己体会得到。

李鸿章深知曾国藩"办大事以找替手为第一"那句话别有奥妙，当然早就在打算了。但这个替手有三个条件：一是忠，二是才，三是格。忠是先决条件，不忠于己，一切都不必谈。才则须大才，要能将将，还要能将洋将，否则接不下，摆不平。具备这两个条件的，李鸿章在部属中还可以勉强找得到，第三个就难了。

所谓格者即资格，必须是翰林，而且是真正的翰林。翰林有红有黑、有真有假，如徐世昌是翰林，但从未得过撰文、考官等属于翰林的差使，便是黑翰林；旗人则多为不通的假翰林。必须久在翰苑，曾列讲班，义理辞章卓尔不群的，才算是真正的翰林。李鸿章是翰林，任首揆二十余年，但从未得一试差，引为平生莫大憾事，此虽为翁同龢等有意为之，但亦未尝不是以非我辈中人视之之故。

湘淮将帅，不由科第而致身通显者，当时号为"八大生员"，就是八个秀才，据《苌楚斋随笔》统计如下：

一、曾国荃，两江总督，优贡。

二、彭玉麟，兵部尚书，附生。

三、刘坤一，两江总督，附生。

四、刘长佑，云贵总督，拔贡。

五、李瀚章，两广总督，拔贡。

六、张树声，云贵总督，廪生。

七、刘蓉，陕西巡抚，廪生。

八、李续宜，安徽巡抚，附生。

淮军系统中，固亦有翰林，其人即《苌楚斋随笔》作者之父刘秉璋。《清史稿》本传：

> 刘秉璋，字仲良，安徽庐江人。参钦差张芾军，叙知县。咸丰十年，成进士，选庶吉士，授编修。同治元年，李鸿章治兵上海，调赴营。洋将戈登所练常胜军驻沪，滋骄。淮军初至，服陋械绌，西弁或侮笑之。秉璋语众曰："此不足病也，顾吾曹能战否耳。"明年，从克常熟、太仓。
>
> 鸿章使别募一军图嘉善，分寇势，遂提兵五千赴难，克枫泾、西塘，迁侍讲。进攻张泾汇，约水师夹击，弹丸贯胯下，不少却，卒克之。规平湖，其酋陈殿选降，于是乍浦、海盐、澉浦皆反正。又明年，与程学启攻嘉兴，秉璋入东门燔药库，寇骇乱，众军乘之，城拔。进取湖州，攻吴溇、南浔，所向摧靡。浙西平，赐号振勇巴图鲁。历

迁侍讲学士。

四年，授江苏按察使，从曾国藩讨捻。时捻骑飙疾，国藩与鸿章皆主圈制策，秉璋力赞之，破捻丰、沛、宿迁南，追至仓家集，捻大溃。又败之淮南，长驱蒙城，捻西走，自此捻分东、西。

国藩令秉璋军豫西，专剿东捻，与提督刘鼎勋俱。其冬，追入鄂。六年，除山西布政使。未上，捻自孝感小河溪窜河口镇，与鼎勋军追之，勋军前锋遇伏，总兵张遵道战死，势益炽，秉璋横截之，始奔豫。

七年，鸿章代国藩督师，议扼运蹙捻海隅。秉璋驻运西，捻扑潍河，将自沂、莒窥江淮。秉璋亟渡河诣桃源，会浙军扼清江。亡何，赖茜率残骑数千至，追破之淮城。事宁，被赏赉。父忧归。服阕，起江西布政使。

按：李鸿章与刘秉璋原有师生之谊，刘在京候试，时李已成翰林，刘曾从之读书。但师徒间形迹不甚亲密，其中缘故不为外人所知。唯刘秉璋里居有年，至光绪九年（1883）复起，任浙江巡抚。任内有两件措置得宜，一件是胡雪岩破产，查追公款，固然责无旁贷，达官贵人存于阜康钱庄的私款，亦多函托刘秉璋设法保全，是件相当棘手的事，应付不善，易生嫌怨，肆应有道，亦易见好。刘秉璋大致达到了要求。

再一件便是中法战争，蔓延及于浙闽海口，《清史稿》本传续叙：

会法越构衅，缘海戒严，秉璋躬履镇海，令缘岸筑长墙，置地雷，悉所有兵轮五艘，辅以红单师船，据险设防。十一年，法舰入蛟门，令守备吴杰轰拒之，伤其三艘。越数日，复入虎蹲山北，再败之，法将迷禄中炮死。然犹浮小舟潜窥南岸，复令总兵钱玉兴隐卒清泉岭下突击之，敌兵多赴水死。

逾岁，擢四川总督。川境窎远，外接番夷，内丛奸宄。秉璋曰："盗贼蛮夷，何代蔑有？以重兵临之，幸而胜，不为武；不幸而不胜，饷械转资寇，是真不可为矣。"故督蜀八年，历平万县、茂州、川北、秀山土寇，其大小凉山、拉布浪、瞻对各夷畔服靡恒，则用赵营平屯田法，数月间皆慑伏，加太子少保。御史钟德祥劾提督钱玉兴及道员叶毓荣不职状，事下湖北巡抚谭继洵，廉得实，秉璋坐滥举罪罢。

初，丁宝桢督蜀，称弊绝风清。秉璋承其后，难为继，故世多病之。未受代而民教相哄，重庆先有教案，秉璋初至，捕教民罗元义、乱民石汇等寘（zhì）之法。至是各属继起，教堂被毁者数十，教士忿，牒总署，指名夺秉璋职。朝廷不获已，许之，秉璋遂归。三十一年，卒。总督周馥及苏绅恽彦彬等先后上其功，复官，予优恤，建祠。

丁宝桢承"一品肉"吴棠之后，清廉之名特著。刘秉璋承丁宝桢之后，其"难为继"自有其不得已的苦衷。丁宝桢既以清廉出名，则旧部、乡人来投者，绝不存任何奢望；而刘秉璋的旧部、乡人则不然。相传丁宝桢每至用度匮乏，而又不愿向藩库预支养廉银时，用皮箱一只，内贮杂货，外贴总督衙门封条，抬到典当押当一万两银子，朝奉如数照付，不问箱中何物，当的是一张封条，亦即是总督的一方关防。到丁宝桢收到养廉银，将原箱赎回，辄以为常，从无人说过闲话。倘或刘秉璋亦有此一举，言路必有举劾者。丁宝桢可行者，刘秉璋未必可行，此亦"难为继"之一端。

不过，李、刘虽有师生之谊，资格亦够，而李鸿章既无意培植刘秉璋接班，刘秉璋亦不想接统淮军。因为李鸿章御将，时刻警惕的是，勿使"合而谋我"，所以采取"见神说神话，见鬼说鬼话"的单线领导方式，诸将之间，大致皆有矛盾，你不服我，我不服你，如刘铭传，早就不愿屈居偏裨，另求发展；刘秉璋的情况，约略相似，这也正是李鸿章何以须别谋求才之道的原因。

李鸿章之看中张佩纶，有他的一把如意算盘。分析如下：

一、北派势力方张，而张佩纶为北派的灵魂，如能收服张佩纶，就眼前而论，消灾救难，可救一时之急。

二、其时中国被迫接受列强挑战，而应战的途径，也就是所谓国防政策，有"陆防""海防"两大论争。左宗棠主陆防，李鸿章主海防。李鸿章如果想实现他的主张，必须取得两种支持力量：一是醇王的同意，二是清议的赞成。而这两种支持力量的取得，都可通过张佩纶来达到目的。

三、湘军平洪杨，淮军剿捻，特定的任务皆已达成。淮军的素质不如湘军，早已暮气沉沉。李鸿章既主海防，则淮军对他来说，一无用处，反而形成一个包袱。李鸿章自己看得很清楚，他已由"中年戎马"转入"晚年洋务"的阶段，但如不能在"戎马"上有个替手，则即使海军办成，洋枪长矛杂出，打烂仗的淮军，仍如冤魂缠腿，摆脱不掉。倘能培植张佩纶，由海防的理论开始，进而规划，再进而统率，他本人则以首辅回京入阁办事，主持总署。这一来淮军的包袱不丢自丢，而洋务与海防的内外呼应协调，视战力强弱，定和战大计，外交国防循一定的方针进行，国力可以日渐充实，而不至于因为立场的忽硬忽软、政策的摇摆不定，发生掣肘、抵触，一事无成，徒然暴露了许多弱点的现象。个人的勋业名望，当然亦由此而进入一个更高更稳的境界。

平心而论，李鸿章的打算，实在很高明。无奈事与愿违，清朝的气数、他个人及张佩纶的运气都不好，马江一败，对他培植张佩纶的计划，实在是个致命的打击。张佩纶形象之受损，造成李鸿章左右对张的阻力更甚于清议之认为张佩纶不足恃。但李鸿章却仍本初衷，援以赎金，约以婚姻，打算照预定计划进行。但淮军既得利益集团奉李经方为首领，纯以闹家务的方式来阻止张佩纶干预公事，连李鸿章亦无可奈何。

由前引梁鼎芬致张之洞函中所述过天津与张佩纶晤谈的情况，可以想见其处境，以及对李鸿章仍能发生相当作用的实况。张为同治十年（1871）辛未科，梁为光绪六年（1880）庚辰科，年辈较晚，本无渊源，但梁鼎芬的同窗同年于式枚，方在北洋幕府，因于之介绍，方始相识。张在甥馆，与淮军将领无所往还，即与岳家诸郎形踪亦疏，可与谈者不数人，一为于式枚，一为范肯堂。

当时北洋有"西席东床"之号，"东床"自是张佩纶；"西席"谓指于式枚则不然，于只司章奏，无非文字之役，范始参与密议。沈云龙教授《现代政治人物评述》内《通州三年生——朱铭盘、张謇、范当世》一文云：

（张）季直……至光绪二十年甲午，始以恩科会试中第六十名贡士，旋应殿试，阅卷大臣仍为翁同龢，乃以一甲一名赐进士及第，授翰林院修撰，年已四十二矣。时肯堂正客李合肥幕；合肥与常熟政见两歧，张、范遂亦异趣。未几，中东衅起，翁、李和战之争，世传二公阴主之，盖曾于家书中各露其微旨也。《范伯子文集》（高阳按：范肯堂两弟受学于兄，诗文并有时名，世称"南通三范"，故肯堂自称"伯子"）卷七，祭季直封翁润之先生文有云："嗟两弟之兄弟，逐风尘之累迁；既酸咸之各殊，亦升沉之各天。"

甲午之役的前前后后

甲午之役，范肯堂主和与张季直主战，其见解分歧之由在张季直入吴长庆幕，深知日本对韩国的野心，得寸进尺，了无止境，迟早必战，不如早决。而范肯堂则熟悉北洋内幕，未足言战。

海军经费移用于修颐和园，北洋舰队只是外强中干的空架子，他人不知，犹有可言。翁同龢日在内廷，甲午之前，无军机之名，有权臣之目，而夸夸其言，逼出李鸿章不得不孤注一掷的僵局。其中原委曲折，范所深知，颇为不满，诗集中有光绪十九年（1893）秋《剖瓜即事》一首，皮里阳秋，嘲讽极妙。诗为五古：

> 秋高气始扬，剖瓜不在堂。
>
> 上有天苍苍，照此瓜心黄。
>
> 瓜身一天地，青皮裹黄瓤。
>
> 中有如许子，浊乱黄中央。
>
> 万黑四三白，一白肥而长。
>
> 妻拿指笑语，此殆瓜中王。
>
> 嗟嗟汝弗见，瓠子用斗量。
>
> 谅此渺小物，天岂有意昌！

见异把不释，适肖愚夫肠。

呼奴速进帚，扫置粪壤旁。

（高阳按："不在"似为堂名）

昆明湖初名大泊湖，又名西海，修清漪园时，整理扩大，汇为巨浸。好大喜功、以汉武自命的乾隆，因易湖名为昆明，设战船，仿福建、广东巡洋之制，命福建水师千总把总教练香山健锐营兵弁水战，每年夏天举行水操。以后兴废不常，至咸丰庚申，清漪与圆明、畅春、长春诸园并焚，即未再举。

直到光绪十三年（1887），忽又举行，并添设武备学堂。至颐和园落成，德宗犹曾奉慈禧观操，至十六年停止。醇王即殁于是年冬天。所谓"昆明易渤海"，有这么一段近于儿戏，自己骗自己的故事在内。可知此语非翁同龢所"托讽"。

颐和园最富丽之处有二，一为排云殿，据笔名"思旧上人"所辑颐和园导游记：

（排云殿）宫门五楹，南向临湖，额曰"排云门"。门前铜狮二，左右太平花各一株，左枯，今存右一株。排衙石十二，形似十二属，皆移自畅春园者。临湖牌坊，南榜曰"星拱瑶枢"，北曰"云辉玉宇"。湖岸码头为御舟停泊处，门内莲池，中驾石桥，东殿曰"玉华"，西曰"云锦"。

度桥登阶，北上递高，达二重宫门。门内东殿曰"芳辉"，西曰"紫霄"。正殿额曰"排云殿"，内檐额曰

"大圆宝镜"。重檐四脊，上覆黄瓦，内外各五楹。内殿又横列复道，以连左右夹室，凡二十有二楹，原为延寿寺之大雄宝殿基。殿前平台丹陛，周以白石栏，陛三出各九级。台上分列铜龙铜凤炉鼎香熏等，其左右分列铜缸四，右陛侧置悬钟铜架。殿内正中地平床，上设宝座、御案、宫扇，旁列珐瑯狮狻宝塔、香熏。床阶下分列珐瑯仙鹤烛台，仪制略如仁寿殿。慈禧太后原拟以此作正寝宫，因原为佛殿基地，乃定居乐寿堂，则以此殿为庆典受贺之所。

排云殿本慈禧定于光绪二十年（1894）甲午六十万寿时受贺之处。且不说海宇承平，但使无甲午东海熸[1]师之惨，大典亦当照常举行，则其盛况真如郭璞《游仙诗》："神仙排云出，但见金银台。"天上王母不可见，疑人间固真有王母。奈何彤"云"密布，推"排"不开！同治甲子平洪杨，以女主戡定大乱，五千年史中一奇，但诚如苏州人打话："秀气拔尽"，故以后慈禧逢甲皆不利。

同治十三年（1874）甲戌四十岁，独子夭折，清朝帝系竟绝；光绪十年（1884）甲申五十岁，有中法之役；二十年甲午六十负、三十年（1904）甲辰七十岁皆大煞风景，苍苍者天，始终不让她称心如意过一个整生日。莫谓天道无知，

---

[1] 熸（jiān），军队溃败。

真如俗语所说："善有善报，恶有恶报，倘或不报，时辰未到。"闲话表过不提，再抄一段关于乐寿堂的记载，以见慈禧在庚子年逃难以前所享的那一分天家富贵：

北堂七楹，榜曰"乐寿"，为德宗御书，因乾隆旧名重建，乃慈禧皇太后燕寝之宫。阶下左右分列铜鹿、铜鹤炉薰各二，铜瓶、铜缸各一。堂中设宝座、御案、围屏、宫扇、花台、果盘、鱼缸、墩瓷、桃式铜炉薰诸物。前堂南出者五楹，后堂北出者三楹，于夹室之半为左右复室各一楹。

太后寝室梳妆常在西室，帐褥及坐龙靠背仍当年旧物；昼息更衣则在东室。进膳在堂中宝座前，临时设餐案，中左右凡三，膳房例馔分列左右案，器皿金底银盖，进时挨次撤盖捧上。餐前于阶下东列铜鹿铜鹤前置炉案，张、鲁二监手制七八食品进，名曰"上作菜"。

按："上作菜"之名，不见于其他任何有关清宫的记载。张、鲁二监，不知为谁。张可能是"小德张"，待考。观其记载，如目前若干大餐馆，对客调制牛排、炸野鸡片，出锅即上桌的情形相似，此为前朝帝皇所未有过的享受。

以下记慈禧在园的起居：

太后黎明即起，妆盥毕进早点。八时前于堂前乘八人肩舆张黄盖，出德和门，御仁寿殿，召见臣工。

班次在五六起上，至迟十时退御，还宫传早膳，餐后午息一时，披览章奏讫，乃出游，烟茶等一切用具随舆。司银库监亦携银锞随从，备颁赏也。太后嗜水烟，用时侍监跪进，纸拈摆动即燃，不假口吹。一吸撤出，他监又另易侍候时御，再次一如之。吸毕随冲洗，另候传进。

下午四时传晚膳，既昏便入寝宫。内室卧榻前，秀女轮班侍值，堂内外内监分值。侍值诸监，常着袍褂。在御前执褒者，则于外褂上高扎护襟，亦不得易用便服，有过即责以杖。

东西配殿各五楹，为秀女休憩室，堂侧廊北东西二室，为侍上老女仆张妈等五人住所。秀女数十人均由张管领。庚子外兵入都门，太后乘舆经此，至仁寿殿前折出，易乘便车，张登后舆，仓卒西幸，患难相从，因而恩眷特隆耳。

至于海军之不能扩充增强，由于经费移用于修颐和园，固为主要原因，而非唯一的原因。翁同龢曾经奏定，海军在十五年内不得添购一枪一炮，则即有经费，亦不能用于海军；而翁同龢之所以有此一奏，则以北洋经办军火采购弊端丛生之故。是故李鸿章仍须对甲午战败负大部分责任。

甲午之役起因，可追溯至十年前的甲申。王伯恭《蜷庐随笔》记此案极详。王伯恭，名仪郑，为翁同龢门生，被荐入北洋机器局，多闻内幕，又曾客韩，与袁世凯相熟，所记多未经人道，但亦颇有未谛之处，其随笔中《甲申朝鲜政变始末》云：

中国人之健忘，有极可笑叹。而贻祸君国，几召灭亡，尤可骇痛。甲申朝鲜之乱，中日定约，同时撤防，以后有必须出师者，彼此知照同时进兵，不得一国背约，私出军队。

订约时，朝旨派吴大澂、续昌前往莅盟。乃吴、续二公到汉城后，韩人问其有无全权，答曰："无之。"韩人曰："既无全权，不得与闻。"吴、续二公以此进退维谷，难于复命。乃谋于项城，觅得其稿阅之，遂据以返报。时清卿为帮办北洋大臣，彦甫亦官侍郎，项城方以同知保升知府。吴、续二公德项城，欲与通谱称兄弟，袁不敢承，乃以师礼侍二公焉。

防军撤后，项城以管带改为通商委员。戊子、己丑之间，项城电告合肥，谓朝鲜已潜降俄罗斯，降表为其逻得，请速派海军提督丁汝昌，率战舰往问其罪。合肥忘甲申中日之约，遽电丁提督东波。而丁方巡海长崎，兵士与日警相争未解，不能奉令即往。事又旋为韩人所闻，国王遣其参判李用俊奉表来京，辩无其事，且谓降表系袁伪造云云。政府久以朝鲜事专责合肥，不更为计，而合肥又以彼中之事偏听项城，以此国王虽有表章，亦置不理。

按：吴大澂与续昌的头衔，分别为"查办大臣会办北洋事宜左都御史"及"查办大臣办理奉天海防两淮盐运使"，其时朝鲜为藩属，内部发生变乱，故中朝出以"查办"的名义，实际上则以英美驻日公使之调处，与日本外务卿井上馨谈和。至汉城后，吴、续因不具全权身份，井上馨拒绝会晤。吴大澂则得袁世凯之助，突入正在举行日韩会议的朝鲜政府，提出警告，命查办乱党，勿与日本草草订约，与井上彼此怒颜相向。吴大澂完成此一示威行动，对"查办"的任务算是有了一个交代。

至所谓戊子、己丑间，袁世凯电告李鸿章，谓韩人已潜降俄罗斯，事在光绪十四年（1888）九月底，袁世凯据英国方面消息，谓俄韩订立密约。李鸿章电出使俄国的洪状元（钧）查询，消息不实。王伯恭又记：

自是韩人与项城遂不相能，复遣李用俊来华，辇金以求撤袁。而合肥复忘光绪八年与朝鲜订约，互派通商委员，如有不合，彼此知照立即撤回之条，以项城为所保荐，回护前奏，终不肯易，且疑朝鲜人之不免诡诈也。是役以丁汝昌未率舰队往讨，日本人初无闻知，故能相安无事。

按：韩王确曾两次请调袁世凯，第一次在十四年七月，第二次在九月。其实韩王有一政治顾问美国人德尼，与袁世凯不和，请调袁世凯，当出于此人的建议。及至李鸿章始终支持袁世凯，德尼遂向韩王辞职，但逗留汉城不去，挑拨中日关系。王伯恭又记：

> 至甲午夏，项城电告合肥，以朝鲜新旧两党相争为乱，汉城岌岌，请速派兵往平。合肥仍不记前约，奏派直隶提督叶志超率众赴之。而提督聂士成自请先往详探；闻吾礼闱报罢，属其幕友李谷生入都，请吾同往，以吾曾客朝鲜，与其国士大夫多相识，或可访得其实也。
>
> 余谓："事本无忌，可以一电安之，不劳众动。"谷生言："行期已定，不可中止。"余谓："既如是，幸毋多带兵卒，吾将归省，不克偕往，君其善为我辞。又吾闻叶军门顷以洪荫之为军师，洪虽北江先生之曾孙，其人兼夸诈阴险之长，吾丙戌春与之同寓勒省斋上海寓中，相处三月，深悉其底蕴，烦告叶君，未宜倾心待之也。"叶统兵至朝鲜，初无乱事。项城曰："公归，韩人又蠢动矣，请姑驻兵平壤，以坐镇之，俟人心之大定，再班师可也。"项城见洪荫之，极为倾倒，荫之亦不欲遽去，因怂恿叶公暂驻平壤。

按：勒省斋，江西新建人，其父勒方锜曾任江苏、福建、贵州等省巡抚；洪荫之即洪述祖；"北江先生"谓洪亮吉。洪述祖之长子洪深，留美专攻戏剧，与田汉齐名；先德后裔，皆有大名。洪述祖本人的名气亦不小，为民初刺杀宋教仁的主角，于民国八年四月伏法。沈云龙教授曾作《暗杀宋教仁案的要犯洪述祖》一文，收入《近代政治人物论丛》，于洪之生平，考证详明，堪为信史，唯于《洪述祖之政治渊源》漏去与叶志超、袁世凯一段。《蜷庐随笔》所记，可补沈文不足。而王伯恭谓洪述祖"兼夸诈阴险之长"，证之后来事实，不可谓王伯恭无先见之明。王伯恭又记：

> 平壤者，箕子故乡，尚有井田，为朝鲜通国胜境，官妓尤多。叶公至，征歌选舞，顾而乐之，将老是乡矣。而日本闻叶提督率兵入其国，大惊，以为轻背前约，是必将夷为郡县也，因议大出师，与中国争。事为合肥所闻，亟奏请撤戍。
>
> 而是时张季直新状元及第，言于常熟，以日本蕞尔小国，何足以抗天兵，非大创之，不足以示威而免患。常熟韪之，力主战。合肥奏言不可轻开衅端，奉旨切责。余复自天津旋京，往见常熟力谏主战之非，盖常熟亦我之座主，向承奖借者也。乃常熟不以为然，且笑吾书生胆小。
>
> 余谓："临事而惧，古有明训，岂可放胆尝试？且器械阵法，百不如人，似未宜率尔从事。"常熟言："合

肥治军数十年，屡平大憝，今北洋海陆两军，如火如荼，岂不堪一战耶？"余谓："知己知彼者，乃可望百战百胜，今确知己不如彼，安可望胜？"常熟言："吾正欲试其良苦，以为整顿地也。"余见其意不可回，遂亦不复与语，兴辞而出。到津晤吕秋樵，举以告之。秋樵笑曰："君一孝廉，而欲与两状元相争，其凿柄也固宜。"

按：张謇怂恿翁同龢主战，亦有与袁世凯为难之意在内。光绪十年（1884），张謇有与袁世凯绝交书一通，为了解袁世凯早年情况及如何在韩崛起的最佳史料，特分段引录，并加注释如下：

筱公内调金州，以东事付司马，并举副营而与之，窃想司马读书虽浅，更事虽少，而筱公以三代世交，肫然相信，由食客而委员，由委员而营务处，由营务处而管带副营，首尾不过三载。

今筱公处万不得已之境，仅挈千五百人退守辽海，而以中东全局为司马立功名富贵之基，溯往念来，当必有感知遇之恩，深临事之惧者。及先后见诸行事，及所行函牍，不禁惊疑骇笑，而为司马悲恨于无穷也。

"筱公"指吴长庆，字筱轩，安徽庐江人。父廷香以举人在籍办团练，咸丰四年（1854）殉难，赠云骑尉世职；由吴长庆承袭，并继领乡团，从官军立有战功，授官守备。李鸿章创淮军，吴长庆所部编为庆字营，剿捻时颇具劳绩，赐号巴图鲁，赏穿黄马褂。光绪六年（1880）以广东水师提督帮办山东军务。光绪八年（1882）朝鲜内乱，奉命领军舰三艘，渡海按治。朝鲜内乱系李王之父号称"大院君"者所策动，吴长庆直入王宫，挟大院君至海口，登舰送至天津，复击散乱党。十年移防奉天金州。

袁世凯，河南项城人。袁氏为大族，世凯叔祖袁甲三为名御史，咸丰三年（1853）佐侍郎吕贤基办团练，保障江淮，厥功甚伟，官至漕运总督；以钦差大臣督办安徽军务，同治二年（1863）病殁，谥端敏。袁甲三有一侄名保甲，字受臣，即为袁世凯生父，袁世凯出嗣于胞叔保庆。嗣父既殁，袁世凯以少小无赖，不容于族里，不得已往山东。

未几，吴长庆赴朝鲜，袁世凯始有委员的名义；由于吴长庆另一幕客朱铭盘的推荐，得以会办营务处，此职即现代兵制中的参谋长。光绪十年（1884）四月，中法议和，吴长庆内调时，分兵一半交袁世凯率领留驻朝鲜，官职亦已保至同知，所以张謇称之为"司马"。

袁世凯得吴长庆一手提拔，及吴一离朝鲜，"不两月，自结李相（鸿章），一切更革，露才扬己"，颇令吴长庆难堪。这便是张謇致书切责的由来。

　　司马初来，能为激昂慷慨之谈，且谦抑自下，颇知向学，以为是有造之士，此仆等贸然相交之始。迨司马因铭盘一言之微，而得会办营务处之号，委札裁下，衔灯煌然，迎谒东抚，言行不掩，心已稍稍异之，然犹以少年气盛，不耐职事，需以岁月，或有进境也。

按：吴长庆虽为武官一品，但巡抚挂兵部侍郎衔，故提督谒巡抚亦须"堂参"，易言之，山东巡抚陈士杰为吴长庆的上司，而袁世凯为吴长庆的部属，越次迎谒东抚，便有将凌吴长庆而上之心，故张謇、朱铭盘心以为异。

仆等与司马虽非旧识，要是贫贱之交，而往春初见，虽诩诩作公孙子阳见马文渊之状，一再规讽，不少愧悔，此一可笑。謇今昔犹是一人耳，而老师、先生、某翁、某兄之称，愈变愈奇，不解其故，此二可笑。謇司筱公支应所，司马既有领款，应具领结，謇因司马问领结格式，遵即开写，辄斥为何物支应所，敢尔诞妄！不知所谓诞妄者何在？勿论公事矣，謇于司马平昔交情如何？而出此面孔，此三可笑！

按："公孙子阳"即公孙永，晋末高士；"马文渊"即马援。"公孙子阳见马文渊"，不知何所喻，待考。"老师、先生、某翁、某兄"的称呼变化，多知为袁世凯既贵以后之事，据此，则未贵已是另一副面目。"支应所"亦粮台之一，唯以司银钱出纳为主。张謇早年即具经济才，此亦一证。

筱公以副营畀司马，有举贤自代、衣钵相传之意。受人知者，虽其人之一事一物，亦须顾惜，而司马自矜家世，辄哗然谓"是区区何足奇？便统此六营，亦玷先人"。夫子孙当思祖父所以荣当时而福后人者，兢业以绍其休，不应蹈君家公路、本初四世三公之陋说。且由司马之说，则令叔祖端敏公、令堂叔文诚公，进士也；尊公及令堂叔子九观察，举人也，司马何以并不能博一秀才？玷有先于此大于此者，何不此之耻，而漫为夸说，使人转笑筱公付托之非，易一人而如此焉？司马谓其尚有良心乎？

"公路、本初"谓袁绍、袁术。"端敏"为袁甲三之谥；"文诚"为袁甲三之子保恒，官至户部左侍郎，谥文诚；"尊公"谓袁世凯生父保中；"子九观察"谓其嗣父保庆，官至江南盐巡道。

筱公于北洋，三十余年之旧部也；司马于北洋，辗转因缘而窃承其呼吸者，裁年余耳！司马尝为仆等说李某忌文诚公事，愤恨不已；今何以裁得其一札，公牍私函，便一则曰"禀北洋"，再则曰"禀北洋"，岂昔所谓怨者，今已修好耶？抑挟北洋之虚声，以笼罩一切耶？

抑前所云者，不过因李某方冒天下之不韪，而姑假此说
以附清议之末耶？

按："李某"指李鸿章。袁保恒曾为左宗棠司粮台，而
李、左素不和，则李鸿章之忌袁保恒，自无足怪。所谓"李
某方冒天下之不韪"，指中法冲突中，李鸿章主和议而言。

> 愿司马息心静气，一月不出门，将前劝读之《呻
> 吟语》《近思录》《格言联璧》诸书，字字细看，事事引
> 镜，勿谓天下人皆愚，勿谓天下人皆弱，脚踏实地，痛
> 改前非，以副令叔祖、令堂叔及尊公之令名，以副筱公
> 之知遇，则一切吉祥善事，随其后矣！此信不照平日称
> 谓而称"司马"，司马自思，何以至此？若果能复三年
> 前之面目，自当仍率三年前之交情，气与词涌，不觉刺
> 刺。听不听，司马自酌。

按：《呻吟语》为明朝吕坤所作，分内外两篇，内篇分
性命、存心、伦理、谈道、修身、问学、应务、养生各门；
外篇分天地、世运、圣贤、品藻、治道、人情、物理、广喻、
词章各门。《近思录》则朱熹、吕祖谦合撰，辑录濂溪、横
渠、二程语录六百余出，指示道学要旨。劝袁世凯看此书，
根本就是看错了人。《呻吟语》为理学入门之书，虽较浅近实
用，但吕坤别号"去伪斋"，文集即名《去伪斋文集》，而袁

世凯最喜作伪，劝看此书，只增其作伪之术而已。

张謇与朱曼君所以能写如此措辞不客气的话，除了教过袁世凯读书，替他改过文章这重师徒的关系以外，袁世凯一生的功名富贵，实亦由于张、朱一言所致。张謇之子孝若所撰《南通张季直先生传记》第一篇第四章，记张謇佐吴长庆赴朝鲜平乱一事云：

> 朝令下来，急于星火，差不多立刻就要出发。但是所有的准备，都要我父一人担当处理，而且限期既非常迫促，应布置的事又一件也不能耽搁。所以我父计划出发，和前敌的军事，写奏折，办公事，实在忙得不可开交。嘴里说，手里写，白天忙不了，夜间接续办，实在是烦苦得很。

> 在这时适当乡试的时候，吴公叫袁世凯去考举人，袁心里实在不情愿，嘴里又不好意思回。我父当时一个人对付内外之事，实在也忙不了，就对吴公说："大帅不要叫慰庭去考了，就让他帮我办办出发的军事罢。"我父这样一说，吴公自然立刻就答应了，于是我父就派袁赶办行军应用的各种物件。哪晓得限他五六天办好的事，他不到三天，就办得很为妥当齐备，我父很称赞他有干才，出发时，就接下来派他执行前敌营务处的差使。

但据《容庵弟子记》，袁世凯被委为前敌营务处，乃由于在朝鲜马山登陆后，袁世凯能整饬纪律之故，原文云：

> 日本兵队由仁川口登岸，帆樯相望，彼此戒严。清军以久无战事，纪律稍弛，分起开行，稽查难周；奸淫掳掠，时有所闻。吴公以为耻，商请公设法整饬。部将多吴公旧侣，素骄纵，复多谗阻；公因曰："禁骚扰不难，得帅信非易耳。"吴公默然。逾日滋扰愈甚，公入帐请吴公出外，仰观山坡，遗物堆集。吴公问何物，公曰："兵丁掠民间什物，其粗劣者委弃于道也。"又曰："王师戡乱，纪律若斯！遗笑藩封，玷辱国体，帅其勉旃，我请从此辞矣！"吴公大惊，变色誓曰："请汝放手为我约束，有听谗谤者，非吴氏之子孙。"

> 公乃传令各营，有入民居及离伍者斩。适有犯令者，立斩数人传示。有韩绅控奸戕其妇者，公徒步往查，亲督搜捕，竟日夜不食，卒获犯手，刃之，厚恤韩绅家。滋扰稍敛，然仍未绝。公白吴公曰："徒戮兵丁无益，其约束不严之官弁，须加惩治乃可。"吴公然之。檄公总理前敌营务，许以便宜行事。乃择官弁中约束尤疏者，撤办数人；将士慑服，不敢犯丝毫，军声乃振。

沈祖宪、吴闿生所编纂的《容庵弟子记》，虽不免多所夸饰，但如上所记，大致可信，因非有"前敌营务处"的名义，不能执行参谋长的任务。而朱曼君、张謇保袁才堪任此，亦是实情。

唯此职非同小可，岂能以素无军旅经验者充任？度当时情况，吴长庆虽已纳朱、张之言，亦必须亲见袁世凯的魄力才具，始能畀以此一名义。又突入韩宫定乱经过，干净利落，亦非纪律不严之部队所能担任。

总之，张季直的这封绝交书，为了救主情殷，为新逝的吴长庆不平而痛斥袁世凯忘恩负义，固足以博人同情；但抹杀袁世凯崭露头角时的才干，未为持平之论。朝鲜问题演变为甲午之战，就初期而言，李鸿章要负主要责任；但李鸿章亦有苦衷，恭王下台，朝中无可恃之人，洋务、军务都落在他肩上，而又有建设海军之议，则于越南、朝鲜两争端之地，只有抱着息事宁人的原则，只是所谋未善，事虽息而人未宁。光绪十一年初，与日本宫内大臣伊藤博文、农务大臣西乡从道在天津所订条约，尤为谬误。《中日天津条约》共三款：

一、两国屯朝鲜兵，各尽撤还。

二、朝鲜练兵，两国均不派兵为教练官。

三、将来两国如派兵至朝鲜，须先行文知照。

这一来朝鲜即由中国的藩属变为中日共同保护国，易言之，日本在朝鲜已取得与中国相同之地位。而李鸿章懵然不觉；总署更不觉其有何变异，犹以朝鲜的宗主国自居，因而生出许多国际公法上的纠纷，连美国亦大感困扰。

光绪十三年八月，诏"朝鲜派使西国，必须先行请示，俟允准后再往，方合属邦体制"。其时朝鲜已派定朴定阳出使美国，因有此诏，无法公开成行，只好入夜悄悄溜出汉城。袁世凯即以朝鲜通商委员的身份，追究此事。其演变经过，据郭廷以《近代中国史事日志》，摘引如下：

八月初八：袁世凯为派使事，严责朝鲜领议政沈舜泽。沈即将朴定阳追回，并允派员内渡谢罪。

八月十二日：汉城美使照会袁世凯，质询其干预朝鲜派使赴美（袁驳之）。

八月二十二日：朝鲜国王咨礼部，请示派使西国。

九月初三：允朝鲜用属邦体例派使西国。

九月初四：李鸿章电袁世凯，朝鲜派使应为三等公使，勿用全权字样。

九月二十四日：李鸿章电袁世凯，朝鲜派使各国，应遵守三端：一、先赴中国使馆具报，由华使挈同赴外部。二、朝会公宴，应随华使之后。三、交涉大事，先商请华使核示（寻韩王及外署均复允照办）。

十一月二十六日：朝鲜使臣朴定阳抵华盛顿（不赴中国使馆具报，不遵华使张荫桓约束）。

十二月初一：袁世凯以朴定阳违背定章，照会韩廷电饬遵行。

十二月初五：朝鲜使臣朴定阳觐见美总统。

十二月初十：李鸿章电总署，韩王请删派赴西洋韩使先赴中国使馆具报、由华使挈赴外部一端。不允。

十二月二十二日：李鸿章电袁世凯，诘问赴美韩使朴定阳违章。

十二月二十八日：韩廷照复袁世凯，朴定阳自认违章，待其返命，当示诚警。

光绪十四年三月初四：李鸿章得袁世凯电，朝鲜派赴俄英德法意之使臣赵臣熙，将自香港起行（赵鉴于朴定阳案，未成行，光绪十六年正月回韩）。

三月三十日：韩廷商请袁世凯勿坚持惩朴定阳，袁不允。

三月三十日：袁世凯电李鸿章，朝鲜赴美使臣朴定阳已回，即以该使在美不遵中国钦差约束事严诘韩廷（此案经年余尚未了）。

五月二十八日：美使田贝照会总署，询中国派驻朝鲜之袁世凯是否即系办事大臣，抑系二等三等钦差大臣。

六月初五：李鸿章函复总署，谓袁世凯之职权与各国公使大臣权位相等。

六月十一日：总署函复美使田贝，谓朝鲜为中国属国，袁世凯职任权利断不少于各国公使大臣，美国不必过问。

八月初四：袁世凯连日与朝鲜大臣晤谈，坚持惩朴定阳。

十月二十六日：李鸿章与朝鲜驻津陪臣金明圭笔谈，坚持惩朴定阳，并斥其撤换袁世凯之请（韩王曾咨礼部请撤换）。

如上摘录足以看出，李鸿章为求敷衍朝廷，对朝鲜只以保持表面的宗主权为已足；而袁世凯承李鸿章之命，在朝鲜一味采取高压手段，务以摧折朝鲜在国际上的颜面为能事，因而美国在朝鲜的客卿，颇为不平。

但英国外交人员，类多老奸巨猾，则以在朝鲜支持袁世凯，借以换取藏边交涉的有利进展。因此，美国人对朝鲜的支持，对李鸿章并未构成困扰，而日本在暗中的活动，在朝鲜已逐渐形成不稳的情势。

光绪十八年（1892）四月，袁世凯母丧假满，重回汉城后，加强了唐绍仪代理时期对朝鲜已渐形放宽的控制，使得日本大感刺激，遂由井上馨倡论采取强硬政策。

《容庵弟子记》，十八年十月，日本改派驻韩公使后情事云：

> 日派大石正己来汉充驻韩全权正使，而韩王及妃，方以称寿集倡优数百为乐，历时不散，赏赉费百万贯。库储如洗，官兵薪饷久未放，人尽切齿。盗贼公行，街巷夜断行人。
>
> 又任用闵泳骏，贪愎怙权，百方聚敛，官职非贿莫得。而库无一米一钱，上下交困，寇贼纷起。公使郑秉夏与诸近臣等切言时弊，皆嗫不敢发。王方耽乐不顾，公乃慨然知韩之必亡矣。

自船局驶仁后，华商务益盛，惟釜、元两口无华船。郑秉夏以王命请代购华船一艘，驶行各口。大石倡言，欲联各国胁华扶韩自主，称华海关员可逐，韩五国使可遣附日，诸人闻之顿增气势云。

十九年正月，韩派闵应植充海军统御使，带兵五百驻南阳府。公以其政乱民贫，事同儿戏。闵应植来问计，公曰："贵国贫甚，且无水师才，事非所急，宜先设学教练，筹款购炮雷，姑为自守之计。且南阳非冲要，应移驻江华。"公每嘱韩近臣劝王节用爱民，慎外交。亲信北洋，时通咨问。遣学生赴津，在水师武备各学堂肄业，渐图自强之计。

大石为日本对朝鲜改采强硬政策的执行者，故与袁世凯不和。至于朝鲜内政腐败，则袁世凯自应负责，因为他在汉城是"太上皇"，如处置朴定阳案，严厉异常，而韩王不得不从，既然如此，何不勒令改革？闵泳骏为韩王外戚，但闵家为大族，岂无贤者？袁世凯如不以闵泳骏为然，何不请韩王另用闵氏族人？事实上袁世凯在汉城作威作福，与闵泳骏根本是同流合污的。

朝鲜在这种情况下，必生内乱，只是迟早间事。自金玉均之乱后，政权复归旧党。旧党以事大为宗旨，内又分事清、事俄两派，内斗甚烈，于是东学党乘时而起。东学党党魁崔时亨，自号"纬大夫"，以排斥西教、提倡东学为号召，实际上近乎白莲教，口号有四：一、弗杀人，弗伤物；二、忠孝双全，济世安民；三、逐灭倭夷，澄清圣道；四、驱兵入京，灭尽权贵，大振纲纪，立定名分，以从圣训。

东学党于光绪二十年（1894）二月间起事，纠众五六万人，以全捧准为总督，自全罗道传檄四方，杀官劫库。韩王派兵征讨，连番失利，乃向中国乞援。李鸿章乃派叶志超、聂士成率淮军一千五百名往朝鲜，并按《中日天津条约》，由驻日公使汪凤藻通知日本。

其时伊藤博文正遭遇政党危机，为了转移其国内的视线，当然不会放过这么一个可以在外交上有所作为的机会，于是由外相陆奥宗光训令其驻华公使小村寿太郎照会中国，否认朝鲜为中国属邦；同时由日本朝鲜公使大鸟圭介率兵四百余人，较叶志超早一步到达朝鲜，接着又派军八百抵达仁川。

当此时也，一方面李鸿章与袁世凯，另一方面陆奥宗光及整个日本内阁与大鸟圭介，展开了一场外交战，李鸿章上了日本的大当。

兹先据《近代中国史事日志》摘录双方交涉经过如下：

五月初九：日使大鸟访袁世凯，商中日共同撤兵（华不添兵，日续来兵原船回日）。

五月十日：（一）袁世凯访大鸟，再商撤兵问题，要求阻止日军续来。（二）袁世凯电李鸿章，已与大鸟商妥撤兵（昨日所谈），李即电令叶志超军留驻牙山，订期内渡，不再续派。（三）陆奥电大鸟，令日军即入汉城，暂不撤返。（四）日军续自仁川开赴汉城。

五月十一日：（一）日本阁议，决向中国提出共同改革朝鲜内政要求。（二）李鸿章电令袁世凯速与大鸟订明撤兵日期，索取文字凭据。（三）袁世凯再劝大鸟撤兵。

五月十二日：日本阁议，绝不撤兵，如中国不允共改韩政，日即独立任之。陆奥电大鸟，告以政府决心，不可撤兵。

五月十三日：陆奥告汪凤藻，韩乱未平，拟中日会剿，并共商善后，更改韩政（汪即电李鸿章）。

五月十四日：（一）陆奥宗光正式照会汪凤藻，主会剿韩匪，共同整顿韩政，派员教练韩军（天津日领事同时通知李鸿章）。（二）汪凤藻电李鸿章，日本布置，若备大敌，我宜厚集兵力，隐伐其谋，俟余孽尽平，再与商撤兵（李不以然，恐日疑我必战）。

五月十五日：（一）李鸿章电汪凤藻，拒绝日本共改韩政及会剿要求。（二）李鸿章电嘱叶志超切勿移兵近汉城（叶曾以日军在仁川汉城备战事告李）。并另电袁世凯，不主增兵。（三）袁世凯连电李鸿章，大鸟食言，日军续来，汉城鼎沸，请先调水师，续备陆师，并请各国公使调处。

五月十六日：汪凤藻、袁世凯分别电请李鸿章增兵。

五月十七日：总署电李鸿章，韩惊扰已甚，宜令袁世凯镇静，各国调处有损中国体制。

五月十八日：李鸿章电袁世凯，劝韩坚拒日要求，勿馁勿怖。

五月十九日：陆奥复汪凤藻，谓中日所见相违，日本断不能撤退驻朝鲜之兵（所谓第一次绝交书）。

五月二十日：（一）陆奥电大鸟，中日谈判不成，冲突难免，日绝不撤兵，贯彻改革韩政主张。（二）日本大本营令第五师团续向朝鲜开拔（仁川日兵二千余名，夜进汉城）。（三）李鸿章电总署，日兵六千分驻汉城、仁川，我再多调，日亦必添，不易收场。

五月二十一日：袁世凯电李鸿章，大队日兵续来汉城，韩廷已为日本自主改政之说眩惑。

如上前后不足两星期的折冲，很明显地可以看出中国方面已落了下风，深入分析，可以获得如下数点了解：

一、日本的攻防，以驻韩公使大鸟、驻华公使小村为第一线；外相陆奥为第二线；由首相伊藤博文指挥，而有整个内阁及明治天皇的支持。中国则以袁世凯及汪凤藻为第一线；李鸿章为第二线，作战、参谋一身任之，总署事实上未发生多大作用。

二、日本倾全力以经营，有宗旨、有步骤，作战与指挥之间、第一线与第二线之间，职掌分明，丝毫不乱。反观中国，一直未发觉问题潜在的严重性，及至有所觉，已成燎原之势。而且汪凤藻与袁世凯所见各异，步调不一，愈致不利。

三、最大失策，在李鸿章为袁世凯所误，一心以为鸿鹄之将至，日本定会撤兵；这张底牌为日本所看穿，于是着着进逼，由五月初九大鸟访袁世凯商中日共同撤兵，至十九日日本发布第一次绝交书，旬日之间，变化如此！

走笔至此，接《淡水河》编辑先生转来台北市广州街二号张鼎铭先生惠函，以四月十七日拙作中"'公孙子阳见马文渊'，不知何所喻"，指出："西汉末，蜀人公孙述据成都称帝，马援与述同里闬，承隗嚣命往观之，嚣（高阳按：应作述）盛陈陛卫而后见援……援归谓嚣：'子阳，井底蛙耳！'故此公孙子阳指公孙述而非公孙永，否则与'张飞大战尉迟恭'有异曲同工之妙矣！"云。

按：此为笔者当时错记公孙子阳为公孙永，一时懒于检书，遂有此误，下笔轻率，致为张鼎铭先生所调侃，惭愧之至。特此订正，并向张先生致谢。

仍接谈光绪二十年（1894）五月间之事。

当中日关系正紧张之际，忽又发生一大意外事件，而李鸿章的处置过于轻率，亦为一大败笔。此一意外事件，须从光绪十年朝鲜维新党起事谈起。

朝鲜的维新党名"开化党"，由日本浪人组织玄洋社（黑龙会）所支持，领导人物为金玉均、洪英植、朴泳孝、徐光范、徐载弼等。光绪十年秋天，日本驻韩公使竹添进一郎，认为中国困于对法战争，有机可乘，煽动开化党铲除保守的"事大党"，结果为袁世凯所平，开化党的"总办"、官拜"邮政局右相"的洪英植及朴泳孝等七人被杀，金玉均、朴泳孝等亡命日本，一直由玄洋社豢养。而朝鲜保守党始终欲得之而甘心。

光绪十九年（1893）年底，朝鲜派出两名刺客到日本去活动。此两人一名李逸植，目标是朴泳孝；一名洪钟宇，目标是金玉均。洪钟宇是洪英植之子，据说他痛心于其父之丧命，是上了金玉均的当之故，所以行刺金玉均，有为父雪恨之意。

当然，这话不知真假，但以他的身份必为金玉均所亲信不疑，是毫无问题的。光绪二十年二月二十二日，洪钟宇将金玉均骗到上海，投宿于虹口日本旅馆"东和馆"时，下了毒手。同一天，李逸植在东京刺朴泳孝，事败被捕。

同为刺客，命运不同，据《容庵弟子记》：

> 二十年二月，金玉均自日赴沪，为韩人洪钟宇所杀。韩请解洪钟宇回国，并载金玉均尸备验。公以韩臣多与金玉均通书，如发觉必兴大狱，请饬沪道检其行李，凡文籍文件均焚之。韩人李逸植谋刺朴泳孝于东京，不成，日遣捕役在韩馆逮韩人权东寿以去。

> 韩王忿怒，拟撤回驻使，与日绝好，公为调处之，乃解。

洪钟宇系于二月二十九日被捕，朝鲜要求自行处理此案。李鸿章即电上海道聂缉椝（guī），将洪钟宇及金玉均尸体，交朝鲜驻天津的官员，并由北洋派军舰一艘，于三月七日送到朝鲜仁川。在此以前，日韩关系因日本拘捕李逸植，朝鲜搜查日本驻韩公馆及撤回驻日公使俞焕箕而趋于紧张；此时大鸟要求朝鲜勿再戮金玉均之尸被拒，而益形恶化。金玉均尸被凌迟一事，在日引起极大的震撼，玄洋社员为金玉均遗发举行盛大葬仪，并要求外相陆奥对中国宣战；众议院讨论金玉均案，认作对日本之侮辱。据王信忠所作《中日甲午战争之外交背景》一文，记当时内幕云：

> 玄洋社员的野半介谒外务大臣陆奥宗光，请求对清宣战。陆奥虽久蓄复振在韩势力之决心，然以一亡命客之死而对清宣战，终不可能。乃介绍往见负军事实际责任之参谋次长川上操六。川上早蓄谋韩野心，对清韩军事已积极准备，曾亲自赴华视察，复计议派员调查朝鲜东学党情况，是否有可乘之机，然亦认为金玉均事件不足借口，劝的野与玄洋社员等另寻口实，谓"君为玄洋社之一人，闻贵社为济济远征党之渊薮，岂无一放火之人手？若能举火，则以后之事为余之任务，余当乐就之"。

> 的野回后，复介绍玄洋社领袖平冈浩太郎往谒川上，谈大陆政府，日本军部之对韩野心可知。适数日后

东学党乱事猖獗，全州失陷，韩廷乞援中国，日本乃借口出兵，口实既得，对韩政府发动之机至矣。

按：日本参谋本部调查员伊知地幸介，于四月二十日到朝鲜，是日即为玄洋社为金玉均举行盛大葬仪之日。伊知地幸介于四月二十六日回日本，在此数日中，袁世凯已与韩王定策，请北洋派兵助韩定乱，适足以为日本资作派军之口实；而东学党作乱，其势愈炽，必有玄洋社在幕后支持，殆亦可想而知。

洪钟宇刺金玉均一案，是否袁世凯所策动，已难查考；但当日本内阁已决定派一个混成旅至朝鲜时，日本驻韩代办杉村访袁世凯，盼华速代韩戡乱，而袁竟电李鸿章，谓："杉与凯旧好，察其语意，重在商民，似无他意。"对日本方面的种种阴谋，掉以轻心，完全隔膜，此为袁世凯最大的失职。

当时驻日公使汪凤藻的观察，亦欠正确，电李鸿章谓日本政府与议会间常起冲突，近更剧烈，绝无对外生事之余力，请李安心出兵。殊不知日本国会虽被解散，伊藤博文亦主慎重；但军部及外务省的野心皆灼然可见，参谋本部早已秘密动员，由第一局长寺内正毅着手筹设运输通信部，业将完成，并无所谓"绝无对外生事之余力"。

当时日本的方针是军事采攻势，外交采守势。因为中国从山海关沿陆路渡鸭绿江，或自大沽口运兵至仁川，仅须十二三小时即可抵达；而日本从广岛宇品港直航仁川，非四十小时不可，如中日同时派兵，仍然落后，所以争取主动，海军首先动员，以护卫大鸟回韩为由，遣海军陆战队四百余人，自横须贺乘军舰返任，五月七日抵达韩京，越两日已到八百名。其时太原总兵聂士成率援军九百名刚抵牙山；直隶提督叶志超率军七百名，方自山海关出发。由于李鸿章方在交涉撤兵，聂、叶两部均在牙山待命内渡，不独在行军方面本可猛着先鞭，而自落后手，且在心理上亦无作战之准备。

至于外交方面，日本采取守势是为了欲处于被动地位，以表明其出兵为不得已之举。这重伪装的外交烟幕，至五月下旬终于为袁世凯识破，知中日战事必不可免，于是呕呕乎寻求脱身之计。

殊不知日本外交与军事，以及政府与国会之间，此时出现了一个尴尬的矛盾：当大鸟回任时，东学党已经受抚，退出全州；乱党既平，则日本派兵赴韩护商，变成师出无名。但日本自阁议决定出兵后，即以驻广岛的第五师团属下第九旅团为基干，配备骑兵、炮兵、轻重部队，组成一个混成旅；加上海军首先动员所组成的联合陆战队，派赴朝鲜者，计有陆军四千余人、军舰八艘。如此劳师动众，而竟无所作用，空手回国，不独军部极力反对，且国会方以预算问题对政府攻击甚烈，倘竟撤兵回国，则巨额军费付之流水，恰资国会反对派以倒阁的口实。于是伊藤与陆奥密议后，在六月十四日的阁议中提出改革朝鲜内政案，大意为：

中日两国军队速行镇压韩乱，乱事平定后，为改善朝鲜内政起见，由中日两国派出常设委员若干名于朝鲜，调查该国之财政，淘汰中央政府及地方官吏，且设置必要之警备兵，以保持国内之安宁，并整顿该国财政，募集能募之公债，以启发国家共益事项等。

阁议通过后，陆奥复又补充提议两项，亦经阁议认可。补充的决议为：一、不问中国政府反应为何，目下绝不撤回在韩军队，以视察其最后结果；二、中国政府如不赞成日本提议，日本政府应独力使朝鲜政府实行前述之改革。

这是很高明的一着，因预料中国必然反对，而在长期折冲中不但日军留韩有了借口，而且更可逐渐完成战备，相机用武。陆奥宗光在回忆录《蹇蹇录》中，踌躇满志地说："毕竟朝鲜内政之改革云者，不过为调停中日两国间难局所筹出一策耳。余借此好题，非欲调和已破裂之关系，乃欲因此以促其破裂之机，一变阴天，使降暴雨，或得快晴耳。"

当此时也，袁世凯处境困危，而竟得脱身归国，颇多内幕。《容庵弟子记》：

公屡电李相，如政府决议开衅，请先调回驻使。并称某以一身报国，无所畏，惟惟惧辱使命，损国威。不报。时东学党人必欲害公，借日兵势力，伺察周密，至不能出使馆一步。使馆薪米缺乏，幕僚皆托故潜遁；文胰电报，乃以一身兼之。张公佩纶，时在北洋甥馆，亦为公言，李相乃电总署，请召公回国。公之脱离韩难，盖亦有天幸焉。

按：袁世凯之得结于李鸿章，其间张佩纶对袁的赏识，为一极重要的关键。韩王李熙本由旁支入承大统，而以其父李大院君是应摄政；李熙成年亲政，大权落入王妃闵氏之手，而大院君仍欲干预政事，遂成对立。

光绪八年（1882）之变，大院君被执，幽禁于保定，时张一麐之父张是彝以知县在直隶候补，即奉派有看守大院君的差使。据张一麐《古红梅阁笔记》载：

> 一日，彼国王遣使来聘，阅其名刺，则新科状元南廷哲，刺长六寸，与华之翰林院庶吉士同。南为彼国壬午举人，以年家子礼见先君焉。入内堂，大院君高踞胡床，南北面跪奏，如臣工召见礼，隆重拟于上皇。大院君眷念故国，愤欲东归，必多方抚慰之始也。

大院君本人如此，韩人亦以大院君被执为耻；日本复来电诘责，指为违背国际公法。李鸿章乃决定送君回国，物色押送之人，张佩纶以袁世凯荐，李鸿章犹恐其少年偾事，亦由张佩纶力为斡旋，始得成行。

今由《容庵弟子记》中证实，袁世凯与张佩纶确有极为密切的关系，此为沈云龙教授《谈袁世凯》所未及者。

但袁世凯究于何日回国，已难查考，《容庵弟子记》谓"六月二十四日奉旨调回京"，而《近代中国史事日志》则谓"六月十六日袁世凯回国"，翌日离汉城赴天津。《翁同龢日记》则于六月二十一日条下，有"令袁世凯来京，备询问韩事"之记载，则袁已到津。回国日期之所以其说不一者，实因袁世凯乃私自潜逃而回之故。

据历任北洋政府教育、司法、农商等部总长的张国淦遗著《北洋军阀之盛衰及其消灭》一书中，透露袁世凯致徐世昌函云：

> 目前韩事，益不可为矣！金玉均虽死，东学党之余孽，又复纠众起事。韩王全无能力，遣使来使馆求援。而馆中仅有数十卫兵，奚能平乱？只得以万急电请李爵帅派兵援救。旋得回电，知已派聂士成、叶志超二军门，率兵三千来援。而日使大鸟亦急电日皇，妄称我国已派大兵十万至汉城，将吞并三韩矣。苟有接触，以我三千疲弱之兵，当彼数万勇敢之卒，胜负之分，无待蓍龟。
>
> 弟因之杌陧不遑，三日间送发急电至津，向爵帅密陈利害，乞派得力重兵，兼程来韩。哪知万急密电迭发十一通，竟为洪乔误投，杳无消息。急电佩翁，亦如石沉大海。当此间不容发之时，倭奴欺我军势孤无后援，借端起衅，一战而吾军全数溃败。弟思手无兵柄，处此

虎穴中，徒然束手待毙，拟改装易服，搭乘美国商轮返国。唯启碇尚需三日，爰作函托返国侨商带归，一则示我无去志，一则托吾哥探听津门谁作汉奸，按捺此军情急电。

按：此函当作于六月上旬。袁世凯于五月二十九日电李鸿章，谓日兵万人分守汉城，应调叶志超部赴平壤，以待大举。六月三日又电，谓日本绝无和意，请速决和战，并请赴津面禀。

其时李鸿章正"病急乱投医"，请俄、美、英等国予日本以压力，迫使撤兵；既然如此，己方必无增兵之理。袁世凯密电十一通，非洪乔之误，乃无法予以满意之答复，而灰尘尚未落地，亦难有具体的指示，兼防泄密，故而不报。

张国淦又记袁世凯到津以后情事云：

袁世凯此次回国以后，对于李鸿章的感想就与以前大不相同了。他于鸿章甲午战争对朝鲜之措施，已料到：一、战事一定难免；二、中国一定失败；三、李鸿章一定因战败而失脚。因此，他在中日宣战以前，便已另寻途径。回国以后，先至天津谒鸿章，并拟进京向总理衙门报到。鸿章虑其到京有所主张，对己不利，阻止其行。及七月一日中日宣战，鸿章令袁在关外襄助周馥办理后方转运事务。在军事冗忙之际，他秘密进京，并不进谒当局，而遍访京中密友，进行预定之活动，将光绪壬午后鸿章对日交涉如何软弱、两次调回吴长庆军队如何失算、与伊藤在天津所订条约如何错误，及本人在朝鲜因中国军队之撤回对日交涉及对朝鲜处置如何困难、鸿章之如何掣肘，并将最近四月中来往文电，摘要抄录缮成小册数十份，呈送北京要人。他在转运后方目睹鸿章部下淮军纪律之败坏、军官之阘冗无能，较之吴大澂、刘坤一所率领仓促招募之湘军，尤为不如。

心知不能再战，于是将实在情形密陈北京当局（督办军务处王大臣），并恳切建议："战事拖延，绝无希望，不如早和，否则京津亦恐难保。"此项报告，均达西后及光绪帝之目。于是后党帝党不再争持，遂决定议和了。

以上为据刘垣所著《张謇传记》摘录，可信的程度甚高；唯言袁世凯分送小册一事，恐不免夸张，揣度情理，袁亦尚不敢出此。细考其事，袁世凯另有支持之人，此人即张佩纶。七月十六日《翁同龢日记》：

> 袁世勋（敏孙）为袁慰廷事来见。慰廷奉使高丽，颇得人望，今来京不得入国门（李相仍令赴平壤），欲求高阳主持，因作一札与高阳，即令敏孙持去。

袁世勋为袁世凯堂兄，《翁同龢日记》中，其人仅此一见，可见踪迹甚疏；而特来代求转介李鸿藻，此中必有曲折，可想而知。

按：六月十三日曾有上谕：

> 军机大臣面奉谕旨，本日据奕劻面奏朝鲜之事，关系重大，亟须集思广益，请简派老成练达之大臣数员会商等语，特派翁同龢、李鸿藻与军机大臣、总理各国事务大臣会同详议，将如何办理之处，妥筹具奏。钦此。

此为翁同龢、李鸿藻正式参与和战大计之始，二十一日遂有"令袁世凯来京备询韩事"之记，而以后日记中，始终未见袁来京，则李鸿章阻袁不令进京，其说不虚。至七月十六日，袁世凯欲求李鸿藻主持一切，则尽有可托之人，此人即张佩纶。李宗侗、刘凤翰合编《李鸿藻先生年谱》载是年五月后事，有如下数条：

> 五月初十：编者按语："是日，张佩纶为公草会试录前序，翌日复公书（《涧于日记》）。"
> 六月初一：酉刻发张佩纶信，并大卷一本。
> 六月十七日：送张六（佩纶）大人信。按：张佩纶《涧于日记》："高阳十七专足来，亦询东事。"翌日"复高阳书"。

于此可见，张佩纶虽在保定，而与在京的李鸿藻，踪迹仍密；李鸿藻应制及其他重要应酬文字，均请张代作；奉派参与朝鲜和战大计后，更遣急足函张询东事，则袁世凯素恃张佩纶为奥援，何不托他代达于李，而欲求翁介绍？

这个疑问，只有一个解释，由袁世凯去求翁同龢，完全是遮掩李鸿章左右的一种障眼法。证诸以后事实发展，分析如下：

一、李鸿章左右，以其长子经方为首，痛恨袁世凯，认为韩局之坏，乃由袁世凯偾事。不令其进京，而遣其出海助周馥办粮台，且有仍命其回韩交涉之意。

二、张佩纶一直支持袁世凯，故李经方视之如眼中钉。此别有说，见后。

三、袁世凯自朝鲜回国，自然有一套计划，这套计划，可能就是后来小站练兵的初步蓝图。张佩纶支持此一计划，并已建议于李鸿藻。但张与李的关系尽人皆知，倘不经翁同龢一关，则不言可知，袁之能通于李鸿藻必为张佩纶所举荐。若是，则"小合肥"真欲"手刃"妹夫了。

兹再列举佐证如下：

一、七月十六日，袁世凯得翁同龢介绍信后，十七日申刻谒李鸿藻（见李谱）。

二、七月十九日，翁、李等在军机处看折，翁"与李公另拟派袁世凯带数营，而以已革知州陈长庆交其委用，同人皆以为可，遂写入奏单请旨"（见翁记）。结果是："命李鸿章

速催总兵姜桂题、程允和招募成军，令袁世凯会同带领，即赴前敌。"（见李谱）

此为张佩纶一手斡旋，使袁世凯得以带兵的内幕，脉络分明可见。于是而有八月十一日御史端良参张佩纶"干预公事，请驱令回籍"一折。

参张佩纶的端良，字伯寒，号简廷，满洲镶白旗人，由户部郎中补授山东道御史。是年八月十一日上谕云：

> 端良奏：查革员张佩纶，曩年在福建马尾偾事之后，荷蒙天恩，不加重诛，仅予发遣；及至释回，该革员投在大学士直隶督臣李鸿章门下，为司文案营务等处笔札，李鸿章以女妻之。近闻复令在电报馆总理事务，张佩纶自恃其才，往往将电奏电报文字，随意改写，道府提镇文武各官，为系督臣至亲，群相侧目，莫敢有言。窃维士贵品行而后学问，李鸿章统属北洋之大，何患无才？而必用一品行有亏之人，日在左右，不特为诸将掣肘，抑且为外国所笑，奴才心实耻之。可否请旨饬下直隶督臣李鸿章，将该革员张佩纶驱令回籍，俾免受其蒙蔽，以致贻误事机，出自宸断。奴才职司纠弹，既有所闻，不敢安于缄默。

> 上谕：御史端良奏，请将革员驱令回籍，以免贻误事机等语；革员张佩纶，获咎甚重，事干发遣，释回后又在李鸿章署中干预公事，屡招物议，实属不安本分。

着李鸿章即行驱令回籍，毋许逗留。

据李宗侗在"李谱"按语，端良参劾张佩纶，出自李经方的指使，端良所获好处为白银二百两。此即所谓"买参"，此风明末即已有之，至清末复盛行，不独满洲御史，两榜出身的汉人亦常做此勾当，但价钱不止于纹银二百两而已。

"李谱"刘凤翰按语谓张"与津海关道盛宣怀不和，而公（指李鸿藻）又会议枢垣，有复用之机，故盛设计陷害"。盛宣怀可能为"买参"的经手人，基本上则仍为"郎舅不睦"，而尤忌张佩纶之将复起。《涧于日记》八月十六日载：

> 与合肥言，定于明日出署。孝达电来云："因高阳
> 会议，有复用之机，忌者下此毒手。"

"孝达"即张之洞，他在京有坐探，消息甚灵。其实张佩纶自己又何尝不知道，日记故意借"孝达电来云"，以掩其迹。我以前曾谈李鸿章拟培养张佩纶为替手，自谓发百年之覆，于今益信，兹将其前后因果，做一补充如下：

一、张佩纶马江偾事后，仍受李鸿章的支持。如光绪十一年（1885），派袁世凯送大院君回韩，即由其一手促成；李虽嫌袁年少，而终于用之，可见张佩纶发言的分量。

二、早在光绪八年至十年间（1882—1884），张佩纶即已赏识袁世凯的才异，所以始终支持者，即因将接李鸿章的

手，收袁以为己用。

三、淮军暮气已深，绝不可用，李鸿章本人亦深知。但李与其师不同，在部属眼中可挟持的短处甚多，以致无法下手，必须交由张佩纶来开刀；而淮系将领，则拥李经方以为对抗。

四、韩事正亟，朝廷主战，而李鸿章无计以避时，张佩纶有一"败部复活"的计划，即由袁世凯另组一军，以"办理朝鲜抚辑事宜"的名义（见《周馥自撰年谱》），出关渡鸭绿江由陆路入韩；而以北洋官僚中明白事理、较为实在的直隶臬司周馥总理营务处，以联络淮系将领；而张佩纶总司北洋电报局，无异代李鸿章指挥。

照此安排，李鸿章有公私两利。公则以袁世凯在朝鲜与闵妃一系建立的关系，可有内应，以陆军与日军周旋，仍有取胜之望，且亦可牵制其海军；私则事急时，本在告病的李鸿章，即可以病体不支为由，奏请以张佩纶帮办北洋军务，展开正式"交班"的第一步。此即所谓"复用之机"，而果然如此，历史可能要改写。李经方"买参"这一着，确为毒手。

这是我在现代史上发掘出来的一个大问题。过去之所以无人谈及者，第一是其中玄妙，局外人识不透，不比现在多有各种数据，可以冷静分析；第二，深知内幕者，如周馥等人，因碍于"袁大总统"，不便谈此事。即如袁世凯靠张佩纶维持，在袁是件不甚光彩的事，戊戌以后，绝口不提，则周馥等人自必为之深讳。本文谈清朝的皇帝，叙此公案，只能到此为止，但其望专攻现代史者，能作进一步的探索。

至于甲午战争清军之必败，可说命中注定。优劣之分不在量而在质，以陆军言，相形之下清军成了乌合之众；海军则虚有其表，缺乏基础教育，且又不能善用客卿。当时唯一的希望是，当第三次派遣援军时，能由袁世凯为主将，周馥总理敌前营务处，并办粮台，而由张佩纶指挥，在凤凰城集中后，自安东渡江至朝鲜新义州，联络事大党接应，直捣平壤，取得军事上的对抗地位后，展开实力谈判，犹可不致过于决裂。但此一线希望，为二百两银子买断，遂致一败涂地。

甲午迄今将九十年[1]，谈黄海艦师的文字，不知凡几；以徐培根收入《中国近代军事变迁史略》一文，简明扼要，能予人以明确的印象，引录如下：

> 中国海军在当时实居世界第八位，日本则为第十一。即就北洋舰队说，也和日本舰队实力略等。但是提督丁汝昌不谙海军战术，一切由左翼总兵定远管带刘步蟾指挥。刘系留英海军学生，文学及英文均佳，但胆小不能任事。九月中旬（夏历八月中旬），全舰队奉命护送陆军赴大东沟，十七日正欲回航，忽遇日本舰队大队来袭，乃仓促应战。德员汉纳根建议排成二行纵阵，以主力舰定远、镇远率领，丁汝昌采纳其议。

---

[1]　甲午中日战争于 1894 年爆发。这里是指距作者初次发表此文的时间。

但刘步蟾惧己舰当头阵，乃发令排成人字横阵，以定远、镇远两主力舰居中，各小舰排于两侧外翼。日舰十二艘排成前后两队之纵阵，渐次向我舰阵左前方接近。汉纳根见刘步蟾反其建议，正在骇怪，但时机急迫，无法再行变更。他惧怕我舰阵两翼船小，易被敌舰袭击，乃建议丁汝昌将各舰行进方向向右斜移四度，以便主力舰斜出阵前与敌接触。丁采纳其议，汉乃赴舰尾指挥旗尉发令。此时刘步蟾忽不听指挥，反令两翼小舰向前，而定远、镇远两主力舰则滞留后方。这样遂使舰阵形成混乱。

此时丁汝昌正在定远舰飞桥上，英员泰洛见舰阵形势危险，奔至飞桥告诉丁氏，但言语不通，不能表达其意。刘步蟾令定远发炮，飞桥因年久失修忽为震断，丁氏与泰洛同时坠下，丁氏受重伤倒在甲板上口吐黄水，于是这指挥海战的责任，就落在这个年轻的德国骑兵中尉汉纳根身上。

这一役我方损失超勇、致远、扬威、经远、广甲五舰，其余各舰均受重伤，驶回旅顺修理，于十月中（夏历九月中）回驻威海卫。从此我国舰队蛰伏威海卫海港内，不敢再出；黄海面上，再难有我舰队的踪迹了。

至于陆路致败的情形，兹据《容庵弟子记》，引述袁世凯眼中所见的情形，并加注如下：

七月，李相檄姜公抚辑朝鲜义州各道，委直隶臬司周馥，办理东征转运事宜。周馥知公干练，坚邀襄助，乃先后出关。公先至凤凰城设局。其时日军已将渡鸭绿江而西矣，扼江诸统帅，如宋庆、刘盛休、马金叙等，兵杂将嚣，毫无纪律；索械索饷，随给随弃。

李相嘱公查沿途转运形势，公言新民厅在榆关至凤凰城中间，东扼辽河，水陆通衢，奉北杂粮辐辏于此，宜设粮台，厚储粮饷，按前后要站，分设官车，随时协雇民车，分段转运。

盛京以东，亦有数处，尚可采买，拟于驻兵处就近买存，总以新民厅为根据地。遂自前敌至辽阳，分设十二站，接济饷械，源源不绝。

按："姜公"谓姜桂题，此人行伍出身，目不识丁而好自作聪明，见市招"挂面"误为己名，是个有名的笑话。

倭恒额之军渡过辽河，马玉崑、宋得胜均力战北，宋庆拟退扼摩天岭。公谓日兵必分三路进，徒守一路，无济于事；遂力疾赴辽，移设饷械局所。未几，闻日兵在岫岩州花园口下游登岸，一支向大东沟，一支向皮子窝进发，于是防守各军，疲于奔命矣。

按：倭恒额为驻防奉天的副都统。宋庆为淮军贤者，所部号"毅军"。荣禄练武卫军，以毅军为武卫左军。日本陆军，编为两个军：第一军司令官山县有朋，下辖两个师团，渡鸭绿江后，败宋庆、刘盛休军，占安东九连城；第二军司令官大山岩，辖三个师团与一混成旅，自花园口港登岸，进攻金州旅大。

十月，公至望宝台，溃兵抢掠运局车马，公搜截数百人，戮数人以徇，余给钱米，押送归营。又电告盛宣怀，谓："西人用兵，大概分为四排队，前一排散打，败则退至第三排后整队，以第二排接应，轮流不断。后排队伍严整，亦以防包抄傍击；又队后数里，驻兵设炮，遏止追兵，掩护残卒，虽败不溃。今前敌各军，平时操练，亦有此法，乃临阵多用非所学，每照击土匪法，挑奋勇为一簇，飞奔直前，宛同孤注；喘息未定，已逼敌军。后队不敢放枪，恐误击前队，只恃簇前数十人，拥挤一处，易中敌弹，故难取胜。后队又不驻兵收束，一败即溃。请告统帅，饬各军照西法认真练习。"又谓刘盛休军专以溃掠为事，毫无战志；聂士成军，兵不过千余，而精壮俱毙；吕道生军亦伤亡大半，实难再战，莫若调回整顿。又言宋庆南援，似知岭不可守，退难过沈，故请作游击之师。事势至此，惟有停战议和，较为合算。冀因盛宣怀风示当轴，罢战息民。

袁世凯所谓的"西人用兵"之法，当时各为放排枪，自

"常胜军"起，即普遍为湘军、淮军所取法。但操练归操练，到得作战时，仍不脱传统"奋勇争先"的观念。袁世凯的叙述，简单而清晰，读者欲知洪杨以后、新制陆军成立以前，官军如何作战，这段记载，值得细看。

如上所引，袁世凯在甲午之役中态度，先后确有不同。由主战变为主和，原因甚多，最主要的是张佩纶的被逐。易言之，袁世凯的看法是，仗非不可打，但如仍由这班暮气沉沉的淮军以及杂牌部队来打，必败无疑，越打越糟，不如早和为妙。

李鸿章与袁世凯，凶终隙末，到底谁负了谁，这笔账很难算得清楚，但李鸿章与翁同龢势不两立，而袁于李、翁之间，党附之迹暧昧，此为李所不能谅。沈云龙教授《谈袁世凯》，特引吴永《庚子西狩丛谈》所记见闻，以明李鸿章之有憾于翁、袁，而负气之状如见。吴永原文云：

> 公（按：指李鸿章）在直督时，深受常熟（按：指翁同龢）排挤，故怨之颇切，而尤不惬于项城。在贤良寺时，一日，项城来谒，予适避入旁舍。项城旋进言："中堂再造之勋，功高汗马，而朝廷现在待遇如此凉薄，以首辅空名，随班朝请，迹同旅寄，殊未免过于不合，不如暂时告归，养望林下，俟朝廷一旦有事，闻鼓鼙而思将帅，不能不倚重老臣，届时羽檄征驰，安车就道，方足见老臣声价耳！"语未及已，公即厉声呵之曰："止

止！慰廷，尔乃来为翁叔平做说客耶？他汲汲要想得协办，我开了缺，以次推升，腾出一个协办，他即可安然顶补。你告诉他，教他休想！旁人要是开缺，他得了协办，那不干我事；他想补我的缺，万万不能。武侯言：'鞠躬尽瘁，死而后已。'这两句话，我也还配说。我一息尚存，决不无故告退，决不奏请开缺。臣子对君上，宁有何种计较，何为合与不合，此等巧语，休在我前卖弄，我不受尔愚也！"项城只得俯首谢过，诺诺而退。

项城出后，公即呼余相告曰："适才袁慰廷来，尔识之否？"予曰："知之，不甚熟。"曰："袁世凯，尔不知耶？这是真小人，他已结翁叔平，来为他做说客，说得天花乱坠，要我乞休开缺，为叔平作成一个协办大学士。我偏不告退，教他想死。我老师的《挺经》，正用得着，我是要传他衣钵的，我决计与他挺着，看他们如何摆布。我当面训斥他，免得再来啰嗦。我混了数十年，何事不曾经验，乃受彼辈捉弄耶！"予见其盛怒之下，致不敢更进一语。

盖项城先固出公门下，颇受奖植，此时公在闲地，而常熟方得权用事，不免有炎凉去就之世故，故因怨常熟而并反之，其一时怨语如此，盖蓄之已久，非一朝夕间事矣！

按：倘有此事，当在光绪二十三年（1897）。自同治朝起，大学士名额，定为四正两协，李鸿章则自光绪元年（1875）起即为首辅，至二十二年额勒和布、张之万予告，宗室昆冈及徐桐以协办补正；荣禄、李鸿藻资格均较翁同龢为深，故分别由兵尚、礼尚升协办。如李鸿章告老，依次递补，固能腾出一协办缺，由翁升任。

但两协办又以荣禄位列在前，大学士出缺，应由荣禄补正。袁世凯其时方新附荣禄，见李乃为荣禄做说客，李鸿章对翁同龢成见极深，故有此误会。

袁如巴结翁同龢，尽有其他途径，不必出此；翁如汲汲于想得协办，亦可少安毋躁，因李鸿藻升协办时已七十七岁，谢恩时，翁同龢掖之始能起；十一月二日，翁同龢更有"起见三刻，兰翁几不能起。嘘，可怕也"的记载。

又昆冈亦久病，将不久于人世，翁同龢则体气尚强，稍等一两年不妨。事实上翁即于是年八月，得补李鸿藻的遗缺。翌年闰三月，昆冈亦病故开缺，连孙家鼐亦得升协办。吴永所述，得诸亲闻，真实性自无可疑；但亲闻之语，未必正确。

甲午年尚有一大事，即为慈禧六十万寿。沈云龙教授著《慈禧六旬万寿庆典之奢靡》一文，引傅增湘《藏园群书题记》云：

> 吴仲怿（重憙）侍郎家，遗书散出，余见抄本六册于文友书坊，乃汇录甲午孝钦皇太后六旬万寿庆典承办档案而作也。凡册文、奏书、进表、诏旨、庆贺筵

宴、典礼乐章诸大端，以及营缮工程、备置物品、报效银两，单折数目，洪纤悉具。其一切成案，皆援乾隆二十六年皇太后七旬庆典办理。用银至七百万两。

其中部库拨四百万两外，各官报效廉俸银一百二十一万余两，又京外各官另外报效银一百六十七万余两。大抵外省扣俸报效，数目有等差；惟另外报效，则不论大小省份，每省三万两。

报效最巨者，为长芦两淮盐商，各四十万两；最小者为钦天监二百两。即降而内监宫婢，亦不得免，如小太监、太监妈妈、哩女子，亦有数百金之进奉。一人进奉者，则为太仆寺卿林维源三万两，林固台湾首富，以捐金得官者。外臣特进者，为税务司赫德一万两。且特奉传旨嘉奖之谕。洵可谓薄海内外巨细不遗矣！其用途可记者，如制造金辇费七万六千九百余两；点景六十段，每段四万两，共二百五十万两；彩棚彩殿费十一万两。

物品可记者，如彩绸用至十万匹，备赏缎匹用至五千匹，令苏杭宁三织造承造，又加派四川出二千匹；红黑毡条用至六十万尺；备赏饽饽桌子至八百五十张；宫廷苑囿应用门神一千二百对，门对至一千二百八十九对。足见铺张扬厉，备极一时之盛。

按：吴重熹当时为户部司官，亦曾在工部供职，故所记独详。所谓"点景"即自大内至颐和园，沿路布置灯彩戏文，亦是与民同乐之意。

清朝太后万寿，以乾隆二十六年（1761）孝圣宪皇后七旬万寿为最铺张，其时方当全盛，真所谓"富有四海"，而高宗又以身世隐痛，非如此不足以上报慈恩，补人子之歉疚。慈禧则自以为戡定大乱，再造大清，功在社稷，故援此例办理。

事实上，六旬万寿，可说自光绪十九年（1893）起，即已开始祝嘏，陈宝琛于光绪二十一年（1895）作《感春》四律，其第二首云：

> 阿母欢娱众女狂，十年养就满庭芳。
> 那知绿怨红啼景，便在莺歌燕舞场。
> 处处凤栖劳剪彩，声声羯鼓促传觞。
> 可怜买尽西园醉，赢得嘉辰一断肠。

此诗句句咏落花，而句句写颐和园及庆寿。结句实为大煞风景之事。是年八月二十六日，迫不得已颁发懿旨：

> 自六月后，倭人肇衅，侵予藩封，寻复毁我舟船，不得已兴师致讨。刻下干戈未戢，征调频仍，两国生灵，均罹锋镝，每一念及，悯悼何穷！前因士卒临阵之苦，特颁内帑三百万金，俾资饱腾。兹者庆辰将届，予亦何心侈耳目之观，受台莱之祝耶？所有庆辰典礼，仍

在宫中举行，其颐和园受贺事宜，即行停办。

读者可以想象得到，慈禧同意颁此懿旨时内心的沮丧。我相信德宗后来种种不幸的命运，至此已成不可挽回之势。因为在慈禧看，德宗不但不能仰体亲心，且有故意捣乱之嫌，他应该想到这一场大喜事，不能惹麻烦；偏偏一意主战，调子越唱越高，以至于不可收拾。若谓慈禧本人亦曾屡次做强硬主张，须知此为不得不然的言不由衷，她总不能说："为了我的生日，不妨委曲求全。"

其实，德宗如果求和，正不妨以"圣母皇太后六十万寿"为言，得一自解之地，亦博一孝顺之名；无奈遇着"翁师傅"这么一个书呆子，搞得公私两误，里外交困。书生误国，常令人兴无穷抑郁，真不知该骂该打还是该可怜。

其时政局在酝酿一个大变动。自甲申至甲午，朝廷一直倚李鸿章为柱石，而此时的李鸿章竭蹶之象毕现，大局无论为战为和，皆非有一能笼罩全局之人主持不可，因而投闲置散的恭王，复又见重于时。

八月廿八日，由南书房翰林李文田为首，词臣五十余人，连名请恭王销假，翁同龢、李鸿藻支持此项主张。是日进见时，未获允准，吴相湘教授以为"太后不许"，其实非是。慈禧恶恭王，固为事实，但此时并不反对起用恭王，因谈和——慈禧心目中是想求得一个现代外交术语中的所谓"光荣的和平"——则非恭王出面交涉不可。

但德宗之不愿起用恭王，即以六十三岁，须眉皆白，英气已尽的恭王，复起问事，一定主和，不会主战，故特借太后一向不喜恭王，以顺从为名而坚拒。《翁同龢日记》：

> 既而与李公合词吁请派恭亲王差使，上执意不回，虽不甚怒，而词气决绝，凡数十言，皆如水沃石。

此上明明指德宗，而非同在座的慈禧太后。所记语气，亦为师傅极谏情状；至如慈禧召见，大举措亦以数语决之，臣下如发现慈禧词气决绝，岂敢再有数十言的渎奏？至如金梁辑《近世人物志》，径改"上"为"太后"，更不足为训。

是日慈禧有一指示，翁记中明白指出"皇太后曰"。全文如下：

> 皇太后曰："有一事，翁某可往天津面告李某，此不能书廷寄，不能发电旨者也。"臣问何事，曰："俄人喀希尼，前有三条同保朝鲜语，今喀使将回津，李某能设法否？"臣对此事有不可者五，最甚者俄若索偿，将何畀之？且臣于此等始末未与闻，乞别遣，叩头辞者再，不允。
>
> 最后谕曰："吾非欲议和也，欲暂缓兵耳。汝既不欲传此话，则径宣旨，责李某何以贻误至此？朝廷不治以罪，此后作何收束？且退蚰者淮军也，李某能置不问

乎?"臣敬对曰:"若然,敢不承。"则又谕曰:"顷所言作为汝意,从容询之。"臣又对曰:"此节只有李某复词,臣为传述,不加论断。臣为天子近臣,不敢以和局为举世唾骂也。"允之。

于此可知,慈禧求和的意向极为明显,但不便公然表示,所以在解释"缓兵"之外,命翁同龢私下探询。翁同龢乃于八月廿九日乘舟赴津,九月初二晤李鸿章于天津,见面情形据日记所载如此:

> 见李鸿章,传皇太后、皇上谕慰勉,即严责之。鸿章惶恐,引咎曰:"缓不济急,寡不敌众,此八字无可辞。"复责以水陆各军败衄情状,则唯唯而已。余复曰:"陪都重地,陵寝所在,设有震惊,奈何?"则对曰:"奉天兵实不足恃,又鞭长莫及,此事真无把握。"议论反复数百言,对如前。
> 适接廷寄一道,寄北洋及余,云闻喀希尼三四日到津,李某如与晤面,可将详细情形告知翁某回京复奏云云。余曰:"出京时曾奉慈谕,现在断不讲和,亦无可讲和;喀使既有前说,亦不决绝,令不必顾忌,据实回奏。"李云:"喀以病未来,其国参赞巴维福先来,云俄廷深恶倭占朝鲜,中国若守十二年所议之约,俄亦不改前意。第闻中国议论参差,故竟中止,若能发一专使与

商，则中俄之交固，必出为讲说。"云云。又云："喀与外部侍郎不协，故喀无权。"余曰："回京必照此奏复。余未到译署，此事未知利害所在，故不加论断，且俄连而英起奈何？"李云："无虑也，必能保俄不占东三省。"云云。

以翁同龢本人所记，前后对照，对慈禧太后的语气，已大有变动，慈禧本谓："吾非欲议和也，欲暂缓兵耳！"本是一种借口；而翁同龢对李鸿章，则直谓："出京时曾奉慈谕，现在断不讲和，亦无可讲和。"竟有挟天子以令诸侯之意，而论其实际，则有矫诏之嫌。甲午之役，翁系用主战论以窘李，进而达到排李的目的，形迹殊为显然。

李鸿章恨翁刺骨，自有由来；以后翁同龢当政，处理胶澳事件，李鸿章横插一腿，以破坏翁同龢对德讲和为宗旨，坏国事而修私怨，而李鸿章、翁同龢皆为朝廷所倚重，不顾大局如此，清朝何得不亡？

李鸿章误国最大之罪，在始终迷信联俄制日。喀希尼本为俄国驻华公使，初以甘言饷李鸿章，谓可助华压制日本，屡次以少安毋躁为嘱。最后方知喀希尼无能为力，则由于俄国政策之改变。

吴相湘著《俄帝侵略中国史》记其原委云：

俄国政府因其驻日公使的报告，态度已经突转，干涉之心顿减，驻日俄使以为：一、日本事实上已遣大军至韩，欲其毫无所得而撤兵，势不可能；二、日既保证：除希望朝鲜自主独立外，绝无野心，且绝不作攻击的挑战，俄国似无袒华压日的必要；三、俄如助华，无异自投漩涡，必为英国所快，甚或引起其敌对行为。因此不主张用积极态度以"袒华压日"，迫其撤兵；但却提出使朝鲜政府提议在中、日、俄三国委员监视下自动改革韩政，以消除日本借口的建议。不仅企图暗保俄人将来对韩政的发言权，且欲乘此排除中国在朝鲜的特殊势力。这完全是为俄国利益着想，与中国请求调停的本意毫无关系，并且是背驰的。

不过，俄国的如意算盘亦未得逞，前引之文续记：

> 同时日本的决心是根本排除中俄在韩的势力，故立即拒绝这一劝告，而俄国又无充足力量可以施行武力干涉，只得暂时袖手旁观。七月九日，喀希尼因遣员告鸿章，声明俄政府虽知日本无理，但仅能以友谊地位劝日撤兵，未便力强。鸿章大为失望，转请英国出面干涉调停。

以上引之文，参照慈禧命翁同龢往天津，为喀希尼允助华一事未实现而向李鸿章诘实，以及起用恭亲王的过程来看，对慈禧仍操大政，以及两宫母子之间根本意见的歧异，影响及于政策的变化与朋党势力的消长，大致可得如下数点的了解：

第一，"以夷制夷"为中国处理藩属问题的一个古老的指导原则，在康、雍、乾三朝的运用，有强大的国力做后盾，故能得心应手。时代演变，对象不同，中国的藩属问题已成为外交问题，而当政者的观念并未改变，慈禧如此，李鸿章亦如此，恭王、醇王大致亦如此。李鸿章比较进步者，是还有"师夷之长以制夷"这一个了解；但坏在自以为中国只有他最懂洋务，师心自用到后来变成刚愎自用。

第二，德宗受翁同龢之教，主张自强。翁同龢早期对洋人的看法，与倭仁相去不远。恭王早年曾强倭仁入总署，甲午复起后，又强翁同龢入总署。

倭、翁并皆力辞，所不同者，倭仁到任时故意坠马以明志，而翁同龢不得不"仍奉命行走，遇事力争，日伍犬羊"，自叹"殆非人境"（见翁乙未六月日记）。至于以后因张荫桓的影响，德宗与翁都改变了对洋人的观感，则转变的幅度过巨，引致保守派的极大反感，君臣两嗟叹，过与不及，皆非好事。

第三，慈禧与李鸿章既坚持"以夷制夷"的原则，则最大的问题即在师何夷以制何夷。联俄不成，改而联英；联英则恭王早在咸丰末年，便有跟英国人打交道的丰富经验。熟于孟子，兼及墨子，自起别号"鹭宾"的赫德，为恭王主持总署时一手所培植。是故联英而起用恭王，乃为政策择人，就此而论，慈禧的做法，颇合乎近代的政治学原理。

第四，慈禧之起用恭王，另一主要用意，在使恭王主持和议；而翁同龢主持、李鸿藻列衔请起用恭王，则意在请恭王主持战局。是故，起用恭王，须看何人做主、以何形式出之，便可推知恭王将肩何重任。如纳翁、李之奏，而以上谕发表，首先在召见时必有一番勉励力战图存的话，谈和的话便说不出口了。

因此慈禧使了一条小小的调虎离山之计，将翁同龢遣往天津，然后以迅雷不及掩耳的手段，不经德宗，径自决定起用恭王。

《东华录》光绪二十年（1894）九月初一上谕：

一、朕钦奉慈禧皇太后懿旨：本日召见恭亲王奕訢，见王病体虽未痊愈，精神尚未见衰，着管理总理各国事务衙门，并添派总理海军事务，会同办理军务。

二、朕钦奉慈禧皇太后懿旨：恭亲王奕訢着在内廷行走。

这两道上谕自然是"明发"，而翁同龢被蒙在鼓中。据"翁记"，八月廿八日被命赴津时，德宗面谕："明日即行，往返不得过七日。"以下又云："检点行李，秘不使人知，甚苦。"何以保密，原因不知，但既不欲人知，即不能通知北洋派船接送，于是真的"甚苦"了。

记次日起程及途中情形如下：

八月廿九日：晴热。待海岱门出，便门外无船，绕行至二牐，泥深；自二牐雇船……通州石坝。午正坐车入北门，出东门。店尽为京兵所占……遣人至盐滩，觅得一小舟，挈三仆、一打杂行，小舟乃"卫骻子"之极小者，不能欠伸，真未死入棺材矣！顺流打棹一百里，马头泊，不过黄昏时耳。

按：崇文门俗称哈达门，因门内有元朝"哈达大王府"而得名，诸家笔记或谐音作海岱门。"待"者，夜半候城门一开即出。"便门"谓东便门，有大通河，亦名通惠河，自大通桥起至通州石坝，共四十里，中设五闸，第二道即名为二闸，为消夏胜地，昔多别墅。翁记中的"二牐"即二闸。"卫骻子"，船名。按：翁同龢此记，大发牢骚，其实为自讨苦吃，本无可秘之处，而自作文信国夜渡长江状。大概慈禧使人传语，此行须极秘，故以大司农之尊，不得由官道公然驰驿；而实为愚弄，见后自知。

九月初一：寅初理楫行，余尚卧也。天明后过香河……午正过河西务……戌初泊北仓，已二百六十里，人力穷矣。夜为炮船所聒，不得眠。

九月初二：晴。卯初二刻开行，日出过丁沽……

辰初一刻抵吴楚公所后身泊。季士周来谈，遂乘小轿入督署。（以下见前引"见李鸿章，传皇太后、皇上谕"云云。）

按：九月初一，慈禧召见恭王已复起，是日翁同龢方乘"未死入棺材"的"卫骻子"，潜行二百六十里；而天津则早已接到电报，知朝局将变，和议可望。初二抵津，"季士周来谈"一语，最可注意，季士周之子为翁同龢孙女婿，士周在北洋有差使，恭王复起之讯，自无不知之理，然则见翁必以相告，而翁于日记中不提，殊为可怪。

翁获罪归里后，日记颇有删改，二日之记，必非原来面目。揆度当时情理，翁至此始知受愚，必有愤懑之语。初五回京，日记中附一诗，题目《杨村道中》：

一里得一曲，流沙浅复深。

风帆对湾亚，岸柳过河阴。

若使建瓴势，将毋高屋沉。

津沽蓄众水，虑此一沉吟。

（原注：有建议将潞河取直者，恐津郡水患益急。）

以翁同龢此时之心境，何得有此闲情逸致？且治水亦非农曹之职，何烦沉吟？是则此诗弦外有可参之音，上半首谓看似平静无事，而情势曲折，危机重重，掉以轻心，即难自拔；下半首有与李鸿章彻底决裂之意，终以虑及冲突太甚，恐难收拾，而踌躇却顾。

按：在九月初一以前，凡有懿旨，无非万寿恩赏，以及顾念士卒，发内帑犒赏之类；至于起用恭王，为第一等大政事，而径以懿旨行之，则无异诏告天下，慈禧太后已从皇帝手中收回政权。

如果翁同龢真有此胆，发动清议，为德宗争，即不能胜，慈禧亦当有所忌，后此或不致肆意妄为，无奈翁同龢根本上只是曹参第二而已。

翁同龢复命后，仍与李鸿藻参与和战大计，不过主持者已换了恭王。当时的政府，形成一个畸形组织：宫中有"太上皇"；军机处亦有"太上领班"，即为恭王。大政亦甚冗杂，一方面要对内办万寿庆典，一方面对外要对付日本，而对外又和战并行，和则在联英的同时，仍旧联俄又联德；战则调动南方军队，两江总督刘坤一奉旨以钦差大臣出关督师，湖南巡抚吴大澂则自动请缨，结果皆是徒留笑柄。王湘绮有《游仙诗》五首，并自作注，引录并加诠释如下：

> 湘瑟秋清更懒弹（湘抚吴大澂自请督兵），只言骑虎胜骖鸾（提督余虎恩从吴领中军，后授总兵，许其自将十营）。东华旧吏犹簪笔（黄太守自元为吴同年一甲进士，奏充营务处），南岳真妃肯降坛（魏方伯光焘将四营属吴）。叔夜倘凭金换骨（曾重伯、陈梅生两编修

俱被命赴吴军），陈平何用玉为冠（营官饶恭寿之流，以容止进用）。淮南自许能骄贵（李傅相自请帮办，吴辞之），却被人呼作从官（始诏宋庆总统各军，改授恭王，又改授刘坤一，不及李）。

按："提督"官秩本高于总兵，但如只巡抚中军，则甚委屈，不如实缺总兵。余虎恩的虎字营，虽有十营，实仅三千五百人。

黄自元为同治七年（1868）榜眼，是科状元洪钧，吴大澂为二甲进士。魏光焘为湖南藩司，所领之兵名为新湘营，计八营约三千人。曾重伯，名广钧，曾国藩第二子纪鸿的长子，光绪十五年（1889）翰林；陈梅生，名嘉言，湖南衡山人，与曾重伯同年，其时皆官编修，被命赴吴军，当出于吴大澂的策动，因吴人而带湘勇，非得有重望的本省人为辅不可，而翰林科名较早者，不能为巡抚的幕友，如曾重伯的身份，最为适当。

"淮南"指李鸿章自称。早在甲申年，吴大澂即曾为李鸿章帮办。李鸿章曾称"吴儿无良"，唯于吴大澂为例外。自请为吴大澂帮办，明知不能成为事实，无非一则发发牢骚，二则笼络吴大澂，借谋对翁同龢发生一部分抵制的作用。

只学吹箫便得仙（时论抑淮重湘，湘军行伍出身及功勋子弟乞食吴门者，皆得进用），霓旌绛节拥诸天

（后湘、淮军改授刘坤一节制）。定知吴质难成梦（吴军多科第中人，难谋军事），不与洪崖共拍肩（刘既总统各军，直督李不能归其节制，湘淮时生龃龉）。金阙未先辞受箓（遣使议和与总军之命并发），神山欲望恐无船（铁甲战船七亡五，朝旨令保护镇、定两舰。而庆宽、刘学询使赴日议和，抵长崎不纳，引船而退）。晨鸡夜半空回首，惊怪人间但早眠（京官眷属，先期出都皆效死主战之臣，鸡鸣入朝，顾影自怜）。

按：时论抑淮重湘，乃非杨即墨自然而然产生的结果。淮军中表现最恶劣者，一为宁夏镇总兵卫汝贵临敌退缩，全军溃败，并有克扣军饷、纵令兵勇沿途抢劫情事，奉旨革职拿问，交刑部治罪；一为委办旅顺船坞兼办水陆营务处的候补道龚照玙，于旅顺失守前潜逃天津，着李鸿章据实参奏。李为之声辩，并请革职留营效力，得旨不准留营，仍拿交刑部治罪。

至于命刘坤一为钦差大臣，关内外防剿各军均归节制的上谕，发于十二月初二；而派张荫桓、邵友濂往日本议和之谕，则发于十一月廿六日，中隔七八日，并非"遣使议和与总军之命并发"。既遣议和之使，则本无斗志之士更存观望之心，刘坤一的任务必然吃力不讨好，因上奏力辞而未允准。

至于刘坤一奉召时，政局正在变动：

十月初五上谕：刘坤一来京陛见，张之洞署理两江总督；鄂督由鄂抚谭继洵署理，此人即谭嗣同之父。

十月初六：命翁同龢、李鸿藻、刚毅为军机大臣。刚毅刑部司官出身，翁同龢在刑部时，颇赏其勇于任事之才，此时以粤抚来京祝嘏，由翁保为军机，用意当在借重刚毅以行法，究失律之罪。但翁同龢后来为刚毅所出卖。

十月十九日上谕：大学士额勒和布才具欠开展，张之万年逾八旬，均着毋庸在军机上行走。

十月廿二日：命刘秉璋来京，调谭钟麟为四川总督，以边宝泉为闽浙总督，刘秉璋以办重庆教案失当夺职家居。

十二月初八：命恭亲王奕䜣为军机大臣。礼亲王世铎留任，伴食而已。孙毓汶则至次年六月始出军机。

至诗中所言庆宽、刘学询之事，殆为内务府所遣、赴日有所探询的密使。刘学询广东人，以办闱姓票起家；庆宽本名赵小山，工画，曾绘颐和园全景进呈，为慈禧所赏，醇王重用其人，竟准其投入旗籍，以内务府郎中司柴炭库，与北洋关系亦极密切。

新承凤诏发金阊，争看河西坠马郎（朝议起湘军宿将，以陈枭司浞节制防河诸事；又有调赴关东之命。陛见出京，佯堕马折右腿，以阻其行）。幸不倚吴持玉斧（在吴军宿将，有事仍奉直督），可能窥宋出东墙（宋宫保庆，在摩天岭能战，朝议倚为长城）。劳拖仙带招燕使（张侍读因克扣军饷，力为排解，李尚书斥为阿狗），只借天钱办聘装（卫汝贵领饷六十万，以十万寄家，如曹克忠辈十扣四五，较为廉洁，勿怪哭菜市也）。曾受茅君兄弟诀（余与曾忠襄姻好，而保荐由文正），休将十赉损华阳（北语谓丑调为损）。

按：陈湜，字舫仙，湖南湘乡人，久在曾国荃部下，同治四年（1865）已授职陕西臬司，数起数黜，称湘军宿将。甲午之役，以江苏臬司总湘、淮诸军营务的身份，募两湖新兵四营赴援。事先，江督刘坤一曾函李鸿藻，谓新募之勇难当大任，只可驻扎近畿。陈湜效倭仁故事，坠马以规避差遣，或亦有不得已的苦衷。

卫汝贵，字达之，安徽合肥人，从刘铭传征捻，事平授河洲镇总兵，为李鸿章留在直隶统北洋防军，等于李鸿章的"侍卫长"，极其亲信。甲午年率马步六千余人进平壤，临行时，李鸿章诫以摒私见、严军纪，而所部军纪之坏，为淮军之冠。打仗则遇敌辄走，不战而溃，朝士交章论劾，上谕华成拿问，交刑部治罪，李鸿章虽多方回护，终不能免。卫汝贵援朝时，年已六十，其妻家书戒其勿当前敌。此函为日军所获，用之为将校受训时的补充教材。

是年十二月十一日，卫汝贵由盛京将军裕禄押解到京，廿一日刑部具奏，结论是：

> 失误军机与失陷城寨二罪，均应拟斩，自应从一科断。已革宁夏镇总兵卫汝贵，合依"领兵官已承调遣，逗留观望，不依期进兵策应，因而失误军机者斩"律，拟斩监候。
>
> 该革员尚有克扣军饷、纵兵抢掠情事，诚如圣谕，种种罪状，实为偾事之尤，若不从严惩办，殊不足以伸国法而警效尤，应如何加重之处，恭候钦定。

奏上，奉旨改为斩立决，派刑部尚书薛允升监斩。照规制，旨下即行，而奉旨总在辰时；不意卫汝贵手眼通天，居然能请出慈禧太后来为他缓颊。

翁同龢十二月廿一日记：

> 书房片刻，再到直房，闻慈圣请驾，慕邸亟趋而东，余等不得不随。午一刻，余等入见四刻，谕："今日卫汝贵罪刑部奏上，奉旨改立决，汝等有无议论，可从宽否？"三问莫对。谕："吾非姑息，但刑部既引律又加重，不得不慎。"诸臣因奏：不杀不足以申军律。臣亦别有论说甚多，二刻许始走。

这当然是走了太监的门路。但慈禧虽有心救卫汝贵，究还不敢公然否定"国人皆曰可杀"的清议。不过与龚照玙相较，卫汝贵之死亦可谓之冤狱，容后详谈。

郁金堂外下重帏，玉女无眠但掩扉（张香涛移督两江，一月以来，办理防务，无暇见客，惟与予畅谈两日）。尘暗素书常自读（香涛欲解西事，虽土饭尘羹，亦奉为奇书），月明乌鹊定何依（主战二相已出军机，某简书犹在，即前劾恭王者）？蛇珠未必能开雾（某相国有自愿督师之志），鸳锦犹闻劝织机（军火全资外洋，而制造局故为忙碌）。莫道素娥偏耐冷，为君寒透六铢衣（余在督辕月下独登台，及出，夜已三鼓，次日不辞而行）。

按：张之洞毕生所向往者即为两江总督。直隶虽为疆臣领袖，设北洋大臣并兼领后，权柄尤重，但地近京畿，朝贵往来，有时不能不委屈尽地主或晚辈之礼，此亦非张之洞所能耐；只有江督，起居八座，俨然东南半壁之主，而朝贵亦罕至江南，偃蹇自大，无足为病。

甲午调刘坤一北上统率，以张之洞兼署江督，谭继洵以鄂抚署理，大事仍用电报请示，是则长江上下游尽由张之洞所主持，此自东晋开发江东以来所未有。江督兼南洋大臣、两淮盐政，此为例行规制，而张之洞又奉旨兼署虽汉军亦不可得的江宁将军，俾得统辖旗营，尤为罕见。总之，此为张之洞一生最得意之时。

走笔至此，略翻胡钧、许同莘两本张之洞年谱，发现一个有趣的事实：张之洞逢甲必利——同治十三年（1874）甲戌，在四川学政任，创建成都尊经书院，为张生平最可称道的事业；光绪十年（1884）甲申由山西巡抚调升两广总督，清流一时皆尽，唯张之洞青云得路，帝眷正隆；二十年（1894）甲午兼理江督；三十年（1904）甲辰在京议学务章程竣事，回任鄂督，大有兴作，且裁湖北巡抚缺，由鄂督兼管，事权益专。

可是慈禧太后呢？甲戌死独子，甲申五十整寿中法战争，甲午六十整寿中日战争，甲辰七十整寿日俄战争，逢甲皆大不吉。

张之洞自以为与慈禧太后，如"元祐正人"之与宣仁太后，晚年有"调停头白范纯仁"之句，为难得的君臣遇合，而"君臣"之命运不同如此！宋人笔记中谓，宋太宗使术者相诸皇子，谓唯"八大王"最贵，即后来的真宗。有人询术者何以知八大王最贵，术者谓：从其侍从得之，唯厮养卒亦具将相面目，故知八大王最贵。可知凡盛世，君臣同运；乱世则虽君臣遇合之隆，而命运相乖。此似为谈子平之术者不可不知。

张之洞之得兼署江督，出于李鸿藻的保荐，而不得长调，于光绪二十一年（1895）十一月仍回本任，则是翁同龢当权后之事。张对翁嫌隙极深，不下于李鸿章。《金陵杂诗》十五首之第七首云：

> 老备瞿聃作退藏，蒋山驴背旧平章。
> 惠卿虽败惇京寿，法乳绵延送靖康。

吕惠卿当是指光绪二十一年六月出军机的孙毓汶；而以翁同龢拟之为章惇、蔡京，指斥之为亡国奸臣，怨毒之深，可以想见。

唯亦有人谓，此诗乃张之洞表明他非王安石主变法一派。黄秋岳《花随人圣盦摭忆》云：

> 吾读广雅诗，亦觉其时有口是心非处。南皮诗最佳者，绝句纯学王荆公，其吊袁爽秋诗："江西魔派不堪吟，北宋清奇是雅音。双井半山今一手，伤哉斜日广陵琴。"其尊荆公甚至。
>
> 然其集乃再三标言非难临川，既有"学术"一诗，自注云："二十年来，都下经学讲公羊，文章讲龚定庵，议论讲王安石，皆余出都以后风气也。遂有今日，伤哉！"又《金陵杂诗》"老备瞿聃"一首，又有非荆公诗一首，皆显然不肯认此法乳者。
>
> 细求其故，殆由于先曾保康梁，为之延誉甚力；及戊戌变起，乃亟亟印《劝学篇》以自明。任公时著《大

政治家王安石》一书，南皮则亟诋之，吟咏之不足，及躬自注释，以明其宗尚正大。此中矫揉，皆为逢迎西后，正为自全之一念驱使之。

今观其诗，晚年诸绝句实宗北宋，尤学半山，岂可讳乎？唯非荆公一诗，或别有所指，而杂诗中"惠卿虽败悖京寿"句，亦必非正面诃斥，度亦阴指朝局也。

按：袁爽秋，名昶，浙江桐庐人，光绪壬辰进士，别署"渐西村人"，为张之洞弟子，光绪十八年（1892）官徽宁池太广道，驻芜湖。张之洞往返武昌、江宁，或巡江时，辄驻袁昶署中畅谈，师徒甚得。

袁昶与许景澄、徐用仪死于庚子义和团之难，合称"浙江三忠"。光绪三十年（1904），张之洞赴江宁议事，过芜湖，袁昶有专祠在，张之洞吊之以诗，即"江西魔派"一绝，"双井半山今一手"之"今"或作"君"。"双井"谓黄庭坚，"半山"则王安石。

称江西诗派为"魔派"，则张之洞之不喜黄庭坚可知；而尊王安石之意，即含在不喜黄庭坚中。但张之洞此诗，不自承其诗学王安石，此由末句可知。"伤哉斜日广陵琴"，谓当今之世，学黄庭坚、王安石得其真髓者，只袁昶一人；袁既被祸，双井、半山即成广陵散。陈衍《石遗室诗话》云：

广雅相国见诗体稍近僻涩者，则归诸江西派，实

不十分当意也。苏戡序伯严诗,言"往有巨公与余谈
诗,务以清切为主,于当世诗流,每有张茂先我所不
解之喻。巨公,广雅也,其于伯严、子培及门人袁爽
秋,皆在不解之列。"……广雅少工应试之作,长治官
文书,最长于奏疏,旁皇周匝,无一罅隙,而时参活
着,故一切文字,务求典雅,而不尚高古奇崛,其诗
有云:"黄诗多槎桠,吐语无平直。三反信难晓,谈之
梗胸臆。"

"苏戡""伯严""子培"谓郑孝胥、陈三立、沈曾植。
恶黄庭坚而并恶江西诗派,此即张之洞性情之一端。而陈石
遗谓其长于奏疏,真为笃论。王湘绮谓张之洞口舌为官,在
江宁时,即是如此。

如胡钧所编《张文襄公年谱》卷三,于光绪二十二年
(1896)一月底,"回湖广总督本任"下记云:"乙未除夕二
鼓犹在幕府治事,丙申元旦亦办公竟日,今集中载此数日发
折凡十余件可证也。"

至于王湘绮游江宁,则在张之洞甫接事未几的甲午腊
月。据《近世人物志》撮记《湘绮楼日记》如下:

初八:至江宁,孝达遣迎入督署,主人风帽出房,
须大半白,身似稍高,岂与官俱长耶?纵谈时事,心意
开朗,似甚大进。

次日又约王湘绮晚餐：

> 至则云督已睡，久待，已二更，乃延客；云不能多
> 谈，已而絮絮源，殊无止时。出已四更三点矣。

第三日再往，殊未能见及张之洞，故次日"不辞而行"。
岁暮出游，意在抽丰，而张之洞竟未赆行，故有"莫道素娥
偏耐冷，为君寒透六铢衣"之句。所云"主战两相"，自是指
额勒和布及张之万——额、张亦非主战，不过自知必出军机，
乐得唱唱高调，"哗众"未必取宠，但至少不致挨骂。

大致对外交涉，当一事初起，畏首畏尾，不能采取不亢
不卑、不随不激的正确态度，则当委曲不能求全时，舆论上
往往反激出不负责任的高调。

> 东华真诰有亲封，朵殿亲书御墨浓（未注）。眉妩
> 不描张敞笔（张幼樵甲申丧师，淮相妻以幼女，今眉妩
> 者无笔可描），额黄犹待景阳钟（主战二相留京未出）。
> 仙家往事如棋局（议和以来，有前后八仙，有前主战而
> 后主和者），夜宴归来带酒容（未注）。青雀定知王母意，
> 几时瑶岛驾双龙（李相使和先得西太后密旨，有"万事
> 朕一身当"之语）。

按：所谓"前主战而后主和者"，即指慈禧太后而言。

议和先派张荫桓、邵友濂，被拒后改派李鸿章。日方对"全权"资格的认定是须有割地之权。因此，李鸿章于乙未正月十九日奉旨后，二十八日进京陛见，首及割地事，而波折重重，兹据"翁记"剖析如下：

> 一月二十八日：是日李鸿章到京，先晤于板房，召见乾清宫，与军机同起。未见之先，内侍以灯来迓，在养心殿东间见，立奏数语出返。

按：内外大臣向不与军机同时召见，此为特例。"内侍以灯来迓"者，德宗先召见翁同龢；"立奏数语"，即为以下宁多赔款不割地之原则。世目翁同龢为权相，观此信然，唯德宗的君权不全亦不固，则权相之权，适足以招祸而已。

> 又：见起时，合肥碰头讫，上温谕询途间安稳，遂及议约事。恭邸传旨，亦未曾及前事，惟责成妥办而已。合肥奏言，割地之说不敢担承；假如占地索银，亦殊难措，户部恐无此款。余奏言："但得办到不割地，则多偿当努力。孙、徐则但言不应割地，便不能开办。"

按：所谓"未曾及前事"者，指前一日美国公使田贝转递日方电报，谓"非有让地主权者不必派来"。本意不提此事，俟李鸿章到日后再说，仍是一个相沿勿替的"拖"字诀。

但李鸿章不愿冒昧从事，故以为言，"不敢担承"是以退为进的说法，其为同意割地，意向甚明。

孙、徐谓孙毓汶、徐用仪，所言"不应割地，便不能开办"语不可通。但孙、徐从慈禧主张则无可疑。

> 又：本传至蹈和门候起，已而内侍云，慈躬感冒，持药命看按，系肝疾，挟风湿，药用大发散。

按：蹈和门在宁寿宫皇极殿西，其时慈禧住宁寿宫；命在蹈和门候起者，当是慈禧拟召见，因病而止。"持药命看按"，应是"持药方命看脉案"之意，翁同龢通医道。

> 又：李相、庆邸、枢臣集传心殿议事，李要欲余同往议和，予曰："若余曾办过洋务，此行必不辞；今以生手办重事，胡可哉？"
>
> 合肥云："割地不可行，议不成则归耳。"语甚坚定。而孙、徐怵以危语，意在摄合。群公默然，余独主前议，谓偿胜于割。合肥欲使俄英出力，孙、徐以为办不到，余又力赞之，遂罢去。

按：传心殿在文华殿之东，集议于此，亦为便于复命。会议情状如见，割地已成决策，但希望代表德宗发言的翁同龢同意，而翁不松口，遂不欢而散。

正月廿九日：（晨）雪大作，半寸许。午晴，未大风起，寒甚。照常入。先入一次，嗣与合肥、庆邸同见起，合肥奏对语稍多，似无推诿意，唯令其子经方自随，以通日本语，且与陆奥有旧也。

按：李经方于光绪十六年（1890）使日，十七年（1891）回国，由汪凤藻署理，故与陆奥宗光有旧。其时当已获得慈禧保证，有事一身当之，故李鸿章无推诿意。

正月三十日：到传心殿，李相、庆邸及枢庭七人议事。李相赴各国馆，意在联结，而未得要领，计无所出。孙公必以割地为了局，余持不可。

此谓李鸿章在会中报告联络各国无结果，于是孙毓汶乃言唯有割地为了局，翁仍不可。

二月初一：合肥面奏，略及割地，恭邸亦发其见，余却未敢雷同，同人亦寂寂也。

观此可知恭王亦已主张割地。既有恭王赞成，孙毓汶不必再言，故寂寂。而翁仍不可。

二月初二：先入见，知昨李鸿章所奏、恭邸所陈，大拂慈圣之意，曰："任汝为之，毋以启予也。"

按：此记可确定曾由翁亲自删改。两日所记合看，似乎慈禧对李鸿章"略及割地"，恭王"亦发其见"，大为不满，则似反对割地。殊不知德宗于此事本未做成任何决定，则所谓"任汝为之，毋以启予"之言从何而来？原来所记，必是德宗告翁，先及李、恭割地之主张；德宗表示"偿胜于割"，因而大拂慈禧之意，乃有"任汝为之"之言。

此为真正的"实录"，但如有人据以举发，则同谤讪圣母，且事关祖宗辛苦缔造之疆土拱手让敌，天下之事莫大于此，则大逆之罪亦莫大于此，灭门之祸，虽天子不能救，翁同龢非删去德宗面奏慈圣一段，形成曲笔，而情事弥显。

二月初三：见起三刻，书房一刻，仍于军机未见时先入数语也。散时早。午赴督办处，晚归。晚于晦若来，饭而去，深谈津事。初更雪作，极密。

"于晦若"即于式枚，在北洋掌奏折，为翁同龢门生。是日未议遣使事，此事由公开转入幕后活动。

二月初四：见起三刻，恭邸奏："田贝云，初二电驳敕书稿何以用汉字？因改洋文再电去。"上曰："此借事生波矣！汝等宜奏东朝，定使臣之权，并命李相速来听起。"比退，奏事太监传："慈体昨日肝气发，臂疼腹泻，不能见，一切遵上旨可也。"已初退，到督办处；未正到署，暮归。李相便衣见过，不能拒也，留饭，谈至戌正三刻始去。

按：此是德宗已同意割地，但不愿出诸己口；而慈禧则故意托病，且"一切遵上旨"，话都漂亮。实际上既有"宜奏东朝，定使臣之权"之语，为宰辅亲贵所共闻，则是公然让权，慈禧所以有"万事一身当"之语，原有根据。

此事自发端到此，即自李鸿章到京陛见之日起，至此只六日，终于由德宗自动让步，而慈禧表面的立场无损，其政治手腕确足以玩弄群臣于股掌之上。

其时还有一个插曲，张之洞异想天开，就在二月初四这一天，电陈割弃台湾之害，同时提出一个办法：以台湾作保，向英借款，以杜日本要索。此犹如现在流行的以不动产设定抵押，制造假债权来抵制真债权的办法；所不同者，张之洞是真想借一大笔钱让他去挥霍。总署电询赫德，复电谓此事不行；因准张之洞向英商瑞记洋行借款两百万镑——在此以前，已先准借一百万镑，此为续借。

二月初五：照常先见一次，见起二刻，书房一刻，再到直房，至传心殿会同李相商事……共馈牛汁甚伙。

按：前一日李鸿章便服访翁时，翁必言及年力渐衰，而李则自道服牛肉汁之功效，随于次日大量馈送。此为小事，但小中可以见大，李鸿章乃借此试探，果真国家不可割地，则朋友不妨割席，馈微物而峻拒，即是不惜割席的表示；受而不拒，则可知终不能固执。

二月初六：枢臣、李相同一起，李有封事也，李先退，三刻，书房一刻，已正散。晚答李相，长谈抵戌正。今日倭电回，于敕书稿改三日。李相议及割地，余曰台湾万无议及之理。

二月初七：见起三刻，以廷寄李相稿、田贝信，及枢臣递东朝奏片，敕书改本面递。

按：此两日日记，翁同龢亦必改过，原记当有愤懑之语。初七所记，语焉不详；所"面递"各件经考察为：

一、廷寄李相：予李鸿章以商让土地之权。李鸿章当日即有复奏，中有："中国壤地固难轻以与人，至于戎狄窥迫，古所恒有，唐弃河湟之地，而无损于宪武之中兴；宋有辽夏之侵，而不失为仁英之全盛。征以西国近事，普法之战，迭为胜负，即互有割让疆场之事，一彼一此，但能力图自强之计，原不嫌暂屈以求伸。"当出于于式枚的手笔。

二、田贝信：美国公使田贝为当时中日之间联络人，日本方面表示，中国另派大臣议和，除先允偿兵费并朝鲜由其自主外，若无让地及签约全权者，即毋庸前往。

三、枢臣递朝东奏片：是日王公大臣会奏，谓宗社为重，边徼为轻。

按：前一日翁同龢与李鸿章议割地，谓万无议及台湾之理，即表示割地可割辽东，朝鲜既已不保，辽东亦未开发，仍为流人荷戈之地，则弃之亦不甚足惜，况战事在辽东，与台湾无关，割地自无议及台湾之理。其言甚是。而王公大臣则以辽东为清朝发祥之地，故有"宗社为重，边徼为轻"之语，枢臣据以奏闻慈禧，即已确定割台。慈禧其时住宁寿宫，以太上皇自居，宫在大内东偏，故以"东朝"称之。

四、敕书改本：依日本所请，改正敕书，予李鸿章以商让地土之权。

李鸿章于二月初九出京，在京前后共十日。日本既已获得割让台湾的保障，并已复电请李鸿章于二月廿三日（阳历[1]三月十九）日至马关，而仍在辽东全力进攻，第二军陷中庄，湘军魏光焘、李光久部伤亡过半，吴大澂退盘山；继又陷营口，败提督马希夷、总兵马占鳌。宋庆、马玉昆节节败退。

李鸿章以洋务自负，岂不知此时应先经由美国公使交涉，就地停火，而故意不言，则以海军、淮军两俱解体，时论又重湘轻淮，故有意使湘军攖日军正锐之锋，稍得遮羞。若使曾国藩在，必不如此。总之清朝重用李鸿章，亦是气数

---

[1]　即公历。

将尽之兆。

三月十八日，李鸿章离京赴日，随行者美国人福世德，即艾森豪威尔的国务卿杜勒斯的外祖父，子经方，随员罗丰禄、伍廷芳、马建忠、徐寿朋、于式枚。十九日抵马关，而是日张荫桓由日本回京复命。

这一天是个大日子，德宗与翁同龢显然持着一种"以前种种譬如昨日死，以后种种譬如今日生"的心态，慈禧太后也好，李鸿章也好，一切祸国的罪过，都到此为止了，以后励精图治，从头做起。

翁同龢态度上最大的一个变化是决心参与洋务，而所倚恃者为张荫桓。倘或日本浪人小山丰太郎那一枪中了李鸿章的要害，则其死重于泰山；无奈天不佑华，斯人不死，祸乃不已。

李鸿章抵马关后，次日下午二时半，即在春帆楼开议，其子李经方以参议名义随同出席；日方代表为首相伊藤博文及外相陆奥宗光。前后会议五次，每次皆留有"问答节略"。其情况大致如下：

第一日，首先换文。其次约定，李鸿章明日午前登岸，进驻日方所预备的公馆。张荫桓赴日时，日方不允使用电报，李鸿章提出要求，伊藤自然照办。最后有一小段问答：

伊：请问袁世凯何在？

李：现回河南乡里。

陆：是否尚在营务处？

李：小差使无足轻重。

第二日，午后二时半，仍在原处开议，首先对"停战节略"即有争执：

李：现在日军并未至大沽、天津、山海关等处，何以所拟停战条款内，竟欲占据？

伊：凡议停战，两国应均沾利益，华军以停战为有益，故我军应据此三处为质。

伊藤解释"为质"之意，和议成后，即行退出。乃有如下问答：

李：中日系兄弟之邦，所开停战条款，未免陵逼太甚，除所开各款外，尚有别样办法否？

伊：别样办法，现未想及，当此两国相争，日军备攻各处，今若遽尔停战，实于日本兵力有碍，故议及停战，必须有险要为质，方不吃亏。总之，停战公例，分别两种，一则各处一律停战，一则惟议数处停战，中堂所拟，乃一律停战也。

李：可否先议定哪几处停战？

伊：可指明几处否？（按：此为伊藤要求李鸿章自

行提出在哪几处停火。）

　　李：前承贵国请余来此议和，我之来，实系诚心
讲和，我国家亦同此心，乃甫议停战，贵国先要踞有
三处险要之地，我为直隶总督，三处皆系直隶所辖，
如此，于我脸面有关，试问伊藤大人，设身处地，将
何以为情？

　　伊藤坚索三要地为质，毫不让步，李鸿章遂越过停战，
径议和约，而日本正乐于"边打边谈"，因清军淮败有湘，湘
败则士气已近乎整个崩溃，复在谈和之时，效死无名，如是
则日军必着着进展，每进一步，会议桌上便可借情况不同而
推翻成议，索取更为优越的条件；此在清廷，将构成为不知
伊于胡底的恶性循环。

　　按：李鸿章二月廿六日，先后两电总署。第一电报告已
到马关，并探悉日军有五千人派往澎湖方面。第二电云：

　　顷会议，伊藤等交到停战要款云：日本兵应占守大
沽、天津、山海关所有城池堡垒，我军驻各处者，应将
一切军需交与日本军队暂管；天津至山海关铁路，由日
本军务官管理；停战期限内，军事费用应由中国支补。
如允以上各节，则停战限期及两国兵驻守划界及其余细
目再商等语，要挟过甚，碍难允行。伊限以三日即复。
又询所索条款，伊谓已预备，俟此议复到，再给阅商。

看来昨添调出口之兵，仍恐赴北，将分攻榆关、津沽，请密饬各军严备堵剿为要。乞代奏，速候上复。

据《翁同龢日记》，此电代奏后，"上为之动容，欲请宁寿宫起，而慈躬未平，逡巡而退"。此为慈禧装病。母子之间，机心如此。结果复电用孙毓汶稿；翁"出一稿未用"，当系措辞过硬之故，原文前半段如下：

上谕军机大臣等，李鸿章两电均悉。第二电中，未载辩论之词，不知日内又有续议否？阅所开停战各款，要挟过甚，前三条万难允许，必不得已，或姑允停战期内认给军费；但恐只此一事，仍难就范，昨令奕劻等与各公使面商，均以先索和议条款为要。

朝廷指示的原则是：第一，先议停战，允于停战期内认给军费；否则，第二，开始全面议和，日本应先提出要求条件。

此外，又有一项指示：

再，此和款（条款）尚未交到，李经方熟悉彼中情形，谅能得其底蕴，宜如何密筹釜底抽薪办法，使和议不致中梗，应饬该员尽力为之。

第三次，二月二十八日下午，仍在原处会议。李鸿章已接到密电指示，磋商媾和条件，伊藤允次日答复。散会后，李鸿章于返行馆途中被刺。

据日本《时事新闻》记载：

> 三月二十四日（阴历二月廿八日）下午四时四十分，谈判终了，李鸿章偕随员乘轿返旅舍引接寺，途中遇凶汉小山六之助，突以手枪向李氏发射，不幸中面部，贯穿鼻之横颊。凶汉小山，群马县人，廿一岁。

按：小山六之助，真名为小山丰太郎。此事在日本引起极大的震撼。伊藤、陆奥惊愕更甚，伊藤谓人，其后果较一两个师团的败绩更为严重。陆奥著《蹇蹇录》自述当时感想云：

> 况即不论李鸿章之地位、声望，只以其古稀之高龄，出使异域，遭此凶难，极易引起世界之同情，若或强国欲乘此机干涉，彼固可以李之负伤为最好之口实也。余即夜访伊藤全权，仔细协商。

至于清廷的反应，先看《翁同龢日记》：

> 二月廿九日：小李（经方）报，昨申刻泹公会晤，归被倭手枪中左颊骨，子未出，戌始苏，子仍未出……

见李经方电,上为之不怡良久……恭邸亦相对愁绝。已
正散。少憩,午正祝庆邸生日,二十年无此往来,因同
人皆往,不得不牵率及余,未入。

当时略懂洋务而乐于跟洋人打交道,且身份能见重洋人
者,只有一个庆王(恭王不乐与洋人往还),这天如果不是他
生日,是否会自告奋勇往晤各国公使,要求主持公道,是个
谜。但君臣相顾愁绝,没有人以为应该向日本提出严重交涉,
虽由不明国际公法,亦以一败再败,不敢再说一句硬话。当
然,李鸿章本人的态度,极有关系;他在苏醒后,连续发回
电报如下:

> 致总署:今申刻会议,已将停战搁起,向索议和条
> 款,允于明午面交。归途忽有倭人持手枪对鸿狙击,中
> 左颊骨,流血不止,子未出,登时晕绝。伊藤、陆奥均
> 来慰问。姑令洋医调治,此事恐不能终局矣。伊面称,
> 现要攻取台湾。并闻,请代奏。

按:此系李鸿章故作危言,依当时日本的反应及伊藤、
陆奥惊恐万状的情形来看,慰抚之不暇,岂能以此言相恫
吓?且亦非情理所当有。伊藤、陆奥当时所惧者,端在此举
引起列强对中国之同情,果作此言,岂非更当同情弱者?
二月二十九日又电总署:

昨夕面伤稍苏，即致伊藤等，以遇兹可悼之事，翌午不能会议，面聆约款，拟命李经方届时代往晤索。顷，陆奥来寓晤经方问疾，交到复函称：因此凶虐狂悖之事，万分忧愁，举国上下，皆抱此情怀。大臣等应先奏明日皇，难免稍有担延，俟可以知会李参议（按：李经方），当迅速照办等因。

并据密称：伊藤俟今早日皇派来御医诊伤后，已乘轮亲赴广岛禀商，后日可回。中堂身受重伤，幸未致命；中堂不幸，大清举国之大幸，此后和款必易商办。临行复云：请宽心养伤，中日战事将从此止等语。无论是否确实，语尚近情。

原拟条款，或冀少减，稍迟亦必送到。鸿受伤时，昏晕舆中，血满襟袍，元气大伤，幸部位恰当颊骨，若上下半寸，必即致命，实仰托圣主鸿福。诸医诊视再四，子嵌骨缝，碍难取出，皮肉医疗，约需月余，现唯静养。俟和款送到，再力疾妥议，随时电闻。凶手已得，俟其讯有端倪，令伍廷芳前往看审，促令重办。

伊藤复函，明明已认定其事"凶虐狂悖"，感觉为"忧愁万分"，而陆奥主动示好，更为安抚的具体表示，由此可以想见日本已预期中国对此事件会有强烈的反应。不意中国的态度异常软弱，以致日本益以为中国可欺。弱国外交固不可亢，而尤忌在卑，更忌在不应卑时而卑。

李鸿章迭遭挫折，忧谗畏讥，对于意外之来，不独不能审察其中祸福相倚之微妙事机，且已失去正常应付的能力，如命李经方"代往索约款"，开头便错——此时应以伤为名，要求暂停会议，并无条件先行停战，否则无法安心养伤，在东京及北京提出直接与间接的交涉，颇有成功的可能。

李鸿章随员，或具私心，或不敢言；独怪美籍顾问科士达竟亦见不及此，如张佩纶为参赞，必不致此。同日又电：

> 顷，陆奥送日后电旨："因李中堂受伤，特派看护妇两名，带亲制之绷带前往"云，请代奏。

按：《翁同龢日记》载此事云：

> 日君及亲王皆遣员慰问，最奇者日后遣看护妇两名，携后亲制绷带往也。

以中国宫闱与外臣无交涉之例而视，自是一大奇事，殊不知此为日本视李鸿章如在战阵受伤，则以其身份，日后亲为裹伤，亦非足异。这是一个极好的、李鸿章得以直接上奏于明治天皇的机会，不知道他是不知利用，还是不能利用。不知则已，若谓不能，则亦必出于忧谗畏讥之一念，因当时已有"刘三死后无苏丑，李二先生是汉奸"的谐联，如李鸿章致书日皇请代向日后申谢，附带提出请下诏停战，以安病躯的要求，实为顺理成章之事，不成亦无害，但必自称"外臣"，清议恐作"认贼作父"之抨击。

当李鸿章全盛时，僭越之事亦甚多，如擅代朝廷授外人以荣衔品级等，则此事先电总署，请命同行，亦无不可，只是彼一时，此一时，倘或碰钉子而反留一话柄，殊为不值，故多一事不如少一事。此为我的推论，并无事实佐证。

> 再到直房，将稿删改数十百字，然已落彀中矣！余之不敏不明，真可愧死。同诸公散直径往恭王府，以稿呈阅，王亦无所可否，似已入西邸之言，嫌余讦直也。时甫午正，与兰翁同到督办处，归时申正。

按："同官"指孙毓汶。翁同龢之所谓"已落彀中"者，本意在多赔款不割地，而孙毓汶及李鸿章已决定割让台湾，知翁同龢必反对，乃以辽东做陪衬。辽东为"陪都重地"，虽德宗亦不敢谓辽东可割、台湾不可割。此本至浅之理，亦早在二月初七亲贵联名会奏，谓"宗社为重，边徼为轻"时，即可想象得到。一味归罪于孙毓汶，徒见书生无用而已。

> 三月十三日：总署以太后懿旨电李鸿章，谓台湾、辽东均不可弃；让地应以一处为断，赔兵费应以万万为断。

按：总署之电翁同龢未与闻，至次日始知其事，有"即使再战亦不恤"之语，其实为一种做作，但亦未始与"三国干辽"一事无因果关系。

三月十四日：伊藤胁迫李经方，限次日做确实答复，俄国与英、德谋共同干涉辽东割让，英国拒绝，德国同意。

三月十五日：李鸿章提出和议条款全部修正案：允割辽东一部及澎湖列岛，赔款一万万两。

伊藤复提对案。

至三月十六日，李鸿章伤愈，于下午四时在春帆楼举行第四次会议。首寒暄，次相互恭维，次议约，首及赔款，伊藤表示二万万绝不能少，并建议中国借洋债，拔还本息之期限不妨由二十年展延至四十年，乃有如下之问答：

> 李：四十年拔还本息，尔愿借否？
>
> 伊：我借不起。洋人借债，为期愈远愈妙。
>
> 李：自开战以来，国帑已空，向洋人商借，皆以二十年为限，尔所言者，乃本国商民出借耳。
>
> 伊：即非本国国民借债，皆愿远期。
>
> 李：外国借债，但出利息，有永不还本者。
>
> 伊：此又一事也，但看各国信从否。对人借债，皆愿长期，银行皆争愿借。
>
> 李：中国战后声名颇减。
>
> 伊：中国资源广大，未必如此减色。
>
> 李：财源虽广，无法可开。

伊：中国之地，十倍于日本，中国国民四百兆，财源甚广，开源尚易，国有急难，人才易出，即可用以开源。

李：中国请尔为首相，如何？

伊：当奏皇上，甚愿前往。

由此可见，开头即有涉于意气的模样，李鸿章口齿甚利，而伊藤针锋相对，且在地位上本占上风，以故李鸿章所提三大端"二万万为数甚巨，必请再减，营口还请退出，台湾不必提及"，一无所成。

且下次会议，在三天抑五天之后，亦起争执，最后以"北京一有回电，即请相会"做结束。

第五次会议，三月廿一日下午二时半开至七时，几乎完全接受日本的条件，并限期廿三日签约。在廿一日以前，由李经方负责与伊藤联络，因而京中发生一离奇的谣言，《翁同龢日记》：

三月二十日：李相频来电，皆议和要挟之款，不欲记，不思记也。

三月廿二日：见李电，言廿三日巳刻画押，限廿日在烟台换约，来请示……讹言李相亡卒，一切皆经方主持，秘不发丧，今电乃云亲至公所与伊藤晤面，以非虚饰也。

掌国政的重臣，竟连特使在外的生死存亡亦不能得确实信息，朝中颠顸无能，一至于此！不过，"讹言"足以反映舆论对李经方的不满，以后派之为割台专使，有意相窘，知有由来。

三月廿三日签约后，李鸿章次日即乘轮回国，未入京复命。而京中风潮大起，此约之反应有三：

一、三国干辽事，由俄国发动，迅即成为事实。英国比较不热衷，而德皇威廉二世，与俄皇尼古拉二世，则相勉采取行动。俄取旅顺、德取青岛之征兆，已伏于此。日本则于三月卅日召集御前会议，决定对三国让步，对中国则一步不让。因为中国政府自太后皇帝对立，主战主和两派对立，南北两派对立，乃至湘军淮军对立，四分五裂，夺利争权，乐见对方之败过于对敌之胜，故如棋局，着着皆狠。李鸿章以古稀之年，誓雪马关之耻，竟不惜引狼入室，太半由伊藤之凌逼使然。

二、清议皆反对和约，疆臣则张之洞、刘坤一皆有准备再战的主张，以故士论更为嚣张，广东举人合十八省举人在北京会商拒约自强。按：是年乙未正科会试，各省举人皆赴春闱，故康有为得大肆活动。

《翁同龢日记》：

> 四月初八：见起三刻，上意幡然，有批准之谕。臣对以："三国若有电来，何以处之？"上曰："须加数语于批后，为将来地步。"于是战栗呜咽，承旨而退。书

斋入侍，君臣相顾挥泪，此何景象耶？

四月廿四日：发下殿试前十卷，展封则第三改第
一，第十改第二，上所特拔也。

进呈十卷，第一本为湖南湘乡的王龙文，第三骆成骧
改第一，第十喻长霖改第二，将王龙文压成探花。骆成骧
之蒙特拔，以策论中"主忧臣辱，主辱臣死"二语为德宗
激赏所致。

至于割台以后，以唐景崧为主角的那一幕闹剧，则陈宝
琛《感春》诗中，"槐柯梦短殊多事"一语，最为确评。

这出不妨命名为《槐柯梦》的闹剧，戏以电视连续剧拟
之，则"制作人"翁同龢，"导播"张之洞，"制作费"白银
一百万两，其中"导播"移用二十万两（见俞明震所撰《台
湾八日记》），"剧幅"演至十三集被迫叫停（乙未年五月初二
至十四日），"收视率"无统计，"反应"不佳。

陈宝琛《感春》四律，第四首专为割台而咏，全诗如下：

北胜南强较去留，泪波直注海东头。

槐柯梦短殊多事，花槛春移不自由。

从此路迷渔父棹，可无人堕石家楼。

故相好在烦珍护，莫再飘摇断送休。

按：《感春》实咏落花，但其时尚为大清天下，制题

不便明言，故代以"感春"。后十八年壬子，亦即民国元年（1912），陈宝琛步前韵复作四首，清社已屋，无复顾虑，因径题为"落花"。合前四律总称为"前后落花诗"，为《沧趣楼诗集》中压卷之作，句句咏落花，句句咏时事，句句存史实，亦句句寓感慨。前引一律，命意则为落红已堕，飘零何处，故首谓"北胜南强较去留"言堕英之趋舍，以喻廷议割辽东抑割台湾之争；次谓去留皆非身所能计，竟漂流入海，"泪波直注"，极言身世之波。三句用李公佐《南柯记》典故，看似与落花无关，而实不然，槐花盛于七月，而开于首夏，故"夏日槐序"（见《山堂肆考》），接下句"花槛春移不自由"，言三春花事已了，姹紫嫣红皆成陈迹，仍与落花有关。所咏时事，则为唐景崧"开国"，李经方割台。五句言承第四句而来。六句则谓竟无人为误国失地引咎。结尾两句则设为落花珍重叮咛之词，缠绵悱恻而不失为诗人温柔敦厚之旨。

甲午之后，至乙未四月十四日烟台换约后，告一段落，四月十七日有上谕一道，申明苦衷，而实为谴责祸国之臣。这是很重要的一项文献，分段引录，并诠释其涵义如下：

> 日本觊觎朝鲜，称兵犯顺，朕眷怀藩服，命将出师，原期迅扫敌氛，永弭边患，故凡有可以裨益军务者，不待臣工陈奏，皆已立见施行。何图将不知兵，士不用命，畀以统领之任，而偾事日深；予以召募之资，而流氓麇集，

遂至海道陆路，无不溃败，延及长城内外，险象环生。

此言财政充分支持军事，而结果如此！李鸿章、张之洞、刘坤一、吴大澂都骂在内。一望而知出于翁同龢或其门下，极可能是汪鸣銮的手笔。

按：翁同龢是日记事，殊可玩味，首言派新进士复试阅卷，麟书居首，翁同龢居次，汪鸣銮殿后。

新进士复试在前一日，照例一文一诗，四书题为"政者正也"；而试帖诗题，用《左传》"龙见而雩"得龙字，为罕见之例。见雨曰雩，"龙见而雩"意谓天子当阳，方能风调雨顺，此一文一诗两题，针对慈禧而发，亦为德宗收回大权的一种宣示。

以下又记：

是日奉朱谕一道，饬六部九卿、翰詹科道至内阁，恭阅上以倭人肇衅，不得已讲和之故，宣示群臣。（军机先已恭阅，不赴内阁，今日阅卷者在南书房先阅，由领班章京赍往内阁交侍读等，并传不得抄录携出。）

此朱谕明明为翁同龢拟就，由德宗以朱笔抄录。德宗文字虽远较穆宗为佳，但亦尚未到能如此谕这般修洁的程度。至于不准抄录携出，自是防备有人抄呈慈禧进谗之故。以下续引原谕：

比来戎马骎骎，有进无退，甚将北犯辽藩，西犯京畿，危急情形，匪言可喻，和战两事，必应当机立断。念朕临御天下二十余年，宵旰忧勤，未尝稍释，今乃忽有此变，实惟藐躬凉德有以致之，且天津海啸为灾，冲没营垒，为史策所仅见，上天示警，尤可寒心。

此一段如罪己诏，但亦不便深言，因和战大计实由慈禧所定，过责则如责太后了。京东水灾而特及天津海啸，冲没营垒，其为痛恨李鸿章误国的弦外之音，清晰可闻。

乃尔诸臣工于所议约章，或以割地为非，或以偿银为辱，或更以速与决战为至计，具见忠义奋发，果敢有为。

赞扬主战派，即否定主和派；而既赞扬主战派，则一切责任，皆不须担负。于此尤可确信此朱谕为翁同龢所拟，而实未得事理之平：主和误国，主战莫非不误国？

然于时局安危得失之所关，皆未能通盘筹画，万一战而再败，为祸更难设想。今和约业已互换，必须颁发照行，昭示大信。凡此已成之局，均不必再行论奏。惟望京外文武大小各员，自今以后，深省愆尤，痛除积弊，咸知练兵筹饷为今日当务之急，切实振兴，一新气象，不可因循废弛，再蹈前辙。诸臣等均为朕所倚畀，朕之艰苦，当共深知；朕之万不得已而出于和，当亦为天下臣民所共谅也。

谕中只字未及太后，而最后两语，实为慈禧而道。三年后变法维新，两宫无可调和，以及翁同龢之终将被祸，皆伏于这一道朱谕之中。

从这天开始至戊戌年四月廿七日止，整整三年时间，在光绪朝别成一个段落，论两宫母子之争，则帝党占上风；论地域派系之争，则南系占上风；论学术观念之争，则新派占上风。此三年中知名人物的地位处境及"价值判断"如下：

一、风云人物：翁同龢、张荫桓。

二、不甘寂寞，极力挣扎想恢复权势者：李鸿章。

三、潜在的关键人物：荣禄。

四、潜在的危险人物：袁世凯。

五、仍旧保持其投机作风而获得成功者：张之洞。

六、政治生命已结束者：张佩纶、孙毓汶。

先谈孙毓汶，自四月十七日朱谕下后，孙请假五日，继而请假一月，六月五日请开缺。据《翁同龢日记》："旨允准，本日即下，未请懿旨。"此可证明，孙为后党。光绪二十五年（1899）卒，恤典甚优，因其时慈禧复又垂帘了。

次谈张佩纶，此时尚未归隐江宁，二月底有一函致李鸿藻，为李鸿章缓颊，并痛斥袁世凯。张佩纶本为夹袋中人物，而忽然态度大变，殊可玩味。此函为对李鸿章晚年颇有中肯的评论，分段引录，并略作笺释如下：

> 合肥素仁厚，止以喜用小人之有才者，晚年为贪诈所使，七颠八倒，一误再误。晚节若此，爱莫能助，夫复何言！惟综其生平而论，以功覆过，略迹原心，七十老翁，何所求乎？议约竣（此约如何能议得惬人意耶），能容其退归，以全恩礼，在朝廷亦是厚德。

> 公笃故交，求曲保全之，此非蕢私于亲昵也。春秋之法，罪有所归，宽子苛父，亦非平允；况安吴、剿捻之绩，亦何可一笔抹杀？能使此老无不测之祸，是在仁人一言。

"蕢"为张佩纶自称，别号蕢斋。论李鸿章之过，"为贪诈所使，七颠八倒"，深刻之至；论其功，只言安吴、剿捻，不及办海军、办洋务，亦缘张佩纶身在局中，深知其非。"宽子苛父"谓李经方。由"容其退归，以全恩礼""能使此老无不测之祸"诸语以观，当时必有严办之议，而李鸿章自知罪无可逭[1]，只求全身以退。

如议约既竣，翁同龢能劝德宗如李鸿章所愿，以大学士原品休致，回籍食半俸，不令干预朝政，则以后又是另一番

---

[1] 逭（huàn），逃避。

局面。不过，此举须以大魄力出之，因为伊藤一定会替李鸿章说话。事实上，李氏父子在日议约，多方迁就，即有结伊藤为奥援，俾缓急之际，得能求助之意。

> 黄知猜忌尤深，此老亦非见机者，恃公心手必不过辣也。此非所宜言，恃爱姑放言之，盖以公凤性笃厚之故。

"猜忌尤深"谓翁同龢；李与翁同奉特旨，令军机、总署同议"朝鲜之事"，故如有严谴，李鸿藻亦有发言之资格。所谓"恃公心手必不过辣"，实即望李鸿藻能牵制翁同龢之意。

> 若和战之迹，则亦无从回护，虽身存而名已丧，无如之奈。倭图朝鲜，在都于吴军力持不撤之说，屡见封章，此已旧话。

此言光绪十年（1884）春，吴长庆军自朝鲜撤至金州前，张佩纶以翰林院侍讲学士上折，力持不可；张旋即奉会办福建海疆之命。

> 甲申花房之役，乙酉春间定约，已成两属。黄遣戍过津力争之，清卿不可，此亦旧话。

光绪十一年（1885）乙酉，三月初，李鸿章与伊藤博文订立《中日天津条约》，两国自朝鲜撤军，将来出兵，彼此先行知照，事定撤回，两国均不代朝鲜练兵，此即张佩纶所说的，朝鲜"已成两属"。张佩纶于光绪十年年底定罪发往军台，发遣过津，曾向李鸿章力争，而吴大澂（清卿）方会办北洋军务，参与议约，与张佩纶意见相左。此言吴大澂亦有过失。而翁同龢之庇护吴大澂，则为不争的事实。

> 寓津七年，日虑此作杞忧，合肥托大，酿成此祸，诸将已伏其辜。而祸端萌自袁世凯，炽于盛宣怀，结于李经方；仪老稍欠明机，为此三人蛊惑，更成糊涂。

张佩纶于光绪十四年（1888）婚于李氏，以东床参幕府，至二十年八月被逐，前后七年。其时盛宣怀任天津海关道，为迎合翁同龢，于朝鲜战事，推波助澜，日渐扩大，故张佩纶谓之"炽于盛宣怀"。"仪老"谓李鸿章。

> 小李卖父误国，天地不容，自己终身废弃；盛亦累经弹劾，虽有大力庇之，终为财色冥殛；独袁以罪魁祸首，而公论以为奇才，实不可解。花房之役，攘吴长庆功，此不足论。虽曰欲尊中朝，而一味铺张苛刻，视朝鲜如奴，并视日本为蚁，怨毒已深，冥然罔觉。土匪之起，即倭所使；电禀日数十至，请兵往剿。彼岂不知亲家翁之

约者，无乃太疏！（吴清卿折辈行与袁做儿女亲家。）

"大力"庇盛者，即翁同龢。袁世凯长子克定，娶吴大澂之女；所谓"亲家翁之约者，无乃太疏"，指《中日天津条约》为吴大澂所订，实非公论。李鸿章自谓"中年戎马，晚年洋务"，岂不知天津之约，朝鲜必成"两属"。如纳张佩纶之言，以为不可，吴大澂如之奈何？至谓李经方"卖父误国"，则李鸿章马关被刺后，由李经方与伊藤议约，苛刻条件皆由小李所许，经张佩纶此函证实。唯不知"卖父"代价为何。

> 求翼长不遂，与叶（志超）争分不相见，指牙山使之屯劄，致入绝地。既回津门，所与合肥论者，皆无甚高论嘉谟；而与盛（宣怀）腾书都下，各表所见，均系事后诸葛，实则全无影响。
>
> 其时倭氛日棘，蒉自七月初九卧病，至八月初，月余未见合肥，不能复争。所密谋者三君之外，一张士珩而已，焉有不用其一策，而日日仍参与谋议者乎？都下诸公主持清议，皆呆人也。

按：此段所着重在最后两语。八月十一日，张佩纶被劾，在北洋干预公事，表明七月初九卧病，至被劾时止，月余未见李鸿章。李既未用其一策，安能日日参与谋议，此可以清理推测者；而清议仍谓其揽权，故有"呆人"之诮。

> 袁乃子久从侄，于黄执礼甚恭，且推子久旧交，亦
> 何取雌黄后进？第对此公深谈数次，大言不惭，全无实
> 际；而究其所为，骄奢淫逸，阴贼险狠，无一不备。公
> 以通家子弟畜之则可，以天下奇才目之则万万不可。所
> 以不能已于言者，既已误合肥矣，更恐误国，更恐误
> 公；与之实有恩而无怨也。斯人不用，吾言不效，此信
> 作梦呓观，则大幸耳。

此段专论袁世凯。袁子久即袁保龄，袁甲三之子，袁保
恒之弟，为李鸿藻门生，故袁世凯于李鸿藻自称"小门生"。
张佩纶自言"与之有恩而无怨"，无异自承多年提携袁世凯，
此时发现袁世凯为一险人，悔之已晚，特为李鸿藻痛切言之。
对袁的批评，殊为中肯，若其人不用，国之大幸，后来亦符
所料。

袁世凯小站练兵

张佩纶毕竟有知人之明，李鸿章识其人、爱其才而不能
用，此亦气数所关。至于袁世凯之见用，李鸿藻颇有关系，
袁与荣禄的关系，即由李鸿藻而来。袁于马关和议成后，有

函致李鸿藻论陆军路路皆一败涂地原因，深得其要：

> 此次军务，非患兵少，而患在不精；非患兵弱，而患在无术。其尤足患者，在于军制冗杂，事权分歧，纪律废弛，无论如何激励，亦不能当人节制之师。即如前敌各军，共计不下十万人，而敢与寇角者，亦只宋祝帅、依尧帅旧部各二三千人，及聂提督千百人耳，此外非望风而逃，即闻风先溃；间或有一二敢战者，又每一蹶不可复振。

"宋祝帅"谓宋庆，字祝三；"依尧帅"谓依克唐阿，字尧山，扎拉里氏，满洲镶黄旗人，时官黑龙江将军，其人为多隆阿之后，旗将中贤者。

《清史稿》本传：

> 依克唐阿勇而有谋，性仁厚，不嗜杀，每有俘获，不妄戮一人。转战吴、皖、鲁、豫，先后救出难民以十数万计，至今人尸祝之。初与长顺订兄弟交，长顺兄事之。及议辽阳战守，语不协。依克唐阿毅然独任其难，曰："孰使我为兄也者？"其雅量如此。

观此描写，其人风标可想。至"聂提督"谓聂士成，字功亭。宋庆、聂士成虽皆起家安徽，但与李鸿章系统的

淮军渊源不深，故沾染的习气亦不深，此为犹堪一战的最
基本原因。

以下，袁世凯又论整军之道，即为其小站练兵的方针：

> 为今之计，宜力惩前非，汰冗兵、节靡费、退庸
> 将，以肃军政。亟检各将帅数人，优以事权，厚以饷
> 糈，予以专责，各裁汰归为数大枝，扼要屯扎，认真整
> 励，并延募西人，分配各营，按中西营制律令，参配改
> 革，著为成宪。必须使统将以下，均习解器械之用法、
> 战阵之指挥、敌人之伎俩，冀渐能自保。

> 仍一面广设学堂，精选生徒，延西人著名习武备
> 者为之师，严加督课，明定升阶。数年成业，即检派凤
> 将中年力尚富者，分带出洋，游历学习，归来分授以兵
> 柄，庶将弁得力，而军政可望起色。

袁世凯从朝鲜回国后，就渴望能练军。而持同样意愿
者，还有一个胡燏芬。当时湘军、淮军之必将解体，凡在北
洋任事而头脑比较清楚者，都已料到；但有志于此者，只有
胡燏芬、袁世凯。胡的条件优于袁，得以猛着先鞭；但袁世
凯工于心计，反而后来居上。丁士源《梅楞章京笔记》叙其
经过，颇多异闻，引录诠注如下：

> 北洋诸官吏，咸谓海军已有办法，重整陆军亦为当

务之急，尤以铁路督办胡燏芬，及由朝鲜而归、尚未回浙江温处道原任之袁世凯为甚。

按：胡燏芬原籍浙江萧山，同治十三年（1874）进士，点庶吉士，散馆改广西灵川知县，加捐道员，走了李鸿章的路子，得以补天津道，管北洋粮台。光绪十七年（1891）迁广西臬司，二十年（1894）入京祝嘏，中东事起，为李鸿章奏留，仍管粮台。丁文称之为"铁路督办"，微误，胡燏芬办铁路为以后之事。

顾胡、袁二人，均不能握笔为文，胡因将英使交彼之应时练兵说帖，求宁波王宛生编修代拟条陈。王文思敏捷，且研究新政有素，遂使两稿，一以英使之说帖为蓝本，一则加以文字之渲染，王觉所渲染稿较妥，乃交胡燏芬递至京师督办军务王大臣恭亲王、庆亲王及荣文忠禄，得命练定武军十营。

按：此记误两事为一事。胡燏芬先经李鸿章同意、李鸿藻保荐，奉旨练定武军十营，先练五千人，徐议扩充。此计划出自汉纳根，其人为德国骑兵中尉，而为李鸿章聘为北洋海军教练，大东沟之役，丁汝昌受重伤，并曾代丁指挥海战。北洋类此牛头不对马嘴之事情甚多。

至胡燏芬所上条陈，在光绪二十一年（1895）四月间，言变法自强，条列十事，首即"开铁路"。且条陈非递交恭王，乃正式奏疏，出于编修王修植手笔。王修植，浙江定海人，即丁文中所谓"宁波王宛生编修"。

袁世凯微有所闻，以王为北洋大臣王文韶之重要幕府，袁日趋其门，并与王宛生修植及其同僚张金波锡銮、孙慕韩宝琦、潘子俊志俊四人拜盟。宛生向以袁为韩事罪魁，故遇之颇疏，然袁仍觍颜逢迎。

当时侯家后之名妓为沈四宝、花媚卿、花宝琴、林桂笙、赛金花等，袁遂将朝鲜带回之款，日以四宝班为宴会所，肆其趋附伎俩，得求王代拟一练兵条陈，王即以英使练兵说帖为蓝本之稿塞责。

按：王文韶于光绪二十年（1894）九月，在云贵总督任上内调，帮办北洋事务，以备接替直督。这本来是翁同龢扩张势力的安排，不意外号"琉璃蛋"的王文韶，后来竟为荣禄暗中笼络，成为后党。翁同龢被逐回籍，王文韶内调接任户尚，荣禄外放为直督，兵权在握，注定了"百日维新"终必归于泡影。翁与王的交情本来甚厚，以后日渐疏远，翁回籍后，竟绝音问。

胡燏芬奉旨练定武军十营，本邀袁世凯为助，袁所开条件甚苛，未曾谈拢，汉纳根又跋扈难制，所以胡燏芬的兴趣转向造铁路。

王修植所获之"英使练兵说帖",不详其由来;但袁世凯练兵采德国制度,则"英使说帖"似无影响。

> 袁奉为至宝,朝夕朗诵,紧记要点,缮就后,求荣文忠递之。荣文忠逐条详询,袁亦逐条回答,荣遂携袁同见恭庆两邸;两邸询袁,袁亦明白答复,较胡燏芬所答为详明,因胡乃绍兴人,官话不如袁之流利也。

按:袁世凯于光绪廿一年(1895)六月引见,旋奉旨交督办处差遣,出于李鸿藻所保,其间袁曾数谒翁同龢。翁对袁的印象,最初为"开展见诚实",以后变为"此人不滑,可任",至十月初三,遂由恭王、翁同龢、李鸿藻、长麟等在督办处商定,胡燏芬造铁路,袁世凯练新军。

至于荣禄,其时为翁同龢所抑制,并无左右政策的力量。但荣与翁已如水火,而荣禄在暗中支持袁世凯,则确为事实。荣禄之恶翁同龢,有《李鸿藻年谱》所收荣禄致陕西巡抚鹿传霖一函可证。函作于光绪二十年(1894)十一月初三,书于便条,无上下称谓:

> 一、常熟奸狡性成,真有令人不可思意(议)者,其误国之处,有胜于济南(宁)(指孙毓汶),与合肥可并论也。合肥甘为小人,而常熟则伪作伪君子,刻与其共事,几是无日不因公事急执,而高阳(指李鸿藻)老

矣，又苦于才短，事事为其欺蒙，可胜叹哉！

二、日前常熟欲令洋人汉纳根练兵十万，岁费饷银三千万，所有中国练军均可裁撤，拟定奏稿，由督办军务处具奏。鄙人大不以为然，力争之。两王及高阳均无可如何，鄙人与常熟几至不堪，始暂作罢议。及至次早，上谓必须交汉纳根练兵十万，不准有人拦阻，并谕不准鄙人掣肘云云，是午间书房，已有先入之言矣，奈何！

妙在刻下据汉纳根云："十万不能练，可先练三万，先须招洋将八百员以备教练，然须先发聘价四百万安家，然后全中国募三万人，仍须先发其一千万两"等语。明是搅局之语，而常熟自觉办不动，从此即不提起矣。诸如此类种种不尽情形，不能尽述。当争论时，鄙人谓："中国财赋已属赫德，今再将兵柄付之汉纳根，则中国已暗送他人，实失天下之望。"

渠谓"此系雄图万不可失之机会"等语，不知是诚何心！岂堂堂中国，其欲送之于合肥、常熟二子之手耶？幸此事未成。鄙人仍拟竭力征兵，冬末腊初，兵力可恃，即拟力主战事云云。初三寅初。付丙。

按：当时欲仿西洋制度练陆军，而以人才难得，思借重客卿，为当政者大致相同的看法。孙毓汶为兵部尚书，与徐用仪曾主张接纳英使建议，由赫德练兵，面陈于帝；翁同龢以财权、军权归于一人，执意不可。则荣禄之所见，翁同龢亦未尝未注意。

又汉纳根练兵，在名义上系归由胡燏芬办理。胡燏芬与翁同龢的岳父汤金钊［道光十八年（1838）协办大学士，谥文端］为浙江萧山小同乡，故与翁同龢有渊源，但胡为李鸿藻门生，关系更深。荣禄将汉纳根练兵一事归咎于翁同龢，非持平之论；而远告西安的鹿传霖，则以鹿与张之洞为郎舅至亲，度鹿必告张之洞，厚结反翁的势力。党援倾轧，花样无所不有，此其一例。

荣禄于甲午九月入京祝嘏，正值恭王复起用事。恭王有一长处，不没人长，故与醇王不睦，但于作为醇王心腹的荣禄仍颇欣赏，因荐荣禄代福锟为步军统领。当时自慈禧以至亲贵，下及满洲大臣，皆有一个感觉——德宗信任汉人太过，而兵权归于汉人，更是耿耿于怀，但湘军、淮军平洪杨、剿捻军，而尤能自筹粮饷，不累国库，则虽不平，亦无可如何。及至平壤大败，淮军、湘军皆将解体，满洲正宜收回军权，此亦为八旗大致相同的想法；而在满洲大臣中，可掌军权者，则以资格、家世、才具而论，荣禄诚不做第二人想。荣禄致鹿传霖函结尾一语"鄙人仍拟竭力征兵"，固已明白宣告，必争兵权。

乙未四月十七日，"准罪己诏"下达；五月间李鸿章回京入阁办事；六月间政府改组。据《翁同龢日记》所载情况如下：

初五：孙毓汶出军机，并开兵部尚书缺。

初十：徐郙升兵尚，许应骙升总宪（左都御史），廖寿恒调仓场（侍郎），汪鸣銮调吏右，许景澄升工右。

廿一日：吏尚熙敬、户尚敬信、兵尚荣禄。

六月初十的调整，为翁系势力的扩展。廿一日的调整，由于体仁阁大学士福锟于闰五月予告，协办大学士麟书升补为大学士。麟书原领吏尚，既正揆席，不得再兼尚书，由户尚熙敬调补；兵尚敬信调户尚，而以荣禄补兵部尚书。直隶总督北洋大臣，则维持王文韶做一招牌，兵权此时实际上已归荣禄了。

刘凤翰《荣禄与武卫军》一文云：

荣禄接掌兵部尚书后，督办军务处各事，即由荣禄一人主办，恭王与庆王领衔，各大臣会衔而已。在整编有作战实力的部队中，聂士成（直隶提督）的武毅军，与宋庆（四川提督）的毅军，是甲午中日战争过程中最出色的两支军队，故予以整编保留，并更换新式装备，而荣禄与聂、宋两提督，也建立了直接关系。

按：荣禄被任为兵部尚书以前，先派翁同龢在总理各国事务衙门行走。在此之前，徐用仪为王鹏运所劾，谓其附和孙毓汶，迎合李鸿章，封奏乃康有为所草。徐用仪军务、总署两差并撤，军机大臣由钱应溥补，总署则由数辞不就而终不能不拜命的翁同龢补，并兼管同文馆。

同时入总署者，尚有李鸿藻。而翁同龢在总署当家，事极繁重，因而不常至督办处，但大事仍由翁同龢与恭、庆两王商定。

荣禄不参庙堂大计，而专意于收兵权，则为翁同龢所不及知，亦无暇问。至十月初三，商定胡燏芬造铁路，袁世凯练新军，两王领衔的原奏如下：

> 查欧洲各国专以兵事为重，逐年整顿，精益求精，水师固其所长，陆军亦称骁勇。中国自粤捻削平以后，相沿旧法，习气渐深，百弊丛生，多难得力。现欲讲求自强之道，固必首重练兵；而欲迅期兵力之强，尤必更革旧制。去岁冬月，军事方殷之际，曾请远练洋队，蒙派胡燏芬会同洋员汉纳根在津招募开办；嗣以该洋员拟办各节，事多窒碍，旋即中止，另由胡燏芬练定武军十营，参用西法，步伐号令均极整齐，虽尽西国之长，实足为前路之导。
>
> 今胡燏芬派造津芦铁路，而定武一军接统乏人，臣等公同商酌，查有军务处差委，浙江温处道袁世凯，朴实勇敢，晓畅戎机，前驻朝鲜，甚有声望，其所拟改练洋队办法，及聘请洋员合同，暨新建陆军营制饷章，均属周妥，相应请旨，饬派袁世凯督新建陆军，假以事机，俾专责成。

当时奏准的办法是先就定武十营，计步队三千人、炮队一千人、马队二百五十人、工程队五百人为根本，再加募新兵，以七千人为度，每月约支正饷银七万余两；请德国教练。练兵的地点，仍用定武军原驻地——距天津七十里的新农镇，即是所谓"小站"。

袁世凯奉旨后，于十一月初六奏报成军，编制为：

一、步兵：左右两翼，左翼两营，右翼三营。

二、炮队：共三队，右翼快炮队，左翼重炮队，接应马炮队。

三、马队：四队。

新建陆军的重要人事，除徐世昌为文案，张勋为中军官以外，就是有名的"北洋三杰"了。但最初是四个人，都出身于北洋武备学堂。这四个人是：王士珍，营务处会办兼步队帮统及工兵学堂、德文学堂监督；段祺瑞，炮队统带，兼长炮兵学堂；冯国璋，督练营务处总办，兼长步兵学堂；梁华殿，马队统带，兼长骑兵学堂。梁华殿后来因夜操难辨地形，策马坠入深池而溺毙。

袁世凯在小站练兵，不过半年的工夫，成绩已斐然可观，最大的原因是：痛改湘淮军逐层剥削的恶习。他在上大府的条陈中说：

> 所拟饷数，例之湘淮饷制，未免嫌优。但饷薄则众各怀私，丛生弊窦；饷厚则人无纷念，悉力从公。且威

着于知恩，罚行于信赏，每届关饷，并简派委员，核实点发，营员不得经手，则上无侵蚀，下免纷纭，积习颓风，可冀力挽。

袁世凯说得到做得到，士兵关饷之前，须先一包包都包好，上标姓名，点到名，验明正身，拿了饷包就走，其中一文不缺。

因此新建陆军士兵的月饷，虽跟湘淮军相仿，为四两五钱至四两八钱，但核实发放，已等于提高了待遇。湘淮军发饷，一年不足十二个月，而是九个月，或十个月，称为"九关""十关"。"关"者，关饷之谓。

至于军饷的饷项，则比湘淮军价厚得太多。湘淮军营官月饷五十两、办公费一百五十两，此办公费中包括各营雇用司书、医生、工匠的费用在内。新建陆军的营官，月饷一百五十两，办公费三百两，而且必要的人员都有编制，另支薪饷。军官生活优裕，既不必也不准克扣士兵之饷，也用不着动歪脑筋去另外搞钱。这样军纪便可维持于不坠。一支部队，纪律好，训练没有不好的。

到了光绪二十二年（1896）四月中旬，小站新建陆军报成军尚未半年，朝命荣禄前往视察。而此时有一怪事，即原保袁世凯的李鸿藻，指使言官参袁。据"李谱"记：

四月十六日：命兵部尚书荣禄，往天津小站阅新建陆军。御史胡崇桂参袁世凯营私蚀饷，荣往查办。

（按：袁练新建陆军，公为保荐人，据陈夔龙云，胡崇桂参袁世凯，亦出公之主使。）

五月十四日：荣禄奏，袁被劾各款，均无实据。诏诚勉督练新军之袁世凯，并命王文韶就近考查。

按：《清朝御史题名录》无胡崇桂，而有胡景桂；据《容庵弟子记》，参袁者确为胡景桂，直隶永年人，字月舫，号直生，光绪九年（1883）庶吉士，留馆授职编修，光绪二十一年（1895）补授河南道御史。此公即胡金铨的祖父。

光绪九年癸未科，李鸿藻以协办大学士派充读卷官，居首；胡为李鸿藻门生。其时袁世凯底蕴渐露，凡过去曾识拔袁世凯者，均有悔意，如李鸿章、张佩纶，下逮南通张状元等。李鸿藻亦深悔荐袁之非，而又小人有才，新练陆军成绩斐然，兵权在手，倘有出轨行动，受累匪浅，因而授意胡景桂折参。

上谕派荣禄前往考察，荣禄复命称誉，则袁世凯将来倘或出事，荣禄以兵尚翼护，责有攸归。此为李鸿藻出尔反尔，不得已之苦衷。胡景桂未几外放山东臬司，而袁世凯则以戊戌八月告密之功，由直隶臬司简放山东巡抚，胡景桂大为惶恐，而袁世凯不计前嫌，开诚结纳，并荐之为藩司。此为袁世凯宦术过人之处。

胶州湾事件，翁同龢交涉，李鸿章搅局

　　荣、袁的结合，决定了爱新觉罗皇朝终将亡于慈禧太后之手的命运。自李鸿章垮台至戊戌政变，为帝党壁垒分明、公然反抗后党的时期。就表面看，乾纲大振，一切大政均出自宸断；而翁同龢重用张荫桓，一只手洋务，一只手财权，得意非凡。但后党以荣禄为首，暗中布置，主要的策略，即是接收李鸿章所惘惘不甘而放弃的北洋兵权。为防翁同龢猜忌，以南派资深的王文韶为直隶总督，作为掩护；而暗中重用袁世凯，另建新的武力。同时怂恿李鸿章，在洋务方面，处处跟翁同龢为难；此外还有最厉害的一着是：在恭王身上下功夫，掣翁同龢之肘。

　　其至有关系的一事，发生于光绪二十三年（1897）十一月中旬。当时为胶州湾事件，翁同龢与张荫桓商定的宗旨是中德两国自了，而李鸿章必欲牵引俄国介入，甚至径自致电驻俄使节许景澄应与俄国如何交涉，并电令毅军宋庆照料自日赴旅顺的俄舰。

　　翁、张忍无可忍，遂有倒李之密，而为恭王所阻。张荫桓一击不中，知李鸿章必将报复，态度大变。此段秘辛，关系重大，无可估计，但以事不成，世无知者；六年前，我为台北故宫博物院整理入藏之翁同龢致张荫桓函札一批，始明真相，可为发覆。

按：光绪二十三年九月，德国远东舰队拟在胶州湾过冬，总署拒绝。未几，曹州发生教案，德国教士二人为土匪所杀。德皇威廉二世觊觎胶州湾已久，但恐与俄国势力冲突，于是年夏访俄时，谋取谅解而无确定之成议，此时拟以教案为借口，强占胶州湾，电询俄皇意见。俄皇复电，无权过问；俟德国远东舰队行动后，乃向德提出反对。

俄国何以出尔反尔？目的是要制造出兵中国的机会。当时李鸿章决定联俄，外以报复日本，内以谋复起主持洋务，并打击翁同龢，此时见有机可乘，不顾一切，为俄国的内应。张荫桓对他这套引鬼进门的手法看得很清楚，所以向翁同龢建议，守定"断不用兵"及"两国自了"的原则，俾杜绝俄国决定扩大事态，以便出兵干预的阴谋。德宗亦同意此两项原则，与德国公使海靖的交涉相当顺利。摘录《翁同龢日记》如下：

十一月初十：午初访樵野（张荫桓），皆赴总署，未正同至德馆。携六条照会与一一辩论，不料一一皆有头绪，竟得十之七八……余虑其反复，假其铅笔画数语于每条之下，令翻译福兰格读于海听，一诺无辞。归后余草问答，令斌写之（语简而要，与寻常问答迥异）：

第一条：李秉衡止称不可做大官，去"永不叙用"四字（极密）。

第二条：济宁教堂给六万六千两，敕建天主堂匾，立碑。

第三条：曹州、巨野立教堂两处，为被杀教士赔偿，照济宁之数（另三千两偿抢物）。

第四条：请明谕饬地方官尽力保护（照约）。

第五条：如中国开办山东铁路及路旁矿场，先尽德商承办。

第六条：问如何是办结，允两国照会教案毕，即为办结。

"斌"名斌孙，为翁曾源的长子，翁同龢的侄孙。所引六条，括弧内字样，即为翁同龢用铅笔所加者。第一条惩罚山东巡抚李秉衡，不用其为大官，而非永不叙用。第六条的解释见后。

十一月十一日，翁同龢将前一日的"问答"奏陈后，与张荫桓拟妥照会，由恭、庆两王看过，与张亲赴德使馆，"以照会稿逐条读之"，海靖表示并无不合，留稿译作德文。此日日记中解释第六条云：

此稿就昨件扩充，惟第六款声明不合赔偿而述两国交情，且有助归辽东之谊，当另案办理，与教案绝不相干云云。盖隐示以可别指一岛也。此等语何忍出口，特欲弭巨祸，低颜俯就耳。呜呼，怖矣！

当时的打算是，以浙江定海割让予德国。凡此交涉及照会稿等，皆未告李鸿章，即因知李与俄国公使巴伯罗福有勾结之故。

这样到了十一月十五日，在等候德国答复之时，李鸿章忽然出来搅局。是日翁记：

> 樵野书来，云今日俄巴使到署，李相竟托代索胶澳，彼即应允发电。廖欲尼之，而许助李说，直情径行，且曰："此事非一二人所能口舌争也。"事在垂成，横生枝节，可叹，可叹！夜草奏稿，拟后日上，盖不可不辨耳。

此即李鸿章的引鬼进门。"廖"为刑部尚书廖寿恒，"许"为礼部尚书许应骙，皆为总署大臣。

按：十五日俄使到总署时，翁同龢与张荫桓皆未在座，致予李鸿章以可乘之机。翁同龢得张荫桓信后，复函抱怨，并谋补救之道。原函见台北故宫博物院印行《松禅老人尺牍墨迹》第二二四、二二五页，释文如下：

> 今日之会，阁下奈何不与？恐败乃公事矣！然有一法，明早偕阁下往彼馆，以此微讽之，何如？明亦当以此告同列也。适风眩，极烦懑。不尽。
>
> 　　　　　芋盦阁下　　　　弟名顿首　　十五夕

中德原为秘密交涉，此时已为李鸿章破坏。所谓"微讽"者，意谓拟告海靖，德如不速做了结，俄将干预，俾德迁就。是夕，翁又二次函张：

> 适草一稿奉览，聊备一说耳。此事竟以明晨往彼馆催换照会为要着。散直后即当趋访，幸具晨饗以待。何如？
>
> 芋盦先生　　　　弟名顿首　　十五夜戌初

所"草一稿"，当与澄清办理此案之专责人员有关。次日翁记：

> 早入与恭邸谈昨事，亦甚诧。见起四刻，论昨事，上曰："遣奕劻即往告李鸿章，速寻巴使，云缓几日，俟续电，勿遽动。"矢语决断，非臣工所及。退与庆王言之，王毅然任之。

于此可知，李鸿章托俄使代索胶澳，德宗、恭王、庆王皆不以为然。德宗的处置极其明快，而竟难挽回。翁同龢十六日续记：

> 辰正一刻散，到馆卧片刻，起访樵野，令梁宸东到德馆探问，并告余等将往。少顷回云，今日海使无暇，

计后半日当有回电，伊无添索，请放心。本国回电，伊不能料也。

其时海靖尚不知有李鸿章托俄使代索一事，所以合作的态度未变。至所谓"本国回电，伊不能料"，为声明其权限之语，并非预料"本国回电"必有变化，预做伏笔。

以下续记：

樵发许电（二百十四字），详告原委，令转电杨使咨外部，中国不欲俄为华与德失欢，若议不成再电告，此时勿调船云云。以我二人名发之。

"樵"为张荫桓；"许"为许景澄，本以工部侍郎外放为驻俄兼驻德使臣，光绪二十二年（1896）俄德分置专使，以许驻德，别调驻美之杨儒驻俄，遣伍廷芳驻美。但驻欧外交，仍以许景澄为中心。"详告原委"令转电杨儒，则以此时交涉对象为德国，而托俄使代索胶澳，为李鸿章私人擅作主张，非总署所同意，故不便电杨儒向俄国表示意愿，以避免打开俄国为此案向中国直接沟通的管道，此即张荫桓高明之处。

而俄国既以为中国打抱不平，表示不惜与德撕破脸，则表面的一番好意，中国似不能不领情，因以"不欲俄为华与德失欢"而言，措辞婉转，用心良苦。"以我二人名发之"，则是暗示许景澄与杨儒，此案为翁、张二人做主，李鸿章无权发言。以下续记：

> 樵又拟旨，谓已派某二人与海商办，此后如非该大臣之电，国家不承认云云。恐太讦直，明日酌之。（此件未用）

张荫桓所拟之旨，自是分饬许景澄、杨儒的上谕，正面确定翁、张二人负交此案的全责，反面即是排除李鸿章于此案之外。而张荫桓所拟之旨，实即根据翁同龢前一日"戌初"致张函中所附"适草一稿"而来。

括弧中"此件未用"四字，系第二日所加。未用之故，在恭王不赞成。十一月十七日辰刻，翁同龢致张荫桓函云：

> 昨拟件，邸不欲，云"且缓，且缓。"

所谓"昨拟件"，即指张荫桓所拟电旨；"邸"则恭邸。此电旨如能照发，许景澄、杨儒不但不必再理会李鸿章，而且必以电旨内容照会德、俄，此后所有交涉，无李鸿章发言的余地，即无兴风作浪的可能。可惜格于恭王的乡愿作风，但亦翁同龢自误——既有此意，何不先在书房密陈德宗，俟召见军机时，作为德宗本人的意旨，当面交代，承旨电发，虽恭王亦不能争，因为此即"权操自上"，且事贵专责，题目甚正，欲争亦难有理由。翁同龢小事精明，大事糊涂，即此可知。

此后三日，内外都发生了变化，外则李鸿章面托俄国代索胶澳，加以英国又提出权利主张，以致德国猜疑，海靖的态度大变。翁记：

> 十一月十七日：约樵野诣德馆，未刻樵来，云德致梁震东（诚）书云：电未回，可勿往。意颇疑之。
>
> 十一月十八日：遣人告海靖，余等即往，伊推却，云有要事不能候，然则变卦显然矣。

内则张荫桓的态度亦大变，翁记：

> 十一月十九日：见起四刻，辰正散。张君与余同办一事，而忽合忽离；每至彼馆，则偃卧谈笑，余所不喻也。

张荫桓之所以如此，即因倒李鸿章不成，而为恭王所阻的旨稿内容则已外泄。张荫桓此时已深具戒心，认为翁同龢不足与谋此等须使决绝手段的大事；而李鸿章虽在失意之时，要报复张荫桓，却绰有余力。翁同龢既不可恃，则唯有明哲保身而已矣。

自十一月二十一日起，情势变得非常复杂了，而李鸿章则从中大施其翻手为云覆手雨的手段。翁同龢是日日记：

今早梁震东往德馆未得见，并阻我辈往，而查外电薄，昨德寄德馆电二次，二百六十余字，益可疑，乃令人往问福兰格：前约三日乃六七日，究竟何日再商？始定明日三点钟往晤。

当时驻华各国使馆，与本国的电报联络，仍须通过中国的电报局办理，各有密码，无从窥探其内容，但可以由电报的频率及字数，约略猜详。翁同龢因德国两电使馆，字数达二百六十余，推断当系有关"六条"的回电，因命人往询德使馆翻译官福兰格，遂有次日上午之约。此为中德方面的交涉，由翁同龢、张荫桓主持。

另外则为李鸿章擅作主张、节外生枝的外交活动，据翁同龢同日所记，则李鸿章与日俄两使皆有接触：

发许电（余与樵名），发北洋、鄂督电，告以现在教案将结，胶澳难议，各国皆不允南洋给德国一岛。日使告李相画一策，谓以胶暂租与德，是解围之法。

此段所记，谓翁与张具名致许景澄电，又以总署名义分电北洋王文韶、鄂督张之洞。电文内容相同，尚持乐观论调，告以"教案将结"者，以推断德国对"六条"已有回电，且因海靖次日之约而间接证实。

其次，本拟在东南沿海（南洋）别指一岛与德，而英国等皆表示利益均沾，此在翁同龢天真的想法，即为反对德国的表示。至于对德交涉解决的办法，翁同龢倾向于"日使告李相画一策"，即将胶州湾开放为通商口岸，所谓"以胶暂租与德"之"租"指租界，见次日日记与致张荫桓函甚明。

李鸿章与俄使巴伯罗福的接触，系在是日晚间。翁同龢续记：

> 今晚巴使访李相，未知其意。夜李函，云巴言俄二舰明日到旅顺，已电北洋矣。

李鸿章与巴伯罗福会谈的情况，据李函翁，计为两事；次（二十二）日"辰初"，翁同龢函张荫桓云：

> 昨夜仪公函言，见巴使谓接外部电，兵船三只，已由长崎起碇赴旅。（高阳按：日记"二舰"为误书。俄舰确为三艘，后据王文韶电报，两泊烟台，一入旅顺。）廿二晚可到。仪已发电，详告北洋，令宋提督及船坞委员照料一切。并告以俄系实心亲密，一杜英窥伺，一催德退胶，无他意等语。成事不说；今日携函告邸，邸亦无语，惟虑宋误会出事耳。

以上为翁同龢原函上半段。李鸿章不但接纳俄舰，且径自致电北洋，令直隶提督宋庆及船坞委员照料一切，事先既不奏闻，亦未商诸总署同事，独断独行，仅于事后以数行告翁，其专擅跋扈，视举朝如无人；但亦为恭王衰颓、翁同龢庸懦有以致之。

下半段转告李鸿章与巴伯罗福所谈的另一事：

> 至通商口岸一节，仅以己意语巴，彼谓此调停之法，如长崎亦通商，而日人另给地与俄屯煤，无碍各国，当以此意电外部，与德廷商之云云。此节却有关系，看今日口吻如何。若能趁此作转圜下台计，岂非大妙？余面谈。

名顿首　廿二日辰初

按："彼谓"直至"云云"，为巴伯罗福之语。很显然地，巴伯罗福怂恿中国以胶州湾开放为通商口岸，而引长崎之例，"另给地与俄屯煤"，为将来索地之伏笔，而以轻描淡写"屯煤"二字出之。李鸿章明知而不言，翁同龢则茫然不悟，还在打如意算盘。

其时英国窥伺大连，而俄国的目标显然在旅顺，加上德占胶州，有三个地方要出问题。翁同龢希望照日本公使的建议，开放胶州湾为通商口岸，作为实现利益均沾的具体行动，以杜英国之口；而对德国，作"多给租界"，以示优异。当日下午与海靖会晤时，就是打的这把如意算盘。

十一月廿二日翁记：

樵野来，申初诣德与海靖密谈，福兰格在座，云得回电，款案前五条可了；第六条胶澳退兵，德国面子太不好看（此语可怪，有退意），断办不到，并敛兵入船亦游移。再三驳诘，舌敝唇焦，始称敛兵或可商。

告以款案六条，可先照复，作一结束。海云：胶事另案缓商。复与商胶开通商口岸、多给租界与德，德实得利而各国免饶舌，是第一妙法。海迟疑良久，托言恐俄不愿。复晓譬百余言，海终为难，并云此层已受外部训，不可行矣！复告以须照此意再电，海勉允。最后令后日送照复底来看，订期互换。

樵野过余晚饭，拟问答稿，弢书之。发许电，令商胶口通商事，睡极晚。

按：其时总署大臣，除恭、庆两王外，尚有九人，与翁同龢在一条线上的，只有一个张荫桓，张荫桓既已"变节"，且对英国的观感与翁同龢不同，翁以为英德勾结，而张已了解，与德勾结者，实为俄国。

且其时有向英国借款之事在进行，由张经手，需要李鸿章的支持，如向英借款不成，则李鸿章在进行的向俄借款成功后，亦可分润回扣，所以从任何方面来看，张荫桓皆不愿得罪李鸿章。于是，翁同龢益形孤立。

相反的，李鸿章则除独断独行，肆无忌惮地勾结俄舰来华，蓄意破坏中德直接交涉以外，此时因为翁同龢庸暗可欺，而恭王既有保全之心，张荫桓复有输诚之意，因而得寸进尺地与俄国进一步勾结，谈借款、谈造铁路，同时还插手对德交涉。十一月廿七日翁记：

> 未正二赴总署。李相昨令德商包耳问海靖，胶澳开商如何，海云不够。此密商事，而李又诘之，真拆局矣。

说"拆局"，翁同龢还只看到一面；李鸿章希望海靖了解，中国办洋务他又在"当家"了，这才是他派德商包耳去看海靖的真正目的。翁同龢续记：

> 前日德寄德馆一百卅字，昨日六百数十字（三次），必是回电，而海告包耳无回信，奸诈可知。路透电：德王送其弟，临分（手）颂曰："如中国阻挠我事，以老拳挥之。"李相又派萨荫图赴旅顺当俄翻译，不谋于众，独断独行，奈何！

按：德皇之弟亨利亲王，乘军舰东来，德皇在汉堡对海军发表演说，如有阻挠德国在华利益者，决以实力对付。此即翁记所谓"以老拳挥之"。德使馆收到六百余字的电报，当与德皇演说、亨利访华之事有关，未必即是"六条"的回电，翁同龢昧于外势，复又武断，无怪乎李鸿章百足之虫，居然复活。萨荫图为总署俄国股章京。

翁同龢续记：

> 夜祀先，与子侄团坐而饮，目前欢娱也。

按：是日为冬至，祀先聚饮；"目前欢娱也"五字，不啻新亭之泪。

其时俄德勾结，由于李鸿章的引狼入室，进展极快，俄国在旅顺已完成强占的部署，德国的态度遂亦转为强硬。十二月初三，翁同龢问李鸿章："俄船究能退否？"李鸿章自任保必退，谓："前日巴使密告，断不占我寸土。"结果是三天之后，原形毕露。十二月初五，翁同龢、张荫桓与海靖第七次会晤，海靖表示，接到训令，关于"六条"中的第五条"如中国开办山东铁路及路旁矿场，先尽德商承办"一节，另案办理；张荫桓准备允许，而翁同龢不可，因为并入教案，为特殊情况，他国不能援例，否则便是"两层利益，恐他国助我归辽者，又将援索"，此指俄国而言，而海靖的答复是：

> 海云："俄已得旅顺，何再索为？"余始悟俄实与德通，令海前驱耳。

此悟已晚，观次日翁记可知：

> 未正赴总署，海使两照会，一言胶澳竟欲全占，极

无理；一言昨晚接电，曹州府复有驱逐教民，声言欲杀洋人，系提督主使，请将提督革职等语，并称此案不满其意，兵不撤也。急发东抚电，并婉谢海使。

海靖之后，巴伯罗福接踵而至，先谈中东铁路，"语亦极横"，接下来谈旅大俄舰撤退。翁同龢记载如此：

> 李相诘以旅大退兵当在何日，伊反诘胶州如何办法。言外胶如德踞，我常泊彼也。可恨，可恨！李索其暂泊照会，伊云"可"。

"暂泊"的照会始终未送，后来反索"黄海口岸屯煤，并造铁路通之"。至此，李鸿章的责任已非常明显，如在雍、乾两朝，必召李鸿章诘问：当初擅自托俄代索胶澳，并一再保证俄船必退，现在情势如此，尚有何说？依世宗、高宗父子的作风，必责成李鸿章限期促俄撤退，办不成必立斩。

但当时竟坐令李鸿章卖国，自两宫至亲贵无一语相询，实为奇事。光绪末年，亲贵用事，亦未始不由李鸿章胡作非为、恣意弄权之所激。

当然，这也是翁同龢懦弱无用之故，徒有忧国之心，却无干济之才，凡事仍不得不请教已不甚可靠的张荫桓。

当时总署有个不成文的规定：某国外交归某大臣主办。这个不成文的规定之形成，是基于某人对某国素有渊源，办事较他人来得顺手的想法，基本上不脱中国人好讲人情面子的观念。

因此，李鸿章以经手《中俄密约》的关系，当仁不让地把持了对俄外交。张荫桓因为光绪十一年至十五年（1885—1889）使美，以及这年［光绪廿三年（1897）］夏天，曾充庆贺英国维多利亚女皇"垂帘六十年"的专使之故，自然而然地成了对英外交的主持人，这时正在谈判英国的一项大借款。

英国不在俄、德、法"三国干辽"之列，对华外交便落后了一步，当时眼见俄德猛着先鞭，有分占胶澳、旅大之势，自然要急起直追，但苦无插足的借口，只能强调利益均沾，中国如果予他国好处，英国不能向隅；（则）在基本上是被动的。不过最后终于找到一个主动的机会，即是提出比俄国为优厚的借款条件。

原来中日《马关条约》，赔款二万万两，先付一半，由俄法分借，于光绪二十一年（1895）闰五月订约，年利四厘；法国的债权，由俄国担保。《马关条约》中规定，其额赔款一万万两，如能于光绪二十四年（1898）公历五月八日付清，则以前所付利息，可抵作赔款正项；照此计算，中国可节省二千一百余万两，因此亟亟于着手第二次大借款。

翁同龢十一月廿六日所记，"申初李相来，云今日巴使见访……又云俄肯借债，一切照二十年法，但索铁路利益五条"云云，即指此事。

英国认为俄国第二次承贷的借款如果成功，则俄国控制中国的力量太大，此为绝不能容忍之事，因此提出比俄国为优厚的贷款条件。翁同龢十二月十九日记：

> 英使窦（纳乐）等四人来，必欲见余，李、敬、张、许同坐，彼云借款外部担保，惟必须有利益语，始可服议院之口。至借款则四厘息，不折扣，五十年清，较俄债更便宜矣。然如何利益，须后日电至乃宣。盖以甘言话我也。

"李、敬、张、许"指李鸿章、敬信、张荫桓、许应骙。敬、许及必欲翁同龢在座，皆为李鸿章所预先坚约，主要的目的是分张荫桓之权，而使得对英交涉，不让张荫桓有"独得之秘"。

至送灶那天，英使窦纳乐，在总署向翁同龢提出了低利借款的五项交换条件：

一、中国开放大连湾、南宁、湘潭为通商口岸。

二、当缅甸铁路筑至中国边界时，中国允许英国公司展筑至长江流域。

三、英轮可在中国内河行驶。

四、中国担保不将长江流域之任何一部分割让与第三国。

五、免除租界外货厘金。

窦纳乐并同时声明，大连开放为通商口岸，势在必行。而是日上午，俄使巴伯罗福已先获知英国方面所开的条件，先发制人，向李鸿章"力言大连若开口岸，俄与中国绝交"。

显然，英国之要求将大连开放为通商口岸，为日本公使以前建议开放胶澳，是同样的道理，目的在防止他国独占；而俄国极力反对，至不惜以绝交相威胁，则明视大连已为囊中之物。

如果翁同龢真的有勇气打倒李鸿章，只要据实奏明，指出交涉到如此棘手的地步，全由李鸿章托俄代索胶澳而引起，解铃系铃，今后对俄、对德、对英交涉，请归由李鸿章专责办理，这样来一记"掼纱帽"，李鸿章必是"吃不了，兜着走"。无奈翁同龢无此胆量，不过，对于三国相争的情势，他大致已看明白。致张荫桓函中，有一通未具上下款及年月日，云：

> 今日之事，英俄相争为重，六条中开铁路一条，英必阻挠，然其弊不过英商附股及滇省开路而止，未必更有占口岸之事也。
>
> 六条之外，商埠一节，俄外部既称不愿，则亦必阻挠，即澳内屯船，俄实阴许而显必不允；不允则旅大之船不退，而我失一口岸矣。
>
> 英虽不阻，而借口均沾，或舟山，或长江，亦索一地，而我又失一口岸矣！此不能不虑者也。
>
> 俄船由仪公召来，当有法退去。吴王致仪二电，仆不知也。商埠巴使欣然而外部怫然；巴使与仪公如何说法，仆亦不闻也。

以大局论，我于胶口粗有补救而不能舒各口之祸，终成危局。

以一端论，英以均沾之说挟制我，俄又借英挟制我，添一层挟制我，我将何术以处哉？

仪公卸责，而我辈任咎，奈何？

"任咎"原为"蒙谤"，涂去改书；"奈何"二字，笔迹潦草，且由此而无下文。推测当时情况是，心中愤懑，掷笔而起。未写完的一封信，以后为何到达张荫桓处，已无可考了。

函中"六条"，即指对德交涉的协议。"六条之外，商埠一节"，指开放胶澳为通商口岸，巴伯罗福一再赞成；但十一月廿八日，许景澄来电，谓俄外部表示反对，后文所谓"巴使欣然而外部怫然"，即指此。

"澳内屯船，俄实阴许而显必不允"，实已看出俄德勾结，故意制造借口的阴谋。"吴王"乃俄国亲王吴克托穆，李鸿章访俄时，由吴接待，以后成为与李鸿章联络的负责人。吴克托穆直接致电李鸿章，而李藏匿不出，此即可成为"私通外国"的铁证。

最后论大局、论一端，虽看出种种危险皆由李鸿章所招致，而但谓之"卸责"，则尚未知李鸿章系蓄意通俄。张荫桓当然知道，只是他绝不会泄露内幕，因为他亦像英国一样，持着一种"利益均沾"的打算。

光绪二十四年（1898），自正月初三开始，便须应付英、俄、德三国的交涉；不久，法国亦提出权利主张。截至四月廿一日为止，约莫一百三十天之中，中国所遭遇的损害如下：

一月二十三日：总署照会英使，承诺永久由英国人担任总税务司。但若有他国对华贸易总额超过英国，则不在此限。

二月初九：与英、德订立第二次借款合同，共一千六百万镑，折合银一万万两。利息四厘五，折扣八三，指定江浙三处盐税归税务司管理，充作付息还本之用。

二月十四日：李鸿章、翁同龢与德使海靖订立《胶州湾租借条约》，允德国租借九十九年，建筑胶济铁路，开采铁路两旁三十里内矿产。

三月初六：李鸿章、张荫桓与俄使巴伯罗福订立旅顺、大连租借条约，以二十五年为期，并允建南满铁路。

四月初五：英国海军占领威海卫。

四月廿日：李鸿章、许应骙与英使窦纳乐订立九龙租借条约，定期九十九年。（按：光绪二十四年为1898年，租借期限至1997年为止。）

后党阻挠改革，翁同龢被逐回籍

至四月廿七日，翁同龢被逐回籍。这天是翁同龢六十七岁生日，三朝老臣、两代帝师，竟不容其一举桃觞，倒不是慈禧过于刻薄，而实有不得不然之势。

去翁同龢为荣禄多年夙愿，四月廿七日之变，自然是荣禄一手策划。但促成慈禧下此决心者，据说是恭王病危时，慈禧亲临探视，恭王面奏，翁同龢不可用。

此事已无可究诘，但恭王于四月十一日病殁后，慈禧大为感恸，亲自宣谕；恭亲王勋德最隆，应配享太庙。其他恤典，异常优隆。与数年前万寿时，甚至不欲恭王祝嘏相比较，爱憎之间，一何强烈！是则恭王临终之前必有"忠言"，而此"忠言"又必与裁抑帝党有关，始足以为慈禧所"感恸"，亦就可想而知了。

至于动手如此之快，则为翁同龢自己所造成。从闰三月为接待德国亨利亲王议礼开始，张荫桓一连串令人侧目的举动，加上翁同龢策动变法的急进态度，对后党的刺激极深，终于做出了同样程度的反应。

翁同龢之受张荫桓的牵累，毫无可疑；如果不是张荫桓表现出不惜与内务府对立的姿态，后党或还不至于亟亟于去翁。当时大家一致的看法是，张荫桓倘无翁同龢的庇护，绝不敢如此把持跋扈，因此要打倒张荫桓，就必须先打倒翁同龢。

而事实上，翁与张的"蜜月"已成过去，主要的（原因）是张荫桓在经手英国借款时，获得一笔可观的回扣，翁同龢虽然是清白的，却不能免于嫌疑，且亦无法表白，无可奈何之下，唯有逐渐疏远。而祸发如此之速，是翁同龢做梦也想不到的。兹先记德国亨利亲王觐见事。下引翁同龢闰三月廿五日记，为解说方便，分节录注：

　　将午初，德王亨利到，乘轿直入宫门，兵廿四人翼而趋，余叱之乃下。相见握手，王既直入南配殿，其随员自海靖以下十七人，皆从之南配殿，告以此专备王坐，余人皆在中门外两旁屋，而彼不应也。余告福兰格，令兵退出宫门，初尚应许，既而不但不退出，并带至南配殿下排立矣。

　　按：接见亨利亲王系在颐和园。"南配殿"当是玉澜堂东配殿道存斋，后改名霞芬室。玉澜堂为德宗寝宫，在仁寿殿后迤西。

　　坐二刻，庆邸带亨利、海靖、两翻译（等）四人及荫昌，先诣乐寿堂见皇太后。三刻许，余带随员十余人在山道口会齐，同赴玉澜堂见皇上。伊等先致颂词，次进大瓷瓶两个。上坐，命亨利坐于右偏（有垫高凳）。海靖以下皆入殿立，余等在檐下立，戈什乾清门在殿内外立。

乐寿堂在玉澜堂西，位置稍后，分前后两部分，后堂七楹，为慈禧寝宫；接见亨利亲王当在前轩。德宗接见亨利设座位，为有清一代所未有；乾隆朝，英国特使马戛尔尼觐见时曾跪拜；同治朝，各国公使见帝行九鞠躬礼。

亨利见慈禧太后的礼节，海靖原亦要求赐座，庆王坚持不可，慈禧亦不允，谓"必欲坐只得不见"，始未强求。"戈什乾清门"乃汉满合璧一名词，即乾清门侍卫。

　　上与彼寒暄，奕劻传旨，荫昌传与翻译（承旨时皆膝席），约一刻毕。退至南配殿，其从官坚不肯出，乃添坐环列，饮食衍衍，二刻许。

德宗与亨利寒暄之语，须经两人传达：先由庆王跪聆；传旨与荫昌，亦跪听；荫昌告德方翻译，方为立谈。南配殿设饮食，当是茶会；"衍衍"和乐貌，亦通侃侃，本来宫中赐食，重在恩荣礼节，进食每为虚应故事，而亨利的随员，居然旁若无人地认真享受，故以"衍衍"形容，遣词绝妙，不愧状元才情。

　　上步行至南配殿慰劳之（在北里间，余等阶下站班，不知又坐否？面赠宝星），一刻。

　　（德兵见上至，三举枪，击铜鼓，带兵者拔刀禹步，以为致敬。上立视，谕云："兵皆精壮，甚可观。"）

"面赠宝星"即赠勋。"德兵见上"云云，为检阅亨利的卫队，指挥官行撇刀礼，踢正步；翁同龢谓之为"拔刀禹步"，比作茅山道士作法拿妖，令人失笑。

> 上还至玉澜堂，庆邸、张公率亨利等上船游龙王
> 寺，余等先退至听起处，少坐即退出宫门回寓，即赴
> 承泽园候之。未正亨利到，庆邸设宴于园款待之。邸主
> 席，余等陪坐，洋人十一人，余等十三人（胡芸楣、世
> 伯轩、梁诚）。申正散（不送）。

所谓"余等十三人"即总署大臣胡燏芬（芸楣）、世续
（伯轩，内务府大臣）及梁诚等。翁同龢是日日记又有补充，
谓"今日洋菜"系张荫桓家的厨子所办，席面则由梁诚布置，
记中谓之"一切家伙皆梁诚经理"。

亨利觐见一事，与德宗见忌，翁、张被祸，极有关系。
由翁记中可以很明显地看出来，德宗相当醉心于西化，后党
所忌者，为德宗已可与洋人直接打交道，驯致有挟洋人以制
太后之祸；而顽固的保守派及亲贵所不满者，则在礼节，耿
耿于怀者是大损天威之恨。凡此皆翁、张有以导之，尤以张
荫桓为甚。

至于内务府及宫内大珰，则对张家厨子至禁苑办席，视
作非常严重之事。宫中赐宴，向由内务府承办，非光禄寺所
能过问；如此日之宴亨利亲王，可以大发利市，报销至数
十万两银子之巨。张荫桓之阑入，坏两百余年之成法，由一
饭之微，逐渐扩张，可以接管整个内务府的大小事务，犹如

拆墙脚，必由抽第一块砖开始。因为有这么一种警惕与远虑，在一向对维护既得利益的内务府及太监，便非去张荫桓不可了。

谈到改革，德宗、翁同龢、张荫桓是三位一体的；但就反对派而言，各有各的主要目标。慈禧的目标当然是德宗，她不一定摒斥翁同龢，相反的，如翁同龢能"导之以正"，她亦不惜重用；但如翁同龢"教坏了皇帝"，则必采取断然的处置。至于对张荫桓，则以近侍媒孽已久，印象极坏；后来事实表现，竟是深恶痛绝，积恨难消。

既是反对派，同时也是后党领导者的荣禄，则纯然以翁同龢为对象，他代表着慈禧反德宗，旗人因大权旁落而反汉人，保守派反革新，还有，最要紧的是代表他自己的利益：不打倒翁同龢，他不能出头。

加上李鸿章认为一生事业，毁在"吴儿无良"之尤的翁同龢手里，推波助澜，暗箭明枪，处处成为荣禄反翁的前驱。荣禄与李鸿章的结合，这股势力无人能敌，因此，首先垮的，就一定是翁同龢了。

在这样一种微妙复杂的局势下，德宗等君臣三人，必垮无疑；但德宗之垮得惨，翁同龢之垮得快，张荫桓之垮得凶，却是任何人所估计不到的。然而种瓜种豆，因果关系则颇分明。即从"垮得快"谈起。

首先我要为读者指出，德宗与翁同龢，在甲午之战后，还只是想在现状上求改进；及至慈禧把持，李鸿章以"鞠躬尽瘁，死而后已”为恋栈的借口，进而想外报日本之仇，内修“吴儿”之怨，败坏国事至于如此，乃憬然省悟，非彻底改革，将多年烂根拔除净尽，不足以言自强。

因此"君臣一德"，都抱着这样一个想法：太后也好，老臣也好，反正就这一回了，随便你们怎么去胡搞。至于激发出这样一种重起炉灶的决心，则康有为的影响，是不容怀疑的；康有为曾通过张荫桓的关系而说动了翁同龢，力劝德宗变法，也是无可怀疑的。

决心是早在亨利亲王访华以前就下了，接待亨利的仪节，已可看出德宗的心态。但翁同龢一系开始积极行动，却在恭亲王薨逝，亦就是变法维新最大的一块绊脚石移去之后。兹据《近代中国史事日志》，胪列其发展情况如下：

四月十一日：恭亲王奕䜣薨，年六十七。

四月十二日：太后懿旨，恭王配享太庙。

四月十三日：御史杨深秀奏，请定国是，守旧图新，派近支王公游历各国，举贡生监游学日本，并译泰西精要书籍。诏命总署议奏。

四月十四日：杨深秀奏，请厘定文体，各项考试不得割裂经文命题。

四月十八日：杨深秀奏，请告天祖，誓群臣以变法（康有为稿）。

四月十九日：御史李盛铎奏，时务需才，请开馆译书，以宏造就。

四月二十日：侍读学士徐致靖奏，外患已深，请速定国是。

四月二十二日：翁同龢拟变法谕旨。

四月二十三日：诏更新国是，变法自强，先举办京师大学堂。命各省督抚保举使才。

德宗与翁同龢论国是，翁云西法不可不讲；圣贤义理之学尤不可忘。

四月二十四日：命宗人府查看王公贝勒等，如有留心时事、志趣向上者，切实保荐，听简派出洋游历。

德宗拟于宫内接见外国使臣，翁同龢持不可，被诘责。又以张荫桓被劾，疑张、翁有隙。

四月二十五日：命工部主事康有为、刑部主事张元济，于本月二十八日预备召见。湖南盐法长宝道黄遵宪、江苏补用知府谭嗣同着该督抚送部引见，广东举人梁启超着总理各国事务衙门查看具奏（均翰林院侍读学士徐致靖保荐）。

命立各省商务局，认真讲求。

张謇与翁同龢长谈，并为拟大学堂办法。

赐夏同龢等进士及第出身有差。

按：《翁同龢日记》晚年颇有删改，冀以免祸，如拟变法谕旨，日记中只字不提；又"拟于宫内接见外国使臣"一节，隐隐指出此为张荫桓的建议，而又强调与张处于反对地位，以防牵连。但仅如以上所记，已可看出国事、朝政将大事更张，守旧派岌岌可危。其间有一小事，为加速后党对帝党正面迎战，短兵相接的导火线，而为治近代史者所忽略，在此可为读者指出。

自恭王于四月十一日薨于位后，军机班次为礼亲王世铎、翁同龢、刚毅、钱应溥、廖寿恒。但礼王久为傀儡，且其时因病不能入值，故翁同龢为实际上的领班，钱、廖一向亲翁；刚毅为刑部司官时，翁为堂官，光绪二十一年（1895）十月与翁同入军机，实为翁所保荐，以代额勒和布，此时虽已与荣禄暗通款曲，而尚不敢公然叛翁。

由此可知，此时翁在军机处是"一把抓"，自谓直上青云，其实"高处不胜寒"。四月十三日翁记"外内极多"，指各省各部陈奏而言，以下小字注处置情况极详，乃以首辅地位径自处断，得意之情可想。乃处于危地而漫焉不察，以致礼部一奏，葬送锦绣前程。原记：

> 礼部以恭忠亲王丧礼，大臣百官素服及传胪是否改期？交片，毋庸素服，不必改期，素服至廿四止。

按：恭王薨，慈禧太后面谕："辍朝加二日，皇帝素服十五日。"则应至四月二十五日，而是日为例定传胪之日，国家喜庆，不宜素服，故礼部具奏请旨。

这一来就发生了观念上的严重冲突，在德宗与翁同龢想，金殿胪唱是天下读书人最重视的一个大日子，殿试以后的贡士，以及他们的家属，都在引领而望，是抡元，是鼎甲，是二甲赐进士出身，还是三甲赐同进士出身，名次高下，有关前程，今以恭亲王之丧，延迟一天，是则朝廷重懿亲而不重天下人才，足令士林寒心。而况正当变法之际，新制未建，旧法自坏，一开始就立了个很不好的例子，亦非所宜，所以传胪照常，素服少除一天。

在后党看，迟一天传胪有什么关系？明明是要推翻懿旨，示人以太后说的话不能作准的印象，而且也是变相地贬斥恭王。此例一开，慈禧的威信动摇，很快地就会为帝党所制，因而非速去翁同龢不可。

荣禄如何献议，慈禧如何纳言，如今当然已无从查考，但有一个迹象是很明显的：在翁同龢拟变法诏旨的这一天，亦即四月二十二日的人事调动，实为后党的先下手为强。据翁记：

> 是日宣麻，荣禄授大学士，管户部；刚毅协办大学士调兵部；以崇礼为刑部尚书。

按：内阁堂官，自同治以来定制——大学士四员，两满两汉；协办大学士一满一汉，汉军占汉缺。其时荣禄与翁同龢皆为协办，例得兼部，一兵尚，一户尚。这年闰三月武英殿大学士病故出缺，此为满缺，由荣禄升大学士，应开兵尚缺，以刑部尚书刚毅调补，并升了由荣禄所空出来的满缺协办。

向例协办出缺，应由六部之首的吏部尚书升补，此协办原该归光绪十六年（1890）便已是尚书的熙敬所得，破例以刚毅升补，此为牵制翁同龢的明显迹象。

其次，大学士管部，如认真行使职权，尚书即须受其节制，如阎敬铭当年管户部，出纳稽核，管到司官。荣禄升大学士后，实应顺理管兵权，特派管户部，必出于懿旨，而此为有意压制翁同龢更为明显的迹象。

然而何以必须挑在四月二十七日动手，让翁同龢的生日都不能过？关键就在他的生日，倘非他的生日，或许还可延缓几时。此话怎讲？一说就明白了：以翁同龢当时的地位，生日这天，贺客之盛，可想而知；主张变法的朝士，加上新进气锐的新科进士，慷慨激昂，放言高论，立即可以形成转移视听、沛然莫之能御的清议。慈禧与荣禄都领教过当年"翰林四谏"及清流的威风，岂能让这个反太后、反保守派的大结合的场面出现？

走笔至此，觉得翁同龢落得如此下场，似乎真有天意；如果皇帝素服，仍照懿旨，穿满十五日，吉服传胪改在四月二十六日，局面就很可能改观。这话怎么说呢？须知二十七日之变，是因为二十五日传胪；二十六日德宗移驾颐和园，慈禧当面交代驱逐翁同龢，德宗被迫于次日颁下朱谕。

倘或二十六日传胪，则德宗于二十七日才能驻跸颐和园。这天既为翁同龢生日，则召见既毕，翁同龢仍可回家过生日，下午再到颐和园随扈。慈禧纵对变法不满，却绝不致出于如此决绝的手段；而翁同龢借生日大会朝士，阐明德宗励精图治的决心，仍旧可以冠冕群伦。翁同龢在位，就不致有"四京卿"的操切从事，所谓"戊戌政变"这个名词，根本不会产生。

或问，倘是这样的情况，慈禧与荣禄又如何应付？我的回答是：一定是荣禄入军机，以学士的身份，代理王而领枢廷。至于双方是合作还是互相牵制，自是无从揣测；但可断言的是，德宗的境遇与国事，都不会像后来所发展的那样糟糕。读史三十年，常常发现，一件小事可以导致历史进行方向的改变，此为最近发现的一例。

翁同龢垮得很惨，但到底是一肚子墨水的人，毫无怨天尤人的悻悻之态，显示了古大臣进退雍容的风貌。四月二十七日记：

> 丑初微雨，既而潺潺，喜而不寐。今日生朝，晨起向空叩头，入看折，治事如常。起下，中官传翁某勿入。同人入，余独坐看雨，检点官事五匣，交苏拉英海。

按：所谓"起下"，即宣召军机入殿；凡宣召谓之"叫起"，"起下"即叫起之意。此时翁同龢已知将获严谴，"检点官事五匣"，即检点经手未了、须交代继任者的公事五件，付苏拉转交。

> 一时许，同人退，恭读朱谕："协办大学士翁同龢近来办事多不允协，以致众论不服，屡经有人参奏。且每于召对时，咨询事件任意可否，喜怒见于辞色，渐露揽权狂悖情状，断难胜枢机之任。本应察明究办，予以重惩，姑念其毓庆宫行走有年，不忍遽加严谴。翁同龢着即开缺回籍，以示保全。钦此。"
>
> 臣感激涕零，自省罪状如此，而圣恩矜全，所谓生死人而肉白骨也。随即趋出，至公所小憩……刚（毅）、钱（应溥）、廖（寿恒）三公皆来，余衣冠诣三处辞行。张樵野来。晚与三公痛谈，明日须磕头，姑留一宿。

"明日须磕头"者辞帝。次日记：

> 午正二刻驾出，余急趋赴宫门，在道右磕头。上回顾无言，臣亦黯然如梦。

《侯鲭录》记，东坡在昌化，负大瓢行歌于田间，有老妇谓坡云："内翰昔日富贵，一场春梦。"翁同龢的放归，亦如东坡的沦谪，此时心境，只有以"事如春梦了无痕"来自解了。

最难得的是，翁同龢还能以闲豫的心情，了却好些文字债。四月三十日记：

> 夜题前数年许星叔嘱题尊甫玉年先生《孤山补梅图》，填词一阕，和卷中韵。笔墨未了，奈何？

"玉年先生"为笔者伯高祖，讳乃谷，举人，官敦煌知县，有惠政，相传殁而为敦煌城隍。此为翁同龢首须了却的文债，因先恭慎公已殁五年，不能负死友之诺。翌朝，尽一日之友，作七古两首、五古一首、七律两首，皆为题画。其《题志伯愚仲鲁兄弟同听秋声第二图》云：

> 和林秋风起何处，不入江南万行树。
>
> 江南亦自有秋声，戚戚萧萧苦征戍。
>
> 廿年离合亦常事，万种悲欢难共喻。
>
> （原注：时伯愚在此，仲鲁在南。）
>
> 大圜洪钧覆万物，独以金天妙陶铸。
>
> 或愉或戚或萧散，或托歌词或骚赋。
>
> 老夫平生无不可，到处安闲欣所遇。
>
> 曾从华顶作重九，又向秋江问官渡。
>
> 今年忽扫旧巢痕，径往乡关守祠墓。
>
> 计唯仲子当一见，车马江干劳小驻。
>
> 伯兮开府渺天北，瀚海黄沙隔烟雾。

渥洼名马已分赠，阙特勒碑书莫附。

古来秋士重坚节，肯为浮名感迟暮？

君看独鹤与大鹏，岂愿啁啾一方聚？

不然坡颍好连床，何事梧桐秋雨句。

题诗相勖兼自励，明日飞轮指归路。

此诗寄托甚深。"廿年离合"两句，谓与德宗君臣遇合；以下数句自谓随遇而安，付之命运安排，无所不可；"华顶""秋江"记昔年行踪，不图今年突然归田。"伯兮"谓志锐，方以珍妃获罪之故，谪为乌里雅苏台参赞，赠马、赠碑帖皆有本事。"独鹤"自况，"大鹏"谓志锐，"啁啾"燕雀当然是指后党。

除了应酬笔墨以外，翁同龢又忙于话别，或则面晤，或则函复；赠行则或以书画，或以现银，何者可受、何者应酬，都须他亲自决定，如五月初二所记：

> 那琴轩来，厚赆，却之。荣仲华遣人致书厚赆，亦却之。夜仲山来谈，良久别去，黯然。铭鼎臣送菜、燮臣送菜、王寄樵送菜，皆受。

"那琴轩"即那桐，为户部北档房司官。北档房皆为满缺，职司国库收支总账，外债及赔款出纳亦归北档房。当时国际支付以英镑结算，结汇名曰"买镑"，早晚市价，买低报高，差额甚巨。

那桐与张荫桓在"买镑"之中，上下其手，皆积资巨万。张荫桓获罪遣戍，"百石斋随黄叶散"；那桐则在金鱼胡同构华屋，人称"那家花园"，至北洋时代犹为莺歌燕舞之场。

荣禄之厚赆，自为负疚致歉的表示，翁同龢当然不受；但隔二日"又传使来赆"，翁同龢"受之，答书"。光绪二十九年（1903）三月，翁同龢乡居得荣禄噩耗，十六日记：

> 报传荣仲华于十四辰刻长逝，为之于邑。吾故人也！原壤登木，圣人不绝，其平生可不论矣。

原壤，春秋鲁人，孔子故旧，母死，孔子助之沐，椁，原壤登木而歌。又尝踞坐以待孔子，孔子责之曰："幼而不逊弟，长而无述，老而不死，是为贼。"以杖叩其胫。翁同龢以荣禄比作原壤，意谓曾有恩惠于荣禄，而荣禄对之无礼。孔子不绝原壤，应以为法，既然如此，不必再论恩怨。作恕语，正见得积憾之深。

最可玩味的是与张荫桓应酬的情形。五月初八记：

> 樵野来，告初六与军机同见，上以胡孚宸参折示之，仍斥得贿二百六十万，与余平分，蒙温谕竭力当差。又云：是日军机见东朝起，极严；责以为当办廖公，力求始罢。又云：先传英年将张某围拿，既而无

事。皆初六日事也。余漫听漫应之而已。

张荫桓自四月廿七日一面以后，至此日始再相晤，可知亦经历过一番极大风险，忙于免祸，无暇访候。胡孚宸参折中言张荫桓得贿二百六十万，与翁同龢平分，此流言实由张荫桓与李鸿章奉派与俄签约而起。

袁世凯告密，戊戌新政失败

翁同龢被逐后，新政仍照常推行，这可能是慈禧与德宗母子间的"协议"，即以准许施行新政交换德宗逐翁的朱谕。及至"百日维新"告终，"六君子"被杀，德宗被幽禁于瀛台，慈禧第三次临朝训政，满清皇朝再无任何可以避免瓦解的机会。其间因果关系，在拙作《同光大老》中言之綦详，不宜重复赘叙。

但可为读者介绍在野的翁同龢对几次大事件的反应，从另一角度来看光绪末年朝政的得失。

由袁世凯告密而爆发的政变，发生在八月初六。翁同龢于两日后获悉，地点是在南昌——翁同书之子、翁同龢称为"五侄"的翁曾桂，于光绪廿二年（1896）简放为江西藩司，翁同龢于七月下旬，自常熟经上海转赴南昌探望，住于藩署。其时明发上谕改用电报，所以政变以前各种新政，翁同龢都能从上谕中获知：

> 八月初七：自明发皆归电报后，络绎纷纭，新政焕
> 然，日不暇给。

此自是赞许欣慰的表示；但次日所记，即生变化：

> 晨起恭读电传（初六）谕旨："现在国事艰难，庶
> 务待理，朕勤劳宵旰，日综万机，兢业之余，时虞丛
> 脞。恭溯同治年间以来，慈禧（全徽）皇太后两次垂帘
> 听政，办理朝政，宏济时艰，无不尽善尽美。因念宗社
> 为重，再三吁恳慈恩训政，仰蒙俯如所请，此乃天下臣
> 民之福。由今日始在便殿办事，本月初八，朕率诸王
> 大臣在勤政殿行礼，一切应行礼节，着各该衙门敬谨预
> 备。钦此。"
> 臣在江湖，心依魏阙，益战栗罔知所措也。是日秋
> 分，微阴仍热，终日愦愦，未办一事。

慈禧复又垂帘，知新政已归于失败。"心依魏阙"者，
惦念德宗的境况；"战栗"者，知必惩办新党，恐受株连。次
日又记：

> 数月以来，夜梦种种，亦不复信矣。昨梦人持示一

诗，首句"寂寂仁义圃，坦坦道德途"，真至言哉。

所谓"夜梦种种"为隐语，实指起用新党，大办新政而言；至此梦醒，故云"不复信矣"。其时翁同龢本拟游庐山，时局经此巨变，大败游兴，且急于回乡，行期已定。八月十四日记：

> 阅电（十一日）传谕旨，新政仍有改作，权衡执政不拘前说（詹事府等仍复；上书者不准妄言；祠庙惟淫祀当毁，余如旧；大学堂仍设，各府县小学堂听；停官报。又有犯官徐致靖、杨锐、林旭、刘光第、谭嗣同及康有为之弟广仁，均交刑部、军机严讯。张荫桓虽非康有为之党，唯声名甚劣，交刑部暂看，再候谕旨）。默坐未能入辞，辗转百端，此怀莫可喻也。

按：括号内文字，皆为节录八月十一日上谕，詹事府、通政司、大理寺、光禄寺、太仆寺、鸿胪寺等六衙门原已裁撤，至此恢复——此为后党笼络人心的要着。至查办各官上谕，特别声明："此外官绅，概不深究株连。"翁同龢可保无事。然而事由己起，以下变法诏发其端，百日之间得此结果，感触极深，故有"辗转百端"之语。

翁同龢于中秋离南昌，八月廿三日经南京至上海，始得闻政变详情，是日记：

巳正一入吴淞口，午正泊码头，缉夫、寅丞两侄孙候于河干。偕寅坐马车至新马路寓，缉夫亦来。恽莘耘将往鄂，为余留一日，因晤谈，得近日京师情形之详，鼠辈谋逆，陷我圣明，兼贻无穷之祸，真堪痛哭，心悸头眩，几至投地。

此鼠辈指康有为及其党徒。翁同龢乡居删改日记，力辩已非康党，如九月初四日记：

《新闻报》等，本皆荒谬，今日所刊康逆语，谓余论荐，尤奇，想我拒绝，欲计倾我耶？

但朝廷仍以为康有为出于翁同龢密保，十月廿一日降谕严谴。翁同龢十月廿四日记：

《新闻报》传廿一日严旨，臣种种罪状，革职永不叙用，并交地方官严加管束，不准滋生事端等因，伏读感涕而已。

按：所列翁同龢的罪状为：辅导无方；甲午之役主战主和，信口侈陈；及力陈变法，密保康有为，狂悖跋扈，等等。以甲午战败亦归罪于翁，翁所不受亦不辩。

到得光绪廿五年入夏以后，内外局势又形险恶，而以康有为在加拿大成立"保皇会"一事最有关系。因为在此以前，后党与帝党的冲突，尽管水火不容，但彼此并无鲜明的旗帜；至光绪廿五年（1899）六月十三日，康有为于加拿大维多利亚城宣布成立"保皇会"，在北美地区拓展会务，随后康门高弟梁启超，亦在日本做同样的活动。

"保皇"令人同情，丑诋慈禧，亦颇有人感兴趣，但康有为说大话、募捐敛财的作风，即连康门弟子亦有不以为然者。

不彻底的"保皇会"宗旨，对中国的革命并没有帮助，当时直接的反作用是：第一，保皇骂太后，等于以子辱母，陷德宗于不义，慈禧对康、梁穷凶极恶的丑诋而无可如何，势必迁怒于德宗；第二，康有为获庇于洋人，始能肆无忌惮，以致激起守旧派仇洋的心理，而导致了以"扶清灭洋"为口号的义和团之猖獗。廿五年下半年局势的发展，有如下数事可记：

一、命军机大臣协办大学士兵部尚书刚毅往广东等地，清厘出入款项，以为筹饷之计。

二、山东出现义和团，往北蔓延至直隶及畿南地区。

三、通谕各省督抚：各国虎视眈眈，非战不能结局者，必须同心协力，杀敌致果，不可预存和心。

四、以袁世凯为山东巡抚；义和团在山东不能立足，益往北发展。

五、以李鸿章督粤。

六、购拿康有为、梁启超。

七、准备废立，以荣禄反对，不果行。

八、端王载漪获部分兵权。

九、立载漪之子溥俊为"大阿哥"，准备继位。

当时的关键人物荣禄，头脑是比较清楚的，但支持守旧派打击新党的策略；由于康、梁的作风，激出后党及守旧派一股强烈的反动力量，以端王为首，言论偏激，行为嚣张，渐不可制。尤其是对义和团态度的转变，由剿而抚，由抚而用，将有肘腋之祸，有心人无不深忧。

当十一月十八日命海疆各省悬赏购线缉拿康、梁时，上谕中又咎及翁同龢。翁于十一月二十一日记：

> 《新闻报》纪十八日谕旨：严拿康、梁二逆，并及康逆为翁同龢极荐，有"其才百倍于臣"之语，俯读悚惕。窃念康逆进身之日，已微臣去国之后，且屡陈此人居心叵测，不敢与往来；上索其书，至再至三，卒传旨由张荫桓转索，送至军机处，同僚公封递上，不知书中所言何如也。厥后，臣若在列，必不任此逆猖狂至此；而转因此获罪，唯有自艾而已。

翁同龢之做此记述，是深恐逮问抄家，欲留辩解之词。最紧张的是这年除夕，日记云：

> 航船已停，各报俱止，乃今知本月廿三日有旨：恭亲王、三贝勒、大学士、枢廷、戈什、两斋、内府、六

曹之长，均于次日召对。孤臣伏处，不知朝廷措置何事也。韩子所云"瞻望宸极，魂神飞去"者矣。

按：翁同龢是以为德宗业已被废。废立之谋，早非秘密，事先曾以廷寄询大省督抚意见，刘坤一表示反对，复奏中的警语是："君臣之分已定，中外之口难防。"荣禄据此泣谏慈禧，乃得挽回。

相传此奏出于张季直的手笔，故翁同龢绝无不知之理，但当时并不知废立已暂且作罢，只有刘坤一在十一月间奉召入觐，似乎因反对废立而有罢官的模样。且十二月廿三日谕旨，召见名单更为可疑，恭亲王溥伟以外，"三贝勒"谓宣宗长孙溥伦、惇亲王奕谅长子载濂、恭忠亲王次子载滢。

"戈什"则为御前大臣及领侍卫内大臣；"两斋"指南书房及上书房翰林；"内府"即内务府；"六曹之长"谓六部堂官，凡亲贵、宰辅、近臣、师保、家臣都已到齐，若非太后宣布废立，何用如此？而德宗如果废立，则其重大失德，必由师傅承受，因为辅导无方，才会教出不足以君临天下之君，翁同龢此时何得不"魂神飞去"？

义和团起事，李鸿章受贿卖国

义和团公然作乱，起于三月底四月初，《翁同龢日记》

则于五月初五始有记载："报载谕旨，义和团匪戕武员，拆铁路，毁电杆，饬相机剿办。"寥寥数语，无评论，无感慨，见得此老并不在意，只当寻常盗匪案，而不知为大乱之起。

至十二日见《申报》所载"拳匪日炽"新闻，始认为"此可忧事，如何，如何"。其时义和团已成燎原之势，英国海军提督西摩，已率八国联军自天津向北京推进，而翁同龢并无所知，大老居林下，常熟亦非僻地，而对时局隔膜至此，在现在来看，是件不可思议之事。

五月二十日后，翁同龢始在日记中有密集记载，录其可资讨论者如下：

五月二十日：是日鹿抚军阅兵至福山，匆匆去。

"鹿抚军"为鹿传霖，久任陕抚，光绪二十一年（1895）川督刘秉璋因办理教案不善去职，以鹿传霖调补，亦因处置藏番事不当，于廿三年（1897）三月解职闲居。戊戌政变后，权归荣禄；荣任西安将军时，与鹿深相结纳，因于是年九月间，起鹿为广东巡抚。其时两广总督为谭钟麟，此人为翁同龢同年，久任疆吏，且于光绪七年（1881）即任陕甘总督，一方面自恃资格，另一方面总督起居八座，久任则往往养成骄恣的性情。如李鸿章、左宗棠、沈葆桢、丁宝桢、张之洞等，无不如此，谭钟麟较之上述诸人，才具不及，架子过之，广州督抚同城，更易起摩擦，鹿传霖之不如意，可想而知，因而于二十五年（1899）六月，得与江苏巡抚德寿对调，当然仍是荣禄的力量。

这年冬天，慈禧打算废立，而刘坤一不赞成，遂于十一月间内召，以鹿传霖署理；如果刘坤一不能回任，即由鹿传霖升任。及至义和团起事，荣禄认为东南为国家命脉，仍以刘坤一稳健可恃，刘坤一乃于二十六年（1900）四月回任，鹿传霖仍任苏抚。

五月二十日阅兵至常熟福山镇，匆匆而去者，因为时局激烈动荡，正达顶点，在五月十八日京津交通完全断绝，义和团在京城大肆焚烧，并与八国联军开战后，慈禧的态度开始做了一百八十度的转变，于五月十九日电召粤督李鸿章迅速来京，预备议和，又命东抚袁世凯带队进京，准备剿匪。至此，刘坤一所创议的"东南自保"之策，终成定局，所以鹿传霖匆匆而去，参与自保的部署。

六月初三：报纸有十七、十九日谕旨，严拿戕日本书记官之犯。又宣布拳民在涿州等处具结毁棚，又严九门之禁，有昨夜仍有喊杀焚抢之语，则京师之乱可知矣。阅之头眩心悸，不可支，奈何、奈何。

六月初五：得朗亭，闻廿九消息，午后子戴、君闳自苏归，所闻尤异。

六月初六：报纸北事稍定，可知昨闻之虚，郡中谣言最盛也。

六月初七：得郎函，始悟子戴、君闳所言不虚。绸堂来，见钞件，益证所闻。

"郎亭"为费屺怀，"子戴"为宗舜年，"绸堂"为庞鸿文，皆为翁同龢门生或同乡后辈而踪迹素密者。所谓"廿九消息"，即刘坤一、张之洞电盛宣怀，请饬上海道余联沅与各国领事订约，保护租界及长江商教。宗子戴则有更进一步的消息，如李鸿章、张之洞等表示，不奉五月廿五日的宣战诏。

而翁同龢起初不信，"郡中谣言最盛"谓苏州人好造不负责任的谣言；及至第二次得费屺怀之信，证实宗子戴等所言不虚。庞绸堂携来的抄件，当是余联沅与上海各国领事获致协议的草案。

东南自保之议，原发自张季直，而绝不与翁一商，此是门生爱护老师，不使其卷入旋涡。因为以事后来看，此一举措，竟是英雄作为；而在当时曰"自保"、曰"不奉诏"，岂非要造反？与闻其事，而不做任何表示，将来万一有祸，仍不免株连，所以张季直根本就不告诉翁同龢。

张季直到九月初三，始函呈师门，并致送食物。此为东南自保之策已见诸实行，且已收效以后之事。李鸿章亦已抵京，两宫将到西安，大乱粗定，开始议和。当李鸿章六奉上谕，由海道抵达上海，时为六月二十五日，而一直观望不前。张季直其时有函致刘坤一，批评李鸿章的态度云：

合肥驻节沪上，闻命徘徊，若以朝局兵机、敌情贼势合参统计，未遂无辞。然君父悬刀俎之上，生灵陷汤火之中，惟是诇暑避嚣，散服容与，虽充国之持重，亦高克之逍遥，以云忠爱，未敢深信。

赵充国于汉宣帝时，以功封营平侯，早年有战绩，通知四夷事；晚年奉命征羌时，锐气已失，上屯田之策。张季直以李鸿章相拟，颇见贴切；但"虽充国之持重"，接以"亦高克之逍遥"，不能不佩服张季直眼光的锐利。

高克，郑国大夫，其事迹不著于《史记》，见于《左传》，《诗经·郑风·清人》即为高克而作。《诗集传》卷四：

> 郑文公恶高克，使将清邑之兵，御狄于河上，久而不召，师散而归。郑人为之赋此诗，言其师出之久，无事而不得归，但相与游戏如此，其势必至于溃败而后已尔。

若是，则郑师之溃，咎不在高克，在郑文公之"假以兵权，委诸境上，坐视其离散"。但既以六电促之离粤，复以三电速之北上，前后九谕望援，而李鸿章仍如"清人在消""河上乎逍遥"，则"以云忠爱，未敢深信"，岂不其然！

以今日言庚子之变之文献既多且周，视当日道路传闻，亦未知李鸿章与俄国第一阴谋家维德正在秘密打交道而论，张季直用"清人"之典，譬喻其事，确有人不可及的卓识在。庚子之祸，皆知为端王、刚毅所激成，殊不知为祸之深且烈，李鸿章必须负责。

俄国当时是重施"胶澳事件"的故技，一方面摆出伪善者的姿态，延缓自天津向北京进军，并电德国，盼德皇能阻止瓜分中国；一方面向满洲进兵。而李鸿章则为桴鼓之应，有意在广州、上海多方迁延，直待俄军在东三省占地多处，黑龙江将军寿山自杀，始于八月廿一日由海道北上，先驻保定——因已调直督，故名正言顺至保定到任，对进京仍持观望拖延态度，以便利俄军陷吉林、陷沈阳。

其时议和的主要条件为惩办祸首。国际上的看法颇不利于慈禧，认为真正的罪魁祸首是中国的皇太后，因此，李鸿章与奕劻议和的首要使命，即在保全慈禧，让她能够继续掌握政权，其次是亲贵不能与大臣同科。

各国公使一致通牒，所列的祸首共十人：载漪、载勋、载澜、溥静、毓贤、李秉衡、董福祥、刚毅、赵舒翘、英年。其中毓贤是最原始的祸首，此人即《老残游记》中的曹州府"王太尊"。

此十人结局的命运是：载漪、载澜斩监候，加恩发往极边新疆，永远监禁；载勋赐自尽，毕命于山西蒲州；毓贤正法；英年、赵舒翘自尽；刚毅斩立决；李秉衡斩监候，唯以已故，撤销恤典外，应免再议；溥静交宗人府圈禁；董福祥则暂置不问，因恐激起回乱。

七月廿五日，奕劻、李鸿章与德、奥、比、西、美、法、英、意、日、荷、俄等十一国签订和约，共十二款：一、对德谢罪；二、惩办祸首；三、对日谢罪；四、于外国坟墓被掘处建碑；五、禁止军火运入；六、赔款；七、使馆驻军；八、削平大沽炮台；九、各国于北京、山海关驻兵；十、张贴禁止仇外之上谕；十一、修浚白河及黄浦江，以利外国船舰进出；十二、改总理各国事务衙门为外务省。在贤良寺签约时，李鸿章扶病到场——他的病是让俄国人逼出来的。

　　原来自李鸿章外放粤督后，朝中无人再主张联俄，因而中俄关系逐渐疏远。及至义和拳乱炽，俄国公使格尔思根据指示，向中国建议，召李鸿章入京定乱。慈禧纳其议，于五月十九日电召李鸿章入京；廿九日，李电维德，征求其意见，第二次勾结就此搭上了线。罗曼诺夫所著、可信性极高的《帝俄侵略满洲史》（有民耿译本，民国廿六年商务刊本）中记载：维德当时很得意地向沙皇报告，说："俄国政府面前又展开新的前途了！"半个月以后，俄皇下令，增兵满洲，大举入侵。

　　由此后的情势发展来寻绎，维德与李鸿章所取得的默契及李鸿章所同意的阴谋如下：

　　一、李鸿章尽可能观望徘徊，延不入京，以便俄国在东三省造成既成事实。

　　二、俄国对李鸿章在北京议和，采取若干虚伪的友好姿态，欺骗行在，以便李鸿章易于为俄国争取利益。

三、俟对各国和约大纲十二条成立后，由俄国向中国建议派驻俄公使杨儒为全权大臣，与俄国商办俄国自东三省撤兵问题，而暗中则仍由李鸿章主持。

此一阴谋于光绪二十六年十一月十一日，亦即 1901 年元旦实现。杨儒与俄国户部尚书维德及外务部尚书拉姆斯道夫展开交涉后，俄国提出"东三省交地事约稿"，亦为十二条，其中万不能接受者，有第六、七、八、十一、十二等五条，而以第八条、十二条为尤甚。第八条："满、蒙、新疆等处路矿及他项利益，非俄允许，不得让与他国；中国自行筑路亦然。又除牛庄外，不得将地租与他国。"第十二条："自干路（中东铁路）或支路（南满铁路）向北京造一路直达长城。"

俄国不但要席卷满、蒙、新疆，且欲置北京于其控制之下。此讯一传，各国无不反对，日本与英国的态度更为激烈。

日本与英国反对此事的手段很简单，也很有效。自辛酉政变，两宫听政，特定年号为"同治"，开督抚参与朝廷决策之渐；朝廷遇有大举措，亦往往先咨询重要疆臣的意见，尤其在"电旨""电奏"成为制度以后，下宣上达，政见沟通更为方便，其中最起劲的是张之洞，三日一小奏，五日一大奏，但他发言的力量不及刘坤一，所以日本外务省指令驻上海领事致电刘坤一，说日、英、德、美、奥均不以中国另与俄国订约为然，一切条约应与各国共同商办。

易言之，中国只能与各国订公约，不能另与俄国订专约。刘坤一得电转达西安行在，行在转电李鸿章：各国不满中俄交涉，应统筹全局，商英、美、德、日各使劝阻，既不可激俄廷之怒，亦不可动各国之愤，须因应机宜，善为操纵。

这时，在俄国的杨儒发觉维德勾结李鸿章的内幕，恍然大悟，自己做了李鸿章的猫脚爪，因而致电李鸿章，以朝廷不欲与俄另订约为词，请旨收回全权之命，改归北京公议。但李鸿章受到俄使格尔思及维德来自口头与电报两方面的威胁，表示倘非从速核准交还满洲条款，俄将久据。

因此，转呈杨儒的请求时，仍旧主张由杨儒在俄"从容与议"；随后复又密电军机，请早定俄约，认为各国私议，全系日本从中播弄。刘坤一、张之洞素昵日、英，易为所动。但荣禄不为所动，然而也不敢公然与俄国决裂，只说俄约应改，请宽以时日，从长计议。

压力最严重是在光绪二十七年（1901）一月底至二月初那半个月中，如《近代中国史事日志》载：

　　一月二十八日：俄使格尔思晤奕劻、李鸿章，传俄皇谕旨：限于二月初七日（西历3月26日）前，将交地约章画押，否则东三省由俄自便。并声言愿与俄好则画押；若愿决裂，听便。奕劻等即电行在，请速命杨儒画押，以保危局，勿多顾虑。

另一方面，维德及拉姆斯道夫又在俄京向"全权"杨儒逼迫，所用手段可以"穷凶极恶"四字来形容，首先是拒收清廷希望展限的"国书"，继而以不合乎外交礼貌的言辞恐吓威胁。

至二月初二，军机分电李鸿章及杨儒："如俄能展限，如天之福；若竟不允，能再商改，不使各国借口；倘二者均不能行，唯有请全权定计，朝廷不能遥断也。"于是李鸿章乘机对杨儒亦加上一把压力，电杨儒谓："电旨是内意已松，当立断，即斟量画押，勿误！"

情势演变至此，关键系于杨儒一人，如果他愿意像李鸿章那样卖国，谈个人条件搞几百万两银子不成问题，但杨儒坚决表示："画押须有切实电旨。"维德无奈，改威逼为诱骗，一则曰："如贵大臣能签押，他日政府不准，再行作废。"再则曰："中国政府如此欲加罪于与俄订约之人，俄必出场保护。"

同治年间，崇厚使俄，谈判画界，就曾上过这样的当；但杨儒不同，正色指责维德："贵大臣何出此言！我系中国官员，欲求俄国保护，颜面何在？如此行为，我在中国岂有立足之地。"

杨儒固受逼迫，李鸿章更无法置身事外，俄使威胁，日使劝勿与俄订约，而国内舆论及刘、张两督一片反对之声。刘坤一的看法最为透彻："不画押，俄虽决裂，不过缓交三省，事后必有公论；若一画押，德于山东必先照办，各国群起纷争，即成瓜分之局。存亡呼吸，所争止一押之间。"

因此杨儒更为坚定，而李鸿章则更为焦急，好不容易有"内意已松"的机会，转瞬即逝。及至二月初六，杨儒在俄外部拒不签约辞出时，为俄人推仆于地，不省人事；中俄交涉地点，复又移至北京，而奕劻与李鸿章的态度不同。

其时在北京的议约事宜，名义上虽由庆王奕劻领衔，实际上由李鸿章一手主持，只发电时以奕劻之名冠其前。二月初八，李鸿章以"若不画押，俄必决裂，祸患即在目前"为词电军机处；奕劻意见不同，且不甘常做傀儡，因而单衔另发一电达行在，请"统筹全局，慎重施行"。此外一向恃李鸿章为奥援、与李家父子利益一致的盛宣怀亦致电李鸿章说：

> 此次拳祸费尽心力，幸免分裂，而终入其阱中，中国休矣！列邦以恶名加于俄，中外复以庇俄之名加于中堂，后世论者，谁能曲谅乎？

由此可知，四海滔滔，主张与俄订约者，只一李鸿章，此真天下之独夫。但此约之终得打消，由于国际间的情势将发生重大变化：日本深感威胁，积极进行日英同盟，以俄为假想敌；其他各国亦因俄国的态度影响了公约的成立，深致不满；而刘坤一则力主"各国牵制"的策略。老奸巨猾的维德，见此光景，主动说明不坚持与中国签约；同时由拉姆斯道夫约见英、美、德三使，否认曾向中国提出草约。此为二月下旬之事。

三、四两月，与各国签订公约的交涉进行得相当顺利，主要的赔款，议定为四万万五千万两，以金价计算，四十年偿清，年利四厘，自本年（光绪二十七年，1901 年）7 月 1 日始，至 1940 年 12 月 31 日止。幸而十年以后，革命成功，推翻清朝，庚子赔款得以另行提出交涉，挽回利权不少。

　　六月十六日，联军开始撤退，于是中、俄为东三省撤兵的交涉再度展开。俄国通知李鸿章，要求中、俄满洲交涉，在议定签约前，不使他国预知；所允之事，不听他国人指使。李鸿章电奏行在；复电不允。这一来，俄国的全部压力都加在李鸿章头上，以后的三个月，李鸿章过的是地狱生活。

　　俄国人挟制李鸿章者，即是公开受贿的真相。李鸿章受贿，在帝俄时代末期，是个公开的秘密，俄国财政部总务厅有一项特别会议项目，称为"李鸿章基金"，总数四百万卢布，约合美金二百万，系由维德奏请俄皇尼古拉二世，颁发密旨，由国库所拨出，存于华俄道胜银行，而由财政部管理账目。

　　当《中俄密约》签订的第二天，维德以一份议定书送交李鸿章亲阅，规定在中东铁路建造过程中，分三次拨付李鸿章三百万卢布。但李鸿章实际上只收到一百七十万零九百四十七卢布又九十一戈贝，这个数字是从李鸿章、李经方父子，在华俄道胜银行的支票户头中结算出来的。

　　第一笔一百万卢布，在光绪二十三年（1897）五月，由俄国答聘专使吴克托穆王爵在北京所送；旅大租借条约签订后，致送第二笔；以后又有三次，但数目甚微。

除李鸿章外，俄国还想贿赂驻德兼驻俄公许景澄，向中国政府建议派许景澄为"东省铁路公司"第一任总办，年支公费一万五千两，许景澄只愿接受实报实销的办公费用，而俄国施展"强迫中奖"的手段，许景澄因而自此项公费中，每年提出一万两转解总署储存，并函陈总署大臣表示：接总办之任是因为"于中俄铁路原委，夙经接洽，或冀少尽驽驾之责，是以未敢推辞，非图增益禄入，以违素尚"。这笔款子，后来移作北京城内修理街道之用。

当时对俄交涉，亏得有许景澄、杨儒的守正不阿；倘或许、杨与李鸿章一起蹚浑水，则东三省早已为俄所有。

但许景澄身被极刑；杨儒则在俄国外务部仆跌受伤，赴德治疗，始终未能康复，卒于光绪二十八年（1902）正月，亦可说是死于非命。忠于国事者如此下场，天道宁论，令人气短。

回头再谈李鸿章。当公约定议，联军自北京撤退时，行在有一电旨："此次与各国议和，本有俄之赔项在内，为数又最多"，"应即照会领袖公使，商询俄兵在东省者何时撤回"。

按：庚子赔款，俄国独得一亿三千万零，占总数百分之二十九，俄国除实际支出，包括军费及中东铁路损失在内以外，净赚一千四百万卢布。拉姆斯道夫曾得意地说："这是历史上最够本的战争。"

此一"凭列强公断"的策略，完全正确，但李鸿章不愿，也可以说是不敢实行，仍由中俄直接交涉，而维德出了一个花样，条件照旧，换汤不换药，李鸿章亦知绝不能为朝廷接受，因而一口拒绝。

其时英日同盟已进入正式谈判的阶段，日本政府表示，俟两宫回銮后，日本将联合英、美，责俄撤兵；即令英、美游移，日本亦将单独提出诘责。这一来，中国态度便更为坚定。而俄国深恐北京撤兵完成，日本实现支持中国的承诺，所以亟亟乎想在此有限的时日以内达成目标，而所使用的唯一手段，即是不断加强对李鸿章的压力。

那时俄国的公使，已换了雷萨尔；如是格尔思，到底还有见面之情，雷萨尔没有感情上的负担，或者说，改派健康状况不佳的雷萨尔使华，根本就是来逼李鸿章的。

清末民初好些野史记载，李鸿章临终前数月，脾气暴戾乖谬，处于一种歇斯底里状态之中。如刘秉璋之子刘声木所著《苌楚斋随笔》，有"李鸿章议和时气焰"一条云：

> 湘乡曾敬贻观察广铨，时为议和翻译，平时喜欢戴绿眼镜，文忠恶之，呼为"荒唐小鬼"。又谓："将来必要砍头。"翌日得句云："荒唐鬼说荒唐话，顽固人看顽固花。"

这是言语上的乖谬，还有行为上的乖谬：

徐晋卿京卿寿朋，本故吏，亦门生也，亦随同议和，议论有与李文忠不洽处，文忠恒以杖击之，京卿告以痛，文忠云："不痛何必打乎？"告以"不可当众人前打"，又云："老师打门生，尚需瞒人乎？"京卿退，有后言，谓："三品京堂，不是送来打的。"终亦无如之何。未几，京卿病故，文忠亦病故。

按：徐寿朋，字进斋，直隶清苑人，本籍绍兴，捐班主事出身，久在津海关任职，光绪二年（1876）以道员充美日使馆二等参赞，驻外甚久；二十六年（1900）出使韩国，以谙习国际情势及英文，为李鸿章奏调回国佐和议，所以徐寿朋有"三品京堂，不是送来打的"之牢骚。

徐寿朋、李鸿章相继病故，前后相距不及十日，徐寿朋死于急性病，无甚痛苦；李鸿章非死于积劳，而是死于积忧积愤，悔恨万端，死得非常凄惨。《周馥自撰年谱》卷下"光绪二十七年九月"条下：

九月二十六日得京电，相国病危，嘱速进京。比至，相国已着殓衣，呼之犹应，不能语。延至次日午刻，目犹瞠视不瞑。我抚之哭曰："老夫子有何心思放不下，不忍去耶？公所经手未了事，我辈可以办了，请放心去吧！"忽目张口动，欲语泪流。余以手抹其目，且抹且呼，遂瞑。须臾气绝。

李鸿章"有何心思放不下"？即盛宣怀所说的："中外复以庇俄之名，加于中堂，后世论者，谁能曲谅乎？"我之所以爬梳史料，抉微发覆，剥露李鸿章联俄的真相，就是为了尽前人所期望于"后世论者"的责任；如我辈不尽此责，使卖国祸国者，以为一手可遮尽天下后世之耳目而无所惧，则乱臣贼子，将诛不胜诛。

丁未政潮

自甲午之败至李鸿章之死，七年之间，元气大丧；义和团起事，两宫蒙尘，人才凋落，"三忠"授首，士林同惜，此外如自裁的李秉衡、赐死的赵舒翘，皆为可任艰巨的美材，乃亦付劫灰之中。而扰攘翻腾之中，所造就者得一文一武两人，武为袁世凯，文则瞿鸿禨（jī）。

瞿鸿禨，字子玖，湖南善化人，同治十年（1884）辛未翰林，京师沦陷时，瞿方由学政解任，奔赴行在，召见称旨，而军机处恰好缺人，由荣禄保荐，与鹿传霖同入军机；连王文韶，共为四人。王、鹿皆已白头，王文韶且患重听，所以军机处重要文字，皆出瞿手；甚至还兼充南书房翰林的差使，所撰《恩遇纪略》云：

予初入直时，定兴拟旨，荣文忠旋推予，亲以笔砚相属，自是遂皆予起草，仁和、定兴同为参酌。庆邸入枢廷，仍予秉笔，同列共审定之。

"定兴"谓鹿传霖，"仁和"谓王文韶。荣禄殁于光绪二十九年（1903）三月，庆王代之而掌枢。又云：

回銮时，扈从南书房翰林止陆凤石侍郎一人，途中两宫或赐神庙匾额及御制碑文，皆命臣鸿機撰拟进呈。回京后亦常奉命题御笔画，及篆写御宝御章。荣文忠与王文勤戏谓予兼南斋行走。

"陆凤石"即陆润庠，虽为同治十三年（1874）状元，而学问有限，《孽海花》颇致讥评，由瞿鸿機所记，足见此一状元名不副实。

瞿鸿機复著有《圣德纪略》一稿，颇为慈禧辩白；但多录亲闻慈禧之语，故史料价值颇高，引注数条如下：

初入枢廷，钦圣谕臣曰："外间疑我母子不如初年。试思皇帝入承大统，本我亲侄；以外家言，又我亲妹之子，我岂有不爱怜者？皇帝抱入宫时才四岁，气体不充实，脐间常流湿不干，我每日亲与涤拭。"

于此可见慈禧当年一手主持，立醇亲王长子为帝，开始就是一个错误的选择，幼儿资质如何，尚不可知，但健康状况则显分明。开国时，孝庄太后选皇三子而非皇二子继顺治之统，即因汤若望建议，皇三子体格较佳，且已出痘之故。如慈禧果真尊重"家法"，则孝庄贤明之前例具在，何不一思？

瞿鸿禨续记慈禧之言：

> （皇帝）昼间常卧我寝榻上，时其寒暖，加减衣衾，节其饮食。皇帝自在邸时，即胆怯畏闻声震，我皆亲护持之。我日书方纸，课皇帝识字；口授读四书诗经。我爱怜惟恐不至，尚安有他？

慈禧又自叙其学习政事云：

> 我十八岁入宫，文宗显皇帝在宫内办事时，必敬谨侍立，不敢旁窥，一无所晓。后来军务倥偬，折件极繁，文宗常令清检封事，略知分类。垂帘以来，阅历始多，至今犹时时加慎，惟恐用心不到。

至于德宗，在瞿鸿禨眼中是如此：

> 德宗恭俭宽仁，而临朝简默，盖恃有慈宫之圣明，又悚于近年之事变，故出谋之时少，养晦之意多，一切

用人行政，皆谨承懿训，然后加御丹毫。

德宗之权尽夺，于此可见；瞿鸿禨于颂圣之外，笔下犹存真相。以下所记，则足证德宗资质教养过于穆宗：

> 至于天禀聪明，综览强识，章奏所陈之事，地名、人名，或钦圣偶忘，立能代举。于东西各国都会之所，事物之名，无所不记。使臣请觐，向避礼拜；外务部奏请时，钦圣问何日星期，对常不爽。德宗勤政爱民，孜孜求治，制节谨度，声色游观，一无所好。自朝祭龙衮而外，平日服御，从无华靡，亦不更新，盖天性俭约然也。

此言德宗记忆力特佳，实不尽然。慈禧垂帘时，独断独行，无德宗做主之余地，但为冲淡专制的形象计，亦时时以不相干之语询德宗，或以势非如此办不可之事使德宗表示意见。询地名、人名、日期，即为经常"表演"的材料，德宗亦必谨记，俾不忤慈意，用心实甚苦。

瞿鸿禨当然亦深知内幕，但舍此不书，更无以颂扬圣德。至于服御俭约，"从无华靡"，或者天性使然。"亦不更新"四字，则为曲笔。宫中规制，每月供应皆有定例。溥仪自言，几无日不制新衣，而德宗之月例供应，皆为近侍所侵吞。相传某次某年南郊，德宗步行上坛时，甬道上屡次停顿，向随侍大臣诉苦说："你们都着好靴子；我的靴子破了，不能像你们走得那么快。"闻者酸鼻。今阅瞿鸿禨"亦不更新"一语知传说不虚。梁武帝饿死台城，清德宗竟着破靴，皆历史上绝无仅有之事。

瞿鸿禨又记德宗下笔迅速云：

> 德宗召见臣工，或以其人；或以其言，常有朱笔记载。宫内从容批折，字必端凝，结体颜柳，丰神骏拔。召对之顷，随时批折，则意存迅发，一笔常可数字，驰骤流动，逸态自生。枢廷承旨，恭拟缮述，领下时如奉朱笔张定，则另行照缮，恭进复述。臣鸿禨侍直以来，所拟旨意，惟废"大阿哥"谕旨一道，钦奉德宗朱笔，增"以绵统绪"四字。圣谟深远，睿藻周详，实臣等所不及。洪惟今上嗣服，改元"宣统"，丕承基绪，绍膺万世无疆之休，亦祥征之先见者钦。

按："大阿哥"名溥俊，惇王奕誴之孙，端王载漪之子。慈禧废立不成，立溥俊为"大阿哥"；德宗无子，将来即以溥俊为帝，实为储君，以雍正以来不建储，因以"大阿哥"为号。此又慈禧违背家法之另一端，其事应略作补述。

按：戊戌政变后，慈禧即有废立之意，先以德宗健康状况不佳，征医入侍，借以制造空气。其间最热心者两人：一为徐桐，因废德宗后，立溥俊为帝，而预定荐其门生宝丰、高赓恩授读，则天子为其小门生，过瘾可知；一为"蒙古状元"崇绮，此人自嘉顺皇后殉节后，郁郁不得志二十余年之久，希望借赞助废立而得起用。崇绮乞休前，官至吏部尚书，倘能复起，则只要有协办缺出，即应崇绮升补。"状元宰相"为人生至荣之境，对崇绮的诱惑力，至为强烈，故虽知德宗无失德，亦不惜冒天下之大不韪，全力为之进行。相传胎死腹中的废立诏书，即为崇绮所起草。

但此事有一极大障碍，即荣禄周悉各国公使及重要疆臣皆不赞成此举，所以他对此事始终不热心。慈禧脑筋比徐桐、崇绮要清楚得多，当时向左右表示，此大事非荣禄出力不能办成。所以徐桐、崇绮联袂往访，思以奉太后懿旨，迫使荣禄领衔，奏请废立。荣禄已预知来意，因徐为前辈，崇则公爵，不便峻拒，因托词腹泻，勉强出见，每语至将及关键处，即谓腹痛，匆匆告罪遁去，用意在使徐、崇知难而退。

而徐、崇坚持不去，如是迁延数次，终于由崇绮出示废立诏书稿，荣禄阅未数行，即谓："此大事，某不敢与闻！"时方围炉，荣即以稿投诸火。崇绮色变，而无如之何。荣禄俟徐、崇辞去，即往见慈禧，泣谏此事违中外公议，必不可行，因痛陈利害。适刘坤一"君臣之分已定，中外之口难防"一疏至，德宗乃得保全，但仍有立大阿哥一举。

载漪因荣禄之反对，做"太上皇帝"之梦成空，恨荣禄刺骨，故义和拳猖獗时，公然昌言"必斩一龙二虎十三羊"——"一龙"谓德宗；"二虎"一为李鸿章，一为荣禄；"十三羊"则以洋务知名的朝士十三人，自然包括许景澄等在内。

荣禄为后党首领，而载漪所指使的义和拳，竟列之为"必斩"，可知怨毒之深。郭则沄《庚子诗鉴》注云：

> 当拳势方盛，端邸竟带拳入宫查验，指某某二太监通教，捕出于苑墙外杀之，孝钦色骇，然不能遏也。时人诗有云："禁中大索威和虎，龙种王孙将北军。"

汉初诸吕谋夺刘氏天下，所凭借者即为"北军"；以载漪拟之为吕产，可说是诛心之论。郭则沄又有诗云：

> 魁柄轻移战祸开，骄王意气挟云雷。
> 红巾二领慈宁进，竟拥宣仁作盗魁。
> （自注：是时端邸专政，所主各事，太后不肯下诏，辄傲然曰："我自行之。"于是诸事悉出矫擅，枢廷等诸虚设。又尝恫吓太后，谓都下遍是拳民，不从其意，则将杀尽都人，虽宫中亦不免。又勒令太后宫中内监，悉易义和团之服，而别具二袭奉太后，示太后为拳众之首云。）

载漪敢于如此跋扈，即以具有"候补太上皇"的身份。义和团之所以猖獗，原因是：第一，名为"扶清灭洋"，其实想成拥立之功，义和团头目以为倘大阿哥得能正位皇帝，彼等皆有封侯拜相之分，草莽思想，固当如是；第二，以载漪为未来之"太上皇"，则奉载漪之命行事，无异奉太上皇的"敕旨"。如当时不立大阿哥，绝载漪觊觎神器之妄念，又何至于有如此惨祸？

郭则沄又一诗云：

> 襄樊西去属冲途，为备宸供急转输。
> 诏遣近臣持节下，抱冰堂上话行都。

按：吴永自两湖催饷回行在后，先以张之洞的意见商诸荣禄，经荣禄同意后，吴永乘间密奏。慈禧答谓："尔且谨密勿说，到开封即有办法。"辛丑回銮，于十月初二抵开封，驻跸凡一月。吴永所著《庚子西狩丛谈》记：

> 十月二十日，仍驻开封，是日上谕奉懿旨"溥俊着撤去大阿哥名号，立即出宫，加恩赏给入八分公衔俸，毋庸当差"云云。此事予前在西安面奏，太后曾有"尔且谨密勿说，到开封即有办法"之谕，予以为一时权应之语，事过即忘；至此果先自动撤废，足见太后处事之注意。
>
> 闻溥俊性甚顽劣，在宫时，一日德宗立廊下，彼突从背后举拳击之，德宗至仆地不能起，以后哭诉太后，乃以家法责二十棍。如此行径，何能承宗社之重？如废立早行，此次更不知闹成何等世界也。

平日对诸官监亦无体统，众皆狎玩而厌恶之。奉谕后，即日出宫，移处八旗会馆，太后给银三千两，由豫抚松寿派佐杂三员，前往伺应，随身照料者，只有一老乳媪。出宫时涕泪滂沱，由荣中堂扶之出门，一路慰藉，情状颇觉凄切，宫监等均在旁拍手，以为快事也。

按：载漪的封号本应为端郡王。仁宗第四子绵忻封端亲王，子奕诒袭郡王，奕诒无子，咸丰十年（1860）命以惇亲王奕誴次子载漪为奕诒之子，降封为贝勒。光绪十五年加郡王衔，二十年进封端郡王。《清史稿·载漪传》：

循故事，宜仍旧号，更曰"端"者，述旨误，遂因之。载漪福晋，承恩公桂祥女，太后侄也。

载漪与德宗以从兄弟而为连襟，他之能晋封郡王，自然是由于裙带关系。慈禧之弟承恩公桂祥，另一女婿为载泽，为圣祖第十五子愉郡王胤禑之后，本为疏宗，其父奕枨（chéng），已降封至宗室十二等爵位中第十等的二等辅国将军，载泽应降封为十一等的奉国将军，但慈禧因他是内侄女婿，以之继承为惠亲王绵愉之孙，绵愉为宣宗幼弟，咸同年间皆尊称为"老五太爷"而不言爵衔，载泽因此而得封镇国公加贝子衔。末年亲贵用事，载泽掌财权，重用盛宣怀而引起铁路风潮。

清祚之终，载漪、载泽皆与有力焉。恭王谓人："我大清朝天下亡于方家园。"方家园为慈禧母家所居之地。恭王作此言时，在甲午前后，预言竟于十余年后实现，但英法联军之后，又有八国联军内犯京师，恐为恭王生前所想象不到。

两宫回銮后，中枢政令，初期仍以荣禄为主。四军机共事的情况，据《梁士诒（燕孙）年谱》中所载光绪廿八年（1902）十二月家书中论述云：

> 太后锐意维新，主媚外以安天下。惟所任非人，习于所安，对于守旧泄沓诸臣，意存瞻徇，不肯决意淘汰。皇上韬光养晦，遇事不发一言。枢垣用人之权，荣仲华相国主之。荣有足疾，于政治上无所可否，皆迎合后意；而黜陟之宗旨，不无同己异己之见地。王夔石相国有聋疾，而又遇事诈聋；鹿芝轩、瞿子玖两尚书颇操行政之权，鹿多执拗，瞿好挑剔，两有不解之时，王相国解之；鹿、瞿、王有不相能之时，荣相国又能以一言解之。此近日四军机之大略也。
>
> 要之，近日非不锐意维新，而内外诸臣有血性者甚少，每下一诏，多粉饰敷衍，一味塞责。此由于无人才；而人才之不出，由于赏罚之不明、不公、不严，此则用人者之咎也。

血性诸臣，毕命西市。戊戌政变及庚子之乱，摧折士气，至深且重；及至荣禄下世，奕劻领枢，政以贿成，肆无忌惮，境况更不如初回銮时。瞿鸿機还算是比较正派的，但在小人媒孽之下，终于去位，此即有名的"丁未政潮"。

其时奕劻与直督袁世凯相结纳，而瞿则引粤督岑春煊为外援。两宫蒙难时，岑春煊以甘肃藩司率兵勤王，故慈禧视岑春煊与原任怀来知县吴永为"救命恩人"，眷遇特厚。岑春煊疾恶如仇，而性情至为偏急，不能容人，署川督时，循例三月期满，须行到任甄别，他人不过参革数员，以为惩劝，岑春煊拟参劾三百员，经募友力劝，仍劾去四十员；及调任粤督，四年之中，劾罢全省文武大小官员一千四百余人之多。当时称张之洞"屠钱"，岑春煊为"屠官"。

光绪三十二年（1906）七月，闽督端方与江督周馥对调，大概周馥不愿到福建，运动庆王，改调两广，而以岑春煊调云贵。粤督调滇，等于以大改小，岑春煊岂能甘服，请病假赴沪就医，延至三十三年（1907）正月，奉旨调补川督，电旨毋庸来京请训，岑春煊自上海搭长江轮西行，到了汉口突然下船，电请顺道入觐，不俟电复，即循京汉路到京，照例宫门请安，两宫亦立即召见。

此举震动了京师，有的说他将入军机，有的说他将代袁世凯为直督。其时恰好邮传部尚书长沙张百熙病殁，慈禧念他病躯不宜远行，补了张百熙的遗缺。

这一下，岑春煊"屠官"的瘾又发作了，未到任即面劾邮传部左侍郎朱宝奎，朱革职后，岑方到任。岑春煊如此跋扈，而慈禧太后又如此宠信，庆王与袁世凯皆不免自危，尤其是庆王，已数遭岑抨击，不去岑寝食难安，于是设计在岑任邮尚不及两旬，复又奉旨出督两广。

据说这是袁世凯的设计，其时广东钦州土豪刘思裕聚众劫掠，此亦常有之事，而袁世凯密电其儿女亲家周馥，张大其词，仓皇入告；袁世凯亦适时入觐，谈到广东的动摇。袁世凯面奏："周馥，臣姻家，人虽忠诚，年力衰迈；粤寇再起，而其地革命党甚多，恐非周馥才力所能制。"岑春煊则是以剿匪知名，就这样，由庆王密奏，以岑春煊再度督粤。其间据说恭王之女、素为慈禧所信任的大公主，亦很出了力，据岑春煊《乐斋漫笔》记大公主得贿一百五十万两，向慈禧如此陈言：

> 岑某所陈时政，意在力图富强，其策未尝不善，然实非一朝一夕所能办到。即如现在每日奏事，必两点余钟，太后春秋已高，何能受此辛劳？不如仍令在外坐镇，以固国防，俾奕劻等从容整理庶务，太后庶稍安逸，而国事亦可望治，是两全之道也。

袁世凯与大公主之言，设词皆甚工巧，虽以慈禧之精明，亦不能不见听。《乐斋漫笔》又记：

> 时世凯在北洋，见余底缺未开，主知犹固，亦恐

一日赴镇，据两广财赋之地，终不利于彼也，日谋所以
陷余之计，知东朝平生最恶康、梁师弟，阴使人求余小
照，与康、梁所摄，合照一帧，若共立相与然者，所立
地则上海时报馆前也。既成，密呈于孝钦，指为暗通党
人图乱之证。深宫不审其话，既见摄影俨然，信之不
疑，惊愕至于泪下。亟谋所以处置者，枢臣固请如瞿相
之例。

所谓"如瞿相之例"，即援照瞿鸿禨"开缺回籍"之例
处分岑春煊。丁未政潮的重心，在瞿鸿禨遭遇翁同龢同样的
命运。女主弄权，片言可以罢相。瞿鸿禨一去，可以肯定，
再无像样的政府，清朝亦亡定了。

这一段公案，为谈"清朝的皇帝"最后的一个有关朝政
的话题。兹先引录光绪三十三年（1907）五月初七《东华录》
如下：

> 谕：恽毓鼎奏参鸿禨暗通报馆，授意言官各节，着
> 交孙家鼐、铁良秉公查明，据实具奏。

瞿鸿禨为协办大学士，故被参后派大学士查案；又以瞿
为汉人，故加派陆军部尚书满洲人铁良会查，此为清朝遇有
类似案件处置的常规。但不待查明，即日做断然处置，却非
常规。

《东华录》同日载一上谕：

> 恽毓鼎奏参枢臣怀私挟诈、请予罢斥一折，据称协办大学士、外务部尚书、军机大臣瞿鸿禨，暗通报馆，授意言官，阴结外援，分布党羽；余肇康于刑律素未娴习，因案降调未久，与该大臣儿女亲家，托法部保授丞参等语，瞿鸿禨久任枢垣，应如何竭忠报称，频年屡被参劾，朝廷曲予宽容，犹复不知戒慎。
>
> 所称窃权结党、保守禄位各节，姑免深究。余肇康前在江西按察使任内，因案获咎，为时未久，虽经法部保授丞参，该大臣身任枢臣，并未据实奏陈，显系有心回护，实属徇私溺职。法部左参议余肇康，着即行革职；瞿鸿禨着开缺回籍，以示薄惩。

显然，这是所谓欲加之罪，即令"有心回护"，又何致加以"开缺回籍"的处分？其为别有内幕，不言可知。《十朝诗乘》卷二十四记其事云：

> 善化（瞿鸿禨，河南善化人）于枢臣中最柄任，罢官前二日，内廷宴公使夫人，有以枢邸易人为问者，谓见诸报章。慈圣以是事惟善化知之，深怪其不谨。枢邸察知，遂有人受意劾之，竟斥罢。诏旨所谓"私通报馆"，即指此。

此仅得部分真相。"枢邸"指庆王;"有人"指恽毓鼎,为庆王贿买参瞿;"报馆"指汪康年所办的《京报》《中外日报》。

《京报》的创办人汪康年,字穰卿,杭州人,光绪十八年(1892)进士,不喜做官,于甲午战后,与梁启超在上海合办《时务报》,鼓吹维新。戊戌政变之前,汪、梁已经分手,汪康年专心报业,另创《时务日报》,旋即改名《中外日报》。

至光绪三十三年(1907)二月,复创《京报》于北京。未几,候补道段芝贵以重金为歌妓杨翠喜赎身,献于奕劻长子农工商部尚书载振,又送了奕劻十万银子的寿礼,竟得署理黑龙江巡抚,为"台谏三霖"之一的赵启霖所纠参,段芝贵丢官,载振亦由其父奕劻代奏,开去一切差缺,赵启霖则以污蔑亲贵的罪名革职。

但首先揭发其事者为《京报》。在此以前,《京报》对时政已多所抨击,"振贝子案"引起轩然大波后,奕劻恨之刺骨,而结怨于瞿鸿禨,因为汪康年、赵启霖都是瞿鸿禨的门生。

说瞿鸿禨"暗通报馆",这话倒也不是空穴来风,瞿鸿禨利用《京报》,打击政敌,多少也是事实;而汪康年自瞿鸿禨处获悉许多机密消息,亦无可否认。据说瞿鸿禨夫人喜欢谈论政事,汪康年常使其妻从"师母"处探知宫廷动向;而瞿鸿禨又曾密奏请赦康、梁,慈禧恐演变成第二次的戊戌变法,因而做了断然处置,是即所谓"丁未政变"。

其时岑春煊正在上海，见此光景，不免自危，乃乞假一月，留沪就医，意在观望。于是而有与康、梁合摄照片的事件。相传设谋并假造此一照片者，为两江总督端方及上海道蔡乃煌。

《清朝野史大观》记蔡乃煌云：

> 蔡乃煌，原名金湘，字雪桥，作秀才时殊无赖，工刀笔，好为人搆讼，清道员王存善尝宰番禺，恶其为人，思有以惩之，卒以争妓一案，褫其衣顶，遂挟其兄子乃煌监照，北走京师，冒应顺天乡试，登乙科，至是乃居然名乃煌，字伯浩，人亦莫之辨也。

所谓"监照"即曾捐监生的部照，监生例得应北闱乡试。其后蔡乃煌以县令在台湾藩署作幕。甲午之役，唐景崧表示将死守台湾，电请给饷，翁同龢出手就是一百万两。饷到台湾，事已不可为，蔡乃煌竟得乘隙侵吞二十余万，远走四川，纳赀为道员，复又运动奕劻，竟得授为上海道。

此人既工刀笔，必工心计，伪造照片以倾岑春煊，其计甚毒。慈禧虽伤心至于泪下，但仍以岑春煊"有庚子旧劳，毋令难堪，以久病未痊，准其开缺调理"。至此，岑春煊与瞿鸿禨联翩下台。

由岑春煊突然抵京，改任邮传部尚书，面劾朱宝奎开始的丁未政变，起先是岑、瞿一派占上风，但最后是奕劻、袁世凯全力反攻，大获全胜，岑、瞿下野，而以京报馆被封煞尾。

政变的结果是"几家欢乐几家愁"，出现了一幅新的"升官图"，升沉当然视其背景而定，岑、瞿失意，奕、袁得势，情况如下：

一、袁世凯内调，以军机大臣而领部院首席的外务部尚书，完全接收了瞿鸿禨的权力。直督亦由袁的保荐，以杨士骧充任。

二、东三省设行省，总督徐世昌；奉天巡抚唐绍仪为袁世凯亲信；吉林巡抚朱家宝与奕劻有密切关系。

三、军机大臣度支部侍郎林绍年，与瞿鸿禨极为接近，因而被排，外放河南巡抚。原任豫抚张人骏为张佩纶族叔，接岑春煊两广总督的遗缺。

此外有纯粹由慈禧太后识拔者三人：

一、王文韶因反对废科举，于光绪三十一年（1905）罢直，以首辅在京邸养老；三十三年（1907）五月，予告回杭州。瞿鸿禨复又罢相，内阁仅得三大学士一协办，张之洞遂以湖广总督升协办大学士，复又越过早在卅一年即已升协办的学部尚书荣庆而扶正，授为体仁阁大学士，旋入军机。皆由慈禧特旨。

二、载振开农工商部尚书后，以度支部尚书溥廷调任；度支部尚书改授慈禧的内侄女婿载泽。

三、湖广总督出缺时，四川总督亦缺人未补，由赵尔巽之弟赵尔丰以川滇边务大臣护理，此时以赵尔巽调补。赵尔巽可能想为赵尔丰制造真除的机会，不愿赴任，遂改调湖广，以江苏巡抚陈夔龙升任川督。陈亦不愿赴川任，结果形成陈赵相争之局，终于在光绪三十四年（1908），陈占上风，川鄂对调，赵尔巽去成都，陈夔龙至武昌。有人以为系得奕劻之力，事殊不然。

陈夔龙有能名，为荣禄得力部属，当义和团之乱时，任京兆尹，倘非调度有方，两宫恐无法逃难，而八国联军入京后，地方秩序亦难以维持，凡此劳绩，以荣禄之故，慈禧早有所知。至于相争得占上风，实由张之洞所保荐。张之洞在湖北搞成一个烂摊子，倘由赵尔巽接手，不为之设法弥缝，逐案清理，将兴大狱，所以希望有能名的陈夔龙接手，去收拾烂摊子。

光绪之死

袁世凯的入直军机，对德宗来说，是一种精神上的虐待。德宗平生所痛恨者两人：一为荣禄，一为袁世凯。恶袁尤甚于荣，而每日晤对，内心时时浮起憎恨，却连对袁世凯发一顿脾气都不可能，其痛苦为何如？

日积月累的抑郁，为德宗健康情形迅速恶化的原因之一。民国二十五年（1936）《逸经》载有北洋医官屈庭桂[1]口

---

[1]　一作屈桂庭。

述《诊治光绪皇帝秘记》云：

> 前清光绪末年，皇帝久患重病，外国公使等有怀疑其中慈禧太后之毒者，盖外使自拳乱后，多恶后而袒帝也。法使馆征得内廷同意，尝派法医狄得氏入宫诊治，知帝确患重病，群疑始释。

> 时在九月初旬，一日早晨，太后与光绪临朝，召见军机大臣，帝困苦不能支，伏案休息。太后乃谓："皇帝久患重病，各大臣何不保荐名医诊视？"庆王奕劻首先奏对："臣自六十九岁大病之后，袁世凯荐西医屈某来看好了。"

据屈记，袁世凯、张之洞、世续亦同声保荐。屈庭桂述请脉情形云：

> 时太后与皇帝均在西山颐和园，十四日清晨，庆王带引余觐见太后及帝于正大光明殿。光绪正面坐，太后坐其侧，闻中医陈莲舫、施愚等亦曾到诊，太后问余如何诊法？余答："按西医规矩要宽衣露体，且听且看。"太后许可，余即对光绪施用"望、闻、问、切"的工作。

屈庭桂诊断的结果如此：

一、常患遗泄、头痛、发热、脊骨痛，无胃口，腰部显然有病，由尿中有蛋白质证实。

二、肺部不佳，似有痨病，但未及细验，无法断定。

三、面色苍白，无血色，脉及心脏均弱。

四、神经极度衰弱，稍受震动，或闻锣鼓声响，或受衣衫摩擦或偶有性的刺激，即行遗泄，且不受补，愈食补药，遗泄愈频。

中医有"虚不受补"之说，经西医证实，确有此种现象。屈庭桂的处方未记述，但懔于明朝的"红丸故事"，只处方，不进药。

按：在屈庭桂之前，于五月间即已征医，胡钧编张之洞年谱，于"五月德宗皇帝有疾"条下记：

> 命各省保荐良医，鄂人吕用宾深明医术，时官江西，鄂督拟荐之入京，公亦以为然。用宾请脉出，言虚损已甚，惟进清补之剂而已。

除湖北所保吕用宾以外，另有直隶、两江、江苏、浙江诸督抚保送陈秉钧等六七人。浙江巡抚冯汝骙所保者，为其幕中文案，名杜钟骏，字子良，扬州人，德宗崩后，即在北京悬壶，民国初年，著有《德宗请脉记》一书，自言于光绪三十四年（1908）七月十六日第一次至颐和园请脉，其对答之语如下：

> 帝：你瞧我的脉怎么？
>
> 杜：皇上的脉，左尺脉弱，右关脉弦。左尺脉弱，
> 先天肾水不足；右关脉弦，后天脾土失调。（据杜自注，
> 已知慈禧最恨人言德宗肝郁，而德宗恶闻人谓其肾亏，
> 故改用此说法。）
>
> 帝：我病了两三年都医不好，是什么缘故？
>
> 杜：皇上的病，非一朝一夕之故，积虚已久。臣在
> 外头给人医病，凡虚弱与此相似者，非二百剂药不能收
> 效。服药有效，非十剂八剂，不随便改方。
>
> 帝：（笑）你说得对。现在你用什么药医我？
>
> 杜：先天不足，要用二至丸；后天不足，要用归芍
> 六君汤。
>
> 帝：就照此开方，不必更动。

当时慈禧亦在座，且亦谓"就照此开方"。德宗言"不必
更动"，乃已谙医理，同意杜钟骏的处方，慈禧复又叮嘱，可
知过去有面奏之方与所书之方不尽相同，为内务府大臣有意，
或甚至承慈禧意旨，不欲诊治有效，嘱医改方之事发生过。

这一点当时就获得证实。据杜钟骏记，"跪安"退出时，
德宗复命太监追语，切勿改动。至军机处开方时，复有一太
监来谓："万岁爷交代，你刚才在上头说的什么，开的方子就

是什么，千万别改动。"又指陈秉钧谓："千万不可跟他串通起来。"陈秉钧，字莲舫，《清稗类钞》记其人云：

> 陈莲舫者，医也，青浦人，居珠家阁（按：似应为朱家角）。光绪中叶，与其里人赖嵩兰皆以内科著称。嵩兰悬壶于家，旁郡邑之土著皆信之。莲舫尝纳赀为官，医孝钦后病，且嗣子抱霍乱大令，曾宰富阳，以是来往江浙间，遂为吴越官绅所敬礼。盛杏荪尚书宣怀又为之揄扬，至沪，恒寓盛之斜桥邸中，富商巨贾乃益崇拜之，较甚于齐民。有小恙，辄远道迎致，以其号称御医，且官且封翁，得其一诊以为光宠也。

陈莲舫以"御医"之名号召，确为事实，亦无足为非，据说其家世世行医，至陈莲舫已十九代，方出一"御医"，足以光大门楣，自当宣扬，始称孝思。不过，德宗最讨厌的亦是陈莲舫，《苌楚斋三笔》卷六"德宗景皇帝久病情形"条：

> 上海陈莲舫比部，又最为德宗所深恶，始则批其拟方中有云："名医伎俩，不过如此！可慨也夫。"继则俟比部方已上呈，袖中出一纸自开病状，与比部所开脉案全不相同；终则面掷其方于地。比部汗流浃背，不敢仰视，出语他人，谓为生平未有之奇辱。

按：陈莲舫为捐班刑部主事，故称"比部"。照刘声木所记，德宗之深恶陈莲舫，即因面奏与开方不同；如相同，则当其陈述病因时，德宗即已加以纠正。所谓"袖中出一纸，自开病状"，即为陈莲舫面奏时的笔录，两不相符，致为德宗所深恶。医士有此，施之常人犹不可，何况至尊？

陈莲舫改方，如非慈禧默许，陈莲舫绝不敢如此。

德宗所称许者，一为杜钟骏，一为曹元恒，乃江苏所保。曹为苏州人，字智涵，到京未几，请假回苏，即不愿再往，苏抚许以添给公费每月二千两，另给川资三千两，曹元恒已收复退回，因知事不可为，深恐惹祸。

事不可为非病不可治。杜钟骏《德宗请脉记》中，记请脉之不合理云：

> 余问内务大臣曰："六日轮流一诊，各抒己见，前后不相闻问，如何能愈病？此系治病，不比当差，公等何不一言？"继（禄）大臣曰："内廷章程，向来如此，余不敢言。"

御医六人，每日一人轮诊，杜钟骏系"插班"，九月十六日不过初次召见，须至二十一日始为"正班"。不意当晚传旨，次日仍须请脉；开方后，太后传谕：杜钟骏改二十二日值班。因连诊两日，药已对症，倘非特为传谕，则下一日必又将召杜钟骏诊治，渐有起色，自非慈禧所乐见。

杜钟骏初到，不明内中矛盾，复向陆润庠陈情。陆亦苏州人，为清代最后的一个"状元宰相"，其家亦世代行医，苏州人谓其祖宗积德，故出一状元，因陆润庠除八股外，一窍不通，《孽海花》颇致讥评。

杜钟骏对陆润庠是如此说法：

> 公家世代名医，老大人《世补斋医书》，海内传诵；公于医道，三折肱矣。六日开一方，彼此不相闻问，有此办法否？我辈此来满拟治好皇上之病，以博微名，及今看来，徒劳无益，希望全无，不求有功，先求无过，似此医治，必不见功，将来孰执其咎？请公便中一言。

陆润庠之父名懋修，字九芝，医德医道，都不愧儒医之名。陆润庠本人亦通医术，所以杜钟骏托他进言。陆润庠当时婉言拒绝，只以"内廷规矩向来如此，既不任功，亦不任过"相安慰。

至八月初八，六名医士，分作三班，张彭年、施焕为头班，陈秉钧、周景焘为二班，吕用宾、杜钟骏为三班，每班两个月。易言之，头班张、施二人看两个月，再由二班接替；又两月后，三班接替。这看起来比较合理了，其实是个蓄意不欲德宗病好的阴谋。

原来久病成医，德宗对杜钟骏颇有信心，服药见效；而吕用宾为京中名医，对德宗致病之由知之甚稔，处方亦易收功，是故虽六日一轮，只服此二人之药，渐渐亦可痊也。因而改为两月一班，而以杜、吕置于其末，轮到此班请脉，已在四个月以后，小恙经此耽误，尚可入于膏肓，何况德宗虽是不死之病，须有可救之时，哪里经得起四个月的耽误？

德宗亦心知此为有意置之于死地，因而在分班后，即交下太医院药方二百余纸，另外有手书病历一纸，此为真正德宗亲自所作的文字，简明扼要，可见"翁师傅"启迪之功，照引如下：

> 余病初起，不过头晕，服药无效，既而胸满矣，继而腹胀矣，无何又见便溏遗精，腰酸脚弱。其间所服之药，以大黄为最不对症。力钧请吃葡萄酒、牛肉汁、鸡汁，尤为不对。尔等细细考究，究为何药所误？尽言无隐。着汝六人，共拟一可以常服之方。今日勿开，以五日为限。

德宗之意，即是如杜钟骏所言，"虚弱类此者，非二百剂药，不能收功"。有此常服之方，则头班、二班即使药不对症，可以摒弃。在此以前，太医所开之方，德宗即每每不服。

此"常服之方"系陈莲舫所拟。杜钟骏记：

> 过后，六人聚议，群推陈君秉钧主稿，以彼齿高望

重也。陈君直抉太医前后方案矛盾之误，众不赞成。余亦暗拟一稿，以示吕君用宾；怂恿余宣于众，余不愿，乃谓众同事曰："诸君自度能愈皇上之病，则摘他人之短，无不可也；如其不能，徒使太医获咎，贻将来报复之祸，吾所不取。"

陈君曰："余意欲南归，无所顾忌。"余曰："陈君所处，与我辈不同，我辈皆由本省长官保荐而来，不能不敢稳慎。我有折中办法，未悉众君意下如何？案稿决用陈君，前后不动，中间一段拟略为变通，前医矛盾悖谬，宜暗点而不明言。"

在这段记载中，陈莲舫的意思很明白，他已预知德宗之病绝不能好，但将来又欲以"御医"之名为号召，倘有人谓，既为"御医"，何以不能治好皇帝？则可以为太医所误作遁词，用脉案为证，俾无损其"御医"之名。

又，据杜钟骏所言"我辈由本省长官保荐而来"云云，可知陈莲舫非苏抚所保，保荐者为盛宣怀，通过阉人的关系，而举于慈禧之前者。

中间所改一段脉案，众推杜钟骏秉笔，改动如下：

论所服之药，热者为干姜、附子，寒者若羚羊、石膏，攻者如大黄、枳实，补者若人参、紫河车之类，应有尽有，所谓无法不备矣！无如圣躬病久药多，胃气重困，此病之所以缠绵不愈也。

此段改稿，据杜钟骏自言："众称善，即以公订方进，进后皇上无所问。"其实不然！前引《苌楚斋三笔》记陈莲舫受辱事，即指此方。此方既为公订，且脉案中已洞见症结，则用药必四平八稳，可以常服，而德宗何以"面掷其方于地"？无他，进方时已非公订之方，为陈莲舫所改动过了。

由于既无常服之方，头班之药亦全无效验，因此而有延西医之举。据屈庭桂自述：

> 自后，每日早晨，余即到诊一次，宫女等一见余至，辄呼"外国大夫来了"。光绪帝平素对中药至为审慎，必先捧药详细检视，余诊视多日，见其呼吸渐入常态，用药亦颇有效。
>
> 关于食物营养之选择，余屡行进言，彼亦照行，故病状颇有进步……有一次太后对内务大臣面谕关于食物事，帝闻而气愤之极，即怒掷枕于地，以作表示。

显然，慈禧所谕食物之事，必为屈庭桂所建议，德宗所乐从，而慈禧加以限制者。屈庭桂又云：

> 余诊视一月有余，药力有效，见其腰痛减少，遗泄亦减少，惟验其尿水则有蛋白质少许，足为腰病之证。

按：屈庭桂初诊为九月十四日，一月有余，则在匝月以后，故下文紧接十月十八日之变。但恶兆之萌，则以慈禧万寿下一日违和之故。杜钟骏记：

（十月）十一日皇太后谕张中堂之洞曰："皇上病日加剧，头班用药不效。余因日来受贺，听戏劳倦，亦颇不适，你看如何？"张曰："臣家有病，吕用宾看看尚好。"皇太后曰："叫他明日来诊脉。"次日，两宫皆吕一人请脉。吕请皇太后脉，案中有"消渴"二字，皇太后对张中堂曰："吕用宾说我消渴，我如何消渴？"意颇不怿。张召吕责曰："汝何以说皇太后消渴？"吕曰："口渴误书。"越日复请脉，皇太后亦未言。第三日，皇太后未命吕请脉，独皇上召请脉。

按：消渴即糖尿病。中国知识阶级历来对此病有误解，因司马相如患此症，而行为浪漫，因而消渴有重欲的意味在内，慈禧自然不怿。

又，第三日德宗仍召吕用宾请脉，亦为一可注意之事。其时应轮二班请脉，而德宗仍召吕用宾，足见对症，但已破坏慈禧的规定，益足为忌。

杜钟骏又记：

到十六日，犹召见臣工。次夜，内务府忽派人来，

急剧而言曰："皇上病重，堂官叫来请你上去请脉。"余
未及洗脸，匆匆上车，行至前门，一骑飞来云："速去，
速去！"行未及，又来一骑，皆内务府三堂官派来催促
者也。及至内务公所，周君景焘已经请脉下来云："皇
上病重。"坐未久，内务府大臣增崇引余至瀛台，皇上
坐坑右，前放半桌，以一手托腮，一手仰放桌上，余即
按脉，良久，皇上气促口臭，带哭声而言曰："头班之
药，服了无效，问他又无决断之语，你有何法救我？"
余曰："臣两月未请脉，皇上大便如何？"皇上曰："九
日不解，痰多气急，心空。"

头班药既无效，复无决断之语，其为受命故意耽误病
势，责何可逃？是日为十月十七日夜，多日未大解，则吕用
宾方内，自必有对症之药，所以无效者，其中自有隐情。

此一隐情，便是"方家园集团"认为必须掌握一个原
则：绝不可让太后崩在皇帝之前。而慈禧自八月间便有痢疾，
一直未曾痊可；万寿时筵宴频繁，病势增剧；十月十三日命
庆王验收普陀峪工程，已自知恐将不起。

十七日夜间，非德宗病危，而是慈禧病危，所以如此张
皇，谓"皇上病重"，飞骑相望于道，连番催促者，即为下毒
手于德宗的伏笔。明乎此，可知任何良方皆将归于无用。而
杜钟骏在此以前所记，皆为实录；以后所记，则有不尽、不
实之处：

请脉看舌毕，因问曰："皇上还有别话吩咐否？"
谕曰："无别话。"遂退出房门外；皇上招手复令前，
谕未尽病状。复退出至军机处拟方。余案中有"实实
虚虚，恐有猝脱"之语。继大臣曰："你此案如何这样
写法，不怕皇上骇怕么？"余曰："此病不出四日，必
出危险。余此来未能尽技，为皇上愈病，已属惭愧，
到了病坏尚看不出，何以自解？公等不令写，原无不
可，但此后变出非常，余不负责，不能不预言。"奎大
臣曰："渠言有理，我辈亦担当不起，最好回明军机，
两不负责。"

"继大臣"者继禄；"奎大臣"者奎润；"军机"则醇王
载沣领班，以次为庆王奕劻、世续、张之洞、鹿传霖、袁世
凯，均在西苑。请示后，醇王与张之洞商定，脉案中不写
"不出四日，必有危险"之语。

次日为十月十八日，中西医皆请脉，杜钟骏记所见云：

皇上卧于左首之房临窗炕上，仍喘息不定，其脉益
劲而细，毫无转机。有年约三十许太监，穿蓝宁绸半臂
侍侧，传述病情。

杜钟骏未记如何处方，亦未记德宗作何语。而屈庭桂记所
见所闻者如此：

迫至十月十八日，余复进三海，在瀛台看光绪病。是日，帝忽患肚痛，在床上乱滚，向我大叫："肚子痛得了不得！"时中医俱去，左右只余内侍一二人，盖太后亦患重病，宫廷无主，乱如散沙。帝所居地更为孤寂，无人管事。

德宗"忽患肚痛"，在"中医俱去"以后，此语最可注意；是否内侍在进中药时杂以他药，殊为可疑。屈庭桂又记：

余见帝此时病状，夜不能睡、便结、心急跳、神衰、面黑、舌黄黑，而最可异者则频呼肚痛，此系与前痛绝少关系者。余格于情势，又不能详细检验，只可进言用暖水敷烫腹部而已。此为余进宫视帝病最后一次。

十九日情况不明，及至夜间，杜钟骏与同事均被召，宫内已有电话传出，预备后事。杜钟骏等被召，为备德宗弥留时，做最后一次的会诊，留下不救的脉案存档。

十月十九日这天，关于德宗的情况不明，不召请脉，利其速死；慈禧亦已至十分危殆、随时可崩的地步，此由"加赏宗室觉罗孤寡，及八旗绿步各营兵丁半月钱粮"一事可知，因为已到人事已尽，不得已用"做好事"来祈福的下策。

谈到这里，我须先请读者试思：如慈禧已崩，而德宗一息尚存，可能会发生何种情况？最可能的一种情况是，由肃王善耆领导，结合亲德宗的亲贵宗室，肃清宫禁，首当其冲的将是袁世凯。

肃王善耆时任民政部尚书，请日本顾问办巡警，又训练了一批能爬墙上屋的消防队，早有为德宗报仇，重新建立爱新觉罗皇朝正统之志。如果皇太后先崩，君臣哭临，善耆能入禁宫，必先趋瀛台，以德宗的名义发号施令，袁世凯固然要倒霉，"方家园集团"亦将垮台，而溥仪能否继位，更成疑问。

此所以十月十九日，"宫门之外，文武自军机以次，守卫森严"。总之，德宗必崩于慈禧之前，然后才能以懿旨来安排一切大事。

或谓，慈禧虽崩，仍可秘不发丧，先由军机秉承皇后的懿旨办事。这话固然不错，但诏告天下臣民，必谓在德宗病榻前面承旨意；倘未至瀛台，则一切都是矫诏，亦一切都是乱命，辇毂之下，大乱立起。但是，德宗其时虽犹有一口气存，御容却已不能为人所见，其故后文将有解说。

十月二十日的情况，据杜钟骏所记如此：

次早六钟，宫门开，仍在军机处侍候，寂无消息，但见内监纷纭，而未悉确实信息。至日午，继大臣来言曰："诸位老爷们久候，余为到奏事处一探信息，何时请脉。"良久来，漫言曰："奏事处云：皇上今日没有言语，你们大人们做主，我何能做主？你们诸位老爷且坐坐罢。"

未久，两内监来传请脉，于是余与周景焘、施焕、吕用宾，四人同入，余在前先入，皇上卧御床上，其床如民间之床，无外罩，有搭板，铺毡于上。皇上瞑目，余方以手按脉，戄然惊寤，口目鼻忽然俱动，盖肝风为之也。余甚恐，虑其一厥而绝，即退出。周、施、吕次第脉毕，同回至军机处，余对内务三公曰："今晚必不能过，无须开方。"内务三公曰："总须开方，无论如何开方均可。"于是书："危在眉睫，拟生脉散。"药未尽，至申刻而龙驭上宾矣。

德宗殁于十月二十日申刻，杜钟骏所记为最正确之史料。杜又续记：

　　先一时许，有太监匆匆而来曰："老佛爷请脉。"拉吕、施二同事去，脉毕而出，两人互争意见，施欲用乌梅丸，吕不谓然，曰："如服我药，尚有一线生机。"盖皇太后自八月患痢，已延两月之久矣。内务诸公不明丸内何药，不敢专主，请示军机，索阅乌梅丸药方，见大辛大苦，不敢进，遂置之。

　　本日皇太后有谕：到皇上处素服，到皇太后处吉服。

　　次晨召施、吕二君请脉，约二小时之久。施、吕下来，而皇太后鸾驭西归矣。

所谓"先一时许"，即德宗申刻驾崩之前一时许，度时为午未之交，下午一点左右。"乌梅丸"为治血痢之药，慈禧致命之疾，有此一段记载而确定。

最可注意者，即"皇太后有谕"，命着"素服"，则已知德宗仙去，不称"大行皇帝"，则匿丧出于慈禧之意，因尚有大事未安排妥当。钩稽史料，有两点可为指出，以供将来修正《清史稿》之采择：

第一，德宗崩后，慈禧命皇后前往伴灵；直至次日施、吕二医急救无效，鸾驭西归，皇后始终未在病榻之前。

第二，十月二十日以懿旨授醇王为摄政王；醇王之子溥仪"着在宫内教养"，统绪固已有归，但溥仪的身份尚未确定。就理论而言，可有三种处置：承嗣穆宗，承嗣德宗，兼祧。仅承嗣德宗，当然是绝不可能之事，问题只在兼祧与否。倘非兼祧，则溥仪入承大统的身份，即与明世宗无异；德宗之后，处境亦如孝宗张皇后，被尊为"皇伯母"而已。

慈禧崩于二十一日未刻，发表次序自然仍是先帝后太后。张之洞年谱中，记两宫之崩，下有一段附注，为非常重要的史料。

　　窃闻景庙崩后，军机大臣入临，皇后自内出，卒然问曰："嗣皇帝所嗣者何人也？"诸臣未即对，公对曰："承嗣穆宗毅皇帝，兼祧大行皇帝。"又问曰："何以处我？"对曰："尊为皇太后。"曰："既如是，我心慰矣。"遂哭而入。

军机大臣是否"入临",张谱中并无记载,但即使进殿,因为有皇后在,亦只能遥瞻,不能临视。

此段记载中,所透露的真相甚多,最重要的两点是:第一,皇后未能为慈禧送终;第二,溥仪兼祧一事,慈禧至弥留时方始做成决定。依常理来说,皇后应侍病榻,始为尽子妇之道;而慈禧对立嗣这样的大事,亦应早日宣示,以定人心。这种有乖常理的怪事,无独而有偶,即非偶然了。

于此先要谈当时的一种传说,说"方家园集团"在发觉慈禧病势严重,恐将不救,而又了解慈禧不愿死在德宗之后时,曾经密商,做成一个决定,即一方面照慈禧的意旨行事,另一方面要为德宗报仇。具体的做法便是鸩弑德宗,而杀袁世凯以谢。

这个传说的真实性究有几许,无从判断,但德宗死于非命,则以屈庭桂的记载毫无可疑。兹就已有证据分析如下:

一、十月十八日,德宗向屈庭桂大叫"肚子痛得了不得",屈以"此系与前病绝少关系者"而认为"最可异"。

二、杜钟骏于十七日请脉时,询知德宗已九日未大解;屈庭桂亦云"便结",然则此腹痛,显非如常人服泻下之剂而将大解的现象。

三、屈庭桂请脉时所见德宗病容为"面黑、舌黄黑",此为中毒的征象。

我前面说过，杜钟骏的《德宗请脉记》，后半段有讳饰。当二十日最后一次请脉时，只言"皇上瞑目"，不记其脸色；事实上中毒的现象已更明显，任何人临视，都会发生怀疑，而又不能禁止大臣临视，但如有皇后在大行之侧，则于礼不能入殿。是故，慈禧之命皇后守灵，就是拿她作一面挡箭牌，而此任务能否忠实执行，即为溥仪是否兼祧德宗，以及皇后能否成为太后的关键。易言之，此为慈禧最后控制皇后的一种手腕。

如上所谈，已将慈禧及德宗母子先后崩逝经过，做了一个比较符合实际的概述，与历史及各家笔记皆有出入，特别是日期上的一天之差。慈禧及德宗为中国历史上最后崩于位的皇太后及皇帝，必须有正确的记载。为加深读者的印象起见，特再条举大要如下：

一、慈禧及"方家园集团"慢性谋杀德宗，起先所采取的手段比较缓和，主要的原则是，医药饮食，勿使见效，以期病情恶化，自然死亡。

二、慈禧于八月间开始患痢疾，一直未愈；十月初十万寿以后，殆因饮食不慎，病势日重，转为血痢。德宗本为慢性病，油未干、灯未尽，不能速死；倘或慈禧先崩，而德宗犹能治事，势非大翻案不可。故必使德宗崩于太后之前，此为慈禧及"方家园集团"及庆、袁集团一致的定见。于是德宗的病势，即随慈禧的病势为转移，易言之，慈禧病危，德宗亦被宣传为病危，以为必要时下毒手的张本。

三、十月十七日夜，急召诸医，谓"皇上病重"，实际上为慈禧病重。视杜钟骏所记：（一）德宗犹能起坐；（二）语言虽带"哭声"，但仍能"谕未尽病状"，断非病危弥留状态。至于杜钟骏谓"不出四日，必出危险"云云，事后补记，有所隐饰，虽不知医者亦看得出来。因为以常识论，即为其所言，尚有四天工夫可资挽救，何得须定死期？果然如此，要医药何用？

四、下毒之时，非十七日夜间即十八日上午。中西医请脉时，情况皆已大变。屈庭桂记德宗腹痛不可忍，为不应有的症状，又"心急跳、神衰、面黑、舌黄黑"。杜钟骏只记"喘息不定，其脉益劲而细"，与屈记"心跳"相符；其他未记，显有所隐。

五、十九日情况不明，未见杜钟骏有所记述。病危至此，不召医，无是理；召医而未见记载，所讳者何？思过半矣！

六、十九日夜召医，仍为慈禧病危的信息。德宗此时已处于昏迷的状态，虽未死，已无作为；召医而又未即请脉，且宫禁森严，则即令"出大事"，秘不发丧，或甚至德宗虽未死而谓之已崩的步骤已定。

召医待命的目的，即在视慈禧的病情决定德宗的死期；而当德宗的死期已定时，召医做最后一次的诊视，完成应有的程序。倘或慈禧猝然而崩，必不宣布。先以懿旨做传位的安排，同时召医为德宗做最后一次的诊视，旋即宣布德宗崩逝，溥仪入继，尊慈禧为太皇太后，以太皇太后名义，宣布德宗皇后为皇太后。至此始为太皇太后发丧。

七、二十日午间，慈禧之主治医生吕用宾、施焕会诊，军机不敢用乌梅丸，则已确定慈禧不救。于是召杜钟骏入瀛台，此即德宗死期已至。申刻，龙驭上宾。

此时未即宣布帝崩，则因权力分配与转移的安排尚未就绪；同时庆王奕劻尚在普陀峪，至二十一日始赶回。至于袁世凯《容庵弟子记》，谓"皇族中颇有争竞继统者"，其言实无根据。当穆宗崩时，恭王、醇王皆有发言地位；光绪末年，亲贵中绝无有如恭、醇两王当年的地位，凭慈禧一言而决，无可争竞。

且当时够资格继统者，只一小恭王溥伟，从未进入核心势力范围，无人为之提名，根本就谈不到争竞。

此时最尴尬者为袁世凯，沈云龙教授《现代政治人物述评》所收《谈袁世凯》一文云：

> 袁、张（之洞）柄政之次年戊申十月廿一日，载湉病危，自知不起，尝手书十年困窘，由二人所致，其一为袁世凯；其一则字体不清，无从辨识。按：载湉自戊戌政变后，即被幽禁于瀛台。庚子出奔西安，暇中每与诸竖坐地作嬉戏，尤好于纸上画成大头长身各式鬼形无数，仍拉杂扯碎之；有时画成一龟，于背上填写袁世凯姓名，黏之壁间，以小竹弓向之射击，既复取下剪碎之，令片片作蝴蝶飞。盖其蓄恨于袁世凯至深，几以此

为常课。（见吴永《庚子西狩丛谈》）

德宗如果有权，必杀袁世凯，此为宫中习知之事。十年困辱，手自书之，此事绝对可信，征之手书病状示医可知。慈禧命皇后护灵，当然亦有搜索德宗生前文字的附带任务在内。我甚至疑心，德宗或曾留下命皇后及载沣杀袁世凯的遗嘱。德宗与后，望影互避，但德宗虽不喜后，亦颇谅解其处境；反之，皇后亦然。因此，皇后念夫妇一场，即不必有前述"方家园集团"集议谋德宗之传闻，亦必有以补德宗之憾。许编张之洞年谱，于"袁世凯开缺回籍"条下记：

> 监国摄政王秉太后意，命军机拟旨，祸且不测。今反复开陈，始命回籍养疴。公退，语人曰："主上冲龄践祚，而皇太后启生杀黜陟之渐，此端一开，为患不细，吾非为袁也，为朝局计也。"

当时如果杀了袁世凯，即无后来之祸，不独中国历史，连世界史亦须改写，此真一言丧邦！张之洞与袁世凯共事一年有余，几乎无日不见，而不识袁世凯为枭雄，且以为大清朝尚有多少年天下，故为朝局而有此远虑，其愚真不可及。清末有月旦评曰："李鸿章张目而卧，张之洞闭目而行。"信然。

清朝自世祖入关后，皆于生前预营陵寝，唯有德宗从未议及此事；既崩，始在西陵与隆裕安葬，定名"崇陵"，规划甚简。

慈禧东陵普陀峪陵寝，经营已三十余年，大修数次，靡费极巨，此时正式定名为"定东陵"，因文宗陵名"定陵"，而普陀峪在定陵之东之故。

民国十七年（1928）农历五月十七日，正当张作霖遇难皇姑屯，奉军撤至关外时，孙殿英部下盗陵，高宗裕陵及慈禧定东陵被祸最惨。时溥仪住天津张园，闻报震惊，派宝熙、耆龄、陈毅前往料理。据陈毅《东陵道诗注》云：

> 奉天岳兆麟军之团长马福田者，故马兰峪土匪也，四月廿五日，忽叛岳，乘虚踞峪，欲为不轨。五月十五日，孙殿英军之师长谭温江，自马伸桥来，袭福田，破走之，因入峪，大肆焚掠。明日，柴云升师之旅长韩大保，又西南自苇子峪间道进据裕陵及定东陵，彼此声言失和，断道备战，遂以十七日用火药轰毁隧道，穷搜敛物。

按：所谓"彼此声言失和，断道备战"，乃是谭、韩二人勾结，以"失和"为借口，"断道"禁行人，以便盗陵。

> 廿二日，孙殿英又连夜乘汽车自马伸桥来。廿四日，谭、韩师遂饱载拔营西去。六月初，温江至京鬻

珠，案发被获。是月，青岛警察又于孙殿英随从兵张岐厚身，搜得珍珠卅余颗，此案始大闻于世。

至七月初十，入定东陵重殓慈禧，据随员徐埴《东陵于役日记》：

> 先至西北隅仰置之椁盖前，启上覆破坏椁盖，则孝钦显皇后玉体偃伏于内，左手反搭于背上，头发散乱，上身无衣，下身有裤有袜，一足袜已将脱，遍身已发霉，均生白毛。盖盗发之日为五月十七日，盗去为五月廿四日，至今已暴露于梓宫外者四十余日，可惨也。
>
> 即传妇人差八人，覆以黄绸，移未毁朱棺于石床，然后以黄绸被裹之，缓缓转正，面上白毛已满，两目深陷成两黑洞，唇下似有破残之痕。

幸而朱棺未毁，因以载泽所携慈禧崩后颁"遗念"之龙衣两件，覆体重殓；地上拾得珍珠十五粒，捶碎后纳于棺中，封石门而出，计历时四小时。

裕陵则以积水之故，抽水后方能入，骸骨遍地，惨不忍睹。裕陵祔葬者为高宗孝贤皇后，仁宗生母孝仪皇后，皇贵妃富察氏、高佳氏、金佳氏，共金棺六具，皆朱红雕漆细万字地径寸梵字及牡丹花。高宗金棺梵字为阳文，余为阴文。高宗之棺，以封漆甚固，斫一大洞，棺内物皆从此取出。执事者从棺内捡出颅骨一个，仅存一齿，齿孔三十六，决为高宗之骨。余骨拼凑成形，体干高伟，骨皆紫黑色，股及背上犹黏有皮肉。最奇者得全尸一具，据徐埴记述："身着宁绸云龙袍，已一百四五十年之久，面目如生，并有笑容，年约五十岁，耳环尚在。"以年龄而言，为仁宗生母孝仪皇后魏佳氏。

谈"清朝的皇帝"，至此已可结束。仿近来流行为政治人物打分数之例，自世祖至德宗共九帝，试为之一别上下。评分之法如下：

一、共分资质、本性、体格、教育、责任感、统御、应变、私生活、机遇等九项，分上、中、下三等，上等十五分、中等十分、下等五分。

二、私生活及机遇两项，另有加减分，私生活上等加两分，下等减两分；机遇上等减十五分，下等加五分。

三、"本性"指仁厚，"机遇"指国运及个人得位之机会。

根据上述原则，评分[①]如下：

项目\年号	资质	本性	体格	教育	责任感	统御	应变	私生活	机遇	得分	名次
顺治	上	中	中	中	中	中	下	下	中	95-2=93	8
康熙	上	上	上	中	上	上	上	上	上	140-15+2=127	1
雍正	中	下	中	中	上	上	上	上	中	115+2=117	3
乾隆	上	中	上	上	上	上	上	中	上	135-15=120	2
嘉庆	中	上	中	中	中	中	中	中	中	105	4
道光	下	中	上	下	上	下	上	上	下	90+5=95	7
咸丰	上	中	中	上	中	中	中	下	下	100+5-2=103	5
同治	中	中	中	中	下	下	下	下	下	80-2=78	9
光绪	中	中	下	中	中	中	下	上	下	90+5+2=97	6

① 评分数字依作者原文，未修改。

"清朝的皇帝"简表

庙号	祁谥	年号	御名	在位年数	享年	备考
太祖	武皇帝	天命	努尔哈赤	十一	六十八	改谥高皇帝
太宗	文皇帝	天聪、崇德	皇太极	十七	五十二	
世祖	章皇帝	顺治	福临	十八	二十四	
圣祖	仁皇帝	康熙	玄烨	六十一	六十九	
世宗	宪皇帝	雍正	胤禛	十三	五十八	
高宗	纯皇帝	乾隆	弘历	六十	八十九	太上皇帝四年
仁宗	睿皇帝	嘉庆	颙琰	二十五	六十一	
宣宗	成皇帝	道光	旻宁	三十	六十九	
文宗	显皇帝	咸丰	奕詝	十一	三十一	
穆宗	毅皇帝	同治	载淳	十三	十九	无子，以醇贤亲王之子承统
德宗	景皇帝	光绪	载湉	三十四	三十八	无子，以醇亲王之子承统
末帝		宣统	溥仪	三		
小计		十三朝	十二帝	共二九六年		

附注：太祖自称天命皇帝；太宗先称天聪皇帝，崇德始为清朝正式建年号之始。

后　记

　　《清朝的皇帝》谈到德宗、慈禧先后崩逝，即告结束，未谈宣统的原因是：首先，宣统三年之中，溥仪本人无可谈。谈他是另一话题。详近略远，史家通则，拙作虽是闲谈，亦期不悖史例，但那一来，就会大谈民初人物，甚至还要谈日本人与英国人（庄士敦），跑野马会跑得漫无边际，不如就此打住。其次，清朝至光绪三十三年（1907）丁未政变，庆王、袁世凯与端方等相勾结，排去瞿鸿禨、岑春煊时，爱新觉罗皇朝可说已不可救药。宣统三年不过此一皇朝的"弥留"状态，无可谈，亦不必谈了。

　　谈完了事实，少不得还要发点议论，犹如纪传以后的论赞。兹请先一论清朝亡国的原因，也就是解释何以丁未政变可以看出清朝已无可救药。

　　这就要先谈一谈我自己摸索出来的研究历史的两个关键性的问题，一个是，历史的重心在民生，亦就是历史的重心在经济；而经济的重心在交通，这交通是广义的，包括水利在内。凡有舟楫之利，易求灌溉之益，苟获驰驿之便，何难平准之济？任何时代的交通水利都能充分反映经济情况，同时亦可看出军事态势的强弱、社会风俗的变迁。

　　另一个关键是，了解政治上的中心势力，看支配政治的是知识分子、贵族、外戚、宦官，还是藩镇。大致知识分子掌权，常为升平盛世；藩镇跋扈，则每成割据的局面，地方有幸有不幸；贵族干政，应视所结合的势力为何，结合知识分子，便有清明之象，结合外戚或宦官，必致宫廷多故；最坏的是以阉人而操国柄，为苍生之大不幸。

以清朝而言，创业时期自太祖至世祖，大致皆为贵族结合知识分子操持国事。至康熙朝则充分尊重知识分子，且无中外满汉之畛域，故能成其媲美文景之治。雍正、乾隆、嘉庆亦然，但以在上者好尚、能力之不同，因而知识分子所能发生的作用亦有差异。

有清国势之衰，肇端于乾隆末年，渐显于嘉庆中期，而大著于道光一朝。嘉庆仁厚有余，才智不足，以致雍、乾两朝久受抑制的贵族渐有干政的倾向。此种倾向至道光朝益见明显，而致命伤则以宣宗资质愚下，近似崇祯，乃发生假知识分子与才足以济其恶的小人相结，排斥正统知识分子的现象。

所谓假知识分子即假道学，此辈历朝皆有，但康熙则敬远之，雍正则驱使之，乾隆则狎侮之，至嘉庆朝虽渐见尊重，而不若道光之信任曹振镛至其人既殁而犹不悟。但道光一朝，真正知识分子在政治上虽不甚得意，犹幸假知识分子只能"衡文惟遵功令，不取淹博才华之士"，而不能限制"淹博才华之士"著书讲学，于是至咸丰一朝，人才蔚起。而自文宗以下，政治上对立的派系，不论恭王还是肃顺，皆知重用知识分子，故能戡平大乱，成短暂的同光中兴之治。

至光绪甲申，恭王以次全班出枢，朝局陡变，此后的政治情势渐趋复杂。就整个爱新觉罗而言，光绪甲申以前，支配政治者，不外八旗及知识分子两大中心势力的排宕结合，以知识分子为主，结合八旗势力，为最理想的政治形态；其次以八旗为主，而知识分子尚有相当发言地位，即如道光末年之危，亦尚能挽救。

及至光绪甲申，政治领导阶层的架构，逐渐发生了基本上的变化，此即八旗势力转化为贵族、外戚两种势力。假知识分子，亦即徐桐、崇绮一派，昧于外势，实际上可说无知无识的顽固守旧派，为慈禧所扶植，以钳制真正知识分子；而李鸿章渐有藩镇模样；李莲英勾结内务府揽权，则宦寺介入政事。

此种种恶势力集结于一女主之下，国事遂不可问。犹幸真正知识分子尚能柄政，故虽国脉如丝，尚存一线之望。迨瞿鸿禨罢归，一线之望亦已斩绝，当时的政治领导阶层的架构是：

一、外戚：军机大臣醇王载沣，度支部尚书载泽（此两人虽为贵族，但以外戚身份始得进用。载沣为慈禧姨表侄；载泽为慈禧内侄婿，亦即德宗的连襟）。

二、贵族：外务部总理大臣庆王奕劻，民政部尚书善耆，农工商部尚书溥廷。

三、藩镇：军机大臣袁世凯。

四、宦寺：军机大臣内务府大臣世续（内务府大臣应视之为宦寺系统）。

至于张之洞、鹿传霖之在军机，不过聊备一格而已，不能与瞿鸿禨相提并论。如瞿鸿禨仍旧在位，则奕劻必去，袁世凯不得入枢，载泽亦无掌度支的机会，爱新觉罗皇朝之亡，必不致如是之速。

张之洞是汉人知识分子中，效忠爱新觉罗皇朝最后一人。他亦早看出来清祚将移，而以亡国孤臣自命，曾赋诗云：

> 南人不相宋家传，自诩津桥警杜鹃。
> 辛苦李虞文陆辈，追随寒日到虞渊。

此诗当作于庚子乱后，"南人不相"指翁同龢；次句用天津桥闻杜鹃故事，谓早知用翁同龢，天下将大乱。"李虞文陆"指李纲、虞允文、文天祥、陆秀夫；"虞渊"乃日没之处。张之洞以李虞文陆自况，有明知其不可为而为之意；而"生为大清之臣，死做大清之鬼"的忠贞似乎亦情见乎词。但最后竟成了"自作多情"；病亟时有《读白乐天"以心感人人心归"乐府句》诗云：

> 诚感人心心乃归，君民末世自乖离。
> 岂知人感天方感，泪洒香山讽喻诗。

张秉铎作《张之洞评传》，引此诗并加按语云：

宣统元年，监国将以洵贝勒办海军，涛贝勒管理军咨，时之洞已入军机，兼管学部，见监国如此，乃面诤曰："此国家重政，应于通国督抚大员中，选知兵者任其事。洵、涛年幼无识，何可以机要为儿戏？"监国不听，之洞力争之，监国顿足色然曰："无关汝事！"之洞感愤成疾，遂以不起，此诗即为是而作。

总而言之，清朝的皇帝，平均要比明朝的皇帝好得多。可惜雍乾两朝的许多史实已不可知，倘或辛勤搜求，细心爬梳，也许有少数皇帝，尚需重新评价。